W0025863

BASTEI
LÜBBE
STARS

H. P. Lovecraft

Hüter der Pforten

Roman

Mit Illustrationen von Johann Peterka

BASTEI LÜBBE STARS
Band 77081

Vollständige Taschenbuchausgabe

Bastei Lübbe Stars in der Verlagsgruppe Lübbe

Titel der Originalausgabe: *Tales of the Cthulhu Mythos*
© der Anthologie 1990 by Arkham House Publishers, Inc.
Copyright der einzelnen Geschichten am Endes des Bandes
Übersetzernachweise am Ende der einzelnen Geschichten
© der deutschsprachigen Ausgabe 2003 by
Verlagsgruppe Lübbe GmbH & Co., KG, Bergisch Gladbach
© der deutschen Übersetzungen by
Verlagsgruppe Lübbe GmbH & Co. KG, Bergisch Gladbach,
mit Ausnahme von H. P. Lovecraft: *Cthulhus Ruf* und
Der leuchtende Trapezoeder sowie Clark Ashton Smith:
Des Magiers Wiederkehr by Suhrkamp Verlag, Frankfurt am Main
Einbandgestaltung: Atelier Versen
Titelbild: zefa / digitalvision / Headhunters
Satz: hanseatenSatz-bremen, Bremen
Druck und Verarbeitung: Oldenbourg Taschenbuch GmbH, Kirchheim
Printed in Czech Republic, November 2005
ISBN 3-404-77081-1

Sie finden uns im Internet unter
www.luebbe.de

Der Preis dieses Bandes versteht sich einschließlich
der gesetzlichen Mehrwertsteuer.

Inhalt

Iä! Iä! Cthulhu fhtagn!

VON JAMES TURNER

Warum haben Sie bei allem, was der Science-Fiction heilig ist, nur eine Geschichte wie ›Berge des Wahnsinns‹ von Lovecraft abgedruckt? Geht es Ihrem Verlag so schlecht, dass Sie solch ein Gefasel drucken *müssen?* ... Eine Geschichte über zwei Männer, die sich halb zu Tode ängstigen, weil sie die Wandskulpturen in irgendwelchen alten Ruinen besichtigen, und dann von etwas gehetzt werden, das der Autor nicht einmal zu beschreiben im Stande ist; voller Gemurmel von unnennbaren Schrecken wie fensterlosen Bauwerken mit fünf Dimensionen, Yog-Sothoth und so weiter – wenn Sie uns damit einen Vorgeschmack auf den zukünftigen Kurs von *Astounding Stories* geben, kann wohl nur noch der Himmel die Science-Fiction retten.«

Gegenstand der obigen brieflichen Ereiferung, die der Leserseite des Science-Fiction-Magazins *Astounding Stories* vom Juni 1936 entnommen ist, war eines der beiden zum Cthulhu-Mythos gehörenden Werke H. P. Lovecrafts, die im Laufe des Jahres in dieser Zeitschrift veröffentlicht wurden. Die Resonanz der Leser auf die Erzählungen Lovecrafts war nicht durchweg negativ, doch gingen die wohlgesinnten Kommentare gewöhnlich im Geschrei der Entrüsteten, Verwirrten und Bestürzten unter.

Während der Dreißigerjahre bildeten die amerikanischen Science-Fiction-Magazine hauptsächlich den Tummelplatz für eine sich nach außen hin abschottende Gruppe von Action-

Abenteuer-Lohnschreibern, die einfach die althergebrachten Schema-F-Wildwestgeschichten in den Weltraum verlegten, aus der Lazy-X-Ranch den Planeten Z machten und die Viehdiebe durch Raumpiraten ersetzten. Lovecrafts gewissenhaft detaillierter und dezidiert um der Stimmung willen verfasster Aufenthalt in der antarktischen Urlandschaft, in der seine beiden beherzten Forscher angesichts des sich auftürmenden Schreckens zu stammeln und zu kreischen beginnen, stieß bei den SF-Begeisterten des Jahres 1936 weitgehend auf Unverständnis. Der damalige Leser war Helden gewöhnt, die an Bord eines Raumkreuzers springen, den Überlichtantrieb anknipsen (wen interessiert schon die spezielle Relativitätstheorie Einsteins?) und mit ihren Strahlenpistolen den achtbeinigen Beteigeuze-Männern einen heiligen Schrecken in die Glieder jagen.

Der Unterschied zwischen Lovecrafts Mythos-Erzählungen und dem den Galaxien einheizenden Überschwang eines Doc Smith und seiner Kohorten geht jedoch über einen simplen Gegensatz zwischen Action und Atmosphäre weit hinaus. Viele Vertreter der Space-Opera jener Zeit, wie etwa E. E. Smith, Nat Schachner und Ralph Milne Farley, waren im vorigen Jahrhundert geboren worden, als man noch glaubte, das Universum funktioniere nach den mechanistischen Regeln einer unveränderlichen newtonischen Ordnung. Man nahm an, jeder Stern sei eine Sonne genau wie die unsere, und wenn die Astronomen des neunzehnten Jahrhunderts ihre Spektroskope gen Himmel richteten, stellten sie zu ihrer Beruhigung fest, dass die Sterne Wasserstoff, Helium, Magnesium, Natrium und andere Elemente enthalten, genau wie jene, die wir in unserem eigenen Sonnensystem finden. Gegen Ende des 19. Jahrhunderts gratulierten sich die Physiker zu einem Weltbild, von dem sie glaubten, es erkläre den gesamten Kosmos. Konnte man da noch abstreiten, dass der Mensch am Ende das gesamte Universum erobern würde?

Laut Albert Einstein schon. 1905 leitete er eine Revolution

in der Wissenschaft des 20. Jahrhunderts ein, welche am Ende die Lehrsätze der klassischen Physik in Scherben legte. Im Lichte der bald folgenden Entwicklungen, der Relativitätstheorie, der Quantenmechanik, der Teilchenphysik und Ähnlichem erschien das Universum plötzlich als gar nicht mehr so leicht begreifbar. Hatten Kopernikus und Galilei die Menschheit aus dem Zentrum der Schöpfung gerissen, musste der Mensch der Moderne nun überdies einsehen, dass er im Kosmos nicht den Mittelpunkt, sondern gar nur eine Ausnahmeerscheinung darstellt. Das Universum mit seinen Neutronensternen, Quasaren und Schwarzen Löchern ist uns fremd, und wir sind Fremde in diesem Universum.

Von allen Science-Fiction-Autoren, deren Arbeiten die Magazine während der Dreißigerjahre veröffentlichten, geht nur H. P. Lovecraft über die fade Effekthascherei seiner Kollegen hinaus und transportiert Erkenntnisse des 20. Jahrhunderts, denen zufolge das Universum ein grundsätzlich mysteriöses Gebilde ist. »Alle meine Erzählungen«, schrieb Lovecraft 1927 in einem Brief, »fußen auf der grundsätzlichen Annahme, dass die gewöhnlichen menschlichen Gesetze, Belange und Gefühle für den Kosmos als Ganzes weder Gültigkeit noch Bedeutung besitzen.« Diese Feststellung drückt im Grunde die gesamte Revolution aus, die damals in der modernen Wissenschaft stattfand, während die Physiker mit ungläubig geweiteten Augen eine fremde neue Welt entdeckten, der die Gnade einer festgefügten newtonischen Mechanik fehlte. Folglich repräsentierten die nicht-euklidischen Winkel in Cthulhus versunkener Stadt (Seite 54) die nicht-euklidische Geometrie, mit der Einstein bei der Formulierung seiner speziellen Relativitätstheorie zu ringen hatte, während die unirdischen Ausdünstungen des Meteoriten in »Die Farbe aus dem All« die Experimente wiedergeben, die Becquerel und das Ehepaar Curie zu Beginn des Jahrhunderts mit Radium angestellt hatten. Selbst gegenwärtige Entwicklungen der höheren Mathematik – das Phänomen des Chaos – finden sich in den Mythos-Erzählungen bereits angedeutet, denn die überragende Gottheit in Lovecrafts erfundenem Pantheon, der blinde, idiotische Gott Azathoth, herrscht »in den spiraligen schwarzen Strudeln jener elementaren Leere des Chaos«. Angemessen mit Mantelbrot-Fraktalen gerüstet und mit der Feigenbaum-Konstante ausgestattet, dürfte sich Azathoth zwischen den Permutationen und Perturbationen der gegenwärtigen Chaostheorie durchaus zu Hause fühlen.

Weitere Parallelen zwischen der naturwissenschaftlichen Entwicklung des 20. Jahrhunderts und dem Cthulhu-Mythos darzulegen wäre müßig, denn die von Lovecraft verwandten Konzepte fußen nicht auf einer formellen Kenntnis einer höheren Mathematik, wie sie, um ein Beispiel zu nennen, der Relativitätstheorie zugrunde liegt. Vielmehr entspringen sie einer zeitweiligen Einsicht in den »Ansturm des Chaos und der Dämonen des noch nicht ausgeloteten Alls«, die wir einem glücklichen Zufall verdanken. Der historisierende Lovecraft identifizierte sich mit einer gesellschaftlichen und wirtschaftlichen Aristokratie, die im modernen 20. Jahrhundert überlebt war; ein Außenseiter in seiner Zeit, seinem Land und seiner Klasse, wurde der verarmte Träumer auch noch zu einem Außenseiter im Kosmos. Der argentinische Schriftsteller Julio Cortázar sagt, dass es sich bei allen wirklich erfolgreichen Kurzgeschichten, besonders aber phantastischen Erzählungen, um Produkte von Neurosen handele, von Albträumen oder Halluzinationen, die durch eine Objektivierung neutralisiert und in ein Medium außerhalb des Terrains der Neurose übertragen worden seien. In Lovecrafts Fall besteht das Konzept des Universums als Freistatt schauriger Wunder in nichts anderem als in der Übertragung seines Außenseiterkomplexes auf kosmische Dimensionen; wie Lovecraft im zeitgenössischen Providence ein Außenseiter war, so ist in den Cthulhu-Erzählungen der moderne Mensch ein Fremdwesen – verloren und ziellos wankt er am Rande eines bodenlosen Abgrunds.

Als Lovecrafts »Berge des Wahnsinns« mit all den Andeutungen der geheimnisvollen Gewaltigkeit des Universums in *Astounding Stories* als Fortsetzungsgeschichte erschien, war die Wahrhaftigkeit seines Werkes, das die Leser 1936 noch als »Gewäsch« abqualifizierten, von der wissenschaftlichen Revolution des Jahrhunderts bereits bewiesen worden. Wie der Arzt Lewis Thomas in einem vor nicht allzu langer Zeit veröffentlichten Artikel schreibt: »Die größte Leistung der Naturwissenschaft im 20. Jahrhundert war die Entdeckung der Unwissenheit des Menschen.« Behalten Sie diese Feststellung im Kopf, unterbrechen Sie kurz die Lektüre dieses Vorworts, blättern Sie vor auf Seite 19 dieses Buches, und lesen Sie den ersten Absatz von »Cthulhus Ruf«.

Nach Lovecrafts Tod im Jahre 1937 bestand der schaurige Schrecken weiterhin fort. Er starb mehrere Jahre vor der Zeit, als die Macht über *Astounding Stories* an John W. Campbell überging, dessen Fähigkeiten als Herausgeber die gesamte amerikanische Magazin-Science-Fiction prägen und dramatisch verbessern sollten. Trotz all seiner erstaunlichen Talente behielt Campbell stets eine grundsätzliche Ingenieursmentalität – ein transzendenter Glaube an den Triumph der Technik sowie an die grenzenlose Wirksamkeit des menschlichen Einfallsreichtums und seiner Erfindungsgabe –, eine Mentalität, der gegenüber Lovecraft wie eine absonderliche Anomalie am Firmament der Science-Fiction erscheinen musste.

Der Einsiedler von Providence und sein berühmtes literarisches Vermächtnis wurden daher nicht von den SF-Magazinen am Leben erhalten, sondern von einem exklusiven Zirkel von Freunden und Bewunderern, die den Cthulhu-Mythos hüteten, wie eine Geheimgesellschaft ihre heiligen Überlieferungen und Kultgegenstände schützt. Zu diesem edlen Bemühen des Erhalts – wozu auch die Gründung des Verlages Arkham

House durch August Derleth und Donald Wandrei im Jahre 1939 zählt –, gesellte sich das erheblich fragwürdigere Unterfangen der Imitation.

Während der Dreißigerjahre hatte sich Lovecraft selbst Pseudo-Mythos-Geschichten für die diversen Kunden ausgedacht, deren Erzählungen er gegen Bezahlung überarbeitete. Über diese Geschichten sagte er bedeutsamerweise: »Unter keinen Umständen würde [ich] gestatten, dass mein Name im Zusammenhang damit benutzt wird.« In den Jahren nach Lovecrafts Tod folgte eine Epoche – durch Francis T. Laneys Glossar der Mythos-Terminologie von 1942 eingeläutet –, in der Cthulhu und seine kosmischen Kohorten studiert, analysiert, kategorisiert, systematisiert, gebeugt, gefaltet, abgeheftet und – verstümmelt wurden. In den Siebzigerjahren schließlich äußerte ein amerikanischer Autor des Phantastischen in einem bemerkenswert oberflächlichen Buch, Lovecrafts Konzept weise »Lakunen« auf, und er betrachte es als seine Pflicht und die anderer Autoren, solche Textlücken mit eigenen Erzählungen »aufzufüllen«. Vor Lovecraft war der Markt für Geschichten über froschartige Menschenfresser stets sehr begrenzt gewesen; in den Jahrzehnten nach seinem Tod entwickelte sich die Anfertigung von Pastiches über Cthulhu & Co. zu einer Industrie, die zyklopische Ausmaße annahm.

Dass solche Nachahmungen zum überwiegenden Teil »abscheulicher Schund« waren, um es mit dem verstorbenen E. Hoffmann Price zu sagen, ist dabei gar nicht so wichtig wie die sehr reelle Ungerechtigkeit, die dem Mythos an sich durch solche Pastiches widerfährt. Lovecrafts fiktive Kosmogonie war niemals ein unveränderliches System gewesen, sondern mehr ein ästhetisches Konstrukt, das stets der sich weiterentwickelnden Persönlichkeit seines Erfinders und dessen veränderlichen Interessen angepasst werden konnte. In Lovecrafts letztem Lebensjahrzehnt musste der Gotizismus allmählich dem Extraterrestrialismus das Feld räumen, und ist eine frühe Mythos-Erzählung wie »Das Grauen von Dunwich« (1928) noch auf dem festen Boden in der degenerierten Provinz Neuenglands angesiedelt, so entführt uns Lovecraft nur sechs Jahre später in »Der Schatten aus der Zeit« auf einen Parforceritt durch das Universum der Vergangenheit, Gegenwart und Zukunft, ein Kraftakt, der eines Olaf Stapledon würdig gewesen wäre. Auch hinsichtlich dessen, wie Lovecraft während der Dreißigerjahre allmählich der Horrorliteratur entwuchs, lese man »Das Grauen von Dunwich« (worin die Gottheiten des Mythos noch dämonenhafte Wesen sind, bezwingbar durch Beschwörungen aus Zauberbüchern) und vergleiche die Geschichte mit »Der Schatten aus der Zeit« (worin die Außerirdischen zu aufgeklärten, eingeschriebenen Sozialisten geworden sind, eine direkte Konsequenz von Lovecrafts beginnendem Interesse an der Gesellschaft und ihrer Reform). Hätte dieser Mann auch die Vierzigerjahre erlebt, so hätte sich der Mythos mit seinem Schöpfer weiterentwickelt; niemals existierte jedoch ein starres System, das ein Nachahmer sich postum aneignen könnte.

Des Weiteren besteht der wahre Kern des Mythos nicht aus einem Pantheon fiktiver Gottheiten oder einer von Spinnweben überzogenen Sammlung verbotener Bücher, sondern aus einer in gewisser Hinsicht überzeugend dargestellten Haltung dem Kosmos gegenüber. *Kosmisch* war der Begriff, den Lovecraft endlos wiederholte, um seine zentrale Ästhetik zu beschreiben: »Ich habe die Spukgeschichte ausgewählt, weil sie meiner Vorliebe am besten entspricht – denn es ist einer meiner drängendsten und anhaltendsten Wünsche, die Illusion zu erzeugen, für einen Augenblick hätte ich die ärgerlichen Begrenzungen von Raum, Zeit und Naturgesetzen aufgehoben oder verletzt, welche uns auf ewig einsperren und jeden unserer Versuche enttäuschen, unsere Neugierde bezüglich der unendlichen Weite des Kosmos zu befriedigen ...«

In gewissem Sinne besteht das gesamte reife Œuvre Lovecrafts aus Erzählungen über kosmische Wunder, doch während er im Laufe seines letzten Lebensjahrzehnts begann, den von Lord Dunsany übernommenen Hang zum Exotischen und die Schwarze Magie Neuenglands abzustreifen und die geheimnisvollen Abgründe des Weltalls zu seinem Thema zu machen, schuf er eine Reihe von Werken, die erst nach seinem Tod mit dem Begriff »Cthulhu-Mythos« belegt worden sind. Mit anderen Worten, der Mythos entspricht den Erzählungen Lovecrafts über kosmische Wunder, in denen der Autor bereits begonnen hatte, sein Augenmerk auf das Universum zu richten, wie es von der modernen Naturwissenschaft dargestellt wurde; die Mythos-Gottheiten vergegenständlichten nur noch die Eigenschaften eines zwecklosen, gleichgültigen und unsäglich fremdartigen Universums. Und all jene Nachahmer Lovecrafts, die über so viele Jahre hinweg Mythos-Pastiches verbrochen haben, in denen exzentrische Einsiedler irgendwo in Neuengland die richtigen Beschwörungen aus den falschen Büchern murmeln und prompt von einem Riesenfrosch namens Cthulhu gefressen werden, sollten sich daher eins hinter die Ohren schreiben: Der Mythos ist keine Verkettung oberflächlicher Schemata und Glossar-Exzerpte, sondern vielmehr ein dem Kosmos zugewandter Geisteszustand.

Die vorhergehende Schelte bezieht sich selbstverständlich nicht auf die vorliegende Sammlung von Erzählungen, die zu der recht kleinen Hand voll erfolgreicher Werke gehören, die vom Cthulhu-Mythos beeinflusst sind. Einige der frühen Beiträge in diesem Band, die aus gewissen »diversen Federn« stammen, erscheinen heute vielleicht als Popkultur-Kitsch, doch alle anderen sind wirklich wunderbar, und besonders die Erzählungen von Robert Bloch (vor allem »Das Notizbuch«), Fritz Leiber, Ramsey Campbell, Colin Wilson, Joanna Russ und Stephen King sind beispielhaft dafür, wie der geheimnisvoll fortdauernde Einfluss H. P. Lovecrafts eine Reihe grundverschiedener Schriftsteller dazu bewegt, völlig eigene, unnachahmliche Beiträge zum Mythos zu leisten.

Und Richard A. Lupoff, der Verfasser der letzten Geschichte in dieser Sammlung, hat uns womöglich noch mehr geschenkt: »Entdeckung der Ghoorischen Zone« ist nicht nur eine ausgezeichnete, sondern auch die einzige mir bekannte Mythos-Erzählung, die nicht von Lovecraft stammt und dennoch das Gefühl der bilderstürmenden Verwegenheit weckt, von der die Erstveröffentlichung der Lovecraft'schen Arbeiten begleitet war und welche die zeitgenössischen Leser von *Astounding Stories* so sehr gegen ihn aufbrachte. In diesem brillanten Stück Prosa ist es Lupoff gelungen, nicht nur die Mythos-Terminologie als Requisit einzusetzen, sondern auch die unabdingliche Atmosphäre kosmischen Wunders zu schaffen. Und darüber hinaus erweckt er einiges von der umwerfenden Faszination dieser ursprünglichen Mythos-Geschichten zu neuem Leben. Wenn Sie gern am eigenen Leibe erfahren wollen, weshalb man 1936 solch ein Aufhebens um den fiktiven Bericht einer fiktiven Antarktis-Expedition machte, dann blättern Sie doch auf Seite 817 dieses Buches vor und lesen Sie von drei Cyborgs, die an Bord eines Raumschiffs Sex miteinander haben, das jenseits der Plutobahn zu einem geheimnisvollen, unbekannten Planeten namens Yuggoth reist.

Originaltitel: *Iä! Iä! Cthulhu fhtagn!*
Aus dem Amerikanischen von *Dietmar Schmidt*

Anmerkungen des Übersetzers

Während **Edward E. »Doc« Smith** (1890–1965) in Deutschland dank der Lensmen-, der Skylark- und der d'Alembert-Serien recht bekannt ist, kennt man die beiden anderen Autoren hierzulande kaum. **Nat Schachner** (1895–1955), amerikanischer Chemiker, Anwalt und Schriftsteller, war in den Dreißigerjahren Verfasser der Serien *»Revolt of the Scientists«* und *»Past Present and Future«*. Die *Encyclopedia of Science Fiction* nennt seinen Stil zwar ungeschliffen, gesteht ihm aber zu, ein gescheiter und kenntnisreicher Schriftsteller gewesen zu sein, und bedauert, dass er nach 1940 dem Genre keine Aufmerksamkeit mehr schenkte. Auf Deutsch erschien von ihm »Der Weltraumanwalt« *(Space Lawyer)*. **Ralph Milne Farley** ist das Pseudonym des amerikanischen Lehrers und Schriftstellers Roger Sherman Hoar (1887–1963), dessen bekanntestes Werk die Serie *»Radio Man«* ist, eine auf der Venus angesiedelte Imitation der Romane Edgar Rice Burroughs'. Die *Encyclopedia* bezeichnet ihn als grobschlächtigen, traditionellen Autor von *»Sense-of-Wonder«*-Storys, der relativ inaktiv wurde, als nach Ende des 2. Weltkriegs das Genre im Anspruch stieg.

Julio Cortázar (1914–1984), ein argentinischer, politisch engagierter Autor des Phantastischen. Der Umschlag einer absolut realistischen Erzählweise ins Phantastische erfolgt bei ihm höchst überraschend, oft erst am Ende der Erzählung. Hauptwerk: *Rayuela* (1963).

Olaf Stapledon (1886–1950), britischer Schriftsteller und Philosoph, der unbeeinflusst von der amerikanischen Magazin-SF in der Tradition von H. G. Wells schrieb. 1930 erschien sein Erstling *Last and First Men* (dt. *Die letzten und die ersten Menschen);* erst 1936 erfährt er, dass so etwas wie Science-Fiction existiert. *Last and First Men* und *The Star Maker* (dt. *Der Sternenmacher)* gehören zu denjenigen seiner Werke, in denen er sich mit dem Schicksal des Menschen im Kosmos über gewaltige Zeiträume hinweg befasst.

Cthulhus Ruf

VON H. P. LOVECRAFT

Ein Überleben jener großen Mächte oder Wesen ist durchaus vorstellbar, ein Überleben aus einer fernen Zeit, als das Bewusstsein sich vielleicht in Formen offenbarte, die vor dem Heraufdämmern der Menschheit wieder verschwunden sind, Formen, von welchen allein Dichtung und Sage eine flüchtige Erinnerung bewahrt haben, und die von ihnen Götter, Monstren, mythische Wesen genannt wurden.

ALGERNON BLACKWOOD

I *Das Basrelief*

Die größte Gnade auf dieser Welt ist, so scheint es mir, das Nichtvermögen des menschlichen Geistes, all ihre inneren Geschehnisse miteinander in Verbindung zu bringen. Wir leben auf einem friedlichen Eiland des Unwissens inmitten schwarzer Meere der Unendlichkeit, und es ist uns nicht bestimmt, diese weit zu bereisen. Die Wissenschaften – deren jede in eine eigene Richtung zielt – haben uns bis jetzt wenig gekümmert; aber eines Tages wird das Zusammenfügen der einzelnen Erkenntnisse so erschreckende Aspekte der Wirklichkeit eröffnen, dass wir durch diese Enthüllung entweder dem Wahnsinn verfallen oder aus dem tödlichen Licht in den Frieden und die Sicherheit eines neuen, dunklen Zeitalters fliehen werden.

Theosophen haben die schreckliche Größe des kosmischen Zyklus geahnt, in dem unsere Welt und menschliche Rasse nur flüchtige Zufälle sind. Sie haben die Existenz merkwürdiger Überwesen angedeutet in Worten, die unser Blut erstarren ließen, wären sie nicht hinter einem schmeichelnden Optimismus versteckt. Aber nicht durch sie wurde der einzelne flüchtige Blick in verbotene Äonen ausgelöst, der mich frösteln macht, wenn ich daran denke, und wahnsinnig, wenn ich davon träume. Dieser Blick, wie jede furchtbare Schau der Wahrheit, blitzte aus einem zufälligen Zusammensetzen zweier getrennter Dinge auf – in diesem Fall einer alten Zeitungsnotiz und der Aufzeichnungen eines verstorbenen Professors. Ich hoffe, niemand mehr wird dieses Zusammensetzen durchführen – ich für meinen Teil werde nicht wissentlich auch nur ein Glied dieser grauenhaften Kette preisgeben. Ich glaube, auch der Professor hatte vorgehabt, Schweigen zu bewahren über das, was er wusste, und er hätte seine Notizen vernichtet, wäre er nicht plötzlich vom Tod überrascht worden.

Meine Berührung mit dem *Ding* begann im Winter 1926/27, mit dem Tod meines Großonkels George Gammell Angell, emeritierter Professor für semitische Sprachen an der Brown-University, Providence, Rhode Island. Prof. Angell war eine Autorität für alte Inschriften gewesen und oft letzter Ausweg für die Leiter prominenter Museen; viele werden sich an sein Hinscheiden im Alter von 92 Jahren erinnern. Am Orte selbst gewann der Todesfall durch seine seltsamen Begleitumstände an Bedeutung. Es traf den Professor, als er von der Newport-Fähre nach Hause zurückkehrte; er stürzte plötzlich zu Boden, nachdem er laut Aussage mehrerer Zeugen von einem seemännisch aussehenden Neger angerempelt worden war, der aus einem der obskuren Hinterhöfe auf der Steilseite des Hügels kam, die eine Abkürzung von der Anlegestelle zum Hause des Verstorbenen in der Wiliam-Street bildeten. Die Ärzte konnten keine sichtbare Verletzung feststellen; sie beschlossen nach langem Hin und Her, dass irgendein verborgener Herzschaden, verursacht durch den schnellen, steilen Anstieg des schon bejahrten Mannes, den Tod herbeigeführt haben müsse. Damals sah ich keinen Grund, warum ich mich mit dieser Darstellung nicht zufrieden geben sollte; aber in letzter Zeit neige ich dazu, mir Fragen zu stellen – und mehr als nur das ...

Als Erbe und Testamentsvollstrecker meines Großonkels – denn er starb als kinderloser Witwer – hatte ich seine Papiere mit einiger Sorgfalt durchzusehen; zu diesem Zwecke schaffte ich seine ganzen Stapel von Zetteln und Schachteln in meine Wohnung nach Boston. Viel von diesem Material wird später durch die American Archeological Society veröffentlicht werden; aber da gab es eine Schachtel, die mir äußerst rätselhaft erschien, und es widerstrebte mir, sie anderen zu zeigen. Sie war verschlossen, und ich fand nicht den Schlüssel, bis ich auf den Gedanken kam, den privaten Schlüsselbund des Professors zu untersuchen, den er stets in seinen Taschen getragen hatte. Daraufhin gelang es mir tatsächlich, sie zu öffnen; aber ich sah mich nur einem größeren Hindernis gegenüber. Denn was konnte die Bedeutung jenes merkwürdigen Basreliefs sein, dieses unzusammenhängende wuchernde Gewirr, das ich vorfand? Sollte mein Onkel plötzlich, im hohen Alter, an irgendeinen oberflächlichen Schwindel geglaubt haben? Ich war fest entschlossen, den exzentrischen Bildhauer herauszufinden, der für diese so offensichtliche Geistesverwirrung des alten Mannes verantwortlich war.

Das Basrelief bestand aus einem groben Rechteck, war weniger als 1 Inch breit und betrug etwa 5 bis 6 Inches Flächeninhalt; sehr wahrscheinlich stammte es aus jüngster Zeit. Die Zeichnungen darauf jedoch waren in Stimmung und Suggestion alles andere als modern; denn obwohl die Phantasien des Kubismus und Futurismus vielfältig und abenteuerlich sind, zeigen sie kaum diese geheime Regelmäßigkeit, die in prähistorischen Inschriften verborgen ist. Und irgendeine Schrift war diese Anhäufung von Zeichen sicherlich; aber obwohl ich sehr mit den Papieren und Sammlungen meines Onkels vertraut war, gelang es mir nicht, irgendeine besondere Zugehörigkeit herauszufinden, nicht einmal eine entfernteste Verwandtschaft.

Über diesen Hieroglyphen befand sich etwas, das allem Anschein nach ein Bild sein sollte, dessen impressionistische Ausführung jedoch ein genaues Erkennen verhinderte. Es schien eine Art Monster zu sein, oder ein Symbol, das ein Monster darstellte, von einer Gestalt, wie sie nur krankhafte Phantasie ersinnen kann. Wenn ich sage, dass meine irgendwie überspannte Vorstellungskraft gleichzeitige Bilder eines Tintenfisches, eines Drachen und der Karikatur eines Menschen lieferte, werde ich, glaube ich, dem Geist der Sache entfernt gerecht. Ein fleischiger, mit Fangarmen versehener Kopf saß auf einem grotesken, schuppigen Körper mit rudimentären Schwingen; aber es war die Anlage des Ganzen, die es so fürchterlich erschreckend machte. Hinter der Figur war die nebulose Andeutung einer zyklopischen Architektonik.

Die Notizen, die diese Wunderlichkeit begleiteten, waren, neben einer Menge Zeitungsartikel, in Prof. Angells eigener, letzter Handschrift und erhoben keinen Anspruch auf literarischen Stil. Was das Hauptdokument zu sein schien, war »Cthulhu Kult« überschrieben, in peinlich genau gemalten Buchstaben, wohl um ein falsches Buchstabieren dieses so fremdartigen Wortes auszuschließen. Das Manuskript war in zwei Abschnitte unterteilt, dessen erster »1925 – Traum und Traumresultate von H. A. Wilcox, 7 Thomas Street, Providence, R. I.« überschrieben war und der zweite »Darstellung von Inspector John. R. Legrasse, 121 Bienville St., New Orleans, La, 1908 A. A. S. Mtg. – Bemerkungen eben darüber & Prof. Webbs Bericht«. Die anderen Manuskriptbögen enthielten durchwegs kurze Notizen, einige von ihnen waren Berichte über merkwürdige Träume von verschiedenen Personen, andere Zitate aus theosophischen Büchern und Zeitschriften (bemerkenswert W. Scott-Elliotts *Atlantis und das Verlorene*

Lemuria) und der Rest von ihnen Bemerkungen über lang bestehende Geheimverbindungen und verborgene Kulte, mit Bezug auf Abschnitte in solchen mythologischen und anthropologischen Quellenwerken wie Frazers *Goldener Zweig* und Miss Murrays *Hexenkult in Westeuropa.* Die Zeitungsausschnitte wiesen größtenteils auf Fälle von extremem Wahnsinn und Auftreten von Massenpsychosen oder Manien im Frühjahr 1925 hin.

Die erste Seite des Manuskripts berichtete von einer sehr merkwürdigen Geschichte. Es scheint, dass am ersten März 1925 ein schmaler, dunkler Mann von überspanntem neurotischem Äußeren Prof. Angell besuchte und das eigenartige Basrelief mitbrachte, das ganz feucht und frisch war. Seine Karte trug den Namen Henry Anthony Wilcox, und mein Onkel hatte in ihm den jüngsten Sohn einer upper-class-Familie erkannt, mit der er befreundet war. In letzter Zeit hatte er in der Rhode Island School of Design Bildhauerei studiert und wohnte in der Nähe des Instituts im Fleur-de-Lys-Gebäude. Wilcox war ein genialer, aber exzentrischer junger Mann. Von Kindheit an hatte er Aufmerksamkeit auf sich gelenkt durch die seltsamen Geschichten und merkwürdigen Träume, die er für gewöhnlich erzählte. Er selbst bezeichnete sich als psychisch hypersensitiv; die nüchternen Bewohner der alten Handelsstadt taten ihn als einfach verrückt ab. Nie hatte er sich sehr mit seinesgleichen abgegeben, ließ sich immer seltener in der Gesellschaft sehen und war nun nur noch einem kleinen Kreis von ästhetisch Interessierten aus anderen Städten bekannt. Selbst der Providence Art Club, der darauf bedacht ist, seine konservative Linie zu erhalten, hatte ihn eher hoffnungslos gefunden.

Bei diesem Besuch, so hieß es im Manuskript des Professors, erbat er sich abrupt die Vorteile des archäologischen Fachwissens seines Gastgebers und wollte von ihm die Hieroglyphen auf dem Basrelief entziffert wissen. Er sprach in abwesender, geschraubter Manier, die Pose vermuten ließ und Sympathien entzog; und mein Onkel antwortete mit einiger Schärfe, denn die augenfällige Frische der Tafel implizierte Verwandtschaft mit allem Möglichen, nur nicht mit Archäologie. Des jungen Wilcox Erwiderung, die meinen Onkel immerhin so beeindruckte, dass er sich später an ihren genauen Wortlaut erinnerte, war von einem phantastischen poetischen Flair, das dieses ganze Gespräch gekennzeichnet haben muss und das ich seitdem so charakteristisch für ihn finde. Was er sagte, war: »Das Relief ist tatsächlich ganz neu, denn ich fertigte es heute Nacht in einem Traum, der von fremdartigen Städten handelte; und Träume sind älter als der brütende Tyrus, oder Sphinx, die nachdenkliche, oder das gartenumkränzte Babylon.«

An dieser Stelle begann er also mit der verworrenen Erzählung, die auf schlummernde Erinnerungen zurückgeht und sofort das fieberhafte Interesse meines Onkels besaß. In der Nacht zuvor hatte es ein leichtes Erdbeben gegeben, seit Jahren die spürbarste Erschütterung in Neu England; und Wilcox' Imagination war in hohem Maße erregt worden. Nachdem er eingeschlafen war, befiel ihn ein noch nie da gewesener Traum von riesigen Zyklopenstädten aus titanischen Blöcken und vom Himmel gestürzten Monolithen, die vor grünem Schlamm troffen und unheilvolle Schrecken bargen. Wände und Säulen waren von Hieroglyphen bedeckt, und von unten, unbestimmbar, von wo, war eine Stimme erklungen, die keine Stimme war; eine chaotische Sensation, die nur der phantastischste Wahnsinn in Laute übersetzen konnte; die er durch die fast nicht aussprechbare Unordnung von Buchstaben, durch »Cthulhu fhtagn« wiederzugeben suchte. Dieses Lautgewirr war der Schlüssel zu dem ungeheuren Interesse, das den Professor packte und beunruhigte. Er fragte den Bildhauer mit wissenschaftlicher Genauigkeit aus und untersuchte mit nahezu panischer Intensität das Basrelief, das zu schaffen sich der junge Mann überraschte, fröstelnd, nur mit dem Pyjama bekleidet, als er das wache Bewusstsein langsam wiedererlangte. Mein Onkel entschuldigte es, wie mir Wilcox später sagte, mit seinem Alter, dass er nicht sofort die Hieroglyphen und die Zeichnung erkannt habe. Viele seiner Fragen schienen dem Besucher höchst fehl am Platze, vor allem jene, die die Figur mit fremdartigen Kulten und Gesellschaftsformen in Verbindung zu bringen suchten; und Wilcox verstand nicht das wiederholte Versprechen des Professors, Schweigen zu bewahren, wenn er dafür nur die Mitgliedschaft zu irgendeiner mystischen oder heidnischen Sekte erhielte. Als Prof. Angell endlich davon überzeugt war, dass der Bildhauer tatsächlich weder einen Kult kannte noch ein System kryptischer Überlieferung, bat er seinen Besucher eindringlich, ihm doch auch weiterhin über seine Träume zu berichten. Darauf ging Wilcox bereitwillig ein, und schon nach dem ersten Gespräch berichtet das Manuskript von täglichen Besuchen des jungen Mannes, während der er erregende Fragmente nächtlicher Bilderfolgen lieferte; gigantischer Terror türmt sich auf, von riesigen Monolithen tropft dunkler Schlamm, unterirdische Stimmen fressen sich quälend in das Gehirn ...

Die beiden am häufigsten vorkommenden Laute sind durch die Buchstabierung »Cthulhu R'lyeh« annähernd wiedergegeben.

Am 23. März, so hieß es weiter im Manuskript, erschien Wilcox nicht wie üblich, und Nachfragen ergaben, dass ihn ein merkwürdiges Fieber befallen hatte, und er war zu seiner Familie in die Watermann Street gebracht worden. Er hatte in der Nacht mehrere andere Künstler im Hause durch einen Schrei geweckt und befand sich seitdem in einem Dämmerzustand zwischen Bewusstlosigkeit und Fieberphantasien.

Mein Onkel setzte sich sofort mit der Familie in Verbindung und überwachte von nun an den Fall aufs Gewissenhafteste; oft rief er Dr. Tobey, der den Kranken betreute, in seiner Praxis in der Thayer Street an.

Der fiebernde Geist des jungen Bildhauers brütete offensichtlich über grauenvoll seltsamen Dingen; und hin und wieder schauderte der Arzt, wenn er von ihnen sprach. Sie schlossen nicht nur eine Wiederholung des zuvor Geträumten ein, sondern berührten ganz unzusammenhängend ein gigantisches Ding, »Meilen hoch«, ein Umhergepolter und Getapse. Nie beschrieb er genau diesen Gegenstand, aber gelegentlich hervorgestoßene Worte, die Dr. Tobey wiederholte, überzeugten den Professor, dass er mit der unaussprechlichen Monstrosität identisch sein müsse, die der junge Mann in seiner Traumskulptur bildlich darzustellen versucht hatte. Wenn er dieses Objekt erwähnte, so bedeutete das das Vorspiel für einen unweigerlichen Rückfall in Lethargie, fügte der Doktor hinzu. Es befremde, dass seine Körpertemperatur gar nicht viel über der normalen liege, aber sein ganzer Zustand ließe ansonst eher echtes Fieber vermuten als geistige Verwirrung.

Am 2. April, etwa gegen drei Uhr nachmittags, schwand plötzlich jede Spur von Wilcox' Krankheit. Er saß, erstaunt, sich zu Hause zu finden, aufrecht in seinem Bett und erinnerte sich nicht im Leisesten, was, in Traum oder Wirklichkeit, seit der Nacht des 22. März geschehen war. Vom Arzt für gesund befunden, kehrte er nach drei Tagen in seine Wohnung zurück; für Prof. Angell aber konnte er nicht länger von Nutzen sein. Alle Spuren kosmischer Träume waren mit dem Augenblick seiner Genesung geschwunden, und nachdem mein Onkel eine Woche lang eine Reihe von sinnlosen und unbedeutenden Berichten über völlig normale Visionen aufgenommen hatte, ließ er es sein.

Hier endet der erste Teil des Manuskriptes; aber Hinweise auf gewisse einzelne Notizen gaben mir viel zu denken – so viel in der Tat, dass ich es nur auf das eingewurzelte Misstrauen, das damals meine Philosophie ausmachte, zurückführen kann, dass ich dem jungen Künstler noch immer misstraute. Die fraglichen Aufzeichnungen waren die, die Träume verschiedener Personen in der gleichen Periode beschrieben, in der der junge Wilcox seine nächtlichen Visionen hatte. Mein Onkel, so scheint es, hatte schnell einen erstaunlich weit gezogenen Kreis von Umfragen an diejenigen Freunde gerichtet, an die er sich ohne Ungehörigkeit wenden konnte; sie bat er um Berichte ihrer Traumgesichte und um die genauen Daten irgendwelcher bemerkenswerter Visionen in letzter Zelt. Seine Umfrage scheint verschieden aufgenommen zu sein; aber schließlich muss er doch mehr Antworten erhalten haben, als ein normaler Mensch sie ohne Sekretär hätte auswerten können. Die Originalkorrespondenz war zwar nicht erhalten, aber seine Notizen bildeten eine gründliche und wirklich umfassende Sammlung. Durchschnittliche Leute aus Gesellschaft und Geschäftsleben – Neuenglands traditionelles »Salz der Erde« – lieferten ein fast völlig negatives Ergebnis, obwohl vereinzelte Fälle von beängstigenden, aber formlosen Eindrücken hier und dort auftauchen, stets zwischen dem 23. März und dem 2. April – dem Zeitabschnitt also, in dem der junge Wilcox im Delirium versank. Wissenschaftler waren wenig mehr angegriffen, obgleich vier Fälle in vagen Beschreibungen flüchtige Eindrücke fremdartiger Landschaften erstellen, und in einem Fall ist von grauenhafter Angst vor etwas Übernatürlichem die Rede.

Die wichtigsten Antworten kamen von Malern und Dichtern, und ich bin überzeugt, dass Panik unter ihnen ausgebrochen wäre, hätten sie ihre Aussagen untereinander vergleichen können. Da ihre Originalbriefe fehlten, hatte ich den Kompilator halb im Verdacht, Suggestivfragen gestellt zu haben oder sich um die Korrespondenz nur zur Bekräftigung dessen bemüht zu haben, was er im Geheimen zu finden entschlossen war. Darum kam ich auch nicht von dem Gedanken los, dass Wilcox, wissend um die Unterlagen, die mein Onkel besaß, den greisen Wissenschaftler bewusst getäuscht hatte. Diese Antworten der Ästheten ergaben eine verwirrende, beunruhigende Geschichte. Zwischen dem 28. Februar und dem 1. April hatte ein großer Teil von ihnen höchst bizarre Dinge geträumt, und die Intensität dieser Träume steigerte sich während Wilcox' Delirium ins Unermessliche. Über ein Viertel derer, die irgendwelche Angaben machten, berichteten von Szenen und wirren Lauten, nicht unähnlich denen, die Wilcox beschrieben hatte. Und einige der Träumer gestanden heftige Furcht vor dem gigantischen namenlosen Ding, das gegen Ende in Erscheinung trat. Ein Fall, dem sich die Anmerkungen mit Nachdruck widmeten, war tragisch. Das Objekt, ein sehr bekannter Architekt mit Neigungen für Theosophie und Okkultismus, wurde genau am gleichen Tag wie Wilcox von heftigem Wahnsinn befallen und starb einige Monate später nach endlosem Schreien, ihn doch vor ausgebrochenen Bewohnern der Hölle zu retten. Hätte sich mein Onkel in all diesen Fällen auf Namen bezogen anstatt auf bloße Zahlen, hätte ich zu ihrer Bestätigung einige private Nachforschungen unternommen; so aber gelang es mir, nur wenige ausfindig zu machen. Diese jedoch unterstützten die Notizen voll und ganz. Ich habe mich oft gefragt, ob wohl alle Objekte dieser Untersuchung so außer sich waren wie diese kleine Gruppe. Es ist jedenfalls gut, dass sie nie eine Erklärung erreichen wird.

Die Zeitungsausschnitte, wie ich schon andeutete, berührten Fälle von Panik, Manie und exzentrischem Verhalten während der fraglichen Zeit. Prof. Angell muss ein ganzes Büro beschäftigt haben, denn die Anzahl der ausgeschnittenen Artikel war überwältigend, und ihre Quellen waren über die ganze Erde verteilt. Hier ein nächtlicher Selbstmord in London, wo sich ein einsamer Schläfer nach einem grauenhaften Schrei aus dem Fenster gestürzt hatte; da ein weitschweifiger Brief an den Herausgeber eines Blattes in Südamerika, in dem ein Fanatiker ein grässliches Zukunftsbild nach seinen Visionen entwirft; dort bringt eine Depesche aus Kalifornien eine Meldung über eine Theosophenvereinigung, die sich aus Anlass einer »glorreichen Erfüllung«, die nie eintritt, mit weißen Gewändern schmückt, während verschiedene Notizen aus Indien gegen Ende Mai ernst zu nehmende Unruhen unter den Eingeborenen berühren. Vudu-Orgien nehmen in Haiti zu, und afrikanische Vorposten melden rätselhaftes Gemurre im Busch. Amerikanische Offiziere auf den Philippinen finden gewisse Dschungelstämme um diese Zeit aufrührerisch, und New Yorker Polizisten werden in der Nacht vom 22. zum 23. März von hysterischen Levantinern terrorisiert. Auch der Westen Irlands ist voll von wilden Gerüchten und Legenden, und ein Maler der phantastischen Schule namens Ardois-Bonnot hängt in die Pariser Frühlingsausstellung 1926 eine blasphemische Traumlandschaft. Und so zahlreich sind die gemeldeten Fälle in Nervenheilanstalten, dass es nur auf ein Wunder zurückzuführen sein kann, dass die Ärzteschaft nicht diese beunruhigenden Parallelen sah und dunkle Schlüsse zog. Alles in allem ein grausiger Haufen Zeitungsausschnitte; und heute kann ich mir kaum diesen dreisten Rationalismus mehr vorstellen, mit dem ich ihn beiseite schob. Damals aber war ich eben überzeugt, dass der junge Wilcox um die uralten verbotenen Dinge wusste, die der Professor erwähnte.

II *Die Erzählung des Inspektors Legrasse*

Die alten Dinge, die den Albtraum des Bildhauers und das Basrelief für meinen Onkel so bedeutungsvoll gemacht hatten, bildeten das Thema der anderen Hälfte seines langen Manuskriptes. Schon früher einmal, so scheint es, hatte Prof. Angell die infernalischen Umrisse der unaussprechlichen Ungeheuerlichkeiten gesehen, über den unbekannten Hieroglyphen gerätselt und die enigmatischen Silben gehört, die nur mit »Cthulhu« wiederzugeben sind; und all das in so aufregendem und schrecklichem Zusammenhang, dass es nicht wundernimmt, wenn er den jungen Wilcox mit Fragen bedrängte.

Diese frühere Erfahrung stammte aus dem Jahre 1908, siebzehn Jahre zuvor, als die American Archeological Society ihren Jahreskongress in St. Louis abhielt. Prof. Angell nahm als anerkannte Kapazität bei allen Beratungen eine erste Stellung ein; und er war auch einer der ersten, dem sich die zahlreichen Außenstehenden, die diese Versammlung zum Anlass nahmen, sich Fragen und Probleme beantworten zu lassen, zuwandten. Deren Wortführer und innerhalb kurzer Zeit für alle Teilnehmer der Mittelpunkt des Interesses war ein durchschnittlich aussehender Mann mittleren Alters, der von New Orleans angereist war, um Erklärung zu suchen, die er von keiner anderen Seite erwarten konnte. Es war der Polizeiinspektor John Raymond Legrasse; er brachte den Gegenstand mit, um dessentwillen er gekommen war – eine groteske, ungeheuerlich abstoßende und augenscheinlich sehr alte Steinstatuette, deren Ursprung er nicht zu bestimmen vermochte.

Man glaube nur nicht, Inspektor Legrasse habe auch bloß das geringste Interesse für Archäologie gehabt. Im Gegenteil, sein Wunsch nach Aufklärung entsprang rein beruflichen Erwägungen. Die Statue, Idol, Fetisch oder was immer es sein mochte, war einige Monate zuvor in den dicht bewaldeten Sümpfen südlich New Orleans während eines Streifzuges sichergestellt worden; man hatte ein Vudu-Treffen vermutet. Die damit verknüpften Riten waren in ihrer Grausamkeit so einzigartig, dass die Polizei annahm, auf einen dunklen Kult gestoßen zu sein, der ihnen völlig unbekannt war und unglaublich diabolischer als selbst die schwärzesten der afroamerikanischen Vudu-Zirkel. Der Ursprung der Figur war absolut nicht festzustellen – wenn man von den kargen und unglaubhaften Erzählungen, die man aus den Gefangenen herauspresste, absieht; daher das Verlangen der Polizei nach irgendeiner Erklärung der Altertumsforscher, die ihnen dienlich sein könnte, das unheilvolle Symbol einzuordnen und daraufhin den ganzen Kult mit Stumpf und Stiel auszurotten.

Inspektor Legrasse hatte wohl kaum mit dem Aufsehen gerechnet, das seine Eröffnung machen würde. Ein einziger Blick auf die Statuette hatte genügt, um die versammelten Wissenschaftler in einen Zustand ungeheurer Spannung zu versetzen, und ohne Zeit zu verlieren, scharten sie sich um ihn und starrten auf die winzige Figur, deren Fremdartigkeit und Ausstrahlung wahrhaft unergründlichen Alters möglicherweise archaische, bisher ungeschaute Ausblicke eröffnete. Keine erkennbare Schule der Bildhauerkunst hatte diesen grauenvollen Gegenstand belebt; doch Jahrhunderte, ja sogar Jahrtausende schienen in dem Staub und der grünlichen Oberfläche des nicht einzuordnenden Steines festgehalten.

Die Figur, die schließlich herumgereicht wurde, damit sie jeder sorgfältig von nahem studieren könne, besaß eine Höhe von 7 bis 8 Inches und war künstlerisch vollkommen. Sie stellte ein Ungeheuer von entfernt menschenähnlichen Umrissen dar, hatte aber einen tintenfischgleichen Kopf, dessen Gesicht aus einem Wirrwarr von Tentakeln bestand; darunter ein schuppiger molluskenhaft aussehender Körper, eklige Klauen an Hinter- und Vorderfüßen und lange schmale Flügel auf dem Rücken.

Dieses Ding, in dem Naturtrieb mit fürchterlicher widernatürlicher Bösartigkeit gemischt zu sein schien, war von aufgedunsener Beleibtheit und hockte, Ekel erregend, auf einem rechteckigen Block oder Podest, das mit unleserlichen Zeichen bedeckt war. Die Flügelspitzen berührten den hinteren Rand des Blocks, das Ding selbst nahm die Mitte ein, während die langen säbelartigen Klauen der gekrümmten Hinterpfoten die Vorderkante in den Griff genommen hatten und bis über ein Viertel des Sockels hinabhingen. Der Kephalopode Kopf war nach vorne geneigt, sodass die Fühlarme des Gesichts die Rückseite der gewaltigen Vorderpranken streiften, die dessen ungeheueres Knie umklammert hielten. Der Anblick des Ganzen hatte abnormerweise nichts Unnatürliches an sich und verbreitete umso mehr geheime Furcht, als der Ursprung der Statue völlig unbekannt war. Sein unermessliches, nicht berechenbares Alter war unverkennbar; doch gab es nicht einen einzigen Hinweis, der auf eine Zugehörigkeit zu irgendeiner bekannten Kultur unserer jüngeren Zivilisation – oder irgendeiner anderen Epoche – hätte schließen lassen.

Ein Geheimnis für sich war das Material; denn der schmierige grünlich schwarze Stein mit seinen goldenen oder irisierenden Flächen und Furchungen hatte mit Geologie oder Mineralogie nichts gemein. Rätselhaft waren auch die Zeichen auf dem Sockel; und keiner der Kongressteilnehmer, obwohl sie etwa die Hälfte der Experten auf diesem Gebiet repräsentierten, konnte auch nur die entfernteste sprachliche Verwandtschaft feststellen. Die Zeichen gehörten, wie der Gegenstand und sein Material, zu etwas grauenhaft außerhalb Liegendem und von der Menschheit, wie sie uns bekannt ist, Getrenntem; etwas, das in schrecklicher Weise alte, unheilige Zusammenhänge des Lebens ahnen lässt, an denen unsere Welt und unsere Vorstellungen nicht teilhaben.

Und doch, als jeder der Teilnehmer den Kopf schüttelte und dem Inspektor eine Niederlage eingestehen musste, gab es einen Mann in der Versammlung, der einen Schimmer von bizarrer Verwandtschaft in der monströsen Gestalt und Schrift erkennen wollte, und der, wenn auch mit einiger Schüchternheit, das merkwürdige Wenige erzählte, das er wusste. Dieser Mann war der nun verstorbene William Channing Webb, Prof. für Anthropologie an der Princeton University, ein Forscher von nicht geringem Ruf.

Prof. Webb war vor 48 Jahren auf einer Expedition in Grönland und Island auf der Suche nach Runenschriften gewesen, die er jedoch nicht fand; und hoch oben an der Küste Westgrönlands war er auf einen vereinzelten Stamm oder Kult degenerierter Eskimos gestoßen, deren Religion, eine seltsame Form der Teufelsanbetung, ihn durch ihre kalte Blutrünstigkeit und Widerwärtigkeit abstieß. Es war ein Glaube, der unter den übrigen Eskimos kaum bekannt war, den sie nur mit Schaudern erwähnten und behaupteten, er sei aus schrecklichen, uralten Äonen herabgestiegen, noch bevor die Welt geschaffen worden sei. Neben unaussprechlichen Riten und Menschenopfern gab es gewisse merkwürdige überlieferte Rituale, die an den höchsten ältesten Teufel oder *tornasuk* gerichtet waren; und davon hatte Prof. Webb durch einen alten *angekok* oder Teufelsschamanen eine sorgfältige phonetische Kopie, die die Laute, so gut es ging, in lateinische Buchstaben übertrug. Aber von größter Bedeutung war im Augenblick der Fetisch, den dieser Kult verehrt hatte und um den sie tanzten, wenn das Nordlicht hoch über den Eisklippen aufglühte. Er war, so berichtete der Professor, ein rohes Basrelief aus Stein, mit einem Grauen erregenden Bildnis und kryptischen Schriftzeichen darauf. Und soviel er glaubte, war er in allen wesentlichen Zügen eine grobe Parallele dieses bestialischen Dinges, das da vor ihnen lag.

Diese Angaben, mit Spannung und Erstaunen von den versammelten Teilnehmern aufgenommen, schienen für Inspektor Legrasse doppelt aufregend zu sein; er begann sofort, seinen Informanten mit Fragen zu bedrängen. Da er ein Ritual der Kultverehrer aus dem Sumpf, die seine Leute festgenommen hatten, aufgezeichnet hatte, bat er den Professor inständig, sich so genau wie nur möglich an die Laute zu erinnern, die er bei den teuflischen Eskimos schriftlich niedergelegt hatte. Es folgte ein erschöpfender Vergleich von Details und ein Augenblick wahrhaft schauerergriffenen Schweigens, als der Detektiv und der Wissenschaftler übereinkamen, dass der Satz, der beiden höllischen Ritualen gemeinsam war – die doch Welten an Entfernung auseinander lagen –, tatsächlich identisch sei. Was im Wesentlichen die Eskimozauberer und die Sumpfpriester aus Lousiana zu ihren gleichartigen Götzenbildern sangen, ähnelte Folgendem (die Wortunterteilungen sind angenommen, nach den Pausen im Satz, so wie sie ihn sangen):

»Ph'nglui mglw'nafh Cthulhu R'lyeh wgah'nagl fhtagn.«

Legrasse hatte Prof. Webb eines voraus – einige der Bastardpriester hatten ihm wiederholt, was ältere Zelebranten noch wussten, nämlich die Bedeutung dieser Worte. Der Text hieß, ihnen zufolge, etwa:

»In diesem Haus in R'lyeh wartet träumend der tote Cthulhu.«

Und jetzt, da ihn alle bedrängten, erzählte Inspektor Legrasse so ausführlich wie möglich sein Abenteuer mit den Sumpfanbetern; eine Geschichte, der, wie ich sah, mein Onkel größte Bedeutung zumaß. Sie erfüllte die wildesten Träume der Mythenschöpfer und Theosophen und offenbarte ein erstaunliches Maß an kosmischer Vorstellungskraft unter solchen Half-Casts und Parias, wo man sie am wenigsten vermutet. Am 1. November 1907 hatten die Bewohner der Sümpfe und Lagunen im Süden von New Orleans ein dringendes Schreiben an die Polizei gerichtet. Die Ansiedler dieser Gegend, meist einfache, gutartige Nachkommen der Lafitte-Leute, befanden sich in einem Zustand nackter Angst vor einem Ding, das über Nacht gekommen war. Offensichtlich handelte es sich um Vudu, aber in einer schrecklicheren Form, als sie es je erfahren hatten; und einige ihrer Frauen und Kinder waren spurlos verschwunden, seit das bösartige Tomtom mit seinem ununterbrochenen Getrommel in den schwarzen verfluchten Wäldern eingesetzt hatte, in die sich kein Mensch wagte. Da waren wahnsinnige Rufe und gehirnzermarternde Schreie, schaurige wilde Litaneien und irrlichternde Teufelsflammen; und, fügte der verschreckte Bote hinzu, das Volk könne es nicht länger ertragen.

So waren zwanzig Polizisten in zwei Pferdewagen und einem Automobil am späten Nachmittag mit dem zitternden Siedler als Führer ausgerückt. Als die passierbare Straße zu Ende war, stiegen sie aus und kämpften sich meilenweit unter Schweigen durch die schrecklichen Zypressenwälder, die niemals Tageslicht gesehen hatten. Widerwärtige Wurzeln und die feindseligen Schlingen des Spanischen Mooses behinderten auf Schritt und Tritt ihren Marsch, und hier und da verstärkten ein Haufen schleimig kühler Steine oder die Reste einer verfaulenden Mauer durch ihre Andeutung auf vergangene morbide Behausungen ein ungutes Gefühl, das jeder missgebildete Baum, jedes weißschimmelige Pilznest schafft. Schließlich kam die Ansiedlung in Sicht, ein armseliger Haufen von Hütten, aus denen die hysterischen Bewohner herausstürzten, um sich um die flackernde Laterne zu scharen. Das dumpfe Trommeln der Tomtoms war nun in der Ferne ganz schwach hörbar; und markerschütterndes Kreischen drang, wenn der Wind sich drehte, in unregelmäßigen Abständen herüber. Auch schien ein rötlicher Schimmer durch das mondbleiche Unterholz zu leuchten, jenseits des endlosen Nachtdunkels. Obwohl ihnen davor graute, wieder allein gelassen zu werden, wies es jeder einzelne der verschreckten Bewohner weit von sich, auch nur einen Schritt weiter in das Gebiet jener unheiligen Anbetung vorzudringen, sodass Inspektor Legrasse nichts anderes übrig blieb, als mit seinen neunzehn Kollegen führerlos in die schwarzen Gewölbe des Schreckens einzutauchen, in die nie jemand vor ihnen je den Fuß gesetzt hatte.

Das Gebiet, in das die Polizeitruppe jetzt drang, hatte schon seit jeher als unheilvoll gegolten. Es war völlig undurchforscht, kein Weißer hatte es je durchquert. Es spannen sich Legenden um einen verborgenen See, in dem, unberührt von den Augen Sterblicher, ein riesiges, formloses, fahles, tintenfischähnliches Ding mit glühenden Augen lebte; die Ansiedler flüsterten, dass fledermausflügelige Teufel aus Höhlen im Inneren der Erde kamen, um es um Mitternacht zu verehren. Sie sagten, es sei vor D'Iberville da gewesen, vor La Salle, noch vor den Indianern und selbst vor den Tieren und Vögeln des Waldes. Es war der Nachtmahr persönlich, und ihn sehen hieß sterben. Aber er stieg hin und wieder in die Träume der Menschen, und so wussten sie sich vor ihm zu hüten. Die gegenwärtige Vudu-Orgie fand tatsächlich ganz am Rande dieser Schreckenszone statt; dieser Platz war schon schlimm genug; vielleicht hatte ebendieser Ort der Anbetung die Siedler mehr erschreckt als die entsetzlichen Schreie und die vorhergegangenen makabren Zwischenfälle.

Nur Dichtkunst oder Wahnsinn können den Geräuschen gerecht werden, die Legrasses Männer hörten, als sie sich durch den schmatzenden Morast in Richtung auf das rote Leuchten und das gedämpfte Tomtom arbeiteten. Es gibt stimmliche Eigenheiten, die für Menschen charakteristisch sind und andere, die auf Tiere hinweisen; und es macht einen schaudern, die einen zu hören, wenn ihr Ursprung der der anderen sein sollte. Hier übertrafen sich animalische Raserei und menschliche Ausschweifung, gipfelten in dämonischem Geheule und grellen Ekstasen, die diese nächtlichen Wälder zerrissen und in ihnen widerhallten, als wären es pestartige Stürme aus den Schlünden der Hölle. Hin und wieder pflegte das wahnsinnige Geheule abzubrechen, und ein geordneter Chor rauer Stimmen erhob sich in dem Singsang des schreckensvollen Satzes, des rituellen »Ph'nglui mglw'nafh Cthulhu R'lyeh wgah'nagl fhtagn«.

Die Männer kamen nun in einen Teil des Waldes, wo sich die Bäume lichteten, und plötzlich sahen sie sich dem Schauspiel selbst gegenüber. Vier von ihnen wankten, einer brach bewusstlos zusammen, und zwei wurden von wahnsinnigen Schreikrämpfen geschüttelt, die durch die tolle Kakophonie glücklicherweise gedämpft wurden. Legrasse flößte dem Ohnmächtigen etwas Kentucky Bourbon ein, und alle standen zitternd und vor Schreck wie hypnotisiert.

In der Sumpflichtung befand sich eine grasbewachsene Insel von vielleicht einem *Acre* Ausmaß, baumlos und relativ trocken. Darauf nun hopste und wand sich eine Horde von so unbeschreiblicher menschlicher Abnormität, wie sie niemand außer einem Sime oder Angarola malen könnte. Völlig unbekleidet wieherten, heulten und zuckten sie um ein riesiges kreisförmiges Feuer; gelegentliche Öffnungen in dem Flammenvorhang enthüllten in der Mitte einen gigantischen Granitmonolithen, einige acht Fuß hoch, auf dessen Spitze, grotesk in ihrer Winzigkeit, die unheilschwangere gemeißelte Statuette thronte. In einem großen Kreis waren zehn Gerüste in regelmäßigen Abständen mit dem flammenumgürteten Monolithen als Zentrum aufgebaut, an denen, mit dem Kopf nach unten, die grausig verzerrten Körper der hilflosen Siedler hingen, die als verschwunden gemeldet worden waren. Innerhalb dieses Kreises stampfte und brüllte die Kette der Götzenanbeter, wobei die Hauptrichtung der Bewegung von links nach rechts lief, in einem unendlichen Bacchanal zwischen dem Ring der Körper und dem Ring des Feuers.

Es mag nur Einbildung gewesen sein oder ein Echo, das einen der Leute, einen erregbaren Spanier, veranlasste, sich einzubilden, er höre Antiphonale Antworten auf das unheilige Ritual irgendwo aus der dunklen Ferne, tiefer in dem Wald des Grauens und der alten Legenden. Diesen Mann, einen gewissen Joseph D. Galvez, traf ich später und fragte ihn aus; und er zeigte sich in beunruhigender Weise phantasiereich, ging sogar so weit, ein entferntes Flügelrauschen, das Schimmern glänzender Augen und eine gebirgige fahlweiße Masse hinter den Wipfeln der Bäume anzudeuten – aber ich glaube, er hatte wohl bloß zu viel von dem Aberglauben der Einheimischen gehört.

Tatsächlich dauerte die Erstarrung der Männer nur relativ

kurze Zeit. Obwohl sich in der Menge etwa hundert dieser Bastardpriester befanden, vertrauten die Polizeibeamten auf ihre Waffen und stürzten sich entschlossen in die ekelhafte Meute. Für fünf Minuten herrschte ein unbeschreibliches Getöse und ein Chaos aus Schlägen, Schüssen und Fluchtversuchen; aber schließlich konnte Legrasse 47 trotzige Gefangene zählen, die sich ankleiden und zwischen zwei Reihen von Polizisten aufstellen mussten. Vier der Götzenanbeter lagen tot am Boden, und zwei Schwerverletzte wurden von ihren Mitgefangenen auf rasch improvisierten Bahren transportiert. Das Bildwerk auf dem Monolithen wurde vorsichtig heruntergeholt und Legrasse anvertraut.

Nach einem Marsch äußerster Anstrengung und Strapazen wurden die Gefangenen im Hauptquartier untersucht, und sie alle stellten sich als Menschen von sehr niedrigem Typus heraus, mischblütig und geistig unausgeglichen. Die meisten von ihnen waren Seeleute; und ein paar Neger und Mulatten, meist Leute von den Antillen oder Bravaportugiesen, brachten eine Spur von Vudu in den ursprünglich heterogenen Kult. Aber bevor noch viele Fragen gestellt wurden, zeigte sich bereits, dass es sich hier um etwas viel Tiefergehendes und Älteres handelte als um bloßen schwarzafrikanischen Fetischismus. Heruntergekommen und unwissend wie sie waren, hielten diese viehischen Kreaturen doch mit erstaunlicher Beharrlichkeit an der zentralen Idee ihres verabscheuungswürdigen Glaubens fest.

Sie verehrten, so sagten sie, die *Großen Alten,* die Äonen vor der Existenz des Menschen gelebt hätten und die aus dem All in die junge Welt kämen. Die *Alten* hätten sich nun in das Erdinnere und in das Meer zurückgezogen; ihre toten Leiber jedoch hätten ihr Geheimnis einem Mann anvertraut, der daraus einen Kult schuf, der seither nicht ausgestorben ist. Das war ebendieser Kult, und die Gefangenen behaupteten, er habe immer existiert und werde immer existieren, in entlegenen

Einöden und an dunklen Orten über die ganze Welt verstreut, bis der große Priester Cthulhu aus seinem dunklen Haus in der mächtigen Stadt R'lyeh vom Grund des Ozeans auftauche und die Erde wieder unter seine Herrschaft zwinge. Eines Tages würde er rufen, wenn die Gestirne günstig seien, und der geheime Kult wäre zu jeder Zeit bereit, ihn zu befreien.

Doch nichts Weiteres durfte erzählt werden. Es bestand ein Geheimnis, das selbst die Folter nicht entlocken konnte. Der Mensch war nicht alleine inmitten der ihm bewussten Dinge auf der Erde, denn Schemen kamen aus dem Schatten, die wenigen Gläubigen aufzusuchen. Aber das waren nicht die *Großen Alten.* Kein Sterblicher hatte je die *Großen Alten* zu Gesicht bekommen. Das gemeißelte Idol war der *Große Cthulhu,* aber niemand hätte sagen können, ob die anderen gleich ihm waren. Heute konnte niemand mehr die Schriftzeichen lesen, aber es wurden Dinge erzählt ... Das gesungene Ritual enthielt nicht das Geheimnis – das wurde nie laut ausgesprochen, nur geflüstert. Der Gesang bedeutet nur *»In diesem Hause wartet träumend der Große Cthulhu«.*

Nur zwei der Gefangenen wurden für gesund genug befunden, gehängt zu werden; der Rest wurde verschiedenen Institutionen übergeben. Alle leugneten hartnäckig, an den Ritualmorden beteiligt gewesen zu sein und gaben vor, die Tötungen seien von den *Schwarzgeflügelten* durchgeführt worden, die von ihrem Versammlungsort in den fluchbeladenen Wäldern zu ihnen gekommen seien. Aber über deren geheimen Pfade konnte nichts Näheres in Erfahrung gebracht werden. Was die Polizei überhaupt herausfinden konnte, das kam hauptsächlich von einem steinalten Mestizen namens Castro, der behauptete, er sei in fremde, ferne Häfen gesegelt und habe in den Gebirgen Chinas mit den todlosen Führern des Kults gesprochen.

Der alte Castro erinnerte sich schwach an schreckliche Legenden, die die Spekulationen der Theosophen verblassen und den Menschen und seine Welt tatsächlich ganz jung und vergänglich erscheinen ließen. Es hatte Äonen gegeben, in denen andere Dinge die Welt beherrschten, und *sie* hatten große Städte besessen: Überreste von denen, wie der todlose Chinese ihm erzählt habe, noch als zyklopische Felsen auf Inseln im Stillen Ozean zu finden seien. Sie alle starben ganze Zeitalter, bevor der Mensch kam, aber es gab gewisse Künste, durch die *Sie* wiederbelebt werden konnten, wenn die Gestirne wieder in die richtige Position in dem Zyklus der Ewigkeit gelangten. *Sie* waren nämlich selbst von den Sternen gekommen und hatten *Ihre* Abbilder mitgenommen.

Diese *Großen Alten* beständen nicht vollständig aus Fleisch und Blut, fuhr Castro fort, sie besäßen Gestalt – bewies das denn nicht dieses sterngeprägte Bildnis? –, aber die war nicht stofflich. Wenn die Gestirne richtig standen, konnten *Sie* durch das All von Welt zu Welt tauchen; standen sie aber falsch, konnten *Sie* nicht leben. Aber obwohl *Sie* nicht länger am Leben waren, so würden *Sie* dennoch nie wirklich sterben. *Sie* alle ruhten in Felshäusern ihrer großen Stadt R'lyeh, geschützt durch den Zauber des mächtigen Cthulhu bis zu *Ihrer* glorreichen Auferstehung, wenn Sterne und Erde wieder für *Sie* bereit seien. Aber zu dem Zeitpunkt bedürften *Sie* einer Kraft von außerhalb, die *Ihre* Körper befreien musste. Die Beschwörungen, die *Sie* behüteten, verhinderten gleichzeitig, dass *Sie* sich bewegten, und so konnten *Sie* nichts tun, als wach im Dunkel zu liegen und nachzudenken, während ungezählte Jahrmillionen vorüberzogen. *Sie* wussten von allem, was im Universum vor sich ging, denn ihre Art zu sprechen bestand in der Vermittlung von Gedanken. Auch jetzt unterhielten *Sie* sich in *Ihren* Gräbern. Dann, flüsterte Castro, schufen die Menschen einen traumbefohlenen Kult um die kleinen Idole, die ihnen die *Großen Alten* gezeigt hatten; Bilder, die in den düsteren Zeiten von dunklen Sternen zu ihnen gebracht worden waren. Niemals würde dieser Kult sterben, bis die Gestirne die rechte Position zueinander hätten, und die geheimen

Priester würden den großen Cthulhu aus seinem Grab holen, um seine Untertanen ins Leben zurückzurufen und wieder seiner Weltherrschaft zu dienen. Dieser Zeitpunkt wäre leicht zu erkennen, denn der Mensch sei dann wie die *Großen Alten* geworden: wild und frei jenseits von gut und böse; Gesetze und Moral wären dann niedergerissen, und alle Menschen brüllten, töteten und schwelgten in Lust. Dann würden ihnen die *Großen Alten* neue Wege zu brüllen, zu töten, zu schwelgen und zu genießen zeigen, und die Erde würde in Vernichtung, Ekstase und Freiheit flammen. In der Zwischenzeit müsste der Kult durch angemessene Riten die Erinnerung wach halten und *Ihre* sichere Rückkehr prophezeien.

In früheren Zeiten hätten auserwählte Männer mit den eingeschlossenen *Alten* in ihren Träumen geredet, aber dann sei etwas geschehen. Die gewaltige Steinstadt R'lyeh sei mitsamt ihren Monolithen und Grabstätten im Meer versunken; und die tiefen Wässer, voller Urgeheimnisse, durch die nicht einmal Gedanken dringen, hätten die spektrischen Strahlen durchschnitten. Aber die Erinnerung lebte weiter, und Hohe Priester sagten, die Stadt tauche wieder auf, sobald die Sterne günstig seien ... Hier aber unterbrach sich der alte Castro hastig, und keine Überredung oder List konnten ihm mehr in dieser Richtung entlocken. Auch die Größe der *Alten* weigerte er sich kurioserweise zu beschreiben. Er glaube, setzte er fort, das Zentrum des Kultes befände sich inmitten unwegsamer Wüsten Arabiens, wo Irem, die Stadt der Säulen, im Verborgenen träumt. Mit der europäischen Hexerei stünde der Kult nicht in Verbindung, und im Grunde genommen wisse man außerhalb seiner Mitglieder nichts Genaues über ihn.

In keinem Buch sei ein Hinweis auf ihn enthalten; aber der todlose Chinese habe gesagt, im *Necronomicon* des wahnsinnigen Arabers Abdul Alhazred seien gewisse Doppeldeutigkeiten enthalten, die die Eingeweihten so lesen konnten, wie sie mochten, vor allem der umstrittene Vers

»Das ist nicht tot, was ewig lie(lü)gen kann,
Da selbst der Tod als solcher sterben kann.«

Legrasse, zutiefst beeindruckt und nicht im Geringsten erstaunt, hatte vergeblich nachgeforscht, worauf der Kult zurückzuführen sei. Castro schien zweifellos die Wahrheit gesagt zu haben, als er behauptete, das sei ganz und gar geheim. Die Autoritäten der Tulane University konnten kein Licht in die Angelegenheit bringen, weder was den Kult betraf noch das Götzenbild; und nun war der Detektiv zu der größten Autorität gekommen und stieß auf nichts Geringeres als auf die Grönlandgeschichte Prof. Webbs.

Das fieberhafte Interesse, das Legrasses Bericht bei der Versammlung weckte – den die Statue unterbaute –, spiegelt sich in der Korrespondenz derer wider, die damals zugegen waren; in der Öffentlichkeit allerdings fand diese Geschichte kaum Erwähnung. Vorsicht ist die erste Sorge derer, die gelegentlich Betrug und Scharlatanerie ausgesetzt sind. Legrasse lieh Prof. Webb für einige Zeit das Bildnis, aber nach dessen Tod wurde es ihm wieder ausgehändigt und befindet sich noch heute in seinem Besitz, wo ich es vor nicht langer Zeit selbst in Augenschein nahm. Es ist wirklich ein grauenhaftes Ding und zweifellos der Traumskulptur des jungen Wilcox ähnlich.

Es erstaunte mich keineswegs, dass mein Onkel durch die Erzählung des Bildhauers so in Erregung versetzt wurde, denn was für Gedanken müssen auftauchen, wenn man, nachdem man weiß, was Legrasse über den Kult erfahren hatte, von einem jungen sensitiven Mann hört, der nicht nur die Figur und die genauen Hieroglyphen des im Sumpf gefundenen Bildnisses und der grönländischen Höllentafel träumt, sondern der sich in seinen Träumen an mindestens drei der exakten Worte der Formel erinnert, die die schwarzen Eskimoschamanen gleichermaßen aussprachen wie die Bastarde in Lousiana. Dass Prof. Angell sofort eine Untersuchung von allergrößter Genauigkeit begann, versteht sich von selbst; obwohl ich persönlich den jungen Wilcox im Verdacht hatte, dass er auf irgendeine Weise von dem Kult erfahren und eine Folge von Träumen erfunden hatte, um das Geheimnis auf Kosten meines Großonkels zu steigern. Die Traumberichte und Zeitungsausschnitte, die der Professor gesammelt hatte, lieferten jedoch eine eindeutige Bestätigung; aber meine rationalistische Einstellung und die Ausgefallenheit der ganzen Geschichte ließen mich, wie ich glaubte, sehr vernünftige Schlussfolgerungen ziehen.

Nachdem ich also das Manuskript noch einmal gründlich studiert hatte und die theosophischen und anthropologischen Bemerkungen mit Legrasses Bericht über den Kult in Beziehung gebracht hatte, machte ich mich auf den Weg nach Providence, um den Bildhauer zu besuchen und ihn zu tadeln, dass er es gewagt habe, einen gelehrten alten Mann derart dreist hinters Licht zu führen.

Wilcox wohnte noch immer alleine in dem Fleur-de-Lys-Gebäude in der Thomas Street, einer unschönen viktorianischen Nachahmung bretonischer Architektur des 17. Jahrhunderts, das mit seiner Stuckfront zwischen den hübschen Häusern im Kolonialstil auf dem alten Hügel prunkt, genau im Schatten des schönsten georgianischen Kirchturms von Amerika. Ich traf ihn in seinem Zimmer bei der Arbeit an und musste sofort zugeben, dass er wirklich, nach den Plastiken zu urteilen, die herumstanden, außerordentliches Genie besaß. Er wird, glaube ich, sich in einiger Zeit als einer der großen *décadents* einen Namen machen; denn er hat jene Schemen und Phantasien in Ton geformt – und wird sie eines Tages in Marmor hauen –, wie sie Arthur Machen in Prosa beschworen und Clark Ashton Smith in Versen und Gemälden erstehen lässt.

Dunkelhaarig, schwächlich und etwas vernachlässigt sah er aus; müde drehte er sich auf mein Klopfen hin mir zu und fragte mich, ohne sich zu erheben, was ich denn wolle. Als ich ihm sagte, wer ich sei, zeigte er einiges Interesse; denn mein

Onkel hatte seine Neugierde geweckt, als er seine befremdlichen Träume untersuchte, jedoch nie eine Begründung hierfür angab. Auch ich gab ihm, was diese Dinge betraf, keine Aufklärung, versuchte aber, ihn vorsichtig aus seiner Reserve zu locken.

Innerhalb kurzer Zeit war ich von seiner absoluten Aufrichtigkeit überzeugt, denn er sprach von seinen Träumen in nicht misszuverstehender Weise. Sie und ihre unterbewussten Folgen hatten seine Kunst entscheidend beeinflusst, und er zeigte mir eine morbide Statue, deren Umrisse mich fast durch ihre Macht schwarzer Suggestion zittern machten. Er konnte sich nicht erinnern, ein Original dieses Dinges gesehen zu haben außer in seinem geträumten Basrelief; die Konturen hatten sich selbst unmerklich unter seinen Händen geformt. Zweifellos handelte es sich um die riesenhafte Gestalt, von der er in seinem Delirium phantasiert hatte. Dass er tatsächlich nichts über den geheimen Kult wusste, außer dem, was die erbarmungslosen Fragen meines Großonkels angedeutet hatten, wurde mir bald vollständig klar; und wieder überlegte ich angestrengt, auf welchem möglichen Weg er zu den grausigen Eindrücken gekommen war.

Er sprach von seinen Träumen in einer merkwürdigen poetischen Weise; er zeigte mir mit schrecklicher Ausdruckskraft die düstere titanische Schattenstadt aus schleimigen grünen Blöcken – deren *Geometrie,* wie er seltsamerweise sagte, *gar nicht stimmte* –, und ich vernahm mit banger Erwartung das endlose Rufen aus der Unteren Welt:

»Cthulhu fhtagn, Cthulhu fhtagn.«

Diese Worte hatten zu dem schrecklichen Ritual gehört, das von der Traumvigilie des toten Cthulhu in seinem Steingewölbe in R'lyeh erzählt, und trotz meiner rationalistischen Auffassung der Dinge war ich sehr bewegt. Wilcox hatte, dessen war ich ziemlich sicher, in einem Gespräch etwas über den Kult aufgeschnappt, dann war es aber in der Masse seines schauerlichen Lesestoffes und Einbildungsvermögens untergegangen. Später hatte es dann, da es so aufwühlend war, unterschwellig in seinen Träumen, in dem Basrelief und in der fürchterlichen Statue, die ich jetzt in meinen Händen hielt, Ausdruck gefunden. Mithin war dieser Betrug meines Großonkels ein recht unschuldiger. Der junge Mann war von einem Typ, den ich nicht sonderlich leiden konnte; ein wenig blasiert und arrogant; aber ich erkannte jetzt durchaus seine Aufrichtigkeit und sein Genie an. Freundschaftlich verabschiedete ich mich von ihm und wünschte ihm den Erfolg, den sein Talent versprach.

Alles, was mit dem Kult zusammenhing, faszinierte mich noch immer, und zuweilen träumte ich, dass ich durch Untersuchungen über seinen Ursprung und seine Zusammenhänge zu Ruhm gelangte. Ich reiste nach New Orleans, suchte Legrasse und andere auf, die seinerzeit an der Razzia beteiligt gewesen waren, sah die Grauen erregende Statue und befragte sogar die gefangen genommenen Mischlinge, soweit sie noch am Leben waren. Der alte Castro war leider vor einigen Jahren gestorben. Was ich nun so lebhaft, aus berufenem Mund, hörte – obwohl es tatsächlich nichts anderes war als eine genaue Bestätigung der Aufzeichnungen meines Großonkels –, erschreckte mich von neuem; ich war sicher, mich auf der Spur einer sehr ursprünglichen, sehr geheimen, sehr alten Religion zu befinden, deren Entdeckung mich zu einem Anthropologen von Ruf machen würde. Meine Einstellung war damals noch absolut materialistisch – *wie ich wünschte, dass sie es noch heute wäre* –, und mit unerklärlichem Eigensinn nahm ich das Zusammentreffen der Traumberichte und der Zeitungsausschnitte als ganz natürlich hin.

Was mir verdächtig zu sein begann und was ich jetzt fürchte zu *wissen,* ist, dass das Ableben meines Großonkels alles andere als natürlich war. Er stürzte in einer schmalen, engen Gasse, die vom Hafenkai den Berg hinaufführt und die von fremden

Mischlingen wimmelte, nach dem rücksichtslosen Stoß eines schwarzen Seemannes. Ich habe nicht die Methoden der Kultanhänger in Louisiana vergessen, und es würde mich nicht wundern, von geheimen Tricks und vergifteten Nadeln zu hören, die ebenso alt und gnadenlos sind wie lichtscheue Riten und Aberglaube. Legrasse und seine Männer sind zwar gut davongekommen, aber ein Mann in Norwegen, der gewisse Dinge sah, ist tot. Können nicht die Nachforschungen meines Großonkels, nachdem sie durch die Träume des Bildhauers intensiviert worden waren, sinistren Mächten zu Ohren gelangt sein? Ich glaube, Prof. Angell musste sterben, weil er zu viel wusste oder weil er auf dem Wege war, zu viel zu erfahren. Ob mir ein gleiches Schicksal wie ihm bestimmt ist, das wird sich zeigen; auch ich weiß jetzt eine ganze Menge.

III *Der Wahnsinn aus der See*

Wenn der Himmel mir je eine Gnade gewährte, so wünschte ich die Folgen eines reinen Zufalls vergessen zu können, der meinen Blick auf ein altes Zeitungsblatt, das als Unterlage diente, fesselte. Normalerweise hätte ich es überhaupt nicht beachtet, denn es war die alte Nummer einer australischen Zeitschrift, des »Sydney Bulletin«, vom 18. April 1925. Es muss dem Team entgangen sein, das zurzeit dieses Erscheinungstermins eifrig Stoff für die Untersuchung meines Großonkels sammelte.

Ich hatte meine Nachforschungen über das, was Prof. Angell den »Cthulhu-Kult« nannte, schon fast aufgegeben, und war bei einem gelehrten Freund in Paterson, New Jersey, zu Besuch; dem bekannten Mineralogen und Kurator des städtischen Museums. Ich schaute mir einige unausgestellte Exemplare an, die in einem Magazin des Museums ungeordnet in einem Regal aufgestellt waren, als mein Blick auf ein seltsames

Bild in einer der alten Zeitungen fiel, die man unter den Steinen ausgebreitet hatte. Es war das schon erwähnte »Sydney Bulletin«; das Foto zeigte ein grauenvolles Steinbild, das fast mit dem identisch war, das Legrasse in den Louisianasümpfen gefunden hatte.

Fieberhaft entfernte ich die wertvollen Steine von dem Blatt und durchflog den Artikel; war aber enttäuscht, dass er nichts Ausführliches brachte. Was er jedoch enthielt, war von unerhörter Bedeutung für meine ins Stocken geratene Untersuchung, und ich riss ihn sorgfältig heraus. Er hieß wie folgt:

Geheimnisvolles Wrack im Meer

Vigilant läuft Hafen mit seeuntüchtiger Neuseelandyacht im Schlepptau an. Ein Überlebender und ein Toter an Bord gefunden. Bericht über verzweifelte Schlacht und Menschenverluste auf dem Meer. Geretteter Seemann verweigert Einzelheiten über Vorfälle. Rätselhaftes Götzenbild in seinem Besitz gefunden. Untersuchung folgt.

Der Morrisons Companies Frachter *Vigilant* erreichte heute Morgen auf dem Rückweg von Valparaiso Darling Harbour und führte im Schlepptau die seeuntüchtig gewordene, aber schwer bestückte Dampfyacht *Alert* aus Dunedin, Neuseeland, mit sich, die zuletzt am 12. April in 34° 21' südl. Breite und 152° 17' westl. Länge gesichtet wurde; an Bord befanden sich ein lebender und ein toter Mann.

Die *Vigilant* hatte Valparaiso am 25. März verlassen und wurde am 2. April durch ungewöhnlich schwere Stürme und Brecher von ihrem Kurs beträchtlich nach Süden abgetrieben. Am 12. April wurde sie als Wrack gesichtet. An Bord wurde ein halb irrsinniger Überlebender und ein Mann, der allem Anschein nach seit über einer Woche tot war, aufgefunden. Der Überlebende hielt in seinen Händen ein steinernes Idol unbekannten Ursprungs umklammert, über das die Autoritäten der Sydney University der Royal Society und das College Street Museum keinerlei Aufschluss zu geben vermochten. Der Überlebende behauptete, er habe es in einer Kabine der Yacht in einem geschnitzten Kästchen gefunden.

Der Mann erzählte eine außerordentlich merkwürdige Geschichte von Piraterie und Gemetzel. Er nennt sich Gustaf Johansen, ist Norweger, ziemlich intelligent, und fuhr als zweiter Maat auf dem Zweimastschoner *Emma* aus Auckland, der am 20. Februar mit einer Besatzung von 11 Mann nach Callao in See stach.

Die *Emma,* so sagte er, wurde am 1. März durch die stürmische Wetterlage weit von ihrem Kurs abgetrieben und traf am 22. März 49° 51' südl. Breite und 128° 34' westl. Länge auf die *Alert,* die mit einer ziemlich übel wirkenden Crew aus Kanaken und Half-Casts bemannt war. Auf ihre kategorische Forderung hin umzukehren, weigerte sich Capt. Collins, worauf die *Alert* ohne Vorwarnung aus allen Rohren zu schießen begann. Die Männer der *Emma* setzten sich zur Wehr, und obwohl der Schoner durch Schüsse leckgeschlagen war und zu sinken drohte, gelang es ihnen dennoch, ihr Schiff an die feindliche Yacht zu manövrieren und sie zu entern. An Bord entspann sich ein Kampf mit der wilden Besatzung, und man sah sich gezwungen, sie alle zu töten – es handelte sich bei ihnen um nahezu tierische Menschen, die, obgleich in der Überzahl, nicht richtig zu kämpfen verstanden. Drei Leute, darunter Capt. Collins und der erste Maat Green, fielen im Kampf; und die restlichen acht unter Befehl des zweiten Maats Johansen navigierten mit der gekaperten Yacht weiter, und zwar mit gleichem Kurs, um festzustellen, warum man sie an der Weiterfahrt hatte hindern wollen.

Am nächsten Tag legten sie an einer Insel an (in diesem Teil des Ozeans ist keine Insel bekannt, Anm. d. Red.), und sechs der Männer kamen in der Folge auf irgendeine Weise um. Johansen gibt an, sie seien in eine Felsspalte gestürzt, und verweigert jede weitere Aussage über ihren Tod.

Später seien er und ein anderer zur Yacht zurückgekehrt und hätten sie zu steuern versucht, sie seien aber durch den Sturm am 2. April verschlagen worden.

Von diesem Zeitpunkt bis zu seiner Bergung am 12. weist der Mann eine Gedächtnislücke auf; er erinnert sich auch nicht, wann sein Gefährte William Briden starb. Bridens Todesursache ist nicht festzustellen; wahrscheinlich beruht sie auf Erschöpfung.

Aus Dunedin wird gekabelt, dass die *Alert* als Inselfrachter bekannt ist und entlang der Küste in üblem Ruf steht. Sie gehörte einer merkwürdigen Gruppe Half-Casts, deren häufige Zusammenkünfte und nächtliche Streifereien durch Wälder nicht geringe Neugier weckte; sie habe sofort nach dem Sturm und dem Erdbeben vom 1. März in großer Hast Segel gesetzt.

Unser Korrespondent in Auckland bestätigt der Mannschaft der *Emma* ihren hervorragenden Ruf und schildert Johansen als einen achtbaren und besonnenen Mann.

Die Admiralität wird morgen mit der Untersuchung der Angelegenheit beginnen, und man wird nichts unversucht lassen, um Johansen zum freieren Reden zu veranlassen, als er es bisher getan hat.

Das war alles; das und das teuflische Bildnis; aber was für Gedanken löste es nicht in mir aus! Hier waren neue Angaben über den Cthulhu-Kult enthalten und Beweise, dass man sich auf dem Wasser wie auf dem Festland intensiv mit ihm beschäftigte. Was hatte die Mannschaft der *Alert,* die mit ihrem schrecklichen Götzenbild an Bord herumkreuzte, veranlasst, die *Emma* an der Weiterfahrt zu hindern? Was hatte es mit dem unbekannten Eiland auf sich, auf dem sechs Leute der *Emma* umgekommen waren und über das der Maat Johansen so hartnäckig schwieg? Was hatte die Untersuchung der Vizeadmiralität ergeben, und wie viel war über den verderblichen Kult in Dunedin bekannt? Und, am erregendsten von allem, was für eine hintergründige und mehr als natürliche Verkettung von Daten war das, die nun eine unheilvolle und unleugbare Bedeutung der verschiedenen Ereignisse ergab, die mein Onkel so sorgfältig notiert hatte?

Am 1. März – unserem 28. Februar – hatte das Erdbeben stattgefunden, und Sturm war aufgekommen. Aus Dunedin brach ganz plötzlich die *Alert* auf, als hätte sie einen Befehl von oben erhalten, und auf der anderen Seite der Erdkugel begannen Dichter und Künstler von einer merkwürdigen dumpfen Zyklopenstadt zu träumen, und der junge Bildhauer formte im Traum die Gestalt des furchtbaren Cthulhu. Am 23. März landete die Mannschaft der *Emma* auf einer unbekannten Insel, ließ dort sechs Tote; und genau zu diesem Zeitpunkt steigerten sich die Träume der sensitiven Künstler zu ihrem Höhepunkt und schwärzten sich in Furcht vor der grauenhaften Verfolgung eines titanischen Ungeheuers, und ein Architekt war wahnsinnig geworden, und ein Bildhauer war plötzlich im Delirium versunken! Und was hatte es mit diesem Sturm vom 2. April auf sich – dem Datum, da alle Träume von der feuchtkalten Stadt mit einem Male abbrachen und Wilcox unversehrt aus der Knechtschaft seines seltsamen Fiebers zurückkehrte? Was hatte all das zu bedeuten – und was die Andeutungen des alten Castro über die versunkenen, sterngeborenen *Alten* und ihre kommende Herrschaft; deren gläubige Verehrung und ihre *Beherrschung der Träume?* Wankte ich am Rande kosmischer Schrecken, die weit über die Kraft des Menschen hinausgehen? Wenn es so sein sollte, musste das Grauen allein im Bewusstsein liegen, denn auf irgendeine Weise war die infernalische Bedrohung plötzlich abgebrochen, die begonnen hatte, von den Menschen Besitz zu ergreifen.

Noch am selben Abend, nachdem ich eiligst alles Nötige arrangiert hatte, sagte ich meinem Gastgeber Lebewohl und nahm den Zug nach San Francisco. Nach knapp einem Monat war ich in Dunedin: dort jedoch fand ich kaum etwas über die eigenartigen Kultanhänger heraus, die in den kleinen Hafenspelunken herumgelungert waren; doch stieß ich auf Andeutungen über eine Fahrt ins Landesinnere, die die Mischlinge gemacht hatten, während der man auf entfernten Hügeln schwaches Trommeln und rötliches Leuchten bemerkte.

In Auckland erfuhr ich, dass Johansen weißhaarig aus einem ergebnislosen Verhör in Sydney zurückgekehrt war, seine Wohnung in der West Street aufgegeben hatte und mit seiner Frau nach Oslo gereist war. Von seinen Erfahrungen wollte er auch Freunden nicht mehr als das erzählen, was er bereits der Admiralität zu Protokoll gegeben hatte, und alles, was man für mich tun konnte, war, mir seine Osloer Adresse zu nennen.

Danach reiste ich nach Sydney und führte fruchtlose Gespräche mit Seeleuten und Mitgliedern des Admiralsgerichtes. Ich besichtigte die *Alert,* die verkauft worden war und nun Handelszwecken diente, fand aber nichts, was mich interessiert hätte. Die hockende Statue mit dem Tintenfischkopf wurde im Hyde Park Museum aufbewahrt; ich studierte sie lange und sorgfältig und fand, dass sie von schrecklicher Vollkommenheit war, von ebendem gleichen Geheimnis, dem grausigen Alter und dem außerirdisch fremden Material, das mir bei Legrasses kleinerem Exemplar aufgefallen war. Geologen, so sagte mir der Museumsdirektor, war das ein völliges Rätsel; sie schworen, auf der Erde gebe es keinen Stein, der diesem gleiche. Mit Schaudern entsann ich mich, was der alte Castro Legrasse über die *Frühen Alten* erzählt hatte: »*Sie* kamen von den Sternen, und *Sie* brachten *Ihre* Bildnisse mit sich.«

Von innerem Aufruhr geschüttelt, wie ich ihn nie zuvor gekannt hatte, beschloss ich endlich, Johansen in Oslo aufzusuchen. Ich fuhr nach London, schiffte mich unverzüglich nach der norwegischen Hauptstadt ein und betrat an einem Herbsttag den schmucken Hafenkai im Schatten des Egebergs. Ich legte den kurzen Weg in der Droschke zurück und klopfte an die Tür eines hübschen kleinen Hauses. Eine traurig blickende Frau in Schwarz beantwortete meine Fragen, und ich war bitter enttäuscht, als ich hörte, dass Johansen tot sei.

Er habe seine Ankunft nicht lange überlebt, sagte seine Frau, denn die Geschehnisse auf See im Jahre 1925 hätten ihn zu Grunde gerichtet. Auch ihr habe er nicht mehr erzählt als den anderen; er habe aber ein langes auf Englisch geschriebenes Manuskript hinterlassen, das sie nicht verstünde. Auf einem Spaziergang durch eine enge Gasse nahe den Göteborgdocks habe ihn ein Ballen Papier, der von einem Dachfenster herunterfiel, zu Boden gerissen. Zwei Lascer-Matrosen hätten ihm sofort wieder auf die Beine geholfen, aber noch vor dem Eintreffen der Ambulanz war er tot. Die Ärzte konnten keinen plausiblen Grund für sein Ableben entdecken und führten es auf Herzschwäche zurück.

Ich überzeugte die Witwe von meiner engen Beziehung zu ihrem toten Gatten, sodass sie mir das Manuskript zu treuen Händen übergab; ich nahm das Dokument mit mir und begann es gleich während der Überfahrt nach London zu lesen.

Es war eine einfache, eher zusammenhanglose Geschichte – der naive Versuch eines nachträglichen Tagebuchs –, und sie bemühte sich, jeden Tag dieser letzten schrecklichen Reise zurückzurufen. Ich will nicht versuchen, sie wörtlich in ihrer ganzen Unklarheit und Weitschweifigkeit wiederzugeben, aber ich werde das Wesentliche daraus zusammenfassen, um zu zeigen, warum das Klatschen des Wassers gegen die Wände der Yacht für mich so unerträglich wurde, dass ich mir die Ohren verstopfte.

Johansen wusste Gott sei Dank nicht alles, obwohl er die Stadt und das Ding erblickt hatte; ich aber werde nie wieder ruhig schlafen können, wenn ich an das Grauen denke, das unaufhörlich hinter dem Leben in Zeit und Raum lauert, und an jene unerhörten Blasphemien von den alten Sternen, die im Ozean träumen; verehrt und angebetet durch einen Albtraum von Kult, der jederzeit bereit ist, es zu befreien und auf die Welt loszulassen, wenn je wieder ein Erdbeben seine monströse Felsstadt zu Sonne und Licht erhebt.

Johansens Reise hatte begonnen, wie er es der Admiralität berichtet hatte. Die *Emma* hatte mit Fracht am 20. Februar Auckland verlassen und war in die volle Gewalt des erdbebengeborenen Sturmes geraten, der aus dem Grunde des Meers die Schrecken emporgeholt hatte, die sich in die Träume der Menschen fraßen. Als man das Schiff wieder unter Kontrolle bekommen hatte, segelten sie auf neuem Kurs weiter, bis sie am 22. März von der *Alert* aufgehalten wurden. Von den dunkelhäutigen Kultteufeln spricht der Maat nur mit äußerstem Ekel. Irgendeine Scheußlichkeit war um sie, die ihre Vernichtung fast zur Pflicht machte, und Johansen zeigt aufrichtiges Erstaunen, als man ihm im Lauf der Verhandlung Grausamkeit vorwirft. Dann, als Neugierde sie unter Johansens Kommando auf der gekaperten Yacht weitersegeln lässt, erblicken die Männer eine große steinerne Säule, die aus dem Meer herausragt, und in 47° 9' südl. Breite und 126° 43' westl. Länge stoßen sie auf die Umrisse schlämm-, schlick- und tangverwesten Quaderwerks zyklopischer Ausmaße, das nichts anderes ist als das greifbare Grauen, das die Erde nur einmal aufzuweisen hat – die schreckgespenstische Leichenstadt R'lyeh, die unabsehbare Äonen vor der Geschichte von jenen grauenhaften Riesen errichtet wurde, die von dunklen Sternen zur Erde stiegen. Hier ruhten der große Cthulhu und seine Horden in grünschleimigen Gewölben, und von hier aus sendeten sie schließlich nach unmessbaren Jahrtausenden jene Gedanken, die in den Träumen der Empfindsamen Furcht und Grauen verbreiteten und die Gläubigen gebieterisch zur Pilgerschaft zu ihrer Befreiung und Wiedereinsetzung befahlen. All das ahnte Johansen nicht, aber, weiß Gott, er sah genug!

Ich vermute, dass tatsächlich nur eine einzelne Bergkuppe, die grausige monolithgekrönte Zitadelle, in der der große Cthulhu begraben lag, aus den Fluten herausragte. Wenn ich an die Ausmaße all dessen denke, was da unten im Verborgenen schlummern mag, wünschte ich fast, mich auf der Stelle umzubringen. Johansen und seine Leute waren vor der kosmischen Majestät dieses triefenden Babels alter Dämonen von panischer Furcht ergriffen, und sie ahnten, dass dies nicht von diesem oder irgendeinem anderen heilen Planeten stammen konnte. Horror vor der unglaublichen Größe der grünlichen Steinblöcke, vor der Schwindel erregenden Höhe des großen gemeißelten Monolithen und vor der verblüffenden Ähnlichkeit der mächtigen Statuen und Basreliefs mit dem befremdlichen Bildnis, das sie auf der *Alert* gefunden hatten, ist in jeder Zeile der angstvollen Beschreibung nur zu deutlich spürbar.

Ohne zu wissen, was Futurismus ist, kam Johansen dem sehr nahe, als er von der Stadt sprach; denn anstatt irgendeine präzise Struktur oder ein Gebäude zu beschreiben, verweilt er nur bei Eindrücken weiter Winkel und Steinoberflächen – Oberflächen, die zu groß waren, um von dieser Erde zu sein; unselig, mit schauderhaften Bildern und blasphemischen Hieroglyphen bedeckt. Ich erwähne seine Bemerkung über die Winkel deshalb, weil sie auf etwas hinweist, das Wilcox mir aus seinen Schreckensträumen erzählt hatte. Er hatte gesagt: die Geometrie der Traumstädte, die er sah, sei abnorm, UN-euklidisch und in ekelhafter Weise von Sphären und Dimensionen erfüllt gewesen, die fern von den unseren seien. Nun fühlte ein einfacher Seemann dasselbe, da er auf die schaudervolle Realität blickte.

Johansen und seine Leute gelangten über eine ansteigende Sandbank in diese monströse Akropolis, und sie erklommen titanische, von schlüpfrigem, grauenhaft grünem Tang überwucherte Blöcke, die niemals eine Treppe für Menschenmaß gewesen sein konnten. Sogar die Sonne am Himmel schien verzerrt, als sie durch das polarisierte Miasma strahlte, das aus diesen widernatürlichen Wässern wie Gift hochstieg; und fratzenhafte Bedrohung und Spannung grinste boshaft aus diesen trügerischen Ecken und Winkeln der behauenen Felsen, die auf den ersten Blick konkav erschienen und auf den zweiten konvex.

Furcht hatte alle Abenteurer ergriffen, noch bevor sie etwas anderes als nur Felsen, Schlick und Tang erblickt hatten. Jeder von ihnen wäre lieber geflüchtet, hätte er nicht die Verachtung der anderen gescheut; und nur mit halbem Herzen suchten sie – vergeblich, wie sich herausstellte – nach irgendeinem beweglichen Objekt, das sie als Andenken hätten mitnehmen können.

Rodriguez der Portugiese war es, der den Sockel des Monolithen erkletterte und herunterrief, was er entdeckt habe. Die übrigen folgten ihm und schauten neugierig auf die gewaltige gemeißelte Tür mit dem nun schon bekannten Oktopus – oder drachenähnlichen als Basrelief gehauenen Bildwerk. Sie war, so berichtet Johansen, wie ein großes Scheunentor; und alle fühlten, dass es sich um eine Tür handeln müsse wegen der verzierten Schwellen und Pfosten, die sie umgaben, doch sie konnten sich nicht klar darüber werden, ob sie flach wie eine Falltüre oder schräg liegend wie eine im Freien befindliche Kellertür war. Wie Wilcox gesagt haben würde: Die Geometrie dieses Ortes war völlig verkehrt. Sie wussten nicht genau, ob das Meer und der Grund, auf dem sie sich bewegten, in der Horizontale lagen, infolgedessen war die relative Position alles Übrigen auf phantastische Weise variabel.

Briden drückte an mehreren Stellen auf dem Stein herum, doch ohne Ergebnis. Dann tastete Donovan sorgfältig die Ränder ab und befühlte jeden einzelnen Punkt. Er kletterte an diesem grotesken Steingebilde unendlich hoch – das heißt, wenn man es klettern nennen wollte – vielleicht war das Ding am Ende doch horizontal? – Und alle Männer fragten sich, wie es eine so hohe Tür im Universum überhaupt geben könne. Da begann plötzlich die mehrere *Acres* große Tür ganz sanft und leise am oberen Ende nachzugeben; und sie sahen, dass sie ausbalanciert war. Donovan glitt die Pfosten herunter und beobachtete zusammen mit seinen Kameraden das unheimliche Zurückweichen des monströsen Portals. In dieser verrückten prismatischen Verzerrung bewegte sie sich völlig pervers, in einer Diagonale, und alle Regeln von Materie und Perspektive schienen auf dem Kopf zu stehen. Die Öffnung war tiefschwarz, von einer Dunkelheit, die fast stofflich war. Diese Finsternis war tatsächlich von *positiver Qualität;* sie quoll wie Rauch aus ihrem jahrtausendealten Gefängnis heraus und verdunkelte sichtbar die Sonne, als sie mit schlagenden häutigen Flügeln dem zurückweichenden Himmel entgegenkroch. Der Geruch, der aus den frisch geöffneten Tiefen drang, war unerträglich. Schließlich glaubte der feinhörige Hawkins ein ekelhaft schlurfendes Geräusch dort unten zu vernehmen. Jeder lauschte, lauschte noch immer, als ES sabbernd hervortappte und tastend seine gallertartige grüne Masse durch die schwarze Öffnung in die durchgiftete Luft dieser wahnsinnigen Stadt presste.

Die Handschrift des armen Johansen versagte fast, da er dies beschrieb. Zwei der sechs Männer, die das Schiff nie wieder erreichten, starben in diesem verfluchten Augenblick, wahrscheinlich aus reinem Grauen. Das *Ding* kann unmöglich beschrieben werden – es gibt keine Sprache für solche Abgründe brüllenden unvorstellbaren Irrsinns, für diese Verneinung von Materie, kosmischer Gültigkeit und Ordnung. Ein Berg bewegte sich wie eine Qualle, stolperte schlingernd einher. O Gott!, war es da zu verwundern, dass auf der anderen Seite der Erde ein großer Architekt verrückt wurde und der unglückliche Wilcox in diesem telepathischen Augenblick im Fieber raste? Das *Ding* der Idole, das schleimgrüne klebrige Gezücht der Sterne, war aufgestanden, um sein Recht zu beanspruchen. Die Planeten standen wieder in der richtigen Position, und was ein jahrtausendealter Kult vergeblich beabsichtigt hatte, das hatte durch Zufall ein Haufen nichts ahnender Seeleute vollbracht. Nach Vigintillionen Jahren erblickte der große Cthulhu zum ersten Mal wieder das Licht, und er raste vor Lust.

Drei der Leute wurden von den glitschigen Fängen verschlungen, noch bevor sich jemand bewegte. Gott möge ihnen Frieden schenken – wenn es irgendeinen Frieden im Universum gibt! Es waren Donovan, Guerrera und Angström. Parker glitt aus, als die übrigen drei in panischem Schrecken über endlose Flächen grünverkrusteter Felsen zum Boot stürzten, und Johansen geht jeden Eid ein, dass er von einem Winkel in dem Quaderwerk verschluckt wurde, den es eigentlich gar nicht hätte geben dürfen; einem Winkel, der spitz war, aber alle Eigenschaften eines stumpfen besaß. So erreichten nur Briden und Johansen das Boot, und sie ruderten verzweifelt auf die *Alert* zu, als sich das gebirgige monströse Schleimding die glitschigen Felsen herunterplumpsen ließ und zögernd im seichten Wasser umherwatete. Es war nur das Werk von ein paar Sekunden, fieberhaftes Hin- und Herhasten zwischen Dampfkesseln und Steuerhaus, um die *Alert* flottzumachen; langsam begann sie inmitten dieser grauenhaften unbeschreiblichen Szene die lethalen Gewässer aufzuwühlen; während auf den Felsblöcken dieser Leichenküste, die nicht von dieser Welt war, das *Ding* von den unseligen Sternen geiferte und sabberte und grunzte wie Polyphem, der das fliehende Boot des Odysseus verfluchte. Dann glitt der große Cthulhu, verwegener als der historische Kyklop, schleimig ins Wasser und machte sich mit wellenaufwühlenden Schlägen von kosmischer Gewalt auf die Verfolgung. Briden verlor den Verstand, als er zurückschaute, und wurde von wildem Lachen geschüttelt, das erst sein Tod eines Nachts beendete, während Johansen wie im Delirium auf dem Schiff herumirrte.

Aber Johansen hatte noch nicht aufgegeben. Er wusste, dass das *Ding* die *Alert* leicht überholen konnte, auch wenn die Yacht das Letzte hergab; er wusste, dass er nur eine einzige Chance hatte; und er ging mit dem Schiff auf volle Geschwindigkeit und riss das Steuer herum. Da die aufgewühlte See schäumte und wirbelte und der Dampf höher und höher stieg, lenkte der wackere Norweger den Bug des Schiffes geradewegs gegen die ihn verfolgende Gallertmasse, die sich aus diesem unreinen Schaum wie das Heck einer grausigen Galleone erhob. Der scheußliche Tintenfischkopf mit den wühlenden Armen berührte schon fast den Bugspriet der Yacht, aber Johansen steuerte unnachgiebig weiter.

Es folgte ein Bersten wie von einer Blase, die birst, eine schlammige eitergelbe Ekligkeit wie die eines geplatzten Mondfisches, ein Gestank wie aus Millionen offenen Gräbern und ein Geräusch, das zu beschreiben sich die Feder des Chronisten sträubt. Für einen Augenblick war das Schiff von einer beißenden und blind machenden grünen Wolke eingehüllt; dann wallte es achterwärts giftig auf, wo – Gott im Himmel – die versprengte Plastizität dieser namenlosen Himmelsbrut sich nebelhaft wieder zu seiner verhassten ursprünglichen Gestalt zusammensetzte, während sich die Distanz mit jedem Augenblick vergrößerte und die *Alert* neuen Antrieb aus dem hochsteigenden Dampf erhielt.

Das war alles. Danach brütete Johansen bloß noch über dem Götzenbild in der Schiffskabine, nahm kaum etwas zu sich und schenkte dem lachenden Irren an seiner Seite wenig Aufmerksamkeit. Er versuchte gar nicht mehr, das Schiff zu steuern, denn der Umschwung hatte irgendetwas in seinem Inneren zerstört. Dann kam der Sturm vom 2. April, und hier verdichteten sich die Wolken in seinem Erinnerungsvermögen. Er weiß nur von gespenstischem Wirbeln durch die Strudel der Unendlichkeit, von Schwindel erregenden Ritten auf Kometenschweifen durch schwankende Welten und von hysterischen Stürzen vom Mond in die höllischen Abgründe und zurück aus den Tiefen auf den Mond; all das begleitet vom brüllenden Gelächter der ausgelassenen *Alten Götter* und der grünen fledermausflügeligen spottenden Teufel des Tartarus.

Rettung aus diesen Träumen kam durch die *Vigilant,* das Admiralitätsgericht, die Straßen von Dunedin und die lange Reise heimwärts, in sein Haus am Egeberg. Er konnte einfach nichts erzählen – man würde ihn für verrückt halten. Er wollte aufschreiben, was er wusste, bevor der Tod zu ihm kam; aber seine Frau durfte nichts erfahren. Der Tod war ja eine Gnade, wenn er nur diese Erinnerungen auslöschen konnte.

Das war das Dokument, das ich las, und nun liegt es in der Kassette neben dem Basrelief und Prof. Angells Papieren. Meine eigene Niederschrift werde ich hinzufügen – diesen Beweis meiner Zurechnungsfähigkeit, in dem ich aneinander füge, was, wie ich hoffe, nie wieder jemand aneinander fügen wird. Ich habe gesehen, was das Universum nur an Grauenvollem besitzt, und danach müssen mir selbst der Frühlingshimmel und die Sommerblumen vergiftet sein. Aber ich glaube nicht, dass ich noch lange leben werde. Wie mein Großonkel ging, wie Johansen ging, so werde auch ich gehen. Ich weiß zu viel, und der Kult ist noch lebendig.

Und Cthulhu lebt noch – wie ich annehme – wieder in dem steinernen Abgrund, der ihn schützt seit der Zeit, da die Sonne jung war. Seine verfluchte Stadt ist wieder versunken, denn die *Vigilant* segelte nach dem Aprilsturm über die Stelle hinweg; aber seine Diener auf Erden heulen, tanzen und morden noch immer in abgelegenen Wäldern um götzengekrönte Monolithen. *Er* muss beim Untertauchen wieder in seiner schwarzschlündigen Versenkung verschwunden sein, sonst würde jetzt die Welt in Furcht und Schrecken rasen. Wer weiß das Ende? Was aufstieg, kann wieder untergehen, und was versank, kann wieder erscheinen. Grauenvolles wartet und träumt in der Tiefe, und Fäulnis kommt über die wankenden

Städte der Menschen. Es wird eine Zeit geben – aber ich darf und kann daran nicht denken! Ich bete darum, dass, falls ich das Manuskript nicht überleben sollte, meine Testamentsvollstrecker Vorsicht und Wagemut walten lassen und dafür sorgen, dass kein anderes Auge es je erblickt.

Originaltitel: *The Call of Cthulhu*
Erstveröffentlichung: *Weird Tales*, February 1928
Aus dem Amerikanischen von *H. C. Artmann*

Des Magiers Wiederkehr

VON CLARK ASHTON SMITH

Nun war ich schon seit Monaten ohne Arbeit, und meine Rücklagen schmolzen bedenklich dahin. Umso größer war meine Erleichterung, als ich günstige Post von John Carnby erhielt, darin er mir mitteilte, ich möge meine Eignung für den in Rede stehenden Posten im Zuge einer persönlichen Vorsprache beweisen. Carnby hatte wegen eines Sekretärs inseriert mit der Bedingung, dass jeder Bewerber seine Fähigkeiten zunächst brieflich namhaft mache, und dies hatte ich getan.

Carnby, das stand für mich so gut wie fest, musste ein versponnener Privatgelehrter sein und wollte es offensichtlich vermeiden, mit der ganzen, langen Reihe wildfremder Bewerber persönlich in Berührung zu kommen. So hatte er den andern Weg gewählt, hatte seine Ansprüche kurz und bündig präzisiert und damit von vornherein die meisten wenn nicht sogar alle ungeeigneten Kräfte ausgesondert. Die Ansprüche, die er stellte, waren ja hoch genug, sogar den überdurchschnittlich gebildeten Bewerber abzuschrecken, denn unter anderem war die Beherrschung der arabischen Sprache Bedingung. Nun, zum Glück hatte ich recht gute Kenntnisse auf diesem entlegenen Fachgebiet aufzuweisen.

Ich fand das Haus, von dessen Lage ich nur eine vage Vorstellung gehabt, am oberen Ende einer steil ansteigenden Straße der Peripherie von Oakland. Es war ein weitläufiger, zweigeschossiger, von uralten Eichbäumen überschatteter Bau, dessen düstere, von verwildertem Efeu überwucherte Mauern sich erhoben inmitten einer seit Jahren nicht mehr gepflegten Wirrnis aus ungestutzten Ligusterhecken und sonstigem Strauchwerk. Gegen die Nachbarschaft war das Anwesen nach der einen Seite hin abgegrenzt durch einen leeren, unkrautbestandenen Baugrund, nach der andern durch ein Dickicht aus Bäumen und rebenbefallnem Gesträuch, das die geschwärzte Ruine einer niedergebrannten Villa umgab.

Doch sogar wenn man absah von solchem Eindruck jahrelanger Vernachlässigung, schwebte ein Hauch düstrer Bedrückung über dem Ort – etwas, das von den efeubewachsenen Mauern auszuströmen und in dem verschatteten, hinterhältigen Späherblick ihrer Fenster zu nisten schien, ja noch in der Ungestalt jener verkrüppelten Eichen und des so befremdlich sich spreitenden, struppigen Strauchwerks. All das bewirkte, dass meine gehobene Stimmung merklich gedämpft ward, als ich das Grundstück betreten hatte und über den ungepflegten Fußpfad auf die Haustür zuschritt.

Aber noch tiefer ward meine Ernüchterung, sobald ich John Carnby von Angesicht gegenüberstand, obzwar ich keinerlei greifbaren Grund hätte angeben können für den warnenden Schauder und jene düstere, dumpfe Beunruhigung, die sich mir plötzlich als ein Bleigewicht aufs Gemüt legte. Doch vielleicht ging solche Bedrückung ebenso sehr von der Bibliothek aus wie von dem Manne, der mich darin empfing: ihre modrige Düsternis mochte ja weder im Sonnenlicht noch auch bei Lampenschein jemals zur Gänze aufgehellt worden sein. Sicherlich, daran musste es liegen, denn John Carnby selbst entsprach in fast allen Punkten dem Bild, das ich mir von seiner Person gemacht hatte.

Er vereinte in sich alle Merkmale des weltfremden Gelehrten, der Jahre und Jahre an ein wissenschaftliches Projekt gewendet hat. Auf der hagern, vornübergebeugten Gestalt saß ein Kopf mit mächtiger Stirn unter einer Mähne ergrauenden

Haars, und die eingesunkenen, glatt rasierten Wangen wiesen die Blässe unablässigen Bücherstudiums auf. Doch war solche Erscheinung gepaart mit so offensichtlich zerrütteten Nerven, mit dermaßen angstvoll zurückschauderndem Gehaben, dass es das menschenscheue Verhalten eines einsiedlerischen Sonderlings bei weitem übertraf. Eine unablässige, sprungbereite Furcht verriet sich in jedem Blick der dunkel umrandeten, fiebrigen Augen, in jeder Geste der knochigen Hände. All diese Anzeichen deuteten auf eine durch übermäßige Arbeit ernstlich angegriffene Gesundheit, und unwillkürlich fragte ich mich, welcher Art wohl ein Studium sein mochte, das aus einem Manne solch ein zitterndes Wrack machen konnte. Dennoch war da noch etwas Drittes – und vielleicht kam's von der Breite seiner gekrümmten Schultern und der kühnen Adlerhaftigkeit seines Gesichtszuschnitts –, das in mir den Eindruck von einstiger Körperkraft erweckte, von einer noch nicht zur Gänze entschwundenen Vitalität.

Seine Stimme klang unerwartet tief und sympathisch.

»Ich glaube, Sie sind der Mann, den ich suche, Mr. Ogden«, sagte er nach einigen formellen Fragen, die sich zumeist auf meine linguistischen Fähigkeiten im Allgemeinen sowie auf meine Kenntnis des Arabischen im Besonderen gerichtet hatten. »Ihre Arbeit wird nicht sehr anstrengend sein. Was ich brauche, ist ein Mensch, der mir jederzeit zur Hand ist. Deshalb werden Sie bei mir wohnen müssen. Ich kann Ihnen ein bequemes Zimmer bieten, und was das Essen betrifft, so garantiere ich, dass meine Kochkünste Sie nicht vergiften werden. Meine Arbeit bringt es mit sich, dass ich die Nacht oft genug zum Tag mache – aber ich hoffe, diese Unregelmäßigkeit der Arbeitsstunden wird Sie nicht allzu sehr stören.«

Nun sollte man meinen, ich hätte ob solcher Zusicherung meines Sekretärpostens überglücklich sein müssen. In Wahrheit aber empfand ich einen dunklen, unerklärlichen Widerwillen, ein verschwommenes Vorgefühl des Bösen, und dies, noch während ich mich bei John Carnby bedankte und ihm versicherte, ich könnte hier einziehen, wann immer es ihm beliebe.

Er schien darüber hocherfreut, und eine Zeit lang war all die ängstliche Besorgnis von ihm abgefallen.

»Dann schaffen Sie Ihre Sachen sofort hierher – wenn möglich schon heute Nachmittag«, sagte er. »Ich bin sehr froh, Sie im Haus zu haben – je früher, desto besser! Nämlich, ich habe einige Zeit ganz allein hier heraußen gewohnt und muss bekennen, dass mir die Einsamkeit zum Hals herauswächst. Auch bin ich mit meiner Arbeit in Verzug geraten, so ohne alle fachkundige Hilfe wie ich war. Früher hat mein Bruder hier gewohnt und mir geholfen, aber der hat jetzt eine lange Reise angetreten.«

Ich fuhr in die Stadt hinunter, zahlte mit meinem letzten Geld die restliche Miete, packte meine Habseligkeiten zusammen und stellte mich nach Ablauf von nicht einmal einer Stunde in den vier Wänden meines neuen Brotgebers ein. Er wies mir ein Zimmer im Oberstock an, das, obschon staubig und ungelüftet, mehr als luxuriös war im Vergleich zu jener ebenerdigen Schlafkammer, mit der vorlieb zu nehmen meine beschränkten Mittel mich in letzter Zeit gezwungen hatten. Danach führte John Carnby mich in seinen Arbeitsraum, der gleichfalls im Oberstock lag, wenn auch am anderen Ende des Korridors. Hier, so eröffnete er mir, werde der Hauptsache nach auch *meine* Arbeitsstätte sein.

Fast wär mir ein Ausruf der Überraschung entschlüpft, als ich die Einrichtung dieses Zimmers erblickte. In gar zu vielen Dingen glich sie ja der Vorstellung, die ich mir von der Behausung eines alten Zauberers machte. Da gab es Tische, die über und über besät waren mit allerlei altmodischer, dunklen Zwecken dienender Gerätschaft, mit astrologischen Tabellen, Totenschädeln, Destillierkolben und Kristallen, mit Weihrauchfässern, wie die Katholiken sie beim Gottesdienst verwenden, und mit dickleibigen Folianten in wurmstichigen, mit grünspanigen Ecken und Schließen beschlagenen Ledereinbänden. In der einen Zimmerecke stand das Skelett eines riesigen Affen, aus einer zweiten drohte ein menschliches Totengerippe, und von der Decke hing ein ausgestopftes Krokodil herab.

Des Weitern gab es da Kisten und Kasten, zum Bersten voll gestopft mit Büchern, deren Titel mir schon auf den ersten, flüchtigen Blick verrieten, dass ich es hier mit einer einzigartigen, umfassenden Sammlung alter und neuer Werke über Dämonologie und Schwarzkunst zu tun hatte. An den Wänden hingen konfuse Gemälde und Kupfer, welche verwandte Themen zum Gegenstand hatten. Noch die Atemluft im Zimmer war geschwängert mit allem erdenklichen Aberglauben vergangener Zeiten. Bei andrer Gelegenheit hätte solcher Anblick mir bloß ein Lächeln entlockt. Jetzt aber, in diesem abseitigen, nicht ganz geheuern Gemäuer und in Gegenwart dieses neurotischen, albtraumbesessnen Gelehrten fiel es mir schwer, ein innerliches Grauen zu bemeistern.

Auf einem der Tische, in schreiendem Gegensatz zu dem Durcheinander aus mittelalterlichem Denken und Teufelskult, stand eine Schreibmaschine inmitten ungeordneter Manuskriptstöße, und an seinem einen Ende lief das Zimmer in einen kleinen, durch einen Vorhang abgeschirmten Alkoven aus, darin Carnbys Bett stand. An der Wand gegenüber, zwischen Menschengerippe und Affenskelett, gewahrte ich einen versperrten, in die Wand eingelassenen Schrank.

Carnby hatte mich die ganze Zeit nicht aus den Augen gelassen. Er hatte sehr wohl meine Überraschung bemerkt und musterte mich mit scharfem, fast analytischem Blick und mit einem Ausdruck, den ich nicht zu ergründen vermochte. Dann sagte er in erklärendem Ton:

»Mein Leben lang hab ich mich mit Dämonologie und Schwarzkunst befasst. Ein ungewöhnlich fesselndes, interessantes Gebiet, das überdies nahezu brachliegt. Gegenwärtig bin ich damit befasst, ein Werk darüber zu schreiben, darin ich versuchen will, die Beziehungen und Zusammenhänge zwischen der Zauberei und dem Dämonenkult verschiedener Zeiten und Völkerschaften herauszuarbeiten. Ihre Arbeit, Mr. Ogden, wird zumindest fürs Erste darin bestehen, die umfänglichen Vorstudien, die ich bisher geleistet habe, zu ordnen und ins Reine zu tippen, sowie mir beim Aufspüren weiterer Zusammenhänge an die Hand zu gehen. Dabei wird mir Ihre Kenntnis des Arabischen von unschätzbarem Nutzen sein, denn mit meinen eigenen Fähigkeiten auf diesem Gebiet ist's nicht allzu weit her. Nun bin ich aber hinsichtlich gewisser, sehr wesentlicher Angaben auf ein Exemplar des *Necronomicon* angewiesen, und zwar auf die arabische Urfassung, denn ich habe allen Grund zu der Annahme, dass in der lateinischen Übersetzung des Olaus Wormius manche Dinge fehlen oder doch falsch übersetzt sind.«

Ich hatte von dieser sagenhaft seltenen Ausgabe zwar schon gehört, sie jedoch noch nie zu Gesicht bekommen. Man sagte dem Werke nach, es enthalte die letzten Geheimnisse aller üblen und verbotenen Wissenschaft, und überdies sollte die Originalfassung von der Hand des verrückten arabischen Autors Abdul Alhazred gar nicht mehr aufzutreiben sein. Umso mehr fragte ich mich, auf welche Weise sie dann wohl in Carnbys Besitz gelangt sein mochte. »Gleich nach dem Abendessen zeig ich Ihnen das Werk«, fuhr er fort. »Sicherlich werden Sie mir Auskunft geben können über jene Passagen, die mir dunkel sind!«

Das Essen selbst, von meinem neuen Arbeitgeber eigenhändig zubereitet und aufgetragen, war eine willkommene Abwechslung nach all den billigen Gasthausmahlzeiten der letzten Wochen. Carnby schien viel von seiner Nervosität verloren zu haben, war überaus gesprächig, und nachdem wir gemeinsam eine Bouteille milden Sauterne geleert hatten, begann er sogar, einen gelehrtenhaft-schrulligen Humor an den Tag zu legen. Und dennoch: Nach wie vor beunruhigten mich allerlei Zeichen und Vorgefühle kommenden Unheils, für die ich mir keinerlei Rechenschaft geben konnte und deren Herkunft mir dunkel blieb.

Nach Tisch begaben wir uns wieder ins Arbeitszimmer, wo Carnby einer versperrten Lade den von ihm erwähnten Band entnahm. Es war ein uralter Wälzer in Ebenholzdeckeln, die geziert waren mit granatendurchsetzten Arabesken aus Silberdraht. Als ich aber die vergilbten Seiten aufschlug, schrak ich in unwillkürlichem Ekel zurück vor dem üblen Geruch, der mir da entgegenquoll und nur zu sehr an die Verwesung des Fleisches gemahnte, als hätte das Buch auf vergessenem Friedhof zwischen verfaulenden Leichen verscharrt gelegen und wär' nun von solcher Nachbarschaft mit allen Keimen der Auflösung behaftet. Carnbys Augen zeigten einen fiebrigen Schimmer, als er mir das alte Manuskript aus den Händen nahm und es an mittlerer Stelle aufschlug. Dann legte er seinen knochigen Zeigefinger auf eine der Zeilen.

»So – und jetzt sagen Sie mir, wie *Sie* das verstehen«, gebot er in gespanntem, aufgeregtem Flüsterton. Langsam und nicht ohne Mühe gelang es mir, die Stelle aufzulösen. Carnby hielt schon Bleistift und Notizblock bereit, und ich schrieb den Inhalt in englischer Rohfassung nieder und las die Stelle auf sein Verlangen laut vor:

»Wahrlich, nur wenige wissen, und stehet doch erhärtet durch unbestreitbares Zeugnis, dass eines Magiers Wille auch nach dessen Tode Gewalt habe über den Leib, ihn aufzuscheuchen aus der Grube und vollenden zu lassen jede beliebige Handlung, so bei Lebzeiten nicht mehr zu Ende gediehen. Und erfolgt solche Resurrection einzig und unabänderlich zu verwerflichem Tun und zum Schaden der andern, lasset auch ohn' allen Verzug sich ins Werk setzen, so der Körper mit all seinen Gliedern erhalten geblieben. Doch ist auch ruchbar geworden, wie des Magiers übermächtiger Wille sogar den zu Stücken zerhauenen Leichnam habe ans Licht und zur Vollziehung seiner Absicht gezwungen, ob nun ein jedes der Stücke für sich oder aber in zeitweiliger Vereinigung. Ist aber das Werk erfüllt, so sinkt der Leichnam unaufhaltsam in seinen früheren Zustand zurück.«

Kein Zweifel, dies war der blühendste Unsinn, war das dümmste Kauderwelsch, und vielleicht war es eher der befremdliche, krankhaft gebannte Blick einer äußersten, nahezu saugenden Begier, mit dem mein Auftraggeber mir am Munde hing, und nicht so sehr jener abscheuliche Passus aus dem *Necronomicon*, was sich mir so auf die Nerven schlug, dass ich abrupt auffuhr, als ich, schon fast mit dem Vorlesen fertig, draußen auf dem Korridor einen unbeschreiblich ziehenden, nachschleifenden Laut vernahm! Indes, sobald ich zu Ende gelesen und den Blick wieder zu Carnby erhoben hatte, schrak ich noch viel tiefer zusammen angesichts des nahezu versteinten, totenhaft starren Entsetzens, das seine Züge befallen und zur Grimasse eines Menschen verzerrt hatte, der soeben ein höllisches Blendwerk erblickt! Irgendwie hatte ich das Gefühl, mein Gegenüber folge mit angespannten Sinnen nicht so sehr meiner Übersetzung des Abdul Alhazred als vielmehr jenen sonderbar schleifenden Lauten da draußen.

»Das Haus steckt voll Ratten«, erklärte er, sobald er meinen fragenden Blick auf sich spürte. »Was ich auch tue, es nützt nichts, ich kann sie nicht loswerden.«

Das noch immer vernehmbare Geräusch mochte recht wohl von einer Ratte herrühren, die da draußen langsam und ruckweise etwas über den Boden zerrte. Jetzt schien es näher zu kommen, geradewegs auf die Tür von Carnbys Arbeitszimmer zu – jetzt war es verstummt –, um nach einer kurzen Pause abermals einzusetzen! Doch klang es nun ferner und ferner und erstarb schließlich vollends. Die Aufgewühltheit meines Dienstgebers war unverkennbar und nicht zu übersehen. Er lauschte mit angstvoller Intensität und schien dem Fortschreiten jenes schleppenden Geräusches mit einem Entsetzen zu folgen, das mit dem Näherkommen der Laute angewachsen war, mit ihrem Verklingen jedoch zum Teil wieder verebbte.

»Es sind nur die Nerven«, sagte er. »Ich hab in letzter Zeit zu viel gearbeitet, und das rächt sich nun. Schon das kleinste Geräusch genügt.«

Der Laut hatte sich nunmehr in den Tiefen des Hauses verloren, und Carnby schien seine Fassung wiedergewonnen zu haben.

»Bitte, wollen Sie die Stelle noch einmal vorlesen?«, fragte er. »Es ist nur, weil ich ihr wirklich genau folgen möchte, Wort für Wort!«

Ich tat ihm seinen Willen. Er lauschte mit der nämlichen krankhaften Begier, die er schon vorhin gezeigt hatte, doch störte uns diesmal keinerlei Laut von draußen. Dennoch ward bei den abschließenden Sätzen Carnbys Miene zusehends bleicher, als wär' auch das letzte Blut aus seinen Wangen gewichen, und das Flackern seiner eingesunkenen Augen glich einem phosphoreszierenden Schimmer in finstrem Gewölbe.

»Eine höchst bemerkenswerte Stelle«, meinte er. »Bisher ist mir ihr Sinn nie ganz klar geworden, was ja kein Wunder ist bei meinem schlechten Arabisch. Doch konnte ich feststellen, dass dieser Passus in der lateinischen Fassung des Olaus Wormius überhaupt fehlt. Vielen Dank für Ihre gründliche Übersetzung! Jetzt ist mir alles klar – durch Ihr Verdienst!«

Er sagte es trocken und formell, als müsst' er an sich halten und irgendwelche unaussprechliche Worte oder Gedanken unterdrücken. Ich hatte das vage Gefühl, Carnby sei jetzt nervöser und aufgeregter als vorhin, ja, als hätte meine Übersetzung aus dem *Necronomicon* auf unerklärliche Weise ein Übriges zu solcher Verstörung beigetragen. Ein gespenstisch brütender Ausdruck lag nun auf des Lauschenden Zügen, als beschäftigte ihn etwas Unerwünschtes, ja Verbotenes.

Indes, er schien sich sogleich wieder in der Hand zu haben, denn er bat mich, ihm einen weiteren Passus zu übersetzen. Die Stelle erwies sich als eine sonderbare Beschwörungsformel, eine Art Toten-Exorzismus, der verbunden war mit dem Gebrauch von seltenen arabischen Spezereien und der fehlerlosen Anrufung von einem guten Hundert ghulischer und dämonischer Namen. Ich brachte das alles säuberlich zu Papier, und Carnby saß lange Zeit über diesen Zeilen, mit einem hingerissenen, entrückten Eifer, der mit Wissenschaft nichts mehr zu tun hatte.

»Auch diese Stelle«, flocht er ein, »findet sich nicht bei Olaus Wormius.« Und nachdem er das Blatt abermals Wort für Wort durchgelesen, faltete er es mit aller Sorgfalt zusammen und schloss es in der nämlichen Lade ein, darin er auch das *Necronomicon* verwahrte.

Jener Abend wird für immer zu den befremdlichsten meines Lebens zählen. Da wir Stunden um Stunden darüber verbrachten, Übersetzungspassagen aus dem unheilvollen Wälzer zu diskutieren, wurde mir nach und nach klar, dass mein Arbeitgeber ja in tödlicher Angst vor irgendeiner Bedrohung schwebte, dass er sich entsetzlich vor dem Alleinsein fürchtete und dass diese Furcht der bei weitem stärkste Grund war, sich so an mich zu klammern, wie er es tat. Die ganze Zeit schien er erfüllt zu sein von einer qualvollen, peinigenden Erwartung, sodass er allem, was ich sagte, nur mechanische Aufmerksamkeit entgegenbrachte. Mein gesünderes, rationales Teil aber begann inmitten all des befremdlichen Hausrats mehr und mehr den sich rings erhebenden, uralten Ängsten zu erliegen. So kam es, dass *ich*, der zu normalen Zeiten nichts als Spott und Verachtung für derlei Dinge übrig gehabt, schon drauf und dran war, mich von den verderblichsten Ausgeburten einer abergläubischen Phantasie nach allen Regeln der Kunst einschüchtern zu lassen! Kein Zweifel: Im Zuge irgendwelcher geistigen Ansteckung war die untergründige Angst, die Carnby so sehr zu schaffen machte, auf mich übergegangen!

Doch mit keinem Wort gab er seine wahren Empfindungen preis, wie deutlich sie sich auch in seinem Gehaben bemerkbar machten, sondern sprach lediglich und zu wiederholten Malen von seinem nervösen Leiden. Und mehr als einmal im Verlauf unseres Gesprächs wollte er mich in allem Ernst glauben machen, sein Interesse am Übernatürlichen, Satanischen sei bloß intellektueller Natur, und er persönlich glaube so wenig an dergleichen wie ich. Dennoch wusste ich mit absoluter Sicherheit, dass all dies Gerede falsch und dass er getrieben, ja besessen war von dem echten Glauben an die Dinge, an denen ein rein wissenschaftliches Interesse zu nehmen er vorgab, ja, dass er unzweifelhaft einer der Entsetzensvisionen zum Opfer gefallen sein musste, wie seine Beschäftigung mit okkulten Phänomenen sie zwangsläufig mit sich brachte. Indes, diese gefühlsmäßige Erkenntnis gab mir noch keinerlei Hinweis auf den eigentlichen Grund solch panischen Entsetzens.

Das schleifende Rascheln, das meinen Dienstgeber so durcheinander gebracht, wiederholte sich nicht, und wir saßen bis nach Mitternacht über dem Werk des verrückten Arabers. Zuletzt aber wurde Carnby sich der vorgeschrittenen Stunde bewusst.

»Ich fürchte, ich hab Sie viel zu lange vom Schlaf abgehalten«, meinte er entschuldigend. »Wirklich, Sie müssen jetzt schleunigst in die Federn! Ich alter Egoist denk ja nie daran, dass andere Menschen ruhebedürftiger sein könnten als ich!«

Ich widersprach mit der schuldigen Höflichkeit, wünschte ihm eine gute Nacht und schritt mit dem Gefühl unsäglicher Erleichterung auf mein Zimmer zu. Mir war ja zu Mute, als ließe ich hinter jener Tür all die gestaltlose Angst und Bedrückung zurück, der ich den ganzen Abend lang unterworfen gewesen.

Der lange Gang war nur von einer einzigen Lampe erhellt, und auch sie brannte unmittelbar neben dem Eingang zu Carnbys Arbeitsraum. So lag meine eigene Zimmertür, die ganz hinten, kurz vor dem Treppenaufgang, auf den Korridor mündete, im tiefsten Schatten. Als ich aber nach der Klinke tastete, vernahm ich ein Geräusch hinter mir! Erschrocken herumfahrend, erblickte ich in der Düsternis ein kleines, undeutliches Etwas, das soeben vom Treppenabsatz auf die oberste Stufe hinabsprang und damit aus meinem Blickfeld verschwand. Der Schreck durchzuckte mich bis ins Innerste: Auch der Sekundenbruchteil hatte ja genügt, mir zu zeigen, dass jenes Ding viel zu bleich war, als dass man's hätte für eine Ratte halten können, ja, dass auch seine Form alles andere denn tierisch gewesen! Zwar hätt ich nicht beschwören können, was es war, doch hatten mir seine Umrisse unaussprechlich monströs geschienen! Ich zitterte an allen Gliedern, während ich von der Treppe herauf ein sich entfernendes, sonderbar dumpfes Kloppfen vernahm, als kollerte irgendein Ding von Stufe zu Stufe treppab. In regelmäßigen Abständen tönte es herauf – um schließlich zu verstummen.

Nicht um alles in der Welt hätte ich jetzt das Licht im Treppenhaus einschalten mögen! Ebenso wenig fühlte ich mich im Stande, zum Treppenabsatz vorzugehen und mich der Natur dieses unnatürlich kollernden Geräusches zu vergewissern. Jeder andre, so sollte man meinen, hätte dies getan. Ich aber, nachdem ich sekundenlang wie versteinert dagestanden, stahl mich in mein Zimmer, drückte die Tür ins Schloss, drehte den Schlüssel herum und machte, dass ich ins Bett kam, aufgewühlt von unlösbaren Zweifeln und durchschaudert vom entsprechenden Entsetzen. Das Licht ließ ich brennen. Danach lag ich stundenlang wach, konnte keinen Schlaf finden, war beständig der Wiederkehr jenes abscheulichen, kollernden Pochens gewärtig. Doch das Haus lag lautlos wie eine Leichenkammer, und kein Ton ward hörbar. Schließlich, trotz aller gegenteiligen Erwartung, fiel ich in einen dumpfen Schlummer, aus dem ich erst nach vielen Stunden erwachte.

Ein Blick auf die Uhr zeigte mir, dass es schon Vormittag war. Hatte mein Dienstgeber mich aus Rücksichtnahme so lange schlafen lassen? Lag er selber noch zu Bett? Ich kleidete mich an, begab mich hinunter und fand ihn wartend am gedeckten Frühstückstisch vor, noch bleicher, noch stärker zitternd als gestern. Ganz augenscheinlich hatte er eine böse Nacht hinter sich.

»Hoffentlich haben die Ratten Sie nicht zu sehr belästigt«, sagte er, nachdem die üblichen Begrüßungsfloskeln getauscht waren. »Wirklich, es wird höchste Zeit, dass man etwas dagegen unternimmt!«

»Ich hab überhaupt nichts gemerkt«, versetzte ich. Es war mir einfach nicht möglich, jenes befremdliche, verschwommene Ding zu erwähnen, das ich beim Zubettgehen gesehen und gehört hatte. Kein Zweifel, ich musste mich geirrt haben – es *konnte* ja nur eine Ratte gewesen sein, eine Ratte, die irgendetwas hinter sich her und über die Treppe hinuntergezerrt hatte! So bemühte ich mich, nicht mehr an jenen grässlichen, rhythmisch klopfenden Laut, nicht mehr an das huschende Aufleuchten so aberwitzigen Gebildes zu denken.

Mein Dienstgeber hielt seinen unsichern Blick auf mich geheftet, als wollte er mein Innerstes ergründen. Demgemäß schleppte das Frühstück sich recht unfroh dahin, und auch der weitere Tagesverlauf gestaltete sich um nichts freundlicher. Carnby ließ sich bis zum Nachmittag nicht blicken, und so blieb ich mir selbst überlassen in der reich ausgestatteten, wenngleich konventionellen Bibliothek. Zwar hatte ich keine Ahnung, womit Carnby auf seinem Zimmer sich so allein beschäftigte, doch war's mir des Öftern, als hörte ich von oben die gedämpften, beschwörenden Töne einer feierlich-monotonen Stimme. Grässliche Vermutungen und abscheuliche Ideen bemächtigten sich meiner, und immer schwerer, ja nahezu erstickend legte die Atemluft dieses Hauses sich mit ihrer giftigen, schwadenhaften Fremdheit auf mich. Schließlich war's mir schon, als verdichtete sie sich allerorten zu einer nicht sichtbaren, brütenden Bösartigkeit.

So empfand ich es fast als Erleichterung, von meinem Dienstgeber ins Arbeitszimmer gerufen zu werden. Schon beim Eintreten spürte ich, dass die Luft erfüllt war von einem stechend-aromatischen Geruch und durchzogen von vergehenden, bläulichen Schwaden, als hätte man orientalische Harze und Spezereien in den Weihrauchfässern verbrannt. Ein Perserteppich war von seinem Platz an der Wand gegen die Zimmermitte verschoben worden, doch reichte er nicht aus, jene violette Bogenlinie ganz zu verdecken, die mich sofort an einen magischen Zirkel denken ließ. Offensichtlich hatte Carnby eine Beschwörung versucht, und ich musste an die ungeheuerliche Formel denken, die ich für ihn übersetzt hatte.

Indes, er ließ kein Wort über sein Tun verlauten. Aber er war wie verwandelt, wirkte weitaus gefasster und zuversichtlicher als am Morgen. Fast geschäftsmäßig legte er einen Stoß handbeschriebener Blätter vor mich hin mit der Bitte, sie für ihn abzutippen. Das vertraute Geklapper half mir über meine gestaltlosen, unheilvollen Befürchtungen hinweg, sodass ich fast schon etwas wie innere Belustigung empfand ob der sorgfältig zusammengetragenen, schreckensvollen Kenntnisse, die aus diesen Aufzeichnungen zu mir sprachen und sich hauptsächlich auf Rezepte zur Erlangung lichtscheuer, magischer Kräfte bezogen. Dennoch blieb unter all meiner wiedergewonnenen Fassung eine vage, lauernde, sprungbereite Unruhe bestehen.

So wurde es allgemach Abend. Nach dem Essen gingen wir erneut ins Arbeitszimmer hinauf. Carnby war nunmehr von einer innerlichen Spannung erfüllt, die den Eindruck erweckte, als fieberte er dem Ergebnis eines geheimen Versuches entgegen. Ich machte mich wieder an meine Arbeit, doch übertrug sich mit der Zeit etwas von seiner Erregung auf mich, sodass ich mich immer öfter dabei ertappte, wie ich während des Tippens angespannt nach draußen lauschte.

Und schließlich, über dem Tastengeklapper, vernahm ich abermals jenen eigenartigen, schleifenden Laut auf dem Gang! Auch Carnby hatte ihn gehört, und sogleich wich seine zuversichtliche Miene dem Ausdruck der jämmerlichsten Furcht.

Das Geräusch kam näher und ward gefolgt von einem gedämpften, ziehenden Laut, an den sich alsbald weitere, undeutbar schleifende, tappende Geräusche schlossen, die bald leiser, bald lauter wurden. Der gesamte Korridor schien davon erfüllt zu sein, als wär' ein Heer von Ratten mit dem Transport eines Beutekadavers beschäftigt. Und dennoch: Kein Nager, auch nicht in noch so großer Gesellschaft, hätte derlei Geräusche hervorbringen oder ein so großes Gewicht in Bewegung setzen können, wie sich's jetzt draußen heranschob! Irgendetwas in dem schleifenden Tappen entzog sich aller Benennung oder Erklärung und bewirkte, dass ein langsames, tödliches Grauen mir bis ins Mark sickerte.

»Um Gottes willen – was treibt sich da draußen herum?«, schrie ich auf.

»Es sind die Ratten! Nur die Ratten, sag ich Ihnen!« Carnbys Stimme überschlug sich zu einem hohen, hysterischen Kreischen.

Aber gleich darauf klopfte es unten, ganz nahe der Schwelle, unmissverständlich gegen die Tür, und im nämlichen Atem vernahm ich ein kollerndes Pochen in dem verschlossenen Wandschrank am anderen Ende des Zimmers! Carnby, der hoch aufgerichtet dagestanden hatte, brach kraftlos auf dem nächstbesten Stuhl zusammen. Sein Antlitz war aschfahl, in seinen Augen flackerte es von aberwitziger Angst!

Nicht länger fähig, die albtraumhafte Spannung und Ungewissheit zu ertragen, stürzte ich zur Tür und stieß sie auf, ohne der beschwörenden Einwendungen meines Dienstgebers zu achten. Blindlings und ohne zu wissen, was mir bevorstand, trat ich über die Schwelle, hinaus auf den spärlich beleuchteten Gang.

Sobald ich aber auf den Boden sah und das Ding erblickte, darauf ich beinahe getreten wäre, ward ich überkommen von einer an Übelkeit grenzenden, brechreizerregenden Bestürzung! Vor mir lag eine menschliche Hand, säuberlich am Gelenk abgetrennt – eine knochenhafte, bläulich angelaufene Hand, die von einem schon in Verwesung übergegangenen Leichnam zu stammen schien und deren Finger und krallenhaft nachgewachsene Nägel verkrustet waren wie von der Erde des Grabes. *Und diese Scheußlichkeit hatte sich bewegt!* War vor meinem Schritt zurückgezuckt und kroch nun auf allen ihren Fingern über den Boden – kroch dahin mit der seitlichen, wabernden Fortbewegung einer Krabbe! Und da ich ihr mit den Blicken folgte, gewahrte ich, dass weiter hinten noch andre Gebilde ihr Unwesen trieben! Eines davon war ein abgehackter menschlicher Fuß, ein andres der aus dem Gelenk geschälte Unterarm eines Menschen! Ich wagte nicht mehr, auf die andern Gebilde zu blicken. Und all die Leichenteile waren in Bewegung, waren in einer langsamen, grässlichen, gegen die Treppe zurückflutenden Prozession der Verfäulnis des Fleisches begriffen, und es ist mir noch heute nicht möglich, die Art zu beschreiben, in der all die abgehackten Gliedmaßen sich weiter- und fortbewegten. Ihr Eigenleben war von einer Entsetzlichkeit, die alles erträgliche Maß überstieg, denn das war keine vom Leben gelenkte Bewegung mehr, und auch die Luft war durchschwängert vom atembenehmenden Hauch der Verwesung. Ich wandte den Blick ab, wankte zurück in Carnbys Zimmer und schlug mit zitternder Hand die Tür zu. Schon stand er mit dem Schlüssel neben mir und drehte ihn im Schloss herum mit entsetzensgelähmten Fingern, die kraftlos geworden waren wie die eines Greises.

»Haben Sie's gesehen?«, flüsterte er angsterstickt.

»Um Himmels willen, was hat das alles zu bedeuten?«, rief ich aus.

Taumelnd vor Schwäche schritt Carnby zu seinem Stuhl zurück. Seine Züge waren maskenhaft starr von innerlich nagendem Entsetzen, sein Körper ward wie im Fieber geschüttelt. Ich zog einen Stuhl heran und nahm neben ihm Platz. Dann begann er mit seinem stammelnden, nahezu unglaublichen Bekenntnis, das ihm nur unzusammenhängend und mit vielen Unterbrechungen über die immer wieder in Seelenqual sich verzerrenden Lippen kam:

»Er ist stärker als ich – sogar noch im Tod! Sogar noch jetzt, da ich seinen Körper mit Skalpell und Knochensäge zerstückelt habe! Ich glaubte nicht daran, dass er danach noch wiederkehren könne, jetzt, nachdem ich die Leichenteile an einem Dutzend auseinander liegender Plätze vergraben habe – im Keller, zwischen den Sträuchern und unter den Efeustöcken! Aber es stimmt schon, was im *Necronomicon* steht ... Und Helman Carnby hat es gewusst. Er hat mich gewarnt, bevor ich ihn umgebracht habe, hat mir gesagt, er könne wiederkehren – *sogar in solcher Verfassung*.

Aber ich glaubte ihm nicht. Ich habe Helman gehasst, und er mich nicht minder. Er hatte es zu stärkerer Macht, zu größerem Wissen gebracht, stand bei den Mächten der Finsternis in höherer Gunst als ich. Und das war der Grund, weshalb ich ihn umgebracht habe – meinen eigenen Zwillingsbruder und auch Bruder im Dienste des Teufels und all derer, die älter sind als der Teufel. Viele Jahre hatten wir uns gemeinsam mit diesen Dingen befasst – hatten wir gemeinsam die Schwarze Messe gefeiert, umgeben von denselben Vertrauten. Aber Helman Carnby war tiefer vorgedrungen in die okkulten Bereiche, tiefer hinein ins Verbotene, so tief, dass ich ihm nicht mehr folgen konnte. Und ich fürchtete ihn und konnte seine Überlegenheit nicht länger ertragen.

Vor mehr als einer Woche hab ich's getan – vor zehn Tagen. Aber Helman – oder irgendein Stück von ihm – ist jede Nacht wiedergekommen ... Allmächtiger! Wie satanisch seine Hände über den Gang kriechen! Wie unbeschreiblich und spukhaft seine Füße, seine Arme, seine zerstückelten Beine die Treppe heraufkommen! ... Mein Gott! Und sein fürchterlicher, blutiger, verstümmelter Rumpf, wie er wartet auf mich! So wahr ich hier sitze, sogar bei Tage sind seine Hände gekommen und haben sich an meiner Tür zu schaffen gemacht ... haben gescharrt und dagegengetappt ... Und im Finstern bin ich über seine Arme gestolpert!

Nein! Dieses Grauen bringt mich noch um den Verstand! Aber das will er ja gerade, und so martert er mich, bis mir das Hirn weich wird. Nur deshalb hetzt er seinen Körper stückweise hinter mir her! Dabei könnte er Schluss mit mir machen auf einen einzigen Schlag, bei der dämonischen Kraft, über die er verfügt – könnte seine zersägten, zerstückelten Gliedmaßen wieder zusammenrufen zu unverstümmelter Körperlichkeit und mich genauso erschlagen, wie ich ihn erschlagen habe!

Wie vorsorglich hab ich die Teile vergraben, mit wie viel unendlicher Überlegung! Und wie nutzlos ist alles gewesen! Und auch Säge und Messer hab ich verscharrt, in der hintersten Ecke des Gartens, so weit entfernt als nur möglich von seinen verderblichen, gierigen Händen. Aber den Kopf hab ich nicht mit den anderen Teilen verscharrt – ich halte ihn unter Verschluss in dem Wandschrank da drüben. Manchmal hab ich ihn sich bewegen hören, so wie Sie es vorhin gehört haben ... Aber er braucht diesen Kopf nicht, sein Wille ist anderswo und kann nach Belieben all die Glieder in Bewegung setzen.

Natürlich hab ich jeden Abend die Türen und Fenster versperrt, sobald ich bemerkt hatte, dass er wiederkommt ... Aber es war völlig zwecklos. Dann hab ich versucht, ihn mit den entsprechenden Beschwörungen zu vertreiben – mit allen, die ich kannte! Heute Vormittag schließlich hab ich's mit jenem mächtigen Zauber aus dem *Necronomicon* versucht, den Sie für mich übersetzt haben. Ich hab Sie ja eigens dazu hierher berufen. Und außerdem hab ich das Alleinsein nicht länger ertragen und habe gedacht, die Anwesenheit eines zweiten Menschen im Haus würde Abhilfe schaffen. Jene Beschwörungsformel war meine letzte Hoffnung, denn ich glaubte, sie würde ihn bannen – es ist eine uralte und über die Maßen furchtbare Formel. Aber Sie sehen es ja, es hilft alles nichts ...«

Seine Stimme sank zu einem abgerissenen Gemurmel herab, und er saß nur mehr da und starrte mit blicklosen, unerträglichen Augen vor sich hin, mit Augen, darin ich schon den beginnenden Wahnsinn flackern sah. Ich brachte kein Wort über die Lippen – sein Bekenntnis war zu grauenhaft gewesen, ja grausam bis zur Unerträglichkeit! Der seelische Schock und der grässliche, übernatürliche Schrecken hatten mich nahezu betäubt. Ich war nicht länger fähig, etwas zu empfinden. Erst nachdem ich mich ein wenig erholt hatte, spürte ich, wie der Ekel vor dem neben mir Sitzenden mich gleich einer unwiderstehlichen Woge überschwemmte.

Ich sprang auf. Im Hause war es totenstill geworden, als wär all die wiederbelebte Fäulnis, als wär' dies ganze, makabre Aufgebot an Belagerern wieder in seine Gräber zurückgekehrt. Carnby hatte den Schlüssel stecken lassen, und so trat ich auf die Tür zu und drehte ihn rasch herum.

»Sie werden doch nicht gehen? Tun Sie's nicht!«, flehte er mit angstbebender Stimme, während meine Hand schon auf der Klinke lag.

»Jawohl, ich gehe«, sagte ich ungerührt. »Hier und jetzt lege ich meinen Posten zurück. Ich gehe meine Sachen packen und verlasse so rasch wie möglich dieses Haus.«

Ich stieß die Tür auf und trat hinaus, ohne noch weiter auf die Vorhaltungen, Bitten und Proteste zu hören, die er hinter mir stammelte. Jetzt war es genug, und was immer da auf dem düsteren Gang auf mich lauern, wie ekelhaft und entsetzlich es auch sein mochte, es war mir lieber als jede weitere Sekunde, die ich in John Carnbys Gesellschaft hätte verbringen müssen.

Der Gang war leer. Doch bei dem Gedanken an das, was ich vorhin hier erblickt hatte, ward ich vom Ekel geschüttelt und beeilte mich, mein Zimmer zu erreichen. Ich glaube, ich hätte laut aufgeschrien beim leisesten Geräusch, bei der geringsten Bewegung im Dunkel.

Angetrieben von wahnsinniger, zwanghafter Eile, begann ich, meinen Koffer zu packen. Mir war's, als könnt ich nicht schnell genug diesem Gemäuer mit seinen abscheulichen Geheimnissen entrinnen, dieser Atmosphäre einer alles einhüllenden und erdrückenden Drohung. Die Hast machte mich ungeschickt, ich stolperte über die Stühle, und mein Denken ward nicht minder taub, wie meine Finger es geworden, so lähmend war die Furcht, die mich befallen hatte.

Schon war ich mit meiner Arbeit beinahe zu Rande, als ich das langsame Poltern gemessener Schritte die Treppe heraufkommen hörte. Ich wusste, dass es nicht Carnby sein konnte. Der hatte sich ja gleich nach meinem Weggang in seinem Zimmer eingeschlossen, und ich war so gut wie sicher, dass nichts ihn von dort würde hervorlocken können. Auch hätte er kaum nach unten gehen können, ohne von mir gehört zu werden. Jetzt hatten die Schritte den obersten Treppenabsatz erreicht ... jetzt kamen sie näher ... und knarrten an meiner Tür vorüber, knarrten den Korridor entlang mit immer demselben, totenhaft-monotonen, automatischen Tritt. Nein, das war ganz gewiss nicht der leise, nervöse Schritt von John Carnby!

Wer sonst also mochte es sein? Das Blut stockte mir in den Adern. Ich wagte nicht, den Gedanken zu Ende zu denken!

Die Schritte setzten aus. Ich wusste, dass sie nunmehr vor Carnbys Tür angelangt waren. Die tödliche Lautlosigkeit benahm mir beinahe den Atem. Doch plötzlich zerbarst die Stille in grässlich splitterndem Krachen, und in das Getöse hinein gellte der lang gezogene Schrei eines Menschen in äußerster Todesangst!

Ich war nicht der kleinsten Bewegung fähig – fühlte mich niedergehalten von einer eisernen Faust. Und ich weiß nicht mehr, wie lang ich so atemlos lauschend auf meinem Platz verharrte. Der Schrei war abrupt abgebrochen, aufgeschluckt von der Stille. Nichts war zu hören – bis auf ein leises, eigentümliches, rhythmisch sich wiederholendes Geräusch, das zu benennen mein Denken sich weigerte!

Es war nicht mein eigner Entschluss, sondern ein stärkerer Wille, der mich schließlich vorantrieb und zwang, über den Gang bis zu Carnbys Arbeitszimmer zu gehen. Nahezu körperlich spürte ich diese bezwingende, übermenschliche Kraft – spürte sie als dämonische Macht, als unheilvollen, hypnotischen Zwang.

Die Tür des Arbeitsraums hing zertrümmert in einer letzten Angel. Das Holz war zersplittert, als hätt' eine überirdische Kraft darauf eingeschlagen. Im Zimmer brannte ein einziges Licht. Das unnennbare, rhythmische Geräusch aber, das ich vorhin vernommen, war verstummt, während ich mich der Schwelle genähert hatte. Jetzt herrschte unheilträchtige, äußerste Stille.

Abermals hielt ich inne, keines weiteren Schrittes mehr fähig. Doch war's diesmal nicht mehr der höllische, alles durchdringende, hypnotische Zwang, der mir den Körper versteinte und mich festbannte vor dieser Schwelle. In das Zimmer spähend, gewahrte ich in dem schmalen Streifen, den die Türöffnung freigab, und im Licht der nicht sichtbaren Lampe das eine Ende des Perserteppichs sowie den grausigen Umriss eines monströsen, reglosen Schattens, der bis auf den nackten Boden ragte. In riesenhafter, unförmiger Verzerrung schien dieser Schatten von Rumpf und Armen eines nackten Körpers zu kommen, der in gebeugter Haltung verharrte, eine Knochensäge in der Hand. Die eigentliche Monstrosität aber kam von dem Umstand, dass dieser Schatten, obschon Rumpf, Schultern und Arme deutlich unterscheidbar waren, keinen Kopf aufwies, sondern in einen abgehackten Halsstumpf auslief! Dass aber der Kopf infolge irgendeiner Schattenverkürzung verdeckt sein könnte, schien in Anbetracht der übrigen Körperhaltung ein Ding der Unmöglichkeit!

Abwartend stand ich da, unfähig, einen Schritt vorwärts oder zurück zu tun. Das Blut strömte mir in dickem, eisigem Schwall zum Herzen, und das Denken gefror mir im Hirn. Dann, nach einer endlosen Sekunde des Schreckens, ertönte aus dem verdeckten Teil des Zimmers, von dort, wo der versperrte Wandschrank stand, ein grässliches, heftiges Poltern, ein Splittern von Holz und ein Kreischen von Angeln, gefolgt von dem unheilvoll-bedrohlichen Aufprall eines unbekannten Objekts.

Dann herrschte abermals Stille – die Stille des radikalen, konzentrierten Bösen, brütend über unaussprechlichem Triumph. Reglos ragte der Schatten ins Zimmer. Eine grässliche Selbstversunkenheit eignete dieser Haltung, und die Säge ward noch immer in Schwebe gehalten wie über getaner Arbeit.

Nach einer weiteren Pause ward ich ohne jedes voraufgehende Anzeichen zum Augenzeugen der grausigen, unerklärlichen *Auflösung* solchen Schattens, der langsam und sachte zu vielen Schattenfragmenten auseinander brach, eh' er aus meinem Gesichtskreis verschwand. Es ist mir kaum möglich, die Art und Weise solchen Zerfallens zu schildern, oder auch nur die Stellen anzugeben, an denen diese einzigartige, vielfältige Zerspaltung und Auflösung einsetzte. Gleichzeitig mit ihr vernahm ich den Aufschlag eines metallenen Werkzeugs auf dem Teppich sowie einen tumultuarischen Fall, als taumelte statt eines einzigen Körpers eine Vielzahl Körper zu Boden.

Dann war es aufs Neue still – doch war's jetzt die Stille eines nächtlichen Kirchhofs, wenn Totengräber und Grabgespenst ihr makabres Geschäft erfüllt haben und die Abgeschiedenen ganz unter sich sind. Einem Schlafwandler gleich, vorangetrieben von jenem verderblichen, hypnotischen Zwang, betrat ich das Zimmer. Schon wusste ich ja, was jenseits der Schwelle meiner harrte – sah's voraus mit einer vom Ekel gewürgten Klarsicht: sah dies abscheuliche, *doppelt* gehäufte Gemenge aus menschlichen Teilen auf jenem persischen Teppich, sah schon jetzt die grässliche Wirrnis aus frischen, blutigen Stücken und aus bläulich anhebender, von der Erde des Grabes verkrusteter und durchsetzter Verfäulnis!

Vom Blut besudelt, ragten ein Messer und eine Säge aus dem Haufen hervor, und in einigem Abstand davon, zwischen dem Teppich und dem Wandschrank mit der zersplitterten Tür, lag ein menschlicher Kopf, ruhte aufrecht auf seinem Halsstumpf, mit dem Gesicht zu den übrigen Resten. Er war in dem nämlichen Zustand beginnender Fäulnis wie der Körper, zu dem er gehörte. Und dennoch, ich schwör's, gewahrte ich, als ich das Zimmer betrat, einen vergehenden, abgründig boshaften, frohlockenden Ausdruck auf diesen Zügen! Sogar in ihrer Zersetzung waren sie John Carnbys Antlitz so ähnlich wie ein Zwilling dem andern.

Der grausigen Schlussfolgerungen, durch welche mein Hirn wie von schwarzen, feuchtkalten Schwaden befallen ward, sei hier nicht Erwähnung getan. Das Entsetzliche, das sich mir darbot – und das noch größere Grauen, das ich nur mutmaßen konnte –, übertraf ja bei weitem die ärgsten Ungeheuerlichkeiten der Hölle! Nur eine einzige Gnade war mir vergönnt: Ich musste den unerträglichen Anblick nur für Sekunden ertragen. Dann war es mir plötzlich, als höbe sich etwas hinweg von dem Zimmer. Der unreine Bann war gebrochen, der übermächtige Wille, welcher mich niedergehalten, verflog. Er ließ von mir ab, wie er von Helman Carnbys zerstückeltem Leichnam gelassen. Ich war frei! Und ich floh aus dem schaurigen Zimmer und stürzte kopfüber hinaus auf den finsteren Gang, hinaus aus der Finsternis dieses Hauses in das luftige Dunkel der Nacht.

Originaltitel: *The Return of the Sorcerer*
Erstveröffentlichung: *Strange Tales,* September 1931
Aus dem Amerikanischen von *Friedrich Polakovics*

Ubbo-Sathla

VON CLARK ASHTON SMITH

Denn Ubbo-Sathla ist der Ursprung und das Ende. Ehe noch Zhothaqquah oder Yok-Zothoth oder Kthulhut von den Sternen herabstiegen, hatte Ubbo-Sathla seine Wohnstatt in den dampfenden Mooren der jungen Erde: eine Masse ohne Kopf und Glieder, die die grauen, formlosen Amphibien der Vorzeit und die abscheulichen Vorstufen irdischen Lebens hervorbrachte.
Und es heißt, dass alles Leben auf Erden dereinst durch den großen Kreis der Zeit wiederum in Ubbo-Sathla eingehen wird.

BUCH DES EIBON

Paul Tregardis fand den milchigen Kristall in einem Sammelsurium fremdartiger Gegenstände aus vielen Ländern und Zeitaltern. Er hatte den Laden des Kuriositätenhändlers aus einer bloßen Laune heraus betreten, ohne weiter etwas im Sinn zu haben als die müßige Zerstreuung, die das Begutachten und Durchwühlen einer Menge von weither zusammengetragener Dinge verschafft. Während er den Blick ziellos schweifen ließ, hatte ein mattes Glimmen auf einem der Tische seine Aufmerksamkeit geweckt; und er hatte den seltsamen, nahezu kugelförmigen Stein aus seiner verschatteten, eingepferchten Lage zwischen einem hässlichen kleinen aztekischen Götzenbild, dem versteinerten Ei eines Dinornis und einem obszönen, aus schwarzem Holz vom Niger gefertigten Fetisch befreit.

Das Gebilde besaß in etwa die Größe einer kleinen Orange und war an den Enden ein wenig abgeplattet, so wie ein Planet an den Polen. Es verblüffte Tregardis, denn sein Fund war kein gewöhnlicher Kristall; er war milchig getrübt und wirkte unbeständig, weil er zeitweilig im Inneren leuchtete, als ob er abwechselnd von innen heraus erhellt und verdunkelt würde. Tregardis hielt ihn gegen das Winterlicht, das durchs Fenster einfiel, und musterte ihn für eine Weile, ohne jedoch hinter das Geheimnis dieses einzigartigen rhythmischen Wechsels zu kommen. Seine Verblüffung wuchs noch durch ein sich langsam einstellendes Gefühl vager, unkenntlicher Vertrautheit, als habe er diesen Kristall früher schon einmal gesehen, jedoch unter Umständen, die inzwischen gänzlich der Vergessenheit anheim gefallen waren.

Er wandte sich an den Kuriositätenhändler, einen zwergwüchsigen Hebräer, den eine Aura verstaubter Altertümlichkeit umgab und der den Eindruck erweckte, sich in ein Netz aus kabbalistischen Träumereien und geschäftlichen Gedankengängen verstrickt zu haben.

»Können Sie mir darüber irgendetwas erzählen?«

Der Händler hob auf eine unbeschreibliche Art gleichzeitig die Achseln und die Brauen.

»Er ist sehr alt – aus grauer Vorzeit, möchte man beinahe sagen. Viel kann ich Ihnen leider nicht erzählen, da nur sehr wenig über ihn bekannt ist. Ein Geologe hat ihn in Grönland unter Gletschereis entdeckt, in der Miozänschicht. Wer weiß? Vielleicht hat er ja einem Zauberer im urzeitlichen Thule gehört. Unter der Sonne des Miozän war Grönland eine warme, fruchtbare Gegend. Es handelt sich zweifellos um einen magischen Kristall; und wer nur lange genug hineinschaut, erblickt im Herzen dieses Dings vielleicht die eigentümlichsten Visionen.«

Tregardis war recht bestürzt. Die offensichtlich absurde letzte Bemerkung des Händlers hatte ihn an einen Zweig obskurer Überlieferungen erinnert, mit dem er sich beschäftigte; insbesondere an das *Buch des Eibon*, diesen merkwürdigsten und seltensten der vergessenen, okkulten Bände, von dem es heißt, er sei aus einem prähistorischen, in der verloren gegangenen Sprache Hyperboreas verfassten Original durch eine Vielzahl von Übersetzungen bis in die heutige Zeit überliefert worden. Unter beträchtlichen Mühen hatte Tregardis eine in mittelalterlichem Französisch verfasste Ausgabe auftreiben können, die sich viele Generationen lang im Besitz von Zauberern und Satanisten befunden hatte, war jedoch nie des griechischen Manuskripts ansichtig geworden, das dieser Übersetzung zugrunde lag.

Das alte, sagenumwobene Original wurde dem großen hyperboreischen Zauberer zugeschrieben, dem es seinen Namen verdankte, und war ein Kompendium dunkler und unheilvoller Mythen sowie bösartiger, esoterischer Liturgien, Rituale und Beschwörungen. Nicht ohne Schaudern hatte Tregardis im Verlauf seiner Forschung, die gewöhnlichen Menschen wohl mehr als nur eigentümlich vorgekommen wäre, den französischen Band mit dem entsetzlichen *Necronomicon* des verrückten Arabers Abdul Alhazred verglichen. Er hatte dabei etliche Übereinstimmungen der schwärzesten und abscheulichsten Art entdeckt und war auch auf manch verbotene Dinge gestoßen, die dem Araber entweder nicht bekannt gewesen waren oder die er bewusst ausgelassen hatte – vielleicht aber auch seine Übersetzer.

Tregardis fragte sich, ob es etwa das war, woran er sich zu erinnern versucht hatte? Eine kurze, nebensächliche Erwähnung im *Buch des Eibon*, in der von einem milchigen Kristall die Rede gewesen war, der einst dem Zauberer Zon Mezzamalech in Mhu Thulan gehört hatte. Nein, das klang einfach alles zu phantastisch, zu hypothetisch und zu unglaubwürdig – aber Mhu Thulan, der nördliche Teil Hyperboreas, hatte sich vermutlich ungefähr an der Stelle des heutigen Grönland befunden, das einst als Halbinsel mit dem Hauptkontinent verbunden gewesen war. Sollte ihm mit diesem Stein durch einen unglaublichen Zufall etwa der Kristall Zon Mezzamalechs in die Hände geraten sein?

Tregardis musste über sich selbst lächeln, dass er überhaupt auf einen solch abwegigen Gedanken verfallen war. So etwas gab es einfach nicht – jedenfalls nicht im heutigen London. Und aller Wahrscheinlichkeit nach war das *Buch des Eibon* ohnehin lediglich ein Produkt reiner, abergläubischer Erfindungsgabe.

Dennoch hatte der Kristall etwas an sich, das ihn fesselte und verlockte.

Am Ende erstand er ihn, und das sogar zu einem recht günstigen Preis. Der Händler nannte den Betrag, und der Käufer zahlte ihn, ohne zu feilschen.

Mit dem Kristall in der Tasche eilte Paul Tregardis zurück nach Hause, ohne seinen gemächlichen Bummel fortzusetzen. Er legte die milchige Kugel auf den Schreibtisch, wo sie auf einem ihrer abgeplatteten Enden von selbst stehen blieb. Dann nahm er, über seine absurde Vorstellung noch immer amüsiert, das vergilbte Pergamentmanuskript des *Buches des Eibon* von seinem Platz in der recht umfassenden Sammlung ausgesuchter Literatur. Er öffnete den wurmstichigen Ledereinband mit den Schließen aus angelaufenem Metall und überflog die Zon Mezzamalech betreffende Passage, wobei er aus dem altertümlichen Französisch übersetzte:

»Dieser Magier, der da mächtig war unter den Zauberern, hatte einen milchigen Stein entdeckt, einer Kugel mit abgeflachten Enden gleich, der ihm etwelche Visionen aus irdischer Vergangenheit offenbarte, und sogar vom Beginn der Erde selbst, als Ubbo-Sathla, der ungeborene Ursprung, schon gigantisch, aufgebläht und unstet im dampfenden Schleime lag ... Aber von dem, was er schaute, hat Zon Mezzamalech nur wenig mitgeteilt; und die Leute munkelten, dass er alsbald verschwunden sei, und niemand wusste zu sagen, auf welche Weise sich dieses zuge-

tragen; und mit ihm verlor sich auch die Spur des wolkigen Kristalls.«

Paul Tregardis legte das Manuskript beiseite. Wieder quälte und umgaukelte ihn etwas, beinahe wie ein verlorener Traum oder eine Erinnerung, die dem Vergessen anheim gefallen war. Angetrieben von einem Gefühl, das er allerdings keiner genaueren Prüfung zu unterziehen gewillt war, setzte er sich an den Tisch und musterte aufmerksam die kalte, nebeldurchwirkte Kugel. Er spürte eine Erwartung, die irgendwie so seltsam vertraut war und sein Bewusstsein derartig durchdrang, dass er sie nicht einmal benennen musste.

Minutenlang saß er da und betrachtete das geheimnisvolle, sich abwechselnde Aufglimmen und Verdunkeln im Herzen des Kristalls. Und fast unmerklich überkam ihn ein Gefühl nahezu traumartiger Zweiheit, was sowohl seine Person betraf wie auch die Umgebung, in der er sich befand. Er war noch immer Paul Tregardis – und zugleich jemand anderer; das Zimmer war sein Londoner Apartment – und ebenso eine Kammer an einem fremden und doch wohl vertrauten Ort. *Und in beiden Umgebungen starrte er gebannt in denselben Kristall.*

Nach kurzer Zeit vollendete sich dieser Prozess des Wiedererkennens, ohne dass es Tregardis wirklich überrascht hätte. Er wusste, dass er Zon Mezzamalech war, ein Zauberer aus Mhu Thulan und kundig aller Überlieferungen, die seiner eigenen Zeit vorangingen. Wissend um furchtbare Geheimnisse, die Paul Tregardis, dem Amateuranthropologen und Liebhaber der okkulten Wissenschaften im zukünftigen London, kein Begriff waren, beabsichtigte er, sich mit Hilfe des milchigen Kristalls in den Besitz noch älterer und Schrecken erregenderer Kenntnisse zu setzen.

Den Stein hatte er sich auf zweifelhafte Art angeeignet, aus einer mehr als finsteren Quelle. Einzigartig war der Kristall und besaß zu keiner Zeit und an keinem Ort ein Gegenstück.

In seinen Tiefen spiegelten sich der Überlieferung zufolge alle vorangegangenen Jahre und alles, was je geschehen war, und dieses Wissen offenbarte sich dem geduldigen Betrachter. Mit der Hilfe dieses Kristalls gedachte Zon Mezzamalech, das Wissen der Götter wiederzuerlangen, die gestorben waren, ehe denn die Erde geboren war. Sie waren in die lichtlose Leere hinübergegangen und hatten ihre Überlieferung in Tafeln aus Stein eingelegt, der von jenseits der Sterne kam; und über diese Tafeln wachte im Ursumpf der formlose, schwachsinnige Demiurg mit Namen Ubbo-Sathla. Nur mit Hilfe des Kristalls konnte es gelingen, die Tafeln aufzuspüren und sie zu entziffern.

Zum ersten Mal erprobte er nun die der Kugel nachgesagten Eigenschaften. Die elfenbeingetäfelte Kammer um ihn, gefüllt mit zauberkundigen Büchern und magischen Utensilien, entschwand allmählich seinem Bewusstsein. Vor ihm auf dem Tisch aus dunklem, hyperboreischem Holz, in das grotesk anmutende Chiffren geschnitzt waren, schien es geradezu, als schwelle der Kristall an und gewinne an Tiefe, und in dieser nebligen Tiefe erblickte er einen raschen und durchbrochenen Wirbel verschwommener Szenen, an Blasen erinnernd, die im Mühlgerinne durcheinander eilen. Als schaute er in eine andere Welt, zogen vor seinem Auge Städte, Wälder, Berge, Meere und Wiesen dahin, die sich abwechselnd erhellten und verdunkelten, als ob Tag und Nacht einander immerfort ablösten in seltsam beschleunigtem Strom der Zeit.

Zon Mezzamalech hatte Paul Tregardis vergessen, ihm waren sogar sein eigenes Wesen und seine Umgebung in Mhu Thulan völlig entschwunden. Augenblick um Augenblick wurde die dahinfließende Vision des Kristalls klarer und schärfer, und die Kugel vertiefte sich, bis ihm schwindelig wurde, so als sähe er aus schwankender Höhe in einen unermesslich tiefen Abgrund. Er wusste, dass die Zeit im Kristall rückwärts lief und ihm den Lauf vergangener Tage vor Augen führte. Aber eine merkwürdige warnende Ahnung hatte ihn ergriffen, und er fürchtete sich, länger hinzusehen. Wie jemand, der kurz davor gewesen war, eine Klippe hinunterzufallen, riss er sich gewaltsam von der rätselhaften Kugel los.

Nun bot sich seinem Auge die enorme, wirbelnde Welt, in die er hineingeblickt hatte, wieder als kleiner, wolkiger Kristall auf dem runenbedeckten Tisch in Mhu Thulan dar. Und dann schien es, als verändere sich auch der große Raum mit der reliefgeschmückten Täfelung aus Mammutelfenbein und schrumpfe zu einem anderen, schäbigeren Ort; und Zon Mezzamalech, der seine außergewöhnliche Weisheit und Zauberkraft einbüßte, wurde durch eine seltsame Rückentwicklung wieder zu Paul Tregardis.

Und dennoch war es so, als sei er nicht gänzlich zurückgekehrt. Tregardis fand sich betäubt und verblüfft vor dem Schreibtisch wieder, auf den er die abgeplattete Kugel gestellt hatte. Er spürte die Verwirrung eines Menschen, der geträumt hat und noch nicht ganz aus diesem Traum erwacht ist. Das Zimmer beunruhigte ihn, als sei mit der Größe und dem Mobiliar etwas nicht in Ordnung; und seine Erinnerung daran, wie er den Kristall bei dem Kuriositätenhändler erworben hatte, war auf merkwürdig unpassende Art mit dem Eindruck vermischt, er habe ihn auf gänzlich andere Art in seinen Besitz gebracht.

Er spürte, dass etwas sehr Seltsames mit ihm geschehen war, als er in den Kristall geblickt hatte; aber er konnte sich nicht mehr darauf besinnen, was. Es hatte ihn in einen ähnlichen Zustand geistiger Unklarheit versetzt wie den, der nach dem Genuss von Haschisch eintritt. Er vergegenwärtigte sich, dass er Paul Tregardis war, dass er in einer bestimmten Straße Londons wohnte und dass man das Jahr 1932 schrieb; doch diese Gemeinplätze hatten ihre Bedeutung und ihre Gültigkeit irgendwie eingebüßt. Alles an ihm selbst war schattenhaft und substanzlos. Sogar die Mauern um ihn her schienen wie Rauchschwaden zu wabern; die Leute auf der Straße waren wie Schatten von Schatten, der dahineilende Widerhall von etwas längst Vergessenem.

Er schwor sich, dieses Experiment des Kristallsehens nicht mehr zu wiederholen. Die Auswirkungen waren ihm zu unangenehm und zu fragwürdig. Schon am nächsten Tag aber folgte er einer irrationalen Eingebung, der er fast mechanisch und ohne Zögern nachgab, und setzte sich erneut vor die nebeltrübe Kugel. Und wieder wurde er zum Zauberer Zon Mezzamalech in Mhu Thulan; abermals träumte er davon, das Wissen der vorweltlichen Götter zu erlangen; und wiederum riss er sich von dem immer tiefer werdenden Kristall los, mit der Angst eines Menschen, der zu fallen fürchtet; und erneut – aber zweifelnd und vage wie ein vergehendes Gespenst – wurde er zu Paul Tregardis.

Dreimal wiederholte Tregardis dieses Experiment an aufeinander folgenden Tagen; und jedes Mal erschienen ihm seine eigene Person und die Welt ringsum hinterher dürftiger und verwirrender als zuvor. Seine Empfindungen waren die eines Träumers, der am Rande des Erwachens steht; und London selbst wurde so unwirklich wie die Lande, die dem Gesichtskreis des Träumers entschwinden und sich in trüben Nebel und wolkiges Licht verflüchtigen. Und darüber hinaus türmten sich gigantische Szenerien vor ihm auf, fremd und doch halbvertraut, als vergehe das Trugbild von Raum und Zeit allmählich, um einer wahrhaftigeren Wirklichkeit Platz zu machen – oder einem anderen Traum von Raum und Zeit.

Und es kam der Tag, an dem er sich vor den Kristall setzte – und nicht mehr als Paul Tregardis zurückkehrte. An diesem Tag schwor Zon Mezzamalech sich, dabei manch böse und unheilträchtige Ahnung tapfer missachtend, seine seltsame Furcht zu überwinden, er könne leibhaftig in die geschaute Welt hineinfallen – die Furcht, die ihn bisher stets davon abgehalten hatte, dem rückwärts gewandten Strom der Zeit ein wenig weiter zu folgen. Er hielt sich vor Augen, dass er diese Furcht bezwingen müsse, wenn er jemals die verlorenen Steintafeln der Götter erblicken und entziffern wollte. Was er bisher gesehen hatte, waren nur Segmente von Jahren im gegenwärtigen Mhu Thulan – Jahre seiner eigenen Lebensspanne; und zwischen diesen Jahren und dem Anbeginn allen Seins lagen unermessliche Zeitenräume.

Wiederum gewann der Kristall unter seinem Blick unauslotbare Tiefe und zeigte Szenen und Begebenheiten, die immer weiter zurücklagen. Erneut entschwanden die magischen Chiffren auf dem dunklen Tisch aus seinem Gesichtskreis, und die mit zauberischen Schnitzereien verzierten Wände des Raumes zerflossen zu etwas, das geringer als ein Traum war. Einmal mehr überkam ihn jener überwältigende Schwindel, als er sich über das Wirbeln und Mahlen der Zeitenströme in der weltumfassenden Kugel beugte. Angsterfüllt trotz seines Vorsatzes wäre er fast noch einmal zurückgeschreckt, doch hatte er schon zu lange hingeschaut und sich zu weit hineingelehnt. Er glaubte abgrundtief zu stürzen und einen Sog wie von unentrinnbaren Windstößen zu spüren, von Mahlströmen, die ihn durch flüchtige, vergängliche Bilder aus seinem bisherigen Leben in vorgeburtliche Jahre und Dimensionen trugen. Er erfuhr die plötzlichen Schmerzen einer umgekehrt verlaufenden Auflösung; und dann war er nicht länger Zon Mezzamalech, der weise und gelehrte Kristallseher, sondern ein wirklicher Teil des merkwürdig verlaufenden Stromes, der zurücklief, zurück zum Anbeginn der Zeiten.

Er glaubte, Hunderte von Leben zu leben, Myriaden Tode zu sterben, und vergaß jedes Mal den Tod und das Leben, die vorangegangen waren. Er focht als Krieger in beinahe legendären Schlachten; er war ein Kind, das in den Ruinen irgendeiner uralten Stadt Mhu Thulans spielte; er war der König, dessen Herrschaft währte, als diese Stadt in voller Blüte gestanden; der Prophet, der ihr Entstehen und ihren Untergang verkündet hatte. Als Frau beweinte er die Toten längst zu Staub zerfallener Nekropolen; als frühzeitlicher Magier murmelte er die umständlichen Beschwörungen aus den Anfangsgründen der Zauberei; als Priester eines vormenschlichen Gottes schwang er das Opfermesser in Höhlentempeln mit Säulen aus Basalt. Leben um Leben, Ära um Ära durchlief er rückwärts die langen und tastenden Zyklen, in denen sich Hyperborea aus primitiver Wildheit zu einer Hochkultur aufgeschwungen entwickelt hatte.

Er wurde zu einem Barbaren eines troglodytischen Stammes, der vor den sich langsam auftürmenden Gletschern eines früheren Eiszeitalters in Gegenden floh, die vom rötlichen Licht ewig währender Vulkane erhellt wurden. Und dann, nach unzählbaren Jahren, war er kein Mensch mehr, sondern nur noch ein menschenähnliches Tier, das durch Wälder aus gigantischem Farn und Schachtelhalm streifte oder sich ein plumpes Nest in den Ästen mächtiger Palmfarne baute.

Durch Äonen urtümlicher Empfindungen hindurch, durch rohe Lust und Hunger, primitive Furcht und Wahnsinn, gab es immer etwas Gleichbleibendes, das sich in der Zeit zurückbewegte. Tod verwandelte sich in Geburt, und aus Geburt wurde wieder Tod. In einer langsamen Vision umgekehrter Entwicklung schien die Erde dahinzuschmelzen und die Hügel und Berge der jüngeren Schichten abzustreifen. Die Sonne wurde immer größer und schien immer heißer auf die Sümpfe, die von primitiven Lebewesen wimmelten und vor üppiger Vegetation strotzten. Und das Geschöpf, das einstmals Paul Tregardis und noch früher Zon Mezzamalech gewesen war, war ein Teil dieser monströsen Rückentwicklung noch immer unterworfen. Es flog mit den klauenbewehrten Schwingen des Pterodactylus, es schwamm in den lauen Meeren als riesiger, buckliger, sich windender Ichthyosaurier, es brüllte ungeschlacht mit der gepanzerten Kehle eines vergessenen Behemoth zu dem großen Mond empor, der durch die urtümlichen Nebelschwaden brannte.

Zuletzt wurde es nach Äonen erinnerungsloser Vertiertheit einer der ausgestorbenen Schlangenmenschen, die ihre Städte aus schwarzem Gneis erbauten und auf dem ersten Kontinent dieser Welt ihre Giftkriege führten. Es ging mit schlängelnden Bewegungen über vormenschliche Straßen in seltsame verwinkelte Grüfte; es schaute von hohen, babelgleichen Türmen zu urzeitlichen Gestirnen empor; es verneigte sich unter gezischten Litaneien vor mächtigen Schlangenstandbildern. Durch Jahre und Jahrtausende des ophidischen Zeitalters ging es noch weiter zurück und wurde zu einem Wesen, das im Schleim umherkroch und noch nicht gelernt hatte, zu denken, zu träumen, zu bauen. Und es kam die Zeit, als es nicht länger mehr einen Kontinent gab, sondern nur einen riesigen, chaotischen Sumpf, ein Meer aus Schleim ohne Grenzen oder Horizont, ohne Ufer oder Erhebung, ein Meer, das vom blinden Wabern gestaltloser Dämpfe brodelte.

Dort ruhte im grauen Anbeginn der Erde die formlose Masse, die Ubbo-Sathla war, inmitten von Schleim und Dampf. Ohne Kopf, ohne Organe und Gliedmaßen, streifte es von seinen glitschigen Flanken in einer langsamen, unaufhörlichen Wellenbewegung amöbenartige Wesen ab, welche die Vorformen irdischen Lebens waren. Schrecklich war sein Anblick, wäre jemand da gewesen, es anzusehen; und Ekel erregend, hätte jemand diesen Ekel empfinden können. Um es herum waren, geneigt und schief aus dem Sumpf ragend, die machtvollen Tafeln verstreut, aus Sternenstein gefertigt und mit der unbegreiflichen Weisheit der vorweltlichen Götter bedeckt.

Und dorthin, an das Ziel einer vergessenen Suche, hatte es schließlich das Wesen gezogen, das einstmals Paul Tregardis und Zon Mezzamalech gewesen war – oder es vielmehr einstmals sein würde. Es wurde zu einem gestaltlosen Geschöpf der Vorzeit, kroch schneckengleich und geistlos über die gefallenen Tafeln der Götter und kämpfte und wütete gegen die übrige Brut Ubbo-Sathlas.

Von Zon Mezzamalech und seinem Verschwinden gibt es keinerlei Zeugnis, abgesehen von dem kurzen Abschnitt im *Buch des Eibon*. Was Paul Tregardis anbetrifft, der ebenfalls verschwand, so erschien lediglich eine knappe Mitteilung in einigen Londoner Zeitungen. Niemand schien auch nur das Geringste über ihn zu wissen: Er ist verschwunden, als hätte es ihn nie gegeben; und der Kristall ist aller Wahrscheinlichkeit nach verschollen. Jedenfalls hat ihn bis jetzt niemand gefunden.

Originaltitel: *Ubbo-Sathla*
Erstveröffentlichung: *Weird Tales*, July 1933
Aus dem Amerikanischen von *Volker Cremers*

Der Schwarze Stein

VON ROBERT E. HOWARD

In finstren Winkeln der Welt lauern noch heut
Abscheulich Wesen aus alter Zeit
Ein Tor klafft auf in unheimlichster Nacht
Speit aus Gewürm, das sonst die Hölle
bewacht.

JUSTIN GEOFFREY

Zuerst las ich davon im sonderbaren Buche des von Junzt, des deutschen Exzentrikers, der ein solch eigentümliches Leben führte und unter solch schrecklichen, geheimnisvollen Umständen starb. Zu meinem Glück verfügte ich über sein *Nameless Cults* in der Originalausgabe, dem so genannten Schwarzen Buch, 1839 in Düsseldorf erschienen, kurz bevor den Autor das Verderben ereilte, das ihn gehetzt hatte. Sammler seltenen Schrifttums kennen das *Nameless Cults* hauptsächlich in der nachlässigen, fehlerbehafteten Übersetzung, die 1845 als Raubdruck bei Bridewell in London veröffentlicht wurde, und in der sorgfältig bereinigten Ausgabe, welche die New Yorker Golden Goblin Press 1909 auf den Markt brachte. Der Band aber, auf den ich zufällig stieß, war eins der ungekürzten deutschen Exemplare mit schwerem Ledereinband und rostigen Eisenschließen. Ich zweifle, ob es heute auf der ganzen Welt noch mehr als ein halbes Dutzend solcher Bände gibt, denn die Auflage war nicht groß gewesen, und als sich herumsprach, welches Schicksal den Verfasser traf, verbrannten viele Besitzer des Buches in panischer Angst ihr Exemplar.

Sein gesamtes, von 1795 bis 1840 währendes Leben lang ergründete von Junzt das Verbotene; er bereiste die weite Welt und trat unzähligen Geheimbünden bei, las zahllose kaum bekannte, esoterische Bücher und Originalmanuskripte; in den Kapiteln des Schwarzen Buches, die in ihrer Darlegung teils von bestürzender Klarheit, teils von dunkler Vieldeutigkeit sind, finden sich Erklärungen und Andeutungen, die dazu angetan sind, dem denkenden Menschen das Blut in den Adern gerinnen zu lassen. Liest man, was von Junzt zu schreiben wagte, so fragt man sich voll Unbehagen, was er darüber hinaus noch wusste, ohne dass er es niederzulegen wagte. Welche finsteren Geheimnisse standen zum Beispiel auf den eng beschriebenen Seiten seines unveröffentlichten Manuskripts, an dem er in den Monaten vor seinem Tode wie besessen gearbeitet hatte und das zerrissen in der von innen verriegelten Kammer verstreut lag, jener Kammer, in der er mit den Spuren krallenbewehrter Finger an der Kehle tot aufgefunden wurde? Man wird es nie erfahren, denn der engste Freund des Autors, der Franzose Alexis Ladeau, verbrannte die Seiten zu Asche, nachdem er eine ganze Nacht lang die Fetzen zusammengesetzt und das Geschriebene gelesen hatte, dann schnitt er sich mit einem Rasiermesser die Kehle durch.

Doch ist der Inhalt des veröffentlichten Werkes auch dann noch grässlich genug, wenn man sich die allgemeine Ansicht zu Eigen macht, auf den Seiten finde sich nichts außer dem Delirieren eines Irrsinnigen. Unter vielen anderen Absonderlichkeiten fand ich dort den Schwarzen Stein erwähnt, jenen merkwürdigen, unheimlichen Monolithen, der in Ungarn die Berge überschattet und um den sich so viele finstere Sagen ranken. Von Junzt widmet ihm nicht viel Raum – der Hauptteil seines grausigen Werkes befasst sich mit Kulten und den Objekten deren finsteren Anbetung, von denen er behauptet, sie hätten bis zu seinen Lebzeiten fortbestanden. Der Schwarze Stein gehört anscheinend zu einem seit Jahrhunderten verschwundenen und vergessenen Orden oder Wesen. Von Junzt nennt ihn einen der *Schlüssel* – eine Wendung, die er in verschiedenen Varianten wiederholt benutzt und die zu den unverständlichsten Elementen seines Buches zählt. Knapp nur deutet er an, dass man während der Nacht der Sommersonnenwende im Umkreis des Monolithen Seltsames zu Gesicht bekommen könne. Er verweist auf Otto Dostmanns Theorie, der Monolith stamme aus der Zeit des Hunnensturms und sei als Denkmal für einen Sieg Attilas über die Goten aufgestellt worden. Von Junzt widerspricht dieser Behauptung, ohne jedoch seinerseits irgendein Argument anzuführen, das Dostmanns Auffassung widerlegt hätte; er merkt nur eines an: Wer den Schwarzen Stein etwa den Hunnen zuordne, sei in seinem Urteil ungefähr so treffsicher wie jemand, der behaupte, Wilhelm der Eroberer habe Stonehenge errichtet.

Diese Andeutung gewaltigen Alters erregte mein außerordentliches Interesse, und nach einigen Schwierigkeiten gelang es mir, ein von Ratten benagtes, schimmliges Exemplar von Dostmanns *Auf den Spuren verlorner Reiche* (Berlin 1809 im Drachenhaus-Verlag) aufzutreiben. Enttäuscht musste ich feststellen, dass Dostmann den Schwarzen Stein sogar noch knapper abhandelt als von Junzt und ihn in wenigen Zeilen als ein Artefakt abtut, das recht modern sei im Vergleich zu den griechischen und römischen Ruinen Kleinasiens, welche sein Lieblingsthema sind. Er räumt ein, nicht in der Lage gewesen zu sein, die beschädigten Schriftzeichen auf dem Monolithen zu entziffern, nennt sie jedoch unverkennbar mongolisch. So wenig ich von Dostmann erfuhr, fällt bei ihm indessen der Name des Dorfes, in dessen Nähe der Schwarze Stein sich erhebt – Stregoicavar, ein Unheil verkündender Name, der übersetzt etwa Hexendorf heißt.

Auch eine sorgfältige Durchsicht von Reiseliteratur und Fremdenführern verriet mir nichts Näheres. Stregoicavar war auf keiner Karte zu finden, die ich auftreiben konnte. Ich fand heraus, dass es in einer rauen, wenig besuchten Region weitab der Wege liegt, auf die ein gewöhnlicher Tourist eher zufällig stößt. Den *Volkssagen der Magyaren* von Dornly konnte ich allerdings einiges Nachdenkenswerte entnehmen. Das Kapitel »Traummärchen« erwähnt den Schwarzen Stein und berichtet von eigenartigem Aberglauben, der ihn umgebe – insbesondere werde jemand, der in der Nähe des Monolithen schlafe, für den Rest seines Lebens von entsetzlichen Albträumen geplagt; Dornly zitiert Bauerngeschichten über allzu Neugierige, die es wagten, den Stein während der Nacht der Sommersonnenwende aufzusuchen, und in geistiger Verwirrung starben, nachdem sie dort etwas Schreckliches gesehen hatten.

Mehr verriet mir auch Dornly nicht, doch je mehr ich spürte, welch ausgesprochen finstere Aura den Schwarzen Stein umgab, desto größer wurde mein Interesse. Der Hinweis auf sein dunkles Alter, die wiederholte Andeutung unnatürlicher Begebenheiten während der Nacht der Sommersonnenwende rührten an einen schlummernden Instinkt in meinem Innersten – wie man das Strömen eines dunklen, unterirdischen Flusses in der Nacht eher spürt denn hört.

Und plötzlich erkannte ich eine Verbindung zwischen dem Stein und einem gewissen unheimlichen, phantastischen Gedicht des wahnsinnigen Poeten Justin Geoffrey: »Das Volk des Monolithen«. Meine Recherchen ergaben, dass Geoffrey dieses Gedicht tatsächlich während einer Ungarnreise geschrieben hatte. Für mich stand augenblicklich fest, dass mit dem Monolithen, von dem er in den bizarren Versen spricht, nur der Schwarze Stein gemeint sein konnte. Beim Lesen der Geoffrey'schen Strophen regte sich in mir erneut die eigenartige, unterschwellige Vorahnung, die ich schon gespürt hatte, als ich den Stein zum ersten Mal erwähnt fand.

Ich hatte mich ohnedies nach einem Ziel für eine kurze Reise umgesehen und zögerte kaum: Ich fuhr nach Stregoicavar. Ein Zug einer Bauart, wie sie andernorts längst nicht mehr in

Gebrauch ist, brachte mich von Temesvár wenigstens in Reichweite meines Zieles, und nachdem ich drei Tage lang in einer Kutsche durchgeschüttelt worden war, erreichte ich das kleine Dorf, das in einem fruchtbaren Tal hoch oben in den von Tannenwäldern bedeckten Bergen liegt. Die Reise selbst verlief ereignislos, nur am ersten Tag streiften wir das alte Schlachtfeld von Schomvaal, wo 1526, während Süleiman der Prächtige Osteuropa eroberte, der tapfere polnisch-ungarische Ritter Graf Boris Vladinoff sich ritterlich, aber vergebens dem siegreichen Heer des Großen Türkenherrschers entgegenstellte.

Der Kutscher zeigte mir auf einem nahen Hügel einen großen Haufen zerfallender Steine, unter denen, wie er sagte, die Gebeine des tapferen Grafen verschüttet lagen. Ich erinnerte mich an eine Passage aus Larsons *Die Türkenkriege:* »Nach dem Scharmützel« [in dem Vladinoff und sein kleines Heer die türkische Vorhut zurückgeschlagen hatten] »stand der Graf vor den baufälligen Mauern einer alten Burg auf dem Hügel und erteilte Befehle zur Aufstellung seiner Truppen, als ein Adjutant ihm ein lackiertes Kästchen brachte, das er bei dem Leichnam des berühmten türkischen Schreibers und Historikers Selim Bahadur gefunden, welcher im Kampfe gefallen war. Der Graf entnahm dem Kästchen ein zusammengerolltes Pergament und begann zu lesen, doch er war noch nicht weit gekommen, als er sehr blass wurde, wortlos das Pergament zurücklegte und sich das Kästchen in den Mantel steckte. In diesem Moment eröffnete eine verborgene türkische Batterie unvermittelt das Feuer. Die Geschosse schlugen in die alte Burg ein, und voll Entsetzen mussten die Ungarn beobachten, wie die Mauern einstürzten und den braven Grafen unter sich begruben. Ohne Anführer aber wurde das tapfere kleine Heer rasch niedergemacht, und in den vom Kriege geplagten Jahren, die darauf folgten, barg niemand des Edlen Gebeine. Heute zeigen die Einheimischen dem Reisenden einen riesigen, zu Staub zerfallenden Schutthaufen bei Schomvaal, unter dem, so sagen sie, noch immer liege, was die Jahrhunderte von Graf Boris Vladinoff übrig gelassen.«

Stregoicavar entpuppte sich als verschlafenes, verträumtes Dörfchen, das seinen Unheil verkündenden Namen anscheinend Lügen strafte – ein vergessenes Nest, an dem der Fortschritt vorbeigegangen war. Die pittoresken Häuser und die noch pittoreskeren Kleider und Manieren der Menschen stammten aus einem früheren Jahrhundert. Sie waren freundlich und zeigten sich neugierig, ohne aufdringlich zu sein, obwohl Besucher aus der äußeren Welt sich nur sehr selten zu ihnen verirrten.

»Vor zehn Jahren ist ein anderer Amerikaner ins Dorf gekommen. Einige Tage ist er geblieben«, sagte der Gastwirt, bei dem ich Unterkunft genommen hatte. »Ein junger Kerl war er, und merkwürdig hat er sich benommen – er murmelte immer vor sich hin. Er war ein Dichter, glaube ich.«

Ich wusste sofort, dass er nur Justin Geoffrey meinen konnte.

»Ja, er war ein Dichter«, antwortete ich, »und er hat ein Gedicht über eine Stelle unweit Ihres Dorfes geschrieben.«

»Ist das wahr?« Meines Gastgebers Interesse war geweckt. »Da alle großen Dichter eigenartig auftreten und sprechen, muss er großen Ruhm erlangt haben, denn nie habe ich jemand seltsamer reden hören und sich merkwürdiger gebaren sehen.«

»Wie es den meisten Dichtern ergeht«, entgegnete ich, »weiß man ihn erst seit seinem Tod wirklich zu schätzen.«

»Er lebt also nicht mehr?«

»Vor fünf Jahren ist er kreischend in einem Irrenhaus gestorben.«

»Wie schade, wie schade«, seufzte mein Wirt mitfühlend.

»Der arme Junge – er hat sich den Schwarzen Stein zu lange angesehen.«

Mein Herz tat einen Sprung, doch verbarg ich meine rege Wissbegier und bemerkte beiläufig: »Von diesem Schwarzen Stein habe ich schon gehört; er muss irgendwie in der Nähe Ihres Dorfes sein, nicht wahr?«

»Näher als einem Christenmenschen recht sein kann«, antwortete er. »Sehen Sie!« Er zog mich zu einem Stabwerkfenster und wies auf die Tannenwälder an den Hängen der verträumten blauen Berge. »Dort hinten, wo Sie diese nackte Felswand aufragen sehen, da steht dieser verfluchte Stein. Würde ihn doch jemand zu Staub zerreiben und den Staub in die Donau werfen, dass er im tiefsten Meer versinkt! Einmal haben Männer versucht, ihn zu zerstören, und jeder, der den Hammer oder Schlägel gegen ihn erhob, fand ein schlimmes Ende. Heute meiden die Menschen den Stein.«

»Was ist so schlimm an ihm?«, erkundigte ich mich neugierig.

»Dämonen spuken dort«, antwortete der Wirt voll Unbehagen. Er schauderte leicht. »Als Kind kannte ich einen jungen Mann aus dem Tiefland, der unsere Bräuche verlachte – in seiner Tollkühnheit ging er in einer Nacht der Sommersonnenwende an den Stein, und bei Morgengrauen taumelte er ins Dorf, stumm und wahnsinnig. Etwas hatte seinen Geist zerrüttet und seine Lippen versiegelt. Bis zu seinem Tod, der bald folgte, öffnete er nur den Mund, um grausige Blasphemien zu stammeln oder sabbernd unverständliches Zeug zu brabbeln.

Mein eigener Neffe hat sich als kleines Kind in den Bergen verirrt und ist im Wald unweit des Steins eingeschlafen. Jetzt ist er ein erwachsener Mann, und ihn quälen derart entsetzliche Träume, dass er uns mit seinen Schreien nächtens oft aus dem Schlaf reißt und selber in kaltem Schweiß gebadet aufwacht.

Aber lassen Sie uns über etwas anderes sprechen, mein Herr; es ist nicht gut, allzu viel über solche Dinge zu reden.«

Ich machte eine Bemerkung über das offensichtliche Alter seines Gasthauses, und er antwortete stolz: »Die Grundmauern sind über vierhundert Jahre alt; das ursprüngliche Haus wurde als einziges nicht niedergebrannt, als Süleimans Teufel durch die Berge zogen. Hier an dieser Stelle, in dem Haus, das auf diesen Fundamenten stand, hatte der Schreiber Selim Bahadur sein Hauptquartier, von dem aus er die umliegenden Lande verheerte.«

Ich erfuhr, dass die gegenwärtigen Bewohner Stregoicavars nicht die Nachkommen der Menschen waren, die dort vor dem türkischen Überfall von 1526 lebten. Die siegreichen Muslime ließen keinen einzigen Menschen im Dorf oder in der Nachbarschaft am Leben: In einem einzigen roten Blutbad wurden Männer, Frauen und Kinder ausgelöscht, und ein weiter Landstrich blieb still und menschenleer zurück. Die heutigen Einwohner des Dorfes stammten von tatkräftigen Siedlern aus den tieferen Tälern ab, die nach Vertreibung der Türken in die Höhe zogen und das verwüstete Dorf wiederaufbauten.

Während der Wirt von der Auslöschung der ursprünglichen Einwohner sprach, war ihm kein großer Groll anzumerken, und ich erfuhr, dass seine Vorfahren in den Tälern den Bergbewohnern größeren Hass und tiefere Abneigung entgegengebracht hatten als den Türken. Über die Gründe dieser Fehde blieb er sehr vage, erwähnte jedoch, dass die Ureinwohner Stregoicavars immer wieder ins Tiefland geschlichen seien und junge Frauen und Kinder gestohlen hätten. Außerdem, so fügte er hinzu, seien sie nicht vom gleichen Blut gewesen wie seine Leute; die kräftigen Magyaren hätten sich mit einer entarteten Urbevölkerung vermischt, bis die Rassen verschmolzen seien und eine unerfreuliche Kreuzung hervorgebracht hätten. Wer diese Ureinwohner waren, konnte er nicht einmal ansatzweise sagen, beharrte aber darauf, sie seien »Heiden«

gewesen und hätten seit unvordenklichen Zeiten in diesen Bergen gesessen, bis die Eroberer kamen.

Ich maß seiner Erzählung geringe Bedeutung zu und sah darin nur eine Parallele zur Verschmelzung von keltischen Stämmen mit Menschen mediterraner Abstammung in den Galloway Hills, deren Ergebnis, die Pikten, solch breiten Raum in den schottischen Sagen einnimmt. Die Zeit übt erstaunlicherweise eine verdichtende Wirkung auf die volkstümliche Überlieferung aus, und während sich die Märchen über die Pikten mit den Legenden über eine ältere mongolische Rasse verflochten, wurde den Pikten immer mehr das abstoßende Äußere der gedrungenen Primitiven zugesprochen, deren Eigenarten wiederum zusehends in den Legenden über die Pikten untergingen, bis sie vergessen waren; darum, so nahm ich an, konnten die angeblichen unmenschlichen Züge der ersten Dörfler von Stregoicavar gewiss zu älteren, verschwundenen Mythen über einfallende Hunnen und Mongolen zurückverfolgt werden.

Am Morgen nach meiner Ankunft erhielt ich von meinem Wirt eine Wegbeschreibung, die er mir nur unter großen Bedenken gab, und brach auf, um den Schwarzen Stein zu suchen. Eine mehrstündige Wanderung durch die dichten Tannenwälder bergaufwärts führte mich vor die zerklüftete, massive Steilwand, die keck aus dem Berghang ragte. Ein schmaler Pfad führte daran hoch, und während ich ihn beschritt, blickte ich über das friedliche Tal, in dem Stregoicavar lag, das ringsum von den hohen blauen Bergen geschützt zu schlummern schien. Zwischen der Felswand und dem Dorf war keine einzige Hütte oder irgendein anderes Zeichen menschlicher Besitznahme zu entdecken. Zwar sah ich zahlreiche, im Tal verstreute Gehöfte, doch lagen sie alle auf der anderen Seite Stregoicavars, das vor dem hoch aufragenden

Steilhang zurückzuweichen schien, welcher den Schwarzen Stein barg.

Die Kuppe der Felswand erwies sich als dicht bewachsenes Plateau. Ich bahnte mir einen Weg durch das üppige Gestrüpp und gelangte bald an eine weite Lichtung; mitten auf dieser Lichtung erhob sich hager eine Formation aus schwarzem Stein.

Sie war achteckig im Grundriss, gut sechzehn Fuß hoch, und durchmaß etwa anderthalb Fuß. Früher einmal war der Schwarze Stein wohl auf Hochglanz poliert gewesen, nun aber übersäten Schrunden die Oberfläche, als habe man brutal versucht, ihn in Stücke zu schlagen; doch hatten die Hämmer nur kleine Steinsplitter abzusprengen und die Schriftzeichen unkenntlich zu machen vermocht, welche früher offensichtlich in einer Spirale rings um die Säule zur Spitze hinaufgelaufen waren. Bis zu einer Höhe von zehn Fuß über der Basis waren die Schriftzeichen beinahe völlig unlesbar, weshalb es mir schwer fiel, ihre Natur zu bestimmen. Höher oben waren sie deutlicher zu erkennen, und es gelang mir, die Säule zum Teil zu erklimmen, sodass ich sie aus der Nähe betrachten konnte. So unleserlich beschädigt sie nun auch waren, ich war sicher, dass sie zu keiner Sprache gehörten, an die man sich gleich wo auf der Welt noch erinnert. Ich bin durchaus mit allen Hieroglyphen vertraut, die den Forschern und Philologen bekannt, und ich kann mit Bestimmtheit sagen, dass diese Zeichen mit nichts zu vergleichen waren, wovon ich jemals gelesen oder gehört habe. Am nächsten kamen ihnen vielleicht noch gewisse grobe Kratzer an einem riesigen, auffällig symmetrischen Fels in einem vergessenen Tal von Yucatán. Ich erinnere mich, dass ich diese Zeichen damals meinem Begleiter, einem Archäologen, zeigte, und er behauptete, sie seien entweder durch natürliche Verwitterungsvorgänge entstanden oder es handele sich bei ihnen um das müßige Gekritzel eines Indios. Über meine Theorie, der Stein sei tatsächlich das

Fundament einer lange verschwundenen Säule, lachte er nur und wies mich auf die Dimensionen meiner hypothetischen Säule hin, denn der Basis nach zu urteilen müsse die Säule, wenn sie irgendeiner natürlichen Regel oder architektonischer Symmetrie folgen sollte, mehr als tausend Fuß hoch gewesen sein. Dennoch war ich nicht überzeugt.

Ich will nicht sagen, dass die Zeichen auf dem Schwarzen Stein denen auf dem gewaltigen Felsen von Yucatán ähnelten; doch die einen erinnerten an die anderen. Was das Material des Monolithen anging, so stand ich erneut vor einem Rätsel. Der Stein war von einem stumpf glänzenden Schwarz, dessen Oberfläche, wo sie nicht zerschlagen und zerkratzt, den merkwürdigen Eindruck erweckte, sie sei halb durchsichtig.

Ich verbrachte den halben Vormittag dort und brach schließlich in Verwirrung wieder auf. Allem Anschein nach stand der Stein mit keinem anderen Artefakt auf der Welt in Zusammenhang. Es war, als hätten fremde Hände in einem fernen Zeitalter, von dem der Mensch nichts ahnt, den Monolithen errichtet.

Als ich im Dorf anlangte, war mein Wissensdurst nicht im Mindesten gestillt. Dies eigenartige Ding mit eigenen Augen zu sehen hatte mein Verlangen nur weiter geschürt, ihm auf den Grund zu gehen und herauszubekommen, von welchen fremden Händen und zu welchem dunklen Zweck der Schwarze Stein vor so langer Zeit errichtet worden war.

Ich suchte den Neffen des Gastwirtes auf und befragte ihn nach seinen Träumen, doch blieb er, obschon hilfswillig, in seinen Beschreibungen nebelhaft. Er hatte zwar nichts dagegen, über seine Träume zu sprechen, war aber unfähig, sie mit irgendwelcher Klarheit zu schildern. Obwohl er immer wieder das Gleiche träumte und die Träume ihm während des Schlafes entsetzlich lebhaft erschienen, hinterließen sie keinen deutlichen Eindruck in seinem wachenden Geist. Der junge Mann entsann sich ihrer nur als chaotische Nachtmahre, in denen riesige wirbelnde Feuer fahle Flammenzungen ausstießen und in denen ohne Unterlass eine schwarze Trommel schlug. Nur an eines erinnerte er sich handfest: In einem Traum hatte er den Schwarzen Stein erblickt, jedoch nicht an einem Berghang, sondern als Turm einer riesenhaften schwarzen Burg.

Was den Rest der Dörfler betraf, so weigerten sie sich, wie ich feststellen musste, über den Stein zu sprechen. Nur der Lehrer war hier eine Ausnahme, ein Mann von erstaunlicher Bildung, der erheblich mehr Zeit in der Außenwelt verbrachte als irgendjemand sonst im Dorf.

Er zeigte sich sehr interessiert an dem, was ich ihm über von Junzts Bemerkung betreffs des Steines erzählte, und stimmte dem deutschen Autor hitzig zu, als ich das angebliche Alter des Monolithen erwähnte. Er glaubte, dass es in der Nachbarschaft früher einen Hexenkreis gegeben habe. Womöglich alle Ureinwohner des Dorfes hätten jenem Fruchtbarkeitskult angehört, der einst die europäische Zivilisation zu unterwandern drohte und in dem der Ursprung für den Hexenglauben gelegen habe. Um seine Ansicht zu beweisen, führte er den Namen des Dorfes an; denn ursprünglich habe es gar nicht Stregoicavar geheißen, sagte er; den Legenden zufolge hätten die Erbauer es Xuthltan genannt, was in der Sprache der Ureinwohner der Name für die Stätte gewesen sei, an der vor vielen Jahrhunderten das Dorf errichtet worden war.

Als ich das hörte, überkam mich unbeschreibliche Beklommenheit. Der barbarische Name deutete nicht die geringste Verbindung zu irgendeinem skythischen, slawischen oder mongolischen Volk an, zu welchem die Ureinwohner dieses Gebirges unter natürlichen Umständen hätten gehören müssen.

Dass die Magyaren und Slawen der niederen Täler die alten Dorfbewohner für Angehörige eines Hexenkults hielten, liege auf der Hand, sagte der Lehrer; der Name, den sie dem Dorf gaben, beweise es. Dieser Name hielt sich sogar weiter, nachdem die alten Bewohner von den Türken massakriert worden waren und Menschen eines anständigeren, besseren Schlages das Dorf wiederaufgebaut hatten.

Er glaubte zwar nicht, dass die Angehörigen des Kultes den Monolithen errichtet hatten, war aber überzeugt, dass der Schwarze Stein bei ihren Riten im Mittelpunkt stand. Er wiederholte mir verschwommene Legenden, die man sich schon vor dem Türkeneinfall erzählt habe, und kam schließlich mit der Theorie heraus, dass die degenerierten Dörfler den Stein als eine Art Altar benutzt hätten, auf dem sie Menschenopfer darbrachten; als Opfer dienten die Frauen und Kinder, die sie seinen eigenen Vorfahren aus den niederen Tälern raubten.

Die Gerüchte um eigenartige Begebnisse während der Nacht der Sommersonnenwende zog er ebenso in Zweifel wie eine kuriose Legende um fremdartige Gottheiten, welche das Hexenvolk von Xuthltan mit Gesängen und wilden Geißelungs- und Schlachtriten heraufbeschworen hätte.

Während der Nacht der Sommersonnenwende habe er den Stein noch nicht aufgesucht, sagte er, fürchte sich aber nicht davor; was immer dort in der Vergangenheit gelebt hatte oder geschehen war, sei schon lange in den Nebeln von Zeit und Vergessenheit versunken. Der Schwarze Stein habe seine Bedeutung verloren, es sei denn als Bindeglied zu einer toten, unfassbaren Vergangenheit.

Eine Woche nach meiner Ankunft in Stregoicavar kehrte ich von einem Besuch bei diesem Lehrer zurück, als mir plötzlich einfiel, dass es die Nacht der Sommersonnenwende war – die Nacht, welche die Legenden unter grausigen Andeutungen mit dem Schwarzen Stein in Verbindung brachten! Noch vor dem Gasthaus kehrte ich um und durchquerte eilig die

Gassen. Stregoicavar lag still; die Dörfler gingen früh zu Bett. Ich begegnete niemandem, während ich rasch die Ortschaft verließ und zwischen die Tannen huschte, durch welche ein eigenartiges Licht auf den Hang fiel, das die Schatten umso schwärzer erscheinen ließ. Kein Wind ging, doch von allen Seiten kam ein geheimnisvolles, vages Rascheln und Flüstern. Gewiss waren in zurückliegenden Jahrhunderten, so redete eine absonderliche Phantasie mir ein, während solcher Nächte nackte Hexen auf verzauberten Besenstielen über dies Tal geflogen, verfolgt von ihren johlenden dämonischen Vertrauten.

Ich erreichte die Steilwand und war etwas beunruhigt, weil das trügerische Mondlicht ihr unterschwellig ein Aussehen verlieh, das ich noch nicht bemerkt hatte – im ungewöhnlichen Licht erschien sie weniger als natürlich gewachsener Fels, sondern mehr wie die Ruine einer zyklopischen, von Titanen errichteten Bastion, die den Berghang beherrschte.

Nachdem es mir nur mit Mühe gelungen war, diese Halluzination abzuschütteln, erreichte ich das Plateau und zögerte einen Moment, bevor ich mich in die bedrohliche Dunkelheit der Wälder stürzte. Eine atemlose Spannung hing über den Schatten, wie ein unentdecktes Ungeheuer, das den Atem anhält, um nicht seine Beute zu verjagen.

Ich schüttelte das Gefühl ab – es war nur natürlich, wenn man bedachte, wie unheimlich und verrufen mein Ziel war – und schlug mich durch den Wald. Dabei beschlich mich das höchst unangenehme Gefühl, dass mir jemand folge; einmal blieb ich stehen, weil ich sicher glaubte, dass mir in der Dunkelheit etwas Klammes, Nachgiebiges über das Gesicht gestrichen war.

Schließlich erreichte ich die Lichtung und erblickte den Monolithen, der sich dürr und steil über die Grasnarbe erhob. Am Waldrand war ein Stein, der einen natürlichen, dem Abhang zugewandten Sessel bildete. Ich setzte mich und überlegte, dass der wahnsinnige Dichter Justin Geoffrey vermutlich an der gleichen Stelle gesessen hatte, während er sein phantastisches »Volk des Monolithen« verfasste. Mein Wirt glaubte, der Schwarze Stein hätte den Wahnsinn in Geoffrey geweckt, doch der Keim der geistigen Zerrüttung war schon in den Kopf des Poeten gelegt worden, lange bevor er nach Stregoicavar kam.

Ein Blick auf die Uhr verriet mir, dass die Mitternachtsstunde nicht mehr fern war. Ich lehnte mich zurück und wartete auf das gespenstische Schauspiel, das mir zugedacht war. Ein dünner Nachtwind erhob sich zwischen den Tannenzweigen und trug die unheimliche Andeutung leiser, ungesehener Flöten herbei, die eine unheimliche, boshafte Melodie spielten. Die Eintönigkeit des Geräuschs und mein beharrliches Starren auf den Monolithen wirkten auf mich wie eine Selbsthypnose; ich wurde schläfrig. Ich kämpfte gegen die Müdigkeit an, doch umfing der Schlummer mich gegen meinen Willen; der Monolith schien vor meinen Augen zu schwanken, eigenartig verzerrt zu tanzen, und dann schlief ich ein.

Ich öffnete die Augen und wollte mich erheben, doch vermochte ich mich nicht zu regen, als halte eine eisige Hand mich hilflos gefangen. Mich befiel kaltes Entsetzen. Die Lichtung war nicht mehr leer. Eine schweigende Menge merkwürdiger Menschen drängte sich vor dem Schwarzen Stein. Geweiteten Auges erblickte ich fremdartige, barbarische Einzelheiten an Kostümen, von denen mein Verstand mir sagte, dass sie altertümlich seien und selbst in diesem abgelegenen Landstrich längst vergessen sein müssten. *Gewiss,* so dachte ich mir, *sind das die Dörfler, und sie sind hierher gekommen, um irgendein skurriles Geheimtreffen abzuhalten*

– doch ein weiterer Blick verriet mir, dass es sich keineswegs um die Bewohner Stregoicavars handelte. Die Anwesenden waren kleiner, untersetzter, mit niedriger Stirn und breiterem, stumpferem Gesicht. Einige zeigten slawische oder magyarische Züge, doch waren diese Züge entartet, als seien sie mit fremdem, gemeinerem Erbgut vermengt, das ich nicht näher zu bestimmen wusste. Viele trugen die Häute wilder Tiere, und bei Männern wie Frauen verriet die äußere Erscheinung insgesamt eine wollüstige Tierhaftigkeit, die mir zugleich Abscheu und Furcht einflößte. Niemand schenkte mir indessen auch nur die geringste Beachtung. Vor dem Monolithen bildeten sie einen weiten Halbkreis und stimmten eine Art Lied an, wobei sie gleichmäßig die Arme um sich warfen und rhythmisch von der Hüfte aufwärts die Oberkörper pendeln ließen. Aller Augen waren auf die Spitze des Steins fixiert, den sie anzurufen schienen. Merkwürdig erschien mir die Undeutlichkeit ihrer Stimmen; keine fünfzig Schritt von mir entfernt erhoben Hunderte Männer und Frauen unmissverständlich einen wilden Gesang, und doch erreichten diese Stimmen mich nur als schwaches, kaum wahrnehmbares Gemurmel, als dränge es über viele Meilen hinweg auf mich zu – *oder aus ferner Zeit.*

Vor dem Monolithen stand ein Kohlebecken, aus dem ein abstoßender, erstickender gelber Rauch aufstieg und sich in einer ununterbrochenen Spirale wie eine gewaltige, unbeständige Schlange um die schwarze Säule wand.

Auf einer Seite neben dem Kohlebecken lagen zwei Gestalten – ein splitternacktes junges Mädchen mit gefesselten Händen und Füßen und ein Säugling, der nur wenige Monate alt sein konnte. Zur anderen Seite des Beckens hockte eine hässliche alte Vettel mit einer sonderbaren schwarzen Trommel auf dem Schoße; diese Trommel schlug sie leicht und langsam mit ihren Handflächen, ohne dass ich das Geräusch hören konnte.

Nun wiegten sich die Leiber in schnellerem Rhythmus, und auf die freie Fläche zwischen den Menschen und dem Monolithen sprang eine nackte junge Frau mit blitzenden Augen und offen flatterndem, langem schwarzem Haar. Taumelnd drehte sie sich auf den Zehen, wirbelte über die freie Fläche und warf sich schließlich vor dem Stein zu Boden, wo sie reglos liegen blieb. Augenblicklich folgte ihr eine unwirkliche Gestalt – ein Mann, dessen Lenden von einer Ziegenhaut verhüllt waren und der sein Gesicht hinter einer Maske verbarg, die aus einem großen Wolfskopf gemacht war, sodass er wie eine monströse Albtraumgestalt erschien, auf beklemmende Weise teils Mensch, teils Tier. In der Hand hielt er ein Bündel langer Tannenzweige, an den Stielen zusammengebunden, und im Mondlicht glänzte eine schwere Goldkette um seinen Hals. An die kleinere Kette, die von der schweren herabhing, gehörte wohl eigentlich ein Anhänger, doch fehlte dieser.

Die Menschen schlugen wild mit den Armen und schienen ihre Rufe nun doppelt laut auszustoßen, während die groteske Gestalt mit ausgefallenen Sprüngen und Kapriolen über die freie Fläche setzte. Als er die Frau erreichte, die sich vor den Monolithen geworfen hatte, schlug er mit seiner Gerte auf sie ein, und sie sprang auf und begann den unglaublichsten Tanz, den ich je gesehen habe. Während ihr Peiniger unablässig grausame Hiebe auf ihren nackten Körper hinabregnen ließ, tanzte er mit ihr und brüllte bei jedem Schlag ein einziges Wort, immer wieder, und sämtliche Menschen brüllten es zurück. Ich sah ihre Lippen sich bewegen, und da vereinte sich das schwache, entfernte Murmeln ihrer Stimmen zu einem einzigen fernen Ruf, der in geifernder Ekstase immer wieder aufs Neue wiederholt wurde. Indes verstand ich nicht, wie dieses eine Wort lautete.

In Schwindel erregenden Kreiseln wirbelten die wilden Tänzer umher, während die Zuschauer an Ort und Stelle verharrten und mit dem Wiegen ihrer Oberkörper und den Bewegungen ihrer Arme den Rhythmus des Tanzes hielten. In den Augen der umhertollenden Geweihten blitzte der Wahnsinn, und aus den Gesichtern der Zuschauer antwortete Tollheit. Wilder und immer ausgefallener wurde das rasende Wirbeln dieses verzückten Tanzes – wurde zu etwas Bestialischem, Obszönem, während die alte Vettel heulend wie eine Verrückte auf die Trommel eindrosch und die Tannenzweige eine Teufelsmelodie peitschten.

Blut lief der Tänzerin über die Glieder, doch sie achtete der Gertenhiebe nicht, es sei denn als Ansporn zu noch ungeheuerlicherer Bewegung; sie sprang mitten in den gelben Rauch, der nun dünne Fangarme ausbreitete und die beiden wirbelnden Gestalten umschlang. Die Frau schien mit dem stinkenden Nebel zu verschmelzen und sich damit zu verschleiern. Dann trat sie aus den Nebelschlieren hervor, dicht gefolgt von dem Tierwesen, das sie weiter peitschte, und brach in eine unbeschreibliche Welle heftigster Zuckungen aus. Gerade auf dem Höhepunkt dieser irrsinnigen Welle aber fiel sie plötzlich ins Gras, zitterte und keuchte, als habe ihre Raserei sie unversehens entkräftet. Mit unnachgiebiger Gewalt und Geschwindigkeit jedoch ging die Geißelung weiter, und sie begann, auf dem Bauch zum Monolithen zu kriechen. Der Priester – wie ich ihn nennen möchte – folgte ihr und peitschte dabei mit aller Kraft, zu der sein Arm fähig, auf ihren ungeschützten Körper ein, während sie sich wand und auf dem zertrampelten Boden eine breite Blutspur hinter sich ließ. Als sie keuchend und ächzend den Monolithen erreichte, schlang sie beide Arme um ihn und bedeckte den kalten Stein in rasender, unheiliger Verehrung mit wilden, heißen Küssen.

Der irrwitzige Priester sprang hoch in die Luft und schleuderte die rotbefleckten Zweige davon. Die Anbeter warfen sich heulend und mit Schaum um den Mund aufeinander, zerrissen sich mit Zähnen und Klauen in wilder, bestialischer

Leidenschaft gleichermaßen Kleider und Haut. Mit dem langen Arm hob der Priester den Säugling auf, und indem er wieder den *Namen* aussprach, wirbelte er das jammernde Kind hoch durch die Luft gegen den Stein, dass es sein Gehirn über den Monolithen verspritzte und auf der schwarzen Oberfläche einen entsetzlichen Flecken hinterließ. Vor Entsetzen eiskalt beobachtete ich, wie der Priester den kleinen Leichnam mit seinen bloßen tierhaften Fingern ausweidete und eine Hand voll Blut nach der anderen gegen die Säule schleuderte, dann warf er das geschundene, blutige Bündel ins Kohlebecken. Die Flammen erloschen unter dem roten Regen, während die irrsinnigen Tiere hinter ihm immer und immer wieder jenen *Namen* brüllten. Unvermittelt warfen sich alle zu Boden, wanden sich wie Schlangen, und der Priester breitete triumphierend die blutigen Hände aus. Ich öffnete den Mund, um mein Entsetzen und meinen Abscheu herauszubringen, doch hörte ich nur ein trockenes Krächzen; auf der Spitze des Monolithen hockte ein riesiges, monströses, einer Kröte ähnliches *Etwas!*

Vor dem Mondlicht hob sich sein aufgedunsener, abstoßender und unsteter Umriss ab, und dort, wo bei einem natürlichen Geschöpf das Gesicht gewesen wäre, spiegelten seine gewaltigen, blinzelnden Augen alle Wollust, bodenlose Gier, obszöne Grausamkeit und monströse Bosheit wider, die je den Menschen geplagt haben, seit seine Vorfahren blind und haarlos die Baumwipfel durchstreiften. Aus diesen schrecklichen Augen sprach alles Unheilige, alle schändlichen Geheimnisse, die in den Städten unter der See schlafen und sich in der Schwärze uranfänglicher Höhlen vor dem Licht des Tages verbergen. Und so blinzelte und schielte dieses grässliche Wesen, durch ein grausames, sadistisches und blutiges Ritual aus den stillen Hügeln gerufen, anzüglich auf seine tierhaften Anbeter herab, die in verabscheuungswürdiger Erniedrigung vor ihm auf dem Boden krochen.

Nun ergriff der Priester mit der Tiermaske das gefesselte und sich schwach windende Mädchen mit brutalen Händen und hob sie dem Schrecken auf dem Monolithen entgegen. Und als das Monstrum wollüstig geifernd den Atem einsog, zerbrach etwas in mir, und ich fiel in gnadenvolle Bewusstlosigkeit.

Ich schlug die Augen auf und sah in eine bereits helle Morgendämmerung. Die Ereignisse der Nacht stürmten auf mich ein, und ich sprang auf, dann blickte ich erstaunt um mich. Der Monolith drohte dünn und still über dem Gras, das sich grün und unzertrampelt in der Morgenbrise wiegte. Ein paar rasche Schritte, und ich hatte die Lichtung durchquert; hier waren die Tänzer umhergesprungen und getollt, hier sollte der Boden aufgewühlt sein, und hier hatte die Geweihte ihr Blut auf den Boden verströmt, während sie schmerzerfüllt zum Schwarzen Stein kroch. Doch kein einziger roter Tropfen zeigte sich auf dem unberührten Gras. Erschauernd betrachtete ich die Stelle am Monolithen, wo der vertierte Priester des Säuglings Schädel zerschmettert hatte – erblickte aber weder einen dunklen Fleck noch Ekel erregende Spritzer.

Ein Traum! Es musste ein wilder Albtraum gewesen sein ... oder doch nicht? Ich zuckte mit den Schultern. Welch lebhafte Klarheit für einen Traum.

Still kehrte ich ins Dorf zurück und ging ins Gasthaus, ohne gesehen zu werden. Dort setzte ich mich und überdachte die eigenartigen Begebenheiten der Nacht. Immer unwahrscheinlicher kam es mir vor, alles nur geträumt zu haben. Eines stand fest: Was ich gesehen hatte, war eine Illusion ohne materielle Substanz gewesen. Ich glaubte, den Spiegelschatten einer Tat beobachtet zu haben, die zwar in entsetzlicher Wirklichkeit, jedoch vor langer Zeit begangen worden war. Wie sollte ich Gewissheit erlangen, woher den Beweis nehmen, dass meine Vision eine Versammlung boshafter Gespenster gewesen war und kein Albtraum, der meinem eigenen Kopf entsprang?

Wie zur Antwort blitzte ein Name in meinem Geist auf: Selim Bahadur! Der Legende zufolge hatte dieser Mann, der Soldat und Schreiber gewesen war, jenen Teil des Heeres Süleimans befehligt, welcher Stregoicavar verwüstete. Das erschien mir einleuchtend genug; und wenn ich recht vermutete, dann war er gleich von dem ausgelöschten Landstrich weitergezogen zum Schlachtfeld von Schomvaal, wo sein Schicksal ihn ereilte. Ich sprang mit einem Aufschrei vom Stuhl; jenes Pergament, das bei dem Leichnam des Türken gefunden wurde und über dem Graf Boris erbleichte – enthielt es womöglich eine Schilderung dessen, was die Türken in Stregoicavar gefunden hatten? Was sonst hätte die stählernen Nerven des polnischen Abenteurers derart aufwühlen sollen? Und da die Gebeine des Grafen niemals geborgen worden waren, was konnte da sicherer sein, als dass jenes lackierte Kästchen mitsamt seinem geheimnisvollen Inhalt noch immer mit dem toten Boris Vladinoff unter den Ruinen verschüttet lag? In wilder Hast begann ich zu packen.

Drei Tage später hatte ich mich bequem in einer kleinen Ortschaft wenige Meilen vom alten Schlachtfeld eingerichtet, und als der Mond aufging, arbeitete ich mich bereits mit wilder Energie in den großen Haufen zerbröckelnder Steine vor, der den Hügel krönte. Eine Schinderei war es, eine Zerreißprobe für meinen Rücken – wie ich sie bewältigte, kann ich im Nachhinein nicht sagen, doch trieb ich mich ohne Pause von Mondaufgang bis in die Morgendämmerung an. Gerade als die Sonne sich erhob, räumte ich das letzte Gewirr aus Schutt beiseite und erblickte die sterblichen Überreste von

Graf Boris Vladinoff – kaum mehr als erbärmliche, zu Staub zerfallende Knochensplitter. Dazwischen lag so stark zerquetscht, dass die ursprüngliche Form nicht mehr erkennbar war, ein Kästchen, dessen lackierte Oberfläche es im Laufe der Jahrhunderte vor dem völligen Zerfall bewahrt hatte.

Mit rasendem Eifer raffte ich es an mich, häufte rasch einige Steine auf die Gebeine und eilte fort; denn auf keinen Fall wollte ich von misstrauischen Bauern bei einer augenscheinlichen Grabschändung ertappt werden.

In meinem Gasthauszimmer öffnete ich das Kästchen und fand das Pergament vergleichsweise unversehrt vor; außerdem fand ich noch etwas in dem Behältnis: einen kleinen, flachen Gegenstand, der in ein Seidentuch eingeschlagen war. Ich konnte es kaum erwarten, die Geheimnisse auszuloten, die auf den vergilbten Seiten niedergelegt waren, doch zügelte mich die Vorsicht. Seit meiner Flucht aus Stregoicavar hatte ich kaum geschlafen, und nun übermannte mich die Erschöpfung der vergangenen Nacht. Gegen meinen Willen streckte ich mich auf dem Bett aus und erwachte erst bei Sonnenuntergang.

Ich nahm hastig ein Abendbrot zu mir, dann setzte ich mich im Lichte einer flackernden Kerze zurecht und begann die türkische Schrift zu entziffern, die das Pergament bedeckte. Es war eine beschwerliche Aufgabe, denn ich bin in dieser Sprache nicht allzu bewandert, und der altertümliche Stil der Erzählung gab mir manches Rätsel auf. Während ich mich so hindurchkämpfte, sprang mich hie ein Wort, dort eine Wendung an, und dumpf anschwellendes Grauen ergriff von mir Besitz und ließ mich frösteln. Mit aller Kraft führte ich die Arbeit fort, und während der Bericht allmählich klarer und immer greifbarer wurde, gefror mir das Blut in den Adern, richtete mein Haar sich auf und klebte mir die Zunge am Gaumen fest. Alles Äußere teilte den grässlichen Wahnsinn dieses infernalischen Manuskripts, bis die nächtlichen Geräusche der

Käfer und Waldtiere sich anhörten wie das gespenstische Gemurmel und der heimliche Schritt leichenfressender Unholde und das Seufzen des Nachtwinds umschlug in das hämisch-obszöne Kichern des Bösen über gefangenen Menschenseelen.

Endlich, als sich die Dämmerung grau durch das Stabwerkfenster schlich, legte ich das Manuskript beiseite, nahm das in Seide eingeschlagene Bündel und öffnete es. Verstörten Blicks starrte ich auf seinen Inhalt; hätte ich vorher noch an der Richtigkeit des grauenvollen Manuskriptes zweifeln können, so stand nun fest, dass es die Wahrheit wiedergab.

Und ich legte die beiden unheiligen Fundstücke in das Kästchen zurück und ruhte weder, noch schlief oder aß ich, bevor ich es samt Inhalt mit Steinen beschwert in die tiefste Strömung der Donau geworfen hatte, die es, so helfe Gott, zurück in die Hölle trug, aus der beide Stücke gekommen.

Was ich während der Nacht der Sommersonnenwende in den Bergen über Stregoicavar geträumt hatte, war kein Traum gewesen. Gesegnet sei Justin Geoffrey, dass er nur tagsüber im Sonnenlicht dort weilte und wieder davonging, denn hätte er diesen abscheulichen Sabbat beobachtet, wäre sein ohnedies labiler Verstand noch eher zerbrochen. Wie ich mir meine Vernunft bewahren konnte, weiß ich nicht zu sagen.

Nein ... es war kein Traum gewesen ... Ich hatte einen verderbten Ritus längst toter Geweihter beobachtet, die aus der Hölle aufgestiegen waren, um wie in alter Zeit zu huldigen; Gespenster, die vor einem Gespenst das Haupt neigten. Denn schon vor langem hatte die Hölle ihren schrecklichen Gott verschlungen. Vor langer, langer Zeit wohnte er in jenen Bergen, ein den Verstand zerrüttendes Überbleibsel aus einem vergangenen Weltalter, doch mit seinen obszönen Klauen greift er nicht mehr nach den Seelen lebender Menschen, sein Reich ist tot, bevölkert nur von den Gespenstern derer, die ihm während seines und ihres Lebens dienten.

Durch welche verderbte Alchimie oder gottlose Zauberei die Tore der Hölle in dieser einen schaurigen Nacht aufgestoßen werden, kann ich nicht sagen, doch habe ich es mit eigenen Augen gesehen. Ich weiß, dass ich in jener Nacht niemand Lebendigen erblickt habe, denn das Manuskript, in der sorgfältigen Handschrift von Selim Bahadur verfasst, berichtet ausführlich, was er und seine Plünderer im Tal von Stregoicavar gefunden hatten; in allen Einzelheiten las ich von den blasphemischen Obszönitäten, welche die Folter den Lippen kreischender Götzendiener entrang; und ich las auch von einer vergessenen, grausigen schwarzen Höhle hoch oben in den Bergen – dorthin drängten die entsetzten Türken ein monströses, aufgedunsenes krötenhaftes Wesen zurück und töteten es mit Feuer, einem bejahrten, von Mohammed eigenhändig gesegneten Schwert und mit Zauberformeln, die schon alt waren, als Arabien noch jung. Und selbst des eisernen alten Selims Hand zitterte, während er von dem umwälzenden, erderschütternden Todesheulen des Monstrums berichtete, das nicht allein starb, denn mit dem Ungetüm ereilte ein Dutzend seiner Bezwinger der Untergang, wie, das wollte oder konnte Selim nicht schildern.

Und jenes flache Idol aus Gold, das in Seide eingeschlagen gewesen war, stellte ein Abbild des Krötenwesens dar; Selim hatte es von der Goldkette gerissen, die dem erschlagenen Hohepriester mit der Maske um den Hals hing.

Wie gut, dass die Türken das ganze verderbte Tal mit Feuer und reinem Schwert gesäubert haben! Anblicke, wie diese schweigenden Berge sie erschaut haben, öffnen die finstren Abgründe vergangener Weltalter. Nein ... nicht die Furcht vor dem Krötenwesen ist es, die mich nächtens erschauern lässt. Er ist mitsamt seiner Ekel erregenden Horde in der Hölle gebunden und kommt nur für eine Stunde in der unheimlichsten Nacht des Jahres frei, wie ich gesehen habe. Und von seinen Anbetern lebt keiner mehr.

Was mir den kalten Schweiß auf die Stirn treibt ist die Erkenntnis, das Wissen, dass solche Wesen einst tierhaft über den Seelen der Menschen gekauert haben; und ich fürchte mich davor, erneut in die Seiten des gräulichen Werkes von Junzts zu blicken. Denn ich begreife nun die Wendung über die *Schlüssel,* die er so oft wiederholt! ... Weltalter! Schlüssel zu Türen, die ins Draußen führen ... Korridore zu einer verabscheuungswürdigen Vergangenheit und – wer weiß? – zu abstoßenden Sphären der *Gegenwart.* Ich begreife nun auch, warum die Felswand im Mondlicht mir wie eine Bastion erschien und weshalb der von Albträumen geplagte Neffe des Wirts in seinem Traum den Schwarzen Stein als Turmspitze einer zyklopischen schwarzen Burg erblickte. Wenn Menschen jemals Ausgrabungen an diesen Bergen vornehmen, so fördern sie unter den kaschierenden Hängen womöglich Unfassbares zutage. Denn die Höhle, in der die Türken dieses ... *Wesen* stellten, war keine echte Höhle; und ich schaudere bei dem Gedanken an den gewaltigen Abgrund der Weltalter, der zwischen dem Heute klafft und der Zeit, als die Welt erbebte und wie eine Welle jene blauen Berge aufwarf, die durch ihr Erheben undenkbare Dinge einschlossen. Hoffentlich beabsichtigt nie ein Mensch, diese grauenhafte Turmspitze auszugraben, die von den Menschen der Schwarze Stein genannt wird!

Ein Schlüssel! Jawohl, es ist ein Schlüssel, Symbol vergangener Schrecken. Dieser Schrecken entschwand in den Limbus, aus dem er Ekel erregend am schwarzen Anbeginn der Erde kroch. Doch was die anderen entsetzlichen Möglichkeiten anbetrifft, auf die von Junzt hinweist ... welche monströse Hand hat sein Leben erstickt? Seit ich gelesen habe, was Selim Bahadur schrieb, kann ich nichts mehr anzweifeln, was im Schwarzen Buche steht. Der Mensch war nicht immer der Herr der Erde – *und ist er es heute?*

Immer wieder stellt sich mir die eine Frage: Wenn eine

solch monströse Wesenheit wie der Herr des Monolithen seine eigene unaussprechlich ferne Epoche so lange überleben konnte – *welche unnennbaren Geschöpfe lauern dann noch heut in den finstren Winkeln der Welt?*

Originaltitel: *The Black Stone*
Erstveröffentlichung: *Weird Tales,* November 1931
Aus dem Amerikanischen von *Dietmar Schmidt*

Die Hetzhunde von Tindalos

VON FRANK BELKNAP LONG

1

»Ich freue mich, dass Sie kommen konnten«, sagte Chalmers. Er saß am Fenster und war sehr blass. Zwei lange Kerzen brannten tropfend neben seinem Ellbogen und tauchten seine lange Nase und das leicht fliehende Kinn in kränklich gelbes Licht. Chalmers duldete nichts Modernes in seiner Wohnung. Er hatte die Seele eines mittelalterlichen Asketen: Illuminierte Handschriften waren ihm lieber als Automobile, und anzüglich grinsenden Wasserspeiern gab er den Vorzug gegenüber Radios und Rechenmaschinen.

Während ich das Zimmer zu der Polsterbank hin durchquerte, die er mir freigeräumt hatte, warf ich einen flüchtigen Blick auf seinen Schreibtisch und stellte überrascht fest, dass er sich mit dem mathematischen Formalismus eines berühmten zeitgenössischen Physikers beschäftigte. Zahlreiche dünne, gelbe Papierblätter hatte er mit ungewöhnlichen geometrischen Entwürfen bedeckt.

»Einstein und John Dee – ein merkwürdiges Gespann«, bemerkte ich und blickte von seinen mathematischen Studien auf die sechzig oder siebzig kuriosen Bücher, aus denen seine eigentümliche Bibliothek bestand. Plotin und Emanuel Moscopulus, der heilige Thomas von Aquino und Frenicle de Bessy standen Schulter an Schulter in dem dunklen Regal aus Ebenholz, und auf den Stühlen, dem Tisch und dem Schreibpult lagen lauter Druckschriften über mittelalterliche Zauberei, Hexenkunde, schwarze Magie und allerlei andere kühne, schillernde Themen, welche die moderne Welt ablehnte.

Chalmers schenkte mir ein gewinnendes Lächeln und reichte mir auf einem mit fremdartigen Schnitzereien verzierten Tablett eine russische Zigarette. »In diesen Tagen entdecken wir«, sagte er, »dass die alten Alchimisten und Zauberer zu zwei Dritteln *Recht hatten* und Ihre modernen Biologen und Materialisten sich zu neun Zehnteln *irren*!«

»Sie haben die moderne Wissenschaft schon immer verspottet«, erwiderte ich ein wenig ungeduldig.

»Nur den wissenschaftlichen Dogmatismus«, entgegnete er. »Ich war schon immer ein Rebell, ein Verfechter von Originalität, ein Streiter für die aussichtslose Sache; aus diesem Grunde lehne ich die Schlussfolgerungen unserer zeitgenössischen Biologen aus tiefstem Herzen ab.«

»Und was halten Sie von Einstein?«, fragte ich.

»Das ist ein Verkünder der transzendentalen Mathematik!«, brummte er ehrerbietig. »Ein tief schürfender Mystiker, ein Erforscher des großen *Vermuteten*.«

»Dann verachten Sie die Wissenschaft nicht völlig?«

»Natürlich nicht«, versicherte er mir. »Ich misstraue schlicht dem wissenschaftlichen Positivismus der vergangenen fünfzig Jahre, dem von Haeckel und Darwin und Mr. Bertrand Russell. Ich glaube, dass die Biologie kläglich darin versagt, das Geheimnis unseres Ursprungs und Schicksals zu ergründen.«

»Geben Sie den Biologen Zeit«, sagte ich.

Chalmers Augen funkelten. »Ein großartiges Wortspiel, mein Freund«, murrte er. »Geben Sie den Biologen *Zeit*. Das würde ich gern. Der moderne Biologe aber verhöhnt die Zeit. Er hält den Schlüssel in der Hand, weigert sich jedoch, ihn zu benutzen. Was wissen wir schon von der Zeit? Einstein glaubt, sie sei relativ und könne als Aspekt des Raumes interpretiert werden, und zwar des *gekrümmten* Raums. Aber müssen wir an diesem Punkt aufhören? Wenn die Mathematik uns im Stich lässt, können wir dann nicht durch unsere *Einsicht* weiterkommen?«

»Sie wagen sich auf dünnes Eis«, antwortete ich. »Wahre Forscher meiden solche Fallgruben. Aus diesem Grunde entwickelt sich die moderne Wissenschaft so langsam. Sie erkennt nichts an, was sie nicht nachweisen kann. Sie hingegen ...«

»Ich würde Haschisch einnehmen, Opium, alle erdenklichen Drogen. Den Weisen des Ostens nacheifern würde ich. Und dann könnte ich sie vielleicht begreifen ...«

»Was denn?«

»Die vierte Dimension!«

»Das ist theosophischer Humbug!«

»Möglich. Ich glaube dennoch, dass Drogen das Bewusstsein eines Menschen erweitern. William James hat mir in diesem Punkte zugestimmt. Und ich habe eine neue entdeckt.«

»Eine neue Droge?«

»Sie wurde vor Jahrhunderten von chinesischen Alchimisten benutzt, ist aber hier im Westen so gut wie unbekannt. Diese Substanz weist ganz erstaunliche übersinnliche Eigenschaften auf. Ich glaube, im Verein mit meinen mathematischen Kenntnissen befähigt sie mich, *in der Zeit zurückzureisen*.«

»Da kann ich Ihnen nicht folgen.«

»Zeit ist nichts als unsere unzulängliche Wahrnehmung einer weiteren Raumdimension. Sowohl Zeit als auch Bewegung ist eine Illusion. Alles, was seit dem Anbeginn der Welt je existierte, *existiert auch jetzt*. Ereignisse, die vor Jahrhunderten auf unserer Welt stattfanden, existieren in einer anderen Dimension des Raumes weiter. Geschehnisse, die sich erst in Jahrhunderten zutragen werden, *sind bereits jetzt Wirklichkeit*. Wir nehmen sie nicht wahr, weil wir keinen Zugang in die Raumdimension besitzen, welche sie birgt. Der Mensch, wie wir ihn kennen, ist lediglich ein Bruchteil, ein unermesslich kleiner Bruchteil des gewaltigen Ganzen. Der Mensch ist mit *allem* Leben verbunden, das vor ihm auf diesem Planeten existierte. All seine Vorfahren sind ein Teil von ihm. Nur die Zeit trennt ihn von seinen Ahnen, und die Zeit ist eine Illusion. Es gibt keine Zeit.«

»Ich glaube, ich verstehe«, murmelte ich.

»Für meine Zwecke reicht es schon, wenn Sie eine vage Vorstellung davon haben, was ich erstrebe. Ich will den Schleier der Illusion fortwischen, den mir die Zeit über die Augen geworfen hat, und *den Anfang und das Ende erblicken.*«

»Und Sie glauben, diese neue Droge wird Ihnen dabei helfen?«

»Ich bin mir dessen sogar sicher. Und Sie möchte ich bitten, mir zu assistieren. Ich beabsichtige die Droge sogleich einzunehmen. Ich kann nicht warten. Ich muss es *sehen.*« In seinen Augen lag ein seltsames Funkeln. »Ich reise zurück, zurück durch die Zeit.«

Chalmers erhob sich und ging zum Kaminsims. Als er sich mir wieder zuwandte, zeigte er mir auf dem Handteller ein kleines viereckiges Döschen. »Ich habe hier fünf Pillen der Droge Liao. Der chinesische Philosoph Lao-tse hat diese Substanz eingenommen, und unter ihrem Einfluss erschaute er das Dao. Dao ist die geheimnisvollste aller Kräfte in der Welt; sie umgibt und durchdringt alles Sein; sie umfasst das sichtbare Universum und alles, was wir als Realität bezeichnen. Wer die Geheimnisse des Dao begreift, schaut klaren Blickes auf alles, was war und sein wird.«

»Humbug!«, entgegnete ich scharf.

»Dao gleicht einem großen Tier, einem ruhenden, reglosen Tier, das in seinem gewaltigen Körper alle Welten unseres Universums birgt, die Vergangenheit, die Gegenwart und die Zukunft. Durch einen Spalt, den wir Zeit nennen, sehen wir dieses große Ungeheuer zum Teil. Mit Hilfe der Droge will ich diesen Spalt verbreitern. Ich werde das Leben in seiner eigentlichen Form erblicken, die große, ruhende Bestie in ihrer Gesamtheit.«

»Und was kann ich dabei für Sie tun?«

»Beobachten Sie alles, mein Freund. Beobachten und protokollieren Sie. Rufen Sie mich ins Jetzt zurück, sollte ich mich zu weit entfernen. Sie können mich wieder zu mir bringen, indem Sie mich fest schütteln. Wenn Sie den Eindruck haben, dass mich akuter Schmerz quält, müssen Sie mich sofort zurückholen.«

»Chalmers«, sagte ich, »wollen Sie auf dieses Experiment nicht lieber verzichten? Sie gehen ein schreckliches Risiko ein. Ich glaube an keine vierte Dimension und nicht an die Existenz des Dao. Überdies kann ich nicht gutheißen, wenn Sie mit Drogen experimentieren, deren Wirkung Sie nicht trauen.«

»Ich kenne die Eigenschaften dieser Droge«, erwiderte er. »Ich weiß genau, in welcher Weise sie auf den Organismus wirkt, und kenne ihre Gefahren. Riskant ist nicht etwa die Droge an sich, sondern ich befürchte, mich in der Zeit verirren zu können. Wissen Sie, ich werde die Wirkung der Droge kanalisieren, indem ich mich auf die geometrischen und algebraischen Symbole konzentriere, die ich auf diesem Blatt vorbereitet habe. Erst dann werde ich die Pille einnehmen.« Er hob ein mathematisches Diagramm, das anfangs auf seinem Schoß gelegen hatte. »Ich muss mich geistig auf einen Ausflug in die Zeit vorbereiten. Dazu setze ich mich bewusst mit der vierten Dimension auseinander, ehe ich die Droge anwende, die mir übersinnliche Möglichkeiten der Wahrnehmung erschließt. Bevor ich in die Traumwelt der östlichen Mystik eintrete, will ich alle mathematische Hilfe nutzen, die mir die moderne Wissenschaft zu bieten hat. Dieses mathematische Wissen, dieser bewusste Ansatz zum wahren Begreifen der vierten Dimension, der Zeit, wird die Wirkung der Droge ergänzen. Die Substanz eröffnet mir erstaunliche Einblicke – die mathematische Vorbereitung befähigt mich, sie intellektuell zu erfassen. Emotional und intuitiv habe ich die vierte Dimension in meinen Träumen schon oft begriffen, konnte mich nach dem Aufwachen aber nie an die geheimen Wunder erinnern, die mir vorübergehend offenbart worden waren.

Mit Ihrer Hilfe aber, so glaube ich, werde ich mich entsinnen können. Sie müssen jedes Wort festhalten, das ich unter dem Einfluss der Droge von mir gebe. Ganz gleich, wie seltsam oder unzusammenhängend mein Gerede erscheint, lassen Sie nichts aus. Wenn ich erwache, bin ich vielleicht dazu im Stande, den Schlüssel zu etwas zu liefern, das uns augenblicklich noch geheimnisvoll und unglaublich vorkommen mag. Ich bin mir sicher, dass mein Vorhaben von Erfolg gekrönt sein wird, und dann« – seine Augen funkelten seltsam – *»existiert die Zeit für mich nicht mehr.«*

Unvermittelt nahm er Platz. »Ich will das Experiment sofort durchführen. Bitte bleiben Sie dort am Fenster stehen und beobachten Sie alles. Haben Sie einen Füllhalter zur Hand?«

Ich nickte verdrießlich und zog den hellgrünen Waterman aus der Westentasche.

»Und auch einen Schreibblock, Frank?«

Ich stöhnte und holte ein Notizbuch hervor. »Ich bin entschieden gegen dieses Experiment«, murrte ich. »Sie gehen ein schreckliches Risiko ein.«

»Benehmen Sie sich nicht wie ein dummes altes Weib!«, ermahnte er mich. »Sagen Sie, was Sie wollen, von meinem Vorhaben bringen Sie mich nicht mehr ab. Ich ersuche Sie darum, kein Wort zu sprechen, während ich mich auf meine Diagramme konzentriere.«

Er beugte sich darüber und studierte sie aufmerksam. Ich betrachtete die tickende Uhr auf dem Kaminsims, welche die Sekunden abzählte, und eine sonderbare Furcht umklammerte mein Herz – so stark, dass ich nach Luft schnappte.

Plötzlich hörte die Uhr auf zu ticken, und in genau diesem Augenblick schluckte Chalmers die Pille.

Rasch trat ich auf ihn zu, doch mit einem Blick beschwor er mich, ihn nicht zu unterbrechen. »Die Uhr ist stehen geblieben«, murmelte er. »Die Mächte, die sie beherrschen, billigen mein Experiment. Die Zeit ist stehen geblieben, und ich habe die Droge genommen. Ich bete zu Gott, dass ich nicht von meinem Weg abkomme.«

Er schloss die Augen und lehnte sich zurück. Das Blut war ihm aus dem Gesicht gewichen, und er atmete schwer. Offenkundig zeigte die Droge bei ihm außerordentlich rasch Wirkung.

»Es wird langsam dunkel«, murmelte er. »Schreiben Sie das auf. Es wird langsam dunkel, und die vertrauten Umrisse des Zimmers verblassen. Ich nehme sie schwach durch die Augenlider wahr, aber sie verblassen langsam.«

Ich schüttelte meinen Füller, um die Tinte zum Fließen zu bewegen, und notierte zügig in Kurzschrift, was Chalmers mir diktierte.

»Ich verlasse den Raum. Die Wände verschwinden, und ich sehe kein vertrautes Objekt mehr. Ihr Gesicht hingegen kann ich noch immer erkennen. Ich hoffe, dass Sie gerade alles aufschreiben. Ich glaube, dass ich im Begriff bin, einen großen Satz zu machen – einen Satz durch den Raum. Oder vielleicht ist es auch die Zeit, durch die ich springen werde. Das weiß ich nicht. Alles ist dunkel und undeutlich.«

Eine Weile saß er schweigend da, das Kinn auf die Brust gesunken. Dann versteifte er sich plötzlich, und seine Augenlider öffneten sich flatternd. »Gott im Himmel!«, rief er. *»Ich sehe!«*

Angestrengt beugte er sich aus seinem Stuhl vor und starrte an die gegenüberliegende Wand. Ich wusste jedoch, dass dieses Zimmer für ihn nicht länger existierte und er etwas jenseits der Wand betrachtete. »Chalmers«, rief ich, »Chalmers, soll ich Sie wecken?«

»Nein!«, kreischte er. »Ich *sehe alles.* Im Moment habe ich all die Milliarden von Leben vor Augen, die mir auf diesem Planeten vorausgegangen sind. Ich sehe Menschen aus allen Altersstufen, allen Rassen, mit allen Hautfarben. Sie kämpfen, töten, erbauen, tanzen und singen. Sie sitzen in einsamen, grauen Wüsten um einfache Feuer und fliegen in Eindeckern durch die Luft. Sie fahren in Einbäumen und auf riesigen Dampfschiffen über die Meere; sie malen Bisons und Mammuts an die Wände düsterer Höhlen und verzieren große Segeltücher mit wunderlich futuristischen Entwürfen. Ich sehe die Völkerwanderung von Atlantis und die Abwanderung der Affen aus Lemuria. Ich sehe die alten Rassen – eine fremdartige Horde aus schwarzen Zwergen, die Asien überwältigt, und die Neandertaler mit gesenkten Köpfen und gebeugten Knien, die sich auf widerliche Weise in Europa ausbreiten. Ich sehe die Achäer in die griechischen Inseln einfallen und die Anfänge der hellenistischen Kultur. Ich bin in Athen, und Perikles ist noch jung. Ich stehe auf dem Boden Italiens. Ich helfe beim Raub der Sabinerinnen mit; ich marschiere mit den Legionen des Imperiums. Ich zittere vor Ehrfurcht, während die gewaltigen Standarten vorüberziehen und der Boden erzittert von den Schritten der siegreichen *Hastati.* Tausend nackte Sklaven kriechen vor mir am Boden, während ich in einer Sänfte aus Gold und Elfenbein sitze, die von nachtschwarzen Ochsen aus Theben getragen wird; die Blumenmädchen schreien *›Ave Cäsar!‹*, und ich nicke huldvoll. Ich bin selbst ein Sklave auf einer maurischen Galeere. Ich sehe den Bau einer großen Kathedrale. Stein für Stein wird sie errichtet, und über Monate und Jahre stehe ich dort und sehe, wie jeder einzelne Stein an seinen Platz gelangt. Ich hänge in den nach Thymian duftenden Gärten Neros kopfüber am Kreuz und werde verbrannt, und mit Freude und Verachtung beobachte ich die Schinderknechte in den Folterkammern der Inquisition bei der Arbeit.

Ich schweife in den heiligsten aller Heiligtümer umher; ich betrete den Tempel der Venus. Ich knie ehrfurchtsvoll vor der Großen Mutter und werfe den heiligen Kurtisanen, die mit verschleierten Gesichtern in den Hainen Babylons sitzen, Münzen auf die blanken Knie. Ich schleiche mich in ein elisabethanisches Theater und applaudiere, vom stinkenden Pöbel umgeben, dem *Kaufmann von Venedig.* Ich ziehe mit Dante durch die schmalen Straßen von Florenz. Ich treffe die junge Beatrice, und der Saum ihrer Kleider streift mir über die Sandalen, während ich ihr entzückt nachstarre. Ich bin ein Priester von Isis, und meine Zauberkraft versetzt die Völker in Erstaunen. Simon Magus kniet vor mir, erfleht meine Hilfe, und Pharaonen zittern, wenn ich mich ihnen nähere. In Indien rede ich mit den Meistern und eile schreiend davon, denn ihre Offenbarungen sind wie Salz auf einer blutenden Wunde.

Ich nehme alles *gleichzeitig* wahr. Ich nehme alles von allen Seiten wahr; ich bin Teil der ringsum wimmelnden Milliarden. Ich existiere in allen Menschen, und alle Menschen existieren in mir. Ich erlebe die ganze Menschheitsgeschichte in einem einzigen Moment, die Vergangenheit ebenso wie die Zukunft.

Ich brauche mich nur zu *strecken,* schon kann ich weiter und weiter zurückblicken. Jetzt reise ich zurück, durch merkwürdige Krümmungen und Winkel. Winkel und Krümmungen vermehren sich ringsum. Ich nehme große Zeitabschnitte durch *Krümmungen* wahr. Es gibt eine gekrümmte und eine winkelförmige Zeit. Die Wesen, die in dieser winkligen Zeit leben, können nicht in die gekrümmte Zeit eintreten. Das ist sehr eigentümlich.

Weiter und weiter reise ich zurück. Der Mensch ist vom Antlitz der Erde verschwunden. Riesige Reptilien hocken unter gewaltigen Palmen und schwimmen durch das scheußliche, trübe Wasser schwarzer Seen. Jetzt sind auch die Reptilien verschwunden. Auf dem Land gibt es keine Tiere mehr, aber unter der Wasserfläche, für mich kaum zu erkennen, bewegen sich dunkle Gestalten langsam über die verrottenden Pflanzen.

Die Umrisse dieser Gestalten werden zusehends einfacher. Jetzt sind es nur noch Einzeller. Um mich herum gibt es nur noch Winkel – fremdartige Winkel, für die es auf der Erde kein Gegenstück gibt. Ich bin verzweifelt und fürchte mich.

Es gibt einen Abgrund des Seins, den der Mensch nie ergründet hat.«

Ich starrte Chalmers an. Er hatte sich erhoben und gestikulierte hilflos mit den Armen. »Ich gleite durch die unirdischen Winkel; ich nähere mich ... oh, dem brennenden Grauen darin.«

»Chalmers!«, schrie ich. »Soll ich eingreifen?«

Rasch hielt er sich die rechte Hand vor das Gesicht, als wolle er einen unaussprechlichen Anblick verdecken. »Noch nicht«, brüllte er. »Ich dringe weiter vor. Ich werde sehen ... was ... jenseits davon ... liegt.«

Kalter Schweiß lief ihm die Stirn hinab, und seine Schultern zuckten krampfartig. »Jenseits des Lebens sind« – sein Gesicht wurde aschfahl vor Entsetzen – »Gebilde, die ich nicht erkennen kann. Sie bewegen sich langsam durch die Winkel. Sie sind körperlos und bewegen sich langsam durch unfassliche Winkel.«

In diesem Moment fiel mir der Geruch auf, der sich im Zimmer ausgebreitet hatte, ein stechender, unbeschreiblicher Gestank, so widerwärtig, dass ich ihn kaum zu ertragen vermochte. Rasch trat ich ans Fenster und riss es auf. Als ich zu Chalmers zurückkehrte und ihm in die Augen sah, hätte mich beinahe den Schlag getroffen.

»Ich glaube, sie wittern mich!«, kreischte er. »Sie wenden sich mir langsam zu!«

Er zitterte am ganzen Leib. Einen Augenblick lang schlug er nach der Luft. Dann knickten ihm die Beine weg, und er kippte vornüber aufs Gesicht. Er geiferte und stöhnte.

Wortlos sah ich dabei zu, wie er sich über den Boden schleppte. Er verhielt sich nicht mehr wie ein Mensch, sondern bleckte die Zähne, und der Speichel troff ihm von den Mundwinkeln.

»Chalmers!«, rief ich. »Chalmers, hören Sie auf! Hören Sie auf! Können Sie mich verstehen?«

Wie zur Antwort auf meine Frage stieß er einige heisere Laute aus, die am ehesten mit Hundegebell vergleichbar waren. Dann begann er, im Kreis durch das Zimmer zu kriechen; ein schrecklicher Anblick. Ich bückte mich und packte ihn bei den Schultern. Mit der Wildheit, die Verzweiflung gebiert, schüttelte ich ihn heftig. Er drehte den Kopf und schnappte nach meinem Handgelenk. Mir war übel vor Entsetzen, doch wagte ich nicht, ihn loszulassen – aus Angst, er könnte in seinem Tobsuchtsanfall selbst Hand an sich legen.

»Chalmers«, brachte ich hervor, »Sie müssen damit aufhören. In diesem Raum ist nichts, was Ihnen schaden könnte. Begreifen Sie das?«

Ich fuhr fort, ihn zu schütteln und auf ihn einzureden, und allmählich wich der Wahnsinn aus seinem Gesicht. Er zitterte krampfartig und kauerte sich auf dem chinesischen Teppich zu einem grotesken Häufchen Elend zusammen.

Ich trug ihn zum Sofa und legte ihn darauf ab. Sein Gesicht war schmerzverzerrt; er rang noch immer stumm darum, den abscheulichen Erinnerungen zu entfliehen.

»Whiskey«, stieß er hervor. »Sie finden eine Flasche in dem Schränkchen dort am Fenster – obere Schublade auf der linken Seite.«

Als ich ihm die Flasche reichte, schloss er die Finger so fest darum, dass seine Knöchel blau hervortraten. »Beinah hätten sie mich gekriegt«, keuchte er. Er trank mit unmäßigen Schlücken, und nach und nach kehrte die Farbe in sein Gesicht zurück.

»Diese Droge hatte eine teuflische Wirkung!«, murrte ich.

»Die Droge hat nichts damit zu tun«, stöhnte er. »Ich bin zu weit vorgedrungen.«

In seinen Augen funkelte zwar nicht mehr der Wahn, doch noch immer wirkte er auf mich wie eine verlorene Seele.

»Mit der Zeit haben sie mich gewittert«, stöhnte er. »Ich bin zu weit gegangen.«

»Wie sahen *sie* aus?«, fragte ich, um ihn aufzuheitern.

Chalmers beugte sich vor und packte meinen Arm. Er zitterte schrecklich. »In unserer Sprache gibt es keine Worte, mit denen man sie beschreiben könnte«, wisperte er heiser. »Im Mythos des Sündenfalls werden sie vage versinnbildlicht, auch in einer widerlichen Gestalt, die man mitunter als Relief auf antiken Wandtafeln findet. Die Griechen hatten einen Namen für sie, der ihrer Abscheulichkeit Rechnung trägt. Der Baum, die Schlange und der Apfel – das sind die vagen Symbole eines ausgesprochen schrecklichen Geheimnisses.« Mittlerweile sprach er nicht mehr in normalem Ton mit mir, sondern er schrie mich an. »Frank, Frank, eine schreckliche und unaussprechliche *Tat* wurde am Anfang begangen. Vor Anbeginn der Zeit wurde sie verübt, und aus ihr erwuchs ...«

Er hatte sich erhoben und durchschritt in Hysterie den Raum. »Die Untaten der Toten streichen durch Winkel in trüben Nischen der Zeit. Sie sind hungrig und dürsten!«

»Chalmers«, entgegnete ich ruhig, aber eindringlich. »Wir leben im dritten Jahrzehnt des zwanzigsten Jahrhunderts.«

»Sie sind mager und dürsten!«, kreischte er. *»Die Hetzhunde von Tindalos!«*

»Chalmers, soll ich einen Arzt rufen?«

»Ein Arzt kann mir nicht mehr helfen. Die Schrecken der Seele sind sie ... und dennoch« – er barg das Gesicht in den Händen und stöhnte – »trotzdem sind sie real, Frank. Ich habe sie einen grässlichen Augenblick lang gesehen. In jenem Moment stand ich auf der *anderen Seite.* Ich stand am blassgrauen Ufer jenseits von Zeit und Raum. In einem schrecklichen Licht, das kein Licht war, in kreischender Stille habe ich *sie* gesehen.

Alles Böse im Universum konzentriert sich in ihren ausgezehrten, hungrigen Körpern. Oder haben sie gar keine Körper? Ich konnte sie nur für einen Moment sehen; ich bin mir nicht sicher. *Aber ich habe sie atmen gehört.* Es war unbeschreiblich, doch für einen Moment habe ich ihren Atem auf meinem Gesicht gespürt. Sie wandten sich mir zu, und ich habe schreiend die Flucht ergriffen. Während eines einzigen Augenblicks bin ich kreischend durch die Zeit davongelaufen. Durch Quintillionen von Jahren floh ich.

Aber sie haben mich gewittert. Menschen wecken in ihnen kosmische Hungergefühle. Vorübergehend sind wir ihnen entkommen, der Abscheulichkeit entronnen, die sie umgibt.

Sie dürsten nach dem Reinen in uns – nach dem, was aus der unbefleckten Tat erwuchs. Ein Teil von uns hat an dieser Tat keinen Anteil gehabt, und diesen Teil hassen sie. Trotzdem kann man sie sich nicht als Wesen vorstellen, die böse sind im alltäglichen, wörtlichen Sinne. Sie stehen jenseits von Gut und Böse, wie wir es begreifen. Sie sind das, was sich am Anfang von der Reinlichkeit schied. Durch die Tat wurden sie zu Wesen des Todes, zu Behältnissen aller Abscheulichkeit. Dennoch kann man ihnen nicht unser Verständnis vom Bösen zuordnen, denn in der Umgebung, in der sie sich bewegen, gibt es keine Gedanken, keine Moral, kein Richtig oder Falsch, wie wir es kennen. Dort gibt es lediglich das Reine und das Abscheuliche. Das Abscheuliche drückt sich durch Winkel aus; das Reine durch Krümmungen, durch Bögen. Der Mensch, der reine Teil des Menschen, entstammt einer Krümmung. Lachen Sie nicht. Ich meine das wörtlich.«

Ich stand auf und nahm meinen Hut. »Sie tun mir furchtbar Leid, Chalmers«, sagte ich und näherte mich der Tür. »Aber ich werde keinesfalls hier bleiben und mir ein solches Geschwätz anhören. Ich schicke Ihnen meinen Arzt. Er ist ein ältlicher, freundlicher Gesell und nimmt es Ihnen nicht übel, wenn Sie ihn zum Teufel wünschen. Trotzdem hoffe ich, dass Sie sich seinen Rat zu Herzen nehmen. Eine Woche Ruhe in einem guten Sanatorium dürfte Ihnen unermesslich gut tun.«

Ich hörte ihn lachen, während ich die Stufen hinabstieg, doch sein Gelächter war derart freudlos, dass es mich zu Tränen rührte.

2

Als Chalmers mich am nächsten Morgen anrief, hätte ich den Hörer am liebsten gleich wieder eingehängt. Sein Anliegen war so ungewöhnlich, und seine Stimme klang so hysterisch, dass ich befürchtete, jeder weitere Kontakt mit ihm könne meiner eigenen geistigen Gesundheit schaden. Dennoch stand für mich fest, dass es ihm wirklich schlecht ging, und als er schließlich zusammenbrach und ich ihn schluchzen hörte, beschloss ich, seiner Bitte nachzukommen.

»Also schön«, sagte ich. »Ich komme sofort zu Ihnen und bringe den Gips mit.«

Auf dem Weg zu Chalmers Wohnung kaufte ich in einer Eisenwarenhandlung zwanzig Pfund Stuckgips. Als ich das Zimmer meines Freundes betrat, hockte er am Fenster und betrachtete völlig verängstigt die gegenüberliegende Wand. Er erblickte mich, stand auf und entriss mir den Gipssack mit einer Eile, die mich gleichermaßen verblüffte wie erschreckte. Er hatte sämtliche Möbel aus dem Raum entfernt, und nun wirkte das Zimmer trostlos.

»Es ist durchaus denkbar, dass wir ihre Pläne durchkreuzen

können!«, rief er aus. »Aber wir müssen rasch arbeiten. Frank, im Flur steht eine Trittleiter. Holen Sie sie sofort her. Und bringen Sie mir dann einen Eimer Wasser.«

»Wozu?«, murrte ich.

Er wandte sich abrupt zu mir um. Das Blut stieg ihm ins Gesicht. »Um den Gips anzurühren, was sonst!«, brüllte er. »Um den Gips anzurühren, der unsere Körper und Seelen von der unaussprechlichen Verunreinigung bewahren wird. Um den Gips anzurühren, der die Welt von ... Frank, *sie müssen von unserer Welt fern gehalten werden!*«

»Wer?«, fragte ich.

»Die Hetzhunde von Tindalos!«, rief er. »Sie können uns nur durch Winkel erreichen. Wir müssen alle Winkel in diesem Raum beseitigen. Ich werde alle Ecken mit Gips füllen, und auch alle Risse. Wir müssen diesen Raum so gestalten, dass es so aussieht, als befänden wir uns im Inneren einer Kugel.«

Ich wusste, es war sinnlos, mit ihm zu streiten. Ich holte die Trittleiter, Chalmers rührte den Gips an, und in den folgenden drei Stunden arbeiteten wir. Wir strichen die Gipsmasse in die vier Ecken des Zimmers, in die Winkel zwischen Wand und Boden sowie Wand und Decke und rundeten sogar die Kanten der Fensterbank ab.

»Ich werde in diesem Raum bleiben, bis sie zurückkehren«, versicherte er mir, als wir fertig waren. »Wenn sie entdecken, dass der Geruch durch die Krümmungen dringt, kommen sie zurück. Ausgehungert und zähnefletschend und unzufrieden werden sie in die Abscheulichkeit zurückkehren, die am Anfang war, vor Anbeginn der Zeit, jenseits des Raums.«

Er nickte mir freundlich zu und zündete sich eine Zigarette an. »Danke, dass Sie mir geholfen haben.«

»Warum ziehen Sie keinen Arzt zu Rate, Chalmers?«, fragte ich in flehendem Ton.

»Vielleicht ... morgen«, murmelte er. »Aber jetzt muss ich abwarten und beobachten.«

»Worauf warten Sie?«

Chalmers lächelte matt. »Ich weiß, dass Sie mich für verrückt halten«, sagte er. »Sie haben einen scharfen, aber prosaischen Geist und können sich kein Wesen vorstellen, das unabhängig von Kraft und Materie existiert. Aber haben Sie je überlegt, mein Freund, dass Kraft und Materie lediglich Barrieren der Wahrnehmung sind, Barrieren, die uns von Raum und Zeit auferlegt werden? Wenn jemand wie ich weiß, dass Zeit und Raum identisch und trügerisch sind, weil es sich bei ihnen um unvollkommene Manifestationen einer höheren Realität handelt, sucht man in der sichtbaren Welt nicht mehr nach Erklärungen für das Geheimnis und den Schrecken des Seins.«

Ich erhob mich und ging zur Tür.

»Vergeben Sie mir«, rief er mir nach. »Ich wollte Sie nicht beleidigen. Sie sind von überragender Intelligenz, aber meine – meine Intelligenz ist *übermenschlich.* Es ist ganz natürlich, dass ich mir Ihrer geistigen Grenzen bewusst bin.«

»Rufen Sie mich an, wenn Sie mich brauchen«, erwiderte ich und stieg die Treppe hinab, jeweils zwei Stufen auf einmal nehmend. »Ich schicke ihm gleich meinen Arzt«, sagte ich leise zu mir selbst. »Chalmers hat den Verstand verloren. Ein hoffnungsloser Fall. Der Himmel weiß, was geschieht, wenn sich nicht augenblicklich jemand seiner annimmt.«

3

Bei den folgenden Texten handelt es sich um eine Zusammenfassung zweier Artikel, die am 3. Juli 1928 in der Partridgeville Gazette *erschienen:*

Erdbeben erschüttert Bankenviertel

Heute Morgen um zwei Uhr gingen bei einem Erdbeben von ungewöhnlicher Stärke zwei Spiegelglasscheiben am Central Square zu Bruch. Zudem kam es zu Stromausfällen und Beeinträchtigungen im Straßenbahnverkehr. Auch in den Randbezirken war das Beben zu spüren, und der Kirchturm der First Baptist Church auf dem Angell Hill (1717 von Christopher Wren entworfen) stürzte vollständig ein. Zur Stunde bemüht sich die Feuerwehr, einen Brand unter Kontrolle zu bekommen, dem Partridgevilles Klebstofffabrik zum Opfer zu fallen droht. Der Bürgermeister verspricht, der Brandursache auf den Grund zu gehen. Derzeit versucht man bereits, die Verantwortlichen für die Katastrophe zu ermitteln.

Okkulter Schriftsteller von unbekanntem Gast ermordet

Schreckliches Verbrechen am Central Square

Der geheimnisvolle Tod des Halpin Chalmers

Heute Morgen um neun Uhr wurde der Autor und Journalist Halpin Chalmers tot in einem leeren Zimmer über dem Juweliergeschäft Smithwick und Isaacs, Central Square 24, aufgefunden. Die Untersuchung des Coroners ergab, dass Mr. Chalmers den Raum am 1. Mai möbliert angemietet und die Möbel vierzehn Tage vor seinem Tod persönlich entfernt hatte. Chalmers war Autor mehrerer abstruser Bücher, in denen er sich mit okkulten Themen befasste, und Mitglied der Bibliografic Guild. Sein vormaliger Wohnsitz befand sich in Brooklyn, New York.

Mr. L. E. Hancock bewohnt im Haus von Smithwick und Isaacs das Appartement, das Chalmers Zimmer direkt gegenüberliegt. Um 7.00 Uhr nahm er einen seltsamen Geruch wahr, als er die Tür öffnete, um seine Katze einzulassen und die Morgenausgabe der *Partridgeville Gazette* hereinzuholen. Hancock beschreibt den Geruch als extrem beißend und widerlich. In der Nähe von Chalmers Zimmer sei der Gestank so intensiv gewesen, dass Hancock sich die Nase habe zuhalten müssen, als er sich diesem Flurabschnitt näherte.

Hancock wollte gerade in sein Appartement zurückkehren, als ihm in den Sinn kam, dass Chalmers vergessen haben könnte, den Gasherd in seiner Kochnische abzudrehen. Der Gedanke beunruhigte den Nachbarn so sehr, dass er beschloss, dem Geruch auf den Grund zu gehen. Wiederholt klopfte er an Chalmers Tür und benachrichtigte den Hausverwalter, als dieser nicht reagierte. Letzterer öffnete die Tür mit dem Hauptschlüssel, woraufhin beide Männer Chalmers Zimmer betraten. Der Raum stand völlig leer. Hancock behauptet, ihm sei kalt ums Herz geworden, als er einen Blick auf den Boden geworfen habe, und der Hausverwalter sei schweigend ans offene Fenster getreten und habe fünf Minuten lang das gegenüberliegende Gebäude angestarrt.

Chalmers lag in der Mitte des Raums ausgestreckt auf dem Rücken. Er war völlig nackt, und sein Brustkorb und die Arme waren mit einem absonderlich bläulichen Eiter oder Wundsekret bedeckt. Sein Kopf stand in grotesker Weise auf seiner Brust: Man hatte Chalmers das Haupt vom Körper getrennt, seine verzerrten Gesichtszüge waren entsetzlich zerfleischt. Nirgends war auch nur ein Tropfen Blut zu sehen.

Der Raum erweckte einen höchst merkwürdigen Eindruck. Die Winkel zwischen den Wänden, der Decke und dem Boden waren dick mit Gips verschmiert worden, der sich an einigen Stellen gelöst hatte und abgefallen war. Jemand hatte diese Bruchstücke um den ermordeten Mann gelegt, sodass sie ein gleichseitiges Dreieck bildeten.

Neben dem Toten lagen einige Blätter aus angesengtem gelbem Papier mit bizarren geometrischen Skizzen und Symbolen und einigen hastig hingekritzelten Sätzen. Die Zeilen waren beinahe völlig unleserlich und so absurden Inhalts, dass sie keine Rückschlüsse auf den Mörder zuließen. »Ich warte und wache«, hatte Chalmers geschrieben. »Ich sitze am Fenster und beobachte Wände und Decke. Ich glaube nicht, dass sie zu mir durchdringen können, aber ich muss mich vor den Doels hüten. Vielleicht können sie *ihnen* helfen, zu mir durchzubrechen. Die Satyrn helfen ihnen jedenfalls. Sie dringen durch die scharlachroten Kreise vor. Die Griechen wussten, wie man das verhindert. Es ist eine große Schande, dass wir so viel vergessen haben.«

Auf ein anderes Papierblatt, dem am stärksten verkohlten der sieben oder acht Fragmente, die Detective Sergeant Douglas (von der Partridgeville-Reserve) fand, hatte Chalmers Folgendes gekritzelt:

»Großer Gott, der Putz fällt ab! Eine furchtbare Erschütterung hat ihn gelöst, und jetzt fällt er ab. Vielleicht ein Erdbeben! Damit hätte ich niemals gerechnet. Es wird dunkel im Zimmer. Ich muss Frank anrufen. Aber kann er noch rechtzeitig herkommen? Ich versuche es. Ich werde Einsteins Formel rezitieren. Ich werde – mein Gott, sie brechen durch! Sie brechen durch! Rauch strömt aus den Zimmerecken. Ihre Zungen ...«

Nach Ansicht von Detective Sergeant Douglas wurde Chalmers mit einer unbekannten Chemikalie vergiftet. Er hat einige Proben des seltsamen blauen Schleims, den man auf Chalmers Körper fand, an die Chemischen Laboratorien in Partridgeville geschickt und geht davon aus, dass die Analyseergebnisse neues Licht in das Verbrechen bringen werden – ein Verbrechen, das wohl eines der rätselhaftesten der vergangenen Jahre sein dürfte. Es steht fest, dass Chalmers am Abend vor dem Erdbeben Besuch hatte, denn als sein Nachbar auf dem Weg zur Treppe an Chalmers Zimmer vorbeischritt, hörte er im Raum das undeutliche Gemurmel einer leisen

Unterhaltung. Dieser Besucher steht unter dringendem Tatverdacht, und die Polizei bemüht sich sehr darum, seine Identität zu ermitteln.

4

Bericht von James Mortog, Chemiker und Bakteriologe:

Sehr geehrter Mr. Douglas:

Die Flüssigkeit, die Sie mir zur Analyse geschickt haben, ist die absonderlichste Probe, mit der ich je zu tun hatte. Sie gleicht lebendem Protoplasma, enthält jedoch seltsamerweise keine jener Substanzen, die unter dem Begriff ›Enzyme‹ bekannt sind. Enzyme katalysieren die chemischen Reaktionen in lebenden Zellen. Stirbt die Zelle ab, bewirken die Enzyme deren Zersetzung durch Hydrolyse. Ohne Enzyme sollte Protoplasma eigentlich von unbegrenzter Vitalität, mit anderen Worten: *unsterblich* sein. Enzyme sind sozusagen die negativen Komponenten des einzelligen Organismus, der die Basis allen Lebens darstellt. Die Biologen bestreiten mit Nachdruck, dass es lebende Materie ohne Enzyme gibt. Und doch ist die mir von Ihnen geschickte Substanz lebendig und enthält keine dieser ›unerlässlichen‹ Stoffe. Gütiger Gott, Sir, wissen Sie, welch erstaunliche neue Aussichten sich uns durch diese Probe eröffnen?

Exzerpt aus Der heimliche Beobachter des verstorbenen Halpin Chalmers:

Was wäre, wenn parallel zu dem uns bekannten Leben noch eine weitere Form von Leben existierte, eine Lebensform, die nicht stirbt und der die Elemente fehlen, die *unser* Leben zerstören? Vielleicht gibt es in einer fremden Dimension eine *andere* Kraft als die, aus der heraus unser Leben entsteht. Vielleicht gibt diese Kraft Energie ab oder etwas, das mit Energie vergleichbar wäre – das die unbekannte Dimension verlässt, in der *es* sich befindet, und in unserer Dimension eine neue Form zellularen Lebens schafft. Niemand weiß, dass ein solch neues Zellleben tatsächlich in unserer Dimension existiert, ich aber habe *seine* Manifestationen gesehen. Ich habe mit ihnen *geredet.* In meinem Zimmer habe ich des Nachts mit den Doels gesprochen. Und in Träumen habe ich ihren Schöpfer erblickt. Ich habe an den verschwommenen Ufern jenseits von Zeit und Materie gestanden und *es* gesehen. *Es* bewegt sich durch seltsame Bögen und abscheuliche Winkel. Eines Tages werde ich durch die Zeit reisen und *ihm* von Angesicht zu Angesicht gegenübertreten.

Originaltitel: *The Hounds of Tindalos*
Erstveröffentlichung: *Weird Tales,* March 1929
Aus dem Amerikanischen von *Ruggero Leò*

Die Raumfresser

VON FRANK BELKNAP LONG

Das Kreuz ist kein wirkungsloser Schutz. Es beschützt alle, die reinen Herzens sind, und oft erschien es während unserer Sabbate in der Luft und verwirrte und vertrieb die Mächte der Finsternis.

JOHN DEES NECRONOMICON

1

Das Grauen kam in einem dichten Nebel nach Partridgeville.

Den ganzen Nachmittag über waren dicke Schwaden um die Farm gewirbelt, und der Raum, in dem wir saßen, triefte vor Feuchtigkeit. Der Nebel drang unter der Tür hindurch und stieg in Spiralen auf, und seine langen, feuchten Finger liebkosten mein Haar, bis es durchnässt war. Wie Tau sammelte sich die Feuchtigkeit in dicken Tropfen auf den quadratischen Fensterscheiben; die Luft war schwer, dumpfig und unglaublich kalt.

Düster starrte ich meinen Freund an. Er saß mit dem Rücken zum Fenster und schrieb wie besessen. Er war ein großer, schlanker Mann mit einer leicht krummen Haltung und ungewöhnlich breiten Schultern. Im Profil sah er beeindruckend aus: Er besaß eine ausgesprochen breite Stirn, eine lange Nase und ein leicht vorstehendes Kinn – ein markantes, einfühlsam wirkendes Gesicht. Insgesamt ließen seine Züge auf eine sehr phantasievolle Begabung schließen, die von einem skeptischen und wahrhaft außergewöhnlichen Verstand im Zaum gehalten wurde.

Mein Freund schrieb Kurzgeschichten. Er schrieb sie zu

seinem eigenen Vergnügen, ungeachtet des zeitgenössischen Geschmacks, und sie waren ungewöhnlich. Poe hätte sich an ihnen erfreut; auch Hawthorne oder Ambrose Bierce oder Villiers de l'Isle-Adam wären entzückt gewesen. Seine Geschichten waren Studien über abnormale Menschen, abnormale Tiere, abnormale Pflanzen. Er schrieb über unnahbare Reiche der Phantasie und des Schreckens, und niemand auf der bekannten Seite des Mondes hatte je die Farben, Geräusche und Düfte wahrgenommen, die er dem Leser zu vermitteln wagte. Er projizierte seine Schöpfungen auf schaurige Hintergründe. Sie gingen in großen, einsamen Wäldern und zerklüfteten Gebirgen um und glitten die Stufen alter Häuser hinunter oder schlüpften zwischen die Pfähle verrottender schwarzer Kais.

Eine seiner Geschichten, »Das Haus des Wurms«, hatte einen jungen Studenten an einer Universität im mittleren Westen dazu bewegt, in einem riesigen, roten Backsteingebäude Zuflucht zu suchen, wo sich niemand darüber beschwerte, dass er auf dem Boden saß und aus vollem Halse schrie: »Siehe da, mein Geliebter ist schöner als alle Lilien unter den Lilien im Liliengarten.« Eine andere Geschichte, »Die Schänder«, brachte ihm nach ihrem Erscheinen in der *Partridgeville Gazette* exakt 110 entrüstete Briefe ortsansässiger Leser ein.

Während ich meinen Freund weiterhin anstarrte, hielt er plötzlich im Schreiben inne und schüttelte den Kopf. »Ich kann es nicht«, sagte er. »Ich müsste eine neue Sprache erfinden. Und doch kann ich das Wesen dem Gefühl nach begreifen, intuitiv, wenn du so willst. Wenn ich es nur irgendwie in einem Satz ausdrücken könnte – dieses seltsame Kriechen seines fleischlosen Geistes!«

»Hast du dir wieder eine neue Scheußlichkeit einfallen lassen?«, fragte ich ihn.

Er schüttelte den Kopf. »Mir ist sie nicht neu. Ich kenne und fühle sie schon seit Jahren – ein Grauen, das alles übersteigt, was du mit deinem prosaischen Verstand dir vorstellen kannst.«

»Danke schön.«

»Jeder Mensch denkt prosaisch«, führte er weiter aus. »Ich wollte dich nicht kränken. Es sind die unwirklichen Schrecken, die hinter und über uns lauern, die unerklärlich und furchtbar sind. Unsere kleinen Gehirne – was wissen sie schon von vampirhaften Wesen, die in höheren Dimensionen lauern oder jenseits unseres Universums? Ich glaube, mitunter quartieren sie sich in unseren Köpfen ein, und unsere Gehirne spüren sie. Und wenn die Geschöpfe ihre Tentakel ausstrecken, um forschend in uns einzudringen, werden wir vollkommen wahnsinnig.« Inzwischen ruhte sein starrender Blick auf mir.

»Du kannst doch nicht ernsthaft solch einen Unsinn glauben!«, rief ich aus.

»Natürlich nicht!« Er schüttelte den Kopf und lachte. »Du weißt verdammt gut, dass ich viel zu skeptisch bin, um überhaupt etwas zu glauben. Ich habe bloß umrissen, wie ein Dichter das Universum sieht. Wenn ein Mann das Bedürfnis verspürt, gespenstische Geschichten zu schreiben, und will er im Zuge dessen ein Gefühl des Grauens vermitteln, muss er an alles glauben – an *alles Erdenkliche.* Damit meine ich ein Grauen, das *jedes andere* übertrifft, etwas, das schrecklicher und unglaublicher ist als *alles andere.* Er muss an Wesen aus dem All glauben, die zu uns hinunterlangen und sich mit einer Bosheit an uns heften können, die uns vollständig zu zerstören vermag – sowohl unseren Körper als auch unseren Geist.«

»Aber dieses Wesen aus dem All – wie kann ein Dichter es beschreiben, wenn er nicht einmal seine Gestalt kennt – oder seine Größe oder Farbe?«

»Es ist praktisch unmöglich, es zu beschreiben. Ich habe es bereits versucht ... und bin gescheitert. Vielleicht gelingt es mir eines Tages – andererseits bezweifle ich, dass man es überhaupt schaffen kann. Aber ein Künstler kann andeuten, nahe legen ...«

»Was kann er nahe legen?«, fragte ich ein wenig verwirrt.

»Ein Grauen, das völlig unirdisch ist und sich in einer Art und Weise bemerkbar macht, für die es auf der Erde keine Entsprechung gibt.«

Noch immer war ich unsicher. Er lächelte müde und führte seine Theorie weiter aus.

»Selbst die besten klassischen Schauer- und Horrorgeschichten haben etwas Prosaisches an sich. Die alte Mrs. Radcliffe mit ihren verborgenen Gewölben und blutenden Geistern; Maturins allegorische, faustische Protagonisten, die sowohl Züge des Helden als auch des Bösewichts in sich vereinen, und seine glühenden Flammen aus dem Maul der Hölle; Edgar Poe mit seinen blutverkrusteten Leichen und schwarzen Katern, den verräterischen Herzen und verfaulenden Mr. Valdemars; Hawthorne mit seiner amüsanten Sorge um die Probleme und Schrecken, die der schlichten menschlichen Sünde entspringen (als ob menschliche Sünden einem abgrundtief bösen Geist, der von jenseits der Sterne kommt, etwas bedeuten könnten). Dann haben wir noch die modernen Meister – Algernon Blackwood, der uns zu einem Festmahl mit den hohen Göttern einlädt und uns eine alte Frau mit Hasenscharte zeigt, die vor einem Ouija-Board sitzt und abgegriffene Karten legt; oder er beschreibt uns einen absurden Nimbus aus Ektoplasma, der von einem hellseherisch begabten Trottel ausgeht; Bram Stoker mit seinen Vampiren und Werwölfen, schlichte, herkömmliche Mythen, die letzten Reste mittelalterlichen Volkstums; Wells mit seinen pseudowissenschaftlichen Flugobjekten, seinen Fischmenschen auf dem Meeresgrund und Frauen auf dem Mond. Nicht zu vergessen all die unzähligen Idioten, die unablässig Geistergeschichten für die Groschenhefte schreiben – was haben sie zur Literatur des Unheiligen beigesteuert?

Sind wir nicht aus Fleisch und Blut? Es ist doch nur natürlich, dass es uns mit Abscheu und Entsetzen erfüllt, wenn man uns dieses Fleisch und Blut in einem Zustand der Fäulnis und Verwesung zeigt, wie es von Würmern nur so wimmelt. Es ist nur natürlich, dass uns eine Geschichte über eine Leiche erschauern lässt, uns mit Angst, Schrecken und Ekel erfüllt. Jeder Narr kann diese Gefühle in uns wecken – Poe hat mit seinen Lady Ushers und seinen zerfließenden Valdemars nur sehr wenig bewirkt. Er appellierte an naive, natürliche und verständliche Gefühle, und es war unausweichlich, dass seine Leser sich dafür empfänglich zeigten.

Sind wir nicht die Nachfahren von Barbaren? Haben wir nicht einst in großen, finstren Wäldern gehaust, der Gnade wilder Tiere ausgeliefert, die ihre Beute zerrissen und zerfetzten? Zwangsläufig erschauern wir und zucken zusammen, wenn wir in der Literatur den dunklen Schatten aus unserer Vergangenheit begegnen. Harpyien und Vampire und Werwölfe – was sind sie anderes als übergroße, verzerrt dargestellte Vögel, Fledermäuse und grausame Hunde, die unsere Vorfahren zermürbten und quälten? Mit solchen Mitteln lässt sich leicht Furcht erzeugen. Es ist nicht schwer, Menschen mit den Flammen am Höllenschlund zu ängstigen, weil Feuer heiß ist und das Fleisch ausdörrt und verbrennt – es gibt wohl niemanden, der das nicht versteht und fürchtet. Tödliche Schläge, lodernde Flammen und Schatten, die uns Furcht einjagen, weil ihre böse Substanz in den schwarzen Korridoren unserer geerbten Erinnerungen lauert – ich kann die Schriftsteller nicht mehr ertragen, die uns mit solch pathetischer und abgedroschener Unerfreulichkeit erschrecken wollen.«

In seinen Augen blitzte aufrichtige Entrüstung.

»Angenommen, es gäbe einen größeren Schrecken. Angenommen, böse Wesen aus einer anderen Welt entschlössen sich, in unsere einzufallen. Angenommen, sie wären für uns unsichtbar? Angenommen, sie wären von einer Farbe, die auf der Erde unbekannt ist, oder besser: ihr Körper wäre völlig farblos.

Angenommen, sie besäßen eine auf der Erde völlig unbekannte Gestalt. Angenommen, diese Wesen wären vier-, fünf- oder sechsdimensional. Angenommen, sie existierten in hundert Dimensionen. Angenommen, sie wären völlig dimensionslos und würden trotzdem existieren. Was könnten wir tun?

Würden sie für uns nicht existieren? Nun, wenn sie uns Schmerzen zufügten, würden sie gewiss für uns existieren. Angenommen, dieser Schmerz beruhte nicht auf Hitze, Kälte oder all den anderen bekannten Ursachen, sondern wäre ein völlig neuartiger Schmerz. Angenommen, die Wesen könnten in uns etwas berühren, das über unsere Nervenreize hinausgeht – wenn sie etwa unser Gehirn auf eine neue, schreckliche Weise erreichen könnten. Angenommen, sie würden sich auf eine neue, seltsame und unaussprechliche Art und Weise bemerkbar machen. Was könnten wir dagegen unternehmen? Uns wären die Hände gebunden. Man vermag sich keinem Feind zu widersetzen, den man weder sehen noch anfassen kann. Dem Tausenddimensionalen kann man sich nicht entgegenstellen. *Angenommen, sie würden sich durch den Raum zu uns durchfressen!*«

Unterdessen sprach mein Freund in sehr leidenschaftlichem Ton und strafte damit den Skeptizismus Lügen, zu dem er sich eben noch bekannt hatte.

»Genau darüber habe ich zu schreiben versucht. Ich wollte, dass meine Leser dieses Wesen aus einem anderen Universum jenseits des Raums sehen und fühlen. Es wäre mir nicht besonders schwer gefallen, es nur anzudeuten oder zu umschreiben – das kann jeder Dummkopf –, aber ich wollte es detailliert darstellen. Ich wollte eine Farbe beschreiben, die keine Farbe ist, eine Gestalt, die gestaltlos ist!

Vielleicht könnte ein Mathematiker ein klein wenig über bloße Andeutung hinausgehen! Es gibt womöglich fremdartige Krümmungen und Winkel, die ein glänzender Mathematiker bei seinen leidenschaftlichen Berechnungen flüchtig erkennen könnte. Es wäre absurd zu behaupten, dass die Mathematiker die vierte Dimension nicht entdeckt hätten. Schon oft haben sie einen Blick darauf erhascht, haben sich ihr angenähert; oft haben sie die vierte Dimension begriffen, aber sie sind außer Stande, sie uns zu veranschaulichen. Ich kenne einen Mathematiker, der beschwört, einmal bei einem wilden Flug in die höheren Sphären der Differentialrechnung die sechste Dimension gesehen zu haben.

Bedauerlicherweise bin ich kein Mathematiker. Ich bin nur ein armer Idiot, ein schaffender Künstler, und das Wesen aus dem All entzieht sich gänzlich meiner Wahrnehmung.«

Jemand klopfte laut an die Tür. Ich ging hin und zog den Riegel zurück. »Was wollen Sie?«, fragte ich. »Worum geht es?«

»Entschuldige die Störung, Frank«, antwortete eine vertraute Stimme, »aber ich muss mit jemandem reden.«

Ich erkannte das hagere, blasse Gesicht meines unmittelbaren Nachbarn und trat sogleich einen Schritt zur Seite. »Komm herein«, forderte ich ihn auf. »Du musst sogar unbedingt hereinkommen. Howard und ich haben über Gespenster geredet, und die wir dabei heraufbeschworen haben, sind keine angenehme Gesellschaft. Vielleicht kannst du sie mit Argumenten verscheuchen.«

Ich nannte Howards Schreckensvorstellungen *Gespenster,* weil ich meinen Nachbarn, der ein ganz alltäglicher Mensch war, nicht schockieren wollte. Henry Wells war sehr kräftig und hoch gewachsen, und beim Eintreten schien er einen Teil der Nacht mit ins Zimmer zu bringen.

Er ließ sich auf das Sofa fallen und musterte uns mit angsterfüllten Blicken. Howard legte die Geschichte beiseite, die er sich durchgelesen hatte, nahm die Brille ab und reinigte sie stirnrunzelnd. Meinen bäurischen Besuchern gegenüber verhielt er sich stets mehr oder minder tolerant. Wir schwiegen etwa eine Minute lang, dann sprachen wir alle drei gleichzeitig. »Eine schreckliche Nacht.« »Scheußlich, was?« »Unangenehm.«

Henry Wells runzelte die Stirn. »Heute Abend habe ich einen seltsamen Unfall erlitten. Ich trieb gerade Hortense durch den Wald von Mulligan ...«

»Hortense?«, unterbrach Howard ihn.

»Sein Pferd«, erklärte ich ungeduldig. »Du warst auf dem Rückweg von Brewster, stimmt's, Henry?«

»Von Brewster, ja«, antwortete er. »Ich fuhr zwischen den Bäumen hindurch und hielt aufmerksam nach Wagen Ausschau, die vielleicht unversehens aus der Dunkelheit auftauchen und mich mit ihren viel zu hellen Lichtern blenden würden. Ich horchte auf die Nebelhörner, die unten in der Bucht stöhnten, als mir etwas Nasses auf den Kopf fiel. Ich dachte: ›Regen. Hoffentlich werden die Vorräte nicht nass!‹«

Ich drehte mich um, weil ich mich vergewissern wollte, dass die Butter und das Mehl abgedeckt waren. Da erhob sich auf der Ladefläche des Wagens etwas Weiches, Schwammähnliches und sprang mir ins Gesicht. Ich schnappte danach und bekam es zu packen. Das Zeug quoll zwischen meinen Fingern hervor.

Es fühlte sich wie Gelee an. Ich drückte es zusammen, und etwas Nasses lief mir an den Handgelenken herab. Die Nacht war nicht so schwarz, dass ich das Zeug nicht hätte erkennen können. Es ist schon seltsam, wie gut man bei Nebel sehen kann – er scheint die Dunkelheit irgendwie aufzuhellen. In der Luft lag jedenfalls eine gewisse Helligkeit. Ich weiß nicht, vielleicht kam sie ja auch gar nicht von dem Nebel. Die Bäume schienen hervorzutreten. Klar und deutlich konnte man sie erkennen. Wie ich schon sagte, ich sah das Zeug in meinen Händen an, und was glaubt ihr wohl, wie es aussah? Wie ein Stück rohe Leber. Oder wie ein Kalbshirn. Jetzt, wo ich darüber nachdenke, glich es eher einem Kalbshirn. Es hatte Vertiefungen in der Oberfläche. Eine Leber hat nicht so viele Vertiefungen. Leber ist für gewöhnlich so glatt wie Glas.

Das war ein furchtbarer Moment für mich. ›Da oben sitzt einer auf dem Baum‹, dachte ich. ›Irgendein Landstreicher oder ein Verrückter oder ein Narr, und er isst rohe Leber. Mein Wagen hat ihn erschreckt, und er hat die Leber fallen lassen – ein Stück davon. Ich irre mich bestimmt nicht. Als ich in Brewster losgefahren bin, lag nämlich noch keine Leber in meinem Wagen.‹

Ich sah nach oben. Ihr wisst, wie groß die Bäume im Wald von Mulligan sind. An einem klaren Tag kann man die Kronen mancher Bäume vom Kutschpfad aus nicht sehen. Und ihr wisst, wie verwachsen manche von ihnen sind und wie wunderlich sie aussehen.

Komisch, ich habe sie mir immer als alte Männer vorgestellt – hoch gewachsene alte Männer, wisst ihr, groß, verwachsen und sehr böse. Ich habe mir immer vorgestellt, dass sie nichts als Unheil anrichten wollen. Bäume, die sehr dicht beisammen stehen und allmählich immer krummer werden, besitzen eine ungesunde Ausstrahlung.

Ich sah jedenfalls hoch.

Zuerst habe ich nichts außer den großen Bäumen gesehen, die im Nebel ganz weiß glitzerten, und darüber einen dicken, weißen Dunst, der die Sterne verdeckte. Und dann lief etwas Langes und Weißes rasch an einem der Stämme hinab.

Es bewegte sich so schnell, dass ich es nicht deutlich erkennen konnte. Ohnehin war es so dünn, dass es gar nicht viel zu sehen gab. Es sah aus wie ein Arm. Wie ein langer, weißer, sehr dünner Arm. Aber natürlich war es keiner. Wer hätte je von einem Arm gehört, der so lang ist wie ein Baum? Ich weiß nicht, wieso ich es mit einem Arm verglichen habe, weil es wirklich nichts anderes war als eine dünne Linie – wie ein Draht oder eine Schnur. Ich bin mir nicht sicher, ob ich es überhaupt gesehen habe. Vielleicht habe ich es mir nur eingebildet. Ich weiß noch nicht einmal genau, ob es tatsächlich so dünn war wie eine Schnur. Aber das Ding besaß eine Hand. Oder vielleicht doch nicht? Wenn ich daran zurückdenke, wird mir ganz schwindlig. Wisst ihr, es hat sich so schnell bewegt, dass ich es nur undeutlich sehen konnte.

Aber ich hatte den Eindruck, als würde es etwas tasten, das es fallen gelassen hatte. Eine Weile schien die Hand sich über dem Pfad auszubreiten, und dann verließ sie den Baum und näherte sich meinem Wagen. Das Ding sah aus wie eine riesige weiße Hand, die auf den Fingern lief und am Ende eines schrecklich langen Arms saß, der immer höher und höher reichte und den Nebel berührte – oder vielleicht die Sterne.

Ich schrie und gab Hortense die Zügel, aber die Stute brauchte gar nicht angetrieben zu werden. Sie bäumte sich auf und galoppierte los, bevor ich die Leber oder das Kalbshirn oder was immer es war auf die Straße werfen konnte. Hortense rannte so schnell, dass der Wagen beinah umgestürzt wäre, aber ich zügelte sie nicht. Lieber hätte ich mit einer gebrochenen Rippe im Straßengraben gelegen, als mir von einer langen weißen Hand die Kehle zudrücken zu lassen.

Wir hatten den Wald fast schon hinter uns, und ich traute mich gerade erst wieder zu atmen, als plötzlich mein Gehirn kalt wurde. Anders kann ich es nicht beschreiben. Mein Gehirn wurde mir im Kopf so kalt wie Eis. Ich kann euch sagen, ich hatte Angst.

Glaubt nicht, ich konnte keinen klaren Gedanken fassen. Ich nahm alles um mich herum bewusst wahr, aber mein Gehirn war so kalt, dass ich vor Schmerz schrie. Habt ihr je ein Stück Eis für zwei oder drei Minuten in den Fingern gehalten? Das hat gebrannt, stimmt's? Eis brennt schlimmer als Feuer. Tja, mein Gehirn fühlte sich so an, als hätte es stundenlang auf Eis gelegen. Ich hatte das Gefühl, einen Brennofen im Kopf zu haben, aber einen eisigen Brennofen. Es brauste darin vor wütender Kälte.

Vielleicht hätte ich dankbar sein sollen, dass der Schmerz nicht anhielt. Nach etwa zehn Minuten ließ er nach, und als ich nach Hause kam, hatte ich nicht den Eindruck, dass mir das Erlebnis in irgendeiner Weise geschadet hätte. Das glaubte ich zumindest, bis ich mich selber im Spiegel betrachtete: Dann nämlich entdeckte ich das Loch in meinem Kopf.«

Henry Wells beugte sich vor und strich sich das Haar von der rechten Schläfe zurück.

»Hier ist die Wunde«, sagte er. »Was haltet ihr davon?« Er tippte sich seitlich an den Kopf, unterhalb einer kleinen runden Öffnung. »Sieht aus wie eine Schusswunde«, führte er aus, »aber sie hat nicht geblutet, und man kann recht weit hineinblicken. Sie scheint bis mitten in meinen Kopf zu gehen. Eigentlich müsste ich tot sein.«

Howard hatte sich erhoben und starrte meinen Nachbarn böse und anklagend an. »Warum belügst du uns«, schrie er. »Warum erzählst du uns diese absurde Geschichte? Eine lange Hand! Du warst betrunken, Mann. Betrunken – und dabei hast du etwas geschafft, das ich nur mit größter Mühe vollbracht hätte, und ich hätte Blut und Wasser dabei geschwitzt. Könnte ich meinen Lesern dieses Grauen beschreiben, könnte ich sie das einen Moment lang spüren lassen, dieses Grauen im Wald, das du beschrieben hast, ich wäre unsterblich – ich wäre größer als Poe, größer als Hawthorne. Und du ... ein plumper, betrunkener Lügner ...«

Ich sprang auf und widersprach ihm heftig. »Er lügt nicht. Er ist angeschossen worden. Jemand hat ihm in den Kopf geschossen. Sieh dir die Wunde doch an. Mein Gott, du hast keinen Grund, ihn zu beleidigen!«

Howards Zorn erstarb, und das Feuer in seinen Augen erlosch. »Verzeih mir«, sagte er. »Du kannst dir nicht vorstellen, wie sehr ich mir gewünscht habe, dieses unermessliche Grauen einzufangen, es zu Papier zu bringen, und er hat es so mühelos geschafft. Hätte er angekündigt, dass er etwas Derartiges beschreiben will, ich hätte mir Notizen gemacht. Aber natürlich weiß er nicht, dass er ein Künstler ist. Es war eine unbeabsichtigte Glanzleistung, die er da vollbracht hat; er würde es kein zweites Mal schaffen, dessen bin ich mir sicher. Es tut mir Leid, dass ich so aufgebraust bin – dafür entschuldige ich mich. Soll ich einen Arzt holen? Die Wunde ist tatsächlich schlimm.«

Mein Nachbar schüttelte den Kopf. »Ich brauche keinen Arzt. Ich war schon bei einem. In meinem Kopf steckt keine Kugel – und das Loch stammt auch nicht von einem Geschoss. Der Arzt konnte mir die Ursache der Wunde nicht erklären, und da habe ich ihn ausgelacht. Ich hasse Ärzte und habe nicht viel für Dummköpfe übrig, die mich für einen Lügner halten. Und ich mag es auch nicht besonders, wenn gewisse Leute mir nicht glauben, dass ich das lange, weiße Ding überdeutlich den Baum hinabgleiten sah.«

Howard untersuchte die Wunde, ungeachtet der Entrüstung meines Nachbarn. »Sie stammt von etwas Rundem und Scharfem«, sagte er. »Merkwürdig, das Gewebe ist nicht gerissen. Ein Messer oder eine Kugel hätten das Fleisch zerfetzt und einen fransigen Rand hinterlassen.«

Ich nickte, und als ich mich vorbeugte, um die Wunde näher in Augenschein zu nehmen, kreischte Wells plötzlich auf und presste sich die Hände an den Kopf. »Ahh-h-h!«, keuchte er. »Sie kommt wieder – diese schreckliche, schreckliche Kälte.«

Howard starrte ihn an. »Denk nicht, dass ich so einen Unsinn glaube!«, rief er empört.

Aber Wells hielt sich den Kopf und sprang, rasend vor Schmerz, durch den Raum. »Ich halt's nicht aus!«, kreischte er. »Es vereist mir das Gehirn! Das ist keine gewöhnliche Kälte. Ganz und gar nicht. Oh Gott! Es gleicht nichts, was ihr je gespürt habt! Es beißt, es brennt, es reißt. Es fühlt sich an wie Säure.«

Ich fasste ihn an der Schulter und versuchte ihn zu beruhigen, doch er schubste mich beiseite und lief zur Tür.

»Ich muss hier raus!«, schrie er. »Das Ding braucht Platz! Mein Kopf kann es nicht fassen. Es will die Nacht – die weite Nacht. Es will sich in der Nacht wälzen.«

Er stieß die Tür auf und verschwand im Nebel. Howard wischte sich die Stirn mit dem Mantelärmel und ließ sich auf einen Stuhl fallen.

»Verrückt«, murmelte er. »Ein tragischer Fall von manisch depressiver Psychose. Wer hätte das gedacht? Seine Geschichte hatte nicht das Geringste mit Kunst zu tun. Sie ist bloß ein wuchernder Albtraum, dem Geist eines Wahnsinnigen entsprungen.«

»Ja«, sagte ich, »aber was hältst du von dem Loch in seinem Kopf?«

»Ach!« Howard zuckte die Achseln. »Womöglich ist er damit bereits zur Welt gekommen.«

»Unsinn«, entgegnete ich. »Er hatte keinesfalls schon vorher ein Loch im Kopf. Ich glaube, er ist angeschossen worden. Wir müssen etwas unternehmen. Er muss medizinisch versorgt werden. Ich glaube, ich rufe Dr. Smith an.«

»Es ist sinnlos, sich einzumischen«, meinte Howard. »Dieses Loch stammt ganz sicher nicht von einer Kugel. Ich rate dir, ihn bis morgen zu vergessen. Sein Wahn ist möglicherweise nur vorübergehend; am Ende macht er uns noch Vorwürfe, dass wir uns eingemischt haben. Wenn er morgen noch immer so durcheinander ist, wenn er hierher kommt und unangenehm wird, kannst du die zuständigen Behörden informieren. Hat er sich früher schon einmal so seltsam verhalten?«

»Nein«, antwortete ich, »er war immer recht vernünftig. Ich glaube, ich beherzige deinen Rat und warte bis morgen. Aber ich wünschte, ich könnte mir einen Reim auf dieses Loch machen.«

»Seine Geschichte interessiert mich mehr«, entgegnete

Howard. »Ich werde sie aufschreiben, ehe ich sie vergesse. Natürlich wird es mir nicht gelingen, dieses Grauen so lebhaft zu schildern wie er, aber vielleicht kann ich ein wenig von der Seltsamkeit und dem Glanz der Erzählung einfangen.«

Er drehte die Schutzkappe seines Füllerfederhalters ab und machte sich daran, merkwürdige Phrasen auf ein Blatt Papier zu kritzeln.

Mich fröstelte, und ich schloss die Tür.

Einige Minuten lang war es völlig still im Zimmer, nur das leise Scharren von Howards Federstrichen war zu hören. Und dann setzten die Schreie wieder ein. Oder war es ein Heulen?

Wir hörten sie durch die geschlossene Tür, sie übertönten die Nebelhörner und das Rauschen der Wellen in Mulligan's Beach und die unzähligen Geräusche der Nacht, die uns geängstigt und bedrückt hatten, seit das einsame Haus vom Nebel umgeben war. Die Schreie waren so deutlich, dass wir für einen Moment glaubten, sie ereigneten sich unmittelbar vor dem Haus. Als wir sie wieder und wieder hörten – lange, durchdringende Schreie –, merkten wir aber, dass sie nicht aus der Nähe kamen, und allmählich wurden wir gewahr, dass der Schreiende sogar sehr weit entfernt sein musste, vielleicht sogar im Mulligan-Wald war.

»Eine gequälte Seele«, murmelte Howard. »Eine arme, verdammte Seele im eisernen Griff jenes Grauens, von dem ich dir erzählt habe – das Grauen, das ich seit Jahren empfinde.«

Unruhig erhob er sich. Seine Augen glänzten, und er atmete schwer.

Ich packte ihn bei den Schultern und schüttelte ihn. »Du solltest dich nicht derart in deine Geschichte hineinsteigern!«, rief ich aus. »Dort draußen ist ein armer Kerl in Not. Ich weiß nicht, was geschehen ist. Vielleicht ist ein Schiff gesunken. Ich ziehe mir einen Regenmantel über und sehe nach, was es mit den Schreien auf sich hat. Ich habe das Gefühl, dass wir gebraucht werden könnten.«

»Wir *könnten* gebraucht werden«, wiederholte Howard langsam. »In der Tat könnten wir gebraucht werden. Es wird sich nicht mit einem Opfer zufrieden geben. Bedenke nur die lange Reise durch das All, den Durst und den schlimmen Hunger, den es gelitten haben muss! Die Vorstellung, es könnte sich mit einem einzigen Opfer zufrieden geben, ist lächerlich!«

Dann veränderte er sich plötzlich. Das Leuchten schwand aus seinen Augen, und seine Stimme verlor das Pathos. Er erschauerte.

»Vergib mir«, sagte er. »Ich fürchte, du hältst mich für ebenso verrückt wie den Bauerntölpel, der eben noch hier war. Aber ich kann nicht anders, als mich beim Schreiben mit meinen Charakteren zu identifizieren. Ich habe eben etwas sehr Böses beschrieben, und diese Schreie – nun, sie klingen genau wie die Schreie eines Mannes, der ... der ...«

»Ich verstehe«, unterbrach ich ihn, »aber wir haben keine Zeit, uns darüber zu unterhalten. Da draußen ist irgendein armer Kerl« – ich deutete vage auf die Tür –, »und er steht mit dem Rücken zur Wand. Er wehrt sich gegen irgendetwas – ich weiß nicht wogegen. Wir müssen ihm helfen.«

»Natürlich, natürlich«, stimmte Howard mir zu und folgte mir in die Küche. Wortlos nahm ich einen Regenmantel und einen großen Südwester vom Haken und reichte ihm beides.

»Zieh dir das über, mach schnell«, sagte ich. »Der Kerl braucht dringend unsere Hilfe.«

Ich hatte meinen eigenen Regenmantel vom Kleiderständer genommen und zwängte bereits die Arme durch die widerspenstigen Ärmel. Kurz darauf schritten wir gemeinsam kräftig aus.

Der Nebel war wie ein lebendes Wesen. Mit langen Fingern griff er nach uns und schlug uns gnadenlos ins Gesicht. Er wand sich um den Körper und stieg in großen, gräulichen Spiralen von unseren Köpfen auf. Mal wich er vor uns zurück, dann kroch er plötzlich wieder näher und umschloss uns.

Voraus erkannten wir schwach die trüben Lichter einsamer Gehöfte. Hinter uns rauschte die See, und die Nebelhörner sandten ihr stetes, düsteres Wehklagen aus. Howard hatte sich den Kragen seines Regenmantels bis über die Ohren gestülpt, und von seiner langen Nase tropfte die Feuchtigkeit. In seinen Augen lag eine grimmige Entschlossenheit, und er presste die Kiefer aufeinander.

Eine Zeit lang stapften wir schweigend voran und sprachen erst wieder, als wir den Mulligan-Wald erreichten.

»Wenn nötig«, sagte Howard, »gehen wir auch in den Wald.«

Ich nickte. »Es gibt keinen Grund, warum wir nicht in den Wald sollten. Er ist nicht sonderlich groß.«

»Kommt man schnell wieder heraus?«

»Man kommt sehr schnell wieder heraus. Mein Gott, hast du das gehört?«

Unterdessen waren die Schreie schrecklich laut geworden.

»Er leidet«, sagte Howard. »Er leidet furchtbar. Meinst du ... meinst du, es ist dein verrückter Freund?«

Er sprach die Frage aus, die ich mir selbst schon seit einer Weile stellte. »Denkbar wäre es«, antwortete ich. »Aber wenn er derart außer sich ist, müssen wir eingreifen. Ich wünschte, ich hätte noch einige Nachbarn mitgenommen.«

»Warum um alles in der Welt hast du das nicht getan?«, schrie Howard. »Möglicherweise braucht es ein Dutzend Männer, um ihn zu bändigen.« Er starrte die großen Bäume an, die vor uns aufragten, und ich glaubte nicht, dass er sich wirklich Gedanken über Henry Wells machte.

»Das ist der Wald von Mulligan«, sagte ich und schluckte, um mein Herz daran zu hindern, mir in den Mund hinaufzuhüpfen. »Kein sonderlich großer Wald«, fügte ich absurderweise hinzu.

»Oh mein Gott!« Aus dem Nebel drang die Stimme eines Menschen, der äußerste Schmerzen litt. »Sie fressen mein Gehirn auf. Oh, mein Gott!«

In diesem Augenblick packte mich die Angst, wahnsinnig zu werden, wie der Mann im Wald. Ich fasste Howard heftig beim Arm.

»Lass uns umkehren«, brüllte ich. »Lass uns sofort umkehren. Wir waren Narren, hierher zu kommen. Hier finden wir nichts als Wahnsinn und Leiden und vielleicht den Tod.«

»Das mag sein«, erwiderte Howard, »aber wir gehen weiter.«

Sein Gesicht unter dem Regenhut sah aschfahl aus, und seine Augen waren nur noch blaue Schlitze.

»Also schön«, sagte ich grimmig. »Wir gehen weiter.«

Langsam schritten wir durch die Bäume. Sie ragten über uns auf, und der dicke Nebel verzerrte und verschmolz sie so, dass wir glaubten, sie bewegten sich mit uns voran. Von ihren verdrehten Ästen hingen Nebelschwaden wie bleiche Bänder. Bänder, habe ich gesagt? Eher waren es Schlangen aus Nebel – sich windende Schlangen mit giftigen Zungen und hämisch funkelnden Augen. Durch die wirbelnden Schwaden sahen wir die schilfernden, knorrigen Baumstämme, von denen jeder einzelne aussah wie der entstellte Körper eines garstigen alten Mannes. Nur der kleine Lichtkegel, den meine Taschenlampe warf, beschützte uns vor ihrer Böswilligkeit.

Wir bewegten uns durch dichte Nebelbänke, und mit jedem Schritt wurden die Schreie lauter. Bald schnappten wir Satzfragmente auf, bald hörten wir hysterische Schreie, die in lang anhaltendes Gejammer übergingen. »Kälter und kälter und kälter ... sie fressen mein Gehirn. Kälter! Ah-h-h!«

Howard packte mich beim Arm. »Wir finden ihn«, sagte er. »Wir können jetzt nicht umkehren.«

Als wir ihn fanden, lag er auf der Seite. Er presste die Hände an den Kopf, hatte sich zusammengerollt und die Knie so dicht an den Körper gezogen, dass sie seine Brust berührten. Er war still. Wir streckten und schüttelten ihn, aber er gab keinen Laut von sich.

»Ist er tot?«, fragte ich mit erstickter Stimme. Nichts wollte ich lieber, als mich umdrehen und losrennen. Die Bäume waren sehr nah.

»Das weiß ich nicht«, antwortete Howard. »Ich weiß es nicht. Ich hoffe, dass er tot ist.«

Er kniete sich nieder und ließ die Hand unter das Hemd des armen Teufels gleiten. Für einen Augenblick glich sein Gesicht einer Maske. Dann stand er rasch auf und schüttelte den Kopf.

»Er lebt. Wir müssen ihm schnellstmöglich trockene Kleidung anziehen.«

Ich half ihm. Gemeinsam hoben wir die zusammengerollte Gestalt hoch und trugen sie durch die Bäume. Zweimal stolperten wir und wären beinah gestürzt. Die Kriechpflanzen zerrten an unseren Kleidern, sie waren kleine gehässige Hände, die auf Geheiß der böswilligen großen Bäume zufassten und an uns rissen. Ohne einen Stern, der uns hätte führen können, ohne ein Licht – abgesehen von der kleinen Taschenlampe, die zusehends trüber leuchtete – schlugen wir uns einen Weg aus dem Wald.

Das Brummen hörten wir erst, als wir ihn verlassen hatten. Anfangs nahmen wir es kaum wahr, so leise war es, wie das Schnurren gigantischer Motoren tief unter der Erde. Während wir aber langsam mit unserer Last vorantaumelten, wurde es so laut, dass wir es nicht mehr ignorieren konnten.

»Was ist das?«, murmelte Howard, und durch die Nebelschwaden sah ich, dass sein Gesicht einen grünlichen Ton angenommen hatte.

»Ich weiß nicht«, erwiderte ich. »Es ist etwas Schreckliches. So etwas habe ich noch nie gehört. Kannst du nicht schneller gehen?«

Bislang hatten wir nur gegen vertrautes Entsetzen angekämpft, das Brummen und Summen aber, das hinter uns anschwoll, glich nichts, was ich je in meinem Leben gehört hatte. In qualvoller Angst kreischte ich: »Schneller, Howard, schneller! Um Gottes willen, lass uns aus diesem Wald verschwinden!«

Unterdessen begann Wells sich zu winden, und ein Schwall unsinniger Worte kam ihm über die aufgeplatzten Lippen: »Ich bin zwischen den Bäumen hindurchgelaufen und hob den Kopf. Ihre Kronen konnte ich nicht sehen. Ich schaute hoch, und dann senkte ich plötzlich den Blick, und das Ding landete auf meinen Schultern. Es bestand nur aus Beinen – lauter langen, krabbelnden Beinen. Es kroch mir direkt in den Kopf. Ich wollte von den Bäumen weg, konnte aber nicht. Ich war allein im Wald mit dem Ding auf dem Rücken, in meinem Kopf, und als ich losrennen wollte, haben die Bäume nach mir gegriffen und mich zu Fall gebracht. Es machte sich ein Loch, um in mich hineinzukönnen. Es will mein Gehirn. Heute hat es sich ein Loch gemacht, und jetzt ist es reingekrochen und saugt und saugt und saugt. Es ist eiskalt und brummt wie eine große dicke Fliege. Aber es ist keine Fliege. Und es ist keine Hand. Ich habe mich geirrt, als ich es als Hand bezeichnete. Ihr könnt es nicht sehen. Ich hätte es ebenfalls nicht gesehen oder gespürt, hätte es sich nicht ein Loch geschaffen und wäre hineingekrochen. Man kann es fast sehen, man kann es fast fühlen, und das bedeutet, es ist gleich so weit, in dich einzudringen.«

»Kannst du laufen, Wells? Kannst du laufen?«

Howard ließ seine Beine los und sog scharf den Atem ein, als er den Regenmantel auszuziehen versuchte.

»Ich glaube ja«, schluchzte Wells. »Aber das ist ganz gleich. Jetzt hat es mich. Lasst mich los und bringt euch in Sicherheit.«

»Wir müssen rennen!«, schrie ich.

»Das ist unsere einzige Chance«, rief Howard. »Wells, du

folgst uns. Folge uns, hast du verstanden? Sie verbrennen dir das Hirn, wenn sie dich fangen. Wir rennen jetzt los, Junge. Folge uns!«

Dann verschwand er im Nebel. Wells machte sich von mir los und folgte ihm wie in Trance. Ich empfand ein Grauen, das entsetzlicher war als der Tod. Das Geräusch war furchtbar laut; es dröhnte mir in den Ohren, und doch vermochte ich mich für einen Moment nicht zu bewegen. Die Nebelwand wurde immer dichter.

»Das wird Franks Untergang sein!«, hörte ich jemanden verzweifelt schreien. Es war Wells Stimme.

»Wir kehren um!«, brüllte Howard zur Antwort. »Es bedeutet den Tod oder Schlimmeres, aber wir können Frank nicht zurücklassen.«

»Lauft weiter!«, rief ich. »Sie kriegen mich nicht. Bringt euch in Sicherheit!«

Ich fürchtete, die beiden könnten sich für mich opfern, und stürmte hinter ihnen her, um das zu verhindern. Nach einem Augenblick erreichte ich Howard und packte ihn beim Arm. »Womit haben wir es zu tun?«, brüllte ich. »Wovor müssen wir uns fürchten?«

Das Brummen umgab uns nun von allen Seiten, wurde aber nicht lauter.

»Beeil dich, oder wir sind verloren!«, drängte er mich verzweifelt. »Sie haben alle Barrieren niedergerissen. Dieses Brummen ist eine Warnung. Wir sind Empfängliche ... man hat uns gewarnt, aber wenn das Brummen lauter wird, sind wir verloren. In der Nähe des Waldes sind sie stark, und hier lassen sie die Menschen ihre Anwesenheit spüren. Sie experimentieren jetzt – tasten sich vor. Später, wenn sie gelernt haben, wie sie es machen müssen, verteilen sie sich. Wenn wir nur die Farm erreichen können ...«

»Wir schaffen es zur Farm!«, brüllte ich und kämpfte mich durch den Nebel.

»Der Himmel stehe uns bei, wenn nicht!«, stöhnte Howard.

Er hatte seinen Regenmantel abgeworfen, und sein triefend nasses Hemd klebte ihm am mageren Körper. Mit großen, wilden Schritten lief er durch die Dunkelheit. Weit vor uns hörten wir die Schreie von Henry Wells. Unablässig stöhnten die Nebelhörner; unablässig umwogte und umwirbelte uns der Nebel.

Und nach wie vor war das Brummen zu hören. Es schien ein Ding der Unmöglichkeit zu sein, den Weg zur Farm zurückzufinden. Aber wir fanden zurück und torkelten schließlich unter Freudenrufen durch die Tür.

»Schließ die Tür!«, schrie Howard.

Ich tat, wie geheißen.

»Hier sind wir sicher, glaube ich«, sagte er. »Sie haben die Farm noch nicht erreicht.«

»Wo ist Wells abgeblieben?«, keuchte ich, und dann sah ich die feuchten Spuren auf dem Boden, die in die Küche führten. Howard bemerkte sie ebenfalls. In seinen Augen blitzte momentane Erleichterung auf. »Ich bin froh, dass er in Sicherheit ist«, murmelte er. »Ich hatte Angst um ihn.« Dann verfinsterte sich Howards Miene. In der Küche brannte kein Licht, und kein Laut kam von dort.

Ohne ein Wort zu verlieren, ging Howard durch das Zimmer und trat in die dahinter liegende Dunkelheit. Ich ließ mich in einen Stuhl sinken, wischte mir die Feuchtigkeit von den Augen und strich mir das Haar zurück, das mir in klebrigen Strähnen ins Gesicht gefallen war. Einen Moment lang saß ich einfach nur schwer atmend da, und als die Tür knarrte, schauderte mir. Doch kamen mir sogleich Howards beruhigende Worte in den Sinn: »Sie haben die Farm noch nicht erreicht. Wir sind hier sicher.«

Aus irgendeinem Grunde vertraute ich ihm. Er hatte erkannt, dass wir von einem neuen und unbekannten Grauen bedroht wurden – und auf geheimnisvolle Weise hatte er durchschaut, welchen Grenzen dieses Grauen unterworfen war.

Indes muss ich gestehen, dass mein Vertrauen ein wenig ins Wanken geriet, als ich den Tumult aus der Küche hörte, ein tiefes Knurren, von dem ich nicht glauben konnte, dass es einer menschlichen Kehle entsprang, und Howards lauten Protest: »Lass los, sage ich! Bist du völlig verrückt? Mensch, wir haben dich gerettet! Du sollst das lassen, sage ich – lass mein Bein los. Ah-h-h!«

Als Howard ins Zimmer getaumelt kam, sprang ich ihm entgegen und fing ihn auf. Er war von Kopf bis Fuß mit Blut besudelt, und sein Gesicht war aschfahl.

»Er ist vollkommen verrückt geworden«, stöhnte er. »Er lief auf allen vieren wie ein Hund und sprang mich an. Um ein Haar hätte er mich umgebracht. Ich konnte ihn abwehren, aber er hat mir schlimme Bisswunden zugefügt. Ich habe ihm ins Gesicht gehauen – ihn bewusstlos geschlagen. Vielleicht habe ich ihn getötet. Er ist ein Tier – ich musste mich verteidigen.«

Ich legte Howard aufs Sofa und kniete mich neben ihn, aber er verschmähte meine Hilfe.

»Kümmere dich nicht um mich!«, befahl er mir. »Hol ein Seil, rasch, und fessle ihn damit. Wenn er wieder zur Besinnung kommt, müssen wir um unser Leben kämpfen.«

Was dann folgte, war ein Albtraum. Ich erinnere mich schwach, dass ich mit einem Seil in der Hand die Küche betrat und den armen Wells an einen Stuhl fesselte; dann säuberte und verband ich Howards Wunden und entfachte ein Feuer im Kamin. Zudem weiß ich noch, dass ich nach einem Arzt telefonierte. Aber all das bildet in meiner Erinnerung ein wirres Durcheinander, und ich kann mich an nichts deutlich entsinnen, bis der Doktor eintraf, ein großer, ernster Mann mit freundlichen, symphatischen Augen. Er besaß eine Ausstrahlung, die so beruhigend wirkte wie ein Opiat.

Der Mann untersuchte Howard, nickte und erklärte, die Wunden seien nicht gefährlich. Er untersuchte auch Wells, doch diesmal nickte er nicht. Stattdessen führte langsam aus: »Seine Pupillen reagieren nicht auf Licht. Er muss umgehend operiert werden. Ich sage Ihnen ganz offen, ich bezweifle, dass wir ihn retten können.«

»Diese Wunde in seinem Kopf, Doktor«, sagte ich. »Stammt sie von einer Kugel?«

Der Doktor runzelte die Stirn. »Sie gibt mir Rätsel auf«, antwortete er. »Natürlich stammt die Wunde von einer Kugel, aber sie hätte sich eigentlich teilweise wieder schließen müssen. Die Wunde verläuft direkt ins Gehirn. Sie sagen, sie wissen nicht, wie er sich diese Verletzung zugezogen hat. Ich glaube Ihnen, aber ich bin der Ansicht, die Behörden sollten umgehend unterrichtet werden. Offenbar handelt es sich hier um ein Gewaltverbrechen, und wir müssen den Täter finden, es sei denn ...«, er stockte, »... es sei denn, er hat sich die Wunde selbst beigebracht. Was Sie mir berichten, klingt sonderbar. Dass er damit stundenlang umhergelaufen sein soll, erscheint mir unglaublich. Zudem ist die Wunde offenbar versorgt worden. Ich sehe keine Spur von geronnenem Blut.«

Langsam schritt er im Zimmer auf und ab. »Wir müssen ihn hier operieren – sofort. Er hat eine geringe Überlebenschance. Glücklicherweise habe ich einige Instrumente mitgebracht. Wir müssen diesen Tisch hier freiräumen und ... glauben Sie, Sie könnten eine Lampe für mich halten?«

Ich nickte. »Ich will es versuchen.«

»Gut!«

Während der Arzt sich auf die Operation vorbereitete, überlegte ich, ob ich die Polizei anrufen sollte oder nicht.

»Ich bin davon überzeugt«, sagte ich schließlich, »dass er sich die Wunde selbst beigebracht hat. Wells hat sich sehr seltsam benommen. Wenn Sie nichts einzuwenden haben, Doktor ...«

»Ja?«

»Wir behalten diese Angelegenheit für uns, bis Sie ihn operiert haben. Wenn Wells überlebt, besteht keine Notwendigkeit, den armen Kerl in eine Polizeiermittlung zu verwickeln.«

Der Doktor nickte. »Also schön. Wir operieren ihn erst und entscheiden alles Weitere später.«

Howard lachte lautlos auf seiner Couch. »Die Polizei«, kicherte er. »Was kann sie schon gegen die Wesen im Wald von Mulligan ausrichten?«

Seine Heiterkeit wirkte beunruhigend ironisch und Unheil verkündend. Angesichts der nüchternen, wissenschaftlichen Ausstrahlung Dr. Smiths erschienen mir die Schrecken, die wir im Nebel durchlebt hatten, als etwas Unmögliches, und ich wollte nicht an sie erinnert werden.

Der Doktor wandte sich von seinem Operationsbesteck ab und flüsterte mir ins Ohr: »Ihr Freund hat leichtes Fieber, das ihn offenbar phantasieren lässt. Wenn Sie mir ein Glas Wasser bringen, rühre ich ihm ein Beruhigungsmittel an.«

Ich lief, um ein Glas zu holen, und kurz darauf schlief Howard tief und fest.

»Nun denn«, sagte der Arzt und reichte mir die Lampe. »Sie müssen das Licht ruhig halten und mir nach meinen Anweisungen damit leuchten.«

Der bleiche, besinnungslose Henry Wells lag auf dem Tisch, den Dr. Smith und ich freigeräumt hatten, und ich zitterte am ganzen Körper bei dem Gedanken daran, was mich jetzt erwartete: Ich war dazu gezwungen, in den Schädel meines Freundes zu blicken, auf das lebende Gehirn, das der Arzt rücksichtslos freilegen würde.

Mit flinken, erfahrenen Fingern verabreichte er Wells ein Anästhetikum. Mich überkam das furchtbare Gefühl, an einem Verbrechen mitzuwirken, gegen das sich Henry Wells heftig gewehrt hätte. Ich glaubte zu wissen, dass er den Tod vorgezogen hätte. Es ist eine grässliche Sache, das Gehirn eines Menschen zu verstümmeln. Und doch wusste ich, dass das Verhalten des Doktors ohne Tadel war und dass seine Berufsethik ihm die Operation abverlangte.

»Wir sind so weit«, sagte Dr. Smith. »Halten Sie die Lampe tiefer. Jetzt nicht wackeln!«

Ich beobachtete, wie gewandt und flink er das Messer führte. Für einen Moment starrte ich auf die Schnittwunde, dann wandte ich den Kopf ab. Was ich bei diesem flüchtigen Blick gesehen hatte, bereitete mir Übelkeit und ein Schwindelgefühl. Vielleicht war es nur Einbildung, aber während ich die Wand anstarrte, beschlich mich der Eindruck, dass der Doktor kurz vor einem Zusammenbruch stand. Er gab keinen Laut von sich, trotzdem war ich mir recht sicher, dass er eine schreckliche Entdeckung gemacht hatte.

»Senken Sie die Lampe«, wies er mich an. Seine Stimme klang heiser und schien aus tiefster Kehle zu dringen.

Ohne den Blick von der Wand zu nehmen, senkte ich die Lampe um etwa drei Zentimeter und wartete darauf, dass der Doktor mir Vorwürfe machte, mich vielleicht sogar beschimpfte. Doch er blieb stumm wie der Mann auf dem Tisch. Ich wusste, er arbeitete noch, denn ich hörte, wie er die flinken Finger über Henry Wells Kopf bewegte.

Plötzlich wurde mir bewusst, dass meine Hand zitterte. Ich wollte die Lampe ablegen; mir war, als könnte ich sie nicht länger halten.

»Sind Sie bald fertig?«, keuchte ich verzweifelt.

»Halten Sie die Lampe still!«, brüllte der Doktor. »Wenn Sie sie noch einmal bewegen ... werde ... werde ich ihn nicht zunähen. Es ist mir gleich, ob man mich hängt! Ich bin kein Heiler von Teufeln!«

Ich wusste nicht, was ich tun sollte. Die Lampe vermochte ich kaum noch zu halten, und die Drohung des Doktors erfüllte mich mit Entsetzen.

»Tun Sie, was in Ihrer Macht steht«, drängte ich ihn hysterisch. »Geben Sie ihm die Möglichkeit, sich ins Leben zurückzukämpfen. Er war liebenswürdig und gut – bisher!«

Einen Augenblick lang herrschte Schweigen, und ich fürchtete, der Doktor würde mich nicht beachten. Kurzzeitig rechnete ich sogar damit, dass er Skalpell und Tupfer fallen lassen, durch das Zimmer und hinaus in den Nebel stürzen würde. Erst als ich wieder hörte, dass er die Finger bewegte, wusste ich: Er hatte sich dazu entschlossen, auch den Verdammten nicht im Stich zu lassen.

Es war bereits nach Mitternacht, als der Doktor mir sagte, ich könne die Lampe beiseite legen. Mit einem Ausruf der Erleichterung drehte ich mich zu ihm um und blickte in ein Gesicht, das ich niemals vergessen werde. Im Laufe der verstrichenen Dreiviertelstunde war der Doktor um zehn Jahre gealtert. Unter den Augen hatte er dunkle Ringe, und sein Mund zuckte unkontrolliert.

»Er wird es nicht überleben«, sagte er. »In einer Stunde ist er tot. Ich habe sein Gehirn nicht angerührt. Ich konnte nichts tun. Als ich sah ... was in seinem Kopf ... ich ... ich ... habe ihn sofort wieder zugenäht.«

»Was haben Sie gesehen?«, fragte ich mit gedämpfter Stimme.

Unaussprechliche Angst flackerte in des Arztes Augen. »Ich sah ... ich sah ...« Die Stimme versagte ihm, und er zitterte am ganzen Leib. »Ich sah ... oh, was für eine Schande ... ich sah etwas Böses, das ohne Gestalt, das formlos ist ...«

Plötzlich richtete er sich auf und sah sich gehetzt um. »Sie werden herkommen und ihn für sich wollen!«, rief er. »Sie haben ihn mit ihrem Zeichen versehen und werden ihn holen kommen. Sie dürfen nicht hier bleiben. Dieses Haus ist der Zerstörung geweiht!«

Hilflos sah ich zu, wie er Hut und Tasche nahm und durch den Raum zur Tür ging. Mit weißen, zitternden Fingern zog er den Riegel zurück, und einen Augenblick später hob sich seine Gestalt gegen ein Viereck aus wirbelndem Dunst ab.

»Vergessen Sie meine Warnung nicht!«, schrie er mir noch zu; dann verschluckte ihn der Nebel.

Howard hatte sich aufgesetzt und rieb sich die Augen. »Das war aber ein heimtückischer Trick!«, murmelte er. »Mich zu betäuben! Hätte ich gewusst, dass dieses Glas Wasser ...«

»Wie fühlst du dich?«, fragte ich, packte ihn bei den Schultern und schüttelte ihn heftig. »Glaubst du, du bist im Stande zu laufen?«

»Erst betäubst du mich, und dann verlangst du von mir, dass ich laufen soll! Frank, du bist ebenso unvernünftig wie ein Künstler. Was ist denn los?«

Ich zeigte auf die stumme Gestalt auf dem Tisch. »Im Mulligan-Wald sind wir sicherer als hier«, sagte ich. »Er gehört jetzt ihnen.«

Howard sprang auf. »Was meinst du damit?«, rief er. »Woher weißt du das?«

»Der Doktor hat sein Gehirn gesehen«, erklärte ich. »Außerdem hat er etwas gesehen, das er nicht beschreiben wollte ... oder konnte. Aber er hat mir gesagt, dass sie Henry holen kommen, und ich glaube ihm.«

»Wir müssen dieses Haus sofort verlassen!«, rief Howard. »Dein Arzt hatte Recht. Wir schweben in Todesgefahr. Sogar im Wald – aber wir brauchen nicht durch den Wald zurückzulaufen. Wir haben ja deine Barkasse!«

»Die Barkasse!«, wiederholte ich, und ein Hoffnungsschimmer keimte in mir auf.

»Der Nebel bedeutet eine tödliche Gefahr«, bemerkte Howard finster. »Aber selbst der Tod auf See ist besser als *dieses* Grauen!«

Vom Haus zum Kai war es nicht weit, und nach weniger als einer Minute saß Howard im Heck der Barkasse, und ich bemühte mich verzweifelt, den Motor anzuwerfen. Nach wie vor stöhnten die Nebelhörner, doch vom Hafen war nirgends ein Licht zu sehen. Überhaupt konnten wir kaum einen halben Meter weit sehen. Die weißen Nebelgespenster waren in der Dunkelheit nur schwach zu erkennen, und hinter ihnen erstreckte sich die endlose Nacht, schwarz und voller Schrecken.

Howard sagte: »Ich habe ein unbestimmtes Gefühl, dass dort draußen der Tod lauert.«

»Hier an Land ist der Tod noch gegenwärtiger«, sagte ich. »Ich glaube, ich kann die Felsen umschiffen. Es weht nur ein schwacher Wind, und ich kenne die Bucht.«

»Und natürlich können wir uns an den Nebelhörnern orientieren«, meinte Howard. »Ich halte es für besser, wenn wir die offene See ansteuern.«

Ich gab ihm Recht. »Die Barkasse übersteht keinen Sturm«, erklärte ich, »aber ich verspüre trotzdem nicht das geringste Verlangen, in der Bucht zu bleiben. Wenn wir auf See sind, nimmt uns vielleicht ein Schiff auf. Es wäre äußerst töricht, in ihrer Reichweite zu bleiben.«

»Woher wissen wir, wie groß ihre Reichweite ist?«, ächzte Howard. »Welche Bedeutung haben irdische Distanzen für Wesen, die durch den Raum gereist sind? Sie werden über die Erde herfallen. Sie werden uns alle vernichten.«

»Darüber reden wir später«, rief ich, als der Motor endlich dröhnend zum Leben erwachte. »Wir entfernen uns so weit von ihnen, wie wir nur können. Vielleicht wissen sie noch nicht genug über uns! Solange sie ihre Fähigkeiten nicht vollständig einsetzen können, gelingt uns vielleicht die Flucht.«

Langsam fuhren wir auf den Kanal hinaus. Das Geräusch des Meerwassers, das gegen die Seiten der Barkasse schwappte, übte eine sonderbar beruhigende Wirkung auf uns aus. Auf meinen Vorschlag hin hatte Howard das Steuer übernommen und wendete das Boot langsam.

»Halte sie geradeaus«, schrie ich. »Solange wir noch nicht in der Meerenge sind, ist es ungefährlich!«

Einige Minuten lang kauerte ich über dem Motor, während Howard schweigend am Steuer stand. Dann drehte er sich plötzlich zu mir um und gestikulierte in freudiger Erregung.

»Ich glaube, der Nebel hebt sich«, sagte er.

Ich starrte nach vorn in die Dunkelheit. Zweifellos wirkte sie schon weniger bedrückend, und die weißen Nebelspiralen, die unaufhörlich aufgestiegen waren, lösten sich in gestaltlose Fetzen auf. »Bleib auf diesem Kurs«, schrie ich. »Wir haben Glück. Wenn der Nebel sich auflöst, sehen wir die Meerenge. Halte nach dem Mulligan-Leuchtturm Ausschau!«

Ich kann nicht beschreiben, wie sehr wir uns freuten, als wir das Licht des Leuchtturms sahen. Gelb und hell strahlte es über das Wasser und erhellte die scharfen Umrisse der großen Felsen, die auf beiden Seiten der Meerenge aufragten.

»Lass mich ans Steuerrad!«, schrie ich und lief nach vorn. »Die Durchfahrt ist schwierig, aber wir werden mit fliegenden Fahnen durchkommen.«

In unserer Aufregung und Freude vergaßen wir fast das Grauen, das wir hinter uns zurückgelassen hatten. Ich stand am Ruder und lächelte zuversichtlich, während wir über das dunkle Wasser schossen. Rasch kamen die Felsen näher, und schließlich ragte das massige Gestein über uns auf.

»Wir schaffen es ganz bestimmt!«, rief ich.

Aber Howard antwortete nicht. Ich hörte ihn würgen und keuchen.

»Was ist los?«, fragte ich, und als ich mich umdrehte, sah ich ihn in panischer Angst über dem Motor hocken. Er wandte mir den Rücken zu, doch ich wusste, in welche Richtung er starrte.

Wo wir abgelegt hatten, leuchtete das Ufer wie ein glühender Sonnenuntergang. Mulligan Wood brannte. Große Flammen schlugen von den höchsten der riesigen Bäume in den Himmel, und ein dicker Vorhang aus schwarzem Rauch wehte langsam gen Osten und verdunkelte die wenigen noch brennenden Hafenlichter.

Aber es waren nicht die Flammen, die mich vor Angst und Entsetzen aufschreien ließen. Es war die Gestalt, die über den Bäumen schwebte, die riesige, eigentümliche Gestalt, die sich langsam am Himmel hin und her bewegte.

Ich versuchte mir weiß Gott einzureden, dass sie nur meiner Einbildung entsprang. Ich versuchte mir einzureden, sie sei nur ein von den Flammen erzeugter Schatten, und ich erinnere mich, dass ich Howard beim Arm packte, um ihn zu beruhigen.

»Der Wald wird völlig niederbrennen«, rief ich, »und diese grässlichen Biester werden mit ihm vernichtet.«

Aber als Howard sich mir zuwandte und den Kopf schüttelte, wusste ich, dass das undeutliche Ding über den Bäumen mehr war als ein Schatten.

»Sobald wir seine Form erkennen können, sind wir verloren!«, warnte er. Seine Stimme bebte vor Entsetzen. »Bete, dass es formlos bleibt!«

Es ist älter als die Welt, dachte ich, *älter als jede Religion. Bevor der Mensch seine Zivilisation aufbaute, kniete er bewundernd vor ihm. In allen Mythologien ist es präsent. Es ist das ursprünglichste Symbol. Vielleicht wurde es in ferner Vergangenheit, vor Tausenden und Abertausenden von Jahren, dazu benutzt, um ... die Eindringlinge zurückzuschlagen. Ich werde diese Gestalt dort mit einem erhabenen und schrecklichen Mysterium bekämpfen.*

Plötzlich empfand ich eine merkwürdige innere Ruhe. Ich wusste, mir blieb kaum Zeit zum Handeln; hier stand mehr auf dem Spiel als unser Leben, dennoch zitterte ich nicht. Gelassen griff ich unter den Motor und zog eine Hand voll Putzwolle hervor.

»Howard«, sagte ich, »zünde ein Streichholz an. Das ist unsere einzige Hoffnung. Du musst sofort ein Streichholz anreißen.«

Howard schien mich für eine Ewigkeit verständnislos anzustarren. Dann zerschnitt sein lautes Gelächter die Nacht. »Ein Streichholz!«, kreischte er. »Ein Streichholz, um unsere kleinen Gehirne zu wärmen! Ja, wir brauchen ein Streichholz!«

»Vertraue mir!«, flehte ich ihn an. »Du musst mir vertrauen – es ist unsere einzige Hoffnung. Schnell, zünde ein Streichholz an!«

»Welchen Sinn hat das?« Er sprach jetzt ernst, aber mit zitternder Stimme.

»Mir ist etwas eingefallen, das uns retten könnte«, antwortete ich. »Bitte zünde die Putzwolle für mich an.«

Er nickte langsam. Ich hatte ihm meine Absicht zwar nicht erklärt, wusste aber, dass er ihren Zweck erahnte. Nicht selten bewies er ein nahezu unheimliches Einfühlungsvermögen. Ungeschickt zog er ein Streichholz aus der Schachtel und zündete es an.

»Sei mutig«, sagte er. »Zeig ihnen, dass du dich nicht fürchtest. Sei kühn und mach das Zeichen.«

Als die Wolle Feuer fing, zeichnete sich die Gestalt über den Bäumen schon mit Furcht erregender Klarheit ab.

Ich hielt die brennende Putzwolle auf Schulterhöhe vor mich und zog damit rasch eine waagerechte Linie durch die Luft, von links nach rechts, dann eine senkrechte von Stirnhöhe bis Kniehöhe.

Sofort schnappte Howard sich die brennende Wolle und wiederholte das Zeichen. Er schlug zwei Kreuze, eines dicht vor ihm und eines mit ausgestrecktem Arm.

Einen Moment lang schloss ich die Augen, sah aber noch immer die Gestalt über den Bäumen. Dann verschwamm ihr Umriss, breitete sich aus und zerlief – und als ich die Augen öffnete, war sie verschwunden. Ich sah nichts mehr, außer dem brennenden Wald und den Schatten der großen Bäume.

Das Grauen war vorüber, dennoch rührte ich mich nicht. Wie aus Stein gehauen stand ich in der Barkasse und starrte über das schwarze Wasser. Dann war mir, als explodierte etwas in meinem Kopf. Mein Gehirn schien sich um die eigene Achse zu drehen, und benommen wankte ich gegen die Reling.

Gewiss wäre ich gestürzt, hätte nicht Howard mich bei den Schultern gepackt. »Wir sind gerettet!«, brüllte er. »Wir haben gesiegt!«

»Das freut mich«, antwortete ich. Doch ich war viel zu erschöpft, als dass ich mit ihm hätte jubeln können. Die Beine knickten mir weg, und der Kopf sackte mir auf die Brust. Alle Anblicke und Geräusche der Erde wurden von einer barmherzigen Dunkelheit verschluckt.

2

Als ich das Zimmer betrat, schrieb Howard gerade.

»Wie geht es mit der Geschichte voran?«, erkundigte ich mich.

Einen Moment lang ignorierte er meine Frage. Dann drehte er sich mir langsam zu und sah mich an. Er hatte Ringe unter den Augen, und sein Gesicht war erschreckend bleich.

»Nicht gut«, antwortete er schließlich. »Ich bin nicht zufrieden. Es gibt noch immer einiges Unerklärliche, das ich nicht zu fassen vermag. Es ist mir nicht gelungen, das *ganze* Grauen dieses Wesens einzufangen.«

Ich nahm Platz und zündete mir eine Zigarette an.

»Ich möchte, dass du mir dieses Grauen erklärst«, sagte ich. »Seit drei Wochen warte ich auf deine Erklärung. Ich weiß, du verbirgst etwas vor mir. Was war das feuchte, schwammähnliche Ding, das Wells im Wald auf den Kopf gefallen ist? Warum haben wir ein Brummen gehört, als wir durch den Nebel flohen? Was hatte die Gestalt zu bedeuten, die wir über den Bäumen gesehen haben? Und warum um Himmels willen hat sich dieses grauenvolle Ding nicht ausgebreitet, als wir befürchteten, dass es genau dies täte? Was hat es aufgehalten? Howard, was ist deiner Ansicht nach wirklich mit Wells Gehirn geschehen? Ist seine Leiche mit der Farm verbrannt, oder haben sie ihn ... *für sich gewollt?* Und die andere Leiche, die man im Wald gefunden hat – dieses dünne, verkohlte Etwas mit dem aufgerissenen Kopf – welche Erklärung hast du dafür?« (Zwei Tage nach dem Feuer hatte man im Wald von Mulligan ein Skelett gefunden. Einige Reste verbrannten Fleisches saßen noch an den Knochen, und die Schädeldecke des Toten fehlte.)

Es dauerte sehr lange, bis Howard wieder etwas sagte. Mit gebeugtem Kopf saß er da und spielte mit seinem Notizbuch. Er zitterte am ganzen Leib. Schließlich hob er den Blick. In seinen Augen funkelte ein wildes Licht, und seine Lippen waren aschfahl.

»Ja«, sagte er. »Wir wollen jetzt darüber sprechen. Letzte Woche wollte ich nicht. Es war mir zu schrecklich, um es in Worte zu fassen. Aber ich finde nicht eher Frieden, als bis ich das Grauen in einer Geschichte verarbeitet habe, als bis ich dieses scheußliche und unaussprechliche Wesen meinen Lesern vor Augen geführt habe und sie es selbst gespürt haben. Und ich kann nicht eher darüber schreiben, als bis ich ohne jeden Zweifel weiß, dass ich es selbst verstanden habe. Das könnte es mir leichter machen, darüber zu sprechen.

Du hast mich gefragt, was das feuchte Ding war, das Wells auf den Kopf gefallen ist. Ich glaube, es war ein menschliches Gehirn – ein menschliches Hirn, durch ein Loch aus einem Menschenschädel herausgezogen ... oder durch mehrere Löcher. Ich glaube, das Organ wurde dem Opfer *unmerklich* aus dem Schädel gezogen, und dann hat das grauenhafte Wesen es wieder zusammengesetzt. Vermutlich *benutzt* es menschliche Gehirne zu irgendetwas – etwa, um ihnen Wissen zu entziehen. Womöglich hat es auch einfach nur damit gespielt. Der verkohlte Tote mit dem Loch im Kopf? Das war die Leiche des ersten Opfers, irgendeines armen Teufels, der sich zwischen den großen Bäumen verlaufen hat. Ich vermute sogar, die Bäume haben dabei mitgewirkt. Vielleicht hat das grauenhafte Ding ihnen eine seltsame Form von Bewusstsein eingehaucht. Wie dem auch sei, der arme Kerl hat sein Gehirn verloren. Das schreckliche Wesen entnahm es ihm und spielte damit, und dann ließ es das Organ versehentlich fallen – auf Wells Kopf. Wells hat uns berichtet, er habe diesen langen, dünnen und auffallend weißen Arm gesehen, einen Arm, der nach etwas suchte, das ihm hingefallen war. Natürlich hat Wells den Arm nicht wirklich gesehen. Vielmehr war das Grauen ohne Gestalt und Farbe bereits in sein Gehirn eingedrungen und hatte sich in menschliche Gedanken gekleidet.

Und was das Brummen anbelangt, das wir gehört haben, und die Gestalt, die wir über dem brennenden Wald zu sehen glaubten: Das war das Grauen, das uns seine Präsenz spüren lassen wollte; es wollte Barrieren niederreißen, in unsere Hirne eindringen und sich in unsere Gedanken kleiden. Beinah hätte es uns erwischt. Wenn wir den weißen Arm gesehen hätten, wären wir verloren gewesen.«

Howard ging zum Fenster. Er zog die Vorhänge zurück und schaute einen Moment lang auf den überfüllten Hafen und die großen, weißen Gebäude, die sich vor dem Mond erhoben. Er blickte auf die Skyline von Lower Manhattan. Steil unter ihm ragten die Klippen der Brooklyn Heights dunkel empor.

»Warum haben sie nicht Besitz von uns ergriffen?«, rief er. »Sie hätten uns endgültig vernichten können. Sie hätten uns vom Antlitz der Erde fegen können – vor ihnen hätte nichts bestehen können, was wir erschaffen und erreicht haben.«

Ich erschauerte. »Ja ... warum hat das Grauen sich nicht ausgebreitet?«, fragte ich.

Howard zuckte die Schultern. »Ich weiß es nicht. Vielleicht haben sie entdeckt, dass das menschliche Gehirn zu trivial und absurd ist, als dass sie sich damit befassen sollten. Womöglich amüsieren wir sie nicht mehr. Möglicherweise sind sie unserer müde geworden. Aber es ist auch denkbar, dass das *Zeichen* sie vernichtete – oder dass es sie durch den Raum zurückjagte. Ich glaube, sie kamen vor Millionen von Jahren hierher und fürchteten sich vor dem Zeichen. Als sie entdeckten, dass wir nicht vergessen haben, wie man das Zeichen einsetzt, sind sie entsetzt geflohen. Inzwischen hat es bestimmt schon seit drei Wochen keine Manifestation mehr gegeben. Ich glaube, sie sind fort.«

»Und Henry Wells?«, fragte ich.

»Nun, man hat seine Leiche nicht gefunden. Ich kann mir vorstellen, dass sie ihn sich geholt haben.«

»Und du willst diese ... diese Obszönität wirklich zu einer Geschichte verarbeiten? Oh mein Gott! Die ganze Angelegenheit ist so ungeheuerlich, so beispiellos, dass ich es nicht glauben kann. Haben wir vielleicht alles nur geträumt? Waren wir wirklich in Partridgeville? Haben wir in einem alten Haus gesessen und über grässliche Dinge diskutiert, während uns der Nebel umwirbelte? Sind wir durch diesen schrecklichen Wald gelaufen? Waren die Bäume wirklich lebendig, und ist Henry Wells wirklich auf allen vieren herumgelaufen wie ein Wolf?«

Wortlos nahm Howard Platz und krempelte sich die Ärmel hoch. Er streckte mir hastig seinen dünnen Arm entgegen. »Kannst du diese Narbe hier fortdiskutieren?«, fragte er. »Das sind die Spuren der Bestie, die mich angegriffen hat – die menschliche Bestie namens Henry Wells. Ein Traum? Ich würde mir augenblicklich den Arm am Ellbogen abschneiden, wenn du mich davon überzeugen könntest, dass wir alles nur geträumt haben.«

Ich trat ans Fenster, blieb dort lange Zeit stehen und betrachtete Manhattan. *Das,* dachte ich, *ist ein wesentlicher Punkt. Es ist absurd anzunehmen, dass man es zerstören kann. Es ist absurd anzunehmen, dass das Grauen tatsächlich so schrecklich war, wie es uns in Partridgeville vorkam. Ich muss Howard überreden, nicht darüber zu schreiben. Wir müssen beide versuchen, es zu vergessen.*

Ich trat wieder zu ihm und legte ihm die Hand auf die Schulter. »Du wirst niemals von dem Gedanken ablassen, den Stoff in einer Geschichte zu verarbeiten?«, fragte ich ihn eindringlich, aber freundlich.

»Niemals!« Er erhob sich, und seine Augen blitzten. »Meinst du, ich würde jetzt aufgeben, wo ich es beinahe eingefangen habe? Ich werde eine Geschichte verfassen, und sie wird bis zum innersten Kern eines Grauens vordringen, das zwar ohne Gestalt und Substanz, aber dennoch schrecklicher ist als eine von der Pest heimgesuchte Stadt, in der Glockengeläut das Ende aller Hoffnung verkündet. Ich werde Poe übertreffen. Ich werde alle Meister übertreffen.«

»Du wirst sie übertreffen und danach verdammt sein«, erwiderte ich wütend. »Dieser Weg führt direkt zum Wahnsinn, aber es ist müßig, mit dir darüber zu streiten. Dein Egoismus ist kolossal.«

Ich kehrte ihm den Rücken zu und verließ das Zimmer mit schnellen Schritten. Als ich die Treppen hinabstieg, wurde mir bewusst, dass ich mich mit meiner Furcht zum Narren gemacht hatte, aber selbst auf dem Weg nach unten blickte ich ängstlich über die Schulter zurück, als rechnete ich damit, dass ein großer, schwerer Stein von oben herabstürzen und mich auf der Erde zermalmen würde. *Er sollte das Grauen lieber vergessen,* sann ich. *Er sollte es aus seinem Gedächtnis streichen. Wenn er darüber schreibt, verliert er den Verstand.*

Drei Tage verstrichen, ehe ich Howard wiedersah.

»Tritt ein«, sagte er mit seltsam heiserer Stimme, als ich an seine Tür klopfte.

Ich traf ihn in Morgenrock und Pantoffeln an und erkannte bei seinem Anblick gleich, dass er in Hochstimmung war.

»Es ist mir gelungen, Frank!«, rief er. »Ich habe die Gestalt ohne Form wiedergegeben, die wahre Schande, die der Menschheit noch nicht unter die Augen gekommen ist, jene kriechende, fleischlose Obszönität, die uns die Hirne aussaugt!«

Ehe ich auch nur erstaunt keuchen konnte, drückte er mir ein dickes Manuskript in die Hände.

»Lies es, Frank«, wies er mich an. »Setz dich sofort hin und lies es!«

Ich durchquerte das Zimmer und nahm auf dem Sofa am Fenster Platz. Dort saß ich nun und konzentrierte mich allein auf die mit Schreibmaschine beschriebenen Blätter. Ich muss gestehen, ich war sehr neugierig. Howards Talent hatte ich nie infrage gestellt. Mit Worten verstand er wahre Wunder zu vollbringen; der Atem des Unbekannten fegte stets über seine Seiten, und Dinge, die an der Erde vorübergezogen waren, kehrten auf sein Geheiß wieder zurück. Aber konnte er das Grauen, das wir erfahren hatten, auch nur andeuten? Konnte er das widerliche, kriechende Ding, das sich Henry Wells Gehirn geholt hatte, auch nur annähernd schildern?

Ich las seine Geschichte. Ich las sie langsam und vergrub die Finger in den Kissen, rasend vor Abscheu. Als ich die letzte Seite gelesen hatte, riss Howard mir das Manuskript aus den Händen. Offenbar fürchtete er, ich könnte es in Stücke reißen wollen.

»Was hältst du davon?«, rief er freudig erregt.

»Es ist unbeschreiblich widerlich!«, rief ich aus. »Es verletzt vertrauliche Sphären des menschlichen Geistes, die besser niemals enthüllt werden sollten.«

»Aber du räumst ein, dass ich das Grauen überzeugend wiedergegeben habe?«

Ich nickte und griff nach meinem Hut. »Du hast es so überzeugend geschildert, dass ich nicht bleiben kann, um mit dir darüber zu reden. Ich will bis zum Morgen spazieren gehen. Ich will so lange gehen, bis ich zu müde bin, um mich darum zu sorgen oder darüber nachzudenken oder mich daran zu erinnern.«

»Es ist eine großartige Geschichte!«, schrie er mir nach, doch ich stieg die Stufen hinab und verließ das Haus, ohne ihm eine Antwort zu geben.

Mitternacht war bereits vorbei, als das Telefon klingelte. Ich legte das Buch beiseite, in dem ich gerade gelesen hatte, und nahm den Hörer ab.

»Hallo, wer will mich sprechen?«, fragte ich.

»Frank, ich bin's, Howard.« Die Stimme klang merkwürdig hoch. »Komm so schnell du kannst. *Sie sind zurückgekehrt!* Und Frank, das Zeichen ist machtlos. Ich habe das Zeichen gegen sie eingesetzt, aber das Brummen wird immer lauter, und eine undeutliche Gestalt ...« Zu meinem Entsetzen wurde er immer leiser und verstummte.

Ich schrie in den Hörer: »Nur Mut! Lass dir nicht anmerken, dass du Angst vor ihnen hast! Wiederhole das Zeichen immer und immer wieder. Ich komme sofort zu dir.«

Als Howard sich wieder meldete, klang er noch heiserer als zuvor. »Ich sehe die Gestalt immer deutlicher. Und ich kann nichts tun! Frank, ich habe die Fähigkeit verloren, das Zeichen zu machen. Ich habe jedes Recht auf den Schutz des Zeichens verwirkt. Ich bin ein Priester des Teufels geworden! Diese Geschichte – ich hätte diese Geschichte niemals schreiben dürfen!«

»Zeig ihnen, dass du dich nicht fürchtest!«, rief ich.

»Ich versuch's! Ich versuch's! Oh mein Gott! Die Gestalt ist ...«

Ich wartete nicht länger. Eilig ergriff ich Hut und Mantel,

rannte die Stufen hinab und stürmte hinaus. Als ich den Bordstein erreichte, befiel mich ein Gefühl der Benommenheit. Ich hielt mich an einem Laternenpfahl fest, um nicht zu stürzen, und winkte wie verrückt nach einem vorüberfahrenden Taxi. Glücklicherweise bemerkte der Fahrer mich. Der Wagen hielt an, und ich wankte auf die Straße und kletterte hinein.

»Schnell!«, schrie ich. »Bringen Sie mich nach Brooklyn Heights Nummer zehn!«

»Ja, Sir. Kalt heute Nacht, was?«

»Kalt!«, brüllte ich. »In der Tat wird es kalt, wenn *sie* durchbrechen! In der Tat wird es kalt, wenn *sie* beginnen, die ...«

Der Fahrer starrte mich verblüfft an. »Schon gut, Sir«, sagte er. »Ich bringe Sie schon nach Hause, Sir. Brooklyn Heights, haben Sie gesagt, Sir?«

»Brooklyn Heights«, stöhnte ich und ließ mich in die Sitzpolster sinken.

Während der Wagen durch die Straßen raste, bemühte ich mich, nicht an das Grauen zu denken, das mich erwartete. Verzweifelt griff ich nach Strohhalmen. *Möglicherweise hat Howard vorübergehend den Verstand verloren. Wie kann das Grauen ihn unter Millionen von Leuten gefunden haben? Es kann nicht sein, dass* sie *nach ihm gesucht haben. Es kann nicht sein, dass sie ihn sich aus all den Menschen herausgepickt haben. Er ist zu unbedeutend – die Menschen sind überhaupt zu unbedeutend. Bestimmt wollten sie gar nicht nach menschlichen Wesen angeln. Bestimmt wollten sie nicht absichtlich ihre Netze nach Menschen auswerfen – aber sie haben sich Henry Wells ausgesucht. Und was hat Howard doch gleich gesagt? »Ich bin ein Priester des Teufels geworden.« Warum nicht* ihr *Priester? Was, wenn Howard zu ihrem Priester auf Erden geworden ist? Was, wenn seine Geschichte ihn zu ihrem Priester gemacht hat?*

Der Gedanke war für mich der reinste Albtraum, und ich

verdrängte ihn energisch. *Er wird Mut brauchen, um ihnen widerstehen zu können,* dachte ich. *Er wird ihnen zeigen, dass er sich nicht vor ihnen fürchtet.*

»Wir sind da, Sir. Soll ich Ihnen ins Haus helfen, Sir?«

Der Wagen hatte angehalten, und ich stöhnte auf, war mir doch bewusst, dass ich nun ein Gebäude betreten würde, das sich durchaus als mein Grab erweisen könnte. Ich trat auf den Bürgersteig und gab dem Fahrer all mein Kleingeld. Er starrte mich verblüfft an.

»Sie haben mir zu viel gegeben«, sagte er. »Hier, Sir ...«

Aber ich winkte ab und eilte die Treppe des Hauses hinauf. Als ich den Schlüssel ins Schloss steckte, hörte ich den Fahrer murmeln: »Das war der verrückteste Betrunkene, den ich je gesehen hab. Gibt mir vier Mäuse für die zehn Blocks und will keinen Dank oder sonst was ...«

Im unteren Flur brannte kein Licht. Am Fuß der Treppe schrie ich: »Ich bin da, Howard! Kannst du herunterkommen?«

Ich erhielt keine Antwort. Ich wartete vielleicht zehn Sekunden lang, aber aus dem Zimmer im oberen Stock drang kein Laut zu mir herab.

»Ich komme hoch!«, brüllte ich verzweifelt und stieg die Stufen empor. Ich zitterte am ganzen Leib. *Sie haben ihn geholt,* dachte ich. *Ich komme zu spät. Vielleicht hätte ich lieber nicht ... großer Gott, was war das?*

Ich stand unvorstellbare Ängste aus. Die Laute waren unmissverständlich. Ich hörte ein beredtes Flehen, und jemand schrie vor Qual auf. War das Howards Stimme, die ich da hörte? Ich schnappte einige der undeutlichen Worte auf. »Krabbeln – ah! Krabbeln – ah! Oh, habt Mitleid! Kalt und kla-ar. Krabbeln – ah! Gott im Himmel!«

Ich hatte den mittleren Treppenabsatz erreicht, und als das Gejammer zu einem heiseren Gekreisch anschwoll, fiel ich auf die Knie und machte an meinem Körper, an der Wand neben mir sowie in der Luft ... das Zeichen. Ich machte das ursprüngliche Zeichen, das uns in Mulligan Wood gerettet hatte, diesmal indes deutete ich es nur grob an, vollzog die Bewegung nicht mit Feuer, sondern mit zitternden Fingern, die zugleich an meiner Kleidung zerrten. Ich tat es ohne Mut und Hoffnung mit finsterer Miene, fest davon überzeugt, dass nichts mich würde retten können.

Und dann stand ich schnell auf und stieg die restlichen Stufen hoch. Ich betete darum, dass sie mich rasch holen würden, dass mein Leid unter den Sternen kurz wäre.

Die Tür zu Howards Zimmer war angelehnt. Es kostete mich ungeheure Überwindung, die Hand auszustrecken und den Knauf zu packen. Langsam schwang die Tür nach innen.

Einen Moment lang sah ich nur die reglose Gestalt Howards auf dem Boden. Er lag auf dem Rücken. Die Knie hatte er an die Brust gezogen und sich die Hände vors Gesicht gelegt, wobei die Handflächen nach außen wiesen, als wolle er einen unbeschreiblichen Anblick abwenden.

Als ich das Zimmer betrat, hatte ich die Augen niedergeschlagen, um nicht viel sehen zu müssen. Ich sah wenig mehr als den Boden. Ich wollte den Blick nicht heben. Aus Selbstschutz, denn ich fürchtete mich vor dem, was da anwesend war.

Ich wollte nicht aufsehen, doch waren Mächte im Raum und Kräfte am Werk, denen ich nicht zu widerstehen vermochte. Ich wusste, wenn ich aufblickte, würde das Grauen mich zerstören, aber mir blieb keine Wahl.

Langsam, qualvoll, schlug ich die Augen auf und sah mich im Zimmer um. Vermutlich wäre es besser gewesen, wenn ich mich sofort nach vorn geworfen und mich ergeben hätte. Der Anblick dieser schrecklichen, dunkel umhüllten Gestalt wird sich stets zwischen mich und die Freuden dieser Welt stellen, solange ich lebe.

Sie reichte von der Decke bis zum Boden und leuchtete in

blendendem Licht. Von den Lichtstrahlen durchdrungen, wirbelten die Blätter mit Howards Geschichte durch das Zimmer.

In der Mitte zwischen Decke und Boden tanzten sie durch die Luft, und das Licht brannte sich durch die Seiten, fiel in spiralförmiger Bahn auf den Boden und drang in das Gehirn meines armen Freundes ein. In gleichmäßigem Strom flutete ihm der Strahl in den Kopf, und über Howard stand langsam schwankend eine massige Gestalt: der Herr dieses Lichts. Ich schrie und hielt mir die Augen zu, doch noch immer bewegte sich der Herr des Lichts – hin und her, hin und her. Unablässig strömte meinem Freund das Licht ins Gehirn.

Und dann drang aus dem Mund der Gestalt ein äußerst schrecklicher Laut ... Ich hatte das Zeichen vergessen, welches ich unten dreimal gemacht hatte. Es war mir entfallen, jenes erhabene und schreckliche Mysterium, vor dem alle Eindringlinge machtlos waren. Als ich aber sah, dass sich das Zeichen nun von selbst bildete, wie es in makelloser Form und furchtbarer Reinheit über dem abwärts strömenden Licht entstand, da wusste ich, ich war gerettet.

Ich schluchzte und fiel auf die Knie. Das Licht verblasste, und sein Herr schrumpfte vor meinen Augen zusammen.

Und dann sprang von den Wänden, von der Decke, aus dem Boden eine Flamme – eine weiße und reinigende Flamme, die für immer verzehrte, verschlang und zerstörte.

Mein Freund aber war tot.

Originaltitel: *The Space-Eaters*
Erstveröffentlichung: *Weird Tales,* July 1928
Aus dem Amerikanischen von *Ruggero Leò*

Der Bewohner der Dunkelheit

VON AUGUST DERLETH

Wer das Grauen sucht, besucht fremde, ferne Stätten. Sie gehen in die Katakomben von Ptolemais und die aus Stein gemeißelten Mausoleen der Albtraumländer. Sie besteigen die mondbeschienenen Türme verfallener Rheinburgen und steigen unter den verstreut liegenden Steinen der versunkenen Städte Asiens stockenden Schrittes schwarze, von Spinnweben verhangene Treppen hinab. Der Spukwald und der unwirtliche Berg sind ihre Heiligtümer, und auf unbewohnten Inseln verweilen sie an unheimlichen Monolithen. Der wahre Kenner des Schrecklichen aber, für den der frische Nervenkitzel unaussprechlicher Grausigkeit den Kernpunkt und die Rechtfertigung seines Daseins bildet, schätzt am meisten die alten, einsamen Bauernhäuser in abgelegenen Landstrichen; denn dort vereinen die dunklen Elemente der Kraft, der Einsamkeit, des Grotesken und der Unwissenheit sich zum Gipfel des Grauens.

H. P. LOVECRAFT

1

Wäre noch vor kurzem ein Reisender auf dem Weg nach Pashepaho durch den mittleren Norden Wisconsins gefahren und an der Einmündung des Brule River Highway und des Chequamegon Pike der linken Abzweigung gefolgt, so hätte er sich in einem Landstrich solcher Ursprünglichkeit wiedergefunden, dass er ihn für fast völlig unberührt hätte halten müssen. Und wäre besagter Reisende der kaum benutzten Straße gefolgt, so wäre er von Zeit zu Zeit an verfallenen Hütten vorbeigekommen, in denen einmal Menschen gelebt haben mussten und die der unaufhaltsame Wald vor langer Zeit schon wieder als sein Eigen zurückgefordert hatte. Das Land ist keineswegs unwirtlich, die Pflanzen wuchern hier üppig, doch über den ausgedehnten Wiesen schwebt ein schwer fassbares Fludium des Abseitigen, das den Geist auf unheildrohende Weise bedrückt. Selbst den unbeschwertesten Reisenden befällt diese Stimmung rasch, denn die Straße wird immer unwegsamer und verliert sich schließlich kurz vor einer verlassenen Hütte, die am Rande eines klaren, blauen Sees steht. Umsäumt ist der See von jahrhundertealten Bäumen, die ewig vor sich hin brüten, und des Nachts ist nichts zu hören außer den Rufen der Eulen, der Ziegenmelker, der unheimlichen Seetaucher und der Stimme des Windes in den Bäumen – aber ist es wirklich immer die Stimme des Windes? Wer kann schon sagen, ob der abgebrochene Zweig dort wirklich auf ein Tier hindeutet, das am Busch vorbeistreifte, und nicht auf ein anderes, dem Menschen unbekanntes Geschöpf?

Denn lange, bevor ich den Wald rings um die verlassene Hütte am Rick's Lake kennen lernte, stand er schon in einem merkwürdigen Ruf, der so manche gleichklingende Geschichte übertraf, die sich um ähnliche, ursprüngliche Gegenden rankt. Man hörte seltsame Gerüchte, *etwas* lebe in den Tiefen des dunklen Waldes – keineswegs das übliche wilde Getuschel über Gespenster, sondern Gerüchte über ein Wesen, halb Tier, halb Mensch. Die Einheimischen, die am Rand dieser Gegend hausten, sprachen mit Furcht von der Kreatur, und die einheimischen Indianer, die gelegentlich nach Süden kamen, antworteten auf die Fragen nach diesem Geschöpf nur mit eigensinnigem Kopfschütteln. Der Wald besaß einen schlechten Ruf – einen *ausnahmslos* schlechten Ruf –, und bereits vor der Jahrhundertwende blickte er auf eine Geschichte zurück, die selbst den unerschrockensten Abenteurer im Schritt verharren ließ.

Erstmals schriftlich erwähnt wird der Wald in den Aufzeichnungen eines Missionars, der den Landstrich durchreiste, um einem Indianerstamm aus dem Norden zu Hilfe zu eilen; wie der Chequamegon-Bay-Mission gemeldet worden war, rang besagter Stamm mit dem Hunger. Bruder Piregard verschwand, aber die Indianer lieferten hinterher seine persönlichen Gegenstände ab, die man sorgsam aufbewahrt hatte – eine Sandale, seinen Rosenkranz und ein Gebetbuch, in das er einige kuriose Worte geschrieben hatte: »Ich bin überzeugt, dass mich etwas verfolgt. Anfangs dachte ich, es sei ein Bär, inzwischen aber muss ich annehmen, dass dieses Geschöpf weit, weit grässlicher ist als alles von dieser Welt. Die Dunkelheit bricht ein, und ich glaube, ich befinde mich in leicht derilantem Zustande, höre ich doch merkwürdige Musik und andere seltsame Laute, die wohl keinesfalls natürlichen Ursprungs sind. Überdies bilde ich mir ein, gewaltige Schritte zu hören, unter denen die Erde erzittert, und mehrmals bin ich auf sehr große Fußabdrücke gestoßen, die in ihrer Form variieren ...«

Die zweite schriftliche Erwähnung ist weitaus unheimlicher. Als Big Bob Hiller, einer der habgierigsten Holzbarone des gesamten mittleren Westens, Mitte des letzten Jahrhunderts in die Gegend von Rick's Lake vordrang, zeigte er sich sehr beeindruckt von den Kiefernbeständen nahe des Sees, und obgleich ihm das Land nicht gehörte, folgte er der üblichen Vorgehensweise seiner Zunft: Er schickte einige seiner Leute von einem angrenzenden Stück Land in das Gebiet, und sollte ihn jemand zur Rechenschaft ziehen, beabsichtigte er mit der Entschuldigung aufzuwarten, er wisse nicht genau, wo seine Grenze verlaufe. Dreizehn Männer kehrten von ihrem ersten Arbeitstag am Rand des Waldes um den Rick's Lake nicht zurück; zwei der Leichen wurden niemals entdeckt; vier fand man – unfassbar! – im See, einige Meilen von der Stelle entfernt, wo sie Holz gefällt hatten; auf die anderen stieß man an verschiedenen Stellen im Wald. Hiller glaubte, ein Konkurrent habe ihm den Krieg erklärt. Zum Schein entließ er seine Leute, um den unbekannten Gegner irrezuführen, befahl sie jedoch gleich wieder zu sich zurück und schickte sie neuerlich in der verbotenen Region an die Arbeit. Nachdem er weitere fünf Männer verloren hatte, gab Hiller auf, und in der Folgezeit blieb der Wald unberührt, abgesehen von wenigen Siedlern, die in der Region Land für sich beanspruchten und sich darauf niederließen.

Ohne Ausnahme zogen die Leute innerhalb kurzer Zeit wieder fort. Über ihre Beweggründe sagten sie wenig, deuteten aber umso mehr an. Gleichwohl übten ihre Anspielungen eine solche Wirkung auf die Zuhörer aus, dass man die Siedler bald zwang, auf jegliche weitere Erklärung zu verzichten; ihre unglaublichen Geschichten waren mit Andeutungen auf etwas gespickt, das zu schrecklich für jede Beschreibung sei, Andeutungen eines uralten Bösen, das bereits vor allem existiert habe, was sich selbst der gelehrteste Archäologe hätte träumen lassen. Nur einer dieser Siedler verschwand auf geheimnisvolle Weise, und nie wieder fand man eine Spur von ihm. Die anderen konnten den Wald lebendig wieder verlassen und verloren sich im Laufe der Zeit irgendwo zwischen den Völkerscharen der Vereinigten Staaten – alle bis auf ein Halbblut, das unter dem Namen Old Peter bekannt und von der Vorstellung besessen war, es gebe eine Erzlagerstätte in unmittelbarer Nähe der Wälder. Gelegentlich schlug Old Peter sein Lager am Waldrand auf, achtete jedoch sorgsam darauf, nie in den Wald vorzudringen.

Es war unausweichlich, dass die Legenden um Rick's Lake schließlich die Aufmerksamkeit Professor Upton Gardners von der State University erregten. Er hatte bereits Sammlungen von Erzählungen über Paul Bunyan, Whiskey

Jack und den Hodag vorgelegt und arbeitete gerade an einer Kompilation ortsbezogener Legenden, als er erstmals auf die wundersamen, halb vergessenen Geschichten über die Region von Rick's Lake stieß. Wie ich hinterher erfuhr, begegnete der Professor diesen Geschichten anfänglich nur mit beiläufigem Interesse, gibt es doch zuhauf abgelegene Stellen, um die sich Legenden rankten, und nichts deutete darauf hin, dass den Erzählungen über Rick's Lake mehr zugrunde liegen könnte als anderen. Gewiss, mit den üblichen Legenden besaßen sie keine Ähnlichkeit – zumindest nicht im strengen Sinne des Wortes. Denn während sich gewöhnliche Sagen mit Geistererscheinungen von Menschen und Tieren befassen, mit verlorenen Schätzen, Stammesglauben und dergleichen, handelten die Erzählungen über Rick's Lake ausschließlich von absurden Geschöpfen – oder von »einer Kreatur« –, denn noch niemand hatte je berichtet, mehr als eines dieser Wesen gesehen zu haben, nicht einmal vage in der Dunkelheit des Waldes. In den Legenden wurde das Geschöpf als halb Mensch, halb Bestie beschrieben, aber stets wies der jeweilige Erzähler darauf hin, diese Darstellung sei insofern unzulänglich, als dass sie seiner Vorstellung von dem, was dort nahe des Sees lauerte, nicht gerecht werde. Dennoch hätte Professor Gardner vermutlich nicht mehr getan, als diese Legenden wie gehört seiner Sammlung hinzuzufügen – wären jene Berichte nicht gewesen, die anscheinend keinen Zusammenhang mit den Geschichten aufwiesen, jedoch zwei wundersame Tatsachen offenbarten – denen sich dank einer zufälligen Entdeckung eine dritte anschloss.

Die ersten beiden Tatsachen entnahm Gardner zwei Zeitungsartikeln, die mit einer Woche Abstand zueinander in Wisconsin erschienen waren. Der erste war ein kurzer, halb humoristischer Bericht mit der Überschrift SEESCHLANGE IM WISCONSIN LAKE? und lautete wie folgt: »Der Pilot Joseph X. Castleton, der gestern einen Testflug über Nord-Wisconsin absolvierte, berichtete von einem großen Tier, das gestern Nacht in einem Waldsee nahe Chequamegon gebadet habe. Castleton war in einen Gewitterschauer geraten und in niedriger Höhe geflogen, als er, in der Absicht, seine Position zu bestimmen, im Licht aufzuckender Blitze nach unten blickte und ein anscheinend sehr großes Tier sah, das den Fluten eines Sees entstieg und im Wald verschwand. Der Pilot schmückte seine Geschichte mit keinerlei Details aus, behauptet aber, bei der von ihm beobachteten Kreatur habe es sich nicht um das Ungeheuer vom Loch Ness gehandelt.« Der zweite Artikel berichtete von der völlig unfassbaren Entdeckung der Leiche Bruder Piregards, die gut erhalten im hohlen Stamm eines Baumes am Brule River gefunden worden war. Zunächst hielt man den Toten für ein verschollenes Mitglied der Marquette-Joliet-Expedition, doch rasch identifizierte man ihn. Dem Bericht war ein kühl formulierter Kommentar des Präsidenten der State Historical Society angefügt, der den Fund als Zeitungsente abtat.

Bei der dritten Tatsache, die Professor Gardner entdeckte, handelte es sich schlicht um den Umstand, dass einem seiner alten Freunde nicht nur die verlassene Hütte am Rick's Lake gehörte, sondern auch noch ein Großteil des an den See angrenzenden Landes.

Diese drei Umstände setzten unausweichlich die nächsten Ereignisse in Gang. Professor Gardner brachte die beiden Zeitungsartikel auf der Stelle mit den Geschichten um Rick's Lake in Verbindung. Das allein hätte ihn möglicherweise noch nicht dazu bewegt, die schiere Masse an Legenden, von denen es in Wisconsin wimmelte, vorübergehend aus seiner Forschungsarbeit auszuklammern, um sich der Untersuchung einer besonders ungewöhnlichen Geschichte widmen zu können. Das Auftauchen von etwas sogar noch Erstaunlicherem aber veranlasste ihn, eiligst den Besitzer der verlassenen Hütte aufzusuchen und ihn um Erlaubnis zu fragen, im Namen der Wissenschaft dort einziehen zu dürfen. Der Mann, der ihn zu dieser Tat veranlasste, war kein Geringerer als der Direktor des staatlichen Museums; eines späten Abends bat er den Professor in sein Büro, um ihm ein neues, eben erst eingetroffenes Ausstellungsstück zu zeigen. Gardner kam der Bitte in Begleitung seines Assistenten Laird Dorgan nach, und Laird wiederum war es, der sich an mich wendete.

Allerdings kam er erst zu mir, nachdem Professor Gardner verschwunden war.

Denn er verschwand tatsächlich; während der ersten drei Monate schickte er noch sporadisch Berichte über seine Arbeit am Rick's Lake in die Stadt, danach aber wurde es völlig still um die Hütte, und nichts weiter ward von Professor Upton Gardner gehört.

Laird suchte mich eines späten Oktoberabends in meinem Zimmer im Universitätsclub auf; seine sonst so offen blickenden Augen wirkten trüb, seine Lippen zusammengepresst, die Stirn gefurcht, und auch sonst verrieten alle Anzeichen, dass er sich in einem Zustand mäßiger Erregung befand, der nicht auf Alkoholgenuss zurückzuführen war. Ich nahm an, er arbeite zu hart; die ersten Semesterabschlussprüfungen lagen noch nicht lange zurück, und Laird nahm Prüfungen für gewöhnlich sehr ernst – schon als Student war er so gewesen, und nun als Dozent der Universität von Wisconsin ging er doppelt gewissenhaft an sie heran.

Dennoch war sein Zustand nicht auf Überarbeitung zurückzuführen. Professor Gardner wurde nun seit beinahe einem Monat vermisst, und dieser Umstand war es, der Laird unablässig beschäftigte. Er teilte es mir in etwa denselben Worten mit und fügte hinzu: »Jack, ich muss dort hinauffahren und sehen, was ich für ihn tun kann.«

»Wenn der Sheriff und der Suchtrupp nichts gefunden haben, was kannst du da schon tun?«, fragte ich.

»Zum einen weiß ich mehr als sie.«

»Wenn dem so ist, warum hast du sie nicht an deinem Wissen teilhaben lassen?«

»Weil ich ihnen nichts hätte sagen können, was sie sonderlich interessiert hätte.«

»Legenden?«

»Nein.«

Er blickte mich forschend an, als frage er sich, ob er mir trauen könne. Plötzlich war ich der Überzeugung, dass ihm etwas, das er wusste, schweres Kopfzerbrechen bereitete; zugleich beschlichen mich sowohl eine höchst seltsame Vorahnung als auch das Gefühl, auf der Hut sein zu müssen – eine emotionale Regung, die ich in dieser Intensität noch nie empfunden hatte. Unversehens war der gesamte Raum spannungsgeladen, und die Luft schien zu knistern.

»Wenn ich dort hinauffahre – glaubst du, du könntest mich begleiten?«

»Ich denke, das ließe sich einrichten.«

»Gut.« Er schritt mehrmals durchs Zimmer und taxierte mich von Zeit zu Zeit mit einem nachdenklichen Blick. Noch immer las ich ihm die Unsicherheit und Unentschlossenheit von den Augen ab.

»Nun nimm erst mal Platz, Laird, und beruhige dich. Es tut deinen Nerven nicht gut, wenn du dich hier aufführst wie der Löwe im Käfig.«

Er befolgte meinen Rat, nahm Platz, barg das Gesicht in den Händen und erschauerte. Einen Moment lang ängstigte ich mich um ihn, doch nach einigen Sekunden löste sich seine Anspannung wieder. Er lehnte sich zurück und zündete sich eine Zigarette an.

»Kennst du die Legenden über Rick's Lake, Jack?«

Ich versicherte ihm, sie seien mir ebenso bekannt wie die Geschichte der dortigen Gegend, von ihren Anfängen bis zur Gegenwart – sofern es Aufzeichnungen darüber gab.

»Und die Geschichten aus den Zeitungen, von denen ich dir erzählt habe ...?«

Die Artikel seien mir ebenfalls bekannt, sagte ich. Ich erinnerte mich deswegen an sie, weil Laird mir von der Wirkung berichtet hatte, die sie auf seinen Dienstherren ausübten.

»Der zweite Artikel, der über Bruder Piregard!«, setzte er an, stockte und verfiel in Schweigen. Dann aber atmete er tief durch und begann noch einmal: »Du weißt, Gardner und ich haben vergangenen Frühling den Museumsdirektor eines Abends aufgesucht.«

»Ja, damals war ich im Osten.«

»Natürlich. Also, wir sind zu ihm gegangen. Der Direktor wollte uns etwas zeigen. Was glaubst du, worum es sich gehandelt hat?«

»Keine Ahnung. Was war es?«

»Die Leiche im Baumstamm!«

»Nein!«

»Das hat uns sehr schockiert. Dort lag sie nun, in dem hohlen Stamm und mit allem Drum und Dran, genauso, wie man sie gefunden hatte. Sie war zum Museum gebracht worden, weil man sie hier ausstellen wollte. Dazu kam es natürlich nie – aus einem sehr guten Grund. Als Gardner sie sah, hielt er sie für eine Wachsfigur. Aber es war keine.«

»Du meinst, es war die *echte* Leiche?«

Laird nickte. »Ich weiß, es ist unglaublich.«

»Das ist einfach unmöglich.«

»Nun ja, kann es auch immer noch nicht glauben. Aber so war es. Deshalb wurde sie nicht ausgestellt – man barg sie nur aus dem Stamm und begrub sie.«

»Ich kann dir nicht ganz folgen.«

Er beugte sich vor und sagte sehr ernst: »Weil die Leiche bei ihrer Ankunft ganz den Eindruck erweckte, als sei sie vollständig erhalten, wie durch einen natürlichen Konservierungsprozess. Aber dem war nicht so. Sie war gefroren. Im Laufe der Nacht begann sie aufzutauen. Und wir fanden Hinweise, dass Bruder Piregard nicht seit drei Jahrhunderten tot war, wie es den historischen Fakten zufolge hätte sein müssen. Die Leiche zerfiel auf ein Dutzend verschiedene Arten – aber nicht zu Staub, nein, nichts dergleichen. Gardner schätzte, dass Piregard noch keine fünf Jahre tot sein könne. Wo aber war er in der Zwischenzeit gewesen?«

Laird war recht aufrichtig. Anfangs wollte ich ihm die Geschichte nicht glauben. Doch der gewisse, beunruhigende Ernst, den er verströmte, verbot mir jede Leichtfertigkeit. Hätte ich seine Geschichte als Witz abgetan – wozu ich sehr neigte –, er wäre vom einen Augenblick zum anderen verstummt und aus dem Raum stolziert, um die Angelegenheit im Stillen zu überdenken. Und Gott allein weiß, welchen Schaden er sich selbst zugefügt hätte. Eine kurze Weile lang sagte ich kein Wort.

»Du glaubst mir nicht.«

»Das habe ich nicht gesagt.«

»Ich kann es spüren.«

»Nein. Die Geschichte ist wirklich schwer zu fassen. Sagen wir, ich glaube an deine Aufrichtigkeit.«

»Damit muss ich mich wohl zufrieden geben«, entgegnete er grimmig. »Ist dein Glaube an mich denn groß genug, dass du mich zur Hütte begleiten würdest, um mit mir herauszufinden, was dort geschehen ist?«

»Ja.«

»Aber ich finde, du solltest zuvor diese Exzerpte aus Gardners Briefen lesen.« Wie er sie mir auf den Schreibtisch legte, erweckte er fast den Eindruck, als wolle er mich herausfordern. Laird hatte die Auszüge auf einen einzigen Bogen Schreibpapier übertragen, und während ich ihn aufnahm, redete er eilig weiter, erklärte mir, das es sich um Auszüge von Briefen handele, die Gardner in der Hütte am See geschrieben hatte. Als er mit seiner Erklärung fertig war, wandte ich mich den Exzerpten zu und begann zu lesen.

Ich kann nicht leugnen, dass die Hütte, der See, sogar der Wald von einer Aura des Bösen, einer gefahrvollen Stimmung umgeben sind – nein, es ist mehr als das, Laird; ach, könnte ich es doch nur erklären, aber meine Stärke ist die Archäologie, nicht die Phantasie. Und es bedürfte einiger Phantasie, um der Emotion gerecht zu werden, die ich empfinde ... Ja, mitunter habe ich das Gefühl, dass jemand oder etwas mich aus dem Wald oder vom See her beobachtet – jemand, etwas: Es scheint keinen Unterschied zu machen, jedenfalls keinen, den ich begriffe (was ich zu gern täte), und während mich diese Tatsache nicht beunruhigt, stimmt sie mich doch sehr nachdenklich. Gestern konnte ich Kontakt mit Old Peter aufnehmen, dem Halbblut. Das Feuerwasser schien ihm ein wenig zu Kopf gestiegen zu sein, doch als ich die Hütte und den Wald erwähnte, zog er sich in sich selbst zurück wie eine Muschel in ihre Schale. Immerhin hat er einen Namen für dieses Etwas: Er nannte es den Wendigo – du bist mit der Legende vertraut, die eigentlich aus dem frankokanadischen Raum stammt.

Das war der erste Brief, verfasst etwa eine Woche nachdem Gardner in der verlassenen Hütte am Rick's Lake angekommen war. Der zweite war ausgesprochen kurz und als Eilbrief zugestellt worden.

Würdest du dich bitte telegrafisch bei der Miskatonic University zu Arkham, Massachusetts, erkundigen, ob man dort zu Studienzwecken die Ablichtung eines Buches beschaffen kann, das den Titel Necronomicon trägt und von einem arabischen Verfasser stammt, der sich selbst Abdul Alhazred nennt? Frage auch nach den Pnakotischen Manuskripten und dem Buch des Eibon, und stelle fest, ob du über einen der örtlichen Buchläden eine Ausgabe von The Outsider and Others von H. P. Lovecraft beziehen kannst, das letztes Jahr bei Arkham House veröffentlicht wurde. Ich glaube, diese Bücher könnten sowohl individuell als auch kollektiv bei der Ergründung dessen helfen, was diesen Wald hier heimsucht. Denn etwas ist zweifellos hier; täusche dich in diesem Punkt nicht; ich bin davon überzeugt, und wenn ich dir sage: Ich glaube, es lebt nicht seit Jahren hier, sondern seit Jahrhunderten – und war vielleicht sogar schon vor der Menschheit hier –, verstehst du sicher, dass ich womöglich an der Schwelle großer Entdeckungen stehe.

So bestürzend dieser Brief auch war, der dritte übertraf ihn noch. Ein Zeitraum von vierzehn Tagen lag zwischen dem zweiten und dritten Brief, und ganz offensichtlich war etwas vorgefallen, das Professor Gardner völlig die Fassung geraubt hatte; sein drittes Schreiben war nämlich geprägt von einem Unterton, der von seiner großen Beunruhigung kündete – die selbst in dem ausgewählten Exzerpt noch durchschimmerte.

Alles ist böse hier... Ich weiß nicht, ob es die Schwarze Ziege mit den Tausend Jungen ist oder der Gesichtslose und/oder etwas anderes, das auf dem Wind reitet. Um Himmels willen ... diese verfluchten Fragmente! ... Auch im See ist etwas, und diese Geräusche in der Nacht! Wie still zuvor, und dann plötzlich diese schrecklichen Flöten, dieses wässrige Heulen! Kein Vogel, kein Tier ist zu hören, nur diese grässlichen Geräusche! Und die Stimmen! ... Oder ist es nur ein Traum? Höre ich etwa nur meine eigene Stimme im Dunkeln?

Nachdem ich diese Exzerpte gelesen hatte, war ich unglaublich erschüttert. Zwischen den Zeilen von Professor Gardners

Schreiben verbargen sich Andeutungen auf etwas Schreckliches, zeitlos Böses, und ich hatte das Gefühl, dass sich mir und Laird Dorgan ein Abenteuer eröffnete – eines von so unglaublicher, bizarrer und unvorstellbar gefährlicher Natur, dass wir womöglich nicht zurückkehren würden, um davon zu berichten. Doch selbst wenn wir zurückkehren sollten: Unterschwellig zweifelte ich daran, dass wir auch nur ein Wort über das verlieren würden, was wir am Rick's Lake fänden.

»Und?«, fragte Laird ungeduldig.

»Ich komme mit.«

»Gut! Alles ist vorbereitet. Ich habe sogar ein Diktaphon mit genügend Batterien dabei. Ich habe arrangiert, dass der Bezirkssheriff Gardners Notizen wieder nach Pashepaho bringt und alles so lässt, wie es vorgefunden wurde.«

»Ein Diktaphon?«, unterbrach ich ihn. »Wozu das?«

»Diese Geräusche, von denen er geschrieben hat – wir können das ein für alle Mal klären. Wenn man sie tatsächlich hören kann, zeichnet das Diktaphon sie auf; entspringen sie aber lediglich unserer Einbildung, wird es sie nicht aufnehmen.« Er stockte. In seinen Augen lag großer Ernst. »Weißt du, Jack, wir kehren vielleicht nicht wieder zurück.«

»Ich weiß.«

Ich verschwieg ihm, was ich über unser Unterfangen dachte, denn ich wusste, Laird empfand ebenso: Wir glichen zwei zwergengleichen Davids, die einem Gegner größer als Goliath entgegentreten wollten, einem sowohl unsichtbaren als auch unbekannten Widersacher, der keinen Namen trug und sich in Legenden und Angst hüllte; ein Bewohner nicht nur der Dunkelheit des Waldes, sondern jener tieferen Dunkelheit, die der Mensch zu ergründen sucht, seit er zu denken vermag.

2

Sheriff Cowan wartete vor der Hütte, als wir ankamen, und Old Peter stand neben ihm. Der Sheriff war ein großer, finsterer Kerl, augenscheinlich ein typischer Yankee. Obwohl seine Familie bereits in der vierten Generation in der Gegend lebte, sprach er mit näselndem Akzent, der zweifellos von einer Generation an die nächste weitergegeben worden war. Das Halbblut war ein dunkelhäutiger, ungepflegter Bursche; zumeist gab er sich wortkarg, ab und an aber griente oder kicherte er, als amüsiere er sich über einen geheimen Witz.

»Ich hab 'n paar Expressbriefe mitgebracht, die vor einiger Zeit für den Professor angekommen sind«, sagte der Sheriff. »Einer von ihnen ist von irgendwo in Massachusetts verschickt worden, und der andere von unten bei Madison. Ich hatte nicht den Eindruck, dass ich sie zurückschicken müsste. Daher hab ich sie zusammen mit den Schlüsseln mitgebracht. Weiß nicht, was Sie hier noch finden wollen. Mein Suchtrupp und ich haben in großem Umkreis die Wälder durchsucht und nichts entdeckt.«

»Du verrätst ihnen nicht die ganze Wahrheit«, warf das Halbblut grinsend ein.

»Mehr gibt's nicht zu sagen.«

»Was ist mit dem Relief?«

Gereizt zuckte der Sheriff die Achseln. »Verdammt, Peter, das hat nichts mit dem Verschwinden des Professors zu tun.«

»Er hat doch 'ne Zeichnung davon gemacht, oder?«

Auf diese Weise unter Druck gesetzt, gestand der Sheriff ein, dass zwei Mitglieder seines Suchtrupps inmitten des Waldes über eine große Platte oder einen großen Felsblock gestolpert seien; der Stein sei moosbedeckt und von Pflanzen überwuchert gewesen, doch habe man auf seiner Oberfläche eine merkwürdige Gravur erkennen können, eine bildliche Darstellung, augenfällig so alt wie der Wald selbst – möglicherweise das Werk eines jener primitiven Indianerstämme, die bekanntlich einst im Norden Wisconsins gelebt hatten, bevor die Sioux und Winnebago ...

Old Peter grunzte verächtlich. »Kein indianisches Bild.«

Der Sheriff winkte ab und fuhr fort. Die Gravur stelle eine Art Geschöpf dar, aber niemand könne sagen, was für eines; gewiss sei es kein Mensch, doch schien es auch kein Fell zu besitzen wie ein wildes Tier. Darüber hinaus habe der Künstler vergessen, das Wesen mit einem Gesicht zu versehen.

»Und neben ihm war'n noch zwei andere Viecher«, bemerkte das Halbblut.

»Beachten Sie ihn nicht«, meinte der Sheriff.

»Was denn für ... Viecher?«, erkundigte sich Laird.

»Viecher eben«, erwiderte das Halbblut kichernd. »He, he! Man kann's nicht anders beschreiben – 's war'n keine Menschen und keine Tiere, sondern eben Viecher.«

Cowan war verärgert. Unvermittelt wurde er barsch und befahl dem Halbblut, den Mund zu halten. Dann wandte er sich wieder uns zu und sagte, wir könnten ihn in seinem Büro in Pashepaho erreichen, falls wir ihn bräuchten. Indes erklärte er uns nicht, wie wir mit ihm Kontakt aufnehmen sollten, gab es doch kein Telefon in der Hütte, aber offenbar hielt er nicht viel von den Legenden um das Gebiet, in das er mit solcher Entschlossenheit vorgedrungen war. Das Halbblut behandelte uns mit nahezu unerschütterlicher Gleichgültigkeit, die nur ab und an von seinem verstohlenen Grinsen durchbrochen wurde, und mit den dunklen Augen musterte er überaus neugierig und nachdenklich unser Gepäck. Laird sah ihm gelegentlich in die Augen, und jedes Mal wandte Old Peter träge den Blick ab. Der Sheriff fuhr mit seiner Zusammenfassung fort; die Notizen und Zeichnungen des Vermissten lägen noch da, wo er sie gefunden habe: auf dem Schreibtisch im großen Raum, der beinahe das gesamte Untergeschoss der Hütte einnahm. Die Notizen seien Eigentum des Bundesstaates Wisconsin und müssten wieder im Büro des Sheriffs abgegeben werden, sobald wir sie nicht mehr bräuchten. Auf der Schwelle wandte er sich noch einmal um und meinte boshaft, er hoffe, wir wollten nicht zu lange bleiben. »Auch wenn ich nichts auf all das verrückte Geschwätz gebe: 's war einfach nicht allzu gesund für einige Leute, die hergekommen sind.«

»Das Halbblut weiß etwas oder hegt einen Verdacht«, meinte Laird zu mir, sobald wir allein waren. »Wir müssen einmal mit ihm sprechen, wenn der Sheriff nicht dabei ist.«

»Hat Gardner nicht geschrieben, Old Peter sei sehr verschlossen, wenn es um konkrete Informationen ginge?«

»Ja, aber er hat auch angedeutet, wie man dieses Problem lösen kann: mit Feuerwasser.«

Wir gingen ans Werk und richteten uns in der Hütte ein, deponierten unsere Vorräte, bauten das Diktaphon auf und richteten uns auf einen Aufenthalt von mindestens vierzehn Tagen ein; unsere Vorräte würden für diesen Zeitraum ausreichen, und falls wir länger bleiben müssten, könnten wir jederzeit nach Pashepaho fahren, um mehr Lebensmittel zu kaufen. Überdies hatte Laird zwei Dutzend Diktaphonzylinder dabei, sodass uns für eine unbegrenzte Zeit genügend davon zur Verfügung standen, zumal wir die Aufzeichnung nur dann starten wollten, wenn wir beide zu Bett gingen. Dieser Fall indes würde nicht oft eintreten, hatten wir doch beschlossen, dass einer von uns stets Wache halten würde, während der andere sich ausruhte – ein Arrangement, das wir, wie wir wussten, auf Dauer wohl kaum reibungslos würden durchhalten können ... doch gerade deswegen hatten wir ja die Maschine dabei. Erst nachdem wir unsere Habseligkeiten verstaut hatten, wandten wir uns den Dingen zu, die der Sheriff mitgebracht hatte, und in der Zwischenzeit erhielten wir reichlich Gelegenheit, uns der ringsum deutlich wahrnehmbaren Atmosphäre bewusst zu werden.

Denn es entsprang nicht unserer Einbildung, dass eine seltsame Stimmung sowohl über der Hütte als auch deren Umgebung lag. Nicht nur die lastende, beinahe schon unheilvolle Stille, nicht nur die hohen Kiefern, welche die Hütte umstanden, nicht nur die blauschwarzen Fluten des Sees, sondern etwas weitaus Umfassenderes: eine lautlose, fast bedrohliche Atmosphäre des Wartens, eine Art Unheil verkündender, unterschwelliger Gewissheit, wie ein am Himmel kreisender Falke sie wohl verspürt, der weiß, dass die unter ihm befindliche Beute seinen Klauen nicht entgehen wird. Und diese Stimmung war auch kein flüchtiger Eindruck, denn sie war beinah vom ersten Moment an offenbar und wuchs mit sicherer Stetigkeit im Laufe der Stunde, während deren wir uns einrichteten; sie war derart deutlich zu spüren, dass Laird sogar eine Bemerkung über sie machte, als habe er sie schon längst akzeptiert und wisse, dass ich dies ebenfalls getan hatte! Dennoch gab es nichts Konkretes, an dem wir diese Stimmung hätten festmachen können. Im Norden Wisconsins und Minnesotas gibt es Tausende von Seen wie Rick's Lake, und während viele von ihnen nicht in Waldgebieten liegen, sind jene, die es doch tun, Rick's Lake äußerlich recht ähnlich; in ihrer Erscheinung trug die Umgebung also durch nichts zu dem lastenden Gefühl des Grauens bei, das von außen auf uns einzuströmen schien. Tatsächlich bewirkte der Anblick eher das Gegenteil: Die Nachmittagssonne verlieh der alten Hütte, dem See und den hohen Bäumen ringsum eine Ausstrahlung der Abgeschiedenheit – eine Ausstrahlung, die in starkem Kontrast stand zu dem unfassbaren Fludium des Bösen und deren Grässlichkeit so umso mehr betonte. Der Duft der Kiefern und der Geruch frischen Wassers verstärkte die unfassbare, bedrohliche Stimmung zusätzlich.

Schließlich wandten wir uns den Unterlagen zu, die der Sheriff auf Professor Gardners Schreibtisch gelegt hatte. Die Eilzustellungen enthielten, wie zu erwarten, eine Ausgabe von H. P. Lovecrafts *The Outsider and Others,* die der Verlag dem

Professor geschickt hatte, und Ablichtungen von Manuskripten und gedruckten Seiten aus dem *R'yleh-Text* und Ludvig Prinns *De Vermis Mysteriis.* Offenbar hatten diese Schriftstücke die früheren Unterlagen ergänzen sollen, die der Bibliothekar der Miskatonic University dem Professor hatte zukommen lassen, denn bei dem Material, dass der Sheriff wieder zur Hütte gebracht hatte, fanden wir gewisse Seiten aus dem *Necronomicon* in der Übersetzung des Olaus Wormius und ebenfalls Seiten aus den *Pnakotischen Manuskripten.* Aber es waren nicht diese – für uns größtenteils unverständlichen – Zeilen, die unsere Aufmerksamkeit auf sich zogen. Vielmehr bannten uns die fragmentarischen Notizen, die Professor Gardner selbst hinterlassen hatte.

Es war recht augenscheinlich, dass er nicht genug Zeit gehabt hatte, um mehr aufzuschreiben als jene Fragen und Gedanken, die gerade ihm in den Sinn kamen. Und obgleich er die Notizen offenbar nicht überarbeitet hatte, umgab seine Worte doch eine gewisse schreckliche Zweideutigkeit, die kolossale Ausmaße annahm, als offenbar wurde, was er alles nicht niedergelegt hatte.

»Ist die Steinplatte a) nur ein altes Bruchstück oder b) ein Zeichen, vergleichbar mit einem Grabstein, oder c) ein Fixpunkt für Ihn? Falls Letzteres zutrifft – orientiert Er sich dann von draußen daran? Oder von unten? (NB: Nichts weist darauf hin, dass es gestört wurde.)

Cthulhu oder Kthulhut. Im Rick's Lake? Unterirdischer Zufluss zum Oberen See und durch den Sankt-Lorenz-Strom zum Meer? (NB: Abgesehen von der Geschichte des Fliegers kein Hinweis, dass das Geschöpf irgendetwas mit dem Wasser zu tun hat. Vielleicht keines der Wasserwesen.)

Hastur. Manifestationen aber scheinbar auch nicht auf Luftwesen zurückzuführen.

Yog-Sothoth. Gewiss aus der Erde – aber er ist nicht der ›Bewohner der Dunkelheit‹. (NB: Das Wesen, was immer es ist, muss den Erd-Gottheiten zuzuordnen sein, auch wenn es durch Zeit und Raum reist. Es könnte sich möglicherweise um mehr als nur ein Wesen handeln, von denen nur das Erdwesen gelegentlich zu sehen ist. Vielleicht Ithaqua?)

›Bewohner der Dunkelheit‹. Könnte er derselbe sein wie der Blinde, Gesichtslose? Von ihm könnte man wahrlich sagen, dass er in der Dunkelheit wohnt. Nyarlathotep? Oder Shub-Niggurath?

Was ist mit Feuer? Auch dafür muss es eine Gottheit geben. Aber keine einzige Erwähnung. (NB: Wenn die Erd- und Wasserwesen den Luftwesen feindlich gesonnen sind, dann müssen sie auch Feinde des Feuers sein. Und doch findet sich hier und dort ein Hinweis, dass sich die Luft- und Wasserwesen konstanter bekämpfen als die Erd- und Luftwesen. Abdul Alhazreds Beschreibung der Örtlichkeiten ist verflucht unklar. Es gibt keinen Hinweis auf die Identität von Cthugha in dieser schrecklichen Fußnote.)

Partier sagt, ich sei auf der falschen Spur. Davon bin ich nicht überzeugt. Wer auch immer es ist, der des Nachts diese Musik spielt, er ist ein Meister der höllischen Kadenz und der grässlichen Rhythmik. Und, ja: der Kakophonie (vgl. Bierce und Chambers!).«

Das war alles.

»Welch unglaubliches Gefasel!«, rief ich aus.

Und doch ... und doch wusste ich instinktiv, dass es kein Gefasel war. Merkwürdiges war hier vorgefallen und bedurfte einer Erklärung – einer nicht irdischen Erklärung; und hier, in Gardners Manuskript, fanden sich Beweise dafür, dass er nicht nur zu demselben Schluss gelangt war, sondern noch weiter gedacht hatte. Wie auch immer seine Notizen klingen mochten, Gardner hatte sie in vollem Ernst niedergeschrieben, und seine Notizen waren eindeutig allein für ihn selbst bestimmt, da nur ein Bruchteil einleuchtete; der Rest war höchst verschwommen und mehrdeutig formuliert. Darüber hinaus hatten die Notizen eine bestürzende Wirkung auf Laird; er war erbleicht und stand einfach da, mit gesenktem Blick, als könne er das eben erst Gelesene nicht glauben.

»Was hast du?«, fragte ich ihn.

»Jack – er hatte Kontakt zu Partier.«

»Den Eindruck habe ich nicht«, erwiderte ich, aber noch während ich sprach, erinnerte ich mich an die Heimlichkeit, mit der der alte Professor Partier seine Verbindungen zur Universität von Wisconsin abgebrochen hatte. Der Presse hatte man mitgeteilt, der alte Mann habe sich in seinen Anthropologievorlesungen ein wenig zu liberal gegeben – mit anderen Worten: er habe »kommunistische Neigungen«. Das aber war weit von der Wahrheit entfernt, wie jeder genau wusste, der Partier kannte. Allerdings hatte Partier seltsame Dinge in seinen Vorlesungen gesagt und schreckliche, tabuisierte Themen angeschnitten, und man hatte es für das Beste gehalten, ihn in aller Stille zu verabschieden. Unglücklicherweise ging Partier mit Pauken und Trompeten, wie es für ihn typisch war, und es war schwierig gewesen, die Angelegenheit mit hinreichend geringem Aufsehen über die Bühne zu bringen.

»Er lebt jetzt unten in Wausau«, sagte Laird.

»Meinst du, er könnte die Dokumente hier übersetzen?«, fragte ich und wusste, dass Laird den gleichen Gedanken gehabt hatte.

»Mit dem Wagen braucht man drei Stunden bis zu ihm. Wir kopieren diese Notizen, und wenn nichts geschieht ... wenn wir nichts entdecken können, suchen wir ihn auf.«

Wenn nichts geschah ...!

War die Hütte tags von einer verhängnisvollen Aura umgeben, schien sie bei Nacht von Bedrohlichkeit übersättigt. Überdies setzten die Ereignisse mit entwaffnender und heimtückischer Plötzlichkeit ein, und zwar war es wohl mitten am

Abend, als Laird und ich gerade über jenen kuriosen Fotokopien saßen, die uns die Miskatonic University geschickt hatte – anstelle der echten Bücher und Manuskripte, die viel zu wertvoll waren, als dass man sie aus den Händen geben wollte. Die erste Manifestation war von so schlichter Natur, dass anfänglich keiner von uns beiden ihre Seltsamkeit bemerkte. Es handelte sich schlicht um das Geräusch anschwellenden Windes in den Baumkronen, das immer lauter werdende Lied in den Kiefern. Die Nacht war warm, und alle Fenster der Hütte standen offen. Laird ließ eine Bemerkung über den Wind fallen und verlieh dann seiner Verwirrung über die vor uns liegenden Textfragmente Ausdruck. Erst nachdem eine halbe Stunde verstrichen und das Geräusch des Windes auf Sturmstärke angewachsen war, fiel ihm auf, dass etwas nicht stimmte. Er hob den Kopf, und sein Blick huschte mit wachsender Besorgnis vom einen offenen Fenster zum anderen. Dann wurde auch ich der Merkwürdigkeit gewahr.

Trotz des tosenden Windes hatte sich im Raum kein Lüftchen geregt, nicht ein einziger der leichten Vorhänge am Fenster war auch nur erzittert!

Wie ein Mann traten wir auf die breite Veranda vor der Hütte.

Kein Wind, kein Lufthauch umwehte unsere Hände und Gesichter. Nur das Geräusch im Wald war zu hören. Beide hoben wir den Blick und sahen zu den Kronen der Kiefern empor, die sich vom sternenübersäten Himmel abzeichneten, in der Erwartung, ihre sich im Sturm krümmenden Spitzen zu sehen; doch es regte sich absolut nichts; völlig ruhig und reglos standen die Kiefern da, und nach wie vor umtoste uns das Geräusch des Windes. Eine halbe Stunde lang standen wir auf der Veranda und versuchten vergebens, die Quelle des Brausens zu ergründen – und dann erstarb es mit einem Male so unvermittelt, wie es begonnen hatte.

Unterdessen ging es auf Mitternacht zu, und Laird bereitete

sich darauf vor, zu Bett zu gehen; in der vorhergehenden Nacht hatte er nur wenig Schlaf gefunden, und wir waren überein gekommen, dass ich die erste Wache bis vier Uhr in der Früh übernehmen würde. Keiner von uns verlor sonderlich viele Worte über das Geräusch in den Kiefern. Dennoch waren wir uns einig: Wir wollten eine natürliche Erklärung für das Phänomen finden, doch mussten wir dazu erst einen Berührungspunkt auftun, der uns dem Begreifen der Sache ein Stück näher bringen könnte. Dass wir selbst angesichts all der merkwürdigen Tatsachen, die sich uns eröffnet hatten, noch immer den ernsthaften Wunsch verspürten, eine natürliche Erklärung für alles zu finden, war wohl unvermeidlich. Die älteste und größte Furcht, welcher der Mensch zum Opfer fällt, ist gewiss die Furcht vor dem Unbekannten; vor allem, was sich rational erklären lässt, fürchtet man sich nicht. Stündlich wurde nun offenkundiger, dass das Phänomen, dem wir gegenüberstanden, allen bekannten rationalen Erklärungen und Credos trotzte und auf einem Glaubenssystem fußte, welches sogar älter war als der Urmensch, ja, sogar älter als die Erde selbst – das zumindest ließen die verstreuten Anspielungen in den kopierten Dokumenten aus der Miskatonic University vermuten. Und stets lastete dieses Gefühl des Grauens auf uns, der ominöse Eindruck, bedroht zu werden von einer Erscheinung weit jenseits dessen, was der schwächliche Mensch mit seinem Verstand erfassen kann.

Daher zitterte ich ein wenig, während ich mich auf meine Nachtwache vorbereitete. Laird war in sein Zimmer gegangen, das gleich oben an der Treppe lag. Die Tür zu seinem Raum ging auf eine mit einem Geländer umgebene Galerie hinaus. Von dort oben konnte man auf den Wohnraum hinabblicken, in dem ich in einer Stimmung ängstlichen Wartens Platz genommen hatte, das Buch Lovecrafts in Händen, hier und dort darin stöbernd. Ich fürchtete mich nicht so sehr vor den Dingen, die sich vielleicht ereignen würden, als vielmehr davor, dass sie sich meinem Verständnis entzögen. Doch während die Minuten verstrichen, vertiefte ich mich mehr und mehr in *The Outsider and Others,* das höllische Anspielungen enthielt auf ein uraltes Böses, auf Wesenheiten, die mit der Zeit koexistierten und an den Raum selbst grenzten, und allmählich erkannte ich einen – wenngleich vagen – Zusammenhang zwischen den Schriften dieses Phantasten und den wunderlichen Notizen Professor Gardners. Im Zuge dieser Erkenntnis war am verwirrendsten, dass Professor Gardner seine Notizen unabhängig von dem Buch in meinen Händen gemacht hatte, war dieses doch erst *nach* seinem Verschwinden eingetroffen. Und auch wenn es einige der Notizen in den Unterlagen erklärte, die Gardner schon früher von der Miskatonic University erhalten hatte, verdichteten sich doch die Hinweise darauf, dass ihm noch eine weitere Informationsquelle zur Verfügung gestanden haben musste.

Aber um was für eine Quelle hatte es sich dabei gehandelt? Hatte Gardner etwas von Old Peter erfahren? Wohl kaum. Hatte er vielleicht Partier aufgesucht? Das war durchaus denkbar, obwohl er Laird nichts davon erzählt hatte. Dennoch konnte man nicht ausschließen, dass er sich noch einen weiteren Gewährsmann erschlossen hatte, auf den sich in seinen Notizen kein Hinweis fand.

Noch während ich mich dieser fesselnden Spekulation hingab, bemerkte ich die Musik. Womöglich war sie schon eine Weile zu hören gewesen, bevor ich ihrer gewahr wurde, allerdings glaube ich das nicht. Welch sonderbare Melodie da gespielt wurde: anfangs einlullend und harmonisch, dann leicht misstönend und dämonisch, in immer schnellerem Tempo, und stets klang sie, als dringe sie aus weiter Ferne an mein Ohr. Ich lauschte ihr mit wachsender Verwunderung. Ich trat vor die Hütte und war mir anfangs des Gefühls der Bosheit nicht bewusst, das mich umhüllte; gleichwohl erkannte ich, dass die Musik aus den Tiefen des dunklen Waldes kam. Auch im Freien fiel mir auf, wie unheimlich sie wirkte; die Melodie klang unirdisch, völlig bizarr und fremd, und bei den eingesetzten Instrumenten schien es sich um Flöten zu handeln, zumindest aber um flötenähnliche Instrumente.

Immerhin hatte es bislang keine beunruhigenden Erscheinungen gegeben – ließ man die Undeutbarkeit der beiden Furcht einflößenden Ereignisse außer Acht. Kurzum, es bestand durchaus die Möglichkeit, dass es eine natürliche Erklärung für die Geräusche gab: den Wind und die Musik.

Nun aber ereignete sich etwas völlig Schreckliches, etwas so Entsetzliches, dass ich sogleich der grässlichsten Furcht anheim fiel, die man sich nur vorstellen kann: einer aufwogenden Furcht vor dem Unbekannten von Außerhalb. Und hätte ich noch an dem gezweifelt, auf das in Gardners Notizen und all den anderen Unterlagen angespielt wurde, so hätte ich nun instinktiv gewusst, dass meine Zweifel unbegründet gewesen wären. Denn das Geräusch, das den Klängen jener unirdischen Musik folgte, war von einer Natur, die jeder Beschreibung spottete ... und ihr auch jetzt noch spottet. Es handelte sich schlicht um ein grauenhaftes Geheul, das von keinem der Menschheit bekannten Tier stammte – und erst recht von keinem Menschen. In schrecklichem Crescendo schwoll es an und verebbte zu einem Schweigen, das insofern umso schlimmer war, als dass es von einem schrecklichen, seelenaufreibenden Gekreisch durchbrochen wurde. Es begann mit einem zweimaligen, zweitönigen Ruf, ein scheußliches Geräusch: *»Ygnaiih! Ygnaiih!«*, und verwandelte sich sodann in ein frohlockendes Wehklagen, das heulend aus dem Wald und in die dunkle Nacht drang wie die Stimme der Hölle selbst: *»Eh-ya-ya-ya-yahaaahaaahaaahaaa-ah-ah-ah-ngh'aaa-ngh'aaa-ya-ya-ya ...«*

Eine Weile stand ich völlig reglos auf der Veranda. Keinen Laut hätte ich von mir geben können, selbst wenn mein Leben davon abgehangen hätte. Die Stimme war verklungen, doch schienen die fürchterlichen Silben noch immer von den Bäumen widerzuhallen. Ich hörte, wie Laird aus dem Bett stieg und, meinen Namen rufend, hastig die Stufen hinunter wankte, ich aber brachte kein Wort über die Lippen. Er kam auf die Veranda heraus und packte mich beim Arm.

»Gütiger Gott! Was war das?«

»Hast du es gehört?«

»Ich habe genug gehört.«

Wir standen beisammen und warteten darauf, dass das Geräusch wieder erklänge, doch es wiederholte sich nicht. Und auch die Musik ertönte nicht mehr. Wir kehrten ins Wohnzimmer zurück und warteten dort. Keiner von uns hätte Schlaf gefunden.

In der Nacht aber kam es zu keinen weiteren Manifestationen mehr.

3

Die Vorkommnisse jener ersten Nacht bestimmten unsere Untersuchungen am folgenden Tag mehr als alles andere. Uns war bewusst, dass wir zu wenig Informationen besaßen, um die Ereignisse auch nur im Ansatz begreifen zu können. Darum bereitete Laird das Diktaphon für die zweite Nacht vor, und wir machten uns auf den Weg nach Wausau zu Professor Partier. Wir beabsichtigten, am nächsten Tag zur Hütte zurückzukehren. Mit Vorbedacht nahm Laird unsere Kopie von Gardners Notizen mit, so fragmentarisch sie auch sein mochten.

Professor Partier lebte in einem Haus in der Stadtmitte. Wollte er uns anfangs nur widerwillig empfangen, bat er uns schließlich doch in sein Arbeitszimmer und räumte Bücher und Papiere von zwei Stühlen, die er uns sodann anwies. Trotz seines greisenhaften Äußeren – er trug einen langen weißen Bart und ein schwarzes Scheitelkäppchen, unter dem weißes

Haar zutage trat – bewegte er sich so gewandt wie ein junger Mann. Er war dünn und hatte dürre Finger und ein hageres Gesicht mit tief schwarzen Augen; seine Züge kündeten von seinem tief schürfenden Zynismus und wirkten geringschätzig, beinahe verachtungsvoll. Er bemühte sich nicht im Mindesten um unser Wohlbefinden – abgesehen davon, dass er uns zwei Sitzgelegenheiten anbot. Partier erkannte Laird als Professor Gardners Assistent wieder und sagte brüsk, er sei sehr beschäftigt und arbeite gerade an dem Buch, welches zweifellos das letzte Werk für seinen Verlag sein würde, und er wäre uns sehr verbunden, wenn wir ihm den Anlass unseres Besuches so knapp als möglich mitteilen könnten.

»Was wissen Sie über Cthulhu?«, fragte Laird frei heraus.

Die Reaktion des Professors erstaunte uns. Hatte der alte Mann sich bislang überlegen und unterschwellig verächtlich gegeben, so wirkte er nun plötzlich argwöhnisch und wachsam; übertrieben penibel legte er den Bleistift aus der Hand, wobei er Laird nicht aus den Augen ließ, und beugte sich leicht über den Schreibtisch vor.

»Deshalb also kommen Sie zu mir.« Er lachte auf – ein Lachen, das wie das Gegacker eines Hundertjährigen klang. »Sie kommen zu mir und fragen mich nach Cthulhu. Warum?«

Laird erklärte kurz, das wir entschlossen seien, Professor Gardners Schicksal zu ergründen. Er verriet nur so viel, wie er für nötig hielt, und der alte Mann schloss die Augen, nahm seinen Bleistift wieder auf und klopfte damit sanft auf den Tisch, während er sichtlich konzentriert zuhörte und Laird mitunter Zwischenfragen stellte. Als Laird geendet hatte, öffnete Professor Partier langsam die Augen und blickte uns nacheinander mit einem Ausdruck an, der von Mitleid und Schmerz zugleich zu künden schien.

»Also hat er mich erwähnt? Aber ich hatte keinen Kontakt zu ihm, abgesehen von dem einen Telefongespräch.« Er schürzte die Lippen. »Dieses Gespräch kreiste mehr um eine frühere Kontroverse als um seine Entdeckungen am Rick's Lake. Ich möchte Ihnen beiden jetzt einen Rat geben.«

»Deshalb sind wir hier.«

»Räumen Sie die Hütte am See und denken Sie nie wieder an die ganze Affäre.«

Laird schüttelte entschlossen den Kopf.

Partier taxierte ihn und ließ die dunklen Augen blitzen, um an Lairds Entscheidung zu rütteln; doch die Entschlossenheit meines Freundes geriet nicht ins Wanken. Er hatte sich mit ganzem Herzen auf dieses Unterfangen eingelassen und wollte es zu Ende bringen.

»Sie haben es mit Kräften zu tun, mit denen sich gewöhnliche Menschen nicht einzulassen pflegen«, sagte der alte Mann daraufhin. »Dazu fehlt uns, offen gesagt, auch das nötige Rüstzeug.« Und dann ließ er sich, ohne weitere Einleitung, über Angelegenheiten aus, die allem Weltlichen so fern waren, dass sie beinah schon jenseits allen Begriffsvermögens standen. In der Tat dauerte es eine Weile, bis ich zu begreifen begann, worauf er anspielte, denn seine Gedanken waren so weit reichend und atemberaubend, dass sie schwer zu fassen waren für jemanden, der an ein so prosaisches Dasein gewöhnt war wie ich. Womöglich lag es daran, dass Partier indirekt begann: Er behauptete, nicht Cthulhu oder dessen Günstlinge suchten Rick's Lake heim, sondern eindeutig andere Wesenheiten. Die Steinplatte samt der darin eingemeißelten Darstellung liefere einen eindeutigen Hinweis auf das Wesen, das dort von Zeit zu Zeit verweile. Professor Gardner sei mit seiner letzten Analyse auf der richtigen Spur gewesen, obwohl er der Ansicht gewesen sei, Partier würde ihm keinen Glauben schenken. Wer sollte der Blinde, Gesichtslose sein, wenn nicht Nyarlathotep? Sicherlich nicht Shub-Niggurath, die Schwarze Ziege mit den Tausend Jungen.

An dieser Stelle fiel Laird ihm ins Wort und drängte ihn, sich ein wenig verständlicher auszudrücken, und als der Professor schließlich erkannte, dass wir nichts wussten, fuhr er (nach wie vor in seiner vage gereizten Art und Weise) fort und erklärte uns die zugrunde liegende Mythologie – eine Mythologie vormenschlichen Lebens nicht nur auf der Erde, sondern auf den Sternen des gesamten Universums. »Wir wissen nichts«, wiederholte er von Zeit zu Zeit. »Wir wissen rein gar nichts. Aber es gibt gewisse Zeichen, gewisse Stellen, die allgemein gemieden werden. Rick's Lake ist eine davon.« Er sprach von Wesen, deren Namen bereits Furcht einflößten – von den Alten Göttern, die auf Beteigeuze leben, fern in Zeit und Raum, und die Großen Alten in den Weltraum vertrieben hätten; angeführt würden sie von Azathoth und Yog-Sothoth, und sie zählten die urtümliche Brut des amphibischen Cthulhu ebenso zu sich wie die fledermausgleiche Gefolgschaft Hasturs des Unaussprechlichen und auch die von Lloigor, Zhar und Ithaqua, die auf den Winden liefen und durchs interstellare All streiften; auch die Erdwesen zählten zu ihnen, Nyarlathotep und Shub-Niggurath – die bösen Wesenheiten, die stets danach trachteten, erneut über die Alten Götter zu triumphieren, von denen sie einst verbannt oder eingesperrt worden seien, so wie Cthulhu, der seither im Wasserreich von R'lyeh schlafe, und Hastur, der auf einem schwarzen Stern nahe Aldebaran in den Hyaden gefangen sitze. Lange bevor die Menschen über die Erde schritten, habe der Konflikt zwischen den Alten Göttern und den Großen Alten stattgefunden; und von Zeit zu Zeit lebten die Großen Alten wieder auf und trachteten nach ihrer verlorenen Macht; mitunter schritten die Alten Götter unmittelbar ein und hielten die auf, öfter aber geböte ihnen das Wirken menschlicher und nichtmenschlicher Wesen Einhalt, welche die Elementarwesen in einen Konflikt zu stürzen suchten – denn die Großen Alten seien, wie Gardners Notizen andeuteten, Elementarkräfte. Und jedes Mal, wenn sie wiederauflebten, brannte sich dies tief das Gedächtnis der Menschen ein – obgleich nichts unversucht gelassen wurde, die Beweise zu beseitigen und die Überlebenden zum Schweigen zu bringen.

»Was zum Beispiel ist in Innsmouth, Massachusetts, geschehen?«, fragte Partier angespannt. »Was geschah in Dunwich? In der Wildnis Vermonts? In dem alten Tuttle-Haus am Aylesbury Pike? Was ist mit dem geheimnisvollen Kult um Cthulhu und der höchst merkwürdigen Forschungsreise zu den Bergen des Wahnsinns? Was für Wesen hausten auf dem verborgenen und gemiedenen Leng-Plateau? Und was ist mit Kadath in der Kalten Öde?

Lovecraft wusste es! Gardner und viele andere strebten danach, diese Geheimnisse zu lüften, die unglaublichen Geschehnisse miteinander zu verknüpfen, die sich hier und dort auf dem Antlitz der Erde ereigneten – aber die Großen Alten wünschen nicht, dass der einfache Mensch zu viel erfährt. Lassen Sie sich warnen!«

Partier nahm Gardners Notizen auf, ohne uns auch nur die Chance zu einer Erwiderung zu geben, und vertiefte sich in sie. Er setzte sich eine Brille mit goldenem Rand auf, die ihn älter denn je wirken ließ; noch immer redete er, mehr zu sich selbst denn mit uns. Man nehme an, murmelte er, die Großen Alten hätten auf manchen wissenschaftlichen Gebieten größere Fortschritte erzielt, als man bislang für möglich hielt, aber darüber könne man natürlich nichts mit Sicherheit sagen. Die Art, in der er diesen Umstand durchweg betonte, gab uns eindeutig zu verstehen, dass nur ein Narr oder Idiot die These anzweifeln würde, Beweis hin oder her. Im nächsten Satz jedoch gab er zu, dass gewisse Beweise existierten – etwa die abstoßende und bestialische Schmuckplatte, die ein höllisches Ungeheuer zeige, welches auf den Winden über der Erde lief –; besagte Schmuckplatte habe man in der Hand Josiah Alwyns gefunden, dessen Leiche auf einer kleinen Pazifikinsel entdeckt worden war, Monate nach seinem unglaublichen Verschwinden aus seinem Haus in Wisconsin. Einen weiteren Beweis stellten die Zeichnungen dar, die Professor Gardner angefertigt hatte – und am vielsagendsten: diese seltsame Platte behauenen Steines im Wald bei Rick's Lake.

»Cthugha«, murmelte er dann verwundert. »Ich habe die Fußnote nicht gelesen, auf die er verweist. Und bei Lovecraft findet sich nichts.« Er schüttelte den Kopf. »Nein, ich weiß es nicht.« Er blickte auf. »Ob Sie dem Halbblut einige Informationen entlocken könnten, wenn Sie ihn ein wenig einschüchtern?«

»Daran haben wir auch schon gedacht«, gab Laird zu.

»Nun, ich rate Ihnen, es auf einen Versuch ankommen zu lassen. Offenbar weiß er etwas – es mag nichts als eine Übertreibung sein, die sein mehr oder minder primitiver Geist sich gönnt; aber andererseits – wer weiß das schon?«

Mehr als das wollte oder konnte Professor Partier uns nicht sagen. Zudem widerstrebte es Laird, weiter nachzufragen, denn augenscheinlich bestand ein überaus beunruhigender Zusammenhang zwischen Professor Gardners Notizen und dem, was Partier uns verraten hatte – mochte dieser Zusammenhang auch noch so unglaublich erscheinen!

Unser Besuch übte trotz seiner Ergebnislosigkeit (oder vielleicht gerade deswegen) eine kuriose Wirkung auf uns aus. Wir fühlten uns ernüchtert – durch die Unbestimmtheit, die der Zusammenfassung und den Kommentaren des Professors anhaftete, und durch jene fragmentarischen und zusammenhanglosen Beweise, die uns unabhängig von Partier in die Hände gefallen waren. Laird indessen wurde nur in seiner Entschlossenheit bestärkt, das Rätsel von Gardners Verschwinden zu ergründen ... ein Rätsel, das sich so sehr verdichtet hatte, dass es das große Geheimnis um Rick's Lake und den umliegenden Wald nun einschloss.

Am folgenden Tag kehrten wir nach Pashepaho zurück, und wie es der Zufall wollte, fuhren wir auf der Straße, die uns von der Stadt wieder aufs Land führte, an Old Peter vorbei. Laird bremste, setzte zurück, lehnte sich aus dem Fenster und begegnete dem forschenden Blick des alten Burschen.

»Sollen wir Sie ein Stück mitnehmen?«

»Warum nicht?«

Old Peter stieg ein und setzte sich auf den Rand des Sitzes. Ohne Umschweife holte Laird eine Flasche hervor und bot sie ihm an. Die Augen des Halbbluts leuchteten auf; begierig nahm es die Flasche entgegen und gönnte sich einen großen Schluck, während Laird ein oberflächliches Gespräch über das Leben in den Wäldern des Nordens begann und Old Peter ermutigte, über die Erzlagerstätten zu reden, die er in der Umgebung von Rick's Lake zu finden hoffte. So fuhren wir eine Weile, und während dieser Zeit behielt das Halbblut die Flasche in den Händen. Als Old Peter sie schließlich zurückgab, war sie fast leer. Er war nicht betrunken – zumindest nicht im strengeren Sinne des Wortes –, doch gab er sich deutlich ungehemmter und protestierte auch nicht, als wir in die Straße zum See abbogen, ohne ihn zuvor aussteigen zu lassen. Obgleich er die Hütte sah und wusste, wo er sich befand, murmelte er nur mit schwerer Zunge, dass er von seiner Route abgekommen sei und vor Einbruch der Dunkelheit wieder den richtigen Weg erreichen müsse.

Das Halbblut wäre unverzüglich umgekehrt, hätte Laird es nicht mit dem Versprechen in die Hütte gelockt, ihm drinnen einen Drink zu mixen.

Laird hielt sein Versprechen. Er mixte ihm den stärksten Drink, den er zubereiten konnte, und Old Peter führte ihn sich zu Gemüte.

Erst als der Alkohol Wirkung zeigte, fragte Laird ihn, was er über das Geheimnis von Rick's Lake und Umgebung wisse, und sogleich schwand die Gesprächigkeit des Halbbluts. Peter murmelte, er würde nichts verraten, habe nichts gesehen, und das Ganze sei ein Fehler. Er sah uns nacheinander an. Laird blieb hartnäckig. Er habe die behauene Steinplatte gesehen, oder etwa nicht? Ja, kam die widerwillige Antwort. Ob er uns zu ihr führen würde? Peter schüttelte heftig den Kopf. Nicht jetzt. Es sei schon fast dunkel und könne gänzlich dunkel sein, ehe wir wieder zurück in der Hütte wären.

Aber mein Freund war unerbittlich, und schließlich willigte das Halbblut ein, uns zu dem Stein zu führen, überzeugt von Lairds Versicherung, uns bleibe noch genug Zeit, vor Einbruch der Dunkelheit zur Hütte und sogar nach Pashepaho zurückzukehren, wenn Peter dies wolle. Trotz seiner Unsicherheit folgte Old Peter einer Schneise in den Wald, die so verwuchert war, dass man sie kaum als Pfad bezeichnen konnte, und trottete fast eine Meile voran. Plötzlich verharrte er hinter einem Baum, als fürchte er sich davor, gesehen zu werden. Mit zitternder Hand zeigte er auf eine kleine Lichtung, von hohen Bäumen umgeben und weit genug, dass reichlich Himmel über ihr zu sehen war.

»Da ... das ist sie.«

Die Steinplatte konnte man nur teilweise erkennen, denn sie verschwand größtenteils unter dem üppigen Moos. Laird interessierte sich momentan jedoch nur in zweiter Linie für die Platte; nur allzu deutlich sah er, dass das Halbblut eine Todesangst vor der Stelle empfand und an nichts anderes dachte als an Flucht.

»Wie würde es dir gefallen, die Nacht hier zu verbringen, Peter?«, erkundigte Laird sich.

Das Halbblut warf ihm einen erschrockenen Blick zu. »Ich? Himmel, nein!«

Plötzlich fuhr Laird ihn in stählernem Ton an. »Wenn du uns nicht verrätst, was du hier gesehen hast, dann wird dir aber nichts anderes übrig bleiben!«

Das Halbblut konnte noch klar genug denken, um abzuschätzen, was auf diese Drohung folgen mochte: von Laird und mir überwältigt und am Rand der kleinen Lichtung an einen Baum gebunden zu werden. Eindeutig zog Peter in Betracht, sich aus dem Staub zu machen, doch er wusste genau, dass er uns in seiner Verfassung nicht entkommen könnte.

»Bringt mich nicht dazu, es zu erzählen«, flehte er. »Es ist nicht dazu gedacht, erzählt zu werden. Bis jetzt hab ich's niemandem verraten – nicht mal dem Professor.«

»Wir wollen es aber wissen, Peter«, entgegnete Laird in ebenso bedrohlichem Ton wie zuvor.

Das Halbblut begann zu zittern. Es wandte sich um und blickte die Steinplatte an, als glaube es, jeden Augenblick könne sich ein gefährliches Wesen daraus erheben und sich ihm in tödlicher Absicht nähern. »Ich kann nicht, ich kann nicht«, murmelte Old Peter, dann richtete er mit sichtlicher Überwindung die blutunterlaufenen Augen auf Laird und sagte leise: »Ich weiß nicht, was es war. Himmel! Es war schrecklich. Es war unbeschreiblich ... hatte kein Gesicht, brüllte vor sich hin, dass ich geglaubt hab, mir platzen die Trommelfelle, und diese Viecher, die bei ihm waren ... Himmel!« Er erschauerte und trat von dem Baum zurück und auf uns zu. »Ich schwöre bei allem, was mir heilig ist, ich hab es dort eines Nachts gesehen. Es schien einfach aus der Luft zu kommen, und da war es, sang und heulte, und die Viecher spielten diese verdammte Musik. Ich glaube, ich hab vorübergehend den Verstand verloren, bis ich schließlich fortgerannt bin.« Ihm brach die Stimme, als seine lebhafte Erinnerung das Gesehene wiedererschuf; er drehte sich um und schrie grell: »Wir müssen von hier verschwinden!«, und dann rannte er denselben Weg zurück, den wir gekommen waren, durch die Bäume torkelnd.

Laird und ich liefen ihm nach und holten ihn mühelos ein. Laird versicherte ihm, wir würden ihn mit dem Wagen aus dem Wald fahren, und vor Einbruch der Dunkelheit wäre er bereits wieder weit weg vom Waldrand. Wie ich war auch Laird davon überzeugt, dass sich das Halbblut nichts von dem Geschilderten eingebildet und uns tatsächlich alles gesagt hatte, was es wusste. Laird schwieg während der gesamten Rückfahrt vom Highway, wo wir Old Peter abgesetzt und ihm fünf Dollar in die Hand gedrückt hatten, damit dieser seine schreckliche Erinnerung in Alkohol ertränken konnte, wenn ihm danach war.

»Was hältst du davon?«, fragte Laird, als wir wieder an der Hütte ankamen.

Ich schüttelte den Kopf.

»Dieses Heulen vorgestern Nacht«, sagte Laird. »Die Geräusche, die Professor Gardner gehört hat ... und jetzt das. Es passt zusammen – auf verdammte, schreckliche Weise.« Er wandte sich mir mit einem Ausdruck intensiver, unverwandter Dringlichkeit zu. »Jack, bist du bereit, heute Nacht zu dieser Steinplatte zu gehen?«

»Sicher.«

»Dann tun wir's.«

Erst als wir wieder in der Hütte waren, fiel uns das Diktaphon ein, und sogleich machte Laird sich daran abzuspielen, was auch immer das Gerät für uns aufgezeichnet hatte. Zumindest die Aufnahmen, sann er laut, seien völlig frei von menschlicher Einbildungskraft; in ihrem Fall hätten wir es mit nichts anderem als dem Produkt einer Maschine zu tun, und jede intelligente Person wisse natürlich, dass Maschinen weitaus verlässlicher seien als Menschen, besaßen sie doch weder Nerven noch Phantasie und kannten weder Furcht noch Hoffnung. Ich glaube, am meisten erwarteten wir, noch einmal dieselben Geräusche zu hören wie in der voraufgehenden Nacht. Aber selbst in unseren wildesten Träumen hätten wir nicht mit dem gerechnet, was wir tatsächlich zu hören bekamen, denn die Aufnahme wandelte sich vom Prosaischen ins Unglaubliche, vom Unglaublichen ins Schreckliche und gipfelte schlussendlich in einer verheerenden Offenbarung, die fernab aller Credos eines normalen Daseins anzusiedeln war.

Die Aufzeichnung begann mit gelegentlichen Rufen der Seetaucher und Eulen, gefolgt von einer Periode der Stille. Dann war wieder das vertraute Rauschen zu hören, wie von Wind in den Bäumen, und darauf folgte das seltsame, missklingende Pfeifen der Flöten. Schließlich waren eine Reihe von Geräuschen zu hören, die ich an dieser Stelle exakt so festhalten möchte, wie wir sie in jener unvergesslichen Abendstunde hörten:

Ygnaiih! Ygnaiih! EEE-ya-ya-ya-yahaaahaaahaaa-ah-ah-ah-ngh'aaa-ngh'aaa-ya-ya-yaaa! (Mit einer Stimme, die weder nach Mensch noch Tier klang, und doch an beides erinnerte.)
(Die Musik spielte zunehmend schneller, wurde wilder und dämonischer.)
Mächtiger Bote – Nyarlathotep ... von der Welt der Sieben Sonnen zu diesem Punkt der Erde, dem Wald N'gai, in den er einkehrt, er – den man nicht beim Namen nennt ... Im Überfluss sollen jene sein, die der Schwarzen Ziege der Wälder angehören, der Ziege mit den Tausend Jungen ... (Mit einer Stimme, die seltsam menschlich klang.)
(Eine Aufeinanderfolge merkwürdiger Laute, als antworte eine Hörerschaft – ein Summen und Brummen, wie von Telegrafendrähten.)
Iä! Iä! Shub-Niggurath! Ygnaiih! EEE-yaa-yaa-haaa-haaa-haaaa! (Mit der gleichen Stimme wie zuvor, weder menschlich noch tierisch und doch beides zugleich.)
Ithaqua soll dir dienen, Vater der Million Auserwählten, und Zhar soll von Arktur herbeigerufen werden, durch den Befehl von 'Umr at-Tawil, dem Hüter der Pforte ... Ihr sollt euch vereinen zu Azathoths Lob, zum Lobe des Großen

Cthulhu und Tsathogguas ... (Wieder die Menschenstimme.)
Ziehe hinaus in seiner Gestalt oder schlüpfe in eine beliebige Menschenhülle und vernichte alles, was sie zu uns führen könnte ... (Erneut die halb tierische, halb menschliche Stimme.)
(Ein Zwischenspiel wilden Pfeifens, neuerlich begleitet von einem Geräusch wie von großen, schlagenden Flügeln.)
Ygnaiih! Y'bthnk ... h'ehye-n'grkdl'lh ... Iä! Iä! Iä! (Wie ein Chor.)

Diese Laute klangen, als seien die Wesen, die sie verursachten, in oder rings um die Hütte zugange gewesen; der letzte, gesungene Choral verebbte in einer Weise, als hätten die Sänger sich verstreut. Im Anschluss folgte ein so langes Intervall des Schweigens, dass Laird bereits die Maschine abschalten wollte, als plötzlich erneut eine Stimme aus dem Diktaphon drang. Aber die Stimme, die nun zu hören war, steigerte allein aufgrund ihrer Natur unser bislang angestautes Entsetzen auf den Höhepunkt. Welche Bilder auch immer zuvor das halb tierische Gebrüll und die Sprechchöre in uns erweckt hatten, die scheußlich suggestiven Worte, die nun aus dem Diktaphon drangen – in geschliffenem Englisch –, waren unvorstellbar schrecklich:

Dorgan! Laird Dorgan! Hörst du mich?

Eine heisere, drängende Stimme rief nach meinem Freund, der mit bleichem Gesicht dasaß und die Maschine anstarrte, über der noch immer seine Hand schwebte. Unsere Blicke begegneten sich. Nicht die gestellte Frage war so grauenvoll für uns, und auch nicht das, was zuvor zu hören gewesen war, nein, es lag am vertrauten Klang dieser Stimme – *denn es war die Stimme von Professor Upton Gardner!* Doch blieb uns keine Zeit, in unserer Überraschung zu verharren, denn mechanisch spielte das Diktaphon die Aufzeichnung weiter ab.

Hör mich an! Verlasse diesen Wald. Vergiss alles. Aber bevor du gehst, rufe Cthugha. Seit Jahrhunderten treten hier an dieser Stelle böse Wesen vom äußersten Kosmos mit der Erde in Berührung. Ich weiß es. Ich gehöre ihnen. Sie haben mich zu sich genommen, und sie nahmen auch Piregard und viele andere mit ... alle, die unvorsichtig ihren Wald betraten und nicht sogleich von ihnen vernichtet wurden. Es ist sein Wald – der Wald N'gai, der irdische Sitz des Blinden, Gesichtslosen, dem Heuler in der Nacht, dem Bewohner der Dunkelheit, Nyarlathotep, der nur Cthugha fürchtet. Ich war mit ihm im All. Ich war auf dem gemiedenen Plateau von Leng – in Kadath in der Kalten Öde, jenseits der Tore des Silberschlüssels, sogar in Kythamil nahe Arktur und Mnar, in N'kai und am See von Hali, in K'n-yan und im legendären Carcosa, in Yaddith und Y'ha-nthlei vor Innsmouth, in Yoth und Yuggoth, und aus der Ferne habe ich Zothique gesehen, vom Auge Algols aus. Wenn Fomalhaut über den Bäumen steht, rufe Cthugha mit diesen Worten und wiederhole sie dreimal: *Ph'nglui mglw'nafh Cthugha Fomalhaut n'gha-ghaa naf'l thagn! Iä! Cthugha!* Wenn er eingetroffen ist, eile schnell davon, ansonsten wirst auch du vernichtet. Denn es ist nur angemessen, dass diese Stätte vernichtet wird, damit Nyarlathotep nicht mehr aus dem interstellaren Raum hierher zu kommen vermag. Hörst du mich, Dorgan, Hörst du mich? Dorgan! Laird Dorgan!

Unvermittelt war ein Laut scharfen Protests zu hören, gefolgt von Geräuschen, die an ein Handgemenge und Zerren denken ließen, als habe man Gardner gewaltsam entfernt. Dann kehrte Stille ein ... völlige Stille!

Laird ließ die Aufzeichnung noch einige Momente laufen,

aber es blieb still; schließlich spielte er sie noch einmal von vorne ab und sagte angespannt: »Ich glaube, wir fertigen besser eine Abschrift der Aufnahme an, so gut wir können. Du übernimmst jede andere Äußerung, und Gardners Formel kopieren wir gemeinsam.«

»War es tatsächlich ...?«

»Ich hätte seine Stimme überall erkannt«, erwiderte Laird knapp.

»Also lebt er noch?«

Laird blickte mich mit zusammengekniffenen Augen an. »Das wissen wir nicht.«

»Aber seine Stimme!«

Er schüttelte den Kopf, denn neuerlich erklangen die Geräusche aus dem Diktaphon, und wir beide mussten uns daran machen, die Abschrift anzufertigen. Diese Arbeit fiel uns leichter als erwartet, denn die Sprechpausen waren so groß, dass wir ohne übermäßige Hast schreiben konnten. Die Sprache der Sprechchöre und die Worte an Cthugha, die Gardner formulierte, bereiteten uns große Schwierigkeiten, aber indem wir die Passage wieder und wieder abspielten, gelang es uns, eine recht originalgetreue Fassung der Geräusche und Worte festzuhalten. Nachdem wir endlich fertig waren, schaltete Laird das Diktaphon ab und schaute mich gleichermaßen fragend wie besorgt an, ernst vor Unruhe und Unsicherheit. Ich sagte nichts. Was wir eben erst gehört hatten, fügte sich gut in alles, was zuvor vorgefallen war, und ließ keine andere Deutung zu. Man konnte an Legenden zweifeln, an Glaubensansichten und dergleichen – die unfehlbare Aufzeichnung des Diktaphons aber war etwas Schlüssiges, selbst wenn sie nicht mehr leistete, als halb verständliche Credos zu bestätigen – denn es stimmte: noch immer hatten wir nichts Definitives vorzuweisen. Es war, als sei die ganze Angelegenheit dem menschlichen Verstand derart unbegreiflich, dass man nur durch verblümte Verknüpfung der Einzelteile zu einer Art Verständnis gelangen konnte ... als bedrücke die Sache in ihrer Gänze den menschlichen Geist auf solch unaussprechliche Weise, dass er es nicht zu ertragen vermochte.

»Fomalhaut geht etwa gegen Sonnenuntergang am Himmel auf – ein wenig früher, glaube ich«, sann Laird. Offenbar hatte er, wie auch ich, das Gehörte akzeptiert, ohne etwas anderes zu hinterfragen als das Geheimnis, das die Worte umrankte. »Er wird vermutlich über den Bäumen stehen – etwa in einem Winkel von zwanzig bis dreißig Grad über dem Horizont, denn in diesen Breiten zieht er nicht nahe genug am Zenith vorüber, um über diesen Kiefern zu erscheinen. Wir sehen ihn schätzungsweise eine Stunde nach Einbruch der Dunkelheit. Sagen wir, um neun Uhr dreißig.«

»Du willst es doch wohl nicht etwa heute Nacht versuchen?«, fragte ich. »Und überhaupt: Was hat es zu bedeuten? Wer oder was ist Cthugha?«

»Ich weiß auch nicht mehr als du. Und ich will es nicht heute Nacht versuchen. Du hast die Steinplatte vergessen. Bist du immer noch bereit, dort hinauszugehen – nach alledem?«

Ich nickte. Ich traute meiner eigenen Stimme nicht, wurde aber auch nicht von dem Eifer verzehrt, der Dunkelheit zu trotzen, die wie ein Lebewesen im Wald um Rick's Lake weilte.

Laird blickte auf seine Uhr und sah dann mich an; seine Augen brannten nun in einer Art fiebriger Entschlossenheit, als zwinge er sich dazu, den letzten Schritt zu tun und sich dem unbekannten Wesen entgegenzustellen, dessen Manifestationen sich den Wald unterworfen hatten. Falls er damit gerechnet hatte, ich würde mich zögerlich zeigen, so musste ich ihn enttäuschen; sosehr mich auch die Angst plagte, ich ließ mir nichts anmerken. Ich erhob mich und schritt neben ihm aus der Hütte.

4

Es gibt Aspekte verborgenen Lebens – äußerlich wie auch in den Tiefen des Geistes –, die man besser geheim hält und vor dem Bewusstsein des gewöhnlichen Menschen verbirgt; denn an finstren Orten der Welt lauern schreckliche Revenants, die zu einer bestimmten Schicht des Unterbewussten gehören, einer Schicht, die sich glücklicherweise dem Verständnis des Durchschnittsmenschen entzieht. Tatsächlich gibt es sogar derart groteske, schauderhafte Aspekte der Schöpfung, dass ihr bloßer Anblick die geistige Gesundheit des Betrachters hinwegfegen würde. Zum Glück ist es nicht möglich, das, was wir in jener Oktobernacht am Rick's Lake auf der Steinplatte im Wald sahen, anders als in der eigenen Erinnerung mitzubringen, denn dieses Wesen brach alle bekannten Gesetze der Wissenschaft und war so unglaublich, dass man es mit Worten nicht adäquat beschreiben kann.

Wir erreichten den Baumgürtel rings um die Steinplatte, als am Westhimmel noch das Abendrot zu sehen war, und mit Hilfe der Taschenlampe, die Laird trug, untersuchten wir die Oberfläche der Platte und die darin eingearbeitete Reliefdarstellung: ein gewaltiges, formloses Geschöpf, eingemeißelt von einem Künstler, der offenbar nicht zureichende Vorstellungskraft besessen hatte, dem Wesen ein Gesicht zu verleihen, denn es besaß nur einen sonderlichen, kegelförmigen Kopf ohne Antlitz, der sogar in Stein gehauen eine entkräftende Fluidität aufwies; darüber hinaus schien die Kreatur sowohl tentakelgleiche Fortsätze als auch Hände zu besitzen – oder Gliedmaßen, die an Hände erinnerten, und zwar nicht nur zwei, sondern mehrere; in ihrer äußeren Form wies sie daher sowohl menschliche als auch nichtmenschliche Züge auf. Neben ihr waren zwei tintenfischähnliche Gestalten zu sehen, von deren Körpern etwas abstand (vermutlich waren es ihre Köpfe, obgleich sich die Umrisse nicht eindeutig zuordnen ließen). Bei diesem Etwas musste es sich um eine Art von Instrument handeln, denn die seltsamen, widerwärtigen Begleiter schienen darauf zu spielen.

Notgedrungen untersuchten wir die Steinplatte recht zügig, wollten wir doch nicht Gefahr laufen, gesehen zu werden – von was auch immer da käme. Eingedenk der Umstände kann es durchaus sein, dass unsere Phantasie die Oberhand über uns gewann. Allerdings glaube ich das nicht. Es ist schwer, bei der Geschichte zu bleiben, sitze ich doch nun hier an meinem Schreibtisch, sowohl räumlich als auch zeitlich weit von dem damaligen Geschehen entfernt; aber ich rücke nicht von meiner Schilderung ab. Trotz des beflügelten Bewusstseins und der irrationalen Angst vor dem Unbekannten, die von uns beiden Besitz ergriffen hatte, wollten wir uns unsere Aufgeschlossenheit für jede Facette des Problems unbedingt bewahren. Wenn überhaupt, so habe ich mich in meinem Bericht zu Gunsten der Wissenschaft geirrt, und nicht zu Gunsten der Phantasie. Im klaren Lichte der Vernunft betrachtet, war die Darstellung auf dem Stein nicht nur obszön, sondern über jedes Maß hinaus bestialisch und beängstigend, vor allem im Hinblick darauf, was Partier angedeutet hatte und was in Gardners Notizen sowie den Unterlagen aus der Miskatonic University vage umrissen war. Aber selbst wenn die Zeit es uns gestattet hätte: Ich bezweifle, dass wir das Werk lange hätten betrachten können.

Wir zogen uns zu einer Stelle zurück, die zwar vergleichsweise nahe an dem Weg lag, der uns zur Hütte zurückführen würde, zugleich aber nicht zu weit von der kleinen Lichtung mit der Platte entfernt war; auf diese Weise könnten wir alles deutlich beobachten und doch jederzeit den Rückzug antreten. Dort standen und warteten wir in der kühlen Luft jenes Oktoberabends, umgeben von stygischer Finsternis, und nur ein oder zwei Sterne glitzerten hoch über uns am Himmel, wunderbarerweise zwischen den aufragenden Bäumen sichtbar.

Lairds Uhr zufolge warteten wir exakt eine Stunde und zehn Minuten, als wir das Geräusch aufkommenden Windes vernahmen, und plötzlich wurden wir Zeuge einer Manifestation, die alle Merkmale des Übernatürlichen aufwies; denn kaum war das Rauschen zu hören, da begann die Platte zu glühen, von der wir uns so rasch zurückgezogen hatten – anfangs so unmerklich, dass es wie eine Illusion anmutete, dann in immer grellerem Lichtglanz, bis es so aussah, als reiche eine gleißende Säule aus Licht bis in den Himmel hinauf. Noch ein merkwürdiger Umstand fiel uns auf – die Lichtsäule besaß die Umrisse der Platte und floss in ebendieser Form empor; sie zerstreute sich nicht in der Lichtung, dispergierte nicht in den Wald, sondern schien gen Himmel, mit der Beharrlichkeit eines gerichteten Strahles. Zugleich schien die Luft mit Boshaftigkeit aufgeladen; über uns dräute eine solche Aura des Grauens, dass es zunehmend schwerer wurde, sich ihrer zu erwehren. Offenbar stand das windgleiche Rauschen, das nun die Luft erfüllte, nicht nur mit dem breiten Lichtstrahl in Zusammenhang, *sondern wurde von ihm erzeugt;* überdies variierte die Intensität und Farbe des Lichts beharrlich, verwandelte sich von blendendem Weiß in züngelndes Grün, und von Grün schlug es nach Lavendelfarben um. Gelegentlich leuchtete es so grell, dass wir den Blick abwenden mussten, aber die meiste Zeit über konnten wir es ansehen, ohne dass es uns in den Augen schmerzte.

So plötzlich es begonnen hatte, hörte das Rauschen wieder auf, und das Licht wurde diffus und trüb; beinahe augenblicklich dröhnte uns das unheimliche Flötenpfeifen in den Ohren. Es kam nicht von ringsum, sondern von *oben,* und erscholl in solcher Harmonie, dass wir uns beide abwandten und so weit in den Himmel hinaufblickten, wie es uns das schwindende Licht gestattete. Den Anblick, der sich uns bot, kann ich nicht erklären. Sahen wir tatsächlich etwas herabfahren oder eher herabströmen – denn die Massen waren formlos –, oder war es das Produkt unserer Phantasie, ein übereinstimmendes Hirngespinst, bei dem wir in nie da gewesener Weise miteinander übereinstimmten, wie wir später feststellten, unsere Notizen verglichen? So überwältigend war die Illusion von großen schwarzen Wesen, die sich im Strahl dieses Lichtes herabsenkten, dass wir den Blick wieder auf die Steinplatte richteten.

Was wir dort sahen, veranlasste uns, mit stummen Schreien auf den Lippen der höllischen Stätte zu entfliehen.

Denn wo einen Moment zuvor noch nichts gewesen war, stand nun eine gigantische, protoplasmische Masse, ein kolossales Wesen, das zu den Sternen aufragte, und dessen tatsächliche physische Gestalt sich in konstantem Fluss befand; zu seinen Seiten standen zwei kleinere Geschöpfe, gleichsam formlos, die Pfeifen oder Flöten in ihren Fortsätzen hielten und die dämonische Musik erzeugten, die im Wald ringsum hallte und widerhallte. Aber das Ungetüm auf der Platte, der Bewohner der Dunkelheit, war der Gipfel allen Schreckens; denn der Masse formlosen Fleisches entwuchsen willkürlich Tentakel, Klauen und Hände, die sich ebenso willkürlich wieder zurückzogen; die Masse selbst schrumpfte und schwoll in stetem Wechsel und scheinbar ohne Mühe an, und an der Stelle, wo ihr Kopf saß und sich eigentlich ihr Antlitz hätte befinden müssen, war nichts als eine kahle Gesichtslosigkeit, die umso schrecklicher wirkte, als die blinde Masse – noch während wir hinsahen – ein tiefes Heulen ausstieß, und zwar mit jener halb tierischen, halb menschlichen Stimme, die uns von der Aufzeichnung der vergangenen Nacht noch so vertraut war!

Wir flohen und waren, wie ich gestehen muss, so erschüttert, dass wir nur durch äußerste Willensanstrengung im Stande waren, in die richtige Richtung zu rennen. Und hinter uns schwoll die Stimme an, die blasphemische Stimme Nyarlathoteps, des Blinden, Gesichtslosen, des Mächtigen Boten, und zugleich hörten wir in unserer Erinnerung die angstvollen Worte des Halbbluts, Old Peter: *Es war unbeschreiblich ... hatte kein Gesicht, brüllte vor sich hin, dass ich geglaubt hab, mein Trommelfell platzt, und diese Dinger, die bei ihm waren ... Himmel!* Peters Worte hallten in unseren Köpfen, während das Wesen aus dem äußersten Weltall zur höllischen Musik der scheußlichen Flötenspieler kreischte und schnatterte. Das Gekreisch wuchs zu einem Heulen an, das den Wald durchdrang und sich uns für immer ins Gedächtnis brannte.

Ygnaiih! Ygnaiih! EEE-yayayayayaaa-haaahaaahaaahaaa-ngh'aaa-ngh'aaa-ya-ya-yaaa!

Dann wurde es plötzlich still.

Und doch, so unglaublich es auch erscheinen mag, näherte sich uns nun der Größte aller Schrecken.

Denn wir hatten den Weg zur Hütte erst zur Hälfte zurückgelegt, als wir beide zugleich bemerkten, dass uns etwas folgte. Hinter uns war ein abscheuliches, furchtbares Platschen zu hören, als habe die formlose Wesenheit die Steinplatte verlassen, die einst einer seiner Anbeter errichtet haben musste. Wir hatten den Eindruck, dass es uns verfolgte. Von bodenloser Furcht besessen, rannten wir, wie wir niemals zuvor gerannt waren, und hatten die Hütte beinahe erreicht, als uns auffiel, dass das platschende Geräusch, das Beben und Zittern der Erde – als ob ein riesiges Wesen darauf wandele – verebbt war. Stattdessen war nur noch der Klang ruhiger, gemächlicher Schritte zu hören.

Doch waren es nicht unsere Schritte! In der Aura des Unwirklichen, der Furcht erregenden Umgebung, durch die wir liefen und in der wir atmeten, stachelten die Schritte unsere Vorstellungsgabe so sehr an, dass wir beinah den Verstand verloren hätten!

Wir gelangten zur Hütte, zündeten eine Lampe an und ließen uns in die Sessel sinken. So warteten wir auf das, was auch immer da so steten Schrittes kam, ohne Eile die Verandastufen emporstieg, die Hand auf den Türknauf legte, die Tür aufdrückte ...

Es war Professor Gardner, der da vor uns stand!

Da sprang Laird auf und rief: »Professor Gardner!«

Der Professor lächelte reserviert und beschattete sich die Augen mit der Hand. »Darf ich Sie bitten, das Licht zu dämpfen. Ich war so lange im Dunkeln ...«

Ohne nachzufragen kam Laird seiner Bitte nach, und Gardner trat weiter in den Raum, verströmte in Gang und Haltung eine Selbstsicherheit, als sei er vor drei Monaten gar nicht vom Antlitz der Erde verschwunden, als habe er gar nicht in der vergangenen Nacht erregt an uns appelliert, als sei er ...

Ich warf Laird einen flüchtigen Blick zu; noch immer befand sich seine Hand an der Lampe, doch drehte er nicht mehr den Docht herunter, sondern hielt lediglich die Schraube fest und starrte leeren Blickes hinab. Ich sah zu Professor Gardner hinüber; er saß da und hatte den Kopf von den Lampen abgewandt und die Augen geschlossen. Ein mattes Lächeln spielte ihm um die Lippen; in jenem Moment hatte er denselben Blick, den ich an ihm schon oft im Universitätsclub zu Madison beobachtet hatte, und mir schien es, als sei alles, was rings um die Hütte vorgefallen war, nichts als ein böser Traum.

Nur war es kein Traum!

»Sie waren letzte Nacht fort?«, erkundigte sich der Professor.

»Ja. Aber natürlich haben wir das Diktaphon laufen lassen.«

»Ah. Dann haben Sie also etwas gehört?«

»Soll ich Ihnen die Aufnahme vorspielen, Sir?«

»Ja, bitte.«

Laird ging zum Diktaphon und spielte die Aufzeichnung noch einmal ab, und wir saßen schweigend da und hörten sie uns an; keiner von uns sagte etwas, bis der letzte Ton verklungen war. Langsam wandte der Professor den Kopf.

»Was halten Sie davon?«

»Ich weiß nicht, was ich davon halten soll«, antwortete Laird. »Die Äußerungen sind zu zusammenhangslos – abgesehen von Ihren Worten. Die scheinen freilich einen Sinn zu ergeben.«

Plötzlich, ohne Vorwarnung, lastete eine Atmosphäre der Bedrohlichkeit im Raum; zwar war dieser Eindruck nur vorübergehend, aber Laird empfand die Stimmung offenbar ebenso deutlich wie ich, denn er fuhr merklich zusammen. Er entnahm dem Diktaphon den Schellackzylinder, und der Professor ergriff wieder das Wort.

»Es kommt Ihnen gar nicht in den Sinn, dass Sie vielleicht einem Streich zum Opfer gefallen sein könnten?«

»Nein.«

»Und wenn ich Ihnen sagte, dass ich weiß, wie man jedes Geräusch auf Ihrer Aufzeichnung erzeugen kann?«

Laird blickte ihn eine ganze Minute lang an, dann erwiderte er mit leiser Stimme, Professor Gardner habe natürlich die Phänomene im Wald um Rick's Lake weit länger untersucht als er, und wenn Gardner sage, er könne alles erklären ...

Ein raues Lachen entfuhr dem Gelehrten. »Alles völlig natürliche Erscheinungen, mein Junge! Unter dieser grotesken Platte im Wald befindet sich eine Erzlagerstätte; sie gibt Licht ab und verströmt auch ein Miasma, das Halluzinationen hervorruft. So einfach ist das. Und was die zahlreichen Vermissten angeht – blanke Torheit, menschliches Versagen, nichts weiter; allerdings erwecken die Fälle allesamt den Anschein, als stünden sie miteinander in Verbindung. Ich kam in der Hoffnung her, etwas von dem Unsinn zu beweisen, dem der gute alte Partier schon seit langem zugeneigt ist, aber ...« Er lächelte geringschätzig, schüttelte den Kopf und streckte die Hand aus. »Geben Sie mir den Zylinder, Laird.«

Ohne Widerspruch händigte Laird ihm die Aufnahme aus. Der ältere Mann nahm den Schellackzylinder entgegen und hielt ihn sich vor die Augen, dann zuckte er mit dem Ellenbogen, schrie laut auf und ließ ihn fallen. Die Walze schlug auf dem Boden auf und zersprang in Dutzende kleine Stücke.

»Oh!«, rief der Professor. »Das tut mir Leid.« Er richtete die Augen auf Laird. »Aber andererseits – mit all dem Wissen, das ich durch Partiers Geschwätz über die hiesigen Überlieferungen angesammelt habe, kann ich Ihnen jederzeit eine identische Aufnahme erstellen, von daher ...« Er zuckte mit den Schultern.

»Das macht doch nichts«, sagte Laird ruhig.

»Wollen Sie damit sagen, alles auf diesem Zylinder ist Ihrer Phantasie entsprungen, Professor?«, warf ich ein. »Sogar der Sprechgesang, mit dem man Cthugha herbeiruft?«

Der ältere Mann blickte mich an; er lächelte sardonisch. »Cthugha? Für was halten Sie ihn denn, wenn nicht für ein reines Phantasieprodukt? Und die Schlussfolgerung – mein lieber Junge, benutzen Sie Ihren Kopf! Aus der Aufzeichnung können Sie einiges eindeutig ableiten: Cthugha hält sich auf Fomalhaut auf, siebenundzwanzig Lichtjahre entfernt, und wenn Fomalhaut am Himmel steht und man diesen Sprechgesang dreimal wiederholt, erscheint Cthugha hier und macht die Stätte für Menschen und außerirdische Wesenheiten unbewohnbar. Wie könnte man dies Ihrer Meinung nach in die Tat umsetzen?«

»Nun, durch etwas, das mit Gedankenübertragung vergleichbar ist«, erwiderte Laird hartnäckig. »Es ist nicht unvernünftig anzunehmen, dass, wenn wir unsere Gedanken auf Fomalhaut richten, etwas sie dort empfangen könnte – vorausgesetzt, es gibt dort Leben. Gedanken sind unmittelbar. Und sie könnten durchaus so hoch entwickelt sein, dass Dematerialisation und Rematerialisation in Gedankenschnelle erfolgen.«

»Mein Junge, meinen Sie das ernst?« Die Stimme des älteren Mannes verriet seine Verachtung.

»Sie haben mich gefragt.«

»Nun, wenn ich Ihre Worte als die hypothetische Antwort

auf eine theoretische Frage betrachte, kann ich darüber hinwegsehen.«

»Offen gesagt«, mischte ich mich wieder ein und ignorierte das seltsam verneinende Kopfschütteln Lairds, »glaube ich nicht, dass das, was wir heute Nacht im Wald gesehen haben, nur eine Halluzination gewesen ist – verursacht durch ein Miasma, das der Erde oder etwas anderem entströmt ist.«

Die Wirkung meines Kommentars auf den Professor war außergewöhnlich. Offenbar rang er mit größter Mühe um seine Fassung; seine Reaktion entsprach exakt der eines großen Gelehrten, der bei einem Vortrag von einem Kretin herausgefordert wird. Wenige Momente später hatte er sich wieder in der Gewalt und sagte nur: »Also sind Sie dort gewesen. Ich glaube, es ist bereits zu spät, Sie von etwas anderem zu überzeugen ...«

»Ich habe mich schon immer gerne eines Besseren belehren lassen, Sir, und ich bevorzuge die wissenschaftliche Methode«, entgegnete Laird.

Professor Gardner beschattete sich die Augen mit der Hand und sagte: »Ich bin müde. Als ich letzte Nacht hier war, habe ich gesehen, dass Sie sich mein altes Zimmer genommen haben, Laird, daher nehme ich das Nachbarzimmer, gegenüber von Jacks Raum.«

Er stieg die Treppe hinauf, als sei seit dem Tag, da er zuletzt in dieser Hütte genächtigt hatte, nicht das Geringste vorgefallen.

5

Der Rest der Geschichte – und der Höhepunkt jener apokalyptischen Nacht – sind rasch erzählt.

Ich hatte wohl noch nicht länger als eine Stunde geschlafen – es war ein Uhr morgens –, als Laird mich weckte. Vollständig bekleidet stand er neben meinem Bett und hieß mich in angespanntem Ton aufzustehen. Ich solle mich anziehen, alle nötigen Dinge einpacken, die ich mitgebracht hatte, und auf alles gefasst sein. Er gestattete mir nicht, Licht zu machen, doch hatte er eine kleine Taschenlampe dabei, von der er sparsam Gebrauch machte. Ich stellte ihm einige Fragen, aber jedes Mal ermahnte er mich abzuwarten.

Als ich fertig war, flüsterte er mir zu: »Komm«, und führte mich aus dem Zimmer.

Zielstrebig ging er auf das Zimmer zu, in das Professor Gardner verschwunden war. Im Licht der Taschenlampe war eindeutig zu erkennen, dass das Bett nicht angerührt worden war; überdies verriet die dünne Staubschicht auf dem Boden, dass Professor Gardner den Raum betreten hatte, zu einem Stuhl neben dem Fenster gegangen und dort hinausgestiegen war, ins Freie.

»Er hat das Bett nie angerührt, siehst du?«, wisperte Laird.

»Aber warum nicht?«

Laird packte mich fest beim Arm. »Erinnerst du dich an Partiers Anspielung – auf das, was er im Wald gesehen hat –, die protoplasmische Formlosigkeit des Ungeheuers. Und an das, was auf der Aufzeichnung zu hören war?«

»Aber Gardner hat uns gesagt ...«, protestierte ich.

Ohne ein weiteres Wort zu verlieren, wandte er sich um. Ich folgte ihm ins Erdgeschoss. An dem Tisch, an dem wir gearbeitet hatten, verharrte er und leuchtete ihn mit der Taschenlampe an. Zu meiner Überraschung erschrak ich und schrie auf, und sogleich brachte Laird mich zum Schweigen. Denn der Tisch war völlig leer, bis auf das Exemplar von *The Outsider and Others* und drei Ausgaben von *Weird Tales,* einer Zeitschrift, deren Geschichten jene in dem Buch des exzentrischen Genies aus Providence namens Lovecraft ergänzten. Gardners sämtliche Unterlagen, all unsere Notizen, die Fotokopien der Miskatonic University – alles war verschwunden!

»Er hat die Sachen mitgenommen«, bemerkte Laird. »Niemand sonst kommt infrage.«

»Wohin ist er gegangen?«

»Zurück dahin, woher er gekommen ist.« Er wandte sich mir zu, und seine Augen leuchteten im reflektierten Licht der Taschenlampe. »Begreifst du, was das bedeutet, Jack?«

Ich schüttelte den Kopf.

»*Sie* wissen, dass wir dort waren, *sie* wissen, dass wir zu viel gesehen und erfahren haben ...«

»Aber woher?«

»Du hast es ihnen verraten.«

»Ich? Gütiger Gott, Mann, bist du verrückt? Wie hätte ich ihnen das verraten sollen?«

»Hier, in der Hütte, heute Nacht – du allein hast den ganzen Schwindel verraten, und ich denke nur äußerst ungern daran, was vielleicht als Nächstes geschieht. Wir müssen von hier fort.«

Einen Moment lang schienen alle Ereignisse der vergangenen Tage zu einer unverständlichen Masse zu verschmelzen; Lairds Dringlichkeit war unverkennbar, und doch war sein Verdacht so völlig unglaublich, dass ich vollkommen verwirrt war, als ich darüber nachsann – wenn auch nur für einen flüchtigen Moment.

Laird redete indessen schnell auf mich ein. »Findest du es nicht merkwürdig – auf welche Weise er zurückgekehrt ist? Dass er aus dem Wald kam, *nachdem* wir dieses höllische Biest dort zu Gesicht bekommen haben ... und nicht vorher? Und die Fragen, die er gestellt hat, die Absicht hinter seinen Fragen. Und wie er den Zylinder zerbrochen hat – unseren einzigen wissenschaftlichen Beweis. Und jetzt das Verschwinden aller Unterlagen – von allem, was vermutlich zur Erhärtung dessen gedient hätte, was er ›Partiers Geschwätz‹ nannte.«

»Aber wenn wir glauben sollen, was er uns gesagt hat ...«

Er unterbrach mich. »Einer von beiden hatte Recht. Entweder die Stimme auf der Aufnahme, die nach mir gerufen hat ... oder der Mann, der heute Nacht hier war.«

»Der Mann ...«

Doch was auch immer ich hatte sagen wollen, Laird gebot mir mit einem scharfen *»Hör nur!«* zu schweigen.

Von draußen, aus den Tiefen der vom Grauen heimgesuchten Finsternis, dem Erdenhort des Bewohners der Dunkelheit, drangen erneut, zum zweiten Male in dieser Nacht, die unheimlich schönen und doch missklingenden Töne flötengleicher Musik: an- und abschwellend, begleitet von einer Art gesungenen Heulens und dem Geräusch wie von großen, flatternden Flügeln.

»Ja, ich höre es auch«, flüsterte ich.

»Hör genau hin!«

Noch während Laird sprach, begriff ich. Etwas hatte sich verändert: Die Geräusche aus dem Wald wurden nicht nur beständig lauter und leiser – *sie näherten sich!*

»Glaubst du mir jetzt?«, fragte Laird nachdrücklich. *»Sie kommen uns holen!«* Er wandte sich mir zu. »Den Sprechgesang!«

»Welchen Sprechgesang?«, fragte ich törichterweise.

»Der Cthugha-Sprechchor – erinnerst du dich an ihn?«

»Ich habe ihn aufgeschrieben. Hab ihn hier.«

Einen Augenblick lang fürchtete ich, man könnte uns auch diesen Zettel weggenommen haben, aber meine Furcht war unbegründet; ich fand die Notiz noch in der Hosentasche, in die ich sie gesteckt hatte. Mit zitternder Hand riss Laird mir das Papier aus der Hand.

»Ph'nglui mglw'nafh Cthugha Fomalhaut n'gha-ghaa naf'l thagn! Iä! Cthugha!«, sprach er, während er zur Veranda lief, und ich folgte ihm auf dem Fuße.

Aus dem Wald drang die bestialische Stimme des Bewohners der Dunkelheit.

»Ee-ya-ya-haa-haahaaa! Ygnaiih! Ygnaiih!«

»Ph'nglui mglw'nafh Cthugha Fomalhaut n'gha-ghaa naf'l thagn! Iä! Cthugha!«, wiederholte Laird zum zweiten Mal.

Noch immer drang das gräuliche Geräuschgemisch vom Wald unvermindert zu uns, schwoll zu gewaltigen Höhen schreckensbeladener Wildheit an, und die bestialische Stimme des Ungeheuers mengte sich unter das wilde, hektische Flötenspiel und das nach Schwingen klingende Geräusch.

Und dann wiederholte Laird die uralten Worte des Sprechgesangs ein drittes Mal.

Im gleichen Augenblick, da ihm die letzten gutturalen Laute über die Lippen kamen, setzte eine Reihe von Ereignissen ein, die zu sehen keinem Menschenauge je bestimmt war. Denn plötzlich war die Dunkelheit verschwunden, einem Furcht erregenden, bernsteinfarbenen Leuchten gewichen; gleichzeitig verstummte die flötengleiche Musik, und an ihrer Statt erklangen Rufe der Wut und des Entsetzens. Dann erschienen Tausende von winzigen Lichtpunkten – nicht nur auf und zwischen den Bäumen, sondern auch auf der Erde, auf der Hütte und dem davor geparkten Wagen. Einen weiteren Moment lang standen wir wie angewurzelt da, und dann wurde uns bewusst, dass die unzähligen Lichtpunkte *lebende Wesenheiten aus Feuer waren.* Denn was auch immer sie berührten, ging in Flammen auf, und als Laird dies sah, hastete er in die Hütte, um alle Habseligkeiten zu holen, die er ins Freie zu tragen vermochte, ehe die Feuersbrunst es uns unmöglich machen würde, Rick's Lake zu entfliehen.

Er kam herausgerannt – unsere Reisetaschen hatten im Erdgeschoss gestanden – und keuchte, es sei zu spät, das Diktaphon oder dergleichen zu holen, und gemeinsam liefen wir zum Wagen. Obgleich wir unsere Augen vor dem blendenden Licht ringsum abschirmten, entgingen uns weder die riesigen, formlosen Gestalten, die von der verfluchten Stätte gen Himmel strömten, noch das gleichsam riesige Wesen, das wie eine

Wolke lebenden Feuers über den Bäumen schwebte. So viel sahen wir, ehe der entsetzlich mühselige Kampf um Entkommen aus dem brennenden Wald uns gnädig zwang, die weiteren Einzelheiten während unserer schrecklichen, wahnsinnigen Flucht zu übersehen.

So schrecklich auch war, was in der Dunkelheit des Waldes von Rick's Lake vorfiel, es gab noch etwas weit Katastrophaleres, etwas so blasphemisch Schlüssiges, dass es mir bei dem Gedanken daran sogar jetzt noch schaudert und ich unkontrolliert zittere. Denn während des kurzen Spurts zum Wagen erblickte ich die Erklärung für Lairds Zweifel. Ich begriff, weshalb er der Stimme auf der Aufzeichnung geglaubt hatte, und nicht der Kreatur, die in der Gestalt Professor Gardners zu uns gekommen war. Des Rätsels Lösung war schon vorher offenbar gewesen, doch hatte ich sie nicht erkannt; selbst Laird hatte es nicht gänzlich geglaubt. Und doch hatte sie vor uns gelegen – ohne dass wir es wussten. »Die Großen Alten wünschen nicht, dass der einfache Mensch zu viel erfährt«, hatte Partier gesagt. Noch deutlichere Hinweise hatte uns die schreckliche Stimme in der Aufnahme gegeben: *Ziehe hinaus in seiner Gestalt oder schlüpfe in eine beliebige Menschenhülle und vernichte alles, was sie zu uns führen könnte* ... Vernichte, was sie zu uns führen könnte! Unsere Aufzeichnung, die Notizen, die Fotokopien von der Miskatonic University, ja, und sogar Laird und mich! Und die Kreatur zog tatsächlich hinaus, denn sie war Nyarlathotep, der Mächtige Bote, der Bewohner der Dunkelheit, der in seinen Wald zurückgekehrt war und uns seine niederen Untergebenen gesandt hatte. Er war es, der aus dem interstellaren Raum herabgestiegen war, ebenso wie das Feuerwesen Cthugha von Fomalhaut, auf den Befehl hin, der ihn aus seinem Äonen währenden Schlaf unter dem bernsteinfarbenen Stern weckte – jener Befehl, den Gardner, der untote Gefangene des schrecklichen

Nyarlathotep, bei seinen phantastischen Reisen durch Raum und Zeit entdeckt hatte; und Nyarlathotep war es auch, der dorthin zurückkehrte, woher er gekommen war, hatten doch die Diener Cthughas seinen irdischen Zufluchtsort zerstört und auf ewig nutzlos für ihn gemacht!

Ich weiß das, und Laird weiß es auch. Wir reden nie darüber.

Hätten wir trotz alledem, was sich zuvor ereignet hatte, noch Zweifel gehegt, so vermochten wir zumindest jene letzte, geisttötende Entdeckung nicht zu vergessen, die Einzelheit, die wir sahen, als wir die Augen vor den Flammen ringsum abschirmten und den Blick von den Wesen im Himmel abwandten: die Fußspuren, die von der Hütte fortführten, in Richtung jener höllischen Platte im schwarzen Wald, *die Fußabdrücke, die im weichen Boden vor der Veranda begannen und die Form eines menschlichen Fußes besaßen, aber mit jedem Schritt zu furchtbar suggestiven Abdrücken eines Geschöpfes von unglaublicher Gestalt und unvorstellbarem Gewicht wurden; in Umriss und Größe wiesen sie derart groteske Abweichungen auf, dass sie jedem, der das Monstrum auf der Steinplatte nicht gesehen hatte, Rätsel aufgegeben hätten; und neben den Spuren, wie durch eine kraftvolle Ausdehnung zerfetzt und zerrissen, lag die Kleidung, die einst Professor Gardner gehört hatte, Stück für Stück zurückgelassen auf dem Weg, der in den Wald führte – jenem Weg, den das höllische Ungetüm genommen hatte, welches aus der Nacht gekommen war, der Bewohner der Dunkelheit, der uns in der Gestalt und Aufmachung Professor Gardners besucht hatte!*

Originaltitel: *The Dweller in Darkness*
Erstveröffentlichung: *Weird Tales*, November 1944
Aus dem Amerikanischen von Ruggero Leò

Jenseits der Schwelle

VON AUGUST DERLETH

Eigentlich ist es die Geschichte meines Großvaters.

Nun, gewissermaßen ist es die Geschichte unserer Familie und darüber hinaus auch der ganzen Welt; und es gibt keinen Grund mehr, die Einzelheiten der außerordentlich schrecklichen Ereignisse zu verschweigen, die sich in jenem einsamen Haus in den Wäldern Nord-Wisconsins zutrugen.

Die Anfänge der Geschichte reichen bis in die Nebel der Frühzeit zurück, lange bevor es die Familie Alwyn gab, doch als ich nach Wisconsin reiste, wusste ich von nichts. In einem Brief hatte mir mein Vetter mitgeteilt, dass sich Großvaters Gesundheitszustand auf seltsame Weise verschlechtert habe. Bereits in meiner Kindheit hatte ich Josiah Alwyn immer irgendwie für unsterblich gehalten, und auch in den seither verstrichenen Jahren schien er sich nie verändert zu haben: ein alter Mann mit breitem, gewölbtem Brustkorb und schwerem, vollen Gesicht, geziert von einem gepflegten Schnauzer und einem schmalen Backenbart, um die harte Linie seines markanten Kinns ein wenig abzumildern. Er hatte dunkle, nicht zu große Augen und struppige Brauen. Das Haar trug er so lang, dass es unvermittelt an eine Löwenmähne denken ließ. In meiner frühen Kindheit bekam ich ihn nur selten zu Gesicht, dennoch hinterließ er in meiner Erinnerung einen unauslöschlichen Eindruck, stattete er mir doch mitunter in meinem angestammten Landhaus bei Arkham, Massachusetts, einen Besuch ab – jene Art von Kurzbesuch, die er zu tätigen pflegte, wenn er soeben aus den entlegenen Ecken der Welt kam oder sich auf dem Weg dorthin befand: Tibet, die Mongolei, die arktischen Regionen und gewisse, kaum bekannte Inseln im Pazifik.

Als mich der Brief meines Vetters Frolin erreichte, hatte ich Großvater jahrelang nicht mehr gesehen. Frolin lebte gemeinsam mit Großvater in dessen altem Haus, im Herzen des Wald- und Seengebietes Nord-Wisconsins. Er schrieb mir: »Ich wünschte, du könntest dich lange genug von Massachusetts lösen, um hierher zu kommen. Viel Wasser ist ins Meer geflossen, und der Wind hat oft seine Richtung gewechselt, seit du zum letzten Mal hier warst. Offen gesagt, finde ich, du solltest eiligst herkommen. Angesichts der gegenwärtigen Umstände weiß ich nicht, an wen ich mich wenden soll, denn Großvater ist nicht er selbst, und ich brauche jemanden, dem ich trauen kann.« Der Brief machte keinen besonders dringlichen Eindruck auf mich, doch haftete ihm eine sonderbare Gezwungenheit an, die unsichtbar und unberührbar zwischen den Zeilen hervortrat; etwas beschlich mich bei seinem Satz über den Wind, bei der Art, in der er erwähnte, *Großvater sei nicht er selbst,* und bei der Bemerkung, er brauche jemanden, *dem er trauen könne.* Dieser Eindruck ließ nur eine Antwort auf Frolins Brief zu.

In jenem September sprach nichts dagegen, mich von meiner Stelle als Hilfsbibliothekar an der Miskatonic University in Arkham beurlauben zu lassen, und daher brach ich zügig auf. Von der beinahe unheimlichen Überzeugung gequält, dass große Eile geboten sei, reiste ich westwärts: Von Boston aus flog ich nach Chicago, und von dort ging es mit dem Zug in die Stadt Harmon, tief im Waldland Wisconsins – eine Gegend von großer Schönheit, so nah bei den Ufern des Oberen Sees, dass man dort an stürmischen Tagen das Wasser rauschen hörte.

Frolin holte mich vom Bahnhof ab. Mein Cousin war damals Ende dreißig, sah aber zehn Jahre jünger aus. Er hatte hetzige, tiefbraune Augen und einen weichen, sinnlichen Mund, der über seine innere Härte hinwegtäuschte. Er war von einzigartig nüchternem Wesen, obwohl eine Mischung aus Nüchternheit und ansteckender Wildheit von jeher kennzeichnend für ihn gewesen war – »der Ire in ihm«, wie Großvater es einmal ausgedrückt hatte. Als ich ihm die Hand schüttelte, blickte ich ihm in die Augen und suchte zu ergründen, ob er eine innere Pein empfand, die er vor mir verbarg. Ich erkannte, dass er tatsächlich besorgt war, denn seine Augen verrieten ihn, so wie das aufgerührte Wasser eines Weihers zeigt, dass sich in seinen Tiefen etwas regt, auch wenn die Oberfläche klar wie Kristall sein mag.

»Was ist los?«, fragte ich, als ich neben ihm im Coupé Platz genommen hatte, mit dem wir in das Land der hohen Kiefern fuhren. »Ist der alte Mann ans Bett gefesselt?«

Er schüttelte den Kopf. »Ach, nein, nichts dergleichen, Tony.« Er warf mir einen seltsam zurückhaltenden Blick zu. »Du wirst schon sehen. Warte ab und sieh selbst.«

»Was ist es dann?«, drängte ich ihn. »Dein Brief las sich schrecklich.«

»Das hatte ich gehofft«, erwiderte er nachdrücklich.

»Und doch stand nichts darin, auf das ich den Finger hätte legen können«, gestand ich ein. »Trotzdem habe ich mir den seltsamen Unterton nicht eingebildet.«

Er lächelte. »Ja, ich wusste, du würdest verstehen. Ich sage dir, es war schwer – ausgesprochen schwer. Ich habe lange gezögert, ehe ich mich hingesetzt und dir diesen Brief geschrieben habe, glaub mir.«

»Aber wenn Großvater nicht krank ist ...? Ich glaube, du hast geschrieben, er sei nicht er selbst.«

»Ja, ja, hab ich. Warte einfach ab, Tony, sei nicht so ungeduldig; du kannst dich mit eigenen Augen überzeugen. Ich glaube, es ist sein Verstand.«

»Sein Verstand!« Ein mattes Gefühl des Bedauerns und Schreckens wogte bei der Vorstellung in mir auf, Großvaters Geisteskraft könne nachgelassen haben; dass sein großartiger Verstand mit einem Mal zerrüttet sein könnte, war ein unerträglicher Gedanke, und ich war nicht willens, ihn in Betracht zu ziehen. »Bestimmt nicht!«, rief ich. »Frolin, was zum Teufel ist los?«

Erneut richtete er die besorgten Augen auf mich. »Ich weiß es nicht. Aber es muss etwas Schreckliches sein. Ach, wenn es nur um Großvater ginge! Aber da ist auch noch diese Musik – und all die anderen Dinge: die Geräusche und Gerüche und ...« Er bemerkte meine Verblüffung und wandte sich von mir ab, wobei es ihn schon beinah körperlich anzustrengen schien, seine Worte im Zaume zu halten. »Ich werde nachlässig. Stell mir bitte keine Fragen mehr. Warte einfach. Du wirst schon selbst sehen.« Als er kurz auflachte, klang es gezwungen. »Vielleicht ist es ja gar nicht der alte Mann, der den Verstand verliert. Der Gedanke ist mir schon öfter gekommen – und nicht ohne Grund.«

Ich schwieg, aber eine Art angespannter Furcht keimte in mir auf. Eine Weile saß ich neben Frolin und dachte nur an ihn und den alten Josiah Alwyn, die gemeinsam in dem betagten Haus lebten und sich weder der hoch aufragenden Kiefern ringsum bewusst waren noch des Säuselns des Zephirs und auch nicht des beißenden Geruchs nach Laubfeuern, den der Nordwestwind herantrug. Von den dunklen Kiefern eingefangen, brach der Abend in dieser Gegend früh herein, und obwohl noch immer das Abendrot im Westen zu sehen war und sich in einer großen Woge aus Safran und Amethyst in den Himmel fächerte, hatte die Dunkelheit schon von dem Wald Besitz ergriffen, den wir durchfuhren. Aus der Dunkelheit drangen die Rufe der großen Ohreulen und ihrer kleineren Verwandten, der Schleiereulen, zu uns und verliehen der Stille einen unheimlichen Zauber – der Stille, die sonst nur noch von der Stimme des Windes und den Geräuschen unseres Wagens durchbrochen wurde, mit dem wir uns auf der vergleichsweise selten benutzten Straße dem Alwyn-Haus näherten.

»Wir sind fast da«, sagte Frolin.

Die Scheinwerfer streiften den rauen Stamm einer Kiefer, die vor Jahren vom Blitz gespalten worden war, aber noch immer stand und ihre beiden hageren Glieder wie knorrige Arme der Straße entgegenstreckte: ein alter Orientierungspunkt, auf den Frolin mich aufmerksam machte. Er wusste, ich würde mich an den Baum erinnern, der nur eine halbe Meile von unserem Haus entfernt stand.

»Falls Großvater fragen sollte«, meinte er dann, »wäre es mir lieber, wenn du nicht erwähnst, dass ich dich hergebeten habe. Ich weiß nicht, wie er reagieren würde. Du kannst ihm sagen, du wärst im Mittelwesten gewesen und hättest uns bei dieser Gelegenheit besuchen wollen.«

Erneut regte sich die Neugier in mir, aber ich drang nicht weiter in Frolin. »Er weiß also, dass ich komme?«

»Ja. Ich habe ihm erzählt, du hättest dich bei mir gemeldet und ich würde dich vom Bahnhof abholen.«

Sicherlich würde der alte Mann verärgert, ja vielleicht sogar wütend reagieren, wenn er den Eindruck gewänne, Frolin hätte nach mir geschickt, weil er sich um Großvaters Gesundheit sorgte; dennoch hatte Frolins Bitte noch einen anderen Hintergrund als lediglich die Absicht, den Stolz des alten Mannes nicht zu verletzen. Wieder empfand ich diese seltsame, vage Unruhe, dieses unvermittelte und unerklärliche Gefühl von Furcht.

Unvermittelt tauchte das Haus vor uns auf. Es stand inmitten einer von Kiefern umgebenen Lichtung. Ein Onkel von Großvater hatte es in den Pioniertagen Wisconsins gebaut, in den Fünfzigerjahren des 19. Jahrhunderts: Er war einer jener Alwyns gewesen, die zur See fuhren, und stammte aus Innsmouth, dem fremdartigen, düsteren Fischerort an der Küste Massachusetts. Das Haus war ungewöhnlich reizlos und lehnte sich an den Hang wie eine barsche alte Frau in einem mit Falbeln besetzten Kleid. Der Bau setzte sich über viele architektonische Standards hinweg, ohne indes völlig frei zu sein von den oberflächlichen Facetten einer Architektur, wie sie um 1850 modern war, und es schien, als habe sein Erbauer es zu einem der groteskesten und pompösesten Gebäude jener Zeit machen wollen. Es besaß eine schrecklich breite Veranda. Auf der einen Seite führte sie direkt in die Ställe, in denen früher Pferde, Surreys und Buggys untergebracht worden waren und in denen nun zwei Automobile standen – die einzige Ecke des Gebäudes, der man ansah, dass sie seit ihrer Errichtung noch einmal umgebaut worden war. Das Haus ragte zweieinhalb Stockwerke auf und besaß einen Keller. Vermutlich (es war zu dunkel, als dass man es mit Gewissheit hätte erkennen können) war es noch immer im selben scheußlichen Braun gestrichen wie früher. Und dem Licht nach zu urteilen, das durch die Vorhänge in den Fenstern schien, hatte Großvater sich noch immer nicht die Mühe gemacht, das Haus mit Stromanschlüssen zu versorgen – eine Eventualität, auf die ich mich insofern gut vorbereitet hatte, als dass ich eine Taschenlampe mitgebracht hatte, eine elektrische Kerze und Ersatzbatterien für beide.

Frolin fuhr den Wagen in die Garage, stieg aus und griff sich einen Teil meines Gepäcks. Dann ging er voraus, über die Veranda zur Vordertür – einem massiven, dick paneelierten Eichenstück, das ein lächerlich großer Türklopfer aus Eisen verzierte. In der Diele war es dunkel, und nur durch eine angelehnte Tür am anderen Ende fiel mattes Licht, gerade genug, dass es die breiten Stufen gespenstisch erhellte, die in den ersten Stock hinaufführten.

»Ich bringe dich erst mal in dein Zimmer«, sagte Frolin und stieg mit dem sicheren Schritt eines Mannes, der mit den Stufen vertraut ist, vor mir die Treppe hinauf. »Auf dem Pfosten am Treppenabsatz findest du eine Taschenlampe«, fügte er hinzu. »Nur falls du sie brauchst. Du kennst den alten Mann ja.«

Die Lampe zu finden und einzuschalten hielt mich nicht lange auf, und als ich wieder zu Frolin aufschloss, stand er bereits an der Tür zu meinem Zimmer. Wie ich bemerkte, befand sich mein Zimmer direkt über dem Vordereingang und lag daher nach Westen – wie das gesamte Haus.

»Er hat uns verboten, auf dieser Etage irgendeines der Zimmer zu benutzen, die nach Osten liegen«, teilte Frolin mir mit und starrte mich an, als wolle er sagen: Da siehst du, wie verrückt er geworden ist! Er wartete darauf, dass ich etwas erwiderte, da ich aber schwieg, fuhr er fort: »Ich schlafe in dem Zimmer direkt neben deinem und Hough in der Südwestecke des Hauses; sein Zimmer grenzt an meines an. Momentan holt er etwas zu essen, wie du vielleicht bemerkt hast.«

»Und Großvater?«

»Ist höchstwahrscheinlich in seinem Arbeitszimmer. An den Raum erinnerst du dich bestimmt noch.«

In der Tat entsann ich mich an das merkwürdige fensterlose Zimmer, das nach genauesten Anweisungen meines Großonkels Leander gebaut worden war. Der Raum nahm den Großteil der hinteren Haushälfte ein, die gesamte Nordwestecke und nach Westen hin die gesamte Breite, abgesehen von einer kleinen Ecke im Südwesten: Dort befand sich die Küche, aus der das Licht in den Flur gefallen war, als wir das Haus betreten hatten. Das Arbeitszimmer reichte sogar ein Stück weit in den Hügel hinein, daher besaß die Ostwand keine Fenster. Dass die Nordwand ebenfalls völlig fensterlos war, ließ sich indes nur durch Onkel Leanders Exzentrizität erklären. Exakt in der Mitte der Ostwand – genauer gesagt: sogar in die Wand eingelassen – befand sich ein riesiges, fast zwei Meter breites Gemälde, das vom Boden zur Decke reichte. Vielleicht hatte ein Freund Onkel Leanders das Bild gemalt, wenn nicht sogar mein Großonkel höchstpersönlich, und hätte es auch nur einen Anflug von Originalität besessen oder wenigstens die Anzeichen besonderen Talents aufgewiesen, so wären seine gewaltigen Ausmaße verzeihlich gewesen. Dem jedoch war nicht so. Vielmehr handelte es sich um die ganz und gar prosaische Darstellung einer typisch nordamerikanischen Landschaft: Es zeigte einen Felshang, und in der Bildmitte war ein Höhleneingang zu sehen, zu dem ein stark verwilderter Weg führte. Der Höhle näherte sich ein impressionistisch wirkendes Raubtier, das offenbar einen Bären darstellen sollte, die einst in dieser Gegend heimisch waren. Im oberen Bildteil war eine Art unglücklicher Wolke zu sehen, die zwischen den dunklen, ringsum aufragenden Kiefern völlig verloren wirkte. Das zweifelhafte Kunstwerk dominierte das Arbeitszimmer ganz und gar; weder ließ es die Bücherregale zur Geltung kommen, die beinah jeden verfügbaren Winkel im Raum einnahmen, noch das absurde Sammelsurium von Kuriositäten, die in jeder Nische verstreut lagen: sonderbar geschnitzte Holz- oder gemeißelte Steinstücke, allesamt Andenken aus den Seefahrertagen meines Großonkels. Das Arbeitszimmer verströmte die leblose Atmosphäre eines Museums, und doch reagierte es seltsamerweise auf meinen Großvater, als sei es eine Art Lebewesen. Sogar das Gemälde an der Wand schien in frischeren Farben zu erstrahlen, wann immer er eintrat.

»Ich glaube nicht, dass jemand, der schon einmal in dem Zimmer gewesen ist, es je vergessen könnte«, sagte ich mit grimmigem Lächeln.

»Großvater verbringt sehr viel Zeit dort drinnen. Er verlässt den Raum kaum noch, und jetzt, wo der Winter nicht mehr lange auf sich warten lässt, kommt er eigentlich nur noch zu den Mahlzeiten heraus. Er hat sogar sein Bett darin aufgestellt.«

Mir schauderte. »Ich könnte mir nicht vorstellen, in diesem Raum zu übernachten.«

»Für mich wäre das auch nichts. Aber er arbeitet an irgendetwas, weißt du, und ich glaube aufrichtig, dass sein Geist darunter gelitten hat.«

»Ein weiteres Buch über seine Reisen vielleicht?«

Mein Vetter schüttelte den Kopf. »Nein, ich glaube, er arbeitet an einer Übersetzung. Von etwas Besonderem. Eines Tages hat er einige alte Aufzeichnungen Leanders gefunden, und seitdem scheint es mit ihm von Tag zu Tag schlimmer geworden zu sein.« Er hob die Augenbrauen und zuckte mit den Schultern. »Und jetzt komm. Hough hat inzwischen bestimmt schon das Abendessen bereitet, und du kannst dir selbst ein Bild von Großvaters Zustand machen.«

Aufgrund Frolins rätselhafter Bemerkungen erwartete ich, Großvater als ausgemergelten alten Mann vorzufinden. Immerhin war er bereits Anfang siebzig, und selbst von ihm konnte man wohl kaum erwarten, dass er ewig leben würde. Rein äußerlich jedoch hatte er sich überhaupt nicht verändert, soweit ich es zu beurteilen vermochte. Dort saß er nun, am Tisch vor seinem Abendbrot, ganz der zähe alte Mann, als den ich ihn kannte: Sein Schnurr- und Backenbart war noch nicht völlig weiß, sondern nur eisengrau und mit reichlich schwarzen Haaren durchsetzt; sein Gesicht war ebenso klobig wie früher und sein Teint so rötlich wie eh und je. Als ich den Raum betrat, biss er herzhaft in eine Truthahnkeule. Kaum erblickte er mich, zog er die Augenbrauen ein wenig hoch, ließ die Keule sinken und begrüßte mich mit der gleichen Begeisterung, als wäre ich lediglich eine halbe Stunde fort gewesen.

»Gut siehst du aus«, sagte er.

»Du auch«, erwiderte ich. »Wie ein altes Schlachtross.«

Er grinste. »Mein Junge, ich bin etwas Neuem auf der Spur – einem unerforschten Land jenseits von Afrika, Asien und den arktischen Regionen.«

Ich warf Frolin einen flüchtigen Blick zu. Offenbar war ihm dies neu; welche Andeutungen Großvater auch immer über sein Treiben im Arbeitszimmer gemacht hatte, die Bemerkung über das unerforschte Land gehörte jedenfalls nicht dazu.

Er fragte mich über meine Reise nach Westen aus, und den Rest des Abendessens verbrachten wir mit oberflächlichen Gesprächen über unsere anderen Verwandten. Mir fiel auf, dass der alte Mann immer wieder auf unsere Verwandtschaft in Innsmouth zu sprechen kam, die wir längst aus den Augen verloren hatten: Was sei nur aus ihr geworden? Ob ich sie besucht hätte? Wie sahen sie aus? Ich war ihm keine große Hilfe, zumal ich praktisch nichts über die Innsmouther Verwandten wusste und der festen Überzeugung war, dass sie alle in einem Unglück ums Leben gekommen seien – dem Unglück, bei dem viele Einwohner der allseits gemiedenen Stadt ins Meer gespült worden waren. Der Tenor von Großvaters harmlos anmutenden Fragen gab mir nicht wenig Rätsel auf. In meiner Eigenschaft als Bibliothekar an der Miskatonic University hatte ich seltsame und beunruhigende Gerüchte über Innsmouth gehört; unter anderem wusste ich, dass die Bundespolizei dort vor Jahren einmal auf den Plan getreten war, doch den Verlautbarungen über ausländische Spione hatte jener essenzielle Hauch der Wahrheit gefehlt, welcher die schrecklichen Dinge, die in jener Stadt vorgefallen waren, plausibel erklärt hätte. Am Schluss wollte Großvater wissen, ob ich jemals Bilder meiner Verwandten gesehen hätte, und als ich die Frage verneinte, war er offenkundig enttäuscht.

»Weißt du«, sagte er lustlos, »es gibt nicht einmal ein Porträt von Onkel Leander, aber vor Jahren haben mir die älteren Leute aus der Gegend um Harmon erzählt, dass er ein sehr reizloser Mann gewesen sei und Ähnlichkeit mit einem *Frosch* besessen habe.« Mit einem Mal schien er aufzuleben, und er redete ein wenig schneller als zuvor. »Hast du eine Vorstellung davon, was das bedeutet, mein Junge? Aber nein, natürlich nicht. Das kann ich nicht von dir erwarten ...«

Eine Weile saß er schweigend da, trank seinen Kaffee, trommelte mit den Fingern auf den Tisch und starrte mit sonderbar gedankenverlorenem Ausdruck ins Leere. Dann erhob er sich unvermittelt und verließ den Raum, zuvor aber lud er uns noch ein, ihn nach dem Abendessen im Arbeitszimmer aufzusuchen.

»Was hältst du von der Sache?«, fragte Frolin mich, nachdem Großvater die Tür zum Arbeitszimmer vernehmlich hinter sich geschlossen hatte.

»Merkwürdig finde ich es schon«, antwortete ich, »aber nicht absonderlich, Frolin. Ich fürchte ...«

Er lächelte grimmig. »Warte ab. Bilde dir noch kein Urteil. Du bist kaum zwei Stunden hier.«

Nach dem Essen gingen wir ins Arbeitszimmer und überließen es Hough und seiner Frau, den Tisch abzuräumen – seit zwanzig Jahren arbeiteten die beiden nun schon in Großvaters Haus. Im Arbeitszimmer bemerkte ich keine Veränderung bis auf das alte Doppelbett, das nun an der Wand stand, die das Zimmer von der Küche trennte. Großvater erwartete uns offensichtlich – genauer gesagt: Er erwartete mich. Und hatte ich bislang guten Grund gehabt, Vetter Frolins Äußerungen für mysteriös zu halten, so fällt mir kein treffenderes Wort ein, mit dem ich das Gespräch charakterisieren könnte, das ich nun mit Großvater führte.

»Hast du schon einmal vom Wendigo gehört?«, fragte er mich.

Ich musste eingestehen, im Zusammenhang mit anderen indianischen Legenden des Nordens auf diesen Namen gestoßen zu sein: Die Indianer glaubten an ein grässliches, übernatürliches Wesen, das schrecklich anzusehen war und in den großen, schweigenden Wäldern umging.

Großvater fragte mich, ob ich je eine Verbindung zwischen

dieser Wendigo-Legende und den Naturkräften der Luft in Betracht gezogen hätte, und als ich ihm die Frage bejahte, wollte er unbedingt erfahren, woher ich denn von dieser indianischen Legende wisse. Der Wendigo habe natürlich, wie er mir beteuerte, nicht das Geringste mit seiner Frage zu tun.

»In meiner Eigenschaft als Bibliothekar stoße ich gelegentlich auf eher ungewöhnliche Themen«, antwortete ich.

»Ah!«, rief er aus und griff nach dem Buch neben seinem Stuhl. »Dann bist du zweifellos auch mit diesem Band hier vertraut.«

Ich betrachtete das schwere Buch mit dem schwarzen Einband, auf dessen Buchrücken der Titel mit Blattgold eingestanzt war: *The Outsider and Others,* von H. P. Lovecraft.

Ich nickte. »Dieses Buch haben wir im Bestand.«

»Also hast du es gelesen?«

»Oh ja. Höchst interessant.«

»Dann hast du gelesen, was er in seiner sonderbaren Geschichte über Innsmouth zu sagen hat, sie heißt ›Schatten über Innsmouth‹. Was schließt du daraus?«

Ich dachte angestrengt nach und versuchte mich der Erzählung zu entsinnen; alsbald fiel sie mir ein: eine phantastische Geschichte von schrecklichen Meereswesen, der Brut Cthulhus, dem furchtbaren Wesen primordialen Ursprungs, das tief im Meer lebte.

»Der Mann hatte eine Phantasie«, sagte ich.

»Hatte? Ist er denn tot?«

»Ja, vor drei Jahren.«

»Ach! Ich hatte gehofft, von ihm erfahren zu können, ob ...«

»Aber diese fiktive Erzählung ist gewiss –«, setzte ich an.

Großvater unterbrach mich. »Du kannst mir nicht erklären, was in Innsmouth vorgefallen ist, wie also kannst du dir sicher sein, dass seine Geschichte erfunden ist?«

Ich musste einräumen, dass ich mir dessen tatsächlich nicht

gewiss sein konnte, aber wie es schien, hatte der alte Mann bereits das Interesse an dem Thema verloren. Er holte einen großen Briefumschlag hervor (auf dem viele der bekannten und bei Sammlern so begehrten Drei-Cent-Briefmarken von 1869 prangten) und entnahm ihm mehrere Papierbögen. Die Blätter stammten von Onkel Leander, erklärte er mir, und er habe sie mit der Anweisung hinterlassen, sie den Flammen zu überantworten. Diesem Wunsch sei jedoch nicht entsprochen worden, und so sei er in ihren Besitz gelangt. Großvater überreichte mir mehrere Seiten und fragte mich, was ich davon halte. Während ich sie mir ansah, beobachtete er mich scharf.

Die Seiten gehörten offenbar zu einem längeren Brief, der mit zittriger Hand geschrieben worden war, und enthielt einige unglaublich tölpelhafte Formulierungen. Darüber hinaus schienen einige der Sätze keinerlei Sinn zu ergeben, und das Blatt, welches ich mir am längsten ansah, war voller seltsamer Anspielungen. Mein Blick fiel auf Worte wie *Ithaqua, Lloigor, Hastur;* erst als ich Großvater die Blätter zurückgab, fiel mir auf, dass ich diese Worte bereits einmal gelesen hatte, vor gar nicht allzu langer Zeit. Diese Tatsache aber verschwieg ich ihm. Ich erklärte, ich könne mich des Gefühls nicht erwehren, dass Onkel Leanders Formulierungen unnötig verschleiert klängen.

Großvater kicherte. »Eigentlich hatte ich geglaubt, dass dir beim erstmaligen Lesen des Schreibens ein zumindest ähnlicher Gedanke kommen würde wie mir – aber nein, in diesem Punkt hast du mich enttäuscht. Es ist doch wohl offensichtlich, dass das ganze Schreiben verschlüsselt ist.«

»Natürlich! Das würde die unbeholfenen Formulierungen erklären.«

Mein Großvater grinste mich an. »Eine recht einfache Verschlüsselung, aber ausreichend – völlig ausreichend. Ich habe den Brief noch nicht ganz dechiffrieren können.« Mit dem Zeigefinger tippte er auf den Umschlag. »Er scheint dieses

Haus hier zu betreffen und enthält die wiederholte Warnung, man solle vorsichtig sein und die Schwelle nicht überschreiten, ansonsten habe man mit grässlichen Folgen zu rechnen. Mein Junge, ich bin in diesem Haus unzählige Male über jede Schwelle geschritten, ohne dass es je Folgen nach sich zog. Deshalb muss irgendwo eine Schwelle existieren, die ich noch nicht gefunden habe.«

Unwillkürlich belächelte ich seine Begeisterung. »Falls Onkel Leander wirr im Kopf war, hast du dich aber auf die falsche Fährte locken lassen«, sagte ich.

Plötzlich wallte jene Ungeduld in Großvater auf, die so bezeichnend für ihn ist. Mit einer Hand wischte er die Blätter meines Onkels beiseite, mit der anderen winkte er mich und Frolin fort, und es war ihm überdeutlich anzumerken, dass wir für ihn nicht mehr existierten.

Wir standen auf, empfahlen uns und verließen den Raum.

Im Halbdunkel des Flurs sah Frolin mich schweigend an. Einen langen Moment ließ er seinen hitzigen Blick auf mir ruhen, ehe er sich umwandte und vor mir die Stufen in den ersten Stock hinaufstieg. Dort trennten wir uns, und jeder begab sich in sein eigenes Zimmer und ging zu Bett.

2

Die nächtliche Aktivität des Unterbewusstseins hat mich von je interessiert, da ich glaubte, dass sich dem aufmerksamen Individuum im Schlaf unbegrenzte Möglichkeiten eröffnen. Wiederholt war ich schon mit dem Gedanken an ein mich bedrückendes Problem zu Bett gegangen und hatte nach dem Aufwachen festgestellt, dass ich es im Schlaf gelöst hatte – sofern es sich um ein Problem handelte, das zu lösen ich grundsätzlich im Stande war. Von den anderen, eher irrigen Aktivitäten des schlummernden Verstandes verstehe ich nur wenig. In jener Nacht begab ich mich mit der Frage zur Ruhe, wo ich die seltsamen Worte meines Onkels Leander schon einmal gehört hatte. Diese Frage beschäftigte mich sehr, und ich weiß sicher, dass ich sie vor dem Einschlafen noch nicht beantwortet hatte.

Als ich aber wenige Stunden später in der Dunkelheit erwachte, wusste ich plötzlich, dass ich jene sonderbaren Worte, jene merkwürdigen, eigentümlichen Namen in dem Buch von H. P. Lovecraft gelesen hatte, in der Bibliothek der Miskatonic University. Erst dann bemerkte ich, dass jemand leise an meine Tür klopfte und mit gedämpfter Stimme nach mir rief.

»Ich bin's, Frolin. Bist du wach? Ich komme jetzt rein.«

Ich stand auf, streifte mir den Morgenrock über und schaltete meine elektrische Kerze ein. Inzwischen war Frolin eingetreten, sein dünner Körper zitterte ein wenig – vermutlich wegen der Kälte, denn die Septembernachtluft, die durch mein Zimmer strömte, hatte nichts Sommerliches mehr an sich.

»Was ist los?«, fragte ich.

Er trat zu mir, mit merkwürdigem Leuchten in den Augen, und legte mir die Hand auf den Arm. »Hörst du es denn nicht?«, erkundigte er sich. »Gott, vielleicht bin in Wirklichkeit ja ich durchgedreht ...«

»Nein, warte!«, rief ich aus.

Mit einem Mal vernahm ich unheimlich schöne Musik, die von draußen zu kommen schien: Ich hielt es für Flötenspiel.

»Großvater hört Radio«, sagte ich. »Macht er das oft zu so später Stunde?«

Der Ausdruck auf Frolins Gesicht ließ mich verstummen. »Ich bin der Einzige, der in diesem Haus ein Radio besitzt. Es ist in meinem Zimmer und nicht eingeschaltet. Außerdem ist die Batterie leer. Übrigens, hast du im Radio schon einmal *derartige* Musik gehört?«

Ich lauschte der Musik mit neu erwachtem Interesse. Sie

klang seltsam gedämpft und doch vernehmlich. Überdies fiel mir auf, dass sie aus keiner bestimmten Richtung zu kommen schien; hatte ich anfangs gedacht, sie dringe von draußen herein, glaubte ich nun, sie erklinge eher unterhalb des Hauses – ein merkwürdiges, choralgleiches Spiel von Schalmeien und Pfeifen.

»Ein Flötenorchester«, sagte ich.

»Oder nur Panflöten«, meinte Frolin.

»Panflöten werden kaum noch gespielt«, murmelte ich abwesend.

»Nicht im Radio«, erwiderte Frolin.

Ich blickte auf und sah ihn scharf an. Er begegnete meinem Blick unverwandt. Ich hatte den Eindruck, dass er einen guten Grund für seinen ungewöhnlichen Ernst besaß, ob er diesen Grund nun in Worte kleiden wollte oder nicht. Ich packte ihn bei den Armen.

»Frolin, was ist los? Ich merke, dass du dich ängstigst.«

Er schluckte gequält. »Tony, in diesem Haus gibt es nichts, was diese Musik erzeugen könnte. Sie kommt von draußen.«

»Aber wer soll denn da draußen sein?«, verlangte ich zu erfahren.

»Nichts ... nichts Menschliches.«

Endlich war es heraus. Beinahe erleichtert öffnete ich mich dem Thema, von dem ich mir nicht hatte eingestehen wollen, dass ich mich ihm würde öffnen müssen. *Nichts ... nichts Menschliches.*

»Was ... was erzeugt dann die Musik?«, fragte ich.

»Ich glaube, Großvater kennt die Antwort auf diese Frage. Komm mit mir, Tony. Lass die elektrische Kerze hier. Wir finden den Weg auch im Dunkeln.«

Draußen auf dem Flur packte er wieder fest meinen Arm und hielt mich zurück. »Merkst du das auch?«, zischte er leise. »Oder bilde ich es mir nur ein?«

»Den Geruch«, antwortete ich. Einen vagen, schwer beschreibbaren Geruch nach Wasser, Fisch und Fröschen, den Bewohnern des feuchten Elements.

»Und jetzt!«, sagte er.

Unvermittelt war der Geruch nach Wasser verschwunden, und stattdessen kroch kurz eine Eiseskälte durch den Flur wie ein Lebewesen, und der undefinierbare Geruch nach Schnee drang mir in die Nase, die frische Feuchtigkeit schneeerfüllter Luft.

»Fragst du dich noch immer, warum ich so besorgt war?«, erkundigte sich Frolin.

Er ließ mir jedoch keine Zeit für eine Antwort, sondern ging voraus, die Stufen hinab, der Tür von Großvaters Arbeitszimmer entgegen. Ein dünner Streifen gelben Lichts sickerte unter der Tür hindurch in den Flur. Mir wurde bewusst, dass die Musik mit jeder Stufe, die wir zur Diele hinabstiegen, zwar lauter, aber keineswegs deutlicher wurde. Und nun, vor der Tür des Arbeitszimmers, vermochte ich eindeutig festzumachen, dass sie ebenso aus dem Zimmer selbst kam wie die seltsame Mischung aus Gerüchen. Die Dunkelheit schien lebendig, so bedrohlich wirkte sie, als sei sie geladen mit einem verhängnisvollen Schrecken, der uns unnachgiebig umschloss. Frolin an meiner Seite zitterte.

Impulsiv hob ich den Arm und klopfte an die Tür.

Aus dem Zimmer kam keine Antwort, im selben Moment aber, da ich anklopfte, hörte die Musik auf und die seltsamen Gerüche verschwanden aus der Luft!

»Das hättest du nicht tun sollen!«, flüsterte Frolin. »Wenn er ...«

Ich stemmte mich gegen die Tür. Sie gab dem Druck nach und öffnete sich.

Ich weiß nicht, was ich im Arbeitszimmer zu sehen erwartete – mit dem sich mir bietenden Anblick hatte ich jedenfalls nicht gerechnet: Nichts im Raum war verändert, abgesehen davon, dass Großvater sich zu Bett begeben hatte, und nun saß er da, mit geschlossenen Augen und sanftem Lächeln auf den Lippen, einen Teil seiner Arbeit aufgeschlagen vor sich im Bett, neben dem die Lampe brannte. Für einen Moment starrte ich ihn einfach nur an, ließ dieses prosaische Bild, das sich mir bot, auf mich einwirken und traute meinen Augen nicht. Wo war die Musik hergekommen, die ich gehört hatte? Und woher der Geruch? Verwirrung ergriff Besitz von meinen Gedanken, und um ein Haar hätte ich mich zurückgezogen, verstört durch den Ausdruck der Ruhe in Großvaters Zügen, als er zu sprechen begann.

»Nun, dann tritt ein«, sagte er, ohne die Augen zu öffnen. »Du hast also auch die Musik gehört? Ich habe mich schon gefragt, warum keiner außer mir sie bemerkte. Mongolisch, glaube ich. Vor drei Nächten war sie eindeutig indianisch – aus dem Norden, Kanada und Alaska. Ich meine, an manchen Orten verehrt man Ithaqua noch immer. Ja, ja – und vor einer Woche erklangen Noten, die ich zuletzt in Tibet gehört hatte, im verbotenen Lhasa – Jahre, Jahrzehnte zuvor.«

»Wer hat sie gespielt?«, rief ich. »Woher kam sie?«

Er öffnete die Augen und sah uns im Raum stehen. »Sie kam von hier, glaube ich«, antwortete er und legte die flache Hand vor sich auf das Manuskript, dessen Blätter mein Großonkel mit Worten gefüllt hatte. »Leanders Freunde haben sie gespielt. Musik der Sphären, mein Junge. Traust du deinen Sinnen?«

»Ich habe sie gehört. Frolin auch.«

»Und was denkt Hough wohl jetzt?«, sann Großvater laut. Er seufzte. »Beinahe habe ich es geschafft, glaube ich. Ich muss nur noch herausfinden, mit welchem von ihnen Leander kommuniziert hat.«

»Mit welchem von ihnen?«, wiederholte ich. »Wie meinst du das?«

Er schloss die Augen, und kurz kehrte das Lächeln in sein Gesicht zurück. »Anfangs habe ich geglaubt, es sei Cthulhu.

Leander war schließlich Seefahrer. Aber jetzt ... jetzt frage ich mich, ob es nicht eines der Luftgeschöpfe sein könnte: Lloigor vielleicht ... oder Ithaqua, den die Indianer meines Wissens den Wendigo nennen. Einer Legende zufolge trägt Ithaqua seine Opfer mit sich in das weite All über der Erde – aber ich schweife schon wieder ab, komme vom einen zum anderen.« Er riss die Augen auf und starrte uns mit seltsam abwesendem Blick an. »Es ist spät«, sagte er. »Ich brauche Schlaf.«

»Von was in Gottes Namen redet er da?«, fragte Frolin mich im Flur.

»Komm mit«, erwiderte ich.

Doch nachdem wir in mein Zimmer zurückgekehrt waren und Frolin mich erwartungsvoll ansah, wusste ich nicht, wo ich mit meiner Erklärung beginnen sollte. Wie sollte ich ihm von dem unheimlichen Wissen berichten, das die verbotenen Texte in der Miskatonic University bargen – das fürchterliche *Buch des Eibon,* die dunklen *Pnakotischen Manuskripte,* der schreckliche *R'lyeh-Text* und das verpönteste von allen: das *Necronomicon* des wahnsinnigen Arabers Abdul Alhazred? Wie konnte ich ihm all die Dinge, die mir nach Großvaters seltsamen Worten durch den Kopf schossen, auch nur mit der geringsten Überzeugung vermitteln, Erinnerungen, die aus meinem Innersten wieder an die Oberfläche kochten; Erinnerungen an die mächtigen Großen Alten, jene Wesen von unvorstellbarer Bosheit, alte Gottheiten, die einst die Erde und das Universum bewohnten, das uns heute bekannt ist, und vielleicht sogar noch weit mehr – uralte Götter des Guten und Mächte des uralten Bösen. Letztere waren zwar momentan gebändigt, erhoben sich jedoch immer wieder und wurden für kurze, schreckliche Zeit manifest in der Welt der Menschen. Und nun entsann ich mich ihrer furchtbaren Namen. Bis zu jener Stunde war der Schlüssel zu meiner Erinnerung nicht stark genug im Schloss gedreht worden, und ich hatte ihre Namen mit der mir eigenen Voreingenommenheit verdrängt: Cthulhu, mächtiger Anführer der Mächte des Wassers und der Erde; Yog-Sothoth und Tsathoggua, die in den Tiefen der Erde wohnen; Lloigor, Hastur und Ithaqua, das Schneewesen sowie der Wind-Läufer, die allesamt Elementargeister der Luft sind. Von diesen Wesen hatte Großvater gesprochen, und seine Folgerung war zu offensichtlich, als dass man sie hätte abtun oder auch nur umdeuten können: Mein Großonkel Leander, der immerhin einst in der gemiedenen und nun verlassenen Stadt Innsmouth gelebt hatte, war mit mindestens einer dieser Wesenheiten in Kontakt getreten. Und noch ein weiterer Schluss war möglich, ein Schluss, den Großvater selbst nicht gezogen, sondern auf den er mich bei unserem Gespräch am Abend mit einer seiner Bemerkungen unbewusst gebracht hatte: Irgendwo im Haus gab es eine Schwelle, die kein Mensch zu übertreten wagte. Und welche Gefahr konnte schon jenseits dieser Schwelle lauern, wenn nicht ein Pfad, der durch die Zeit zurückführte ... zurück zu dem abscheulichen Gedankenaustausch, den mein Onkel Leander mit jenen alten Wesen geführt hatte!

Und doch war mir die ganze Bedeutung von Großvaters Worten nicht bewusst geworden. Obgleich er viel gesagt hatte, gab es noch viel mehr, was er unausgesprochen ließ. Hinterher machte ich mir keinen Vorwurf, dass ich nicht ganz begriffen hatte, auf was seine Anstrengungen zielten; eindeutig suchte er jene verborgene Schwelle, auf die Onkel Leander so undeutlich hingewiesen hatte, und nicht nur das: *Großvater wollte sie überschreiten!* Mich hatte indes das, was mir zu der alten Mythologie von Cthulhu, Ithaqua und den noch älteren Göttern einfiel, so sehr verwirrt, dass ich nicht erkannte, was sich aus dieser logischen Schlussfolgerung offensichtlich ergab – vielleicht aber fürchtete ich mich auch davor, so weit zu denken.

Ich wandte mich Frolin zu und erklärte ihm alles so anschaulich ich konnte. Er hörte aufmerksam zu, stellte ab und an eine gezielte Frage, und auch wenn er aufgrund einiger Details, die ich ihm nicht verschweigen konnte, sichtlich erblasste, zeigte er sich doch nicht so ungläubig, wie ich erwartet hätte. Allein das war mir Beweis genug, dass es über das Treiben meines Großvaters und die Vorfälle im Haus noch mehr zu ergründen gab. Freilich war mir das in diesem Augenblick noch nicht klar, doch sollte ich schon bald mehr darüber erfahren, warum Frolin meine notgedrungen oberflächlichen Ausführungen so widerspruchslos hinnahm.

Mitten in einer Frage verstummte er plötzlich, und ein Ausdruck trat in seine Augen, der mir verriet, dass seine Aufmerksamkeit nicht mehr mir und dem Zimmer galt, sondern etwas außerhalb des Raumes. Er saß in der Haltung eines Menschen da, der sich auf ein Geräusch konzentriert, und das veranlasste mich ebenfalls dazu, die Ohren zu spitzen und herauszufinden, auf was er da lauschte.

Nur die Stimme des Windes in den Bäumen, die gerade ein wenig lauter wird, dachte ich. *Ein aufziehender Sturm.*

»Hörst du das?«, flüsterte er mit zittriger Stimme.

»Nein«, erwiderte ich leise. »Das ist nur der Wind.«

»Ja, ja ... der Wind. Das habe ich dir doch geschrieben, erinnerst du dich? Hör zu.«

»Nun komm schon, Frolin, reiß dich zusammen. Das ist nur der Wind.«

Er warf mir einen verächtlichen Blick zu, trat ans Fenster und winkte mich zu sich. Ich trat neben ihn. Wortlos zeigte er in die Dunkelheit, die sich dicht an das Haus zu schmiegen schien. Meine Augen benötigten einen Moment, um sich an die Nacht zu gewöhnen, dann aber sah ich die Umrisse der Bäume, die sich deutlich vom sternenübersäten Himmel abhoben. Und dann begriff ich auf einmal.

Obwohl der Wind um das Haus brauste und pfiff, blieben die Bäume dort vor meinen Augen völlig unbewegt – kein Blatt, keine Baumkrone, kein Zweig neigte sich auch nur um Haaresbreite.

»Gütiger Gott!«, rief ich und wich zurück, fort von der Fensterscheibe, als wolle ich den Anblick aus meinen Augen bannen.

»Jetzt verstehst du«, sagte Frolin und trat ebenfalls vom Fenster zurück. »Das erlebe ich nicht zum ersten Mal.«

Schweigend stand er da und wartete ab, und ich tat es ihm gleich. Der Wind war nach wie vor zu hören. Unterdessen hatte das Pfeifen eine grässliche Intensität erreicht, dass der Eindruck entstand, das Haus müsse vom Hang gerissen werden und nach unten ins Tal abrutschen. Als mir dieser Gedanke durch den Kopf schoss, erzitterte das Gebäude tatsächlich schwach: ein seltsames Beben, als *schaudere* dem Haus, und die Bilder an den Wänden regten sich ein wenig, beinahe *verstohlen,* kaum wahrnehmbar und doch deutlich genug. Ich blickte Frolin flüchtig an, doch seine Miene verriet keine Spur von Beunruhigung. Noch immer stand er da, lauschte und wartete, daher lag für mich auf der Hand, dass das Ende dieser ungewöhnlichen Manifestation noch nicht erreicht war. Das Pfeifen des Windes war inzwischen zu einem entsetzlichen dämonischen Heulen angeschwollen. Dieses Heulen wurde von Musik begleitet, die schon seit einiger Zeit zu hören gewesen sein musste, sich aber so harmonisch mit der Stimme des Windes verband, dass ich sie anfangs nicht vernommen hatte. Die Musik klang ähnlich wie zuvor, als werde sie mit Blas- und gelegentlich auch mit Streichinstrumenten gespielt. Nun aber wirkte sie viel unbändiger; in sich barg sie eine schreckliche Wildheit und einen Unterton unbeschreiblicher Boshaftigkeit. Zugleich wurden noch zwei weitere Manifestationen offenbar: Zum einen waren Schritte zu hören; ihr Schall schien von einem großen Wesen zu stammen und aus dem Herzen des Windes in den Raum zu dringen; gewiss erklangen sie nicht im Inneren des Hauses, obgleich sie unverkennbar lauter wurden, was darauf hindeutete, dass sie sich dem Gebäude näherten. Zum anderen änderte sich unvermittelt die Temperatur.

Die Nachtluft war warm dafür, dass wir September hatten und uns im Norden Wisconsins befanden, und im Haus war es bislang ebenfalls recht angenehm gewesen. Nun aber, im Verein mit den sich nähernden Schritten, kühlte es urplötzlich so stark ab, dass es im Zimmer binnen kurzer Zeit bitterkalt wurde und Frolin und ich uns zusätzliche Kleidung überziehen mussten, um nicht zu frieren. Trotzdem schien dies noch immer nicht der Höhepunkt der Manifestationen zu sein, auf den Frolin so offensichtlich wartete; er blieb weiterhin stehen und schwieg. Von Zeit zu Zeit jedoch warf er mir einen Blick zu, und seine Augen sprachen dabei Bände.

Ich weiß nicht mehr, wie lange wir dort standen und auf die beängstigenden Geräusche von draußen lauschten, bis schließlich das Ende kam.

Unversehens packte Frolin mich beim Arm und flüsterte leise, aber eindringlich: »Da! Da sind sie! Hör nur!«

Die Tonstärke der unheimlichen Musik wandelte sich abrupt von wildem Crescendo in Diminuendo; ein Beiklang beinahe unerträglicher Süße schwang plötzlich in der Melodie mit, ein Hauch von Melancholie, Musik so lieblich wie zuvor schroff, und doch war der Unterton des Schreckens nicht gänzlich aus ihr gewichen. Zugleich wurden eindeutig Stimmen hörbar, die zu einer Art Choral anschwollen und aus dem hinteren Teil des Hauses zu kommen schienen – als erklängen sie aus dem Arbeitszimmer.

»Großer Gott im Himmel!«, rief ich aus und packte Frolin. »Was ist das denn jetzt?«

»Das ist Großvaters Werk«, antwortete er. »Ob er es weiß oder nicht, dieses Wesen kommt und singt zu ihm.« Er schüttelte den Kopf und schloss für einen Moment fest die Augen, bevor er mit tiefer, angespannter Stimme und in bitterem Ton sagte: »Ach, wäre doch nur dieses verfluchte Schriftstück Onkel Leanders verbrannt worden, wie er es gewollt hatte!«

»Man kann ihre Worte beinahe verstehen«, sagte ich und lauschte konzentriert.

Es waren tatsächlich Worte – aber keine, die ich je zuvor gehört hätte: eine Art schrecklichen, urzeitlichen Gebrabbels, als stieße eine bestialische Kreatur, die nur eine halbe Zunge besaß, Silben sinnleeren Schreckens hervor. Ich ging zur Tür und öffnete sie; sofort schien das Gebrabbel deutlicher zu werden, und ich erkannte, dass das, was ich für viele Stimmen gehalten hatte, in Wirklichkeit nur eine einzigc war – eine einzige, dic dennoch den trügerischen Eindruck vieler Stimmen erweckte. Worte ... oder vielleicht sollte ich besser schreiben: *Laute,* bestialische Laute stiegen vom Erdgeschoss zu uns empor, eine Art Furcht einflößenden Heulens:

»Iä! Iä! Ithaqua! Ithaqua cf'ayak vulgtmm. Iä! Uhg! Cthulhu fhtagn! Shub-Niggurath! Ithaqua naflfhtagn!«

Unglaublicherweise erhob sich die Stimme des Windes zu einem noch schrecklicheren Heulen, sodass ich glaubte, das Haus würde jeden Moment ins Nichts gewirbelt, Frolin und ich aus den Zimmern gerissen, der Atem uns aus den hilflosen Körpern gesaugt. In meiner Verwirrung, die Angst und Staunen entsprang, dachte ich an Großvater im Arbeitszimmer unter uns. Ich gab Frolin einen Wink und rannte aus dem Zimmer zur Treppe, entschlossen, mich trotz meines großen Entsetzens zwischen den alten Mann und das bedrohliche Wesen zu werfen – was auch immer es sein mochte. Ich lief zu seiner Tür und warf mich dagegen, und erneut, wie schon zuvor, erstarben alle Manifestationen: Wie auf Knopfdruck senkte sich Schweigen über das Haus, gleich einem Schleier aus Dunkelheit, ein Schweigen, das einen Augenblick lang sogar noch schrecklicher erschien als alles andere zuvor.

Die Tür gab nach, und erneut sah ich mich Großvater gegenüber.

Noch immer saß er genauso da wie in jenem Moment, da wir ihn verlassen hatten, diesmal jedoch hatte er die Augen geöffnet und den Kopf ein wenig zur Seite geneigt. Sein Blick haftete auf dem übergroßen Gemälde an der Ostwand.

»In Gottes Namen!«, schrie ich. »Was war das?«

»Das finde ich hoffentlich bald heraus«, antwortete er mit tiefem Ernst und großer Würde.

Dass er nicht die geringste Furcht zeigte, beruhigte mich ein wenig, und ich trat noch einige Schritte weiter in den Raum. Frolin folgte mir. Ich beugte mich über Großvaters Bett, in dem Bemühen, seine Aufmerksamkeit auf mich zu ziehen, aber er starrte nach wie vor mit ungewöhnlicher Intensität auf das Gemälde.

»Was machst du hier drinnen nur?«, verlangte ich zu wissen. »Was immer es ist, es ist gefährlich.«

»Ein Entdecker wie dein Großvater würde sich wohl kaum mit etwas anderem zufrieden geben, mein Junge«, entgegnete er forsch und nüchtern zugleich.

Ich wusste, er sagte die Wahrheit.

»Ich würde lieber in den Sielen sterben als hier in diesem Bett«, fuhr er fort. »Und was die Dinge betrifft, die wir gehört haben – ich weiß ja nicht, wie viel *du* davon gehört hast ... Nun, im Augenblick können wir es uns nicht erklären. Aber ich will dich auf den seltsamen Wind hinweisen.«

»Das war kein Wind«, widersprach ich. »Ich habe aus dem Fenster geschaut.«

»Ja, ja«, sagte er ein wenig ungeduldig. »Stimmt schon. Und doch waren das Wehen des Windes und all seine Stimmen zu hören – genau wie ich ihn in der Mongolei habe singen hören, in den schneebedeckten Weiten, über dem unauffindlichen, gemiedenen Plateau von Leng wo die Tcho-Tcho fremde, uralte Götter anbeten.« Unvermittelt wandte er sich mir zu. Seine Augen wirkten fiebrig. »Habe ich dir nicht von dem Kult um Ithaqua erzählt, Ithaqua, den man mitunter den Windläufer nennt? Manche nennen ihn natürlich auch den Wendigo – gewisse Indianer im nördlichen Teil Manitobas.

Habe ich dir nicht erzählt, dass sie glauben, der Windläufer nehme Menschenopfer und trage sie in die entlegensten Winkel der Welt, wo er sie schließlich tot zurücklässt? Oh, es gibt Geschichten, mein Junge, merkwürdige Legenden – und noch mehr.« Er beugte sich mit grimmiger Heftigkeit zu mir. »Ich selbst habe schon Dinge gesehen, Dinge, die man bei einer Leiche fand, die einfach so vom Himmel gefallen war. Diese Dinge konnten nicht aus Manitoba stammen, sondern gehörten nach Leng und auf die pazifischen Inseln.« Er drückte mich mit dem Arm beiseite, und in seinem Gesicht zeigte sich Ekel. »Du glaubst mir nicht. Du glaubst, ich phantasiere. Dann geh, schlafe den Schlaf des Kleingeists und warte auf dein letztes Stündchen, geh und durchlebe das ewige Elend, einen monotonen Tag nach dem anderen hinter dich zu bringen.«

»Nein, jetzt will ich alles hören. Ich denke gar nicht daran, mich abwimmeln zu lassen.«

»Ich erzähle dir alles morgen früh«, erwiderte er müde und lehnte sich wieder zurück.

Damit musste ich mich schließlich zufrieden geben; er war unerbittlich, und ich konnte ihn nicht bewegen, mir noch mehr zu sagen. Ich wünschte ihm erneut eine gute Nacht und zog mich in die Diele zurück, gemeinsam mit Frolin, der langsam und düster den Kopf schüttelte.

»Mit jedem Mal ist es ein bisschen schlimmer«, flüsterte er. »Jedes Mal bläst der Wind etwas lauter, die Kälte wird stärker, man kann die Stimmen und Musik deutlicher hören – und auch diese schrecklichen Schritte!«

Er wandte sich ab und stieg wieder die Treppe hinauf, und nach kurzem Zögern folgte ich ihm.

Am Morgen sah mein Großvater wieder so gesund aus wie eh und je. Als ich das Esszimmer betrat, redete er gerade mit Hough – offenbar beantwortete er dem alten Diener eine Frage, denn Letzterer stand in respektvoller Verbeugung vor ihm und lauschte Großvaters Worten: Ja, er und Mrs. Hough könnten sich ruhig eine Woche frei nehmen, ab sofort, wenn Mrs. Hough aufgrund ihres schlechten Gesundheitszustandes nach Wausau reisen müsse, um einen Spezialisten zu konsultieren. Frolin sah mir mit grimmigem Lächeln in die Augen. Die Farbe war ihm ein wenig aus dem Gesicht gewichen, sodass er blass und übernächtigt wirkte, doch aß er mit herzhaftem Appetit. Sein Lächeln und der viel sagende Blick, den er dem sich zurückziehenden Hough zuwarf, sprachen Bände: Der gesundheitliche Notstand, der Hough und seine Frau ereilt hatte, war nichts anderes als ihre Art und Weise, sich den Manifestationen zu widersetzen, die meine erste Nachtruhe in dem Haus so sehr gestört hatten.

»Nun, mein Junge«, sagte Großvater recht wohlgestimmt, »du siehst nicht annähernd so verstört aus wie letzte Nacht. Ich muss gestehen, ich hatte Mitleid mit dir. Ich wage sogar zu behaupten, dass du heute Morgen bei weitem nicht so skeptisch bist wie gestern.«

Er kicherte, als sei er der Ansicht, man dürfe getrost über das Thema scherzen. Ich hingegen konnte mich unglücklicherweise seiner Meinung nicht anschließen. Ich nahm Platz und aß ein wenig, blickte ihn von Zeit zu Zeit an und wartete darauf, dass er mir erklärte, was es mit den seltsamen Vorfällen der vergangenen Nacht auf sich hätte. Da es nach kurzer Zeit jedoch offensichtlich wurde, dass er keineswegs beabsichtigte, mir etwas mitzuteilen, sah ich mich gezwungen, ihn darauf anzusprechen, und tat dies mit aller Würde, die ich aufzubringen vermochte.

»Es tut mir Leid, wenn du gestört wurdest«, sagte er. »Tatsache ist, dass diese Schwelle, von der Leander geschrieben hat, irgendwo in diesem Arbeitszimmer zu finden sein muss. Und vergangene Nacht hatte ich sie schon so gut wie gefunden, als du zum zweiten Mal in mein Zimmer gestürmt kamst. Weiterhin erscheint es mir unbestreitbar, dass zumindest ein

Mitglied der Familie Kontakt zu einem dieser Wesen hatte – offenbar Leander.«

Frolin beugte sich vor. »Du glaubst an sie?«

Großvater lächelte gereizt. »Ungeachtet meiner Fähigkeiten ist es doch wohl offensichtlich, dass ich wohl kaum den Aufruhr verursacht haben kann, den ihr gestern Nacht gehört habt.«

»Ja, natürlich«, stimmte Frolin ihm zu. »Aber eine andere Macht ...«

»Nein, nein – es muss nur noch bestimmt werden, um wen es sich handelt. Der Wassergeruch deutet auf die Brut Cthulhus hin, aber der Wind könnte auf Lloigor oder Ithaqua oder Hastur zurückzuführen sein. Für Hastur aber stehen die Sterne nicht richtig«, fuhr er fort, »also bleiben nur die beiden anderen übrig. Da sind sie also, oder auch nur einer von ihnen, gleich jenseits der Schwelle. Ich brauche die Schwelle nur noch zu finden.«

Es erschien mir unglaublich, dass Großvater so sorglos von diesen uralten Wesen sprach; allein sein prosaisches Gehabe beunruhigte mich beinahe ebenso sehr wie die Vorfälle der vergangenen Nacht. Wie fortgeblasen war das Gefühl der Sicherheit, das ich empfunden hatte, als ich ihn beim Frühstücken sah. Ich empfand wieder die langsam anschwellende Angst, die ich schon am Vorabend auf dem Weg zum Haus verspürt hatte, und bedauerte, Großvater so nachdrücklich auf das Thema angesprochen zu haben.

Falls er irgendetwas von meinen Gedanken ahnte, ließ er es sich durch nichts anmerken. Er redete weiter im Stile eines Hochschullehrers, der zu Gunsten seiner Hörerschaft eine wissenschaftliche Frage erörtert. Es sei offensichtlich, sagte er, dass es eine Verbindung gebe zwischen den Geschehnissen in Innsmouth und Leander Alwyns nichtmenschlichem Kontakt mit denen von Außerhalb. Hatte Leander die Stadt Innsmouth etwa verlassen, weil dort der

Cthulhu-Kult existierte und weil sein Gesicht sich ebenfalls auf jene merkwürdige Weise veränderte, unter der so viele Einwohner des verfluchten Fischerortes litten – jene seltsamen krötenartigen Gesichtszüge, über die sich die Bundespolizisten, die mit der Untersuchung der Innsmouth-Affäre betraut worden waren, so entsetzt gezeigt hatten? Vielleicht war dies tatsächlich der Grund. In jedem Falle habe Leander dem Cthulhu-Kult den Rücken gekehrt und sich in die Wildnis Wisconsins zurückgezogen, und dort sei er mit einer anderen der vorzeitlichen Wesenheiten in Kontakt getreten, mit Lloigor oder Ithaqua – beide, das sei betont, urgewaltige Mächte des Bösen. Leander Alwyn war offenbar ein schlechter Mensch gewesen.

»Wenn davon auch nur ein Funke wahr ist«, rief ich, »dann darf man Leanders Warnung keinesfalls in den Wind schlagen! Gib diese irrsinnige Hoffnung auf, diese Schwelle zu finden, von der er schreibt!«

Großvater starrte mich einen Moment lang forschend an, dennoch lag Milde in seinem Blick; offenbar war mein emotionaler Ausbruch für ihn im Augenblick nicht von Belang. »Da ich mir die Erforschung der Angelegenheit zur Aufgabe gemacht habe, will ich sie auch zu Ende bringen. Immerhin ist Leander eines natürlichen Todes gestorben.«

»Aber deiner eigenen Theorie zufolge hatte er Umgang mit diesen ... diesen Wesen«, merkte ich an. »Du hast keinen Kontakt zu ihnen. Du wagst dich in unbekanntes Gebiet – darauf läuft es hinaus –, und achtest nicht darauf, welche Schrecken dort lauern könnten.«

»Während meiner Reisen durch die Mongolei habe ich viel Schreckliches gesehen. Niemals hätte ich geglaubt, Leng lebendig wieder zu verlassen.« Er fiel in nachdenkliches Schweigen, dann erhob er sich langsam. »Nein, ich will Leanders Schwelle entdecken. Und versuche mich heute Abend nicht zu unterbrechen, ganz gleich was du hörst. Nach so langer Zeit der Forschung wäre es eine Schande, wenn ich durch dein Ungestüm noch weiter aufgehalten würde.«

»Und wenn du die Schwelle entdeckst?«, rief ich. »Was dann?«

»Ich weiß noch nicht, ob ich sie wirklich überschreiten will.«

»Die Entscheidung liegt womöglich nicht bei dir.«

Er schaute mich einen Augenblick lang schweigend an, lächelte sanft und verließ das Zimmer.

3

Die Ereignisse jener grauenhaften Nacht vermag ich selbst heute, nachdem so viel Zeit verstrichen ist, kaum niederzuschreiben, so lebendig kehren sie in meine Erinnerung zurück. Daran ändert auch das nüchterne Umfeld der Miskatonic University nichts, wo so viele gerade dieser fürchterlichen Geheimnisse in den alten und kaum bekannten Texten schlummern. Und doch kann man ohne Kenntnis der Ereignisse in jener Nacht die weit gefassten Vorfälle, die danach auftraten, nicht begreifen.

Frolin und ich verbrachten den größten Teil des Tages damit, die Bücher und Unterlagen meines Großvaters durchzusehen. Wir versuchten darin gewisse Legenden nachzuprüfen, auf die er mehrmals angespielt hatte – nicht nur mir, sondern vor meiner Ankunft auch Frolin gegenüber. In seinen Notizen stießen wir auf rätselhafte Hinweise zuhauf, aber nur einer seiner Berichte enthielt für uns relevante Informationen – eine obskure Geschichte, die eindeutig legendären Ursprungs war und in der es um das Verschwinden zweier Einwohner Nelsons in Manitoba und eines Constable der Royal Northwest Mounted Police ging. Die Vermissten waren zwar wieder aufgetaucht, allerdings hatten sie den Eindruck erweckt, als seien sie vom Himmel gefallen – entweder bereits erfroren oder im Sterben liegend, von *Ithaqua* brabbelnd, dem *Windläufer* und vielen Orten auf dem Antlitz der Erde. Seltsame Dinge hatten sie bei sich, Andenken von fernen Orten, und ihre Angehörigen und Bekannten beschworen, diese Gegenstände nie zuvor bei ihnen gesehen zu haben. Die Geschichte war unglaublich, dennoch bezog sie sich auf die Mythologie, die so eindeutig in *The Outsider and Others* festgehalten ist und sogar noch schrecklicher in den *Pnakotischen Manuskripten* offenbart wird, im *R'lyeh-Text* und im schrecklichen *Necronomicon.*

Abgesehen von dieser Geschichte fanden wir nichts, was wir mit unserem Problem hätten in Bezug setzen können, daher gaben wir auf und beschlossen, auf die Nacht zu warten.

Beim Mittag- und Abendessen, das Frolin in Abwesenheit der Houghs zubereitete, gab mein Großvater sich so normal wie sonst auch und erwähnte seine sonderbare Forschung kaum. Er behauptete lediglich, nun den eindeutigen Beweis zu besitzen, dass Leander die unattraktive Landschaft auf dem Bild an der Ostwand des Arbeitszimmers gemalt habe; da er Leanders langen, weitschweifigen Brief nun fast gänzlich entschlüsselt habe, hoffe er schon bald den entscheidenden Hinweis auf jene Schwelle zu finden, von der mein Großonkel schreibe und auf die er gegen Ende des Textes immer häufiger anspiele. Als Großvater sich nach dem Abendessen vom Tisch erhob, warnte er uns feierlich, ihn in dieser Nacht nicht wieder zu unterbrechen, widrigenfalls wir seinen äußersten Unwillen erregen würden. Nach dieser Warnung zog er sich in sein Arbeitszimmer zurück, das er niemals wieder verlassen sollte.

»Glaubst du, du kannst schlafen?«, fragte Frolin mich, als wir allein waren.

Ich schüttelte den Kopf. »Unmöglich. Ich bleibe wach.«

»Er wäre bestimmt nicht erfreut, wenn er uns hier unten erwischt«, bemerkte Frolin und runzelte leicht die Stirn.

»Dann warte ich eben in meinem Zimmer«, erwiderte ich. »Und du?«

»Ich bleibe bei dir, wenn es dir nichts ausmacht. Er will die Sache bis zum Ende durchstehen, und wir können erst dann etwas unternehmen, wenn er uns braucht. Vielleicht ruft er uns ...«

Ich war der unangenehmen Überzeugung, dass es bereits zu spät sein würde, wenn Großvater uns riefe, doch behielt ich meine Befürchtungen für mich.

An diesem Abend begann alles wie am Vortag – mit den Klängen der schaurig-schönen Musik, die wie Flötenspiel anmutete und aus der Dunkelheit rings um das Haus zu quellen schien. Dann, nach einer kurzen Weile, kamen erst der Wind, dann die Kälte und schließlich die heulende Stimme. Zuletzt – angekündigt von einer Aura des Bösen, die so intensiv war, dass sie regelrecht erstickend im Raum lastete –, zuletzt traf etwas Größeres ein, etwas unaussprechlich Schreckliches. Frolin und ich hatten im dunklen Zimmer gesessen und gewartet; meine elektrische Kerze hatte ich nicht eingeschaltet, da ohnehin keine unserer Lichtquellen den Quell dieser Manifestationen hätte erhellen können. Ich saß dem Fenster zugewandt und blickte, als der Wind anschwoll, wieder die Baumreihe in der Erwartung an, dass die Kronen sich bestimmt – ganz gewiss doch! – vor dem aufziehenden Sturm verneigen würden; doch wiederum geschah nichts, keine Regung in der Windstille. Keine Wolke stand am Himmel. Die Sterne schienen hell, die Sommersternbilder zogen zum westlichen Rand der Erde und verkündeten das Nahen des Herbstes. Die Geräusche des Windes waren beständig lauter geworden und tosten nun mit der Wut eines Sturms, und dennoch war nichts zu sehen, keine Bewegung, nichts störte die dunkle Linie der Bäume, die sich vom Nachthimmel abhob.

Aber plötzlich – so plötzlich, dass ich für einen Moment blinzelte, um mich zu vergewissern, dass kein Traum mein

Sehvermögen erschüttert hatte –, plötzlich waren in einem großen Himmelsabschnitt die Sterne verschwunden! Ich erhob mich und drückte das Gesicht an die Fensterscheibe. Es schien, als habe sich etwa am Zenith meines Sichtfeldes unvermittelt eine Wolke vor die Sterne geschoben; keine Wolke aber hätte sich so rasch bilden können. Zu beiden Seiten und über der Fläche leuchteten nach wie vor die Sterne. Ich öffnete das Fenster und lehnte mich hinaus, versuchte dem dunklen Umriss, der sich von den Sternen abhob, mit meinen Blicken zu folgen. *Es war der Umriss einer gewaltigen Bestie, die schreckliche Karikatur eines Menschen. Hoch am Himmel nahm sie das Aussehen eines Kopfes an, und an der Stelle, wo die Augen hätten sitzen sollen, glühten zwei Sterne in tiefem Rot!* Oder waren es keine Sterne? Im gleichen Moment wurde das Geräusch der sich nähernden Schritte so laut, dass das Haus im Rhythmus ihrer Vibrationen erbebte und erzitterte. Die dämonische Wut des Windes schwoll in unbeschreiblichem Ausmaß an, und das Heulen erreichte eine solch unerträgliche Tonhöhe, dass ich den Verstand zu verlieren glaubte.

»Frolin!«, rief ich heiser.

Ich hörte, wie er an meine Seite trat, und spürte, dass er mich kurz, aber fest beim Arm packte. Also hatte auch er es gesehen. Es war keine Halluzination, kein Traumbild, dieses gigantische Wesen, das sich von den Sternen abzeichnete – und sich bewegte!

»Es regt sich«, wisperte Frolin. »Oh Gott ... es kommt her!«

Er zog sich eilends vom Fenster zurück, und ich tat es ihm nach. Doch schon einen Augenblick später war der Schatten vom Himmel verschwunden, und die Sterne leuchteten wieder. Der Wind hingegen hatte um keinen Deut nachgelassen, im Gegenteil: Falls es überhaupt möglich war, schwoll er vorübergehend sogar noch an, wehte noch wilder als zuvor; das ganze Haus schüttelte sich, während die donnernden Schritte im Tal widerhallten. Und die Kälte wurde schlimmer, sodass unser Atem in weißen Dampfwölkchen in der Luft hing – die so kalt wirkte wie der Weltraum.

Meine Gedanken waren in Aufruhr, und ich dachte an die Legende, von der in Großvaters Dokumenten die Rede war – die Legende von *Ithaqua,* dessen Kennzeichen die Kälte und der Schnee der fernen nördlichen Regionen waren. Noch während es mir durch den Sinn ging, verscheuchte ein schrecklich heulender Chor meine Gedanken, ein triumphierender Gesang aus tausend bestialischen Mäulern:

»Iä! Iä! Ihtaqua! Ai! Ai! Ai! Ithaqua cf'ayaak vulgtmm vugtlagln vulgtmm. Ithaqua fhatgn! Ugh! Iä! Iä! Ai! Ai! Ai!«

Gleichzeitig ertönte ein Donnerschlag, unmittelbar darauf die Stimme meines Großvaters. Er stieß einen entsetzlichen Schrei aus, der zu einem lauten, von Todesangst geprägten Gekreisch anwuchs, sodass die Namen, die er vermutlich ausgesprochen hätte – Frolins und meinen – verloren gingen, ihm im Halse stecken blieben, so groß war der Schrecken, der sich ihm offenbarte.

Und so plötzlich, wie er verstummte, so plötzlich schwanden alle Manifestationen und ließen neuerlich ein grauenhaftes, unheilvolles Schweigen zurück, das uns wie eine Wolke der Verdammnis umgab.

Frolin stürzte als Erster durch meine Zimmertür auf den Flur, aber ich war nicht weit hinter ihm. Halb rannte, halb stürzte er die Stufen hinab, und nur dank des Lichtscheins meiner elektrischen Kerze, die ich mir im Vorbeilaufen geschnappt hatte, konnte er sich wieder fangen. Unten angekommen, warfen wir uns gemeinsam gegen die Tür des Arbeitszimmers und riefen nach dem alten Mann, der sich darin aufhielt.

Wir erhielten keine Antwort, obgleich der gelbe Lichtschein, der unter der Tür hindurchdrang, uns verriet, dass seine Lampe noch immer brannte.

Die Tür war von innen abgeschlossen, sodass wir sie erst aufbrechen mussten, um endlich den Raum betreten zu können.

Von meinem Großvater war nirgends eine Spur zu sehen. In der Ostwand aber gähnte ein großes Loch – an der Stelle, wo sich das Gemälde befunden hatte. Das Mauerwerk war herausgebrochen und lag nun mit dem Bild nach unten auf dem Boden. Die Öffnung im Fels führte in die Tiefen der Erde, und über allem im Raum lag das Zeichen Ithaquas – ein feiner Schneeteppich, dessen Kristalle im gelben Licht von Großvaters Lampe glitzerten wie unzählige Juwelen. Abgesehen von dem Gemälde war nur das Bett angetastet worden – *als sei Großvater buchstäblich mit gewaltiger Kraft aus den Laken gerissen worden!*

Ich blickte rasch zu der Stelle, wo unser Großvater Onkel Leanders Manuskript aufbewahrt hatte – aber es war bis auf die letzte Seite verschwunden. Frolin schrie plötzlich auf und zeigte zunächst auf das am Boden liegende Gemälde Onkel Leanders, dann auf die vor uns klaffende Öffnung in der Wand.

»Sie war die ganze Zeit über hier – die Schwelle«, sagte er.

Und dann erkannte ich es auch; Großvater freilich hatte es zu spät begriffen – *denn auf dem Gemälde Onkel Leanders war das Grundstück des Hauses zu sehen, und zwar zu einer Zeit, bevor das Gebäude errichtet worden war, um die höhlengleiche Öffnung zu verbergen. Sie führte ins Innere des Hügels, sie war die verborgene Schwelle, vor der Leanders Manuskript gewarnt hatte, die Schwelle, über die Großvater verschwunden war!*

Obwohl es nicht mehr viel zu berichten gibt, muss ich noch die erdrückendsten aller sonderbaren Fakten offen legen. Bezirkspolizisten und gewisse unerschrockene Abenteurer aus Harmon durchsuchten später die Höhle gründlich; man fand heraus, dass sie mehrere Öffnungen besaß, und falls jemand oder *etwas* in Großvaters Haus vorgedrungen war, musste er oder es durch eine der unzähligen verborgenen Felsspalten in die Höhle gelangt sein, die man unter den Hügeln ringsum entdeckte. Nach Großvaters Verschwinden wurde offenbart, womit Onkel Leander sich befasst hatte. Frolin und ich wurden von misstrauischen Bezirkspolizisten in die Mangel genommen, aber letztlich ließ man uns ziehen, weil die Leiche unseres Großvaters verschwunden blieb.

Aber seit jener Nacht sind einige Tatsachen zutage getreten, Fakten, die im Lichte von Großvaters Andeutungen und der schrecklichen Legenden aus den verpönten Büchern, die hier in der Bibliothek der Miskatonic University weggeschlossen sind, erdrückend und unwiderlegbar wirken.

Die erste dieser Tatsachen bestand in den gigantischen Fußabdrücken, die man an der Stelle in der Erde fand, wo sich in jener fatalen Nacht der Schatten in den sternenübersäten Himmel erhoben hatte – die Spuren waren unglaublich groß und tief, als wäre ein prähistorisches Ungeheuer über die Hügel geschritten, und eine halbe Meile voneinander entfernt. Sie führten am Haus vorbei und endeten vor einer Felsspalte, die in die geheime Höhle führte. Die Abdrücke waren identisch mit denen, die man im Schnee im Norden Manitobas gefunden hatte, wo nicht nur jene unglückseligen Reisenden vom Antlitz der Erde verschwunden waren, sondern auch der Constable, der die Vermissten hatte finden sollen!

Die zweite Tatsache war die Entdeckung von Großvaters Notizbuch, bei dem man auch einen Teil von Onkel Leanders Manuskript fand, eingeschlossen in Eis, tief in den verschneiten Wäldern im Norden Saskatchewans. Das Notizbuch sah ganz so aus, als sei es aus großer Höhe zu Boden gestürzt. Über dem letzten Eintrag stand das Datum jenes Septembertages, an dem Großvater verschwunden war; entdeckt wurde das Buch jedoch erst im April des darauf folgenden Jahres. Weder Frolin noch ich wagten es, eine Erklärung für das merkwürdige Wiederauftauchen der Notizen zu suchen, auch wenn uns sogleich eine in den Sinn kam. Gemeinsam verbrannten wir den schrecklichen Brief und die unvollendete Übersetzung Großvaters. Während er sie niederschrieb, mit all ihren Warnungen vor dem Schrecken jenseits der Schwelle, hatte er damit eine so entsetzliche Kreatur von *Außerhalb* herbeigerufen, dass niemand je versucht hat, sie zu schildern, nicht einmal jene alten Autoren, deren furchtbare Darstellungen überall auf der Erde zu finden sind.

Und zu guter Letzt, der entscheidendste, erdrückendste Beweis: Sieben Monate später wurde Großvaters Leiche auf einer kleinen Insel im Pazifik gefunden, ein kleines Stück südöstlich von Singapur. Wunderlich war der Bericht über den Zustand der Leiche: perfekt erhalten, *als habe sie in Eis gelegen,* und so kalt, dass man sie ganze fünf Tage nach ihrer Entdeckung noch fünf Tage lang nicht mit bloßen Händen anzufassen vermochte. Hinzu kam die einzigartige Tatsache, dass man Großvater halb im Sand vergraben fand, *als sei »er aus einem Flugzeug gestürzt!«* Weder Frolin noch ich hegten noch die geringsten Zweifel; die Legende von Ithaqua, der seine Opfer durch Zeit und Raum zu den entlegenen Stellen der Erde trägt, bevor er sie zurücklässt, musste wahr sein. Und es war nicht von der Hand zu weisen, dass mein Großvater noch zumindest während eines Teils der unglaublichen Reise gelebt hatte. Hätten wir diesbezüglich noch Zweifel gehegt, sie wären durch die Dinge zerstreut worden, die man in seinen Taschen fand und uns zusandte, die Andenken, die er von fremden, verborgenen Orten mitgebracht hatte – endgültige und erdrückende Beweise:

Die goldene Schmuckplatte, auf der die Miniatur eines Kampfes zwischen uralten Wesen zu sehen war; in ihre Oberfläche war mit geheimnisvollen Zeichen eine Inschrift geprägt, und Dr. Rackham von der Miskatonic University meinte, sie müsse von einem Ort stammen, der älter sei, als die

Menschheit sich zurückerinnern kann; das abscheuliche Buch in birmanischer Sprache, das gräuliche Legenden über das verborgene, gemiedene Plateau von Leng offenbarte, jenem Ort, an dem die fürchterlichen Tcho-Tcho lebten, und schließlich die *abstoßende und bestialische Steinminiatur eines scheußlichen Ungeheuers, das hoch über der Erde auf den Winden läuft!*

Originaltitel: *Beyond the Threshold*
Erstveröffentlichung: *Weird Tales,* September 1941
Aus dem Amerikanischen von *Ruggero Leò*

Der Schlächter von den Sternen

VON ROBERT BLOCH

H. P. Lovecraft gewidmet

Mit ganzem Herzen bekenne ich mich zu meinem Beruf: Ich bin Autor unheimlicher Romane. Seit frühester Kindheit hat mich das Unbekannte und Ungewisse zutiefst fasziniert. Die namenlosen Ängste, die grotesken Träume, die sonderbaren, halb intuitiven Phantasien, die unsere Gedanken heimsuchen, haben in mir schon immer eine tiefe wie unerklärliche Freude hervorgerufen.

Was die Literatur betrifft, so beschritt ich die Wege der Nacht oft mit Poe oder verkroch mich mit Machen in den Schatten; mit Baudelaire durchstreifte ich die Gefilde schrecklicher Sterne oder vergrub mich im geheimen Wahn der Erde, inmitten uralter, überlieferter Geschichten. Mein dürftiges Talent für Skizzen und Kreidezeichnungen bewegte mich zu dem Versuch, jene fremdartigen Bewohner meiner nächtlichen Gedanken in groben Bildern zu umreißen. Die gleichen düsteren intellektuellen Neigungen, die mich in meiner Kunst bewegten, zeitigten auch das Interesse für düstere musikalische Kompositionen; die symphonischen Klänge der Planeten-Suite und dergleichen waren meine Lieblingsstücke. Mein Innenleben geriet bald zu einem gräulichen Labsal beklemmender, quälerischer Schrecken.

Nach außen hin führte ich ein vergleichsweise langweiliges Leben. Mit der Zeit sah ich mich mehr und mehr in die Lebensweise eines entbehrungsreichen Einsiedlers abdriften, in ein ruhiges, philosophisches Dasein inmitten einer Welt aus Büchern und Träumen.

Aber ein Mann muss von etwas leben. Von Natur aus war ich körperlich und geistig nicht gerade für handwerkliche Arbeiten geeignet, und anfangs zerbrach ich mir den Kopf darüber, was für mich ein geeigneter Beruf wäre. Die Wirtschaftskrise komplizierte die Dinge in beinahe unerträglichem Maße, und für eine Weile stand ich kurz vor der finanziellen Katastrophe. So beschloss ich, Schriftsteller zu werden.

Ich beschaffte mir eine abgenutzte Schreibmaschine, 500 Blatt billiges Papier und einiges Kohlepapier. Den Stoff zu bestimmen fiel mir nicht schwer. Welches bessere Feld gab es als das grenzenlose Reich einer farbigen Phantasie? Über das Grauen, über die Angst und jenes Rätsel, welches der Tod für uns darstellt, wollte ich schreiben. Zumindest hatte ich in meiner blanken Unerfahrenheit diese Absicht.

Die ersten Versuche ließen mich rasch erkennen, wie vollkommen ich dabei versagte. Erbärmlich und jämmerlich verfehlte ich mein angestrebtes Ziel. Meine lebhaften Träume verwandelten sich auf dem Papier in ein bedeutungsloses Durcheinander schwerfälliger Adjektive, und ich fand keine gewöhnlichen Worte, um den wundersamen Schrecken des Unbekannten auszudrücken. Meine ersten Manuskripte waren elende und fruchtlose Dokumente; die wenigen Zeitschriften, die solches Material abdruckten, lehnten meine Werke einhellig ab.

Ich musste von etwas leben. Langsam, aber sicher begann ich, meinen Schreibstil an meine Ideen anzugleichen. Mühsam experimentierte ich mit Worten, Wendungen, Satzstrukturen. Es war Arbeit, und harte Arbeit noch dazu. Bald lernte ich, was es heißt zu schwitzen. Und schließlich traf eine meiner Geschichten auf Wohlwollen; dann eine zweite, eine dritte, eine vierte. Es dauerte nicht lange, da hatte ich die nahe liegenden Tricks des Handwerks beherrschen gelernt, und die Zukunft sah endlich heiterer aus. Mit freierem Geist kehrte ich in mein Traumleben und zu meinen geliebten Büchern zurück. Meine Geschichten brachten mir einen recht spärlichen

Lebensunterhalt ein, und für eine Weile war ich damit zufrieden. Aber nicht lange. Ehrgeiz, dieser stete Wahn, war der Grund für meinen Untergang.

Ich wollte eine ernsthafte Geschichte schreiben; nicht eine stereotype, kurzlebige Erzählung, wie ich sie für die Zeitschriften schrieb, sondern ein echtes Kunstwerk. Ein solches Meisterstück zu schaffen wurde mein Hauptziel. Ich war kein guter Schriftsteller, aber das lag nicht ausschließlich an meinen stilistischen Schwächen. Vielmehr lag der Fehler, wie ich meinte, bei den verarbeiteten Stoffen. Vampire, Werwölfe, Ghule, Monstren aus der Mythologie – diese Geschöpfe bildeten ein Material mit geringem Niveau. Alltägliche Metaphorik, gewöhnliche Adjektivwahl und eine nüchtern anthropozentrische Sichtweise waren die schädlichsten Elemente für eine wirklich gute unheimliche Geschichte.

Ich benötigte neuen Erzählstoff, wahrlich ungewöhnliche Handlungsabläufe. Ach, wäre mir doch nur etwas in den Sinn gekommen, das im Hinblick auf die beschriebenen Monstrositäten wahrhaft unglaublich gewesen wäre!

Ich sehnte mich danach, die Lieder zu erlernen, welche die Dämonen singen, wenn sie zwischen den Sternen hin und her sausen, oder die Stimmen der alten Götter zu hören, während sie ihre Geheimnisse in die widerhallende Leere flüstern. Mich dürstete, die Schrecken des Grabes zu erfahren; den Kuss der Maden auf meiner Zunge zu spüren und die kalte Liebkosung eines verrottenden Leichentuchs. Mich verlangte nach dem Wissen, das in den Höhlen mumifizierter Augen liegt, und ich brannte darauf, die Weisheit zu erlangen, die nur der Wurm kennt. Dann erst könnte ich wirklich schreiben, und meine Hoffnungen würden sich endlich erfüllen.

Ich fand einen Weg. Ich begann einen Briefwechsel mit zurückgezogen lebenden Denkern und Phantomen im ganzen

Lande. Im Westen lebte ein Einsiedler in den Bergen, ein Gelehrter in der Wildnis des Nordens und ein geheimnisvoller Phantast in Neuengland. Letzterer berichtete mir von uralten Büchern, die fremdartiges Wissen bergen. Zurückhaltend zitierte er aus dem legendären *Necronomicon* und sprach ängstlich von einem gewissen *Buch des Eibon,* das angeblich noch weit unbändigere Blasphemien enthielt als Ersteres. Er selbst habe diese Bände des ursprünglichen Grauens studiert, wolle aber nicht, dass ich zu tief in die Materie eindränge. Als Junge habe er viele seltsame Dinge im von Hexen heimgesuchten Arkham gehört, wo die alten Schatten noch immer lauern und dahinschleichen, und seither habe er klugerweise das dunklere verbotene Wissen gemieden.

Endlich, nach langem Drängen meinerseits, willigte er widerstrebend ein, mir die Namen gewisser Personen zu nennen, die er für meine Suche als hilfreich erachtete. Er war ein Schriftsteller mit bemerkenswertem Scharfsinn und genoss unter den Kennern einen hervorragenden Ruf. Und ich wusste, er war an dem Ausgang der ganzen Angelegenheit überaus interessiert.

Sobald sich seine kostbare Liste in meinem Besitz befand, begann ich eine groß angelegte Briefkampagne, um mir Zugang zu den begehrten Bänden zu verschaffen. Ich schrieb an Universitäten, Privatbibliotheken, namhafte Seher und die Anführer geheimer, vage umschriebener Kulte. Doch ich war zum Scheitern verurteilt.

Die Antworten, die ich erhielt, waren unverhohlen abweisend, beinahe feindselig verfasst. Offenbar erzürnte es die angeblichen Besitzer solchen Wissens, dass ein neugieriger Fremder ihr Geheimnis enthüllen könnte. In der Folgezeit erhielt ich mehrere anonyme Drohbriefe und einen überaus beunruhigenden Anruf. Indes störte mich dies nicht annähernd so sehr wie die enttäuschende Erkenntnis, dass meine Mühen vergebens gewesen waren. Ablehnungen, Ausflüchte, Zurückweisungen, Drohungen – derlei half mir nicht weiter. Ich musste woanders suchen.

Die Buchhandlungen! Vielleicht fände ich ja auf einem verstaubten, vergessenen Regal, wonach ich suchte.

Hernach nahm ich meinen langwierigen Kreuzzug auf. Ich lernte, die zahllosen Enttäuschungen mit unerschütterlicher Ruhe zu ertragen. Niemand in den gewöhnlichen Buchhandlungen schien je von dem schrecklichen *Necronomicon,* dem bösen *Buch des Eibon* oder dem verstörenden *Cultes des Goules* gehört zu haben.

Hartnäckigkeit zahlt sich aus. In einem kleinen alten Antiquariat in der South Dearborn Street, zwischen staubigen Regalen, welche die Zeit scheinbar vergessen hatte, fand meine Suche ein Ende. Dort, unter zweihundert Jahre alten Shakespeare-Ausgaben, stand ein großes, schwarzes Buch mit eisenbeschlagenem Einband. Es trug die von Hand eingeprägte Aufschrift *De Vermis Mysteriis,* was so viel bedeutet wie: »Die Geheimnisse des Wurms«.

Der Ladeninhaber konnte nicht sagen, wie das Buch in seinen Besitz gelangt war. Vielleicht war es vor Jahren bei einer Partie antiquarischer Bücher dabei gewesen. Von den Eigenarten ahnte er offenbar nichts, denn ich erwarb es für einen einzigen Dollar. Er packte den schweren Band für mich ein, überaus erfreut über den unerwarteten Verkauf, und wünschte mir hochzufrieden einen guten Tag.

Eilig verließ ich den Laden, den kostbaren Schatz unter dem Arm. Was für ein Fund! Ich hatte von diesem Buch bereits gehört. Ludvig Prinn war der Autor; er starb in Brüssel auf dem Scheiterhaufen der Inquisition, als die Hexenprozesse ihren Höhepunkt erreichten. Ein seltsamer Mann – Alchimist, Geisterbeschwörer, Magier von Ruf. Ehe er am Ende durch die Hand der weltgeistlichen Vollstrecker den Feuertod erlitt, rühmte er sich eines schier unglaublichen Alters. Es heißt, er gab sich als einzigen Überlebenden des unglückseligen Neunten Kreuzzuges aus und führte zum Beweis dessen einige modrige Dokumente an. Es stimmt, dass laut der alten Chroniken ein gewisser Ludvig Prinn zu den Gefolgsleuten Montserrats zählte, doch die Zweifler brandmarkten ihn als verrückten Hochstapler, auch wenn er vielleicht zufällig ein direkter Nachfahre des echten Kriegers sein konnte.

Prinn schrieb sein Zauberwissen den Jahren zu, die er als Gefangener unter den Hexern und Wundertätern Syriens verbracht hatte, und wirklich sprach er auch sehr zungenfähig von Begegnungen mit den Dschinn und Ifrit der alten Mythen des Morgenlandes. Es ist bekannt, dass er eine Zeit lang in Ägypten gelebt hat, und die libyschen Derwische berichten in Legenden von den Taten des alten Sehers in Alexandria.

In jedem Falle verbrachte er seine letzten Tage im flämischen Tiefland, wo er geboren worden war, und residierte – passenderweise – in der Ruine einer vorrömischen Grabstätte, die in einem Wald nahe der Stadt Brüssel stand. Prinn hauste dort angeblich mit dem Schwarm seiner Vertrauten und den Inkarnationen grässlicher Beschwörungen. In noch vorhandenen Handschriften wird zurückhaltend geäußert, er sei von »unsichtbaren Begleitern« und »von den Sternen gesandten Dienern umgeben gewesen«. Bei Nacht mieden die Bauern die Wälder, denn ihnen behagten manche Geräusche nicht, die zum Mond emporhallten, und ganz bestimmt wollten sie nicht ergründen, wer oder was an den verfallenen heidnischen Altären betete, die in gewissen dunklen Schluchten standen.

Doch wie dem auch sei – nachdem die Handlanger der Inquisition Prinn gefangen genommen hatten, bekam niemand auch nur eine jener Kreaturen zu Gesicht, über die er Gewalt gehabt hatte. Soldaten fanden die Ruine vollkommen verlassen vor, obwohl sie sie vor der Zerstörung gründlich durchsuchten. Jene übernatürlichen Wesen, die ungewöhnlichen Geräte und Gemische – alles war auf höchst merkwürdige Weise verschwunden. Eine Durchsuchung des Waldes und die ängstliche Besichtigung der seltsamen Altäre ergab keine neuen Erkenntnisse. Auf den Altären fand man frische Blutspuren, und auch Prinns Folterbank war mit Blut besudelt, als man das Verhör schließlich beendete. Trotz besonders grausamer Foltermethoden hatte man dem schweigsamen Zauberer keine weiteren Enthüllungen entlocken können, und am Ende gaben die müden Inquisiteure auf und ließen den alten Mann in den Kerker werfen.

Erst im Gefängnis, wo er auf seinen Prozess wartete, schrieb er die makabren, Schrecken verheißenden Zeilen des *De Vermis Mysteriis,* das heute unter dem Titel *Die Geheimnisse des Wurms* bekannt ist. Wie die Schrift je an den aufmerksamen Wachen vorbeigeschmuggelt werden konnte, ist ein Rätsel für sich, doch steht fest, dass sie ein Jahr nach Prinns Tod in Köln gedruckt wurde. Sie wurde sofort verboten, doch einige wenige Exemplare waren bereits in Privathand gelangt. Diese wiederum wurden abgeschrieben, und später gab es eine zensierte und gekürzte Fassung, aber gemeinhin wird nur das lateinische Original als echt anerkannt. Im Laufe der Jahrhunderte haben nur wenige die Schrift lesen und darüber nachsinnen können. Die Geheimnisse des alten Magiers sind heute lediglich den Eingeweihten bekannt, und diese raten allen Versuchen ab, sie zu verbreiten ... und zwar aus ganz bestimmten Gründen.

Kurzum, dies war alles, was ich über die Geschichte des Buches wusste, als es in meinen Besitz gelangte. Schon allein als Sammlerstück war es ein phänomenaler Fund, über seinen Inhalt hingegen vermochte ich mir kein Urteil zu bilden: Es war in Latein verfasst. Da ich nur wenige Worte dieser Sprache kenne, stand ich einem enormen Hindernis gegenüber, als ich die Seiten aufschlug. Solch einen Schatz dunklen Wissens in Händen zu halten und nicht entschlüsseln zu können brachte mich schier um den Verstand.

Einen Moment lang verzweifelte ich, denn es widerstrebte

mir, mit solch einem scheußlichen und blasphemischen Text an einen örtlichen Altphilologen oder Lateinkundigen heranzutreten. Dann hatte ich eine Eingebung. Warum sollte ich das Buch nicht nach Osten bringen und meinen Freund um Hilfe bitten? Er studierte die alten Sprachen, und Prinns unheilvolle Offenbarungen würden ihn vermutlich weitaus weniger entsetzen als andere Leute. Folglich schrieb ich einen eiligen Brief, und kurz darauf erhielt ich seine Antwort. Mit Freuden wolle er mir helfen – unbedingt solle ich unverzüglich zu ihm reisen.

2

Providence ist eine reizende Stadt. Das Haus meines Freundes war alt und im anheimelnden georgianischen Stil gebaut. Der untere Stock verströmte die prachtvolle Atmosphäre der Kolonialzeit, der obere Stock, wo die Dachgiebel das enorme Fenster verdunkelten, diente meinem Gastgeber als Arbeitszimmer.

Dort saßen wir an jenem grausigen, ereignisreichen Abend im vergangenen April; dort neben dem offenen Fenster, das einen Ausblick auf das azurblaue Meer bot. Es war eine mondlose Nacht; unruhig und fahl vom Nebel, der die Dunkelheit mit fledermausgleichen Schatten füllte. Noch immer sehe ich ihn vor meinem geistigen Auge – diesen kleinen, von einer Lampe erhellten Raum mit dem großen Tisch und den hochlehnigen Stühlen; die Bücherregale an den Wänden; die Handschriften, die sich in verschiedenen Dokumentenschachteln stapelten.

Mein Freund und ich saßen am Tisch, das geheimnisvolle Buch vor uns. Sein hageres Profil warf einen beunruhigenden Schatten an die Wand, und sein wächsernes Gesicht wirkte in dem matten Licht verstohlen. Eine unerklärliche Atmosphäre schwebte im Raum, als stünden uns wunderbare, in ihrer Macht überaus beunruhigende Offenbarungen bevor; ich spürte die Gegenwart von Geheimnissen, die nur darauf warteten, enthüllt zu werden.

Mein Gefährte spürte das auch. Viele Jahre der Erfahrung auf dem Gebiet des Okkulten hatten seine Intuition in einem unheimlichen Maße geschärft. Nicht die Kälte ließ ihn erschauern, als er dort in seinem Stuhl saß; und es war auch kein Fieber, das seine Augen in jenem juwelengleichen Feuer aufflammen ließ. Schon bevor er den verfluchten Band aufschlug, wusste er, dass es ein Werk der Bosheit war. Den muffigen, uralten Seiten haftete Grabesgestank an. An den Rändern waren sie madenzerfressen, und Ratten hatten das Leder angenagt, obgleich sie sich wohl normalerweise an scheußlicherer Kost gütlich tun.

Ich hatte meinem Freund an jenem Nachmittag die Geschichte des Buches erzählt und es in seiner Gegenwart ausgepackt. Da schien er noch bereit, ja begierig zu sein, sofort mit der Übersetzung zu beginnen. Nun aber gab er sich zögerlich.

Es sei nicht klug, sich mit dem Buch zu befassen, beteuerte er. Es handele sich hier um böses Wissen – wer könne schon sagen, welch dämonische Überlieferung diese Seiten enthalten oder welche Übel denjenigen heimsuchen, der arglos damit umgeht? Es sei nicht gut, zu viel zu erfahren, und überdies seien bereits Menschen gestorben, weil sie die faule Weisheit dieser Seiten hatten anwenden wollen.

Er beschwor mich, von meiner Absicht abzulassen, solange das Buch noch ungeöffnet wäre, und mir lieber bei weniger abnormen Dingen Anregung zu suchen.

Ich war ein Narr. Übereilt wies ich seine Einwände mit eitlen, leeren Worten zurück. Ich empfand keine Furcht und meinte, wir sollten zumindest einen Blick auf den Inhalt des kostbaren Fundes werfen. Ich begann, durch die Seiten zu blättern.

Das Ergebnis war enttäuschend. Es war im Grunde ein ganz gewöhnlich aussehendes Buch – vergilbte, brüchige Seiten mit lateinischem Text, geschrieben in großen, schwarzen Lettern. Das war alles. Keine Illustrationen, keine beängstigenden Zeichnungen.

Mein Freund konnte der Anziehungskraft des bibliophilen Genusses nicht länger widerstehen. Sofort blickte er mir aufmerksam über die Schulter und murmelte gelegentlich lateinische Satzbrocken. Die Begeisterung wurde zuletzt Herr über ihn. Er nahm den kostbaren Band in beide Hände, setzte sich ans Fenster und fing an, wahllos Absätze vorzulesen, die er dann und wann ins Englische übersetzte.

In seinen Augen leuchtete ein wildes Licht, und sein hageres Profil wirkte noch kränklicher, während er über den zerfallenden Zeichen brütete. Einige Sätze trug er donnernd vor wie Furcht erregende Litaneien, dann wieder senkte er die Stimme, bis sie leiser war als ein Flüstern und so weich klang wie das Zischen einer Viper. Inzwischen verstand ich nur noch wenige Ausdrücke, denn im Zuge seiner konzentrierten Beschäftigung schien er mich gänzlich vergessen zu haben. Er las Bannsprüche und Zauber. Ich erinnere mich an Anspielungen auf Götter der Weissagung – wie etwa Vater Yig, den Dunklen Han und den Schlangenbärtigen Byatis. Mir schauderte, denn ich kannte diese Namen von früher. Doch hätte ich gewiss noch stärker gezittert, hätte ich geahnt, was uns noch bevorstand.

Es ging sehr schnell. Plötzlich wandte mein Freund sich mir zu. Er war sehr erregt, und seine Stimme klang schrill. Er fragte mich, ob ich mich an die Legenden über Prinns Zauberkunst erinnerte und an die Geschichten über die unsichtbaren Diener, die er von den Sternen herbeirief. Ich bejahte, ohne seine plötzliche Aufregung zu verstehen.

Dann verriet er mir den Grund. Hier, am Ende eines Kapitels über Vertraute, hatte er ein Gebet oder einen Zauber entdeckt, vielleicht genau denselben, mit dem Prinn seine unsichtbaren Diener von jenseits der Sterne herbeibeschworen hatte! Er las die Passage vor, und ich hörte zu.

Benommen saß ich auf meinem Stuhl, wie ein dummer, verständnisloser Narr. Warum schrie ich nicht, versuchte zu entkommen oder ihm diese grässliche Handschrift aus den Händen zu reißen? Stattdessen saß ich da – während mein Freund die lange, klangvolle finstere Anrufung in lateinischer Sprache vorlas. Seine Stimme überschlug sich vor widernatürlicher Erregung.

»Tibi, magnum Innominandum, signa stellarum nigrarum et bufoniformis Sadoquae sigillum ...«

Das krächzende Ritual ging vonstatten, dann erhob es sich auf den Schwingen nächtlichen, abscheulichen Grauens: Wie Flammen schienen die Worte in der Luft zu züngeln und sich mir ins Gehirn zu brennen. Die donnernden Laute warfen ihr Echo in die Unendlichkeit, hinter den weitesten Stern. Durch uralte Tore ohne Dimension schienen sie einzugehen, um sich dort einen Zuhörer zu suchen und ihn zur Erde zu rufen. War das alles Einbildung? Ich nahm mir nicht die Zeit, darüber nachzusinnen.

Denn dem ungewollten Ruf wurde gefolgt. Kaum war die Stimme meines Gefährten in dem kleinen Raum verklungen, da nahte das Grauen.

Im Zimmer wurde es kalt. Ein Windstoß jaulte durch das offene Fenster; ein Wind, der nicht von dieser Welt stammte. Von weit her trug er ein Gemecker herbei, und als mein Freund das vernahm, wurde sein Gesicht zu einer weißen Maske neu erwachter Furcht. Dann war von den Wänden her ein Knirschen zu hören, und der Fenstersims krümmte sich vor meinen starrenden Augen. Aus dem Nichts jenseits dieser Öffnung erscholl plötzlich lüsternes Gelächter – ein hysterisches Geschnatter, das schierem Wahnsinn entsprang. Es schwoll zu der grinsenden Quintessenz allen Grauens, ohne dass es ein Mund hervorbrachte.

Alles Weitere geschah mit bestürzender Schnelligkeit. Unvermittelt schrie mein Freund an seinem Platz am Fenster auf. Er brüllte und hieb mit gekrümmten Fingern wild auf die Luft ein. Im Lampenlicht sah ich, wie er das Gesicht zu einer Grimasse wahnsinniger Pein verzog. Einen Moment später hob sich sein Körper vom Boden und bog sich unnatürlich nach hinten. Im nächsten Moment war das widerliche Knacken berstender Knochen zu hören. Sein Körper schwebte nun mitten in der Luft, seine Augen waren glasig, und seine Hände schienen etwas Unsichtbares krampfhaft zu umklammern. Wieder begann dieses wahnsinnige Gekicher, diesmal jedoch *im selben Raum!*

Die Sterne wiegten sich in roter Qual; der kalte Wind schnatterte mir in den Ohren. Ich kauerte mich auf meinem Stuhl zusammen, die Augen starr auf das erstaunliche Schauspiel in der Ecke gerichtet.

Unterdessen hatte mein Freund zu kreischen begonnen; seine Schreie vermischten sich mit dem schadenfrohen, grässlichen Gelächter, das aus der bloßen Luft zu kommen schien. Sein Körper baumelte frei schwebend, bog sich wieder zurück, und dann spritzte ihm das Blut in einer rubinroten Fontäne aus dem aufgerissenen Nacken.

Doch dieses Blut tropfte nicht zu Boden. Es verschwand mitten in der Luft, und zugleich verklang das Gelächter und verwandelte sich in ein abscheuliches Schlürfen. Mit gesteigertem Entsetzen begriff ich, dass das unsichtbare Wesen aus dem Jenseits das Blut in sich aufsog, sich daran labte! Was für ein Geschöpf war da so plötzlich und unwissentlich herbeibeschworen worden? Was war das für ein vampirisches Ungetüm, das ich nicht zu sehen vermochte?

Eben jetzt fand eine schreckliche Verwandlung statt. Der Körper meines Freundes schrumpfte, verschrumpelte und wurde völlig leblos. Der Länge nach fiel er auf den Boden und blieb widerlich still liegen. Aber in der Luft fand eine andere Veränderung statt.

Ein Glühen war in der Ecke neben dem Fenster zu sehen – ein *blutiges* Glühen. Langsam, aber sicher zeichneten sich die matten Umrisse einer Erscheinung ab – die mit Blut gefüllten Umrisse des unsichtbaren Schlächters von den Sternen. Er war rot und triefend nass, eine unermesslich große, pulsierende, gallertartige Masse, ein scharlachroter Klumpen mit unzähligen, tentakelartigen Rüsseln, die sich hin und her bewegten. An den Enden dieser Fortsätze waren Saugnäpfe zu erkennen, die sich in schauriger Lust öffneten und schlossen ... Das Ding war aufgebläht und widerlich; eine kopf-, gesichts- und augenlose Masse mit dem gefräßigen Rachen und den gewaltigen Klauen eines Ungetüms von den Sternen. Das Menschenblut, an dem es sich gesättigt hatte, ließ den Schmauser sichtbar werden. Das war kein Anblick für einen geistig gesunden Menschen.

Zu meinem Glück verweilte das Geschöpf nicht. Das schlaffe, leichenähnliche Ding auf dem Boden verschmähend, stieg es durch das offene Fenster. Dann war es verschwunden, nur noch sein fernes Gelächter drang auf den Schwingen des Windes an mein Ohr, während das Geschöpf wieder in die Abgründe entschwand, aus denen es gekommen war.

Das war alles. Ich blieb allein im Raum zurück, mit dem schlaffen, leblosen Körper vor meinen Füßen. Das Buch war verschwunden; aber an der Wand und auf dem Boden hafteten blutige Abdrücke, und das Gesicht meines armen Freundes sah aus wie ein blutiger Totenkopf, der höhnisch zu den Sternen emporgrinst.

Lange Zeit saß ich stumm auf meinem Stuhl. Dann steckte ich den Raum in Brand, und alles, was sich darin befand. Anschließend verließ ich das Haus – lachend, denn ich wusste, dass die Flammen alle Spuren vernichten würden. Ich war am selben Nachmittag in Providence angekommen und kannte niemanden in der Stadt. Keiner sah mich aus dem Haus gehen, und ich war schon fort, als man die lodernden Flammen entdeckte. Stundenlang taumelte ich durch verwinkelte Straßen und schüttelte mich in idiotischem Gelächter, sooft ich zu den brennenden, ewig hämisch funkelnden Sternen hinaufsah, die mich verstohlen durch die Nebelschleier beobachteten.

Nach einer Weile beruhigte ich mich so weit, dass ich wieder im Stande war, in einen Zug zu steigen. Während der langen Heimreise blieb ich ruhig, und ruhig war ich auch, als ich diese Geschichte hier niederschrieb. Ich blieb sogar ruhig, als ich in der Zeitung las, dass mein Freund bei einem seltsamen Unfall ums Leben gekommen sei, in dem Feuer, das sein Haus vernichtet hat.

Nur des Nachts, wenn die Sterne funkeln, kehren die Träume zurück und treiben mich in einen gigantischen Irrgarten aus wilden Ängsten. Dann nehme ich Drogen ein, versuche vergebens, jene hohnvollen Erinnerungen aus meinem Schlaf zu verbannen. Aber eigentlich kümmern sie mich nicht, denn ich werde nicht mehr lange hier sein.

Ich hege den eigentümlichen Verdacht, dass ich den Schlächter von den Sternen wiedersehen werde. Ich glaube, er wird bald zurückkehren, ohne dass er herbeibeschworen wird, und eines weiß ich gewiss: Wenn er kommt, kommt er zu mir und trägt mich in die gleiche Dunkelheit, die meinen Freund umarmt hat. Manchmal sehne ich den Tag fast herbei, an dem es so weit ist, denn dann erfahre ich ein für alle Mal die *Geheimnisse des Wurms.*

Originaltitel: *The Shambler from the Stars*
Erstveröffentlichung: *Weird Tales,* September 1935
Aus dem Amerikanischen von *Ruggero Leò*

Der leuchtende Trapezoeder

VON H. P. LOVECRAFT

Robert Bloch gewidmet

I have seen the dark universe yawning
Where the black planets roll without aim –
Where they roll in their horror unheeded,
Without knowledge or luster or name.

NEMESIS

Selbst diejenigen, die den Fall eingehend untersuchten, werden zögern, der Annahme, Robert Blake sei vom Blitz erschlagen worden, zu widersprechen. Es besteht sogar die Möglichkeit, dass die Todesursache nur ein Schock nach einer starken elektrischen Entladung gewesen war. Unbestreitbar bleibt, dass die Fenster seines Ateliers vollkommen intakt waren, aber die Natur hat dem Menschen schon oft bewiesen, welcher Überraschungen sie fähig ist. Der Ausdruck seines Gesichts lässt sich ohne weiteres als belangloser Muskelreflex erklären, der mit den Ereignissen kurz vor seinem Tode nichts zu tun haben muss, während die Eintragungen in seinem Tagebuch eindeutig die Resultate seiner bizarren Einbildungskraft sind, die durch gewisse abergläubische Vorstellungen und eigene Entdeckungen längst verschollener Dinge erregt worden waren. Und was die anomalen Zustände in der verlassenen Kirche von Federal Hill betrifft, so wird sie der gewiegte Analytiker als bewusste oder unbewusste Scharlatanerie abtun, an der Blake im Geheimen nicht unbeteiligt gewesen sein mag.

Immerhin war das Opfer ein Schriftsteller und Maler gewesen, der sich ganz und gar auf die Darstellung von Mythen, Träumen, Monstruositäten und Aberglauben verlegt hatte, wobei er ständig auf der Suche nach phantastischen Szenen und

Effekten aus dem Unwirklichen, Gespenstischen war. Ein früherer Aufenthalt in der Stadt, ein Besuch bei einem seltsamen alten Mann, der gleich ihm okkulten und verbotenen Wissenschaften ergeben war, hatte mit Tod und Flammen geendet, und es muss irgendein krankhafter Instinkt gewesen sein, der ihn immer wieder aus seiner Heimatstadt Milwaukee hierher zurückzog. Ungeachtet seiner Tagebucheintragungen, in denen er das Gegenteil zu behaupten suchte, besteht die Wahrscheinlichkeit, dass er verschiedene der alten Geschichten gekannt hat, und sein unzeitiger Tod mag vielleicht deren literarische Auswertung im Keim erstickt haben.

Unter denen, die alle Umstände dieses tragischen Falls gewissenhaft untersucht und miteinander in Beziehung gebracht haben, gibt es einige, die eine weniger rationale und herkömmliche Theorie vertreten. Sie neigen eher dazu, die Eintragungen für einen authentischen Beweis zu halten, und legen auf gewisse Tatsachen, wie etwa die unbezweifelbare Echtheit der alten Kirchenregister, die nachgewiesene Existenz des verhassten und unorthodoxen Vorstehers der Starry Wisdom Sekte bis zum Jahre 1877, das Verschwinden eines allzu neugierigen Reporters namens Edwin M. Lillibridge, über das im Jahre 1893 die Zeitungen berichteten, und vor allem der Ausdruck jener grauenvollen Angst im Gesicht des jungen Schriftstellers, als ihn der Tod ereilte. Einer der Anhänger dieser Auffassung war es auch, der die seltsam geschmückte Metallschatulle mitsamt diesem facettierten Stein in der Bucht ins Meer warf, nachdem er sie in dem alten Kirchturm gefunden hatte, in dem schwarzen, fensterlosen Raum der Turmspitze, nicht aber im Turm selbst, wo sie laut Blakes Tagebuch ursprünglich lag. Obwohl von offizieller wie inoffizieller Seite heftig angegriffen, erklärte dieser Mann – ein geachteter Arzt mit einer Vorliebe für abseitige Folklore –, er habe durch sein Eingreifen die Erde von einem Ding befreit, das ihr gefährlich hätte werden können.

Es bleibt somit dem Leser überlassen, für welche der beiden Auffassungen er sich entscheiden will. Robert Blakes hinterlassene Papiere geben uns eine Schilderung der Vorkommnisse, wie er sie sah, zu sehen meinte oder wenigstens zu sehen vorgab, wogegen die Tageszeitungen alle greifbaren Details aus ihrer logischen Sicht heraus beschrieben haben. Wenn wir nun sein Tagebuch sorgfältig, leidenschaftslos und unvoreingenommen durchlesen, können wir die dunkle Kette der Vorkommnisse vom ausdrücklichen Standpunkt der Hauptperson rekonstruieren.

Der junge Blake kehrte im Winter des Jahres 1934/35 nach Providence zurück und mietete die obere Etage eines gediegenen Hauses in der Nähe von College Street. Es war ein gemütlicher und anziehender Ort, den ein kleiner Garten von altmodischer Dörflichkeit umschloss. Der georgianische Bau hatte ein Dach mit erhöhtem Mittelteil, dessen Seiten von niederen Fensterreihen gebildet wurden, ein klassizistisches Portal und all die anderen Merkmale der Architektur des frühen 19. Jahrhunderts. Im Inneren befanden sich getäfelte Türen, breite Dielen, eine Wendeltreppe, weiße Kaminsimse aus der Aram-Periode und eine Reihe von Zimmern, die drei Stufen tiefer als das normale Niveau des übrigen Gebäudes lagen.

Blakes Arbeitsraum, ein großes Zimmer mit dem Blick nach Südwesten, lag so, dass er die Blumenbeete des Vorgartens sah, während die Westfenster, vor denen sein Schreibtisch stand, einen prächtigen Ausblick auf die Dächer der Stadt und die mystischen Sonnenuntergänge, die dahinter manchmal flammten, boten. Am fernen Horizont leuchteten die purpurnen Hügel des offenen Landes. Vor diesen, etwa zwei Meilen entfernt, erhob sich geisterhaft Federal Hill mit seinen zahllosen Giebeln, Dächern und Türmen, deren ungewisse Umrisse sich geheimnisvoll verzogen und verzerrten, wenn der Rauch aus den Kaminen der Stadt aufzog und alle klaren Linien mit einem Dunstschleier verhüllte. Blake hatte das eigenartige

Gefühl, irgendeine unbekannte, traumhaft ätherische Welt vor sich zu haben, die sich vielleicht – oder auch nicht – in ein formloses Schemen auflösen könnte, sollte er jemals den Versuch unternehmen, sie in eigener Person aufzusuchen oder zu betreten.

Nachdem er fast alle seine Bücher von zu Hause hatte schicken lassen, richtete er seine Wohnung mit den dazu passenden Möbeln ein und begann zu schreiben und zu malen. Er lebte allein und erledigte die einfacheren Hausarbeiten ohne fremde Hilfe. Sein Atelier lag in einem Dachzimmer, das durch die zahlreichen Fenster genügend Licht erhielt. Während des ersten Winters schrieb er vier seiner bekanntesten Kurzgeschichten – »Das Ding von unten«, »Der Wurm in der Krypta«, »Shaggai«, »Im Tal von Pnath«, sowie »Der Fresser aus dem All« – und malte sieben Bilder; Studien von namenlosen, unmenschlichen Monstren und unerhört fremden, außerirdischen Landschaften.

Oft saß er bei Sonnenuntergang gedankenverloren vor seinem Schreibtisch und betrachtete verträumt die dunklen Türme von Memorial Hall, die hohe Silhouette des georgianischen Gerichtsgebäudes, die spitzgiebeligen Dächerzüge der Altstadt und den in der Ferne schimmernden, türmegekrönten Hügel, dessen unbekannte Straßen und labyrinthische Dachfirste seine Phantasie so mächtig anregten. Von den wenigen Freunden, die er hier besaß, hatte er gehört, dass dieses eigenartige Viertel fast ausschließlich von Italienern bewohnt wurde, obwohl die meisten Häuser noch aus der Zeit der Yankees und Irländer stammten. Hin und wieder richtete er sein Fernglas nach dieser gespenstischen, unerreichbaren Welt, die dort drüben hinter dem quirlenden Rauch der Kamine liegen musste, wählte einige Schornsteine, Türmchen und Dächer aus und bildete sich ein, welche bizarren und unerhörten Geschehnisse sie bergen müssten. Sogar durch das Fernglas gesehen wirkte Federal Hill irgendwie fremdartig, halb märchenhaft und mit den unwirklichen, unfassbaren Wundern verwandt, die Blake in seinen Geschichten und auf den Bildern darstellte. Dieser Eindruck wirkte in ihm noch lange nach, selbst dann noch, wenn der Hügel bereits im violetten, lampengestirnten Zwielicht zu verschwimmen begann und die Scheinwerfer des Gerichtsgebäudes oder die roten Industriereklamen aufflammten.

Unter all den fernen Gebäuden auf Federal Hill faszinierte Blake eine riesige, düstere Kirche am meisten. Zu gewissen Tageszeiten traten ihre Umrisse besonders stark hervor, und bei Sonnenuntergängen zeichnete sich der wuchtige, spitze Turm wie eine schwarze Warnung am Himmel ab. Die Kirche stand, so schien es Blake, an der höchsten Stelle des Hügels, denn sie erhob sich weit über das giebelige, schiefe, krumme Dächergewirr, das sie schon ein gutes Jahrhundert oder sogar länger beherrscht haben musste, wie man an ihren von Ruß und Stürmen verheerten Steinmauern ablesen konnte. Soweit man das durch ein Fernglas zu erkennen vermochte, schien sie einer der ersten Versuche neugotischer Renaissance zu sein, welche der Upjohn-Periode gefolgt war, und noch einige Anklänge an Linie und Proportion des Georgianismus aufwies. Möglicherweise war sie zwischen 1810 und 1815 erbaut worden.

Während die ersten Monate dahingingen, beobachtete Blake dieses ferne und so abweisend wirkende Gebäude mit einem seltsam steigenden Interesse. Und da die riesigen Fenster nie erleuchtet waren, folgerte er daraus, dass die Kirche leer stehen musste. Je länger er zu ihr hinüberblickte, desto mehr begann sich seine Phantasie zu entflammen, bis er sich endlich die absonderlichsten Dinge einbildete. Er glaubte, dass das düstere Gebäude von einer vagen Aura von Desolation umflossen sei, sodass selbst Tauben und Schwalben das rauchgeschwärzte Moos seiner Dachtraufen mieden. Um alle anderen Türme herum zeigte ihm sein Fernglas riesige Scharen von Vögeln, allein um diesen einen war es sonderbar leer. Das jedenfalls meinte er beobachtet zu haben, denn er gibt uns darüber in seinem Tagebuch Bericht. Einige Bekannte, denen er die Kirche durchs Fernglas zeigte, vermochten ihm nicht über diesen seltsamen Zustand Aufklärung zu geben, keiner von ihnen war je auf Federal Hill gewesen.

Im folgenden Frühling wurde Blake von einer starken Rastlosigkeit befallen. Er hatte mit der Niederschrift eines seit langem geplanten Romanes begonnen – er sollte von den ehemaligen Hexenkulten in Maine handeln, aber trotz aller Anstrengung kam er damit nicht recht weiter. Er verbrachte immer mehr und mehr seiner Zeit in dem Sessel vor dem Westfenster, starrte nach dem im diesigen Licht liegenden Hügel hinüber und betrachtete den dunklen, von allen Vögeln des Himmels gemiedenen Turm. Und als die ersten zarten Knospen aus den Zweigen der Gartenbäume hervorbrachen, füllte sich die Welt mit frischer Schönheit, allein Blakes Rastlosigkeit nahm noch mehr zu als zuvor. In diesen Tagen des Frühlings fasste er den Entschluss, noch heute oder morgen die Stadt zu durchqueren, um persönlich den märchenhaften Hügel bis in die dunstumkränzte Traumwelt hinaufzusteigen.

Es war schon gegen Ende April, als Blake zu seinem ersten Ausflug in das Unbekannte aufbrach. Er streifte durch endlose Straßen und Plätze, kam durch die verfallensten Viertel der alten Stadt und erreichte schließlich die steil in die Höhe führenden jahrhundertverwitterten Stufen, von denen er mit Sicherheit annehmen konnte, dass sie ihn in jene, nur durchs Fernrohr bekannte, unerreichbar scheinende Zauberwelt jenseits der dämmerfarbenen Nebelschleier führen mussten. Er schenkte den schmutzigen blauweißen Straßenschildern überhaupt keine Aufmerksamkeit, sie bedeuteten ihm nichts, aber er fühlte dennoch die fremdartigen Gesichter in der Menschenmenge und las die in unbekannten Sprachen abgefassten Aufschriften an und über den Läden.

Ab und zu tauchte wohl die verkommene Fassade einer alten Kirche oder ein steiler zerbröckelnder Turm auf, aber nie die geschwärzte Masse des düsterragenden, vogelgemiedenen Bauwerkes, das er suchte. Als er einen Verkäufer, der vor seinem Laden stand, nach jener verlassenen Steinkirche befragte, antwortete ihm dieser, obgleich er ein normales Englisch redete, bloß mit einem Kopfschütteln und einem Lächeln. Und als Blake höher und höher stieg, veränderte sich seine Umgebung immer mehr, bis sie ihm schließlich unendlich abenteuerlich und fremdartig erschien. Er überquerte zwei bis drei breite Straßen, und einen Moment lang glaubte er, den ihm so vertrauten Turm erblickt zu haben. Wieder fragte er einen Ladeninhaber nach der wuchtigen Steinkirche, und dieses Mal hätte er schwören können, dass die Unwissenheit des Befragten nur gespielt war. Die dunklen Züge des Mannes bekamen einen plötzlichen Ausdruck von Furcht, die er vergeblich zu verbergen trachtete, und Blake merkte, wie er mit seiner rechten Hand ein eigenartiges Zeichen machte.

Dann erhob sich mit einem Male zu seiner Linken ein schwarzer Turm gegen den wolkenverhangenen Himmel, hoch über den Firsten der braunen Dächer, über das labyrinthische Gewirr von Gassen und Gässchen, die sich nach Süden hinunterzogen. Blake erkannte ihn sofort und stürzte durch die kotigen, ungepflasterten Straßen auf ihn zu. Zweimal kam er vom Weg ab, wagte es aber merkwürdigerweise nicht, einen der alten Männer zu fragen, die an der Türschwelle hockten, auch nicht eines der Kinder, die in den dreckigen Gassen herumtollten.

Endlich sah er den Turm, der sich gegen Südwesten klar abhob. Dann stand er auf einem windigen, offenen Platz, der ganz wunderlich gepflastert war und an einer hohen Mauer endete. Er befand sich am Ziel seiner abenteuerlichen Suche; denn auf dieser eisengeländerumgebenen, unkrautüberwucherten Fläche, die sich etwa sechs Fuß über die Straßen erhob, ragte eine toddüstere, titanische Steinmasse auf, deren äußere Form trotz Blakes neuer Perspektive nicht zu verkennen war.

Die leere Kirche befand sich in einem äußerst beklagenswerten Zustand; einige der hohen Steinzinnen waren abgefallen, lagen unter dem Unkraut und Gras, das die Kirche reich umwucherte, halb verborgen. Die verrußten Spitzbogenfenster waren größtenteils unbeschädigt geblieben, obwohl einige der Steinfassaden Lücken aufwiesen. Blake wunderte sich, weshalb die seltsam bemalten Glasfenster noch intakt waren, denn er wusste wohl, wie gerne Kinder nach solch willkommenen Zielen mit Steinen werfen. Die schweren Türen blieben, was auch daran rüttelte, fest verschlossen; der mit breiten Steinplatten ausgelegte Weg, der bis an die Türen reichte, war von aschgrauen Kräutern völlig überwachsen. Verlassenheit und Verfall hing hier wie eine düstere Drohung über allem, und Blake fühlte die Berührung einer schattenhaften, unerträglich sinistren Bangigkeit auf sich lasten, die er jedoch nicht zu erklären vermochte.

Nur wenige Leute waren auf dem Platz. Blake sah einen Polizisten an der Ecke stehen und stellte ihm einige Fragen über die Kirche. Der Mann war ein großer rotbackiger Irländer, und Blake erschien es äußerst merkwürdig, dass dieser stämmige Riese erschrocken ein Kreuz schlug und dabei nur murmelte, dass die Leute hier nie über diese Kirche sprächen. Als sich Blake mit dieser kargen Antwort nicht zufrieden gab, meinte der Polizist, die italienischen Priester hätten jeden vor ihr gewarnt, weil darin seinerzeit ein ungeheuerliches Wesen gehaust und seine Spuren hinterlassen habe. Er selbst habe schon von seinem Vater dunkle Andeutungen gehört und könne sich auch gewisser Gerüchte aus seiner Kindheit erinnern.

Früher habe hier irgendeine ungute Sekte ihre Zusammenkünfte gehalten – eine gottlose Gemeinschaft, die unsäglich verbotene Dinge aus unbekannten Tiefen heraufbeschwor. Schließlich und endlich habe ein Priester dieser Teufelei den

Garaus gemacht. Wenn Pater O'Malley noch am Leben wäre, könnte er gewiss mehr darüber erzählen. Jetzt aber ließe man dieses unheimliche Gebäude lieber unangetastet, denn es täte keinem etwas zu Leide. Die ehemaligen Besitzer seien längst gestorben oder irgendwo in der weiten Welt. Wie die Ratten seien sie 1877 davongelaufen, nachdem es damals nach dem ungeklärten Verschwinden mehrerer Leute aus der Nachbarschaft zu Ausschreitungen gekommen war. Wenn keiner Anspruch auf die Kirche erhebe, würde sie wohl eines Tages die Stadtgemeinde in Besitz nehmen, aber trotzdem wäre es besser, wenn sich keiner um sie scherte, damit keines der Dinge, die in ihren Gewölben vielleicht doch noch ruhen könnten, aufgestört werde.

Nachdem der Polizist weitergegangen war, starrte Blake den mürrischen, düsteren Turm an. Es erregte ihn, dass auch andere Menschen das Aussehen der Kirche als bedrückend empfanden, und er fragte sich, was wohl an Wahrheit hinter der Geschichte des Uniformierten liegen mochte. Höchstwahrscheinlich hatte er nur altes Gerede wiederholt, das von dem unheimlichen Ort inspiriert worden war; aber trotzdem war es ihm, als sei hier eine seiner eigenen Erzählungen seltsam zum Leben erwacht.

Die Nachmittagssonne brach aus den Wolken hervor, aber sie vermochte nicht, die wetterfleckigen, rauchverrußten Mauern des unheiligen Tempels, der dieses hoch gelegene Plateau beherrschte, aufzuhellen. Es schien völlig der Natur zuwider, dass das frische Grün des Frühlings die welke graue Vegetation des Kirchhofes berühren wollte. Fast gegen seinen Willen trieb es Blake gegen diesen eisenumgitterten Ort; er ertappte sich dabei, wie er den alten verrosteten Gitterzaun abschritt, bemüht, einen möglichen Einlass in den verwahrlosten Hof zu finden. Es gab da eine unheimliche Lockung, deren er sich nicht erwehren konnte. An der Vorderseite hatte der Zaun keine Öffnung, aber hinten an der Nordseite fehlten einige Stäbe.

Er stieg auf die schmale Einfassung und arbeitete sich an die Lücke heran. Wenn die Leute diese Stätte so sehr mieden, dachte er bei sich, würde ihn gewiss niemand an seinem Eindringen hindern.

Er befand sich schon fast innerhalb der Einfassung, als er bemerkt wurde. Als er hinabschaute, wurde er gewahr, dass die Leute ein Zeichen machten, das bewusste Zeichen mit der Rechten, das schon der Mann vor dem Laden gemacht hatte. Verschiedene Fenster wurden plötzlich zugeschlagen, und eine dicke Frauensperson stürzte auf die Straße und zerrte einige kleine Kinder in ein baufälliges unverputztes Haus. Es war nicht schwer, durch die Lücke des Gitters zu schlüpfen, und gleich darauf fand sich Blake inmitten kniehohen, gilbvermoderten Gestrüppes. Hier und dort erinnerte ein windschiefer, geborstener Stein daran, dass sich an dieser Stelle einmal ein Friedhof befunden haben musste, Begräbnisstätten, die längst vergessen und vermodert waren. Die Unheil verkündende Steinmasse der Kirche wirkte, nun, da er so nah war, noch unerträglicher, doch Blake bezwang seine Beklommenheit und begann, die drei großen Türen an der Vorderfront zu untersuchen. Da sie jedoch fest verschlossen waren, machte er sich auf die Suche nach einem möglichen Einstieg und umschritt den monstruösen, zyklopischen Bau. Ein gähnendes Loch in der Kirchenmauer, etwa ein Fuß über dem Boden, das er schließlich entdeckte, mochte seinem Vorhaben dienen. Die Öffnung, durch die Blake hineinstarrte – vielleicht war sie früher ein Kellerfenster gewesen –, vermittelte einen Blick auf ein Chaos aus verstaubten Spinnweben und Gerümpel, das in den Strahlen der spärlich einfallenden Sonne schwach schimmerte. Schimmelpilzüberwucherter Schutt, alte zerbrochene Tonnen mit verrosteten Reifen, geborstene Möbelstücke bildeten dort unten ein grauses Gewirr, über dem eine altersdicke Staubschicht wie ein schmutziges Leichentuch lag, die die Konturen der Kanten und Ecken völlig abgerundet, ganz weich erscheinen ließ. Die zerfressenen Reste eines alten Heißluftofens bewiesen, dass dieser Ort bis etwa in die Hälfte der viktorianischen Zeit benutzt worden war. Auch jetzt wusste Blake noch nicht recht, ob er wirklich eindringen wollte in diesen grauen Spuk aus Schatten und Verwesung, doch irgendeine unbekannte Macht, deren er sich nicht erwehren konnte, zog ihn wie ein Magnet an.

Ohne sich dessen recht bewusst zu sein, kroch Blake durch das Fenster und ließ sich auf den staubbedeckten, schuttüberstreuten Zementboden gleiten. Der große, gewölbte Keller war nicht unterteilt. Ganz weit hinten auf der rechten Seite entdeckte er einen schwarzen Torbogen, der allem Anschein nach zu einer Treppe nach oben führen musste. Ein eigenartiges Gefühl ungeheurer Bedrückung überkam ihn in diesem großen, gespenstischen Bauwerk, allein er ließ es nicht übermächtig werden, als er diese Dunkelheiten durchforschte. Er fand ein Fass und rollte es an das Fensterloch, um für seinen späteren Rückweg vorzusorgen. Dann fasste er sich ein Herz und durchquerte den weitläufigen, von Spinnweben durchsetzten Raum. Halb erstickt von dem allgegenwärtigen Staub gelangte er endlich bis an die verwitterten, ausgetretenen Steintreppen, die in die Dunkelheit hinaufführten. Er besaß kein Licht, tastete sich aber vorsichtig mit den Händen hoch. Nach einer scharfen Biegung spürte er eine verschlossene Tür vor sich, deren uralten Riegel er nach einigem Suchen fand. Die Türe ging nach innen auf, und er erblickte einen zwielichtdurchflossenen Gang, dessen Wandtäfelung bereits den Holzwürmern anheim gefallen war.

Nachdem er auf diese Weise das untere Geschoss der Kirche erreicht hatte, schickte er sich an, die Räume rasch zu durchforschen – sämtliche Türen standen offen, es gab nichts, das ihn aufgehalten hätte. Das riesige Kirchenschiff wirkte wie ein ungeheurer grauer Spuk, die Bankreihen, der Altar, die Stundenglaskanzel sowie die Register der Orgel waren von einer unglaublich dicken Staubschicht bedeckt, während titanische Spinnwebgebilde von der Empore bis zu den Bodenfliesen reichten und die gedrängt stehenden gotischen Säulen miteinander verbanden. Über dieser lautlosen Verlassenheit lag ein grausiges bleiernes Licht, denn die sinkende Nachmittagssonne warf ihre Strahlen durch die seltsamen, halb geschwärzten Spitzbogenfenster.

Die Malereien an diesen Fenstern konnte Blake bei bestem Willen nicht genau erkennen, sie waren wie geräuchert, aber aus dem Wenigen, das er an ihnen sah, erwuchs ihm ein ungutes Gefühl. Die Darstellungen waren durchaus konventionell – und da er den obskuren Symbolismus nur zu gut kannte, war ihm sofort klar, um was es bei diesen alten Zeichen ging. Die dargestellten Heiligen, es waren ihrer nur wenige, zeigten durchwegs einen Ausdruck, der zur Kritik herausfordern musste. Es gab auch ein Fenster, das nichts anderes als ein dunkles All mit seltsam leuchtenden Spiralen zeigte. Indem sich Blake von den Fenstern abwandte, fiel ihm auf, dass das spinnwebverhangene Kreuz über dem Altar nicht von der herkömmlichen Art war, sondern dem vorhistorischen *anch* oder *krux ansata* des ägyptischen Schattenreiches glich.

In der Sakristei neben der Apsis fand Blake ein altes wurmzerfressenes Schreibpult und bis an die Decke reichende Regale voll verschimmelter Bücher. Hier empfand er zum ersten Mal einen ausgesprochenen Schock, eine würgende Bangigkeit stieg ihm in den Hals; denn als er einige der Buchtitel las, war er sofort im Bilde, um welche Art von Literatur es sich hier handelte. Es waren jene grauenhaften verbotenen Schriften, die den meisten normalen Menschen nie oder nur ganz selten vor die Augen kommen, schwarze, verrufene Undinge, verruchte, ungeheuerliche Beschwörungen, Texte aus den urältesten Tagen der Menschheit und lichtscheues Wissen um Dinge aus der Zeit, da noch kein Mensch diese Erde betreten hatte, Botschaften aus den frühen chaotischen Schleimnebeln dieser Welt. Er selbst hatte manche dieser abscheulichen Bücher gelesen – eine lateinische Version des schrecklichen Necronomicon, das entsetzliche Liber Ivonis, das verabscheuenswerte Culte des Goules des Grafen d'Erlette, die Unaussprechlichen Kulte von Junzt und Ludvig Prinns De Vermis Mysteriis. Aber auch andere Werke, solche, von denen er bloß gehört hatte oder die er gar nicht kannte – darunter die Pnakotischen Manuskripte, das Buch von Dyzan und ein kaum noch lesbarer Band, der in einer Schrift abgefasst war, die Blake nicht kannte, die aber gewisse Zeichen und Symbole enthielt, welche in jedem Erforscher des Okkulten eisige Schauder erregen mussten. Offensichtlich konnten die lokalen Gerüchte nicht gelogen haben: Dieser Ort war einmal der Sitz eines Übels gewesen, eines Übels älter als die Menschheit und größer als das bekannte Universum!

Das alte Schreibpult barg ein kleines ledergebundenes Notizbuch, dessen Eintragungen in einer Art Geheimschrift abgefasst waren. Ihre Elemente bestanden aus den traditionellen Zeichen und Schnörkeln, wie sie noch heute in der Astronomie gebräuchlich sind und es früher in der Astrologie, Alchimie und anderen zweifelhaften Wissenschaften waren – die Symbole für Sonne, Mond, Planeten und Konstellationen –, nur dass sie hier en bloc angeordnet ganze Seiten füllten, woraus leicht zu erkennen war, dass jedes Zeichen einen bestimmten Buchstaben des Alphabets ersetzte.

Blake steckte das Buch in der Hoffnung, es später entziffern zu können, in die Manteltasche. Viele der voluminösen Bände faszinierten ihn so unaussprechlich, dass er sich mit dem Gedanken trug, ob er nicht später einige ausleihen solle. Allerdings vermochte er sich nicht zu erklären, wieso sie so lange Zeit unberührt geblieben waren. War er tatsächlich der Erste, der dieses ungewisse Angstgefühl überwunden hatte, das diesen desolaten Ort nahezu sechzig Jahre lang vor Besuchern bewahrt hatte?

Nachdem er so das Erdgeschoss durchforscht hatte, schritt Blake durch den gespenstischen Staub des Kirchenschiffes zum Vorraum, wo er sich erinnerte, bei seinem Eintritt eine Türe und eine Wendeltreppe gesehen zu haben, die anscheinend auf den Turm führte – der ihm ja bereits, wenngleich auch nur von ferne, so bekannt war. Der Aufstieg war unglaublich mühsam. Der dicke Staub ließ Blake kaum noch atmen, und die Spinnen hatten hier ihr Schlimmstes vollbracht. Wenn Blake hin und wieder an eines der schmalen Fensterchen der Wendeltreppe gelangte, konnte er einen Blick aus schwindelnder Höhe über die Dächer der Stadt werfen. Obwohl er keine Seile wahrgenommen hatte, erwartete er, oben im Turm eine Glocke und ein ganzes Geläute zu finden, in diesem Turm, dessen gotische Schalllöcher er so oft durchs Fernglas betrachtet hatte. Diese Erwartung wurde jedoch enttäuscht, denn als er endlich die Turmstube erreichte, sah er, dass sie früher vollkommen anders gearteten Zwecken gedient haben musste. Der etwa 15 Quadratfuß große Raum lag in einem ungewissen Licht, das durch die schmalen Fenster eindrang. Es waren auch schwarze Vorhänge angebracht, mit denen man die Fenster verschließen konnte, grause vermoderte Fahnen, die bei Berührung fast zerfielen. Im Mittelpunkt des Raumes erhob sich aus dem tiefen Staub ein etwa vier Fuß hoher viereckiger Steinsockel. Er war an allen Seiten mit roh eingemeißelten bizarren Hieroglyphen verziert, deren Sinn unmöglich zu entziffern war. Auf diesem Sockel ruhte eine Metallschatulle von merkwürdig asymmetrischer Form – ihr Deckel stand offen, sodass unter dem jahrzehntehohen Staub ein ungleichmäßig kugeliger Gegenstand zu erkennen war, dessen Durchmesser gut vier Zoll betragen mochte. Um den Sockel herum waren sieben gut erhaltene gotische Lehnstühle zu einem Halbkreis aufgestellt, dahinter an den Wänden hingen sieben riesige Gipsplatten.

Die Darstellungen auf den schweren Platten erinnerten Blake

sofort an die geheimnisvollen Megalithe der Osterinseln. In einer Ecke des Raumes war eine Eisenleiter in die Wand eingelassen, die zu der geschlossenen Falltüre führte, durch die man den fensterlosen Turm erreichen konnte.

Nachdem sich Blake an das schwache Licht gewöhnt hatte, bemerkte er die eigenartigen bas-reliefs auf der gelblichen Metallschatulle, die offen dastand. Als er den Staub mit seinem Taschentuch fortgewischt hatte, sah er, dass die Darstellungen von einer fremdartigen, ja ungeheuerlichen Form waren, denn sie zeigten Wesen, die, obwohl sie fast lebendig schienen, keiner Lebensform ähnelten, die sich jemals auf dieser Erde entwickelt hatte. Der kugelige Gegenstand war ein fast schwarzer, rot durchrieselter Polyeder voll unregelmäßiger Facetten oder irgendein künstlicher Gegenstand aus bearbeitetem und überaus glatt poliertem Mineral. Er berührte den Schatullenboden nicht, da er zwischen sieben Streben hing, die von den Wänden ausgingen und sich zu einem Ring vereinten. Blake stellte zu seinem Erstaunen fest, dass er die Augen kaum noch von dem Stein wenden konnte, nachdem er denselben vom Staub befreit hatte. Während er auf die schimmernden Facetten starrte, war es ihm fast, als seien sie durchsichtig und enthielten unvorstellbarste Wunderwelten, die aber noch nicht ganz Form angenommen hatten, noch im Werden begriffen waren.

Vor seinem inneren Auge erschienen schwimmende Bilder fremdartiger Planeten mit großen Steintürmen, und andere wieder mit titanischen Gebirgszügen ohne die geringste Spur von Leben, endlich sogar solche von noch entfernteren Räumen des Alls, in denen nur mehr ungewisse Bewegung in außerwirklichen Finsternissen davon zeugte, dass auch hier Bewusstsein und Wille gegenwärtig war.

Als er seinen Blick von dem Stein riss, gewahrte er in der Ecke, nicht weit von der Eisenleiter entfernt, einen Kehrichthaufen, der über und über von Staub bedeckt war und dessen

Umrisse in seinem Bewusstsein eine vage Erinnerung wachriefen. Und wenige Sekunden später – er war auf den grauen Hügel zugetreten und hatte die staubigen Spinnweben fortgewischt – stieg ein entsetzliches Erkennen in ihm hoch. Sein eigenes Taschentuch hatte die grauenhafte Wahrheit zutage gebracht: in der Ecke kauerte ein menschliches Skelett, das bereits seit langer Zeit in dieser Stellung geruht zu haben schien. Die Kleidung war vollkommen vermodert, doch deuteten einige Knöpfe und Stofffetzen auf einen grauen Herrenanzug hin. Es gab auch noch andere Beweisstücke – Schuhe, große Manschettenknöpfe, eine längst aus der Mode geratene Krawattennadel, ein Reporterabzeichen des seinerzeitigen Providence Telegram und eine zerfallende Brieftasche. Blake untersuchte die Letztere sorgfältig, fand einige Geldscheine mit alten Ausgabedaten, einen zelluloidenen Reklamekalender für das Jahr 1893 sowie mehrere Visitenkarten auf den Namen Edward M. Lillibridge und ein Blatt Papier mit Bleistiftnotizen. Dieses Blatt wirkte ziemlich rätselhaft; Blake ging deshalb an das zwielichternde Westfenster und las es langsam durch. Der unzusammenhängende Text enthielt Sätze wie die folgenden:

»Prof. Enoch Bowen kommt Mai 1844 aus Ägypten zurück – erwirbt alte Free-Will-Church im Juli – Bowen sehr bekannt durch seine archäolog. Arbeiten und Stud. des Okkulten.«

»Dr. Drowne von den 4ten Baptisten warnt vor der Starry Wisdom Sekte in Predigt 29. Dez. 1844.«

»Kongregation 97 gegen Ende ’45.«

»1846 – 3 verschwund. – erste Erwähnung des Leuchtenden Trapezoeders.«

»7 verschwinden 1848 – Gerüchte über Blutopfer.«

»Die Untersuchungen 1853 führen zu nichts – Geschichten über Geräusche.«

»Father O’Malley erzählt von Teufelsanbetung; Schatulle, die in großen ägyp. Ruinen entdeckt wurde – sagt, sie beschwören etwas, das Licht scheut, nicht in ihm bestehen kann. Flieht vor wenig Licht, wird durch großes gebannt. Muss dann wieder heraufbeschworen werden. Wahrscheinlich erfahren durch Beichte am Sterbebett des Francis X. Feeney, der '49 zur Starry Wisdom eintrat. Diese Leute behaupten, der Leuchtende Trapezoeder zeige ihnen Himmel & andere Welten & dass das *Ding aus dem Dunkeln* irgendwie Geheimnisse sage.«

»Geschichte von Orrin B. Eddy 1857. Sie beschwören es durch Blick in den Kristall herauf & haben ihre eigene Geheimsprache.«

»200 Menschen in der Kongregat. Führende Personen nicht eingerechn.«

»Irische Burschen stürmen *1869* Kirche nach Patrick Regans Verschwinden.«

»Verschleierter Artikel in J. am 14. März '72, aber man redet nicht viel darüber.«

»6 verschwinden 1876 – geheimes Komitee spricht bei Bürgermeister Doyle vor.«

»Maßnahmen zugesagt Feb. 1877 – Kirche April geschlossen.«

»Bande (Federal Hill-Burschen) bedrohen Doktor ... und Vestry-Leute im Mai.«

»181 Personen verlassen Stadt bis Ende '77 – keine Namen erwähnt.«

»Geistergeschichten tauchen um 1880 auf – versuche, Wahrheitsgehalt der Berichte zu überprüf., dass seit 1877 kein menschl. Wesen Kirche betreten.«

»Bitte Lanigan um photogr. Aufnahme d. Kirche aus dem Jahre 1851 ...«

Blake legte das Blatt in die Brieftasche zurück und steckte sie, bevor er das Skelett weiter untersuchte, in seine Manteltasche zurück. Der Sinn dieser Notizen war klar genug, denn es bestand absolut kein Zweifel daran, dass dieser Mann vor 42

Jahren in die verlassene Kirche eingestiegen war, um eine Sensation aufzuspüren, an die sich noch kein anderer Reporter gewagt hatte. Vielleicht hatte niemand von seinem Plan eine Ahnung gehabt – was weiß man? Jedenfalls war er niemals in seine Zeitung zurückgekommen. Hatte ihn seine tapfer unterdrückte Angst schließlich doch noch überwältigt, sodass er einem Herzschlag erlegen war? Blake beugte sich über die matt schimmernden Gebeine des Toten und stellte an ihnen einen eigenartigen Zustand fest: Einige Knochen waren arg zersplittert, während andere wieder an den Enden merkwürdig aufgefasert zu sein schienen. Wieder andere waren in ein seltsames Gelb übergegangen, wirkten hier und da verkohlt. Auch die Kleiderreste wiesen angesengte Stellen auf. Der Schädel war in einem höchst absonderlichen Zustand – dunkelgelb, angekohlt und mit einem unregelmäßig geformten Loch in der Basis, ganz so, als habe sich dort eine hoch konzentrierte Säure durch den soliden Knochen gefressen. Was aber mit dem Skelett während dieser vier Jahrzehnte Grabesstille geschehen war, vermochte sich Blake nicht vorzustellen.

Ehe er sich dessen bewusst wurde, fiel sein Blick wieder auf den Stein und ließ die seltsame Ausstrahlung mit nebelhaften Prozessionen in seinen Geist dringen. Er sah endlose Züge kapuzenverhüllter Gestalten, deren Umrisse nichts Menschliches hatten, und ungeheure Ebenen, wüste Flächen, aus denen sich himmelhohe Monolithe erhoben, er sah Türme und Wälle in nachtdunklen unterseeischen Abgründen und die Schwindel erregenden Schlünde des Alls, darin sich schwarze Nebelwände mit dünnen eisigen Purpurdämmerungen vermischten. Und jenseits all dieser Erscheinungen erblickte er eine ungeheure Schlucht grausigster Finsternisse, in der unbestimmbare Kräfte über ein Chaos zu walten schienen, Kräfte, die den Schlüssel zu allen Paradoxa und geheimen Wissenschaften dieser Welt besaßen.

Dann brach mit einem Male eine nagende, intensive panische Angst den Zauber. Blake wandte sich wie ein Erstickender von dem Stein ab, denn er spürte mit jeder Faser die nahe Gegenwart eines fremden formlosen Wesens, das ihn mit grauenhafter Intensität beobachtete. Er fühlte, dass ihn irgendetwas umlauerte – ein Ding, das, obgleich nicht im Stein selbst vorhanden, ihn dennoch durch diesen betrachtete; etwas, das ihm mit einem Erkenntnisvermögen nachjagen würde, das nichts mit physischem Sehen zu tun hatte. Offenbar hatte die Atmosphäre dieses Raumes seine Nerven angegriffen, was angesichts seines schaudervollen Fundes nicht wundernehmen konnte; zudem verdämmerte draußen bereits das Tageslicht – er musste allmählich an den Rückweg denken, da er keine Lampe mitgenommen hatte.

In dem zunehmenden Zwielicht glaubte er die Facetten des wunderlichen Steines schwach von innen heraus glosen zu sehen. Er hatte fortzublicken versucht, aber irgendein dunkler Zwang richtete seine Augen immer wieder auf den fürchterlichen Gegenstand. Sollte das Ding eine gewisse Phosphoreszens von Radioaktivität besitzen? Hatte der tote Reporter in seinen Aufzeichnungen nicht den Leuchtenden Trapezoeder erwähnt? Von wo aus hatte dieses kosmische Unheil seinen Lauf genommen? Was war hier oben im Turm bereits geschehen? Und was mochte in diesen von allen Vögeln der Luft gemiedenen Schatten noch lauern? Der Raum war jetzt von einem schwachen, widerlichen Gestank erfüllt, dessen Ursprung nicht genau zu bestimmen war. Blake griff nach dem Deckel der offenen Schatulle und schloss ihn, um so den unheimlichen glosenden Stein zu verbergen.

Als sich der Deckel mit einem scharfen Klicken schloss, war es, als dränge aus der Dunkelheit des Turmhelms über der verriegelten Falltüre leises scharrendes Geräusch nach unten. Fraglos Ratten – die einzigen lebenden Wesen, deren Gegenwart Blake wahrgenommen hatte, seit er in das Innere dieses fluchbeladenen Steinhaufens getreten war. Aber trotzdem versetzte ihn dieses Geräusch in ein so maßloses Grauen, dass er über die spinnwebverheerte Treppe nach unten flüchtete, keuchend durch das grausige Kirchenschiff hetzte und erst vor dem Fensterloch anhielt, um einen Augenblick Atem zu sammeln. Dann ließ er, das ghoulische Schweigen wie eine Last im Nacken, so schnell wie möglich die spukigen Plätze und angstdunstenden Gassen von Federal Hill hinter sich und fühlte sich erst wieder erleichtert, als er die heimeligen Backsteinmauern der Universität vor sich sah.

In den darauf folgenden Tagen berichtete Blake niemandem von seiner Expedition. Stattdessen las er viel in gewissen Büchern, durchforschte alte Zeitungsausschnitte und arbeitete wie im Fieber an der Entzifferung der Geheimschrift des ledergebundenen Bändchens, das er zwischen den Spinnwebfahnen der Sakristei entdeckt hatte. Der Code, das stellte er bald fest, war alles andere als leicht zu entschlüsseln, und erst nach langen Bemühungen glaubte er mit Sicherheit zu wissen, dass der Text nicht in Englisch noch in Latein, Griechisch, Deutsch, Französisch, Spanisch oder Italienisch abgefasst war. Wahrscheinlich würde er, um sein Ziel zu erreichen, aus den tiefsten Quellen seines seltsamen Wissens schöpfen müssen.

Jeden Abend fühlte er wieder den unerklärlichen Drang, seine Blicke nach Westen zu richten, dort, wo der uralte dunkle Turm drohend aus dem Dachgewirr einer blaufernen und nicht mehr recht existenten Welt ragte. Jetzt aber empfand er bei diesem Anblick ein Gefühl würgender Bangigkeit, er wusste nun, welch ein Erbe unheiliger Wissenschaft sich darin verbarg, und in dieser Erkenntnis fing seine Phantasie an, immer tollere Sprünge zu machen.

Die Zugvögel waren zurückgekehrt, und wenn er ihren Flug im Licht der Sonnenuntergänge betrachtete, war es ihm, als mieden sie den dämmerschwarzen Turm mehr als je zuvor. Kam ein Schwarm einmal zufällig in seine Nähe, dann zerstreute er sich, Blakes Einbildung nach, in panischer Verwirrung – und er glaubte, ihr erregtes Flattern und Zwitschern zu vernehmen, obgleich doch einige Meilen zwischen ihm und jener sinistren Stelle lagen.

Es war im Juni, dass Blake in seinem Tagebuch über die Entzifferung der Geheimschrift berichtete. Der Text war, das hatte er schließlich herausbekommen, in der dunklen Aklo-Sprache abgefasst, einem Idiom, das von gewissen grausigen Kulten der Vorzeit benutzt worden war. Das Tagebuch gibt sich jedoch darüber ziemlich zurückhaltend, lässt aber irgendwie erkennen, dass er die Entdeckungen offenkundig Grauen erregend und schrecklich fand. Es gibt Hinweise über ein *Ding aus der Tiefe,* das durch einen Blick in den *Leuchtenden Trapezoeder* erweckt werde; und er stellte wahnsinnige Vermutungen über die schwarzen Schlünde und Strudel des Chaos an. Dieses *Ding* soll allwissend sein und monströse Blutopfer verlangen. Einige Notizen lassen erkennen, dass Blake fürchtete, das *Ding* könne eines Tages beginnen, umzugehen, nachdem es nun heraufbeschworen sei, fügte aber hinzu, dass die Straßenbeleuchtung der Stadt ein nahezu unüberwindliches Hindernis darstelle.

Von dem *Leuchtenden Trapezoeder* spricht Blake häufig und nennt ihn das Fenster nach Zeit und Raum, dessen Spuren bis in die Zeit zurückzuverfolgen sind, da es im *Dunklen Yuggoth* erschaffen worden war, bevor es die *Alten* auf die Erde brachten. Dort wurde es von den Haarsterngeschöpfen der Tiefsee in der Antarktis in einer Schatulle aufbewahrt und umhegt, später von den Schlangenmännern aus den Ruinen Valusias geborgen, bis schließlich, Äonen später, die ersten Menschen von seiner Existenz Kunde erhielten und ihn wieder anzustarren begannen. Er überquerte seltsame Länder und noch seltsamere Ozeane, versank mit Atlantis, wurde im Netz eines minoischen Fischers gefunden und an die dunkelhäutigen Händler des Dämmerlandes Chem. verkauft. Der Pharao

Nephren-Ka errichtete ihm einen Tempel mit einer fensterlosen Krypta, ehe er das beging, dessentwegen sein Name aus allen Monumenten und Chroniken gestrichen wurde. Dann schlief er in den Ruinen jenes unheiligen Bauwerks, das die Priester und der neue Pharao hatte zerstören lassen, bis ihn der Spaten des Ausgräbers zum Fluche der Menschheit ans Licht brachte.

Anfang Juli ergänzten einige Artikel in den Tageszeitungen die Aufzeichnungen in Blakes Tagebuch, allerdings auf so kurze und allgemeine Weise, dass nur Blake selbst sie als Ergänzungen auffassen konnte. Es schien, dass die Bewohner von Federal Hill von einer neuen Angst ergriffen worden seien, nachdem ein Fremder in die gefürchtete Kirche eingedrungen war. Und die Italiener flüsterten von ungewohnten Geräuschen, von Gescharre und Getappe, das aus dem fensterlosen Turmhelm drang, und sie hatten ihre Pfarrer gebeten, sie sollten dieses Wesen, das bereits wie ein Nachtmahr durch ihre Träume kroch, bannen. Irgendetwas, so hieß es, stünde hinter den verschlossenen Türen und warte auf den Augenblick, in dem es finster genug sei, um hervorzusteigen. Diese kurzen Artikel erwähnten zwar, dass es sich hier um einen schon seit Jahrzehnten herrschenden Aberglauben handle, gingen jedoch nicht auf die Ursachen ein, die zu seiner Entstehung herbeigeführt hatten. Während er diese Dinge in sein Tagebuch schrieb, bedauerte Blake, dass er es nicht über sich bringen könne, den *Leuchtenden Trapezoeder* zu vergraben, um damit das von ihm Heraufbeschworene zu bannen. Nichtsdestoweniger erwähnt er das zunehmende gefährliche Verlangen – eine morbide Sehnsucht, die ihn bis in die Träume verfolgt –, den verfluchten Turm wieder aufzusuchen und die kosmischen Geheimnisse des glosenden Minerals ein zweites Mal zu betrachten.

Am Morgen des 17. Juli versetzte eine Zeitungsmeldung den Tagebuchschreiber in eine wahrhafte Fieberattacke von

Grauen. Eigentlich war es bloß eine Variante des mit leicht schmunzelnder Überlegenheit abgefassten Artikels über die Beunruhigung in Federal Hill. Für Blake aber bedeutete diese karge Notiz irgendwie eine Woge von Horror. In der vergangenen Nacht war die Straßenbeleuchtung etwa eine Stunde lang ausgefallen; der Blitz hatte während eines Gewitters in das Elektrizitätswerk eingeschlagen, und in diesem Intervall von Dunkelheit waren die Italiener vor Furcht halb wahnsinnig geworden. Diejenigen, welche in der Nähe der verfluchten Kirche wohnten, schworen hinterher darauf, dass das *Ding aus dem Turm* den Ausfall der Straßenbeleuchtung dazu genutzt habe, in das Kirchenschiff hinabzusteigen, um dort auf die schrecklichste Weise zu tappen und zu poltern. Kurz bevor es wieder licht geworden war, habe es sich wieder in den Turm zurückgezogen, von wo aus ein Zersplittern von Glas zu hören gewesen sei.

Es vermochte in der Dunkelheit überallhin zu gelangen, ergriffe jedoch beim schwächsten Lichtschein die Flucht. Als der Strom wieder funktionierte, erklang aus dem Turmhelm der Kirche ein grauenvolles Toben, denn selbst der kleinste Lichtschein, der durch die schmalen blinden Fenster eindrang, schien für das *Ding* zu viel zu sein. Es war gerade noch rechtzeitig in den dunklen Raum unter dem Dach geflüchtet – eine stärkere Dosis Lichts hätte es unweigerlich in die Schwärze des unirdischen Abgrundes zurückgeschickt, aus der es der aberwitzige Fremde heraufbeschworen hatte. Während der Stunde jener Dunkelheit versammelte sich eine betende Menschenmenge um die Kirche herum und harrte im Regen mit brennenden Kerzen und Lampen aus, die sie mühsam mit Regenschirmen vor dem Verlöschen bewahrten – eine Lichtwache, um die Stadt vor dem tappenden Albtraum zu schützen, der in der Finsternis erwacht. Einmal, so erklärten die, welche in nächster Nähe der Kirche gestanden hatten, rüttelte etwas Grauenvolles an der äußeren Türe.

Aber das war noch lange nicht das Schlimmste. Am selben Abend las Blake im *Bulletin,* was die Reporter in der Kirche entdeckt hatten. Zwei von ihnen hatten sich von den erregten Italienern nicht aufhalten lassen, sondern waren, da die Türen nicht nachgegeben hatten, durch das Fensterloch eingestiegen. Sie bemerkten, dass der Staub auf dem Fußboden des Vorraumes und des Kirchenschiffes aufgewirbelt war, während Fetzen vermoderter Kissen und die zerschlissenen Satinbezüge der Bänke wild verstreut herumlagen. Überall herrschte ein unaussprechlich ekler Gestank, an manchen Stellen zeigten sich widerlich gelbe Flecke und Brandmale. Die beiden Männer hatten die zum Turm führende Türe geöffnet, weil ihnen ein Rumoren aufgefallen war, und fanden die Wendeltreppe völlig von der Staubschicht leer gefegt. Auch die Turmstube selbst war in einem halb gefegten Zustand. Die Reporter sprachen von dem heptagonalen Steinsockel, den gotischen Stühlen und den bizarren Gipsplatten an den Wänden, aber, seltsam genug, erwähnten sie in keiner Weise die Schatulle und das verstümmelte Skelett. Was Blake vor allem in Aufregung versetzte – abgesehen von den gelben Flecken, den verkohlten Stellen und dem ekelhaften Geruch – war die letzte Einzelheit des Berichts, die das zersplitterte Glas erklärte. Jedes der Turmfenster war eingeschlagen, und zwei von ihnen waren mit dem Stoff der Kirchenbänke abgedichtet, den jemand in die Zwischenräume der außen angebrachten Schallbretter gestopft hatte, als sei jemand bei der Arbeit unterbrochen worden, den alten Zustand wiederherzustellen, der geherrscht haben musste, als die Fenster noch mit schwarzen Vorhängen verschlossen waren. Außerdem lag noch eine Menge der Satinstofffetzen im Turmzimmer herum, geradeso, als wäre derjenige, welcher dem Turm seine absolute Finsternis wiedergeben wollte, bei der Arbeit gestört worden.

Gelbliche Flecken und verkohlte Stellen zeichneten sich auch auf der nach oben führenden Leiter ab. Als jedoch einer der Reporter hinaufkletterte, die Falltüre öffnete und den schwachen Strahl seiner Taschenlampe in die seltsame, übel riechende Dunkelheit richtete, sah er bloß Staub und einen Haufen formloser Fragmente. Der Zeitungsbericht schloss mit einer spitzen Bemerkung über diese offensichtliche Scharlatanerie. Irgendwer hatte sich einen Spaß erlaubt, um die abergläubischen Hügelbewohner zu schrecken; möglicherweise könnte es auch jemand gewesen sein, der Interesse daran hatte, diese alten Geschichten warm zu erhalten. Es gab auch noch ein amüsantes Nachspiel, als ein Polizist die Angaben der Reporter nachprüfen sollte. Drei Mann verstanden es, sich vor dieser Aufgabe zu drücken, der vierte übernahm sie nur sträubend und kehrte sehr bald zurück, ohne jedoch irgendetwas Neues zu berichten.

Von diesem Tag an zeigt Blakes Tagebuch eine steigende tückische Angst, zu der sich noch eine nervöse Vorahnung gesellte. Er stellte die tollsten Vermutungen über die möglichen Folgen eines neuen Stromausfalles an. Bei drei Gelegenheiten, jedes Mal während eines Gewitters, rief er das Elektrizitätswerk an und bat verzweifelt, alle Vorkehrungen zu treffen, um einen neuerlichen Stromausfall zu verhindern. Ab und zu beweisen die Notizen aus dieser Zeit, wie sehr er darüber beunruhigt war, dass die Reporter weder Schatulle noch Skelett gefunden hatten, als sie die nächtlichen Schatten des Turmes durchsuchten. Er nahm an, dass diese Dinge fortgebracht worden waren – wohin und von wem, das zu überlegen widerstrebte ihm. Seine aberwitzigsten Befürchtungen betrafen ihn jedoch selbst, denn er fühlte nur zu deutlich, dass zwischen ihm und dem lauernden Grauen eine Art unguter Verbindung bestand. Seine Willenskraft war unter ständiger Anstrengung, und Besucher, die ihn damals beobachten konnten, erinnern sich noch daran, wie er gedankenverloren an seinem Schreibtisch saß und nach dem Turm der Kirche hinüberstarrte, der sich auf dem Hügel jenseits der Stadt düster und drohend erhob. Seine Eintragungen beschäftigten sich immer wieder mit grässlichen Traumgesichtern und der erschreckenden Präsenz eines unsichtbaren Dinges, die nachts an Intensität zunahm. Er erwähnte auch eine Nacht, in der er plötzlich vollkommen angekleidet erwachte und sich auf dem Weg nach dem Westen der Stadt fand. Immer wieder drückte er die feste Überzeugung aus, dass das blasphemische *Ding* aus dem Turm ihn überall zu greifen wisse.

In der Woche, die auf den 30. Juli folgte, kam es zu einem nervlichen Zusammenbruch Blakes. Er kleidete sich nicht an und beorderte seine Mahlzeiten per Telefon. Als sich Besucher nach dem Zweck der Stricke, die an seinem Bett angebracht waren, erkundigten, erklärte er, dass er seit letzter Zeit zu Schlafwandel neige, sodass er sich selbst festbinden müsse, um nicht aufzustehen.

In seinem Tagebuch berichtet er über ein grausiges Erlebnis, durch das der bereits erwähnte Kollaps akut wurde. Nachdem er sich am 30. Juli zu Bett begeben hatte, fand er sich plötzlich in einem dunklen Raum wieder. Er vermochte nur schwache bläuliche Streifen zu erkennen, verspürte aber einen überwältigenden Gestank und hörte über sich leise schleppende Geräusche, die jeden seiner stolpernden Schritte begleiteten – ein weiches verstohlenes Knarren, das sich mit Lauten mischte, als riebe man Holz gegen Holz. Einmal berührten seine Hände einen leeren Steinsockel, dann merkte er wieder, wie er auf den Sprossen einer Eisenleiter, die in die Wand eingelassen war, mühsam hochkletterte, bis ihn ein noch grauenhafterer Gestank und ein Strom glühend heißer Zugluft überkam. Vor seinen Augen tauchten die kaleidoskopischen Bilder phantasmagorischer Szenerien auf, die alle eine unendliche, schwarz strömende Nacht, einen gähnenden, noch schwärzeren Schlund darstellten, darin Sonnen und Welten wirbelten. Er dachte an die alten Sagen über das unaufhörliche Chaos, in dessen Zentrum der blinde, hirnlose Gott Azatoth, der Herr aller Dinge, sich räkelte, während ihn eine wüste Horde idiotischamorpher Tänzer zu den einschläfernden Klängen einer von namenlosen Klauen umklammerten Dämonenflöte bewachte.

Dann durchbrach ein scharfer Knall, der aus der äußeren Welt zu ihm drang, die Betäubung, deren Opfer er gewesen war, und brachte ihm das Grauen seiner gegenwärtigen Lage zum Bewusstsein. Was es war, erfuhr er zwar nie, wahrscheinlich ein Feuerwerkskörper, wie ihn die Italiener zu Ehren ihrer zahlreichen Schutzheiligen abschießen. Wie dem auch sei, er ließ sich mit einem Aufschrei von der makabren Eisenleiter fallen und stolperte blindlings durch den nahezu lichtlosen, gerümpelübersäten Raum, der ihn umgab.

Er wusste sofort, wo er sich befand, und stürzte die Wendeltreppe hinunter, was nicht ohne Prellungen und blaue Flecken abging. Es war keine Flucht mehr, eher ein Albtraum. Hastig durchquerte er das weite, spinnenverwobene Kirchenschiff, dessen gotische Bogen bis in die hämisch lauernden Schatten einer unsäglichen Stille wuchsen, eine augenlose Kühle umfing ihn in dem unflatverwucherten Keller; er kletterte durch das Loch in die freie Luft, unter die schaukelnden Lichter der Straßen und Gassen, flüchtete aus dem Gewirr von vermodernden Häusern und Spitzgiebeln einer grimmigen, dunklen, schwarz getürmten Stadt, rannte, keuchte, hetzte, bis er vor dem vertrauten Portal seines eigenen Hauses stand.

Als er am nächsten Morgen wieder das Bewusstsein erlangte, lag er völlig angekleidet vor seinem Schreibtisch. Schmutz und Spinnweben bedeckten seinen Anzug, und überall am Körper trug er blaue Flecke und schmerzende Stellen. Als sein Blick in einen Spiegel fiel, merkte er, dass sein Haar angesengt war. Seine Jacke trug noch immer die Spuren jenes grauenhaften Geruches. In diesem Augenblick erlitt er einen Nervenzusammenbruch. Von da an saß er völlig erschöpft, nur mit einem Morgenmantel bekleidet, am Westfenster seines Arbeitszimmers, zu nichts anderem mehr fähig, als nach dem unheimlichen Horizont zu starren, die Seiten seines Tagebuches mit aberwitzigen, phantastischen Sätzen voll zu kritzeln und am ganzen Leibe zu beben, wenn nur die leiseste Ahnung eines Gewitters in der Luft lag.

Der große Sturm brach am 8. August kurz vor Mitternacht los. Der Blitz schlug ununterbrochen in allen Teilen der Stadt ein, zwei besonders starke elektrische Entladungen wurden beobachtet. Ein ungeheurer Wolkenbruch setzte ein, während die ständige Kanonade des Donners Tausenden den Schlaf raubte. Blake war vor Sorge um die Straßenbeleuchtung fast wahnsinnig; er versuchte gegen ein Uhr die Elektrizitätswerke anzurufen, obgleich zu diesem Zeitpunkt alle Telefonleitungen aus Sicherheitsgründen bereits stillgelegt worden waren. Er trug alles in sein Tagebuch ein – in großen, nervösen, teilweise unleserlichen Schriftzeichen, die seine ständig wachsende Furcht, seine Hoffnungslosigkeit ahnen lassen: Eintragungen, die er auch dann noch fortsetzte, als er bereits das Licht abgeschaltet hatte, um außerhalb des Fensters etwas sehen zu können – die Ansammlung entfernter Lichter auf Federal Hill. Ab und zu machte er Eintragungen, fragmentarische Sätze wie etwa: »Die Lichter dürfen nicht ausgehen«, »Es weiß genau, wo ich mich befinde«, »Ich muss es vernichten«, »Es ruft nach mir, aber vielleicht will es mich diesmal noch nicht fassen« ...

Dann verlöschten sämtliche Lichter der Stadt. Nach Berichten des Elektrizitätswerkes geschah das um 2 Uhr 12, aber in Blakes Tagebuch befindet sich keine genaue Zeitangabe. Die Eintragung lautet nur: »Lichter aus – Gott steh mir bei!«

Auf Federal Hill gab es Beobachter, die gleich ihm von einem namenlosen Grauen befallen waren – regendurchnässte Menschen versammelten sich in den Straßen und Plätzen um die verfluchte Kirche, wobei sie unter Regenschirmen Kerzen, Taschenlampen und Öllaternen mitbrachten, Kruzifixe und obskure Amulette vor sich hin hielten, wie das unter Süditalienern üblich ist. Sie bekreuzigten sich bei jedem Blitzstrahl und machten kryptische Zeichen, um ihrer maßlosen Furcht zu begegnen; es wurde laut gebetet, dass der Sturm mit seinen Blitzen abnehmen möge. Ein besonders heftiger Windstoß blies die Überzahl der mitgebrachten Wachs- und Öllichter aus, sodass ein bedrohliches Dunkel entstand. Jemand hatte Pater Merluzzo aus dem Bett geholt, der nun aus der Kirche Spirito Santo herbeigeeilt kam, um vor der Menge, die sich, vom Regen völlig durchweicht, in panischer Angst wand, helfen sollende Segnungen zu stammeln, deren Silben jedoch der wütend fegende Sturm fast zur Gänze verschluckte. Unterdessen konnte es keinen Zweifel mehr daran geben, dass sich irgendetwas, im nachtschwarzen Inneren des Turmes, rastlos hin und her bewegte.

Über die um 2 Uhr 35 eingetretenen Ereignisse liegen uns die Augenzeugenberichte aller Beteiligten vor – des Pfarrers, eines jungen, intelligenten, gebildeten Mannes; des Polizisten William J. Monohan, eines zuverlässigen Beamten vom Hauptrevier, der seinen Streifengang unterbrochen hatte, um die Menge im Auge zu behalten; und die der 87 Männer, die sich um die Kirche herum versammelt hatten. Sicherlich geschah nichts, das erwiesenermaßen den Gesetzen der Natur widersprochen hätte, denn wer könnte schon mit Gewissheit sagen, welche chemische Prozesse in einem alten ungelüfteten Gebäude voll modernden Gerümpels stattfinden? Durch Fäulnis hervorgebrachte Gase – Selbstentzündung – Staubexplosionen – eine Vielzahl von Phänomenen dieser Art könnte dafür als Ursache anzusehen sein. Jedenfalls ging der gesamte Vorfall rasch vor sich und war innerhalb drei Minuten abgeschlossen, wie wir von diesem Pater wissen, der zu wiederholten Malen auf seine Uhr sah.

Es fing damit an, dass das scharrende, schlurfende Geräusch, das bereits seit geraumer Zeit aus den Eingeweiden des dunklen Turms erklang, deutlich lauter wurde, während sich der fremdartige, grausige Geruch des unseligen Tempels zur Unerträglichkeit steigerte. Dann vernahm man das Zersplittern von Holz – ein dumpfer Krach folgte, als sei ein schwerer Gegenstand aus der Düsterkeit der östlichen Fassade zur Erde gestürzt. Es war die rauchgeschwärzte Holzverkleidung eines Schalllochs von der Ostseite des Turmes.

Unmittelbar darauf strömte aus dieser unsichtbaren Öffnung des Turmes ein derart infernalischer Gestank, dass die Männer auf dem Platz halb erstickt, vom Brechreiz befallen, zurückwichen. Zur gleichen Zeit erzitterte die Luft wie unter den Schwingen eines ungeheuren Vogels; ein plötzlicher Windstoß aus dem Osten, der alle vorhergegangenen übertraf, riss den Beobachtern die Hüte vom Kopf und drehte ihnen die Schirme um. In dieser nun vollkommen lichtlosen Nacht konnte man kaum mehr etwas erkennen, aber dennoch behaupteten einige nachher, sie hätten einen Augenblick lang, als sie zum Himmel blickten, einen riesigen, sich ausbreitenden Schatten wahrgenommen, der sich gegen die tintenschwarzen Wolken abhob – irgendeine gestaltlose Rauchsäule, die meteorenhaft schnell in östlicher Richtung davonschoss.

Das war alles. Die Beobachter waren halb gelähmt vor Angst, Ekel und Entsetzen, man war völlig ratlos, keiner wusste sich zu helfen. Da sich niemand erklären konnte, was sich vor seinen Augen abgespielt hatte, setzten sie ihre nächtliche Wache fort und schickten einige Augenblicke lang, als ein verspäteter Blitz den Himmel durchzuckte, ein Gebet hoch. Ein gewaltiges Donnergrollen folgte. Etwa eine halbe Stunde darauf ließ der Regen nach, eine Viertelstunde später flammte die Straßenbeleuchtung wieder auf und sandte die übernächtigen, verwirrten Beobachter nicht ohne Erleichterung in ihre Häuser zurück.

Am nächsten Morgen erwähnten die Tageszeitungen die Vorgänge an der Kirche eher flüchtig und in Verbindung mit

Berichten über die Sturmschäden. Anscheinend hatte der gewaltige Blitz und der ohrenbetäubende Donner, der auf die Ereignisse von Federal Hill folgte, die Bewohner der östlicher gelegenen Stadtviertel noch mehr erschreckt. Am deutlichsten wurde das Phänomen auf College Hill beobachtet, obgleich nur wenige der aus dem Schlaf Gerissenen den anomal gleißenden Lichtschein sahen, der auf der Höhe des Hügels fast die Blätter von den Bäumen und Sträuchern der Gärten fraß. Übereinstimmend war man der Meinung, dass der Blitz irgendwo in der nächsten Nachbarschaft eingeschlagen haben müsse, doch konnten nirgends Spuren gefunden werden. Ein junger Mann im Tau Omega-Gebäude vermeinte eine ebenso groteske wie Ekel erregende Rauchwolke am Himmel gesehen zu haben, bevor der Blitz zur Erde fuhr, aber es gab außer ihm niemanden, der sie ebenfalls wahrgenommen haben wollte. Die verschiedenen Berichte gehen in Einzelheiten zwar beträchtlich auseinander, allein in allen ist von einem plötzlichen Windschwall aus dem Westen und einer wahren Flut unerträglichsten Gestankes die Rede, die dem Blitzschlag vorausgingen, während der später einen Augenblick lang herrschende Geruch als brandig angegeben wird.

Alle diese Aspekte wurden aufs Sorgfältigste untersucht und eingehend besprochen, da eine Möglichkeit, sie mit Blakes seltsamem Ableben in Verbindung zu bringen, nicht ohne weiteres von der Hand zu weisen war. Studenten aus dem Psi Delta-Gebäude, dessen hintere Zimmerfenster Blakes Studio gegenüberlagen, entdeckten am Morgen des 9. August hinter den Scheiben des westlichen Fensters das kalkweiße Gesicht und waren über dessen merkwürdigen Ausdruck ziemlich verwundert. Als sie gegen Abend das gleiche Gesicht in völlig unveränderter Haltung wiedersahen, wurden sie unruhig und warteten, dass irgendwann in der Wohnung Licht gemacht würde; später läuteten sie am Portal des Hauses, und da niemand öffnete, ließen sie von einem Polizisten die Türe aufbrechen.

Der bereits erstarrte Leichnam saß kerzengerade hinter seinem Schreibtisch vor dem Fenster, und als die Eindringenden die hervorquellenden toten Augen und die konvulsiv, in grauenhafter Angst verzerrten Glieder des Unglücklichen sahen, war ihnen, als müssten sie erbrechen. Kurze Zeit später traf der Leichenbeschauer ein, stellte einen Sterbeschein aus, auf dem als Todesursache trotz der heil gebliebenen Fensterscheiben »Elektrischer Schlag« oder »Durch elektrische Entladung herbeigeführter nervöser Schock« festgestellt wurde. Den entsetzlichen Gesichtsausdruck ignorierte der Arzt vollkommen, denn er war anhand der vorgefundenen Bücher und Bilder der Meinung, dass dieser möglicherweise eine Folge der zu intensiven Beschäftigung mit dieser makabren Materie sei – was bei Menschen mit solch anomaler Phantasie und unausgeglichenem Gemütszustand keineswegs verwunderlich ist. Nicht zuletzt war er durch Blakes Tagebuch zu dieser Auffassung gekommen, der seine Aufzeichnungen bis zu seinem Tode fortgesetzt hatte – ein abgebrochener Bleistift wurde noch in seiner verkrampften Hand gefunden.

Die Eintragungen, die Blake nach dem Stromausfall gemacht hatte, waren nur unzusammenhängend und schwer leserlich. Einige von denen, die den Fall untersuchten, hatten Schlüsse gezogen, die von der wissenschaftlich offiziellen Darstellung erheblich abwichen. Dergleichen Spekulationen wurden jedoch als Hirngespinste abgetan. Mit Gewissheit kann jedenfalls gesagt werden, dass der abergläubische Dr. Dexter der Sache dieser phantasievollen Theoretiker wenig dienlich war, als er die merkwürdige Schatulle mit dem fazettierten Stein – man hatte sie in dem fensterlosen dunklen Turm aufgefunden – an der tiefsten Stelle der Narragansett Bay ins Wasser warf. Blakes exzessive Einbildungskraft und neurotische Unausgeglichenheit, verschärft durch die Kenntnis eines unseligen, längst verschollenen Kultes, dessen haarsträubende Spuren er entdeckt hatte, ergeben die vorherrschende Deutung, die man diesen im Wahn hingekritzelten Sätzen beilegen kann. Hier die Eintragungen – oder das, was von ihnen zu entziffern war:

»Lichter noch immer aus – muss jetzt schon 5 Minuten her sein. Alles hängt von den Blitzen ab. Möge Yaddith geben, dass es nicht nachlässt! ... Irgendein Einfluss scheint sich durchzusetzen ... Regen, Donner und Wind machen mich taub ... Das *Ding* nimmt von meinem Verstand Besitz ...«

»Schwierigkeiten mit dem Gedächtnis. Ich sehe Dinge, von deren Existenz ich zuvor nie gewusst ... Andere Welten, andere Milchstraßen ... Dunkel ... Das Blitzen erscheint dunkel, das Dunkel blitzend hell ...«

»Es ist unmöglich die wirkliche Kirche, die ich in dieser pechigen Dunkelheit zu sehen glaube. Muss eine Einwirkung des Blitzes sein, die auf der Netzhaut zurückgeblieben ist. Gebe der Himmel, dass die Italiener mit ihren Kerzen da sind, wenn das Blitzen aufhört ...«

»Wovor fürchte ich mich? Ist es nicht das avatar der Nyarlahothep, der in Chem. sogar als Mensch erschienen ist? Ich erinnere mich an Yuggoth, an das ferne Shaggai und an die ultimate Leere der schwarzen Planeten ...«

»Der lange beschwingte Flug durch die Leere ... Kann das Universum des Lichtes nicht durchqueren ... Auferstanden aus dem Leuchtenden Trapezoeder ... Schicke es durch die infernalischen Schlünde des Lichts ...«

»Mein Name ist Blake ... Robert Harrison Blake, 620 East Knapp Street, Milwaukee, Wisconsin ... Ich lebe auf diesem Planeten ...«

»Erbarmen, Azathoth! – Die Blitze haben aufgehört ... Grauenhaft ... Ich sehe alles mit einer fürchterlichen Klarheit, die nichts mit Sehen zu tun hat ... Licht ist dunkel und Dunkel ist Licht ... Die Menschen auf dem Hügel ... Man hält Wache ... Kerzen und Amulette ... Ihre Priester ...«

»Entfernungssinn verloren! ... Fern ist nah und nah ist fern ... Kein Licht ... Kein Fernglas ... Sehe Turm 175 ... O dieser Turm ... Fenster ... Kann hören ... Roderick Usher ... Bin verrückt oder werde es gleich ... Das Ding kriecht und tappt im Turm ... Ich bin Es und Es ist ich ... Ich will hinaus ... Hinaus und Kräfte sammeln ... Es weiß, wo ich bin! ...«

»Ich bin Robert Blake, aber ich sehe den Turm in der Finsternis ... Ein ungeheuerhafter Geruch ... Sinne verwandelt ... Lehnt gegen das Fenster, kracht, gibt nach ... Iä-ngai ... ygg ...«

»Ich sehe Es ... kommt hierher ... Höllenwind ... Titanische Wolke ... Schwarze Flügel ... Yog Sothoth, rette mich ... Das dreigelappte flammende Auge ...«

Originaltitel: *The Haunter of the Dark*
Erstveröffentlichung: *Weird Tales,* December 1936
Aus dem Amerikanischen von *H. C. Artmann*

Der Schemen am Kirchturm

VON ROBERT BLOCH

William Hurley erblickte in Irland das Licht der Welt und wurde später Taxifahrer – und eingedenk dieser beiden Tatsachen braucht wohl kaum erwähnt zu werden, dass er ein geschwätziger Mensch war.

Im selben Moment, da er seinen Fahrgast im Stadtzentrum von Providence auflas, begann William zu reden. Der Passagier, ein großer dünner Mann in den frühen Dreißigern, stieg ins Taxi ein und lehnte sich zurück. Er trug einen Aktenkoffer bei sich. Der Mann nannte dem Fahrer eine Hausnummer auf der Benefit Street, und Hurley fuhr los, brachte sowohl das Taxi als auch seine Zunge auf Hochtouren.

Hurley eröffnete das Gespräch (welches sich in Wirklichkeit als Monolog erwies) mit einem Kommentar über das Nachmittagsspiel der New York Giants. Unbeeindruckt von der Schweigsamkeit seines Fahrgastes, ließ er einige Bemerkungen über das Wetter fallen – über das der vergangenen Tage, das augenblickliche und das voraussichtliche. Da sein Fahrgast ihm nicht antwortete, wechselte Hurley das Thema und kam auf einen Vorfall zu sprechen, der sich erst an diesem Morgen in der Stadt ereignet hatte, nämlich die Flucht zweier schwarzer Panter oder Leoparden aus der Wandermenagerie der Langer Brothers, die momentan in der Stadt gastierte. Als Hurley seinen Fahrgast direkt fragte, ob dieser die Raubtiere vielleicht habe herumstreunen sehen, schüttelte der Mann nur den Kopf.

Anschließend gab der Fahrer einige wenig schmeichelhafte

Bemerkungen über die Polizei und deren Unfähigkeit ab, die Raubtiere zu fangen. Er sei der ernsthaften Überzeugung, dass ein beliebiger Trupp von Gesetzeshütern nicht einmal in der Lage wäre, sich eine Erkältung einzufangen, wenn man sie ein Jahr lang in einen Eisschrank sperren würde. Dieser Witz amüsierte seinen Fahrgast nicht im Mindesten, und bevor Hurley mit seinem Monolog fortfahren konnte, waren sie bereits an ihrer Zieladresse in der Benefit Street angelangt. Fünfundachtzig Cents wechselten den Besitzer, Fahrgast samt Aktentasche verließen das Taxi, und Hurley fuhr davon.

Er konnte es zu diesem Zeitpunkt noch nicht wissen, doch sollte er der letzte Mann sein, der bezeugen konnte und wollte, den Fahrgast lebend gesehen zu haben.

Über alles Weitere lassen sich nur Mutmaßungen anstellen, und vielleicht ist das auch besser so. Es ist nicht sonderlich schwer, gewisse Schlussfolgerungen daraus zu ziehen, was in jener Nacht in dem alten Haus in der Benefit Street geschah, aber die Bedeutung dieser Schlussfolgerungen ist kaum zu ertragen.

Ein kleineres Rätsel lässt sich leicht lösen: die absonderliche Schweigsamkeit und Reserviertheit von Hurleys Fahrgast. Besagter Fahrgast nämlich, Edmund Fiske aus Chicago, Illinois, sann über das Ende seiner Suche nach, die fünfzehn Jahre gedauert hatte; die Taxifahrt stellte die letzte Etappe seiner langen Reise dar, und während der Fahrt überdachte er noch einmal alle Umstände.

Edmund Fiskes Suche hatte am 8. August des Jahres 1935 begonnen, und zwar mit dem Tod seines engen Freundes Robert Harrison Blake aus Milwaukee.

Wie Fiske war auch Blake damals ein frühreifer Jüngling mit einem Faible für phantastische Literatur gewesen, und als solcher wurde er ein Mitglied des »Lovecraft-Kreises« – einer Gruppe von Schriftstellern, die untereinander und mit Howard Phillips Lovecraft aus Providence in Briefkontakt standen.

Durch ebendiesen Briefkontakt waren Fiske und Blake miteinander bekannt geworden. Sie besuchten einander abwechselnd in Milwaukee und Chicago, und ihr gemeinsames Interesse für die unheimliche und phantastische Literatur und Kunst bildete die Grundlage der engen Freundschaft, die sie bis zum Zeitpunkt von Blakes ebenso unerwartetem wie unerklärlichem Tode aufgebaut hatten.

Die meisten Tatsachen – und gewisse Mutmaßungen –, die mit Blakes Ableben in Zusammenhang standen, hat Lovecraft in seine Geschichte »Der leuchtende Trapezoeder« einfließen lassen, die etwas mehr als ein Jahr nach dem Tode des jungen Schriftstellers erschien.

Lovecraft hatte die Angelegenheit aus nächster Nähe verfolgen können, denn es geschah auf seinen Vorschlag, dass der junge Blake nach Providence reiste, wo Lovecraft ihm persönlich eine Unterkunft in der College Street besorgte. So kam es, dass der erfahrene Autor des Phantastischen seine Geschichte über Robert Harrisons letzte Monate gleichermaßen als Freund wie als Nachbar erzählte.

Darin berichtet er von Blakes Versuch, einen Roman über das Fortbestehen der Hexenkulte in Neuengland zu schreiben, und verschweigt dabei bescheiden, dass er seinem Freund bei der Beschaffung des Materials behilflich war. Offenbar begann Blake mit der Arbeit an seinem Vorhaben und wurde sodann in etwas verwickelt, das schrecklicher war, als seine Vorstellungskraft auszudenken vermochte.

Denn Blake verlockte es, das schwarze Bauwerk auf Federal Hill zu erforschen – die verlassene Ruine einer Kirche, die einst die Anhänger einer geheimen Sekte beherbergt hatte. Kurz nach Frühlingsanfang stattete er dem von jedermann gemiedenen Gemäuer einen Besuch ab und machte dort gewisse Entdeckungen, die (nach Lovecrafts Dafürhalten) seinen Tod unausweichlich herbeiführten.

Kurzum, Blake betrat die vernagelte Free-Will-Church und

stolperte über das Skelett eines Reporters vom *Providence Telegram,* eines gewissen Edwin M. Lillibridge, der offenbar schon 1893 ähnliche Ermittlungen hatte unternehmen wollen. Die Tatsache, dass sein Tod nicht aufgeklärt worden war, konnte man schon als beunruhigend ansehen. Noch besorgniserregender war jedoch die Erkenntnis, dass seit dem damaligen Tag niemand mehr den Mut aufgebracht hatte, die Kirche zu betreten.

Blake fand das Notizbuch des Reporters in dessen Kleidung, und der Inhalt brachte ein wenig Licht in die Angelegenheit.

Ein gewisser Professor Bowen aus Providence, der ausgiebig Ägypten bereist hatte, machte 1843 bei der Untersuchung des Grabes von Nephren-Ka einen ungewöhnlichen Fund.

Nephren-Ka ist der »vergessene Pharao«, dessen Name von den Priestern verflucht und aus den offiziellen Chroniken der Dynastie gestrichen wurde. Dem jungen Blake war der Name jedoch vertraut, was er hauptsächlich der Arbeit eines anderen Autors aus Milwaukee verdankte, der sich mit dem halb legendären Herrscher in seiner Geschichte »Der Tempel des schwarzen Pharao« beschäftigt hatte. Die Entdeckung aber, die Bowen in der Gruft gemacht hatte, kam gänzlich unerwartet.

Das Notizbuch verriet wenig über die wahre Natur dieser Entdeckung, aber es enthielt genaue chronologische Aufzeichnungen über die Ereignisse, die der Entdeckung folgten. Unmittelbar nachdem Professor Bowen den geheimnisvollen Fund in Ägypten ausgegraben hatte, stellte er seine Forschungen ein und kehrte nach Providence zurück, wo er im Jahre 1844 die Free-Will-Church erwarb und sie zum Hauptquartier der so genannten Starry Wisdom Sekte machte.

Die Mitglieder dieses religiösen Kultes, offenbar von Bowen angeworben, bekannten sich dazu, ein Wesen zu verehren, welches sie das »Ding aus dem Dunkeln« nannten. Sie riefen dieses Wesen wirklich herbei, indem sie in einen Kristall starrten, und huldigten ihm mit Blutopfern.

So zumindest ging die phantastische Geschichte, die damals in Providence kursierte – und fortan wurde die Kirche gemieden. Der Aberglaube der Einheimischen schürte Unruhe, und diese Unruhe zeitigte schließlich konkrete Taten. Im Mai des Jahres 1877 wurde die Sekte aufgrund des öffentlichen Drucks von den Behörden gewaltsam aufgelöst, und mehrere Hundert Sektenmitglieder verließen eilends die Stadt.

Die Kirche wurde unverzüglich geschlossen, und offenbar war die persönliche Neugier nicht so stark wie die weit verbreitete Furcht, weshalb der Bau ungestört und unerforscht blieb, bis der Reporter Lillibridge im Jahre 1893 auf eigene Faust seine unselige Untersuchung vornahm.

Dies war das Wesentliche der Geschichte, wie sie in seinem Notizbuch dargelegt war. Blake las es und ließ sich dennoch nicht davon abbringen, die Umgebung näher in Augenschein zu nehmen. Schließlich stieß er auf den geheimnisvollen Gegenstand, den Bowen in der ägyptischen Gruft gefunden hatte – den Gegenstand, der zur Gründung der Starry-Wisdom-Sekte führte: die asymmetrische Metallschatulle mit ihrem seltsamen Scharnierdeckel, einem Deckel, der seit unzähligen Jahren nicht mehr geöffnet worden war. Blake starrte auf den Inhalt, auf den etwa zehn Zentimeter großen Polyeder, einen rotschwarzen Kristall, der auf sieben Streben saß. Er starrte nicht nur auf den Polyeder, sondern in ihn hinein; genau wie die Sektenmitglieder es angeblich getan hatten, und mit demselben Ergebnis. Eine seltsame seelische Verwirrung überkam ihn; er schien Visionen von »anderen Welten« und den Abgründen jenseits der Sterne zu haben, wie schon abergläubische Darstellung berichtet hatten.

Und dann beging Blake seinen schlimmsten Fehler: Er schloss die Schatulle.

Denn wenn man sie schloss, beschwor man – wiederum gemäß der von Lillibridge aufgezeichneten abergläubischen Vorstellungen – das fremdartige Wesen selbst herbei, das *Ding aus dem Dunkeln.* Es war ein Geschöpf der Finsternis und konnte im Licht nicht überleben. Und in der Dunkelheit der vernagelten Kirche erschien dieses *Ding* bei Nacht.

Blake floh entsetzt aus der Kirche, doch der Schaden war eingetreten. Mitte Juli ließ ein Unwetter in Providence alle Lichter für eine Stunde verlöschen, und die italienischen Kolonisten, welche nahe der Ruine lebten, hörten aus dem Inneren Gepolter und Gestampfe.

Eine Menschenmenge stand draußen im Regen und richtete ihre brennenden Kerzen auf das Bauwerk, um sich mit der Lichtbarriere gegen die Wesenheit abzuschirmen, die womöglich in Erscheinung träte.

Augenscheinlich war die Geschichte in der Nachbarschaft lebendig geblieben. Sobald der Sturm nachließ, begannen sich die ortsansässigen Zeitungen hierfür zu interessieren, und am siebzehnten Juli betraten zwei Reporter den alten Bau, gemeinsam mit einem Polizisten. Sie fanden nichts Handfestes, obschon sie einige merkwürdige und unerklärliche Spritzer und Flecken auf den Stufen und Kirchenbänken entdeckten.

Weniger als einen Monat später – um 2.35 Uhr am Morgen des 8. August, um genau zu sein – fand Robert Harrison Blake bei einem Gewitter den Tod, während er vor dem Fenster seines Zimmers in der College Street saß.

Kurz vor seinem Tod, während sich das Gewitter zusammenzog, kritzelte Blake verzweifelt einen Eintrag in sein Tagebuch, worin er nach und nach seine Besessenheit und Wahnvorstellungen von dem Ding aus dem Dunkeln offenbarte. Blake war der Überzeugung, er sei dadurch, dass er in den seltsamen Kristall gestarrt habe, irgendwie eine Verbindung mit dem unirdischen Wesen eingegangen. Weiterhin glaubte er, er habe das Wesen herbeigerufen, indem er die Schatulle schloss; seitdem hause es in der Dunkelheit des Kirchturmes, und sein eigenes Schicksal sei nun unwiderruflich mit dem des Ungeheuers verbunden.

All dies kann man der letzten Nachricht entnehmen, die er niederschrieb, während er das aufziehende Unwetter durch sein Fenster beobachtete.

Unterdessen sammelte sich an der Kirche auf Federal Hill eine aufgeregte Zuschauermenge. Das Licht ihrer Kerzen tanzte auf dem Gemäuer der alten Ruine. Dass sie aus dem Inneren beunruhigende Geräusche hörten, lässt sich nicht leugnen; hinterher wurde dies von zumindest zwei glaubwürdigen Zeugen bestätigt. Einer davon, Reverend Merluzzo von der Spirito-Santo-Kirche, war zur Stelle, um seine Gemeinde zu beruhigen. Der andere, der Streifenbeamte (inzwischen Sergeant) William J. Monahan von der Hauptwache, versuchte angesichts der wachsenden Panik Ordnung zu bewahren. Monahan sah mit eigenen Augen den »Schemen«, der wie Rauch vom Kirchturm aufzusteigen schien, als schließlich der entscheidende Blitzschlag die Nacht erhellte.

Ein Blitz, Meteor oder eine Feuerkugel (nennen Sie es, wie Sie wollen) leuchtete gleißend hell über der Stadt auf – womöglich im selben Augenblick, da Robert Harrison Blake am anderen Ende der Stadt schrieb: »Ist es nicht das avatar Nyarlathoteps, der in Chem sogar als Mensch erschienen ist?«

Wenige Augenblicke später war Blake tot. Der vom Coroner beauftragte Arzt legte ein Gutachten vor, in dem er Blakes Ableben auf einen elektrischen Schlag zurückführte, obwohl das Fenster, an dem dieser gesessen hatte, völlig unversehrt war. Ein anderer Arzt, der Lovecraft bekannt war, hegte insgeheim Zweifel an diesem Befund und mischte sich am folgenden Tag in die Sache ein. Ohne offizielle Befugnis betrat er die Kirche und erstieg den fensterlosen Kirchturm, wo er die fremdartige, asymmetrische Schatulle – war sie aus Gold? – und den merkwürdigen Stein in ihrem Innern fand. Scheinbar bestand seine erste Handlung darin, den Deckel der Schatulle aufzuklappen und den Stein dem Licht auszusetzen. Bestätigten Quellen zufolge mietete er sodann unverzüglich ein Boot, nahm die Schatulle und den seltsam verwinkelten Stein an Bord und versenkte beide im tiefsten Kanal der Narragansett Bay.

Dort endet der zugegebenermaßen als Fiktion dargestellte Bericht von Blakes Tod, wie er von H. P. Lovecraft aufgezeichnet wurde. Und dort begann Edmund Fiskes fünfzehnjährige Suche.

Fiske waren natürlich einige der in der Geschichte umrissenen Vorfälle bekannt. Bevor Blake im Frühling nach Providence aufbrach, hatte Fiske seinem Freund versprochen, ihm im folgenden Herbst nachzureisen. Anfangs standen die beiden Freunde in regelmäßigem Briefkontakt, doch bereits kurz nach Sommeranfang brach die Korrespondenz gänzlich ab.

Zu jener Zeit wusste Fiske nichts davon, dass Blake die verfallene Kirche untersucht hatte. Er konnte sich dessen Schweigen nicht erklären und schrieb an Lovecraft, um sich zu erkundigen.

Lovecraft konnte ihm nur wenig Auskunft geben. Der junge Blake, so schrieb er, habe ihn während der ersten Wochen seines Aufenthaltes regelmäßig besucht, ihn um schriftstellerischen Rat gebeten und bei mehreren nächtlichen Spaziergängen durch die Stadt begleitet.

Im Laufe des Sommers aber habe Blakes nachbarliches Verhalten allmählich aufgehört. Es entspreche nicht Lovecrafts einsiedlerischem Naturell, sich jemand anderem aufzunötigen, daher ließ er mehrere Wochen vergehen, ohne in Blakes Privatsphäre einzudringen.

Als er es schließlich tat – und von seinen Erlebnissen in der schrecklichen Kirche auf Federal Hill erfuhr –, gab er dem fast schon hysterischen jungen Mann warnende Ratschläge. Doch es war bereits zu spät. Zehn Tage nach seinem Besuch kam das entsetzliche Ende.

Am nächsten Tage erfuhr Fiske von Lovecraft, welcher Art dieses Ende gewesen war. Fiske fiel die Aufgabe zu, Blakes Eltern die Nachricht beizubringen. Eine Zeit lang war er versucht, unverzüglich nach Providence zu reisen, aber Geldmangel und zwingende häusliche Angelegenheiten hielten ihn davon ab. Der Leichnam seines jungen Freundes traf ein, wie es sich gehörte, und Fiske wohnte der kurzen Trauerfeier im Krematorium bei.

Lovecraft stellte nun seinerseits Nachforschungen an, die bekanntermaßen mit der Veröffentlichung seiner Geschichte endeten. Und an diesem Punkt hätte die Angelegenheit durchaus erledigt sein können.

Aber Fiske gab sich nicht zufrieden.

Sein bester Freund war unter Umständen gestorben, die sogar ein besonders skeptischer Mensch als unerklärlich bezeichnen musste. Die örtlichen Behörden entschlugen sich der Angelegenheit mit einer albernen und unzureichenden Erklärung.

Fiske war entschlossen, die Wahrheit ans Licht zu bringen.

Eine hervorstechende Tatsache bedenke man genau: Diese drei Männer – Lovecraft, Blake und Fiske – waren professionelle Schriftsteller, die sich intensiv mit dem Übernatürlichen und Außergewöhnlichen befassten. Alle drei besaßen umfassenden Zugang zu zahlreichen Schriften, die sich mit uralten Legenden und Aberglauben befassten. Und welche Ironie: Ihre Anwendung dieses Wissens beschränkte sich auf Ausflüge in die so genannte phantastische Literatur, aber angesichts ihrer Erfahrungen konnte keiner der drei es seinen Lesern gleichtun und über die Mythen spotten, über die er schrieb.

Das wird auch aus Fiskes Zeilen ersichtlich, die er an Lovecraft schrieb: »Der Begriff *Mythos,* wie wir ihn kennen, ist lediglich ein artiger Euphemismus. Blakes Tod war kein Mythos, sondern scheußliche Realität. Ich flehe Sie an, untersuchen Sie die Sache gründlich. Bringen Sie die Untersuchung zum Abschluss, denn wenn Blakes Tagebuch auch nur ein Fünkchen Wahrheit enthält, ist nicht auszudenken, was auf die Welt losgelassen werden könnte.«

Lovecraft versprach ihm seine Mithilfe, ermittelte alles über das Schicksal der Metallschatulle und deren Inhalt und bemühte sich, ein Treffen mit Dr. Ambrose Dexter zu arrangieren, der in der Benefit Street wohnte. Dr. Dexter hatte die Stadt verlassen, wie sich herausstellte, und zwar unmittelbar nachdem er den »leuchtenden Trapezoeder«, wie Lovecraft ihn nannte, auf dramatische Weise an sich gebracht und beseitigt hatte.

Lovecraft befragte daraufhin offenbar Reverend Merluzzo und den Streifenpolizisten Monahan, vergrub sich im Archiv des *Bulletin* und versuchte die Geschichte der Starry-Wisdom-Sekte und der Wesenheit, die sie verehrte, zu rekonstruieren.

Natürlich brachte er weit mehr in Erfahrung, als er in der Geschichte für die Zeitschrift zu verarbeiten wagte. Die Briefe, die er gegen Herbstende und Frühlingsanfang des Jahres 1936 an Edmund Fiske schrieb, enthielten vorsichtige Andeutungen auf »Bedrohungen von Außen«. Eines schien er Fiske jedoch unbedingt versichern zu wollen: Falls es eine Bedrohung gegeben hatte – und sei sie auch mehr realistischer als übernatürlicher Art gewesen –, so war die Gefahr nun abgewandt, weil Dr. Dexter sich des Trapezoeders entledigt hatte, der als Talisman der Herbeirufung fungierte. Das jedenfalls war der Kern seines Berichtes, und so kam es, dass die Angelegenheit für eine Weile ruhte.

Zu Beginn des Jahres 1937 traf Fiske zaghafte Vorbereitungen Lovecraft zu Hause zu besuchen, mit der heimlichen Absicht, selbst noch einige Nachforschungen über Blakes Todesumstände anzustellen. Doch wiederum kamen Ereignisse dazwischen. Im März besagten Jahres nämlich starb Lovecraft. Sein überraschendes Ableben stürzte Fiske in eine Phase der Verzagtheit, aus der er sich nur langsam wieder löste; demgemäß verstrich fast noch ein ganzes Jahr, bis Edmund Fiske der Stadt Providence einen Besuch abstattete und den Schauplatz jener tragischen Vorfälle aufsuchte, die Blake das Leben gekostet hatten.

Denn nach wie vor hegte er einen unterschwelligen Verdacht. Der vom Coroner beauftragte Arzt war oberflächlich vorgegangen, Lovecraft hatte sich taktvoll gezeigt, die Presse und Öffentlichkeit hatten die offiziellen Erklärungen uneingeschränkt akzeptiert – und dennoch: Blake war tot, und eine Wesenheit war in jener Nacht umgegangen.

Fiske glaubte, wenn er die verfluchte Kirche selbst aufsuchte, mit Dr. Dexter spräche und herausfände, wie dieser in die Sache verwickelt worden war, wenn er die Reporter befragte und alle sachdienlichen Hinweise und Fingerzeige verfolgte, dann bestand möglicherweise Hoffnung, dass er die Wahrheit ans Licht brächte und den Namen seines verstorbenen Freundes von dem hässlichen Makel der geistigen Verwirrung befreien könnte.

Daher machte Fiske sich gleich, nachdem er in Providence angekommen war und sich in einem Hotel einlogiert hatte, auf den Weg nach Federal Hill zur verfallenen Kirche.

Gleich zu Beginn seiner Suche wurde er unabänderlich enttäuscht. Die Kirche existierte nicht mehr. Sie war im vergangenen Herbst abgerissen und das Grundstück von der Stadt übernommen worden. Der schwarze, unheilvolle Kirchturm bedrückte Federal Hill nicht mehr mit seinem Zauber.

Fiske bemühte sich sogleich, Reverend Merluzzo in der Spirito-Santo-Kirche aufzusuchen, die einige Häuserblocks entfernt lag. Von einer höflichen Haushälterin erfuhr er, dass Reverend Merluzzo 1936 gestorben war, ein Jahr nach dem jungen Blake.

Entmutigt, aber hartnäckig, versuchte Fiske als Nächstes Dr. Dexter zu erreichen, aber das alte Haus in der Benefit Street war mit Brettern vernagelt. Ein Anruf beim Physician's Service Bureau erbrachte lediglich die rätselhafte Information, dass Ambrose Dexter, Doktor der Medizin, die Stadt auf unbestimmte Zeit verlassen habe.

Auch der Besuch beim Lokalredakteur des *Bulletin* half ihm nicht viel weiter. Fiske erhielt die Erlaubnis, im Zeitungsarchiv den ärgerlich knappen und sachlichen Artikel über Blakes Tod zu lesen; die beiden Reporter aber, die damals auf die Geschichte angesetzt wurden und die Federal-Hill-Church aufsuchten, hatten sich in anderen Städten eine Anstellung gesucht.

Natürlich gab es noch weitere Hinweise, denen er nachgehen konnte, und in der ersten Woche seines Aufenthalts verfolgte er jeden einzelnen bis zum Ende. Das *Who's-who* fügte seinem Bild über Dr. Ambrose Dexter nichts Wesentliches hinzu. Der Arzt war in Providence geboren, hatte dort zeit seines Lebens gewohnt, war vierzig Jahre alt, unverheiratet, ein Allgemeinmediziner, Mitglied mehrerer medizinischer Gesellschaften – aber es gab keinen Hinweis auf irgendwelche ungewöhnlichen »Hobbys« oder »andere Interessen«, die erklärt hätten, wie er in die Angelegenheit verstrickt worden war.

Blake suchte Sergeant William J. Monahan von der Polizeihauptwache auf und fand in dem Beamten erstmals einen Gesprächspartner, der zugab, dass die Ereignisse jener Nacht tatsächlich mit Blakes Tod in Verbindung standen. Monahan war freundlich, aber vorsichtig und unverbindlich.

Obgleich Fiske ihm sein Herz ausschüttete, blieb der Beamte diskret zurückhaltend.

»Ich kann Ihnen wirklich nichts weiter sagen«, versicherte er. »Was Mr. Lovecraft geschrieben hat, stimmt: Ich war wirklich in jener Nacht bei der Kirche, denn da hatte sich eine aufgeregte Menschenmenge versammelt, und man kann nie wissen, was bestimmte Leute aus dieser Nachbarschaft anstellen, wenn sie wütend sind. Wie es in der Geschichte richtig heißt, stand die alte Kirche in schlechtem Ruf, und ich glaube, Sheeley hätte Ihnen da so manche Geschichte erzählen können.«

»Sheeley?«, unterbrach Fiske ihn.

»Bert Sheeley – die Kirche stand in seinem Revier, wissen Sie, nicht in meinem. Er hatte damals eine Lungenentzündung, und ich habe sein Revier für zwei Wochen übernommen. Dann, als er gestorben ist ...«

Fiske schüttelte den Kopf. Eine weitere potenzielle Informationsquelle war versiegt. Blake tot, Lovecraft tot, Reverend Merluzzo tot, und nun Sheeley. Die Reporter waren in alle Winde zerstreut, und Dr. Dexter hatte die Stadt aus rätselhaften Gründen verlassen.

Fiske seufzte und fuhr fort: »Was jene letzte Nacht angeht, als Sie den Schemen gesehen haben«, fragte er, »können Sie etwas hinzufügen, vielleicht ein paar Einzelheiten? Haben Sie irgendwelche Geräusche vernommen? Hat jemand aus der Menge womöglich etwas gesagt? Versuchen Sie sich zu erinnern – was immer Sie den bislang bekannten Fakten hinzufügen können, kann eventuell eine große Hilfe sein.«

Monahan schüttelte den Kopf »Geräusche waren mehr als genug zu hören«, sagte er. »Aber bei dem ganzen Donner und so, da konnte ich nicht richtig unterscheiden, was davon aus der Kirche kam, wie es in Mr. Lovecrafts Geschichte steht. Und was die Menschenmenge angeht, mit den jammernden Frauen und murrenden Männern und das zusammen mit Donnerschlägen und Wind, da konnte ich höchstens mich selbst brüllen hören, wie ich die Leute bändigte, aber bestimmt nicht, was andere gesprochen haben.«

»Und der Schatten?«, hakte Fiske beharrlich nach.

»Es war ein Schatten, und das ist alles. Rauch, eine Wolke oder nur ein Schatten, bevor der Blitz wieder einschlug. Aber ich sage Ihnen jetzt nicht, dass ich irgendwelche Teufel oder Monster gesehen habe – oder wie das heißt, was Mr. Lovecraft da in seinen verrückten Geschichten schreibt.«

Sergeant Monahan zuckte selbstgerecht die Achseln. Das Telefon klingelte, und er nahm den Anruf entgegen. Offenbar sah er das Gespräch als beendet an.

Und Fiskes Untersuchung war – einstweilen – ebenfalls beendet. Dennoch gab er nicht auf. Einen Tag lang saß er in seinem Hotelzimmer und rief jeden »Dexter« an, der im Telefonbuch verzeichnet war, in der Hoffnung, einen Verwandten des vermissten Doktors ausfindig zu machen – vergebens. Einen weiteren Tag verbrachte Fiske auf einem kleinen Boot in der Narragansett Bay, wo er sich gewissenhaft und sorgfältig mit der »tiefsten Stelle« der Bucht vertraut machte, die Lovecraft in seiner Geschichte erwähnte.

Aber am Ende einer vergeudeten Woche in Providence musste Fiske sich schließlich geschlagen geben. Er kehrte nach Chicago zurück, zu seiner Arbeit und seinen alltäglichen Beschäftigungen. Mit der Zeit nahm die Angelegenheit seine Gedanken immer weniger in Anspruch, doch keinesfalls vergaß er sie ganz oder gab die Vorstellung auf, das Rätsel eines Tages doch noch zu lösen – sofern es ein Rätsel gab.

Im Jahre 1941, während eines dreitägigen Urlaubs von seiner Grundausbildung, kam Private First Class Edmund Fiske auf der Reise nach New York City durch Providence und versuchte noch einmal, Dr. Ambrose Dexter ausfindig zu machen, aber ohne Erfolg.

Während der Jahre 1942 und 1943 war Sergeant Edmund Fiske in Übersee stationiert und schrieb von seinen jeweiligen Posten einige postlagernde Briefe an Dr. Ambrose Dexter, Providence, R. I. Er erhielt nie eine Antwort auf seine Schreiben, wenn sie überhaupt den Empfänger erreichten.

Im Jahre 1945 saß Fiske im Lesesaal, einer Streitkräfte-Bibliothek in Honolulu und fand – ausgerechnet! – in einer Zeitschrift über Astrophysik einen Bericht über eine kürzlich in der Universität zu Princeton abgehaltene Tagung, auf welcher der Gastredner, Dr. Ambrose Dexter, einen Vortrag über die »Praktische Anwendung der militärischen Technik« gehalten hatte.

Fiske kehrte erst Ende 1946 in die Vereinigten Staaten zurück. Natürlich standen für ihn im Laufe des folgenden Jahres häusliche Angelegenheiten im Vordergrund. Erst 1948 stolperte er zufällig noch einmal über Dr. Dexters Namen – diesmal in einer Auflistung von »Forschern auf dem Gebiet der Kernphysik«, die in einem wöchentlich und landesweit erscheinenden Nachrichtenmagazin abgedruckt war. In einem Schreiben bat er die verantwortlichen Redakteure um weitergehende Informationen, erhielt jedoch keine Antwort. Und auch ein weiterer Brief, aufgegeben nach Providence, blieb unbeantwortet.

Im Spätherbst 1949 las Fiske Dexters Namen neuerlich in einem Zeitungsartikel, diesmal in Verbindung mit einer Diskussion über die geheime Entwicklung der Wasserstoffbombe.

Was Fiske auch immer vermutete oder befürchtete, was immer er sich in seinen wildesten Phantasien ausmalte, er wurde von dem Drang gepackt, etwas zu unternehmen. Er schrieb an einen gewissen Ogden Purvis, einen in Providence lebenden Privatdetektiv, und beauftragte ihn, Dr. Ambrose Dexter ausfindig zu machen. Er verlangte von Purvis nichts weiter, als dass dieser ihn mit Dexter in Kontakt bringen sollte, und zahlte ihm einen beträchtlichen Honorarvorschuss. Purvis nahm den Auftrag an.

Der Privatdetektiv schickte Fiske mehrere Berichte nach Chicago, die anfangs entmutigend ausfielen. Dexters Wohnhaus sei noch immer verlassen. Dexter selbst, wie Regierungsquellen schließlich verlauten ließen, sei in besonderem Auftrag unterwegs. Der Privatdetektiv schloss daraus, dass der Gesuchte über jeden Vorwurf erhaben und mit der vertraulichen Aufgabe der Landesverteidigung betraut worden sein müsse.

Fiske hingegen reagierte mit Panik.

Er erhöhte sein Honorarangebot und bestand darauf, dass Purvis seine Bemühungen fortsetzte, um den schwer zu fassenden Doktor zu finden.

Der Winter von 1950 kam und mit ihm ein weiterer Bericht. Der Privatdetektiv war jedem Hinweis Fiskes nachgegangen, und einer davon hatte ihn schließlich zu Tom Jonas geführt.

Tom Jonas war der Besitzer des kleinen Bootes, das Dr. Dexter eines Abends im Spätsommer des Jahres 1935 gemietet hatte – das Boot, mit dem er zur tiefsten Stelle der Narragansett Bay hinausgerudert war.

Tom Jonas hatte die Ruder eingelegt, als Dexter die matt schimmernde, asymmetrische Metallschatulle über Bord warf. Der Scharnierdeckel war aufgeklappt gewesen.

Der alte Fischer sprach mit dem Privatdetektiv ganz offen, seine Äußerungen wurden Fiske in einem vertraulichen Bericht wortgetreu übermittelt.

Jonas selbst fand den Vorfall »verdammt seltsam«. Dexter habe ihm »zwanzig Mäuse dafür geboten, mitten in der Nacht mit dem Boot rauszurudern, nur damit er dies komische Ding über Bord schmeißen konnte. Er meinte, da sei nichts dabei; das Ding sei nur 'n altes Erinnerungsstück, das er loswerden wollte. Aber während ich rausgerudert bin, hat er auf dieses Juwelending gestarrt, und ich glaube, er hat was in einer fremden Sprache gemurmelt. Nein, 's war kein Französisch oder Deutsch, und auch kein Italienisch. Vielleicht Polnisch. Ich kann mich auch nicht an einzelne Wörter erinnern. Aber er wirkte irgendwie betrunken. Nicht, dass ich schlecht von Dr. Dexter sprechen will, verstehen Sie; er kommt aus einer guten alten Familie, auch wenn er sich seitdem hier nicht mehr hat blicken lassen, soweit ich weiß. Aber ich dachte mir, dass er sozusagen ein bisschen unter

Strom stand. Wieso sollte er mir sonst zwanzig Mäuse für so was Verrücktes zahlen?«

Es stand noch mehr in dem wortgetreu niedergeschriebenen Monolog des alten Fischers, doch es erklärte nichts.

»Auf jeden Fall schien er froh zu sein, es loszuwerden, nach meiner Erinnerung. Auf dem Rückweg hat er mir gesagt, ich soll darüber den Mund halten, aber ich kann nicht sehen, was es schadet, wenn ich jetzt noch drüber spreche; der Justiz will ich jedenfalls nichts vorenthalten.«

Offenbar hatte der Privatdetektiv eine recht unmoralische List gebraucht und sich als polizeilicher Ermittler ausgegeben, um Jonas zum Reden zu bringen.

Das störte Fiske in Chicago nicht sonderlich. Er war froh, endlich etwas Greifbares gefunden zu haben. So froh, dass er Purvis ein neues Honorar mit der Anweisung sandte, weiter nach Ambrose Dexter zu suchen. Einige Monate vergingen mit Warten.

Dann, im Spätsommer, traf die Nachricht ein, auf die Fiske gewartet hatte. Dr. Dexter war zurückgekehrt und wieder in sein Haus in der Benefit Street gezogen. Man hatte die Bretter vor den Fenstern und Türen entfernt, Umzugswagen waren vorgefahren und hatten ihre Ladung abgeliefert, und ein Diener öffnete Besuchern die Tür und nahm Telefonanrufe entgegen.

Dr. Dexter war weder für den Privatdetektiv noch für sonst jemanden zu sprechen. Wie es schien, erholte er sich von einer ernsthaften Erkrankung, die er sich während seiner Tätigkeit für die Regierung zugezogen hatte. Der Diener hatte Purvis' Visitenkarte entgegengenommen und versprochen, sie zu übergeben, doch auch mehrmalige Anrufe wurden nicht beantwortet. Purvis, der das Haus und die Nachbarschaft pflichtbewusst beobachtete, bekam den Doktor niemals persönlich zu Gesicht und traf auch niemanden, der den genesenden Arzt auf der Straße gesehen hätte.

Im Haus in der Benefit Street wurden regelmäßig Lebensmittel angeliefert; im Briefkasten war Post zu sehen; die Lampen brannten die ganze Nacht hindurch.

Tatsächlich war dies sogar die einzige Eigenart in Dr. Dexters Lebensweise, die Purvis zweifelsfrei feststellen konnte: Der Doktor schien vierundzwanzig Stunden am Tag elektrisches Licht brennen zu lassen.

Fiske sandte sogleich einen weiteren Brief an Dr. Dexter, und dann noch einen. Dennoch erreichte ihn weder eine Empfangsbestätigung noch ein Antwortschreiben. Und nachdem er einige weitere wenig aufschlussreiche Berichte von Purvis erhalten hatte, fasste Fiske einen Entschluss. Er würde nach Providence reisen und Dexter aufsuchen, irgendwie, komme, was da wolle.

Vielleicht waren seine Vermutungen ganz unbegründet; vielleicht war seine Annahme, Dr. Dexter könnte den Namen seines toten Freundes reinwaschen, völlig falsch; und vielleicht war es sogar vollkommen irrig, überhaupt eine Verbindung zwischen den beiden Männern anzunehmen. Andererseits hatte er fünfzehn Jahre lang gebrütet und überlegt, und nun wurde es Zeit, seinem inneren Konflikt ein Ende zu bereiten.

Daher telegrafierte er Purvis im Spätsommer seine Absichten und wies ihn an, er möge ihn bei seiner Ankunft im Hotel erwarten.

So kam es, dass Edmund Fiske ein letztes Mal nach Providence reiste; an jenem Tag, als die Giants verloren, am Tag, als den Langer Brothers ihre beiden schwarzen Panter abhanden kamen, am Tag, als der Taxifahrer William Hurley in geschwätziger Stimmung war.

Purvis erwartete ihn nicht im Hotel, aber Fiske war so ungeduldig, dass er ohne den Detektiv vorzugehen beschloss, und nahm sich, wie wir bereits erfahren haben, ein Taxi zur Benefit Street.

Als das Taxi davonfuhr, starrte Fiske zunächst auf die getäfelte Tür und dann hinauf zu den hell erleuchteten oberen Fenstern des georgianischen Gebäudes. Ein Namensschild aus Messing schimmerte auf der Tür, und das durch die Fenster fallende Licht umspielte die Prägung: AMBROSE DEXTER, M. D.

So klein das Schild auch sein mochte, es übte eine beruhigende Wirkung auf Edmund Fiske aus. Mochte der Doktor sich selbst vor der Außenwelt verbergen, er verbarg offenbar nicht, dass er in diesem Haus wohnte. Jedenfalls waren die strahlenden Lichter und die Erscheinung des Namensschildes ein gutes Zeichen.

Fiske zuckte die Schultern und läutete.

Unmittelbar darauf öffnete sich die Tür. Ein kleiner, dunkelhäutiger Mann mit leicht krummem Rücken stand vor ihm und sagte nur ein einziges Wort, das er wie eine Frage intonierte: »Ja?«

»Ich würde gerne Dr. Dexter sprechen.«

»Der Doktor empfängt keinen Besuch. Er ist krank.«

»Würden Sie ihm bitte etwas ausrichten?«

»Natürlich.« Der dunkelhäutige Hausdiener lächelte.

»Sagen Sie ihm, Edmund Fiske aus Chicago möchte ihn kurz sprechen, wenn es ihm passt. Ich bin den ganzen Weg vom Mittleren Westen bis hierher gereist, um ihn zu sehen, und was ich mit ihm besprechen will, nimmt nur ein oder zwei Augenblicke seiner Zeit in Anspruch.«

»Warten Sie bitte.«

Der Diener schloss die Tür. Fiske stand in der zunehmenden Dunkelheit und nahm den Aktenkoffer von der einen Hand in die andere.

Plötzlich öffnete sich die Tür wieder, und der Diener blickte zu ihm hinaus.

»Mr. Fiske ... Sind Sie der Herr, der die vielen Briefe geschrieben hat?«

»Briefe ... o ja, der bin ich. Ich wusste nicht, dass der Doktor sie je erhalten hat.«

Der Diener nickte. »Das wusste ich auch nicht. Aber Dr. Dexter meint, wenn Sie der Mann sind, der ihm geschrieben hat, sollen Sie hereinkommen.«

Fiske gestattete sich einen vernehmlichen Seufzer der Erleichterung und trat über die Schwelle. Fünfzehn Jahre hatte es gedauert, so weit zu kommen, und nun ...

»Gehen Sie bitte einfach die Treppe hinauf. Dr. Dexter erwartet Sie im Arbeitszimmer, am Ende des Flurs.«

Edmund Fiske stieg die Stufen hoch. Oben angekommen, wandte er sich der Tür zu und betrat einen Raum, der so hell erleuchtet war, dass das Licht fast greifbar wirkte.

Und da war auch Dr. Ambrose Dexter, der sich soeben aus einem Sessel neben dem Kamin erhob.

Fiske sah sich einem großen, schlanken, makellos gekleideten Mann gegenüber, der fünfzig Jahre alt sein musste, aber nicht älter aussah als fünfunddreißig; einem Mann, dessen natürliche Anmut und Eleganz die einzige Ungereimtheit seiner Erscheinung in den Hintergrund drängten: seine ausgesprochen kräftige Sonnenbräune.

»Sie sind also Edmund Fiske.«

Dexters Stimme war weich und wohlklingend, und seine Aussprache verriet eindeutig, dass er aus Neuengland stammte. Sein Händedruck fühlte sich warm und kräftig an. Das Lächeln des Doktors wirkte natürlich und freundlich. Deutlich hoben sich seine weißen Zähne von den braunen Gesichtszügen ab.

»Setzen Sie sich doch bitte«, lud der Doktor seinen Gast ein. Mit einer leichten Verbeugung wies er Fiske einen Stuhl an. Fiske konnte nicht anders, als Dexter anzustarren; weder die Haltung noch das Benehmen seines Gastgebers verrieten auch nur im Mindesten, dass dieser kürzlich erst eine Krankheit überwunden hatte oder vielleicht sogar noch mit ihr rang.

Dr. Dexter ließ sich wieder auf den Sessel neben dem Kamin nieder, und als Fiske um den angewiesenen Stuhl herumging, um darauf Platz zu nehmen, bemerkte er die Bücherregale zu beiden Seiten des Zimmers. Einige Bände zogen durch ihr auffälliges Format sofort seine gespannte Aufmerksamkeit auf sich – so sehr sogar, dass er sich nicht gleich hinsetzte, sondern die Titel der Bände in Augenschein nahm.

Zum ersten Mal in seinem Leben sah er sich dem legendären *De Vermis Mysteriis,* dem *Liber Ivonis* und der beinahe schon sagenhaften lateinischen Übersetzung des *Necronomicon* gegenüber. Ohne seinen Gastgeber um Erlaubnis zu bitten, hob er die schwer gewichtige Rarität aus dem Regal und blätterte durch die vergilbten Seiten der spanischen Ausgabe von 1622.

Dann wandte er sich Dr. Dexter zu, und seine sorgsam aufgesetzte Ruhe fiel gänzlich von ihm ab. »Sie müssen diese Bücher in der Kirche gefunden haben«, sagte er. »In der Sakristei, hinten neben der Apsis. Lovecraft erwähnt sie in seiner Geschichte, und ich habe mich schon immer gefragt, was aus ihnen geworden ist.«

Dr. Dexter nickte feierlich. »Ja, ich habe sie an mich genommen. Ich hielt es für unklug, den Behörden derartige Werke in die Hände fallen zu lassen. Sie wissen also, welchen Inhalts die Bände sind, und können sich ausmalen, was geschehen könnte, wenn solches Wissen in falsche Hände gerät.«

Widerwillig stellte Fiske das große Buch ins Regal zurück und nahm auf dem Stuhl vor dem Kaminfeuer Platz, wo er Dexter direkt gegenübersaß. Er legte sich die Aktentasche auf den Schoß und spielte unruhig mit deren Verschluss.

»Werden Sie nicht ungeduldig«, sagte Dr. Dexter und lächelte ihn freundlich an. »Lassen Sie uns ohne Ausflüchte miteinander reden. Sie sind hier, weil Sie herausfinden wollen, welche Rolle ich in der Affäre gespielt habe, bei der Ihr Freund den Tod fand.«

»Ja, ich habe diesbezüglich einige Fragen an Sie.«

»Bitte.« Der Doktor hob die schlanke braune Hand. »Ich bin nicht bei bester Gesundheit und kann Ihnen nur wenige Minuten meiner Zeit schenken. Erlauben Sie mir, Ihren Fragen vorzugreifen und Ihnen das Wenige zu erzählen, was ich über die Sache weiß.«

»Wie Sie wünschen.« Fiske starrte den sonnengebräunten Mann an und überlegte, was sich wohl hinter dessen perfekter Gelassenheit abspielte.

»Ich habe Ihren Freund Robert Harrison Blake nur einmal getroffen«, begann Dr. Dexter. »Und zwar an einem Abend gegen Ende Juli, im Jahr 1935. Er hat mich hier aufgesucht, als Patient.«

Fiske beugte sich vor und rief: »Das wusste ich nicht!«

»Es gab keinen Grund, es publik zu machen«, erwiderte der Doktor. »Er war schlicht ein Patient. Er klagte über Schlaflosigkeit. Ich habe ihn untersucht, ihm ein Beruhigungsmittel verordnet und ihn rein spekulativ gefragt, ob er in letzter Zeit einer ungewöhnlichen Belastung ausgesetzt gewesen sei oder ob er eine starke seelische Erschütterung erlitten habe. Daraufhin erzählte er mir von seinem Besuch in der Kirche auf Federal Hill – und was er dort gefunden habe. Ich hatte genügend Scharfsinn, muss ich sagen, um seine Geschichte nicht als bloßes Produkt seiner hysterischen Phantasie abzutun. Als Angehöriger einer der ältesten Familien von Providence war ich bereits mit den Legenden vertraut, die sich um die Starry-Wisdom-Sekte und das so genannte *Ding aus dem Dunkeln* ranken.

Der junge Blake gestand mir, gewisse Ängste bezüglich des leuchtenden Trapezoeders zu haben – er deutete an, es handele sich dabei um eine Art Brennpunkt des Ur-Bösen. Außerdem gestand er die Befürchtung ein, irgendwie mit dem Ungeheuer in der Kirche in Verbindung zu stehen.

Natürlich habe ich mich geweigert, Letzteres als rational

einzustufen. Ich versuchte, den jungen Mann zu beruhigen, riet ihm, Providence zu verlassen und die Sache zu vergessen. Ich habe damals im besten Glauben gehandelt. Dann aber, im August, erfuhr ich von Blakes Tod.«

»Also haben Sie die Kirche aufgesucht«, folgerte Fiske.

»Hätten Sie etwa anders gehandelt?«, parierte Dr. Dexter. »Wenn Blake mit dieser Geschichte zu Ihnen gekommen wäre und Ihnen seine Ängste mitgeteilt hätte, wären Sie nach seinem Tod etwa nicht tätig geworden? Ich versichere Ihnen, ich habe getan, was ich für das Beste hielt. Anstatt einen Skandal zu provozieren, die Öffentlichkeit unnötig zu beunruhigen und gleich von einer Gefahr auszugehen, habe ich mich zur Kirche begeben. Dort habe ich die Bücher an mich genommen und den Behörden den Trapezoeder vor der Nase weggeschnappt. Und ich habe ein Boot gemietet und das verfluchte Ding in die Narragansett Bay geworfen, wo es der Menschheit nicht mehr schaden kann. Die Schatulle war offen, als ich sie fallen ließ – wie Sie wissen, kann nur die Dunkelheit das *Ding* herbeirufen, und jetzt ist der Stein auf ewig dem Licht ausgesetzt.

Aber das ist auch schon alles, was ich Ihnen sagen kann. Ich bedaure, dass mich meine Arbeit in den vergangenen Jahren davon abgehalten hat, Sie zu treffen oder Ihnen zu schreiben. Ich begrüße Ihr Interesse an der Angelegenheit und hoffe, meine Äußerungen können Ihre Verwirrung ein wenig lichten. Was den jungen Blake betrifft, so stelle ich Ihnen gerne ein medizinisches Gutachten darüber aus, dass er zum Zeitpunkt seines Todes bei geistiger Gesundheit war. Ich lasse es morgen aufsetzen und schicke es Ihnen ins Hotel, wenn Sie mir die Adresse geben. Genügt Ihnen das?«

Der Doktor erhob sich und gab Fiske damit zu verstehen, dass er den Besuch als beendet betrachtete. Fiske blieb sitzen und spielte mit seinem Aktenkoffer.

»Wenn Sie mich jetzt entschuldigen würden«, murmelte der Arzt.

»Noch einen Augenblick. Ich würde Ihnen gerne noch ein oder zwei kurze Fragen stellen.«

»Gewiss.« Falls Dr. Dexter verärgert war, ließ er sich dies nicht anmerken.

»Haben Sie Lovecraft zufällig vor oder während seiner letzten Erkrankung gesehen?«

»Nein. Ich war nicht sein Arzt. Tatsächlich bin ich dem Mann nie begegnet, obwohl ich ihn und seine Arbeit natürlich kannte.«

»Was veranlasste Sie dazu, Providence nach der Sache mit Blake so abrupt zu verlassen?«

»Mein Interesse an der Physik hat mein Interesse an der Medizin abgelöst. Wie Sie vielleicht wissen, habe ich mich während des letzten Jahrzehnts oder sogar länger mit Problemfragen auf dem Gebiet der Atomenergie und Kernspaltung befasst. Morgen verlasse ich Providence schon wieder zu einer Vortragsreise an Universitäten im Osten und vor gewissen Regierungsstellen.«

»Das finde ich sehr interessant, Doktor«, sagte Fiske. »Übrigens, sind Sie je Einstein begegnet?«

»Ich habe ihn tatsächlich kennen gelernt, einige Jahre ist das her. Ich arbeitete mit ihm, an ... aber das spielt keine Rolle. Ich muss Sie bitten, mich jetzt zu entschuldigen. Wir können vielleicht ein andermal weiterreden.«

Seine Ungeduld war nun offenkundig. Fiske stand vom Stuhl auf; in der einen Hand trug er den Aktenkoffer, mit der anderen schaltete er die Tischlampe aus.

Sofort trat Dr. Dexter an den Tisch und schaltete die Lampe wieder an.

»Warum fürchten Sie sich vor dem Dunkeln, Doktor?«, fragte Fiske leise.

»Ich fürchte mich nicht vor ...«

Zum ersten Mal schien der Arzt nahe daran, seine Gelassenheit zu verlieren. »Wie kommen Sie darauf?«, flüsterte er.

»Es ist der leuchtende Trapezoeder, habe ich Recht?«, fuhr Fiske fort. »Als Sie ihn in die Bucht warfen, haben Sie voreilig gehandelt. Damals haben Sie nicht bedacht, dass der Stein am Grunde der Bay von Dunkelheit umgeben sein würde – trotz des offenen Deckels. Vielleicht wollte das Ungeheuer nicht, dass Sie diesen Umstand bedenken. Sie haben vorher in den Stein geblickt, genau wie Blake, und sind dieselbe psychische Verbindung mit der Wesenheit eingegangen. Und als Sie den Stein weggeworfen haben, übergaben Sie es der ewigen Dunkelheit, wo seine Macht genährt wird und wächst.

Darum haben Sie Providence verlassen – Sie haben gefürchtet, das Monstrum würde Sie heimsuchen, genau wie es Blake heimgesucht hat. Und weil Sie wussten, dass es fortan hier umgehen würde, für immer.«

Dr. Dexter ging zur Tür. »Ich muss Sie jetzt wirklich bitten zu gehen«, sagte er. »Wenn Sie andeuten wollen, ich lasse die Lichter brennen, weil ich – wie Blake – befürchte, das Ungeheuer könnte mich heimsuchen, so irren Sie sich.«

Fiske lächelte ironisch. »Das will ich überhaupt nicht andeuten«, erwiderte er. »Ich weiß, dass Sie sich nicht davor fürchten. Denn es ist bereits zu spät. Schon vor langer Zeit muss das Monstrum Sie heimgesucht haben – vielleicht schon einen Tag nachdem Sie den Trapezoeder der Dunkelheit am Grunde der Bucht anvertraut und ihm damit neue Kraft geschenkt haben. Es ist zu Ihnen gekommen, aber anders als in Blakes Fall hat es Sie nicht umgebracht.

Es benutzt Sie. Darum empfinden Sie auch solche Angst vor dem Dunkeln. Sie fürchten genauso sehr wie das *Ding*, entdeckt zu werden. Ich glaube, dass Sie im Dunkeln *anders* aussehen. Mehr wie früher. Denn das Ungeheuer *verschmolz* mit Ihnen, anstatt Sie zu töten. *Sie* sind das *Ding aus dem Dunkeln!*«

»Mr. Fiske, also wirklich ...«

»Es gibt gar keinen Dr. Dexter mehr. Seit vielen Jahren ist

der eigentliche Ambrose Dexter verschwunden. Nur seine äußere Hülle existiert noch, besessen von einem Wesen, das älter ist als die Welt selbst; einem Wesen, das rasch und listig Vorkehrungen trifft, die Menschheit mit Zerstörung zu überziehen. Das Wesen ist es, das zum ›Wissenschaftler‹ wurde und sich Zutritt zu den richtigen Kreisen verschaffte, törichten Männern Hinweise gab, sie antrieb und ihnen assistierte, damit sie ihre plötzliche ›Entdeckung‹ machten: die Kernspaltung. Als die erste Atombombe vom Himmel fiel, wie sehr müssen Sie da gelacht haben! Und jetzt haben Sie der Menschheit das Geheimnis der Wasserstoffbombe verraten und werden ihr noch mehr beibringen, ihr neue Wege der Selbstzerstörung zeigen.

Ich habe jahrelang über den Fakten gebrütet, bis ich schließlich die richtigen Schlussfolgerungen zog, die Schlüssel zu den so genannten abenteuerlichen Mythen, die Lovecraft verfasst hat. Er mag Parabeln und Allegorien geschrieben haben, aber er schrieb die Wahrheit. Er hat es immer wieder schwarz auf weiß niedergeschrieben, die Prophezeiung Ihrer Ankunft auf der Erde – am Ende hat Blake es herausgefunden, als er das *Ding* bei seinem eigentlichen Namen nannte.«

»Und der lautet?«, schnauzte der Doktor.

»Nyarlathotep!«

Das braune Gesicht verzog sich zu einer lachenden Grimasse. »Ich fürchte, Sie sind ein Opfer der gleichen Phantasievorstellungen, unter denen auch der arme Blake und Ihr Freund Lovecraft litten. Jeder weiß, dass Nyarlathotep frei erfunden ist – ein Teil des Lovecraft'schen Mythos.«

»Das habe ich auch geglaubt, bis ich den entscheidenden Hinweis in seinem Gedicht fand. Mit einem Mal passte alles ins Bild; das *Ding aus dem Dunkeln,* Ihre Flucht und Ihr plötzliches Interesse an der wissenschaftlichen Forschung. Lovecrafts Worte erlangten eine neue Bedeutung:

»Und aus Ägyptens Herzen naht' anher:
Der Dunkle, vor dem sich neigt der Fellach«.

Während Fiske die Zeilen aufsagte, starrte er in das dunkle Gesicht des Arztes.

»Unfug – wenn Sie es denn unbedingt wissen müssen: Diese dermatologische Störung ist darauf zurückzuführen, dass ich in Los Alamos radioaktiver Strahlung ausgesetzt war.«

Fiske schenkte ihm keine Beachtung, sondern rezitierte weiter Lovecrafts Gedicht:

»Getier leckt ihm die Hand und folgt ihm fort.
Die tiefste See gebar vergess'nes Land
Mit Türmen, tangverklebt, aus purem Gold
Der Boden bebt und wildes Licht, es rollt
Hinab die wankend Burg von Menschenhand.
Zermalmend, was er einst geformt zum Scherz,
Bläst Chaos dann hinfort Staub, Erd und Erz.«

Dr. Dexter schüttelte den Kopf. »Lächerlich«, beteuerte er. »Sogar Sie in Ihrem ... äh ... erregten Zustand sollten das begreifen können! Das Gedicht ist keineswegs wörtlich zu nehmen. Leckt mir etwa Getier die Hände? Steigt etwas aus dem Meer? Spüren Sie hier etwa Erdbeben, sehen Sie wildes Licht? Unfug! Sie leiden besonders stark unter einer Haltung, die wir ›Atomhysterie‹ nennen – das ist mir jetzt völlig klar! Sie sind, wie so viele Laien heutzutage, von der närrischen Vorstellung besessen, dass unsere Arbeit auf dem Gebiet der Kernspaltung in der Vernichtung der Erde gipfeln wird. Diese Rationalisierung ist ein Produkt Ihrer Einbildung.«

Fiske hielt den Aktenkoffer fest in der Hand. »Ich habe Ihnen gesagt, diese Prophezeiung Lovecrafts sei eine Parabel. Gott weiß, was er *wusste* oder *fürchtete.* Aber was es auch war, es hat ihn dazu veranlasst, die Bedeutung seiner Verse zu verschleiern. Dennoch: Vielleicht, haben sie ihn geholt, weil er zu viel wusste.«

»Sie?«

»Die von draußen – denen Sie dienen. Sie sind Nyarlathotep, ihr Bote. Sie kamen, mit dem leuchtenden Trapezoeder aus dem Herzen Ägyptens, wie das Gedicht sagt. Und die Fellachen – die gewöhnlichen Arbeiter von Providence, die von der Starry-Wisdom-Sekte ›bekehrt‹ wurden – verneigten sich vor dem ›Dunklen‹, den sie als das *Ding aus dem Dunkeln* verehrten.

Der Trapezoeder wurde in die Bucht geworfen, und bald entstieg dem Meer diese giftige Ausgeburt – Sie waren diese Ausgeburt oder Inkarnation in Gestalt Dr. Dexters. Und Sie lehrten die Menschen neue Methoden der Zerstörung; der Zerstörung mit Atombomben, durch die ›der Boden bebt und wildes Licht, es rollt hinab die wankend Burg von Menschenhand‹. Oh, Lovecraft wusste genau, was er da schrieb, und Blake hat Sie ebenfalls durchschaut. Und beide fanden sie den Tod. Vermutlich werden Sie jetzt versuchen, mich ebenfalls zu töten, damit Sie ungehindert fortfahren können. Sie werden Vorträge halten und den Forschern über die Schulter blicken, sie antreiben und ihnen neue Ideen geben, die in noch größerer Zerstörung gipfeln. Und schließlich werden Sie ›Staub, Erd und Erz‹ fortblasen.«

»Bitte.« Dr. Dexter streckte die Hände aus. »Beherrschen Sie sich – lassen Sie mich Ihnen etwas verabreichen! Begreifen Sie denn nicht, dass Ihre Worte völlig absurd sind?«

Fiske näherte sich ihm und öffnete den Verschluss der Aktentasche. Der Koffer klappte auf, und Fiske griff hinein. Als er den Arm wieder herauszog, hielt er einen Revolver in der Hand. Er zielte damit ganz ruhig auf Dr. Dexters Brust.

»Natürlich ist es absurd«, murmelte Fiske. »Niemand hat je an die Starry-Wisdom-Sekte geglaubt, außer ein paar Fanatikern und unwissenden Ausländern. Niemand hat Blakes oder Lovecrafts Geschichten – oder auch meine – je für etwas anderes gehalten als eine recht makabre Form der Unterhaltung. Aus dem gleichen Grund wird niemand je glauben, dass mit Ihnen etwas nicht stimmen könnte – oder mit der so genannten wissenschaftlichen Erforschung der Atomenergie oder der anderen Schrecken, die Sie auf die Welt loslassen wollen, um ihr Ende herbeizuführen. Und darum werde ich Sie jetzt umbringen!«

»Legen Sie die Waffe weg!«

Fiske begann plötzlich zu zittern; sein ganzer Körper erbebte in merkwürdigen Zuckungen. Dr. Dexter sah es und kam auf ihn zu. Fiske riss weit die Augen auf, fast traten sie aus den Höhlen, während sich der Doktor langsam näherte.

»Bleiben Sie stehen!«, warnte Fiske ihn und klang durch das krampfhafte Zittern etwas verzerrt. »Das ist alles, was ich wissen muss. Da du in Menschengestalt bist, kannst du durch gewöhnliche Waffen vernichtet werden. Und so werde ich dich zerstören – Nyarlathotep!«

Sein Finger bewegte sich.

Ebenso der Finger Dr. Dexters: Geschwind führte er die Hand hinter den Rücken, zum Hauptlichtschalter an der Wand. Ein Klicken, dann versank der Raum in völlige Dunkelheit.

Nicht völlige Dunkelheit – denn ein Glühen war zu sehen.

Das Gesicht und die Hände von Dr. Ambrose Dexter glühten in phosphoreszierendem Feuer. Es ist denkbar, dass manche Formen von Radiumvergiftung einen solchen Effekt hervorrufen, und gewiss hätte Dr. Dexter dieses Phänomen Edmund Fiske erklärt, hätte er nur die Gelegenheit gehabt.

Aber die Gelegenheit kam nicht. Edmund Fiske hörte das Klicken, sah die bizarren, flammenden Gesichtszüge und sank zu Boden. Wortlos schaltete Dr. Dexter das Licht wieder an, trat zu dem Mann und kniete für einen langen Moment an dessen Seite nieder. Vergebens suchte er nach einem Puls.

Edmund Fiske war tot.

Der Doktor seufzte, erhob sich und verließ den Raum. In der Empfangshalle im Erdgeschoss rief er nach seinem Diener.

»Es ist etwas Schreckliches passiert«, sagte er. »Mein junger Besucher – ein Hysteriker – ist einer Herzattacke erlegen. Sie rufen besser gleich die Polizei. Und dann fahren Sie mit dem Kofferpacken fort. Morgen müssen wir zu unserer Vortragsreise aufbrechen.«

»Aber die Polizei will Sie vielleicht in der Stadt behalten.«

Dr. Dexter schüttelte den Kopf. »Das glaube ich nicht. Der Fall ist eindeutig. Jedenfalls kann ich seinen Tod mühelos erklären. Wenn die Beamten eintreffen, rufen Sie mich. Ich bin im Garten.«

Der Doktor schritt den Flur entlang zum Hinterausgang und trat in die mondbeschienene Pracht des Gartens hinter dem Haus in der Benefit Street.

Der strahlende Anblick war durch eine Mauer vom Rest der Welt abgeschirmt und vollkommen einsam. Der dunkle Mann stand im Mondlicht, das sich mit seiner Aura vermischte.

In jenem Moment sprangen zwei seidene Schatten über die Mauer. Kurz duckten sie sich in der Kühle des Gartens und glitten dann auf Dr. Dexter zu. Sie gaben keuchende Laute von sich.

Im Mondlicht erkannte er die beiden Gestalten als zwei schwarze Panter.

Reglos wartete er, während sie sich ihm näherten, ihm zielstrebig entgegentrotteten, mit glühenden Augen und offenen Mäulern, von denen der Geifer tropfte.

Dr. Dexter wandte sich ab. Voller Hohn blickte er den Mond an, während das Getier sich vor ihm niederließ und ihm die Hände leckte.

Originaltitel: *The Shadow from the Steeple*
Erstveröffentlichung: *Weird Tales,* September 1950
Aus dem Amerikanischen von *Ruggero Leò*

Das Notizbuch

VON ROBERT BLOCH

Zuallererst möchte ich schreiben, dass ich niemals was Unrechtes getan habe. Gar niemandem. Sie haben kein Recht, mich hier einzusperren, wer sie auch sind. Und sie haben auch keinen Grund, das zu tun, wovor ich Angst habe.

Ich glaube, sie kommen ziemlich bald, weil sie schon eine ganze Weile da draußen sind. Graben, schätze ich, in diesem alten Brunnen. Sie suchen nach einem Tor, hab ich gehört. Keinem gewöhnlichen natürlich, sondern nach etwas anderem.

Kann mir denken, was sie vorhaben, und ich fürchte mich.

Ich würde gern nach draußen gucken, aber natürlich sind die Fenster vernagelt, deshalb geht es nicht.

Aber ich habe die Lampe angemacht, und ich hab dieses Notizbuch hier gefunden, deshalb will ich jetzt alles aufschreiben. Vielleicht kann ich es ja jemandem zustecken, der mir dann hilft. Oder vielleicht findet es jemand. Auf jeden Fall ist es besser, alles so gut aufzuschreiben, wie ich kann, anstatt hier einfach nur rumzusitzen und abzuwarten. Darauf, dass sie mich holen kommen.

Am besten sag ich erst mal, wie ich heiße, nämlich Willie Osborne, und ich bin letzten Juli 12 Jahre alt geworden. Wo ich geboren wurde, weiß ich nicht.

Das Erste, woran ich mich erinnern kann, ist, dass ich irgendwo bei Roodsford gewohnt habe, in einer Gegend, die die Leute als hinterwäldlerisch bezeichnen. Dort draußen ist es wirklich sehr einsam, überall dichte Wälder und Berge, auf die niemand raufsteigt.

Großmutter hat mir davon erzählt, als ich noch ein Grünschnabel war. Bei ihr hab ich gewohnt, ganz allein, weil meine Leute alle tot sind. Großmutter hat mir Lesen und Schreiben beigebracht. Auf einer Schule war ich nie.

Großmutter wusste alles Mögliche über die Berge und die Wälder und hat mir ziemlich verrückte Geschichten erzählt. Das hab ich jedenfalls geglaubt, als ich noch klein war und bei ihr gewohnt hab. Einfach nur Geschichten, wie in den Büchern.

Etwa die Geschichten über die Anderen, die sich in den Sümpfen verstecken und schon vor den Siedlern und Indianern hier waren, und über so komische Kreise in den Sümpfen und über große Steine, die Altäre heißen, auf denen die Anderen ihren Göttern Opfer brachten.

Großmutter hatte ein paar ihrer Geschichten noch von ihrer eigenen Großmutter – Geschichten darüber, wie die Anderen sich in den Wäldern und Sümpfen verstecken, weil sie die Sonne nicht aushalten können, und wie die Indianer ihnen aus dem Weg gehen. Sie hat mir erzählt, die Indianer würden manchmal ihre eigenen Kinder im Wald an Bäume fesseln und als Opfer zurücklassen, damit die Anderen zufrieden und friedlich bleiben.

Die Indianer wussten alles über die Anderen und wollten nicht, dass die Weißen zu viel über sie erfuhren oder zu dicht an den Bergen siedelten. Die Anderen haben ihnen zwar nicht viel Ärger gemacht, aber wer weiß, was passiert wäre, wenn man sie in die Enge getrieben hätte. Deshalb erfanden die Indianer Ausreden, warum keiner da siedeln sollte: Sie sagten, die Gegend wäre arm an Wild, unwegsam und zu weit von der Küste weg.

Großmutter meinte, dass es deshalb bis heute hier so einsam ist. Hier gibt es nichts bis auf ein Farmhaus hier und da.

Sie hat mir erzählt, dass es die Anderen noch immer gibt, und im Frühling oder im Herbst kann man nachts angeblich manchmal Lichter weit hinten auf den Hügeln sehen, und man hört Geräusche.

Großmutter hat auch gesagt, dass ich eine Tante Lucy und einen Onkel Fred habe, die da draußen mitten in den Bergen wohnen. Mein Pa hat die beiden oft besucht, als er noch nicht verheiratet war. Eines Nachts, irgendwann um Halloween, hat er gehört, wie die Anderen auf eine Baumtrommel schlugen. Das war, bevor er meine Mutter kennen gelernt und geheiratet hat ... und bevor sie bei meiner Geburt starb und Pa wegging.

Ich bekam alle möglichen Geschichten zu hören: über Hexen und Teufel und Fledermausmänner, die einem das Blut aussaugen, und über Gespenster. Ich hab mir von Salem und Arkham erzählen lassen, weil ich noch nie in einer Stadt war und wissen wollte, wie es da so ist. Ich hab von einem Dorf namens Innsmouth gehört, wo die Häuser am Verfaulen sind und die Leute ganz schlimme Sachen im Keller oder auf dem Dachboden verstecken. Großmutter hat mir von Gräbern tief unter Arkham erzählt. Nach dem, was sie so sagte, kam es mir vor, als würde das ganze Land nur so von Schreckensgestalten wimmeln.

Sie hat mir oft Angst eingejagt, wenn sie mir diese Ungeheuer beschrieb, aber sie wollte mir nie sagen, wie die Anderen aussehen, da konnte ich sie so oft fragen, wie ich wollte. Sie meinte, damit wollte sie nichts zu schaffen haben – es sei schon schlimm genug, dass sie und ihre Leute so viel darüber wissen – das wäre fast schon *zu viel* für anständige, gottesfürchtige Leute. Ich sollte mich glücklich schätzen, dass ich mich mit so was nicht abgeben müsste – ich sollte an meine Ahnin väterlicherseits denken, an Mehitabel Osborne, die sie damals in Salem als Hexe verbrannt haben.

Für mich waren das alles aber bloß Geschichten ... bis Großmuter letztes Jahr starb und Richter Crubinthorp mich in den Zug setzte. Er schickte mich zu Tante Lucy und Onkel Fred – genau in die Berge, von denen mir Großmutter so oft erzählt hatte.

Sie können sich wohl denken, dass ich das sehr aufregend fand, und ich durfte den Schaffner die ganze Fahrt begleiten; er hat mir von allen Orten, an denen wir vorbeikamen, und auch sonst viel erzählt.

Onkel Fred holte mich vom Zug ab. Er war ein großer, dünner Mann mit einem langen Bart. Mit einer leichten Kutsche fuhren wir von dem kleinen, einsamen Bahnhof los – weit und breit gab es keine Häuser und nichts –, direkt in den Wald.

Der Wald war wirklich seltsam. Er war so still und ruhig, so dunkel und einsam, dass ich eine Gänsehaut bekam. Mir kam es vor, als hätte hier nie jemand gerufen oder gelacht oder auch nur gegrinst. Ich konnte mir nicht vorstellen, dass man in diesem Wald anders als im Flüsterton sprechen würde.

Die Bäume und auch sonst alles waren sehr alt. Ich sah keine Tiere am Boden und keine Vögel auf den Zweigen. Der Weg war überwuchert, als würde er nicht oft benutzt. Onkel Fred fuhr sehr schnell, sprach kaum mit mir und trieb nur das alte Pferd an.

Sehr bald kamen wir in die Hügel – und das waren vielleicht hohe Dinger! Der Wald ging auf ihnen weiter, und manchmal rauschte ein Bach in die Tiefe, aber Häuser sah ich keine, und wo immer man hinguckte, überall war es so dunkel wie zur Abenddämmerung.

Schließlich erreichten wir die Farm. Sie war klein, ein altes Fachwerkhaus mit einer Scheune. Sie stand auf einer winzigen Lichtung und war von finsteren Bäumen umgeben. Tante Lucy kam heraus, um uns zu begrüßen. Sie war eine nette, kleine Dame mittleren Alters und drückte mich an sich, bevor sie meine Sachen ins Haus brachte.

Das hat aber alles nichts damit zu tun, was ich hier eigentlich aufschreiben will. Es spielt keine Rolle, dass ich das letzte Jahr über mit den beiden in dem Haus gelebt und das Zeugs gegessen habe, das Onkel Fred anbaute. Kein einziges Mal bin ich ins Dorf gekommen. Im Umkreis von fast vier Meilen gibt es keine anderen Farmen und auch keine Schule, deshalb half mir Tante Lucy abends beim Lesenlernen. Zum Spielen hab ich nie viel Zeit gehabt.

Anfangs hatte ich große Angst, in den Wald zu gehen, weil ich immer an Großmutters Geschichten denken musste. Außerdem merkte ich bald, dass auch Tante Lucy und Onkel Fred sich vor etwas fürchteten; jeden Abend schlossen sie alle Türen ab, und sogar im Sommer gingen sie nie nach Einbruch der Dunkelheit in den Wald.

Nach einer Weile hatte ich mich an das Leben im Wald gewöhnt und nicht mehr so viel Angst. Natürlich hab ich Onkel Fred einige Arbeit abgenommen, aber manchmal war er nachmittags beschäftigt, und dann konnte ich allein losziehen. Im Herbst kam das besonders oft vor.

Und dadurch hab ich eins von ihnen gehört. Es war Anfang Oktober, und ich ging durch die Schlucht am großen Felsblock. Plötzlich hörte ich den Krach und versteckte mich schnell hinter dem Felsen.

Wie ich schon gesagt hab, gibt es keine Tiere im Wald. Auch keine Menschen. Abgesehen vom alten Cap Pritchett, dem Postboten, der aber immer nur donnerstagnachmittags zur Farm kam.

Als ich etwas hörte und merkte, dass es nicht Onkel Fred oder Tante Lucy waren, die mich riefen, wusste ich, dass ich mich besser verstecken sollte.

Zu dem Geräusch: Zuerst kam es von weit her, ein lautes Tropfen. Wie Blut, das stoßweise auf den Boden des Eimers spritzt, wenn Onkel Fred ein geschlachtetes Schwein aufhängt.

Ich schaute mich um, sah aber nichts, und ich konnte nicht sagen, woher das Geräusch kam. Dann war es plötzlich wieder ruhig. Im Halbdunkel konnte ich nur die Bäume erkennen. Ringsum war alles totenstill. Dann, nach einer Minute, hörte ich es wieder, und es war lauter und näher gekommen.

Es hörte sich an, als ob viele Leute gleichzeitig in meine Richtung gerannt kämen. In den Büschen raschelte es, und Zweige zerbrachen, weil einer drauftrat. Ich kauerte mich hinter dem Felsblock zusammen und war mucksmäuschenstill.

Was immer den Krach macht, jetzt ist es sehr nah, es ist in der Schlucht. Ich will nachgucken, tu's aber nicht, denn es ist so laut und *bösartig*. Außerdem stinkt es, als ob etwas, das schon tot und begraben war, plötzlich in der prallen Sonne liegt.

Auf einmal hört der Krach wieder auf, und ich weiß: Was immer ihn macht, ist jetzt ganz dicht bei mir. Eine Minute lang herrscht im Wald unheimliche Stille. Dann höre ich wieder was.

Es ist eine Stimme ... und doch keine. Es *klingt* nicht wie eine Stimme, sondern eher wie ein tiefes Summen oder Krächzen. Trotzdem *muss* es eine Stimme sein, denn sie spricht und bildet Wörter.

Keine Wörter, die ich verstanden hätte, aber immer noch Wörter. Wörter, bei denen ich den Kopf ganz unten halte, halb aus Angst, gesehen zu werden, und halb, selber was zu sehen. Schwitzend und zitternd versteckte ich mich weiter hinter dem Felsblock. Von dem Gestank wurde mir speiübel, aber die schreckliche, tiefe, leiernde Stimme war noch schlimmer. Immer wieder sagte sie etwas wie:

»E uh shub nigger ath ngaa ryla neb Schoggoth.«

Ich kann's unmöglich so hinschreiben, wie es klang, aber ich habe es oft genug gehört, sodass ich's mir merken konnte. Ich hörte es noch, als der Gestank plötzlich viel schlimmer wurde. Ich muss wohl das Bewusstsein verloren haben, denn als ich aufwachte, war die Stimme verschwunden, und es wurde schon dunkel.

Den ganzen Weg zur Farm rannte ich, so schnell ich konnte, aber vorher guckte ich mir noch die Stelle an, wo das sprechende Ungeheuer gestanden hatte – denn ein Ungeheuer war es!

Kein Mensch hätte im Schlamm Spuren hinterlassen, die so aussehen wie Ziegenhufe und mit grünem, stinkenden Schleim gefüllt sind – nicht vier und nicht acht, sondern ein paar Hundert!

Ich hab Tante Lucy und Onkel Fred nichts davon erzählt, aber in der Nacht träumte ich furchtbar: Ich träumte, ich wäre wieder in der Schlucht, nur dass ich das Ungeheuer diesmal sehen konnte. Es war riesig und glänzte wie schwarze Tinte. Es hatte keine richtige Form und bestand aus vielen schwarzen Seilen, die alle am Ende so was wie einen Huf trugen. Ich meine, das Vieh hatte schon eine Form, aber seine Gestalt änderte sich dauernd – es war aufgebläht und ringelte sich, und es änderte immer wieder seine Größe. Und es war ganz mit Mäulern bedeckt, die an runzlige Blätter auf Ästen erinnerten.

Genauer kann ich es nicht beschreiben. Die Münder waren wie Blätter, und das ganze Biest bewegte sich wie ein Baum im Wind – wie ein schwarzer Baum, der die meisten Äste über den Boden schleifen lässt und Wurzeln hat, die in einem Huf enden. Und der grüne Schleim, der dem Vieh aus den Mäulern quoll und ihm die Beine runterlief, der sah aus wie Pflanzensaft!

Am nächsten Tag kam ich auf den Gedanken, in dem Buch nachzusehen, das Tante Lucy im Erdgeschoss aufbewahrte: Sie nannte es eine Mytologie. Man konnte da drin über Leute lesen, die früher in England und Frankreich gelebt hatten und Druiden hießen. Sie verehrten Bäume und dachten, sie wären lebendig. Vielleicht hatten sie ja diese Biester verehrt, von denen ich eins gesehen hatte – einen so genannten Naturgeist.

Aber die Druiden hatten auf der anderen Seite des Meeres gelebt, wie also war das möglich? In den folgenden Tagen dachte ich viel über mein Erlebnis nach, und wahrscheinlich haben Sie sich schon gedacht, dass ich nicht mehr draußen in den Wäldern spielte.

Am Ende hatte ich mir was überlegt:

Vielleicht hatte jemand die Druiden in England und Frankreich aus den Wäldern verjagt, und ein paar von ihnen waren schlau genug gewesen, sich Boote zu bauen und über den Ozean hierher zu kommen, wie's schon der gute alte Leif Eriksson gemacht haben soll. Vielleicht sind sie irgendwann in die Wälder hier gelangt und haben den Indianern mit ihrer Zauberei so eine Angst gemacht, dass die Indianer fortgezogen sind.

Die Druiden hätten bestimmt gewusst, wie man sich im Sumpf versteckt, und hier konnten sie ungestört mit ihren heidnischen Anbetungen weitermachen und diese Geister aus dem Boden rufen ... oder wo sie auch immer herkommen.

Die Indianer glauben, vor langer Zeit wären weiße Götter aus dem Meer gestiegen. Vielleicht wollen sie damit nur sagen, wie die Druiden hierher gekommen sind? Richtig zivilisierte Indianer unten in Mexiko oder Südamerika – Azteken oder Inkas, glaube ich – erzählen davon, dass ein weißer Gott in einem Boot zu ihnen gekommen ist und ihnen alle möglichen Zauber beigebracht hat. Könnte der nicht ein Druide gewesen sein?

Das würde auch Großmutters Geschichten über die Anderen erklären.

Das Trommeln und Klopfen und die Feuer auf den Bergen waren bestimmt das Werk der Druiden, die sich in den Sümpfen versteckten. Aus der Erde riefen sie die Anderen herauf – die Baumgeister oder wie sie auch heißen –, und dann opferten sie ihnen. Diese Druiden brachten immer Blutopfer dar, genau wie früher die Hexen. Und hatte Großmutter mir nicht von Leuten erzählt, die zu nahe an den Bergen wohnten und verschwanden und nie wieder auftauchten?

An so einem Ort wohnten wir.

Und es war nicht mehr lange bis Halloween. Großmutter hatte immer gesagt, zu Halloween ist es am schlimmsten.

Ich fragte mich, wie viel Zeit noch blieb.

Ich wurde furchtbar ängstlich und traute mich nicht mehr aus dem Haus. Tante Lucy gab mir ein Stärkungsmittel, weil sie fand, ich würde krank aussehen. Wahrscheinlich hatte sie Recht. Ich weiß nur noch, dass ich, als ich eines Nachmittags eine Kutsche durch den Wald kommen hörte, ins Schlafzimmer gerannt bin und mich unter dem Bett verkrochen hab.

Dabei war es nur Cap Pritchett mit der Post. Onkel Fred nahm sie an und kam aufgeregt ins Haus, mit einem Brief in der Hand.

Vetter Osborne kam zu Besuch. Er war mit Tante Lucy verwandt, und er hatte Urlaub und wollte eine Woche bleiben. Er würde mit dem gleichen Zug wie ich anreisen – mit dem einzigen Zug, der durch diese Gegend fuhr – und am 25. Oktober um die Mittagszeit hier sein.

Die nächsten Tage waren wir alle so aufgeregt, dass ich meine verrückten Gedanken erst mal ganz vergaß. Onkel Fred richtete das Hinterzimmer her, damit Vetter Osborne darin schlafen konnte, und ich half ihm bei allen Tischlerarbeiten.

Die Tage wurden schon kürzer, und nachts blies ein starker, kalter Wind. Am Morgen des 25. Oktober war es recht frisch, und Onkel Fred packte sich für die Fahrt durch den Wald warm ein. Vetter Osborne sollte gegen Mittag ankommen, und bis zum Bahnhof waren es sieben Meilen. Er hätte mich nicht mitfahren lassen, und ich dachte auch gar nicht daran, ihn zu bitten. Im Wald machte der Wind zu viel Geknarre und Geraschel – und die Geräusche hätten auch von was anderem stammen können.

Jedenfalls, Onkel Fred fuhr los, und Tante Lucy und ich

blieben im Haus. Sie kochte Pflaumen für den Winter ein, und ich spülte am Brunnen die Einmachgläser aus.

Vielleicht hätte ich schon mal erwähnen sollen, dass mein Onkel und meine Tante zwei Brunnen hatten: dicht am Haus einen neuen mit einer großen glänzenden Pumpe, und draußen bei der Scheune einen alten Steinbrunnen, bei dem die Pumpe fehlte. Onkel Fred fand, der Brunnen hätte nie etwas getaugt. Es hatte ihn schon gegeben, als er und Tante Lucy das Haus kauften. Das Wasser daraus war ganz schleimig. Onkel Fred konnte es sich nicht erklären, aber manchmal stieg das Wasser aus dem Brunnen heraus, obwohl er keine Pumpe hatte. An diesen Tagen lief das Wasser morgens über den Rand – grünes, schleimiges Wasser, das furchtbar stank.

Wir hielten uns vom alten Brunnen fern, und die Gläser spülte ich jedenfalls gerade am neuen Brunnen aus, bis es Mittag wurde und der Himmel sich bezog. Tante Lucy kochte uns was zu essen, und es begann stark zu regnen. Von den großen Bergen im Westen hallte der Donner wider.

Ich dachte, dass Onkel Fred und Vetter Osbourne in dem Gewitter nur schlecht vorankommen würden, aber Tante Lucy machte sich kein Kopfzerbrechen deswegen. Ich musste ihr helfen, das Vieh zu versorgen.

Gegen fünf Uhr wurde es dunkel, und noch immer war nichts von Onkel Fred zu sehen. Jetzt machten wir uns allmählich Sorgen. Vielleicht hatte der Zug Verspätung gehabt, oder vielleicht stimmte etwas nicht mit dem Pferd oder der Kutsche.

Es wurde sechs Uhr: noch immer kein Onkel Fred. Es hörte auf zu regnen, aber in den Bergen donnerte es weiter, und das Wasser tropfte von den nassen Ästen – ein Geräusch, das an lachende Frauen erinnerte.

Vielleicht war die Straße so sehr aufgeweicht, dass sie nicht weiterfahren konnten, sonst wäre ihnen die Kutsche im Schlamm stecken geblieben. Womöglich hatten sie beschlossen, die Nacht in der Bahnstation zu verbringen.

Sieben Uhr, und draußen war es stockdunkel. Vom Regen nichts mehr zu hören. Tante Lucy war schrecklich unruhig. Sie sagte, wir müssten nach draußen und gleich an der Straße eine Laterne am Zaun anbringen.

Also gingen wir los. Es war dunkel und fast windstill. Kein Laut war zu hören, als wären wir im tiefen Wald. Allein mit Tante Lucy dem Weg zu folgen machte mir schon Angst – als ob irgendwo im Dunkeln etwas nur darauf lauerte, mich zu packen.

Wir machten die Laterne an und warteten am Zaun, blickten die dunkle Straße hinab, und plötzlich fragte Tante Lucy angespannt: »Was war das?« Ich lauschte und hörte ein Trappeln von weit weg.

»Pferd und Kutsche«, erwiderte ich. Tante Lucy reckte den Hals.

»Du hast Recht«, sagt sie sofort. Und tatsächlich: Einen Moment später sehen wir die Kutsche. Das Pferd galoppiert näher, und die schlingernde Kutsche zieht es hinter sich her. Man braucht noch nicht mal näher hinzusehen, um zu erkennen, dass etwas Schlimmes passiert ist, denn die Kutsche hält nicht am Tor, sondern rast weiter zur Scheune. Tante Lucy und ich hetzen dem Gespann durch den Schlamm nach. Das Pferd ist schweißgebadet und hat Schaum vor dem Mund, und als es schließlich stehen bleibt, tänzelt es nervös auf der Stelle. Tante Lucy und ich warten darauf, dass Onkel Fred und Vetter Osborne aus der Kutsche steigen, aber nichts passiert. Schließlich werfen wir einen Blick hinein.

Die Kutsche ist völlig leer.

Tante Lucy ruft laut: »Oh!«, dann fällt sie in Ohnmacht. Ich musste sie ins Haus zurücktragen und ins Bett bringen.

Fast die ganze Nacht wartete ich am Fenster, aber Onkel Fred und Vetter Osborne tauchten nicht mehr auf. Nie mehr.

Die nächsten paar Tage waren schrecklich. In der Kutsche fanden wir keinen Hinweis darauf, was geschehen war, und

Tante Lucy verbot mir, auf der Straße ins Dorf zu gehen oder auch nur durch den Wald zur Bahnstation.

Am Morgen nach dem Unwetter lag das Pferd tot in der Scheune, aber irgendwann müssten wir zu Fuß zur Bahnstation gehen oder den ganzen Weg bis zu Warrens Farm. Tante Lucy hatte sowohl Angst vor dem Marsch als auch davor, im Haus zu bleiben. Sie hielt es für das Beste, auf Cap Pritchett zu warten und mit ihm ins Dorf zu fahren. Dort könnten wir Onkel Fred und Vetter Osborne als vermisst melden und bleiben, bis wir wussten, was passiert war.

Ich machte mir natürlich meine eigenen Gedanken. Es war kurz vor Halloween, und vielleicht hatten die Anderen sich Onkel Fred und Vetter Osborne geschnappt, weil sie die beiden opfern wollten. Die Anderen oder die Druiden. Ich hab im Mytologie-Buch gelesen, dass Druiden sogar Stürme herbeizaubern können, wenn sie wollen.

Es hätte keinen Zweck gehabt, mit Tante Lucy darüber zu reden. Sie war außer sich vor Trauer und wiegte sich die ganze Zeit nur vor und zurück und murmelte: »Sie sind verschwunden« und »Fred hat mich immer gewarnt« und »Zwecklos ... zwecklos.« Ich musste mich ums Essen und ums Vieh kümmern. Nachts schlief ich kaum, weil ich immer auf die Trommeln lauschte. Ich hörte zwar nie welche, aber wach zu liegen war immer noch besser als zu schlafen und diese schlimmen Träume zu haben.

Träume von dem schwarzen Ungeheuer, das wie ein Baum aussah und durch den Wald lief und seine Wurzeln an einer ganz bestimmten Stelle in den Boden schlug, damit es mit den ganzen Mäulern beten konnte – zu diesem alten Gott, der im Boden wohnt.

Ich weiß nicht, wie ich darauf kam, dass das Ungeheuer auf diese Weise betet – indem es seine Münder auf den Boden presst ... Vielleicht weil ich den grünen Schleim entdeckt hatte. Oder hatte ich das schwarze Biest doch selber gesehen? Ich war nie in die Schlucht zurückgegangen, um noch mal nachzuschauen. Vielleicht bildete ich mir alles nur ein – dass es hier Druiden gab und Andere und dass ich eine Stimme gehört hatte, die »Schoggoth« und Wörter der Anderen sagte.

Aber was war dann mit Vetter Osborne und Onkel Fred? Wovor hatte das Pferd sich so sehr erschreckt, dass es durchgegangen und am nächsten Tag gestorben war?

In meinem Kopf kreisten die Gedanken, der eine jagte den nächsten, aber mit Sicherheit wusste ich nur eines: Zu Halloween würden wir nicht mehr in der Farm sein.

Denn Halloween war an einem Donnerstag, und donnerstags kam Cap Pritchett vorbei. Wir könnten also rechtzeitig mit ihm ins Dorf fahren.

Am Mittwochabend brachte ich Tante Lucy dazu, ihre Sachen zu packen, damit alles bereitstand, dann legte ich mich schlafen. Es war ganz still, und zum ersten Mal fühlte ich mich ein wenig besser.

Nur hatte ich wieder schlimme Träume. Ich träumte, dass in der Nacht ein Haufen Männer zur Farm kam. Sie stiegen durch das Fenster in Tante Lucys Schlafzimmer und nahmen sie mit. Sie fesselten sie und nahmen sie mit, ganz lautlos, obwohl es stockduster war, denn sie hatten Augen wie Katzen und konnten auch ohne Licht sehen.

Der Traum jagte mir solche Angst ein, dass ich aufwachte, als gerade der Morgen dämmerte. Ich ging sofort zu Tante Lucy runter.

Sie war weg.

Ihr Fenster stand weit offen, genau wie in meinem Traum, und ihr Bettzeug war zerrissen.

Der Boden draußen unter dem Fenster war hart, und ich fand keine Fußspuren und nichts. Aber Tante Lucy war fort.

Ich glaube, da bin ich in Tränen ausgebrochen.

Ich kann mich kaum erinnern, was ich als Nächstes getan hab. Frühstücken wollte ich nicht. Ich ging nach draußen und brüllte immer wieder: »Tante Lucy!«, aber ich erwartete gar keine Antwort. Ich lief zur Scheune. Das Tor stand offen, und alle Kühe waren weg. Auf dem Hof und auf der Straße fand ich ein paar Hufspuren, aber ich traute mich nicht, ihnen zu folgen.

Nach einer Weile ging ich zum neuen Brunnen und brach wieder in Tränen aus, denn das Wasser war grün und schleimig, genau wie im alten Brunnen.

Als ich das sah, wusste ich, dass ich Recht hatte. Die Anderen waren in der Nacht hier gewesen, und sie hatten nicht einmal mehr versucht, ihre Spuren zu verwischen. Sie waren sich ihrer Sache wohl sehr sicher.

Heute war Halloween. Auf der Farm konnte ich nicht bleiben. Wenn die Anderen mich belauerten, durfte ich mich nicht darauf verlassen, dass Cap Pritchett am Nachmittag wirklich hier auftauchte. Ich musste auf eigene Faust der Straße folgen, und am besten ging ich jetzt los, solange es noch Morgen war, dann käme ich vielleicht noch im Hellen im Dorf an.

Ich durchsuchte schnell das Haus und fand in der Schublade von Onkel Freds Schreibpult ein wenig Geld und den Brief von Vetter Fred mit der Adresse in Kingsport, wo er ihn abgeschickt hatte. Also musste ich nach Kingsport, nachdem ich den Leuten im Dorf erzählt hatte, was geschehen war. In Kingsport würde ich noch mehr Verwandte haben.

Ich fragte mich, ob mir die Leute im Dorf überhaupt glauben würden, wenn ich ihnen erzählte, wie Onkel Fred und Tante Lucy verschwunden waren – und dass die Anderen uns die Kühe gestohlen hatten, um sie zu opfern; und von dem grünen Schleim im Brunnen, aus dem offenbar irgendetwas getrunken hatte. Ob die Leute im Dorf von den Trommeln und den Lichtern auf den Bergen wussten? Ob sie einen Trupp zusammenstellen und heute Abend hierher kommen würden, um die Anderen zu fangen – und auch das, was sie aus der Erde heraufbeschwören wollten? Ob die Dorfbewohner wohl wussten, was ein »Schoggoth« war?

Wie auch immer, ich konnte jedenfalls nicht bleiben und es drauf ankommen lassen, was passierte. Deshalb packte ich mein Felleisen und überprüfte noch mal, dass ich auch nichts vergessen hatte. Es muss ungefähr Mittag gewesen sein, und draußen war es völlig still.

Ich ging zur Tür und trat hinaus. Ich machte mir gar nicht erst die Mühe, sie hinter mir abzuschließen. Wozu auch? Meilenweit gab es außer mir keine Menschenseele.

Dann hörte ich ein Geräusch auf der Straße.

Schritte.

Jemand kam die Straße entlang. Er war gleich hinter der Kurve.

Ich rührte mich nicht vom Fleck und wartete, was ich sehen würde. Ich stand auf dem Sprung, jederzeit loszurennen.

Dann kam er um die Kurve.

Er war groß und dünn und sah Onkel Fred ziemlich ähnlich. Er war aber viel jünger und hatte keinen Bart. Er trug einen schönen Anzug, wie ihn die Städter haben, und einen Klapphut. Als er mich sah, lächelte er und kam näher, als ob er mich erkannt hätte.

»Hallo, Willie«, begrüßte er mich.

Ich war so verdutzt, ich wusste nicht, was ich sagen sollte.

»Erkennst du mich nicht?«, fragte er. »Ich bin Vetter Osborne. Dein Vetter Frank.« Er streckte mir die Hand entgegen. »Aber du erinnerst dich wohl nicht mehr an mich, was? Als ich dich das letzte Mal zu Gesicht bekommen habe, da warst du noch ganz klein.«

»Aber ich dachte, du kommst schon letzte Woche?«, erwiderte ich. »Wir haben dich am 25. erwartet.«

»Habt ihr denn mein Telegramm nicht bekommen?«, fragte er. »Ich hatte geschäftlich zu tun.«

Ich schüttelte den Kopf. »Wir kriegen nur donnerstags Post. Vielleicht liegt dein Telegramm noch am Bahnhof.«

Vetter Osborne grinste. »Ihr wohnt hier ganz schön abgelegen. Heute Mittag war keiner am Bahnhof. Ich hatte gehofft, Fred würde mich mit der Kutsche abholen, damit ich nicht zu Fuß laufen müsste, aber Pech gehabt.«

»Du bist die ganze Strecke gelaufen?«, wollte ich wissen.

»Das stimmt.«

»Und du bist mit dem Zug gekommen?«

Vetter Osborne nickte.

»Wo ist dann dein Koffer?«

»Den hab ich am Bahnhof gelassen. Der Weg war so weit, da wollte ich ihn nicht mitschleppen. Ich dachte, Fred fährt mich mit der Kutsche zurück, damit ich ihn abholen kann.« Erst jetzt bemerkte er mein Gepäck. »Aber warte mal einen Augenblick – wo willst du denn mit den Klamotten hin, Junge?«

Tja, was blieb mir anderes übrig, als ihm alles zu erzählen? Ich bat ihn also ins Haus und sagte ihm, er soll sich erst mal hinsetzen, dann würde ich ihm alles erklären.

Er schüttete einen Kaffee auf, und ich machte ein paar Sandwiches. Nachdem wir gegessen hatten, erzählte ich ihm, wie Onkel Fred zur Bahnstation gefahren und nicht wieder zurückgekommen war. Ich berichtete ihm vom Tod des Pferdes und wie Tante Lucy verschwunden war. Von meinem Erlebnis im Wald sagte ich natürlich nichts, und auch die Anderen erwähnte ich mit keinem Wort. Ich sagte ihm aber, dass ich mich fürchtete und vorhätte, vor Einbruch der Dunkelheit zum Dorf zu marschieren.

Vetter Osborne hörte sich alles an. Manchmal nickte er, und er unterbrach mich nur ganz selten.

»Jetzt verstehst du bestimmt auch, warum wir sofort los müssen«, sagte ich. »Was auch immer sie geholt hat, ist auch hinter uns her, und ich will hier keine einzige Nacht mehr verbringen.«

Vetter Osborne erhob sich. »Vielleicht hast du Recht, Willie. Aber lass nicht deine Phantasie mit dir durchgehen, Junge.

Versuch die Tatsachen von der Einbildung zu trennen. Deine Tante und dein Onkel sind verschwunden. Das ist eine Tatsache. Aber der ganze Unfug von Ungeheuern im Wald, die hinter dir her sind – das ist Einbildung. Erinnert mich an das ganze dumme Gerede, das ich zu Hause in Arkham mitbekommen hab. Und aus irgendeinem Grund scheinen die Leute um Halloween herum besonders häufig dummes Zeug zu reden. Als ich losgefahren bin ...«

»Entschuldige bitte, Vetter Osborne«, unterbrach ich ihn, »aber wohnst du nicht in Kingsport?«

»Ja, natürlich«, antwortete er mir. »Aber ich hab mal in Arkham gewohnt, und ich kenne die Leute hier. Kein Wunder, dass du im Wald solche Angst gehabt und dir alles Mögliche eingebildet hast. Aber ich muss deinen Mut bewundern. Für einen Zwölfjährigen hast du dich ziemlich vernünftig verhalten.«

»Dann lass uns jetzt aufbrechen«, bat ich. »Es ist fast schon zwei, und wir müssen uns beeilen, wenn wir vor Sonnenuntergang im Dorf sein wollen.«

»Noch nicht, Junge«, entgegnete er. »Mir wäre unwohl zu Mute, wenn ich einfach von hier wegginge, ohne mich umgesehen und versucht zu haben, das Rätsel zu lüften. Du siehst doch sicher ein, dass wir nicht einfach ins Dorf marschieren und dem Sheriff wilde Geschichten über merkwürdige Wesen in den Wäldern erzählen können, die sich mit deiner Tante und deinem Onkel davongemacht haben. Vernünftige Leute glauben so einen Unfug einfach nicht. Sie halten mich höchstens für einen Lügner und lachen mich aus. Sie könnten sogar auf den Gedanken kommen, dass du etwas mit dem ... nun, dem Verschwinden von deiner Tante und deinem Onkel zu tun haben könntest.«

»Bitte«, drängte ich ihn. »Wir müssen jetzt gehen, jetzt sofort.«

Er schüttelte den Kopf.

Ich sagte nichts mehr. Ich hätte ihm vieles erzählen können – was ich geträumt und gehört und gesehen und erfahren hatte –, aber ich hielt es für zwecklos.

Außerdem gab es einiges, was ich ihm lieber verschweigen wollte, jetzt, da wir geredet hatten. Ich hatte es wieder mit der Angst zu tun bekommen.

Zuerst hatte er behauptet, er komme aus Arkham, und erst, als ich ihn darauf angesprochen hatte, hieß es auf einmal, er kommt aus Kingsport, und es klang mir ganz so, als würde er mich belügen.

Dann wusste er auf einmal, dass ich mich in den Wäldern gefürchtet habe – aber woher? Davon hatte ich kein Wort gesagt.

Falls Sie wissen wollen, was ich wirklich dachte: Ich dachte, vielleicht ist er in Wirklichkeit gar nicht mein Vetter Osborne.

Aber – wer war er dann?

Ich stand auf und ging in den Flur zurück.

»Wo willst du hin, Junge?«, fragte er.

»Nach draußen.«

»Ich komme mit.«

Ich war mir sicher: Er beobachtete mich und würde mich nicht aus den Augen lassen. Er trat näher und packte meinen Arm – freundschaftlich, aber ich konnte mich trotzdem nicht aus seinem Griff befreien. Nein, der würde mich nicht loslassen. Er wusste genau, ich wollte weglaufen.

Was konnte ich tun? Ich war mit diesem Mann ganz allein in dem Haus mitten im Wald, die Nacht kam näher, die Halloween-Nacht, und die Anderen warteten dort draußen.

Wir gingen vors Haus, und ich bemerkte, dass es schon dämmerte, obwohl es erst Nachmittag war. Wolken verdeckten die Sonne, und der Wind schüttelte die Bäume so sehr, dass es aussah, als streckten sie die Äste nach mir aus, um mich festzuhalten. Sie raschelten, als ob sie sich im Flüsterton über mich unterhielten, und mein Vetter schien zu den Bäumen aufzuschauen und ihnen zu lauschen. Vielleicht verstand er ja, was sie sagten. Vielleicht gaben sie ihm Befehle.

Dann hätte ich um ein Haar aufgelacht, denn ich erkannte, dass er tatsächlich auf etwas lauschte, und jetzt hörte ich es ebenfalls.

Es war ein Trappeln, das von der Straße kam.

»Cap Pritchett«, sagte ich. »Der Postbote. Jetzt können wir bei ihm auf der Kutsche ins Dorf fahren.«

»Lass mich mit ihm reden«, verlangte mein Vetter. »Wegen deiner Tante und deinem Onkel, meine ich. Warum sollen wir den Mann beunruhigen, und wir wollen schließlich keinen Skandal, oder? Geh einfach ins Haus.«

»Aber Vetter Osborne«, protestierte ich. »Wir müssen ihm die Wahrheit sagen.«

»Natürlich, Junge. Aber das ist was für Erwachsene. Jetzt troll dich. Ich rufe dich dann.«

Er redete in richtig freundlichem Ton mit mir und lächelte sogar, zugleich aber zerrte er mich wieder auf die Veranda, schubste mich ins Haus und schlug die Vordertür zu. Da stand ich nun im dunklen Flur und hörte, wie Cap Pritchett das Pferd zügelte und meinem Vetter etwas zurief. Vetter Osborne ging zur Kutsche und sprach ihn an, und dann hörte ich nur noch eine Menge Gemurmel, ganz leise. Durch einen Spalt in der Tür konnte ich die beiden sehen. Cap Pritchett redete freundlich mit ihm, und alles war schön und gut.

Abgesehen davon, dass Cap Pritchett meinem Vetter nach ungefähr einer Minute zuwinkte und mit der Kutsche davonfuhr!

Da wusste ich, ich musste es wagen, ganz gleich, was geschehen würde: Ich öffnete die Tür und rannte mit dem Felleisen in der Hand hinaus, den Weg hinab, die Straße hinauf und der Kutsche hinterher. Vetter Osborne versuchte mich zu packen, als ich an ihm vorbeilief, aber ich wich ihm geduckt aus und brüllte: »Warte auf mich, Cap! Ich komme! Nimm mich mit ins Dorf!«

Cap drosselte das Tempo und starrte völlig verwirrt zu mir zurück. »Willie!«, rief er. »Ich dachte, du wärst fort. Er sagte, du wärst mit Fred und Lucy ...«

»Hör nicht auf ihn«, erwiderte ich. »Er will mich nicht gehen lassen. Nimm mich mit ins Dorf. Ich erzähl dir, was wirklich passiert ist. Bitte, Cap, du musst mich mitnehmen!«

»Klar nehm ich dich mit, Willie. Spring einfach rauf.«

Ich gehorchte.

Vetter Osborne trat zu uns an den Wagen. »He, nicht so schnell«, sagte er schneidend. »Du kannst nicht einfach so mir nichts dir nichts von hier weg. Das verbiete ich dir. Ich bin jetzt dein Vormund!«

»Hör nicht auf ihn!«, flehte ich. »Nimm mich mit, Cap, bitte!«

»Also schön«, sagte Vetter Osborne. »Wenn du unbedingt so unvernünftig sein willst: Wir fahren alle. Ich kann dir nicht erlauben, allein wegzufahren.«

Er lächelte Cap an. »Sie sehen, der Junge ist völlig aufgelöst. Lassen Sie sich bloß nicht von seinen Phantastereien beunruhigen. Hier draußen zu leben ... na, Sie verstehen schon ... er ist nicht ganz bei sich.« Er zuckte die Schultern und tippte sich viel sagend an die Stirn. »Ich erkläre Ihnen alles auf dem Weg ins Dorf.« Dann setzte er wieder ein Lächeln auf und machte Anstalten, neben uns auf den Kutschbock zu klettern.

Aber Cap erwiderte sein Lächeln nicht. »Nein, das lassen Sie mal schön bleiben«, entgegnete er. »Willie ist ein guter Junge. Ich kenne ihn. *Sie* kenn ich nicht. Ich finde, Sie haben mir schon genug erklärt, Mister, als Sie vorhin behauptet haben, Willie sei weg.«

»Aber ich wollte doch bloß verhindern, dass es Gerede gibt ... sehen Sie, ich bin hier, um mich um den Jungen zu kümmern – er ist geistig labil ...«

»Geistig labil, dass ich nicht lache!« Cap spuckte Vetter Osborne etwas Tabaksaft direkt auf die Schuhe. »Wir fahren jetzt!«

Vetter Osborne hörte auf zu lächeln. »Dann bestehe ich darauf, dass Sie mich mitnehmen.« Er versuchte wieder, auf die Kutsche zu klettern.

Cap griff sich in die Jacke, und als er die Hand wieder hervorholte, hielt er einen großen Revolver.

»Machen Sie, dass Sie runterkommen!«, brüllte er. »Mister, Sie reden mit der Post der Vereinigten Staaten von Amerika, und der Regierung haben Sie gar nichts zu befehlen, verstanden? Und jetzt runter mit Ihnen, sonst können Sie sich Ihr Gehirn auf der Straße zusammenklauben.«

Vetter Osborne blickte ihn finster an, wich aber rasch vor der Kutsche zurück.

Er sah mich an und zuckte die Schultern. »Du machst einen großen Fehler, Willie.«

Ich erwiderte nicht mal seinen Blick. Cap rief: »Hü!«, und wir fuhren los. Schneller und schneller drehten sich die Kutschräder, und schon bald war die Farm außer Sicht, und Cap steckte seinen Revolver wieder ein. Er klopfte mir auf die Schulter.

»Hör auf zu zittern, Willie«, sagte er. »Du bist jetzt in Sicherheit. Brauchst dir keine Sorgen mehr zu machen. Bisschen mehr als 'ne Stunde, und wir sind im Dorf. Jetzt lehn dich einfach zurück und erzähl Cap alles.«

Also erzählte ich ihm alles. Es dauerte recht lange. Wir fuhren immer weiter durch den Wald, und ehe ich mich's versah, war es schon fast dunkel. Die Sonne stahl sich über den Himmel und versteckte sich hinter den Bergen. Die Dunkelheit kroch zu beiden Seiten der Straße aus dem Wald, und die Bäume begannen zu rascheln und flüsterten mit den großen Schatten, die uns folgten.

Das Pferd lief mit klappernden Hufen weiter, aber schon

bald hörten wir von weitem noch andere Geräusche. Vielleicht Donner ... vielleicht aber auch etwas anderes. Unaufhaltsam rückte die Nacht näher, die Halloween-Nacht.

Die Straße wand sich zwischen den Hügeln hindurch, und man konnte kaum noch erkennen, wohin die nächste Kurve führte. Außerdem wurde es schrecklich schnell dunkel.

»Wahrscheinlich gibt's gleich Regen«, bemerkte Cap, der den Himmel musterte. »Das klingt wie Donner.«

»Trommeln«, sagte ich.

»Trommeln?«

»Nachts kann man sie in den Bergen hören«, erklärte ich ihm. »Ich hab sie diesen Monat oft gehört. Das sind die Anderen. Sie bereiten sich auf den Hexensabbat vor.«

»Hexensabbat?« Cap blickte mich an. »Wo hast du von einem Hexensabbat erfahren?«

Dann erzählte ich ihm noch mehr über die Ereignisse. Ich teilte ihm den ganzen Rest mit. Er schwieg, und kurz darauf hätte ich es nicht mehr hören können, wenn er geantwortet hätte, so laut war der Donner. Der Regen prasselte auf die Kutsche, auf die Straße und alles ringsum. Es war stockfinster, nur wenn es blitzte, konnten wir was sehen. Ich musste schreien, damit Cap mich verstand – damit er von den Ungeheuern erfuhr, die Onkel Fred und Tante Lucy geholt hatten, den Ungeheuern, die unsere Kühe gestohlen und Vetter Osborne zu mir geschickt hatten, damit er mich holte. Und ich brüllte ihm auch zu, was ich im Wald gehört hatte.

Im Licht der Blitze sah ich Caps Gesicht. Er lächelte nicht und blickte auch nicht finster drein – er sah einfach aus, als würde er mir glauben. Er hatte seinen Revolver wieder gezogen und hielt die Zügel mit nur einer Hand, obwohl wir ziemlich schnell fuhren. Das Pferd hatte solche Angst, dass Cap die Peitsche gar nicht einsetzen musste, um es anzutreiben.

Die alte Kutsche schlingerte und hüpfte, der Regen prasselte im pfeifenden Wind herab, und alles wirkte wie ein furchtbarer Traum – nur dass es keiner war. Es war kein Traum, dass ich Cap zuschrie, was ich im Wald erlebt hatte.

»Schoggoth«, schrie ich. »Was ist ein Schoggoth?«

Cap packte mich beim Arm, und als es blitzte, konnte ich sein Gesicht sehen. Er hatte den Mund offen, aber er sah mich nicht an. Er guckte auf das, was vor uns auf der Straße war.

Die Bäume schienen vor uns zusammenzurücken. Sie beugten sich über die nächste Kurve, und in der Schwärze wirkten sie lebendig – als ob sie sich wanden und bogen und drehten, um uns den Weg zu versperren. Wieder zuckten Blitze auf, und ich sah die Bäume ganz deutlich ... aber ich sah auch noch etwas anderes.

Etwas Schwarzes auf der Straße, etwas, das kein Baum war. Etwas Großes, Schwarzes, das einfach da hockte und wartete, mit Armen wie Seile, die sich ringelten und streckten.

»Ein Schoggoth!«, brüllte Cap, aber ich konnte ihn kaum verstehen: Der Donner krachte, und das Pferd wieherte laut. Die Kutsche machte einen Satz zur Seite, das Pferd bäumte sich auf, und wir rasten auf das schwarze Biest zu. Ich roch einen scheußlichen Gestank, Cap zielte mit dem Revolver, und ein Schuss löste sich mit einem Knall, der fast genauso laut war wie der Donner und das Geräusch, das wir hörten, als wir gegen das schwarze Biest prallten.

Dann geschah alles auf einmal. Der Donner, das Pferd stürzte, der Schuss, der Aufprall und die vornüberkippende Kutsche. Cap hatte sich vermutlich die Zügel um den Arm geschlungen, denn als das Pferd stürzte und die Kutsche umkippte, flog er über das Spritzbrett kopfüber in das sich elendig windende Pferd – und auf das schwarze Ungeheuer, das es schon gepackt hatte. Ich purzelte durch die Dunkelheit und landete im Schlamm und Schotter der Straße.

Donner und Geschrei waren zu hören und noch etwas, das ich erst ein einziges Mal im Wald gehört hatte – ein Brummen, das wie eine Stimme klang.

Darum guckte ich nicht mehr zurück. Darum überlegte ich nicht einmal, ob ich mir beim Sturz wehgetan hatte. Ich sprang nur auf und rannte so schnell ich konnte die Straße hinab. Ich hetzte durch Sturm und Dunkelheit, während sich rechts und links die Bäume wanden und verdrehten, ihre Köpfe schüttelten und mit den Ästen auf mich zeigten und lachten.

Trotz des Donners hörte ich das Pferd wiehern und Cap schreien, aber trotzdem sah ich nicht zurück. Blitze erhellten immer wieder kurz die Nacht, und ich rannte zwischen den Bäumen hindurch, weil die Straße nur aus Schlamm bestand, der an meinen Beinen saugte und mich aufhielt. Nach einer Weile fing ich ebenfalls an zu schreien, aber ich hörte mich selbst nicht mehr, so laut war der Donner. Und nicht nur der Donner. Ich hörte Trommeln.

Auf einmal brach ich aus dem Wald und fand mich auf den Hügeln wieder. Ich rannte bergauf, und das Trommeln wurde lauter. Schon bald konnte ich wieder etwas sehen, auch wenn keine Blitze den Himmel erhellten. Denn auf dem Hügel brannten Feuer, und von dort kamen auch die Trommeln.

Der Lärm betäubte mich; der Wind heulte, die Bäume lachten, die Trommeln dröhnten. Wie blind taumelte ich weiter, aber dann blieb ich rechtzeitig stehen. Ich blieb stehen, weil ich die Feuer deutlicher sah; trotz des Regens brannten rote und grüne Feuer.

Ein großer weißer Felsen stand mitten auf einer gerodeten Fläche auf der Spitze des Bergs. Die roten und grünen Feuer brannten rings um ihn, und so hob sich alles deutlich von den Flammen ab.

Männer standen um den Altar herum, Männer mit langen, grauen Bärten und runzligen Gesichtern. Sie schmissen furchtbar stinkendes Zeug in die Flammen, und davon loderten sie rot und grün auf. Sie hielten Messer in den Händen, und ich konnte ihr Geheul durch den Sturm hören. Hinter ihnen, weiter weg, saßen noch mehr Männer auf dem Boden und schlugen auf Trommeln.

Bald darauf kam noch mehr den Berg hoch – zwei Männer, die Kühe vor sich her trieben. Es waren unsere Kühe. Die beiden trieben sie direkt zum Altar rauf, und die Männer mit den Messern opferten die Tiere, schlitzten ihnen die Kehlen auf.

Das alles sah ich im Licht der zuckenden Blitze und lodernden Feuer, und ich duckte mich auf den Boden, damit mich niemand entdeckte.

Aber es dauerte nicht lange, und ich konnte kaum noch was erkennen, weil die Männer so viel Zeugs in das Feuer warfen. Ein fetter schwarzer Qualm stieg davon auf, und als der Qualm richtig dick war, fingen die Männer zu singen an und beteten laut. Was sie sagten, verstand ich nicht, aber es klang wie die Wörter, die ich damals in der Schlucht gehört hatte. Obwohl ich nicht viel sah, wusste ich, was geschehen würde. Die beiden Männer, die das Vieh herbeigetrieben hatten, gingen auf der anderen Seite des Bergs runter, und als sie wiederkamen, brachten sie neue Opfer mit. Obwohl ich durch den Qualm kaum was sehen konnte, war mir klar, dass es zweibeinige Opfer waren, nicht vierbeinige. Vielleicht hätte ich noch mehr Einzelheiten ausmachen können, aber ich drückte mein Gesicht ins Gras, als sie die Opfer auf den weißen Altar zerrten und die Messer benutzten. Das qualmende Feuer flammte auf, die Trommeln dröhnten, die Männer sangen alle und riefen mit lauten Stimmen nach etwas, das auf der anderen Seite des Berges wartete.

Der Boden zitterte. Es stürmte, überall war Blitz und Donner und Feuer und Rauch und Gesang, und ich war halb wahnsinnig vor Angst, aber eins kann ich beschwören: Der Boden zitterte. Er bebte und schwankte, die Männer riefen nach etwas, und kurz darauf kam auch etwas.

Es kroch den Hügel hinauf, zum Altar und zu den Opfern, und es war das schwarze Ungeheuer aus meinen Träumen –

das schwarze, schleimige, fadenziehende schwabbelige Baum-Ungeheuer aus dem Wald. Es kroch und floss auf seinen Hufen, seinen Mündern und schlangenähnlichen Armen näher. Die Männer verbeugten sich und traten zurück, und dann erreichte es den Altar, auf dem welche lagen, die sich wanden ... sich wanden und schrien.

Das schwarze Biest beugte sich über den Altar, und als es sich hinhockte, hörte ich ein Brummen durch die Schreie. Ich sah nur kurz hin, aber während ich hinsah, schwoll das schwarze Ungeheuer an und *wuchs.*

Das gab mir den Rest. Mir war alles gleich. Ich musste weg. Ich sprang auf und rannte und rannte und rannte und schrie aus vollem Hals. Es war mir völlig egal, ob mich jemand hörte.

Für 'ne Ewigkeit rannte ich schreiend durch den Wald und den Sturm. Ich wollte nur weg von dem Berg und dem Altar, und dann irgendwann wusste ich plötzlich, wo ich war: Ich war wieder an der Farm.

Ja, genau so ist es gewesen – ich war im Kreis gelaufen. Jetzt konnte ich nicht mehr. Ich konnte die Nacht und den Sturm nicht ertragen. Deshalb bin ich hierher ins Haus geflohen. Als Erstes hab ich die Tür hinter mir verriegelt und mich dann einfach der Länge nach auf den Boden geworfen. Ich war völlig erschöpft vom Rennen und Weinen.

Aber schon bald stand ich wieder auf und suchte mir hastig Hammer und Nägel zusammen. Ich nahm mir ein paar von Onkel Freds Brettern, die er noch nicht zu Anmachholz zerkleinert hatte.

Zuerst vernagelte ich die Tür und dann alle Fenster. Jedes einzelne. Ich muss stundenlang gearbeitet haben, denn hinterher war ich schrecklich müde. Als ich schließlich fertig war, ließ der Sturm nach, und draußen wurde es still. So still, dass ich mich auf die Couch legte und einschlief.

Vor einigen Stunden bin ich aufgewacht, da war es schon

hell. Das Tageslicht fiel durch die Ritzen in den Brettern. An der Richtung, aus der die Sonnenstrahlen kamen, konnte ich sehen, dass es schon Nachmittag war. Ich hab den halben Tag verschlafen, und nichts ist hergekommen, um mich zu holen.

Ich sagte mir, dass ich doch jetzt rausgehen und zu Fuß zum Dorf laufen könnte, wie ich es gestern schon vorgehabt hatte.

Aber da irrte ich mich.

Als ich gerade anfangen wollte, die Nägel aus den Brettern zu ziehen, hab ich ihn gehört. Es war natürlich Vetter Osborne. Ich meine, der Mann, der behauptet hat, Vetter Osborne zu sein.

Er kam auf den Hof und rief: »Willie!«, aber ich hab ihm keine Antwort gegeben. Er versuchte erst die Tür und dann die Fenster zu öffnen. Schimpfend schlug er gegen die Bretter. Das war ziemlich schlimm.

Aber dann fing er an zu murmeln, und das war viel schlimmer. Denn das konnte nur heißen, dass er da draußen nicht allein war.

Ich spähte verstohlen durch einen Spalt, aber er war schon auf dem Weg hinters Haus, deshalb konnte ich weder ihn sehen noch nachgucken, ob er tatsächlich wen bei sich hatte.

Das hat wahrscheinlich auch nichts geschadet. Denn falls ich mit meinem Verdacht Recht hab, hätte ich's auch gar nicht sehen wollen. Es war schon schlimm genug, es zu hören.

Dieses tiefe Krächzen, dann Vetter Osbornes Stimme, und danach wieder das Krächzen ...

Dazu der furchtbare Gestank – der Gestank des grünen Schleims, den ich im Wald und am Brunnen gesehen hab.

Der Brunnen – sie sind zum Brunnen hinter dem Haus gegangen. Dann habe ich gehört, dass Vetter Osborne etwas sagte wie: »Warte, bis es dunkel wird. Wir können den Brunnen benutzen, wenn du das Tor findest. Such nach dem Tor.«

Ich weiß jetzt, was das bedeutet. Durch den Brunnen muss

man in das unterirdische Schlupfloch kommen – wo diese Druiden leben. Und das schwarze Ungeheuer.

Sie sind jetzt draußen hinter dem Haus und suchen.

Ich schreibe jetzt schon eine ganze Weile, und bald bricht der Abend herein. Wenn ich durch die Ritzen im Holz gucke, dann sehe ich, dass es schon wieder dunkel wird.

Dann werden sie mich holen kommen – wenn es dunkel ist.

Sie werden die Türen oder die Fenster eintreten, ins Haus steigen und mich mitnehmen. Sie nehmen mich mit in den Brunnen, zum dunklen Versteck der Schoggothen. Unter den Bergen muss es eine ganze Welt geben, eine Welt, wo sie hocken und nur darauf warten, dass sie noch mehr Opfer kriegen und noch mehr Blut. Sie wollen keine Menschen in ihrer Nähe, außer als Opfer.

Ich hab gesehen, was das schwarze Ungeheuer auf dem Altar getan hat. Ich weiß, was es mit mir machen wird.

Vielleicht vermisst man zu Hause den echten Vetter Osborne und schickt jemanden her, der nachschaut, was aus ihm geworden ist. Wahrscheinlich vermissen die Dorfbewohner Cap Pritchett irgendwann und fangen an, ihn zu suchen. Vielleicht kommen sie her und finden mich. Aber wenn sie nicht bald hier auftauchen, ist es für mich zu spät.

Darum habe ich das alles hier aufgeschrieben. Jedes einzelne Wort ist wahr, Hand aufs Herz. Und wenn jemand dieses Notizbuch an der Stelle findet, wo ich es verstecken werde, soll er herkommen und in den Brunnen sehen. In den alten Brunnen, hinter dem Haus.

Vergessen Sie nicht, was ich über die Anderen geschrieben hab. Schütten Sie den Brunnen zu und sorgen Sie dafür, dass die Sümpfe durchgekämmt werden. Nach mir zu suchen hat keinen Zweck, wenn ich nicht mehr hier bin.

Ich wünschte, ich hätte nicht solche Angst. Ich fürchte noch nicht mal so sehr um mein eigenes Leben, sondern mehr um das der anderen Leute, die eines Tages herkommen und hier leben wollen, bis ihnen dasselbe passiert ... oder Schlimmeres.

Sie müssen mir einfach glauben. Gehen Sie in die Wälder, wenn Sie mich für einen Lügner halten. Gehen Sie auf den Berg. Der Berg, auf dem die Druiden das Opfer dargebracht haben. Vielleicht sind die Flecken verschwunden, und wahrscheinlich hat der Regen die Fußspuren schon fortgewaschen. Bestimmt haben sie alle Spuren der Feuer beseitigt. Aber der Opferstein muss noch da sein. Und wenn er noch da ist, wissen Sie, dass es wahr ist. Auf diesem Stein müssten einige große, runde Flecken zu erkennen sein. Runde Flecken, etwa zwei Fuß groß.

Davon hab ich noch gar nichts geschrieben. Im letzten Augenblick hab ich nämlich doch noch mal zurückgeguckt. Ich schaute das große schwarze Ungeheuer an, das sie einen Schoggothen nennen. Ich hab gesehen, wie er immer weiter anschwoll und wuchs. Ich glaube, ich habe schon erwähnt, dass er seine Gestalt verändert hat und sehr groß wurde. Aber Sie können sich kaum vorstellen, *wie* groß er wurde oder *welche* Gestalt er annahm – und das will ich Ihnen auch jetzt nicht verraten.

Ich sage nur eins: Gucken Sie nach. Gucken Sie nach, und dann wissen Sie, was sich in den Bergen hier unter der Erde versteckt; was darauf wartet, hervorzukriechen und sich satt zu fressen und noch mehr Leute umzubringen.

Warten Sie. Jetzt kommen sie mich holen. Es wird dunkel, und ich höre Schritte. Und noch mehr. Stimmen. Und andere Geräusche. Da hämmern sie vor die Tür. Ich bin mir sicher, sie hauen mit einem Baumstamm oder Balken dagegen. Das ganze Haus wackelt. Ich höre Vetter Osborne schreien – und das Brummen. Der Gestank ist nicht auszuhalten. Mir wird schlecht und gleich ...

Sehen Sie sich den Altar an. Dann verstehen Sie, was ich Ihnen sagen will. Sehen Sie sich die runden Spuren an, zwei

Fuß groß, auf jeder Seite. An den Stellen hat das große schwarze Biest sich festgehalten.

Suchen Sie nach den Spuren, und Sie werden wissen, was ich gesehen habe, wovor ich mich fürchte und was da draußen darauf lauert, Sie zu packen, wenn Sie es nicht für immer unter der Erde einsperren.

Schwarze Spuren, zwei Fuß groß, aber es sind nicht einfach nur Spuren.

In Wirklichkeit sind es *Fingerabdrücke*!

Die Tür fliegt auf un...

Originaltitel: *Notebook found in a deserted house*
Erstveröffentlichung: *Weird Tales,* May 1951
Aus dem Amerikanischen von *Ruggero Leò*

Das Grauen von Salem

VON HENRY KUTTNER

Als Carson die Geräusche aus seinem Keller zum ersten Mal bemerkte, schrieb er sie den Ratten zu. Später kamen ihm die Geschichten zu Ohren, die man sich unter den abergläubischen polnischen Arbeitern in der Derby Street erzählte; Geschichten über die erste Bewohnerin des uralten Hauses, Abigail Prinn. Natürlich war niemand mehr am Leben, der sich noch persönlich an das diabolische alte Weib hätte erinnern können, doch gediehen im »Hexenviertel« von Salem, wuchernd wie wilder Efeu auf einem verwahrlosten Grab, makabre Anekdoten voll verstörender Einzelheiten ihres Treibens. Unangenehm explizit schilderten sie die abscheuliche Art und Weise, auf die Abbie Prinn einem wurmstichigen, gehörnten Götzenbild ungewisser Herkunft ihre Opfer dargebracht hatte, wie man genau wusste. Nur mit Schaudern sprachen die alten Leute von den ungeheuerlichen Prahlereien der alten Hexe, sie sei die Hohepriesterin eines Furcht erregend mächtigen Gottes, der tief in den Hügeln wohne. Tatsächlich hatte sie es ihrer eigenen unbesonnenen Großspurigkeit zu verdanken, dass ihr Leben im Jahre 1692 ein abruptes und spektakuläres Ende fand; das war etwa zu der Zeit, als zu Salem die letzten großen Hexenprozesse und die berüchtigten Hinrichtungen auf dem Gallows Hill stattfanden. Niemand sprach gern darüber, doch hin und wieder tuschelten die zahnlosen alten Weiber untereinander furchtsam darüber, dass die Flammen der Abbie Prinn nichts anhaben konnten, weil nicht nur ihr sprichwörtlich unempfindliches Hexenmal gegen das Feuer gefeit war, sondern ihr ganzer Körper.

Obschon Abbie Prinn und ihre obszöne Statue längst der Vergangenheit angehörten, war es nach wie vor sehr schwierig, für ihr verfallenes Haus mit seinen zahlreichen Giebeln, dem vorspringenden oberen Stockwerk und den Flügelfenstern mit den sonderbaren Kassettenscheiben einen Mieter zu finden. In ganz Salem war das alte Haus verrufen. Zwar hatte sich dort schon seit etlichen Jahren nichts mehr ereignet, was den unerklärlichen Geschichten neue Nahrung gegeben hätte, aber wer immer das Haus mietete, pflegte für gewöhnlich übereilt wieder auszuziehen, meist unter vagen und wenig zufrieden stellenden Begründungen, in denen immer wieder auf die Ratten verwiesen wurde.

Eine Ratte war es auch, die Carson zu der Hexenkammer führte. Seit er eine Woche zuvor eingezogen war, hatte ihn das Quieken und gedämpfte Getrippel der Ratten innerhalb der modrigen Wände mehr als einmal nachts aus dem Schlaf gerissen. Er hatte das Haus gemietet, weil er Ruhe und Abgeschiedenheit suchte, um einen Roman zu Ende zu schreiben, um den seine Verleger ihn gebeten hatten – eine weitere leichte Romanze, die Carson seiner langen Reihe von Publikumserfolgen hinzufügen wollte. Dennoch sollte es noch einige Zeit dauern, bis er begann, gewisse höchst abenteuerliche Mutmaßungen hinsichtlich der Intelligenz jener Ratte anzustellen, die vor ihm davonstob, nachdem er eines Abends auf dem dunklen Flur beinahe auf sie getreten wäre.

Das Haus war ans städtische Stromnetz angeschlossen, aber die Glühbirne auf dem Flur war schwach und warf nur ein mattes Licht. Die Ratte, nur als unförmiger schwarzer Schatten zu erkennen, huschte ein paar Schritte weit und hielt dann inne; offensichtlich beobachtete sie ihn.

Bei einer anderen Gelegenheit hätte sich Carson wohl damit begnügt, das Tier durch eine drohende Gebärde zu verscheuchen, und wäre an seine Arbeit zurückgekehrt. An diesem Tag aber war der Verkehr auf der Derby Street ungewöhnlich laut gewesen, und es war ihm schwer gefallen, sich auf sein Buch zu konzentrieren. Ohne ersichtlichen Grund war er angespannt, und irgendwie kam es ihm vor, als mustere ihn die Ratte, die sich gerade außerhalb seiner Reichweite hielt, mit höhnischer Belustigung.

Dieser Eindruck reizte ihn zum Grinsen; er trat einige Schritte auf die Ratte zu, und sie sauste zur Kellertür davon, die, wie Carson zu seiner Überraschung entdeckte, halb offen stand. Er musste wohl beim letzten Mal, als er im Keller gewesen war, versäumt haben, sie zu schließen, obwohl er im Allgemeinen sehr darauf achtete, die Türen geschlossen zu halten, denn das alte Haus war zugig. Die Ratte wartete im Türdurchgang.

Übertrieben verärgert eilte Carson vor, und die Ratte huschte trippelnd die Kellertreppe hinunter. Er schaltete das Kellerlicht ein und erblickte die Ratte, die in einer Ecke kauerte und ihn scharf aus ihren glitzernden kleinen Augen beobachtete.

Während er die Stufen hinabstieg, konnte er sich des Gefühls nicht erwehren, er führe sich auf wie ein Narr. Die Arbeit jedoch hatte ihn ermüdet, und ohne dass er sich dessen bewusst war, freute er sich über die Unterbrechung. Doch als er sich der Ratte näherte, blieb das Tier zu seinem Erstaunen reglos auf der Stelle hocken und starrte ihn an. Ein seltsames Unbehagen beschlich Carson. Nach seinem Empfinden verhielt sich die Ratte nicht normal, und der unverwandte Blick ihrer kalten Knopfaugen hatte etwas Verstörendes an sich.

Im nächsten Moment lachte er sich aus, denn die Ratte war plötzlich zur Seite gehuscht und in einem kleinen Loch in der Kellerwand verschwunden. Träge kratzte er mit der Schuhspitze ein Kreuz in den Schmutz vor dem Rattenloch und beschloss, dort am nächsten Morgen eine Falle aufzustellen.

Da jedoch streckte die Ratte Schnauze und struppige

Schnurrhaare misstrauisch wieder hervor. Das Tier schob sich halb aus dem Loch, zögerte und zuckte zurück. Im nächsten Moment begann die Ratte ein eigenartiges und unerklärliches Spiel – beinahe, als führe sie einen Tanz auf, dachte Carson. Das Tier schob sich tastend ein Stück aus dem Loch und zog sich sofort wieder zurück; es machte einen kleinen Satz nach vorn und unterbrach seinen Vorstoß, um wieder hastig zurückspringen, als läge eine Schlange zusammengerollt vor dem Loch und trachte aufmerksam danach, die Ratte am Entkommen zu hindern. Zu sehen aber war dort nichts außer dem kleinen Kreuz, das Carson in den Staub gescharrt hatte.

Ohne Zweifel war es Carson selbst, der einer Flucht der Ratte im Wege war, denn er stand recht nahe vor dem Loch. Er machte einen Schritt nach vorn, und das Tier zog sich eilig außer Sicht zurück.

Carsons Interesse war angestachelt. Er fand einen herumliegenden Besenstiel und stocherte damit in der Öffnung, das Gesicht nahe an der Wand. Dabei fiel ihm an der Steinplatte genau über dem Rattenloch etwas Seltsames auf. Ein rascher Blick entlang ihrer Ränder bestätigte seinen Verdacht: Die Platte ließ sich anscheinend bewegen.

Carson inspizierte sie eingehend und entdeckte hinter dem Rand eine Vertiefung, die vielleicht einen Halt bieten mochte, wenn man mit der Hand herumgriff. Seine Finger passten mühelos in die Auskehlung hinein, und er zog versuchsweise. Die Steinplatte gab um eine Winzigkeit nach und verkantete sich. Carson zog fester, und mit einem Rieseln von trockener Erde schwang die Platte wie eine Tür nach außen.

In der Wand gähnte eine rechteckige, etwa schulterhohe schwarze Öffnung. Ein modriger, unangenehmer Geruch von abgestandener Luft drang aus ihren Tiefen, und Carson wich unwillkürlich einen Schritt zurück. Unvermittelt entsann er sich der ungeheuerlichen Geschichten über Abbie Prinn und die furchtbaren Geheimnisse, die sie angeblich in diesem

Haus verborgen hatte. War er auf ein geheimes Versteck der längst verstorbenen toten Hexe gestoßen?

Bevor er in die finstere Öffnung eindrang, holte er sich zur Vorsicht von oben eine Taschenlampe. Dann zog er behutsam den Kopf ein und trat in den schmalen, übel riechenden Durchgang. Den Strahl der Taschenlampe sandte er dabei erkundend vor sich her.

Er befand sich in einem engen Tunnel, nur wenig höher als sein Kopf. Wände und Boden waren mit Steinplatten ausgekleidet. Der Stollen führte vielleicht fünf Meter geradeaus und mündete dann in eine geräumige Kammer – zweifellos ein geheimer Zufluchtsort von Abbie Prinn. Wenn es als Versteck hatte dienen sollen, dachte er, so hatte es sie dennoch an dem Tag nicht retten können, an jenem Tag, an dem die vor Furcht rasende Menge die Derby Street entlanggestürmt kam. Als Carson den unterirdischen Raum betrat, stockte ihm vor Staunen der Atem. Die kreisrunde Kammer bot einen faszinierenden, geradezu atemberaubenden Anblick!

Der Boden war es, der Carsons Blick fesselte. Im Gegensatz zu der Wand in ihrem stumpfen Grau war er mit einem Mosaik aus verschiedenfarbigen Steinen bedeckt, in dem Blau, Grün und Purpur dominierten – tatsächlich waren überhaupt keine wärmeren Farben vertreten. Aus Abertausenden bunten Steinchen musste sich dieses Mosaik zusammensetzten, und keines war größer als eine Münze. Das Mosaik schien ein ganz bestimmtes Muster zu bilden, das Carson jedoch unvertraut war: Bögen und Kurven von Purpur und Violett wanden sich um verwinkelte Linien in Grün und Blau oder umschlangen einander in phantastischen Arabesken; Kreise waren zu sehen, Dreiecke, ein Pentagramm und andere, weniger vertraute geometrische Figuren. Die meisten dieser Linien und Figuren breiteten sich strahlenförmig von einem bestimmten Punkte aus: dem Zentrum der Kammer, wo eine runde Scheibe aus pechschwarzem Stein lag, die vielleicht sechzig Zentimeter durchmaß und auch den Mittelpunkt des Mosaiks bildete.

Es war sehr still. Von dem Lärm der Autos, die von Zeit zu Zeit über ihm durch die Derby Street fuhren, war hier nichts zu hören. Carsons forschender Blick fiel auf einen flachen Alkoven in der Wand, in dem er Schriftzeichen zu erkennen glaubte. Er näherte sich ihm langsam, während er den Strahl seiner Taschenlampe die Wände der Nische hinauf- und hinunterwandern ließ.

Die Zeichen, was immer sie darstellen mochten, waren offenbar vor langer Zeit auf den Stein aufgetragen worden; die Überreste dieser rätselhaften Symbole ließen sich jedoch nicht mehr entziffern. Carson sah verschiedene, zum Teil zerlaufene und unleserlich gewordene Hieroglyphen, die arabische Schriftzeichen hätten sein können, aber sicher war er sich hierin nicht. In den Boden des Alkovens war eine korrodierte, ungefähr zweieinhalb Meter durchmessende runde Metallscheibe eingelassen. Carson hatte den deutlichen Eindruck, dass sie beweglich war, doch er fand keine Möglichkeit, sie anzuheben.

Ihm fiel auf, dass er exakt im Zentrum der Kammer stand, auf der Scheibe aus schwarzem Stein im Mittelpunkt des seltsamen Musters. Wieder kam ihm die völlige Stille zu Bewusstsein. Einer spontanen Eingebung folgend, ließ er den Strahl seiner Taschenlampe erlöschen. Augenblicklich umgab ihn absolute Finsternis.

Im selben Moment entstand vor seinem inneren Auge ein sonderbares Bild. Er sah sich selbst auf dem Grund eines tiefen Schachtes stehen, und von weit, weit oben kamen Wassermassen tosend den Schacht herabgestürzt, um ihn zu verschlingen. So stark war dieser Eindruck, dass er vermeinte, er könne tatsächlich ein gedämpftes, fernes Donnern hören: das Brüllen des Kataraktes. Dann, seltsam erschüttert, knipste er die Lampe wieder an und blickte sich rasch um. Bei dem Rauschen handelte es sich natürlich um das Pochen des Blutes in seinen Schläfen, überlaut hörbar in der vollkommenen Stille – eine bekannte Erscheinung. Doch wenn es hier unten so still war ...

Der Gedanke kam ihm so unvermittelt, als sei er plötzlich von außerhalb in sein Bewusstsein hineingestoßen worden. Hier wäre der ideale Platz zum Arbeiten! Er konnte sich eine Stromleitung legen lassen, einen Tisch und Stühle herunterbringen und, falls nötig, einen elektrischen Ventilator benutzen, wenngleich der muffige Geruch, der ihn anfangs belästigt hatte, gänzlich verschwunden zu sein schien. Er ging zurück zur Einmündung des Tunnels, und als er aus dem Raum hinaustrat, spürte er unerklärlicherweise eine plötzliche Entspannung seiner Muskeln; dabei war ihm gar nicht bewusst gewesen, dass er sie angespannt gehabt hatte. Er schrieb es seiner Nervosität zu und ging nach oben, um sich schwarzen Kaffee aufzubrühen und seinem Bostoner Vermieter von seiner Entdeckung zu schreiben.

Der Besucher schaute sich neugierig in der Eingangshalle um, nachdem Carson ihm die Tür geöffnet hatte, und nickte vor sich hin, als habe sich eine Erwartung zu seiner Zufriedenheit erfüllt. Er war ein hagerer, hoch gewachsener Mann mit scharfen grauen Augen, die von dicken, stahlgrauen Augenbrauen überschattet wurden. Sein Gesicht war schmal und scharf geschnitten, aber faltenlos.

»Es geht um die Hexenkammer, nehme ich an?«, fragte Carson unfreundlich. Sein Vermieter hatte den Mund nicht halten können, und zu Carsons Ärger hatten ihn während der vergangenen Woche Altertumsforscher und Okkultisten in Scharen aufgesucht, alle ganz erpicht darauf, einen Blick in die geheime Kammer zu werfen, in der Abbie Prinn ihre Zaubersprüche gemurmelt hatte. Carsons Verdruss war zusehends gewachsen, und obwohl er in Erwägung gezogen hatte, an einen ruhigeren Ort umzuziehen, hatte die ihm eigene Dickköpfigkeit ihn ausharren lassen und in dem Entschluss bestärkt, seinen Roman fertig zu stellen – allen Störungen zum Trotz. Nun musterte er seinen Gast mit einem kalten Blick und sagte: »Ich bedaure, sie ist nicht mehr zu besichtigen.«

Sein Gegenüber schaute zunächst verdutzt, doch fast augenblicklich schien er zu begreifen. Er zückte eine Visitenkarte und reichte sie Carson.

»Michael Leigh ... Okkultist«, las Carson. Er holte tief Luft. Wie er rasch herausgefunden hatte, waren von allen ungebetenen Besuchern die Okkkultisten wegen ihrer dunklen Andeutungen namenloser Dinge und ihrem profunden Interesse an den Mosaikmustern auf dem Boden der Hexenkammer am schlimmsten. »Es tut mir Leid, Mr. Leigh, aber – ich bin wirklich sehr beschäftigt. Wenn Sie mich jetzt bitte entschuldigen würden?«

Unhöflich wandte er sich zurück zur Tür.

»Einen Augenblick nur«, sagte Leigh schnell.

Bevor Carson protestieren konnte, hatte sein Gast ihn bei den Schultern gepackt und blickte ihm aus nächster Nähe scharf in die Augen. Erschrocken wich der Schriftsteller zurück, jedoch nicht, bevor er gesehen hatte, wie ein ungewöhnlicher Ausdruck auf Leighs hagerem Gesicht erschien: eine Mischung aus Besorgnis und Zufriedenheit. Es war, als habe der Okkultist etwas Unerfreuliches, aber nicht Unerwartetes entdeckt.

»Was fällt Ihnen ein?«, fragte Carson barsch. »Ich bin es nicht gewohnt –«

»Bitte verzeihen Sie mir«, sagte Leigh. Seine Stimme war tief und angenehm. »Ich muss mich entschuldigen. Ich dachte – nun, ich bitte nochmals um Verzeihung. Ich fürchte, ich bin ziemlich aufgeregt. Sehen Sie, ich bin eigens aus San Francisco angereist, um einen Blick in Ihre Hexenkammer zu werfen. Würde es Ihnen wirklich so viel ausmachen, sie mir zu zeigen? Ich wäre gerne bereit, Sie mit jedweder Summe zu entschädigen ...«

Carson machte eine abwehrende Geste.

»Um Geld geht es nicht«, sagte er. Gegen seinen Willen fand er den ungebetenen Gast recht symphatisch – seine wohlmodulierte angenehme Stimme, sein kraftvolles Gesicht, seine charismatische Persönlichkeit. »Nein, ich möchte bloß ein wenig Ruhe – Sie haben ja keine Ahnung, was ich in den letzten Tagen durchgemacht habe«, fuhr er fort, ein wenig überrascht, dass er sich selbst in einem entschuldigenden Tonfall sprechen hörte. »Diese Leute sind eine entsetzliche Plage. Ich wünschte beinahe, ich hätte diese Kammer nie entdeckt.«

Leigh lehnte sich gespannt vor. »Dürfte ich sie sehen? Es bedeutet mir wirklich sehr viel – ich bin lebhaft interessiert an solchen Dingen. Ich verspreche Ihnen auch, nicht mehr als zehn Minuten Ihrer Zeit in Anspruch zu nehmen.«

Carson zögerte. Schließlich lenkte er ein, und während er seinen Besucher in den Keller führte, schilderte er ihm die Umstände seiner Entdeckung. Leigh hörte ihm aufmerksam zu und unterbrach ihn gelegentlich mit Fragen.

»Die Ratte – wissen Sie vielleicht, was aus ihr geworden ist?«, fragte er.

Carson schaute verdutzt. »Wieso, nein. Ich nehme an, sie hat sich in ihrem Loch verkrochen. Warum?«

»Man kann nie wissen«, sagte Leigh geheimnisvoll, als sie die Hexenkammer betraten.

Carson schaltete das Licht an. Er hatte einen elektrischen Anschluss installieren lassen und mehrere Stühle und einen Tisch heruntergeschafft; davon abgesehen war die Kammer jedoch unverändert geblieben. Carson ließ den Okkultisten nicht aus den Augen und sah überrascht, wie dessen Gesicht einen grimmigen, fast zornigen Ausdruck annahm.

Leigh trat gemächlich in die Mitte des Raumes und starrte den Stuhl an, der auf der schwarzen Steinplatte stand.

»Hier arbeiten Sie?«, fragte er gedehnt.

»Ja. Hier ist es ruhig – ich habe festgestellt, dass ich oben nicht arbeiten konnte. Es war einfach zu laut. Aber diese Kammer ist ideal – hier unten fällt mir das Schreiben sehr leicht. Ich fühle mich, als sei mein Bewusstsein ...« – er zögerte, suchte nach den richtigen Worten – »frei; das heißt, wie losgelöst von allem anderen. Es ist ein ziemlich ungewöhnliches Gefühl!«

Leigh nickte, als hätten Carsons Worte einen Verdacht bestätigt, den er im Stillen gehegt hatte. Er wandte sich dem Alkoven mit der Metallscheibe zu. Carson folgte ihm. Der Okkultist trat nahe an die Wand heran, zeichnete mit seinem langen Zeigefinger die verblichenen, kaum leserlichen Symbole nach. Leise murmelte er etwas, Worte, die in Carsons Ohren wie völliger Unsinn klangen.

»Nyogtha ... k'yarnak ...«

Er fuhr herum, sein Gesicht grimmig und fahl. »Ich habe genug gesehen«, sagte er leise. »Wollen wir gehen?«

Überrascht nickte Carson und ging voran, zurück in den Keller. Wieder oben in Carsons Wohnzimmer, zögerte Leigh, als falle es ihm schwer, ein bestimmtes Thema zur Sprache zu bringen. Schließlich fragte er: »Mr. Carson, würde es Ihnen etwas ausmachen, mir zu verraten, ob Sie in letzter Zeit irgendwelche merkwürdigen Träume hatten?«

Carson schaute ihn groß an, Belustigung in den Augen. »Träume?«, wiederholte er. »Oh, ich verstehe. Nun, Mr. Leigh, ich kann ihnen gleich sagen, dass Sie es nicht schaffen werden, mir Angst zu machen. Das haben Ihre Kollegen – die anderen Okkultisten, die mich hier aufgesucht haben – auch schon versucht.«

Leigh hob seine dicken Augenbrauen. »Tatsächlich? Man hat Sie nach Ihren Träumen gefragt?«

»Mehrere haben das getan, ja.«

»Und was haben Sie ihnen geantwortet?«

»Dass ich nicht geträumt habe.« Dann, als Leigh sich mit einem verdutzten Gesichtsausdruck in seinem Sessel zurücklehnte, fuhr Carson langsam fort: »Obwohl ich mir eigentlich nicht ganz sicher bin.«

»Sie meinen ...?«

»Ich *glaube* – ich habe den ganz vagen Eindruck –, als hätte ich in letzter Zeit etwas Merkwürdiges geträumt. Aber sicher bin ich mir nicht. Verstehen Sie, ich kann mich an keinerlei Einzelheiten eines solchen Traumes erinnern. Und – ach, wahrscheinlich haben mir auch nur Ihre Brüder im Okkulten diese Idee in den Kopf gesetzt ...«

»Ja, mag sein«, sagte Leigh unverbindlich. Er zögerte. »Mr. Carson, ich muss Ihnen eine Frage stellen, die Ihnen vermutlich ziemlich anmaßend vorkommen wird, aber müssen Sie denn unbedingt in diesem Haus wohnen?«

Carson seufzte resigniert. »Als man mir diese Frage zum ersten Mal gestellt hat, habe ich erklärt, dass ich Ruhe benötige, um an meinem Roman zu arbeiten, und dass jeder ruhige Ort dafür infrage kommt. Nur ist es nicht leicht, Ruhe zu finden. Nun, da ich diese Hexenkammer kenne und mir die Arbeit hier so leicht von der Hand geht, sehe ich keinen Grund, umzuziehen und damit womöglich meinen Zeitplan über den Haufen zu werfen. Ich werde dieses Haus verlassen, sobald ich meinen Roman beendet habe, und dann können Sie und Ihre Okkultisten hier einziehen und ein Museum daraus machen – oder was immer Ihnen vorschwebt. Es interessiert mich nicht. Aber bis der Roman fertig ist, beabsichtige ich, hier zu bleiben.«

Leigh rieb sich das Kinn. »In der Tat. Ich verstehe Ihren Standpunkt sehr gut. Aber – gibt es im Haus denn kein anderes Zimmer, in dem Sie arbeiten könnten?«

Er musterte Carson einen Moment lang und fuhr rasch fort:

»Ich erwarte nicht, dass Sie mir glauben, was ich ihnen jetzt erzähle. Sie sind ein Materialist wie die meisten Menschen. Ich hingegen gehöre zu den wenigen, die wissen, dass jenseits dessen, was die Menschen als Naturwissenschaft bezeichnen, eine Wissenschaft höherer Ordnung existiert, deren Gesetze und Prinzipien dem Durchschnittsmenschen nahezu unbegreiflich wären. Wenn Sie Arthur Machen gelesen haben, werden Sie sich erinnern, dass er von einer Kluft zwischen der Welt des Bewusstseins und der Welt der Materie spricht. Es ist möglich, diese Kluft zu überbrücken. Die Hexenkammer ist eine solche Brücke. Wissen Sie, was eine Flüster-Galerie ist?«

»Wie bitte?« Carson machte große Augen. »Aber hier ist doch gar keine ...«

»Nur ein Vergleich, mehr nicht! Man mag in einer solchen Galerie – oder einer Höhle – ein Wort flüstern, und wenn Sie an einem bestimmten Punkt dreißig Meter entfernt stehen, dann werden Sie dieses Flüstern hören, selbst wenn jemand in drei Metern Entfernung das nicht kann. Es ist ein einfacher akustischer Trick – der Schall wird auf einen bestimmten Punkt gelenkt. Und dieses Prinzip lässt sich nicht nur als Schall anwenden; genau genommen, auf jede Art von Wellenimpuls – *selbst auf Gedanken!*«

Carson wollte ihn unterbrechen, aber Leigh fuhr fort: »Der schwarze Stein im Mittelpunkt Ihrer Hexenkammer ist ein solcher Brennpunkt. Das Muster auf dem Boden ... Wenn Sie dort auf der schwarzen Scheibe sitzen, werden Sie besonders, und zwar in höchst gefährlichem Maße, empfänglich für bestimmte Schwingungen – für bestimmte mentale Befehle! Warum, meinen Sie, kommt Ihnen Ihr Denken so klar vor, wenn Sie dort arbeiten? Das ist nur eine Täuschung, ein trügerisches Gefühl der Klarheit – denn Sie sind lediglich ein Instrument, ein Mikrofon, darauf eingestellt, gewisse unheilvolle Schwingungen aufzufangen, deren Wesen sich Ihrem Verständnis entzieht!«

Carsons Gesicht bildete geradezu eine Studie des ungläubigen Staunens. »Aber – Sie wollen doch wohl nicht sagen, dass Sie *tatsächlich glauben* ...«

Leigh lehnte sich zurück. Der zwingende Ausdruck seiner Augen schwand und ließ sie grimmig und kalt erscheinen. »Wie Sie meinen. Aber ich habe mich eingehend mit Ihrer Abigail Prinn befasst. Sie gehörte zu den Menschen, die sich in dieser Meta-Wissenschaft auskennen, von der ich spreche. Sie hat sie für böse Zwecke missbraucht – für die schwarzen Künste, wie man es nennt. Ich habe gelesen, dass sie damals Salem verflucht habe – und den Fluch einer Hexe sollte man niemals unterschätzen. Würden Sie ...« Er stand auf und nagte an seiner Lippe. »Würden Sie mir zumindest erlauben, Sie morgen noch einmal aufzusuchen?«

Carson nickte fast nie gegen den eigenen Willen. »Aber ich fürchte, Sie verschwenden Ihre Zeit. Ich glaube nicht – ich meine, ich habe keine ...« Er geriet ins Stocken, suchte vergebens nach Worten.

»Ich möchte nur sichergehen, dass Sie ... ach, noch etwas. Falls Sie heute Nacht träumen, würden Sie wohl versuchen, sich den Traum zu merken? Wenn man ihn sich unmittelbar nach dem Aufwachen zu Gedächtnis ruft, ist es oftmals möglich, sich später an ihn zu erinnern.«

»Na schön. *Falls* ich träumen sollte ...«

Und in der Nacht träumte Carson. Als er kurz vor Morgengrauen erwachte, raste sein Herz wie wild, und er verspürte ein merkwürdiges Unbehagen. Innerhalb der Wände und im Boden hörte er verstohlen die Ratten trippeln. Hastig stieg er aus dem Bett und erschauerte von der grauen, frühmorgendlichen Kälte. Vom fahler werdenden Himmel schien noch schwächlich ein blasser, farbloser Mond.

Nun fiel ihm wieder ein, was Leigh gesagt hatte. Er *hatte*

geträumt, daran konnte kein Zweifel bestehen. Aber der Inhalt seines Traumes – das stand auf einem ganz anderen Blatt. Es gelang ihm beim besten Willen nicht, sich den Traum ins Gedächtnis zu rufen, so sehr er es auch versuchte. Alles, was ihm in den Sinn kam, war ein sehr vager Eindruck, in dem er sich selbst wie ein Gehetzter durch die Finsternis rennen sah.

Er kleidete sich rasch an, und weil die Stille des frühen Morgens in dem alten Haus ihn bedrückte, ging er auf die Straße, um sich eine Zeitung zu kaufen. Es war allerdings noch zu früh, als dass schon irgendein Geschäft geöffnet hatte, und so begab er sich auf die Suche nach einem Zeitungsjungen und bog an der ersten Ecke ab. Und während er so in westlicher Richtung die leeren Straßen durchquerte, beschlich ihn ein seltsames, unerklärliches Gefühl: Die Umgebung kam ihm bekannt vor! Er war schon einmal hier entlanggegangen; die Fassaden der Häuser, die Umrisse der Dächer wirkten auf eine vage und verstörende Weise vertraut. Doch – und das war das Phantastische daran – seines Wissens war er noch nie zuvor in dieser Straße gewesen. Er hatte wenig Zeit mit Spaziergängen in dieser Gegend Salems verbracht, denn er war von Natur aus träge. Dennoch empfand er dieses außerordentliche starke Gefühl des Wiedererkennens, und es wurde intensiver, als er weiterging. Er gelangte an eine Ecke und wandte sich ohne nachzudenken nach links. Die merkwürdige Empfindung nahm zu. Langsam ging er weiter und sann angestrengt nach. Zweifelsohne war er schon einmal durch diese Straße gelaufen – und vermutlich war er dabei so tief in Gedanken gewesen, dass er nicht auf den Weg geachtet hatte. Das musste es sein! Und doch fühlte Carson, als er in die Charter Street einbog, wie ein undefinierbares Unbehagen mit ihm schritthielt.

Unterdessen erwachte Salem zum Leben. Mit dem ersten Tageslicht eilten stumpf und teilnahmslos dreinblickende polnische Arbeiter auf ihrem Weg zu den Mühlen und Manufakturen an ihm vorbei. Hin und wieder war ein Automobil zu sehen.

Vor ihm hatte sich eine Menschenmenge auf dem Bürgersteig versammelt. Carson beschleunigte seinen Schritt. Überdeutlich empfand er eine Ahnung von drohendem Unheil. Mit einem außerordentlichen Schrecken erkannte er, dass er gerade am »Burying Point« vorbeilief, dem alten, berühmt-berüchtigten Friedhof auf der Charter Street. Hastig bahnte er sich einen Weg durch die Menge.

Gesprächsfetzen in gedämpftem Tonfall drangen an Carsons Ohren, und ein massiger, blau uniformierter Rücken ragte vor ihm auf. Er spähte dem Polizisten über die Schulter und schnappte mit einem erschrockenen Keuchen nach Luft.

Ein Mann stand an den eisernen Gitterzaun gelehnt, der den alten Friedhof umgab. Er trug einen billigen Anzug in geschmacklosen Farben, und seine Fäuste hielten die rostigen Stangen mit solcher Gewalt umgeklammert, dass die Muskeln auf seinen behaarten Handrücken in Strängen hervorstanden. Der Mann war tot, und sein Gesicht, das in einem aberwitzigen Winkel hinauf in den Himmel starrte, war in einem Ausdruck von unbeschreiblichem, grenzenlosem Entsetzen erstarrt. Die Augen waren ihm aus den Höhlen getreten und so weit nach hinten verdreht, dass nur noch das Weiße zu sehen war; der Mund war zu einem furchtbaren Grinsen verzerrt.

Ein Mann neben Carson wandte ihm das blasse Gesicht zu. »Sieht aus, als wäre er vor Angst gestorben«, sagte er ein wenig heiser. »Ich möchte lieber gar nicht wissen, was er gesehen hat. Oh Mann ... Schauen Sie sich nur diese Fratze an!«

Mechanisch wich Carson zurück. Ein eisiger Atem wie von namenlosen Dingen ließ ihn frösteln. Er rieb sich mit der Hand über die Augen, doch noch immer sah er dieses verzerrte, tote Gesicht vor sich. Aufgewühlt und ein wenig zittrig begab er sich auf den Rückweg. Unfreiwillig wanderte sein Blick zur Seite, schweifte über die Grabmäler und Gedenksteine, mit denen der alte Friedhof übersät war. Seit über einem Jahrhundert war hier niemand mehr beerdigt worden, und die bemoosten Grabsteine mit ihren geflügelten Schädeln, pausbäckigen Putten und Urnen schienen ein undefinierbares Miasma von Alter zu verströmen. Was konnte den Mann zu Tode geängstigt haben?

Carson holte tief Luft. Sicher, der Leichnam war ein schrecklicher Anblick gewesen, aber er durfte nicht zulassen, dass deswegen die Nerven mit ihm durchgingen. Er konnte es sich nicht erlauben – sonst würde sein Roman darunter leiden. Außerdem, hielt er sich grimmig vor Augen, ließ die ganze Angelegenheit sich einfach genug erklären. Der tote Mann war augenscheinlich ein Pole, einer der vielen Einwanderer, die sich in der Gegend um Salem Harbor angesiedelt hatten. Als er bei Nacht am Friedhof vorbeigekommen war, einem Ort, um den sich seit nahezu drei Jahrhunderten zahlreiche Schauergeschichten rankten, mussten seine vom Suff benebelten Augen irgendwelchen verschwommenen Phantomen seiner abergläubischen Vorstellungswelt Gestalt verliehen haben. Polen waren emotional notorisch unausgeglichen und neigten zur Massenhysterie und wilden Einbildungen. Die große Immigrantenpanik von 1853, im Verlaufe deren drei »Hexenhäuser« bis auf die Grundmauern niedergebrannt worden waren, wurde allein durch die verwirrte und hysterische Behauptung einer alten Frau ausgelöst, sie habe gesehen, wie ein mysteriöser weiß gekleideter Fremder »sein Gesicht abnahm«. *Was soll man von solchen Leuten anderes erwarten?*, dachte Carson.

Dennoch änderte sich nichts an seinem nervösen Zustand, und er kehrte erst kurz vor Mittag nach Hause zurück. Als er bei seiner Ankunft feststellte, dass Leigh, der Okkultist bereits auf ihn wartete, freute er sich, den Mann zu sehen, und bat ihn herzlich ins Haus.

Leigh war sehr ernst. »Haben Sie schon die Neuigkeiten

über ihre Freundin Abigail Prinn gehört?«, fragte er ohne Einleitung, und Carson, der gerade dabei war, aus einem Siphon kohlensäurehaltiges Wasser in ein Glas zu füllen, erstarrte. Nach einem langen Augenblick drückte er den Bügel nieder und sandte einen Strahl der Flüssigkeit sprudelnd und schäumend in den Whiskey. Er reichte Leigh den Drink und nahm sich selbst ebenfalls einen – pur –, bevor er auf die Frage etwas erwiderte.

»Ich weiß nicht, wovon Sie reden. Ist sie ... was hat sie denn nun wieder angestellt?«, fragte er, indem er sich zu einem Anschein von unbekümmerter Heiterkeit zwang.

»Ich habe die alten Aufzeichnungen eingesehen«, sagte Leigh; »und wie ich herausgefunden habe, wurde Abigail Prinn am 14. Dezember 1692 begraben, und zwar auf dem Friedhof in der Charter Street – mit einem Pflock im Herz. Ist Ihnen nicht gut? Was haben Sie?«

»Nichts«, sagte Carson tonlos. »Und weiter?«

»Nun – ihr Grab ist geöffnet und geplündert worden, das ist alles. Man hat den herausgerissenen Pflock nahebei gefunden, und um das Grab herum gab es zahlreiche Fußabdrücke. Abdrücke von Schuhen, genauer gesagt. Haben Sie letzte Nacht geträumt, Carson?« Leighs Frage klang scharf wie ein Peitschenhieb, und in seinen grauen Augen lag Härte.

»Ich weiß es nicht«, sagte Carson verwirrt, rieb sich über die Stirn. »Ich kann mich an nichts erinnern. Ich war übrigens heute Morgen am Charter-Street-Friedhof.«

»Oh. Dann müssen Sie etwas über den Mann gehört haben, der –«

»Ich habe ihn gesehen«, unterbrach ihn Carson erschaudernd. »Es hat mich ziemlich mitgenommen.«

Er kippte den Whiskey in einem Schluck hinunter.

Leigh musterte ihn. »Und«, fragte er schließlich, »sind Sie immer noch entschlossen, in diesem Haus zu bleiben?«

Carson stellte das Glas beiseite und stand auf.

»Wieso nicht?«, fragte er scharf. »Gibt es irgendeinen Grund, warum ich das nicht sollte? Heh?«

»Nach dem, was vergangene Nacht passiert ist –«

»Nachdem *was* passiert ist? Ein Grab ist geschändet worden. Ein abergläubischer Pole hat die Täter gesehen und ist vor Angst gestorben. Na und?«

»Sie machen sich selbst etwas vor«, entgegnete Leigh ruhig. »In Ihrem tiefsten Innern kennen Sie die Wahrheit – so sehr Sie sich auch dagegen sträuben. Sie sind zu einem Werkzeug schrecklicher Mächte geworden, Carson. Drei Jahrhunderte lang hat Abigail Prinn *untot* in ihrem Grab gelegen und darauf gewartet, dass ihr jemand in die Falle geht – in die Hexenkammer. Vielleicht hat sie die Zukunft vorhergesehen, als sie sie gebaut hat, und gewusst, dass eines Tages jemand diese höllische Kammer finden und sich in der Falle des Mosaikmusters fangen würde. Sie sitzen darin fest, Carson – und darum ist es diesem untoten Grauen möglich, die Kluft zwischen Bewusstsein und Materie zu überbrücken und mit Ihnen in Verbindung zu treten. Hypnose ist ein Kinderspiel für ein Wesen mit Abigail Prinns Furcht erregenden Kräften. Sie konnte Sie mit Leichtigkeit zwingen, zu ihrem Grab zu gehen und den Pflock herauszureißen, der sie gefangen hielt, und anschließend die Erinnerung an diese Tat so gründlich aus Ihrem Gedächtnis löschen, dass Sie sich nicht einmal als Traum daran erinnern können!«

Carson war aufgesprungen. In seinen Augen flackerte es. »In Gottes Namen, Mann, wissen Sie eigentlich, was Sie da sagen?«

Leigh lachte gezwungen. »Gottes Name! Wohl eher in des Teufels Namen – eines Teufels, der Salem in diesem Moment bedroht. Denn Salem schwebt in Gefahr, in schrecklicher Gefahr sogar! All die Männer, Frauen und Kinder dieser Stadt, die Abbie Prinn verflucht hat, als man sie auf den Scheiterhaufen gestellt und vergebens versucht hat, sie zu verbrennen!

Ich bin heute Morgen gewisse geheime Archive durchgegangen – und ich bin gekommen, um Sie ein letztes Mal darum zu bitten, dieses Haus zu verlassen.«

»Sind Sie jetzt fertig?«, fragte Carson kühl. »Na schön, nun passen Sie mal auf! Ich werde hier bleiben. Sie sind entweder verrückt oder betrunken, und wenn Sie glauben, Sie könnten mich mit diesem Quatsch beeindrucken, dann liegen Sie gewaltig daneben!«

»Würden Sie von hier fortgehen, wenn ich Ihnen tausend Dollar böte?«, fragte Leigh. »Oder auch mehr – zehntausend? Mir steht eine beträchtliche Summe zur Verfügung.«

»Nein, verdammt noch mal!«, fauchte Carson in plötzlich aufflammendem Ärger. »Alles, was ich will, ist, dass man mich in Frieden lässt, damit ich meinen Roman zu Ende schreiben kann. Ich kann nirgendwo sonst arbeiten – ich will nicht und ich werde nicht –«

»Ich habe nichts anderes erwartet«, sagte Leigh. Seine Stimme war auf einmal ruhig und enthielt einen seltsamen Unterton von Mitgefühl. »Sie können sich nicht mehr davon losmachen, Mann! Sie sitzen in der Falle, und schon zu lange, um sich noch selbst daraus zu befreien, solange Abbie Prinn Ihren Verstand durch die Hexenkammer kontrolliert. Und das Schlimmste daran ist, dass sie sich nur mit Ihrer Hilfe überhaupt erst manifestieren kann – sie entzieht Ihnen Ihre Lebenskraft, Carson, sie ernährt sich von Ihnen wie ein Vampir.«

»Sie sind ja verrückt«, entgegnete Carson dumpf.

»Ich habe nur Angst. Angst vor dieser Eisenscheibe in der Hexenkammer – und vor dem, was vielleicht darunter lauert. Abbie Prinn hat seltsamen, fremden Göttern gedient, Carson, und ich habe auf der Wand des Alkovens etwas gelesen, das mir einen Hinweis auf sie gegeben hat. Haben Sie jemals den Namen Nyogtha gehört?«

Carson schüttelte ungeduldig den Kopf. Leigh tastete in seinen Taschen herum und zog einen Zettel heraus. »Ich habe das hier aus einem Buch in der Kester Library kopiert«, sagte er, »einem Buch, genannt das *Necronomicon*; es wurde geschrieben von einem Mann, der so tief in verbotene Mysterien eingedrungen war, dass man ihn als verrückt bezeichnet hat. Lesen Sie!«

Carson zog die Augenbrauen zusammen, während er den Auszug las:

Die Menschen kennen ihn als den Bewohner der Finsternis, diesen Bruder der Großen Alten, genannt Nyogtha, das Wesen, das besser nicht wäre. Zur Oberfläche der Erde beschworen kann er aufsteigen durch gewisse geheime Kavernen und Risse im Erdmantel, und zauberkundige Männer sahen ihn in Syrien und unter dem schwarzen Turm von Leng. Der Thang-Grotte in der Tatarei entstieg er wild und gierend und trug Schrecken und Zerstörung in die Zeltstädte des großen Khan. Nur mittels des ägyptischen Lebenskreuzes, der Vach-Viraj-Beschwörung und durch das Tikkoun-Elixier vermag man ihn zurückzutreiben in die unreine Tiefe der nächtigen Kavernen, in denen er hauset.

Leigh begegnete Carsons verblüfftem Blick ruhig. »Verstehen Sie jetzt?«

»Zaubersprüche und Elixiere!«, sagte Carson und reichte ihm das Papier zurück. »Blödsinn!«

»Durchaus nicht! Diese Beschwörungsformel und das Elixier sind Okkultisten und Adepten seit Tausenden von Jahren bekannt. Ich selbst hatte schon Gelegenheit, sie zu benutzen, bei gewissen – Anlässen. Und wenn ich in dieser Sache richtig vermute ...« Er wandte sich zur Tür, die Lippen zu einer blutleeren Linie zusammengekniffen. »Es ist in der Vergangenheit schon gelungen, solche Manifestationen zu besiegen, aber die Schwierigkeit liegt darin, das Elixier zu bekommen – es ist sehr schwer herzustellen. Ich hoffe allerdings ... Ich komme später wieder! Wäre es Ihnen möglich, sich bis dahin der Hexenkammer fern zu halten?«

»Ich werde nichts versprechen«, sagte Carson. Er spürte einen dumpfen Kopfschmerz, der stetig gewachsen war, bis er sich auf sein Bewusstsein aufzwang, und ihm war ein wenig übel. »Auf Wiedersehen.«

Er begleitete Leigh zur Tür und blieb draußen auf den Stufen stehen, empfand einen seltsamen Widerwillen, sich zurück ins Haus zu begeben. Während er noch dem hoch gewachsenen Okkultisten hinterherschaute, der die Straße hinuntereilte, kam eine Frau aus dem benachbarten Haus. Sie erblickte ihn, und ihr gewaltiger Busen wogte. Sie brach in eine schrille, zornige Schimpftirade aus. Carson wandte sich zu ihr um und starrte sie entgeistert an. In seinem Kopf klopfte es schmerzhaft. Die Frau kam auf ihn zumarschiert und schüttelte dabei drohend eine fette Faust.

»Warruhm Sie erschräcken meinä Sarah?«, schrie sie, ihr dunkles Gesicht rot angelaufen. »Warruhm Sie machen ihr Ahngst mit Ihrä duhmmä Trihcks, heh?«

Carson befeuchtete sich die Lippen.

»Es tut mir Leid«, sagte er langsam. »Sehr Leid. Ich habe Ihre Sarah nicht erschreckt. Ich bin den ganzen Tag nicht zu Hause gewesen. Was hat ihr denn solche Angst gemacht?«

»Das braunä Dihng – es is' in Ihr Haus gälaufen, hat Sarah gäsahgt ...«

Die Frau hielt inne, und ihr Kiefer sank herab. Ihre Augen weiteten sich. Sie machte ein eigenartiges Zeichen mit der rechten Hand – sie deutete mit dem Zeigefinger und dem kleinen Finger auf Carson, während der Daumen über die anderen Finger gekreuzt war.

»Die altä Hexä!«

Sie zog sich eilends zurück, wobei sie mit angsterfüllter Stimme auf Polnisch vor sich hin murmelte.

Carson drehte sich um und ging zurück ins Haus. Er goss

etwas Whiskey in einen Schwenker, überlegte es sich dann doch anders und stellte ihn unberührt zur Seite. Er begann, im Zimmer auf und ab zu wandern, rieb sich gelegentlich mit Fingern, die sich trocken und heiß anfühlten, über die Stirn. In seinem Hirn überschlugen sich vage, konfuse Gedanken. Sein Kopf dröhnte, und er fühlte sich fieberig.

Schließlich ging er dann hinunter in die Hexenkammer. Obwohl er nicht arbeitete, blieb er dort, denn in der Totenstille der unterirdischen Kammer waren seine Kopfschmerzen weniger quälend. Nach einer Weile schlief er ein.

Er konnte nicht sagen, wie lange er geschlafen hatte. Er träumte von Salem und von einem nur flüchtig sichtbaren, gallertartigen schwarzen Geschöpf, das mit Furcht erregender Geschwindigkeit durch die Straßen raste, einem Wesen einer unvorstellbar großen, pechschwarzen Amöbe gleich; sie verfolgte und verschlang kreischende Männer und Frauen, die ihr vergebens zu entkommen suchten. Er träumte von einem Gesicht ähnlich dem eines Totenschädels, das direkt in sein eigenes starrte, einem Gesicht mit verwitterten und eingefallenen Zügen, in dem nur die Augen lebendig schienen, und aus ihnen leuchtete ein höllisches und böses Licht.

Als er schließlich erwachte, schreckte er mit einem Ruck auf. Ihm war sehr kalt. Es war vollkommen still. Im Licht der elektrischen Glühbirne schien sich das grüne und purpurne Mosaik zu winden und in seine Richtung zusammenzuziehen – eine Illusion, die verschwand, als sein vom Schlaf getrübter Blick sich klärte. Er sah auf seine Armbanduhr. Es war zwei Uhr morgens. Er hatte den ganzen Nachmittag verschlafen, und den größeren Teil der Nacht noch dazu. Er fühlte sich seltsam schwach; eine bleierne Mattigkeit hielt ihn bewegungslos in seinem Stuhl. Ihm war, als habe man ihm alle Kraft ausgesaugt. Die schneidende Kälte schien ihm bis ins

Gehirn zu dringen, aber seine Kopfschmerzen waren verschwunden. Sein Geist war sehr klar und voller gespannter Erwartung, als solle etwas passieren. Dann bemerkte er in seiner Nähe eine Bewegung.

Eine der steinernen Platten der Wandverkleidung verschob sich. Er hörte ein leises mahlendes Geräusch, und ein schmaler senkrechter Spalt erweiterte sich langsam zu einem Quadrat und gab den Blick auf eine dahinter liegende schwarze Höhlung frei. Dort drinnen kauerte etwas in den Schatten. Blankes, blindes Entsetzen durchzuckte Carson, als das Geschöpf sich bewegte und vorwärts ins Licht kroch.

Es sah aus wie eine Mumie. Eine unerträgliche, endlos lange Sekunde hämmerte dieser Gedanke Furcht erregend auf Carsons Verstand ein: *Es sieht aus wie eine Mumie!* Eine ausgedörrte, spindeldürre Leiche, braun wie Pergamentpapier war es, ein Gerippe, über dessen Knochen jemand die Haut einer großen Echse gespannt hatte. Der lebende Leichnam rührte sich, kroch vorwärts, und seine langen Nägel kratzten hörbar über den Steinboden. Er kroch herein in die Hexenkammer, deren grelle Beleuchtung jede Einzelheit in seinem ausdruckslosen Gesicht unbarmherzig hervorhob; in seinen Augen glühte ein unirdisches, jenseitiges Leben. In dem bräunlichen, eingesunkenen Rücken trat deutlich die gezackte Kammlinie des Rückgrats hervor ...

Carson saß reglos da. Abgrundtiefes Entsetzen hatte ihn der Kraft, sich zu bewegen, beraubt. Ihm war, als sei er gelähmt, gefangen in den Fesseln eines Traumes, bei dem das Gehirn nur als unbeteiligter Zuschauer agiert, unfähig oder nicht willens, Nervenimpulse an die Muskeln zu übermitteln. Verzweifelt sagte er sich, dass er träume, dass er jeden Augenblick erwachen müsse.

Die runzlige, verdorrte Schreckensgestalt erhob sich. Einen Moment lang verharrte sie aufrecht, dann näherte sie sich dem Alkoven, in dessen Boden die eiserne Scheibe eingebettet lag. Carson den Rücken zugewandt, hielt sie inne, und ein trockenes, welkes Flüstern raschelte durch die Totenstille. Als er es hörte, hätte Carson am liebsten aufgeschrien, doch versagte ihm die Stimme. Immer weiter ging dieses grässliche Wispern, in einer Sprache, die, wie Carson wusste, nicht von dieser Welt stammte, und wie zur Erwiderung lief eine kaum wahrnehmbare Erschütterung durch die eiserne Scheibe.

Sie erzitterte und begann sich zu heben, sehr langsam und wie im Triumph breitete die leichenhafte Schreckensgestalt ihre steckendünnen Arme aus. Die Scheibe erwies sich als nahezu dreißig Zentimeter dick, und als ihre Unterkante schließlich über das Niveau des Bodens aufstieg, durchdrang ein widerlicher Geruch den Raum. Er wirkte entfernt reptilienhaft, moschusähnlich und Ekel erregend. Die Scheibe wurde unerbittlich weiter angehoben, und ein kleiner Finger aus Schwärze kroch unter ihrer Kante hervor. Schlagartig erinnerte sich Carson seines Traumes von der gallertartigen schwarzen Kreatur, die durch die Straßen von Salem jagte. Vergebens versuchte er, die Fesseln seiner Lähmung, die ihn bewegungslos hielt, zu durchbrechen. Die Kammer verdunkelte sich, und eine Schwindel erregende schwarze Leere kroch aus der Tiefe empor, um ihn zu verschlingen. Der Raum schien zu erbeben.

Noch immer hob sich die eiserne Scheibe, noch immer stand die dürre, eingefallene Schreckensgestalt da, die Skelettarme erhoben in blasphemischem Dankgebet, noch immer quoll die Schwärze langsam und amöbenhaft hervor.

Da durchbrach ein Geräusch das trockene, raschelnde Wispern der Mumie, das Geräusch eiliger, sich rasch nähernder Schritte. Aus dem Augenwinkel sah Carson, wie ein Mann in die Hexenkammer gerannt kam. Leigh war es, der Okkultist, und die Augen in seinem totenblassen Gesicht schienen zu brennen. Er stürzte an Carson vorbei zu dem Alkoven, aus dem das schwarze Grauen in den Raum hereindrang.

Die runzlige, verdorrte Gestalt wandte sich mit entsetzlicher Langsamkeit um. Leigh hielt einen Gegenstand in seiner linken Hand, sah Carson – ein Henkelkreuz aus Gold und Elfenbein, einen Ankh. Die rechte Hand hielt er an seiner Seite zur Faust geballt. Auf seinem blassen Gesicht standen feine Schweißperlen. Sonor und gebieterisch erhob Leigh die Stimme.

»Ya na kadishtu nil gh'ri ... stell'bsna kn'aa Nyogtha ... k'yarnak phlegetor ...«

Die verstiegenen, unirdischen Silben donnerten, hallten von den Wänden der Kammer wieder. Leigh schritt langsam vorwärts, das Henkelkreuz hoch vor sich erhoben. Und unter der eisernen Scheibe quoll weiterhin schwarzes Grauen hervor!

Es hob die Scheibe vollends empor und schleuderte sie beiseite, und eine große Woge von irisierender Schwärze, weder flüssig noch fest, eine Furcht erregende gallertartige Masse, ergoss sich geradewegs zu Leigh. Dieser machte, ohne im Vorwärtsschreiten innezuhalten, eine schnelle Bewegung mit der rechten Hand; ein kleines Glasröhrchen flog auf das schwarze Ding zu und verschwand darin.

Das unförmige Grauen hielt inne. Lange Augenblicke zögerte es in entsetzlicher Unschlüssigkeit. Dann zog es sich rasch zurück. Ein atemberaubender, brandiger Verwesungsgestank erfüllte die Kammer, und Carson sah, dass sich große Stücke von der schwarzen Albtraumgestalt abschälten, runzlig wurden und in sich zusammenfielen, als seien sie mit einer ätzenden Säure bespritzt worden. Als glucksender Schwall ergriff das Ungetüm die Flucht; scheußliches schwarzes Fleisch tropfte von ihm ab, während es sich zurückzog.

Ein Pseudopodium aus Schwärze schlängelte sich aus der Zentralmasse und umwand wie ein großer Tentakel das leichenhafte Wesen, zerrte es an den Rand des Schlundes und zog es über die Kante. Ein anderer Tentakel packte die eiserne Scheibe, schleifte sie mühelos über den Boden, und als das

Grauen außer Sicht sank, fiel die Scheibe mit einem donnernden Krachen wieder an die Stelle, an die sie gehörte.

Es schien Carson, als drehe sich der Raum in weiten Kreisen um ihn, und ihn packte eine entsetzliche Übelkeit. Er unternahm eine ungeheure Anstrengung, um auf die Beine zu kommen. Dann wurde das Licht vor seinen Augen rasch schwächer und erstarb. Dunkelheit umfing ihn.

Carson brachte seinen Liebesroman nie zu Ende. Er verbrannte das Manuskript, fuhr jedoch fort zu schreiben, wenn auch keines seiner späteren Werke je veröffentlicht wurde. Seine Verleger waren verblüfft und fragten sich kopfschüttelnd, wie ein so brillanter Autor leicht verdaulicher Unterhaltungskost plötzlich der Faszination des Sonderbaren und Abscheulichen hatte erliegen können.

»Kraftvoll geschrieben, in der Tat!«, sagte einer von ihnen, als er Carson mit einer Bekundung seines Bedauerns das Manuskript von dessen Roman »Der Schwarze Gott des Wahnsinns« zurückgab. »Auf seine eigene Weise ist er bemerkenswert, aber viel zu morbide und grässlich. Niemand würde für so etwas auch noch Geld bezahlen. Carson, warum schreiben Sie nicht wieder die Art von Romanen, die man von Ihnen kennt, die Art, mit der Sie berühmt wurden?«

Nur dieses eine Mal wurde Carson seinem Schwur untreu, niemals über die Hexenkammer zu sprechen, und er platzte mit der ganzen Geschichte heraus, in der Hoffnung, ihm werde Glauben und Verständnis entgegengebracht. Aber nachdem er geendet hatte, sank sein Herz, als er den Gesichtsausdruck seines Gegenübers sah, in dem Wohlwollen und Mitgefühl geschrieben standen – und ebenso viel Skepsis.

»Es war natürlich ein Traum, nicht wahr?«, fragte der Mann, und Carson lachte bitter.

»Oh ja, sicher! Ich habe das alles nur ›geträumt‹!«

»Muss ja einen schrecklich lebhaften Eindruck auf Sie gemacht haben, dieser Traum. So etwas soll es ja geben. Aber mit der Zeit werden Sie schon darüber hinwegkommen«, erklärte er im Brustton der Überzeugung, und Carson nickte.

Und weil er wusste, dass er damit nur Zweifel an seinem Geisteszustand erweckt hätte, erwähnte er nicht jenen Anblick, der sich unauslöschlich in seine Erinnerung eingebrannt hatte – das Entsetzliche, das er in der Hexenkammer gesehen hatte, *nachdem* er aus seiner Ohnmacht erwacht war. Bevor er und Leigh, zitternd und mit weißen Gesichtern, aus der Hexenkammer flüchteten, hatte Carson einen raschen Blick zurück über die Schulter geworfen. Die eingeschrumpften, runzligen und zerfressenen Lappen, die sich von jener Ausgeburt irrsinniger Blasphemie abgelöst hatten, waren unerklärlicherweise verschwunden und hatten nur schwarze Flecken auf den Steinen hinterlassen. Abbie Prinn war – vielleicht – zurückgekehrt in die Hölle, der sie gedient hatte, und ihr fremdartiger Gott war in verborgene Abgründe jenseits der menschlichen Vorstellungskraft entflohen, in die Flucht geschlagen von den mächtigen, uralten Zauberkräften, über die der Okkultist gebot. Doch hatte die Hexe etwas zurückgelassen, ein grausiges Memento, welches Carson bei diesem letzten Blick hinter sich gesehen hatte, wie es eingeklemmt zwischen Rand und Einfassung der eisernen Scheibe emporragte – *eine verdorrte, klauengleiche Hand, erhoben wie zu einem höhnischen Abschiedsgruß.*

Originaltitel: *The Salem Horror*
Erstveröffentlichung: *Weird Tales,* May 1937
Aus dem Amerikanischen von *Armin Patzcke*

Der Schrecken aus den Tiefen

VON FRITZ LEIBER

Dein gedenken? Ja,
Du armer Geist, solang' Gedächtnis haust
In dem zerstörten Haus hier!
– HAMLET

Das folgende Manuskript fand sich in einem ungewöhnlich verzierten, mit Neusilber beschlagenen Kupferkästchen, einer ausgezeichneten Handwerksarbeit. Sie wurde bei einer Auktion von Diebesgut erstanden, welches die Polizei von Los Angeles County über die vorgeschriebene Anzahl von Jahren hinweg aufbewahrt hatte, ohne dass sich ihr Besitzer meldete. Außer besagtem Manuskript lagen zwei kleine Gedichtbände in der Kassette: *Azathoth und andere Ungeheuer* von Edward Pickman Derby, erschienen bei Onyx Sphinx Press in Arkham, Massachusetts, und *Der Gräber in der Tiefe* von Georg Reuter Fischer, verlegt bei Ptolemy Press in Hollywood. Bis auf die beiden Briefe und das Telegramm, welche in den Text eingearbeitet sind, stammt das Manuskript aus der Feder letzteren Dichters. Die Kassette und ihr Inhalt waren am 16. März 1937 in Polizeigewahrsam übergegangen, nachdem Fischers verstümmelter Leichnam unter den Trümmern seines eingestürzten Ziegelhauses in Vultures Roost aufgefunden worden war.

Heute wird man auf den Straßenkarten der Hügel von Hollywood vergeblich nach dem kreisfreien Örtchen Vultures Roost suchen. Kurz nach den Vorfällen, die auf diesen Seiten berichtet werden, taufte man es auf das Betreiben besonnener Grundstückmakler hin in Paradise Crest um, und dieses Örtchen wurde wiederum von der Stadt Los Angeles eingemeindet – ein Vorfall, wie er in dieser Gegend nicht ohne Beispiel ist. So benannte man dort nach einigen Skandalen, die man besser schnell wieder vergisst, auch das Städtchen Runnymede nach der bedeutendsten literarischen Schöpfung seines illustersten und untadeligsten Bewohners Tarzana.

Bei der magneto-optischen Untersuchungsmethode, die im Manuskript erwähnt wird und »durch die bereits zwei neue Elemente entdeckt wurden«, handelt es sich keineswegs um einen Schwindel oder eine wunderliche Grille, sondern um eine Technik, die in den Dreißigerjahren großes Ansehen genoss (später allerdings in Verruf geriet). Man kann sich davon überzeugen, indem man ein Periodensystem der Elemente aus dieser Zeit zur Hand nimmt oder in der zweiten, unveränderten Auflage von *Websters Neuem Internationalen Wörterbuch* unter »Alabaminum« und »Virginium« nachschlägt. (Heute befinden sie sich natürlich nicht mehr in den Periodensystemen.) Der »unbekannte Baumeister Simon Rodia«, mit dem Fischers Vater Rücksprache gehalten hat, ist der weithin berühmte (und inzwischen verstorbene) Volks-Architekt, der die unvergleichlich schönen Watts-Türme errichtet hat.

Nur mit äußerster Anstrengung kann ich mich zügeln, gleich mit der Darlegung der unvergleichlich monströsen Sachverhalte zu beginnen, die mich veranlasst haben, innerhalb der nächsten achtzehn Stunden – und keine Minute später – einen verzweifelten und völlig vernichtenden Schritt zu unternehmen. Ich habe viel zu schreiben, und mir bleibt dafür nur sehr wenig Zeit.

Ich selbst bedarf nicht der geschriebenen Darlegung, um meine Ansicht zu untermauern. Ich weiß, was ich weiß, und es erscheint mir wesentlich realer als alle alltäglichen Erfahrungen. Ich brauche nur die Augen zu schließen und sehe Albert

Wilmarth' längliches, vor Schrecken bleiches Gesicht und seine von Migräne gequälte Stirn vor mir. Es mag hellseherisch erscheinen, wenn ich nun sage, dass sein Gesichtsausdruck sich nicht wesentlich geändert haben wird, seitdem ich ihn zum letzten Mal gesehen habe. Und ich brauche mir überhaupt keine Mühe zu geben, um die schrecklichen, lockenden Stimmen zu hören, die wie tödliche Bienen oder wunderbare Wespen summen und an einem inneren Ohr anklingen, das ich nun niemals wieder verschließen kann und niemals verschließen würde, wenn ich könnte. Ja, wenn ich ihnen zuhöre, frage ich mich sogar, ob es einen Zweck hat, diesen notwendigerweise ungewöhnlichen Bericht niederzuschreiben. Sollte er überhaupt gefunden werden, dann unter Umständen, wo er nüchternen Menschen in die Hände fällt, die auf befremdliche Enthüllungen nichts geben und die sich ohnedies viel zu häufig mit Scharlatanerie konfrontiert sehen. Vielleicht ist es nur gut so; vielleicht sollte ich mich doppelt absichern, indem ich dieses Blatt wieder zerreiße, denn ich hege keine Zweifel an den Schlüssen, die sich aus systematischen, wissenschaftlichen Untersuchungen jener Mächte ergeben würden, die mir aufgelauert haben und mich bald ergreifen werden (oder heißen sie mich etwa willkommen?).

Ich werde dennoch alles niederschreiben, und sei es nur um einer persönlichen Laune willen. Solange ich mich erinnern kann, fühlte ich mich zur literarischen Schöpfung hingezogen, doch bis zu diesem Tag haben gewisse nicht zu fassende Umstände und dunkle Mächte mich gehindert, mehr als eine Anzahl meist kurzer Gedichte und einige winzige Prosatexte zu verfassen. Mich würde interessieren, ob mein neues Wissen mich zu einem gewissen Grade von dieser Hemmung befreit hat. Sobald ich dieses Manuskript beendet habe, kann ich in aller Ruhe überlegen, ob seine Vernichtung ratsam ist (bevor ich die größere und entscheidende Vernichtung begehe). Um die Wahrheit zu sagen, bewegt es mich nicht besonders, was meinen Mitmenschen zustößt oder nicht zustößt; es existieren *profunde* Einflüsse (ja, im wahrsten Sinne des Wortes kommen sie aus der Tiefe!) auf mein gefühlsmäßiges Wachstum und auf die letztendliche Hinwendung meiner Loyalität – wie dem Leser zu angemessener Zeit verständlich werden dürfte. Ich könnte diesen Bericht mit einer dürftigen Wiedergabe der Folgerungen beginnen, die sich aus den Befunden des tragbaren magneto-optischen Geo-Spürers der Professoren Atwood und Pabodie ergaben, oder mit Albert Wilmarth' schrecklichen Enthüllungen über die umwälzenden, weltweiten Nachforschungen, die im vergangenen Jahrzehnt einige Lehrer der fernen Miskatonic University im hexengeplagten, von Schatten befallenen Arkham durchgeführt haben. Begänne ich damit, würden Sie mich auf der Stelle für verrückt erklären. Die *Gründe,* die mich Schritt für Schritt zu meiner jetzigen fürchterlichen Überzeugung führten, würden Ihnen als *Symptome* einer psychischen Erkrankung im fortgeschrittenen Stadium erscheinen, der zugrunde liegende, monströse Schrecken als schauerlich paranoide Wahnvorstellung. Wahrscheinlich werden Sie letztendlich ohnehin zu diesem Urteil gelangen, ich aber werde dennoch alles so berichten, wie es sich zugetragen hat. Dann können Sie genauso entscheiden, wie ich zu entscheiden hatte, wo die Wirklichkeit aufhört und die Phantasie beginnt und wo die Phantasie endet und die Psychose einbricht. Vielleicht wird in den nächsten siebzehn Stunden etwas geschehen oder enthüllt werden, das teilweise belegt, wovon ich schreibe. Ich glaube es aber nicht, denn diese dekadente kosmische Ordnung, der ich in die Falle gelaufen bin, geht mit unvermuteter Schlauheit vor. Vielleicht wird man mich diesen Bericht nicht beenden lassen; vielleicht wird man meiner eigenhändigen Auslöschung zuvorkommen. Ich bin mir fast sicher, dass man sich nur deswegen bislang von mir fern hält, weil man bestimmt glaubt, dass ich die Aufgabe erledigen werde, die man mir abverlangt. Es ist aber auch egal.

Über den trügerischen, zerfallenden Hügeln des Griffith-Parks (Wildnis wäre eine bessere Beschreibung) geht nun rot und unberührt die Sonne auf. Die Nebel der See verdecken noch die tiefer gelegenen Vororte. Ihre letzten Fetzen steigen aus dem tiefen, trockenen Laurel Canyon, doch weit im Süden kann ich schon die schwarzen Gerüste der Ölraffinerien bei Culver City erkennen; wie steifbeinige Roboter sehen sie aus, die sich zum Angriff sammeln. Und stände ich vor dem Schlafzimmerfenster, das sich nach Nordosten öffnet, so könnte ich noch die Schatten der Nacht über der Wildnis im Umland von Hollywood sehen, über den trügerischen, von Gras überwachsenen Pfaden, auf denen die Schlangen sich tummeln und die ich mit immer größerem Abscheu fast täglich begangen habe.

Ich kann das elektrische Licht nun ausschalten; mein Schreibtisch wird bereits von lang gezogenen Pfeilen aus rotem Sonnenlicht getroffen. Ich sitze hier und beabsichtige, den ganzen Tag zu schreiben. Alles um mich herum besitzt den Anschein völliger Normalität und Sicherheit. Es gibt keine Anzeichen mehr von Albert Wilmarth' überstürztem, mitternächtlichen Aufbruch, bei dem er den magneto-optischen Apparat, den er aus dem Osten hierher brachte, wieder mit sich nahm, doch wie durch das zweite Gesicht sehe ich sein langes, vor Schrecken verzerrtes Antlitz vor mir, während er in seinem kleinen Austin wie ein verängstigter Käfer durch die Wüste jagt, den Geo-Spürer auf dem Beifahrersitz. Die Tagessonne wird ihn auf seiner Flucht zu seinem tief geliebten, unglaublich fernen Neuengland eher erreicht haben als mich hier. Die rauchrote Scheibe der Sonne wird in seinen vor Angst weit aufgerissenen Augen stehen, denn wie ich weiß, wird ihn keine Macht der Welt zurück in jenes Land bringen, gegen das der riesige Pazifik anspült. Ich empfinde keinen Groll gegen ihn, dafür habe ich keinen Grund. Seine Nerven sind von den Schrecken zerrüttet, die er trotz der Warnungen seiner Gefährten zehn lange Jahre erforscht hat. Und ich bin überzeugt, dass er am Ende Schrecken jenseits aller Vorstellung erblickt hat. Dennoch bat er mich, ihn zu begleiten, und nur ich weiß, was ihn das gekostet haben muss. Er gab mir die Gelegenheit zur Flucht; hätte ich gewollt, hätte ich den Versuch unternehmen können.

Ich glaube aber, mein Schicksal wurde schon vor vielen Jahren entschieden.

Mein Name ist Georg Reuter Fischer. 1912 kam ich als Sohn schweizerischer Eltern in Louisville in Kentucky zur Welt, und zwar mit einem nach innen verkrümmten rechten Fuß, dessen Missbildung durch eine Klammer hätte korrigiert werden können, wäre mein Vater nicht der Meinung gewesen, in die Arbeit der Natur, seiner Gottheit, nicht eingreifen zu dürfen. Er war Maurer und Steinmetz, ein Mann von großer körperlicher Kraft, gewaltiger Energie, bemerkenswerter Intuition (als Wünschelrutengänger suchte er nach Wasser, Öl und Metall) und überragender handwerklicher Begabung. Er hatte nur wenig Schulbildung genossen, sich jedoch viel selbst beigebracht. Kurz nach dem Bürgerkrieg, noch als Junge, war er mit seinem Vater, der ebenfalls Maurer gewesen war, in dieses Land ausgewandert, und hatte nach dessen Tod ein kleines, aber einträgliches Geschäft geerbt. Er heiratete meine Mutter, Marie Reuter, erst spät; sie war die Tochter eines Farmers, für den er mit seiner Wünschelrute nicht nur ein Wasserreservoir, sondern auch noch ein beträchtliches Granitvorkommen aufgespürt hatte. Ich war ihr einziges Kind, wurde von meiner Mutter verhätschelt und von meinem Vater eher nachdenklich betrachtet. Ich habe nur wenig Erinnerungen an unser Leben in Louisville, doch dieses Wenige ist äußerst erfreulich: ein ordentlicher, fröhlicher Haushalt, viele Vettern und Freunde, Besuche und Gelächter. Von zwei großen Weihnachtsfesten weiß ich noch und entsinne mich auch, wie ich meinen Vater fasziniert beim Meißeln beobachtete, während er auf totem, bleichem Granit ein Geflecht von Blumen und Ästen zum Leben erweckte.

Und da es für meine Geschichte von Bedeutung ist, muss

ich hier erwähnen, dass alle Verwandten mich, wie ich später erfuhr, für mein zartes Alter als außergewöhnlich aufgeweckt ansahen. Mein Vater und meine Mutter waren stets von meiner Intelligenz überzeugt gewesen, doch kann hier durchaus der elterliche Stolz am Werke gewesen sein.

1917 verkaufte mein Vater sein Geschäft mit Gewinn und brachte seine winzige Familie in den Westen, um hier in Südkalifornien, dem Land des Sonnenscheins, der zerbröckelnden Sandsteine und grünen Hügel, mit eigenen Händen ein letztes Heim zu bauen; einerseits, weil die Ärzte es ihm als wichtig für die schwindende Gesundheit meiner Mutter rieten, die an einer schweren Tuberkulose dahinsiechte, andererseits, weil mein Vater sich schon immer nach klarem Himmel, Wärme im ganzen Jahr und der urtümlichen See gesehnt hatte und die tiefe Überzeugung fühlte, sein Schicksal liege im Westen und sei mit dem größten Ozean der Erde verknüpft, aus dem vielleicht der Mond entsprungen ist.

Meines Vaters Sehnsucht nach dieser äußerlich gesunden und strahlenden, innerlich aber kranken und zerfressenen Landschaft, bei der die Natur selbst den Zerfall des Alters mit der Maske der Jugend bedeckt, hat mir viel zu denken gegeben, obwohl seine Sehnsucht in keiner Weise außergewöhnlich zu nennen war. Angezogen von der Sonne, dem Versprechen des ewigen Sommers, und den weiten, weiten Ebenen, ziehen viele Menschen hierher, gesunde wie auch kranke. Der einzig erwähnenswerte, außergewöhnliche Umstand liegt darin, dass sich hier bemerkenswert viele Gruppen einfinden, die einem vorgeblich mystischen oder utopischen Glauben anhängen. Die Brüder der Rose, die Theosophisten, die aufrechten Gospelsänger, Christian Scientist Unity, die Bruderschaft des Grals, Spiritisten, Astrologen – sie alle und viel mehr findet man hier. Menschen, die an die Notwendigkeit einer Rückkehr in primitive Stadien und Weisheiten glauben, Praktizierende von Pseudo-Disziplinen, die von Pseudowissenschaften diktiert werden, ja sogar ein paar außergewöhnlich gesellige Einsiedler – man findet sie überall, wobei der Großteil von ihnen nur mein Mitleid und meine Abscheu erregte, so sehr mangelte es ihnen an Logik, so stark war ihre Gier nach Publizität. Zu keiner Zeit, dies möchte ich ausdrücklich betonen, habe ich mich auch nur im Geringsten für ihre Machenschaften und ihre hohlköpfig nachgeplapperten Prinzipien interessiert, es sei denn aus dem Blickwinkel der angewandten Psychologie.

Hierher geführt hat sie die ausgeprägte Liebe zum Sonnenschein, welche die meisten Sonderlinge gleich welcher Couleur charakterisiert, und jener Drang, ein unbesiedeltes, unorganisiertes Land zu finden, in dem ungestört von städtischer Hast und traditioneller Opposition ein Utopia Wurzeln schlagen und erblühen kann – der gleiche Drang, der die Mormonen zur Wüstenstadt Salt Lake City führte, ihrem Paradies der Verkündigung. Als Erklärung scheint dies zu genügen, und man muss nicht eigens hinzufügen, dass Los Angeles, eine Stadt von im Ruhestand lebenden Farmern und kleinen Händlern, eine Stadt, verrückt gemacht von der hektischen Filmindustrie, Scharlatane aller Art anzieht. Mir genügt diese Erklärung heute noch; ich bin sogar zufrieden mit ihr, denn selbst in meiner Lage wäre mir der Gedanke höchst zuwider, diese schrecklichen, lockenden Stimmen, die von Geheimnissen jenseits der Grenze der kosmischen *Notwendigkeit* flüstern, könnten eine weltweite Ausdehnung besitzen.

(»Der gekerbte Rand«, flüstern sie in diesem Augenblick. »Die Proto-Schoggothen, der vorgezeichnete Korridor, das ältere Pharos, die Träume des Cutlu ...«)

Mein Vater brachte meine Mutter und mich in einem komfortablen Hotel an der Grenze von Hollywood unter, wo das Geschehen der noch jungen Filmindustrie uns farbige Abwechslung bot, und begann auf den Hügeln nach einem passenden Grundstück zu suchen; dabei war ihm sein unvergleichliches Talent, unterirdische Wasserströmungen und nutzbare Felsformationen aufzuspüren, von besonderem Wert. Während dieser Zeit, so glaube ich nun, entdeckte er die Wege, die nun zu begehen mein eigener unveränderlicher und immer stärker hervortretender Wunsch war. Innerhalb von drei Monaten hatte er das Grundstück, das ihm passend erschien, gefunden und erworben; es befand sich in der Nähe einer kleinen Siedlung (ein paar Landhäuser, mehr nicht) mit dem vielleicht ungewöhnlichen pittoresken Namen Vultures Roost, Geierhorst, der stark an den Wilden Westen gemahnte.

Nach dem Roden stieß er beim Ausschachten des Grundstücks auf feinkörnigen, soliden Boden aus metamorphem Fels, während ein kleines Bohrloch zum Erstaunen der anfänglich feindseligen Nachbarn einen ausgezeichneten Brunnen zutage brachte. Mein Vater behielt seine Gedanken für sich und begann, größtenteils allein und mit seinen eigenen Händen, aus Ziegelsteinen ein Gebäude von bescheidener Größe zu errichten, das nach Plänen und Entwurf versprach, ein Anwesen von unübertroffener Schönheit zu werden. Allerdings beschwor mein Vater damit allerlei Kopfschütteln auf sich herab und Vorträge, welch ein Unsinn es sei, ein Steinhaus in einer Gegend zu erbauen, wo Erdbeben nicht selten waren. Sie nannten es »Fischer's Folly«, »Fischers Torheit«, wie ich später erfuhr. Das handwerkliche Geschick meines Vaters und seine Beharrlichkeit bemerkten sie indes kaum!

Er kaufte einen kleinen Lastwagen und suchte im Süden bis nach Laguna Beach und im Norden bis nach Malibu nach Brennöfen, aus denen er Ziegel und Dachpfannen der geeigneten Qualität erhalten konnte. Schließlich deckte er das Dach teilweise mit Kupfer, das sich im Laufe der Jahre zu einem wunderschönen Grün verfärbt hat. Während seiner Suche machte er enge Bekanntschaft mit dem vorausschauenden und bemerkenswert fortschrittlichen Abbott Kinney, der zehn Meilen die Küste hoch gerade den Kurort Venice errichtete, und mit dem dunkelhäutigen, rotäugigen und unbekannten Baumeister Simon Rodia, der ebenfalls ein Autodidakt war. Den drei Männern war eine Ader für die Poesie von Stein, Keramik und Metallen gemeinsam.

Der alte Mann (denn alt war mein Vater nun mit seinem schlohweißen Haar) muss über unwahrscheinliche Kraftreserven verfügt haben, die es ihm ermöglichten, solch harte Arbeit zu leisten; innerhalb von zwei Jahren konnten meine Mutter und ich das neue Haus in Vultures Roost beziehen und unser Leben dort beginnen.

Ich war entzückt von meiner neuen Umgebung und restlos glücklich, wieder bei meinem Vater zu sein. Mir war es nur leid um die Zeit, die ich in der Schule verbringen musste. Jeden Tag fuhr mein Vater mich dorthin und holte mich wieder ab. Ich liebte es, in der Gegend umherzuschweifen, gelegentlich mit meinem Vater, meistens aber allein, obwohl mein Fuß mich in den wilden, trockenen und staubigen Hügeln manchmal behinderte. Meine Mutter sorgte sich um mich, besonders wegen der haarigen braunen und schwarzen Taranteln, auf die man gelegentlich stieß, und der Schlangen, denn unter ihnen waren auch giftige Klapperschlangen, doch ich ließ mich nicht im Haus anbinden.

Glücklich und zugleich wie im Traum arbeitete mein Vater unablässig an den zahlreichen Verbesserungen, die ihm für unser Haus einfielen. Es war ein schönes Gebäude, obwohl unsere Nachbarn auch weiterhin die Köpfe schüttelten und über seine sechseckige Form kicherten, über das teilweise abgerundete Dach, die dicken Wände aus dicht (aber nicht zu dicht) gemauerten Ziegeln und die hellen, mit Verzierungen versehenen Steine. »Fischers Torheit«, flüsterten und kicherten sie. Der dunkelhäutige Simon Rodia hingegen nickte beifällig, wenn er uns besuchte, und einmal kam Abbott Kinney in einem teuren Wagen mit einem schwarzen Chauffeur, mit dem er in Freundschaft verbunden zu sein schien, vorbeigefahren und bewunderte das Bauwerk.

Die Bildhauerarbeiten meines Vaters waren in der Tat äußerst schmuck, wenn auch ein wenig ungewöhnlich, was ihre Motive betrifft. Eine befand sich im Kellerboden aus gewachsenem Fels, den er geglättet hatte. Von Zeit zu Zeit beobachtete ich ihn, wie er daran arbeitete. Wüstenpflanzen und Drachen schienen ihm die liebsten Motive zu sein, doch bei näherem Hinsehen entdeckte man auch viel aus dem Reich des Meeres: lang ausholende Seegräser, sich zusammenrollende Aale, Fische, die Tentakeln auswichen, lange Tintenfischarme mit Saugnäpfen und zwei riesige tellerrunde Augen, die aus einem korallenüberzogenen Schloss herausglotzten. In der Mitte des Bildes brachte er die kühne Aufschrift »Das Tor der Träume« an. Meine kindische Phantasie heizte das Bildnis zwar an, aber es flößte mir auch ein wenig Angst ein.

Um diese Zeit – so etwa 1921 – begann ich zu schlafwandeln. Mehrere Male fand mich mein Vater in verschiedenen Entfernungen vom Haus auf den Wegen wieder, die ich bei meinen Streifzügen bevorzugte, und trug mich, der ich vor Kälte zitterte – denn im Gegensatz zu Kentucky sind in Kalifornien die Sommernächte überraschend kalt –, wieder zurück. Und mehr als einmal entdeckte er mich in unserem Keller, wie ich zusammengerollt neben dem grotesken Relief des »Tores der Träume« schlief. Meine Mutter brachte dem Relief übrigens große Abscheu entgegen, den sie vor meinem Vater gar nicht zu verbergen versuchte.

Zu dieser Zeit begannen meine Schlafgewohnheiten noch mehr Anomalien zu zeigen, die zum Teil zueinander im Widerspruch standen. Obwohl ich ein lebhafter und anscheinend gesunder Junge von zehn Jahren war, schlief ich jede Nacht zwölf oder mehr Stunden. Trotz dieser ungewöhnlichen Schlafmenge, verbunden mit der Ruhelosigkeit, die mein Schlafwandeln anzudeuten schien, träumte ich niemals; zumindest erinnerte ich mich nach dem Erwachen nie an irgendwelche Träume.

Und von einer bemerkenswerten Ausnahme abgesehen, ging es mir mein ganzes Leben lang so.

Diese Ausnahme ereignete sich ein wenig später, als ich elf oder zwölf war, also um 1923. Ich entsinne mich dieser wenigen Träume (es waren nicht mehr als acht oder neun) mit beispielloser Lebhaftigkeit. Wie könnte es anders sein? Schließlich waren es ja die einzigen in meinem ganzen Leben, und seitdem ... – aber ich will nicht vorgreifen. Wie aus Furcht, meine Eltern könnten sich Sorgen machen oder (Kinder sind komisch!) sie missbilligen, verschwieg ich sie sowohl meinem Vater als auch meiner Mutter bis auf den Traum jener letzten Nacht.

In meinem Traum bahnte ich mir einen Weg durch enge Tunnel, alle grobschlächtig aus dem rohen Fels gehauen oder vielleicht auch *genagt.* Oft war mir, als ob ich mich tief unter der Erde befand, doch woher ich in meinem Traum diesen Eindruck nahm, kann ich nicht sagen. Oft spürte ich allerdings große Hitze und ein unbeschreibliches Druckgefühl, das von oben auf mir lastete. Hin und wieder verblasste dieses Druckgefühl jedoch zu einem Nichts. Und manchmal spürte ich, dass sich weit über mir gewaltige Wassermengen befanden, obwohl ich auch nicht weiß, wie ich zu dieser Vermutung kam, da es in den Stollen stets sehr trocken war. Gleichwohl kam es mir immer vor, als erstreckten sich diese Gänge meiner Träume endlos unter dem Pazifik.

In den Stollen war keine Lichtquelle auszumachen. Meine Traumerklärung, wie ich trotzdem sehen konnte, war phantastisch, wenn auch geistreich. Der Boden der Tunnel hatte eine eigenartig grüne, ins Violette spielende Farbe, die ich in meinem Traum als die Reflexion kosmischer Strahlen (über die damals viel in den Zeitungen stand, was meine kindliche Phantasie beflügelte) deutete, welche aus dem fernen Weltall kamen und die dicken Felsen über mir passierten. Die gewölbte Decke der Tunnel leuchtete andererseits in einem unheimlichen Orange-Blau. Dies, so glaubte ich zu wissen, wurde durch die Reflexion von Strahlen erzeugt, die der Wissenschaft noch unbekannt waren und aus dem Erdinneren kommend die Felsen unter mir durchdrangen.

Das schaurige Licht enthüllte mir die seltsamen Reliefs und Bilder, die überall die Tunnelwände bedeckten. Obwohl ihnen etwas Unterseeisches und auch Monströses anhaftete, erschienen sie mir befremdlich *verallgemeinert,* als seien es mathematische Darstellungen des Ozeans, seiner Bewohner und ganzen Kosmen, die von fremdem Leben erfüllt waren. Wenn man *den Träumen* eines Ungeheuers mit übersinnlichen geistigen Fähigkeiten eine dem Auge erschließbare Gestalt verleihen könnte, dann ähnelte sie diesen endlosen Bildern, die ich auf den Tunnelwänden sah – oder wenn *die Träume* eines solchen Ungetüms zum Teil Gestalt annehmen und sich durch diese Tunnel bewegen könnten, *dann hätten sie die Wände auf diese Weise geformt.*

Zuerst war ich mir in meinen Träumen keines Körpers bewusst. Ich schien als reiner Beobachter in einem eindeutig *rhythmischen* Tempo durch die Tunnel zu schweben, manchmal schneller, manchmal langsamer.

Und zuerst sah ich niemanden in diesen quälerischen Tunneln, obwohl ich mich ständig davor fürchtete, doch jemandem begegnen zu können – eine Furcht, in die sich Verlangen mischte. Dieses Gefühl war zutiefst verstörend und kräfteraubend, und ich hätte es nach dem Erwachen niemals verbergen können, wäre ich nicht (von einer Ausnahme abgesehen) niemals erwacht, bevor mein Traum an seinem Ende angelangt und ich in meiner Erschöpfung zu keiner Regung mehr fähig war.

Und dann, in meinem nächsten Traum, erblickte ich tatsächlich Wesen in den Gängen, die sie in der gleichen rhythmischen Bewegung durchschwebten, in der auch ich mich (oder meine Perspektive sich) fortbewegte. Würmer waren es, mannslang, oberschenkeldick, zylindrisch, mit stumpfen Enden. Von einem Ende zum anderen zogen sich, zahlreich wie die Beine eines Tausendfüßlers, winzige Schwingenpaare entlang, durchsichtig wie Fliegenflügel, und schlugen unablässig, wobei sie ein unvergesslich finsteres, dumpfes Brummen erzeugten. Die Würmer hatten keine Augen – ihre Köpfe bestanden aus einem kreisrunden Mund, der wie bei einem Hai mit Reihen aus dreieckigen Zähnen besetzt war. Obwohl die Würmer blind waren, schienen sie sich auf kurze Entfernung gegenseitig ausmachen zu können, und ihre plötzlichen Ausweichmanöver, die einen Zusammenstoß immer in letzter Sekunde verhinderten, bedeuteten für mich einen besonderen Schrecken. (Vielleicht, weil sie mich an meinen Hinkefuß erinnerten.)

In meinem nächsten Traum wurde ich mir meines Traumkörpers bewusst. Kurz gesagt, ich war selbst einer dieser flügelbewehrten Würmer. Das Entsetzen, das mich daraufhin überkam, erschien mir grenzenlos, doch wieder dauerte der Traum an, bis er von selbst verging und ich erwachte. Ich erinnerte mich nur noch daran, etwas Schreckliches geträumt zu haben, und glaubte mich nach wie vor in der Lage, mein Träumen geheim zu halten.

In meinem nächsten Traum sah ich drei der geflügelten Würmer in einen größeren Tunnel vordringen, in dem das Gefühl des Druckes von oben nur sehr schwach war. Ich war noch immer eher Beobachter als Agierender und schwebte in meinem Wurmleib durch einen engeren Seitengang an ihnen vorüber. Wieso ich sehen konnte, obwohl ich in einem blinden Wurmkörper steckte, erklärte sich aus der Logik meines Traumes nicht.

Die drei Würmer quälten ein ziemlich kleines menschliches Opfer. Ihre drei Schnauzen senkten sich auf sein Gesicht. Ihrem düsteren Summen haftete ein Unterton der Gier an, und ich hörte schmatzende Geräusche.

Blonde Haare, ein weißer Schlafanzug und ein leicht verkrümmter und *scharf nach innen* gebogener rechter Fuß verrieten mir, dass ich selbst das Opfer war.

In diesem Augenblick wurde ich heftig geschüttelt, die Szene verschwamm, und ich blickte in das große, erschrockene Gesicht meiner Mutter über mir; hinter ihr stand mein Vater mit besorgter Miene. Ich zitterte vor Furcht, schlug heftig um mich und schrie wie am Spieß. Es dauerte buchstäblich Stunden, bevor ich mich wieder beruhigte, und Tage vergingen, bevor mein Vater mich den Albtraum erzählen ließ.

Danach stellte er die strikte Regel auf: Niemand durfte je wieder versuchen, mich wachzurütteln, egal wie schlimm mein Albtraum auch sein mochte. Später erfuhr ich, dass er mich während meiner Nachtmahre mit besorgter Miene bewachte, den Drang unterdrückte, mich zu wecken, und streng darauf achtete, dass niemand sonst es versuchte.

Die nächsten Nächte kämpfte ich gegen den Schlaf an, aber als mein Albtraum sich nicht mehr wiederholte und ich mich beim Aufwachen nie wieder daran erinnern konnte, überhaupt geträumt zu haben, beruhigte ich mich, und mein Leben, sowohl im Schlaf als auch in Wachsein, wurde wieder sehr ruhig. In der Tat ließ sogar mein Schlafwandeln nach, obwohl ich weiterhin außergewöhnlich lange schlief, eine Gewohnheit, die nun durch meines Vaters Anweisung, niemand dürfe mich wecken, gefördert wurde.

Ich frage mich allerdings immer mehr, ob dieser scheinbare Rückgang meiner unbewussten nächtlichen Wanderungen nicht darauf zurückzuführen ist, dass ich oder zumindest ein Teil von mir verschlagener geworden war. *Gewohnheiten* haben es ohnedies an sich, dass sie mit der Zeit von den Menschen, mit denen man zusammenlebt, einfach nicht mehr wahrgenommen werden.

Manchmal jedoch ertappte ich meinen Vater dabei, wie er mich nachdenklich betrachtete, als hätte er sehr gern mit mir über gewisse Belange gesprochen, doch letztendlich bezwang er diesen Drang immer erfolgreich (falls ich mit meiner Vermutung überhaupt ins Schwarze treffe) und begnügte sich damit, mich sowohl zu schulischen Leistungen anzuspornen als auch die Fortsetzung meiner Streifzüge zu ermutigen, obwohl Letztere nicht ungefährlich waren; an meinen Lieblingsstellen gab es *wirklich* viele Klapperschlangen, vielleicht deswegen, weil in unserer Gegend das Opossum und der Waschbär allmählich ausgerottet wurden. Vater hieß mich hohe Schnürschuhe aus festem Leder tragen.

Und nicht nur einmal gewann ich den Eindruck, dass er sich mit Simon Rodia insgeheim über mich unterhielt, wenn dieser uns besuchte.

In meinem ganzen Leben war ich ein Einzelgänger und bin es bis auf den heutigen Tag geblieben. Wir hatten keine Nachbarn, die gleichzeitig Freunde, und keine Freunde, die unsere Nachbarn waren. Zunächst lag es an der Abgeschiedenheit unseres Hauses und dem Argwohn, den alle deutsch klingenden Namen in den Jahren nach dem Weltkrieg hervorriefen. Daran änderte sich jedoch auch nichts, als neue, tolerantere Nachbarn hinzuzogen. Vielleicht wäre es anders gekommen, hätte mein Vater länger gelebt. (Seine Gesundheit war gut bis auf seine Augen – manchmal tanzten ihm die Farben vor den Augen.)

Doch so sollte es nicht sein. An jenem schicksalhaften Sonntag im Jahre 1925 begleitete er mich auf einer meiner üblichen Wanderungen, und wir hatten gerade eine meiner liebsten Stellen erreicht, als der Boden unter seinen Füßen nachgab und er neben mir in die Erde verschwand; sein Aufschrei verhallte, so rasch stürzte er ab. Nur dieses eine Mal hatte sein Instinkt für die Bodenbedingungen ihn im Stich gelassen. Mit leisem Scharren rutschten ein paar Steine und etwas Kies nach, dann war alles still. Ich robbte auf dem Bauch an das grasumsäumte schwarze Loch und spähte ängstlich hinein.

Von sehr tief unten (so klang es wenigstens) hörte ich meinen Vater schwach rufen. »Georg! Hol Hilfe!« Seine Stimme klang schrill und atemlos, als sei die Brust ihm eingeschnürt.

»Vater! Ich komme runter!«, schrie ich, die Hände wie einen Trichter um den Mund gelegt, und schob gerade meinen verkrüppelten Fuß auf der Suche nach Halt in das Loch vor, als seine erregte, aber deutlich artikulierte Antwort zu mir drang. Seine Stimme klang noch höher und tonloser, als müsse er sich sehr anstrengen, um ausreichend Luft zu bekommen. »Bleib oben, Georg ... es rutscht nur nach. Hol Hilfe ... hol ein Seil!«

Ich zögerte kurz, dann zog ich mein Bein zurück und eilte in einem humpelnden Galopp nach Hause. Ein Gefühl von Dramatik vertiefte mein Entsetzen (oder nahm es ihm die Schärfe?), denn im Frühjahr hatten wir wochenlang vor meinem selbst gebauten Detektorradio gesessen und den Berichten über die langwierigen (und letztlich leider erfolglosen) Versuche gelauscht, Floyd Collins zu retten, der in der Nähe von Cave City in Kentucky im Sand Cave verschüttet worden war. Ich erwartete wohl, dass meinem Vater eine ähnlich dramatische Rettungsaktion bevorstand.

Zu unserem großen Glück machte gerade ein junger Arzt einen Hausbesuch in unserer Nachbarschaft, und so war er der erste Retter, den ich zu der Grube führte, in die mein Vater gestürzt war. Aus dem schwarzen Loch drang kein Laut mehr, obwohl wir riefen und riefen, und ich erinnere mich, wie ein paar Männer mich misstrauisch ansahen, als überlegten sie, ob ich die ganze Geschichte erfunden haben könnte. Der mutige junge Arzt bestand gegen den Rat der meisten Männer jedoch darauf, in das Loch hinabgelassen zu werden – sie hatten ein starkes Seil *und* eine elektrische Taschenlampe mitgebracht.

Er brauchte lange, bis er unten ankam; das Loch war gut zwanzig Meter tief. Während seines Abstiegs verständigten wir uns ununterbrochen durch Rufe, und es dauerte fast genauso lang, bis er wieder oben ankam. Er war von Kopf bis Fuß mit grobem, gelbem Lehm verschmutzt und berichtete uns (er legte mir dabei die Hand auf die Schulter, und zwei andere Frauen stützten meine Mutter), mein Vater sei dort unten unlösbar eingeklemmt, nur der Kopf schaue unter den Steinen hervor. Ohne jeden Zweifel sei er tot.

In diesem Augenblick grollte und knirschte es, und das schwarze Loch brach in sich zusammen. Einer der Männer, der an seinem Rand stand, konnte gerade noch in Sicherheit springen. Meine Mutter schrie auf, warf sich auf das noch bebende braune Erdreich und wurde zurückgerissen.

Eine Woche später stand fest, dass die Leiche meines Vaters nicht geborgen werden konnte. Was von dem Loch noch übrig war, wurde mit Zement und Sand verschlossen. Zwar verbot man meiner Mutter, an der Stelle einen Grabstein zu errichten, doch als eine Art Ausgleich – ich kann den Gedankengang nicht nachvollziehen – schenkte ihr die Gemeindeverwaltung eine Gruft auf dem Friedhof. (Darin liegt sie nun selbst begraben.) Dennoch fand am Unglücksort ein inoffizieller Trauergottesdienst statt, den ein lateinamerikanischer Priester abhielt, und Simon Rodia errichtete dem Verbot zum Trotz einen kleinen Gedenkstein aus weißem Zement, der den Namen meines Vaters trägt und außerdem eine wunderschöne, wenn auch verschwommene Meereslandschaft aus blauem und grünem Glas zeigt. Er steht noch heute dort.

Nach dem Tod meines Vaters verstärkte sich mein Einzelgängertum, und meine Mutter, eine scheue, zu hysterischen Ängsten neigende Frau, ermutigte mich kaum, irgendwelche Kontakte zu schließen. So lange ich zurückdenken kann, und ganz sicher seit Anton Fischers tragischem und abruptem Ableben, war mir nie etwas wichtig gewesen außer meinem Sinnieren und dem Ziegelhaus mit seinen befremdlichen Steinfriesen und den Bergen, jenen sandigen, kahlen, salzgetränkten, sonnenverdorrten Hügeln. Sie nehmen in meinem Leben einen zu großen Stellenwert ein; ich bin zu lange an ihren abbröckelnden Kanten umhergeklettert, unter ihren rissigen, tückischen, überhängenden Sandsteinen hinweg und durch die monatelang trockenen Bachbette gewandert, die ihre Cañons durchziehen. Ich habe oft über die alte Zeit nachgedacht, in der, wie manche Indianer glauben sollen, Fremde mit gewaltigen Meteorschauern von den Sternen kamen, das Echsenvolk bei seinen verzweifelten Grabungen nach Wasser zugrunde ging und das schuppige Seevolk diese Küste durch Tunnel unter den Tiefen des weiten Pazifiks erreichte, der eine eigene Welt im Westen darstellte, so weit wie die der Sterne. Ich hatte schon früh eine große Vorliebe für solche wilden Geschichten entwickelt. Mein Äußeres ist zu sehr Ausdruck meiner inneren Landschaft geworden. Während der Nächte, in denen ich so lange schlief, durchhumpelte ich sie beide, das weiß ich heute aus einem unerfindlichen Grund mit Gewissheit. Bei Tag allerdings hatte ich flüchtige, furchtbare Visionen, in denen ich meinen Vater sah – unter der Erde, tot und lebendig zugleich, in Gesellschaft der schwingenbewehrten Würmer meiner Albträume. Außerdem verfestigte sich in mir der Gedanke oder die Einbildung, genau unter den Wegen, die ich am liebsten beschritt, ziehe sich ein Netz von Tunneln dahin, das zwar in unterschiedlichen Tiefen verlief, den Pfaden aber folgte; an meinen »Lieblingsorten« kamen diese unterirdischen Gänge der Erdoberfläche am nächsten.

(»Die Legende von Yig«, dröhnen die Stimmen. »Die Violetten Irrwische, die kugelförmigen Nebel, Canis Tindalos und ihre faulige Substanz, die Natur der Doelen, das getönte Chaos, die Gefolgschaft des großen Cutlu ...« Ich habe Frühstück gemacht, bringe aber nichts herunter. Durstig schlürfe ich heißen Kaffee.)

Ich würde kaum so lange bei meiner Mondsüchtigkeit verweilen und meinem unnatürlich langen Schlaf, der so tief war, dass meine Mutter schwor, mein Geist sei woanders, dieses hing nicht damit zusammen, dass man sich schon in frühen Jahren in intellektueller Hinsicht viel von mir versprach. Sicher, ich kam recht gut in der Dorfschule und später in der städtischen Highschool zurecht, die ich mit dem Schulbus erreichte; es ist auch richtig, dass ich schon früh ein vielseitiges Interesse und Anwandlungen ausgezeichneter Logik und phantasievoller Vernunft an den Tag legte. Leider blieben es Anwandlungen, die weiterzuverfolgen und mit ihrer Hilfe einen anhaltenden, verlässlichen Fortschritt zu machen mir niemals gelingen wollte. Von Zeit zu Zeit stürzten die Lehrer meine Mutter in tiefe Sorgen mit ihren Beschwerden darüber, dass ich unvorbereitet zum Unterricht erscheine und meinen mangelnden Arbeitswillen an den Tag lege; bei den Klassenarbeiten schnitt ich jedoch immer ausgezeichnet ab. Auch meine Bemühungen, persönliche Bande zu knüpfen, liefen sich anscheinend immer wieder sehr schnell tot. Ich litt stets unter mangelhafter Konzentrationsfähigkeit. Ich weiß noch, dass ich oft vor einem Lieblingsbuch saß und mich Minuten oder Stunden später dabei ertappte, wie ich Seiten umblätterte, ohne irgendetwas aufgenommen zu haben, was darauf geschrieben stand. Manchmal hielt mich nur noch die Mahnung meines Vaters, zu lernen, und zwar *eingehend* zu lernen, davon ab, mich selbst aufzugeben.

Diese Eigenart mag Ihnen nicht erwähnenswert erscheinen. Für ein behütetes Einzelkind ist es nicht ungewöhnlich, wenn es keine große Willenskraft oder geistige Energie zeigt. Solch ein Kind wird häufig kraftlos, träge und entscheidungsschwach. Nicht ungewöhnlich ist es also – nur bemitleidenswürdig und tadelnswert. Seien Sie versichert, ich warf mir mein Verhalten oft genug selbst vor, denn ich spürte in mir die Kraft und die Befähigung sitzen, die mein Vater gefördert hatte, nur dass irgendetwas sie hemmte. Es gibt nur allzu viele Leute mit Befähigungen, die sie nicht aktivieren können. Erst *spätere* Ereignisse führten dazu, dass ich in meinen Beschränkungen eine besondere Bedeutung erkannte.

Meine Mutter befolgte die Anweisungen meines Vaters, die meine weitere Erziehung betrafen, getreulich bis aufs Wort, wovon ich allerdings erst kürzlich erfuhr. Nach dem Abschluss der höheren Schule schickte mich meine Mutter auf eine ehrwürdige Anstalt an der Ostküste, die zwar nicht so bekannt ist wie die acht Eliteuniversitäten der *Ivy League*, jedoch den gleichen hohen Ansprüchen genügt – auf die Miskatonic University. Am Fluss des gleichen Namens liegt sie in der Altstadt von Arkham mit seinen Mansarddächern und schattigen Gassen, die so still und leise sind wie das Schleichen einer Katze, die einer Hexe vertraut ist. Von dieser Universität hatte mein Vater von einem Auftraggeber gehört, einem gewissen Harley Warren, für den er auf einem sumpfigen Privatfriedhof mit der Wünschelrute gearbeitet hatte. Dieses Mannes hohes Lob auf die Miskatonic University hatte sich meinem Vater tief eingeprägt. Meine bisherigen Schulleistungen ließen es zwar nicht erwarten (es mangelte mir an mehreren Grundvoraussetzungen), doch gelang es mir eben – sehr zur Überraschung meiner früheren Lehrer – die schwierige Aufnahmeprüfung zu bestehen, die (wie in Dartmouth) einige Kenntnisse des Griechischen und Lateinischen erforderte. Ich allein weiß, was mich dazu befähigte: Ich hätte es nicht ertragen können, so kurz vor dem Ziel der Hoffnungen meines Vaters zu versagen.

Leider bemühte ich mich vergebens. Vor dem Ende des ersten Semesters war ich zurück in Südkalifornien, körperlich und geistig zerrüttet durch eine Reihe von nervösen Anfällen, durch Heimweh, ein wirkliches Leiden (Anämie), eine Zunahme der Stunden, die ich schlafend verbrachte, und dem fast unglaublichen Wiederauftreten meiner Mondsüchtigkeit, die mich mehr als einmal tief in die wilden Hügel westlich von Arkham zog. Ich versuchte eine – wie es mir schien – lange Zeit, dagegen anzukämpfen, doch nach einigen besonders schlimmen Anfällen rieten mir die Universitätsärzte zur Aufgabe des Studiums. Ich glaube, sie hielten mich nicht für aus dem Holz eines nur durchschnittlich willensstarken Mannes geschnitzt und bemitleideten mich mehr, als dass sie mir Verständnis entgegenbrachten. Ein junger Mann, der den Empfindungen und Sehnsüchten eines ängstlichen Kindes unterliegt, bietet keinen angenehmen Anblick.

Die Ärzte schienen Recht zu behalten (wenngleich ich heute weiß, dass sie sich irrten), denn meine Krankheit erwies sich (anscheinend) als simples Heimweh und sonst nichts. Mit einem Gefühl der äußersten Erleichterung kehrte ich zu meiner Mutter in unser Ziegelhaus zurück, und mit jedem Zimmer, das ich betrat, gewann ich mehr Sicherheit – auch, oder vielleicht besonders, als ich den Keller mit seinem blitzblank gefegten Steinfußboden, den Werkzeugen und Chemikalien (Säuren, etc.) meines Vaters und dem unterseeischen Felsbild »Das Tor der Träume« aufsuchte. Mir war, als habe mich die ganze Zeit, die ich an der Miskatonic University verbracht hatte, ein unwiderstehlicher Sog zurückgezerrt und erst jetzt völlig nachgelassen.

(Jene Stimmen sind natürlich wirklich auf dem gesamten Kontinent zu vernehmen: »Die essenziellen Salze, die graue, verkrümmte, spröde Monstrosität, das flötengequälte Pandämonium, die korallenverkrusteten Türme von Rulay ...«)

Und die Hügel halfen meiner Genesung nicht weniger als mein Zuhause. Einen Monat lang durchstreifte ich sie jeden Tag und erwanderte mir die altvertrauten Wege zwischen dem braunen, ausgedörrten Unterholz neu. Mein Kampf war angefüllt mit den alten Geschichten und Erinnerungsfetzen aus meiner Kindheit. Ich glaube, erst damals, erst nach meiner Rückkehr aus Arkham, wurde mir wirklich klar, wie viel mir diese Hügel bedeuteten.

Vom Mount Waterman und dem steilen Mount Wilson, auf dem die große Sternwarte mit dem Zweieinhalbmeter-Spiegelteleskop steht, durch den höhlenreichen Tujunga Canyon mit den unzähligen gewundenen Ausgängen ins Flachland, über die flachen Verdugo Hills zum finsteren, fast unbesteigbaren Potrero und die großen, geschlängelten Topanga Canyons, die sich unerwartet, mit der Plötzlichkeit eines Unglücks zum gewaltigen, urtümlichen Pazifik hin öffnen – alle Hügel mit nur wenigen Ausnahmen sandig, rissig, trügerisch und porös: Sie übten eine Anziehung auf mich, den Hinkenden, den furchtsam Lauschenden aus, die an das Zwanghafte heranreichte. In der Tat zeigten sich immer mehr Hinweise auf Besessenheit: Aus unbestimmten Gründen zog ich gewisse Wege den anderen vor, und es gab Stellen, an denen ich nicht vorübergehen konnte, ohne ein paar Minuten innezuhalten. Immer fester glaubte ich oder bildete ich mir ein, unter diesen Wegen verliefen Stollen, die Wesen benutzten, von denen sich die giftigen Schlangen aus der Umgebung angezogen fühlten, weil sie ihnen so ähnlich seien. Sollte meinen kindlichen Albträumen tatsächlich ein gewisses Maß an schrecklicher Wirklichkeit zugrunde liegen? – Ich zuckte erschrocken vor diesem Gedanken zurück.

All dies begriff ich, wie ich sagte, während des ersten Monats nach meiner Rückkehr von der Ostküste. Gegen Ende des Monats entschloss ich mich, meine Besessenheit zu bekämpfen, mein erbärmliches Heimweh, all die kleinen Schwächen und inneren Hinderungsgründe, die mich davon abhielten, der Mann zu werden, von dem mein Vater geträumt hatte. Ich hatte herausgefunden, dass ein völliger Bruch, wie mein Vater ihn für mich geplant hatte (Miskatonic), sich nicht bewerkstelligen ließ; darum entschied ich mich, meine Probleme zu bekämpfen, ohne dabei zu fliehen, und Vorlesungen an der nahe gelegenen UCLA (der University of California in Los Angeles) zu belegen. Dort wollte ich studieren und trainieren, wollte ich Geist und Körper kräftigen. Ich weiß noch sehr gut, wie entschlossen ich war. Eine gewisse Ironie liegt darin verborgen, denn mein Plan, so logisch er mir auch vorkam, war der sichere Garant, mich psychologisch noch tiefer zu verstricken.

Zunächst einmal schien ich jedoch für eine recht lange Zeit gute Fortschritte zu machen. Durch methodische Körperertüchtigung, einer bewussteren Ernährung und viel Ruhe (noch immer schlief ich pro Nacht meine zwölf Stunden) wurde ich kräftiger und gesunder denn je. Die Beschwerden, die mich an der Ostküste geplagt hatten, verschwanden völlig. Ich wachte nicht mehr erschaudernd aus meinem traumlosen Schlafwandel auf; so weit ich es damals erfassen konnte, schien meine Mondsüchtigkeit sich sogar für immer gelegt zu haben. Auch im College, aus dem ich jeden Abend nach Hause zurückkehrte, kam ich gut voran. Damals begann ich auch damit, meine phantastischen, vom Pessimismus gekennzeichneten und von metaphysischen Spekulationen durchsetzten Gedichte zu schreiben, die mir in einem kleinen Leserkreis ein wenig Aufmerksamkeit verschafft haben. Seltsamerweise waren sie von dem einzigen wichtigen Gegenstand beeinflusst, den ich aus dem schattenüberladenen Arkham mit nach Hause gebracht hatte, einem kleinen Buch mit Versen, das ich dort in einem verstaubten Gebrauchtwarengeschäft erstanden hatte: *Azathoth und andere Ungeheuer* von Edward Pickman Derby, einem dort ansässigen Dichter.

Heute weiß ich, dass das plötzliche Anwachsen meiner Energie während meiner College-Jahre eher trügerischer Natur gewesen ist. Weil ich beschlossen hatte, mein Leben in eine neue Richtung zu lenken, die mich in einige neuartige Situationen führte (ohne mich von meinem Zuhause zu trennen), hielt ich mich für äußerst progressiv. Mir gelang es, diesen Glauben über all meine College-Jahre hinweg aufrechtzuerhalten. Dass ich nie ein Thema gründlich ausarbeiten konnte, dass ich nie etwas von gehobenem Anspruch fabrizierte, sprach ich meiner »Vorbereitung« und »intellektuellen Orientierung« auf die Zukunft zu. Mehrere Jahre gelang es mir, vor mir selbst die Tatsache zu verbergen, dass ich auf nur einen Teil meiner Energie zurückgreifen konnte, während ich den Großteil auf innere Kanäle umleitete, deren wahre Natur nur die wahren Machthaber kennen.

(Ich glaubte zu wissen, welche Bücher ich insgeheim studierte, doch die Stimmen sagen mir jetzt: »Die Runen von

Nog-Soth, Nyarlathoteps Schlüsselbein, die Litaneien von Lomar, die profanen Meditationen von Pierre-Louis Montagny, das *Necronomicon*, die Gesänge von Crom-Ya, die Übersichten von Yiang-Li ...«

Draußen brennt die Mittagsonne, aber im Haus ist es kühl. Ich konnte ein wenig essen und habe mir noch mehr Kaffee gekocht. Ich war unten im Keller und habe die Werkzeuge meines Vaters betrachtet, seinen Vorschlaghammer, die Glasballons mit den Säuren und anderes – und »Das Tor der Träume«. Dort sind die Stimmen am deutlichsten.)

Es genügt, wenn ich sage, dass ich während meiner sechs Jahre am College (gleichzeitig auch meine »Dichterjahre« – eine volle Last an Vorlesungen überstieg meine Kräfte) nicht als Mensch, sondern nur als Bruchstück eines Menschen lebte. Ich hatte nach und nach meine hoch gesteckten Ziele ganz aufgegeben und mich mit einem Leben im Kleinen abgefunden. Meine Zeit verbrachte ich damit, Vorlesungen und Seminare zu besuchen, die mir keinen großen Arbeitsaufwand abforderten, Prosafragmente und dann und wann ein Gedicht zu schreiben, mich um meine Mutter zu kümmern (die außer der Sorge um mich keine Sorgen hatte), das Haus meines Vaters in Schuss zu halten (das so gut gebaut war, dass es fast nie einer Ausbesserung bedurfte), fast geistesabwesend durch die Hügel zu streifen und lange zu schlafen. Ich hatte keine Freunde. Eigentlich hatten *wir* keine Freunde. Abbott Kinney war gestorben, und Los Angeles hatte sich sein Venice einverleibt. Simon Rodia musste seine Besuche aufgeben, da ein neues Bauprojekt ihn voll und ganz beanspruchte. Auf das Drängen meiner Mutter fuhr ich einmal nach Watts, einer Siedlung aus blumenbedeckten Bungalows, die sich zwergenhaft vor den Türmen ausnahmen, für die Rodia berühmt ist und die sich wie ein blaugrüner Traum von Persien emporrecken. Er hatte Mühe, sich an mich zu erinnern, und dann musterte er mich seltsam, während er weiterarbeitete. Das Geld, was mein Vater hinterlassen hatte (in

Silberdollars), reichte für meine Mutter und mich aus. Kurz gesagt, ich führte, nicht unfreiwillig, das Leben eines *Pensionärs.*

Dieser Lebensstil fiel mir umso leichter, als ich immer mehr in den Lehren solcher Männer wie Oswald Spengler aufging, die glauben, jede Kultur und Zivilisation verlaufe zyklisch, und unsere westliche Welt mit all ihren grandiosen Träumen vom wissenschaftlichen Fortschritt steuere auf eine Barbarei zu, die sie verschlingen werde, wie die Goten, Wandalen und Hunnen Rom und ihre längerlebige, dahinschwindende Schwesterstadt Byzanz verschlungen hatten. Wenn ich von meinen Hügelkuppen auf das geschäftige, sich ewig ausdehnende Los Angeles hinabblickte, glaubte ich schon die Zukunft zu sehen, in der kleine Banden von plündernden, schmutzigen Barbaren über die zerborstenen Asphaltstraßen zogen und auf die in Ruinen liegenden, großen Gebäude wiesen; dann ist das hoch gelegene Griffith-Park-Planetarium, romantisch aus Steinen erbaut und mit hohen Wällen und starken Bastionen ausgestattet, die Festung eines kleinen Diktators; Industrie und Wissenschaft sind verschwunden, all ihre Maschinen und Instrumente verrostet und unbrauchbar, ihr ehemaliger Zweck unbekannt – all unser Streben wird in Vergessenheit gesunken sein, wie wir die im Stillen Ozean versunkene Zivilisation Mus vergessen haben, von deren Städten nur noch Nan Matol und Rapa Nui oder die Osterinsel zeugen.

Aber *von woher* kamen diese Gedanken wirklich? Nicht ganz oder auch nur grundlegend von Spengler, wie ich glaube. Nein, ich fürchte aufrichtig, sie hatten eine *tiefere* Quelle.

Doch so dachte ich und trieb ab vom Ehrgeiz und den hoch gesteckten Zielen unserer kommerziellen Welt. Ich betrachtete alles in Begriffen von Transzendenz, Dekadenz und Zerfall – als wären die Zeiten so verrottet und löchrig wie die Hügel, von denen ich besessen war.

Nein, meine Geisteshaltung war nicht morbide, ich war *überzeugt* von ihr. Gesundheitlich ging es mir besser als je zuvor, und ich war weder gelangweilt noch enttäuscht. Gelegentlich warf ich mir vor, dass ich mich nicht zu dem Mann entwickelt hatte, von dem mein Vater geträumt, doch insgesamt gesehen war ich seltsam zufrieden. Mich erfüllte ein seltsames Gefühl von Macht und Selbstzufriedenheit, als stecke ich mitten in meinem kühnsten Unternehmen. Sie kennen die erleichterte Entspannung und bis ins Mark reichende Zufriedenheit, wie man sie nach einem Tag voll harter Arbeit erlebt, die von Erfolg gekrönt war? Nun, so *fühlte ich mich, tagein, tagaus fast immer,* und hielt meine Zufriedenheit für ein Geschenk der Götter. Mir kam es nicht in den Sinn zu fragen: »*Welcher* Götter? Stammen sie vom Himmel – oder aus der *Unterwelt?*«

Sogar meine Mutter war glücklicher als zuvor; ihrer Krankheit war Einhalt geboten, ihr Sohn war ihr ergeben, führte ein geschäftiges Leben (in sehr kleinem Maßstab) und unternahm bis auf seine gelegentlichen Streifzüge in den Hügeln nichts, was ihr Sorge bereiten konnte.

Das Glück war uns günstig gesonnen. Unser Haus ging aus dem schlimmen Erdbeben, das am 10. März 1933 das Gebiet von Long Beach erschütterte, ohne Schaden hervor. Die, die es »Fischers Torheit« getauft hatten, waren widerlegt.

Letztes Jahr (1936) erhielt ich von der UCLA meinen Bakkalaureus für Englische Literatur mit Geschichte als Nebenfach, und meine Mutter wohnte stolz der Urkundenverleihung bei. Etwa einen Monat später freute sie sich wie ein Kind, als die ersten Exemplare meines kleinen Gedichtbandes *Der Gräber in der Tiefe* eintrafen, den ich auf eigene Kosten hatte drucken lassen. Von ihnen versandte ich nicht nur mehrere Rezensionsexemplare, sondern stiftete in meiner gehobenen Stimmung zusätzlich den Universitätsbibliotheken von Los Angeles und Arkham je zwei Exemplare. In meinem Begleitbrief an Dr. Henry Armitage, den Bibliothekar letzterer Hochschule, erwähnte ich nicht nur mein kurzes Studium dort, sondern auch, dass mich ein Dichter aus Arkham inspiriert habe.

Ich schilderte ihm auch ein wenig die Umstände, unter denen ich die Gedichte verfasst hatte.

Meiner Mutter gegenüber scherzte ich ausgiebig über diese großzügige Geste, doch sie wusste, wie tief mein Versagen an der Miskatonic University mich getroffen hatte und wie sehr ich wünschte, dort meinen guten Ruf wiederherzustellen. Als nur wenige Wochen später ein Brief an mich eintraf, der den Poststempel von Arkham trug, eilte sie ganz gegen ihre sonstigen Gepflogenheiten in die Hügel hinaus, um ihn mir zu bringen, da ich gerade zu einem meiner Streifzüge aufgebrochen war.

Von meinem Standort aus hörte ich ihre Todesschreie kaum, nahm sie aber doch wahr. Ich lief zurück, so schnell ich nur konnte. Genau dort, wo mein Vater gestorben war, fand ich sie auf dem harten, trockenen Erdboden. Sie schrie noch immer – und neben ihr tänzelte die große, junge Klapperschlange, die sie in die bereits anschwellende Wade gebissen hatte.

Ich tötete das scheußliche Ding mit dem Stock, den ich immer bei mir trug, dann schnitt ich die Bissstelle mit meinem scharfen Taschenmesser auf, saugte sie aus und spritzte meiner Mutter das Gegengift, das ich auf meinen Streifzügen stets mitführte.

Vergeblich; sie starb zwei Tage später im Krankenhaus. Wieder galt es nicht nur, den Schock und die Verzweiflung zu überwinden, sondern auch die Beerdigung zu veranlassen (immerhin besaßen wir bereits eine Grabstelle). Die Beerdigung war diesmal eher konventioneller Natur, und ich war der einzige Trauergast.

Eine weitere Woche verstrich, bevor ich es über mich brachte, den Brief zu lesen, den sie mir hatte bringen wollen. Schließlich war er ja zum Grund ihres Todes geworden. Fast hätte ich ihn ungeöffnet zerrissen. Nachdem ich aber zu lesen begonnen hatte, fesselte er mich mehr und mehr. Ich war wirklich verblüfft – und zugleich erschrocken. Ich gebe ihn hier in ganzer Länge wieder:

118 Saltonstall St.,
Arkham, Mass.
12.1936

Georg Reuter Fischer, Esq.
Vultures Roost,
Hollywood, Calif.

Sehr geehrter Mr. Fischer!

Dr. Henry Armitage hat sich die Freiheit genommen, mir Ihr »Der Gräber in der Tiefe« zu zeigen, bevor es zum allgemeinen Gebrauch in die Universitätsbibliothek eingestellt wurde. Darf ich Ihnen als Mensch, der nur in den Außenhöfen der Musentempel dient und besonders Polhymnias und Eratos Schreine nie betreten hat, meine tiefste Hochachtung für Ihr dichterisches Werk aussprechen? Und darf ich Ihnen mit allem Respekt die Bewunderung von Professor Wingate Peaslee von unserem psychologischen Institut, von Dr. Francis Morgan vom Lehrstuhl für Medizin und Vergleichende Anatomie, der meine besonderen Interessen teilt, und von Dr. Armitage übermitteln? Besonders »Grüne Tiefen« ist ein bemerkenswert gut ausgearbeitetes und tief bewegendes Stück Lyrik.

Ich bin Assistenzprofessor der Literatur an der Miskatonic University und befasse mich begeistert mit neuenglischen und anderen Volkssagen. Wenn ich mich recht entsinne, haben Sie vor sechs Jahren eins meiner Proseminare besucht. Ich habe es immer sehr bedauert, dass Ihr Gesundheitszustand Sie damals zwang, Ihr Studium aufzugeben, und freue mich nun sehr, den untrüglichen Beweis vor mir zu sehen, dass Sie Ihre Schwierigkeiten überwinden konnten. Meinen Glückwunsch!

Gestatten Sie mir, nun zu einem anderen, völlig verschiedenen Thema überzugehen, das dennoch Ihr dichterisches Werk tangiert. Unsere Universität ist im Moment damit beschäftigt, eine breite, interdisziplinäre Studie auf dem Feld der allge-

meinen Volkssagen, der Sprache und der Träume zu betreiben, eine Untersuchung des Vokabulars des kollektiven Unbewussten unter besonderer Berücksichtigung der Frage, wie es sich in der Dichtung ausdrückt. Die drei oben aufgeführten Wissenschaftler nehmen an diesem Projekt teil. Ebenfalls beteiligt sind Kollegen von der Brown University in Providence, Rhode Island, welche die Pionierarbeit des verstorbenen Professors George Gammel Angell fortsetzen.

Von Zeit zu Zeit habe ich die Ehre, ihnen einen kleinen Dienst erweisen zu können. Von ihnen bin ich ermächtigt, Sie um Ihre Mithilfe in einer Angelegenheit zu bitten, die von beispielloser Wichtigkeit sein könnte. Dazu müssten Sie lediglich einige Fragen beantworten, die sich auf die Umstände beziehen, unter denen Ihre Texte entstanden sind; keinesfalls betreffen sie den Kern Ihrer Dichtkunst. Selbstverständlich werden alle Informationen, die uns zu überlassen Sie gewillt sind, streng vertraulich behandelt werden.

Ich möchte Ihre Aufmerksamkeit auf die folgenden zwei Zeilen der »Grünen Tiefen« lenken:

Intelligenz züchtet sich selbst
In den korallenverhüllten Türmen von Rulay.

Haben Sie bei der Niederschrift dieses Gedichts je eine exzentrische Buchstabierung des letzten (und wahrscheinlich erfundenen?) Wortes erwogen? Sagen wir einmal: »R'lyeh«. Und wenn ich drei Zeilen zurückgehe, wollten Sie »Nath« (auch erfunden?) vielleicht mit einem »P« am Anfang schreiben, also »Pnath«?

Und im gleichen Gedicht:

Der grimme Drache träumt im fernen Cathay
während Cutlu mit den Schlangengliedern schläft im tiefen Rulay.

Der Name »Cutlu« (wieder: erfunden?) ist für uns von besonderem Interesse. Hatten Sie fonetische Schwierigkeiten, die Buchstaben so zu wählen, wie Sie Ihnen in den Sinn kamen? Haben Sie das Wort vielleicht im Interesse der poetischen Klarheit vereinfacht? Und haben Sie je »Cthulhu« in Betracht gezogen?

(Wie Sie sehen können, haben wir herausgefunden, dass die Sprache des kollektiven Unbewussten fast unangenehm guttural und zischend klingt – nur ein Räuspern und Spucken, wie im Deutschen.)

Aufgefallen ist uns auch ein Vierzeiler aus Ihrem beeindruckenden Gedicht »Seegräber«:

Ihre Türme liegen tiefer als unser tiefstes Grab,
erhellt von Licht, das der Mensch schon erschaut;
nur der flügellose Wurm wandelt dorten,
zwischen unsrem Tag und ihrer Gruft im Meer.

Könnte hier ein Druckfehler vorliegen? In der zweiten Zeile – müsste anstatt »schon« nicht »nie« stehen? (Und war das Licht, das Sie im Sinn hatten, orangeblau oder purpurgrün – oder beides?) Und wie würde Ihnen in der nächsten Zeile »geflügelt« anstatt »flügellos« gefallen?

Ferner möchte Professor Peaslee Ihnen in Bezug auf »Seegräber« und auf das Titelgedicht Ihres Buches eine Frage über die unterirdischen und unterseeischen Tunnel stellen, die er selbst als sehr weit hergeholt bezeichnet: Hatten Sie je die Vorstellung, solche Tunnel existierten wirklich in der Gegend, in der Sie das Gedicht geschrieben haben, wahrscheinlich also in den Bergen von Hollywood und Santa Monica, die an den Pazifischen Ozean grenzen? Haben Sie eventuell sogar versucht, die Wege zu finden, die diesen (eingebildeten?) Tunneln an der Oberfläche folgen? Und ist Ihnen vielleicht (entschuldigen Sie die Befremdlichkeit dieser Frage) aufgefallen, ob sich auf jenen Pfaden außergewöhnlich viele Giftschlangen aufhalten? Klapperschlangen, würde ich sagen (bei uns wären es Kettennattern, tiefer im Süden Wassermokassinschlangen und Prunkottern). Wenn ja, dann geben Sie auf sich Acht!

Wenn solche Tunnel durch einen seltsamen Zufall tatsächlich existieren sollten, wäre es möglich, sie ohne Bohrungen oder Grabungen nachzuweisen, falls Sie das interessiert. Anscheinend hinterlässt heutzutage sogar die Leere – d. h., das Nichts – ihre Spuren! Zwei naturwissenschaftliche Professoren unserer Universität, die ebenfalls bei dem oben erwähnten Programm mitarbeiten, haben zu diesem Zweck einen sehr gut transportablen Apparat entwickelt, den sie einen magneto-optischen Geo-Spürer nennen. (Dieser Begriff klingt in den Ohren eines Dichters sicher plump und barbarisch, aber Sie wissen ja, wie Naturwissenschaftler sind!) Ist die Vorstellung nicht seltsam, dass unsere Traumforschung einen geologischen Widerhall gefunden hat? Das geschickt konstruierte Instrument mit dem scheußlichen Namen ist die Weiterentwicklung eines anderen, das bereits zwei neue chemische Elemente entdeckt hat.

Im nächsten Frühjahr werde ich in den Westen reisen, um mit einem Mann in San Diego zu sprechen, dem Sohn des Gelehrten, dessen Forschungen zu unserem abteilungsübergreifenden Programm führten, Henry Wentworth Akeley. (Wie der Zufall es will, war der Arkhamer Dichter, dem Sie solch großzügigen Tribut zollen – auch er ist verstorben –, ebenfalls solch ein Pionier!) Ich werde mit meinem englischen Sportwagen, einem Austin, kommen. Wie ich eingestehen muss, bin ich ein großer Liebhaber des Automobils, sogar ein Geschwindigkeitsfanatiker, so unpassend das für einen Professor der englischen Sprache auch erscheinen mag. Ich wäre sehr glücklich, wenn ich Sie während dieser Reise aufsuchen und Ihre Bekanntschaft machen dürfte. Ich könnte sogar einen Geo-Spürer mitbringen, dann ließe es sich einrichten, dass wir diesen vermuteten Tunneln nachspüren!

Aber vielleicht plane ich auch wieder zu weit vor. Verzeihen Sie mir, wenn ich Ihnen zu aufdringlich erscheine. Ich danke im Voraus für jedwede Aufmerksamkeit, die Sie diesem Brief und seinen notwendigerweise ungehörigen Fragen schenken.

Noch einmal meinen Glückwunsch zu dem »Gräber«!

Ihr sehr ergebener
Albert N. Wilmarth

Es ist mir unmöglich zu beschreiben, in welche Gemütsverfassung ich nach der Lektüre dieses Briefes geriet; ich kann nur versuchen, sie schrittweise zu erläutern. Zuerst einmal schmeichelte mir das offenbar aufrichtig gemeinte Lob für meine Verse – wie könnte es bei einem jungen Dichter sonst der Fall sein? Es machte mich sogar verlegen. Dass ein Psychologe und ein alter Bibliothekar (und sogar ein Anatom!) sie auch bewunderten – das war fast zu viel.

Kaum erwähne Wilmarth das Proseminar, als mir die Erinnerung an ihn lebhaft ins Gedächtnis trat. Obwohl ich seinen Namen im Laufe der Jahre vergessen hatte, traf es mich wie ein Schlag, als ich zum Ende des Briefes weiterblätterte und ihn dort sah. Damals war er noch Assistent gewesen, ein großer, junger Mann, dürr wie ein Leichnam, der sich stets mit nervöser Schnelligkeit bewegte und die Schultern gekrümmt hielt. Er hatte ein langes Kinn und ein bleiches Gesicht gehabt, dessen dunkel umrandete Augen ihm ein geplagtes Aussehen verliehen, als stehe er ständig unter einer unentrinnbaren Anspannung. Er pflegte oft ein kleines Notizbuch hervorzuziehen und sich Notizen zu machen, ohne seinen gekonnten, ja sogar brillanten Unterricht auch nur für einen Augenblick zu unterbrechen. Er war mir unglaublich belesen vorgekommen und hatte mein Interesse an der Dichtkunst nicht nur stimuliert, sondern auch maßgeblich zu seinem Erwachen beigetragen. Ich erinnerte mich sogar an seinen Wagen – die anderen Studenten pflegten mit unterschwelligem Neid darüber zu scherzen. Damals war es ein Ford Modell T gewesen. Wilmarth war dafür bekannt gewesen, stets mit hoher Geschwindigkeit zu fahren und die Kurven äußerst eng zu nehmen.

Das Programm des interdisziplinären Projektes, von dem er schrieb, klang sehr eindrucksvoll, sogar aufregend, aber äußerst plausibel – ich entdeckte damals gerade Jung und die Semantik. So großzügig eingeladen zu werden, einen Beitrag dazu zu leisten – auch dies schmeichelte mir. Wäre ich nicht allein gewesen, während ich den Brief las, so wäre ich vielleicht errötet.

Ein Gedanke ließ mich allerdings innehalten und fast ärgerlich werden – der plötzliche Argwohn, der Zweck des Programms könne nicht der vorgegebene sein, sondern (die Teilnahme eines Psychologen und eines Arztes brachten mich darauf) eine Forschungsreihe über die Verblendungen skurriler, phantasiereicher Menschen – dass es nicht so sehr um die zufälligen Einsichten, sondern die Psychopathologie von Dichtern gehen könnte.

Andererseits schrieb er so höflich und einsichtig – nein, da empfand ich wohl krankhaftes Misstrauen, sagte ich mir. Außerdem trat eine ganz neue Regung in mir empor, als ich seine detaillierten Fragen las: die des äußersten Erstaunens ... und der *Angst.*

Zunächst einmal lag er mit seinen Vermutungen (denn *was könnten sie anderes sein?,* fragte ich mich unruhig) zu den erfundenen Namen so genau, dass ich schlucken musste. Ich *hatte* zuerst daran gedacht, sie »R'lyeh« und »Pnath« zu buchstabieren – genau diese Buchstaben, obwohl das Gedächtnis einem da leicht einen Streich spielen kann.

Und dann dieser *Cthulhu* – diese Buchstabierung ließ mich zutiefst erschaudern, so genau übermittelte sie den grausamen unmenschlichen Schrei oder Gesang, der aus einem unendlich schwarzen Abgrund emporstieg und den ich schließlich mit nicht geringen Bedenken, aber der Furcht, eine kompliziertere Schreibweise könnte als Affektiertheit angesehen werden, in

»Cutlu« umgeändert hatte. (Außerdem kann man den inneren Rhythmus eines Tons wie »Cthulhu« in der englischen Dichtkunst nicht reimen.)

Und dann herauszufinden, dass Wilmarth die beiden Druckfehler gefunden hatte, denn genau das waren sie! Den ersten hatte ich übersehen. Den zweiten (»flügellos« für »geflügelt«) hatte ich entdeckt, aber als eher bedeutungslos stehen gelassen, denn mir war plötzlich bewusst geworden, dass ein Versuch, meine eigenen Albträume (ein Wurm mit Flügeln) in ein Gedicht zu kleiden, ein wenig zu überspannt sein mochte.

Und wie um alles zu übertreffen, wie um alles in der Welt konnte er unirdische Farben beschreiben, von denen ich nur geträumt hatte, ohne sie je in meinen Gedichten zu erwähnen? Er hatte genau die gleichen Farbwörter benutzt wie ich auch! Mir kam der Gedanke, das interdisziplinäre Forschungsprojekt der Miskatonic University müsse eine epochale Entdeckung über Träume und das Träumen und die menschliche Vorstellungskraft allgemein gemacht haben, die ihre Gelehrten in Zauberer verwandelte und Freud, Adler und sogar Jung zum Schweigen bringen würde.

Als ich an dieser Stelle des Briefes angelangt war, glaubte ich, Wilmarth könnte mich nicht mehr schwerer treffen, doch mit dem nächsten Abschnitt bohrte er eine noch tiefer liegende Schreckensader an, und zwar diejenige, die zur Alltagswirklichkeit die beunruhigendste Nähe aufweist. Dass er von meinen Wegen in den Hügeln wusste und aus irgendwelchen Anzeichen zu folgern verstand, dass sie und die Tunnel, die darunter verliefen, in befremdlichen Tagträumen eine Rolle spielten, war mehr als erstaunlich. Dass er mich aber nach giftigen Schlangen fragte und *sogar vor ihnen warnte,* sodass gerade der Brief, den meine Mutter ungeöffnet mit sich führte, als sie tödlich gebissen wurde, sich eindeutig auf ebendiese Gefahr bezog – nun, nicht nur einen Augenblick lang fragte ich mich, ob ich den Verstand verlöre.

Und als er schließlich mit seinen »Vielleichts« und »weithergezogenen Überlegungen« und »Hypothetisches« begann, als glaube er, die Tunnel meiner Phantasie existierten wirklich und er könnte sie mit einem wissenschaftlichen Instrument nachweisen ... – nun, als ich seinen Brief zu Ende gelesen hatte, rechnete ich wirklich damit, dass er in der nächsten Minute auftauchen, vor unserem Haus mit seinem Modell T (nein, Austin) eine scharfe Kurve ziehen und in einer Staubwolke vor unserer Tür stoppen würde, den Geo-Spürer auf dem Beifahrersitz wie ein dickes schwarzes Teleskop nach unten gerichtet!

Und doch hatte er in einem so verdammt *unbeschwerten* Ton geschrieben. Ich wusste einfach nicht mehr, was ich denken sollte.

(Ich bin wieder im Keller gewesen und habe alles nachgesehen. Das Schreiben regt mich auf und lässt mich beängstigend rastlos werden. Ich ging vor die Tür und sah im heißen Licht der im Westen stehenden Sonne eine Klapperschlange über die Straße kriechen. Noch ein Beweis für meine Befürchtungen – wenn überhaupt noch einer nötig ist. Oder hoffe ich darauf? Auf jeden Fall habe ich das Reptil getötet. Die Stimmen vibrieren in mir: »Die halb geborenen Welten, die fremden Himmelskörper, die Bewegungen in der Schwärze, die verhüllten Gestalten, die nächtlichen Tiefen, die leuchtenden Strudel, der purpurrote Dunst ...«)

Am nächsten Tag, als ich mich etwas beruhigt hatte, schrieb ich Wilmarth einen langen Brief, in dem ich ihm seine sämtlichen Vermutungen bestätigte, meiner Verwunderung darüber Ausdruck verlieh und ihn bat zu erklären, wie er darauf gekommen sei. Ich willigte ein, das interdisziplinäre Forschungsprojekt in jeder mir möglichen Weise zu unterstützen, und bot ihm für seine Reise in den Westen meine Gastfreundschaft an. Ich gab ihm einen kurzen Abriss meines Lebens und meiner Schlafanomalien und erwähnte den Tod meiner Mutter. Als ich den Brief aufgab, erfasste mich ein befremdliches Gefühl von Unwirklichkeit. Voll Ungeduld, Sehnsucht (und auch wiederkehrender Ungläubigkeit) erwartete ich seine Antwort.

Als sie in Form eines recht dicken Briefes eintraf, weckte sie in mir meine erste Begeisterung wieder, und doch konnte sie meine Neugierde nicht stillen. Wilmarth war nach wie vor geneigt, die Schlussfolgerungen, die er und seine Kollegen aus meiner Wortwahl, meinen Träumen und Phantasien gezogen hatten, als Glückstreffer abzuqualifizieren, berichtete mir aber genug von dem Projekt, um meine Neugierde auf einem fiebrigen Niveau zu halten – dazu angetan waren besonders seine Entdeckungen von obskuren Verbindungen zwischen dem Reich der Phantasie und archäologischen Entdeckungen an entlegenen Orten. Für außerordentlich bedeutsam schien er den Umstand zu halten, dass ich grundsätzlich nicht träumte und sehr lange schlief. Er bedankte sich überschwänglich für meine Bereitwilligkeit und meine Einladung und versprach, mich auf seine Reise in den Westen mitzunehmen. Und er hatte eine ganze Reihe weiterer Fragen an mich.

Die nächsten Monate waren eigenartig. Ich lebte mein normales Leben, falls es so genannt werden kann: Ich las viel, setzte meine Studien und die Besuche der öffentlichen Bibliothek fort und schrieb sogar dann und wann ein neues, kleines Gedicht. Ich durchstreifte die Hügel, wenn auch mit einer Wachsamkeit, die ich vorher nicht gekannt hatte. Manchmal hielt ich während dieser Wanderungen inne und betrachtete die trockene Erde zu meinen Füßen, als erwartete ich, die Umrisse einer Falltür darin zu sehen. Und manchmal verzehrten mich, wenn ich an meinen dort unten verschütteten Vater und den schrecklichen Tod meiner Mutter dachte, eine plötzliche, leidenschaftliche Trauer und Schuld; ich hatte das Gefühl, ich müsste unter allen Umständen irgendwie zu ihnen gelangen.

Gleichzeitig lebte ich nur noch für Wilmarth' Briefe und das Erstaunen, die phantastischen Spekulationen und dem fast genüsslichen Schrecken, den sie in mir weckten. Er schrieb über unzählige Themen, die außerhalb des Projektes standen: über meine Gedichte und neue Bücher und meine Ideen – dann und wann spielte er hier den berufsmäßigen Mentor –, über das Weltgeschehen, das Wetter, Astronomie, Unterseeboote, seine Haustiere, die Fakultätspolitik an seiner Universität, Gemeindetreffen in Arkham, seine Vorlesungen und die Exkursionen in die nähere Umgebung, die er veranstaltete. Er schilderte jedes Thema sehr interessant. Er war ein leidenschaftlicher Briefschreiber, und unter seinem Einfluss wurde ich es auch.

Am meisten faszinierten mich natürlich seine gelegentlichen Bemerkungen über das Projekt. Er berichtete mir über die Antarktis-Expedition, die die Universität in den Jahren 1930 und 1931 mit fünf großen Dornier-Flugzeugen unternommen hatte, und über die Forschungsreise im letzten Jahr, deren Ziel Australien gewesen war und an der sowohl der Psychologe Peaslee als auch dessen Vater, ein emeritierter Professor für Nationalökonomie, teilgenommen hatten. Ich erinnerte mich, über beide Expeditionen in der Zeitung gelesen zu haben, obwohl die Berichterstattung mir unerfreulich bruchstückhaft und unbefriedigend erschienen war, als sei die Presse gegen die Miskatonic University voreingenommen.

Ich erhielt den nachhaltigen Eindruck, Wilmarth hätte beide Expeditionen gern selbst begleitet und sei sehr enttäuscht darüber, es nicht gekonnt (oder gedurft) zu haben, obwohl er seine Enttäuschung zumeist tapfer verbarg. Mehr als einmal erwähnte er seine »missleidige Nervosität«, seine Kälteempfindlichkeit, die heftigen Migräneanfälle und Übelkeitsattacken, die ihn für mehrere Tage ins Bett verbannten. Manchmal sprach er mit offener Bewunderung von der Energie und der eisernen Konstitution mehrerer seiner Kollegen, wie etwa der Professoren Atwood und Pabodie, den Erfindern des Geo-Spürers, Dr. Morgans, eines begeisterten Freizeitjägers, und sogar des achtzigjährigen Armitage.

Gelegentlich trafen seine Rückschreiben mit einer Verzögerung ein, die stets meine Nervosität und Ruhelosigkeit weckte; manchmal war das Ausbleiben der Antwort auf seine Anfälle zurückzuführen, manchmal darauf, dass er verspätet von einer Reise zurückkehrte. Eine dieser Reisen führte ihn nach Providence, wo er Kollegen beratend beistand, die merkwürdigen Todesumstände eines gewissen Robert Blake aufzuklären, der wie ich Dichter, dazu Verfasser von Kurzgeschichten und Maler gewesen war und dessen Werk dem Projekt viel Material beigesteuert hatte.

Kurz nach diesem Besuch erwähnte er behutsam und äußerst zurückhaltend, er habe dort einen anderen »Kollegen« besucht (mit dessen Gesundheitszustand es nicht zum Besten stehe), einen gewissen Howard Phillips Lovecraft, der einige der Vorfälle in Arkham und einige Forschungsprojekte der Universität in Form von Erzählungen niedergeschrieben habe (wenn auch in recht reißerischer Form, wie Wilmarth mich warnte). Diese Geschichten seien (wenn überhaupt) in billigen Groschenheften erschienen, hauptsächlich in einem besonders düsteren namens *Weird Tales* (»Sie würden, wenn Sie es je wagen sollten, eine Ausgabe zu erwerben, sofort das Titelblatt abreißen«, versicherte er mir). Ich erinnerte mich daran, das Magazin an Kiosken in Hollywood und Westwood gesehen zu haben. Mir waren die Titelbilder jedoch nicht unzüchtig vorgekommen. Die meisten Bilder, die nackte Frauenkörper zeigten, stammten aus der Hand einer begabten Zeichnerin und waren in weichen Pastellfarben gehalten. Andere – von einem gewissen Senf – zeigten farbenprächtige folkloristische Motive, die mich an die Blumenziselierungen meines Vaters erinnerten.

Nachdem ich einmal von Lovecraft gehört hatte, durchstöberte ich die Gebrauchtwarengeschäfte nach Ausgaben von solchen Magazinen, die Lovecrafts Erzählungen enthielten (zumeist in der Tat *Weird Tales),* bis ich einige davon fand und sie las. Eine dieser Erzählungen trug den Titel »Cthulhus Ruf«. Seien Sie versichert, mich befielen die furchtbarsten

Schauder, unter solchen Umständen *diesen* Namen auf billigstem Papier gedruckt zu erblicken. Gewiss, mein Sinn für die Wirklichkeit war wohl ein wenig beeinträchtigt gewesen, doch falls die Geschichte, die Lovecraft mit seltsamer Würde und Kraft berichtete, der Wahrheit entsprach, dann gab es Cthulhu *wirklich,* und er war ein außerirdisches Ungeheuer aus einer anderen Dimension, lag träumend in einer den Verstand zersetzenden Metropolis unter dem Pazifischen Ozean und sandte seine geistigen Botschaften in die ganze Welt aus. Und wer wusste es – entsprangen in dieser Stadt etwa auch Tunnel? In einer anderen Erzählung, »Der Flüsterer im Dunkeln«, war *Albert N. Wilmarth* eine Hauptperson, dazu kam auch dieser Akeley vor, den er erwähnt hatte.

Im Großen und Ganzen war es sehr beängstigend und verwirrend, was ich las. Hätte ich nicht selbst die Miskatonic University besucht und in Arkham gewohnt, hätte ich vermutlich jedes Wort für das Phantasieprodukt eines Schriftstellers gehalten.

Wie Sie sich vorstellen können, fuhr ich fort, die staubigen Antiquariate zu durchforsten, und *bombardierte* Wilmarth mit erregten Fragen. Seine Antworten waren zumeist beruhigend und hinhaltend. Jawohl, er habe befürchtet, ich könnte mich zu sehr aufregen, habe jedoch der Versuchung nicht widerstehen können und mir darum von den Geschichten berichtet. Lovecraft trage oft *sehr* dick auf. Ich würde viel besser verstehen, schrieb er, wenn wir uns von Angesicht zu Angesicht treffen würden, denn dann könne er mir alles persönlich erklären. In der Tat, Lovecraft gebiete über eine äußerst starke Einbildungskraft, die ihm manchmal entgleite. Nein, die Miskatonic University habe niemals versucht, die Storys verbieten zu lassen oder rechtliche Schritte zu ergreifen, weil man eine noch weniger wünschenswerte Publizität fürchtete – und weil die Teilnehmer des Forschungsprojektes Lovecrafts Erzählungen als gute Vorbereitung für die Welt betrachteten, sollten sich einige ihrer erschreckenderen Hypothesen verifizieren lassen. Lovecraft sei ein sehr charmanter Mensch mit den besten Absichten, doch manchmal gehe er einfach zu weit. Und so weiter und so fort.

Ich glaube wirklich, ich hätte nicht mehr an mich halten können, hätte Wilmarth mir nicht mitgeteilt, dass er endlich – mittlerweile schrieben wir schon das Jahr 1937 – an die Westküste komme. Den Austin habe er generalüberholen lassen und »bis unters Dach voll gestopft« mit dem Geo-Spürer, unzähligen Büchern und Papieren sowie anderen Instrumenten und Materialien, darunter eine Droge, die Morgan kürzlich isoliert hatte und die »Träume herbeiführt und vielleicht« – dies sind seine Worte – »auch Hellsehen und Hellhören ermöglicht. Sie könnte Ihnen wieder Träume bringen – sollten Sie auf ein Experiment einwilligen und eine Dosis zu sich nehmen.«

Während seiner Abwesenheit wohnte ein enger Freund namens Danforth in seinen Räumen der 118 Saltonstall Street und versorgte auch seine Katzen, darunter den geliebten Blackfellow. Danforth hatte die letzten fünf Jahre in einer psychiatrischen Klinik verbracht, um sich von seinen entsetzlichen Erlebnissen in den antarktischen Bergen zu erholen.

Wilmarth passte es eigentlich gar nicht, ausgerechnet in diesen Tagen zu verreisen, schrieb er mir, weil er sich sehr um Lovecrafts verschlechternde Gesundheit sorge, aber er mache sich dennoch auf den Weg!

Die nächsten Wochen (die sich am Ende auf zwei Monate ausgedehnt hatten) waren für mich von besonderer Anspannung, Unruhe und erwartungsvoller Aufregung bestimmt. Wilmarth hatte mehr Besuche zu absolvieren und Nachforschungen anzustellen (darunter Versuche mit dem Geo-Spürer), als ich je erwartet hätte. Mir sandte er nun hauptsächlich Postkarten, teilweise Ansichtskarten, aber sie trafen schnell aufeinander ein (sah man von einigen beängstigenden Unterbrechungen ab); mit seiner winzigen Handschrift brachte er so viel darauf unter (auch auf den Ansichtskarten), dass ich manchmal fast glaubte, ich begleitete ihn auf seiner Reise. Ich machte mir sogar Sorgen um den Zustand seines Austins, den er nach Sir Francis Drakes Schiff die *Tin Hind* nannte. Ich meinerseits besaß nur eine kurze Liste von Adressen, die er mir geschickt hatte und an die ich ihm im Voraus schreiben konnte: Baltimore; Winchester, Virginia; Bowling Green, Kentucky; Memphis; Carlsbad, New Mexico; Tucson; San Diego.

Zuerst machte er Halt in Hunterdon County, New Jersey, mit seinen einfachen, rückständigen Landgemeinden, wo er sich einige Ruinen ansah, die womöglich aus der Zeit vor der Kolonialisierung stammten, und mit dem Geo-Spürer nach einer nur gerüchteweise bekannten Höhle suchte. Nachdem er Baltimore verlassen hatte, brachte er das Gerät in den ausgedehnten Kalksteinhöhlen der beiden Virginias zur Anwendung. Er überquerte die Appalachen zwischen Winchester und Clarksburg, eine Route mit genügend scharfen Kurven, um selbst ihn zufrieden zu stellen. Bei der Anfahrt auf Louisville wäre die Tin Hind beinah dem großen Ohio-Hochwasser zum Opfer gefallen (das tagelang die Radionachrichten beherrschte; ich kam gar nicht mehr los von meinem Syperheterodynempfänger). Aus diesem Grund war es ihm unmöglich, einen neuen Brieffreund Lovecrafts aufzusuchen, der in der Gegend wohnte. In der Nähe der Mammuthöhle in Kentucky gab es neue Arbeit für den Geo-Spürer; tatsächlich schienen Höhlen seine Reise zu dominieren, denn nach einem Abstecher nach New Orleans, wo er sich mit einem französischstämmigen Kenner des Okkulten besprach, führte ihn seine Reise zu den Carlsbad Caverns und nahe gelegenen, aber weniger bekannten unterirdischen Hohlräumen. Über meine eigenen Tunnel geriet ich mehr und mehr ins Grübeln. Die Tin Hind hielt sich sehr gut, nur dass ihr beim Durchqueren von Texas ein Kolbenboden riss (»Ich habe sie ein bisschen zu lange zu sehr angetrieben«, schrieb er). Die Reparatur kostete Wilmarth drei Tage.

Inzwischen hatte ich neue Lovecraft-Geschichten aufgestöbert und gelesen. Eine, die ich in einem zwar aus zweiter Hand stammendem, aber noch verhältnismäßig aktuellem Science-Fiction-Magazin entdeckte, schilderte sehr eindrucksvoll die australische Expedition – besonders die Träume des alten Peaslee, durch die sie zu Stande gekommen war. In diesen Träumen tauschte Peaslee mit einem kegelförmigen Ungeheuer den Körper und wanderte unablässig durch weite Steingänge, die von unsichtbaren Pfeifern unsicher gemacht wurden. Seine Situation erinnerte mich so lebhaft an meine Albträume, in denen ich genau das Gleiche mit einem summenden, geflügelten Wurm erlebt hatte, dass ich per Luftpost einen recht verzweifelten Brief nach Tucson schickte, um Wilmarth darüber zu informieren. Die Antwort war in San Diego abgestempelt und las sich wieder sehr beschwichtigend und sehr hinhaltend; er verwies auf den Sohn des alten Akeley und einige Meeresgrotten, die sie untersuchen wollten, teilte mir aber endlich das Datum seiner Ankunft mit (es lag nicht mehr fern!).

Am Tag zuvor hatte ich in meinen beliebtesten Hollywooder Jagdgründen eine seltene Entdeckung gemacht: Ein kleines, umwerfend illustriertes Buch von Lovecraft mit dem Titel *Der Schatten über Innsmouth*, verlegt bei Visionary Press, wer auch immer das sein mochte. Ich blieb die halbe Nacht auf, um es zu lesen. Der Erzähler fand heraus, dass in einer Tiefseestadt vor der Küste Neuenglands finstere, kaum noch menschliche Wesen lebten, bemerkte, dass er sich selbst in eins davon verwandelte, und entschloss sich am Ende, zu ihnen hinabzutauchen und sich ihnen (zum Besseren oder Schlechteren) anzuschließen. Die Erzählung erinnerte mich sehr an meine verrückten Phantasien, in denen jemand in die Erde unter die Hügel über Hollywood hinabstieg und sich zu meinem toten Vater gesellte.

Inzwischen traf an Wilmarth adressierte Post bei mir ein. Er hatte mich um die Erlaubnis gebeten, seinen anderen Briefpartnern meine Adresse mitzuteilen. Briefe und Karten kamen an, die (laut Poststempel) vor allem aus Arkham und Stationen seiner Reise stammten, aber auch aus Übersee (hauptsächlich aus England und Europa, einer aus Argentinien), und ein kleines Päckchen aus New Orleans. Der Absender auf den meisten Briefen entsprach seiner eigenen Adresse – 118 Saltonstall Street –, sodass er sie auch dann erhalten hätte, wenn einige unzustellbar gewesen wären. (Er hatte mich gebeten, mit meinen eigenen Briefen ebenso zu verfahren.) Dadurch beschlich mich ein befremdlicher Eindruck, Wilmarth habe alle Briefe selbst geschrieben, der meinem anfänglichen Misstrauen ihm und dem Projekt gegenüber neue Nahrung gab. (Ein Brief jedoch, allerdings einer der letzten, die bei mir eintrafen, ein dicker Umschlag mit einer außergewöhnlich schönen Sechs-Cent-Luftpostmarke und einer Zehn-Cent-Marke für Sonderzustellungen, war an George Goodenough Akeley, 176 Pleasant St., San Diego, Cal., adressiert und an meine eigene Anschrift nachgesendet worden.)

Am späten Nachmittag des nächsten Tages (Sonntag, dem 14. April – der Vorabend meines fünfundzwanzigsten Geburtstages, wie der Zufall es wollte) traf Wilmarth ein, und zwar genauso, wie ich es mir nach der Lektüre seines ersten Briefes ausgemalt hatte. Nur sein Austin war noch kleiner, als ich gedacht hätte, und leuchtend blau lackiert, nun allerdings von Staub bedeckt. Auf dem Beifahrersitz stand tatsächlich ein eigenartiger schwarzer Kasten, wenngleich dort noch viele andere Dinge lagen, hauptsächlich Karten.

Er begrüßte mich sehr herzlich und begann sofort zu reden wie ein Wasserfall. Er machte viele kleine Scherze und lachte immer wieder leise.

Eins an ihm erschreckte mich gründlich. Obwohl er, wie ich genau wusste, erst in den Dreißigern war, hatte er schlohweißes Haar, und der nervöse (oder gehetzte) Eindruck, an den ich mich noch erinnerte, schien sich ins Monströse verstärkt zu haben. Wilmarth *war* äußerst nervös. Anfangs konnte er nicht einmal ruhig sitzen. Es dauerte nicht lang, bis ich etwas begriff, was mir vorher nie in den Sinn gekommen wäre – dass seine fröhliche Unbekümmertheit, seine Scherze und sein Lachen nur eine Maske bildeten, hinter der er die Furcht, nein, das schiere Grauen verbarg, das ihn sonst überwältigt hätte.

»Mr. Fischer, nehme ich an?«, waren seine ersten Worte. »Bin ja so froh, Sie endlich persönlich kennen zu lernen! Und was von Ihrem strahlenden Sonnenschein abzubekommen. Ich sehe ganz so aus, als hätte ich ein bisschen Sonne nötig, was? Ich sehe wahrscheinlich schrecklich aus! Diese Landschaft weist tatsächlich auf Höhlen und Tunnel hin – ich werde langsam zum alten Fuchs für solche geologischen Klassifizierungen. Danforth schreibt, Blackfellow würde sich langsam von seiner Abneigung erholen. Aber Lovecraft liegt im Krankenhaus – das gefällt mir gar nicht. Haben Sie letzte Nacht den Sternenhimmel beobachtet? Ich mag Ihren klaren Himmel! Nein, ich werde den Geo-Spürer tragen (ja, *das* ist er); er ist ziemlich zerbrechlich. Aber Sie könnten die kleine Reisetasche dort nehmen. Ach, bin ich froh, endlich da zu sein!«

Meinen verkrüppelten Fuß bedachte er weder mit einer Bemerkung, noch schien er ihn überhaupt wahrzunehmen (in meinen Briefen hatte ich meine Behinderung nicht erwähnt, aber vielleicht erinnerte er sich noch daran). Er schien ihn nicht einmal als Behinderung anzusehen (deshalb ließ er mich die Tasche tragen). Das nahm mich für ihn ein.

Bevor er mit mir ins Haus ging, blieb er stehen und lobte dessen ungewöhnliche Architektur (auch davon hatte ich ihm nichts geschrieben). Er schien aufrichtig beeindruckt zu sein, als ich zugab, mein Vater habe es mit eigenen Händen erbaut. (Ich hatte gefürchtet, er könne es als zu exzentrisch ansehen und außerdem die Frage stellen, ob jemand mit den Händen arbeiten und dennoch ein Gentleman sein könne.) Er lobte auch die Bildhauerarbeiten meines Vaters, wo immer er sie sah, und ließ sich nicht davon abhalten, sie eingehend zu betrachten; er zog dann sein Notizbuch hervor und fertigte rasch einige Skizzen an. Es half nichts, ich musste ihn einmal durch das ganze Haus führen, bevor er sich ausruhen oder eine Erfrischung zu sich nehmen wollte. Ich stellte ihm die Reisetasche in das Zimmer, das ich für ihn vorbereitet hatte (es war natürlich das alte Schlafzimmer meiner Eltern), den Geo-Spürer aber schleppte er die ganze Zeit mit sich. Der Kasten war eigenartig bemessen, höher als breit oder lang, und hatte drei ausfahrbare Beine, sodass man ihn überall in der Senkrechten aufstellen konnte.

Ermutigt von seinem Lob für die Arbeiten meines Vaters, berichtete ich ihm von Simon Rodia und den fremdartig schönen Türmen, die er in Watts errichtete, woraufhin er wieder das Notizbuch zückte. Besonders schien ihn zu interessieren, dass ich in Rodias Arbeiten *Meeresmotive* entdeckt hatte.

Im Keller (auch dorthin musste ich ihn führen) schlug ihn das Fußbodenrelief »Tor der Träume« in Bann; damit befasste er sich länger als mit allem anderen. (Ich war ein wenig verlegen über das kühne Motto und den ungewöhnlichen Standort.) Schließlich wies Wilmarth auf die Tintenfisch-Augen, die aus dem Schloss starrten, und bemerkte: »Cutlu etwa?«

Das war das erste Mal, dass jemand von uns Bezug auf das Forschungsprojekt nahm; dass er mich damit tief traf, schien er nicht zu bemerken, und fuhr fort: »Wissen Sie, Mr. Fischer, ich brenne darauf, Atwoods und Pabodies schwarzen Teufelskasten auf der Stelle zum Einsatz zu bringen. Hätten Sie etwas dagegen einzuwenden?«

»Keineswegs«, sagte ich und bat ihn, gleich anzufangen, wies ihn jedoch darauf hin, dass sich unter dem Haus nur solider Fels befand (ich hatte ihm von dem Wünschelrutengehen meines Vaters erzählt und sogar Harley Warren erwähnt, von dem Wilmarth, wie es sich herausstellte, über einen gewissen Randolph Carter bereits gehört hatte).

Er nickte, sagte jedoch: »Ich werde es trotzdem versuchen.

Irgendwo müssen wir ja schließlich anfangen.« Er begann, den Geo-Spürer sorgfältig aufzubauen, sodass er auf seinen drei Teleskopbeinen senkrecht über der Mitte des Reliefs schwebte. Vorher zog er sich jedoch die Schuhe aus, damit er die feine Steinarbeit nicht etwa beschädigte.

Dann klappte er die Oberseite des Geo-Spürers auf. Ich sah zwei Skalen und ein großes Okular. Er kniete nieder und blickte hinein, zog ein schwarzes Tuch hervor und legte es sich über den Kopf, ähnlich wie ein altmodischer Fotograf, der die Brennweite seiner Kamera einstellt. »Entschuldigen Sie«, sagte er, »aber die Anzeigen, auf die ich achten muss, sind nur schwer zu erkennen. Hallo, was haben wir denn da?«

Es folgte eine lange Pause, während der nichts geschah; nur seine Schultern hoben sich ein wenig, und ich hörte immer wieder ein leises Klicken. Schließlich kam er unter dem Tuche hervor, warf es zurück in den schwarzen Kasten, schloss ihn und zog sich die Schuhe wieder an.

»Der Spürer arbeitet unzuverlässig«, erklärte er auf meine Frage, »und sieht Geisterhohlräume. Aber keine Angst, ich glaube, er braucht nur frische Batterien, und die habe ich bei mir. Morgen wird er wieder in Ordnung sein! Das heißt, falls ...« Er rollte die Augen mit einer lächelnden Frage.

»Natürlich werde ich Ihnen meine Lieblingswege in den Hügeln zeigen«, versicherte ich ihm. »Ich kann es gar nicht erwarten.«

»Großartig!«, entgegnete er erfreut.

Doch während wir den Keller verließen, schienen mir die Schritte seiner lederbesohlten, hoch geschnürten Schuhe hohl widerzuhallen (ich trug Hausschuhe).

Es wurde dunkel, und so begann ich das Abendessen vorzubereiten, nachdem ich Wilmarth Eistee gebracht hatte, den er mit viel Zitrone und Zucker trank. Ich briet Eier und kleine Beefsteaks, da er, seiner hageren Gestalt zufolge, ein kräftiges Essen gut vertragen konnte. Gegen die fast unmerklich hereinkriechende Kälte der Nacht entfachte ich im großen Kamin ein Feuer.

Als wir vor den tanzenden, prasselnden Flammen aßen, ergötzte er mich mit kurzen Eindrücken von seiner Reise an die Westküste – die kalten, urtümlichen Pinienwälder des südlichen New Jersey mit ihren dunkel gekleideten Einwohnern, die ein geradezu elisabethanisches Englisch sprechen; die schmalen, dunklen Sträßchen von West Virginia; der eiskalte Ohio, der reglos, still und schlachtschiffgrau unter einem tief hängenden Himmel dahinströmt; die beklemmende Stille der Mammuthöhle; der südliche Mittelwesten mit seinen Bankräubern, die während der Depression aufkamen und schon heute beinahe legendär sind; die heißblütigen Kreolen in New Orleans' restauriertem französischem Viertel; die einsamen, unglaublich langen Straßen in Texas und Arizona, die einen fast glauben lassen, man *sehe* die Unendlichkeit; die hohen, tiefblauen, von Geheimnissen kündenden Wellen des Pazifiks (»so verschieden von den fröhlicheren, kürzeren Wellen des Atlantiks«), die er mit George Goodenough Akeley betrachtet hatte, welcher sich als ein sehr ordentlicher Mensch erwiesen habe und mehr über die erschreckenden Nachforschungen seines Vaters in Vermont wisse, als Wilmarth erwartet hätte.

Als ich schließlich erwähnte, dass ich *Der Schatten über Innsmouth* gefunden hatte, nickte er und murmelte: »In Wirklichkeit sind sein ursprünglicher junger Held *und* sein Vetter aus der Nervenheilanstalt von Canton verschwunden. Hinab nach Y'ha-nthlei? Wer weiß?« Als ich ihn an seine Post erinnerte, nickte er nur dankend und zuckte ein wenig zurück, als wolle er sich gar nicht mit ihr befassen. Er sah wirklich äußerst erschöpft aus.

Doch nach dem Abendessen und einem schwarzen Kaffee (den er auch mit viel Zucker trank), während das Kaminfeuer gelb und blau flackerte, wandte er sich mir zu, lächelte mich matt und verwegen zugleich an und zog die Augenbrauen so hoch, sodass er einen verwunderten Gesichtsausdruck annahm. »Und nun, mein lieber Fischer, erwarten Sie wohl zu Recht von mir«, sagte er leise, »dass ich Ihnen ausführlich von dem Projekt erzähle, Einzelheiten nenne, über die ich Ihnen nicht schreiben wollte – dass ich Ihnen die vielen hinausgeschobenen Antworten auf Ihre triftigen Fragen gebe, mit denen ich warten wollte, bis wir uns persönlich kennen gelernt haben. Sie haben wirklich sehr große Geduld bewiesen, und dafür danke ich Ihnen.«

Er schüttelte nachdenklich den Kopf und schien in die Ferne zu schauen, während er langsam und fast unwillkürlich mit den Schultern zuckte und leicht das Gesicht verzog, als habe er einen bitteren Geschmack im Mund. »Wenn ich nur ein wenig mehr hätte, was eindeutig *bewiesen* ist«, sagte er noch leiser. »Irgendwie fahren wir uns immer kurz zuvor fest. Gewiss, die Artefakte genügen eigentlich – der Schmuck aus Innsmouth und die Specksteine aus der Antarktis, Blakes leuchtendes Trapezoeder, obwohl es in der Narragansett-Bucht verloren ging, der stachlige Geländerknauf, den Walter Gilman aus seinem Hexen-Traumland mit zurückbrachte (oder der nontemporalen vierten Dimension, wenn Ihnen das lieber ist), sogar die unbekannten Elemente, die zum Teil aus Meteoriten stammen und sich jeder Analyse widersetzen, selbst dem neuen magneto-optischen Verfahren, durch das wir das Virginium und Alabaminium entdeckt haben. Es ist fast genauso sicher, dass alle oder fast alle dieser schrecklichen außerirdischen oder außerkosmischen Kreaturen *existiert haben.* Sie sollten die Lovecraft-Geschichten trotz ihrer künstlerischen Hinzufügungen lesen, damit Sie sich ein Bild von den Wesen machen können, über die ich mit Ihnen sprechen möchte. Es ist nur so, dass diese Wesen sich ausgezeichnet darauf verstehen, auf unerklärliche, aufreizende Weise bei ihrer Auslöschung zu verschwinden – und alle Beweise ihrer Existenz mitzunehmen; Wilbur Whateleys Überreste ebenso wie den unsichtbaren

Riesen-Leichnam seines Bruders, den Plutobewohner, den der alte Akeley getötet hat, ohne ihn *fotografieren zu können,* den Meteoriten, der im Juni 1882 auf Nahum Gardners Farm einschlug und den alten Armitage (damals war er noch jung) veranlasste, das *Necronomicon* zu lesen (damit fing an unserer Universität alles an), und den Atwoods Vater mit eigenen Augen sah und zu analysieren versuchte, dann das, was Danforth in der Antarktis sah, als er einen letzten Blick auf die schrecklichen höheren Berge hinter den Bergen des Wahnsinns warf – jetzt, da er seine geistige Gesundheit wiedergefunden hat, leidet er an Amnesie ... alles, alles verloren!

Aber welche dieser Kreaturen *heute* existieren – das ist des Pudels Kern! Das ist die alles beherrschende Frage, die wir nicht beantworten können, obwohl wir immer kurz vor der Antwort stehen. Denn ...« – er fuhr mit höchster Nachdrücklichkeit fort –, »*denn wenn sie existieren,* sind sie so unvorstellbar mächtig« – und er blickte sich rasch um –, »dass sie zu jeder Zeit an jedem Ort sein können!

Nehmen Sie als Beispiel *Cthulhu*«, hub er an.

Unwillkürlich zuckte ich zusammen, als ich das Wort zum ersten Mal in meinem Leben ausgesprochen hörte; das harte, dunkle, abgrundtiefe, *einsilbige* Grollen ähnelte so furchtbar jenem Laut, der aus meiner Phantasie zu mir gekommen war, oder dem Unterbewusstsein oder meinen sonst vergessenen Träumen, oder ...

»Wenn Cthulhu existiert«, fuhr Wilmarth fort, »dann kann er (oder sie oder es) durch das All oder durch die Luft, das Wasser oder selbst die Erde überall hingelangen, wohin er will. Wir wissen aus Johansens Erlebnissen (sein Haar ist dabei weiß geworden), dass Cthulhu als Gas, in Atome zerlegt existieren und sich wieder zu einem festen Körper zusammenfügen kann. Er benötigt keinen Tunnel, um soliden Fels zu durchdringen, er könnte ihn *durchsickern* – nicht in den Räumen, die wir kennen, sondern dazwischen. Und doch könnte er in seiner Unberechenbarkeit Tunnel wählen – man muss darauf gefasst sein. Oder eine andere Möglichkeit: Er existiert weder, noch existiert er nicht, sondern befindet sich in einem Halbzustand – ›wartet träumend‹, wie Angells alter Vers es ausdrückt. Vielleicht graben seine Träume als Wiedergeburt in Gestalt Ihrer geflügelten Würmer Tunnel, Fischer!

Solche monströsen unterirdischen Höhlen-und-Tunnel-Welten – sie müssen längst nicht alle von Cthulhu stammen – untersuche ich mit dem Geo-Spürer. Teilweise, weil ich der Erste war, der vom alten Akeley von ihnen hörte, und auch – gnädiger Schöpfer – von dem Plutonier, der sich als Akeley maskiert hatte, – ›dort unten sind große Welten unbekannten Lebens: das blau erleuchtete K'n-yan, das rot erleuchtete Yoth, und das schwarze, lichtlose N'kai‹, wo Tsathogguas Heimat war, und noch befremdlichere Innenwelten, die von den Farben des Alls und der Erde nächtlichem Kern erleuchtet werden. Darum konnte ich die Farben in den Träumen oder Albträumen (oder Persönlichkeitsaustauschen) Ihrer Kindheit erraten, mein lieber Fischer. Ich habe sie auch im Geo-Spürer erblickt, wo sie jedoch nur sehr vergänglich auftreten und sehr schwer nachzuweisen sind ...«

Seine Stimme verklang müde, während meine Beklommenheit bei seiner Erwähnung von »Persönlichkeitsaustauschen« eine fieberhafte Intensität annahm.

Wilmarth wirkte erschreckend müde. Dennoch wagte ich vorzuschlagen: »Vielleicht kehren die Träume wieder, wenn ich Dr. Morgans Droge einnehme. Warum nicht heute Nacht?«

»Unmöglich«, erwiderte er und schüttelte langsam den Kopf. »Zum einen war ich in meinen Briefen zu hoffnungsfroh. In letzter Minute konnte Dr. Morgan mich doch nicht mit dieser Droge versorgen. Er versprach zwar, sie mir per Post nachzusenden, doch bislang ist noch nichts eingetroffen. Zum Zweiten neige ich mittlerweile zu der Ansicht, dass dieses Experiment viel zu gefährlich ist.«

»Aber die Traumfarben *und die* Tunnel werden Sie mit Ihrem Geo-Spürer doch nachweisen können?«, fragte ich hartnäckig, wenn auch etwas enttäuscht.

»Wenn ich ihn reparieren kann ...«, sagte er. Der Kopf sackte ihm auf die Brust und zur Seite. Die verlöschenden Flammen leuchteten nur noch blau, und er flüsterte unterdrückt: »Wenn ich ihn reparieren *darf* ...«

Ich musste ihm ins Bett helfen und legte mich aufgewühlt und unbefriedigt schlafen; meine Gedanken überschlugen sich. An Wilmarth' Stimmungen, die zwischen himmelhochjauchzendem Optimismus und anscheinend *verängstigter* Verzweiflung schwankten, konnte ich mich nur schwer gewöhnen, bemerkte jedoch, dass ich selbst sehr müde war – schließlich hatte ich den Großteil der vergangenen Nacht ja damit verbracht, *Schatten über Innsmouth* zu lesen –, und schlief bald ein.

(Die Stimmen seufzen grell: »Die Grube, der das Leben entspringt, das Gelbe Zeichen, Azathoth, das Magnum Innominandum, die grün und violett schimmernden Flügel, die azurnen und zinnoberroten Klauen, die Wespen des großen Cthulhu ...« Die Nacht ist angebrochen. Ich habe das Haus vom engen Dachstuhl mit seinen kreisrunden Fenstern bis zum Keller abgeschritten, wo ich den Vorschlaghammer meines Vaters berührte und »Das Tor der Träume« betrachtete. Der Moment kommt näher. Ich muss mich mit dem Schreiben beeilen.)

Ich erwachte vom hellen Sonnenschein und fühlte mich nach meinen üblichen zwölf Stunden Schlaf völlig erfrischt. Ich fand Wilmarth emsig schreibend an dem Tisch vor, der unter dem nördlichen Fenster des Schlafzimmers steht. Sein lächelndes Gesicht wirkte in dem kühlen Licht trotz des weißen Haares äußerst jugendlich – ich erkannte ihn kaum. Bis auf einen Brief lag seine ganze Post geöffnet auf der linken Ecke des Tisches, während sich auf der rechten ein beeindruckender Stapel von gerade geschriebenen und adressierten Postkarten angesammelt hatte; jede Postkarte war schon mit der dazugehörigen Briefmarke versehen.

»Guten Morgen, Georg«, begrüßte er mich (wobei er meinen deutschen Namen richtig aussprach), »wenn ich Sie so nennen darf. Und gute Nachrichten! Der Spürer ist repariert. Er arbeitet wieder einwandfrei und ist für unsere heutige Unternehmung bereit. Und dieser Brief, den George Goodenough mir nachschickte, stammt von Francis Morgan und enthält eine Dosis der Droge, die wir für unser Vorhaben benötigen! Genauer gesagt, sind es zwei Dosen – Georg, ich werde mit Ihnen träumen!« Er winkte mit einer kleinen Papiertüte.

»Das ist wunderbar, Albert!«, rief ich aufrichtig erfreut. »Übrigens habe ich heute Geburtstag«, fügte ich hinzu.

»Meinen Glückwunsch!«, erwiderte er frohgestimmt. »Wir feiern ihn heute Abend, indem wir uns Morgans Droge zu Gemüte führen.«

Unsere Expedition erwies sich als sehr erfolgreich – jedenfalls bis kurz vor Ende. Die Hügel von Hollywood hatten ihr hübschestes Kleid hervorgeholt, und sogar der zerbröckelnde, wurmzerfressene Boden wirkte frisch. Der Himmel war hellblau, und die Sonne brannte heiß hernieder, doch von Westen wehte eine stete kühle Brise, und gelegentlich warfen hohe weiße Wolken riesige Schatten. Erstaunlicherweise schien Albert das Gelände genauso gut zu kennen wie ich – er hatte seine Karten eingehend studiert. Das Kartenmaterial trug er bei sich, auch die Bleistiftskizzen, die ich ihm zugeschickt hatte. Während wir uns einen Weg durch die Pflanzen bahnten, bestimmte er Bärentraube, Sumach, Zwergeiche und andere üppig wuchernde Gewächse rasch und zutreffend.

Hin und wieder, besonders aber an meinen Lieblingsstellen, stellte er Messungen mit dem Geo-Spürer an, den er nicht aus der Hand gab, während ich zwei Feldflaschen und einen kleinen Rucksack trug. Solange er den Kopf unter dem schwarzen Tuch hatte, stand ich mit schlagbereitem Stock Wache. Einmal überraschte ich eine große, dunkle Schlange, die sich zischend ins Unterholz verzog. Bevor ich es ihm sagen konnte, bemerkte er richtig: »Eine Milchschlange, der natürliche Feind der Würmer – ein gutes Omen.«

Und ... bei jeder Messung zeigte Alberts schwarzer Kasten Hohlräume irgendeiner Art an: Tunnel oder Höhlen, direkt unter uns, in der Tiefe schwankend zwischen wenigen und einigen Dutzend Metern. Bei diesem hellen Sonnenschein erschreckten uns aus einem unerfindlichen Grund unsere Ergebnisse nicht im Mindesten; ich glaube auch, wir hatten beide mit einem Befund wie diesem gerechnet. Wenn Albert unter dem Tuch hervorkam, nickte er nur und sagte: »Fünfzehn Meter« (oder etwas Ähnliches), und trug es in sein kleines Buch ein, dann gingen wir weiter. Einmal ließ er mich mein Glück unter dem Tuch versuchen, aber alles, was ich durch die Linse erkennen konnte, erschien mir wie eine Verstärkung der tanzenden, farbigen Lichtpunkte zu sein, die man mit geschlossenen Augen auf den Lidern wahrnimmt. Albert erklärte mir, er habe lange üben müssen, bis er die signifikanten Anzeigen erkennen konnte.

Hoch in den Hügeln von Santa Monica nahmen wir ein Mittagessen zu uns, das aus mit Bratenfleisch belegten Sandwichs und dem Tee mit Zitrone bestand, mit dem ich beide Feldflaschen gefüllt hatte. Die Sonne und der Wind umspielten uns. Rings um uns waren nur Hügel, und hinter ihnen breitete sich im Westen der blaue Pazifik aus. Wir redeten über Sir Francis Drake und Magellan und Cook und seine Weltumsegelungen, über die sagenhaften Länder, über die jeder von ihnen Legenden gehört hatte – und dass die Tunnel, denen wir nachspürten, im Grunde nicht fremdartiger waren. Wir sprachen über Lovecrafts Geschichten, als seien sie nicht mehr als bloß erfundene Prosa. Im Tageslicht wirkt vieles so unbekümmert und harmlos.

Auf dem Rückweg sah Albert bei halber Strecke plötzlich wieder sehr verstört drein – erschreckend verstört. Ich überredete ihn, mich den schwarzen Kasten tragen zu lassen. Dazu musste ich meinen flachen Rucksack und die leeren Feldflaschen zurücklassen – er schien es nicht zu bemerken.

Als wir fast wieder zu Hause waren, legten wir am Gedenkstein meines Vaters eine Rast ein. Im Westen stand schon die Sonne tief, und dunkle Schatten, aber auch helle Lichtpfeile fielen fast parallel über den Boden. Albert, der nun sehr schwach wirkte, suchte nach Worten, um Rodias Arbeit zu loben, als hinter ihm etwas aus dem Unterholz hervorhuschte, was ich zuerst für eine Klapperschlange hielt. Doch als ich darauf zusprang und mit meinem Stock zuschlug, als es mit übernatürlicher Schnelligkeit in den Schutz des dichten Gebüschs verschwand und Albert herumwirbelte, sah mir das geschmeidige, davonhuschende Biest einen Augenblick lang so aus, als sei es leuchtend violettgrün gefärbt, habe schlagende Flügel und darunter blaurote Klauen, während sein leises Rasseln eher wie ein tiefes Summen klang.

Wir rannten nach Hause, ohne ein Wort zu sagen; jeder von uns war nur besorgt, der Kamerad könne zurückfallen. Irgendwoher nahm ich die Kraft für den Gewaltspurt.

Der Briefträger hatte die Postkarten aus dem Briefkasten an der Straße mitgenommen, und ein halbes Dutzend neue Briefe für Albert lagen darin – und für mich die Benachrichtigung, ein eingeschriebenes Päckchen abzuholen.

Es half nichts, Albert musste mich hinab nach Hollywood fahren, damit ich das Päckchen in Empfang nehmen konnte, bevor das Postamt schloss. Sein Gesicht wirkte ausgezehrt vor Furcht, doch gleichzeitig schien ihn eine überspannte, nervöse Energie zu erfüllen, und als ich einwandte, es könne nichts von Wichtigkeit sein, legte er eine gewaltige Willensstärke an den Tag, die keinen Widerspruch duldete.

Er fuhr wie der Teufel, als hänge das Schicksal ganzer Welten von seinem Tempo ab – ganz Hollywood muss geglaubt haben, Wallace Reid sei wieder in der Stadt, um einen neuen Film über ein transkontinentales Autorennen zu drehen. Die

Tin Hind preschte wie die gehetzte Hirschkuh dahin, von der sie den Namen hatte, während er ständig die Gänge wechselte, um das Tempo zu halten. Ein reines Wunder, dass wir nicht angehalten und eingesperrt wurden oder einen Unfall bauten! Immerhin erreichte ich den richtigen Schalter gerade noch, als der Postbeamte schon schließen wollte, und konnte den Empfang des Pakets bestätigen – eines sorgfältig eingeschlagenen, fest verklebten und dazu noch verschnürten Päckchens von (das überraschte mich wirklich) Simon Rodia.

Dann brauste die Tin Hind trotz meiner Proteste die Kurven und engen Straßen genauso schnell wieder zurück. Das Gesicht meines Gefährten war eine unbewegte, wachsame Totenmaske; die ausgetrockneten, zerbröckelnden Hügel ging es hinauf, während im Westen sich das letzte Tageslicht rötlich färbte und die ersten Sterne hervorkamen.

Ich zwang Albert nach unserer Rückkehr, sich auszuruhen und heißen schwarzen Kaffee mit viel Zucker zu trinken, während ich das Abendessen zubereitete – als er aus dem Wagen in die kühle Nacht hinausgetreten war, wäre er fast zusammengebrochen. Ich grillte wieder Steaks – wenn er am vorherigen Abend kräftige Nahrung gebraucht hatte, brauchte er sie nach unserer erschöpfenden Wanderung und dem Tanz mit dem Tode auf den trockenen, staubigen Straßen, wie ich ihm erklärte, nun doppelt. (»Tanz mit dem Tode?«, fragte er. »Sie meinen wohl die Sensenmann-Tarantella, was, Georg?«, entgegnete er mit einem schwachen, aber unauslöschlichen schwachen Grinsen.)

Bald streifte er wieder umher – er konnte einfach nicht ruhig sitzen bleiben –, spähte aus dem Fenster und schaffte schließlich den Geo-Spürer in den Keller, um »unsere Messungen abzurunden«, wie er sagte. Ich hatte gerade ein großes Feuer im Kamin entfacht, als er heraufgeeilt kam. Im ersten hellen Aufflackern der Flammen sah ich sein aschfahles Gesicht und die weiß umrandeten blauen Augen. Er zitterte buchstäblich am ganzen Körper.

»Es tut mir Leid, Georg, dass ich ein solch anstrengender und scheinbar undankbarer Gast bin«, sagte er, bemüht, zusammenhängend und ruhig zu sprechen (wenn auch in befehlendem Tone), »aber Sie und ich, wir beide müssen sofort hier weg. Außer in Arkham sind wir nirgendwo mehr sicher – sogar in Arkham könnte uns noch etwas zustoßen, doch wenigstens erhalten wir dort den Rat und die Hilfe erfahrener Veteranen unseres Projektes, die stärkere Nerven haben als ich. Gestern Abend bekam ich bei der Messung unter dem Steinbild im Keller (ich habe es Ihnen verheimlicht, weil ich mir sicher war, mich vermessen zu haben) ein Ergebnis von fünfzehn Zentimetern heraus – *Zentimeter,* Georg, nicht Meter. Heute Abend habe ich die Messung wiederholt, an ihrem Ergebnis kann kein Zweifel mehr bestehen, und der Abstand ist auf *fünf* Zentimeter geschrumpft. Der Fußboden da unten ist bloß noch eine dünne Schale – *sie* haben den Stein von unten weggefressen, und sie nagen noch immer daran! Nein, kein Widerspruch! Sie haben Zeit, sich eine kleine Tasche zu packen. Beschränken Sie sich auf das Nötigste, aber nehmen Sie das eingeschriebene Päckchen von Rodia mit, ich bin neugierig darauf.«

Und mit diesen Worten eilte er in sein Zimmer, aus dem er nach einem Augenblick mit seiner Reisetasche wieder auftauchte. Zusammen mit dem schwarzen Kasten schleppte er sie ins Auto.

Derweil hatte ich mich so weit beruhigt, um in den Keller hinabsteigen zu können. Der Fußboden hallte hohler als gestern Abend – ich zögerte, ihn zu betreten –, darüber hinaus schien sich jedoch nichts verändert zu haben. Dennoch befiel mich ein beunruhigendes Gefühl von Unwirklichkeit, als gebe es auf der Welt keine wirklichen Dinge mehr, nur noch flache Kulissen, eine Theaterbühne, die einen Vorschlaghammer, ein eingeschriebenes Paket ohne Inhalt, einen gemalten Himmel mit nächtlichen Hügeln und zwei Schauspieler umfasste.

Ich eilte hinauf, nahm die Steaks vom Grill und legte sie

auf einem Teller vor den flackernden Kamin (denn sie waren durch), dann folgte ich Albert nach draußen.

Er kam mir jedoch entgegen und trat zurück in die Tür; er sah mich scharf an – seine Augen waren noch immer groß und starr – und herrschte mich an: »Warum haben Sie nicht gepackt?«

»Hören Sie, Albert«, entgegnete ich ruhig, »schon gestern Abend glaubte ich, unsere Schritte im Keller würden hohl klingen, deshalb bin ich eigentlich gar nicht überrascht. Wie Sie aussehen, schaffen Sie es nicht mehr bis Arkham. Wir können uns doch nicht auf die Reise an die Ostküste machen, wenn wir noch nicht einmal etwas Anständiges im Magen haben. Sie sagen selbst, es sei überall gefährlich, auch in Arkham, und nach dem, was wir (oder zumindest ich) am Gedenkstein meines Vaters gesehen haben, streift schon wenigstens eins dieser Wesen frei herum. Also essen wir zu Abend – ich hoffe, der Schreck hat Ihnen den Appetit nicht gänzlich verschlagen –, dann sehen wir uns Rodias Päckchen an, und wenn es wirklich unumgänglich ist, brechen wir danach auf.«

Er schwieg ziemlich lange. Dann entspannte sich sein Gesicht, und er lächelte etwas gezwungen. »Wie Sie wollen, Georg, das klingt vernünftig«, sagte er. »Ich bin verängstigt, ja, verstehen Sie mich nicht falsch, im Grunde habe ich schon seit zehn Jahren Angst. In diesem Fall aber sorge ich mich, um ehrlich zu sein, mehr um Sie als um mich. Es tat mir plötzlich so Leid, kam mir so ungerecht vor, dass ich Sie in diese schreckliche Sache mit hineingezogen habe. Aber wie Sie ganz richtig sagen, muss man sich den Gegebenheiten beugen, den körperlichen wie den anderen ... und versuchen, dabei ein wenig Würde zu beweisen«, fügte er mit einem ziemlich trübseligen Kichern hinzu.

So setzten wir uns vor die tanzenden goldenen Flammen, aßen unsere Steaks und tranken dazu etwas (ich ein wenig Burgunder, während Albert bei seinem gesüßten schwarzen Kaffee blieb). Wir sprachen über dieses und jenes, hauptsächlich über Hollywood, wie es sich gerade ergab. Bei unserer Wahnsinnsfahrt war ihm die Buchhandlung aufgefallen, und als er mich nun danach fragte, führte eins zum Nächsten.

Nach dem Essen schenkte ich ihm und mir nach, räumte das Geschirr ab und öffnete die Knoten und Klebebänder an Rodias Päckchen mit meinem Taschenmesser. Zum Vorschein kam das verzierte Kästchen aus Kupfer und Neusilber, das nun vor mir steht. Ich erkannte die Handwerkskunst meines Vaters sofort; sie zeigte ein Metallabbild des Reliefs im Keller, nur die Aufschrift »Tor der Träume« fehlte. Alberts Finger deutete auf die Augen Cutlus, verzichtete jedoch darauf, den Namen auszusprechen. Ich öffnete das Kästchen: Es enthielt mehrere Blätter Papier. Sofort erkannte ich die Handschrift meines Vaters. Nebeneinander stehend lasen Albert und ich das Dokument, das hier eingefügt ist:

15. März 1925

Mein lieber Sohn,
dieser Tage bist du dreizehn, doch was ich dir hier schreibe, wirst du erst an deinem fünfundzwanzigsten Geburtstag lesen. Ich hoffe, es geht dir gut. Warum ich so handle, wirst du erfahren, wenn du weiterliest. Dieses Kästchen gehört dir – leb wohl! Ich lasse es bei einem Freund zurück, der es dir schicken wird, sollte ich in den zwölf dazwischenliegenden Jahren gehen müssen – die Natur hat mir Zeichen gegeben, dass dies der Fall sein könnte: Von Zeit zu Zeit sehe ich gezackte grelle Blitze in den Farben der Seltene-Erden-Gläser vor meinen Augen. Nun lese mit Bedacht, denn ich habe dir Geheimnisse anzuvertrauen.

Als Junge in Louisville hatte ich am Tag Träume und konnte mich nicht an sie erinnern. In meinem Geist klafften minutenlange schwarze Lücken, die bis zu einer halben Stunde anhalten konnten. Manchmal befand ich mich woanders und tat etwas anderes, wenn ich wieder zu mir kam, aber nie ist mir dabei etwas zugestoßen. Meine schwarzen Tagträume hielt ich für eine angeborene Schwäche oder eine Strafe, aber die Natur war weise. Ich war nicht stark und wusste noch nicht genug, um sie schon zu ertragen. Unter der Anleitung meines Vaters erlernte ich einen Beruf, kräftigte meinen Körper und lernte alles, was ich konnte.

Als ich 25 wurde, war ich schrecklich in ein wunderschönes Mädchen verliebt – deine Mutter kannte ich noch nicht. Sie starb an Schwindsucht. Als ich trauernd an ihrem Grab stand, ereilte mich solch ein Tagtraum, doch diesmal hielt ich Kraft meines Willens mein Bewusstsein bei mir – mein Geist wurde nicht schwarz, er blieb weiß. Ich schwamm hinab durch den Lehm und wohnte ihr körperlich bei. Sie sagte, diese Vereinigung müsse unsere letzte sein, doch besäße ich nun die Macht, mich von Zeit zu Zeit durch Willenskraft durch und unter die Erde zu bewegen. Wir küssten uns zum ewigen Abschied, Lorchen und ich, und ich schwamm immer weiter hinunter, ihr Ritter der Träume, und freute mich meiner neuen Macht. Wie ein alter Kobold durchdrang ich den Felsen. Dort unten ist es nicht schwarz, mein Sohn, wie man glauben möchte. Dort sind leuchtende Farben. Wasser ist blau, Metalle hellrot und gelb, Felsen grün und braun, und so weiter. Nach einiger Zeit schwamm ich zurück, hinauf in meinen Körper, der vor dem frischen Grab stand. Ich trauerte nicht mehr, sondern war zutiefst dankbar.

Auf diese Weise lernte ich, mit der Wünschelrute zu gehen, mein Sohn, ein Fisch der Erde zu sein, wenn daran Not und die Natur gewillt ist, in die Halle des Bergkönigs zu tauchen und dort im Lichte zu tanzen. Die schönsten Farben, die befremdlichsten Schattierungen liegen immer im Westen. Die Wissenschaftler, die zwar klug, aber blind sind, haben sie Seltene Erden genannt. Deshalb habe ich uns hierher gebracht. Unter dem größten der Ozeane ist die Erde ein regenbogenfarbiges Netz, und die Natur ist die Spinne, die es webt und begeht.

Du hast nun gezeigt, dass du meine Macht besitzt, mein

Sohn, nur viel stärker ausgeprägt: Du hast schwarze Träume in der Nacht. Ich weiß es, denn ich habe an deinem Bett gesessen, während du schliefst. Ich hörte dich sprechen und sah deinen Schrecken, der dich vernichtet hätte, wie eine Nacht zeigte, hättest du dich an ihn erinnern können. Doch die Natur in ihrer Weisheit hat dich geblendet, bis du die nötige Stärke gewonnen und das erforderliche Wissen erlangt hast. Wie du inzwischen weißt, habe ich für dich eine Ausbildung an einer guten Universität an der Ostküste arrangiert, die mir Harley Warren empfohlen hat, der beste Arbeitgeber, den ich je hatte und der selbst viel über die tiefen Reiche wusste.

Nun bist du stark genug, um zu handeln, mein Sohn – und ich hoffe, dass du auch die nötige Weisheit besitzt. Du hast viel studiert und deinen Körper gekräftigt. Du hast die Macht, und deine Stunde ist gekommen. Der Meeresgott stößt in sein Horn. Steh auf, mein lieber Georg, und folge mir. Die Zeit ist reif. Baue auf dem, was ich erbaut habe, aber baue größer. Dein ist ein weiteres, größeres Reich. Halte deinen Geist weiß. Mit oder ohne die Hilfe einer bezaubernden Frau, durchbreche das Tor der Träume!

Dein dich liebender Vater

Zu jeder anderen Zeit hätte dieses Dokument mich zutiefst erschüttert. Sicher, auch jetzt bewegte es mich, doch die Ereignisse des Tages hatten mich bereits dermaßen aufgewühlt, dass mein erster Gedanke der Frage galt, wie dieser Brief mit ihnen zusammenhänge.

»Durchbreche das Tor der Träume«, wiederholte ich die letzte Zeile und fügte hinzu, indem ich die andere Deutung unterdrückte: »Das heißt, ich soll heute Abend Morgans Droge nehmen. Lassen Sie es uns tun, Albert, ganz wie Sie es heute Morgen vorgeschlagen haben.«

»Der letzte Wunsch Ihres Vaters«, meinte er nachdenklich, eindeutig von dieser Facette des Briefes beeindruckt. »Was für ein phantastisches, erschütterndes Sendschreiben, Georg! Dieses Zeichen, das er bekam – klingt wie Migräne! Und seine Bezüge auf die Seltenen Erden – das könnte entscheidend sein. Und Farben in der Erde, vielleicht durch außersinnliche Wahrnehmung entdeckt! Unser Forschungsprojekt hätte hier schon vor Jahren ansetzen sollen. Wir waren blind ...« Er brach ab. »Sie haben Recht, Georg, und ich bin in großer Versuchung. Aber die Gefahr! Wie sollen wir uns entscheiden? Einerseits ein ausdrücklicher elterlicher Befehl und unsere bohrende Neugier – ich berste geradezu! Andererseits der große Cthulhu und seine Gefolgschaft. Ach, wie sollen wir uns nur entscheiden!«

Es klopfte laut an die Tür. Beide erstarrten wir. Nach einem Moment eilte ich in die Halle, Albert folgte mir. Als ich die Hand an der Klinke hatte, zögerte ich abermals. Ich hatte draußen kein Auto gehört. Durch die starke Eichentür hörte ich: »Telegramm!« Ich öffnete sie.

Vor uns stand ein dürrer, irgendwie keck aussehender junger Mann mit bleichem, sommersprossigem Gesicht und karottenrotem Haar unter der Mütze. Seine Hosenschläge waren mit Fahrradklammern um die Beine gewickelt.

»Heißt einer von Ihnen Albert N. Wilmarth?«, fragte er kühl.

»Ja, ich«, sagte Albert und trat vor.

»Dann unterschreiben Sie bitte hier.«

Albert unterschrieb und gab ihm ein Trinkgeld, wobei er sich noch mit den Münzen vertat. Der Junge grinste breit, sagte »G'n Abend« und radelte davon. Ich schloss die Tür und drehte mich schnell um.

Albert hatte den Umschlag aufgerissen und die Nachricht hervorgezogen. Er war bereits bleich gewesen, doch während seine Augen über das Papier huschten, wich alle Farbe aus seinem Gesicht. Es war, als sei er bereits zu zwei Dritteln ein Geist gewesen, und die Botschaft verwandele ihn endgültig in einen. Er hielt mir das gelbe Blatt wortlos hin:

LOVECRAFT IST TOT STOP ZIEGENMELKER HABEN NICHT GESUNGEN STOP NUR MUT STOP DANFORTH

Ich blickte auf. Alberts Gesicht war immer noch gespensterbleich, doch Unsicherheit und Furcht waren Entschlossenheit und Trotz gewichen.

»Das gibt den Ausschlag«, sagte er. »Was habe ich mehr zu verlieren? Ja, Georg, wir werden heute einen Blick in den Abgrund tun, an dessen Rand wir stehen. Sind Sie bereit?«

»Natürlich«, entgegnete ich. »Soll ich Ihre Tasche aus dem Wagen holen?«

»Nicht nötig«, lehnte er ab und zog aus seiner Innentasche die kleine Papiertüte von Dr. Morgan, die er mir am Morgen gezeigt hatte. »Ich dachte mir schon, dass wir es versuchen würden, seit diese Erscheinung am Grab Ihres Vaters meine Nerven aufgewühlt hat.«

Ich holte kleine Gläser, auf die er den kleinen Vorrat des weißen Pulvers gerecht aufteilte. Auf seine Anweisung goss ich Wasser darauf, in dem es sich rasch auflöste. Albert sah mich fragend an und hob das Glas, als wolle er einen Trinkspruch ausbringen.

»Keine Frage, auf wen wir dies trinken«, sagte ich und deutete auf das Telegramm, das er noch in der anderen Hand hielt.

Er zuckte leicht zusammen. »Nein, sprechen Sie seinen Namen nicht aus. Trinken wir lieber auf *alle* unsere tapferen Kameraden, die für unser Projekt große Schmerzen erlitten haben oder gestorben sind.«

Dieses »unser« berührte mich wärmstens. Wir stießen die Gläser an und leerten sie in einem Zug. Die Lösung schmeckte leicht bitter.

»Morgan schreibt, die Wirkung trete recht schnell ein«, sagte Albert. »Zuerst Schläfrigkeit, dann Schlaf, und dann hoffentlich Träume. Er hat es zweimal mit Rice und dem alten Armitage versucht, die zusammen mit ihm das Grauen von

Dunwich gebannt haben. Beim ersten Mal besuchten sie im Traum Gilmans Walpurgis-Hyperraum; beim zweiten Mal die innere Stadt an den beiden magnetischen Polen – ein topologisch einzigartiges Gebiet.«

Inzwischen hatte ich uns noch Wein und lauwarmen Kaffee nachgeschenkt. Wir machten es uns auf den Lehnstühlen vor dem Feuer bequem, dessen tanzende Flammen etwas verschwammen und auch ein wenig zischten, als die Wirkung der Droge einzusetzen begann.

»Wirklich, das war eine äußerst erstaunliche Botschaft Ihres Vaters«, plauderte Albert schnell weiter. »Das regenbogenfarbige Netz unter dem Pazifik, die Linien dieser schrecklich erleuchteten Tunnel – wirklich äußerst lebhaft. Ist Cthulhu die Spinne? Nein, bei Gott, die Göttin Natur Ihres Vaters wäre mir allemal lieber. Zumindest ist sie freundlicher.«

»Albert«, sagte ich etwas schläfrig, während ich an Persönlichkeitsaustausche denken musste, »könnten diese Geschöpfe vielleicht gutartig sein oder zumindest nicht ganz so bösartig, wie wir es annehmen? Die unterirdischen Stippvisiten meines Vaters könnten dafür sprechen. Meine geflügelten Würmer vielleicht auch?«

»Die meisten unserer Gefährten mussten das Gegenteil erfahren«, antwortete er verständnisvoll, »obwohl es natürlich unseren Helden aus *Innsmouth* gibt. Was hat er wirklich in Y'ha-nthlei gefunden? Wunder und Ruhm? Wer weiß? Wer kann behaupten, es zu wissen? Oder der alte Akeley, draußen zwischen den Sternen – leidet sein Gehirn in seinem leuchtenden Metallzylinder die Qualen der Verdammten? Oder ist es verzückt über die niemals gleichen wahren Visionen der Unendlichkeit? Und was hat der arme, von den Schoggothen niedergetrampelte Danforth wirklich hinter diesen zwei schrecklichen Bergketten gesehen, bevor seine Amnesie einsetzte? Ist sie ein Segen oder ein Fluch für ihn? Mein Gott, was passten wir gut zueinander ... der mit dem zerrütteten Geist hilft dem mit den aufgekratzten Nerven ... das sind die rechten Kinderschwestern für Katzen ...«

»Das war wirklich eine schlimme Nachricht«, bemerkte ich mit einem leisen Gähnen und deutete auf das Telegramm über Lovecraft, das er noch immer zwischen Finger und Daumen hielt. »Wissen Sie, bevor dieses Telegramm kam, hatte ich überlegt ... es klingt verrückt ... – dass Sie und er ein und derselbe sein könnten. Ich meine nicht Danforth, sondern ...«

»Sagen Sie es nicht!«, befahl er scharf. Als er fortfuhr, klang seine Stimme wieder schläfrig: »Aber die Liste der Umgekommenen ist viel länger ... der arme Lake und der arme, arme Gedney und all die anderen unter dem Kreuz des Südens, unter den magellanschen Wolken ... das mathematische Genie Walter Gilman, der auf so schreckliche Weise den Mut verloren hat ... der Neunziger Angell, auf offener Straße ermordet, und der vom Blitz erstarrte Blake in Providence ... Edward Pickman Derby, Arkhams pummeliger Shelley, der im Leichnam seiner Hexenfrau verging ... Gott, was ist das für ein trauriges Thema ... Wissen Sie, Georg, unten in San Diego zeigte mir der junge Akeley (G. G.) eine verborgene Grotte in der See, blauer als die auf Capri, und auf dem Strand aus schwarzem Magnetit den Fußabdruck eines Meermannes ... eines Gnorri? ... und dann ... oh ja, natürlich ... da hätten wir Wilbur Whateley, der gut zwei Meter siebzig groß war ... obwohl man ihn kaum als Mitarbeiter an unserem Projekt zählen darf ... aber die Ziegenmelker haben ihn nicht gekriegt ... und seinen großen Bruder auch nicht ...«

Ich schaute noch immer ins Feuer, und die tanzenden Lichtpunkte darin und drum herum waren zu den Sternen geworden, so dicht wie die Plejaden und die Hyaden, durch die der alte Akeley auf ewig reist, als die Bewusstlosigkeit sich auch um mich schloss, schwarz wie die winddurchtosten, unendlichen Leerräume der Dunkelheit, die Robert Blake im leuchtenden Trapezoeder gesehen hatte, schwarz wie N'kai.

Ich erwachte steif und fröstelnd. Das Feuer, auf das ich gestarrt hatte, bestand nur noch aus weißer Asche. Ich empfand Enttäuschung darüber, dass ich überhaupt nicht geträumt hatte. Dann wurde ich des tiefen, unregelmäßigen Summens und Brummens gewahr, das mir die Ohren füllte.

Das Aufstehen fiel mir nicht leicht. Mein Gefährte schlief noch, doch sein totenblasses Gesicht mit den geschlossenen Augen hatte einen gequälten Ausdruck angenommen, und er stöhnte und wälzte sich von Zeit zu Zeit, als habe ihn der schlimmste Albtraum im Griff. Das gelbe Telegramm war seinen Fingern entglitten und lag auf dem Boden. Als ich mich ihm näherte, begriff ich, dass der Laut, der in meinen Ohren rauschte, von seinen Lippen kam, die unregelmäßig zuckten, und als ich den Kopf daran lehnte, wurden aus dem schrecklichen, artikulierten Dröhnen erkennbare Wörter und Begriffe:

»Der breiige, tentakelbewehrte Kopf«, vernahm ich voller Grauen, »*Cthulhu fhtagn*, die *falsche* Geometrie, die aufspaltende Ausdünstung, die prismatische Verzerrung, *Cthulhu R'lyeh*, die unbedingte Schwärze, das lebendige Nichts ...«

Ich konnte es nicht ertragen, länger zu beobachten, wie er litt, oder mir diese giftigen, *nasalen* Wörter anzuhören. Darum packte ich ihn an der Schulter und schüttelte ihn heftig, und im nächsten Augenblick fiel mir das strikte Verbot meines Vaters ein, einen Träumer je aus dem Schlaf zu reißen.

In dem kalkweißen Gesicht weiteten sich die Augen, der Mund verkrampfte sich, und er richtete sich auf mit einem kräftigen Stoß seiner verkrümmten Arme gegen die Armlehnen des Sessels, die seine Hände gerade noch umklammert hatten. Mir war, als bewege er sich in Zeitlupe, obwohl es unsinnigerweise gleichzeitig auch sehr schnell zu geschehen schien. Er schenkte mir einen letzten stummen Blick, der das äußerste Grauen ausdrückte, dann kehrte er mir den Rücken zu und eilte mit unfassbar langen Schritten zur Tür, riss sie weit auf und floh ins Freie.

Ich humpelte ihm nach, so schnell ich konnte. Nach dem zweiten Versuch sprang der Motor an. »Warten Sie, Albert, warten Sie doch!«, rief ich. Als ich mich der Tin Hind näherte, blitzten die Scheinwerfer auf, der Motor dröhnte, und ich stand inmitten einer Rauchwolke, während Wilmarth mit zunehmender Geschwindigkeit die Zufahrt entlangschoss und um die Kurve bog.

Trotz der Kälte wartete ich, bis er endgültig in der Nacht verschwunden war; im Osten wurde es schon wieder hell.

Da erst bemerkte ich, dass ich die bösartigen, hämischen, ekelhaften Stimmen noch immer hörte.

»Cthulhu fhtagn«, sagten sie (und haben es seitdem gesagt und sagen es jetzt und werden es immer sagen), »die Spinnentunnel, die schwarzen Unendlichkeiten, die Farben der Dunkelheit, die Stufentürme von Yuggoth, die glitzernden Hundertfüßer, die geflügelten Würmer ...«

Irgendwo nicht weit entfernt hörte ich ein tiefes, nur halb deutliches Schwirren.

Ich ging ins Haus zurück und begann dieses Manuskript.

Nun lege ich das letzte Blatt und auch die zwei Gedichtbände, die zu all dem führten, in das silberne Kästchen und nehme es mit mir in den Keller, wo ich den Vorschlaghammer meines Vaters ergreife (ich frage mich, in welchem Körper ich, wenn überhaupt, weiterleben werde) und die letzte Anweisung seines letzten Briefes wortwörtlich ausführe.

Frühmorgens am Dienstag, dem 16. März 1937, wurden die Anwohner von Paradise Crest (damals Vultures Roost) durch ein lautes Grollen und einen heftigen Erdstoß aus dem Schlaf gerissen, den sie einem Erdbeben zuschrieben. In der Tat registrierte man im Griffith-Observatorium, an der UCLA und der USC ein schwaches Beben, das allerdings von keinem anderen seismografischen Institut erfasst wurde. Im Tageslicht zeigte sich, dass das Ziegelsteinhaus, das im Ort »Fischer's Folly« genannt wurde, so vollständig in sich zusammengefallen war, dass kein Stein mehr auf dem anderen lag. Der Trümmerhaufen bestand offensichtlich aus weit weniger Steinen, als das Haus besessen haben musste – als sei die Hälfte davon während der Nacht davongefahren worden oder in einen großen Hohlraum unter dem Keller gefallen. In der Tat ähnelte die Ruine dem Bau eines gigantischen Ameisenbären, nur dass der Trichter nicht mit Sandkörnern, sondern von Ziegelsteinen bedeckt war. Das Grundstück wurde abgesperrt, weil weiterhin die Gefahr des Nachsackens bestand. Nach einigen Tagen wurde die Grube aufgefüllt und mit einer Zementdecke überzogen. Nicht viel später entstand ein neues Haus darauf.

Die Leiche des Besitzers, eines ruhigen, gehbehinderten jungen Mannes namens Georg Reuter Fischer, wurde auf dem Bauch liegend am Rand des Schuttfeldes aufgefunden. Er hatte die Arme ausgestreckt (in der Hand hielt er ein Metallkästchen), als sei er auf der Flucht aus dem Haus gewesen, als ihn das einstürzende Gebäude erfasste. Sein Tod wird jedoch einem zeitlich etwas vorhergehenden Unfall oder verrückten Akt der Selbsttötung mit ätzender Säure zugeschrieben, von der sein exzentrischer Vater einmal einen Vorrat angelegt hatte. Die Identifizierung der Leiche war glücklicherweise durch den etwas verkrüppelten rechten Fuß möglich, denn als die Leiche herumgedreht wurde, zeigte es sich, dass etwas ihr gesamtes Gesicht, den darunter liegenden Schädelknochen, den Kieferknochen und das gesamte Vorderhirn weggefressen hatte.

Originaltitel: *The Terror from the Depths.*
Erstveröffentlichung: *The Disciples of Cthulhu,* 1976
Aus dem Amerikanischen von *Uwe Anton*

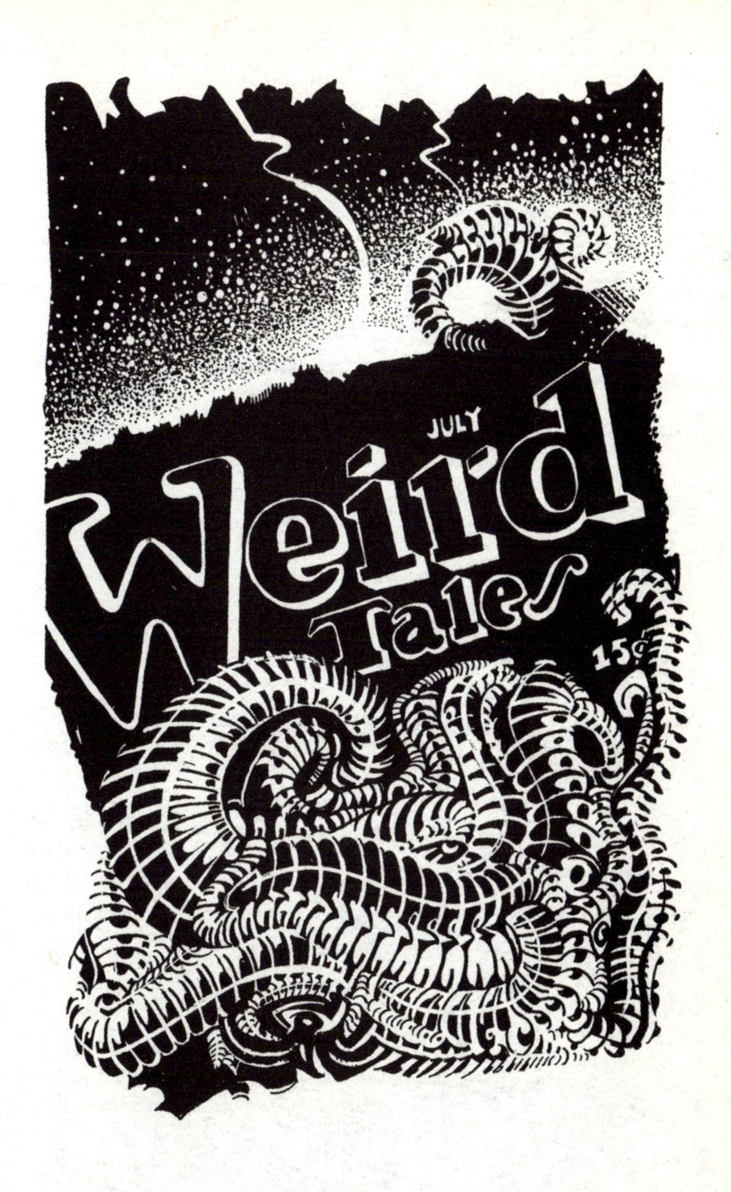
JULY
Weird
Tales
15¢

Aufstieg mit Surtsey

VON BRIAN LUMLEY

Es scheint, dass wir nach der Entdeckung eines lebendigen Coleacanthen – eines Fisches, von dem man angenommen hatte, er sei seit über siebzig Millionen Jahren ausgestorben – unsere etablierten Vorstellungen von der geologischen Lebensspanne bestimmter maritimer Tierarten werden revidieren müssen ...

– *LINKAGE,* WUNDER DER TIEFE

Name:	Haughtree
Vorname(n):	Phillip
Geburtsdatum:	2.12.1927
Alter (in Jahren):	35
Geburtsort:	Old Beldry, Yorkshire
Wohnort:	unzutreffend
Beruf:	Schriftsteller

gibt hiermit zu Protokoll: (Text der Aussage anfügen)

Ich habe darum gebeten, in üblicher Weise über meine Rechte belehrt zu werden, doch wie man mir mitteilt, soll dies in Anbetracht meines angeblichen *Zustandes* nicht notwendig sein – die sich daraus ergebenden Folgerungen sind offensichtlich, und ich sehe mich genötigt, meinen Bericht so und nicht anders zu beginnen:

Um Missverständnissen entgegenzuwirken, möchte ich klarstellen, dass ich niemals fanatisch an das Übernatürliche geglaubt habe. Ebenso wenig habe ich je unter Halluzinationen oder Visionen gelitten, noch an einem Nervenleiden oder irgendeiner Form von Geisteskrankheit. Aus den Krankengeschichten meiner Vorfahren geht kein einziger Hinweis hervor, dass es in meiner Familie jemals einen Fall von Irrsinn gegeben hätte – und Dr. Stewart liegt gänzlich falsch, wenn er mich für wahnsinnig erklärt.

Es ist notwendig, auf diese Punkte ausdrücklich hinzuweisen, bevor ich eine Lektüre dieser Aussage gestatte, denn ein lediglich flüchtiges Überfliegen würde schon bald jeden in konventionellen Bahnen denkenden Leser zu der verfehlten Schlussfolgerung verleiten, ich sei entweder ein schrecklicher Lügner oder habe aber völlig den Verstand verloren, und es widerspricht meiner Absicht, Dr. Stewarts Ansichten zu untermauern ...

Dennoch gebe ich zu, dass am 15. November 1963 kurz nach Mitternacht der Körper meines Bruders von meiner Hand starb; zugleich jedoch muss ich mit aller Entschiedenheit betonen, dass ich kein Mörder bin. Ich habe die Absicht, durch diese Aussage – die notgedrungen recht lang sein wird, da ich darauf bestehe, die gesamte Geschichte zu erzählen – meine Unschuld schlüssig zu beweisen. Denn tatsächlich bin ich keines schändlichen Verbrechens schuldig, und die Tat, durch die ich dem Leben im Körper meines Bruders ein Ende setzte, war nichts als die Reflexhandlung eines Mannes, der das Wohlergehen der ganzen Welt auf entsetzlichste Weise bedroht sah. Deshalb, und im Lichte der gegen mich erhobenen Behauptung, ich sei wahnsinnig, muss ich nun den Versuch unternehmen, den Hergang auf die ausführlichste Weise wiederzugeben. Jedes Abweichen von der zeitlichen Abfolge der Ereignisse muss ich vermeiden, meine Worte und Sätze mit äußerster Sorgfalt formulieren und mich zwingen, an das Ende nicht einmal zu denken, bis ich bei diesem Entsetzlichen angelangt bin ...

Wo beginne ich nun am besten?

Es sei mir gestattet, Sir Amery Wendy-Smith zu zitieren:

Wir kennen Legenden über sternengeborene Wesen, die diese Erde viele Millionen Jahre vor dem Auftreten des Menschen bewohnten, und die, während er sich entwickelte, an gewissen dunklen Orten überdauert haben. Selbst heute, davon bin ich fest überzeugt, sind diese Wesen zum Teil noch hier.

Man mag sich erinnern, dass der bedeutende Altertumsforscher und Archäologe diese Worte äußerte, bevor er zu seiner letzten, schicksalhaften Expedition ins Innere Afrikas aufbrach. Sir Amery bezog sich, wie ich heute weiß, auf dieselben grauenvollen Ausgeburten der Hölle, deren ich zu jener schauderhaften Zeit vor achtzehn Monaten gewahr zu werden begann; und ich habe meine eigenen Erlebnisse vor Augen, wenn ich daran erinnere, dass er allein und halb wahnsinnig vom dunklen Kontinent in die Zivilisation zurückkehrte.

Von je war mein Bruder Julian insofern das genaue Gegenteil meiner selbst, als dass er fest an düstere Mysterien glaubte. Bücher von Furcht einflößendem Inhalt verschlang er geradezu, und es kümmerte ihn nicht, ob es sich um Sachbücher handelte, wie Frazers *Goldener Zweig* und Miss Murrays *Hexenkult in Westeuropa,* oder um phantastische Literatur wie seine Sammlung alter, nahezu unbezahlbarer Ausgaben von *Weird Tales* und ähnlichen populären Magazinen. Viele unserer Freunde, so stelle ich mir vor, werden zu dem Schluss kommen, dass seine anfängliche geistige Zerrüttung mit diesem ungesunden Appetit auf das Monströse und Abnormale in Zusammenhang stand. Natürlich teile ich diese Ansicht nicht, obwohl ich zugeben muss, dass ich diesbezüglich zu einem früheren Zeitpunkt anderer Meinung war.

Was nun Julian selbst anbelangt, so war er schon immer körperlich kräftig gewesen, doch hatte er niemals sonderliche Charakterstärke an den Tag gelegt. Schon als Junge war er von einer Größe und Statur, die es ihm erlaubt hätte, es mühelos mit jedem Raufbold auf dem Schulhof aufzunehmen – doch fehlte es ihm stets an der dazu nötigen Entschlossenheit. Dies war auch der Grund, weshalb er als Schriftsteller versagte, denn während seine Entwürfe für die Geschichten sich interessant ausnahmen, zeigte er sich außer Stande, seine Figuren lebensnah zu gestalten. Da er selbst keine ausgeprägte Persönlichkeit besaß, schien er nicht verhindern zu können, dass sich diese Schwäche in seiner Arbeit widerspiegelte. Als sein Koautor arbeitete ich die Details der Handlung aus und hauchte seinen mehr oder weniger schablonenhaften Figuren Leben ein. Bis zu jener Zeit hatten wir nicht schlecht verdient und eine ansehnliche Summe zurücklegen können. Das kam uns zugute, denn während der Zeit von Julians Krankheit, während der ich kaum ein Wort schrieb, hätte mich die Notwendigkeit, für meinen und meines Bruders Unterhalt zu sorgen, sehr wohl in arge Bedrängnis bringen können. Glücklicherweise, wenn auch zu meinem Bedauern, wurde ich später der Sorge um seine Obhut gänzlich enthoben; doch geschah das natürlich erst nach dem Einsetzen seiner Schwierigkeiten ...

Seinen eigentlichen Zusammenbruch erlitt Julian im Mai 1962, aber der Beginn von allem lässt sich zurückverfolgen zum 2. Februar jenen Jahres – Mariä Lichtmess –, ein Datum, welches, wie ich weiß, für jeden mit auch nur der geringsten Bildung in okkulten Dingen eine besondere Bedeutung hat. In ebenjener Nacht träumte er erstmals seinen Traum von titanischen Basalttürmen, die vor Schleim und Schlick troffen und umweht wurden von riesigen Algenteppichen. Ihre in seltsamen Proportionen zueinander stehenden Sockel lagen im graugrünen Schlamm begraben, und ihre nichteuklidisch gewinkelten Brüstungen verschwammen in den wässrigen Fernen dieses ruhelosen unterseeischen Reiches.

Zu jener Zeit arbeiteten wir an einem Liebesroman, dessen

Handlung im 18. Jahrhundert angesiedelt war, und ich erinnere mich, dass wir uns an jenem Abend spät zur Ruhe begeben hatten. Wenig später wurde ich durch Julians Schreie aus dem Schlaf gerissen, und schließlich weckte er mich, um mir hysterisch von seinem Albtraum zu berichten. Stammelnd und unzusammenhängend erzählte er mir davon, was er hinter jenen monolithischen schleimigen Brüstungen hatte lauern sehen, und ich erinnere mich, wie ich – nachdem er sich ein wenig beruhigt hatte – ihm gegenüber bemerkte, was für ein seltsamer Bursche er sei, romantische Liebesromane zu verfassen und zur gleichen Zeit Horrorgeschichten zu lesen und zu erträumen. Aber mit dieser leisen Schelte stieß ich bei Julian auf taube Ohren, und seine Angst und Abscheu vor dem Traum war dermaßen groß, dass er sich weigerte, sich in dieser Nacht wieder hinzulegen. Stattdessen verbrachte er die verbleibenden Stunden der Nacht an seiner Schreibmaschine sitzend im Arbeitszimmer, wobei er jedes Licht im Haus brennen ließ.

Man sollte meinen, dass ein Albtraum von solch schrecklicher Intensität Julian überzeugt hätte, nicht mehr allnächtlich mindestens zwei Stunden lang genussvoll seiner bevorzugten, schauerlichen Lektüre zu frönen. Doch eher war das Gegenteil der Fall – denn nun befasste er sich ausschließlich mit Werken, die alle in die gleiche Richtung zielten: Er entwickelte ein makabres Interesse an allem, was mit Schrecknissen aus dem Meer zu tun hatte, und er sammelte und las begierig solche Werke wie das deutsche *Kulte der Tiefsee,* Gaston le Fes *Bewohner der Tiefen,* Gantleys *Hydrophinnae* oder das von einem unbekannten Autor verfasste, entsetzliche *Cthaat Aquadingen.* Es war jedoch seine Sammlung von belletristischen Werken, welche seine Zeit hauptsächlich in Anspruch nahm. Aus diesen nämlich suchte er sich den Großteil seines Wissens über den Cthulhu-Mythos zusammen – der, wie er vehement behauptete, überhaupt kein Mythos sei –, und oft verlieh er dem Wunsch Ausdruck, einmal ein Originalexemplar des *Necronomicon* des verrückten Arabers Abdul Alhazred in die Hände zu bekommen; seine eigene Ausgabe von Feerys Anmerkungen sei praktisch nutzlos, da sie lediglich andeute, wovon Julian behauptete, dass Alhazred es im Detail erklärt habe.

In den folgenden drei Monaten kamen wir mit unserer Arbeit schlecht voran. Wir konnten den Abgabetermin einer bestimmten Erzählung nicht einhalten, und nur der Umstand, dass unser Verleger ein persönlicher Freund von uns war, bewahrte uns vor einer beträchtlichen finanziellen Einbuße. Grund für unsere Notlage war, dass Julian keinen Drang zu schreiben mehr verspürte. Seine Bücher nahmen ihn zu sehr in Anspruch, als dass er arbeiten konnte, und es war nicht einmal mehr möglich, Handlungselemente unseres Romans mit ihm zu erörtern. Zudem kehrte mit zunehmender Häufigkeit und Lebhaftigkeit sein schrecklicher Traum wieder. Jede Nacht durchlitt Julian die gleichen schlickumschwemmten Visionen obszönen Grauens, wie sie in den düsteren Werken vorkamen, die mein Bruder mit Vorliebe las. Doch litt er wirklich? Ich sah mich außer Stande, das zu beurteilen. Denn während die Wochen verstrichen, schien sich mein Bruder tagsüber zunehmend unbehaglicher und rastloser zu fühlen, wohingegen er begierig dem sich verdunkelnden Himmel des Abends entgegensah, und seiner Schlafstätte, in der er die Schrecken seiner grauenhaften Albträume ausschwitzte ...

Wir hatten für einen angemessenen monatlichen Betrag ein bescheidenes Haus in Glasgow gemietet, in dem wir getrennte Schlafräume hatten, während wir das Arbeitszimmer gemeinsam nutzten. Dass Julian seinen Träumen nun entgegenfieberte, hatte sie nicht weniger furchtbar werden lassen, und in den letzten zwei oder drei Nächten hatten sie eine neue Intensität erreicht, als es Mitte Mai schließlich geschah. Julian hatte zuletzt ein gesteigertes Interesse an bestimmten Passagen im

Cthaat Aquadingen gezeigt und eine Passage in diesem Buch dick unterstrichen, welche wie folgt lautete:

Steiget empor!
O Namenlose;
Auf dass, wenn deine Zeit erneut begonnen,
Die deinen deiner Wahl
Durch deine mystische Macht und deine Magie,
Durch Traum und Zauberei,
Mögen wissen von deinem Kommen:
Und herbeieilen, dir zum Gefallen,
Aus Liebe zu dir, unserem Herrn
dem getreuen Cthulhus,
dem Schlummerer in grünen Tiefen,
Othuum ...

Solche und andere Auszüge, die er den verschiedensten Quellen entnommen hatte, insbesondere aus bestimmten, teils verbotenen Schriften einer Hand voll von Autoren, allesamt Personen, die als »vermisst« galten oder unter seltsamen Umständen verstorben waren – namentlich: Andrew Phelan, Abel Keane, Claiborne Boyd, Nayland Colum und Horvath Blayne –, hatten meinen Bruder in eine derartige Anspannung versetzt, dass er der Erschöpfung nahe war, als er sich spät in jener Nacht, in der der Schrecken tatsächlich begann, endlich zu Bett begab. Sein Zustand war darauf zurückzuführen, dass er sich volle drei Tage lang fast ohne Unterbrechung in seine morbide Lektüre vertieft und während dieser Zeit nur kurze Schlafpausen gegönnt hatte – und dies auch nur bei Tageslicht, nie während der Nacht. Jedes Mal, wenn ich Einwände erhob, antwortete er, dass er bei Nacht nicht schlafen wolle, »wo doch die Zeit so nahe« sei, und dass es so vieles gebe, »was ihm aus den Tiefen fremd sein« werde. Was auch immer das nun heißen sollte ...

Nachdem er sich an diesem Abend zurückgezogen hatte, arbeitete ich noch etwa eine Stunde weiter, bevor ich mich selbst zu Bett begab. Ehe ich das Studierzimmer verließ, warf ich noch einen Blick auf das, was Julian zuletzt so sehr in Anspruch genommen hatte, und ich entdeckte – neben dem bereits erwähnten Unsinn, für den ich es damals hielt – einige Passagen, die aus dem *Leben des heiligen Brendan* stammten, einem Werk, das der Abt von Clonfert in Galway im sechzehnten Jahrhundert verfasst hatte:

Während des ganzen Tages vernahmen die frommen Brüder, obgleich die Insel nicht mehr in Sichtweite war, ein lautes Geheul von deren Bewohnern, und einen eklen Gestank konnte man wahrnehmen noch aus gar großer Ferne. Da trachtete der heilige Brendan, die frommen Brüder mit frischem Mute zu beseelen, und er sprach: »Soldaten Christi, seiet stark und wappnet euch im Geiste wider die Anfechtungen des Glaubens, denn nunmehr schreiten wir an den Grenzen der Hölle!«

Mittlerweile habe ich das *Leben des heiligen Brendan* studiert und bin darin auf Dinge gestoßen, die ich auf furchtbare Weise wieder erkannte und die mich schaudern machten – obwohl ich zur damaligen Zeit keinen Zusammenhang zwischen dem, was ich las, und meiner schrecklichen Unruhe entdecken konnte. An dem Buche war etwas, das mich tief verstörte – und überdies fand ich andere Verweise auf historisch überlieferte Seebeben; jene nämlich, bei denen Atlantis und Mu versanken, jenes, das der Mönch und Kaplan Herbert von Clairvaux in Frankreich in den Jahren 1178–80 in seinem *Liber Miraculorem* aufzeichnete, und jenes, das näher an unserer Zeit liegt und nur durch den unterdrückten *Johansen-Bericht* bekannt ist. Aber damals verblüfften mich solche Dinge nur, und nie, nicht einmal in meinen wildesten Träumen, hätte ich erahnen können, was noch auf mich zukommen sollte.

Ich bin mir nicht sicher, wie lange ich in dieser Nacht schlief, bevor mich schließlich etwas weckte. Im Halbschlaf bemerkte ich Julian, der in der Dunkelheit an meinem Bett hockte und vor sich hin flüsterte. Ich spürte seine Hand, mit der er mich an der Schulter gepackt hielt, und obwohl ich noch benommen war, erinnere ich mich sehr gut an den Druck dieser starken Hand und an einiges von dem, was er sagte. Seine Stimme klang, als sei er in Trance, wie bei jemandem, der unter tiefer Hypnose steht, und seine Hand verkrampfte sich jedes Mal, wenn er ein Wort mit Nachdruck betonte.

»Sie machen sich *bereit* ... Sie werden *aufsteigen* ... Sie haben die *Höhere Macht* nicht angerufen, noch haben sie den Segen von *Cthulhu,* und ihr Aufstieg wird nicht von Dauer sein und unbemerkt vonstatten gehen ... Doch wird ihre Mühe für die *Übertragung des Geistes* ausreichen ... Othuum zum *Ruhme ...*

Indem sie jene *Anderen* benutzten, um ihre Botschaften und Traum-Bilder weiterzuleiten – jene in Afrika, die sich Sir Amery Wendy-Smiths bemächtigten, *Shudde-M'ell* und seine Horden –, haben sie endlich den Zauberbann des tiefen Wassers besiegt und *lenken* nun wieder die Träume wie dereinst – trotz der Ozeane, die sie bedecken. Einmal mehr besitzen sie die *Oberherrschaft* über die Träume, und um den *Austausch* durchzuführen, brauchen sie nicht einmal die Oberfläche des Wassers zu durchbrechen – eine *Verringerung* des Drucks wird genügen.

Ce'haie, ce'haie!!!

In diesem Moment schon steigen sie empor: und Er kennt mich, sucht nach mir ... Mein Verstand, welchen sie in den Träumen vorbereitet haben, wird hier sein, Ihm zu begegnen, denn ich bin *bereit,* und sie brauchen nicht noch länger zu warten. Meine Unwissenheit ist ohne Belang – ich *brauche* nichts zu wissen oder zu verstehen! Sie werden mir alles *zeigen,* wie sie mir in Träumen die *Tiefe* gezeigt haben. Aber sie sind nicht im Stande, aus meinem schwachen Geist oder *einem anderen* sterblichen Hirn *Wissen über die Oberfläche* zu beziehen ... Die Geistesbilder werden nicht *stark* genug übermittelt ... Und die tiefen Wasser – obgleich sie durch die Anstrengungen *Shudde-M'ells* ihre schädlichen Wirkungen größtenteils verloren haben – stören noch immer jene verschwommenen Bilder, welche zu erhalten ihnen *gelungen ist* ...

Ich bin der Erwählte ... Durch *Seine* Augen in meinem *Körper* werden sie sich wieder *zur Gänze* mit der Oberfläche vertraut machen; damit sie beizeiten, wenn die Sterne *richtig stehen,* den *großen Aufstieg* zu vollziehen vermögen ... Ach! Der große Aufstieg! *Hasturs Ende!* Seit ungezählten Äonen Traum Cthulhus ... Wenn all die Tiefenwesen, die Bewohner der Finsternis, die Schläfer in ihren versunkenen Städten, *erneut* die Welt erschüttern mit ihrer Macht ...

Denn das ist nicht tot, was ewig *leben* kann, und wenn die fremde Zeit verstrichen ist, *wird es wieder sein, wie es dereinst war* ... Bald, wenn der Austausch vollbracht ist, wird Er auf Erden wandeln in *meiner Gestalt,* und ich in den großen Tiefen *in der Seinen!* Auf dass, wo sie einst herrschten, sie eines Tages *wieder* herrschen mögen – jawohl! – selbst die Brüder von *Yibb-Tstll* und die Söhne des träumenden *Cthulhu* und deren Diener – *zum Ruhme R'lyehs* ...«

An mehr kann ich mich nicht erinnern, und selbst an dieses Wenige nicht sonderlich klar; wie ich schon sagte, zu jener Zeit war es für mich nichts weiter als wirres Gewäsch. Erst seither habe ich mich mit gewissen alten Schriften und Überlieferungen vertraut gemacht; darunter auch, insbesondere im Zusammenhang mit dem letzteren Teil der fieberhaften Äußerungen meines Bruders, dem rätselhaften Reimpaar des wahnsinnigen Arabers Abdul Alhazred:

Das ist nicht tot, was ewig liegen kann,
Da selbst der Tod als solcher sterben kann.

Doch ich schweife ab.

Erst geraume Zeit, nachdem das eintönige Leiern von Julians überspanntem Gefasel verstummt war, wurde mir klar, dass er nicht mehr bei mir im Zimmer weilte und ein eisiger Morgenwind durch das Haus wehte. In meines Bruders Zimmer hingen dessen Kleider noch säuberlich dort, wo er sie am Abend zuvor aufgehängt hatte – Julian aber war verschwunden, und er hatte die Haustür weit offen stehen lassen.

Ich zog mich rasch an und ging hinaus, um die unmittelbare Nachbarschaft nach ihm abzusuchen – ohne Erfolg. Dann, als die Morgendämmerung anbrach, suchte ich das nächste Polizeirevier auf, nur um zu meinem Entsetzen zu entdecken, dass sich mein Bruder dort in »Sicherheitsgewahrsam« befand. Man hatte ihn aufgegriffen, während er ziellos durch die nördlichen Straßen der Stadt irrte und etwas von »gigantischen Göttern« brummelte, die am Grund des Ozeans auf etwas warteten. Ihm schien nicht bewusst zu sein, dass sein einziges Kleidungsstück sein Morgenmantel war, und er erkannte mich offenbar nicht wieder, als ich gerufen wurde, um ihn zu identifizieren. Tatsächlich schien er unter den Folgen eines schrecklichen Schocks zu leiden, der ihn in einen traumatischen Zustand versetzt hatte, in welchem er völlig außer Stande zu rationalem Denken war. Er murmelte nur unverständliche Dinge vor sich hin und starrte, ein schreckliches, irres Funkeln tief in den Augen, leeren Blickes an die nach Norden gelegene Wand seiner Zelle.

Was ich an diesem Morgen zu erledigen hatte, genügte vollauf, um mich beschäftigt zu halten, und dies auf eine wenig angenehme Weise; Julians Zustand war so ernst, dass er auf

Anordnung eines Polizeipsychiaters von seiner Zelle auf der Polizeistation »zur Beobachtung« ins Oakdeene-Sanatorium überwiesen wurde. Auch war es keineswegs leicht, seine Untersuchung in diesem Sanatorium zu erwirken. Offenbar hatten die Leiter dieser Anstalt in der Nacht zuvor mit einer Reihe eigener Probleme genug zu tun gehabt. Als ich schließlich gegen Mittag nach Hause kam, sah ich zunächst die Tageszeitungen nach Artikeln durch, die vielleicht meinen Bruder erwähnten. Ich war erleichtert – oder so erleichtert, wie ich in Anbetracht der Umstände eben sein konnte – zu lesen, dass Julians Aktivitäten nur deshalb nicht den exponierteren Platz unter den Tagesmeldungen einnahmen, den sie andernfalls sehr wohl hätten innehaben können, weil sie durch eine Vielzahl weitaus ernsterer Ereignisse auf die hinteren Seiten verdrängt worden waren.

Seltsamerweise ähnelten diese anderen Geschehnisse dem Vorfall mit meinem Bruder dahingehend, dass sie alle mit geistiger Verwirrung bei zuvor normalen Menschen zu tun haben schienen, oder, wie in Oakdeene, mit einer Zunahme von Unruhen unter den gefährlicheren Insassen von Irrenanstalten im ganzen Land. In London hatte sich ein Geschäftsmann von einigem Ansehen von einem hohen Dach gestürzt, nachdem er verkündet hatte, dass er »zu Yuggoth im äußeren Rand fliegen« müsse. Chandler Davies, der später als tobender Irrer in Woodholme starb, schuf »in einer Trance von schierer Inspiration« ein Gemälde einer bösen, schwarzen und grauen *G'harne-Landschaft,* welches seine aufgebrachte und verängstigte Geliebte nach dessen Fertigstellung in Brand setzte. Noch seltsamer, in den Cotswold Hills hatte ein Pfarrer zwei Mitglieder seiner Gemeinde mit dem Messer erstochen, da sie, wie er später der Polizei gegenüber einwandte, »kein Existenzrecht« besaßen, und vor der Küste nahe Harden in Durham waren seltsame mitternächtliche Schwimmer beobachtet worden, wie sie sich mit einem Fischer davonmachten, der etwas von »riesigen Fröschen« schrie, bevor er unter die reglose Meeresoberfläche gezogen wurde ... Es war, als sei in dieser sonderbaren Nacht irgendein Wahnsinn herabgestiegen – oder, wie ich heute glaube, aufgetaucht –, um die empfänglicheren Geister mit äußerstem Schrecken zu erfüllen.

So schrecklich diese Geschehnisse auch sein mochten, sie waren es nicht, was mich am meisten verstörte. Angesichts dessen, was Julian in meinem Zimmer gemurmelt hatte, während ich im Halbschlaf lag, überlief mich ein eigenartiges und unerklärliches Frösteln, als ich in ebenjenen Zeitungen von einem Amateurseismologen las, der glaubte, er habe *zwischen Grönland und der nördlichen Spitze von Schottland ein Seebeben registriert ...*

Was hatte Julian noch geflüstert – ein Aufstieg, der unbemerkt vonstatten gehen würde? Nun, von den Geschehnissen unterhalb der Meeresoberfläche hatte sich aber einiges bemerkbar gemacht! – Doch das war selbstverständlich lächerlich, und ich schüttelte das Gefühl von Abscheu und Grauen ab, das mich beim Lesen der Zeitungsmeldung ergriffen hatte. Was immer dieses Beben in der Tiefsee verursacht haben mochte, es konnte nur reiner Zufall sein, dass es zeitlich mit dem unerklärlichen Verhalten meines Bruders zusammenfiel.

So kam es, dass ich, anstatt mir über die Gründe so zahlreicher haarsträubender Vorkommnisse in jener Unglücksnacht Gedanken zu machen, dem Himmel dankte, dass Julian mit einer so beiläufigen Erwähnung in der Presse davonkam; denn was geschehen war, hätte uns beiden großen Schaden zufügen können, wäre ihm größere Aufmerksamkeit seitens der Öffentlichkeit zuteil geworden.

Nicht, dass etwas davon Julian bekümmert hätte! Ihn kümmerte gar nichts, denn er blieb gut und gern ein Jahr in jenem Dämmerzustand, in dem ihn die Polizei aufgefunden hatte. Seine absonderlichen Wahnvorstellungen im Verlaufe dieses Jahres waren derart phantastisch, dass er zum Lieblingspatienten und bevorzugten Studienobjekt eines renommierten Psychiaters aus der Harley Street wurde. Tatsächlich nahm das Interesse des guten Doktors an dem Fall meines Bruders nach etwa einem Monat so stark zu, dass er jede Bezahlung für Julians Unterbringung oder Behandlung ablehnte, und obwohl ich Julian besuchte, wann immer ich in London war, wies Dr. Steward meine Einwände rundheraus ab und wollte nichts davon hören, dass ich ihn für seine Mühen bezahlte. Der Arzt erklärte sich für außerordentlich glücklich, in einer Position zu sein, den eigenartigen Fall eines solch überspannten Verstandes aus der Nähe zu studieren. Es verblüfft mich heute, dass es demselben Mann, der sich im Umgang mit meinem Bruder als so verständnisvoll erwies, bei mir so völlig an Verständnis mangeln soll; und doch haben die Ereignisse gerade diese Wendung genommen. Dennoch, mein Bruder war offensichtlich in guten Händen, und in jedem Fall konnte ich es mir schwerlich erlauben, in der Angelegenheit der Bezahlung zu insistieren; für gewöhnlich verlangte Dr. Stewart Honorare von astronomischer Höhe.

Kurz nachdem Dr. Stewart Julian »in seine Obhut« genommen hatte, begann ich, die Sternenkarten meines Bruder zu studieren, sowohl astronomische als auch astrologische, und mich intensiv in seine Bücher über übernatürliche Künste und Wissenschaften zu vertiefen. Während dieser Zeit las ich eine Menge sonderbarer Bücher und wurde einigermaßen vertraut mit den Werken von Fermold, Lévi, Prinn und Gezrael. In gewissen, gemeinhin nicht zugänglichen Bereichen des Britischen Museums schauderte ich angesichts des literarischen Wahnsinns von Magnus, Glynnd und Alhazred. Ich las den *R'lyeh-Text* sowie den Johansen-Bericht und studierte die Sagen und Legenden über den Untergang von Atlantis und Mu. Gebeugt hockte ich über zerfallenden dicken Wälzern in Privatsammlungen und verfolgte alle Quellen von Legenden und Mythen über Reiche unter dem Meer, auf die ich stieß. Ich las das *Manuskript des Andrew Phelan,* die *Entrückung des Abel Keane,* das *Testament des Claiborne Boyd,* den *Bericht des Nayland Colum* und die *Erzählung des Horvath Blaynes.* Mit ungläubigem Staunen studierte ich die Papiere von Jefferson Bates, und ich lag nachts wach und sann über das angedeutete Schicksal Enoch Congers nach.

Dabei hätte ich mir all die Mühe nie zu machen brauchen.

All die oben genannten Studien abzuschließen, nahm mich fast ein ganzes Jahr in Anspruch, wobei ich am Ende einer Klärung des Wahnsinns meines Bruders keinen Schritt näher gekommen war. Nein, vielleicht ist das nicht ganz richtig. Bei näherer Überlegung halte ich es sehr wohl für möglich, dass ein Mensch verrückt werden kann, wenn er solche düsteren Gefilde erkundet wie die von mir erwähnten – erst recht ein Mann wie Julian, der ohnehin schon über das normale Maß hinaus empfindsam war. Dennoch war ich keineswegs der Ansicht, damit schon die ganze Antwort zu kennen. Schließlich hatte er sich zeit seines Lebens für solche Themen begeistert. Ich sah noch immer keinen Grund, warum dieses Interesse plötzlich auf so schreckliche Weise hätte ausarten sollen. Nein, ich war sicher, dass der Beginn von alledem jener Traum an Mariä Lichtmess gewesen war.

Zumindest war das Jahr nicht vollends vergeudet. Nach wie vor glaubte ich nicht an finstere Überlebende aus vergangenen Weltaltern; mächtige uralte Götter, die in den Tiefen der Ozeane warteten, den drohenden Untergang des Menschen durch albtraumhafte Meeresbewohner vom Anbeginn der Zeit – wie hätte ich so etwas glauben und dabei selbst bei klarem Verstand bleiben können? Aber ich war recht belesen geworden im Hinblick auf die finsteren Überlieferungen längst vergangener Zeitalter. Bei meinen seltsamen Recherchen stieß ich auf bestimmte Aspekte, die für mich von besonderem Interesse waren. Ich beziehe mich dabei auf das, was ich über die merkwürdig ähnlich gelagerten Fälle des Joe Slater, dem Vagabunden der Catskill Mountains in den Jahren 1900 und 1901, über das Verhalten Nathaniel Wingate Peaslees von der Miskatonic-Universität zwischen 1908 und 1913, und über Randolph Carter aus Boston las, dessen Verschwinden im Jahre 1928 in solch enger Beziehung zu dem unerklärbaren Fall des Swami Chandraputra von 1930 stand. Gewiss hatte ich noch andere Fälle von angeblicher dämonischer Besessenheit eingesehen – alle gleichermaßen als authentisch verbürgt –, doch jene, die ich hier erwähne, schienen eine besondere Bedeutung zu haben, zumal sie mehr als nur oberflächliche Parallelen zu diesem Fall aufwiesen, den ich recherchierte und der in solch schrecklicher Weise meinen eigenen Bruder betraf.

Die Zeit war rasch vergangen, und für mich kam es als völlig unerwartete Wendung, wenngleich sie mir unermessliche Erleichterung und Freude schenkte, als ich in meinem Briefkasten eines Morgens im Juli 1963 einen Brief von Dr. Stewart fand, der mich von Julians raschen Fortschritten in Kenntnis setzte. Gleich am nächsten Tag reiste ich nach London zur Praxis von Dr. Stewart, und man kann sich unschwer meine Freude und mein Erstaunen vorstellen, als ich meinen Bruder – soweit sich das in solch einer kurzen Zeit feststellen ließ – in einem Zustand völliger geistiger Genesung vorfand. Tatsächlich war es der Doktor selbst, der mich bei meiner Ankunft informierte, dass mein Bruder fast über Nacht vollständig genesen war und sein Heilungsprozess nun abgeschlossen sei. Allerdings war ich da nicht ganz so sicher – es schien eine oder zwei Anomalien zu geben.

Von diesen abgesehen jedoch war der Grad der erreichten Genesung enorm. Als ich meinen Bruder zuletzt gesehen hatte, nur einen Monat zuvor, hatten mich die unauslotbaren Tiefen seiner Wahnvorstellungen geradezu körperlich krank gemacht. Bei jener Gelegenheit war ich zu ihm gegangen und hatte neben ihm an den vergitterten Fenstern gestanden, von denen aus er, wie man mir gesagt hatte, immer blicklos nach Norden starrte. Auf meine behutsame Begrüßung hatte er entgegnet: »Cthulhu, Othuum, Dagon; die Tiefenwesen in der Finsternis; alle tief träumend, ihrer Erweckung harrend ...« Ich hatte mich außer Stande gesehen, ihm irgendetwas anderes zu entlocken als solch sinnlosen mythologischen Jargon.

Welch eine Wandlung! Nun begrüßte er mich mit großer Wärme – obwohl ich mir einbildete, dass er eine Winzigkeit zu lange brauchte, um mich wieder zu erkennen –, und nachdem ich begeistert eine Weile mit ihm geredet hatte, kam ich zu dem Schluss, dass er nach meinem Empfinden, von einer neuartigen Wesenseigenheit abgesehen, wieder ganz der Alte zu sein schien. Diese Merkwürdigkeit, auf die ich mich beziehe, bestand schlicht darin, dass er eine seltsame Lichtscheu entwickelt zu haben schien und nunmehr eine große Brille mit extrem dunklen Gläsern und seitlichem Sichtschutz trug, die einem selbst den geringsten Blick auf seine Augen verwehrte. Aber wie ich später herausfand, gab es selbst für diese rätselhaft aussehende Brille eine Erklärung.

Während Julian seine Vorbereitungen für die Fahrt zurück nach Glasgow traf, nahm Dr. Stewart mich mit in sein Arbeitszimmer, wo ich die erforderlichen Entlassungspapiere unterschreiben sollte und er mir ausführlicher über die unglaubliche Genesung meines Bruders berichten konnte. Offenbar hatte der Doktor nur eine Woche zuvor seinen außergewöhnlichen Patienten bei seiner morgentlichen Visite unter der Bettdecke kauernd vorgefunden. Mein Bruder ließ nicht zu, dass man ihn dort herausholte, bis der Doktor sich bereiterklärt hatte, ihm eine Brille mit sehr dunklen Gläsern zu bringen. So sonderbar dieser gedämpft geäußerte Wunsch gewesen war, er hatte den verblüfften Psychiater entzückt, stellte er doch die erste bewusste Reaktion auf seine Umgebung dar, die Julian seit Beginn der Behandlung gezeigt hatte.

Und wie sich erweisen sollte, war diese Brille ihr Gewicht

in Gold wert, denn seit deren Eintreffen hatte sich Julian rapide zu seinem gegenwärtigen Zustand fortentwickelt. Allerdings schien der Arzt nicht recht glücklich darüber zu sein, dass mein Bruder sich bis dato rundweg geweigert hatte, auf dieses Ding zu verzichten; er erklärte schlicht und einfach, dass *ihn das Licht in den Augen schmerze.* Zu einem gewissen Grad allerdings sei dies zu erwarten gewesen, informierte mich der gute Doktor. Während seiner langen Krankheit sei Julian doch tatsächlich der normalen Welt so weit entrückt gewesen, dass seine ungenutzten Sinne teilweise atrophiert waren – sie hatten buchstäblich aufgehört zu funktionieren. Seine Genesung habe ihn in der Situation eines Mannes zurückgelassen, der über einen langen Zeitraum in einer dunklen Höhle gefangen ist, plötzlich freigelassen wird und sich unversehens mit der grellen Außenwelt konfrontiert sieht. Dies erkläre zum Teil auch jene Unbeholfenheit, die jede körperliche Tätigkeit Julians während der ersten Zeit seiner Rekonvaleszenz begleitete. Einer der Assistenten des Doktors hatte eine Bemerkung über die höchst eigentümliche Weise gemacht, mit der mein Bruder seine Arme um Gegenstände schlang, die er anheben oder sich anschauen wollte, selbst kleine Dinge, als habe er vergessen, wozu seine Finger gut waren! Auch habe der Patient zunächst dazu geneigt, mehr zu watscheln als zu gehen, fast wie ein Pinguin, und seine erst kürzlich wiedererlangte Fähigkeit, sich intelligent zu artikulieren, hatte zeitweise auf die sonderbarste Art und Weise versagt, wobei seine Sprache zu nicht mehr als einer gutturalen, zischenden Parodie des Englischen degeneriert war. Doch all diese Abnormitäten waren nach den ersten Tagen verschwunden, und die Gründe für Julians Genesung blieben so völlig ungeklärt wie die Ursache seiner Krankheit selbst.

Auf unserer Fahrt nach Norden in einem Erster-Klasse-Abteil des London-Glasgow-Express hatte ich meinem genesenen Bruder die nahe liegenden Fragen alle gestellt – Fragen, auf die mir seine Antworten, nebenbei bemerkt, unverbindlich und nichts sagend vorkamen –, und schließlich hatte ich ein Taschenbuch herausgeholt und begonnen, darin zu lesen. Nach ein paar Minuten blickte ich, von einem entgegenkommenden Zug aufgeschreckt, zufällig hoch ... und war in diesem Augenblick froh, dass Julian und ich allein in dem Abteil saßen. Mein Bruder war offensichtlich in einer herumliegenden Zeitung auf etwas gestoßen, das ihn interessierte, und ich weiß nicht, was jemand anders wohl von dem Ausdruck auf seinem Gesicht gehalten hätte ... Während er las, wirkte sein Gesicht unangenehm, ja, fast bösartig. Seine seltsame Brille verschlimmerte diese Miene sogar noch zu einer Mischung aus grausamem Sarkasmus, düsterem Triumph und ungeheurer Verachtung. Ich war befremdet, dennoch sagte ich nichts. Später, als Julian hinaus auf den Gang getreten war, um ein wenig frische Luft zu schnappen, hob ich die Zeitung auf und suchte nach dem Artikel, der diese groteske Verzerrung seiner Züge hervorgerufen haben konnte. Ich musste nicht lange suchen, und während ich den Artikel las, flackerten kurz meine alten Ängste wieder auf. Mich überraschte kaum, dass mir das, was ich las, neu war – seit der Schrecken ein Jahr zuvor begonnen hatte, hatte ich so gut wie keine Zeitung mehr in die Hand genommen –, und doch schien es mir, als hätte ich denselben Bericht vor Augen, den ich damals gelesen hatte. Alles darin stimmte überein, beinahe schon wie eine Wiederholung der Geschehnisse der damaligen schicksalhaften Nacht: die Zunahme der Unruhen unter den Irren im ganzem Land, die wahnsinnigen unvermittelten ungeheuerlichen Wahnsinnstaten vormals normaler Leute, die kultischen Aktivitäten und Teufelsanbetungen in den Midlands, die Schwimmer im Meer, die man vor Harden an der Küste gesichtet hatte, und neue unerklärliche Vorkommnisse in den Cotswolds.

Eine Kühle wie aus fremden Ozeantiefen berührte mein Herz, und ich blätterte rasch durch die übrigen Seiten der Zeitung – und ließ sie fast fallen, als ich auf das stieß, was ich schon fast erwartet hatte! Denn man hatte unterseeische Erschütterungen im Ozean zwischen Grönland und der nördlichen Spitze von Schottland gemessen. Und das war noch nicht alles. Instinktiv schaute ich auf das Datum am oberen Seitenrand und sah, *dass die Zeitung exakt eine Woche alt war* ... Sie war an genau jenem Morgen an die Zeitungsstände gekommen, an dem Dr. Stewart in dem vergitterten Raum meinen Bruder unter den Decken kauernd vorgefunden hatte.

Doch wie es schien, sorgte ich mich grundlos. Zu meiner großen Freude und Zufriedenheit war das Erste, worum sich mein Bruder nach unserer Rückkehr in unser Glasgower Haus kümmerte, die Vernichtung seiner alten Bücher über okkulte Lehren und Magie. Allerdings machte er keine Anstalten, zu seiner Schriftstellerei zurückzukehren. Stattdessen schlich er wie eine verlorene Seele durch das Haus, meiner Ansicht nach aus einem Gefühl der Frustration über jene Monate in geistiger Umnachtung, von denen er sagte, er könne sich an nichts erinnern. Und nicht ein einziges Mal, bis zur Nacht seines Todes, sah ich ihn ohne diese Brille. Ich glaube, er hat dieses Ding selbst im Bett getragen. Erst zu einem viel späteren Zeitpunkt begriff ich die Bedeutung dessen und erkannte einen Zusammenhang mit der Litanei, die er in jener Nacht in meinem Zimmer gemurmelt hatte.

Was nun diese Brille anging, so hatte man mir versichert, dass Julians Scheu vor Licht sich legen werde, doch als die Tage verstrichen, wurde es zunehmend offensichtlicher, dass Dr. Stewarts Zusicherungen haltlos waren. Und was sollte ich von der anderen Veränderung halten, die mir auffiel? Während Julian früher in sich gekehrt und fast scheu gewesen war, mit einem schwachen Kinn und entsprechender Persönlichkeit, verhielt er sich nun völlig untypisch: Bei jeder sich bietenden Gelegenheit und selbst in den trivialsten Angelegenheiten setzte er nun seinen Willen durch. Sein Gesicht – insbesondere seine Lippen und sein Kinn – hatten eine Festigkeit angenommen, die zu seiner vorherigen Physiognomie in krassem Gegensatz stand.

Es war alles in höchstem Maße verwirrend, und während die Wochen vergingen, wurde mir zunehmend deutlicher bewusst, dass mein Bruder von der Normalität weit entfernt war, dass mit ihm auf schreckliche Weise etwas nicht stimmte. Von seinem Grübeln abgesehen, schwärte in ihm noch etwas Dunkleres? Warum wollte er mir gegenüber nicht die ungeheuerlichen Träume eingestehen, die ihn ständig im Schlaf heimsuchten? Er schlief weiß Gott schon wenig genug. Wenn er aber schlief, riss er mich häufig dadurch aus dem Schlummer, dass er von ebenden Schrecken murmelte, die bei seiner langen Krankheit eine so zentrale Rolle gespielt hatten.

Es war Mitte Oktober, als Julians Krankheit eine Wendung zum Besseren nahm, oder zumindest glaubte ich, es sei so. Er wurde ein wenig munterer und werkelte sogar an einigen älteren Manuskripten herum, die schon seit langem unangetastet liegen geblieben waren – obwohl ich nicht glaube, dass er tatsächlich daran arbeitete –, und gegen Ende des Monats wartete er mit einer Überraschung auf. Schon seit einer ganzen Zeit, erklärte er mir, habe er eine ganz wundervolle Erzählung im Hinterkopf, aber er sei bislang einfach nicht dazu gekommen, sich ihr zu widmen. An dieser Erzählung müsse er jedoch allein arbeiten und dazu viele Recherchen betreiben, da das Material sorgfältiger Vorbereitung bedürfe. Er bat mich, während der Dauer seiner Arbeiten Nachsicht mit ihm zu üben und ihm so viel Zurückgezogenheit zu gewähren, wie unser bescheidenes Haus zuließ. Ich erklärte mich mit allem einverstanden, was er vorschlug, obwohl ich nicht verstand, warum er es für notwendig befand, ein Schloss an seiner Tür anbringen zu lassen, oder warum er beispielsweise »zwecks künftiger Benutzung« den geräumigen Keller unter dem Haus ausräumte. Nicht, dass ich etwa seine Handlungen infrage stellte. Er hatte um Zurückgezogenheit gebeten, und soweit ich ihm behilflich sein konnte, sollte er sie bekommen. Ich gebe jedoch offen zu, dass er mich damit mehr als nur ein wenig neugierig machte.

Von da an sah ich meinen Bruder nur noch, wenn wir aßen – was bei ihm nicht allzu häufig vorkam –, und wenn er sein Zimmer verließ, um wegen Büchern zur Bibliothek zu gehen, was er jeden Tag mit der Regelmäßigkeit eines Uhrwerks tat. Bei den ersten dieser Touren sorgte ich dafür, dass ich mich bei seiner Rückkehr in der Nähe der Haustür aufhielt, denn ich hatte keinerlei Vorstellung davon, welche Form seine Arbeit annehmen würde, und ich dachte, ich könnte vielleicht einige Aufschlüsse gewinnen, wenn ich sah, welchen Büchern er seine Anregungen entnahm.

Allerdings trugen das Material, das sich Julian in der Bücherei auslieh, höchstens dazu bei, meine Verwirrung noch zu steigern. Was in aller Welt wollte er nur mit Lauders *Nukleare Waffen und Maschinen,* Schalls *Röntgenstrahlen,* Coudercs *Das neue Universum,* Ubbelohdes *Mensch und Energie,* Keanes *Wunder der modernen Wissenschaft,* Stafford Clarkes *Psychiatrie heute,* Schuberts *Einstein,* Gebers *Die Welt der Elektrizität* und all den vielen Ausgaben von *Die neue Wissenschaft* und *Wissenschaft und Fortschritt,* mit denen er jeden Tag schwer beladen zurückkehrte? Und doch gab mir nichts in seinem Verhalten irgendeinen Grund, mich zu sorgen, wie ich es früher getan hatte, als sein Lesestoff alles andere als wissenschaftlich gewesen war und zum Großteil aus jenen fürchterlichen Werken bestand, die er nun vernichtet hatte. Lange indes sollte mein teilweise wiederhergestellter Seelenfrieden nicht währen.

Eines Tages Mitte November gelang mir ein Durchbruch beim Schreiben eines besonders schwierigen Kapitels in meinem eigenen Buch, das langsam Gestalt annahm, und ich ging stolz und in gehobener Stimmung zu Julians Zimmer, um ihm von meinem Erfolg zu berichten. Ich hatte ihn an diesem Morgen noch nicht gesehen, aber seine Abwesenheit wurde erst offenkundig, als ich, nachdem ich angeklopft und keine Antwort erhalten hatte, sein Zimmer betrat. Julian hatte es sich neuerdings zur Angewohnheit gemacht, seine Tür abzuschließen, wenn er ausging, und ich war überrascht, dass er es bei dieser Gelegenheit nicht getan hatte. Dann sah ich, dass er die Tür absichtlich unverschlossen gelassen hatte, damit ich die Nachricht sehen konnte, die er auf seinem Nachttisch für mich hinterlassen hatte. Sie war in ungelenken, zittrigen Buchstaben auf ein großes Blatt weißen Schreibmaschinenpapiers gekrakelt, und die Mitteilung selbst lautete knapp und brüsk:

Phillip,
bin für vier oder fünf Tage nach London. Recherchen. Brit. Museum ...
Julian

Ein wenig verstimmt wandte ich mich ab, um das Zimmer zu verlassen. Dabei bemerkte ich das Tagebuch meines Bruders, das er aufgeschlagen am Fuße seines Bettes hatte liegen lassen. Dass er ein Tagebuch führte, überraschte mich nicht – er hatte das bereits vor dem Einsetzen seiner Krankheit getan –, und da es für gewöhnlich nicht meine Art ist, in privaten Dingen anderer herumzuschnüffeln, hätte ich den Raum umgehend verlassen, hätte ich nicht auf den offen daliegenden, handgeschriebenen Seiten ein Wort erspäht – oder einen *Namen* – den ich wieder erkannte: *»Cthulhu«*.

Sonst nichts ... und doch löste es einen Sturm von neuerlichen Zweifeln in mir aus. Machte sich Julians Krankheit erneut bemerkbar? Kehrten seine früheren Wahnvorstellungen zurück? Benötigte er doch psychiatrische Behandlung? Eingedenk dessen, dass Dr. Stewart mich vor der Möglichkeit eines Rückfalls gewarnt hatte, hielt ich es für meine Pflicht, alles zu lesen, was mein Bruder niedergelegt hatte – und sah mich bereits an diesem Punkt mit einem scheinbar unüberwindlichen Problem konfrontiert. Die Schwierigkeit lag darin, dass ich schlicht und einfach *nicht in der Lage war,* das Tagebuch zu lesen: Es war in einer vollkommen fremdartigen, rätselhaften Art von Keilschrift geschrieben, wie sie mir zuvor nur in jenen Büchern untergekommen war, die Julian verbrannt hatte. Diese merkwürdigen Schriftzeichen wiesen eine erkennbare Ähnlichkeit zu den Minuskeln und Punktgruppen der *G'harne-Fragmente* auf – ich erinnerte mich, dass mir in Julians Schriftensammlung ein Artikel darüber aufgefallen war, der aus einem archäologischen Magazin stammte –, aber eben nur eine Ähnlichkeit. Das Tagebuch enthielt nichts, das ich verstehen konnte, außer dem einen Wort, *Cthulhu,* und selbst dieses hatte Julian durchgestrichen, als habe er sich besonnen, und darüber war ein seltsamer Tintenschnörkel als Ersatz in den Text hineingezwängt worden.

Ich brauchte nicht lange, um zu einer Entscheidung zu kommen, was ich unternehmen sollte. Am selben Tag noch fuhr ich, das Tagebuch mit mir nehmend, mit dem Mittagszug hinunter nach Wharby. Jener Artikel über die *G'harne-Fragmente,* den ich mich erinnerte, gelesen zu haben, war verfasst worden von dem Kurator des Museums von Wharby, Professor Gordon Walmsley aus Goole, der zufällig auch die erste Übersetzung der Fragmente, die der exzentrische und lange verschollene Altertumsforscher und Archäologe Sir Amery Wendy-Smith geltend gemacht hatte, für sich in Anspruch nahm. Der Professor war eine Autorität auf dem Gebiet des Phitmar-Steins – der aus derselben Zeit stammte wie der berühmte Stein von Rosetta mit seinen Schlüsselinschriften in zweierlei Formen ägyptischer Hieroglyphen – und der Säuleninschriften von Geph, und er hatte zudem noch weitere Leistungen auf dem Gebiet der Entschlüsselung und Übersetzung altertümlicher Inschriften vorzuweisen. Tatsächlich konnte ich mich äußerst glücklich schätzen, ihn überhaupt dort im Museum anzutreffen, denn er plante, noch in der gleichen Woche nach Peru zu fliegen, wo eine weitere Aufgabe seiner Entzifferungskünste bedurfte. Nichtsdestoweniger, so sehr ihn die Reisevorbereitungen auch beschäftigten, war er doch in höchstem Maße an dem Tagebuch interessiert. Er erkundigte sich, von wo die darin befindlichen Hieroglyphen übertragen worden seien, von wem und zu welchem Zweck? Ich log und behauptete, mein Bruder habe die Inschriften von einem schwarzen Steinmonolithen irgendwo in den Bergen Ungarns abgeschrieben. Ich wusste, dass solch ein Stein existierte, denn ich hatte einst in einem der Bücher meines Bruders davon gelesen. Auf meine Behauptung hin kniff der Professor argwöhnisch die Augen zusammen, aber er war so interessiert an den seltsamen Schriftzeichen des Tagebuchs, dass er rasch vergaß, was auch immer sein Misstrauen erregt hatte. Von da an, bis ich mich anschickte zu gehen, wechselten wir kein Wort mehr. Ich glaube, er war so gefesselt von dem Tagebuch, dass er meine Anwesenheit in seinem Arbeitszimmer völlig vergaß. Bevor ich jedoch aufbrach, schaffte ich es, von ihm das Versprechen zu erwirken, dass er das Tagebuch innerhalb von drei Tagen an meine Glasgower Adresse zurücksenden und, sofern irgend möglich, eine Kopie seiner Übersetzung beilegen werde. Ich war froh, dass er mich nicht fragte, wozu ich eine solche Übersetzung überhaupt brauchte.

Mein Vertrauen in die Fähigkeiten des Professors sollte sich bald als gerechtfertigt erweisen – doch da war es längst zu spät. Denn Julian kehrte am Morgen des dritten Tages nach Glasgow zurück – um vierundzwanzig Stunden früher, als ich erwartet hatte. Sein Tagebuch war noch nicht wieder da – und es dauerte auch nicht lange, bis er dessen Verschwinden bemerkt hatte.

Ich arbeitete halbherzig an meinem Buch, als mein Bruder erschien. Er musste wohl zuerst in seinem eigenen Zimmer gewesen sein. Plötzlich fühlte ich eine fremde Präsenz mit mir im Raum. Ich war so in meinen halb geformten Vorstellungen und Ideen versunken, dass ich das Öffnen der Tür nicht hörte; dennoch wusste ich sofort, dass etwas zu mir eingetreten war. Und wenn ich sage *etwas,* dann meine ich es auch so! Ich wurde beobachtet – aber, so sagte mir mein Gefühl, von keinem menschlichen Wesen! Meine Nackenhaare erwachten zu unheimlichem Eigenleben und stellten sich auf. Vorsichtig wandte ich mich um. In der offenen Tür stand Julian, in seinem Gesicht ein Ausdruck von unbeschreiblichem Hass. Aber noch während ich ihn ansah, glätteten sich seine furchtbar verzerrten Züge hinter diesen rätselhaften, schwarzen Gläsern, und er zwang sich zu einem unnatürlichen Lächeln.

»Ich scheine mein Tagebuch verlegt zu haben, Phillip«, sagte er langsam. »Ich komme gerade aus London zurück und kann es nirgendwo finden. Ich nehme nicht an, dass du es gesehen hast, oder?« Es lag eine Andeutung von Hohn in seiner Stimme, eine unausgesprochene Anschuldigung. »Nicht, dass ich das Tagebuch wirklich brauche, aber es stehen ein oder zwei Dinge darin, die ich in einem Code geschrieben habe – Ideen, die ich in meiner Geschichte benutzen will. Ich will dir ein Geheimnis verraten! Das, woran ich arbeite, ist ein *phantastischer Roman!* Denk nur – Horror, Science-Fiction und Phantasy – nach so etwas sind die Leute heutzutage ganz verrückt; es wird höchste Zeit, dass wir uns auf diesem Feld umtun. Ich will dir die Rohfassung zeigen, sobald sie fertig ist. Doch nun, da ich sehe, dass du offensichtlich nichts von meinem Tagebuch weißt, wirst du mich wohl entschuldigen; ich muss noch ein paar von meinen Notizen zusammensuchen.«

Noch bevor ich antworten konnte, hatte er den Raum verlassen, und ich müsste lügen, wollte ich sagen, ich sei nicht froh gewesen, ihn gehen zu sehen. Und überdeutlich verschwand bei seinem Fortgehen auch das Gefühl einer fremdartigen Präsenz. Ich fühlte eine plötzliche Schwäche in meinen Beinen, als eine fürchterliche Vorahnung von drohendem Unheil sich wie eine dunkle Wolke über mein Zimmer legte. Auch verflog dieses Gefühl nicht – vielmehr verdichtete es sich, je weiter der Abend voranschritt.

Während ich in dieser Nacht in meinem Bett lag, ertappte ich mich dabei, wie ich in Gedanken wieder und wieder Julians Absonderlichkeiten durchging und versuchte, aus alledem irgendeinen Sinn herauszulesen. Ein phantastischer Roman? Konnte das sein? Es war so untypisch für Julian; und wenn es nur um eine Geschichte ging, warum dann dieser schreckliche Ausdruck in seinem Gesicht, als er sein Tagebuch nicht finden konnte? Und wozu überhaupt eine Geschichte in ein Tagebuch schreiben? Oh, er hatte gern seltsames Zeug gelesen – insgesamt gesehen wohl viel zu viel, wie ich bereits erwähnt habe –, aber er hatte nie zuvor irgendeine Neigung gezeigt, etwas Derartiges zu *schreiben!* Und wie stand es mit den Büchern, die er aus der Bibliothek entliehen hatte? Es schien sich bei ihnen nicht um Material zu handeln, das er möglicherweise zur Ausgestaltung einer phantastischen Erzählung gebrauchen konnte! Und da war noch etwas – etwas, das immer wieder kurz vor meinem geistigen Auge auftauchte, das ich aber nie ganz klar zu sehen bekam. Bis ich begriff – und wusste, was mich schon die ganze Zeit gestört hatte, seit mein Blick zum ersten Mal auf die Seiten dieses Tagebuchs gefallen war: *Wo im Namen aller Heiligen hatte Julian überhaupt gelernt, in Hieroglyphen zu schreiben?*

Das gab den Ausschlag!

Nein, ich glaubte nicht, dass Julian überhaupt an einer Geschichte schrieb. Das war nur eine Ausrede, die er erfunden hatte, um mich von seiner Spur abzubringen. Aber von welcher Spur? Was um alles in der Welt hatte er vor? Eins war offensichtlich: Er befand sich am Rande eines erneuten Zusammenbruchs. Je eher ich mich also mit Dr. Stewart in Verbindung setzte, desto besser. Mein innerer Aufruhr hielt mich bis spät in die Nacht wach, und falls mein Bruder wieder laut wurde, so hörte ich davon nichts. Als ich schließlich einnickte, war ich psychisch so erschöpft, dass ich schlief wie ein Toter.

Ist es nicht seltsam, wie das Licht des Tages die schlimmsten Schrecken der Nacht zu verscheuchen vermag? Mit dem Morgen hatten meine Ängste um einiges nachgelassen, und ich entschied mich, noch einige Tage abzuwarten, bevor ich mich wieder an Dr. Stewart wandte. Julian verbrachte den ganzen Vormittag und Nachmittag im Keller hinter verschlossener Tür, und schließlich – da meine Besorgnis wieder zunahm, als der Abend nahte – beschloss ich, mich mit ihm auszusprechen, nach Möglichkeit beim Abendessen. Während des Essens redete ich mit ihm, wies ihn darauf hin, wie seltsam er sich zu benehmen schien, und erwähnte leichthin meine Befürchtungen hinsichtlich eines Rückfalls. Ich war einigermaßen befremdet von seinen Antworten. Er hielt mir vor, es sei mein eigener Fehler, dass er zu dem Keller Zuflucht nehmen müsse, um dort zu arbeiten, und meinte, dass der Keller der einzige Ort zu sein schien, an dem er sich eines Restes von Zurückgezogenheit sicher sein könne. Bei meiner Erwähnung eines Rückfalls lachte er und sagte, er habe sich in seinem ganzen Leben nie besser gefühlt. Als er nochmals die Rede auf seine Zurückgezogenheit brachte, war mir klar, dass er sich auf den unglücklichen Zwischenfall mit dem verschwundenen Tagebuch bezog, und ich schwieg beschämt. In Gedanken verfluchte ich Professor Walmsley mitsamt seinem ganzen Museum.

Und dennoch war, in direktem Widerspruch zu all den glattzüngigen Erklärungen meines Bruders, diese Nacht die bislang schlimmste; denn Julian stammelte und stöhnte im Schlaf und machte es mir unmöglich, überhaupt irgendwelche Ruhe zu finden; sodass ich wusste, als ich mich spät am Morgen des 13. übermüdet erhob, dass ich schon bald etwas Entscheidendes unternehmen müsste.

Ich sah Julian nur flüchtig an diesem Morgen, auf seinem Weg von seinem Zimmer zum Keller, und sein Gesicht wirkte fahl und leichenhaft. Ich hatte den Eindruck, dass seine Träume ihm nicht weniger zu schaffen machten als mir; und doch wirkte er nicht so sehr erschöpft oder von Albdrücken gequält, sondern schien vielmehr von einer fieberhaften Erregung ergriffen zu sein.

Nun wurde ich besorgter denn je und schrieb sogar zwei Briefe an Dr. Stewart, nur um sie später zusammenzuknüllen und wegzuwerfen. Wenn Julian in Bezug auf das, was immer er tat, aufrichtig zu mir war, wollte ich nicht sein Vertrauen in mich enttäuschen – so wenig davon übrig war. Und wenn er nun nicht aufrichtig war? In mir erwuchs eine makabre Neugier zu erfahren, welches Ergebnis sein sonderbares Treiben zeitigen würde. Nichtsdestoweniger, zweimal an diesem Tag, zu Mittag und später am Abend, als wie gewöhnlich meine Ängste die Oberhand über mich gewannen, hämmerte ich an die Kellertür und verlangte zu wissen, was da drinnen vorging. Diese Verständigungsbemühungen meinerseits wurden von meinem Bruder gänzlich ignoriert, aber ich war entschlossen, mit ihm zu sprechen. Als er schließlich, viel später in dieser Nacht, aus dem Keller herauskam, wartete ich vor der Tür auf ihn. Er drehte hinter sich den Schlüssel im Schloss um, wobei er vorsichtig die Inhalte des Kellers vor meinem Blick abschirmte, und musterte mich neugierig durch diese grässliche schwarze Brille, bevor er mich mit der bloßesten Parodie eines Lächelns bedachte.

»Phillip, du warst sehr geduldig mit mir«, sagte er, während er mich am Ellbogen nahm und mich die Kellertreppe hinaufführte, »und ich weiß, mein Handeln muss dir recht seltsam und unerklärlich erschienen sein. Dabei ist wirklich alles ganz einfach, aber im Moment kann ich dir einfach noch nicht erklären, worum es geht. Du musst einfach nur abwarten und mir vertrauen. Wenn du dir Sorgen machst, dass ich mich auf einen weiteren Anfall von, nun, meiner *Krankheit* zubewege – denk nicht mehr daran. Ich bin völlig in Ordnung. Ich brauche nur noch ein wenig mehr Zeit, um das, was ich tue, zu einem Abschluss zu bringen – und dann, übermorgen, werde ich dich dort mit hineinnehmen« – er wies mit dem Kopf über seine Schulter – »in den Keller, und dir zeigen, was ich habe. Alles, worum ich dich bitte, ist, dass du dich noch einen weiteren Tag geduldest. Glaub mir, Phillip, dich erwartet eine Offenbarung, die dich bis ins Mark erschüttern wird; und dann ... wirst du alles verstehen. Bitte mich nicht darum, dir jetzt alles zu erklären – du würdest es mir nicht glauben! Und wenn ich dich dort mit hineinnehme, wirst du es mit eigenen Augen sehen können.«

Er wirkte so vernünftig, so einsichtig – wenn auch ein wenig fieberhaft – und so aufgeregt, fast wie ein Kind, das sich anschickt, ein neues Spielzeug herumzuzeigen. Da ich ihm glauben wollte, bereitete es ihm keinerlei Mühe, mich umzustimmen, und wir gingen zusammen in die Küche, um ein kleines Nachtmahl zu uns zu nehmen.

Julian verbrachte den Morgen des 14. damit, all seine Notizen – große Stöße von Papieren, von deren Existenz ich nicht einmal eine Ahnung gehabt hatte – zusammen mit allerlei Krimskrams in kleinen Kartons aus seinem Zimmer in den Keller zu schaffen. Nach einem mageren Mittagessen verschwand er zur Bibliothek, um »einige letzte Tatsachen zu überprüfen« und eine Reihe von Büchern zurückzugeben, die er sich unlängst ausgeliehen hatte. Während er fort war, ging ich hinunter in den Keller – nur um zu entdecken, dass er die Tür abgeschlossen und den Schlüssel mitgenommen hatte. Nachdem er zurückgekehrt war, verbrachte er den gesamten Nachmittag dort unten eingeschlossen, und als er gegen Abend auftauchte, wirkte er seltsam heiter und gut gelaunt. Noch später, nachdem ich mich auf mein Zimmer begeben hatte, kam er und klopfte an meine Tür.

»Die Nacht ist außergewöhnlich klar, Phillip, und ich dachte, ich gönne mir einen Blick auf den Himmel ... die Sterne haben mich von je fasziniert, weißt du? Aber vom Fenster in meinem Zimmer aus hat man keinen allzu guten Blick; ich wäre dir dankbar, wenn du mir erlauben würdest, eine Weile hier zu sitzen und nach draußen zu schauen.«

»Klar doch, alter Junge, komm nur rein«, antwortete ich, angenehm überrascht. Als er an der Fensterbank lehnte, stand ich von meinem Polstersessel auf und stellte mich neben ihn. Er spähte durch seine seltsame dunkle Brille nach oben in die Nacht. Ich konnte sehen, dass er gespannt die Sternbilder studierte, und während ich abwechselnd den Himmel und sein Gesicht betrachtete, sinnierte ich laut: »Wenn man so dort hinaufschaut, möchte man fast meinen, dass die Sterne noch einen anderen Zweck hätten, als nur die Nacht schön aussehen zu lassen.«

Abrupt änderte sich das Benehmen meines Bruders. »Was willst du damit sagen?«, fuhr er mich an und starrte mich in offensichtlichem Argwohn an. Ich war bestürzt, dass er auf meine völlig harmlos gemeinte Bemerkung derart überzogen reagierte.

»Ich sagte nur, dass am Ende vielleicht doch etwas dran ist an den Behauptungen der alten Sterndeuter«, antwortete ich.

»Die Astrologie ist eine uralte und exakte Wissenschaft, Phillip – du solltest nicht so geringschätzig davon sprechen.« Er sprach langsam, als müsse er gewaltsam einen Wutausbruch unterdrücken. Eine innere Stimme warnte mich, noch etwas zu sagen, also hielt ich wohlweislich den Mund. Fünf Minuten später ging er. Ich saß noch eine Weile da und dachte über das seltsame Verhalten meines Bruders nach. Als ich zu den Sternen hinaufschaute, die auf der anderen Seite des Zimmers durch das Fenster blinzelten, drängten sich mir einige jener Worte auf, die er in der Dunkelheit gemurmelt hatte, vor so langer Zeit, als sein Zusammenbruch sich abzeichnete. Er hatte gesagt:

»Damit sie beizeiten, *wenn die Sterne richtig stehen,* den großen Aufstieg zu vollziehen vermögen ...«

In dieser Nacht war für mich an Schlaf gar nicht zu denken; die Laute und das Murmeln, das Stöhnen und Stammeln, welche laut und deutlich aus Julians Zimmer kamen, ließen es nicht zu. Im Schlaf sprach er von geheimnissvollen, unbegreiflichen Dingen wie den grünen Einöden der Tiefe, dem scharlachroten Verschlinger, dem gebundenen Schoggothen, dem Grauen vor der Tür, Yibb-Tstll, Tsathoggua, den kosmischen Schreien, den Lippen von Bugg-Shash oder den Bewohnern der gefrorenen Kluft. Gegen Morgen fiel ich schließlich aus schierer Erschöpfung in einen Dämmerschlaf, hinein in böse Träume, die mein geplagtes Unterbewusstsein vereinnahmten, bis ich am 15. kurz vor Mittag erwachte.

Julian war bereits im Keller, und sobald ich mich gewaschen und angekleidet hatte, machte ich mich, eingedenk seines Versprechens, mir »zu zeigen, was er hatte«, auf den Weg dort hinunter. Aber als ich am oberen Ende der Kellertreppe angelangt war, ließ mich das metallische *Klack* der Briefkastenklappe in der Haustür im Schritt innehalten.

Das Tagebuch!

Da ich unvernünftigerweise befürchtete, dass auch Julian das Geräusch hätte gehört haben können, raste ich zurück durch den Flur zur Tür, schnappte mir das kleine frankierte und adressierte Päckchen aus braunem Papier, das auf der Fußmatte lag, und floh damit in mein Zimmer. Ich schloss mich ein und riss das Päckchen auf. Ich hatte Julians Tür früher probiert und wusste, sie war nicht abgeschlossen. Nun plante ich, während er im Keller war, in sein Zimmer zu gehen und das Tagebuch hinter das Kopfende seines Bettes fallen zu lassen. Auf diese Weise mochte er sich zu dem Glauben verleiten lassen, er habe das Buch lediglich verlegt. Aber nachdem ich das Tagebuch beiseite gelegt hatte, um die einzelnen Blätter aufzuheben, die sich aus ihrer Heftklammer gelöst hatten und zu Boden geflattert waren, vergaß ich auch den letzten Gedanken an meine geplante Irreführung, denn mir dämmerte die Erkenntnis, dass mein Bruder kurz davor stand, dem Wahnsinn zu verfallen. Walmsley hatte sein Versprechen gehalten. Ich warf seinen kurzen, wissbegierigen Brief beiseite und las rasch und mit steigendem Entsetzen seine Übersetzung von Julians rätselhaften Notizen. Da hatte ich den Beweis, den ich brauchte, so deutlich, wie ich ihn mir nur wünschen konnte, in säuberlichen, zum Teil mit Anmerkungen versehenen Sätzen. Doch ich musste nicht einmal alles lesen. Bestimmte Worte und Redewendungen, Zeilen und Sätze schienen geradezu vom Papier hochzuspringen, um meinen verzweifelt suchenden Blick auf sich zu ziehen:

»Diese Form/Gestalt? macht mich krank. Es sei Dank, dass ich nicht mehr lange zu warten habe. Es liegt Schwierigkeit darin, dass diese Form/Körper/Gestalt? mir zuerst nicht ge-

horchen wollte, und ich fürchte, ich könnte ... (?–?) zu einem gewissen Grad alarmiert haben. Auch muss ich das von mir verstecken/schützen/verbergen?, welches mit dem Transfer/Reise/Übergang? ebenfalls durchkam.
Ich weiß, dem Verstand von (?–?) ergeht es arg in den Tiefen ... und natürlich wurden seine Augen vollkommen ruiniert/zerstört? ...
Verflucht seien die Wasser, die des Großen (?) Kraft/Macht beruhigen/unterdrücken?. In diesen wenigen Malen/Zeitabschnitten? habe ich mir vieles angeschaut/gesehen/beobachtet? und studiert, was ich gesehen und gelesen habe – aber ich habe mir solches Wissen heimlich aneignen müssen. Die Gedanken-Sendungen/mentalen Botschaften (Telepathie?) *meiner Artgenossen/Brüder? in (?–?), nahe jenem Ort, den die Menschen Teufel-(?) nennen, waren für mich von geringem Nutzen; der Fortschritt, den diese Wesen/Geschöpfe? gemacht haben, ist phantastisch angesichts der schrecklichen Momente/Zeiten/Zeitabschnitte? seit ihrem Angriff auf jene am Teufel-(?).*
Ich habe viel gesehen, und ich weiß, die Zeit ist noch nicht reif für die große Erhebung/Ankunft?. Sie haben machtvolle Waffen entwickelt. Wir würden eine Niederlage/Verluste riskieren – und das darf niemals geschehen!
Aber wenn (?????? sie???) ihre Waffen gegen sich selbst (???) wenden (?) Nation gegen Nation (?? dann??) zerstörerischen/kataklysmischen? Krieg, vergleichbar mit (Name – vermutl. Azatoth, wie in d. Pnakot. Manuskr.).
Der Verstand von (?–?) ist unter den Belastungen der Tiefen zusammengebrochen ... Es wird nun notwendig sein, sich mit meiner rechtmäßigen Gestalt in Verbindung zu setzen, um sie wieder zu werden/in Besitz zu nehmen?.
Cthulhu? (?) triumphiere (????)! Ich bin begierig, in meine eigene Form/Gestalt/Körper? zurückzukehren. Ich mag die Art nicht, wie dieser Bruder – (die Bezeichnung Bruder im-

pliziert möglicherweise Falschheit) *mich angesehen hat ... aber er hegt keinerlei Verdacht ...«*

Noch mehr stand dort, viel mehr, doch ich übersprang den größten Teil der restlichen Übersetzung und las den letzten Absatz, den Julian, wie ich annahm, in das Tagebuch geschrieben hatte, kurz bevor er nach London gefahren war:

*»(*Datum?) ... *noch sechs* (kurze Zeitabschnitte?) *zu warten ... Dann sollten die Sterne richtig/angeordnet/positioniert? sein, und wenn alles gut geht, kann der Transfer durchgeführt/vollbracht? werden.«*

Das war alles; doch war es mehr als genug! Diese Bemerkung, dass ich »keinerlei Verdacht« hege, in Verbindung mit den gleichen Schrecken, die für seinen ersten Zusammenbruch verantwortlich gewesen waren, überzeugten mich nun endgültig, dass mein Bruder ernsthaft krank war!

Mit dem Tagebuch in der Hand rannte ich hinaus aus dem Zimmer, nur einen Gedanken im Kopf. Was immer Julian im Sinn hatte, ich musste ihn aufhalten. Bereits seine Beschäftigung mit solchen Dingen stellte eine schreckliche Bedrohung für seine geistige Gesundheit dar, und wer konnte sagen, ob beim nächsten Mal eine Heilung überhaupt noch möglich sein würde? Wenn er einen zweiten Anfall erlitt, bestand die schreckliche Möglichkeit, dass er für immer wahnsinnig blieb.

Umgehend begann ich, wie wild gegen die Kellertür zu hämmern, und als er mir öffnete, fiel ich im wahrsten Sinne des Wortes mit der Tür in den Raum. Wenn ich sage, ich fiel, so meine ich das buchstäblich – ich fiel aus einer geistig gesunden Welt hinein in eine irrsinnige, fremde, albtraumhafte Dimension, die völlig außerhalb jeglicher vorangegangener Erfahrung lag. So lange ich lebe, werde ich niemals den Anblick vergessen, der sich mir bot. Den Boden in der Mitte des Kellers hatte er freigeräumt und darauf mit roter Kreide in kühnen Schwüngen ein gewaltiges und unmissverständlich böses Symbol gezeichnet. Ich hatte es zuvor in jenen Büchern gesehen, die Julian vernichtet hatte ... und nun schrak ich vor der Erinnerung an das zurück, was ich später darüber gelesen hatte! Jenseits des Zeichens, in einer Ecke, war ein Haufen Asche alles, was von Julians Notizen übrig geblieben war. Ein alter eiserner Gitterrost lag horizontal auf gestapelten Ziegeln, und darauf türmten sich bereits die Scheite für ein Feuer. Die Wände waren in Grün und Blau voll geschmiert, in einer Geheimschrift, die ich als die blasphemische *Nyhargo-Chiffre* erkannte, und der Geruch von Weihrauch hing schwer in der Luft. Die ganze Szene war haarsträubend, surreal, ein Wirklichkeit gewordenes Bild von Eliphas Lévi – nichts Geringeres als die Höhle eines Zauberers! Entsetzt wandte ich mich zu Julian um – rechtzeitig, um zu sehen, wie er mit einem schweren Schüreisen ausholte, um es mit betäubendem Schwung auf meinen Kopf herabsausen zu lassen. Und ich hob keinen Finger, um ihn davon abzuhalten. Ich konnte es nicht – *denn er hatte die Brille abgenommen, und der entsetzliche Anblick seines Gesichts ließ mich erstarren wie Polareis ...*

Als ich das Bewusstsein wiedererlangte, war mir, als tauche ich empor aus einem dunklen, toten Meer. Durch Schulen von nachtschwarzen Schwimmern strebte ich aufwärts, durchbrach die Oberfläche und erreichte eine Außenwelt, in der die kleinen, gekräuselten Wellen des Ozeans matt beleuchtet wurden von einer sterbenden orangefarbenen Sonne. Während das Pochen in meinem Kopf nachließ, lösten sich jene kleinen Wellenkämme auf, und ich erkannte in ihnen das Nadelstreifenmuster meines Jacketts – doch das orange Glühen blieb! Meine anfängliche Hoffnung, all dies möge ein Albtraum sein, zerschlug sich augenblicklich, denn als ich vorsichtig den Kopf hob, der mir auf die Brust gesunken war, erfasste mein ungläubiger Blick nach und nach den ganzen Raum. Gott sei Dank stand Julian so, dass er mir den Rücken zuwandte und ich sein Gesicht nicht sehen musste. Hätte ich es in diesen ersten Momenten meines Wiedererwachens auch nur flüchtig zu sehen bekommen, so hätte mich der Anblick dieser höllischen Augen auf der Stelle zurück in die Bewusstlosigkeit befördert, das weiß ich bestimmt.

Ich konnte nun sehen, dass das orange Glühen der Widerschein eines Feuers war, das inzwischen auf dem Rost loderte. Das Schüreisen, mit dem ich niedergeschlagen worden war, lag in den Flammen begraben, und Rotglut kroch das Metall hinauf dem hölzernen Handgriff zu. Ein Blick auf meine Uhr verriet mir, dass ich viele Stunden lang bewusstlos gelegen hatte – es war schon beinahe Mitternacht. Dieser eine Blick zeigte mir auch die Stricke, mit denen ich an den alten Korbstuhl gefesselt war, in dem ich saß. Ich bäumte mich gegen die Fesseln auf und bemerkte, nicht ohne eine Spur von Zufriedenheit, dass ich einen gewissen Spielraum in ihnen hatte. Es war mir bis jetzt gelungen, mich von dem Gedanken an die grauenhafte Veränderung in Julians Gesicht abzulenken, aber als er sich zu mir umwandte, musste ich mich gegen den kommenden Schock wappnen.

Sein Gesicht war eine ausdruckslose weiße Maske, in der, kalt und bösartig und unbeschreiblich fremd, *jene Augen* leuchteten! So wahr ich lebe und atme, ich schwöre, dass sie ganz und gar scharlachrot waren, und zudem doppelt so groß, wie sie hätten sein dürfen. Sie traten sie aus ihren Höhlen hervor; in eisiger und doch distanzierter Feindseligkeit glotzten sie mich an.

»Ah! Du weilst wieder unter uns, lieber Bruder. Aber warum starrst du so? Ist es, weil du mein Gesicht so abscheulich findest? Ich kann dir versichern, du findest es nicht halb so abstoßend wie ich!«

Die ungeheuerliche Wahrheit, oder was ich dafür hielt, begann in meinem bestürzten und befremdeten Gehirn zu dämmern. »Die dunkle Brille!«, keuchte ich. »Kein Wunder, dass du sie tragen musstest, selbst bei Nacht. Du konntest den Gedanken nicht ertragen, dass jemand deine erkrankten Augen zu Gesicht bekommt!«

»Erkrankt? Nein, deine Schlussfolgerungen sind nur teilweise richtig. Ich musste diese Gläser tragen, ja; es hieß, entweder das oder mich verraten – und glaub mir, das hätte jene, die mich geschickt haben, nicht im Geringsten erfreut. Denn Cthulhu, unter den Wellen auf der anderen Seite der Welt, hat bereits Othuum, meinem Meister, sein Missfallen kundgetan. Sie haben in Träumen gesprochen, und Cthulhu *zürnt*!« Er zuckte die Achseln. »Auch benötigte ich die Brille tatsächlich; diese Augen sind es gewohnt, die Finsternis der tiefsten Tiefen des Ozeans zu durchdringen! Deine Oberflächenwelt in ihrer Grelle bedeutete anfangs Todesschmerz für mich – doch mittlerweile habe ich mich daran gewöhnt. In jedem Fall habe ich nicht vor, lange hier zu bleiben; und wenn ich gehe, werde ich diesen Körper mit mir nehmen«, er zupfte voller Verachtung an sich selbst herum, »zu meinem Vergnügen!«

Ich wusste, dass nicht möglich war, nicht möglich sein konnte, was er sagte, und ich schrie und flehte ihn an, er möge doch seinen eigenen Wahnsinn begreifen. Ich stotterte und stammelte, dass die moderne Medizin sicherlich in Ordnung bringen könne, was immer es sei, das mit seinen Augen nicht stimmte. Meine Worte gingen unter in seinem kalten Gelächter. »Julian!«, schrie ich.

»Julian?«, erwiderte er. »Julian Haughtree?« Er senkte sein abscheuliches Gesicht, bis es nur Zentimeter vor meinem war. »Bist du denn blind, Mensch? *Ich bin Pesh-Tlen, Zauberer des tiefen Gell-Ho im Norden!*« Er wandte sich ab und überließ es meinem erschütterten, halb betäubten Verstand, die einzelnen Fakten zu einem nervenzerrüttenden Gesamtbild zusammenzufügen. Der Cthulhu-Mythos – jene Passagen aus dem *Cthaat Aquadingen* und dem *Leben des heiligen Brendan* – Julians Träume; »Sie lenken nun wieder die Träume wie dereinst.« Der Austausch – »Sie werden aufsteigen« – »durch seine Augen in meinem Körper« – gigantische Götter, die in den Tiefen des Ozeans warten – »Er wird auf Erden wandeln in meiner Gestalt« – unterseeische Erschütterungen vor der Küste von Grönland! *Das tiefe Gell-Ho im Norden ...*

Gott im Himmel! War so etwas möglich? War am Ende alles nicht nur eine phantastische Wahnvorstellung Julians, sondern eine unglaubliche Tatsache? Dieses Geschöpf vor mir! Sah durch seine Augen wirklich ein Ungeheuer auf dem Grunde des Meeres? Und wenn es so war – *wurde sein Körper von dem Verstand dieses Monstrums beherrscht?*

Nicht Wahnsinn war es, der mich daraufhin packte – zu diesem Zeitpunkt noch nicht –, sondern vielmehr eine mit jeder Faser meines Seins empfundene Weigerung, etwas hinzunehmen, was einfach nicht wahr sein durfte. Ich weiß nicht, wie lange ich in diesem Zustand verblieb, doch der erste, ferne Glockenschlag der Mitternachtsstunde brach den Bann.

Bei diesem leisen Geräusch wurde mein Denken kristallklar. Die Augen des Wesens, das sich Pesh-Tlen nannte, strahlten womöglich noch unnatürlicher als zuvor, während er in endgültigem Triumph lächelte – sofern dieses Wort die Grimasse beschreibt, zu der er sein Gesicht verzog. Als ich dieses Lächeln sah, wusste ich, dass bald etwas Schreckliches geschehen würde, und ich kämpfte heftig gegen meine Fesseln an. Zum Lohn spürte ich, wie sie sich ein wenig mehr lockerten. Die ... Kreatur ... hatte sich in der Zwischenzeit von mir abgewandt und das Schüreisen aus dem Feuer genommen. Während die Glockenschläge weiterhin schwach und leise aus der Ferne herbeiklangen, hob es die Arme, wob mit der Spitze des rot glühenden Schüreisens seltsame Muster in die Luft und begann einen Gesang oder eine Beschwörung in einer solch abscheulichen Aneinanderreihung misstönender Laute, dass sich beim Zuhören mein Innerstes verkrampfte. Es war unvorstellbar, dass diese unglaublich flüssige Abfolge von Grunzen, Schnarren, Pfeifen und Zischen aus der Kehle von etwas herrühren konnte, das ich einmal meinen Bruder genannt hatte, ganz egal, welche Macht sich seiner Stimmbänder bediente; aber, unvorstellbar oder nicht, ich hörte es. Was heißt, ich hörte es? Als die wahnsinnige Kakofonie sich einem grellen, kreischenden Höhepunkt näherte, bevor sie schließlich erstarb, *sah ich ihre Resultate!*

Ranken von grünem Rauch wanden sich durch die Luft und begannen, in einer Ecke des Kellers in einem Wirbel zusammenzuströmen. Ich sah nicht, wie der Rauch entstand, und konnte auch nicht sagen, woher er kam – er war einfach ganz plötzlich da! Aus den Ranken bildete sich bald eine Säule, die rasch dicker wurde, während sie sich schneller und schneller um sich selbst drehte – *und eine Gestalt bildete!*

Draußen wurde die Nacht von tobenden Blitzen erleuchtet, und Donner dröhnte über der Stadt. Der Sturm war, wie man mir inzwischen erzählt hat, der schlimmste seit Jahren – aber ich nahm den Donner oder das schwere Rauschen des Regens kaum wahr. All meine Sinne waren auf das geräuschlos rotierende Ding in der Ecke konzentriert, das langsam an Substanz gewann. Die Decke des Kellers war über drei Meter hoch, doch was da Gestalt annahm, schien diesen Raum mit Leichtigkeit auszufüllen.

Dann aber schrie ich auf und verlor gnädigerweise das Bewusstsein. Denn erneut war mein Gehirn nicht untätig gewesen und hatte die Fakten, wie ich sie kannte, zusammengezählt, während ich mich nach Pesh-Tlens Grund fragte, diesen Schrecken aus den Tiefen – oder wo immer er auch herkommen mochte – herbeizurufen. Die Antwort darauf lag, falls Julian nicht dort gewesen war und sie entfernt hatte, oben in meinem Zimmer, wo ich sie hatte fallen lassen: Walmsleys

Übersetzung! Hatte nicht Julian oder Pesh-Tlen oder was immer dieses Ungetüm war, in sein Tagebuch geschrieben: *»Es wird nun notwendig sein, mich mit meiner natürlichen Gestalt in Verbindung zu setzen, um sie wieder anzunehmen«?*

Ich konnte nur Momente lang ohne Besinnung gewesen sein, denn als ich das Bewusstsein zum zweiten Mal wiedererlangte, sah ich, dass das Ding in der Ecke sich noch immer nicht vollständig verfestigt hatte. Es hatte aufgehört zu rotieren und war nun in der Mitte opak, aber seine Umrisse waren unstet und waberten, als betrachtete ich es durch heiße Luft. Die Kreatur, die einst Julian gewesen war, stand auf einer Seite des Kellers, die Arme in Richtung des halbstofflichen Objekts in der gegenüberliegenden Ecke erhoben; ihre Züge waren angespannt und zuckten in grässlicher Erwartung.

»Sieh hin!«, sprach sie kalt und wandte sich halb zu mir um. »Schau, was die Tiefenwesen und ich zuwege gebracht haben! Sieh, Sterblicher, deinen Bruder – *Julian Haughtree!*«

Für den Rest meiner Tage, von denen mir, wie ich glaube, nicht mehr allzu viele verbleiben, werde ich niemals im Stande sein, meine Erinnerung von diesem Anblick zu befreien! Während andere in die Tiefen des Schlafes hinabgleiten, werde ich mich verzweifelt an der Schwelle des Bewusstseins festkrallen und nicht wagen, die Augen zu schließen, denn ich fürchte, was hinter meinen Augenlidern fortbesteht. Während Pesh-Tlen jene Worte sprach, materialisierte sich das Ding in der Ecke schließlich vollends!

Stellen Sie sich einen schwarz glänzenden, drei Meter großen Haufen von sich windenden dicken Tentakeln und klaffenden Mäulern vor ... Malen Sie sich ein schleimiges, vollkommen fremdartiges Gesicht aus, in dem, tief eingesunken in den gähnenden Höhlen, die Überreste geplatzter *menschlicher* Augen liegen ... Vergegenwärtigen Sie sich, Sie kreischten vor grenzenloser, nackter Angst und Entsetzen – und stellen Sie sich vor, das Ding, dass ich hier beschrieben habe, beantwortet Ihre Schreie mit einer vertrauten Stimme; *einer Stimme, die Sie augenblicklich wieder erkennen!*

»Phillip! Phillip, wo bist du? Was ist passiert? Ich kann nichts sehen ... Wir sind aus dem Meer aufgestiegen, und dann wurde ich irgendwohin fortgewirbelt, und ich hörte deine Stimme.« Das Ungeheuer wiegte sich vor und zurück. »Lass nicht zu, dass sie mich wieder zu sich holen, Phillip!«

Die Stimme war sehr wohl die meines Bruders, oh ja – aber nicht die des *geistig gesunden* Julian, den ich früher gekannt hatte! Dies war der Moment, an dem auch ich dem Wahnsinn anheim fiel; aber es war, wenn nichts sonst, ein zielgerichteter Wahnsinn. Als ich zuvor in Ohnmacht gefallen war, musste das plötzliche Erschlaffen meines Körpers die Arbeit vollendet haben, die ich an den Fesseln begonnen hatte. Als ich schwankend auf die Füße kam, fielen die Stricke von mir ab. Die gewaltige blinde Monstrosität in der Ecke hatte begonnen, sich plump und schwerfällig in meine Richtung zu schleppen, leicht nach vorn gekrümmt, die Tentakel tastend vor sich ausgestreckt, während sie auf mich zukam. Zur gleichen Zeit bewegte sich der rotäugige Dämon in Julians Gestalt vorsichtig von der Seite darauf zu, die Arme begierig ausgestreckt.

»Julian«, schrie ich, »pass auf – er kann nur in seinen Körper zurückkehren, indem er dich berührt – und dann hat er vor, dich mit sich in die Tiefen zu nehmen, um dich zu töten.«

»Zurück in die Tiefen? Nein! Nein, das darf er nicht! Ich werde nicht gehen!« Das schwerfällig schlurfende Ungeheuer mit der irren Stimme meines Bruders warf sich blindlings herum, seine rudernden Tentakel hieben den hybriden Zauberer von den Füßen und schleuderten ihn durch den halben Raum. Ich riss das Schüreisen aus dem Feuer, in dem es erneut gesteckt hatte, und wandte mich drohend dem ausgestreckt am Boden liegenden Halbmenschen zu.

»Bleib stehen, Julian!«, rief ich stammelnd über meine

Schulter in Richtung des Ungeheuers aus dem Meer, während der Zauberer vor mir aufsprang. Das plumpe, schlurfende Monster hinter mir hielt inne. »Und du, Pesh-Tlen, zurück mit dir!« Ich hatte keinen Plan in meinem aufgewühlten Verstand; ich wusste nur, dass ich diese beiden ... Wesen ... nicht zueinander kommen lassen durfte. Ich tänzelte wie ein Boxer, benutzte das glühende Schüreisen, um den nun plötzlich verzweifelten Pesh-Tlen in Schach zu halten.

»Aber es ist Zeit – es ist Zeit! Der Kontakt muss jetzt hergestellt werden!«, rief der rotäugige Unhold. »Geh mir aus dem Weg ...« Die Laute, die er von sich gab, waren nun kaum mehr menschlich. »Du kannst mich nicht aufhalten ... Ich muss ... muss ... muss starken ... starken Kontakt machen! Ich muss ... *bhfg – ngyy fhtlhlh hegm – yeh'hhg narcchhh'yy!* Du wirst mich nicht um meinen Sieg betrügen!«

Von der gigantischen Gestalt hinter mir hatte sich rasch eine Pfütze aus Schleim ausgebreitet, ähnlich der Spur einer großen Schnecke; und während Pesh-Tlen noch schrie, sprang er plötzlich vorwärts und geriet geradewegs hinein. Seine Füße rutschten auf der übel riechenden Masse aus, und er verlor die Balance. Mit rudernden Armen fiel er, das Gesicht voran, auf das erhobene rot glühende Schüreisen in meiner Hand. Zehn Zentimeter des glühend heißen Metalls glitten in eines dieser furchtbaren Augen wie ein warmes Messer durch Butter. Es zischte, ein Geräusch, das fast unterging in dem schrillem Schrei der Agonie, den die Kreatur von sich gab, während eine beißende Rauchwolke von ihrem Gesicht aufstieg und sie zu Boden stürzte.

Augenblicklich stieß der glänzende schwarze Gigant hinter mir einen Schrei des Entsetzens aus. Ich ließ das rauchende Schüreisen fallen, wirbelte herum und sah, wie diese Monstrosität vom Grunde des Ozeans sich hin und her wiegte, die Tentakel wie zum Schutz um ihren Kopf geschlungen. Nach einigen Sekunden wurde es still, die gummiartigen Arme fielen teilnahmslos herab und enthüllten das Gesicht mit den zahlreichen Mündern und den ruinierten, verrottenden Augen.

»Du hast ihn getötet, ich weiß es«, sagte Julians Stimme, nunmehr ruhiger. »Er ist erledigt, und ich bin es auch – ich kann schon fühlen, wie sie mich zurückrufen.« Dann stieg seine Stimme hysterisch an: *»Aber lebend bekommen sie mich nicht!«*

Die Monstrosität erzitterte, und ihre Umrisse begannen zu verschwimmen. Nun erst gaben meine Beine plötzlich unter mir nach, und ich fiel zu Boden. Vielleicht verlor ich wieder die Besinnung – ich kann es nicht mit Bestimmtheit sagen –, aber als ich das nächste Mal in seine Richtung blickte, war das Ungeheuer verschwunden. Alles, was zurückblieb, waren der Schleim und die groteske Leiche.

Ich weiß nicht, wo meine Muskeln die Kraft hernahmen, meinen torkelnden, betäubten Körper aus dem Hause zu tragen. Vernunft war es nicht, die mich antrieb, das will ich gern zugeben; ich war ganz und gar von Sinnen. Ich wollte mich unter die zuckenden Blitze stellen und hinaufschreien zu diesen schrecklichen, regenverschleierten Sternen. In meinem Wahn wollte ich mich durch uralte Tiefen voll ungeweihtem schwarzem Blute treiben lassen. Ich wollte mich festhalten an den wogenden Brüsten von Yibb-Tstll. Irrsinnig, ich sage es Ihnen, irrsinnig stammelte und stöhnte ich und taumelte durch die vom Donner erschütterten Straßen, bis, mit einem Brüllen und Krachen, ein rettender Blitz mich niederschmetterte, mich wieder zur Vernunft brachte ...

Alles Weitere wissen Sie. Ich kehrte zurück in diese Welt, gebettet auf weiße Laken und behütet von Ihnen, dem Polizeipsychiater, mit Ihrer sanften und geduldigen Stimme ... Warum bestehen Sie unbedingt darauf, dass ich meine Geschichte wieder und wieder erzähle? Glauben Sie denn im Ernst, ich würde irgendwann davon abrücken? Sie ist *wahr,* sage ich Ihnen! Ich gebe zu, dass ich den Körper meines Bruders getötet habe – aber es war nicht *sein Verstand,* den ich ausgebrannt habe! Sie stehen da und reden etwas von schrecklichen Augenkrankheiten daher. *Julian hatte keine Augenkrankheit!* Bilden Sie sich denn wirklich ein, dass das andere, unverbrannte Auge, das Sie in seinem Körper gefunden haben – in dem Gesicht meines Bruders –, dass das wirklich sein eigenes war? Und was ist mit der Schleimpfütze im Keller, und mit dem Gestank? Sind Sie eigentlich blöde, oder was? Sie waren es, der um eine Aussage gebeten hat, und hier ist sie! Schauen Sie her, verdammt, schauen Sie, während ich sie Ihnen hinkritzele ... Du verdammtes blutrotes Auge ... beobachtest mich unablässig ... wer hätte gedacht, dass die Lippen von Bugg-Shash so stark *saugen* können? Ja, sieh nur her, du ... und nimm dich in Acht vor dem scharlachroten Verschlinger! *Nein, lassen Sie mir doch das Schreibzeug ...*

NACHTRAG:

Sehr geehrter Herr,
Ihrem Vorschlag entsprechend haben wir Dr. Stewart zur Untersuchung Haughtrees hinzugezogen, und nach seiner fachkundigen Meinung ist der Mann verrückter, als sein Bruder es jemals war. Er wies auch auf die Möglichkeit hin, dass die Erkrankung von Julian Haughtrees Augen bald nach dessen teilweiser geistiger Gesundung begonnen habe – vermutlich begünstigt durch das fortwährende Tragen einer Brille mit extrem dunklen Gläsern. Nachdem Dr. Stewart das Polizeirevier verlassen hatte, wurde Haughtree äußerst ungehalten und schrieb die vorangegangene Aussage nieder.

Davies, unser Spezialist, hat den Toten im Keller selbst

untersucht und ist überzeugt, dass Haughtrees jüngerer Bruder in der Tat unter einer unbekannten und besonders schrecklichen Deformation der Augen gelitten haben muss.

Zugegebenermaßen gibt es ein oder zwei bemerkenswerte Zufälle in den wilden Phantastereien beider Brüder, die einen Bezug zu bestimmten tatsächlichen Ereignissen jüngeren Datums aufweisen – aber gewiss handelt es sich dabei um bloße Zufälle. Eines jener Ereignisse ist der Aufstieg der Vulkaninsel Surtsey. Haughtree muss irgendwie von Surtsey erfahren haben, nachdem er von uns unter Beobachtung gestellt wurde. Er erhielt von uns die Erlaubnis, den nachstehenden Zeitungsartikel zu lesen. Nach erfolgtem Lesen schrie er mehrfach und sehr laut: »Bei Gott! Der Name stammt aus dem falschen Mythos!« Daraufhin hielten wir es für angeraten, seine Bewegungsfreiheit, speziell die der Arme, vermittels einer Zwangsjacke einzuschränken.

DIE GEBURT EINER INSEL

Gestern früh, am Morgen des 16. November, schien die Sonne zum ersten Mal auf eine lange, schmale Insel aus Basalt, die nördlich von Schottland bei 63° 18' nördlicher Breite und 20° 36,5' westlicher Länge in der See liegt. Zu diesem Zeitpunkt hatte Surtsey, die am 15. November die Wasseroberfläche durchbrach, bereits eine Höhe von 40 Metern erreicht und wuchs die ganze Zeit weiter. Die Besatzungsmitglieder des Fischerbootes *Isleifer II,* das westlich von Geirfuglasker, der südlichsten der Vestmann-Inseln, vor Anker lag, wurden Zeugen dieser phantastischen »Geburt« eines Eilands. Die vulkanischen Aktivitäten verursachten erheblichen Seegang, der eine klarere Beobachtung verhinderte, und riefen weitere, Ehrfurcht gebietende Erscheinungen hervor wie Rauchsäulen, die bis zu vier Kilometer hoch in den Himmel reichten, phantastische Blitzkaskaden oder Lavaklumpen, die wie Bomben in weitem Umkreis in den Ozean niedergingen. Surtsey wurde nach dem Riesen Surtur aus der nordischen Mythologie getauft, der »vom Süden mit Feuer kam, zu bekämpfen den Gott Freyr an Ragnarök«, jener Schlacht, die dem Ende der Welt und der Götterdämmerung vorausgeht. – Bildbericht und weitere Einzelheiten im Innenteil.

Immer noch in der Zwangsjacke, beruhigte Haughtree sich schließlich und bat inständig darum, man möge ihm weitere interessante Meldungen aus der Zeitung vorlesen. Dr. Davies kam diesem Wunsch nach, und als er den folgenden Artikel erreichte, geriet Haughtree in große Aufregung.

STRÄNDE VERSCHMUTZT

Garvin Bay an der äußersten Nordküste war heute Morgen Schauplatz einer katastrophalen Verunreinigung. Auf einem halben Kilometer Länge hatte die Flut große Mengen einer schleimigen schwarzen Substanz an den Strand geschwemmt. Der von den unidentifizierbaren Ablagerungen ausgehende Gestank war so schlimm, dass die ansässigen Fischer sich außer Stande sahen, auszulaufen. Chemische Analysen ergaben, dass die Substanz aus organischen Stoffen besteht; man geht davon aus, dass es sich um eine Art von Erdöl handelt. Experten der örtlichen Schifffahrtsbehörde zeigen sich ratlos, zumal nach vorliegenden Erkenntnissen seit über drei Monaten kein Tanker mehr die Gegend passiert hat. Die enorme Vielzahl toter und verwesender Fische, die ebenfalls angeschwemmt wurden, veranlasste die Einwohner des nahe gelegenen Belloch, umfassende gesundheitliche Vorsichtsmaßnahmen zu ergreifen. Man hofft, dass die Flut in der kommenden Nacht die betroffenen Strände zumindest teilweise von der Verschmutzung reinigen wird ...

Als Dr. Davies zu Ende gelesen hatte, äußerte sich Haughtree mit den Worten: »Julian sagte, sie würden ihn nicht lebend bekommen.« Dann gelang es ihm trotz der Zwangsjacke irgendwie, vom Bett hochzukommen und sich aus dem Fenster seines Raumes im dritten Stockwerk des Polizeireviers zu stürzen. Sein Sprung gegen das Fenster erfolgte mit so enormer Kraft und Wildheit, dass er Gitter und Rahmen mit herausriss. Alles geschah so schnell, dass niemand in der Lage war, ihn von seiner Tat abzuhalten.

Vorgelegt als Anhang zu meinem ursprünglichen Bericht.
Sergeant J. T. Muir
Polizei der Stadt Glasgow
23. November 1963

Originaltitel: *Rising with Surtsey*
Erstveröffentlichung: *Dark Things,* 1971
Aus dem Englischen von *Armin Patzcke*

Schwarz auf weiß

VON RAMSEY CAMPBELL

... denn selbst die Günstlinge des Cthulhu wagen nicht, von Y'golonac zu sprechen; doch wird die Zeit kommen, da Y'golonac Äonen währender Einsamkeit enteilt, um einmal mehr unter den Menschen zu wandeln ...

OFFENBARUNG DES GLAAKI, BAND 12

Sam Strutt leckte sich die Finger und wischte sie an seinem Taschentuch trocken; vom schmutzigen Schnee auf der Haltestange am hinteren Buseinstieg waren seine Fingerspitzen grau. Behutsam nahm er das Buch aus der Plastiktüte, die auf dem Sitz neben ihm stand, zog die Busfahrkarte zwischen den Seiten heraus, legte sie zum Schutz des Titelbilds zwischen seine Finger und die Umschlagseite und begann zu lesen. Wie schon so oft glaubte der Schaffner, Strutt habe die Fahrkarte für diese Fahrt gelöst; Strutt verzichtete darauf, den Mann eines Besseren zu belehren. Draußen wirbelte der Schnee über die Straßen und quoll als Matsch unter den Rädern der vorsichtig dahinkriechenden Autos hervor.

Dieser Schneematsch spritzte Strutt in die Stiefel, als er vor dem Bahnhof Brichester Central ausstieg und sich, die Tüte schützend unter den Mantel gesteckt, über den Neuschnee hinweg den Weg zum Kiosk bahnte. Die Glasscheiben des Häuschens waren nicht ganz geschlossen; Schneeflocken waren durch den Spalt geweht und nahmen den neuen Taschenbüchern ihren Glanz. »Das ist doch nicht zu fassen!«, empörte sich Strutt bei einem jungen Mann, der neben ihm stand und, den Kopf eingezogen wie eine Schildkröte, nervös die Passanten musterte. »Ist das nicht abscheulich? Was sind diese Leute achtlos!« Der junge Mann stimmte ihm geistesabwesend zu, ohne den suchenden Blick von den nassen Gesichtern zu nehmen. Strutt trat an die Theke des Kiosks, wo der Ladengehilfe Zeitungen verkaufte. »Hören Sie mal!«, rief Strutt. Der Gehilfe, der gerade einem Kunden das Wechselgeld hinzählte, bat ihn mit einer Geste zu warten. Über die Taschenbücher hinweg, durch das beschlagene Glas hindurch, sah Strutt noch den jungen Mann, der vorstürzte und eine junge Frau in die Arme schloss. Sanft tupfte er ihr mit einem Taschentuch das Gesicht trocken. Strutt blickte auf die Zeitung des Mannes, der auf das Wechselgeld wartete. BRUTALER MORD IN KIRCHENRUINE, las er; in Lower Brichester war vergangene Nacht im dachlosen Gemäuer einer alten Kirche eine Leiche gefunden worden; nachdem man jenes wächserne Ebenbild Gottes vom Schnee befreit hatte, offenbarte sich, dass der ganze Leichnam in Furcht einflößender Weise verstümmelt war. Ovale Male bedeckten ihn, und sie erinnerten an ... Der Mann nahm die Zeitung und sein Wechselgeld und verschwand mit beidem im Bahnhofsgebäude. Lächelnd wandte der Angestellte sich an Strutt. »Tut mir Leid, dass Sie warten mussten.«

»Ja«, sagte Strutt. »Ist Ihnen eigentlich klar, dass es auf Ihre Bücher schneit? Immerhin könnte es sein, dass jemand sie will, wissen Sie.«

»Wollen *Sie* eins?«, entgegnete der Ladengehilfe. Strutt presste die Lippen zusammen und drehte sich wieder den Schneeböen zu. Hinter sich hörte er das Klirren, mit dem eine Glasscheibe gegen die andere stößt.

GOOD BOOKS ON THE HIGHWAY bot ihm Unterschlupf; Strutt sperrte den peitschenden Schneeregen vor der Buchhandlung aus und blieb stehen, um das Angebot zu erfassen. Auf den Regalen wandten die Neuerscheinungen ihm das Titelbild zu, die älteren Bücher hingegen den Rücken. Mädchen kicherten über komische Weihnachtskarten; mit einem

Schwall Schneeflocken stolperte ein unrasierter Mann herein. Er hielt inne und blickte befangen um sich. Strutt schnalzte mit der Zunge; Stadtstreicher hatten in Buchhandlungen nichts zu suchen, sie machten nur die Bücher schmutzig. Während Strutt zwischen den Regalen auf und ab schritt, warf er dem Mann immer wieder Seitenblicke zu und versuchte zu erspähen, ob er etwa die Umschlagseiten zurückfaltete oder Knicke in die Buchrücken machte. Strutt fand nicht, was er suchte. Allerdings entdeckte er einen Verkäufer bei einem Schwatz mit der Kassiererin; vergangene Woche hatte der Mann *Letzte Ausfahrt Brooklyn* in den höchsten Tönen gelobt, als Strutt das Buch kaufte. Geduldig hatte er sich Strutts aktuelle Leseliste angehört, auch wenn er die Titel nicht zu kennen schien. Strutt trat näher und fragte: »Hallo – sind diese Woche noch andere aufregende Bücher hereingekommen?«

Der Mann wandte sich ihm verwirrt zu. »Noch andere ...?«

»Sie wissen schon, Bücher wie das hier?« Strutt hob die Plastiktüte und zeigte dem Mann *Der Herr des Rohrstocks* von Hector Q. mit dem grauen Schutzumschlag des Verlagshauses Ultimate Press.

»Äh ... nein. Ich fürchte, so etwas führen wir nicht.« Er tupfte sich nachdenklich auf die Lippe. »Außer vielleicht ... Jean Genet?«

»Wen? Ach, Sie meinen *Jennet*. Nein danke, der ist so fad wie Spülwasser.«

»Nun, Sir, dann tut es mir Leid, aber ich kann Ihnen nicht weiterhelfen.«

»Oh.« Strutt fühlte sich schroff abgewiesen. Der Mann schien ihn nicht wieder zu erkennen, aber vielleicht verstellte er sich nur. Strutt kannte diesen Menschenschlag. Stumm wollten diese Leute ihm vorschreiben, was er zu lesen habe. Er musterte die Regale erneut, doch kein einziges Titelbild stach hervor. An der Tür knöpfte er sich verstohlen das Hemd auf, um sein Buch darunter noch besser schützen zu können. Eine Hand legte sich auf seinen Arm – eine schmutzige Hand, die ihm über den Arm zur Hand glitt und die Plastiktasche berührte. Strutt schüttelte sie ärgerlich ab und wandte sich dem Stadtstreicher zu.

»Warten Sie mal!«, zischte der Mann ihm zu. »Sind Sie hinter solchen Büchern her? Ich weiß, wo's noch so welche gibt.«

Dieses Herantreten kränkte Strutt in seiner erhobenen Hauptes vertretenen Überzeugung, er lese Bücher, die zu unterdrücken kein Mensch ein Recht besaß. Er riss die Tasche aus der Reichweite der Finger, die sich schon darum schließen wollten. »Sie mögen sie also auch, oder was?«

»Oh ja, ich hab viele davon.«

Strutt ließ die Falle zuschnappen. »Zum Beispiel?«

»Na, *Adam und Evan, Nimm mich, wie du willst,* die ganzen Harrison-Abenteuer, Sie wissen schon, es gibt viel davon.«

Widerwillig musste Strutt sich eingestehen, dass das Angebot des Mannes aufrichtig zu sein schien. Der Verkäufer neben der Kasse beäugte sie; Strutt starrte zurück. »Also gut«, sagte er. »Wo ist der Laden, von dem Sie reden?«

Der Freund fasste ihn beim Arm und zerrte ihn eifrig ins Schneegestöber hinaus. Fußgänger hielten sich die hochgeschlagenen Mantelkrägen zu und drängten sich zwischen den Autos hindurch, die abwarten mussten, bis weiter vorn ein Bus entfernt wurde, der ins Schleudern geraten war; ihre Scheibenwischer quetschten die Schneeflocken in den Ecken der Windschutzscheiben zusammen. Der Mann zerrte Strutt mitten durch das gellende Hupkonzert in eine Gasse zwischen zwei Schaufenstern hindurch, in denen selbstgefällige Mädchen standen und das Schauspiel beobachteten, während sie kopflose Schaufensterpuppen ankleideten. Strutt erkannte die Gegend wieder – er hatte sie vergebens nach Hinterhof-Buchläden durchkämmt. Nur enttäuschende Nischen hatte er gefunden, in denen man Herrenmagazine angeboten bekam; gelegentlich drang scharfer, beißender Küchengeruch auf sie ein, die Autos trugen riesige Schneemützen, laute Pubs lockten mit Wärme, einer Wohltat bei diesem Wetter. Strutts Führer duckte sich in den Eingang einer Bar und schüttelte den Mantel aus; die weiße Eisschicht knisterte und fiel herab. Strutt gesellte sich zu ihm und rückte unter dem Hemd das Buch in der Tasche zurecht. Er trampelte sich den Schnee von den Stiefeln, doch als der Stadtstreicher seinem Beispiel folgte, hörte er sofort auf; nicht einmal in dieser Trivialität wünschte er mit diesem Mann etwas gemein zu haben. Voll Abscheu betrachtete er seinen Begleiter – die geschwollene Nase, in der er gerade geräuschvoll den Rotz hochzog, die Bartstoppeln auf den Wangen, die sich blähten, als der Mann sich in die zitternden Hände blies. Strutt schauderte es, jemanden zu berühren, der es mit der Körperhygiene nicht ebenso genau nahm wie er selbst. Der fallende Schnee hatte ihre Fußspuren vor der Tür schon fast unkenntlich gemacht, als der Mann sagte: »Ich werde schrecklich durstig, wenn ich so schnell gehe.«

»*Darum* geht es also.« Der Buchladen konnte nicht mehr weit sein. Strutt ging voran in die Bar und kaufte bei einer gewaltigen Bardame, an deren Busen sich die Rüschen plusterten, zwei große Bier. Mit Gläsern in der Hand wogte sie hin und her und bediente den Zapfhahn mit Überschwang. In halb dunklen Nischen saugten alte Männer an ihren Pfeifen, aus einem Radio dröhnte Marschmusik, und Männer mit Biergläsern in den Händen verfehlten mit jovialer Ungenauigkeit unablässig die Dartscheibe und die Spucknäpfe. Strutt schlug seinen Überzieher aus und hängte ihn neben sich auf; sein Begleiter behielt den Mantel an und starrte in sein Bier. Fest entschlossen, sich nicht mit dem Mann zu unterhalten, musterte Strutt die trüben Spiegel, in denen sich gestikulierende Gruppen an unordentlich verstreuten Tischen widerspiegelten, die er nicht direkt sehen konnte. Die Schweigsamkeit des Stadtstreichers erstaunte Strutt mehr und mehr; waren solche Leute nicht eigentlich bemerkenswert redselig, ja sogar unfähig, den Mund zu halten? Es war schier unerträglich, untätig in einer stickigen Seitenstraßenspelunke zu sitzen, wo er doch unterwegs sein oder lesen könnte – so ging es nicht weiter. Er stürzte sein Bier herunter und stellte das Glas mit einem dumpfen Geräusch auf den Deckel. Der Fremde fuhr zusammen. Dann begann er sichtlich verlegen ebenfalls zu trinken. Eigenartig nervös wirkte er dabei. Am Ende nippte er nur noch am Schaum, bemerkte, dass er ertappt war, stellte das Glas auf den Tisch und starrte es an. »Zeit, dass wir uns wieder auf den Weg machen«, sagte Strutt.

Der Mann sah auf; seine Augen waren von Furcht geweitet. »Himmel, bin ich durchnässt«, brummte er. »Ich bring Sie ein andermal hin, wenn es nicht mehr schneit.«

»Das könnte Ihnen so passen!«, rief Strutt. In den Spiegeln richteten sich Augen auf ihn. »Ich gebe Ihnen doch nicht für nichts und wieder nichts ein Bier aus! So weit kommt's noch ...!«

Der Mann wand sich, doch er saß in der Falle. »Gut, gut, aber vielleicht finde ich's bei diesem Wetter nicht.«

Strutt fand diese Bemerkung zu albern, um sie einer Entgegnung zu würdigen. Er stand auf, knöpfte sich den Mantel zu und trat ins Schneetreiben hinaus. In der Tür warf er einen wütenden Blick über die Schulter und vergewisserte sich, dass der andere ihm folgte.

Die letzten Schaufenster, in denen Pyramiden aus Konservendosen mit orthografisch fehlerhaften Preisschildern standen, wichen Reihen von heimlichtuerisch verhängten Fenstern in unverputzten roten Ziegelfassaden; hinter den Scheiben hingen Adventskränze und anderer Weihnachtsschmuck. Auf der gegenüberliegenden Straßenseite stand eine Frau mittleren

Alters in einem Schlafzimmerfenster und zog die Vorhänge zu, damit niemand den Teenagerjungen neben ihr sah. Strutt verbiss sich zu bemerken, dass es dort nun zur Sache gehen würde; er spürte, dass er die ihm vorangehende Gestalt in der Gewalt hielt, ohne etwas sagen zu müssen, und hatte überhaupt kein Bedürfnis, mit dem Mann zu sprechen, der nun – ohne Zweifel vor Kälte – zitternd innehielt. Strutt war eine Handbreit größer und kräftiger gebaut als der Stadtstreicher mit seinen ein Meter siebzig, und als Strutt sich drohend aufrichtete, ging der Mann weiter. Der Wind blies ihm Schneekristalle ins Gesicht. Sie ließen die Umgebung übergrell erscheinen, schnitten ihm wie vergängliche Rasierklingen aus Eis in die Wangen, und nur einen Augenblick lang verlangte es ihn zu sprechen – von den Nächten zu erzählen, in denen er hellwach in seinem Zimmer lag und hörte, wie die Tochter der Hauswirtin von ihrem Vater über ihm in der Dachkammer verprügelt wurde, während Strutt eigentlich auf die gedämpften Laute lauschte, die das Quietschen von Bettfedern übertönten und vielleicht von dem unter ihm wohnenden Ehepaar stammten. Dieser Augenblick aber ging rasch vorüber, hinweggefegt vom Schneetreiben. Die Straße verbreiterte sich und wurde von einer Verkehrsinsel in zwei Fahrbahnen gespalten, auf denen dick der Schnee lag. Die eine, gewundene Bahn verschwand zwischen den Häusern, die andere war kurz und führte zu einem Verkehrskreisel. Nun wusste Strutt wieder, wo er war: Er erkannte das LINKS-FAHREN-SCHILD auf der Verkehrsinsel wieder, das er erst vor wenigen Tagen gesehen hatte; hilflos und mit eingetretenem Gesicht hatte es auf dem Rücken gelegen.

Sie überquerten den Kreisverkehr und überwanden zerbröckelnde, an geöffnete Lippen erinnernde Furchen im Schlamm – Pfützen, die nur von einer trügerisch dünnen Eisschicht bedeckt waren: die Hinterlassenschaft von Bulldozerketten bei einem Sanierungsprojekt. Durch das wirbelnde

Weiß drangen die beiden Männer über ein unbebautes Grundstück vor, auf dem ein einziger Kamin den Schnee trank. Strutts Führer huschte in eine Gasse, und Strutt folgte ihm, entschlossen, sich nicht noch in letzter Sekunde abschütteln zu lassen. Im Gehen schlug er den Pulverschnee von den Mülltonnendeckeln und zuckte immer wieder von Hinterhoftüren zurück, an deren Innenseite knurrend Hunde scharrten. Der Mann eilte nach links, dann nach rechts zwischen die engen, labyrinthischen Mauern; auch der Schnee konnte die grausam gezackten Scherben der zerbrochenen Fensterscheiben und die schiefen Türen nicht mehr kaschieren, doch ging er mit den Gebäuden sanfter um als ihre Bewohner. Eine letzte Biegung, und der Mann trat auf den Gehweg vor einen verwaisten Laden, in dessen scheibenlosem Schaufenster leere Weinflaschen unter einem Plakat standen, auf dem HEIN 57 VARIET zu lesen war. Vom Skelett der Markise fiel ein Klumpen Schnee, den das Gestöber sofort verschluckte. Der Mann schüttelte sich, doch als Strutt auf ihn zutrat, wies er furchtsam auf die andere Straßenseite. »Da ist es, wir sind da.«

Der Schneematsch spritzte Strutt auf die Hosenbeine, so eilig überquerte er die Straße. Obwohl der Stadtstreicher versucht hatte, ihm die Orientierung zu rauben, wusste er genau, dass die nächste Hauptstraße keine zweihundert Meter entfernt lag. Nachdem er sich dessen im Geiste vergewissert hatte, las er das Ladenschild über der Tür: AMERIKANISCHE BÜCHER AN- UND VERKAUF. Er berührte ein Geländer, das ein undurchsichtiges Kellerfenster schützte. Nasser Rost knirschte unter seinen Fingernägeln. Er betrachtete die Schaufensterauslage: *Geschichte der Rute* – ein Buch, dass Strutt sehr langweilig gefunden hatte – lag zwischen Science-Fiction-Romanen von Aldiss, Tubb und Harrison, die sich schamhaft hinter grellen Titelbildern verbargen; *Le Sadisme au Cinéma;* Robbe-Grillets *Voyeur* wirkte verloren; *The Naked Lunch* –

nichts, was den Anmarsch wert gewesen wäre, fand Strutt. »Also gut. Zeit, dass wir hineingehen.« Strutt bedeutete dem Mann, das Geschäft zu betreten, und als er ihm folgte, warf er einen Blick hoch zu den ausgewaschenen roten Ziegeln am Fenster im ersten Stock, gegen das man einen Schminktisch geschoben hatte, damit der Wind nicht durch die zerbrochene Scheibe wehen konnte. Der andere Mann blieb wieder stehen, und für eine Sekunde des Unbehagens streiften Strutts Finger den moderigen Mantel des Stadtstreichers. »Na los, wo sind die Bücher?«, drängte Strutt und schob sich an ihm vorbei in den Laden.

Das trübe Tageslicht wurde durch die Schaufensterauslage und die Pin-up-Magazine, die innen an der Glastür hingen, zusätzlich abgeschwächt; in den vereinzelten Lichtstrahlen tanzten Staubkörner. Strutt blieb stehen und las die Titel der Taschenbücher, die in Pappkartons auf einem Tisch standen, doch fand er nur Western, Phantasy-Romane und amerikanische Erotika zum halben Preis. Mit einem abschätzigen Blick auf die Leinenbände, deren ausgefranste Ecken an knospende Blütenblätter erinnerten, schritt Strutt an den Regalen vorbei und schielte ein wenig geistesabwesend hinter den Ladentisch; als er die Tür unter der Glocke ohne Klöppel geschlossen hatte, war ihm, als hörte er ganz aus der Nähe einen Schrei, der plötzlich abbrach. *Hier hört man so etwas wahrscheinlich andauernd,* dachte er und wandte sich an den Stadtstreicher: »Also, ich sehe nirgends, wofür ich hergekommen bin. Arbeitet hier denn niemand?«

Mit aufgerissenen Augen blickte der Mann an Strutt vorbei; Strutt wandte sich um und entdeckte eine Tür mit einer Mattglasscheibe. An einer Ecke war sie mit Pappe geflickt, die vor dem trüben gelben Licht, das durch die Scheibe fiel, schwarz wirkte. Offenbar handelte es sich um das Büro des Buchhändlers – hatte er Strutts Bemerkung gehört? Strutt trat näher zur Tür und wappnete sich gegen eine Unverschämtheit. Da schob sich der Stadtstreicher an ihm vorbei und suchte unkonzentriert etwas hinter der Ladentheke, öffnete umständlich die Glastüren einer Büchervitrine, die mit Bänden in braunen Schutzumschlägen voll stand, und zog schließlich ein in graues Papier eingeschlagenes Päckchen aus seinem Versteck in einer Regalecke hervor. Er schob es Strutt zu und murmelte dabei: »Das ist eins, das hier ist eins.« Der Stadtstreicher sah zu, wie Strutt die Verpackung öffnete, und die Haut unter seinen Augen zuckte dabei.

Das geheime Leben des Wackford Squeers ... »Aha, das ist gut«, sagte Strutt anerkennend und griff, einen Augenblick lang unaufmerksam, zur Brieftasche; doch schmierige Finger schlossen sich um sein Handgelenk. »Zahlen Sie beim nächsten Mal«, bat der Mann. Strutt zögerte; konnte er das Buch mitnehmen, ohne zu zahlen? In diesem Moment lief ein Schatten über das Milchglas der Bürotür: Ein Mann ohne Kopf schleppte etwas Schweres. Geköpft durch das Milchglas und seine gebeugte Haltung, entschied Strutt. Im nächsten Moment begriff er, dass der Inhaber des Ladens mit Ultimate Press in Verbindung stehen musste. Solch einen Kontakt durfte man nicht dadurch gefährden, dass man ein Buch stahl. Er schüttelte die nervösen Finger seines Begleiters ab und zählte zwei Pfund hervor; doch der Stadtstreicher wich zurück und spreizte in blanker Furcht die Hände. Er kauerte sich gegen die Bürotür, hinter der die Silhouette verschwunden war, dann warf er sich Strutt fast in die Arme. Strutt schob ihn beiseite und legte die Geldscheine vor die Lücke im Regal, die der *Wackford Squeers* hinterlassen hatte. Schließlich wandte er sich wieder an den Mann: »Wollen Sie es mir nicht einpacken – halt! Wenn ich es mir recht überlege, mache ich das lieber selbst.«

Auf der Ladentheke rollte er rumpelnd braunes Packpapier ab; Strutt suchte einen Streifen, der sich noch nicht verfärbt hatte. Als er mit dem Einpacken des Buches beschäftigt war und versuchte, seine Füße aus dem Knäuel des für nicht gut genug befundenen Packmaterials zu lösen, fiel etwas laut zu Boden. Der andere Mann hatte sich zum Ausgang zurückgezogen und war mit einem losen Manschettenknopf an der Ecke eines Kartons voll Taschenbücher hängen geblieben; nun stand er erstarrt, mit aufgerissenem Mund und ausgebreiteten Armen über den verstreuten Büchern, ein Fuß auf einem offenen Roman wie auf einer zertretenen Motte; rings um ihn trieben Staubkörner im Licht, das fleckig war vom Schnee, der vor dem Ladenfenster herabrieselte. Irgendwo klickte ein Schloss. Strutt atmete tief durch, klebte sein Paket zusammen und trat, dem Mann voll Abscheu ausweichend, zur Tür. Als er sie öffnete, kroch ihm sofort die Kälte in die Beine. Er begann die Treppe hinaufzusteigen, und der Stadtstreicher folgte ihm eilig. Der Mann hatte gerade den Fuß auf die Schwelle gestellt, als sich aus dem Laden schwere Schritte näherten. Der Stadtstreicher fuhr herum, und hinter Strutt schlug die Tür zu. Er wartete, doch dann kam ihm der Gedanke, dass er seinen Führer leicht abschütteln könnte, wenn er sich beeilte. Er trat auf die Straße, wo ihm der schneeige Wind auf den Wangen prickelte und den schalen Staub aus dem Laden fortriss. Strutt wandte sich ab, kickte den Schnee von der Schlagzeile einer durchnässten Zeitung und machte sich auf den Weg zur Hauptstraße, die unweit vorbeiführte, wie er wusste.

Strutt erwachte zitternd. Das Neonschild vor seinem Wohnungsfenster mutete ihn immer wieder an wie ein abgedroschenes Klischee, doch es war so unerbittlich wie Zahnschmerz. Alle fünf Sekunden leuchtete es grell vor dem Nachthimmel auf; daran und am kalten Luftzug erkannte Strutt, dass es früher Morgen war. Er schloss die Augen wieder, doch wiewohl seine Lider warm und schwer waren, ließ sein Geist sich nicht mehr einlullen. Unerreichbar für sein Gedächtnis lauerte der Traum, der ihn geweckt hatte; Strutt bewegte sich unruhig. Aus irgendeinem Grund fiel ihm eine Passage aus seiner Abendlektüre ein: »Als Adam die Tür erreichte, packte Evan ihn beim Handgelenk, drehte ihm den Arm auf den Rücken und zwang ihn zu Boden ...« Strutt schlug die Augen auf und blickte zu dem Bücherschrank hinüber, als wolle er sich vergewissern, dass nichts fehle; jawohl, dort stand das Buch, geschützt von seinem Umschlag, liebevoll nach seinen Gefährten ausgerichtet. Er erinnerte sich, wie er eines Abends nach Hause kam und *Prefects and Fags* zwischen die Seiten von *Miss Whippe, Old-Style Gouverness* geschoben fand – *Miss Whippe* von *Prefects and Fags* gespreizt; die Wirtin brachte als Entschuldigung vor, sie müsse die Bände nach dem Staubwischen irrtümlich falsch zurückgestellt haben, aber Strutt wusste genau, dass sie die Bücher absichtlich beschädigt hatte. Daraufhin hatte er sich einen abschließbaren Bücherschrank gekauft, und als sie ihn nach dem Schlüssel fragte, hatte er geantwortet: »Danke, ich kümmere mich selbst darum.« Man durfte sich heutzutage eben mit niemandem anfreunden. Er schloss wieder die Augen; das Zimmer und der Bücherschrank, im Fünf-Sekunden-Takt vom Neonlicht erschaffen und wieder vernichtet, weckten in ihm ein Gefühl der Leere und erinnerten ihn daran, dass es noch Wochen bis zum Schulbeginn dauern würde. Wochen des Wartens, bevor er sich morgens vor die erste Klasse stellen und sagen konnte: »Ihr kennt mich mittlerweile«, um hinzuzufügen: »Solange ihr fair zu mir seid, bin ich fair zu euch.« Es fand sich immer ein Junge, der diese Warnung auf die Probe stellte, und dann gehörte er Strutt; er sah den weißen, straff gespannten Hosenboden der Turnshorts schon vor sich, auf den er den Sportschuh mit befriedigender Gewalt niederfahren ließ – Strutt entspannte sich; das überwältigende Echo des Fußgetrappels auf dem Holzfußboden der Turnhalle besänftigte ihn ebenso wie das fieberhafte Zittern der Sprossenwände, an denen die Jungen wimmelnd zur Decke kletterten, während er ihnen von unten nachstarrte, und schließlich schlief er wieder ein.

Keuchend durchlief er seine morgendlichen Übungen, dann stürzte er den Fruchtsaft herunter, den er stets zuerst vom Tablett nahm, das die Tochter der Wirtin ihm heraufbrachte. Gehässig knallte er das Glas aufs Tablett; das Glas splitterte (er würde behaupten, es sei ein Versehen gewesen; er zahlte genug Miete, um solche Schäden zu decken, und konnte für sein Geld durchaus verlangen, sich hier und da einmal Luft machen zu dürfen). »Sie haben bestimmt tolle Weihnachten«, hatte das Mädchen gesagt und sich neugierig im Zimmer umgesehen. Er hatte sie um die Hüfte packen wollen, um der Keckheit ihrer erwachenden Weiblichkeit Zügel anzulegen – doch sie war schon fort, mit wirbelndem Faltenrock, und ließ ihn zurück mit einem von der Vorfreude verkrampften Magen.

Später trottete er zum Supermarkt. Aus etlichen Vorgärten drang wie Zähneknirschen das Scharren von Schneeschaufeln; das Scharren verklang und wurde mit dem schmatzenden Quietschen beantwortet, das Schneematsch macht wenn er Stiefel umschließt. Als Strutt mit einem Arm voll Konservendosen aus dem Supermarkt trat, pfiff ein Schneeball an seinem Gesicht vorbei und schlug dumpf gegen die Scheibe. Wie ein durchscheinender Bart lief der schmelzende Schnee am Glas herunter und erinnerte Strutt an die Flüssigkeit, die unablässig jenen Jungen aus der Nase rann, die seinen Zorn am häufigsten zu spüren bekamen – er war fest entschlossen, ihnen diese Hässlichkeit, diese Widerwärtigkeit auszubläuen. Strutt sah sich drohend nach dem Werfer um: ein Siebenjähriger, der auf sein Kinderrad sprang und sich eilig zurückzog. Strutt bewegte sich unwillkürlich auf ihn zu, als wollte er den Jungen übers Knie legen. Doch die Straße war nicht leer;

schon schlug die Mutter des Jungen – sie trug Slacks, und unter ihrem Kopftuch schauten Lockenwickler hervor – ihrem Sohn auf die Hand. »Wie oft hab ich dir schon gesagt, du sollst das sein lassen! – Tut mir Leid«, rief sie Strutt zu. »Ja, sicher«, antwortete er verächtlich und stapfte zu seiner Wohnung zurück. Sein Herz pochte unkontrolliert. Er wünschte sich inbrünstig jemanden, mit dem er reden konnte wie mit dem Buchhändler am Rand des Goatswood, der seine Neigungen geteilt hatte; der Mann war vor einigen Monaten gestorben, und seitdem hatte sich Strutt allein in einer stillschweigend verschworenen, feindlichen Welt zurückgelassen gefühlt. Vielleicht erwies sich der neue Buchhändler als ähnlich geistesverwandt? Strutt hoffte sehr, dass der Mann, der ihn am Vortag dorthin geführt hatte, nicht wieder anwesend wäre, und wenn doch, dann konnte man ihn gewiss loswerden – ein Buchhändler, der mit Ultimate Press Geschäfte machte, musste ein Mann nach Strutts Herzen sein, und ganz gewiss hätte er genauso viel dagegen einzuwenden wie Strutt, dass der Stadtstreicher anwesend war, während sie sich offen austauschten. Ebenso dringend wie nach einem Gespräch verlangte es Strutt nach Lektüre für die Weihnachtstage, und *Squeers* hätte er vorher ausgelesen; der Laden würde an Heiligabend wohl kaum geschlossen haben. Beruhigt lud er die Konservendosen auf dem Küchentisch ab und eilte die Treppe hinunter.

Schweigend stieg Strutt aus dem Bus; das Motorbrummen verklang rasch zwischen den schneebedeckten Häusern. Die Schneewehen warteten nur auf Geräusche. Platschend durchquerte er Reifenspuren und erreichte den Gehweg; der stumpfe Belag war von zahllosen einander überlappenden Fußabdrücken niedergetreten. Die Straße bog sich arglistig; kaum war die Hauptstraße außer Sicht, enthüllte die Nebenstraße ihre wahre Natur. Der Schnee über den Häuserfronten wurde dünn, und rostige Vorsprünge ragten heraus. In nur wenigen Fenstern standen Weihnachtsbäume, und ihnen fielen schon die alternden Nadeln aus. Die Zweige neigten sich unter kitschigen, unstet brennenden Kerzen. Strutt jedoch hatte kein Auge dafür, sondern hielt den Blick auf das Pflaster gerichtet, um jenen Flecken auszuweichen, die von Hundespuren umringt sind. Einmal begegnete er dem Blick einer alten Frau, die auf einen Punkt unter ihrem Fenster hinabstarrte, vermutlich ihrer einzigen Verbindung zur Außenwelt. Für einen Augenblick fröstelte ihn, dann eilte er weiter, gefolgt von einer Frau, die, den Beweisstücken in ihrem Kinderwagen nach zu urteilen, einen Wurf Zeitungen zur Welt gebracht hatte. Erst vor dem Buchladen blieb er stehen.

Obwohl der orange Himmel das Ladeninnere kaum erhellen konnte, schimmerte kein elektrisches Licht zwischen den Magazinen hervor, und auf dem eingerissenen Schild hinter der schmutzigen Scheibe mochte durchaus das Wort GESCHLOSSEN stehen. Langsam stieg Strutt die Treppe hinunter. Hinter ihm fuhr quietschend der Kinderwagen vorüber. Die frischen Schneeflocken breiteten sich auf den darin liegenden Zeitungsseiten aus. Strutt starrte die wissbegierige Besitzerin des Wagens an, dann drehte er sich um und wäre fast in plötzliche Dunkelheit gefallen. Die Tür hatte sich geöffnet, und eine Gestalt versperrte ihm den Durchgang.

»Sie haben doch nicht geschlossen, oder?«, brachte Strutt wie mit betäubter Zunge heraus.

»Vielleicht nicht. Kann ich Ihnen helfen?«

»Ich war gestern schon einmal hier. Ein Buch von der Ultimate Press«, antwortete Strutt in das Gesicht, das auf gleicher Höhe wie das seine war, unangenehm nahe.

»Ja, natürlich, ich erinnere mich an Sie.« Der andere wiegte sich unaufhörlich hin und her wie ein Sportler beim Aufwärmen, und seine Stimme schwankte zwischen Bass und Falsett, was Strutt Unbehagen einflößte. »Na, kommen Sie herein, bevor Sie im Schnee versinken«, sagte der Mann. Hinter ihnen schlug er die Tür so fest ins Schloss, dass er dem Geist des Glockenklöppels einen Ton entlockte.

Der Ladenbesitzer – denn um ihn musste es sich Strutts Meinung nach handeln – folgte Strutt. Der Mann überragte ihn um einen Kopf; unten im Halbdunkel zwischen den vage boshaften Ecken der Tische empfand Strutt den eigenartigen Drang, sich irgendwie zu erklären, und bemerkte: »Ich hoffe, Sie haben das Geld für das Buch gefunden. Ihr Verkäufer schien keinen gesteigerten Wert darauf zu legen, dass ich bezahle. Manch einer hätte ihn beim Wort genommen.«

»Er ist heute nicht hier.« Der Buchhändler knipste das Licht in seinem Büro an. Als das Licht auf sein zerfurchtes, wulstiges Gesicht fiel, schien es sich auszudehnen; die Augen waren in sternförmigen Runzeltaschen versunken; Wangen und Stirn wölbten sich aus Hautfalten hervor; wie ein nur halb aufgeblasener Ballon schwebte der Kopf über dem knappen Tweedanzug. Unter der schirmlosen Glühbirne rückten die Wände um den abgestoßenen Schreibtisch näher zusammen, der mit fingerfleckigen Exemplaren von *The Bookseller* übersät war. Jemand hatte die Zeitschriften mit einer vor Dreck strotzenden Schreibmaschine achtlos beiseite geschoben, neben der ein Stummel Siegellack und eine offene Streichholzschachtel lagen. Vor dem Schreibtisch standen sich zwei Stühle gegenüber, dahinter war eine geschlossene Tür. Strutt setzte sich vor den Schreibtisch, nachdem er den Stuhl vom Staub gesäubert hatte. Der Buchhändler umkreiste den Tisch und fragte unvermittelt, als wäre ihm die Frage gerade erst in den Sinn gekommen: »Sagen Sie, warum lesen Sie solche Bücher?«

Die gleiche Frage hatte Strutt oft vom Englischlehrer im Lehrerzimmer zu hören bekommen, bis er schließlich aufhörte, seine Romane in den Pausen zu lesen. Erneut damit konfrontiert zu werden traf ihn unvorbereitet, und er konnte nur mit seiner alten Erwiderung kontern: »Wie meinen Sie das, warum? Warum nicht?«

»Ich wollte Sie nicht kritisieren«, beeilte sich der andere zu versichern. Ruhelos umschritt er den Schreibtisch. »Ich interessiere mich aufrichtig dafür, wie Sie dazu stehen. Worauf ich hinauswollte, ist Folgendes: Wollen Sie nicht in gewisser Weise, dass die Dinge eintreten, über die Sie lesen?«

»Nun, vielleicht.« Strutt gefiel die Wendung wenig, die das Gespräch nahm, und er wünschte, er könnte es dominieren; seine Worte jedoch schienen in die schneebedeckte Stille innerhalb der staubigen Wände zu fallen und augenblicklich darin zu versinken, ohne einen Eindruck zu hinterlassen.

»Ich meine: Wenn Sie ein Buch lesen, lassen Sie dann das, was Sie lesen, nicht wahr werden – vor Ihnen, in Ihrer Phantasie? Besonders, wenn Sie eigens versuchen, es sich vorzustellen, aber darum geht es mir gar nicht. Wenn Sie das Buch andererseits weit von sich wiesen, hätte es vielleicht die gleiche Wirkung. Ich kenne einen Buchhändler, der sich mit dieser Theorie beschäftigt hat; man erhält in diesem Beruf nicht viel Gelegenheit, sich selbst zu verwirklichen, aber wenn er konnte, befasste er sich mit dieser Frage ... Warten Sie einen Augenblick, ich möchte Ihnen etwas zeigen.«

Er sprang vom Schreibtisch fort und eilte in den Laden. Strutt fragte sich, was hinter der Tür jenseits des Schreibtischs sein mochte. Er stand halb auf, doch als er über die Schulter zurückblickte, sah er den Buchhändler schon wieder durch die treibenden Schatten zurückkehren – mit einem Buch, das er zwischen den Lovecrafts und Derleths hervorgezogen hatte.

»Es passt sehr gut zu Ihrer Vorliebe für Ultimate Press«, sagte der Mann, trat wieder ins Büro und schlug die Tür hinter sich zu. »Nächstes Jahr bringen sie ein Buch von Johannes Henricus Pott heraus, heißt es, das sich ebenso mit verbotenem Wissen befasst wie das hier; es freut Sie vielleicht zu hören, dass man einiges in Potts ursprünglichem Latein belassen wird. Dieses Buch hier könnte Sie auch interessieren; es ist das einzige Exemplar. Wahrscheinlich haben Sie noch nicht von der *Offenbarung des Glaaki* gehört; eine Art Bibel, unter übernatürlicher Anleitung geschrieben. Man glaubt, es gebe davon nur elf Bände, das hier aber ist der zwölfte. Ein Mann hat es auf dem Gipfel von Mercy Hill geschrieben. Es heißt, seine Träume hätten seine Hand gelenkt.« Seine Stimme schwankte umso stärker, je länger er sprach. »Ich weiß nicht, wie es verbreitet wurde; ich nehme an, die Verwandten des Mannes haben es nach seinem Tod auf dem Dachboden gefunden und dachten, sie könnten damit noch einen kleinen Verdienst herausschlagen, wer weiß? Der Buchhändler, den ich erwähnte ... – nun, er wusste von der *Offenbarung* und begriff, dass dieser Band unschätzbar wertvoll ist; er wollte aber nicht, dass der Verkäufer bemerkte, was er da in der Hand hielt. Sonst wäre es am Ende noch in der Bibliothek gelandet oder an der Universität. Deshalb nahm er es ihm als Teil eines größeren Postens ab und sagte, er würde es vielleicht als Notizbuch verwenden. Nachdem er es gelesen hatte ... Nun, eine Passage ist darin, die wie ein Geschenk des Himmels geeignet war, um seine Theorie auszuprobieren. Lesen Sie selbst.«

Der Buchhändler umrundete Strutt erneut und legte ihm das Buch in den Schoß. Dann stützte er sich mit den Armen auf Strutts Schultern. Strutt presste die Lippen zusammen und blickte dem Mann ins Gesicht; da aber verließ ihn seine Kraft; sein Körper weigerte sich, seine Missbilligung zu unterstützen, und er öffnete das Buch. Es war eine alte Kladde, die Bindung knirschte, und die vergilbten Seiten waren mit unregelmäßigen Zeilen einer krakeligen Handschrift bedeckt. Während des einführenden Monologs, den der Buchhändler ihm vorgetragen hatte, war Strutt sehr verwundert gewesen; als nun das Buch vor ihm lag, erinnerte er sich unwillkürlich an die Bündel mit Schreibmaschine beschriebener Durchschlagblätter, die während seiner Jugend auf den Toiletten herumgereicht worden waren. Das Wort »Offenbarung« deutete etwas Verbotenes an. Neugierig las er hier und da eine Passage. Hier oben, in Lower Brichester, enthüllte die nackte Glühbirne jede einzelne Schuppe abblätternder Farbe an der Tür vor ihm, und auf seinen Schultern bewegten sich Hände, doch irgendwo viel tiefer unten würden ihn gewaltige leise Schritte durch die Dunkelheit verfolgen; als er sich umwandte, um nachzusehen, beugte sich eine aufgedunsene leuchtende Gestalt über ihn ... Was sollte das alles? Eine Hand packte Strutts linke Schulter, und die rechte Hand blätterte Seiten um; schließlich unterstrich ein Finger eine Passage:

Jenseits eines Schlunds in der unterirdischen Nacht führt ein Weg zu einer Mauer aus massiven Ziegeln, und jenseits dieser Mauer erhebt sich Y'golonac, dass ihm die zerlumpten, augenlosen Gestalten des Dunkel dienen. Lange hat er geschlafen hinter der Mauer, und die, welche über die Ziegel kriechen, huschen über seinen Leib und erfahren doch niemals, dass er Y'golonac ist; wird aber sein Name ausgesprochen oder gelesen, so kommt er hervor, dass man ihn verehre oder dass er sich nähre und Leib und Seele jener nehme, von denen er sich nährt. Denn alle, die vom Bösen lesen und mit ihrem Geiste nach dessen Gestalt suchen, rufen es zu sich, und daher mag Y'golonac wiederkehren, um unter den Menschen zu wandeln und auf die Zeit zu warten, da die Erde gereinigt ist und Cthulhu sich aus seinem tangbekränzten Grab erhebt, Glaaki die kristallene Tür aufstößt, die Brut von Eihort ins Tageslicht geboren wird, Shub-Niggurath naht und die Mondlinse zerschmettert, Byatis aus seinem Kerker bricht, Daoleth den Vorhang der Illusion beiseite reißt und die Wirklichkeit enthüllt, die dahinter verborgen.

Die Hände fuhren beständig auf Strutts Schultern hin und her, ließen nach, fassten wieder fester zu. Die Stimme schwankte: »Was halten Sie davon?«

Strutt hielt es für Blödsinn, doch an irgendeiner Stelle war ihm der Mut entglitten; er antwortete unsicher: »Na ja, es ... das ist nicht das Übliche, was einem so zum Kauf angeboten wird.«

»Sie finden es interessant?« Die Stimme sank im Tone, wurde zu einem überwältigenden Bass. Der Mann schwang sich hinter dem Schreibtisch herum; er wirkte nun größer – sein Kopf stieß gegen die Glühbirne, ließ Schatten aus den Winkeln schauen und sich zurückziehen, nur um erneut zu lugen. »Du bist interessiert?« Die Miene des anderen hatte einen zwingenden Ausdruck angenommen, so weit Strutt sie sehen konnte, denn das Licht schob Finsternis in die Furchen des Gesichtes, als würde sein Knochenbau sich vor Strutts Augen auflösen.

In der Nebelnacht, die sich über Strutts Geist gesenkt hatte, erwachte das Misstrauen; hatte er nicht von seinem lieben verstorbenen Freund, dem Buchhändler vom Goatswood, gehört, in Brichester existiere ein schwarzmagischer Kult, ein Kreis junger Männer, der von einem gewissen Franklin oder Franklyn angeführt werde? Fragte man ihn deswegen so eingehend aus, weil man ihn anwerben wollte? »Das würde ich so nicht sagen«, entgegnete er.

»Hör mir zu. Es gab einen Buchhändler, der das gelesen hat, und ich sagte ihm, du könntest der Hohepriester von Y'golonac sein. Du wirst die Gestalten der Nacht zu den bestimmten Zeiten des Jahres herabrufen, auf dass sie ihn verehren; du wirst dich vor ihm in den Staub werfen, und dafür lebst du weiter, wenn die Erde für die Ankunft der großen Alten gereinigt wird; du wirst über den Rand zu dem gehen, was außerhalb des Lichtes sich rührt ...«

Ohne nachzudenken stieß Strutt hervor: »Sprechen Sie von

mir?« Er hatte begriffen, dass er mit einem Wahnsinnigen allein im Zimmer war.

»Nein, nein, ich meinte den Buchhändler. Aber jetzt mache ich dir das gleiche Angebot.«

»Also, es tut mir Leid, aber ich habe heute noch etwas zu erledigen.« Strutt wollte aufstehen.

»Er hat es auch abgelehnt.« Das Timbre der Stimme knirschte Strutt in den Ohren. »Da musste ich ihn töten.«

Strutt erstarrte. Wie ging man mit Irrsinnigen um? Am besten, man besänftigte sie. »Na, na, jetzt mal ganz mit der Ruhe ...«

»Was kann dir dein Zweifel noch nützen? Ich habe mehr Beweise zur Hand, als du ertragen könntest. Entweder du dienst mir als mein Hohepriester, oder du wirst diesen Raum nicht mehr verlassen.«

Während sich die Schatten auf den bedrückenden Wänden langsamer bewegten, als warteten sie begierig ab, was geschehen würde, bemühte sich Strutt zum ersten Mal in seinem Leben, ein Gefühl niederzukämpfen; mit Gelassenheit unterdrückte er vermengte Furcht und Wut. »Wenn es Ihnen nichts ausmacht, ich habe eine Verabredung.«

»Nicht wenn deine Erfüllung hier zwischen diesen Wänden liegt.« Die Stimme wurde dumpfer. »Du weißt, dass ich den Buchhändler getötet habe – es stand in euren Zeitungen. Er floh in die Kirchenruine, aber ich fing ihn mit den Händen ... Dann ließ ich das Buch im Laden, damit jemand es lese, doch der Einzige, der es aus Versehen in die Hand nahm, war der Mann, der dich hierher geführt hat ... Der Narr! Er wurde wahnsinnig und kauerte sich in die Ecke, als er die Münder sah! Ich habe ihn behalten, weil ich dachte, dass er mir vielleicht einige seiner Freunde zuführen würde, die der körperlichen Tabus frönen und dabei die echten Erfahrungen versäumen, nämlich das, was dem Geist verboten ist. Aber er fand nur dich und brachte dich her, während ich mich nährte.

Gelegentlich finde ich Nahrung, Jungen, die insgeheim in den Laden schlichen, um schmutzige Bücher zu kaufen; sie sorgen dafür, dass niemand ahnt, was sie lesen! – und sie lassen sich leicht dazu bringen, in die *Offenbarung* zu sehen. Der Idiot! Er kann mich nicht mehr betrügen durch seine Ungeschicklichkeit – aber ich wusste, dass du zurückkehren würdest. Nun bist du mein.«

Strutt biss die Zähne so fest zusammen, dass er glaubte, seine Kiefer müssten brechen; er stand nickend auf und reichte der Gestalt den Band der *Offenbarung;* er hatte die Muskeln gespannt, und sobald der andere die Hand um das Buch schloss, würde er zur Bürotür rennen.

»Du kannst nicht hinaus, das weißt du; es ist abgeschlossen.« Der Buchhändler wiegte sich auf den Füßen, näherte sich ihm aber nicht; die Schatten waren nun gnadenlos deutlich, und Staub hing in der Stille. »Du hast keine Angst – dazu siehst du zu berechnend aus. Wäre es möglich, dass du noch immer nicht glaubst? Also gut ...« – er legte die Hand auf den Türknauf hinter dem Schreibtisch: »... möchtest du sehen, was von meinem Mahl übrig ist?«

In Strutts Geist sprang eine Tür auf, und er zuckte zurück vor dem, was dahinter liegen mochte. »Nein! Nein!«, kreischte er. Auf seine ungewollte Zurschaustellung von Angst folgte Wut; er wünschte, er hätte einen Gehstock dabei, um die Gestalt vor ihm in die Knie zu zwingen. *Dem Gesicht nach zu urteilen,* dachte er, *müssen die Wülste unter dem Tweedanzug aus Fett sein;* wenn sie kämpften, würde Strutt gewinnen. »Eins wollen wir doch mal klarstellen!«, brüllte er. »Wir haben lange genug Spielchen getrieben! Sie lassen mich jetzt hier raus oder ich ...« Dennoch ertappte Strutt sich dabei, dass er sich mit lodernden Blicken nach einer Waffe umsah. Plötzlich dachte er an das Buch, das er noch immer in der Hand hielt. Er raffte die Streichholzschachtel vom Schreibtisch auf, hinter dem die Gestalt ihn beobachtete, Unheil verkündend reglos. Strutt riss ein Streichholz an, dann nahm er den Einband des Buches zwischen Daumen und Zeigefinger und schüttelte die Seiten hervor. »Ich verbrenne das Buch!«, drohte er.

Die Gestalt straffte sich, und Strutt wurde es kalt aus Furcht vor seinem nächsten Schritt. Er hielt die Flamme ans Papier, und die Seiten ringelten sich und wurden so rasch verzehrt, dass Strutt nur noch die hellen Flammen wahrnahm und die Schatten an den Wänden, die unbeständig massig wurden, bevor er schon die Asche auf den Boden schüttelte. Einen Moment lang sahen die beiden einander reglos ins Gesicht. Nach dem Erlöschen der Flammen hatte sich Dunkelheit über Strutts Augen gelegt. Durch sie hindurch sah er, wie der Tweed lautstark riss, während die Gestalt anschwoll.

Strutt warf sich gegen die Bürotür, doch sie widerstand ihm. Er holte mit der Faust aus und beobachtete mit eigenartiger, zeitloser Distanz, wie sie das Milchglas zerschlug; die Tat schien ihn zu isolieren, als brächte er damit jede Handlung außerhalb seiner selbst zum Erliegen. Durch die gläsernen Messerklingen, an denen Blutstropfen schimmerten, sah er im Bernsteinlicht Schneeflocken unendlich fern herabsinken; viel zu fern, als dass er nach Hilfe hätte rufen können. Plötzlich ereilte ihn die Angst, von hinten überwältigt zu werden. Aus dem hinteren Teil des Büros drang ein Laut; Strutt fuhr herum und schloss dabei die Augen, denn er fürchtete sich davor, den Quell solch eines Lautes zu erblicken – doch dann öffnete er sie wieder und sah, warum der Schatten an der Milchglasscheibe am Vortag kopflos gewesen war. Strutt schrie auf. Als die hoch aufragende nackte Gestalt, an der noch immer Tweedfetzen hingen, den Schreibtisch beiseite schmetterte, war Strutts letzter Gedanke die ungläubige Überzeugung, all dies geschehe nur deswegen, weil er in der *Offenbarung* gelesen hatte; irgendwo hatte irgendjemand *gewollt,* dass ihm dies widerfuhr. Das war nicht fair. Mit nichts, was er je getan, hatte er so etwas verdient – doch bevor er protestierend aufbrüllen konnte, wurde ihm der Atem abgeschnitten, denn die Hände senkten sich auf sein Gesicht, und in ihnen öffneten sich die feuchten roten Münder.

Originaltitel: *Cold Print*
Erstveröffentlichung: *Tales of the Cthulhu Mythos,* 1969
Aus dem Englischen von *Dietmar Schmidt*

Die Rückkehr der Lloigor

VON COLIN WILSON

Mein Name ist Paul Dunbar Lang, und in drei Wochen werde ich zweiundsiebzig Jahre alt. Meine Gesundheit ist ausgezeichnet, aber da man niemals weiß, wie viele Jahre einem noch bleiben, werde ich diese Geschichte zu Papier bringen, sie vielleicht sogar veröffentlichen, wenn es mir danach sein sollte.

In meiner Jugendzeit war ich fest davon überzeugt, dass in Wirklichkeit Bacon alle Werke verfasst hat, die Shakespeare zugeschrieben wurden, doch aus Furcht vor meinen akademischen Kollegen habe ich stets mit Bedacht vermieden, diese meine Ansicht zu veröffentlichen. Das Alter indes hat einen Vorzug: Es lehrt, dass die Ansichten anderer in Wirklichkeit gar nicht so bedeutsam sind – der Tod wird viel greifbarer. Wenn ich also diesen Text hier veröffentliche, dann nicht, um irgendjemanden von seiner Wahrheit zu überzeugen, sondern einfach, weil es mich nicht kümmert, ob man mir Glauben schenkt oder nicht.

Obwohl ich in England geboren wurde – in Bristol –, habe ich seit meinem zwölften Lebensjahr in Amerika gelebt. Und seit annähernd vierzig Jahren lehre ich Englische Literatur an der *University of Virginia* in Charlottesville. Mein *Life of Chatterton* ist immer noch das Standardwerk zu diesem Thema, und seit fünfzehn Jahren bin ich der Herausgeber der *Poe Studies*.

Vor zwei Jahren, während einer Reise nach Moskau, ward

mir das Vergnügen, zuteil, die Bekanntschaft des russischen Autors Irakli Andronikov zu machen, der vor allem für seine ›Literarischen Forschungs-Geschichten‹ bekannt ist – ein Genre, von dem man wohl sagen darf, er habe es erfunden. Andronikov war es denn auch, der mich fragte, ob ich jemals W. Romaine Newbold kennen gelernt hätte, dessen Name untrennbar mit dem Voynich-Manuskript verbunden sei. Nicht nur war ich Professor Newbold, der 1926 verstorben ist, nie begegnet, auch von dem Manuskript hatte ich noch nie gehört. Andronikov umriss den Inhalt; ich war fasziniert. Nach meiner Rückkehr in die Staaten eilte ich mich, Newbolds *Die Geheimschrift Roger Bacons* (Philadelphia 1928) zu lesen, dazu die beiden Artikel, die Professor Manly zu diesem Thema publiziert hat.

Die Geschichte des Voynich-Manuskriptes stellte sich kurz gefasst wie folgt dar: Der Raritätenhändler Wilfried M. Voynich entdeckte es auf einem italienischen Schloss in einer alten Kiste und brachte es 1912 in die Staaten. Zusammen mit der Handschrift hatte Voynich auch noch einen Brief gefunden, in dem erklärt wurde, sie habe sich vorher im Besitz zweier berühmter Gelehrter des siebzehnten Jahrhunderts befunden und sei von Roger Bacon verfasst worden, dem Franziskaner-Mönch, der um 1294 gestorben war. Die Handschrift war 116 Seiten stark und augenscheinlich verschlüsselt niedergelegt. Offensichtlich handelte es sich um einen Text wissenschaftlicher oder magischer Natur, denn er enthielt auch Zeichnungen von Wurzeln und Pflanzen. Andererseits fanden sich darin auch Zeichnungen, die frappierend den Illustrationen aus modernen Lehrbüchern der Biologie zu Mikroorganismen und Zellen ähnelten – beispielsweise Spermatozoen. Weiterhin fanden sich dort astrologische Diagramme.

Neun Jahre lang hatten sich Historiker, Kryptografen und andere Gelehrte bemüht, den Kode zu entschlüsseln. 1921 verkündete Newbold dann der *American Philosophical So-*

ciety in Philadelphia, es sei ihm gelungen, einzelne Passagen zu entziffern. Die Aufregung war immens; man wertete seine Leistung als eine Großtat amerikanischer Gelehrsamkeit. Als Newbold erst den Inhalt dieses Manuskripts bekannt gab, erreichte die Aufregung neue Höhen, denn es schien, als sei Bacon seiner Zeit um Jahrhunderte voraus gewesen. Dem Manuskript zufolge hatte er etwa vierhundert Jahre vor Leeuwenhoek das Mikroskop erfunden und einen wissenschaftlichen Scharfsinn an den Tag gelegt, der sogar den seines Namensvetters Francis Bacon aus dem sechzehnten Jahrhundert übertraf.

Newbold war gestorben, bevor er seine Arbeit beenden konnte, doch seine ›Entdeckungen‹ wurden durch seinen Freund Roland Kent veröffentlicht. An diesem Punkt übernahm Professor Manly die Arbeit an der Handschrift, und er kam zu dem Ergebnis, Newbold sei durch seinen Enthusiasmus einer Selbsttäuschung erlegen. Eine mikroskopische Untersuchung der Seiten erbrachte, dass die verwendeten Schriftzeichen nicht nur der Verschlüsselung halber so sonderbar aussahen. Während des Trocknens hatte sich die Tinte teilweise von dem Velin gelöst, sodass die ›Kurzschrift‹ sich als gewöhnliche Schrift entpuppte, die durch den Alterungsprozess im Laufe der Jahrhunderte immer unlesbarer geworden war. Als Manly diese Entdeckung im Jahre 1931 veröffentlichte, ließ das allgemeine Interesse an ›dem geheimnisvollsten Schriftstück der Welt‹ (wie Manly es genannt hatte) deutlich nach, Bacons Ansehen schwand, und das Ganze geriet recht schnell in Vergessenheit.

Nachdem ich aus Russland zurückgekehrt war, suchte ich die *University of Pennsylvania* auf und betrachtete die Handschrift mit eigenen Augen. Es war ein sonderbares Gefühl. Ich verfolgte keineswegs die Absicht, dieses Manuskript zu romantisieren. In jungen Jahren hatte ich oft das Gefühl, dass mir die Haare zu Berge stünden, wenn ich einen handgeschriebenen Brief Poes vor mir liegen hatte. Ich hatte viele Stunden damit verbracht, mich in seinem Zimmer der *University of Virginia* aufzuhalten und zu versuchen, mich von seinem Geiste beseelen zu lassen. Mit den Jahren wurde ich dann sehr viel sachlicher und nüchterner – ich begriff, dass Genies in erster Linie auch nur Menschen sind –, und hörte auf, mir einzubilden, unbelebte Gegenstände könnten versuchen, ›uns ihre Geschichte zu erzählen‹.

Doch von dem Moment an, da ich mit dem Voynich-Manuskript zu tun bekam, beschlich mich ein merkwürdig unangenehmes Gefühl. Ich kann es nicht präziser beschreiben als mit diesen Worten. Es war nicht das Gefühl von Entsetzen, Furcht oder etwas Bösem – einfach nur etwas Unangenehmes; es war wie jenes Gefühl, das ich als Kind hatte, wann immer ich an dem Haus der Frau vorbeiging, von der es hieß, sie habe ihre Schwester ermordet und anschließend verspeist. Die Handschrift ließ mich an Mord denken. Dieses Gefühl verspürte ich die ganzen zwei Stunden über, in denen ich das Buch untersuchte; es umgab mich wie ein unangenehmer Geruch. Der Bibliothekarin erging es offensichtlich nicht so. Als ich ihr das Manuskript zurückgab, sagte ich im Scherz: »Ich mag das Ding nicht.« Sie schaute mich nur verwundert an; ich sah, dass sie nicht im Geringsten verstand, was ich meinte.

Zwei Wochen später erreichten mich in Charlottesville die Ablichtungen der Handschrift, die ich angefordert hatte. Eine davon schickte ich wie versprochen Andronikov; die andere ließ ich für die Universitätsbibliothek binden. Einige Zeit brütete ich mit der Lupe darüber und las Newbolds Buch und Manlys Artikel. Das unangenehme Gefühl kehrte nicht zurück. Doch als ich einige Monate später zusammen mit meinem Neffen in die Bibliothek zurückkehrte, um mir das Manuskript erneut anzuschauen, empfand ich wieder jenes Gefühl. Mein Neffe spürte nichts.

Während wir in der Bibliothek waren, stellte mir ein Bekannter Averel Merriman vor, den jungen Fotografen, dessen Arbeiten häufig in Bildbänden veröffentlicht werden, wie sie *Thames and Hudson* herausgeben. Merriman erzählte mir, er habe kürzlich eine Seite des Voynich-Manuskripts in Farbe fotografiert. Ich bat ihn darum, die Aufnahme sehen zu dürfen. Später am Abend rief ich ihn in seinem Hotel an und sah kurz darauf die Fotografie. Warum hatte ich das getan? Ich nehme an, es war eine Art morbides Bedürfnis herauszufinden, ob dieses ›unangenehme Gefühl‹ auch durch eine Farbfotografie hervorgerufen wurde. Das war nicht der Fall, doch geschah etwas anderes, sogar noch Interessanteres. Zufälligerweise war ich mit der Seite, die Merriman abgelichtet hatte, äußerst vertraut. Und jetzt, wo ich mir das Bild genau anschaute, war ich sicher, dass sich die Fotografie in geringfügiger Weise vom Original unterschied. Ich starrte das Bild lange an, bis ich den Unterschied fand. Die Farben der Fotografie, die mit einer Technik entwickelt worden war, die Merriman selbst erfunden hatte, waren ein wenig tiefer als die des Original-Manuskripts. Und wenn ich verschiedene der Schriftzeichen indirekt betrachtete, indem ich mich auf die darüber stehenden Zeilen konzentrierte, schienen sie auf einmal ›vervollständigt‹, als sei die Entfärbung an den Stellen, wo die Tinte abgeblättert war, verschwunden.

Ich bemühte mich, mir meine Aufregung nicht anmerken zu lassen. Aus unbestimmtem Grund hatte ich das Gefühl, ich müsse Stillschweigen darüber bewahren, als hätte Merriman mir gerade genau den Hinweis geliefert, den ich brauchte, um einen verborgenen Schatz zu finden. Ich kam in eine Art ›Mr. Hyde‹-Rausch – empfand Gerissenheit und eine Art triebhafter Lust. Beiläufig fragte ich ihn, wie viel es wohl kosten würde, das gesamte Manuskript auf diese Weise zu fotografieren. Er sagte mir, dafür müsse er mehrere hundert Dollar veranschlagen, und mir kam eine Idee. Ich fragte ihn, ob er für eine bedeutend höhere Summe – sagen wir, eintausend Dollar –

auch bereit wäre, mir Vergrößerungen der Seiten anzufertigen, vielleicht im Verhältnis vier zu eins. Er sagte, das werde er gerne tun, und ich schrieb ihm auf der Stelle einen Scheck aus. Ich war versucht, ihn zu bitten, mir alle Bilder einzeln, unmittelbar nach Fertigstellung, zukommen zu lassen, doch dann wäre er vielleicht misstrauisch geworden. Nachdem wir gegangen waren, erklärte ich meinem Neffen Julian, die Bibliothek der *University of Virginia* hätte mich gebeten, diese Fotografien anfertigen zu lassen – eine sinnlose Lüge, die mich selbst verwirrte. Warum hätte ich Grund zu lügen haben sollen? Besaß dieses Manuskript eine Art zweifelhaften Einflusses, dem ich bereits anheim gefallen war?

Einen Monat später traf das Paket per Einschreiben ein. Ich schloss mich in meinem Arbeitszimmer ein, nahm in dem Lehnstuhl am Fenster Platz und riss die Verpackung auf. Dann zog ich wahllos eine Fotografie aus der Mitte des Stapels und hielt sie gegen das Licht. Ich hätte vor Freude aufschreien mögen, so sehr begeisterte mich, was ich sah. Viele der Schriftzeichen schienen jetzt ›vervollständigt‹, als würden die noch lesbaren Hälften durch die geringfügig dunkleren Flecken, dort, wo die Farbe abgeblättert war, ergänzt. Ich schaute mir einen Bogen nach dem anderen an. Es konnte überhaupt kein Zweifel bestehen. Diese Farbfotografie ließ Zeichen erkennen, die ansonsten selbst unter dem Mikroskop unsichtbar blieben.

Was nun folgte, war reine Routine, obwohl sie mehrere Monate in Anspruch nahm. Eine nach der anderen wurden die Fotografien an ein großes Reißbrett geklebt und dann vollständig abgepaust. Diese Pausen übertrug ich mit äußerster Sorgfalt auf schweres Zeichenpapier. Langsam und besonnen skizzierte ich dann die ›unsichtbaren‹ Teile der Symbole und vervollständigte auf diese Weise die Schriftzeichen. Als ich alles abgeschlossen hatte, band ich das Gesamtwerk zu einem großen Folianten, dann machte ich mich daran, selbigen zu studieren. Ich hatte mehr als die Hälfte aller Schriftzeichen vervollständigen können, die in meiner Abschrift natürlich viermal so groß waren wie im Original. Und nun, unter Aufwendung all meines ›detektivischen Spürsinns‹, konnte ich fast alle anderen Symbole ebenfalls ergänzen.

Erst dann, nach zehn Monaten Arbeit, gestattete ich mir, über das Wesentliche des Ganzen nachzudenken – die Entschlüsselung des Textes selbst.

Zunächst tappte ich völlig im Dunkeln. Die Symbole waren jetzt fast alle vollständig – doch was waren das überhaupt für Symbole? Einige davon zeigte ich einem Kollegen, der ein Buch über die Entschlüsselung alter Sprachen verfasst hatte. Er sagte, sie besäßen eine gewisse Ähnlichkeit mit jüngeren ägyptischen Hieroglyphen – aus einer Zeit, in der jegliche Ähnlichkeit mit bildlichen Darstellungen im eigentlichen Sinne bereits verschwunden war. Einen Monat verschwendete ich auf diese falsche Fährte. Doch das Schicksal war mir gewogen. Mein Neffe wollte nach England zurückkehren und bat mich, die Fotografie einiger der Seiten des Voynich-Manuskriptes mitnehmen zu dürfen. Obwohl sein Ansinnen mir widerstrebte, konnte ich es kaum ablehnen. Ich tat immer noch sehr geheim mit meiner Arbeit und erklärte mir dies mit meiner Befürchtung, jemand könne mir meine Ideen stehlen. Schließlich kam ich zu dem Schluss, die beste Möglichkeit, Julian nicht neugierig auf meine Arbeit werden zu lassen, war, so wenig Aufhebens wie möglich darum zu machen. Zwei Tage also, bevor er in See gehen sollte, überreichte ich ihm die Fotografie einer Seite der Handschrift, dazu noch eine andere, so wie ich sie rekonstruiert hatte. Ich tat das bewusst beiläufig, als würde mich das Ganze kaum interessieren.

Zehn Tage später erhielt ich einen Brief von Julian, dessen Inhalt mich veranlasste, mir zu meiner Entscheidung zu gratulieren. Auf dem Schiff hatte er sich mit einem jungen Mitglied der Arabischen Kultur-Vereinigung angefreundet, das auf dem

Weg nach London war, um dort eine Stelle anzutreten. Eines Abends zeigte er ihm beiläufig die Fotografien. Die Aufnahme der Originalseite der Voynich-Handschrift sagte dem Araber gar nichts, doch als er meine ›Rekonstruktion‹ erblickte, habe er sofort erklärt: »Ach, das ist eine Form des Arabischen.« Es war jedoch kein modernes Arabisch, und der Reisegefährte meines Neffen war nicht in der Lage, den Text zu lesen. Aber er bezweifelte nicht, dass dieses Manuskript aus dem Nahen Osten stammte.

Ich eilte zur Universitätsbibliothek und suchte einen beliebigen arabischen Text heraus. Bereits auf den ersten Blick erkannte ich, dass der Araber Recht gehabt hatte. Das Geheimnis des Voynich-Manuskriptes war gelüftet: Es schien tatsächlich in mittelalterlichem Arabisch verfasst zu sein.

Zwei Wochen benötigte ich, um Arabisch lesen zu lernen – aber natürlich verstand ich es dann längst noch nicht. Ich bereitete mich darauf vor, diese Sprache eingehend zu studieren. Wenn ich sechs Stunden am Tag arbeitete, so berechnete ich, sollte ich in der Lage sein, es nach vier Monaten mehr oder minder fließend zu sprechen. Doch dieser Arbeitsaufwand erwies sich als unnötig. Denn kaum beherrschte ich die Schrift hinreichend, um einige Sätze des Manuskripts aus dem Arabischen in lateinische Buchstaben zu transkribieren, als ich begriff, dass dieser Text nicht in arabischer Sprache, sondern in einem Gemisch aus Latein und Griechisch verfasst war.

Mein erster Gedanke lautete, jemand habe sich immens viel Mühe gegeben, um den Inhalt dieses Textes vor neugierigen Augen zu schützen. Dann kam mir in den Sinn, dass ich hier sehr wohl einer Fehlannahme aufsitzen mochte. Im Mittelalter gehörten die Araber bekanntlich zu den bestausgebildeten und erfahrensten Ärzten. Wenn also ein arabischer Arzt ein Manuskript abfassen wollte, was läge näher, als dass er diesen Text, für den er sich des Lateinischen und des Griechischen bedienen würde, in der ihm vertrautesten Schrift schrieb?

Ich war inzwischen so aufgeregt, dass ich kaum noch essen oder schlafen konnte. Meine Haushälterin sagte mir ständig, dass ich dringend Urlaub bräuchte. Letztlich beschloss ich, ihrem Rat zu folgen und mich auf eine Seereise zu begeben. Ich wollte nach Bristol fahren, um meine Familie zu besuchen; das Manuskript wollte ich mitnehmen, denn schließlich könnte ich dort den ganzen Tag ungestört arbeiten.

Zwei Tage, bevor das Schiff in See ging, erfuhr ich den Titel der Handschrift. Die Titelseite selbst fehlte, doch auf der vierzehnten Seite wurde eindeutig auf das Werk selbst Bezug genommen. Es hieß *Necronomicon.*

Am darauf folgenden Tag saß ich in der Lounge des Algonquin Hotel in New York und trank gerade vor dem Dinner noch einen Martini, als ich eine vertraute Stimme hörte. Es war mein alter Freund Foster Damon von der *Brown University* in Providence. Wir hatten uns vor Jahren kennen gelernt, als er in Virginia daran arbeitete, volkstümliches Liedgut zusammenzutragen, und meine Bewunderung für seine Dichtkunst und für seine Arbeiten über Blake ließen uns seitdem einen recht engen Kontakt halten. Ich war hocherfreut, ihn in New York anzutreffen. Auch er wohnte im Algonquin Hotel. Selbstverständlich nahmen wir unser Dinner gemeinsam ein. Während des Essens fragte er mich, woran ich gerade arbeite.

»Haben Sie jemals vom *Necronomicon* gehört?«, fragte ich ihn lächelnd.

»Selbstverständlich.«

Ich starrte ihn mit großen Augen an. »Wirklich? Wo?«

»Bei Lovecraft. Haben Sie das nicht gemeint?«

»Wer in aller Welt ist Lovecraft?«

»Wie, Sie kennen ihn nicht? Ein Schriftsteller aus Neu-England – aus Providence. Er ist vor etwa dreißig Jahren gestorben. Ist Ihnen dieser Name noch nie untergekommen?«

Jetzt begann es, schwach bei mir zu dämmern. Während ich

mir das Haus von Mrs. Whitman in Providence angesehen hatte, damals für mein Buch *The Shadow of Poe,* hatte Foster den Namen ›Lovecraft‹ erwähnt; er hatte etwas in der Art gesagt wie: »Sie sollten Lovecraft lesen. Das ist Amerikas bester Schauerliterat seit Poe.« Ich erinnere mich noch, gesagt zu haben, ich dachte, diese Bezeichnung stehe Bierce zu, und dann hatte ich das Gespräch völlig vergessen.

»Wollen Sie damit sagen, das Wort *›Necronomicon‹* wird tatsächlich bei Lovecraft erwähnt?«

»Ich bin mir ziemlich sicher.«

»Und was glauben Sie, woher Lovecraft diesen Namen hat?«

»Ich hatte immer angenommen, er habe ihn erfunden.«

Mein Interesse an unserem Essen schwand schlagartig. Das war eine Entwicklung, die niemand hatte voraussehen können. Soviel ich wusste, war ich der Erste, der das Voynich-Manuskript las. Oder doch nicht? Was war mit diesen beiden Gelehrten aus dem siebzehnten Jahrhundert? Hatte einer von ihnen den Text bereits entschlüsselt und den Namen dieses Werkes in seinen eigenen Arbeiten erwähnt?

Offensichtlich. Es lag nahe, dass ich mich nun umgehend mit Lovecraft beschäftigte, um herauszufinden, ob Foster sich nicht getäuscht hatte. Ich ertappte mich dabei zu beten, dass er Unrecht habe. Nach dem Essen fuhren wir mit dem Taxi zu einer Buchhandlung in Greenwich Village, und dort fand ich auch ein Taschenbuch mit Kurzgeschichten Lovecrafts. Bevor wir das Geschäft verließen, blätterte Foster kurz in dem Buch und deutete dann mit dem Finger auf eine Seite:

»Da steht es. ›Das *Necronomicon* des verrückten Arabers Abdul Alhazred.‹«

Da stand es, ohne jeden Zweifel. Während der Rückfahrt im Taxi mühte ich mich, nicht zu zeigen, wie erschüttert ich war. Aber kaum, dass wir am Hotel angekommen waren, entschuldigte ich mich und ging auf mein Zimmer. Ich versuchte, etwas Lovecraft zu lesen, aber ich konnte mich nicht konzentrieren.

Am nächsten Tag, bevor ich an Bord des Schiffes ging, suchte ich noch bei Brentano nach Büchern von Lovecraft und fand auch tatsächlich zwei gebundene Ausgaben und mehrere Taschenbücher. Bei den beiden Büchern mit festem Einband handelte es sich um *The Shuttered Room* und *Die Literatur der Angst.* In erstgenanntem fand ich eine längere Beschreibung des *Necronomicons,* einschließlich mehrerer Zitate. Doch in der Beschreibung heißt es: *»Während das Buch selbst und die meisten erwähnten Übersetzer ebenso wie ihr Autor fiktiv sind, hat Lovecraft hier eine seiner bevorzugten Techniken angewandt ... das Einstreuen historischer Fakten in ausgedehnte ›Überlieferungen‹ rein fiktiver Natur.«*

Rein fiktiv? ... Konnte diese Namensgebung vielleicht reiner Zufall sein? *Necronomicon* – ›das Buch der toten Namen‹. Auf einen solchen Titel zu kommen ist nicht schwer. Je länger ich darüber nachdachte, umso wahrscheinlicher erschien es mir, dass darin die richtige Erklärung zu suchen sei. Und so ging es mir, als ich am Nachmittag an Bord ging, auch gleich viel besser. Ich nahm ein gutes Abendessen ein und las vor dem Einschlafen noch ein wenig Lovecraft.

Ich weiß nicht, wie viele Tage vergingen, bis ich meiner immer stärker werdenden Faszination dieser neu entdeckten Literatur gewahr wurde. Ich wusste, mein erster Eindruck war, Lovecraft sei geschickt im Konstruieren phantastischer Geschichten. Vielleicht war es meine Arbeit an der Übersetzung des Voynich-Manuskriptes, die meine Ansicht seinem Werk gegenüber veränderte. Vielleicht war es auch einfach die Erkenntnis, dass Lovecraft einzigartig besessen von dieser sonderbaren Welt war, die er selbst erschaffen hatte – einzigartig sogar im Vergleich mit Autoren wie Gogol oder Poe. Er erinnerte mich an diverse Anthropologen, die, wenngleich ihnen die literarische Fertigkeit fehlt, doch allein durch die unvermittelte Authentizität ihres Materials beeindrucken.

Jetzt, wo ich mehrere Stunden am Tag arbeiten konnte, beendete ich zügig meine Übersetzung des Voynich-Manuskriptes. Schon während der Arbeit wurde mir klar, dass es sich lediglich um ein Fragment handeln konnte, in dem es um Rätsel ging, die weit über die ›Geheimschrift‹ hinausgingen – eine Art Kode innerhalb eines Kodes. Was mich aber am meisten beeindruckte, sogar in einem Maße, dass ich mich gelegentlich nur mit Mühe davon abhalten konnte, aufzuspringen und mit dem erstbesten Menschen darüber zu reden, dem ich auf dem Flur begegnete, war der unglaubliche wissenschaftliche Kenntnisstand, der sich in der Handschrift verbarg. Newbold hatte sich also nicht vollends darin getäuscht. Der Autor wusste deutlich mehr, als jeder Mönch des dreizehnten Jahrhunderts – oder auch jeder mohammedanische Gelehrte dieser Zeit – wissen konnte. Einem langen, schwer verständlichen Abschnitt über einen ›Gott‹ oder Dämon, der in irgendeiner Form ein mit Sternen angefüllter Wirbel sei, folgte ein Abschnitt, in dem der Grundbestandteil aller Materie als ›Energie‹ definiert wird (der Autor verwendet die griechischen Ausdrücke *dynamis* und *energeia* ebenso wie das lateinische Wort *vis),* und zwar als Energie *in endlichen, diskreten Werten.* Das klingt wie eine deutliche Vorwegnahme der Quantentheorie. Auch der menschliche Samen wird als aus einzelnen Bausteinen bestehend beschrieben, wobei jeder dieser Bausteine das neu gezeugte Kind mit gewissen Charakteristika ausstatte – dies scheint mir eindeutig ein Hinweis auf die Gene. Die Zeichnung eines menschlichen Spermatozoons taucht inmitten eines Textes über das *Sefer Jesira* auf, dem kabbalistischen Schöpfungsbericht. Mehrere abschätzige Bezugnahmen auf Raymond Lulls *Ars Magna* stützen den Verdacht, der Autor dieses Manuskripts sei Roger Bacon, ein Zeitgenosse des mathematischen Mystikers, obwohl sich der Autor an einer

Stelle des Textes selbst namentlich nennt: Martinus Hortulanus, Martin der Gärtner, anglisiert wäre das Martin Gardener.

Was also ist letzten Endes das Voynich-Manuskript? Es ist das Fragment eines Werkes, das für sich in Anspruch nimmt, eine vollständige wissenschaftliche Darlegung des Universums zu sein: seines Ursprungs, seiner Geschichte, seiner Geografie (wenn ich in diesem Kontext dieses Wort verwenden darf), seiner mathematischen Struktur und seiner verborgenen Geheimnisse und Tiefen. Die Seiten, die mir vorlagen, stellten eine einleitende Auswahl dieses Materials dar. Zum Teil war diese Auswahl erschreckend erkenntnisreich, zum Teil schien es aber auch nur ein typisch mittelalterliches Gebräu aus Magie, Theologie und präkopernikanischen Spekulationen zu sein. Ich hatte den Eindruck, als stamme das Werk aus der Feder mehr als eines Autors, oder der mir vorliegende Teil sei nur die Zusammenfassung eines anderen Buches, das Martin der Gärtner nur unzureichend verstanden hatte. Ich fand die üblichen Verweise auf Hermes Trismegistos und die Smaragdinische Tafel, auf Kleopatras *Chrysopeia,* ihr Buch über die Erzeugung von Gold, den gnostischen Wurm Ouroboros und einen geheimnisvollen Planeten oder Stern namens Tormantius, der als die Heimat Ehrfurcht gebietender Götter bezeichnet wurde. Es wurde auch auf die ›Khianische Sprache‹ hingewiesen, die, zumindest in diesem Kontext, in keiner Weise mit der Ägäischen Insel Chios, dem Geburtsort Homers, zusammenhängt.

Vor diesem Hintergrund kam ich zur nächsten Etappe meiner Entdeckungen. In Lovecrafts *Literatur der Angst,* in dem Abschnitt über Arthur Machen, fand ich die ›Chian-Sprache‹ erwähnt, die in der einen oder anderen Weise mit einem Hexenkult zusammenhänge. Ferner wird auf die ›Dôl‹, die ›Vula‹ und so genannte ›Aklo-Buchstaben‹ verwiesen. Zunächst nahm ich an, ›Aklo‹ sei eine Verschleifung des kabbalistischen ›Agla‹, einem Machtwort, das auch bei Exorzismen angewendet wird; inzwischen habe ich meine Ansicht darüber geändert.

Ab einem bestimmten Punkt noch von ›Zufall‹ zu sprechen, ist ein Zeichen von Torheit. Die Hypothese, die ich mir inzwischen zurechtgelegt hatte, war die folgende: Beim Voynich-Manuskript handelte es sich um das Fragment oder eine Zusammenfassung eines sehr viel längeren Werkes namens *Necronomicon*, das vielleicht kabbalistischen Ursprungs war. Vollständige Abschriften dieses Buches existieren oder haben zumindest existiert, und mündliche Überlieferungen des Textes mochten durch Geheimgesellschaften bewahrt worden sein, etwa Naundorffs *Church of Carmel* oder die Bruderschaft von Tlön, die Borges beschrieben hat. Arthur Machen, der in den Achtzigerjahren des neunzehnten Jahrhunderts einige Zeit in Paris verbracht hatte, war gewiss mit Naundorffs Schüler, dem Abbé Boullan, zusammengetroffen, von dem bekannt ist, dass er schwarze Magie betrieben hat. (Er wird auch in Huysmans *Là-Bas* erwähnt.) Das könnte erklären, warum sich Auszüge aus dem *Necronomicon* in seinem Werk finden. Was Lovecraft betrifft – es mag sein, dass er selbstständig auf das Werk oder die mündlichen Überlieferungen gestoßen war; vielleicht hatte er es auch über Machen kennen gelernt.

In diesem Falle lagen vielleicht Abschriften dieses Werkes auf irgendeinem Dachboden oder vielleicht in einer weiteren Kiste auf einem anderen italienischen Schloss. Welch ein Triumph, wenn ich eine vollständige Ausgabe finden und sie zusammen mit meiner Übersetzung des Voynich-Manuskriptes veröffentlichen könnte – oder wenn auch nur der eindeutige Beweis gelang, dass es jemals existiert hatte!

Diese Vorstellung beschäftigte mich während der fünf Tage, die ich auf dem Atlantik verbrachte. Immer wieder las ich meine Übersetzung des Manuskriptes, und unentwegt hoffte ich, einen Hinweis zu finden, der mich zu dem Gesamtwerk führen würde. Doch je mehr ich las, umso undeutlicher wurde alles. Beim ersten Lesen hatte ich das Gefühl, schemenhaft ein großes Ganzes erkannt zu haben, eine finstere Mythologie, die zwar niemals offen benannt, aber doch aus Andeutungen ersichtlich wurde. Als ich das Werk erneut las, fing ich an, mich zu fragen, ob ich mir das alles nicht nur eingebildet hatte. Das Buch schien mir in zusammenhanglose Fragmente zu zerfallen.

In London verbrachte ich eine Woche im *Britischen Museum*, wo ich in verschiedenen magischen Schriften Verweise auf das *Necronomicon* suchte, von Basil Valentines *Azoth* bis Aleister Crowley – doch vergeblich. Der einzige viel versprechende Hinweis fand sich in einer Fußnote in E. A. Hitchcocks *Anmerkungen zur Alchimie und den Alchimisten* (1865) über »die nun unerreichbaren Geheimnisse der Aklo-Tafeln«. Doch sonst enthielt das Buch keine weiteren Verweise darauf. Hatte das Wort ›unerreichbar‹ zu bedeuten, dass die Tafeln inzwischen zerstört worden waren? Wenn dem so sei, woher hatte Hitchcock davon gewusst?

Die düstere Stimmung Londons und die Erschöpfung, die von einer hartnäckigen Halsentzündung herrührte, hatten mich schon fast bewogen, in ein Flugzeug zurück nach New York zu steigen, als das Blatt sich zu meinen Gunsten wendete. In einer Buchhandlung in Maidstone lernte ich Bruder Anthony Carter kennen, seines Zeichens Karmelitermönch und Herausgeber eines kleinen Literaturmagazins. Er hatte Machen 1944 kennen gelernt – drei Jahre vor dessen Tod; später hatte er eine ganze Ausgabe seines Magazins Machens Leben und Werk gewidmet. Ich begleitete Bruder Carter zurück zum Priorat in der Nähe von Sevenoaks, und während er seinen Austin Mini mit gemächlichen dreißig Meilen pro Stunde unserem Ziel entgegensteuerte, erzählte er mir ausgiebig von Machen. Schließlich fragte ich ihn, ob seines Wissens Machen jemals in Kontakt mit Geheimgesellschaften oder schwarzer

Magie gekommen sei. »Ach, das bezweifle ich«, sagte er, und mich verließ der Mut. Wieder eine falsche Fährte ... »Ich nehme an, dass er sich auf einige der sonderbaren Traditionen seines Heimatortes Melincourt bezieht. Der Ort ist sehr alt: Die Römer haben ihn damals ›Isca Silurum‹ genannt.«

»Traditionen?« Ich bemühte mich, mein Interesse beiläufig klingen zu lassen. »Was für Traditionen?«

»Ach, Sie wissen schon. Etwa das, was er in *Der Berg der Träume* beschreibt. Heidnische Kulte und dergleichen.«

»Ich dachte, das sei alles erfunden.«

»Oh nein. Er hatte mir gegenüber einmal angedeutet, dass er ein Buch gesehen habe, in dem sich alle möglichen Schauergeschichten über Wales fänden.«

»Wo? Was für ein Buch?«

»Ich habe keine Ahnung. Ich habe nicht allzu aufmerksam zugehört. Ich glaube, er hat es in Paris gesehen – oder vielleicht in Lyons. Aber ich erinnere mich an den Namen des Mannes, der es ihm gezeigt hatte. Er hieß Staislav de Guaita.«

»Guaita!« Es gelang mir nicht mehr, meine Stimme ruhig zu halten. Bruder Carter lenkte den Wagen fast in den Straßengraben und bedachte mich mit einem gestrengen Blick.

»Ebendieser. Er gehörte irgendeiner absurden schwarzmagischen Gesellschaft an. Machen gab vor, diese Dinge alle sehr ernst zu nehmen, aber ich bin sicher, dass er sich nur einen Spaß mit mir erlaubt hat ...«

Guaita hatte zu dem schwarzmagischen Zirkel von Boullan und Naundorff gehört. Ein weiterer Puzzlestein!

»Wo liegt Melincourt?«

»In Monmouthshire, glaube ich. Irgendwo in der Nähe von Southport. Wollen Sie dort etwa hinfahren?«

Meine Gedankengänge mussten sehr offensichtlich gewesen sein, also hatte es keinen Sinn, es abzustreiten.

Der Mönch schwieg, bis der Wagen im baumbeschatteten Hof hinter dem Priorat zum Stehen gekommen war. Dann blickte er mich kurz an und sagte milde: »Ich würde mich an ihrer Stelle nicht zu sehr auf diese Dinge einlassen.«

Ich gab einen nichts sagenden Laut von mir, und wir sprachen nicht weiter darüber. Doch wenige Stunden später, in meinem Hotelzimmer, fiel mir eine seiner Bemerkungen wieder ein und verblüffte mich. Wenn er wirklich überzeugt war, Machen habe sich nur einen Scherz mit ihm erlaubt, als er von den ›heidnischen Kulten‹ sprach, warum hatte er mich dann gewarnt, mich nicht zu sehr auf diese Dinge einzulassen? Glaubte er in Wirklichkeit doch daran, zog es aber vor, das für sich zu behalten? Als Katholik musste er andererseits an die Existenz eines übernatürlichen Bösen glauben ...

Bevor ich zu Bett ging, hatte ich im Bradshaw-Kursbuch des Hotels nachgeschlagen: Ein Zug nach Newport ging um 9.55 Uhr ab Paddington; um Caerleon zu erreichen, musste ich um 14.30 Uhr umsteigen. Um fünf nach zehn saß ich im Speisewagen und trank Kaffee, ließ die öden, rußigen Häuser Ealings an mir vorüberziehen, bis sie den grünen Wiesen von Middlesex wichen, und empfand dabei so tiefe, reine Aufregung, wie ich es bisher noch nicht gekannt hatte. Ich kann nur sagen, dass ich zu diesem Zeitpunkt meiner Suche die deutliche Vorahnung hatte, etwas sehr Wichtiges stünde bevor. Bislang hatte ich mich trotz der Herausforderung, die das Voynich-Manuskript an mich stellte, ein wenig niedergeschlagen gefühlt. Dies mochte mit dem gewissen Widerwillen zusammenhänge den ich dem Inhalt dieses Buches entgegenbrachte. Ich bin genauso romantisch veranlagt wie alle anderen Menschen – und ich glaube, tief in seinem Herzen hat jeder Mensch einen gewissen gesunden Sinn für das Romantische –, doch all das Gerede von schwarzer Magie erschien mir doch recht unsinnig und entwürdigend – entwürdigend gegenüber dem menschlichen Intellekt und seiner Fähigkeit, sich weiterzuentwickeln. An jenem grauen Oktobermorgen aber empfand ich etwas anderes – jene Gänsehaut, die Watson zu verspüren pflegte, wenn Holmes ihn mit den unsterblichen Worten: ›Kommen Sie, Watson! Die Jagd beginnt!‹ weckte. Ich hatte noch immer nicht den Hauch einer Ahnung, welcher Art diese Jagd wohl sein mochte. Eine merkwürdige Eingebung jedoch sagte mir, dass sie sehr wichtig war.

Als ich der Landschaft überdrüssig geworden war, öffnete ich meine Büchertasche und zog einen Reiseführer über Wales heraus, dazu zwei Bücher von Arthur Machen; das eine war eine Kurzgeschichtensammlung, bei dem anderen handelte es sich um das autobiografische *Far Off Things.* Letzteres hatte mich veranlasst, ein verzaubertes Reich zu erwarten, sobald ich den Teil von Wales betrat, den Machen beschrieben hatte. »Ich werde es stets als das größte mir je beschiedene Glück betrachten, im Herzen von Gwent geboren zu sein«, so sagte er. Seine Beschreibungen des ›geheimnisvollen Grabhügels‹, der ›geschwungenen Wogen‹ des Steinernen Berges, der tiefen Wälder und des gewundenen Flusses ließen es wie eine Traumlandschaft erscheinen. Und tatsächlich soll in Melincourt der legendäre Sitz von König Artus gelegen haben, und Tennyson hat dort seine *Idylls of the King* angesiedelt.

Der Reiseführer, den ich in einem Antiquariat auf der Charing Cross Road erstanden hatte, beschrieb Southport als einen kleinen Marktflecken »inmitten einer angenehmen, hügeligen und üppigen Landschaft voller Wälder und Wiesen«. Mir blieb eine halbe Stunde Zeit zum Umsteigen, deshalb beschloss ich, mir die Stadt ein wenig anzusehen. Nach zehn Minuten reichte es mir. Was auch immer um die Jahrhundertwende den Charme dieses Ortes ausgemacht hatte (mein Reiseführer stammte aus dem Jahr 1900), inzwischen war er eine typische Industriestadt, bei der sich Lastkräne vor dem Horizont abzeichneten und die Luft erfüllt war vom Tuten der Züge und Schiffe. Ich trank einen doppelten Whiskey im Hotel, das unmittelbar neben dem Bahnhof stand, um mich geistig darauf vorzubereiten, in Caerleon wohl eine ähnliche Enttäuschung hinnehmen zu müssen. Selbst das linderte nur wenig die Wirkung, die diese triste, der modernen Zeit angepasste Stadt auf mich ausübte, in der ich mich eine Stunde später wiederfand, nachdem wir zügig die Vororte von Southport durchquert hatten. Die Stadt wird von einem gewaltigen architektonischen Monstrum aus rotem Backstein dominiert, von dem ich mit Recht sogleich annahm, es handle sich um eine Nervenheilanstalt. Und der von Chesterton beschriebene ›Usk mit seinem mächtigen Rauschen‹ erschien mir als recht gewöhnlicher schlammiger Wasserlauf, dessen Anblick durch den Regen, der nun vom schiefergrauen Himmel fiel, nicht gerade Verbesserung erfuhr.

Um halb drei traf ich in meinem Hotel ein, einem anspruchslosen Etablissement ohne Zentralheizung, betrachtete die Tapeten mit dem Blumenmuster in meinem Zimmer – wenigstens etwas hatte die Jahrhundertwende überlebt – und beschloss, einen Spaziergang im Regen zu unternehmen.

Nachdem ich der Hauptstraße etwa hundert Meter gefolgt war, kam ich an einer Autowerkstatt vorbei, an der ein handgeschriebenes Schild ›Fahrzeuge zu vermieten‹ auslobte. Ein kleiner, bebrillter Mann beugte sich gerade über einen Motorblock. Ich fragte ihn, ob denn auch ein Fahrer verfügbar sei.

»Oh ja, Sir!«

»Heute Nachmittag?«

»Wie Sie wünschen, Sir. Wo möchten Sie denn hin?«

»Ich möchte mir nur ein wenig die Landschaft ansehen.«

Er sah mich ungläubig an. »Sie sind ein Tourist, nicht wahr, Sir?«

»Ja, man könnte das wohl so ausdrücken.«

»Ich bin sofort fertig!«

Die Miene, mit der er sich die Hände abwischte, verriet,

dass er sich diese Gelegenheit keinesfalls entgehen lassen wollte. Fünf Minuten später wartete er vor dem Gebäude auf mich; er trug eine lederne Motorradjacke, die ganz offensichtlich aus den Zwanzigerjahren stammte, und saß in einem Wagen etwa des gleichen Jahrgangs. Die Scheinwerfer vibrierten im Takt des Motors.

»Wohin?«

»Ganz egal. Am besten nach Norden – Richtung Monmouth.«

Ich kauerte mich auf dem Rücksitz zusammen, beobachtete den Regen und spürte deutlich, dass mir eine Erkältung drohte. Doch nach zehn Minuten wurde es im Inneren des Wagens wärmer, und auch die Landschaft verschönerte sich. Trotz all der Modernisierung und trotz des Oktober-Nieselregens war das Tal des Usk außerordentlich schön. Das Grün der Natur wirkte erstaunlich, selbst wenn man Virginia gewohnt war. Die Wälder waren, wie Machen gesagt hatte, geheimnisvoll und schattenhaft, und alles in allem wirkte die Szenerie fast schon zu malerisch, um echt zu sein – wie manche dieser großartig romantischen Landschaftsgemälde von Asher Durand. Und im Norden und Nordosten lagen die Berge, durch die rauchartigen Wolken kaum erkennbar; die unwirtliche Landschaft, in der Machen *›Die weißen Gestalten‹* und *›Die Geschichte vom Schwarzen Siegel‹* angesiedelt hatte – beide Texte waren mir noch frisch im Gedächtnis. Mr. Evans, mein Fahrer, besaß so viel Taktgefühl, mich nicht anzusprechen, sondern mir zu gestatten, die Landschaft in aller Stille auf mich wirken zu lassen.

Ich fragte meinen Fahrer, ob er Machen jemals gesehen habe, doch ich musste Mr. Evans den Namen erst buchstabieren, bevor er ihn auch nur wieder erkannte. Es schien mir, als sei Machen in seiner Heimatstadt völlig vergessen.

»Sie studieren ihn, nicht wahr, Sir?«

Er sprach das Wort ›studieren‹ aus, als halte er solch Treiben für abwegig, geradezu mystisch. Ich bestätigte ihm seine Mutmaßung; tatsächlich übertrieb ich sogar ein wenig und erzählte ihm, ich schriebe an einem Buch über Machen. Das weckte sein Interesse; wie auch immer dieser Mann über verstorbene Autoren zu denken beliebte, vor lebendigen hatte er jedenfalls deutlichen Respekt. Ich erzählte ihm, zahlreiche von Machens Geschichten seien hier, in diesen unwirtlichen Hügeln vor uns, angesiedelt, und beiläufig fügte ich hinzu:

»Derzeit gehe ich der Frage nach, wie er auf die Legenden gestoßen ist, die er für seine Geschichten verwendet hat. Ich bin mir ziemlich sicher, dass er sie nicht selbst erfunden hat. Wüssten Sie vielleicht jemanden, der mir da weiterhelfen könnte – der Vikar, vielleicht?«

»Oh nein. Der Vikar weiß doch nichts über Legenden.« Er stieß ein Geräusch aus, als seien Legenden etwas durch und durch Heidnisches.

»Fällt Ihnen vielleicht jemand anderes ein, der mir helfen könnte?«

»Mal überlegen. Da wäre der Colonel – wenn Sie es schaffen, sich gut mit ihm zu stellen. Ist 'n komischer Kauz, der Colonel. Wenn er Sie nicht mag, verschwenden Sie bloß Ihre Zeit.«

Ich versuchte, mehr über diesen Colonel herauszufinden – ob er vielleicht Altertumskenner sei, doch Evans Antworten blieben äußerst vage. Also wechselte ich das Thema, ging auf die Landschaft ein und erhielt einen beharrlichen Informationsfluss, der anhielt, bis wir wieder in Melincourt waren. Auf Mr. Evans' Vorschlag hin fuhren wir bis nach Raglan, recht weit im Norden gelegen, dann bogen wir nach Westen ab und fuhren einen Rückweg, bei dem wir die *Black Mountains* zu unserer Rechten hatten; aus der Nähe betrachtet wirkten sie deutlich düsterer und bedrohlicher als von dem grünen Tiefland um Melincourt aus gesehen. In Pontypool ließ ich den Wagen kurz anhalten und kaufte ein Buch über die römischen Ruinen in Melincourt und eine gebrauchte Ausgabe von Giraldus Cambrensis, dem walisischen Historiker und Geografen – einem Zeitgenossen Roger Bacons.

Die Preise für Mr. Evans' Fahrdienste erwiesen sich als außerordentlich angemessen, darum versprach ich ihm, ihn für einen ganzen Tag in Anspruch zu nehmen, sobald das Wetter sich ein wenig gebessert habe. Wieder im Hotel, las ich die Tageszeitungen von London, neben mir stand ein Getränk namens Grog, das aus braunem Rum, heißem Wasser, Zitronensaft und Zucker bestand, und versuchte, vorsichtig mehr über den Colonel zu erfahren. Nachdem sich diese Methode als fruchtlos herausgestellt hatte – Waliser sind Fremden gegenüber nicht gerade mitteilsam –, schlug ich ihn im Telefonbuch nach. Dort fand ich Colonel Lionel Urquart, *The Leasowes,* Melincourt. Dann, durch den Grog in meinem Entschluss bekräftigt, rief ich ihn aus einer eiskalten Telefonzelle an. Eine Frauenstimme mit fast unverständlichem walisischen Akzent beschied mich, der Colonel sei nicht zu Hause, dann sagte sie, er sei es vielleicht doch und sie werde nachsehen.

Nach langer Wartezeit bellte eine raue Stimme, die sehr nach britischer Oberschicht klang, aus dem Hörer: »Ja? Wer ist da?« Ich stellte mich vor, doch noch bevor ich geendet hatte, fauchte er: »Es tut mir Leid, ich gebe niemals Interviews.« Schnell erklärte ich, ich sei Literaturprofessor, nicht etwa ein Journalist.

»Ach, Literatur. Welche Art Literatur?«

»Zurzeit beschäftige ich mich mit den hiesigen Legenden. Man hatte mir gesagt, Sie wüssten sehr viel darüber.«

»Ach, hat man, ja? Na ja, stimmt wohl auch. Wie, sagten Sie noch, war Ihr Name?«

Ich wiederholte ihn und erwähnte die *University of Virginia* sowie meine wichtigsten Veröffentlichungen. Vom anderen Ende der Leitung waren sonderbare, knabbernde Geräusche zu hören, als kaue er an seinem Bart und versuche vergeblich, ihn herunterzuschlucken. Schließlich antwortete er:

»Hören Sie ... Was halten Sie davon, heute am späteren Abend vorbeizukommen – sagen wir, gegen neun? Dann können wir etwas trinken und uns unterhalten.«

Ich bedankte mich, dann ging ich zum Hotel zurück, setzte mich vor das gemütlich prasselnde Feuer im Gesellschaftsraum und bestellte noch einen Rum. Mir schien, Glückwünsche seien angebracht – nach den warnenden Worten von Mr. Evans. Nur eines beunruhigte mich: Ich wusste immer noch nicht, wer er überhaupt war oder welche Art von Legenden ihn interessierten. Ich konnte nur annehmen, er sei der ortsansässige Altertumskenner.

Um halb neun, nach einem reichlichen, aber langweiligen Abendessen, das aus Lammkoteletts, Salzkartoffeln und einem nicht identifizierbaren Gemüse bestanden hatte, machte ich mich auf den Weg zum Haus des Colonels; den Weg hatte ich mir vom Hotelportier beschreiben lassen, den das ganze offensichtlich neugierig machte. Es regnete immer noch, und windig war es auch, doch der Grog hielt meine Erkältung in Schach.

Das Haus des Colonels lag etwas außerhalb, auf halber Höhe eines steilen Hügels. Ich durchquerte ein rostiges Eisentor und kam auf eine Auffahrt voller Schlammlöcher. Als ich die Türglocke betätigte, bellten auf einmal zehn Hunde gleichzeitig los, und eines der Tiere stellte sich auf der anderen Seite der Tür auf und knurrte drohend. Eine füllige Waliserin öffnete die Tür, versetzte dem sabbernden Dobermann einen Hieb und führte mich an einer jaulenden Hundemeute vorbei – mir fiel auf, dass einige von ihnen Narben und eingerissene Ohren hatten – in eine schwach beleuchtete Bibliothek, in der es nach verbrannter Kohle roch. Ich weiß nicht genau, was für einen Mann ich erwartet hatte – wahrscheinlich eine hoch gewachsene, typisch britische Gestalt mit sonnenverbranntem Gesicht und borstigem Schnauzbart –, doch bot sich mir ein höchst überraschender Anblick. Der Colonel war klein und hielt sich schief – er hatte sich bei einem Reitunfall die rechte Hüfte zerschmettert –, sein dunkler Teint deutete auf gemischtes Blut hin, und sein fliehendes Kinn verlieh ihm einen leicht reptilischen Einschlag. Auf den ersten Blick war er ein wahrhaft abstoßender Mensch. Seine Augen waren hell und verrieten Intelligenz, zugleich aber auch Argwohn gegen alles und jeden. Er wirkte wie ein Mann, der Groll in beachtlichen Mengen zu hegen versteht. Nachdem er mir die Hand geschüttelt hatte, bat er mich, Platz zu nehmen. Ich setzte mich in die Nähe des Kamins, aus dem fast augenblicklich eine Rauchwolke hervorquoll, dass ich keuchte und nach Luft schnappte.

»Muss mal gefegt werden«, sagte mein Gastgeber. »Nehmen Sie den Sessel da!« Einen Augenblick später fiel, zusammen mit einer beträchtlichen Menge Ruß, etwas den Kamin hinunter, und bevor die Flammen es bis zur Unkenntlichkeit verzehrt hatten, glaubte ich, das Skelett einer Fledermaus zu erkennen. Ich mutmaßte – zu Recht, wie sich herausstellte –, dass der Colonel nur selten Besucher empfange und darum auch nur selten Anlass hatte, die Bibliothek als Empfangszimmer zu nutzen.

»Welche meiner Bücher haben Sie gelesen?«, fragte er mich dann.

»Ich ... ähm ... um ehrlich zu sein, ich kenne sie nur vom Hörensagen.«

Ich war erleichtert, als er trocken kommentierte: »Wie die meisten. Trotzdem, es ist schon viel versprechend, dass Sie überhaupt Interesse haben.«

Zu diesem Zeitpunkt, ich schaute gerade an seinem Kopf vorbei in eines der Bücherregale, fiel mir sein Name auf einem Buchrücken auf. Der Schutzumschlag wirkte recht reißerisch aufgemacht, und der Titel, *Die Geheimnisse von Mu,* war in seiner dunkelroten Schrift gut lesbar. Deswegen fügte ich eilig hinzu:

»Ich weiß natürlich nicht viel über Mu. Ich erinnere mich, ein Buch von Spence gelesen zu haben ...«

»Was für ein Scharlatan!«, fauchte Urquart, und mir schien es, als finge sich der Schein des Feuers leicht rötlich in seinen Augen.

»Und dann«, fuhr ich fort, »gibt es noch recht merkwürdige Theorien von Robert Graves über Wales und die Waliser ...«

»Der verlorene Stamm Israels, ist das zu fassen?! Ich habe noch nie eine derart kindische, an den Haaren herbeigezogene Theorie gehört! Jeder kann Ihnen sagen, dass das Unfug ist! Außerdem habe ich schlüssig bewiesen, dass die Waliser die Überlebenden des untergegangenen Kontinents Mu sind. Ich besitze Beweise dafür. Sie sind ja sicher schon auf einige davon gestoßen.«

»Nicht in dem Maße, wie ich es mir gewünscht hätte«, gestand ich und fragte mich innerlich, worauf ich mich hier gerade einließ.

Nun unterbrach er sich selbst, um mir einen Whiskey anzubieten, und ich musste rasch eine Entscheidung treffen – sollte ich um einen neuen Termin bitten und die Flucht ergreifen, oder sollte ich den Besuch durchstehen? Das Prasseln des Regens an den Fensterscheiben half mir bei meinem Beschluss: Ich würde durchhalten.

Während er den Whiskey eingoss, sagte er: »Ich glaube, ich weiß, was Sie gerade denken. ›Warum eher Mu als Atlantis?‹«

»Tatsächlich«, gab ich ein wenig verwirrt zu. Zu diesem Zeitpunkt war ich mir nicht einmal der Tatsache bewusst, dass Mu im Pazifik gelegen haben soll.

»Ganz recht! Vor zwanzig Jahren habe ich mir genau dieselbe Frage gestellt, nachdem ich meine ersten Entdeckungen gemacht hatte. Warum Mu, wenn doch die wichtigsten Funde in South Wales und in Providence lagen?«

»Providence? Welches Providence?«

»Das in Rhode Island. Ich habe Beweise dafür, dass dort das religiöse Zentrum der Überlebenden von Mu gelegen hat. Relikte. Die hier zum Beispiel.«

Er reichte mir einen grünen Felsbrocken, der fast zu schwer war, um ihn mit einer Hand zu halten. Einen solchen Stein hatte ich zuvor niemals gesehen, obwohl ich in der Geologie nicht ganz unbewandert bin. Auch waren mir nie zuvor Zeichnungen und Schriftzeichen wie die untergekommen, die den Stein bedeckten, obwohl es mich an etwas erinnerte, was ich einmal in einem Tempel im brasilianischen Dschungel gesehen hatte. Die Gravuren bestanden aus geschwungenen Schriftzeichen, der Kurzschrift Pitmans nicht unähnlich; das Gesicht, das diese Schriftzeichen umgaben, mochte eine Teufelsmaske sein oder eine Schlangengottheit, vielleicht auch ein Seeungeheuer. Während ich diesen Stein anstarrte, empfand ich genau denselben Widerwillen, dasselbe unangenehme Gefühl, das ich verspürt hatte, als ich das erste Mal das Original des Voynich-Manuskriptes erblickte. Ich nahm einen großen Schluck Whiskey. Urquart deutete auf das ›Seeungeheuer‹.

»Das ist das Symbol des Volkes von Mu, der Yambi. Dieser Stein hat ihre Farbe. Und das ist auch einer der Hinweise, woher sie stammten – Wasser von dieser Farbe.«

Ich sah ihn verdutzt an. »Wie das?«

»Wenn sie einen Ort zerstören, hinterlassen sie meist Tümpel – wenn möglich, kleine Seen. Man erkennt die auf diese Weise geschaffenen Seen sehr leicht, weil sie stets ein wenig anders aussehen als gewöhnliche. Sie haben immer einen Farbton, der sich aus dem Grün eines stehenden Gewässers zusammensetzt und dem Blaugrau, das Sie hier sehen können.«

Er drehte sich um und nahm einen teuren Kunstband aus dem Bücherregal, dessen Titel *Wunderbare Ruinen* oder so ähnlich lautete. Er schlug eine Seite auf und deutete auf ein Farbfoto.

»Schauen Sie sich das an – Sidon im Libanon. Genauso grünes Wasser. Und hier: Anuradhapura auf Ceylon – genau das gleiche Blaugrün. Farben des Verfalls und des Todes. Beide Stätten wurden zerstört. Es gibt noch sechs weitere, von denen ich weiß.«

Unwillkürlich war ich fasziniert und beeindruckt; vielleicht lag es an diesem Stein.

»Aber wie haben sie das gemacht?«

»Sie begehen den üblichen Fehler – Sie glauben, sie seien uns in irgendeiner Weise ähnlich gewesen. Doch das ist ein Trugschluss. Aus menschlicher Sicht waren sie formlos und unsichtbar.«

»Unsichtbar?«

»So wie Wind oder Elektrizität. Sie müssen verstehen, dass es sich bei ihnen eher um Gewalten handelte als um Lebewesen. Sie waren noch nicht einmal klar voneinander trennbare Individuen, wie wir es sind. Das steht auf Churchwards Naacal-Tafeln erwähnt.«

Er fuhr mit seinen Erläuterungen fort – ich werde hier nicht versuchen, alles niederzuschreiben, was er ansprach. Vieles davon kam mir wie schierer Unfug vor. Doch in manchem von dem, was er sagte, lag eine gewisse verrückte Logik. Immer wieder riss er Bücher aus seinen Regalen und las mir Auszüge vor – die meisten Texte stammten, soweit ich das beurteilen konnte, von irgendwelchen Verrückten. Gelegentlich aber handelte es sich auch um ein Lehrbuch der Anthropologie oder der Paläontologie, und die Passagen, die er daraus vorlas, schienen genau das zu bestätigen, was er mir zuvor dargelegt hatte.

Kurz zusammengefasst berichtete er mir in etwa Folgendes: Der Kontinent Mu war vor zwanzigtausend Jahren im Südpazifik entstanden und vor etwa zwölftausend Jahren untergegangen. Dort lebten zwei unterschiedliche Arten denkender Wesen – eine davon ähnelte dem Menschen, wie wir ihn heute kennen. Zu der anderen Art gehörten jene, die Urquart ›die Unsichtbaren von den Sternen‹ nannte. Diese Letztgenannten, so sagte er, seien definitiv Außerirdische gewesen, die unsere Erde nur besucht hatten; ihr ›Oberhaupt‹, wenn man das denn so nennen darf, sei ein Wesen namens Ghatanothoa, der Dunkle. Gelegentlich nahmen sie Gestalt an, etwa wie das Monstrum auf diesem Stein – das sei, so der Colonel, eine figürliche Darstellung von Ghatanothoa –, doch in ihrer natürlichen Form waren sie Energie-Wirbel. Nach unseren Maßstäben hätte man sie nicht als ›wohlwollend‹ bezeichnen können, denn ihre Instinkte und ihre Bedürfnisse waren von den unseren grundverschieden. In den Naacal-Tafeln heißt es, diese Wesen hätten den Menschen erschaffen, aber dies, so sagte Urquart, müsse falsch sein, denn Beweise aus der Archäologie zeigen, dass der Mensch sich im Laufe der Jahrmillionen entwickelt hat. Trotzdem waren die Menschen auf Mu sicherlich ihre Sklaven und wurden augenscheinlich in einer Art und Weise behandelt, die wir als unglaublich grausam ansehen würden. Die Lloigor, oder Sternenwesen, vermochten Gliedmaßen zu amputieren, ohne den Tod des Opfers befürchten zu müssen, und taten das beim geringsten Anzeichen der Aufsässigkeit. Ferner konnten sie ihren menschlichen Sklaven Tentakel wie ein Krebsgeschwür wuchern lassen, und auch das wurde bei ihnen als Form der Bestrafung genutzt. Ein Bild auf den Naacal-Tafeln zeigt einen Mann, dem aus beiden Augenhöhlen solche Tentakel wachsen.

Urquarts Theorie über Mu hingegen hatte etwas äußerst Eigenes. Er erklärte mir den wesentlichsten Unterschied zwischen den Lloigor und den Menschen: Die Lloigor waren zutiefst und gänzlich pessimistisch. Urquart betonte, dass wir uns kaum vorstellen konnten, was das bedeutete. Menschen leben von Hoffnungen aller Arten. Uns ist klar, dass wir sterben müssen. Wir können nicht sagen, woher wir kommen oder wohin wir gehen. Wir wissen, dass uns Krankheiten heimsuchen und Unfälle widerfahren können. Wir sind uns gewahr, dass wir nur selten das erreichen, was wir uns vornehmen, und es nur selten wahrhaft zu schätzen wissen, wenn wir es erreichen. All das ist uns bekannt, und doch sind wir unheilbar optimistisch; wir betrügen uns sogar selbst mit absurden, ganz offensichtlich unsinnigen Vorstellungen über ein Leben nach dem Tode.

»Warum rede ich wohl mit Ihnen«, sagte Urquart, »obwohl ich nur zu genau weiß, dass kein Professor unvoreingenommen ist und dass jeder, mit dem ich bisher zu tun hatte, letzten Endes mein Vertrauen missbraucht hat? Weil ich glaube, Sie könnten die Ausnahme sein – vielleicht begreifen Sie, dass ich die Wahrheit sage und was das zu bedeuten hat. Was aber sollte mir daran liegen, dass diese Wahrheit bekannt wird, wenn ich doch genauso wie jeder andere auch sterben muss? Ist das nicht absurd? Wir sehen das Leben einfach nicht, wie es ist! Wir leben und handeln nach einem unrealistischen, optimistischen Reflex – es ist wirklich nur ein Reflex wie die Bewegung des Knies, wenn man einen Schlag gegen eine bestimmte Stelle unterhalb der Kniescheibe bekommt. Es ist ganz offensichtlich völlig einfältig. Und doch richten wir unser ganzes Leben danach aus.«

Ich musste mir selbst gegenüber zugeben, dass er mich beeindruckt hatte, obwohl ich ihn nach wie vor als ein wenig verrückt einschätzte. Auf jeden Fall war er intelligent.

Urquart fuhr fort und erklärte, die Lloigor hätten, obwohl sie ungleich mächtiger gewesen seien als der Mensch, nicht im Mindesten bezweifelt, dass in diesem Universum Optimismus völlig fehl am Platze wäre. Die Intellekte aller Lloigor bildeten eine Einheit, sie waren nicht voneinander getrennt, wie es bei uns der Fall ist. Zwischen ihrem Bewusstsein, ihrem Unterbewusstsein und ihrem Unbewussten bestand kein

Unterschied. Völlig außer Stande, den Geist von der Wahrheit abzuwenden oder etwas zu vergessen, sahen sie jederzeit alles völlig klar. Am ehesten konnte man sie mit den selbstmörderischen Romantikern des neunzehnten Jahrhunderts vergleichen, die voller Schwermut überzeugt waren, das Leben sei ein Jammertal – und sie hatten sich damit abgefunden, darin die Basis des täglichen Lebens zu sehen. Urquart bestritt, dass die Buddhisten in ihrem letztendlichen, fatalistischen Pessimismus den Lloigor ähnelten – nicht nur wegen des Konzeptes des Nirwana, der ihnen eine Art des ›Absoluten‹ gab, dem christlichen Gott ähnlich, sondern auch, weil kein Buddhist beständig über seinen Pessimismus nachsinnt. Verstandesmäßig mag er ihn akzeptieren, doch er empfindet ihn nicht jederzeit in all seinen Konsequenzen. Die Lloigor konnten nicht anders, als diesen Pessimismus *auszuleben.*

Bedauerlicherweise – und an dieser Stelle fiel es mir schwer, Urquart zu folgen – ist die Erde auf subatomarer Ebene nicht geeignet für einen derartigen Pessimismus. Die Erde ist noch ein junger Planet. Alle energetischen Vorgänge befinden sich noch im aufsteigenden Stadium, um es bildlich auszudrücken; sie stecken noch in der Entwicklungsphase, streben noch der Komplexität zu – und somit der Zerstörung negativer Kräfte. Ein nahe liegendes Beispiel dafür ist der frühe Tod so vieler der bereits erwähnten Romantiker – die Erde duldet keine subversiven Kräfte.

Daher auch die Legende, die Lloigor hätten die Menschen als ihre Sklaven erschaffen. Wozu sollten allmächtige Wesen Sklaven benötigen, wenn nicht wegen ihrer aktiven Feindseligkeit zur Erde selbst, um es so auszudrücken. Um diese Feindseligkeit auszugleichen, um die einfachsten Arbeiten erfüllen zu können, brauchten sie Wesen, die sich auf Optimismus stützten. Und darum wurden die Menschen erschaffen, bewusst kurzsichtige Wesen, unfähig, die offensichtliche Wahrheit des Universums zu bedenken.

Was sich dann ereignet hatte, war schlichtweg absurd gewesen. Die Lloigor waren durch ihr Leben auf der Erde immer weiter geschwächt worden. Urquart sagte, den ihm zur Verfügung stehenden Schriften sei nichts darüber zu entnehmen gewesen, warum die Lloigor ihre Heimatwelt verlassen hatten, die sich wohl irgendwo im Andromedanebel befunden haben muss. Sie wurden auf der Erde einfach immer weniger aktiv. Schließlich hatten ihre Sklaven die Macht an sich gerissen und waren zu den Menschen geworden, die wir heute kennen. Die Naacal-Tafeln und all die anderen Werke, die aus Mu gerettet wurden, waren von Menschen geschaffen, nicht von ihren ursprünglichen ›Göttern‹. Die Erde hatte ihre unbeholfen optimistischen Kinder begünstigt und die Lloigor geschwächt. Dennoch blieben diese alten Mächte bestehen. Sie hatten sich unter die Erde und unter die Meere zurückgezogen, um ihre Kräfte in Steinen und Felsen zu sammeln, deren normale Veränderungen der Form sie umkehren können. Dadurch war es ihnen möglich, sich für viele Jahrtausende an die Erde zu klammern. Gelegentlich hatten sie genügend Energie angesammelt, um wieder in das Leben der Menschen einzubrechen, und jeder dieser Versuche führte zu der Zerstörung ganzer Städte. Zuweilen traf es einen ganzen Kontinent – zuerst Mu, später dann Atlantis. Besonders heftig wüteten sie dort, wo es ihnen gelang, Spuren ihrer ehemaligen Sklaven aufzuspüren. Für zahlreiche archäologische Rätsel bedeutete ihr Tun die Lösung – für die gewaltigen Ruinenstädte in Südamerika, in Kambodscha und Burma, auf Ceylon, in Nordafrika, sogar in Italien; außerdem auch, so behauptete Urquart, für die beiden großen Ruinenstädte in Nordamerika: Grudèn Itzà, das heute im Sumpfland um New Orleans versunken ist, und Nam-Ergest, eine blühende Stadt, die einst dort gestanden hatte, wo nun der Grand Canyon gähnt. Der Grand Canyon sei nicht, so sagte Urquart, durch Erosion entstanden, sondern durch eine gewaltige unterirdische Explosion, der ein ›Feuerhagel‹ gefolgt sei. Er vermute, sie sei ähnlich wie die große Explosion in Sibirien durch eine Art Atombombe hervorgerufen worden. Auf meine Frage, warum es keine Anzeichen für eine Explosion in der Nähe des Grand Canyon gebe, wusste Urquart mir zwei Antworten zu nennen: Zum einen habe die Explosion vor so langer Zeit stattgefunden, dass fast alle Anzeichen dafür durch die Kräfte der Natur zerstört worden seien, zum anderen sei es für jeden unvoreingenommenen Betrachter ohnehin offensichtlich, dass es sich beim Grand Canyon um einen gewaltigen, unregelmäßig geformten Krater handle.

Nachdem ich dem Colonel zwei Stunden zugehört und mehrmals seinem exzellenten Whiskey zugesprochen hatte, war ich so durcheinander, dass ich alle Fragen vergessen hatte, die ich ihm eigentlich hatte stellen wollen. Ich sagte ihm, ich müsse zu Bett gehen und in aller Ruhe darüber nachdenken, und der Colonel bot mir an, mich in seinem Wagen zu meinem Hotel zu fahren. Eine meiner Fragen fiel mir wieder ein, während ich auf den Beifahrersitz seines uralten Rolls-Royce kletterte.

»Was hatten Sie damit gemeint, die Waliser seien die Überlebenden von Mu?«

»Genau das, was ich gesagt habe. Ich bin mir sicher – und ich habe auch Beweise dafür –, dass sie die Nachfahren der Sklaven der Lloigor sind.«

»Welcher Art sind diese Beweise?«

»Aller möglichen. Es würde noch eine Stunde dauern, Ihnen das alles zu erläutern.«

»Könnten Sie mir nicht wenigstens einen Hinweis geben?«

»Also gut. Schauen Sie morgen früh in die Tageszeitung. Erzählen Sie mir, was Ihnen aufgefallen ist.«

»Aber worauf soll ich denn Acht geben?«

Es amüsierte ihn, dass ich mich weigerte, sein ›Abwarten!‹ hinzunehmen. Er sollte doch wissen, dass alte Männer noch ungeduldiger sind als Kinder.

»Auf die Verbrechensrate.«

»Können Sie mir nicht etwas mehr erzählen?«

»Also gut.« Wir parkten jetzt vor dem Hotel, und noch immer goss es in Strömen. Zu dieser Nachtzeit waren keine Laute mehr zu hören außer dem Regen und dem Gluckern des Wassers im Rinnstein. »Sie werden feststellen, dass die Verbrechensrate in dieser Gegend dreimal so hoch ist wie im ganzen Rest Englands – so hoch, dass nur selten Zahlen veröffentlicht werden. Mord, Misshandlung, Vergewaltigung, jegliche denkbare Form der sexuellen Perversion – bei all diesem sind die Zahlen hier die höchsten aller britischen Inseln.«

»Aber warum?«

»Das habe ich Ihnen schon gesagt. Die Lloigor erlangen immer wieder genügend Stärke, um zurückzukehren.« Und um deutlich zu machen, dass er nach Hause wollte, beugte er sich vor und öffnete mir die Beifahrertür. Noch bevor ich den Eingang des Hotels erreicht hatte, war er schon losgefahren.

Ich fragte den Nachtportier, ob ich mir eine Tageszeitung ausborgen könne; er holte eine aus seinem Kämmerchen und sagte mir, ich könne sie ruhig behalten. Ich ging zu meinem kalten Zimmer hinauf, zog mich aus und kletterte in das Bett – darin lag eine Wärmflasche. Dann blätterte ich die Zeitung durch. Auf den ersten Blick fand ich keine Beweise für Urquarts Behauptung. Bei der Schlagzeile auf der Titelseite ging es um einen Streik in der hiesigen Werft, und die Hauptartikel behandelten eine Rinderausstellung, deren Jury beschuldigt wurde, Bestechungsgelder angenommen zu haben, und eine Schwimmerin aus Southport, die beinahe einen neuen Rekord bei der Durchquerung des Kanals aufgestellt hätte. Im Leitartikel ging es um die Frage der Einhaltung der Sonntagsruhe. Das alles wirkte sehr unverdächtig.

Dann kam ich zu den Kurzartikeln, die zwischen den Anzeigen oder den Sportnachrichten versteckt waren. Von der kopflosen Leiche, der in der Talsperre von Brynmawr entdeckt worden war, wurde vorerst angenommen, es handle sich um eine junge Bauerntochter aus Llandalffen. Ich las einen Bericht über einen Vierzehnjährigen, der gerichtlich in eine Besserungsanstalt eingewiesen worden war, weil er mehrere Schafe mit einem Beil verletzt hatte. Ein Farmer hatte die Scheidung eingereicht – mit der Begründung, seine Frau sei in ihren schwachsinnigen Stiefsohn verliebt. Ein Vikar war zu einer einjährigen Gefängnisstrafe verurteilt worden, weil er sich an Chorknaben vergriffen hatte. Ein Vater hatte seine Tochter und ihren Freund aus sexueller Eifersucht getötet. Ein Mann aus einem Altersheim hatte zwei seiner Zimmergenossen bei lebendigem Leibe verbrannt, indem er ihnen Paraffinöl auf die Betten goss und diese dann in Brand setzte. Ein zwölfjähriger Junge hatte seinen siebenjährigen Schwestern, einem Zwillingspärchen, Eiscreme mit Rattengift vorgesetzt und war dann vor dem Jugendgericht in schallendes Gelächter ausgebrochen. (Die Kinder überlebten glücklicherweise und kamen mit üblen Bauchschmerzen davon.) Ein kurzer Artikel besagte, die Polizei habe nun einen Mann wegen der drei Morde im ›Seufzergässchen‹ festgenommen.

Ich notierte mir all diese Berichte in der Reihenfolge, in der ich sie gefunden hatte. Für eine friedliche, ländliche Gegend war das eine ganze Menge, selbst wenn man berücksichtigte, dass Southport und Cardiff in der Nähe lagen – Orte, in denen die Verbrechensrate etwas höher war. Zugegebenermaßen war das nicht gerade erschreckend, wenn man es mit den meisten Orten in Amerika verglich. Selbst in Charlottesville gab es Strafregister, die in England vermutlich als ›entsetzliche Verbrechenswelle‹ betrachtet werden würden. Vor dem Einschlafen zog ich noch einmal meinen Morgenrock über und ging in den Gesellschaftsraum zurück; dort hatte ich eine Ausgabe von *Whitaker's Almanac* entdeckt und schlug nun die Verbrechensraten Englands nach. Im Verlauf des ganzen Jahres 1967 hatten nur 166 Morde stattgefunden – drei Morde auf jeweils eine Million Einwohner. Amerikas Mordrate ist zwanzigmal höher. Und doch: In dieser *einen* Ausgabe einer kleinen Lokalzeitung wurden neun Morde erwähnt – obwohl einige davon zugegebenermaßen schon einige Zeit zurücklagen. (Die Morde im ›Seufzergässchen‹ hatten sich über eine Spanne von achtzehn Monaten hinweg ereignet.)

In dieser Nacht schlief ich sehr unruhig. Unsichtbare Monstren, furchtbare Naturkatastrophen, sadistische Mörder und dämonische Jugendliche ließen mich nicht los, und es war mir eine große Erleichterung, im hellen Sonnenschein aufzuwachen und als Erstes eine Tasse Tee zu nehmen. Dennoch ertappte ich mich dabei, wie ich das Zimmermädchen übermäßig genau betrachtete – ein bleiches, junges Ding mit trüben Augen und strähnigen Haaren – und mich fragte, aus welcher Art ungesetzlicher Verbindung sie wohl hervorgegangen sein mochte. Ich ließ mir das Frühstück und die Morgenzeitung auf mein Zimmer bringen und las mit geradezu krankhaftem Interesse.

Wieder waren die eher schaurigen Nachrichten in den Kurzartikeln versteckt. Zwei elfjährige Schuljungen standen im Verdacht, in den Mord an dem Mädchen verwickelt zu sein, das ohne Kopf aufgefunden worden war, behaupteten jedoch, in Wirklichkeit habe sie ein Landstreicher ›mit glühenden Augen‹ enthauptet. Ein Drogist aus Southport war gezwungen, seinen Sitz im Stadtrat niederzulegen, weil ihm Geschlechtsverkehr mit seiner vierzehnjährigen Mitarbeiterin zur Last gelegt wurde. Es gab Hinweise darauf, dass eine inzwischen verstorbene Hebamme sich äußerst erfolgreich als Engelmacherin betätigt hatte – ganz wie die berüchtigte Mrs. Dyer aus Reading. Eine ältere Dame aus Llangwm hatte ernsthaft einen Mann verletzt, der sie der Hexerei bezichtigt hatte – er warf ihr vor, sie habe dafür gesorgt, dass Kinder mit Missbildungen zur Welt gekommen seien. Ein Mann, der aus ungeklärten Gründen einen Groll gegen den Bürgermeister von Chepstow hegte, hatte versucht, diesen zu ermorden ... Ich lasse mehr als die Hälfte aller gräulichen Ereignisse aus, denn die Liste der Verbrechen war in gleichem Maße abstoßend wie langweilig.

Zweifellos begann all dieses Nachgrübeln über Verbrechen und Verdorbenheit meine Weltsicht zu färben. Ich hatte die Waliser stets gemocht, mit ihrem eher kleinen Körperbau, ihren dunklen Haaren und ihrer blassen Haut. Nun ertappte ich mich dabei, dass ich sie anstarrte, als seien sie Steinzeitmenschen, und dabei in ihren Augen nach Anzeichen für ihre verborgenen Laster suchte. Und je mehr ich mich umschaute, umso mehr wurde ich fündig. Mir fiel die Häufigkeit von Worten auf, die mit zwei ›L‹ begannen, von *Lloyd's Bank* bis Llandudno, und mit Schaudern dachte ich an die Lloigor. (Zufälligerweise kam mir das Wort irgendwie bekannt vor, und ich fand es auch tatsächlich in dem Lovecraft-Band *The Shuttered Room;* dort war der ›Lloigor‹ als Gott, ›der auf den Winden zwischen den Sternen wandelt‹, beschrieben. Auch Ghatanothoa, der dunkle Gott, wurde dort erwähnt, jedoch nicht als das Oberhaupt der ›Sternenbewohner‹.)

Es war fast unerträglich, durch die sonnenbeschienenen Straßen zu wandern und den Landleuten zuzusehen, wie sie ihren täglichen Geschäften nachgingen, wie sie einkauften oder wie sie gegenseitig ihre Babys bewunderten, während in mir dieses schreckliche Geheimnis schwelte und nur darauf wartete, endlich herausgelassen zu werden. Ich wollte es alles als einen Albtraum abtun – eine von einem absonderlichen Geist ersonnene, verrückte Geschichte; und doch musste ich zugeben, dass sie in allen Einzelheiten logisch aus den Konzepten folgte, die im Voynich-Manuskript und Lovecrafts Götterbild niedergelegt waren. Ja, es konnte kaum ein Zweifel bestehen: Lovecraft und Machen hatten auf unbekanntem Wege von einer uralten Mythologie erfahren, die wirklich aus einer Zeit stammen mochte, aus der uns keine Zivilisation auf der Erde überliefert war.

Traf dies nicht zu, so wäre noch ein kunstvoll durchdachter literarischer Schwindel denkbar gewesen, der von Machen, Lovecraft und Voynich ersonnen worden sein musste; in diesem Fall wäre das Voynich-Manuskript eine Fälschung gewesen, und das war unmöglich. Doch welche Alternative gab es! Wie sollte ich denn daran glauben, ohne völlig an meinem Verstand zu zweifeln – hier auf dieser sonnenbeschienenen Hauptstraße, wo mir unaufhörlich die fast singende Sprechweise der Waliser in den Ohren klang? Eine bösartige, finstere Welt, so fremdartig, dass der Mensch sie verstandesmäßig zu erfassen nicht einmal ansatzweise in der Lage ist? Sonderbare Mächte, deren Handlungsweise uns unvorstellbar grausam und rachsüchtig vorkommt und die doch nur von den abstrakten Gesetzen ihres Daseins getrieben werden, einem Dasein, das für uns unvorstellbar ist? Dann Urquart mit seinem reptilienhaften Gesicht und seiner vom Pessimismus geprägten Intelligenz. Und vor allem: unsichtbare Mächte, die sich des Verstandes der anscheinend unschuldigen Menschen rings um mich bemächtigten und sie unredlich und verderbt machten.

Ich hatte mir für diesen Tag bereits etwas vorgenommen. Ich wollte Mr. Evans bitten, mich zu den ›Grauen Hügeln‹ zu fahren, die Machen erwähnt hatte. Dort gedachte ich ein paar Fotografien aufzunehmen und unauffällig ein paar Erkundigungen einzuziehen. Ich hatte sogar einen Kompass mitgenommen – den ich normalerweise in meinem Wagen aufzubewahren pflegte –, für den Fall, dass ich mich verlaufen sollte.

Vor Mr. Evans Autowerkstatt hatte sich eine kleine Menschenmenge versammelt, und auf dem Bürgersteig stand ein Krankenwagen. Als ich näher trat, kamen zwei Sanitäter mit einer Krankentrage aus dem Gebäude. Im Inneren des Hauses sah ich Mr. Evans, der mit finsterer Miene die Menschenmenge ansah. Ich fragte ihn:

»Was ist passiert?«

»Ein Bursche von oben hat sich in der Nacht umgebracht. Mit Autoabgasen.«

Nachdem der Krankenwagen abgefahren war, fragte ich: »Finden Sie nicht auch, dass es davon hier in der Gegend ziemlich viel gibt?«

»Wovon?«

»Selbstmorde, Morde und so weiter. Ihre Lokalzeitung ist voll davon.«

»Wird schon stimmen. Das ist die Jugend von heute. Die machen doch, was sie wollen.«

Mir war klar, dass eine weitergehende Eröffnung keinen Zweck hatte. Um das Thema unauffällig zu wechseln, fragte ich ihn, ob er Zeit habe, mich in die Grauen Hügel zu fahren. Er schüttelte den Kopf.

»Ich habe versprochen, hier zu warten, um bei der Polizei eine Aussage zu machen. Aber Sie dürfen den Wagen gerne nehmen, wenn Sie möchten.«

Also kaufte ich mir eine Karte der Umgebung und fuhr selbst. An der mittelalterlichen Brücke, die Machen erwähnt hatte, verweilte ich zehn Minuten, dann fuhr ich langsam in nördlicher Richtung weiter. Der Morgen war windig, aber nicht kalt, und unter der Sonne wirkte die Gegend ganz anders als am gestrigen Nachmittag. Obwohl ich sorgfältig Ausschau nach Machens ›Grauen Hügeln‹ hielt, fand ich in der freundlichen, hügeligen Landschaft nichts, worauf seine Beschreibung zu passen schien. Bald kam ich an einem Wegweiser vorbei, dem ich entnahm, dass Abergavenny zehn Meilen entfernt lag. Ich beschloss, mir diesen Ort einmal anzuschauen. Als ich dort ankam, hatte das Sonnenlicht meine nächtliche Schwermut so weit vertrieben, dass ich ganz ruhig durch die

Ortschaft fuhr – eine Ortschaft mit einer bemerkenswert uninteressanten Architektur – und dann einen kleinen Hügel bestieg, um mir die etwas höher gelegene Burgruine anzusehen. Ich sprach mit einigen Einheimischen, die mir eher englisch denn walisisch vorkamen. Der Ort liegt auch tatsächlich nicht allzu weit vom Severn Valley und A. E. Housemans Shropshire entfernt.

Einige Sätze in meinem Reiseführer erinnerten mich indes an den Mythos der Lloigor: William de Braose, der Lord of Brecheinog (Brecon), fand sich erwähnt, »dessen Schatten dunkel auf Abergavennys Vergangenheit lastet« und dessen »ruchlose Taten« anscheinend sogar die gesetzlosen Engländer des zwölften Jahrhunderts entsetzt hatten. Ich nahm mir vor, Urquart zu fragen, wie lange die Lloigor schon in South Wales waren und wie weit sich ihr Einfluss erstreckte. Dann fuhr ich durch den landschaftlich schönsten Teil des Usk-Tales weiter nach Nordwesten. In Crickhowell hielt ich vor einem hübschen alten Pub, trank dort ein kühles Pint milden Ales und geriet mit einem Einheimischen ins Gespräch, der sich bald als Kenner von Machens Werk erwies. Ich fragte ihn, wo die von ihm beschriebenen ›Grauen Hügel‹ liegen sollten, und er versicherte mir im Brustton der Überzeugung, sie lägen unmittelbar nördlich, in den Black Mountains, dem wilden Hochmoor zwischen den Tälern des Usk und des Wye. Also folgte ich noch eine halbe Stunde länger dem Pass, der ›the Bwlch‹ genannt wird und mitten in der schönsten Landschaft Wales' liegt – die Brecon Beacons liegen im Westen, bewaldete Hügel im Süden, und an den Stellen, an denen der Usk zu sehen ist, spiegelt sich das Sonnenlicht auf dem Wasser. Die Black Mountains im Osten sahen alles andere als bedrohlich aus und schienen auch gar nicht zu der Beschreibung zu passen, die ich Machen entnommen hatte. Also fuhr ich nach Süden zurück und durchquerte noch einmal Abergavenny, wo ich ein leichtes Mittagessen einnahm, dann folgte ich einigen kleineren Sträßchen nach Llandalffen, wo die Straße wieder steil anstieg.

Hier hatte ich zum ersten Mal das Gefühl, ich käme meinem Ziel endlich näher. Die Hügel wirkten nun so unfruchtbar und karg, dass sie gut der Atmosphäre in der ›*Geschichte des Schwarzen Siegels*‹ entsprechen. Ich blieb jedoch wachsam, denn der Nachmittag hatte sich eingetrübt, und ich hielt es für möglich, dass allein das veränderte Licht an meinem Eindruck schuld sein konnte. Unweit einer steinernen Brücke hielt ich am Straßenrand, stieg aus und lehnte mich über das Brückengeländer. Der Bach unter mir schoss schnell dahin, und das klare Spiel der Wellen faszinierte mich dermaßen, dass ich fast den Eindruck erhielt, davon hypnotisiert zu werden. Neben der Brücke stieg ich den steilen Abhang zum Wasser hinunter und rammte dabei meine Fersen tief in den Boden, um nicht den Halt zu verlieren. Unten angelangt, stellte ich mich auf einen großen, flachen Stein am Ufer. Damit markierte ich fast schon den starken Mann, denn mir war eigentlich ein wenig unwohl, was ich mir, wie ich wusste, zumindest zum Teil selbst zuzuschreiben hatte. Ein Mann meines Alters neigt nach dem Essen zu Müdigkeit und leichter Melancholie, vor allem, wenn er dazu etwas getrunken hat.

Meine Polaroid-Kamera hing mir um den Hals. Das Grün des Grases und das Grau des Himmels stellten einen solchen Kontrast zueinander dar, dass ich beschloss, eine Aufnahme zu machen. Ich stellte den Belichtungsmesser der Kamera ein und richtete sie dann stromaufwärts. Eine Minute später zog ich das Negativpapier ab. Die Fotografie war schwarz. Offensichtlich war der Film irgendwie dem Licht ausgesetzt gewesen. Ich richtete die Kamera aus und machte eine zweite Aufnahme, die erste warf ich achtlos in den Fluss. Als ich das zweite Bild aus der Kamera zog, ereilte mich eine plötzliche Vorahnung, auch diese Fotografie werde schwarz sein.

Ich blickte mich nervös um und stürzte fast in den Fluss, als ich entdeckte, dass jemand von der Brücke auf mich hinunterblickte. Es war ein Junge, vielleicht würde man ihn schon als Jugendlichen bezeichnen, der mich beobachtete. Meine Stoppuhr summte. Ich beachtete den Jungen nicht weiter und riss das Negativpapier von der Fotografie. Sie war schwarz. Ich fluchte mit zusammengebissenen Zähnen und warf auch dieses Bild in den Fluss.

Dann betrachtete ich die Steigung, um mir den besten Rückweg zu überlegen, und sah, dass der Junge an der oberen Kante stand. Er trug schäbige braune Kleidung, völlig unscheinbar. Sein braunes Gesicht war schlank, es erinnerte mich an die Zigeuner, die ich am Bahnhof in Newport gesehen hatte. Seine braunen Augen waren völlig ausdruckslos. Ohne zu lächeln starrte ich ihn an; zunächst war ich nur neugierig, was er wohl vorhaben mochte.

Doch er bewegte sich kein Stück, nicht einmal zaghaft, und plötzlich hatte ich Angst, er könne mich ausrauben wollen – vielleicht war er an der Kamera interessiert, vielleicht reizten ihn auch die Traveller-Schecks in meiner Brieftasche. Ein weiterer Blick auf ihn überzeugte mich davon, dass er mit beidem nichts anzufangen gewusst hätte. Der leere Blick seiner Augen und seine abstehenden Ohren gaben mir zu verstehen, dass ich es mit einem Schwachsinnigen zu tun hatte. Und dann, mit plötzlicher Klarheit, wusste ich ganz genau, was er vorhatte – so genau, als hätte er es mir selbst gesagt: Er wollte den Abhang hinunter auf mich zurennen und mich rücklings ins Wasser stoßen. Aber warum? Ich warf einen Blick auf den Bach. Er floss sehr schnell und war vielleicht hüfttief – vielleicht auch ein wenig tiefer –, aber nicht tief genug, als dass ein Erwachsener darin ertrinken konnte. Ich sah zwar Felsbrocken und Steine, die jedoch nicht groß genug gewesen wären, um mich ernsthaft zu verletzen, wenn ich dagegengeprallt wäre.

Nicht Derartiges war mir jemals widerfahren – zumindest

nicht in den letzten fünfzig Jahren. Schwäche und Furcht überkamen mich, und ich wollte mich einfach nur noch setzen. Allein meine Entschlossenheit, keine Furcht zu zeigen, hielt mich aufrecht. Ich strengte mich an, ihm einen bedrohlichen, finsteren Blick zuzuwerfen – ähnlich, wie ich es gelegentlich bei meinen Studenten zu tun pflegte. Zu meiner Überraschung lächelte er mich an – obwohl ich es eher für ein boshaftes denn ein belustigtes Lächeln hielt – und wandte sich ab. Ich verlor keine Zeit, sondern kletterte die Böschung hinauf, um nicht mehr ganz so ungeschützt zu sein.

Als ich wenige Sekunden später die Straße erreichte, war er verschwunden. Er konnte sich nur auf der anderen Seite der Brücke oder hinter meinem Wagen verborgen haben. Ich bückte mich, um unter dem Auto hindurchzuspähen, ob ich seine Füße erblickte, doch ich sah sie nicht. Ich überwand meine Angst und schaute über das Brückengeländer. Dort war er auch nicht. Als letzte Möglichkeit blieb, dass er sich unter der Brücke versteckte, doch dafür schien mir das Wasser zu reißend zu sein. Auf jeden Fall wollte ich dort nicht nachsehen. Ich ging zurück zum Wagen, sorgfälltig bedacht, mich nicht allzu eilig zu bewegen. Erst nachdem ich das Fahrzeug in Bewegung gesetzt hatte, fühlte ich mich wieder sicher.

Erst als ich die Kuppe des Hügels erreicht hatte, fiel mir auf, dass ich überhaupt nicht wusste, in welche Richtung ich eigentlich fuhr. In meiner Unruhe hatte ich schlichtweg nicht darauf geachtet, von welcher Seite der Brücke ich gekommen war, und ich hatte den Wagen im rechten Winkel zur Straße abgestellt. Auf einem einsamen Stück der Landstraße hielt ich an, um einen Blick auf meinen Kompass zu werfen. Doch die schwarze Nadel bewegte sich langsam im Kreise, als seien ihr die Himmelsrichtungen einerlei. Gegen das Glas zu klopfen, half auch nicht. Kaputt war der Kompass nicht, die Nadel ruhte immer noch auf ihrem Stift. Er war entmagnetisiert. Ich fuhr weiter, bis ich einen Wegweiser fand, stellte fest, dass ich richtig war, und machte mich auf den Rückweg nach Pontypool. Die Schwierigkeiten mit dem Kompass verunsicherten mich ein wenig, aber nicht übermäßig. Erst später, als ich darüber nachdachte, wurde mir klar, dass es unmöglich sein müsste, einen Kompass zu entmagnetisieren, ohne die Nadel auszubauen und zu erhitzen oder dem ganzen Kompass ein immenses Maß an physischer Gewalt zuzufügen. Zur Mittagszeit hatte er noch funktioniert; da hatte ich einen kurzen Blick darauf geworfen. Mir kam der Gedanke, sowohl der Zwischenfall mit dem Kompass als auch der mit dem Jungen könnten als Warnung gedacht sein – als unbestimmte, fast gleichgültige Warnung, wie wenn ein Mensch im Schlaf nach einer Fliege schlägt.

Es muss absurd und wunderlich klingen; und ich gebe offen zu, dass ich am liebsten über den Gedanken hinweggegangen wäre. Indes neige ich dazu, meiner Intuition zu folgen.

Ich fühlte mich arg mitgenommen; mitgenommen genug, um nach meiner Rückkehr ins Hotel als Erstes einen großen Schluck aus meiner Flasche Brandy zu nehmen. Dann rief ich den Portier an und beschwerte mich, wie kalt es in meinem Zimmer sei. Nicht einmal zehn Minuten vergingen, und ein Zimmermädchen kam und entzündete ein Kohlefeuer in einem Kamin, den ich nicht einmal gesehen hatte. Ich setzte mich davor, rauchte eine Pfeife und trank dazu einen Brandy, und bald fühlte ich mich besser. Schließlich gab es ja auch keinen Beweis dafür, dass diese ›Mächte‹ tatsächlich feindselig aktiv waren – selbst wenn man anzunehmen bereit war, dass sie überhaupt existierten. Als junger Mann hatte ich für alles Übernatürliche nur Verachtung übrig gehabt, doch als ich älter wurde, begann die scharfe Trennlinie zwischen dem Glaubwürdigen und dem Unglaubwürdigen immer mehr zu verschwimmen; ich bin mir heute sehr wohl darüber im Klaren, dass die ganze Welt ein wenig unglaublich ist.

Um sechs Uhr beschloss ich plötzlich, Urquart aufzusuchen. Ich machte mir nicht die Mühe, ihn anzurufen, denn ich betrachtete ihn inzwischen als Verbündeten, nicht als Fremden. Also ging ich bei schwachem Nieselregen zu seinem Haus und läutete an der Haustür. Fast sofort öffnete sie sich, und ein Mann trat heraus. Die Waliserin sagte: »Auf Wiedersehen, Doktor«, und ich starrte sie an – plötzlich verspürte ich Angst.

»Ist der Colonel wohlauf?«

Der Arzt antwortete mir. »Es wird ihm wieder besser gehen, wenn er ein wenig auf sich Acht gibt. Falls Sie ein Freund sein sollten, bleiben Sie nicht zu lange bei ihm. Er braucht jetzt Schlaf.«

Die Waliserin ließ mich eintreten, ohne mir eine Frage zu stellen.

»Was ist geschehen?«, fragte ich sie.

»Ein kleiner Unfall. Er ist die Kellertreppe runtergefallen, und wir haben ihn erst ein paar Stunden später gefunden.«

Während ich zu seinem Zimmer hinaufging, fiel mir das Verhalten der Hunde in der Küche auf. Die Tür stand offen, und doch hatten sie nicht gebellt, als sie meine Stimme hörten.

Der Flur im oberen Stockwerk war feucht, sein Teppich schon sehr verschlissen. Vor einer der Türen im Flur lag der Dobermann. Er schaute mich aus matten Augen an, als sei er gedämpfter Stimmung, und rührte sich nicht, als ich an ihm vorbeiging.

Urquart erkannte mich sofort: »Ach, Sie sind's, alter Junge. Nett, dass Sie vorbeikommen. Wer hat's Ihnen erzählt?«

»Niemand. Ich bin vorbeigekommen, weil ich mit Ihnen sprechen wollte. Was ist passiert?«

Er wartete, bis seine Haushälterin die Tür hinter mir geschlossen hatte.

»Ich bin die Kellertreppe hinuntergestoßen worden.«

»Von wem?«

»Das sollten Sie doch eigentlich selbst wissen.«

»Aber wie ist das passiert?«

»Ich wollte in den Keller gehen, um ein wenig Zwirn für den Garten zu holen. Als ich auf halber Höhe der Treppe war, hatte ich auf einmal ein unangenehmes, erdrückendes Gefühl – ich schätze, die können irgendein Gas ausströmen lassen. Dann eindeutig ein Stoß zur Seite. Es ist ganz schön tief bis runter zu den Kohlen. Hab mir den Knöchel verknackst, und ich dachte schon, eine Rippe wär auch gebrochen. Dann fiel die Tür von alleine ins Schloss. Ich habe zwei Stunden wie ein Verrückter gerufen, bis der Gärtner mich endlich gehört hat.«

Nun zweifelte ich nicht mehr an seinen Worten oder hielt ihn für verrückt. »Sie schweben hier ganz offensichtlich in Gefahr! Sie sollten von hier weggehen!«

»Nein. Die sind viel stärker, als ich gedacht hatte. Ich war unter der Erde – im Keller. Das könnte die Erklärung sein. Sie können auch oberhalb der Erde etwas bewirken, aber das kostet sie mehr Energie, als es ihnen wert ist. Außerdem ist ja nichts passiert. Der Knöchel ist nur verstaucht, und die Rippe ist doch nicht gebrochen. Das war nur eine sanfte Warnung – dafür, dass ich gestern Abend mit Ihnen gesprochen habe. Und was ist Ihnen widerfahren?«

»So ist das also!« Meine eigenen Erlebnisse fügten sich nahtlos ins Bild. Ich erzählte Urquart, was mir widerfahren war.

Er unterbrach mich: »Sie sind eine steile Böschung hinuntergegangen – das ist genau so wie bei mir mit dem Keller, sehen Sie? So etwas sollte man lieber bleiben lassen.« Und als ich den Kompass erwähnte, lachte er, ohne auch nur im Mindesten belustigt zu klingen. »Das ist einfach für sie. Ich habe Ihnen doch gesagt, dass sie Materie so leicht durchdringen können, wie ein Schwamm Wasser aufsaugt. Möchten Sie einen Drink?«

Ich nahm das Angebot gerne an und goss auch ihm einen

ein. Nachdem er einen Schluck getrunken hatte, sagte er: »Dieser Junge, den Sie erwähnt haben – ich glaube, ich kenne ihn. Der Enkel von Ben Chickno. Ich hab ihn schon hier in der Gegend gesehen.«

»Wer ist dieser Chickno?«

»Ein Zigeuner. Die Hälfte seiner Familie ist schwachsinnig. Alles Inzucht! Einer seiner Söhne hat fünf Jahre gekriegt, weil er in einen Mordfall verwickelt war – einer der übelsten, die je in dieser Gegend passiert sind. Die haben ein altes Ehepaar gefoltert, um zu erfahren, wo sie ihr Geld versteckt haben, und dann haben sie sie umgebracht. Man hat ein paar ihrer Wertsachen im Wohnwagen des Jungen gefunden, aber er hat behauptet, die seien ihm von einem Mann dagelassen worden, der sich auf der Flucht befunden hätte. Er kann von Glück sagen, dass er nicht wegen Mordes angeklagt wurde! Übrigens: Der Richter, der ihn verurteilt hat, ist eine Woche später gestorben. Herzanfall.«

Ich kannte mich mit Machen besser aus als Urquart, und der Verdacht, der jetzt in mir aufkeimte, war nur natürlich. Denn Machen erwähnt den Verkehr zwischen halb debilem Landvolk und den sonderbaren Mächten des Bösen. Ich fragte Urquart: »Könnte dieser alte Mann – dieser Chickno – mit den Lloigor zusammenhängen?«

»Das hängt davon ab, was Sie mit ›zusammenhängen‹ meinen. Ich glaube nicht, dass er wichtig genug ist, um viel über sie zu wissen. Aber er gehört zu der Sorte Menschen, die sie gerne unterstützen – er ist ein verkommenes altes Schwein. Sprechen Sie mal Inspector Davison auf ihn an – das ist der Chef der Ortspolizei. Chickno hat ein Vorstrafenregister, das geht auf keine Kuhhaut – Brandstiftung, Vergewaltigung, bewaffneter Raubüberfall, Sodomie, Inzest. Von Grund auf abartig, der Kerl.«

Jetzt brachte Mrs. Dolgelly dem Colonel das Abendessen und gab mir zu verstehen, dass es für mich Zeit zu gehen sei.

In der Tür drehte ich mich noch einmal um: »Steht der Wohnwagen dieses Mannes hier irgendwo in der Nähe?«

»Ungefähr eine Meile von der Brücke entfernt, die Sie erwähnt hatten. Sie wollen dort doch nicht etwa hingehen, oder?«

Nichts lag mir ferner, und das sagte ich dem Colonel auch.

An diesem Abend schrieb ich einen langen Brief an George Lauerdale von der Brown University. Unter einem Pseudonym schreibt Lauerdale Detektivgeschichten, außerdem war er der Herausgeber zweier Anthologien moderner Gedichte. Ich wusste, dass er an einem Buch über Lovecraft arbeitete, und nun brauchte ich seinen Ratschlag. Inzwischen hatte ich das Gefühl, unentrinnbar in diese Sache verstrickt zu sein. Zweifel hegte ich keine mehr. Gab es also in der Gegend von Providence Hinweise auf die Lloigor? Ich wollte wissen, ob Theorien existierten, aus denen Lovecraft sein Wissen bezogen hatte. Wo hatte er das *Necronomicon* gesehen oder davon gehört? Ich achtete sorgfältig darauf, meine wahren Beweggründe für diese Fragen nicht erkennen zu lassen; stattdessen erklärte ich lediglich, einen großen Teil des Voynich-Manuskriptes übersetzt und nun Grund zu der Annahme zu haben, es sei in Wirklichkeit das von Lovecraft erwähne *Necronomicon* – was Lauerdale davon halte? Weiterhin berichtete ich, Machen habe in seinen Geschichten real existierende Legenden aus der Gegend von Monmouthshire verwendet, und ich nähme nun an, ähnliche Legenden lägen auch Lovecrafts Werken zugrunde. Ob er von derartigen lokalen Legenden wisse? Gab es beispielsweise unerfreuliche Geschichten, die mit Lovecrafts *Das gemiedene Haus* auf der Benefit Street in Providence zusammenhängen konnten ...?

Am Tag nach Urquarts Unfall geschah etwas Sonderbares; ich werde es jedoch nur kurz erwähnen, weil es nicht weiter von Belang ist und keinerlei Nachspiel hatte. Ich hatte das Zimmermädchen bereits erwähnt, eine blasse junge Frau mit strähnigen Haaren und dürren Beinen. Nach dem Frühstück ging ich auf mein Zimmer zurück und fand sie bewusstlos auf dem Kaminvorleger. Ich versuchte, an der Rezeption anzurufen, es hob jedoch niemand ab. Sie erschien mir nicht allzu schwer, sodass ich beschloss, sie auf das Bett zu legen oder in den Lehnstuhl zu setzen. Das war nicht allzu schwierig, doch als ich sie anhob, kam ich nicht umhin zu bemerken, dass sie wenig oder gar nichts unter dem braunen Arbeitskittel trug. Ich stutzte deswegen, denn das Wetter war doch recht kalt. Und dann, als ich sie auf das Bett legte, öffnete sie die Augen und starrte mich mit einer listigen Freude im Gesicht an, die mich davon überzeugte, dass sie ihre Ohnmacht nur vorgetäuscht hatte. Mit einer Hand ergriff sie mich beim Handgelenk, als ich sie gerade loslassen wollte, mit der unverkennbaren Absicht, unseren Körperkontakt zu verlängern.

Das jedoch war mir alles ein wenig zu plump, und so riss ich mich los. Kaum hatte ich mich von ihr gelöst, als ich Schritte vor der Tür hörte. Rasch öffnete ich sie. Vor mir stand ein grobschlächtiger Mann mit zigeunerhaften Gesichtszügen; er schien verblüfft, mich zu sehen, und hub an: »Ich suche den ...«, dann sah er das Mädchen im Zimmer.

Schnell sagte ich: »Ich habe sie bewusstlos auf dem Boden gefunden. Ich werde einen Arzt holen.« Eigentlich wollte ich nur die Treppe hinunter die Flucht ergreifen, doch das Mädchen hatte meine Worte mit angehört, sagte: »Ist nicht nötig!«, und sprang vom Bett. Der Mann wandte sich um und ging davon, das Mädchen folgte ihm wenige Sekunden später, ohne noch ein Wort zu sagen. Es erforderte keinen großen Scharfsinn, um zu erkennen, was hier geplant gewesen war: Er sollte die Tür öffnen und mich dabei mit ihr in flagranti erwischen. Ich weiß nicht, was dann geplant gewesen wäre; vielleicht hätte er Geld von mir gefordert. Allerdings halte ich es für wahrscheinlicher, dass er mich körperlich angegriffen hätte. Zwischen ihm und dem Jugendlichen, der mich von der Brücke aus angestarrt hatte, bestand eine deutliche Familienähnlichkeit. Ich sah den Mann nie wieder, und das Zimmermädchen ging mir danach aus dem Weg.

Dieser Zwischenfall bestärkte mich in meiner Vermutung, diese Zigeunerfamilie habe mehr mit den Lloigor zu tun, als Urquart annahm. Ich rief bei ihm zu Hause an, doch man sagte mir, er schlafe. Den Rest des Tages verbrachte ich damit, Briefe nach Hause zu schreiben, und besichtigte die römischen Ruinen der Stadt.

Am gleichen Abend sah ich Chickno zum ersten Mal. Auf dem Weg zu Urquarts Haus musste ich an einer kleinen Gaststätte vorbei, in deren Fenster ein Schild hing: FÜR ZIGEUNER KEIN ZUTRITT. Dennoch stand im Eingang dieses Pubs ein alter Mann in sackartig herabhängender Kleidung – ein harmlos wirkender alter Mann –, der mir, die Hände in die Taschen gestützt, mit Blicken folgte. Er rauchte eine Zigarette, die ihm lose im Mundwinkel hing. Ganz unverkennbar war er ein Zigeuner.

Ich erzählte Urquart von dem Zwischenfall mit dem Zimmermädchen, doch er schien geneigt, ihn als unbedeutend abzutun; schlimmstenfalls, so nahm er an, habe man beabsichtigt, mich zu erpressen. Als ich aber den alten Mann erwähnte, erwachte augenblicklich Urquarts Interesse, und er forderte mich auf, ihn so detailliert wie möglich zu beschreiben. »Das war Chickno, keine Frage«, sagte er, als ich seiner Bitte nachgekommen war. »Ich frage mich, was zum Teufel er hier will.«

»Er sah harmlos aus«, sagte ich.

»Ungefähr so harmlos wie eine Giftspinne.«

Die Begegnung mit Chickno beunruhigte mich. Ich hoffe zwar, dass ich, physisch gesehen, ebenso wenig ein Feigling bin wie jeder andere; doch sowohl der Jugendliche an der Brücke als auch der Zwischenfall mit dem Zimmermädchen hatten recht deutlich klar gemacht, dass man doch körperlich zu verwunden ist. Wenn der Freund dieses Zimmermädchens – oder ihr Bruder, wer auch immer er gewesen sein mochte – beschlossen hätte, mir in den Magen zu boxen, hätte er mich bewusstlos schlagen oder mir alle Rippen brechen können, ohne dass irgendjemand etwas gehört hätte. Und welches Gericht verurteilt einen Mann, der doch nur versucht habe, die ›Ehre‹ einer Frau zu verteidigen – vor allem, wenn diese erklärt, sie sei aus einer Ohnmacht erwacht, als sie merkte, dass man sich gerade an ihr verging ... Dieser Gedanke sandte mir ein äußerst unangenehmes Gefühl in die Magengegend, und ich erhielt wahrhaftig den Eindruck, mit dem Feuer zu spielen.

Diese Befürchtung erklärt auch das nächste Ereignis, von dem ich berichten muss. Zuvor sollte ich aber erwähnen, dass Urquart ab dem dritten Tag nicht mehr das Bett zu hüten brauchte und wir gemeinsam durch die Grauen Hügel fuhren, um herauszufinden, ob etwas Wahres an Machens Schilderungen der unterirdischen Höhlen war, in denen seine boshaften Höhlenmenschen hausen sollten. Wir befragten die Pfarrer von Llandalffen und zwei weiteren Ortschaften und sprachen mit mehreren Landarbeitern; dabei gaben wir vor, wir seien an Höhlenwanderungen und Höhlenerkundungen interessiert. Niemand stellte unsere eher unglaubwürdige Ausrede infrage, doch weiterzuhelfen vermochte man uns genauso wenig; der Pfarrer von Llandalffen erwähnte allerdings, er habe Gerüchte über Eingänge in den Hügeln gehört, die von Felsblöcken verschlossen seien.

Nachdem Urquart den ganzen Tag mit mir umhergehumpelt war, war er erschöpft und verabschiedete sich um sechs Uhr abends; er hatte vor, sich früh zu Bett zu begeben. Auf dem Heimweg glaubte ich, ein zigeunerartig aussehender Mann folge mir mehrere hundert Meter weit – vielleicht bildete ich es mir aber auch nur ein. In der Nähe des Hoteleingangs trieb sich jemand herum, der dem Jugendlichen von der Brücke ähnelte; er ging fort, als ich näher kam. Ich fühlte mich wie ein Gezeichneter. Schon nach dem Abendessen fühlte ich mich wieder etwas wohler und beschloss, in den Pub hineinzuschauen, vor dem ich den alten Chickno gesehen hatte, und mich diskret zu erkundigen, ob er dort bekannt sei.

Als ich noch etwa eine Viertelmeile von dem Pub entfernt war, sah ich Chickno im Eingang eines Milchgeschäfts stehen; er beobachtete mich unverhohlen. Mir war klar, dass ich mich nur in meiner Unsicherheit bestärken würde, wenn ich ihn ignorierte, und das konnte mir gut eine schlaflose Nacht bescheren. Also behandelte ich ihn, wie ich gelegentlich mit den Ungeheuern in meinen Albträumen umzuspringen pflege – ich trat auf ihn zu und sprach ihn an. Es bereitete mir ein gewisses Vergnügen zu sehen, dass mein Verhalten ihn im ersten Moment völlig überraschte. Seine wässrigen Augen blickten schnell in eine andere Richtung – das typische Verhalten eines Menschen, der ein schlechtes Gewissen hatte.

Erst als ich unmittelbar vor ihm stand, wurde mir klar, dass eine direkte Konfrontation – ihn zu fragen: »Warum folgen Sie mir?« – zwecklos sein würde. Er würde mit dem instinktiven Geschick eines Mannes reagieren, der sich meistenteils auf der falschen Seite des Gesetzes bewegte, und es schlichtweg abstreiten. Also lächelte ich ihm freundlich zu und sagte: »Ist ein schöner Abend heute.« Er grinste mich an und sagte nur: »Och ja.« Dann stellte ich mich neben ihn und schien einfach nur den Abend genießen zu wollen. Ich hatte wieder eine meiner Eingebungen: Chickno fühlte sich in der Position des Jägers sichtlich unwohl; er war es wohl eher gewohnt, der Gejagte zu sein.

Nach einem Moment sagte er: »Sie sind nicht von hier.« Sein Akzent war nicht walisisch, er war rauer, als käme er aus dem Norden.

»Ja, ich bin Amerikaner«, gab ich ihm Recht. Nach einer

kurzen Pause fügte ich hinzu: »Ihrer Aussprache nach zu urteilen, stammen Sie aber auch nicht von hier.«

»Jou. Ich bin aus Lancashire.«

»Woher da?«

»Downham.«

»Ach, aus dem Dorf der Hexen.« Ich erinnerte mich, im Zuge der Vorbereitung eines Seminars über viktorianische Schriftsteller *The Lancashire Witches* von Ainsworth gelesen zu haben.

Chickno grinste mich an, und ich sah, dass er nicht einen einzigen gesunden Zahn im Mund hatte – nur braune, geborstene Stummel. Aus der Nähe konnte ich auch feststellen, dass ich mich völlig vertan hatte, als ich meinte, er sehe harmlos aus. Urquarts Vergleich mit einer Giftspinne war gar nicht so abwegig. Zunächst einmal war er sehr viel älter, als es aus der Ferne den Anschein gehabt hatte – ich hätte ihn nun über achtzig geschätzt. (Gerüchten zufolge, die mir später zu Ohren gekommen waren, war er über hundert. Auf jeden Fall war seine älteste Tochter fünfundsechzig Jahre alt.) Doch das Alter hatte ihn weder gütig werden lassen noch milder gestimmt. Er strahlte Ungezügeltheit und Entartung aus, dazu eine unangenehme Vitalität, als könne er es immer noch genießen, jemand anderem Schmerzen zuzufügen oder Angst einzuflößen. Nur mit ihm zu sprechen rief ein beunruhigendes Gefühl hervor; fast als tätschle man einen Hund, von dem man nicht genau weiß, ob er nicht doch die Tollwut hat. Urquart hatte mir einige äußerst unschöne Gerüchte erzählt, die über Chickno kursierten, und nun war ich willens, jedem einzelnen davon Glauben zu schenken. Mir fiel eine Geschichte von der kleinen Bauerntochter ein, die in einer verregneten Nacht Chicknos Gastfreundschaft in Anspruch genommen hatte, und es fiel mir schwer, meinen Abscheu nicht deutlich erkennen zu lassen.

Wir standen noch einige Minuten dort, betrachteten die beleuchtete Straße und die Jugendlichen, die vereinzelt über die Straße bummelten, tragbare Transistorradios unter dem Arm, und uns dabei völlig ignorierten.

»Strecken Sie mal Ihre Hand aus«, sagte Chickno dann.

Ich tat, wie mir geheißen, und er betrachtete meine rechte Hand ausgiebig und mit großem Interesse. Dann fuhr er mit seinem Daumen über meinen Daumenballen.

»Lange Lebenslinie.«

»Es freut mich, das zu hören. Können Sie da noch mehr sehen?«

Er schaute mich an und grinste bösartig. »Nichts, was Sie interessieren würde.«

Das Gespräch hatte etwas Unwirkliches an sich. Ich warf einen kurzen Blick auf meine Uhr. »Zeit, was zu trinken.« Ich ging los, drehte mich dann aber um und sagte, als sei mir der Gedanke gerade eben erst gekommen: »Würden Sie sich mir anschließen wollen?«

»Klar, warum nicht?« Trotz seiner Worte lag in seinem Lächeln etwas offenkundig Beleidigendes, an dem jedermann, der frei von Hintergedanken handelte, Anstoß genommen hätte. Ich wusste, was er dachte – dass ich Angst vor ihm hätte und nun versuchen wollte, ihn für mich einzunehmen. Mit Ersterem hatte er zum Teil Recht, bei Letzterem jedoch in keiner Weise. Ich spürte, dass es mir nur zum Vorteil gereichen konnte, wenn er mich nicht richtig einzuschätzen wusste.

Wir gingen zu dem Pub, den ich hatte aufsuchen wollen. Dann sah ich das Schild im Fenster und zögerte.

»Keine Sorge. Für mich gilt das nicht«, sagte Chickno.

Einen Augenblick später sah ich auch, warum er das sagen konnte. Der Schankraum war halb voll. Mehrere Arbeiter spielten Dart. Chickno ging schnurstracks auf den Tisch unter der Dartscheibe zu und setzte sich. Einige der Männer schauten ihn verärgert an, sagten jedoch kein Wort. Sie legten die Dartpfeile auf das Fensterbrett und gingen an die Theke.

Chickno grinste. Ich merkte ihm deutlich an, wie sehr er es genoss, solche Macht über andere auszuüben.

Er sagte, er wolle einen Rum trinken. Ich ging zur Theke, und der Wirt bediente mich, ohne mir je offen in die Augen zu sehen. Die anderen Gäste verzogen sich unauffällig in die andere Hälfte des Schankraumes oder entfernten sich zumindest so weit als möglich von uns, wie sie konnten, ohne dabei allzu sehr aufzufallen. Ganz offensichtlich war Chickno gefürchtet. Vielleicht hing es mit dem plötzlichen Tod des Richters zusammen, der seinen Sohn verurteilt hatte; später erzählte mir Urquart von weiteren Zwischenfällen.

Eines jedoch nahm mir immerhin einen Teil meiner Besorgnis: Chickno vertrug nicht viel. Ich hatte ihm einen normalen Rum geholt, damit er nicht auf den Gedanken kam, ich wolle ihn vielleicht betrunken machen, er aber sah das Glas nur kurz an und meinte: »Bisschen klein, oder?«, also bestellte ich einen zweiten. Den ersten Rum hatte er geleert, bevor ich den zweiten auch nur geholt hatte. Und zehn Minuten später stand in seinen Augen nicht mehr ganz so viel Schläue und Gerissenheit.

Ich war derweil zu dem Schluss gelangt, mir durch Offenheit nichts verderben zu können. »Ich habe von Ihnen gehört, Mister Chickno. Deswegen hatte ich auch großes Interesse, Ihre Bekanntschaft zu machen.«

»Jou. So schaut's aus«, meinte er nur. Nachdenklich nippte er an seinem zweiten Rum, dann saugte er an einem hohlen Zahn. Schließlich sagte er: »Sie scheinen mir doch ein vernünftiger Mann zu sein. Warum bleiben Sie, wo keiner Sie haben will?«

Ich gab noch nicht einmal vor, nicht zu verstehen, was er meinte.

»Ich werde bald abreisen – wahrscheinlich Ende der Woche. Aber ich bin hierher gekommen, weil ich etwas suche. Haben Sie schon einmal vom Voynich-Manuskript gehört?«

Offensichtlich war das nicht der Fall. Und obwohl ich glaubte, nur meine Zeit zu verschwenden – Chickno schaute mich unentwegt mit ausdruckslosen Augen an –, fasste ich die Geschichte der Handschrift kurz zusammen und berichtete auch, wie ich sie entschlüsselt hatte. Ich beendete meinen Bericht mit der Bemerkung, auch Machen scheine dieses Werk gekannt zu haben, und dass ich vermutete, ein weiterer Teil der Vorlage oder eventuell eine Abschrift könne sich hier in der Gegend befinden. Als Chickno mir antwortete, bemerkte ich sofort, dass ich ihn zu Unrecht für stumpfsinnig oder unaufmerksam gehalten hatte.

»Ich soll Ihnen glauben, dass Sie in der Gegend sind, weil Sie ein Buch suchen? Das soll alles sein?«, fragte er.

Der Satz war mit der für Lancashire so typischen Grobheit ausgesprochen worden, doch er barg keine Feindseligkeit. »Aus diesem Grund bin ich hier«, entgegnete ich.

Chickno beugte sich über die Tischplatte vor, und ich roch den Rum in seinem Atem. »Hören Sie, Mister, ich weiß viel mehr, als Sie glauben. Ich weiß alles über Sie. Also hören Sie jetzt mit so was auf, ja? Sie sind ja vielleicht 'n Professor, aber mich beeindruckt das nicht.« Ich hatte den Eindruck, eine Ratte oder ein Wiesel zu betrachten – und das Gefühl, er sei gefährlich, man müsse ihn beseitigen, wie eine Giftschlange –, doch ich mühte mich, mir das nicht anmerken zu lassen. Plötzlich begriff ich noch etwas über ihn: Er *war* durchaus beeindruckt von meiner Position und genoss es außerordentlich, dass er mir praktisch befehlen konnte, mich davonzuscheren und mich um meine eigenen Angelegenheiten zu kümmern.

Also holte ich tief Luft und sagte höflich: »Glauben Sie mir, Mister Chickno, mein einziges Interesse gilt dieser Handschrift. Wenn ich finden könnte, was mir davon fehlt, wäre ich glücklich und zufrieden.«

Er trank seinen Rum aus, und einen Moment lang dachte ich, er wolle aufstehen und gehen. Stattdessen verlangte er nur einen weiteren Rum. Ich ging erneut zur Theke und holte ihm einen Doppelten; mir brachte ich noch einen Haig mit.

Als ich wieder saß, trank Chickno einen großen Schluck aus dem frischen Glas. »Ich *weiß,* was Sie hier wirklich wollen, Mister. Ich weiß auch von Ihrem Buch. Ich will Ihnen ja gar nichts. Ich sage nur, dass niemand Sie hier haben will. Warum gehen Sie nicht wieder zurück nach Amerika? Den Rest von Ihrem Buch, den finden Sie hier sowieso nicht, das kann ich Ihnen sagen.«

Einige Minuten schwiegen wir beide. Dann beschloss ich, es mit absoluter Offenheit zu versuchen. »Warum wollen Sie, dass ich gehe?«

Einen Augenblick schien er nicht zu begreifen, was ich gesagt hatte. Dann wurde sein Gesicht völlig nüchtern und ernst – jedoch nur ganz kurz. »Es ist besser, nicht darüber zu reden.« Doch schon schien er es sich wieder anders zu überlegen, und seine Augen blitzten boshaft auf. Er lehnte sich abermals zu mir vor. »Die wollen nichts von Ihnen, Mister. Die könnten sich nicht weniger um Sie scheren! *Er* ist es, den sie nicht mögen!« Sein Kopf zuckte in eine unbestimmte Richtung – ich mutmaßte, er meine Urquart. »Er ist ein Narr! Er hat genügend Warnungen erhalten, und Sie können ihm von mir ausrichten, die warnen ihn nicht noch mal!«

»Er glaubt nicht, dass sie die Macht besitzen. Nicht genügend jedenfalls, um ihm zu schaden«, sagte ich.

Chickno schien sich nicht entscheiden zu können, ob er lächeln oder höhnisch grinsen sollte. Er verzog das Gesicht, und für einen Moment war mir, als hätten sich seine Augen rot verfärbt wie die einer Spinne. »Dann ist er nichts als ein alter ... Narr«, stieß er hervor, »und er bekommt, was er verdient.«

Obwohl mich Furcht durchfuhr, verspürte ich zugleich ein gewisses Triumphgefühl. Meine Offenheit hatte sich ausgezahlt. Und falls mein Gesprächspartner nicht mit einem Mal wieder größere Vorsicht an den Tag legte, konnte es nicht mehr lange dauern, bis ich zumindest etwas von dem erfuhr, was ich wissen wollte.

Er riss sich zusammen und sagte, weniger heftig: »Erstens ist er ein Narr, weil er in Wirklichkeit gar nichts weiß. Nicht das Geringste!« Mit einem gekrümmten Zeigefinger tippte er mir auf das Handgelenk.

»Das hatte ich schon vermutet«, entgegnete ich.

»Ach, haben Sie das? Na, dann liegen Sie richtig. Dieser ganze Unsinn von wegen Atlantis!« Ohne Zweifel entsprang sein Hohn der tiefen Überzeugung. Mit seinen nächsten Worten aber erschütterte er mich stärker als mit allem bisher Gesagten. Wieder beugte er sich vor, dann sagte er mit unerwarteter Ernsthaftigkeit: »Die stammen nicht aus dem Märchenbuch, verstehen Sie? Die treiben keine Spielchen!«

Und nun begriff ich etwas, das mir bisher nicht klar gewesen war. Er kannte ›Die‹, er sprach über sie mit dem gleichen teilnahmslosen Realismus wie ein Wissenschaftler, der über die Atombombe referiert. Ich glaube, bis zu diesem Punkt hatte ich eigentlich gar nicht an ›sie‹ geglaubt; ich hatte gehofft, entweder mit einem Irrglauben zu tun zu haben, oder mit Erscheinungen, die wie Geister keine echte Wirkung auf den Menschen auszuüben vermochten. Des Zigeuners Worte jedoch machten mir meinen Fehler klar. ›Die‹. Mir standen die Haare zu Berge, und Kälte durchkroch mich bis in die Zehenspitzen.

»Was tun sie dann?«

Er leerte sein Glas und sagte beiläufig: »Das hat nichts mit Ihnen zu tun, Kumpel. Sie können nichts dagegen machen. Das kann keiner.« Er stellte das Glas hin. »Wissen Sie, die Welt gehört sowieso ihnen. Wir waren nur ein Missgriff. Sie wollen sie wieder für sich zurückhaben.« Er blickte den Wirt auffordernd an und deutete auf sein Glas.

Ich ging wieder zur Theke und holte ihm einen weiteren

Rum. Es war mir nun darum getan, so rasch als möglich aufzubrechen und mich mit Urquart zu verständigen. Gleichzeitig wollte ich keinesfalls das Risiko eingehen, Chickno durch einen überhasteten Rückzug zu beleidigen.

Der Zigeuner jedoch löste mein Problem von alleine. Nachdem er drei doppelte Rum getrunken hatte, hörte er plötzlich auf, verständlich zu reden. Er murmelte etwas in einer Sprache, die ich für Romani hielt. Mehrmals erwähnte er eine »Liz Southern«; er sprach es *»Sowthern«* aus, und erst später erkannte ich den Namen als den einer Hexe aus Lancashire wieder, die 1612 hingerichtet worden war. Ich habe nie herausgefunden, was er gesagt und ob er tatsächlich diese Hexe gemeint hatte. Sein Blick wurde glasig, obwohl er offensichtlich glaubte, mir immer noch etwas mitzuteilen. Schließlich hatte ich das unheimliche Gefühl, als sei es nicht mehr der alte Chickno, der mit mir sprach, sondern dass mein Gesprächspartner von einem anderen Wesen besessen sei. Eine halbe Stunde später schlief er ein, den Kopf auf der Tischplatte. Ich ging zum Wirt hinüber.

»Das tut mir Leid.« Ich deutete auf Chickno.

»Das ist in Ordnung«, sagte er. Ich denke, er hatte inzwischen begriffen, dass ich nicht zu den Freunden dieses Zigeuners gehörte. »Ich werde seinen Enkel anrufen. Der bringt ihn dann schon nach Hause.«

Aus der nächsten Telefonzelle rief ich bei Urquart an. Seine Haushälterin sagte mir, er schlafe schon. Ich war versucht, zu ihm zu gehen und ihn zu wecken, dann entschied ich mich jedoch dagegen, ging zurück ins Hotel und wünschte mir sehnlichst, ich hätte jemanden, mit dem ich reden könnte.

Ich versuchte, meine Gedanken zu ordnen, um den Sinn all dessen zu ergründen, was Chickno mir erzählt hatte. Wenn er die Existenz der Lloigor nicht bestritt, in welcher Hinsicht irrte dann Urquart? Nur hatte ich zu viel getrunken und war erschöpft. Gegen Mitternacht fiel ich in einen unruhigen, wenig erholsamen Schlaf, der immer wieder durch Albträume unterbrochen wurde. Gegen zwei Uhr morgens erwachte ich mit dem erschreckenden Gefühl, es gebe die Lloigor wirklich, obwohl meine Erlebnisse der letzten Tage sich in meinen Träumen mit Albträumen vom Marquis de Sade und Jack the Ripper vermischten. Mein Gefühl, es gebe eine tatsächliche, greifbare Gefahr, war so stark, dass ich das Licht einschaltete. Danach ging es mir besser. Ich beschloss, mein Gespräch mit Chickno aufzuschreiben und Urquart zum Lesen zu geben. Vielleicht konnte er den einen oder anderen fehlenden Puzzlestein beitragen. So detailliert ich konnte, brachte ich alles zu Papier, woran ich mich erinnerte.

Mit vor Kälte starren Fingern legte ich mich wieder schlafen, wurde aber bald von einem schwachen Zittern des Zimmers geweckt, das mich an ein Erdbeben erinnerte, das ich vor Jahren einmal in Mexiko miterlebt hatte. Dann schlief ich bis zum Morgen.

Bevor ich zum Frühstück ging, erkundigte ich mich an der Rezeption, ob Post für mich eingegangen sei. Der Portier reichte mir ein Antwortschreiben auf meinen Brief an Lauerdale von der *Brown University*, den ich las, während ich mein Frühstück einnahm – Räucherhering.

Viel von dem Brief war rein literarischer Natur – eine Erörterung Lovecrafts und der zugrunde liegenden Psychologie. Doch es gab auch Seiten, die für mich von deutlich größerem Interesse waren. So schrieb Lauerdale unter anderem: »Ich selbst bin, aufgrund seines Briefwechsels, geneigt zu glauben, dass eines der wichtigsten Ereignisse in Lovecrafts jungen Jahren ein Besuch in Cohasset war, einem heruntergekommenen Fischerdorf zwischen Quonochontaug und Weekapaug im Süden von Rhode Island. Genau wie Lovecrafts ›Innsmouth‹ wurde dieses Dorf später von den Landkarten getilgt. Ich bin selbst dort gewesen, und das Dorf entspricht in vielerlei Hinsicht Lovecrafts Beschreibungen von Innsmouth, das er in

Massachusetts angesiedelt hat: ›Mehr leer stehende Häuser als Dorfbewohner‹, der allgegenwärtige Verfall, der schale Fischgeruch. 1915, als Lovecraft den Ort besucht hat, lebte dort in Cohasset tatsächlich ein Captain Marsh, der einige Zeit in der Südsee verbracht hatte. Er könnte derjenige gewesen sein, der Lovecraft von den Tempeln des Bösen auf Polynesien und dem Unterwasservolk berichtet hat. Bei der bedeutendsten dieser Legenden – die auch bei Jung und Spence erwähnt wird – geht es um Götter (oder Dämonen) von den Sternen, die einst über diese Erde geherrscht haben, dann aber ihre Macht durch den Gebrauch schwarzer Magie einbüßten, und eines Tages zurückkehren werden, um die Welt wieder in ihre Gewalt zu bringen. In der von Jung erwähnten Fassung dieser Legende heißt es, jene Götter hätten die Menschen aus halb tierischen Ungeheuern erschaffen.

Meines Erachtens hat Lovecraft den Rest seines ›Mythos‹ von Machen abgeleitet, eventuell war er auch von Poe beeinflusst, der gelegentlich Andeutungen in diese Richtung machte. Man vergleiche beispielsweise ›Das Manuskript in der Flasche‹. Ich habe keinen Hinweis darauf gefunden, dass es jemals unheimliche Gerüchte gegeben hat, die mit dem ›gemiedenen Haus‹ in der Benefit Street oder irgendeinem anderen Haus in Providence zusammengehangen hätten. Mit großem Interesse sehe ich Ihren Erkenntnissen über Machens Quellen entgegen. Wenngleich ich es als möglich erachte, dass Machen etwas über dieses geheimnisvolle Werk, das Sie erwähnt haben, erfahren hatte, finde ich keinerlei Hinweise darauf, dass Lovecraft ein derartiges Buch aus erster Hand bekannt war. Ich bin sicher, dass jegliche inhaltliche Verwandtschaft seines *Necronomicons* und des Voynich-Manuskripts, wie Sie schon vermutet hatten, rein zufällig ist.«

Meine Haare stellten sich auf, als ich den Satz über Götter las, die ›eines Tages zurückkehren werden, um die Welt wieder in ihre Gewalt zu bringen‹, und ebenso erging es mir bei dem Hinweis auf die polynesischen Inseln. Schließlich hatte Churchward geschrieben: »Osterinseln, Tahiti, Samoa ... Hawaii und die Marquesas-Inseln sind die traurigen Überreste dieses großen Landes, noch heute wachen sie über ein schweigendes Grab.« Polynesien besteht aus den Überresten von Mu.

Der Brief verriet mir somit kaum mehr, als ich ohnehin schon wusste oder mir zusammengereimt hatte. Mein Gespräch mit Chickno indes warf ein ganz handfestes Problem auf: Inwieweit schwebte Urquart tatsächlich in Gefahr? Selbst wenn er richtig lag mit seiner Vermutung, die Lloigor besäßen keinen oder nur geringfügigen Einfluss, sah es bei diesem Chickno und seiner Familie ganz anders aus. Auch bei größter Skepsis, auch wenn man die Lloigor samt und sonders als Einbildung und Aberglauben abtat, bedeutete Chickno eine sehr real existierende Gefahr. Aus einem mir unbekannten Grund hassten die Zigeuner Urquart.

Der Portier tippte mir sanft gegen den Arm: »Telefon, Sir!«

Es war Urquart. »Dem Himmel sei Dank, dass Sie anrufen«, sagte ich. »Ich muss mit Ihnen reden.«

»Dann haben Sie schon davon gehört?«

»Wovon gehört?«

»Von der Explosion! Chickno ist tot.«

»Was? Sind Sie sicher?«

»Ziemlich. Obwohl sie noch nicht allzu viel von ihm gefunden haben.«

»Ich bin sofort da!«

Das war das Erste, was ich von der Großen Explosion von Llandalffen hörte. Vor mir auf meinem Schreibtisch liegt ein Buch namens *Stranger than Logic* von dem inzwischen verstorbenen Frank Edwards, eine dieser nicht allzu zuverlässigen Sammlungen von Rätseln und wundersamen Ereignissen. Eines der Kapitel heißt ›Die Große Explosion von Llandalffen‹; es habe sich, so sagt das Buch im Wesentlichen, um eine Atomexplosion gehandelt, die vermutlich durch einen Defekt im Antrieb eines UFOs, ›unidentifizierten Flugobjekts‹, hervorgerufen wurde. Der Raumfahrtwissenschaftler Willey Ley wird mit der Andeutung zitiert, der große, 1908 in Sibirien entstandene Krater, stamme von einer Antimaterie-Explosion. Ley zieht Parallelen zwischen Llandalffen und Podkamennaya Tunguska, was ich schlicht und einfach für absurd halte. Ich habe die Explosionsstätte besichtigt; das Ausmaß der Schäden war bei weitem geringer, als eine Kernexplosion hervorgerufen hätte – auch eine kleine.

Doch ich greife meiner Geschichte vor. Urquart und ich trafen uns auf halber Strecke zu seinem Haus, dann fuhren wir gemeinsam nach Llandalffen. Gegen vier Uhr morgens hatte sich unversehens eine gewaltige Explosion ereignet; vielleicht war sie es gewesen, was mich in den Morgenstunden geweckt hatte. Das Gebiet, in dem sie sich ereignete, war zum Glück weitgehend menschenleer, nur ein Landarbeiter wurde in seinem kleinen Haus, etwa drei Meilen von der Explosion entfernt, aus dem Bett geworfen. Das Sonderbarste an der ganzen Angelegenheit war wohl die fast völlige Lautlosigkeit, mit der alles vonstatten ging: Der Landarbeiter dachte, ein leichtes Erdbeben habe sich ereignet, und ging unbesorgt wieder schlafen. Zwei Männer aus dem Dorf, die gerade von einer Feier heimkehrten, schilderten die Explosion als ein gedämpftes Geräusch, wie Donnergrollen in der Ferne oder die Zündung einer unterirdischen Sprengladung, die man aus dem Bergbau kennt; sie hatten sich gesorgt, ob vielleicht ein Flugzeug abgestürzt sein mochte. Gegen sieben Uhr morgens durchquerte der Landarbeiter mit dem Fahrrad die Gegend, in der er das Zentrum des ›Erdbebens‹ vermutet hatte, ohne etwas Außergewöhnliches zu entdecken. Er berichtete jedoch dem Bauern, bei dem er arbeitete, den Zwischenfall, und wenige Minuten nach neun Uhr fuhren sie gemeinsam im Auto des Bauern hinüber. Der Bauer bog von der Straße ab und näherte sich den Wohnwagen der Zigeuner, die noch etwa zwei

Meilen tiefer in dem Gebiet standen. Das Erste, was sie fanden, war nicht, wie Mr. Edwards behauptet, der Körperteil eines Menschen, sondern das verstümmelte Vorderbein eines Esels, das mitten auf der Straße lag. Als sie sich umschauten, bemerkten sie, dass Feldmauern und Bäume umgedrückt worden waren. Splitter eines Wohnwagens und andere Trümmerstücke lagen über Hunderte von Metern um den Mittelpunkt der Explosion verstreut; dieser Mittelpunkt lag genau in dem zwei *Acres* großen Feld, auf dem die Wohnwagen gestanden hatten.

Ich habe das Feld selbst besichtigt – der Polizeiinspektor von Llandalffen gestattetete uns, uns umzusehen, da er Urquart kannte. Zuerst dachte ich, es habe sich keine Explosion ereignet, sondern ein Erdbeben. Explosionen führen zur Kraterbildung oder machen ein ganzes Gebiet mehr oder minder dem Erdboden gleich; hier aber war der Boden aufgewühlt, als habe eine unterirdische Erschütterung stattgefunden. Durch das Feld hatte ein Bach geführt, der nun das ganze Gebiet in einen Teich verwandelte. Andererseits fanden wir einige Anzeichen, die für eine Explosion sprachen: Einige Bäume waren zu Boden gedrückt, von anderen waren nur noch geborstene Stümpfe übrig geblieben, wieder anderen jedoch war nichts anzumerken. Die Steinmauer, die das Feld von der Straße abtrennte, war völlig unbeschädigt, obwohl sie über eine kleine Hügelkuppe oder zumindest einen Erdwall verlief, und doch war eine andere Mauer, die viel weiter entfernt auf dem nächsten Acker stand, über einen weiten Bereich versprengt worden.

Anschließend fanden wir natürlich auch die entstellten Überreste von Menschen und Tieren, wie wir es erwartet hatten: Fleischfetzen und Knochensplitter. Nur wenige davon konnten noch identifiziert werden; die Explosion schien jedes Lebewesen auf diesem Feld in Stücke gerissen zu haben. Das Vorderbein dieses Esels war das größte Stück, das aufgefunden wurde.

Sehr bald wurde mir übel, und ich musste mich in den Wagen setzen, doch Urquart humpelte über eine Stunde lang umher und besah sich die einzelnen Funde. Ich hörte, wie ihn ein Polizist fragte, was er eigentlich suche, doch Urquart antwortete, er wisse es selbst nicht. Ich jedoch wusste es: Er hoffte, eindeutige Beweise zu finden, um die Zigeuner mit Mu in Beziehung zu setzen. Ich konnte mir kaum vorstellen, dass er etwas finden würde.

Inzwischen mussten tausend Schaulustige in dem Gebiet eingetroffen sein. Sie versuchten, dem Schauplatz nahe genug zu kommen, um herauszufinden, was eigentlich passiert war. Als wir heimfahren wollten, wurden wir mindestens ein Dutzend Mal angehalten. Urquart erzählte jedem, der es hören wollte, er glaube, eine fliegende Untertasse sei explodiert.

In Wirklichkeit bestand für beide von uns kaum ein Zweifel, was sich tatsächlich zugetragen hatte. Ich glaube, der alte Chickno war zu weit gegangen – er hatte mir zu viel erzählt. Urquart mutmaßte, Chicknos größter Fehler sei es gewesen, die Lloigor für zu menschlich zu halten und sich für einen ihrer Diener, der sich gewisse Freiheiten herausnehmen konnte. Ihm war wohl nicht klar gewesen, wie bodenlos entbehrlich er war, und seine naive Vorstellung, er sei eine Art Botschafter der Lloigor, ließ ihn für sie zu einer Gefahr werden.

Zu diesem Schluss gelangten wir, nachdem ich Urquart mein Gespräch mit Chickno vollständig berichtet hatte. Als er meine Aufzeichnungen gehört hatte, sagte er nur: »Kein Wunder, dass sie ihn umgebracht haben.«

»Aber er hat doch eigentlich nicht viel gesagt!«

»Es hat wohl gereicht. Vielleicht befürchteten sie, wir könnten uns aus dem, was er Ihnen erzählt hat, noch mehr zusammenreimen.«

Unser Mittagessen nahmen wir im Hotel ein, und das bereuten wir schon sehr bald. Jedermann schien zu wissen, wo wir gewesen waren, alle starrten uns an und versuchten, unserem Gespräch zu lauschen. Der Kellner hielt sich so lange in unmittelbarer Nähe unseres Tisches auf, dass der Geschäftsführer des Hotels ihn schließlich maßregeln musste. Wir aßen, so schnell wir konnten, und fuhren zu Urquarts Haus zurück. Im Kamin der Bibliothek brannte wieder ein Feuer, und Mrs. Dolgelly brachte uns Kaffee.

Ich kann mich noch genau an jede Einzelheit dieses Nachmittags erinnern. In der Luft lag eine Spannung, eine Vorahnung, als befänden wir uns in physischer Gefahr. Was Urquart am meisten beeindruckt hatte, war Chicknos Spott gewesen, als ich ihm berichtet hatte, Urquart nehme an, ›sie‹ besäßen keine wirkliche Macht. Ich erinnere mich noch genau an die abfälligen Schimpfwörter, die Chickno ausgestoßen hatte und derentwegen sich zahlreiche Gäste im Pub umgedreht hatten. Und die jüngsten Ereignisse hatten Chickno Recht gegeben. ›Sie‹ besaßen sogar sehr viel Macht – Macht der verschiedensten Art. Denn wir waren zu dem Schluss gekommen, die Zerstörung des Zigeunerlagers gehe weder auf ein Erdbeben noch auf eine Explosion zurück, sondern auf eine Mischung aus beidem. Eine Explosion, die stark genug war, um Wohnwagen zu zerreißen, hätte man noch in Southport und Melincourt hören müssen, gewiss aber in Llandalffen, das kaum fünf Meilen entfernt liegt. Die Spalten und Risse im Boden ließen hingegen darauf schließen, dass die Erde erschüttert worden war. Erdstöße alleine hätten jedoch die Wohnwagen nicht in Fetzen reißen können. Urquart glaubte – und ich schloss mich schließlich seiner Ansicht an –, dass die Wohnwagen und ihre Bewohner *tatsächlich* zerrissen worden waren – Stück für Stück. Doch wenn das stimmte, warum dann diese Erschütterungen der Erde? Zwei mögliche Erklärungen boten sich an: Entweder hatte der Boden gebebt, als die ›Lebewesen‹ durch das Erdreich an die Oberfläche gedrungen waren, oder dieses ›Erdbeben‹ sollte uns auf eine falsche Fährte locken – stellte also ein Ablenkungsmanöver dar. Letztere Vermutung zog solch erschreckende Folgerungen nach sich, dass wir uns Whiskey eingossen, obschon es erst früher Nachmittag war. Handelte es sich tatsächlich um ein Ablenkungsmanöver, so bemühten ›sie‹ sich, für das Geschehene eine scheinbar natürliche Erklärung zu liefern. Wenn sie es aber für nötig erachteten, im Geheimen zu agieren, so mussten sie einen guten Grund dafür haben. Und dieses Motiv konnte, soweit wir es zu beurteilen vermochten, nur darin bestehen, dass sie Pläne für die Zukunft schmiedeten. Mir kamen Chicknos Worte in den Sinn: »Die Welt gehört sowieso ihnen ... Sie wollen sie wieder für sich zurückhaben.«

Es war zum Verzweifeln, dass Urquart trotz all seiner Bücher über den Okkultismus und die Geschichte des sagenumwobenen Kontinents Mu keine Erklärung vorschlagen konnte. Nur mit Mühe gelang es mir, die Hoffnungslosigkeit abzuschütteln, die mich zu lähmen drohte, weil ich überhaupt nicht wusste, wo ich hätte anfangen sollen. Die Abendzeitung vergrößerte meine Niedergeschlagenheit noch, denn darin hieß es im Brustton der Überzeugung, Nitroglyzerin habe diese Explosion verursacht! Die ›Experten‹ hätten eine Theorie aufgestellt, die alle vorhandenen Fakten zu erklären schien. Chicknos Sohn und sein Schwiegersohn hätten in Steinbrüchen im Norden gearbeitet und seien daher mit der Handhabung von Sprengstoffen vertraut gewesen. Weil es billig und leicht herzustellen ist, werde in diesen Steinbrüchen des Öfteren Nitroglyzerin verwendet. Gemäß dem Zeitungsbericht standen die beiden im Verdacht, größere Mengen Glyzerin gestohlen zu haben, dazu noch Salpetersäure und Schwefelsäure. Sie mussten die Absicht gehabt haben, hieß es in dem Bericht weiter, selbst gemachten Sprengstoff zum Knacken von Geldschränken zu nutzen. Vermutlich hätten sie eine recht große Menge Nitroglyzerin hergestellt, und ein leichtes Erdbeben müsse schließlich die Explosion ausgelöst haben.

Die Erklärung war absurd: Es hätte Tonnen Nitroglyzerin

erfordert, um solchen Schaden anzurichten. Abgesehen davon hinterlässt eine Nitroglyzerin-Explosion stets charakteristische Spuren, die auf dem verwüsteten Feld jedoch fehlten. Sie wäre ohrenbetäubend laut gewesen, und doch hatte niemand etwas gehört.

Trotzdem zog niemand diese Erklärung ernsthaft in Zweifel, wenngleich man später eine offizielle Untersuchung des Unglücks einleitete. Vermutlich, weil der Mensch sich vor dem Unerklärlichen fürchtet, bedarf er zur Wahrung seines Seelenfriedens zumindest der Illusion von Erklärbarkeit und nimmt dabei auch zu den größten Albernheiten Zuflucht.

In der Zeitung erschien ein weiterer Artikel, der zunächst recht bedeutungslos wirkte. Die Überschrift lautete: »Durch Explosion geheimnisvolles Gas freigesetzt?« Der Beitrag war nur kurz, und es hieß darin, zahlreiche Personen in der Umgebung der Unglücksstelle seien am Morgen der Explosion mit schweren Kopfschmerzen und einem Gefühl der Ermattung aufgewacht – anscheinend Anzeichen einer heraufziehenden Grippe. Im Laufe des Tages seien die Symptome jedoch wieder verschwunden. Wurde durch die Explosion ein Gas freigesetzt, so fragte der Reporter, das solche Erscheinungen hervorgerufen haben könnte? Der ›wissenschaftliche Korrespondent‹ der Zeitung fügte hinzu, Schwefeldioxid könne gerade diese Symptome hervorrufen, und mehrere Personen hätten in der Nacht einen entsprechenden Geruch wahrgenommen. Natürlich enthalte Nitroglyzerin stets Spuren von Schwefelsäure, aus der das Gas entstanden sei ...

»Das können wir schnell überprüfen«, sagte Urquart und telefonierte mit dem Wetteramt in Southport. Zehn Minuten später rief man zurück und beantwortete unsere Frage: In dieser Nacht hatte Nordostwind geherrscht – und Llandalffen liegt im Norden der Unglücksstelle.

Dennoch begriff keiner von uns die Wichtigkeit dieses Artikels. Stunden verschwendeten wir damit, dass wir meine

Übersetzung des Voynich-Manuskriptes nach Hinweisen durchforsteten und uns anschließend noch dreißig oder mehr Büchern über Mu und ähnlichen Themenkreisen zuwandten.

Und dann, gerade als ich nach einem weiteren Buch über Lemuria und Atlantis greifen wollte, fiel mein Blick auf Sacheverell Sitwells *Poltergeister.* Ich hielt inne und stutzte. In Gedanken suchte ich nach halb vergessenen Erinnerungen. Plötzlich stand es mir klar vor Augen.

»Mein Gott, Urquart«, sagte ich, »mir ist gerade etwas eingefallen. Woher beziehen diese Wesen ihre Energie?« Er starrte mich verwirrt an. »Verwenden sie ihre eigene, natürliche Lebensenergie? Es bedarf eines physischen Körpers, um physische Energie zu erzeugen. Aber wenn es wie bei Poltergeistern wäre ...« Da begriff auch er. ›Poltergeister‹ beziehen ihre Energie von Menschen, in der Regel von heranwachsenden Mädchen. Verschiedentlich nimmt man an, Poltergeister besäßen keine unabhängige Daseinsform, sondern seien eine Art physischer Manifestation des Unterbewussten von Heranwachsenden – ein Ausdruck von Frustration oder dem Bedürfnis nach Aufmerksamkeit. Eine andere Meinung behauptet, Poltergeister seien echte ›Gespenster‹, die Energie von emotional gestörten Personen beziehen; Sitwell nennt Beispiele für Poltergeist-Vorfälle in Häusern, die bereits seit langer Zeit leer standen.

Konnte das der Grund dafür sein, dass sich so viele Leute im Umkreis der ›Explosion‹ beim Aufwachen müde und erkältet gefühlt hatten – weil die Energie dieser Explosion *von ihnen* gekommen war?

In diesem Fall wäre die Gefahr geringer gewesen, als wir zunächst angenommen hatten. Dann hätten die Lloigor selbst über keine Energie verfügt; sie müssten sie Menschen abzapfen – vermutlich von Schlafenden. Folglich unterläge ihre Macht starken Einschränkungen.

Im nächsten Moment schoss uns gleichzeitig derselbe Gedanke durch den Kopf: Die Welt war schließlich *voller* Menschen ...

Nichtsdestotrotz waren wir beide schon ein wenig optimistischer gestimmt. Und aus dieser Stimmung heraus beschlossen wir, uns unserer neuen Hauptaufgabe zu widmen: Die menschliche Rasse auf die Lloigor aufmerksam zu machen. Sie waren nicht unverwundbar, sonst hätten sie sich nicht die Mühe gemacht, Chickno dafür zu töten, dass er über sie gesprochen hatte. Vielleicht war es möglich, sie durch eine unterirdische Kernexplosion zu vernichten. Dass sie so viele Jahrhunderte geruht hatten, konnte nur bedeuten, dass ihre Macht begrenzt war. Wenn wir ihre Existenz eindeutig beweisen konnten, war die Wahrscheinlichkeit recht hoch, dieser Bedrohung auch entgegentreten zu können.

Es lag auf der Hand, dass die Explosion von Llandalffen unser Ausgangspunkt sein musste: Wir mussten der Öffentlichkeit eindeutig nachweisen, dass sie auf diese verborgenen Mächte zurückzuführen war. In gewisser Weise war Chicknos Tod das Beste, was hatte passieren können – die Lloigor hatten sozusagen ihre Karten auf den Tisch gelegt. Wir beschlossen, am nächsten Morgen erneut den Schauplatz der Explosion aufzusuchen und ein Dossier dazu anzulegen. Wir wollten die Bewohner von Llandalffen befragen, um herauszufinden, ob in der Nacht wirklich jemand Schwefeldioxid gerochen hatte. Beharrten sie weiter auf dieser Erklärung, wollten wir sie mit dem Umstand konfrontieren, dass der Wind in die andere Richtung geweht hatte. Urquart kannte einige überregional tätige Journalisten, die ein gewisses Interesse am Okkulten und Übernatürlichen besaßen; sie wollte er kontaktieren und ihnen andeuten, es gehe um eine wirklich große Sache.

Nachdem ich am späten Abend in mein Hotel zurückgekehrt war, fühlte ich mich wohl wie schon lange nicht mehr. Ich schlief tief und ausgiebig; als ich erwachte, war die Frühstückszeit schon längst vorüber, und ich fühlte mich ausgelaugt. Ich schob meine Erschöpfung auf den langen Schlaf, bis ich beim Gang ins Badezimmer bemerkte, dass mein Schädel pulsierte, als habe ich mir eine Grippe zugezogen. Ich nahm zwei Aspirin, rasierte mich und ging nach unten. Zu meiner Erleichterung wies außer mir niemand die gleichen Symptome auf. Nach Kaffee und Toast fühlte ich mich ein wenig besser und sagte mir, ich sei wohl einfach überarbeitet. Dann rief ich Urquart an.

Mrs. Dolgelly ging an den Apparat. »Ich fürchte, er ist noch nicht aufgestanden, Sir. Er fühlt sich heute Morgen nicht recht wohl.«

»Was hat er denn?«

»Nichts Besonderes. Er schien mir nur sehr müde zu sein, Sir.«

»Ich komme sofort«, sagte ich. Ich bat die Rezeption, mir ein Taxi zu rufen; den Weg zu gehen, war ich viel zu müde.

Zwanzig Minuten später saß ich bei Urquart am Bett. Er sah noch angeschlagener aus als ich und fühlte sich auch entsprechend.

»Mir gefällt dieser Gedanke ja gar nicht«, sagte ich, »gerade weil wir beide so ermattet sind, aber ich denke, wir sollten diesem Ort so schnell wie möglich den Rücken kehren.«

»Können wir damit nicht bis morgen warten?«, fragte Urquart.

»Morgen wird es noch schlimmer sein. Sie werden uns unsere Energie rauben, bis uns die erste Krankheit dahinrafft, die uns erwischt.«

»Wahrscheinlich haben Sie Recht.«

Obwohl es mir schwerer fiel, als ich es auszudrücken vermag, schaffte ich den Rückweg zum Hotel, packte meine Koffer und bestellte ein Taxi, das uns zum Bahnhof von Cardiff bringen sollte. Von dort fuhr um 15.00 Uhr ein Zug nach London. Urquart hatte noch größere Schwierigkeiten als ich; Mrs.

Dolgelly erwies sich als unerwartet halsstarrig und weigerte sich strikt, ihm einen Koffer zu packen. Er rief mich an, ich schleppte mich erneut zu seinem Haus und wollte doch nichts anderes als schnellstmöglich zurück ins Bett. Doch diese Anstrengung belebte mich zugleich ein wenig – vor der Mittagsstunde waren meine Kopfschmerzen schon fast verschwunden, und ich fühlte mich auch weniger erschöpft, wenngleich auf sonderbare Weise benommen. Mrs. Dolgelly glaubte mir meine Geschichte von einem dringenden Telegramm, dem zufolge Leben und Tod davon abhingen, dass wir aufbrachen, obwohl sie fest davon überzeugt war, Urquart könne den Weg nach London unmöglich schaffen, ohne zusammenzubrechen.

In dieser Nacht schliefen wir im Regent Palace Hotel. Und als wir am Morgen erwachten, fühlten wir uns beide ganz normal. Während wir am Frühstückstisch auf unsere Eier mit Schinken warteten, sagte Urquart: »Ich glaube, wir können es schaffen, alter Junge.«

Doch keiner von uns glaubte wirklich daran.

Ab hier hört meine Geschichte auf, einen geschlossenen Bericht darzustellen, und wird stattdessen zu einer Ansammlung von Fragmenten und einer Liste großer Enttäuschungen. Zunächst suchten wir wochenlang im British Museum nach Hinweisen, später dann in der Pariser Bibliothèque Nationale. Aus Werken über Kulte in der Südsee geht hervor, dass dort die Sagen um die Lloigor noch heute wach gehalten werden; für die Insulaner steht offenbar fest, dass sie eines Tages zurückkehren und ihre Welt wieder zurückfordern werden. In einem Text von Leduc und Poitier heißt es, sie werden einen »zerreißenden Wahnsinn« über jeden kommen lassen, den sie zu zerstören suchen, und in einer Fußnote wird erläutert, dass in diesem Zusammenhang ›zerreißen‹ tatsächlich wörtlich zu nehmen sei: Gemeint sei das Zerreißen mit den Zähnen, wie wenn jemand etwas von einem Hähnchenschenkel abbeiße. Von Storch legt Aufzeichnungen über einen Stamm auf Haiti vor, bei dem die Männer von einem Dämon besessen wurden, der viele dazu gebracht habe, Frauen und Kinder zu töten, indem sie ihnen mit den Zähnen die Kehlen aufrissen.

Auch Lovecraft lieferte uns einen wichtigen Hinweis. In seiner Erzählung »Cthulhus Ruf« erwähnt er eine Sammlung von Zeitungsausschnitten, die allesamt darauf hinweisen, dass die ›eingeschlossenen *Alten*‹ immer reger in die Welt eingriffen. Am selben Tag lernte ich durch Zufall eine junge Frau kennen, die für einen Zeitungsausschnittsdienst arbeitete; sie erzählte mir, ihre Aufgabe bestünde aus nichts anderem, als täglich Dutzende Zeitungen zu lesen und nach Erwähnungen der Namen ihrer Kunden zu suchen. Ich fragte sie, ob sie nach ›ungewöhnlichen Ereignissen‹ Ausschau halten könne – alles, was auf geheimnisvolle oder gar übernatürliche Vorkommnisse hindeutete –, und sie sagte, sie wüsste nicht, was dagegen spreche. Ich gab ihr eine Ausgabe von Charles Forts *Lo!*, um ihr in etwa zu zeigen, wonach ich suchte.

Zwei Wochen später traf ein dünner, hellbrauner Briefumschlag ein, in dem ich etwa ein Dutzend Zeitungsausschnitte fand. Die meisten davon waren unwichtig – Kinder, die mit zwei Köpfen geboren waren und ähnliche medizinische Kuriosa, ein Mann, der in Schottland von einem riesigen Hagelkorn erschlagen worden war, Berichte über eine neuerliche Sichtung des Yeti am Mount Everest –, doch zwei oder drei dieser Ausschnitte waren für unsere Suche durchaus von Bedeutung. Sofort nahmen wir mit weiteren Zeitungsausschnittsdiensten in England, Amerika und Australien Kontakt auf.

In der Folge erhielten wir gewaltige Mengen Materials, das schließlich zwei dicke Bücher füllte. Wir ordneten es nach verschiedenen Themenbereichen: Explosionen, Morde, Zauberei (und das Übernatürliche im Allgemeinen), Wahnsinn, wissenschaftliche Erkenntnisse, Verschiedenes. Die Einzelheiten der Explosion in der Nähe von Al-Kāẓimīyah im Irak sind dem des Zwischenfalles von Llandalffen so ähnlich – bis hin zu der körperlichen Erschöpfung der Einwohner Al-Kāẓimīyahs –, dass ich in keiner Weise daran zweifle, dass dort eine weitere Hochburg der Lloigor zu finden ist. Die Explosion, die in der Nähe von Ulan Bator den Lauf des Tula verändert hat, veranlasste China, Russland zu bezichtigen, eine Atombombe abgeworfen zu haben. Der sonderbare Wahnsinn, an dem letztendlich neunzig Prozent der Bewohner der Insel Zaforas im Kretischen Meer zugrunde gingen, stellt ein Rätsel dar, zu dem die griechische Militärregierung bis zum heutigen Tag keine Stellungnahme abgegeben hat. Das Massaker im bulgarischen Panagyurishte in der Nacht zum 29. März 1968 wurde in den ersten offiziellen Berichten einem »Vampir-Kult« zugeschrieben, »der den Andromedanebel als seine wahre Heimat betrachtet«. Das sind einige der wichtigsten Ereignisse, die uns zu der Überzeugung brachten, die Lloigor planten einen Großangriff auf die Bewohner der Erde.

Nur gab es buchstäblich Dutzende – schließlich sogar Hunderte – weniger bedeutsamer Ereignisse, die sich ins Bild fügten. Das Meereslebewesen, das einen Forellenfischer in Loch Eilt ins Wasser gezogen hatte, sodass er ertrunken war, führte zwar zu einigen Zeitungsartikeln, die von »Überlebenden aus der Urzeit« berichteten, doch in der Glasgower Ausgabe des *Daily Express* vom 18. Mai 1968 erschien ein Bericht über einen Hexenkult, der einen See-Teufel verehre, von dem ein überwältigender Geruch des Verfalls ausginge – der Vergleich mit Lovecrafts Innsmouth drängte sich sogleich auf. Ein Bericht über den ›Würger von Melksham‹ brachte mich dazu, mich mehrere Tage in diese Ortschaft zu begeben, und ich habe eine beeidigte Aussage von Detective Sergeant Bradley, dass die Worte, die der Mörder vor seinem Tode mehrmals aussprach, »Ghatanothoa«, »Nug« (ein weiteres Elementar, das bei Lovecraft beschrieben wird) und »Rantegoz« waren (Rhan-Tegoth, der Bestien-Gott, ebenfalls bei Lovecraft erwähnt?). Robbins (der Würger) hatte behauptet, er sei von einer »unterirdischen Macht« besessen gewesen, während er die drei Frauen ermordete und ihnen die Füße amputierte.

Es wäre sinnlos, diese Aufzählung fortzuführen. Wir hoffen, dass wir einige dieser Berichte – insgesamt etwa fünfhundert – in einem Buch veröffentlichen können, das wir dann allen Kongressabgeordneten und Mitgliedern des britischen Unterhauses zusenden werden.

Einige Berichte werden in diesem Band nicht veröffentlicht, obwohl sie vielleicht am beunruhigendsten sind. Um 07.45 Uhr am 7. Dezember 1967 hob eine kleine Privatmaschine von Fort Lauderdale ab; der Pilot war ein gewisser R. D. Jones aus Kingston auf Jamaica, der angegebene Zielflughafen war Kingston. An Bord befanden sich drei Passagiere. Die fünfhundert Kilometer hätten in etwa zwei Stunden zurückgelegt werden sollen. Gegen zehn Uhr wurde Jones' Frau, die am Flughafen auf ihn wartete, unruhig und bat darum, nach der Maschine suchen zu lassen. Alle Versuche, mit dem Piloten Funkkontakt aufzunehmen, waren erfolglos. Noch am selben Morgen wurde eine Suchaktion eingeleitet. Um 13.45 Uhr funkte Jones den Tower an und erbat Landeerlaubnis, augenscheinlich war ihm nicht bekannt, welche Sorgen man sich um ihn gemacht hatte. Als man ihn fragte, wo er gewesen sei, blickte er sein Gegenüber verwirrt an und sagte nur: »Unterwegs, natürlich.« Als man ihm dann die aktuelle Uhrzeit mitteilte, war er zutiefst erstaunt. *Auf seiner eigenen Uhr war es 10.15 Uhr.* Er berichtet, er sei hauptsächlich durch tief hängende Wolken geflogen, aber es habe zu keiner Zeit Grund zur Sorge bestanden. Der Wetterbericht gab an, es sei ein für Dezember erstaunlich klarer Tag gewesen, und er hätte auf seinem Flug in keinerlei Wolken geraten dürfen. (Gleaner, 8. Dezember 1967)

Die vier anderen Ereignisse, über die uns Einzelheiten vorliegen, sind diesem ersten sehr ähnlich, außer dass es sich in einem Fall, dem der *Jeanny,* nicht um ein Flugzeug, sondern um ein Schiff der Küstenwache an der Westküste Schottlands handelt. In diesem Fall geriet die dreiköpfige Besatzung in einen dichten ›Nebel‹, in dem sie feststellen musste, dass ihr Funkgerät nicht mehr funktionierte und ohne erkennbaren Anlass alle Uhren stehen geblieben waren. Die Leute schrieben es einer ungewöhnlichen magnetischen Störung zu, andere Instrumente des Schiffes funktionierten jedoch einwandfrei. Nachdem es zweiundzwanzig Stunden vermisst war, legte das Schiff in Stornoway auf Lewis an – die Besatzung hatte ihre Abwesenheit auf drei oder vier Stunden geschätzt. Den Rekord hält das Marineschulflugzeug *Blackjack*, das vor Niederkalifornien eingesetzt war: Es blieb drei Tage und fünf Stunden lang verschwunden. Die Besatzung glaubte, sie habe sich etwa sieben Stunden außerhalb des Stützpunktes aufgehalten.

Wir konnten nicht in Erfahrung bringen, wie die U. S. Marine diesen sonderbaren Zwischenfall erklärt; ebenso wenig kennen wir die Stellungnahme der britischen Küstenwache. Vermutlich geht man davon aus, die Besatzung habe sich auf See betrunken und sei eingeschlafen. Eines jedoch haben wir sehr schnell und ohne jeden Zweifel gelernt: Die Menschen wünschen nicht, über Dinge informiert zu werden, die ihr Gefühl für Sicherheit und ›Normalität‹ bedrohen. Diese Erfahrung musste auch Charles Fort machen; er widmete sein Leben der Frage, die Gründe dafür zu erforschen. Und es scheint mir, Forts Bücher seien Paradebeispiele für das, was William James ›eine gewisse Blindheit der Menschen‹ nennt. Denn Fort hat für alle unglaublichen Ereignisse, auf die er sich bezieht, stets die entsprechenden Zeitungsmeldungen zitiert. Warum hat sich niemand je die Mühe gemacht, diese Zitate – oder wenigsten einige davon – zu prüfen, um ihm dann Wahrhaftigkeit bescheinigen oder ihn öffentlich als Betrüger entlarven zu können? Mr. Tiffany Thayer hat mir einmal erklärt, kritische Leser von Forts Werken stünden auf dem Standpunkt, in allen von Fort zitierten Fällen habe es »besondere

Umstände« gegeben, die seine Zitate entkräften würden – ein unzuverlässiger Zeuge hier, ein allzu schöpferisch tätiger Journalist dort und so weiter. Und es schien niemandem jemals aufzufallen, diese Erklärung dazu heranzuziehen, eintausend Seiten sorgfältig zusammengetragener Fakten für nichtig zu erklären, grenze doch daran, sich selbst etwas vorzumachen.

Wie die meisten Menschen bin ich stets davon ausgegangen, meine Mitmenschen seien relativ ehrlich, relativ vorurteilslos und relativ neugierig. Wäre es notwendig, mich der Neugier dem scheinbar Unerklärlichen gegenüber zu versichern, so brauchte ich nur einen Blick auf einen beliebigen Zeitungsstand eines beliebigen Flughafens zu werfen, in dem man Dutzende Taschenbücher von Frank Edwards und dergleichen findet, mit Titeln wie *World of the Weird, A Hundred Events Stranger than Fiction* und so weiter. Es ist schockierend, zu begreifen, dass all das nicht etwa ein Beweis für die erwähnte Vorurteilslosigkeit ist, sondern nur für das Bedürfnis, sich ein wenig erregen und schockieren zu lassen. Diese Bücher dienen als eine Art ›okkulter Pornografie‹, sie gehören zu dem Spiel: »Stellen wir uns vor, die Welt wäre viel weniger langweilig, als sie wirklich ist.«

Am 19. August 1968 luden Urquart und ich zwölf ›Freunde‹ in die Räumlichkeiten ein, die wir in der Gower Street 83 bezogen hatten – das Haus, in das Darwin gleich nach seiner Heirat eingezogen war. Dieser Bezug zu Darwin erschien uns sehr passend, denn wir rechneten fest damit, dass dieses Datum allen Anwesenden für lange Zeit im Gedächtnis bleiben würde. Ich werde bei unseren Gästen nicht weiter ins Detail gehen, ich möchte nur erwähnen, dass vier Professoren darunter waren – drei aus London, einer aus Cambridge –, zwei Journalisten, beide für angesehene Zeitungen tätig, außerdem Vertreter verschiedener Berufsstände, unter anderem ein Arzt.

Urquart stellte mich vor, und ich verlas eine vorbereitete

Erklärung, die ich dann um weitere Erklärungen ergänzte, wenn es mir notwendig erschien. Nach zehn Minuten räusperte sich der Professor aus Cambridge, sagte: »Entschuldigen Sie mich«, und verließ eilends den Raum. Später erfuhr ich, er habe gedacht, jemand habe ihm einen Streich spielen wollen. Die anderen hörten sich die Erklärung bis zum Ende an, und die meiste Zeit fragte ich mich, ob sie nicht ebenfalls das Ganze für einen Scherz hielten. Als ihnen bewusst wurde, dass all das *kein* Scherz war, wurden sie unverhohlen aggressiv. Einer der Journalisten, ein junger Mann, der gerade erst sein Universitätsstudium beendet hatte, unterbrach uns immer wieder mit den Worten »Wollen Sie uns etwa weismachen ...« Eine der Damen stand auf und verließ den Raum, wenngleich ich später erfuhr, dass dies weniger daher gerührt hatte, dass sie uns keinen Glauben schenken wollte, als vielmehr daher, dass ihr plötzlich aufgefallen war, dass sich jetzt nur noch dreizehn Personen in diesem Raum aufhielten, und sie fürchtete, das bringe Unglück. Der junge Journalist hatte zwei der Bücher Urquarts über Mu mitgebracht und zitierte nun erbarmungslos daraus. Urquart ist gewiss kein Genie, was die englische Sprache angeht, und es hat auch eine Zeit gegeben, wo ich angenommen hatte, er habe in diesen Büchern lediglich ein Medium gesehen, in dem er seinem geistreichen Sarkasmus freien Lauf hatte lassen können.

Doch was mich wirklich verblüffte, war die Tatsache, dass niemand der Anwesenden unsere ›Vorlesung‹ als eine *Warnung* zu verstehen schien. Sie diskutierten darüber, als ginge es um eine interessante Theorie oder vielleicht auch eine ungewöhnliche Kurzgeschichte. Schließlich, nachdem anhand verschiedener Zeitungsausschnitte genügend Haarspalterei betrieben worden war, erhob sich ein Rechtsanwalt und hielt eine kurze Rede, in der er offensichtlich für alle Anwesenden sprach: »Ich denke, Mister Hough (der Journalist) hat bereits die Zweifel angesprochen, die wir alle hier hegen ...« Sein

Hauptargument, das er mehrmals betonte, war, dass es *keinen eindeutigen Beweis* gebe. Die Explosion von Llandalffen konnte sehr wohl durch Nitroglyzerin oder sogar den Einschlag eines Meteors hervorgerufen worden sein. Über die Bücher Urquarts äußerte er sich so abfällig, dass ich sogar zu meinen skeptischsten Zeiten das Gesicht verzogen hätte.

Eine Fortsetzung des Termins hatte keinen Sinn. Wir hatten den gesamten Vortrag auf Band aufgenommen, fertigten davon Abschriften an und vervielfältigten sie in der Hoffnung, man werde sie eines Tages als einen geradezu unglaublichen Beweis für die menschliche Blind- und Dummheit ansehen. Und dann geschah nichts mehr. Die Redaktionen der beiden Tageszeitungen hatten beschlossen, nicht einmal einen kritischen Bericht über unsere Ansichten abzudrucken. Einige Leute hatten von dem Treffen erfahren und suchten uns auf – vollbusige Damen mit Ouija-Boards, ein hagerer Mann, der glaubte, das Ungeheuer vom Loch Ness sei in Wirklichkeit ein russisches U-Boot, und noch mehr harmlose Spinner. Das war der Punkt, an dem wir beschlossen, nach Amerika zu gehen. Wir hegten noch immer die absurde Hoffnung, die Amerikaner würden sich als aufgeschlossener erweisen als die Briten.

Es dauerte nicht lange, uns diese Illusion zu nehmen – obwohl wir wenigstens den einen oder anderen kennen lernten, der uns nicht von vornherein für verrückt erklärte. Alles in allem erzielten wir jedoch auch hier nur negative Ergebnisse. Wir verbrachten einen interessanten Tag in dem fast ausgestorbenen Fischerdorf Cohasset – Lovecrafts Innsmouth. Dort blieben wir lange genug, um in Erfahrung zu bringen, dass die Lloigor in diesem Örtchen mindestens ebenso rege waren wie in Llandalffen, vielleicht sogar noch stärker; wir begriffen, dass wir in äußerster Gefahr schwebten, wenn wir länger dort blieben. Dennoch gelang es uns, Joseph Cullen Marsh ausfindig zu machen, den Enkel von Lovecrafts ›Captain Marsh‹;

inzwischen hatte er sich in Popasquash niedergelassen. Er erzählte uns, sein Großvater sei in geistiger Umnachtung gestorben. Weiterhin glaubte er, sein Vorfahr habe gewisse ›okkulte‹ Bücher und Schriften besessen, die seine Witwe später vernichtet hatte. Dort mochte Lovecraft vielleicht auch das *Necronomicon* wirklich gesehen haben. Er erwähnte außerdem, dass Captain Marsh die Großen Alten stets als »die Herren der Zeit« bezeichnet habe – ein interessanter Aspekt, wenn man an die Fälle der *Jeanny,* der *Blackjack* und all der anderen dachte.

Urquart ist davon überzeugt, diese Bücher und Handschriften seien nicht vernichtet worden – er begründet das mit der sonderbaren Ansicht, derart alte Schriften besäßen einen eigenen Willen und wüssten daher ihre Zerstörung zu verhindern. Er führt nun ausführliche Korrespondenz mit allen Erben Captain Marshs respektive deren Rechtsanwälten, um das *Necronomicon* vielleicht doch noch aufzuspüren.

Zurzeit ...

Anmerkung des Herausgebers. Diese letzten Worte hatte mein Onkel niedergeschrieben, kurz bevor ihn ein Telegramm des Senators James R. Pinckney aus Virginia erreichte – ein alter Schulfreund von ihm und wohl auch einer derjenigen, die, wie es mein Onkel ausdrückte, ihn »nicht sofort für verrückt erklärten«. Der Text des Telegramms lautete: KOMMEN SIE SOFORT NACH WASHINGTON, BRINGEN SIE ZEITUNGSAUSSCHNITTE MIT, WENDEN SIE SICH AN MEINE PRIVATADRESSE, PINCKNEY. Senator Pinckney hat mir gegenüber bestätigt, dass der Verteidigungsminister sich bereiterklärt hatte, meinen Onkel anzuhören und, so er sich durch die Ausführungen meines Onkels dazu veranlasst sähe, ihm einen Termin beim Präsidenten persönlich zu verschaffen.

Mein Onkel und Colonel Urquart erhielten keine Tickets mehr für die Maschine, die um drei Uhr fünfzehn von Charlottesville nach Washington fliegen sollte; sie fuhren zum Flughafen und hofften darauf, dass es Passagiere gab, die in letzter Minute ihre Tickets würden zurückgeben wollen. Leider geschah dies nur in einem Falle, und nach einer kurzen Diskussion schloss sich Colonel Urquart der Ansicht meines Onkels an, es sei besser, zusammenzubleiben, statt mit unterschiedlichen Maschinen nach Washington zu fliegen. Dann bot ihnen Captain Harvey Nichols an, sie in einer Cessna 311 nach Washington zu bringen, deren Miteigentümer er war.

Das Flugzeug hob am 19. Februar 1969 um 03.43 Uhr von einer der abseits gelegeneren Startbahnen ab; der Himmel war völlig wolkenlos, der Wetterbericht meldete, eine Änderung der Lage sei nicht zu erwarten. Zehn Minuten später erhielt der Tower unerwarteterweise die Meldung »nähern uns einer tief hängenden Wolke«. Die Maschine hätte sich zu diesem Zeitpunkt etwa über Gordonsville befinden müssen, doch der Himmel in diesem Gebiet war außergewöhnlich klar. Nachfolgende Versuche, das Flugzeug über Funk zu erreichen, schlugen fehl. Um fünf Uhr wurde ich davon in Kenntnis gesetzt, dass der Funkkontakt abgebrochen sei. Doch innerhalb der nächsten Stunden wuchs meine Hoffnung wieder, nachdem sich auch nach einer ausgedehnteren Suche keine Absturzstelle ausmachen ließ. Gegen Mitternacht jedoch vermuteten wir alle, es könne nur eine Frage der Zeit sein, dass das Flugzeugwrack entdeckt wurde.

Es wurde niemals entdeckt. In den zwei Monaten, die seitdem vergangen sind, habe ich weder von meinem Onkel noch von dem Flugzeug irgendetwas gehört. Ich bin der Ansicht – und viele Leute, die ausgedehnte Erfahrung mit dem Fliegen haben, pflichten mir bei –, bei der Maschine müsse ein Instrumentenschaden aufgetreten sein, sodass das Flugzeug vermutlich in Richtung Atlantik vom Kurs abkam und ins Meer abstürzte.

Mein Onkel hatte bei der Black Cockerell Press aus Charlottesville bereits die Veröffentlichung einer Auswahl seiner Zeitungsausschnitte vorbereitet, und es erschien mir angemessen, die vorliegenden Aufzeichnungen als Einleitung voranzustellen.

In den Zeitungsartikeln, die über meinen Onkel in den letzten zwei Monaten erschienen, wurde oft gemutmaßt, er sei verrückt gewesen oder habe zumindest an Wahnvorstellungen gelitten. Ich bin anderer Ansicht. Ich bin Colonel Urquart häufig begegnet, und meines Erachtens war er in keiner Weise vertrauenswürdig. Meine Mutter schilderte ihn mir gegenüber als »extrem verschlagene Person«. Damit deckt sich auch der erste Eindruck, den mein Onkel – bei ihrem ersten Zusammentreffen – von ihm hatte. Obwohl es gewiss nachsichtig wäre, anzunehmen, dass Urquart alles glaubte, was er in seinen Büchern niedergelegt hat, erscheint es mir nur schwer vorstellbar. Die Bücher sind in einem schlechten, sensationslüsternen Stil verfasst und an vielen Stellen ganz offensichtlich frei erfunden. (So nennt er zum Beispiel an keiner Stelle den Namen des Hindu-Klosters – oder auch nur dessen Standort –, in dem er seine erstaunlichen ›Erkenntnisse‹ über Mu erlangt haben will; ebenso wenig fällt der Name des Priesters, der ihn angeblich die Sprache dieser Inschriften zu lesen gelehrt hat.)

Mein Onkel war ein einfacher, unbekümmerter Mann, fast die Verkörperung des sprichwörtlichen ›zerstreuten Professors‹. Deutlich wird das beispielsweise bei seinem geradezu naiven Bericht über die Zusammenkunft in der Gower Street 83 und die Reaktionen seiner Zuhörer. Und typischerweise versäumt mein Onkel auch zu erwähnen, dass er derjenige war, der die Atlantik-Überquerung des Colonels sowie die Räumlichkeiten in der Gower Street finanziert hatte. Die Einkünfte des Colonels hielten sich extrem in Grenzen, während mein Onkel, so nehme ich an, vergleichsweise gut gestellt war.

Dennoch, so denke ich, gibt es noch eine andere Möglichkeit, die man berücksichtigen sollte – sie wurde mir durch Foster Damon, einen Freund meines Onkels, angetragen: Mein Onkel war bei Studenten und Kollegen gleichermaßen für seinen trockenen Humor geschätzt, und häufig verglich man ihn mit Mark Twain. Die Ähnlichkeit zwischen den beiden beschränkt sich nicht nur auf ihren Sinn für Humor: Beiden war ein tiefer Hang zum Pessimismus gemein, wenn es um die menschliche Rasse an sich ging.

Ich habe meinen Onkel in den letzten Jahren sehr gut kennen gelernt, und auch in den letzten Monaten hatte ich ihn oft gesehen. Er wusste, dass ich seine Geschichten über die ›Lloigor‹ nicht glaubte und Urquart für einen Scharlatan hielt. Ein Fanatiker hätte mit aller Gewalt versucht, mich zu überzeugen und vielleicht den Kontakt zu mir abgebrochen, als ich mich als nicht willens zeigte, mich bekehren zu lassen. Mein Onkel blieb mir gegenüber ebenso gut gelaunt wie früher, und sowohl meiner Mutter als auch mir war aufgefallen, dass er häufig blinzelte, wenn er mich ansah. Beglückwünschte er sich selbst dafür, einen Neffen zu haben, der zu pragmatisch war, um auf seinen komplizierten Schabernack hereinzufallen?

Dieser Gedanke sagt mir sehr zu. Denn mein Onkel war ein guter, aufrichtiger Mensch, und zahllose Freunde trauern um ihn.

Julian F. Lang, 1969

Originaltitel: *The Return of the Lloigor*
Erstveröffentlichung: *Tales of the Cthulhu Mythos,* 1969
Aus dem Englischen von *Ulf Ritgen*

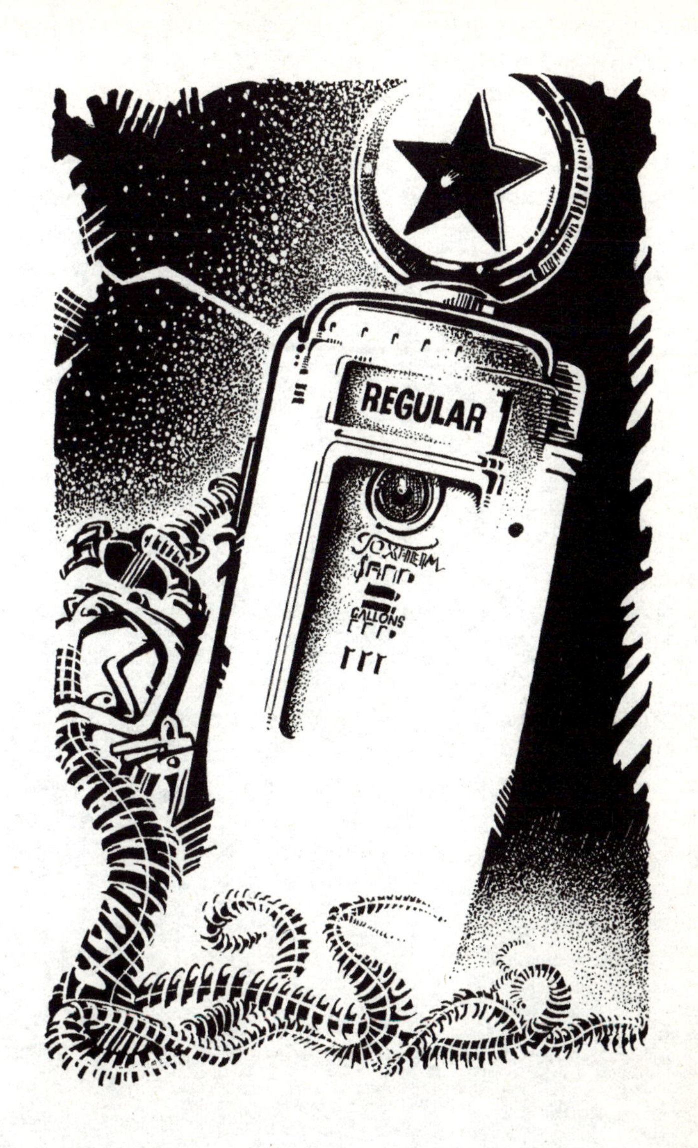
REGULAR
GALLONS

Mein Boot

VON JOANNA RUSS

Milty, ich muss dir was erzählen!

Nein, setz dich. Lass dir den Rahmkäse und den Bagel schmecken. Ich garantiere dir, das ist Stoff für einen erstklassigen Fernsehfilm; ich arbeite schon am Drehbuch. Kleine Besetzung, billige Produktion – eine ganz schlichte Sache. Schau, wir fangen mit diesem verrückten Huhn an. Die Kleine ist etwa siebzehn, aber sie ist verwahrlost und hat sich von der Welt zurückgezogen, verstehst du? Sie hat irgendeinen schlimmen Schock erlitten. Und sie hat sich so eine alte Wohnung in einem Elendsviertel eingerichtet, völlig verrückt, wie in einer Phantasiewelt – sie hat langes blondes Haar, läuft barfuß herum, näht sich ihre Kleider aus alten Laken zusammen, die alle die gleiche Farbe haben ... Und dann ist da noch dieser Sachbearbeiter, der ihr im Central Park begegnet und sich in sie verliebt, weil er sie für eine Dryade oder einen Naturgeist hält.

Na schön. Du findest die Geschichte also mies. Ich zahle mein Mittagessen selbst. Wir tun einfach so, als ob du nicht mein Agent wärst, okay? Und du brauchst mir nicht zu sagen, dass so was schon mal verfilmt worden ist. Das weiß ich selber. Eigentlich will ich ja nur ...

Milty, ich muss mit jemandem reden. Nein, die Idee ist lausig, das weiß ich selber, und eigentlich arbeite ich auch gar nicht daran, weder momentan noch in letzter Zeit. Aber was soll man bloß am Memorial-Day-Wochenende tun, wenn man allein ist und alle anderen die Stadt verlassen?

Ich muss mit jemandem reden.

In Ordnung, ich hör ja schon auf mit dem jiddischen Geplänkel. Ich denk gar nicht darüber nach; wenn ich mich aufrege, rede ich manchmal ganz automatisch so, du weißt, wie das ist. Das passiert dir auch immer. Aber ich will dir eine Geschichte erzählen, die nicht für ein Drehbuch gedacht ist. Etwas, das mir 1952 auf der Highschool passiert ist, und *ich will es einfach jemandem erzählen.* Es ist mir gleich, wenn kein Sender von hier bis Indonesien was damit anfangen kann; hör mich an und sag mir dann einfach, ob ich verrückt bin oder nicht, das ist alles.

Also schön.

Es war 1952, wie ich schon sagte. Ich war gerade im letzten Jahr auf der Highschool, draußen auf der Insel, eine staatliche Highschool, aber sehr schick, mit einem tollen Theaterprogramm. Damals begannen gerade die ersten Integrationsmaßnahmen, weißt du, die frühen Fünfziger, sehr liberale Umgebung und so; alle klopften sich gegenseitig auf den Rücken, weil man fünf schwarze Kinder auf unsere Schule gelassen hatte. Fünf von achthundert! Wahrscheinlich dachten sie, Gott würde höchstpersönlich von Flatbush rüberkommen und jedem ein dicken, fetten goldenen Heiligenschein verpassen.

Jedenfalls bekam auch unsere Schauspielklasse einen Integrationsschüler: ein kleines schwarzes Mädchen. Sie war fünfzehn Jahre alt, hieß Cissie Jackson und war so 'ne Art Genie. Am ersten Tag nach den Osterferien sahen wir sie zum ersten Mal, und ich erinnere mich nur noch daran, dass sie das erste Naturtalent war, das ich je gesehen habe. Nur dass wir damals überhaupt nicht kapiert haben, was mit ihr los war. Sie wirkte so seltsam, als sei sie eben erst aus der Klinik entlassen worden oder so.

Was übrigens tatsächlich der Fall war. Weißt du, warum Malcolm X sein ganzes Leben lang so militant war? Er hat im Alter von vier Jahren beobachtet, wie ein paar weiße Männer seinen Vater umbrachten. Tja, Cissies Vater wurde vor ihren Augen erschossen, als sie noch klein war – das erfuhren wir hinterher –, allerdings ist sie durch dieses Erlebnis nicht militant geworden. Sie hatte einfach nur so große Angst vor allem und jedem, dass sie sich in sich selbst verkrochen und manchmal wochenlang mit niemandem gesprochen hat. Manchmal hat sie sich sogar völlig aus der Welt zurückgezogen, und dann hat man sie in die Klapsmühle geschickt. Glaub mir, das hat sich innerhalb von zwei Tagen in der ganzen Schule rumgesprochen. Und sie sah auch so aus; sie saß dort oben im Schultheater – oh, Milty, die Highschools auf der Insel hatten jede Menge Kohle, das kannst du mir glauben – na ja, sie saß jedenfalls da und versuchte im hintersten Sitz zu versinken wie ein kleiner, verängstigter Hase. Sie war nur knapp einen Meter fünfzig groß und wog sogar triefnass höchstens achtunddreißig Kilo. Vielleicht ist sie ja deshalb nie militant geworden. Aber Spaß beiseite. Sie hatte vor *jedem* Angst. Das hatte gar nichts mit ihrer Hautfarbe zu tun; ich habe einmal gesehen, wie sie mit einem anderen schwarzen Schüler in einer Ecke stand. Der Kerl war stockkonservativ, ein respektabler Bursche. Er trug einen Anzug und ein weißes Hemd mit Krawatte und auch eine neue Aktentasche, und er unterhielt sich mit ihr so eindringlich, als ob sein Leben davon abhinge. Er weinte sogar und flehte sie um irgendetwas an. Und sie, sie schien lediglich in ihrer Ecke zusammenzuschrumpfen, als wolle sie sich in Luft auflösen. Sie schüttelte den Kopf und sagte immer nur: »Nein, nein, nein.« Sie sprach immer mit einer Flüsterstimme, außer auf der Bühne, aber manchmal sogar dann. In der ersten Woche verpasste sie viermal ihren Einsatz – stand einfach nur da, starrte vor sich hin, als wolle sie im Erdboden versinken –, und manchmal ist sie einfach mitten in einer Szene aus dem Theater spaziert, als sei die Probe schon vorbei.

Al Coppolino und ich sind deswegen zum Direktor gegangen. Ich habe Alan übrigens auch immer für einen Spinner gehalten, denn er hat all dieses merkwürdige Zeug gelesen: *Der Kult von Cthuhu, Dagons Ruf, Die grauenhaften Männer von Leng* – vergiss nicht, Milty, ich rede von 1952. Ja, ich erinnere mich noch an diesen Lovecraft-Film, für den du zehn Prozent bekommen hast – inklusive Hollywood *und* Fernsehen *und* sämtlicher Wiederholungen –, aber was wussten wir damals schon? Damals sind wir auf viele Partys gegangen, fanden es aufregend, Wange an Wange zu tanzen, die Mädchen trugen kurze Socken – und Petticoats, die ihre Röcke aufbauschten. Und wenn man zur Schule ein Sporthemd anzog, war das in Ordnung, denn die Central High war eine liberale Schule, aber das Hemd musste einfarbig sein, ohne Aufdruck oder Muster! Trotz seiner literarischen Vorlieben war Al ein helles Bürschchen, und bei unserem Gespräch mit dem Direktor habe ich ihn größtenteils reden lassen; ich selbst begnügte mich damit, oft zu nicken. Damals war ich noch ein großer Niemand.

Al sagte: »Sir, Jim und ich befürworten die Integration und finden es toll, dass unsere Schule so liberal ist, aber ... äh ...«

Der Direktor setzte diesen speziellen Blick auf, der so typisch für ihn war. Oje.

»Aber ...?«, hakte er in eiskaltem Ton nach.

»Wissen Sie, Sir«, fuhr Al fort, »es geht um Cissie Jackson. Wir glauben, sie ist ... äh ... krank. Ich meine, wäre es nicht besser, wenn ... ich meine, alle wissen, dass sie eben erst aus der Klinik entlassen worden ist, und der Unterricht strengt uns alle sehr an, und für sie muss er noch viel anstrengender sein, und vielleicht ist es einfach noch ein wenig zu früh, um sie ...«

»Sir«, fiel ich ihm ins Wort, »Coppolino will wohl sagen, dass wir nichts dagegen haben, wenn schwarze Kinder auf weißen Schulen integriert werden, aber in dem Fall ist es gar keine Rassenintegration, Sir; hier heißt es, eine Spinnerin in einen Haufen normaler Leute zu integrieren. Ich meine ...«

Der Direktor antwortete: »Gentlemen, vielleicht interessiert es Sie ja, dass Miss Cecilia Jackson bei ihren IQ-Tests eine höhere Punktzahl erzielt hat als Sie beide zusammen. Und vom Theaterunterricht höre ich, dass sie auch mehr Talent besitzt als Sie beide zusammen. Wenn ich mir vergegenwärtige, welche Zensuren Sie auf dem Zeugnis hatten, überrascht mich das nicht im Mindesten.«

Al flüsterte: »Ja, und sie hat ungefähr fünfzigmal so viele Probleme wie wir.«

Der Direktor erklärte uns, wir sollten uns glücklich schätzen, mit jemandem wie ihr arbeiten zu können, weil sie so brillant sei, dass man sie definitiv als Genie bezeichnen könne. Je eher wir damit aufhören würden, solche idiotischen Gerüchte über sie zu verbreiten, desto besser könne Miss Jackson sich in der Central High einleben, und wenn ihm noch einmal zu Ohren käme, dass wir uns wieder über sie beschwerten oder Geschichten über sie in Umlauf brächten, würden wir beide unser blaues Wunder erleben und müssten uns, wenn es hart auf hart käme, vielleicht sogar auf einen Schulverweis gefasst machen.

Und dann ist der eisige Tonfall aus seiner Stimme verschwunden, und er erzählte uns, dass ein weißer Polizist grundlos ihren Vater erschossen habe, als sie fünf war; sie habe alles mit eigenen Augen ansehen müssen; das Blut ihres Vaters sei in den Rinnstein gelaufen, und er sei im Schoß der kleinen Cissie gestorben. Der Direktor erzählte uns, wie arm ihre Mutter sei und noch einige andere schreckliche Dinge, die der Kleinen widerfahren seien, und wenn *das* nicht genug sei, um jemanden in den Wahnsinn zu treiben – wörtlich sagte er natürlich »Probleme verursachen« –, na ja, jedenfalls, als er mit seinem Vortrag fertig war, fühlte ich mich wie eine Ratte. Als wir das Direktorzimmer verließen, lehnte Coppolino sich mit der Stirn gegen die Wandfliesen – die Wände waren immer exakt so hoch gefliest, wie ein Schüler greifen konnte, damit sich das Graffiti abwaschen ließ, auch wenn wir damals das Wort »Graffiti« noch gar nicht kannten –, und Coppolino heulte wie ein Baby.

Also starteten wir eine Hilfskampagne für Cecilia Jackson.

Und bei Gott, Milty, was für eine hervorragende Schauspielerin sie war! Nur ihre Unzuverlässigkeit war ein Problem. In der einen Woche war sie anwesend, arbeitete wie ein Tier – Stimmübungen, Turnen, Fechten, las Stanislavsky in der Cafeteria, legte großartige Auftritte hin – und in der nächsten Woche: nichts. Oh, körperlich war sie natürlich anwesend, mit jedem Gramm ihrer achtunddreißig Kilo, aber sie brachte dann sämtlichen Unterricht hinter sich, als sei ihr Geist irgendwo anders: zwar technisch perfekt, aber völlig emotionslos. Hinterher kam mir zu Ohren, dass sie genau zu jener Zeit anfing, die Mitarbeit im Geschichts- und Geografieunterricht zu verweigern. Sie ist einfach in sich versunken und hat kein Wort mehr gesagt. Aber wenn sie sich konzentrierte, konnte sie die Bühne betreten und sie übernehmen, als ob sie ihr gehörte. Ich habe nie wieder ein solches Naturtalent gesehen. Mit fünfzehn! Und sie war so winzig. Ich meine, sie hatte keine besonders schöne Stimme – obwohl ich glaube, dass sie sich mit der Zeit noch entwickelt hätte. Und ehrlich gesagt, Milt, hatte sie eine Figur wie in dem alten W.-C.-Fields-Witz: zwei Aspirin auf einem Bügelbrett. Sie war so winzig, sah nicht besonders gut aus, aber mein Gott, wir beide wissen, dass das keine Rolle spielt, wenn man die richtige Bühnenpräsenz mitbringt. Und die hatte sie im Überfluss. Einmal hat sie die Königin von Sheba gespielt, in einem Einakter, den wir vor Publikum aufgeführt haben – na klar, vor unseren Eltern und den andern Schülern, vor wem sonst? –, und sie hat die Rolle *gelebt*. Später habe ich sie in einigen Shakespeare-Rollen gesehen. Und einmal hat ausgerechnet sie in einem Pantomimenkurs eine Löwin nachgemacht. Sie beherrschte alles. Schauspielerisches Talent in reinster Form. Und sie war auch klug. Inzwischen waren Al und sie recht gute Freunde geworden. Einmal habe ich ein Gespräch der beiden mitbekommen – das war im Umkleideraum, an dem Nachmittag, wo dieses Königin-von-Sheba-Stück aufgeführt wurde; Cissie schminkte sich gerade mit

Cold Cream ab. Sie erklärte ihm, wie sie jedes Detail ihrer Rolle ausgearbeitet hatte. Dann zeigte sie mit dem Arm auf mich, als sei er ein Maschinengewehr, und sagte:

»Ihnen, Mr. Jim, will ich eines sagen: Die Hauptsache ist, dass man an sich glaubt.«

Es war schon seltsam, Milt. Sie freundete sich immer mehr mit Al an, und wenn ich hinter den beiden herlaufen durfte, fühlte ich mich regelrecht privilegiert. Er hat ihr damals einige dieser verrückten Bücher ausgeliehen, und ich erfuhr zufällig einige Dinge über Cissies Privatleben, ab und an ein Detail. Die Mutter dieses Mädchens war extrem konservativ, gottesfürchtig und ordentlich, und es grenzte fast schon an ein Wunder, dass Cissie überhaupt atmen durfte, ohne sie um Erlaubnis fragen zu müssen. Ihre Mutter gestattete ihr nicht einmal, sich das Haar zu glätten – nicht aus ideologischen Gründen, verstehst du, nicht damals, sondern weil – stell dir das vor –, weil Cissie angeblich *zu jung* dazu war. Ich glaube, ihre Mama war sogar noch verrückter als sie. Natürlich war ich damals noch sehr unreif (wer war das nicht?) und habe geglaubt, dass alle Schwarzen recht ungezwungen seien. Dass sie fingerschnippend umherlaufen und an Kronleuchtern schaukeln, weißt du, lauter solche Sachen, dass sie immer tanzen und singen. Aber nun hatte ich dieses Genie kennen gelernt, dem die Mutter verbot, abends vor die Tür zu gehen; Cissie durfte nicht auf Partys gehen, nicht tanzen und nicht Karten spielen; sie durfte sich nicht schminken und noch nicht einmal Schmuck tragen. Glaub mir, wenn sie durch etwas den Verstand verloren hat, dann dadurch, dass ihre Mutter ihr so oft eins mit der Bibel über den Kopf gezogen hat. Ich glaube, Cissies Phantasie hat einfach nach einem Ausweg gesucht. Ihre Mutter hätte sie übrigens an den Haaren aus der Central High gezerrt, hätte sie herausgefunden, dass ihre Tochter am Schauspielunterricht teilnahm. Wir alle mussten Cissie hoch und heilig versprechen, ihrer Mutter gegenüber absolutes Stillschweigen zu bewahren. Wahrscheinlich hielt Cissies Mutter das Theater für noch sündhafter als Tanzen.

Weißt du, ich glaube, das hat mich erschüttert. Wirklich. Als Familie war nicht richtig katholisch, und meine war nicht richtig jüdisch. Außer Cissie kannte ich niemanden, der eine derart fromme Mutter hatte. Ich meine, sie hätte ihre Tochter nach Strich und Faden vertrimmt, wenn sie jemals mit einer goldenen Ringbrosche an der weißen Bluse nach Hause gekommen wäre – ich meine diese Broschen, die damals alle Mädchen trugen. Und ihre weiße Bluse trug Cissie tagein, tagaus. Natürlich gab es auch keine Rosshaarpetticoats für unsere Miss Jackson. Miss Jackson trug entweder Faltenröcke, die viel zu kurz waren, erst recht für sie, oder verwaschen und zerknittert aussehende, normale Röcke. Eine Weile hatte ich den Verdacht, dass sie die kurzen Röcke absichtlich trug, um sexy zu wirken, aber das stimmte nicht. Die Röcke stammten einfach von ihrer viel jüngeren Cousine und waren ein wenig geweitet worden, damit Cissie sie tragen konnte. Sie konnte sich einfach keine eigenen Kleider leisten. Ich glaube, es lag an der Mami und ihrem Bibelwahn, dass ich Cissie irgendwann nicht mehr als die integrierte Durchgeknallte ansah, zu der wir nett sein mussten, weil der Direktor es wollte oder weil sie einem verängstigten kleinen Hasen glich. Sie redete übrigens nach wie vor nur im Flüsterton, außer beim Schauspielunterricht. Ich sah Cecilia Jackson, wie sie eigentlich war; nicht dass dieser Eindruck länger als ein paar Minuten vorhielt, aber ich wusste, sie war ein besonderer Mensch. Eines Tages, als ich gerade zum nächsten Klassenraum ging, traf ich sie und Al auf dem Flur und sagte: »Cissie, eines Tages werden wir deinen Namen in Neonbuchstaben lesen. Ich halte dich für die beste Schauspielerin, die ich je gesehen habe, und will dir einfach nur sagen, dass ich es als Privileg empfinde, dich zu kennen.« Und dann bedachte ich sie mit einer altmodischen Verbeugung, nach Errol-Flynn-Manier.

Sie sah Al an, und er erwiderte ihren Blick irgendwie verstohlen. Dann neigte sie den Kopf über ihre Bücher und kicherte. Sie war derart winzig, dass man sich manchmal wunderte, wie sie nur den ganzen Tag ihre Bücher mitschleppen konnte. Die Bände waren so schwer, dass Cissie immer ganz gebeugt ging.

Al sagte: »Na, komm schon. Wir sagen's ihm.«

Also verrieten sie mir ihr großes Geheimnis. Cissie besaß eine Cousine namens Gloriette, mit der sie einen richtigen Liegeplatz im Jachthafen gemietet hatte, draußen in Silverhampton. Jeder von ihnen zahlte die halbe Liegegebühr – die damals etwa zwei Mäuse betrug, Milt; du musst bedenken, dass ein Jachthafen damals nicht mehr war als ein langer Holzsteg, an dem man sein Ruderboot festmachen konnte.

»Gloriette ist weggefahren«, erklärte Cissie in dem für sie so typischen Flüsterton. »Sie muss unsere Tante besuchen, in Carolina. Und Mama fährt ihr nächste Woche Sonntag nach.«

»Deshalb haben wir uns vorgenommen, mit dem Boot rauszufahren!«, beendete Al die Erklärung für sie. »Willst du mitkommen?«

»Sonntag?«

»Klar, Mama geht direkt nach der Messe zum Busbahnhof«, sagte Cissie. »Das wird so gegen ein Uhr sein. Tante Evelyn soll sich um mich kümmern, aber sie kommt erst um neun. Folglich haben wir acht Stunden.«

»Und man braucht zwei Stunden bis zum Boot«, verkündete Al. »Zuerst fährt man mit der U-Bahn, dann mit dem Bus ...«

»Es sei denn, wir fahren mit deinem Wagen, Jim«, warf Cissie ein und lachte so sehr, dass sie ihre Bücher fallen ließ.

»Na, vielen Dank!«, rief ich.

Sie sammelte die Bücher wieder auf und lächelte mich an. »Nein, Jim«, beschwichtigte sie mich. »Wir wollen dich so oder so dabeihaben. Al hat das Boot noch nie gesehen. Gloriette und ich, wir nennen es immer *Mein Boot.*« Sie war erst fünfzehn Jahre alt und wusste bereits, wie sie dich anlächeln musste, damit sich dein Herz verdrehte wie eine Brezel. Vielleicht dachte ich aber auch nur: Was für ein verruchtes Geheimnis sie da haben! Eingedenk von Cissies Familie eine schwere Sünde.

Ich sagte: »Klar fahre ich euch hin. Darf ich fragen, um was für ein Boot es sich handelt, Miss Jackson?«

»Sei nicht so verdammt albern«, antwortete sie kühn. »Ich bin Cissie oder Cecilia. Dummer Jim. Und was *Mein Boot* angeht«, fügte sie hinzu, »es ist eine große Jacht. Gewaltig.«

Um ein Haar hätte ich darüber gelacht, aber dann sah ich, dass sie es ernst meinte. Nein, sie war nur wieder in eine Rolle geschlüpft. Kurz darauf lächelte sie mich wieder verschmitzt an und teilte mir mit, wir würden uns an der Bushaltestelle in der Nähe ihrer Wohnung treffen, und dann ging sie neben dem mageren Al Coppolino den gekachelten Korridor hinab, in ihrem alten, ausgebeulten grünen Rock und der weißen Bluse, die sie ständig trug. Für Miss Jackson gab es keine schönen, prächtigen weißen Söckchen; sie trug nur alte Halbschuhe mit durchgescheuerten Nähten. Trotzdem sah sie irgendwie anders aus als sonst: Sie ließ den Kopf nicht hängen, ging mit federnden Schritten und hatte kaum geflüstert.

Erst dann fiel mir auf, dass ich sie das erste Mal außerhalb der Bühne hatte lächeln und lachen sehen. Hingegen brauchte es nicht viel, sie zum Weinen zu bringen, wie damals, als ihr im Unterricht durch eine Bemerkung des Lehrers bewusst wurde, dass Anton Tschechow schon lange tot war – du weißt, der russische Dramatiker. Hinterher hörte ich, wie sie zu Alan sagte, sie könne es nicht glauben. Sie war in vielen Kleinigkeiten verrückt.

Jedenfalls holte ich sie an jenem Sonntag mit meinem Wagen ab – dem damals vermutlich ältesten Automobil der Welt: nein, kein Museumsstück, Milty; selbst heute würde man es noch als Schrotthaufen einstufen. Offen gesagt war ich froh, wenn er überhaupt ansprang, und als ich an der Bushaltestelle in der Nähe von Cissies Haus in Brooklyn ankam, stand sie dort in ihrem verschossenen, von der Cousine abgelegten Faltenrock und derselben weißen Bluse wie immer. Ich glaube, kleine Elfen namens Cecilia Jackson kamen jede Nacht aus dem Dachgebälk und wuschen und bügelten diese Bluse. Al und sie gaben ein komisches Paar ab – weißt du, er war so eine Art Woody Allen der Central High, und ich glaube, er wurde wegen seiner verrückten Bücher eingesperrt – klar, Milt, für 1952 waren sie *sehr* verrückt. Was hätte er auch sonst anstellen können, dieser kleine, 'nen Meter fünfzig große italienische Bubi, der so brillant war, dass die anderen oft nicht verstanden, wovon er sprach? Ich weiß nicht, warum ich mit ihm befreundet war. Ich glaube, das verlieh mir ein Gefühl von Größe, weißt du, ich kam mir großmütig und gut vor. Das Gleiche empfand ich, weil ich mit Cissie befreundet war. Die beiden waren beinahe gleich groß und warteten dort an der Bushaltestelle; ich glaube, sie hatten beide die gleichen verrückten Dinge im Kopf. Heute bin ich mir sicher. Ich glaube, Al war seiner Zeit damals schon einige Jahrzehnte voraus, genau wie seine Bücher. Und wenn die Bürgerrechtsbewegung einige Jahre früher aufgekommen wäre ...

Jedenfalls fuhren wir nach Silverhampton hinaus. Die Fahrt war schön, viel Landschaft – damals gab es noch Gemüsegärtnereien auf der Insel. Wir gelangten zum Jachthafen, wie gesagt nichts anderes als ein langer alter Steg, der aber noch intakt war. Ich parkte den Wagen, und Al holte eine Einkaufstasche hervor, die Cissie mitgebracht hatte. »Mittagessen«, sagte er.

Und tatsächlich: Da lag *Mein Boot* etwa auf halbem Weg den Steg hinunter. Irgendwie hatte ich nicht geglaubt, dass es wirklich existierte. Es handelte sich um ein altes, leckes Ruderboot mit nur einem Ruder. Im Boot stand sieben oder acht Zentimeter hoch das Wasser. Jemand hatte den Namen »Mein Boot« mit zittriger Hand auf den Bug geschrieben, in Orange. *Mein Boot* war am Anlegesteg mit einem Seil befestigt, das so robust wirkte wie ein Bindfaden. Dennoch erweckte das kleine Gefährt nicht den Eindruck, als würde es jeden Moment sinken. Immerhin lag es hier schon seit Monaten; im Laufe dieser Zeit hatte es hineingeregnet, vielleicht sogar hineingeschneit, und trotz alledem war es nicht untergegangen. Deshalb traute ich mich, hineinzusteigen. Mit einer Blechdose, die ich aus dem Wagen geholt hatte, schöpfte ich das Wasser aus dem Boot und ärgerte mich, dass ich die Schuhe nicht ausgezogen hatte. Alan und Cissie saßen in der Bootsmitte und packten die Tasche aus. Ich glaube, sie bereiteten alles für unser Mittagessen vor. Offenbar ließen Cissie und Gloriette *Mein Boot* die meiste Zeit über am Steg, während sie zu Mittag aßen und sich womöglich vorstellten, sie befänden sich auf der *Queen Mary*. Jedenfalls schien weder Alan noch Cissie zu bemerken, dass ein Ruder fehlte. Das Wetter an jenem Tag war zwar schön, aber wechselhaft. Du weißt schon, im einen Augenblick sonnig, im nächsten bewölkt – aber nur Schäfchenwolken, kein Anzeichen für Regen. Ich schöpfte viel von dem schmierigen Zeug aus dem Boot und wechselte dann in den Bug. Als die Sonne hervorkam, sah ich, dass ich mich hinsichtlich der orangen Farbe geirrt hatte, denn der Bootsname war in Gelb auf das Holz geschrieben.

Dann betrachtete ich die Schrift genauer: Die Buchstaben waren gar nicht aufgemalt, sondern in das Holz des Bootes eingelassen – wie die Namen auf manchen Bürotüren. Ich hatte wohl beim ersten Mal nicht so genau hingesehen. Die Schrift war schön und fließend, eine wirklich professionelle Arbeit. Vermutlich aus Messing. Nein, Milt, kein Schild, sondern eher ein ... wie nennt man das noch mal ... Parkettierung? Tiefdruck? Jeder Buchstabe war einzeln eingelassen worden. Bestimmt hatte Alan diese Arbeit ausgeführt. Für solche Dinge besaß er Talent; er zeichnete immer ganz unheimliche Illustrationen zu seinen verrückten Büchern. Ich drehte mich um und sah, dass Al und Cissie ein großes Baumwolltuch aus der Einkaufstasche holten und es über die hohen Pfosten legten, die zu beiden Seiten in das Boot eingelassen waren. Die beiden richteten eine Art Sonnensegel her.

Ich sagte: »He, ich wette, ihr habt den Stoff aus der Requisitenwerkstatt!«

Cissie lächelte nur.

Al erwiderte: »Holst du uns bitte etwas frisches Wasser, Jim?«

»Klar«, antwortete ich. »Wo denn? Vom Steg?«

»Nein, aus dem Eimer. Hinten im Heck. Cissie sagt, er ist beschriftet.«

Oh, klar, dachte ich, klar. Mitten auf dem Pazifik stellen wir einen Eimer auf und beten um Regen. Nun ja, ich fand jedenfalls einen Eimer im Heck. Er war schmutzig, und jemand hatte mit einer Schablone und grüner Farbe die Aufschrift »Frischwasser« angebracht, doch sah der Eimer so aus, als würde er niemals wieder eine Flüssigkeit halten. Er war knochentrocken, leer und so stark verrostet, dass man an einigen Stellen hindurchblicken konnte, wenn man ihn gegen das Licht hielt. Ich sagte: »Cissie, er ist leer.«

»Schau noch mal hin«, sagte sie.

»Sieh doch selbst, Cissie«, erwiderte ich und drehte den Eimer auf den Kopf.

Kaltes Wasser durchnässte mich von den Knien bis zu den Schuhsohlen.

»Siehst du?«, sagte sie. »Er ist niemals leer.«

Ich dachte: Verdammt, ich hab nicht richtig hingesehen, das ist alles. Vielleicht hat es gestern geregnet. Dennoch, ein voller Wassereimer ist schwer, und ich hatte ihn mit nur einem Finger hochgehoben. Ich stellte ihn ab – und wenn er vorher tatsächlich voll gewesen war: jetzt war er es bestimmt nicht mehr. Ich sah erneut hin.

Der Eimer war voll, bis zum Rand. Ich tauchte die Hand in die Flüssigkeit und trank ein wenig davon: kalt und klar wie

Quellwasser, und es roch – ich weiß nicht – nach von der Sonne erwärmten Farnen, nach Himbeeren, Feldblumen und Gras. Ich dachte: Mein Gott, jetzt werde ich auch so ein Spinner wie die beiden. Und dann drehte ich mich um und sah, dass Alan und Cissie den Baumwollstoff auf den Pfosten durch ein weißblau gestreiftes Tuch ersetzt hatten, wie man es in Cleopatra-Filmen sieht, weißt du? Was sie über ihr Prunkschiff spannten, um die Sonne abzuhalten. Und Cissie hatte etwas aus ihrer Einkaufstasche gezogen, etwas, das orange-grün-blau gemustert war. Sie schlang es sich um den Körper, über die alten Kleider. Cissie trug goldfarbene Ohrringe, große runde Dinger, und einen schwarzen Turban, unter dem ihr Kraushaar hervorschaute. Und sie musste irgendwo ihre Halbschuhe ausgezogen haben, denn jetzt war sie barfuß. Dann sah ich, dass sie eine Schulter nackt hatte, und setzte mich unter das Sonnensegel auf eine der Marmorbänke, denn ich glaubte zu halluzinieren. Ich meine, sie hatte gar nicht die Zeit gehabt ... und wo waren ihre alten Kleider? Ich kam zu dem Schluss, dass Al und Cissie eine ganze Tasche voller Requisiten aus der Requisitenwerkstatt mitgeschleppt haben mussten, wie zum Beispiel das große, Furcht erregende Messer, das Cissie sich hinter den mit Bernstein besetzten Ledergürtel gesteckt hatte. Das Heft war mit Gold und Edelsteinen verziert: mit roten, grünen und blauen Steinen, in denen kleine Lichtkreuze blitzten, dass man mit dem Blick nicht folgen konnte. Damals wusste ich nicht, um was für Steine es sich bei den blauen handelte, aber heute weiß ich es. In einer Requisitenwerkstatt verarbeitet man keine Sternsaphire. Und man schleift auch keine fünfundzwanzig Zentimeter lange, halbmondförmige Stahlklinge so scharf, dass sich das Sonnenlicht auf der Schneide bricht und dich blendet.

Ich sagte: »Cissie, du siehst aus wie die Königin von Sheba.«

Sie lächelte und erwiderte: »Jim, es nicht heißen Sche-ba wie in Bibel, sondern Saba. Daran muss' du denken, wenn wir sie treffen.«

Ich dachte: Wunderbar, jetzt bin ich da, wo unser kleines Genie Cissie Jackson jeden Sonntag ausflippt. Ich vergeude hier mein Wochenende. Ich glaubte, das wäre der richtige Moment, um mich davonzumachen, mir eine Ausrede einfallen zu lassen, weißt du, und ihre Mama oder Tante zu verständigen oder vielleicht die nächstbeste Klinik. Ich meine, ich wollte das nur zu ihrem Besten tun. Cissie hätte niemanden verletzt, weil sie nicht bösartig war, ganz und gar nicht. Und sie war sowieso viel zu klein, als dass sie jemanden hätte verletzen können. Ich erhob mich.

Ihre Augen waren auf einer Höhe mit meinen. Und sie stand tiefer als ich.

Al meinte: »Sei vorsichtig Jim. Sieh noch mal hin. Sieh immer zweimal hin.«

Ich ging zum Heck zurück. Dort stand der Eimer mit der Aufschrift »Frischwasser«, und als die Sonne durch die Wolken brach, erkannte ich, dass ich mich geirrt hatte; er bestand gar nicht aus altem, rostigem Eisen, und die Buchstaben waren auch nicht mit grüner Farbe aufgetragen worden.

Er war aus Silber, aus purem Silber. Er stand in einem ins Heck eingebauten Marmorbrunnen, und die Buchstaben waren Intarsien aus Jade. Noch immer war der Eimer voll. Er würde immer voll sein. Ich blickte zu Cissie zurück. Mit ihrem Dolch voller Saphire, Smaragde und Rubine stand sie unter dem blauweiß gestreiften Sonnensegel aus Seide und gab seltsame Worte von sich – heute weiß ich, Milt, in welcher Sprache sie redete: Westindisch, aber damals war mir das nicht klar. Und eines wusste ich mit absoluter Sicherheit: Hätte ich mir die Buchstaben von *Mein Boot* angesehen, sie wären nicht aus Messing, sondern aus purem Gold gewesen. Und bei dem Holz hätte es sich um Ebenholz gehandelt. Ich war nicht einmal überrascht. Weißt du, alles um mich herum hatte sich verändert, ohne dass ich diese Veränderung beobachtet hätte; mir war, als hätte ich beim ersten Mal nicht genau hingesehen oder als wäre mein erster Eindruck falsch gewesen ... als ob ich es gar nicht bemerkt oder einfach wieder vergessen hätte. Genau wie mit dem Ding in der Mitte von *Mein Boot*, was ich für eine alte Kiste gehalten hatte. In Wirklichkeit war es das Dach einer Kabine mit kleinen Bullaugen, und als ich hineinblickte, sah ich drei Etagenbetten, einen Schrank, und eine wunderschöne kleine Kombüse mit einem Kühlschrank und einem Herd. An der Seite der Kabine befand sich ein Spülbecken, und obwohl ich nicht ganz in das Becken hineinsehen konnte, erkannte ich eine Flasche darin. Jemand hatte eine Serviette um ihren Hals geschlungen und sie in einen Kübel voller Eis gestellt – wie in einem alten Film mit Fred Astaire und Ginger Rogers. Die ganze Kabine war mit Teakholz verkleidet.

Cissie sagte: »Nein, Jim, das ist kein Teakholz. Es ist Zedernholz aus dem Libanon. Jetzt verstehst du sicher, warum ich diesen Unsinn nicht ernst nehmen kann, den man uns in der Schule über fremde Länder erzählt und darüber, wo sie liegen und was dort geschieht. Rohöl im Libanon! Es gibt Zedern dort unten. Und Ebenholz. Ich war schon sehr, sehr oft dort. Ich habe mich mit dem weisen Salomo unterhalten. Ich war am Hofe der Königin von Saba und habe auf ewig einen Bund mit den Frauen von Knossos geschlossen, dem Volk der Doppelaxt, die zugleich zunehmender und abnehmender Mond ist. Ich habe Echnaton und Nofretari besucht und in Benin und Dar große Könige gesehen. Ich war sogar schon in Atlantis, wo mich das Königspaar viele Dinge gelehrt hat. Der Priester und die Priesterin haben mir gezeigt, wie ich mit *Meinem Boot* überallhin gelangen kann, wohin ich nur will, auch wenn es tief unter dem Meer liegt. Ach, wir haben in der Abenddämmerung viele anregende Gespräche auf dem Dach des Pahlahssts geführt!«

Es war real. Alles war real. Cissie war keine fünfzehn, Milt. Sie saß im Bug, an den Instrumenten von *Mein Boot*, und es gab so viele Anzeigen und Knöpfe und Schalter und Messgeräte auf dem Ding wie bei einem B-57-Bomber. Und sie wirkte mindestens zehn Jahre älter. Al Coppolino auch. Er sah aus wie Sir Francis Drake auf dem Bild, das ich mal in einem Geschichtsbuch gesehen hatte. Er besaß langes Haar und einen kleinen Spitzbart, und bis auf die Halskrause war er genauso gekleidet wie Drake. An den Ohren trug er Rubine und an den Fingern lauter Ringe. Auch er war kein Siebzehnjähriger mehr. Eine blasse Narbe verlief von seiner linken Schläfe am Haaransatz entlang bis zum Backenknochen. Ich erkannte, dass Cissies Haar unter dem Turban sehr ausgefallen geflochten war. Hinterher habe ich diese Frisur noch einmal gesehen. Lange bevor sich jeder das Haar in diesen Cornrows frisierte. Ich habe es im Metropolitan Museum gesehen, an silbernen Maskenskulpturen aus Benin in Afrika. Diese Ausstellungsstücke waren alt, Milt, Jahrhunderte alt.

Al sagte: »Ich weiß noch mehr Orte, Prinzessin. Ich kann sie dir zeigen. Oh, lass uns nach Ooth-Nargai ins glänzende Celephais reisen, und zum Kadath in der Kalten Öde – es ist schrecklich dort, Jim, aber *wir* brauchen uns nicht zu fürchten –, dann reisen wir weiter in die Stadt Ulthar, wo das bemerkenswerte Gesetz gilt, dass kein Mensch eine Katze töten oder ärgern darf.«

»Die Atlantaner«, sagte Cissie mit tiefer, angenehmer Stimme, »wollen mir beim nächsten Mal nicht nur zeigen, wie man im Ozean taucht. Sie meinen, wenn man seinen Geist ein wenig anstrengt, das Boot umbaut und fest daran glaubt, steigt *Mein Boot* geradewegs hinauf. Zu den Sternen, Jim.«

Al Coppolino sang leise einige Namen vor sich hin: Cathuria, Sona-Nyl, Thalarion, Zar, Baharna, Nir, Oriab. Lauter Namen, die er aus seinen Büchern kannte.

Cissie sagte: »Bevor du mit uns kommst, musst du noch etwas tun, Jim. Löse das Seil.«

Also kletterte ich die Leiter an der Außenseite des Bootes hinunter auf den Steg und löste das geflochtene Seil vom Poller. Das Seil war aus Gold und Seide geflochten, Milt. Es lief durch meine Hand, als wäre es lebendig. Ich weiß, wie sich harte, glatte Seide auf der Haut anfühlt. Ich dachte an Atlantis und Celephais und daran, zu den Sternen zu reisen, und all das vermischte sich in meinem Kopf mit den Gedanken an den Abschlussball und das College, denn ich hatte das Glück gehabt, vom College meiner Wahl aufgenommen worden zu sein. Ich dachte an meine großartige Zukunft als Anwalt, als Syndikus, aber natürlich würde ich diese Karriere erst nach meiner Zeit als Footballstar antreten. Damals schmiedete ich noch solche Pläne. Stand alles bombenfest, stimmt's? Vor allem, wenn man eine fünfunddreißig Fuß lange Jacht vor sich hat, auf die Rockefeller neidisch gewesen wäre, und zu Orten reisen könnte, wo noch kein Mensch gewesen ist, und keiner je hinkommt. Cissie und Al standen über mir auf Deck wie zwei Gestalten aus einem Kinofilm – schön und gefährlich und sehr seltsam –, und plötzlich wurde mir bewusst, dass ich sie nicht begleiten wollte. Zum Teil, weil ich eines sicher wusste: Falls ich Cissie je in irgendeiner Weise kränken würde – ich rede nicht bloß von einem Streit oder einer Meinungsverschiedenheit oder etwas, weswegen man schmollt, sondern von einer Kränkung, die richtig tief geht –, dann würde ich mich unvermittelt in einem undichten Ruderboot mitten auf dem Ozean wiederfinden ... mit nur einem Ruder. Oder vielleicht auch nur an den Anleger in Silverhampton gefesselt; Cissie war nicht bösartig. Zumindest hoffte ich das. Ich glaube, ich fühlte mich einfach nicht *gut* genug, um die beiden zu begleiten. Und da war auch etwas Merkwürdiges mit ihren Gesichtern, als ob über ihnen – vor allem über Cissie – andere Gesichter schwebten, Gesichter wie Wolken oder Nebelschleier, andere Mienen, andere Seelen, andere Vergangenheiten und Zukünfte und anderes Wissen. All das flimmerte über ihnen wie eine Luftspiegelung über heißem Asphalt.

Dieses Wissen wollte ich nicht teilen, Milt. So weit wollte ich nicht gehen. Es handelte sich um Wissen, um Erfahrungen, die die meisten Siebzehnjährigen erst viele Jahre später machen. Schönheit. Verzweiflung. Sterblichkeit. Mitleid. Schmerz.

Ich blickte noch zu ihnen empor, sah, wie der leichte Wind Al Coppolinos pflaumenfarbenen Samtmantel aufblähte und wie sich das Licht auf seinem silberschwarzen Wams spiegelte, als ich plötzlich eine schwere, feste, dicke Hand auf der Schulter spürte und eine kräftige, widerliche Südstaatlerstimme sagte: »Hey, Junge, du hast hier nichts zu suchen! Was macht das Ruderboot da draußen? Und wie heißt du?«

Ich drehte mich um und blickte in das Gesicht eines Mannes, der wie der Urgroßvater aller Redneck-Sheriffs aussah: Er sah aus wie eine Bulldogge, mit den entsprechend kräftigen Kiefern, und war von der Sonne rot gebrannt, fett wie ein Schwein und hundsgemein.

Ich sagte: »Sir?« Dieses Wort konnte damals jeder Highschool-Schüler im Schlaf – und dann wandten wir uns zur Bucht um, und ich fuhr fort: »Welches Boot, Sir?«

Der Polizist antwortete nur: »Was zum ...«

Denn es war nicht mehr da. *Mein Boot* war verschwunden. Wir blickten nur auf die blau schimmernde Bucht. Cissie und Al waren weder aufs Wasser hinausgefahren noch auf die andere Seite des Anlegers (der Polizist und ich sahen nach), und als mir schließlich in den Sinn kam, in den Himmel hinaufzublicken ...

Nichts. Eine Möwe. Eine Wolke. Ein Flugzeug aus Idlewild. Außerdem, hatte Cissie nicht gesagt, dass sie noch gar nicht wisse, wie man zu den Sternen emporsteigt? Nein, niemand sah *Mein Boot* jemals wieder. Und auch nicht Miss Cecilia Jackson, das völlig durchgedrehte und zugleich geniale Mädchen.

Ihre Mutter suchte den Direktor auf, und ich wurde in sein Büro gerufen. Ich erzählte ihnen eine erfundene Geschichte, die gleiche, die ich mir schon für den Polizisten zurechtgelegt hatte: Cissie und Al hätten gesagt, sie wollten nur einmal kurz um den Anleger rudern und dann zurückkommen, und ich sei in der Zwischenzeit zum Parkplatz gegangen und habe nach dem Wagen gesehen. Als ich wieder zum Wasser kam, seien sie verschwunden gewesen. Aus irgendeinem verrückten Grund hatte ich mir Cissies Mama *immer* wie Mammy aus »Vom Winde verweht« vorgestellt. In Wirklichkeit erwies sie sich als eine dünne kleine Frau, besaß viel Ähnlichkeit mit ihrer Tochter und wirkte nervöser und konservativer als sonst jemand: eine winzige Person in einem zerknitterten, aber sehr sauberen grauen Straßenkleid, wie eine Lehrerin, du weißt schon, abgetragene Straßenschuhe, die Bluse mit weißen Rüschen am Kragen, ein Strohhut mit weißem Band und saubere weiße Handschuhe. Ich glaube, Cissie wusste, wie ich mir ihre Mama immer vorgestellt hatte und was für ein verdammter Idiot ich war – auch wenn ich nur ein durchschnittlicher siebzehnjähriger Weißer mit liberal-rassistischen Ansichten war –, und deshalb hat sie mich nicht mitgenommen.

Der Polizist? Er war mir zum Wagen gefolgt, und bis ich dort schließlich ankam – ich habe geschwitzt und war völlig verängstigt ...

... war auch er fort. Verschwunden.

Ich glaube, Cissie hat ihn erschaffen. Nur als Jux.

Wie ich schon sagte, Cissie ist niemals zurückgekehrt. Und ich konnte Mrs. Jackson nicht davon überzeugen, dass Alan Coppolino kein jugendlicher Vergewaltiger war, der ihre Tochter an einen einsamen Ort geschleppt und dort ermordet hatte. Immer und immer wieder versuchte ich ihr das beizubringen, aber Mrs. Jackson glaubte mir nicht.

Es stellte sich heraus, dass es gar keine Cousine namens Gloriette gab.

Alan? Oh, er kehrte zurück. Aber er brauchte eine Weile. Eine lange, lange Weile. Ich habe ihn gestern gesehen, Milt, in der Brooklyn-U-Bahn. Ein dünner, kleiner Bursche mit abstehenden Ohren. Er trägt noch immer das Sporthemd und die

Hosen, in denen er damals verschwunden ist, an dem Sonntag vor über zwanzig Jahren. Er hatte auch noch den echten 50er Haarschnitt, den heute niemand mehr tragen würde. Viele Leute haben ihn angestarrt.

Das Seltsame daran ist, Milt, *er war noch immer siebzehn*.

Nein, ich weiß genau, dass es nicht jemand anderes war. Weil er mir wie verrückt zugewunken und mich angelacht hat. Und als ich mit ihm an seiner alten Haltestelle ausgestiegen bin, hat er sich nach den anderen in der Central High erkundigt, als sei erst eine Woche vergangen oder auch nur ein Tag. Aber als ich ihn fragte, wo zum Teufel er in den vergangenen zwanzig Jahren gewesen ist, wollte er mir das nicht sagen. Er meinte bloß, er hätte etwas vergessen. Also stiegen wir die fünf Treppen zu seiner alten Wohnung hinauf, genau wie wir es früher nach der Schule getan haben, einige Stunden bevor seine Eltern von der Arbeit nach Hause kamen. Er hatte noch den alten Schlüssel in der Tasche. Und die Wohnung hatte sich nicht im Geringsten verändert, Milt: der Gaskühlschrank, die unverkleideten Rohre unter dem Spülbecken, die Sommer-Schonbezüge, die heutzutage niemand mehr benutzt; die Wintervorhänge waren fortgepackt, die Vorhangstange über dem Fenster mit einem Tuch umwickelt, und die blanken Parkettböden waren ebenso unverändert wie das alte Linoleum in der Küche. Immer, wenn ich ihm eine Frage stellte, lächelte er bloß. Aber eindeutig kannte er mich, denn er hat mich mehrmals mit meinem Namen angesprochen. Ich sagte: »Wie hast du mich wieder erkannt?«, und er antwortete: »Wieder erkannt? Du hast dich nicht verändert.« Nicht verändert, mein Gott. Dann meinte ich: »Alan, wieso bist du zurückgekommen?«, und mit einem Grinsen im Gesicht, das mich an Cissie erinnerte, sagte er: »Wegen des *Necronomicons* von diesem verrückten Araber. Abdul Alhazred, weswegen sonst?« Aber ich habe genau gesehen, dass er ein anderes Buch mitgenommen hat. Er achtete sehr darauf, den richtigen Band einzustecken, suchte jedes Brett seines Regals im

Schlafzimmer ab. Noch immer hingen überall College-Banner an den Wänden. Übrigens kenne ich das Buch jetzt; es war das, was du letztes Jahr so eilig in ein Drehbuch umschreiben wolltest, für den Kerl, der diese Poe-Filme dreht. Bevor ich dich gewarnt habe, dass der Plot jede Menge Spezialeffekte und Animationen erfordert: Exotische Inseln, seltsame Welten, und allein schon die Monsterkostüme – klar, H. P. Lovecraft. *Die Traumsuche nach dem unbekannten Kadath.*

Hinterher hat Alan kein Wort mehr gesagt. Er stieg die fünf Treppen hinab, und ich folgte ihm auf dem Fuße, den alten Block entlang bis zur nächsten U-Bahn-Station, aber als ich unten in der U-Bahn ankam, war er schon verschwunden.

Seine Wohnung? Die findest du nie. Als ich noch einmal zurückgelaufen bin, war sogar das Haus fort. Die Adresse gibt es nicht mehr; das Haus wurde beim Bau der neuen Schnellstraße abgerissen.

Und deshalb habe ich dich angerufen. Mein Gott, ich musste es jemandem erzählen! Derweil reisen die beiden Geistesgestörten zwischen den Sternen nach Ulthar und Ooth-Nargai und Dylath-Leen ...

Aber sie sind keine Geistesgestörten. *Das alles ist wirklich passiert.*

Wenn sie also keine Geisteskranken sind, was sind wir beide dann? Zwei blinde Männer?

Ich will dir noch etwas sagen, Milt: Al zu treffen hat mich daran erinnert, was Cissie früher einmal gesagt hat, lange vor der Angelegenheit mit *Mein Boot;* ich war damals bereits gut genug mit ihr befreundet, dass ich mich zu fragen traute, warum sie die Klinik verlassen hatte. Ich habe ihr die Frage nicht unverblümt in diesem Wortlaut gestellt, und sie hat sie nicht genau so beantwortet, wie ich es jetzt wiedergebe, aber sinngemäß meinte sie: Egal wo sie gewesen sei, früher oder später habe sie immer einen blutenden Mann mit Wunden an den Händen und Füßen getroffen, der ihr sagte: »Cissie, kehre um, du wirst gebraucht; Cissie, kehre um, du wirst gebraucht.« Ich war so blöd, sie zu fragen, ob der Mann weiß oder schwarz gewesen ist. Sie funkelte mich einfach nur an und ging dann fort. Tja, Wunden an Händen und Füßen – man braucht nicht lange zu überlegen, was das für ein junges Mädchen bedeutet, das mit der Bibel erzogen wurde. Was ich mich aber frage, ist: Wird sie ihn dort draußen zwischen den Sternen wiedertreffen? Wenn es schlecht läuft für die Black-Power-Bewegung oder die Emanzipation der Frau oder auch nur für Leute, die verrückte Bücher schreiben, oder für was auch immer: Wird dann *Mein Boot* über dem Times Square materialisieren oder über Harlem oder Ost-New-York? Wird eine äthiopische Kriegerprinzessin darin sitzen, gemeinsam mit Sir Francis Drake Coppolino und Gott weiß was für Waffen, die auf der vergessenen Wissenschaft von Atlantis beruhen? Ich sage dir, das würde mich nicht überraschen. Wirklich nicht. Ich hoffe nur, Er – oder Cissies Vorstellung von Ihm – kommt zu dem Entschluss, dass noch alles in Ordnung ist. Dann können die beiden nämlich weiterhin all die Orte in Al Coppolinos Buch besuchen. Ich sage dir, hoffentlich ist dieses Buch *dick*.

Trotzdem, wenn ich noch einmal die Wahl hätte ...

Milt, das ist keine Geschichte. *Das ist die Wahrheit.* Erklär mir beispielsweise mal, woher sie den Namen Nofretete kennen sollte? Das ist die ägyptische Königin Nefertiti, so haben wir es jedenfalls alle gelernt, aber woher konnte Cissie ihren richtigen Namen wissen, Jahrzehnte, *buchstäblich* Jahrzehnte vor allen anderen? Und Saba? Das Reich existierte auch. Und Benin? Man hat uns damals in der Central High nicht in afrikanischer Geschichte unterrichtet, nicht 1952! Und was ist mit der Doppelaxt der Kreter in Knossos? Klar, wir haben in der Highschool einiges über Kreta gelesen, aber unsere Geschichtsbücher enthielten keine Informationen über das Matriarchat oder die Labrys, das ist der Name der Axt. Milt, ich sage dir, es gibt sogar einen Frauenbuchladen in Manhattan mit dem Namen ...

Wie du willst.

Oh, klar. Sie war nicht schwarz. Sie war grün. Das gäbe eine tolle Fernsehserie ab. Grün, blau, regenbogenfarben. Tut mir Leid, Milty, ich weiß, du bist mein Agent und hast viel für mich getan, und ich hab in letzter Zeit nicht mehr so viel verkauft. Ich habe gelesen. Nein, nichts, was dir gefallen würde: Bücher über Existenzialismus, Geschichte, Marxismus, einige fernöstliche Werke ...

Tut mir Leid, Milt, aber wir Schriftsteller lesen ab und zu schon mal ein wenig. Das ist unser kleines Laster, weißt du. Ich habe versucht, mich gründlich zu informieren, wie Al Coppolino, vielleicht in einer anderen Art und Weise.

Schön, du willst also einen Marsianer, der auf der Erde landen will und sich deshalb in ein hübsches, braun gebranntes Mädchen mit langem, glattem blonden Haar verwandelt, in Ordnung? Er besucht die Highschool, eine wohlhabende Schule in Westchester. Und dieses schöne blonde Marsianermädchen muss alle lokalen Organisationen infiltrieren, beispielsweise die Selbstfindungsgruppen für Frauen und die Begegnungstherapie-Gruppen und die Cheerleader und die drogensüchtigen Jugendlichen, damit sie alles über die Mentalität der Erdlinge erfährt. Ja. Und natürlich muss sie den Schuldirektor verführen und den Coach und alle Männer auf dem Campus, die etwas zu sagen haben. Dann können wir eine ganze Serie daraus machen, vielleicht sogar eine Sitcom; jede Woche verliebt sich die Marsianerin in einen Erdling oder unternimmt einen Versuch, die Erde zu zerstören oder etwas in die Luft zu sprengen. Als Basis benutzt sie die Central High. Kann ich diesen Stoff verwenden? Klar doch! Die Geschichte ist wunderbar. Genau die Art von Geschichte, die mir liegt. Ich kann alles einbauen, was ich dir gerade geschildert habe. Cissie hatte Recht, mich nicht mitzunehmen; ich habe Spagetti an der Stelle, wo eigentlich mein Rückgrat sein müsste.

Nichts. Ich habe nichts gesagt. Klar, das ist eine großartige Idee. Selbst wenn's nur für einen Pilotfilm reicht.

Nein, Milt, ehrlich, ich finde, es hat das gewisse Etwas. Ein wirklicher Geniestreich. Wird sich prächtig verkaufen. Ja, ich kann bis Montag einen Grundentwurf fertig stellen. Klar. »Die Schöne Plage vom Mars?« Äh-hm. Unbedingt. Klingt nach Sex, Gefahr, Komik – vereint einfach alles. Wir könnten auch das Privatleben der Lehrer reinbringen, des Schuldirektors, der Eltern der anderen Schüler. Wir könnten zeitgenössische Probleme wie Drogenmissbrauch einbauen. Klar. So wie in der Serie Peyton Place. Ich würde sogar wieder an die Westküste ziehen. Du bist ein Genie.

O mein Gott.

Nichts. Red einfach weiter. Es ist bloß – siehst du den mageren Jungen in der Sitzgruppe hinter dir? Der mit den abstehenden Ohren und dem altmodischen Haarschnitt? Du siehst ihn nicht? Tja, ich glaube, du schaust einfach nicht richtig hin, Milt. Ich glaube, ich habe auch nicht richtig hingesehen; muss wohl einer der Statisten aus der Metropolitan sein, die kommen nämlich manchmal während der Pausen raus: dieses ganze elisabethanische Zeug, der pflaumenfarbene Mantel, die wadenhohen Stiefel, dieses Schwarz mit Silber. Mir fällt sogar gerade ein, dass die Met vor einigen Jahren im oberen Stadtteil neu eröffnet worden ist, daher kann er eigentlich nicht hier sein, oder?

Du siehst ihn noch immer nicht? Kein Wunder. Das Licht ist schlecht hier drinnen. Hör zu, er ist ein alter Freund – ich meine, er ist der Sohn eines alten Freundes –, ich gehe wohl besser zu ihm hinüber und sag hallo, ich bin gleich wieder zurück.

Milt, dieser junge Mann ist bedeutend! Ich meine, er hat Verbindungen zu einer wichtigen Person. Zu wem? Zu einem der erfolgreichsten und besten Produzenten der Welt. Also ... äh ... die beiden ... wollten, dass ich ein ... man könnte sagen, sie wollten ein Drehbuch von mir, ja. Ich wollte damals nicht mit ihnen zusammenarbeiten, aber ...

Nein, nein, bleib einfach hier sitzen. Ich lehne mich nur mal kurz rüber und sage hallo. Du kannst weiter über die schöne Bedrohung vom Mars sprechen; ich kann dich von da drüben hören. Ich sag ihm einfach, ich stünde jetzt zur Verfügung, wenn sie mich noch haben wollen.

Deine zehn Prozent? Natürlich bekommst du deine zehn Prozent. Du bist mein Agent, oder? Also, bei jedem anderen hätte ich vielleicht nicht ... Klar, du bekommst deine zehn Prozent. Kauf dir davon, was du willst: Elfenbein, Affen, Pfauen, Gewürze und libanesisches Zedernholz!

Du brauchst nur die Hand aufzuhalten.

Aber rede weiter, Milty, hörst du? Ich weiß auch nicht, warum, aber ich möchte deine Stimme hören, wenn ich nach nebenan in die Sitznische gehe. Was für wunderbare Ideen. So originell. So kreativ. So wahr. Genau das, was die Öffentlichkeit haben will. Natürlich nehmen die Leute die Dinge unterschiedlich wahr, und ich glaube, auf dich und mich trifft das auch zu, weißt du. Darum bist du auch ein angesehener, erfolgreicher Agent und ich ... nun lass uns nicht darüber sprechen. Das wäre für keinen von uns beiden schmeichelhaft.

Hm? Oh, nichts. Ich hab nichts gesagt. Ich höre zu. Auch wenn ich dir den Rücken zudrehe. Rede einfach weiter, während ich meinem Freund hallo sage und mich aufrichtig und höchst unterwürfig bei ihm entschuldige ... bei Sir Alan Coppolino. Hast du den Namen schon mal gehört, Milt? Nein? Wundert mich nicht.

Sprich einfach weiter ...

Originaltitel: *My Boat*
Erstveröffentlichung: *Phantasy and Science Fiction*, January 1976
Aus dem Amerikanischen von *Ruggero Leò*

Weird Tales

Stecken

VON KARL EDWARD WAGNER

1

Das Gitter aus aneinander gebundenen Stecken ragte aus einem kleinen Steinhaufen am Bach. Colin Leverett musterte es verwundert – ein halbes Dutzend unterschiedlich lange Äste, mit Draht über Kreuz zusammengehalten, ohne dass ein Zweck ersichtlich gewesen wäre. Das Gebilde gemahnte ihn beklemmend an ein abartiges Kruzifix, und er fragte sich unwillkürlich, was unter dem Steinhaufen liegen mochte.

Es war Frühling 1942 – ein schöner Tag, an dem der Krieg fern und unwirklich erschien, obwohl der Einberufungsbescheid schon auf Leveretts Schreibtisch lag. Nur wenige Tage noch, dann würde er sein ländliches Atelier schließen und müsste sich fragen, ob er es jemals wiedersähe – und ob er seine Stifte, Pinsel und Schnitzmesser noch benutzen könnte, falls er denn zurückkäme. Es hieß auch Abschied nehmen von den Wäldern und Wasserläufen im nördlichen Teil des Staates New York. In Hitlers Europa würde es keine Angeltouren und Abstecher in die Natur geben. Grund genug, den Angelausflug an den forellenreichen Bach nicht noch weiter hinauszuschieben, den Bach, den er vom Auto aus entdeckt hatte, während er die abgelegenen Straßen des Otselic Valley erkundete.

Der Mann Brook – unter diesem Namen stand der Bach auf dem alten topografischen Kartenblatt verzeichnet – floss südöstlich von DeRuyter. Die einsame Landstraße überquerte ihn auf einer Steinbrücke, die schon alt gewesen war, als es noch keine pferdelosen Wagen gegeben hatte, doch Leveretts Ford bewältigte sie mühelos. Er parkte das Auto am Straßenrand, steckte sich die Taschenflasche ein, band sich eine gusseiserne Bratpfanne an den Gürtel und nahm sein Angelzeug. Er wollte einige Meilen stromabwärts ziehen und gedachte, sich am frühen Nachmittag an einer frischen Forelle zu laben, vielleicht auch an ein paar Ochsenfroschschenkeln.

Der Bach war hübsch und klar, aber nicht leicht für den Angler, denn die dichten Büsche am Ufer ragten zumeist zu weit über das Wasser. An anderen Stellen wiederum lag das Ufer streckenweise ganz offen, sodass man dort fast nirgendwo außer Sicht stehen konnte. Trotzdem schnappten die Forellen kühn nach seiner Fliege, und Leverett war guter Dinge.

Das Tal um den Mann Brook begann an der Brücke als offene Weide, doch schon eine halbe Meile weiter stromabwärts war das Land lange nicht mehr genutzt worden. Dicht umschlossen dort nachgewachsene immergrüne Pflanzen die verkümmerten Apfelbäume, und noch eine Meile weiter vereinte sich das Gestrüpp mit dichtem Wald, der sich fortsetzte, so weit das Auge reichte. Der Grundbesitz war, so hatte Leverett herausgefunden, schon vor vielen Jahren an den Staat zurückgefallen.

Nachdem Leverett dem Bach ein Stück gefolgt war, bemerkte er die Überreste eines alten Eisenbahndamms. Von Gleisen oder Schwellen keine Spur mehr – nur der Damm selbst war noch zu sehen, von großen Bäumen überwuchert. Sein Künstlerauge erfreuten die hübschen Bachdurchlässe aus Trockenmauern, die den gewundenen Wasserlauf im Tal hier und dort überspannten, und doch ließ ihn diese vergessene Bahnstrecke erschauern, die sich geradewegs durch beinah völlige Wildnis zog.

Leverett stellte sich vor, wie eine alte, mit Holz befeuerte Dampflokomotive mit ihrem typischen Kegelschornstein durch das Tal stampfte, zwei oder drei Wagen hinter sich herziehend. Die Strecke musste der alten Oswego Midland Rail Road gehört haben, die in den Siebzigerjahren recht plötzlich aufgegeben worden war. Leverett, der ein gutes Gedächtnis für Details besaß, erinnerte sich an seinen Großvater, der ihm erzählt hatte, dass er 1871, während seiner Hochzeitsreise, auf dieser Strecke von Otselic nach DeRuyter gefahren sei. Die Lokomotive hatte bei der steilen Auffahrt zum Crumb Hill derart kämpfen müssen, dass sein Großvater ausgestiegen und zu Fuß neben dem Zug hergegangen war. Wahrscheinlich, so überlegte Leverett, hatte man die Strecke wegen dieser steilen Steigung aufgegeben.

Als er an einer Steinmauer ein kurzes Brett entdeckte, das an mehrere Stecken genagelt war, befürchtete er schon, dass darauf stände: »Durchgang verboten«. Doch obwohl die Nägel recht neu wirkten, war das Brett so verwittert, dass er darauf überhaupt nichts mehr erkennen konnte. Leverett verschwendete keinen zweiten Gedanken an das Gebilde, bis er kurz darauf auf eine ähnliche Konstruktion stieß. Und dann auf noch eine.

Er kratzte sich das stopplige, vorspringende Kinn. Sollte das ein Scherz sein? Aber mit wem wollte man hier Scherze treiben? Oder ein Dummejungenstreich? Nein, dazu waren diese Gitter zu kompliziert. Als Künstler besaß Leverett ein Auge für die Qualität der handwerklichen Arbeit – die genau bemessenen Längen und Winkel der Stecken, die beabsichtigten Feinheiten der aufreizend unerklärlichen Gitterwerke. Sie beunruhigten ihn sehr.

Leverett sagte sich, er sei hierher gekommen, um zu fischen, und ging weiter stromabwärts. Doch nachdem er ein Dickicht umgangen hatte, blieb er verdutzt stehen.

Vor ihm lag eine kleine offene Fläche, auf der noch viel mehr Steckengitter standen. Am Boden fand er eine ganze Reihe flacher Steine, die wahrscheinlich aus einer der vielen Trockenmauern an den Bachdurchlässen stammten; sie waren zu einem etwa fünfzehn mal zwanzig Fuß großen Muster ausgelegt, das auf den ersten Blick an den Grundriss eines Hauses denken ließ. Interessiert registrierte Leverett, dass der erste Eindruck täuschte; falls es wirklich ein Grundriss war, so gehörte er zu einem kleinen Labyrinth.

Überall entdeckte er nun die bizarren Gitterkonstruktionen. Äste und Brettstücke waren in den skurrilsten Kombinationen zusammengenagelt. Sie entzogen sich jeder Beschreibung; keine zwei sahen gleich aus. Einige bestanden aus nur wenigen Stecken, parallel oder winklig aneinander gebunden. Andere waren aus Dutzenden Stäben und Brettchen zu komplizierten Gittern gefügt. Eines davon hätte man fast für das Baumhaus eines Kindes halten können – es war zwar räumlich aufgebaut, aber so abstrakt zwecklos, dass es eben doch nicht mehr darstellen konnte als eine wirre Ansammlung von Stecken und Draht. Manchmal steckten die Gebilde in einem Steinhaufen oder einer Mauer, manchmal waren sie in den Bahndamm gestoßen oder an einen Baum genagelt.

Eigentlich hätte Leverett den Anblick albern finden müssen; ihm war jedoch ganz und gar nicht zum Lachen zu Mute. Vielmehr wirkten sie irgendwie unheimlich, diese völlig unerklärlichen, mit großer Sorgfalt angefertigten Gitter, verstreut über eine Wildnis, in der einzig ein von Bäumen überwachsener Bahndamm und hie und da eine vergessene Steinmauer bewiesen, dass vor Leverett überhaupt ein Mensch den Fuß auf dieses Land gesetzt hatte. Er vergaß Forellen und Froschschenkel. In seinen Taschen grub er nach Notizbuch und Bleistiftstummel. Eifrig begann er, Skizzen der komplizierteren Gebilde anzufertigen. Vielleicht fand er jemanden, der sie ihm erklären konnte; womöglich lag in ihrer wirren Komplexität etwas verborgen, das es rechtfertigte, sie für seine eigenen Arbeiten genauer zu studieren.

Leverett war grob zwei Meilen von der Brücke entfernt, als er auf die Ruine eines Hauses traf, einer reizlosen Bauernkate aus der Kolonialzeit, kastenförmig und mit einem Mansarddach, das steil zum Boden abfiel. Die Fenster waren leer und dunkel; die Kamine an beiden Enden wirkten, als würden sie jeden Moment einstürzen. Durch Öffnungen im Dach konnte er die Sparren sehen, und die verwitterten Bretterwände waren an einigen Stellen so verrottet, dass sie behauene Holzbalken entblößten. Die Grundmauern wirkten übertrieben massiv. Der Größe der unverputzten Steinblöcke nach zu urteilen, hatte der Erbauer ein Fundament gelegt, das die Ewigkeit überdauern sollte.

Obwohl das Haus fast von Unterholz und wildem Flieder verschlungen worden war, sah Leverett noch, wo sich eine Wiese mit eindrucksvollen, Schatten spendenden Bäumen befunden hatte. Weiter hinten entdeckte er knorrige, kränkliche Apfelbäume und einen überwucherten Garten, in dem einige letzte Blumen blühten – blass und verwildert nach vielen Jahren ohne pflegende menschliche Hand. Die Steckengitter sah er überall – der Rasen, die Bäume, sogar das Haus waren mit den unheimlichen Gebilden gespickt. Sie ließen Leverett an zahllose missgestaltete Spinnennetze denken – so eng gruppiert, dass sie das gesamte Haus und die Lichtung wie in einer Schlinge gefangen zu halten schienen. Verwundert füllte er Seite um Seite mit Skizzen von ihnen, während er sich vorsichtig dem verlassenen Haus näherte.

Was er im Innern zu finden erwartete, konnte er nicht sicher sagen. Das Bauernhaus wirkte, wenn Leverett ehrlich war, bedrohlich, wie es dort düster verlassen in einem Wald stand, der alle anderen Werke von Menschenhand verschlungen hatte – ein Wald, in dem das einzige Zeichen dafür, dass je ein Mensch dort gewesen war, in den wirr zusammengefügten Gitterwerken aus Stecken und Brettern bestand. Manch einer wäre nun umgekehrt, doch Leverett – in dessen Kunst sich äußerte, dass das Makabre einen großen Reiz auf ihn ausübte – war fasziniert. Er zeichnete grob das Haus und das Grundstück ab, auf dem es von den rätselhaften Gebilden wimmelte, skizzierte die zu Dickichten verkommenen Hecken und die entstellten Blumen. Er bedauerte, dass Jahre vergehen würden, bevor er die Unheimlichkeit dieses Ortes auf Schabpapier oder Leinwand einfangen könnte.

Die Tür war aus den Angeln gebrochen, und Leverett trat behutsam ins Haus; er hoffte, der Fußboden wäre noch stark genug, um sein spärliches Gewicht zu tragen. Die Nachmittagssonne stach durch die Fensterhöhlen und befleckte die zerfallenden Dielen mit großen Lichtklecksen. Staub tanzte im Sonnenlicht. Das Haus war leer – modrige Schutthaufen und das hereingewehte Laub zahlloser Jahreszeiten bildeten das einzige Mobiliar.

Jemand war hier gewesen, und zwar erst kürzlich. Jemand, der die schimmligen Wände mit Diagrammen der geheimnisvollen Gittergebilde geradezu übersät hatte. Die Zeichnungen waren direkt auf die Wände aufgetragen worden, durchzogen im Zickzack die faulende Tapete mit Furchen und den bröckligen Putz mit tiefen schwarzen Strichen. Einige der Schwindel erregend komplizierten Zeichnungen bedeckten eine ganze Mauer wie das Wandgemälde eines Wahnsinnigen. Andere waren klein, bestanden aus nur wenigen sich kreuzenden Linien und erinnerten Leverett an Keilschriftzeichen.

Sein Stift eilte über die Notizbuchseiten. Gebannt erkannte Leverett eine Anzahl dieser Wandzeichnungen als Abbildungen von Konstruktionen, die er selbst bereits skizziert hatte. Ob der Irre oder geübte Idiot, von dem die Gebilde angefertigt worden waren, sie in diesem Haus geplant hatte? Die Furchen, die mit Holzkohle in den weichen Putz geritzt worden waren, wirkten frisch – vielleicht waren sie nur Tage alt, höchstens jedoch einige Monate.

Eine dunkle Türöffnung führte in den Keller. Gab es auch dort Zeichnungen an den Wänden? Und was noch? Leverett fragte sich, ob er es wagen sollte. Abgesehen von den Lichtstreifen, die durch die Ritzen zwischen den Dielen fielen, herrschte im Keller völlige Dunkelheit.

»Hallo?«, rief er. »Ist hier jemand?« In diesem Moment kam es ihm gar nicht lächerlich vor zu rufen. Die Steckengitter waren kaum das Werk eines gesunden Geistes. Leverett gefiel die Aussicht wenig, solch einem Menschen in einem finsteren Keller zu begegnen. Ihn beschlich die Furcht, alles Erdenkliche könnte ihm hier zustoßen, ohne dass die Welt des Jahres 1942 je davon erfuhr.

Indes, wie sollte jemand von Leveretts Naturell solch einem starken Reiz widerstehen? Vorsichtig begann er, die Kellertreppe hinunterzusteigen. Die Stufen bestanden aus Stein und waren daher solide, doch Moos und Schutt machten sie tückisch.

Der Keller war gewaltig – die Düsterkeit trug das ihrige zu diesem Eindruck bei. Als Leverett das Ende der Treppe erreichte, blieb er stehen, damit seine Augen sich an die Dunkelheit gewöhnen konnten. Ein früherer Eindruck kam ihm wieder zu Gedächtnis: Der Keller war für das Haus zu groß. Hatte an dieser Stelle ursprünglich ein anderes Gebäude gestanden – das vielleicht zerstört und von einem weniger vermögenden Mann wieder aufgebaut worden war? Leverett betrachtete das Mauerwerk. Riesige Gneisblöcke, stark genug, ein Schloss zu tragen. Bei genauerem Hinsehen jedoch erinnerten sie ihn eher an eine Festung – denn die Trockenmauertechnik wirkte erstaunlich mykenisch.

Wie das Haus schien auch der Keller leer zu sein. Ohne Licht jedoch vermochte Leverett nicht mit Sicherheit zu sagen, was sich in den dunklen Ecken verbarg. An bestimmten Stellen des Fundaments schien sich die Finsternis noch zu vertiefen. Lagen dort Öffnungen, die zu weiteren Kammern führten? Gegen den eigenen Willen war Leverett zunehmend unbehaglich zu Mute.

Dort, im Mittelpunkt des Kellerraums, stand etwas – ein

großes, tischartiges Etwas. Wo die letzte Spur von Sonnenlicht hinuntertrieb und es an den Kanten berührte, schien es aus Stein zu bestehen. Vorsichtig überquerte Leverett den ebenfalls steinernen Kellerboden und trat an den Tisch – hüfthoch war er, vielleicht acht Fuß lang und nicht ganz so breit. Eine grob behauene Gneisplatte, vermutete Leverett, die auf Pfeilern aus unverputztem Stein ruhte. In der Düsterkeit erhielt er nur eine sehr vage Vorstellung, wie dieser Tisch aussehen mochte. Er fuhr mit der Hand über die Platte. Offenbar umlief eine Rille ihren Rand.

Seine tastenden Finger trafen auf – Stoff? – kalt, ledrig, nachgiebig. *Ein verschimmeltes Geschirr?,* überlegte er voll Abscheu.

Etwas umschloss sein Handgelenk. Eisige Nägel bohrten sich ihm in die Haut.

Leverett schrie auf und sprang mit der Kraft der Verzweiflung zurück. Er wurde festgehalten, und das, was auf der Steinplatte lag, zog sich hoch.

Ein schwächlicher Sonnenstrahl fiel ein und rührte an die Kante der Platte. Mehr war nicht nötig. Leverett schrak zurück, und als sich das, was ihn beim Handgelenk gepackt hielt, vom Steintisch erhob, geriet dessen Gesicht in den Lichtstrahl.

Es war das Gesicht eines Leichnams – mit ausgedörrter, straff über den Schädel gespannter Haut, von der filzige, schmutzige Haarsträhnen baumelten. Zerfetzte Lippen entblößten abgebrochene, gelbe Zähne, und aus den in die Höhlen gesunkenen Augen, die hätten tot sein sollen, leuchtete abscheuliches Leben.

Leverett schrie erneut auf, verzweifelt vor Furcht. Mit der freien Hand packte er die gusseiserne Pfanne, die er sich an den Gürtel gebunden hatte, rupfte sie los und schlug sie mit aller Kraft in die Albtraumfratze.

Einen entsetzlichen Moment lang schien die Zeit gefroren.

Das Sonnenlicht gestattete Leverett zu beobachten, wie die Pfanne gleich einer Axt die moderzerfressene Stirn spaltete – ohne Unterschied durchtrennte sie trocknes Fleisch und spröden Knochen. Der Griff um sein Handgelenk ließ nach, das Leichengesicht fiel zurück. Der Anblick der eingeschlagenen Stirn und der starren Augen, aus denen dickes Blut zu sickern begann, sollte Leverett indes noch in unzähligen Nächten aus albtraumgeplagtem Schlaf reißen.

Nun aber befreite sich Leverett endgültig und floh. Und als ihm seine schmerzenden Beine den Dienst verweigern wollten, irgendwann, nachdem er sich blindlings ins Unterholz gestürzt hatte und gerannt war wie noch nie, spornte ihn eine Erinnerung zu neuem, verzweifeltem Lauf an – die Erinnerung an die Schritte, die hinter ihm die Kellertreppe hinaufgestolpert waren.

2

Nachdem Colin Leverett aus dem Krieg heimgekehrt war, sagten seine Freunde, er habe sich in einen anderen Menschen verwandelt. Er war gealtert. In seinem Haar entdeckte man graue Strähnen, sein federnder Gang hatte an Spannkraft verloren, und sein sportlich schlanker Körperbau war einer ungesunden Hagerkeit gewichen. Falten hatten sich in sein Gesicht gegraben und ließen sich nicht mehr auslöschen; sein Blick hatte etwas Gehetztes angenommen.

Noch beunruhigender war die Veränderung seiner Gemütsart. Ein beißender Zynismus hatte die alte launige Askese ausgehöhlt, und sein Hang zum Makabren gewann einen finsteren Unterton, eine morbide Besessenheit, die seine alten Bekannten mit Sorge erfüllte. Doch so wie ihn hatte der Krieg viele Männer verändert, besonders aber jene, die sich den Apennin hinaufgekämpft hatten.

Leverett hätte ihnen vielleicht etwas anderes erzählt, hätte er denn über sein grausiges Erlebnis am Mann Brook reden wollen. Doch behielt Leverett seine Erinnerungen für sich, und wenn er überhaupt an das Geschöpf dachte, mit dem er in dem verlassenen Keller gerungen hatte, so gelang es ihm gewöhnlich, sich einzureden, er sei nur einem verwahrlosten menschlichen Wrack begegnet – einem verrückten Einsiedler, dessen Aussehen durch das schlechte Licht und die eigene Phantasie verzerrt gewesen sei. Mit seinem Hieb habe er dem anderen nicht den Schädel eingeschlagen, sondern ihm nur eine Platzwunde an der Stirn beigebracht, beschwichtigte er sich dann, denn der andere hatte sich schließlich rasch genug wieder erholt, um ihn zu verfolgen. Am besten befasste man sich mit dergleichen nicht allzu intensiv. Die rationale Erklärung jedenfalls trug einiges dazu bei, seine Gedanken wieder auf vernünftige Bahnen zu lenken, wenn er aus einem Albtraum aufschreckte, in dem er dieses Gesicht gesehen hatte.

So kehrte Colin Leverett in sein Atelier zurück und hantierte wieder mit Zeichenstift, Pinsel und Schnitzmesser. Die Verleger der Groschenhefte, deren Fans seine Arbeiten vor dem Krieg hoch gelobt hatten, hießen ihn mit einer langen Auftragsliste willkommen. Leverett erhielt Bestellungen von Galerien und Sammlern, auf ihn warteten unvollendete Plastiken und Holzmodelle. Leverett hielt sich beschäftigt.

Es kam zu Meinungsverschiedenheiten. *Short Stories* sandte ihm ein Titelbild als »zu grotesk« zurück. Die Verleger einer neuen Horror-Anthologie wiesen mehrere seiner Innenillustrationen ab – »zu grausig« seien sie, »besonders die verwesten, aufgedunsenen Gesichter dieser Erhängten«. Ein Auftraggeber reklamierte eine Silberfigur mit den Worten, dass der gemarterte Heilige ein wenig zu gründlich gemartert werde. Sogar *Weird Tales* schickte ihm Material zurück, obwohl die Redaktion gerade noch Leveretts Rückkehr auf die

»ghulgeplagten« Seiten des Horror-Magazins verkündet hatte, und als Begründung führte man an, seine Illustrationen seien »selbst für unsere Leser zu stark«.

Leverett versuchte halbherzig, sich Grenzen aufzuerlegen, doch fand er die Ergebnisse schal und uninspiriert. Allmählich ließen neue Aufträge auf sich warten. Im Laufe der Jahre wurde Leverett so noch mehr zum Einsiedler als zuvor und schlug sich die Groschenhefte aus dem Kopf. Still arbeitete er in seinem abgelegenen Atelier und verdiente sein Brot mit Gelegenheitsaufträgen und über Galerien; ab und zu konnte er ein Gemälde oder eine Skulptur an ein bedeutenderes Museum verkaufen. Seine bizarren, abstrakten Plastiken fanden bei der Kritik großen Anklang.

3

Der Krieg war fünfundzwanzig Jahre vorüber, als Colin Leverett einen Brief von einem guten Freund aus der Groschenheft-Zeit empfing – von Prescott Brandon, nun Lektor und Herausgeber bei Gothic House, einem Kleinverlag, der sich auf Werke der unheimlichen Phantastik spezialisiert hatte. Obwohl sie viele Jahre lang nicht mehr korrespondiert hatten, begann Brandon den Brief in seiner typischen, direkten Manier:

The Eyrie/Salem, Mass./2. August

An den makabren Eremiten des Binnenlands:
Colin, momentan stelle ich eine dreibändige Werksausgabe von H. Kenneth Allards Horrorgeschichten zusammen. Ich weiß noch sehr gut, dass Allard zu deinen Lieblingsautoren gehört hat. Wie wär's, wenn du aus dem Ruhestand zurückschlurftest und mir alle drei Bände illustriertest? Benötige zweifarbige Titelbilder und pro Band ein Dutzend Strich-

zeichnungen. Mir wär's recht, wenn du das Fandom mit besonders gräulichen Innenillustrationen aufschrecken könntest – ich kann diese abgedroschenen Totenschädel und Fledermäuse und Werwölfe, die halb bekleidete Damen davonschleppen, einfach nicht mehr sehen.
Interessiert? Ich sende dir Vorlagen und Vorgaben, sonst hast du freie Hand. Lass von dir hören,

Scotty

Leverett war entzückt. Stets blickte er mit Nostalgie auf die Jahre zurück, während deren er für die Groschenhefte gearbeitet hatte, und noch immer bewunderte er Allards Genie, Visionen des kosmischen Schreckens in überzeugende Prosa zu packen. Er sandte Brandon eine begeisterte Antwort.

Viele Stunden verbrachte er damit, noch einmal die Erzählungen Allards zu lesen, die in die Sammlungen aufgenommen werden sollten, machte sich Notizen und skizzierte Entwürfe. Diesmal brauchte er keine Rücksicht auf zimperliche Lektoratsassistenten zu nehmen; Scotty meinte ernst, was er schrieb. Mit manischer Begeisterung begab Leverett sich ans Werk.

Scotty war also des Abgedroschenen überdrüssig und ließ ihm freie Hand. Kritisch betrachtete Leverett seine Bleistiftskizzen. Sie entwickelten sich seines Erachtens schon in die richtige Richtung, doch fehlte den Zeichnungen noch jenes gewisse Etwas, das ihnen die boshafte Bedrohlichkeit einhauchte, die Allards Werk durchzog. Grinsende Totenschädel und ledrige Fledermausflügel? Wie banal. Allard hatte wirklich Besseres verdient.

Nachdem Leverett einmal die Idee gekommen war, ließ sie ihn nicht mehr los. Vielleicht lag es daran, dass Allards Werk den gleichen Schrecken hervorrief; oder weil Allards Visionen von zerfallenden Yankee-Bauernhöfen mit ihren verderbten Geheimnissen ihn so sehr an jenen Frühlingsnachmittag am Mann Brook erinnerten ...

Obwohl sich Leverett seit dem Tag, an dem er halb tot vor Furcht und Erschöpfung in sein Atelier gewankt war, niemals hatte überwinden können, auch nur einen Blick in das alte Notizbuch zu werfen, wusste er noch genau, wohin er es damals geschleudert hatte. Er kramte es aus einem selten benutzten Aktenschrank hervor und blätterte eilig durch die zerknitterten Seiten. Die hastig dahingeworfenen Skizzen riefen das Gefühl lauernder Bosheit wieder wach, das Beinhaus-Grauen jenes Tages. Leverett betrachtete die bizarren Gittermuster, und es schien ihm undenkbar, dass andere Menschen nicht das gleiche Entsetzen empfinden sollten, welches die Steckengebilde in ihm wachriefen.

Er begann, seine Bleistiftentwürfe mit Teilen der Ast-Gitterwerke zu ergänzen. Die verächtlichen Fratzen von Allards degenerierten Kreaturen fügten der Bedrohung ihre eigene Facette hinzu. Leverett nickte zufrieden.

4

Einige Monate später bestätigte Brandon in einem Brief den Empfang der letzten Zeichnungen für die Allard-Ausgabe und schrieb, dass er mit den Arbeiten außerordentlich zufrieden sei. Im Postskriptum fügte er hinzu:

Um Gottes willen, Colin – was hat es denn mit diesen irrwitzigen Stöcken auf sich, die ständig in deinen Illus auftauchen? Nach einer Weile werden einem diese verdammten Dinger immer unheimlicher. Wie um alles in der Welt kommst du auf so etwas?

Leverett gelangte zu der Ansicht, dass er Brandon tatsächlich eine Erklärung schulde, und schrieb ihm pflichtgetreu einen langen Brief, in dem er die Einzelheiten seines Erlebnisses am

Mann Brook darlegte – nur das Schreckgespenst, das ihn im Keller beim Handgelenk gepackt hatte, verschwieg er. Sollte Brandon ihn ruhig für einen Exzentriker halten, aber nicht für einen wahnsinnigen Mörder.

Brandon antwortete postwendend:

Colin – dein Bericht von der Begebenheit am Mann Brook hat mich gebannt – einfach unglaublich! Liest sich ganz wie der Beginn einer Geschichte von Allard! Ich habe mir die Freiheit genommen, deinen Brief an Alexander Stefroi in Pelham weiterzuleiten. Dr. Stefroi beschäftigt sich eingehend mit der Geschichte dieses Landstrichs – vielleicht hast du schon von ihm gehört. Ich bin mir sicher, dass dein Bericht ihn interessieren wird, und vielleicht kann er ein wenig Licht in diese unheimliche Affäre bringen.
Ich rechne damit, dass der 1. Band, Stimme aus den Schatten, *im nächsten Monat vom Buchbinder kommt. Die Fahnen sahen großartig aus. Alles Gute – Scotty.*

In der folgenden Woche traf ein Brief ein, der in Pelham, Massachusetts, abgestempelt worden war:

Ein gemeinsamer Freund, Prescott Brandon, hat mir Ihre faszinierende Schilderung der Entdeckung eigenartiger Artefakte aus Stecken und Steinen auf einem aufgelassenen Hof im nördlichen Teil des Staates New York zukommen lassen. Ich fand Ihren Bericht höchst fesselnd und frage mich nun, ob Ihnen womöglich noch weitere Einzelheiten einfallen? Könnten Sie den Ort nach 30 Jahren noch wiederfinden? Wenn möglich, würde ich noch dieses Frühjahr die Fundamente besichtigen, denn Ihre Beschreibung erinnert mich an andere megalithische Formationen in dieser Gegend. Gemeinsam mit anderen bemühe ich mich zu lokalisieren, was wir für Überreste megalithischer Bauwerke aus

der Bronzezeit halten; wir wollen ihre mögliche Verwendung für schwarzmagische Rituale während der Kolonialzeit ergründen.
Jüngste archäologische Erkenntnisse weisen darauf hin, dass etwa zwischen 2000 und 1700 v. Chr. Bronzezeitmenschen aus Europa in den Nordosten der heutigen USA eingewandert sind. Wie wir wissen, existierte während der Bronzezeit eine erstaunlich fortschrittliche Kultur, ein Seefahrervolk, dem es erst die Wikinger wieder gleichtun konnten. Die Relikte einer megalithischen Kultur mit dem Ursprung im Mittelmeer sieht man im Löwentor von Mykene, in Stonehenge, und in ganz Europa in Dolmen, Gang- und Hügelgräbern. Darüber hinaus scheint sich darin mehr als nur ein für die Epoche charakteristischer Architekturstil niederzuschlagen. Vielmehr scheint es einen religiösen Kult gegeben zu haben, dessen Anhänger eine Art Erd-Mutter verehrten und sie mit Fruchtbarkeits- und Opferritualen anbeteten. Im Zentrum stand offenbar der Glaube, dass die Seele durch das Begräbnis in Megalithgräbern gerettet werden könne.
Dass diese Kultur auch Amerika erreicht hat, kann nicht mehr in Zweifel gestellt werden, berücksichtigt man die Hunderte megalithischer Relikte, die hier aufgefunden und für das erkannt wurden, was sie sind. Die bislang wichtigste Fundstätte ist Mystery Hill in New Hampshire; sie besteht aus zahlreichen riesigen Wänden und Dolmen megalithischer Bauweise – am bemerkenswertesten sind das Hügelgrab mit der Y-förmigen Kaverne und der Opfertisch (siehe die beigefügte Postkarte). Weniger spektakuläre Fundstellen der Megalithkultur wären die Gruppe von Cairns und behauenen Steinen am Mineral Mountain, die unterirdischen Kammern mit steinernen Gängen bei Petersham und Shutesbury und die unzähligen Megalithe und vergrabenen »Mönchszellen« überall im Umland.

Von besonderem Interesse ist, dass diese Stätten ihre mystische Aura offenbar noch besaßen, als die frühen Kolonisten sie entdeckten. Zahlreiche Megalithstätten zeigen eindeutige Spuren dafür, dass sie von den Alchimisten und Zauberern unter den Pilgervätern für ihre finsteren Zwecke gebraucht worden sind. Dergleichen häufte sich, nachdem die Hexenverfolgungen viele Ausübende der schwarzen Kunst nach Westen vertrieben hatten – der Grund, weshalb das nördliche New York und das westliche Massachusetts in späteren Jahren das Entstehen so vieler kultischer Gruppen erleben mussten.
Von besonderem Interesse sind hier Shadrach Irelands »Brüder des Neuen Lichts«, die glaubten, die Welt würde bald durch finstere »Mächte von Außen« vernichtet, die Jünger des Neuen Lichts aber würden als Erwählte körperliche Unsterblichkeit erlangen. Starb ein Erwählter vorher, so sollte sein Körper auf Steintischen bewahrt werden, bis die »Alten« kämen, um ihn wieder ins Leben zurückzurufen. Wir konnten die Megalithstätte von Shutesbury eindeutig mit ungesunden Praktiken des Kults vom Neuen Licht in Verbindung bringen. Im Jahre 1781 ging der Kult in Mother Ann Lees Shaker-Sekte auf. Irelands verwesender Leichnam wurde von dem Steintisch in seinem Keller entfernt und beerdigt.
Aus diesen Gründen vermute ich, dass Ihr Bauernhaus in ähnlichen lichtscheuen Praktiken eine Rolle gespielt haben könnte. Auf dem Mystery Hill wurde 1826 ein Bauernhaus errichtet, das einen Dolmen zum Fundament hatte. Es brannte irgendwann zwischen 1848 und 1855 nieder, und man erzählte sich manch unheimliche Geschichte, die sich dort abgespielt haben sollte. Ich vermute, Ihr Bauernhaus wurde auf einer ähnlichen Megalithstätte errichtet oder schließt sie sogar ein – und Ihre Stecken könnten auf einen bislang unbekannten Kult hindeuten, der dort überlebt hat-

te. Vage erinnere ich mich an Erwähnungen von Gittergebilden, die bei Geheimritualen benutzt werden sollten, aber ich kann leider noch nichts Endgültiges dazu sagen. Vermutlich stellen sie eine Ausprägung okkulter Symbole dar, die in bestimmten Zauberformeln Verwendung fand, aber das ist nur eine Vermutung. Ich würde vorschlagen, dass Sie Waites Ceremonial Magic oder ein ähnliches Werk konsultieren und sehen, ob Sie darin ähnliche magische Zeichen finden.

Ich hoffe, Ihnen hiermit geholfen zu haben. Bitte lassen Sie von sich hören.

Ergebenst, Alexander Stefroi

Im Briefumschlag fand Leverett eine Postkarte mit der Fotografie einer viereinhalb Tonnen schweren Steinplatte. Eine tiefe Rinne umlief sie und endete in einer Tülle – der Opfertisch von Mystery Hill. Auf die Rückseite hatte Stefroi geschrieben:

Sie müssen etwas Ähnliches gefunden haben. Solche Opfertische sind nicht allzu selten – hier in Pelham haben wir einen, der von einer Stätte stammt, die nun am Grunde des Quabbin-Stausees liegt. Man opferte darauf Menschen und Tiere, und die Rinne sollte das vergossene Blut wohl in eine Schüssel leiten.

Leverett ließ die Karte fallen und erschauerte. Stefrois Brief hatte das alte Grauen in ihm wachgerufen, und er wünschte nun, er hätte die Angelegenheit für immer ruhen lassen. Doch wie hätte er sie vergessen sollen – auch wenn dreißig Jahre vergangen waren!

Er setzte sorgfältig ein Antwortschreiben an Stefroi auf, dankte ihm darin für seine Hilfe und ergänzte seinen Bericht durch einige weitere Einzelheiten. In diesem Frühjahr wolle er versuchen, das alte Bauernhaus am Mann Brook wiederzufinden, versprach er, obwohl er sich dabei fragte, ob er wirklich Wort halten würde.

5

Der Frühling brach in diesem Jahr spät an, und erst im Juni fand Colin Leverett Zeit, an den Mann Brook zurückzukehren. Oberflächlich hatte sich während der drei Jahrzehnte nichts verändert. Die alte Steinbrücke stand noch, und die Landstraße war nach wie vor nicht asphaltiert. Leverett fragte sich, ob seit seiner panischen Flucht je eine Menschenseele hier entlanggefahren sei.

Indem er dem Bach stromabwärts folgte, fand er den alten Bahndamm mühelos wieder. Dreißig Jahre, besann er sich – doch seine Beklemmung wurde stärker. Das Gelände war noch unwegsamer als früher, und der Tag war unerträglich heiß und feucht. Während er durch das üppige Gestrüpp stakste, scheuchte er immer wieder Wolken von Kriebelmücken auf, die wild auf ihn einstachen.

In den letzten Jahren musste der Bach starkes Hochwasser geführt haben, denn viel angeschwemmtes Holz versperrte Leverett den Weg. Streckenweise war das Ufer bis auf den nackten Fels und Kies abgetragen worden. An anderen Stellen erschienen die gigantischen Hindernisse aus entwurzelten Bäumen wie uralte, verfaulende Befestigungsanlagen. Je weiter er in das Tal eindrang, desto mehr fürchtete er, seine Suche würde ohne Ergebnis bleiben. Die Gewalt des lange abgeschwollenen Hochwassers war so groß gewesen, dass sich sogar der Lauf des Baches geändert hatte. Zahlreiche Bögen des Dammes überspannten den Bach nicht mehr, sondern wölbten sich einsam und verloren weit entfernt von seinen neuen Ufern. Einige waren flach gedrückt und davongespült worden, andere lagen unter Tonnen vermodernden Holzes begraben.

An einer Stelle fand Leverett Überreste eines Apfelhains, die sich durch Unkraut und Buschwerk reckten. Er dachte, dass das Haus nicht weit sein konnte, doch ausgerechnet diese Stelle war besonders stark überflutet gewesen. Offenbar waren selbst die gewichtigen Steinfundamente des Hauses eingestürzt und unter dem Schwemmgut verschüttet worden.

Als Leverett zu seinem Wagen zurückkehrte, war sein Schritt leichter geworden.

Einige Wochen später erreichte ihn die Antwort Stefrois auf den Bericht von seinem Fehlschlag:

Bitte verzeihen Sie, dass ich Ihren Brief vom 13. Juni so säumig beantworte. Ich bin im Augenblick mit Erkundigungen befasst, die, wie ich hoffe, zu der Entdeckung einer bislang unbekannten Megalithstätte von großer Bedeutung führen werden. Natürlich enttäuscht es mich zu lesen, dass von der Stätte am Mann Brook keine Spur zu finden ist. Obwohl ich mir von vornherein verboten hatte, meine Hoffnungen allzu hoch zu setzen, erschien es mir doch sehr wahrscheinlich, dass wenigstens die Fundamente den Elementen widerstanden hätten. Den örtlichen Aufzeichnungen entnehme ich, dass der Raum Otselic im Juli 1942 und dann wieder Mai 1946 von mehreren schweren Springfluten heimgesucht wurde. Sehr wahrscheinlich wurde Ihre alte Bauernkate, kurz nachdem Sie die Stätte entdeckt hatten, mitsamt den geheimnisvollen Gittergebilden zerstört. In diesen wilden, unheimlichen Wäldern gibt es zweifellos noch vieles, wovon wir nie erfahren werden.

Ich schreibe diese Zeilen unter der schweren Last des persönlichen Verlustes, die ich wegen des Todes von Prescott

Brandon in der Nacht vor zwei Tagen empfinde. Für mich war es ein schwerer Schlag – wie gewiss auch für Sie und alle, die ihn kannten. Ich hoffe nur, die Polizei ergreift bald die schändlichen Mörder, die diese sinnlose Bluttat begingen – offensichtlich Einbrecher, die er überraschte, während sie sein Büro plünderten. Der geistlosen Brutalität zufolge, deren sich die Mörder bedienten, nimmt die Polizei an, dass sie die Tat unter Rauschgifteinfluss begingen. Gerade erst hatte ich ein Exemplar von Ungeweihte Orte *erhalten, des dritten Bandes der Allard-Ausgabe. Ein ausgezeichnet aufgemachtes Buch, und die Tragödie erscheint umso größer, bedenkt man, dass Scotty der Welt solche Schätze nie wieder wird geben können. In Trauer, Alexander Stefroi.*

Leverett starrte den Brief entsetzt an. Er hatte noch nicht erfahren, dass Brandon tot war – erst wenige Tage zuvor hatte ihn ein Päckchen mit einem Vorabexemplar von *Ungeweihte Orte* erreicht. Eine Passage aus Brandons letztem Brief kam ihm wieder in den Sinn – eine Passage, die ihm damals noch humorig erschienen war:

Deine Stöcke haben ganz schön viele Fans bestürzt, Colin, und ich habe ein ganzes Farbband leer geschrieben, um die vielen Anfragen zu beantworten. Insbesondere einer – ein Major George Leonard – hat immer wieder nach Einzelheiten gebohrt, und ich fürchte, ich habe ihm zu viel erzählt. Mehrmals fragte er mich nach deiner Anschrift, doch da ich weiß, wie sehr du deine Abgeschiedenheit schätzt, bot ich ihm lediglich an, jedwede Korrespondenz an dich weiterzuleiten. Ich schätze, er möchte einen Blick auf deine Originalskizzen werfen, aber ich muss wirklich sagen, dass diese überheblichen Okkult-Spinner mir absolut zuwider sind. Offen gestanden möchte ich dem Kerl selber nicht begegnen.

6

»Mr. Colin Leverett?«

Leverett musterte den großen Mann, der lächelnd vor der Tür seines Ateliers stand. Der Sportwagen, den er in der Zufahrt geparkt hatte, war schwarz und sah recht kostspielig aus. Beides galt für auch seinen Rollkragenpullover, die Lederhose und den eleganten Aktenkoffer. Über all der Schwärze wirkte das schmale Gesicht totenbleich. Aufgrund des schütter werdenden Haares schätzte Leverett ihn auf Ende vierzig. Die Augen verbarg er hinter einer dunklen Sonnenbrille, die Hände in schwarzen Rennfahrerhandschuhen.

»Scotty Brandon hat mir verraten, wo Sie zu finden sind«, sagte der Fremde.

»Scotty?«, fragte Leverett argwöhnisch.

»Ja. Ich muss leider sagen, dass wir einen gemeinsamen Freund verloren haben. Ich hatte noch mit ihm gesprochen, kurz bevor er ... Aber ich entnehme Ihrem Gesicht, dass Scotty Ihnen nicht mehr schreiben konnte.« Er streckte unbeholfen die Hand vor. »Ich bin Dana Allard.«

»Allard?«

Der Besucher wirkte verlegen. »Ja ... H. Kenneth Allard war mein Onkel.«

»Ich wusste gar nicht, dass Allard Familie hatte«, sagte Leverett nachdenklich, während er die angebotene Hand schüttelte. Er hatte den Autor nie persönlich kennen gelernt, doch nun bemerkte er, dass sein Besucher eine große Ähnlichkeit mit den wenigen Fotografien aufwies, die er von Allard gesehen hatte. Ihm fiel ein, dass Scotty an einen Nachlassverwalter Tantiemen gezahlt hatte.

»Mein Vater war Kents Halbbruder. Später hat er den Namen seines Vaters angenommen, aber es gab nie eine Heirat, wenn Sie verstehen, was ich meine.«

»Selbstverständlich.« Leverett empfand Verlegenheit.

»Kommen Sie herein, setzen Sie sich. Was führt Sie zu mir?«

Dana Allard klopfte auf den Aktenkoffer. »Etwas, worüber ich mit Scotty gesprochen hatte. Erst kürzlich bin ich auf einen Stapel unveröffentlichter Manuskripte meines Onkels gestoßen.« Er öffnete den Koffer und reichte Leverett einen Stoß vergilbtes Papier. »Als nächster Verwandter hat mein Vater Kents persönliche Habseligkeiten vom staatlichen Krankenhaus abgeholt. Von meinem Onkel hat er nie viel gehalten, und von seinen Arbeiten auch nicht. Er stellte das Ganze auf unseren Dachboden und dachte nie wieder daran. Scotty war über meine Entdeckung ziemlich aufgeregt.«

Leverett sah das Manuskript durch – Seite um Seite in einer gedrängten Handschrift beschrieben, dazwischen Verbesserungen eingeschoben, als sollte ein unlösbares Puzzlespiel geschaffen werden. Er hatte Fotos von Allards Manuskripten gesehen. Ein Irrtum war ausgeschlossen.

Und seine Prosa. Leverett las einige Passagen und versank sofort darin. Die Texte waren authentisch – und brillant.

»Mein Onkel scheint sich dem Makabren noch mehr zugewandt zu haben, je weiter seine Krankheit voranschritt«, wagte Dana zu vermuten. »Ich bewundere sein Werk wirklich sehr, aber ich finde diese letzten paar Geschichten ... na ja, ein wenig *zu* scheußlich. Besonders die Übersetzung seines fiktiven *Buchs der Älteren.*«

Leverett sagten die Geschichten ausgezeichnet zu. Er vertiefte sich in die brüchigen Seiten und beachtete kaum noch seinen Gast. Allard beschrieb ein megalithisches Bauwerk, das sein dem Untergang geweihter Protagonist entdeckte, während er die Krypten unter einem uralten Friedhof untersuchte. Es fanden sich Bezüge auf »ältere Glypten«, die Leverett sofort an die Gittergebilde denken ließen.

»Sehen Sie nur«, sagte Dana. »Diese Gesänge aus Alorri-Zrokros' verbotenem Buch, die er da wiedergibt: ›Yogth-

Yught-Sut-Hyrath-Yogng‹ ... zum Teufel, wie soll man das aussprechen? Und so geht es seitenlang weiter.«

»Das ist unfasslich!«, entgegnete Leverett. Er versuchte, die fremdartigen Silben auszusprechen. Es war möglich. Er entdeckte sogar einen Rhythmus.

»Nun, ich bin erleichtert, dass es Ihnen gefällt. Ich hatte schon befürchtet, diese wenigen Geschichten und Fragmente könnten sich selbst für Kents Fans als starker Tobak erweisen.«

»Sie wollen sie also veröffentlichen?«

Dana nickte. »Scotty wollte sie herausbringen. Ich hoffe nur, diese Einbrecher haben nicht danach gesucht – Sammler würden ein Vermögen für die Manuskripte zahlen. Scotty hatte versprochen, kein Wort verlauten zu lassen, bevor er das Erscheinen des Buches ankündigen konnte.« Sein schmales Gesicht wirkte traurig.

»Deshalb werde ich es nun selber herausgeben – als De-Luxe-Ausgabe. Und Sie möchte ich bitten, das Buch zu illustrieren.«

»Es wäre mir eine Ehre!«, versicherte Leverett ihm. Er konnte sein Glück kaum fassen.

»Mir haben Ihre Illustrationen für die Trilogie wirklich gut gefallen. Ich hätte gern mehr im gleichen Stil – so viele, wie Sie anfertigen möchten. Ich will bei dieser Veröffentlichung an nichts sparen. Und diese Stockdinger ...«

»Ja?«

»Scotty hat mir die Geschichte erzählt. Umwerfend! Und Sie haben ein ganzes Notizbuch voll davon? Könnte ich es sehen?«

Leverett holte eilig das Notizbuch aus dem Aktenschrank, damit er im Manuskript weiterlesen konnte.

Dana blätterte das Notizbuch ehrfürchtig durch. »Diese Dinger sind ja wirklich bizarr – und wie um es noch phantastischer zu machen, finden sich im Manuskript Hinweise darauf. Könnten Sie alle davon für das Buch reproduzieren?«

»Alle, an die ich mich erinnere«, versicherte Leverett ihm. »Und ich habe ein gutes Gedächtnis. Aber wäre das nicht vielleicht übertrieben?«

»Nicht im Geringsten! Sie passen zu dem Buch, und sie sind völlig einzigartig. Nein, verwenden Sie alles für die Illustrationen, was Sie haben und woran Sie sich erinnern können. Ich werde das Buch nach der längsten darin enthaltenen Geschichte nennen: *Die in der Tiefe hausen.* Ich habe den Druck bereits in die Wege geleitet. Sobald Sie mit den Illustrationen fertig sind, kann es losgehen. Und ich weiß, dass Sie Ihr Bestes geben werden.«

7

Er schwebte im All. Objekte trieben an ihm vorbei. Sterne, glaubte er zuerst. Dann kamen die Objekte näher.

Stecken waren es. Steckengitter in allen Variationen. Bald trieb er zwischen ihnen, und nun sah er, dass es keine Stecken waren – sie bestanden nicht aus Holz. Die Gittergebilde waren aus einer totenblassen Substanz gefertigt, dass sie aussahen wie Stäbe aus gefrorenem Sternenlicht. Sie erinnerten ihn an die Zeichen eines unirdischen Alphabets – komplizierte, geheimnisvolle Symbole, aneinander gereiht zum Ausdruck von ... von was? Und dort sah er eine andere Anordnung – ein dreidimensionales Muster. Ein Labyrinth von unfassbar verwirrender Komplexität ...

Dann war er plötzlich in einem Stollen, einem engen, von Steinen begrenzten Stollen, durch den er auf dem Bauch kriechen musste. Die feuchten, vom Moos schlüpfrigen Steine umschlossen eng seinen sich windenden Leib und stießen ein schrilles Wispern klaustrophobischer Furcht aus.

Und nachdem er unermesslich weit durch diesen und andere steinerne Stollen gekrochen war, manchmal auch durch Gänge, deren Winkel ihm in den Augen schmerzten, kroch er in eine unterirdische Kammer. Gewaltige Platten aus Granit, die ein Dutzend Fuß durchmaßen, bildeten die Wände und die Decke dieser Kaverne in der Tiefe, und zwischen den Platten durchstießen andere Stollen die Erde. Wie ein Altar wartete eine gigantische Platte aus Gneis im Mittelpunkt der Kammer. Zwischen den Steinpfeilern, auf denen die Platte ruhte, entsprang dunkel eine Quelle. Am Rand der Platte verlief eine Rille, eklig befleckt von einer Substanz, die sich in der steinernen, unter der Sammeltülle stehenden Schüssel verklumpte.

Aus den dunklen Höhlen, die von allen Seiten die Kammer erreichten, näherten sich andere – verkrümmte Gestalten, die er nur schlecht erkennen konnte, doch waren sie nur entfernt menschlich. Eine weitere Gestalt in einer zerlumpten Robe trat aus dem Dunkel auf ihn zu – streckte eine klauenartige Hand vor, packte ihn am Handgelenk und zerrte ihn zum Opfertisch. Willenlos ließ er es geschehen, denn er wusste, dass man etwas von ihm erwartete.

Sie erreichten den Altar, und im Schimmer der in den Gneis gehauenen Keilschrift-Gitter erkannte er das Gesicht seines Führers: ein schimmelndes Leichengesicht, der verweste Knochen der eingeschlagenen Stirn über der widerwärtigen Fäulnis, die darunter hervorsickerte ...

Und Leverett erwachte von seinen eigenen Schreien ...

Er arbeite in letzter Zeit zu viel, sagte er sich, während er im Dunklen umhertappte und sich anzog, weil er zu erschüttert war, um wieder einzuschlafen. Jede Nacht der gleiche Albtraum. Kein Wunder, dass er ausgelaugt war.

Doch im Atelier wartete seine Arbeit. Fast fünfzig Zeichnungen hatte er schon fertig, und er plante noch zwanzig weitere. Kein Wunder, dass er Albträume hatte.

Er schuftete in zermürbender Eile, und Dana Allard war verzückt über die Arbeiten, die er ihm bisher geliefert hatte. Und *Die in der Tiefe hausen* wartete auf die Veröffentlichung.

Trotz der Satzprobleme, trotz der Schwierigkeiten, das besondere Papier zu beschaffen, auf dem Dana bestand – das Buch wartete nur auf ihn.

Obwohl er die Erschöpfung bis in die Knochen spürte, stapfte Leverett entschlossen durch die grauende Nacht. Gewisse Einzelheiten seines Albtraums musste er unbedingt festhalten.

8

Die letzte Zeichnung war an Dana Allard in Petersham versandt, und Leverett, fünfzehn Pfund leichter und hundemüde, verwandte einen Teil des Honorars auf eine Kiste besten Whiskeys. Dana wollte die Druckpressen anwerfen lassen, sobald Platten von den Zeichnungen hergestellt waren. Trotz seiner präzisen Planung waren Pressen ausgefallen, ein Drucker hatte aus ungeklärten Gründen gekündigt, der Ersatzmann war einem schweren Unfall zum Opfer gefallen – anscheinend war das Projekt vom Pech verfolgt, und Dana hatte bei jeder einzelnen Verzögerung einen Wutanfall bekommen. Doch allem zum Trotz kam das Projekt sehr gut voran. Leverett schrieb Dana zwar, das Buch sei offenbar verflucht, doch Dana antwortete, in einer Woche werde es fertig sein.

Leverett vertrieb sich in seinem Atelier die Zeit mit dem Herstellen von Steckengittern und versuchte, etwas Schlaf nachzuholen. Er wartete auf ein Vorabexemplar des Buches, als ihn ein Brief Stefrois erreichte:

Habe in den letzten Tagen mehrfach versucht, Sie fernmündlich zu erreichen, aber bei Ihnen geht niemand ans Telefon. Meine Zeit ist knapp, deshalb muss ich mich kurz fassen. Ich habe unvermutet eine Megalithstätte gewaltiger Bedeutung entdeckt. Sie befindet sich auf dem Grund und Boden einer seit langem prominenten Familie aus Massachusetts – und da ich keine Erlaubnis erhalte, die Stätte zu besuchen, verrate ich auch nicht, wo sie sich befindet. Habe nächtens insgeheim (und ziemlich gesetzwidrig) erkundet und wurde beinah erwischt. Fand den Ort erwähnt in einer Sammlung von Briefen und Privatpapieren aus dem 17. Jahrhundert, die sich in der Bibliothek eines theologischen Seminars befinden. Der Autor bezeichnet besagte Familie als Brut von Zauberern und Hexern, erwähnt alchimistische Experimente und hinterträgt andere, unappetitlichere Gerüchte – und er beschreibt unterirdische Kammern aus Stein, megalithische Artefakte etc., die »zu üblem Gebrauche und Teufelsanbetung« benutzt würden. Ich konnte nur einen kurzen Blick auf die Anlage werfen, aber sie entspricht seiner Beschreibung. Und, Colin – während ich mich durch die Wälder schlich, um die Stelle zu erreichen, stieß ich auf Dutzende Ihrer geheimnisvollen »Stecken«! Ich nahm ein kleines Exemplar mit; ich habe es hier und möchte es Ihnen zeigen. Es ist vor nicht allzu langer Zeit hergestellt worden und entspricht genau Ihren Zeichnungen. Mit etwas Glück erhalte ich noch einmal Zugang und kann mehr über ihre Bedeutung herausfinden – denn eine Bedeutung besitzen sie zweifellos –, doch diese Kultisten sind ziemlich verbohrt, wenn jemand in ihre Geheimnisse eindringen möchte. Ich werde erklären, dass mein Interesse rein wissenschaftlicher Natur sei und ich keineswegs etwas enthüllen möchte, um es der Lächerlichkeit preiszugeben – mal sehen, was sie dazu sagen. Auf die eine oder andere Weise werde ich es mir schon genauer ansehen können. Also – ich muss los! Ergebenst,

Alexander Stefroi.

Leverett zog die buschigen Brauen hoch. Allard hatte gewisse finstre Rituale angedeutet, in denen die Steckengitter eine Rolle spielten, doch seine Erzählungen waren über dreißig Jahre alt. Leverett nahm an, der Autor sei über etwas Ähnliches gestolpert wie das Bauernhaus am Mann Brook. Stefroi hingegen schrieb über etwas Gegenwärtiges.

Er hoffte sehr, dass Stefroi entdecken würde, nur einem albernen Scherz aufgesessen zu sein.

Die Albträume plagten ihn weiterhin – sie waren ihm nun vertraute Begleiter, denn alle Szenen, alle Schrecken besuchte er nur im Schlaf. Vertraut? Das Entsetzen, das sie weckten, war durch nichts gemindert.

Nun ging er durch Wald – auf einer Hügelkette anscheinend ganz in der Nähe. Eine riesige Granitplatte war beiseite gezogen worden, und wo sie gelegen hatte, gähnte nun ein Schacht in der Erde. Ohne zu zögern stieg er hinein, und die abgerundeten Stufen, die er hinunterging, waren seinem Fuß vertraut. Eine unterirdische Kammer mit Steinwänden, von der steinerne Stollen abzweigten. Er wusste, in welchen er kriechen musste.

Und erneut der unterirdische Raum mit dem dunklen Quell unter dem Opferaltar, der sich nähernde Ring aus kaum erkennbaren Gestalten. Sie drängten sich um den Steintisch, und als er näher trat, sah er, dass sie einen sich wild windenden Mann darauf festhielten.

Ein stämmiger Mann war es, das weiße Haar zerzaust, die Haut voller Quetschungen und schmutzig. Über das verzerrte Gesicht schoss ein Ausdruck des Erkennens, und er überlegte, ob er seinerseits je die Bekanntschaft des Mannes gemacht hatte. Doch schon flüsterte ihm der Leichnam mit dem eingeschlagenen Schädel ins Ohr, und er versuchte nicht daran zu denken, was dem Toten an Unreinem aus der gespaltenen Stirn troff, und nahm ihm stattdessen das Bronzemesser aus der Knochenhand. Hoch hob er die Klinge und tat damit, was der zerlumpte Priester ihm zugeflüstert hatte, denn er konnte nicht schreien und erwachen ...

Und als er nach einer Zeit unheiligen Wahnsinns endlich doch erwachte, entdeckte er, dass das Klebrige, was ihn bedeckte, kein kalter Schweiß war – und es gehörte auch zu keinem Albtraum, dass er mit einer Faust ein halb verzehrtes Herz umklammerte.

9

Irgendwoher nahm Leverett so viel Verstand, sich des zernagten Fleischklumpens zu entledigen. Den ganzen Morgen stand er dann unter der Dusche und schrubbte sich die Haut blutig. Er wünschte, er könnte sich erbrechen.

Dann hörte er in den Radionachrichten, dass in der Nähe von Whatley der zerschmetterte Leichnam des bekannten Archäologen Dr. Alexander Stefroi entdeckt worden war, unter einer umgestürzten Granitplatte. Die Polizei nahm an, die riesige Steinplatte sei umgestürzt, während der Wissenschaftler an ihrem Fuße grub. Die Identifikation des Toten erfolgte aufgrund persönlicher Gegenstände.

Kaum hatte Leverett das Zittern seiner Hände so weit unter Kontrolle, dass er wieder Auto fahren konnte, floh er nach Petersham – bei Einbruch der Dunkelheit erreichte er Dana Allards altes Steinhaus. Er musste eine ganze Weile panisch gegen die Tür hämmern, bevor Allard ihm öffnete.

»Na so was, guten Abend, Colin! Was für ein Zufall, dass Sie ausgerechnet jetzt kommen! Die Bücher sind fertig. Gerade eben hat der Buchbinder sie mir geliefert.«

Leverett drängte sich an ihm vorbei. »Wir müssen sie alle vernichten!«, stieß er hervor. Er hatte seit dem Morgen sehr viel nachgedacht.

»Sie vernichten?«

»Keiner von uns hätte es gedacht, aber diese Steckengitter – es gibt einen Kult, einen verdammenswerten Kult. Die Gitter haben irgendeine Bedeutung bei ihren Ritualen. Stefroi hat einmal angedeutet, dass sie eine Art Schriftzeichen sein könnten, ich weiß es nicht mehr. Aber den Kult gibt es noch immer. Sie haben Scotty ermordet – und Stefroi. Jetzt sind sie hinter mir her – ich weiß nicht, was sie planen. Sie werden auch Sie töten, um zu verhindern, dass das Buch erscheint!«

Dana runzelte besorgt die Stirn, doch Leverett sah gleich, dass er alles andere als den beabsichtigten Eindruck auf ihn gemacht hatte. »Colin, das klingt doch verrückt. Ich glaube, Sie haben sich zu viel zugemutet. Passen Sie auf, ich zeige Ihnen die Bücher. Sie sind im Keller.«

Leverett ließ sich von ihm nach unten führen. Der Keller war groß und trocken, der Boden gefliest. Ein Berg aus in braunes Papier eingeschlagenen Päckchen erwartete sie.

»Habe sie hier herunterbringen lassen, damit sie mir nicht am Ende durch den Fußboden brechen«, erklärte Dana. »Morgen gehen sie an die Großhändler. Hier, ich signiere Ihnen Ihr Exemplar.«

Geistesabwesend öffnete Leverett ein Exemplar von *Die in der Tiefe hausen.* Er starrte auf seine akkurat wiedergegebenen Zeichnungen verwesender Geschöpfe, unterirdischer Steinkammern und befleckter Altäre – und auf die allgegenwärtigen geheimnisvollen Gittergebilde. Ihn schauderte.

»Hier.« Dana Allard reichte Leverett das Buch, das er signiert hatte. »Und um Ihre Frage zu beantworten, ja, es sind ältere Glypten.«

Doch Leverett starrte auf das Signum in der unverkennbaren Handschrift: »Für Colin Leverett, ohne den diese Arbeit niemals hätte vollendet werden können – H. Kenneth Allard«.

Während Allard fortfuhr, sah Leverett die Stellen, an denen die hastig aufgetragene fleischfarbene Schminke nicht ganz verhehlen konnte, was darunter lag. »Glyptensymbole aus fremden Dimensionen – dem menschlichen Geist unerklärlich, doch unverzichtbare Teile einer Formel, die so unvorstellbar ausgedehnt ist, dass das Pentagramm (wenn Sie es so nennen wollen) viele Meilen durchmisst. Wir haben es schon einmal versucht – aber Ihre eiserne Waffe schädigte Althols Gehirn. Er irrte sich im letzten Augenblick – und hätte beinahe uns alle ausgelöscht. Althol hatte an der Formel gearbeitet, seit er vor viertausend Jahren vor dem Aufkommen des Eisens floh.

Dann tauchten Sie wieder auf, Colin Leverett – Sie mit Ihrer künstlerischen Begabung und Ihren Zeichnungen von Althols Symbolen. Nun werden eintausend neue Geister die Formel lesen, die Sie uns wiedergeschenkt haben, vereint mit unseren Geistern, mit uns, die wir an den Verborgenen Stellen stehen. Und die Großen Alten werden sich aus der Erde erheben, und wir, die Toten, die ihnen ohne zu wanken gedient haben, werden herrschen über die Lebenden.«

Leverett wandte sich zur Flucht, doch nun kamen sie aus den dunklen Ecken des Kellers, schoben große Fliesen beiseite und offenbarten die Stollen dahinter. Er begann zu schreien, als Althol kam, um ihn fortzubringen, doch konnte er nicht aufwachen, er konnte ihm nur folgen.

Originaltitel: *Sticks*
Erstveröffentlichung: *Whispers*, March 1974
Aus dem Amerikanischen von *Dietmar Schmidt*

MISCATON
UNIVERSITY

Das Erstsemester

VON PHILIP JOSÉ FARMER

Der langhaarige junge Mann vor Desmond trug Sandalen, zerschlissene Bluejeans und ein schmuddliges T-Shirt. Aus seiner hinteren Hosentasche guckte ein Taschenbuch mit den gesammelten Werken von Robert Blake zur Hälfte heraus. Als er sich umdrehte, zeigten sich auf dem T-Shirt zwei große Buchstaben: M. U. In seinem fusseligen Fu-Manchu-Bärtchen hingen ein paar Brotkrümel.

Seine gelben Augen – wahrscheinlich gelb vor Verbitterung – weiteten sich, als er Desmond sah. Er sagte: »Hier ist nicht die Aufnahmestelle fürs Pflegeheim, Opa.« Er grinste, womit er seine ungewöhnlich langen Eckzähne vorführte, und drehte sich wieder zum Aufnahmepult um.

Desmond merkte, dass er rot wurde. Seit er sich in die Reihe vor dem Tisch mit der Aufschrift »Toaahd Erstsemester A-D« gestellt hatte, waren ihm die Seitenblicke, das Gekicher, die leisen Bemerkungen bewusst. Unter diesen jungen Menschen fiel er auf wie eine Reklametafel zwischen Blumenrabatten, wie eine Leiche auf der Festtafel.

Die Reihe bewegte sich um eine Person nach vorn. Die angehenden Studenten unterhielten sich, aber sie sprachen gedämpft. Für so junge Leute benahmen sie sich sehr zurückhaltend, mit Ausnahme dieses Klugscheißers vor ihm.

Vielleicht lag es an der Umgebung. Diese Turnhalle, die aus dem späten 19. Jahrhundert stammte, war seit geraumer Zeit nicht mehr gestrichen worden. Die einst grüne Farbe blätterte ab. Von den Fenstern hoch oben in der Wand waren einige zerbrochen; ein gesprungenes Oberlicht war mit Brettern abgedeckt worden. Der Holzboden bog sich und knarrte, und die Basketball-Ringe, wenn es denn welche waren, rosteten vor sich hin. Dennoch, die M. U. war viele Jahre lang Tabellensieger in allen Sportarten gewesen. Obwohl ihre Studentenzahlen viel niedriger lagen als die ihrer Konkurrenten, schafften ihre Mannschaften es irgendwie, zu gewinnen, und das oft mit hohen Punktzahlen.

Desmond knöpfte sich die Jacke zu. Es war ein warmer Herbsttag, doch in diesem Gebäude fröstelte ihn. Hätte er es nicht besser gewusst, er hätte geglaubt, mit dem Rücken vor der Wand eines Eisberges zu stehen. Über ihm mühten sich die großen Lampen, der Dunkelheit Herr zu werden, die wie die Bauchseite eines toten Wals in die Tiefe herabsank.

Er drehte sich um. Das Mädchen hinter ihm lächelte. Sie trug einen fließenden afrikanischen *dashiki* voller astrologischer Symbole. Das schwarze Haar trug sie kurz geschnitten, ihr Gesicht war zierlich und gut proportioniert, aber zu spitz, um hübsch zu sein.

Unter all diesen jungen Menschen hätte eine Anzahl hübscher Mädchen und gut aussehender junger Männer sein müssen. Er war über hinreichend viele Campusgelände gegangen, um eine gute Vorstellung vom Schönheitsindex unter den College-Studenten zu haben. Aber hier ... In der Reihe rechts stand ein Mädchen, die ihres Gesichtes wegen als Model in Frage käme. Doch etwas fehlte ihr.

Nein, da war etwas zu viel. Eine Eigenschaft, die undefinierbar war, aber ... abstoßend? Jetzt war es verschwunden. Nein, es war wieder da. Es blitzte auf und verschwand wie eine Fledermaus, die vom Dunklen ins Halbdunkel hin und her saust.

Der Junge vor ihm drehte sich wieder zu ihm um. Er grinste wie ein Fuchs, der ein Hühnchen entdeckt hat.

»Dufter Typ, was, Opa? Sie steht auf ältere Männer. Vielleicht könnt ihr beide euren Kram zusammenschmeißen und die Engel singen hören.«

Die Ausdünstungen eines ungewaschenen Körpers und schmutziger Kleidung umgaben ihn wie ein Fliegenschwarm eine tote Ratte.

»An Mädchen mit Ödipuskomplex bin ich nicht interessiert«, entgegnete Desmond kühl.

»In deinem Alter kannst du nicht wählerisch sein«, erwiderte der junge Mann und kehrte ihm den Rücken zu.

Desmond errötete, und er malte sich kurz aus, ihn niederzuschlagen. Trotzdem fühlte er sich nicht besser.

Die Schlange rückte um eins vor. Desmond schaute auf die Armbanduhr. In einer halben Stunde sollte er planmäßig seine Mutter anrufen. Er hätte früher hierher kommen sollen. Aber er hatte weitergeschlafen, während der Wecker bis zu Ende geklingelt und das Ticken wieder aufgenommen hatte, als wär's ihm gleichgültig. Was natürlich Unsinn war, dennoch meinte Desmond, dass seine Besitztümer auf irgendeine Weise an ihm Anteil nehmen sollten. Das war irrational, doch wäre er hier gewesen, wenn er an die Überlegenheit des Rationalen geglaubt hätte? Oder die anderen Studenten?

Die Reihe bewegte sich ruckartig nach vorn wie ein Tausendfüßler, der ab und zu anhält, um sich zu vergewissern, dass ihm niemand ein Bein gestohlen hat. Als die Zeit für den Anruf um zehn Minuten überschritten war, stand Desmond am Kopf der Reihe. Hinter dem Aufnahmepult saß ein Mann, der viel älter war als er. Sein Gesicht war eine runzlige Masse, ein grauer Teig, mit Fingernägeln eingeritzt und dann in annähernd menschliche Form gebracht. Die Nase war ein Tintenfischzinken, der in den Teig gedrückt worden war. Nur die Augen unter den weißen, wirren Brauen hatten so viel Leben in sich wie frisches Blut, das aus einem perforierten Körper strömt.

Die Hand, mit der er Desmonds Papiere annahm und Karten lochte, sah nicht nach einem alten Mann aus. Sie war groß und fleischig, die Haut weiß und weich. Die Fingernägel waren schmutzig.

»Der Roderick Desmond, nehme ich an.«

Die Stimme krächzte, hatte aber nicht im Mindesten das Brüchige, Zittrige des Alters.

»Oh, Sie kennen mich?«

»Habe von Ihnen gehört, ja. Ich habe einige Ihrer Romane über das Okkulte gelesen. Und vor zehn Jahren habe ich Ihr Ersuchen um Xerokopien bestimmter Teile jenes Buches abgelehnt.«

Das Namensschild auf dem abgetragenen Tweedjackett sagte: R. Layamon, COTOAAHD. Demnach war er der Vorsitzende des Committee of the Occult Arts and History Department.

»Ihre Schrift über den nichtarabischen Ursprung von Alhazreds Name war ein brillantes Stück linguistischer Forschungsarbeit. Ich wusste, dass er nicht arabisch und nicht einmal semitisch ist, aber ich gestehe, dass ich nicht wusste, in welchem Jahrhundert das Wort aus dem Arabischen verschwand. Ihre Ausführungen, dass es nur in Verbindung mit dem Jemenitischen bewahrt wurde und dass seine ursprüngliche Bedeutung nicht ›der Wahnsinnige‹, sondern ›einer, der sieht, was nicht gesehen werden darf‹ gewesen ist, waren vollkommen richtig.«

Er zögerte, dann sagte er lächelnd: »Hat Ihre Mutter sich beklagt, als sie gezwungen wurde, Sie in den Jemen zu begleiten?«

»Ni-ni-niemand hat sie gezwungen«, sagte Desmond.

Dann holte er tief Luft und fragte: »Aber woher wissen Sie, dass sie ...?«

»Ich habe ein paar biografische Anmerkungen über Sie gelesen.«

Layamon lachte leise. Es klang, als würde ein Fass Nägel

bewegt. »Ihre Schrift über Alhazred und die Kenntnisse, die Sie in Ihren Romanen an den Tag legen, sind der Hauptgrund, warum Sie trotz Ihrer sechzig Jahre in diese Abteilung aufgenommen werden.«

Er unterschrieb die Formulare und händigte Desmond die Karte wieder aus. »Bringen Sie das zur Kasse. Ach, ja, Ihre Familie ist bemerkenswert langlebig, nicht wahr? Ihr Vater starb bei einem Unfall, aber sein Vater ist hundertundzwei Jahre alt geworden. Ihre Mutter ist achtzig, aber sie könnte über hundert werden. Und Sie, Sie könnten noch vierzig solcher Jahre zubringen wie bisher.«

Desmond war wütend geworden, aber nicht so sehr, dass er riskierte, es sich anmerken zu lassen. Die graue Luft wurde schwarz, und das alte Gesicht leuchtete darin. Es floss auf ihn zu, breitete sich aus, und plötzlich befand sich Desmond innerhalb dieser grauen Runzeln. Kein angenehmer Ort.

Winzige Gestalten tanzten an einem schwach leuchtenden Horizont, dann verblassten sie, und Desmond fiel durch eine schreiende Finsternis. Die Luft war wieder grau, und er stand nach vorn gebeugt und hielt sich an der Pultkante fest.

»Mr. Desmond, haben Sie öfter solche Attacken?«

Desmond ließ das Pult los und richtete sich auf. »Zu viel Aufregung, vermutlich. Nein, ich hatte noch nie eine Attacke, weder jetzt noch sonstwann.«

Der alte Mann lachte in sich hinein. »Ja, wahrscheinlich die seelische Belastung. Vielleicht finden Sie hier die Mittel, um sie loszuwerden.«

Desmond drehte sich um und ging. Bis er das Gebäude verlassen hatte, sah er nur verschwommene Gestalten und Schriftzeichen. Dieser alte Hexer ... wie konnte er seine Gedanken kennen? Einfach, indem er die biografischen Anmerkungen gelesen, sich ein paar Fragen gestellt und sich dann ein umfängliches Bild gemacht hatte? Oder steckte am Ende noch mehr dahinter?

Die Sonne war hinter dicken, trägen Wolken verschwunden. Jenseits des Campus und der vielen Bäume, die die Häuser der Stadt verdeckten, lagen die Tamsiqueg-Berge. Den Legenden eines längst ausgestorbenen Indianerstamms zufolge, von dem sie ihren Namen hatten, waren die Berge einst böse Riesen gewesen, die mit dem Helden Mikatoonis und seinem magiewirkenden Freund Chegaspat Krieg führten. Chegaspat wurde getötet, aber Mikatoonis verwandelte die Riesen mit einer magischen Keule in einen Fels.

Cotoaahd jedoch, der oberste Riese, konnte den Bann alle paar Jahrhunderte abschütteln. Manchmal befreite ihn auch ein Zauberer. Dann wanderte Cotoaahd eine Zeit lang umher, ehe er zurückkehrte und seinen steinernen Schlummer fortsetzte. Im Jahre 1724 wurden in einer Sturmnacht ein Haus und viele Bäume zu Boden gedrückt, als wären riesige Füße über sie hinweggetrampelt. Und die umgeknickten Bäume bildeten eine Spur, die zu dem merkwürdig geformten Berg namens Cotoaahd führte.

Nichts an diesen Geschichten konnte nicht mit der Absicht der Indianer, aus Naturereignissen eine Legende zu machen, und dem Aberglauben der Weißen des achtzehnten Jahrhunderts erklärt werden. Aber war es reiner Zufall, dass die Abkürzung der Kommission, der Layamon vorsaß, den Namen des Riesen wiedergab?

Plötzlich merkte er, dass er auf eine Telefonzelle zuhielt. Er sah wieder auf die Uhr und geriet in Panik. Sicher klingelte das Telefon in seinem Zimmer Sturm. Es wäre besser, sie aus der Zelle anzurufen und sich die drei Minuten zu sparen, die es dauerte, um zum Wohnheim zu gelangen.

Er blieb stehen. Nein, wenn er aus der Zelle anriefe, würde er nur ein Besetztzeichen erhalten.

»Noch vierzig solcher Jahre wie bisher«, hatte der Vorsitzende gesagt.

Desmond drehte sich um. Der Weg war ihm durch einen hünenhaften jungen Mann versperrt. Er war einen Kopf größer als Desmond mit seinen einsachtzig und so dick, dass er wie die Miniaturausgabe des Santa-Claus-Ballons aussah, den Macy's jedes Jahr während der Weihnachtsparade steigen ließ. Er trug ein schmuddeliges Sweatshirt mit dem allgegenwärtigen »M. U.« auf der Brust, ungebügelte Hosen und zerrissene Tennisschuhe. In seinen bananengroßen Fingern hielt er ein Salamisandwich, das auch Gargantua nicht zu klein gefunden hätte.

Wie Desmond ihn so ansah, fiel ihm plötzlich auf, dass die meisten Studenten hier entweder zu mager oder regelrecht fettleibig waren.

»Mr. Desmond?«

»Richtig.«

Sie gaben einander die Hand. Die Haut des Burschen war feucht und kalt, doch mit seinen Fingern übte er einen kräftigen Druck aus.

»Ich bin Wendell Trepan. Bei Ihrem Wissen haben Sie sicher schon von meinen Vorfahren gehört. Die berühmteste oder berüchtigste davon war die kornische Hexe Rachel Trepan.«

»Ja. Rachel Trepan aus dem Weiler von Tredannick Wollas nahe der Poldhu Bay.«

»Hab ich's mir doch gedacht, dass Sie sie kennen. Ich betreibe das Gewerbe meiner Vorfahren natürlich etwas vorsichtiger. Wie dem auch sei, ich bin im letzten Studienjahr und Vorsitzender im Eilausschuss der Lam-Kha-Alif-Bruderschaft.«

Er biss in sein Sandwich. Während ihm Mayonnaise, Salami und Käse aus dem Mund quollen, sagte er: »Sie sind zu der Party eingeladen, die wir heute Nachmittag im Haus geben.«

Die andere Hand griff in eine Tasche und brachte eine Karte zum Vorschein. Desmond blickte kurz darauf. »Man will mich als Kandidaten für die Mitgliedschaft in Ihrer Verbindung? Ich bin schon ganz schön alt für so was. Ich würde mich deplatziert fühlen ...«

»Unsinn, Mr. Desmond. Wir sind ein ganz ernster Haufen. Wirklich, keiner der Brüder bei uns ist wie die auf all den anderen Campus. Ich sollte es wissen. Wir meinen, Sie würden zur Festigkeit beitragen, und, wie ich zugeben muss, zu unserem Ansehen. Sie sind ganz schön bekannt, wissen Sie. Layamon ist übrigens auch ein Lam Kha Alif. Er neigt dazu, Studenten, die zur Verbindung gehören, vorzuziehen. Er würde das natürlich abstreiten, und ich würde es ebenfalls leugnen, sollten Sie das weitererzählen. Aber es ist wahr.«

»Also, ich weiß nicht. Angenommen, ich verpflichte mich – nur falls man mich dazu einlädt –, würde ich dann im Verbindungshaus wohnen müssen?«

»Ja. Wir machen keine Ausnahmen. Das gilt natürlich nur, wenn Sie Anwärter sind. Wenn Sie Aktiver sind, können Sie wohnen, wo Sie wollen.«

Trepan lächelte und entblößte den zerkauten Bissen. »Sie sind nicht verheiratet, also gibt's da kein Problem.«

»Was wollen Sie damit sagen?«

»Nichts, Mr. Desmond. Es ist nur so, dass wir verheiratete Männer nicht aufnehmen, außer sie leben von ihrer Frau getrennt. Verheiratete Männer verlieren nämlich einen Teil ihrer Kraft, wissen Sie. Natürlich bestehen wir keinesfalls auf Enthaltsamkeit. Wir feiern auch ein paar ziemlich gute Partys. Einmal im Monat halten wir in einem Wäldchen am Fuß des Cotoaahd ein großes Saufgelage ab. Die meisten der weiblichen Gäste gehören der Ba-Ghay-Sin-Schwesternschaft an. Manche davon stehen echt auf ältere Typen, falls Sie verstehen, was ich meine.«

Trepan trat einen Schritt vor und platzierte sein Gesicht direkt über Desmonds. »Wir haben nicht nur Bier, Pot, Hasch und Schwestern da. Es gibt noch andere Attraktionen. Brüder, falls Sie dazu neigen. Und Stoff, der nach einem Rezept des

Marquis Manuel de Dembron gemacht wird. Aber das meiste ist harmloses Zeug. Eine Ziege wird auch dabei sein!«

»Eine Ziege? Eine *schwarze* Ziege?«

Trepan nickte, und sein Dreifachkinn schwabbelte. »Klar. Unser Freund Layamon kommt auch, um Aufsicht zu führen, aber er verkleidet sich natürlich. Mit ihm als Betreuer kann nichts schief gehen. Obwohl, letzten Halloween ...«

Er zögerte, dann sagte er: »Also, da gab's was zu sehen.«

Desmond leckte sich die trocknen Lippen. Sein Herz hämmerte wie die Tomtoms bei diesem Ritual, von dem er bisher nur gelesen, das er sich aber schon oft ausgemalt hatte.

Desmond steckte sich die Karte wieder in die Tasche. »Um ein Uhr?«

»Sie kommen? Sehr gut! Bis später, Mr. Desmond. Sie werden es nicht bereuen.«

Desmond ging an dem Gebäudekomplex der Universität vorbei, von dem das Museum am meisten beeindruckte. Dieses war der älteste Bau auf dem Campus und das ursprüngliche College. Bei den anderen hatte die Zeit Ziegel und Mauerstein besiegt und zerbröckelt, das Museum aber schien die Zeit aufgesaugt zu haben und langsam wieder abzustrahlen, wie Zement, Ziegel und Mauerstein die Sonnenhitze speichern und bei Dunkelheit abgeben. Auch war das Museum, wo die anderen Bauten von Wein bewachsen, vielleicht sogar zugewachsen waren, vollkommen bar allen pflanzlichen Lebens. Weinranken, die versucht hatten, an seinem knochengrauen Stein emporzuklettern, waren verwelkt und abgefallen.

Layamons rotes Backsteinhaus war schmal, drei Stockwerke hoch und hatte ein Dach mit zwei Spitzen. Angesichts seines dichten Weinbewuches erschien es wie ein Wunder, dass das Haus darunter noch nicht eingestürzt war. Die Farbe der Blätter unterschied sich ein wenig von der an den anderen Häusern: Aus einem bestimmten Winkel betrachtet, sahen sie zyanotisch aus, aus einem anderen zeigten sie genau das Grün der Augen einer Schlange von Sumatra, die Desmond auf einer Farbtafel in einem Buch über Herpetologie gesehen hatte.

Dieses giftige Reptil benutzten die Zauberer der Yan-Stämme, um Botschaften zu übermitteln, und manchmal auch, um zu töten. Der Verfasser hatte nicht erklärt, was er mit den »Botschaften« meinte. Desmond hatte die Bedeutung in einem anderen Buch gefunden. Für dessen Lektüre hatte er nicht nur eigens Malaiisch lernen müssen, sondern auch, wie man Malaiisch liest, wenn es in arabischer Schrift niedergelegt ist.

Er eilte an dem Haus vorbei, das sich ein Tourist sicher gern länger angesehen hätte, und gelangte zum Wohnheim. Es war 1888 an der Seite eines anderen Gebäudes errichtet und 1938 umgebaut worden. Die graue Farbe löste sich ab. Es gab mehrere zerbrochene Fenster, über deren Scheiben man Pappe genagelt hatte. Die Dielen der Veranda bogen sich knarrend, als er darüberging. Die Haupttür war aus Eiche, der Anstrich längst verschwunden. Ein bronzener Katzenkopf mit einem Bronzering im Maul diente als Türklopfer.

Desmond ging hinein, überquerte den heruntergetretenen Teppich des Hauptraums und stieg über nackte Bretterstufen zwei Stockwerke hinauf. Auf dem ersten Absatz hatte jemand vor langer Zeit »Yog-Sothoth ist Scheiße« an die weißgraue Wand geschrieben. Viele Versuche, die Schrift abzuwaschen, waren unternommen worden, doch zeigte sich offensichtlich, dass nur Farbe die beleidigende und gefährliche Äußerung überdecken könnte. Am Vortag hatte ihm ein Student im vorletzten Jahr erzählt, niemand wisse, wer das geschrieben hatte, aber in der Nacht, nachdem die Schrift aufgetaucht sei, habe man ein Erstsemester tot aufgefunden, an einem Haken im Wandschrank hängend.

»Der Junge hat sich furchtbar verstümmelt, bevor er sich erhängte«, hatte er gesagt. »Ich war damals noch nicht hier, aber ich kann mir vorstellen, dass es eine Riesenschweinerei gewesen ist. Er hat eine Rasierklinge und ein glühendes Eisen benutzt. Der ganze Raum war voller Blut, sein Specht und die Eier lagen auf dem Tisch, wie ein Antoniuskreuz angeordnet, Sie wissen ja, wessen Zeichen das ist, und er hatte den Putz von der Wand gekratzt und einen großen blutigen Abdruck hinterlassen. Der sah nicht einmal nach einer menschlichen Hand aus.«

»Ich bin überrascht, dass er noch so lange gelebt hat, um sich erhängen zu können«, hatte Desmond gesagt. »Bei dem Blutverlust, wie man weiß.«

Der Junge hatte schallend gelacht. »Sie machen Witze!«

Es hatte einige Sekunden gedauert, ehe Desmond begriff, was er gemeint hatte. Dann war er blass geworden. Aber später fragte er sich, ob er nicht dem traditionellen Erstsemesterscherz aufgesessen war. Er hatte aber nicht vor, irgendjemanden darauf anzusprechen. Wenn man ihn zum Narren gehalten hatte, dann würde er das kein zweites Mal zulassen.

Er hörte das Telefon am Ende des langen Flurs klingeln. Er seufzte und ging mit großen Schritten an geschlossenen Türen vorbei. Hinter einer war leises Gekicher zu hören. Er schloss seine Tür auf und machte sie hinter sich zu. Eine ganze Weile stand er da und blickte auf das Telefon, das in einem fort klingelte und ihn, er wusste nicht, warum, an das Gedicht über den australischen Landstreicher erinnerte, der für ein kurzes Bad in ein Wasserloch stieg. Der Bunyip, dieses geheimnisvoll-finstere Geschöpf der australischen Volkssagen, der Bewohner des Wassers, verleibte sich lautlos und geschmeidig den Landstreicher ein. Und der Teekessel, den er aufs Feuer gesetzt hatte, pfiff, ohne dass jemand es hörte.

Und das Telefon klingelte immer weiter.

Der Bunyip rief an.

Schuldgefühle durchströmten Desmond so rasch, wie die Schamröte in ein Gesicht steigt.

Als er das Zimmer durchquerte, erhaschte er aus den Augenwinkeln etwas Kleines, Dunkles, Flinkes, das unter der durchgelegenen, schimmelig riechenden Bettcouch verschwand. Vor dem kleinen Tisch blieb er stehen, griff nach dem Hörer, spürte die kalte Vibration. Er zuckte zurück. Wie albern, aber ihm war es so vorgekommen, als würde der am anderen Ende seine Berührung spüren und wissen, dass er da war.

Knurrend fuhr er herum und stürzte durch das Zimmer. Dabei bemerkte er, dass das Loch in der Scheuerleiste wieder offen war. Die Colaflasche, mit der er es verschlossen hatte, war herausgedrückt worden. Er bückte sich, rammte sie wieder hinein und richtete sich auf.

Als er wieder unten an der Treppe ankam, war das Klingeln immer noch zu hören. Eigentlich aber war er sich nicht sicher, ob es vielleicht nicht doch nur in seinem Kopf schellte.

Nachdem er seine Studiengebühren entrichtet hatte, aß er in der Mensa zu Mittag – das Essen war besser als erwartet –, danach ging er zum ROTC-Gebäude. Es war in einem besseren Zustand als die übrigen, wahrscheinlich, weil die Army dafür verantwortlich war. Dennoch hätte es keiner ernsthaften Inspektion standgehalten. Allein die aufgeprotzten Kanonen im Hof! Wurden die Studenten, die als Reserveoffiziere dienen wollten, wirklich an Waffen aus dem Spanisch-amerikanischen Krieg ausgebildet? Und seit wann setzte Stahl Grünspan an?

Der Offizier vom Dienst war überrascht, als Desmond bat, dass man ihm seine Uniform und Dienstvorschriften aushändigte.

»Ich weiß nicht. Sie wissen, dass das ROTC für Anfangssemester nicht mehr Pflicht ist?«

Desmond bestand darauf, sich einzutragen. Der Offizier rieb sich das unrasierte Kinn und blies den Rauch einer Tijuana Gold aus. »Hmm. Mal sehen.«

Er zog ein Buch zu Rate, dessen Kanten angenagt aussahen.

»Also, wissen Sie was? In den Dienstvorschriften steht nichts über das Alter. Natürlich fehlen da ein paar Seiten. Muss ein Versehen sein. Es hat noch nie jemand daran gedacht, dass ein Mann in Ihrem Alter sich melden könnte. Aber ... tja, wenn die Dienstvorschriften es nicht verbieten, dann ... was soll's! Wird Ihnen nicht schaden, unsere Jungs müssen ja keine Hindernisläufe oder Ähnliches absolvieren.

Aber, Mensch, Sie sind sechzig! Warum melden Sie sich noch?«

Desmond erzählte ihm nicht, dass er im Zweiten Weltkrieg zurückgestellt worden war, weil er die einzige Stütze seiner kranken Mutter gewesen war. Von da an hatte er sich schuldig gefühlt, aber hier konnte er wenigstens seine Pflicht für sein Land tun – wie gering auch immer.

Der Offizier stand auf, wenn auch nicht in geordneter Weise. »Also gut. Ich sorge dafür, dass Sie Ihre Sachen kriegen. Aber es ist nur fair, wenn ich Sie warne: Diese Wichser haben ein paar mächtig üble Angewohnheiten. Sie sollten sehen, was die aus ihren Kanonen rauspusten.«

Fünfzehn Minuten später ging Desmond wieder, unter dem Arm einen Stapel Uniformteile und Handbücher. Da er damit nicht nach Hause gehen wollte, gab er sie in der Universitätsbuchhandlung ab. Das Mädchen legte sie auf ein Regal neben anderes Gepäck, von dem einiges für den Uneingeweihten unbegreiflich war. Unter anderem stand dort ein kleiner, mit einem schwarzen Tuch abgedeckter Käfig.

Desmond begab sich zur Fraternity Row, der Straße mit den Verbindungshäusern. Alle Häuser hatten arabische Namen, außer dem Haus von Hastur. Sie waren mit derselben Vernachlässigung und demselben Verfall geschlagen wie die Gebäude der Universität. Desmond bog in einen Zementweg ein, wo aus den Rissen verblühter Löwenzahn und anderes Unkraut hervorwuchs. Auf der linken Seite ragte ein Holzpfahl viereinhalb Meter in die Höhe. Die eingekerbten Köpfe und Symbole hatten die Stadtbewohner dazu veranlasst, ihn den Totempfahl zu nennen. Was er natürlich nicht war, denn der Stamm, dem er einst gehört hatte, war weder der Nordwestküste noch Alaska zuzuordnen. Dieser und ein anderer, der sich im Universitätsmuseum befand, waren die letzten von mehreren Hundert, die früher auf diesem Gelände gestanden hatten.

Im Vorbeigehen drückte sich Desmond das Ende seines linken Daumens unter die Nase und die Spitze des Zeigefingers auf die Stirnmitte und murmelte den alten Spruch der Unterwerfung: »Shesh-cotoaahd-ting-ononwa-senk.« Nach einigen Texten, die er gelesen hatte, wurde das von jedem Tamsiqueg verlangt, der während dieser Mondphase an dem Pfahl vorbeikam. Der Satz war selbst für die Tamsiqueg unverständlich, da er von einem anderen Stamm oder vielleicht von einer älteren Entwicklungsstufe der Sprache herrührte. Trotzdem bezeugte er Respekt, und das Unterlassen der Achtungsbezeugung konnte sehr gut großes Unglück nach sich ziehen.

Desmond kam sich dabei zwar ein bisschen blöd vor, aber schaden konnte es nicht.

Die ungestrichenen Holzstufen knarrten, als er hinaufstieg. Die Veranda war groß, das Fliegengitter vor der Tür verrostet und wegen der vielen Löcher nutzlos geworden. Die Vordertür selbst war unverschlossen; heraus kam dröhnende Rockmusik, das laute Geplapper vieler Leute und der beißende Geruch von Marihuana.

Desmond wäre fast umgekehrt. Er litt, wenn er sich in einer Menschenmenge aufhalten musste, und bei dem Gedanken an sein Alter kam er sich peinlich auffallend vor. Aber die riesige Gestalt Wendell Trepans stand im Eingang, und Desmond wurde von einer übergroßen Hand gepackt.

»Kommen Sie rein!«, schrie Trepan. »Ich stelle Sie den Brüdern vor!«

Desmond wurde in ein geräumiges Zimmer gezogen, das mit jungen Leuten beiderlei Geschlechts voll gestopft war. Trepan boxte sich durch, hielt hier und da an, um einem auf die Schulter zu klopfen und Begrüßungen zu schreien und einmal, um einer gut gebauten jungen Frau den Hintern zu tätscheln. Dann waren sie in einer Ecke angekommen, wo Professor Layamon saß. Er war von Leuten umgeben, die älter aussahen als die meisten Anwesenden. Desmond nahm an, dass es Doktoranden Layamons waren. Er schüttelte dem Professor die fleischige Hand und sagte: »Freut mich, Sie wiederzusehen«, aber er bezweifelte, dass er gehört worden war.

Layamon zog ihn wegen des Lärms zu sich herunter und sagte: »Haben Sie sich schon entschieden?«

Der Atem des Alten roch zwar nicht unangenehm, doch hatte er zweifellos etwas getrunken, das Desmond noch nie gerochen hatte. Aus den roten Augen schien ein Licht zu leuchten, als brennten innerhalb der Augäpfel winzige Kerzen.

»Weswegen?«, rief Desmond zurück.

Der alte Mann lächelte und sagte: »Sie wissen schon.«

Er ließ ihn los. Desmond richtete sich auf. Plötzlich, obwohl die Hitze im Raum schweißtreibend war, fröstelte er. Worauf spielte Layamon an? Es konnte nicht sein, dass er es wirklich wusste. Oder doch?

Trepan stellte ihn den Männern und Frauen vor, die vor dem Tisch des Vorsitzenden standen, dann nahm er ihn mit unter die Leute. Unentwegt machte er ihn mit neuen Personen bekannt, von denen die meisten entweder Lam Kha Alif oder in der Schwesternschaft auf der Straßenseite gegenüber Mitglied waren. Einzig einen Schwarzen aus Gabun konnte Desmond mit Sicherheit als weiteren Aufnahmebewerber einordnen. Nachdem sie sich von ihm wieder abgewandt hatten, sagte Trepan: »Bukawai entstammt einer langen Ahnenreihe von Medizinmännern. Er wird ein wahrer Schatz sein, wenn er unsere Einladung annimmt, obwohl das Haus von Hastur und Kaf Dhal Waw auch heiß auf ihn sind. Die Abteilung ist ein bisschen schwach in zentralafrikanischer Wissenschaft. Sie hatte mal eine großartige Lehrerin, Janice Momaya, aber sie verschwand vor zehn Jahren während eines Sabbatjahrs in Sierra Leone. Es würde mich nicht überraschen, wenn Bukawai eine Assistentenstelle angeboten würde, obwohl er eigentlich Erstsemester ist. Mann, neulich Abend brachte er mir ein Ritual bei, Sie würden es nicht für möglich halten. Ich ... also, ich will jetzt nicht darauf eingehen. Ein andermal. Jedenfalls hat er den größten Respekt vor Layamon, und weil der alte Sack der Leiter der Abteilung ist, ist es fast todsicher, dass Bukawai uns beitritt.«

Plötzlich zog er die Lippen zurück, biss die Zähne zusammen und erbleichte unter seiner Schmutzschicht, beugte sich vornüber und griff sich an den Bauch. »Was ist los?«, fragte Desmond.

Trepan schüttelte den Kopf, seufzte tief und richtete sich auf.

»Mann, tat das weh!«

»Was denn?«, fragte Desmond.

»Ich hätte ihn nicht alten Sack nennen sollen. Ich hätte nicht gedacht, dass er mich hören kann, aber andererseits ist er nicht auf den Schall angewiesen. Zum Teufel, kein Mensch auf der Welt hat mehr Respekt vor ihm als ich. Aber manchmal geht mir das Mundwerk durch ... na ja, ab jetzt nicht mehr.«

»Wen meinen Sie?«, fragte Desmond.

»Na, wen schon? Egal. Kommen Sie mit, wo nur wir uns denken hören können.«

Er zog Desmond durch einen kleineren Raum mit vielen Regalen voller Bücher, Hefte und Schullektüren, zwischen denen hier und da ein alter Band mit Lederrücken hervorschaute.

»Wir haben eine verdammt gute Bibliothek hier, die beste, die irgendein Haus aufzuweisen hat. Es ist eine unserer strahlendsten Attraktionen. Aber das hier ist nur der öffentliche Teil.«

Sie traten durch eine enge Tür in einen kurzen Flur und blieben stehen, während Trepan einen Schlüssel aus der Tasche holte und die nächste Tür aufschloss. Dahinter lag eine enge, staubige Wendeltreppe. Durch die schmutzigen Scheiben eines hoch liegenden Fensters fiel ein wenig Licht herein. Trepan knipste eine Wandleuchte an, und sie stiegen die Stufen hinauf. Am Ende der Treppe, das sich im dritten Stock befand, öffnete Trepan mit Hilfe eines anderen Schlüssels eine weitere Tür. Sie betraten ein kleines Zimmer, dessen Wände ringsum vom Boden bis zur Decke hinter Bücherregalen verschwanden. Trepan schaltete die Lampe ein. In einer Ecke standen ein kleiner Tisch und ein Klappstuhl, auf dem Tisch eine Lampe und eine Steinbüste des Marquis de Dembron.

Trepan, der nach dem Aufstieg schnaufte, sagte: »Normalerweise ist der Zutritt nur höheren Semestern und Doktoranden erlaubt. Aber in Ihrem Fall mache ich eine Ausnahme. Ich will Ihnen nur einen der Vorteile zeigen, die man als Mitglied von Lam Kha Alif hat. Keines der anderen Häuser hat eine solche Bibliothek.«

Trepan sah ihn schmaläugig an. »Lesen Sie die Rücken. Aber fassen Sie sie nicht an. Sie, äh, fesseln einen, wenn Sie verstehen, was ich meine.«

Desmond ging an den Regalen entlang und schaute auf die Titel. Als er fertig war, sagte er: »Ich bin beeindruckt. Ich dachte, einige dieser Bücher gäbe es nur in der Universitätsbibliothek. In verschlossenen Räumen.«

»Das glaubt die Öffentlichkeit. Hören Sie, wenn Sie beitreten, haben Sie Zugang zu diesen Bänden. Sagen Sie es nur den anderen Anfängern nicht. Sie würden neidisch werden.«

Trepan, noch immer schmaläugig, als überlegte er etwas, das er nicht erwägen sollte, sagte: »Würde es Ihnen etwas ausmachen, sich umzudrehen und die Finger in die Ohren zu stecken?«

»Wie bitte?«

Trepan lächelte. »Oh, falls Sie bei uns aufgenommen werden, wird man Ihnen ein kleines Rezept geben, das notwendig ist, um hier drin zu arbeiten. Aber bis dahin geht's nur, solange Sie nicht hinsehen.«

Desmond lächelte voller Verlegenheit, für die er den Grund nicht hätte angeben können, und war zugleich aufgeregt. Er drehte Trepan den Rücken zu und verstopfte sich die Ohren mit den Fingern. Während er in dem völlig stillen Zimmer stand – schützen Dämmmatten es gegen den Schall, oder vielmehr etwas Nichtstoffliches? –, zählte er die Sekunden. Einundzwanzig, zweiundzwanzig ...

Eine gute Minute war vergangen, als er Trepans Hand auf der Schulter spürte. Er drehte sich wieder um und nahm die Finger heraus. Der fette Kerl hielt ihm ein großformatiges, sehr dünnes Bändchen hin, das in ein Leder gebunden war, welches viele kleine, dunkle Höcker zeigte. Desmond war überrascht, denn er hatte es in den Regalen nicht gesehen.

»Ich habe es deaktiviert«, sagte Trepan. »Hier. Nehmen Sie.« Er sah auf seine Armbanduhr. »Zehn Minuten haben Sie Zeit.«

Auf dem Deckel stand weder Titel noch Verfasserzeile. Nun, da er es von nahem betrachtete und mit den Händen befühlte, glaubte Desmond nicht mehr, dass das Leder von einem Tier stammte.

Trepan sagte: »Es ist die Haut eines alten Atechironnon.«

»Ah!«, sagte Desmond zitternd, dann riss er sich zusammen.

»Er muss voller Warzen gewesen sein.«

»Klar. Machen Sie schon, sehen Sie es sich an. Ist nur schade, dass Sie es nicht lesen können.«

Die erste Seite war ein wenig vergilbt, was bei einem vierhundert Jahre alten Papier nicht verwunderlich war. Es war nicht bedruckt, sondern von Hand mit großen Buchstaben beschrieben.

»Das kleinere Rituall des Tahmmsiquegg Zauberers Atechironunn«, las Desmond. *»Kopiret von der Bilder-Schrift auf der Haut welche unverbrennt gelassen von dem Göttlichen.*

Von eigener Hand, Simon Conant. 1641.

Lass den, der diese Bild-Worte spricht, erst zuhöhren.«

Trepan kicherte und meinte: »Rechtschreibung war nicht seine Stärke, wie?«

»Simon, der Halbbruder von Roger Conant«, sagte Desmond. »Er war der erste Weiße, der die Tamsiqueg aufsuchte und sie nicht mit dem abgetrennten Daumen im Hintern wieder verließ. Er war auch bei den Siedlern dabei, die die Tamsiqueg überfielen, aber sie wussten nicht, wem seine Sympathie galt. Er flüchtete mit dem schwer verwundeten Atechironnon in die Wildnis. Zwanzig Jahre später tauchte er in Virginia mit diesem Buch wieder auf.«

Langsam blätterte er die fünf Seiten um, während er sich jedes Piktogramm in sein fotografisches Gedächtnis einprägte. Ein Zeichen war darunter, das er nicht gern ansah.

»Layamon ist der Einzige, der es lesen kann«, sagte Trepan.

Desmond verriet ihm nicht, dass er in der Grammatik und dem kleinen Wörterbuch der Tamsiqueg-Sprache bewandert war, welches William Cor Dunnes 1624 geschrieben und 1654 veröffentlicht hatte. Es enthielt einen Anhang mit der Übersetzung der Piktogramme. Nach zwanzig Jahren Suche war es ihm gelungen, zum Preis von eintausend Dollar eine bloße Xerokopie zu erstehen. Seine Mutter hatte wegen dieser Ausgabe ein Höllenspektakel gemacht, aber dieses eine Mal hatte er ihr die Stirn geboten. Nicht einmal die Universität besaß eine Kopie.

Trepan schaute auf die Uhr. »Nur noch eine Minute. He!«

Er riss Desmond das Buch aus der Hand und sagte schroff: »Drehen Sie sich um und verschließen Sie die Ohren!«

Trepan sah panisch aus. Desmond kehrte ihm den Rücken zu, und eine Minute später zog Trepan ihm den Finger aus einem Ohr.

»Tut mir Leid wegen der Plötzlichkeit, aber der Schutz fing an zusammenzubrechen. Ich kann's mir nicht erklären. Es hat sonst immer wenigstens zehn Minuten geklappt.«

Desmond hatte nichts gespürt, aber das mochte davon kommen, dass Trepan dem Einfluss stärker ausgesetzt gewesen und dadurch empfindlicher war.

Offensichtlich nervös, sagte Trepan: »Lassen Sie uns hier verschwinden. Es muss sich abkühlen.«

Auf dem Weg nach unten fragte er: »Sind Sie sicher, dass Sie es nicht lesen können?«

»Wo hätte ich es lernen sollen?«, erwiderte Desmond.

Sie kehrten in den großen Saal zurück und tauchten in ein Meer von Lärm und Gerüchen, hielten sich aber nicht lange dort auf, denn Trepan wollte ihm – bis auf den Keller – auch den Rest des Hauses zeigen.

»Den können Sie im Laufe der Woche besichtigen. Im Moment wäre es nicht ratsam, da runterzugehen.«

Desmond fragte nicht nach dem Grund.

Als sie in einen sehr kleinen Raum im zweiten Stock kamen, sagte Trepan: »Gewöhnlich bekommen Erstsemester kein Zimmer für sich allein. Aber in Ihrem Fall ... nun, es gehört Ihnen, wenn Sie wollen.«

Das freute Desmond. Er würde sich nicht mit jemandem abgeben müssen, dessen Benehmen ihn verdross und dessen Gequatsche ihm auf die Nerven ging.

Sie begaben sich wieder nach unten. Der große Raum hatte

sich ein wenig geleert. Freund Layamon stand gerade aus dem Sessel auf und winkte Desmond heran. Desmond ging ihm langsam entgegen. Aus einem unerfindlichen Grund ahnte er, dass ihm nicht gefallen würde, was Layamon ihm zu sagen hatte. Vielleicht war er sich auch nicht sicher, ob es ihm gefallen würde oder nicht.

»Trepan hat Ihnen die kostbareren Bücher der Bruderschaft gezeigt«, sagte der Vorsitzende. Das war keine Frage, sondern eine Feststellung. »Insbesondere Conants Buch.«

»Woher wissen Sie ...?«, fragte Trepan, dann grinste er. »Sie haben es gespürt.«

»Natürlich«, sagte die rostige Stimme. »Nun, Desmond, meinen Sie nicht, es ist an der Zeit, ans Telefon zu gehen?«

Trepan war verwirrt. Desmond wurde übel, und er fror.

Layamon und Desmond standen fast Nase an Nase voreinander. Die vielen Runzeln in der teigigen Haut sahen wie Hieroglyphen aus.

»Sie haben sich entschieden, aber gestehen es sich nicht ein«, sagte er. »Hören. Das war Conants Ratschlag, nicht wahr? Hören. Von dem Augenblick an, in dem Sie das Flugzeug nach Boston bestiegen, haben Sie sich festgelegt. Sie hätten den Flughafen wieder verlassen können, aber Sie taten es nicht, obwohl Ihre Mutter, wie ich mir vorstellen kann, Ihnen dort eine Szene machte. Aber Sie ließen es bleiben. Also hat es keinen Zweck, es aufzuschieben.«

Er lachte leise. »Dass mir daran gelegen ist, Ihnen einen Rat zu geben, ist ein Beweis meiner Wertschätzung. Ich bin überzeugt, dass Sie es rasch sehr weit bringen werden, sofern Sie in der Lage sind, gewisse Charaktermängel auszumerzen. Man braucht Kraft und Intelligenz, große Selbstdisziplin und Hingabe, wenn man hier auch nur den Bakkalaureus machen möchte, Desmond.

Zu viele schreiben sich bei uns ein, weil sie glauben, dass sie es hier leicht hätten. Dass sie große Macht erlangen und mit Dingen vertraut werden, die wahrlich nicht für jeden bestimmt sind, um das Mindeste zu sagen, und halten all das für so leicht, wie ein Holzscheit umzudrehen. Schon bald jedoch merken sie, dass die Abteilung höhere Anforderungen stellt als Beispiel das MIT an Ingenieure. Und dass unsere Arbeit verdammt viel gefährlicher ist

Dazu kommt noch die moralische Frage. Schon dadurch, dass man sich zu unserer Seite bekennt. Wie viele aber sind willensstark genug, um immer weiter zu gehen? Wie viele kommen zu der Ansicht, auf der falschen Seite zu stehen? Sie geben auf, ohne zu wissen, dass es für jeden außer einem kleinen Bruchteil schon zu spät ist, um auf die andere Seite zurückzukehren. Sie haben sich bereits bekannt, sind aufgestanden und sozusagen für immer gezählt worden.«

Er machte eine Pause, um sich eine braune Panatela anzuzünden. Der Rauch ringelte sich um Desmond, der nicht roch, was er erwartet hatte. Der Gestank erinnerte ihn ziemlich an die tote Fledermaus, die er mal für ein Experiment gebraucht hatte.

»Jeder Mann, jede Frau gebietet über das eigene Schicksal. Aber an Ihrer Stelle würde ich mich rasch entscheiden. Ich habe ein Auge auf Sie geworfen, und Ihr Weiterkommen hier hängt sehr davon ab, wie ich Ihren Charakter und Ihre Entwicklungsmöglichkeiten einschätze.

Guten Tag, Desmond.«

Der alte Mann ging hinaus. Trepan fragte: »Worum drehte es sich eigentlich?«

Desmond antwortete nicht. Er stand eine Minute lang da, während Trepan herumzappelte. Dann verabschiedete er sich von dem fetten Studenten und verließ langsam das Verbindungshaus. Anstatt nach Hause zu gehen, schlenderte er über den Campus. Rote Blinklichter weckten seine Neugier, und er ging näher, um zu erfahren, was dort los war. Ein Streifenwagen der Campus-Polizei und ein Krankenwagen der Universitätsklinik standen vor einem zweigeschossigen Gebäude. Nach dem Schriftzug auf der schmutzigen Fensterscheibe war im Erdgeschoss früher ein Lebensmittelgeschäft gewesen. Innen und außen blätterte die Farbe von den Wänden, und der Putz war stellenweise abgefallen und ließ die darunter liegenden Latten sehen. Auf dem nackten Holzboden lagen drei Tote. Einer davon war der junge Mann gewesen, der in der Turnhalle vor Desmond in der Reihe gestanden hatte. Er lag auf dem Rücken, der Mund unter dem fusseligen Schnurrbart stand offen.

Desmond fragte jemanden von den Leuten, die das Gesicht an die Fensterscheibe drückten, was passiert sei. Ein graubärtiger Mann, wahrscheinlich ein Professor, sagte: »Das passiert jedes Jahr um diese Zeit. Ein paar Studenten lassen sich hinreißen und probieren etwas aus, was höchstens ein M. A. wagen würde. Das ist zwar streng verboten, aber diese jungen Dummköpfe schlagen ja jedes Verbot in den Wind.«

Der Tote mit dem Schnurrbart schien einen großen, runden, schwarzen Gegenstand auf der Stirn zu haben, oder vielleicht war es eine Brandwunde. Desmond wollte einen näheren Blick darauf werfen, aber die Sanitäter zogen eine Decke über den Toten, bevor sie ihn nach draußen trugen.

Der graubärtige Mann sagte: »Die Uni-Polizei und die Klinik werden sich ihrer annehmen.« Er lachte kurz auf. »Die Stadtpolizei weigert sich, auf den Campus zu kommen. Den Verwandten wird man sagen, dass sie an einer Überdosis Heroin gestorben sind.«

»Gibt es deswegen keinen Ärger?«

»Manchmal. Es sind schon Privatdetektive hierher gekommen, aber sie bleiben nie lange.«

Desmond entfernte sich rasch. Er hatte sich entschieden. Der Anblick dieser Toten hatte ihn erschüttert. Er würde nach Hause zurückkehren, mit seiner Mutter Frieden schließen, die Bücher verkaufen, auf deren Aufstöbern und Studieren er so viel Zeit und Geld verwandt hatte, und wieder Kriminalromane schreiben. Er hatte dem Tod ins Gesicht geblickt, und wenn er durchführen würde, woran er gedacht hatte – nur müßig natürlich, wenn er während der Therapiestunde phantasierte –, dann sähe er ihr Gesicht. Tot. Er konnte es nicht tun.

Als er in seinem Wohnheimzimmer ankam, klingelte das Telefon noch immer. Er ging zum Apparat und wollte nach dem Hörer greifen; er hielt den Arm eine unbestimmte Zeit lang ausgestreckt, dann ließ er ihn sinken. Während er zur Couch hinüberging, bemerkte er, dass die Colaflasche aus dem Loch in der Fußleiste herausgeschoben oder -gezogen worden war. Er kniete sich hin und rammte sie wieder hinein. Aus der Wand drang ein schwaches Piepsen.

Er setzte sich auf die Couch, nahm sein Notizbuch aus der Jackentasche und begann die Piktogramme hineinzuzeichnen, an die er sich so gut erinnerte. Er brauchte eine halbe Stunde, denn die Genauigkeit bei der Ausführung war von wesentlicher Bedeutung. Das Telefon hörte nicht auf zu klingeln.

Jemand klopfte an die Tür und schrie: »Ich hab dich reingehen sehen! Geh ans Telefon oder leg den Hörer daneben! Sonst wirst du sehen, was du davon hast!«

Desmond antwortete nicht und stand auch nicht von der Couch auf.

Eine Zeichnung in der Folge hatte er ausgelassen. Jetzt hielt er den Bleistift zwei Zentimeter über der freien Stelle. Am anderen Ende der Leitung saß eine sehr fette, sehr alte Frau. Sie war nun hässlich und verbraucht, aber sie hatte ihn geboren, und noch viele Jahre danach war sie schön gewesen. Nach dem Tod seines Vaters ging sie arbeiten, um das Haus halten und ihrem Sohn das Leben bieten zu können, an das sie beide gewöhnt waren. Sie arbeitete schwer, um ihm das College und die anderen Ausgaben zu bezahlen, solange er studierte. Sie arbeitete weiter, bis er seine ersten zwei Romane verkauft hatte. Dann wurde sie kränklich, aber erst nachdem er angefangen hatte, Frauen nach Hause mitzubringen und ihr als mögliche Schwiegertöchter vorzustellen.

Sie liebte ihn, aber sie wollte ihn nicht loslassen, und das war keine echte Liebe. Er hatte es nicht geschafft, sich loszureißen, woraus er schloss, dass er, obgleich gegen sie aufgebracht, doch etwas in sich hatte, das das Eingesperrtsein mochte. Dann, eines Tages, hatte er beschlossen, den großen Schritt in die Freiheit zu tun. Er hatte ihn heimlich und rasch getan. Er hatte sich immer dafür verachtet, dass er seine Mutter so sehr fürchtete, aber so war er nun einmal. Wenn er hier bliebe, würde sie hierher kommen. Das könnte er nicht ertragen. Also würde er nach Hause zurückgehen müssen.

Er sah das Telefon an, machte Anstalten, aufzustehen, sank zurück.

Was sollte er sonst tun? Er konnte Selbstmord begehen. Dann wäre er frei, und sie würde erkennen, wie zornig er auf sie gewesen war. Er zuckte zusammen, als das Telefon zu klingeln aufhörte. Also hatte sie für eine Weile aufgegeben. Aber sie würde es bald wieder versuchen.

Er schaute zu der Fußleiste. Die Flasche bewegte sich stetig ein kleines Stück vorwärts. Hinter der Wand arbeitete etwas entschlossen. Wie viele Male hatte es sein Loch verlassen wollen und es versperrt gefunden? Zu oft, müsste das Wesen denken, wenn es Verstand hatte. Aber es weigerte sich, aufzugeben, und eines Tages könnte es ihm einfallen, sein Problem zu lösen, indem es denjenigen umbrachte, der das verursachte.

Wenn es sich dagegen von der Größe des Problemverursachers einschüchtern ließe, wenn es zu wenig Mut hätte, dann würde es die Flasche immer wieder aus dem Loch schieben müssen. Und ...

Desmond sah auf das Notizbuch und zitterte. Die freie Stelle war ausgefüllt. Da war das Zeichen für Cotoaahd, das Ding, welches, jetzt, wo er darauf niederblickte, irgendwie seiner Mutter ähnelte.

Hatte er es unbewusst hingezeichnet, während er nachdachte?

Oder hatte das Zeichen sich selbst gebildet?

Es spielte keine Rolle. Er jedenfalls wusste, was er zu tun hatte.

Während er mit den Augen über jedes Zeichen glitt und die Worte der toten Sprache hersagte, fühlte er etwas aus seiner Brust drängen, in seinen Bauch kriechen, in seine Beine, seine Kehle, sein Gehirn. Das Zeichen Cotoaahds schien auf dem Blatt zu brennen, als er, die Augen darauf gerichtet, den Namen aussprach.

Das Zimmer verdunkelte sich, als das letzte Wort gesprochen war. Er stand auf, schaltete die Tischlampe ein und ging in das unsaubere Bad. Das Gesicht im Spiegel sah nicht wie das eines Mörders aus; es war einfach das eines sechzigjährigen Mannes, der eine Tortur durchgemacht hat und noch nicht so recht weiß, ob sie schon vorüber ist.

Als er das Zimmer verließ, sah er, wie die Colaflasche aus dem Loch rutschte. Doch was immer sie herausgeschoben hatte, war noch nicht bereit, das Loch zu verlassen.

Stunden später kam er wankend aus der Campus-Kneipe nach Hause. Das Telefon klingelte wieder. Der Anruf kam wie erwartet nicht von seiner Mutter, aber aus seiner Geburtsstadt in Illinois.

»Mr. Desmond, hier spricht Sergeant Rourke vom Busiris Police Department. Ich fürchte, ich habe eine schlechte Nachricht für Sie. Äh, äh, Ihre Mutter starb vor ein paar Stunden an einer Herzattacke.«

Desmond brauchte kein Erstaunen vorzutäuschen. Er war ganz und gar betäubt. Seine Hand, die den Hörer hielt, fühlte sich wie versteinert an. Vage bemerkte er den eigenartigen Unterton in Rourkes Stimme.

»Herzattacke? Herz ... Sind Sie sicher?«

Er stöhnte. Seine Mutter war eines natürlichen Todes gestorben. Er hätte die alten Worte nicht aufzusagen brauchen. Und nun hatte er sich umsonst gebunden und war für immer gefangen. Wenn die Worte einmal benutzt wurden, während die Augen sie lasen, dann gab es kein Zurück mehr.

Aber ... wenn die Worte nur Worte gewesen waren, die wie jedes Geräusch verklangen, wenn diese Worte, während sie durchdrangen, keine physische Wirkung mehr ausüben konnten – war er dann überhaupt gebunden?

Wäre er nicht vielmehr frei und ohne Schuld? Könnte diese Stadt nicht ohne Angst vor Rache wieder verlassen?

»Es war eine schreckliche Sache, Mr. Desmond. Ein ganz verrücktes Unglück. Ihre Mutter starb, während sie mit einer Nachbarin sprach, die sie besuchte, Mrs. Sammins. Mrs. Sammins rief die Polizei und einen Krankenwagen. Andere Nachbarn kamen ins Haus, und dann ... dann ...«

Rourke schien etwas die Kehle zuzuschnüren.

»Ich war gerade angekommen und stand auf der vorderen Veranda, als es ... als es ...«

Rourke hustete und sagte: »Mein Bruder war auch in dem Haus.«

Drei Nachbarn, zwei Sanitäter und zwei Polizisten waren zermalmt worden, als das Haus unerklärlicherweise einstürzte.

»Es war, als wäre ein Riese darauf getreten. Wenn es fünf Sekunden später zusammengefallen wäre, hätte es mich auch erwischt.«

Desmond dankte ihm und sagte, er würde das nächste Flugzeug nach Busiris nehmen.

Er taumelte zum Fenster und schob es hoch. Er brauchte frische Luft. Unten im Schein einer Straßenlampe hinkte auf seinen Stock gestützt Layamon vorbei und hob das graue Gesicht zu ihm. Die Zähne leuchteten weiß auf.

Desmond weinte, aber die Tränen galten nur sich selbst.

Originaltitel: *The Freshman*
Erstveröffentlichung: *Fantasy and Science Fiction,* May 1977
Aus dem Amerikanischen von *Angela Koonen*

Briefe aus Jerusalem

VON STEPHEN KING

2. Oktober 1850

Lieber Bones,
wie wohl es tat, in die kalte, zugige Halle hier von Chapelwaite zu treten, jeder Knochen von dieser grässlichen Kutsche schmerzend und mit dem dringenden Bedürfnis, meine drückende Blase zu erleichtern – und den Brief, adressiert in deinem unnachahmlichen Gekritzel zu sehen, der auf dem hässlichen kleinen Kirschholztisch neben der Tür lehnte! Sei versichert, dass ich mich an seine Entzifferung gemacht habe, sobald ich die Bedürfnisse des Körpers erledigt hatte (in einem kühl ausgestatteten Badezimmer im unteren Stock, wo ich den Atem vor meinen Augen aufsteigen sehen konnte).

Es freut mich zu hören, dass du von dem Miasma *genesen* bist, das so lange deine Lunge befallen hatte, obwohl ich dir versichern kann, dass ich vollstes Verständnis für das moralische Dilemma habe, in das dich die Heilung gestürzt hat. Ein kränkelnder Abolitionist, der vom sonnigen Klima des Sklavenstaates Florida geheilt wird! Trotz und alledem, Bones, bitte ich dich als Freund, der ebenfalls im finsteren Tal gewandelt ist, *gut* auf dich aufzupassen und erst dann nach Massachusetts zurückzukehren, wenn es dein Körper erlaubt. Was helfen uns dein scharfer Geist und deine spitze Feder, wenn du Asche bist, und wenn der Süden eine heilsame Region ist, liegt in dieser Tatsache nicht poetische Gerechtigkeit?

Wirklich, das Haus ist genauso prachtvoll, wie ich es nach den Aussagen der Testamentsvollstrecker meines Cousins annehmen durfte, allerdings sehr düster. Es liegt auf einer gewaltigen, vorragenden Landspitze vielleicht drei Meilen nördlich von Falmouth und neun Meilen nördlich von Portland. Dahinter schließen sich etwa vier Morgen Land an, das auf unglaubliche Art und Weise verwildert ist – Wacholder, Gestrüpp, Gebüsch und verschiedene Arten von Kletterpflanzen ranken wild über die pittoresken Steinmauern, die den Besitz vom Stadtgebiet trennen. Abscheuliche Imitationen griechischer Statuen starren von kleinen Hügeln blind durch die Wildnis – meist scheint es, als warteten sie darauf, sich auf den Vorübergehenden zu stürzen. Der Geschmack meines Cousins hat anscheinend die ganze Stufenleiter von untragbar bis regelrecht Schrecken erregend umfasst. Inmitten eines offensichtlich ehemaligen Gartens habe ich eine seltsame kleine Laube entdeckt, die fast gänzlich von scharlachrotem Sumach überwuchert ist, und eine groteske Sonnenuhr. Dies vervollständigt den Eindruck des Wahnsinns.

Doch die Aussicht vom Salon entschädigt dafür mehr als genug; von hier habe ich einen Schwindel erregenden Ausblick auf die Felsen am Fuß von Chapelwaite Head und auf den Atlantik, auf den ein großes, bauchiges Erkerfenster hinausgeht, neben dem ein mächtiger Sekretär steht. Er passt ausgezeichnet, um mit jenem Roman zu beginnen, über den ich so lange (und zweifellos bis zum Überdruss) geredet habe.

Der heutige Tag war grau mit gelegentlichen Regengüssen. Wenn ich hinausblicke, gleicht alles einer Studie in Schiefer: die Felsen, alt und ausgelaugt wie die Zeit selbst, der Himmel und natürlich die See, die mit einem Geräusch gegen die zerklüfteten Granitfelsen unter mir kracht, das eigentlich kein Geräusch, sondern Vibration ist; ich kann die Wellen sogar jetzt, während ich schreibe, durch meine Füße spüren. Ein Gefühl, das nicht unbedingt unangenehm ist.

Ich weiß, dass du meine Vorliebe für die Einsamkeit missbilligst, lieber Bones, aber sei versichert, dass es mir gutgeht und ich glücklich und zufrieden bin. Calvin ist bei mir, praktisch, schweigsam und zuverlässig wie immer, und ich bin sicher, dass wir beide bis Mitte der Woche alle wichtigen Dinge geregelt und die nötigen Lieferungen aus der Stadt arrangiert haben – und dass dann eine Kompanie Reinigungsfrauen anfängt, den Staub aus diesem Haus zu vertreiben!

Ich werde jetzt schließen; es gibt so vieles, das ich noch nicht gesehen habe, Räume, die noch erforscht werden müssen, und zweifellos tausend scheußliche Möbelstücke, die diese sensiblen Augen noch begutachten müssen. Noch einmal meinen Dank für das Gefühl von Vertrautheit, das dein Brief mitgebracht hat und für deine beständige Freundschaft.

Alles Liebe für deine Frau und für dich,

CHARLES.

6. Oktober 1850

Lieber Bones,
welch ein Ort!

Er erstaunt mich immer wieder von neuem – genau wie die Reaktionen der Bewohner des nächstgelegenen Dorfes. Es handelt sich um einen seltsamen kleinen Ort mit dem pittoresken Namen Preacher's Corners. Hier hat Calvin unsere wöchentlichen Vorräte bestellt und gleichzeitig auch den zweiten Auftrag erledigt, sich um einen ausreichenden Vorrat an Klafterholz für den Winter zu kümmern. Cal kehrte jedoch mit düsterer Miene zurück, und als ich ihn fragte, was es denn gäbe, erwiderte er grimmig:

»Man hält Sie für verrückt, Mr. Boone!«

Ich lachte und antwortete, dass die Leute möglicherweise von der Gehirnentzündung gehört hätten, an der ich nach dem

Tod meiner Sarah gelitten habe – damals habe ich sicher wild genug phantasiert, wie du bezeugen könntest.

Doch Cal beteuerte, dass niemand etwas von mir wisse, außer über meinen Cousin Stephen, der dort die gleichen Dienste in Auftrag gegeben hatte, wie ich es jetzt getan habe. »Was sie gesagt haben, Sir, war, dass jeder, der in Chapelwaite lebt, entweder verrückt sein muss oder Gefahr läuft, es zu werden.«

Ich war völlig perplex, wie du dir vielleicht vorstellen kannst, und fragte ihn, woher er diese erstaunliche Aussage habe, worauf er mir erklärte, dass sie von einem mürrischen und törichten Holzfäller namens Thompson stamme, der vierhundert Morgen Kiefern-, Birken- und Fichtenbestand besitzt und der zusammen mit seinen fünf Söhnen Holz fällt, um es an die Sägewerke in Portland und die Haushalte in der unmittelbaren Umgebung zu verkaufen.

Als ihm Cal, der von seinem seltsamen Vorurteil nichts wusste, die Adresse nannte, zu der das Holz gebracht werden sollte, starrte ihn dieser Thompson mit weit offenem Mund an und sagte, dass er seine Söhne mit dem Holz schicken würde, bei hellem Tageslicht und über die Küstenstraße.

Calvin, der meine Belustigung offensichtlich als Besorgnis auslegte, beeilte sich hinzuzufügen, dass der Mann nach billigem Whiskey gerochen habe und dass er danach in irgendwelchen Unsinn über ein verlassenes Dorf und Cousin Stephens Bindungen – und über Würmer verfallen sei! Calvin schloss das Geschäft dann mit einem von Thompsons Söhnen ab, der, wie ich verstanden habe, ziemlich unfreundlich war und dem Geruch nach selbst nicht ganz nüchtern zu sein schien. Offensichtlich ist Cal in Preacher's Corners selbst auf eine ähnliche Reaktion gestoßen, und zwar in der dortigen Gemischtwarenhandlung, wo er mit dem Ladenbesitzer gesprochen hat, obwohl es sich dabei wohl mehr um Klatsch handelt, wie man ihn sich hinter vorgehaltener Hand erzählt.

Ich mache mir weiter keine Gedanken darüber; wir wissen

ja, wie gern die Landbevölkerung ihr Leben mit dem Geruch nach Skandal und Schauermärchen bereichert, und ich nehme an, dass der arme Stephen und seine Seite der Familie da ein dankbares Opfer waren. Wie ich Cal sagte, wenn ein Mann praktisch von seiner eigenen Veranda zu Tode stürzt, bleibt es natürlich nicht aus, dass die Leute reden.

Das Haus selbst ist eine ständige Quelle von Überraschungen. Dreiundzwanzig Zimmer, Bones! Die Holztäfelung in den oberen Etagen und die Gemäldegalerie sind zwar vom Schimmel befallen, aber im Übrigen stabil. Als ich im Schlafzimmer meines verstorbenen Cousins im oberen Stock stand, konnte ich dahinter die Ratten rumoren hören. Den Geräuschen nach zu schließen, die sie verursachen, müssen es ziemlich große Tiere sein – es hört sich fast so an, als ob dort Menschen gingen. Ich möchte keiner im Dunkeln begegnen; übrigens auch nicht im Hellen. Seltsam ist allerdings, dass ich weder Löcher noch Kot bemerkt habe. Wirklich merkwürdig.

In der oberen Galerie hängen eine Reihe schlechter Porträts in Rahmen, die ein Vermögen wert sein müssen. Einige weisen eine gewisse Ähnlichkeit mit Stephen auf, wie ich mich seiner entsinne. Ich glaube, dass ich meinen Onkel Henry Boone und seine Frau Judith erkannt habe; die Übrigen sind mir fremd. Ich nehme an, dass eins der Porträts mein eigener wohl bekannter Großvater Robert sein könnte. Stephens Seite der Familie ist mir aber gänzlich unbekannt, was ich aus ganzem Herzen bedauere. Das gleiche frohe Gemüt, das Stephens Briefe an Sarah und mich zeigten, der gleiche Ausdruck hoher Intelligenz, spiegeln sich in diesen Porträts wider, so schlecht sie auch sein mögen. Aus welch törichten Gründen sich doch Familien entzweien! Ein durchstöbertes Schreibpult, harte Worte zwischen Brüdern, die mittlerweile schon drei Generationen tot sind, und schuldlose Nachkommen werden unnötigerweise entfremdet. Ich muss immer wieder daran denken, was für ein Glück es doch war, dass es dir und John Petty gelang, Kontakt zu Stephen aufzunehmen, als es schien, dass ich meiner Sarah aus dieser Welt folgen würde – und wie unglückselig es war, dass uns das Schicksal die Gelegenheit nahm, uns persönlich kennen zu lernen. Wie gerne hätte ich Stephen die Statuen und Möbelstücke der Ahnen verteidigen hören!

Aber lass mich dieses Haus nicht allzu sehr verunglimpfen. Sicher, Stephens Geschmack war bestimmt nicht der meine, aber unter dem äußeren Anstrich der Dinge, die er hinzugefügt hat, gibt es Stücke (eine Reihe davon, in den oberen Zimmern, sind unter Schutztüchern verborgen), die wahre Meisterwerke sind. Da finden sich Betten, Tische und massive, dunkle Ornamente in Teak und Mahagoni, und viele der Schlaf- und Empfangszimmer sowie das obere Arbeitszimmer und der kleine Salon besitzen einen melancholischen Charme. Die Fußböden bestehen aus kostbarem Kiefernholz und schimmern in einem inneren und geheimen Licht. Hier findest du Würde; Würde und das Gewicht von Jahren. Ich kann noch nicht sagen, dass es mir gefällt, aber ich respektiere es. Ich kann es kaum erwarten, zu sehen, wie es sich verändert, wenn wir uns im Kreislauf dieses nördlichen Klimas drehen.

Himmel, ich finde wieder einmal kein Ende! Schreibe bald, Bones. Berichte mir, welche Fortschritte du machst und was du Neues von Petty und den anderen weißt. Und bitte, begehe nicht den Fehler, neue Bekannte aus dem Süden *unbedingt* von deinen Ansichten überzeugen zu wollen – ich habe mir sagen lassen, dass sich nicht alle damit begnügen, nur mit ihrem Mund zu antworten, wie zum Beispiel unser ermüdender *Freund*, Mr. Calhoun.

Herzlichst
dein Freund CHARLES.

16. Oktober 1850

Lieber Richard,
hallo, wie geht es dir? Ich habe oft an dich gedacht, seit ich hier in Chapelwaite meinen Wohnsitz aufgeschlagen habe, und hatte halb damit gerechnet, etwas von dir zu hören – und jetzt bekomme ich einen Brief von Bones, in dem er mir schreibt, dass ich vergessen habe, im Club meine Adresse zu hinterlassen! Du kannst sicher sein, dass ich so oder so irgendwann geschrieben hätte, denn manchmal scheint es, dass meine echten und loyalen Freunde das einzig Sichere und völlig Normale sind, das mir in dieser Welt geblieben ist. Aber, mein Gott, wie weit verstreut wir nun sind! Du in Boston, wo du immer noch getreu für den *Liberaler* schreibst (dem ich übrigens auch meine Adresse geschickt habe), Hanson in England, auf einer seiner verwünschten *Vergnügungsexkursionen,* und der arme alte Bones mitten in der *Höhle des Löwen,* wo er seine Lunge kuriert.

Hier läuft alles so gut, wie man erwarten kann, Dick; sei versichert, dass ich dir noch ausführlich Bericht erstatte, wenn meine Zeit nicht mehr ganz so sehr von gewissen Ereignissen in Anspruch genommen wird, die sich hier abspielen – ich glaube, gewisse Vorfälle in Chapelwaite und der näheren Umgebung könnten durchaus dazu angetan sein, das Interesse deines Juristengeistes zu wecken.

Aber in der Zwischenzeit möchte ich dich um einen Gefallen bitten, wenn du dich darum kümmern willst. Erinnerst du dich noch an diesen Historiker, den du mir damals beim Dinner bei Mr. Clary vorgestellt hast? Ich glaube, sein Name war Bigelow. Wie dem auch sei, er erwähnte, dass er es sich zum Hobby gemacht habe, alles zu sammeln, was er an sonderbaren historischen Überlieferungen bekommen könne, die sich genau auf die Gegend beziehen, in der ich jetzt wohne. Meine Bitte ist nun die: Würdest du dich mit ihm in Verbindung setzen und ihn fragen, welche Fakten, Überlieferungen oder allgemeine Gerüchte – wenn überhaupt – ihm über ein kleines, verlassenes Dorf namens Jerusalem's Lot bekannt sind, das am Royal River in der Nähe einer Gemeinde namens Preacher's Corners liegt? Der Fluss ist ein Nebenfluss des Androscoggin und fließt etwa elf Meilen vor der Mündung dieses Stroms in der Nähe von Chapelwaite in den Androscoggin. Du würdest mir damit einen großen Gefallen erweisen, und, was noch wichtiger ist, es könnte von einiger Bedeutung sein.

Beim Durchgehen dieses Briefes merke ich, dass ich ein bisschen kurz mit dir war, Dick, was ich aufrichtig bedauere. Aber sei gewiss, dass ich dir schon bald alles erklären werde. Bis dahin liebe Grüße an deine Frau, deine beiden prächtigen Söhne und natürlich an dich.

Herzlichst
dein Freund CHARLES.

16. Oktober 1850

Lieber Bones,
ich habe dir etwas zu berichten, das sowohl Cal wie auch mir etwas sonderbar (um nicht zu sagen beunruhigend) erscheint – sieh selbst, was du davon hältst. Sonst mag es einfach dazu dienen, dich zu unterhalten, während du dich mit den Moskitos herumschlägst!

Zwei Tage nachdem ich meinen letzten Brief an dich aufgegeben habe, traf eine Gruppe von vier jungen Frauen aus Preacher's Corners unter der Aufsicht einer ältlichen Dame mit Furcht einflößend kompetenter Miene namens Mrs. Cloris hier ein, um das Haus in Ordnung zu bringen und einen Teil des Staubs zu entfernen, der meine Nase bei jedem zweiten Schritt zum Niesen gereizt hatte. Sie machten allesamt einen etwas nervösen Eindruck, als sie sich an die Arbeit machten; eine törichte junge Dame stieß sogar einen leisen Schrei aus, als ich den Salon betrat, während sie dort Staub wischte.

Als ich Mrs. Cloris deswegen fragte (sie war gerade dabei, die Halle unten mit einer grimmigen Entschlossenheit abzustauben, die dich wirklich überrascht hätte; das Haar hatte sie mit einem alten, verblichenen Tuch hochgebunden), drehte sie sich zu mir herum und antwortete mit entschlossener Miene: »Sie mögen das Haus nicht, und ich mag es auch nicht, Sir, denn es ist immer schon ein *schlechtes* Haus gewesen.«

Das Kinn fiel mir bei dieser unerwarteten Feststellung herunter, und sie fuhr in einem etwas freundlicheren Ton fort: »Ich will damit nicht sagen, dass Stephen Boone nicht ein anständiger Mann war, denn das war er. Solange er hier wohnte, habe ich für ihn jeden zweiten Donnerstag sauber gemacht, genau wie ich für seinen Vater, Mr. Randolph Boone, sauber gemacht habe, bis er und seine Frau achtzehnhundertsechzehn verschwanden. Mr. Stephen war ein guter und freundlicher Mann, und das scheinen Sie auch zu sein (Sie mögen mir meine Direktheit verzeihen, aber ich kann mich nicht anders ausdrücken), doch dieses Haus ist *schlecht,* und das ist es immer gewesen, und kein Boone ist hier glücklich gewesen, seit sich Ihr Großvater Robert und sein Bruder Philip wegen gestohlener (und hier zögerte sie, fast schuldbewusst) Dinge siebzehnhundertneunundachtzig entzweiten.«

Was für ein Gedächtnis diese Leute doch haben, Bones!

»Das Haus wurde im Unglück gebaut, die, die hier lebten, waren unglücklich, Blut ist auf seinem Boden vergossen worden (ich weiß nicht, ob dir bekannt ist, Bones, dass mein Onkel Randolph in einen Unfall auf der Kellertreppe verwickelt war, bei dem seine Tochter Marcella den Tod fand; er nahm sich anschließend in einem Anfall von Reue selbst das Leben. Stephen hat den Zwischenfall in einem seiner Briefe an mich erwähnt, den er anlässlich des traurigen Ereignisses des Geburtstags seiner verstorbenen Schwester schrieb), Menschen sind verschwunden, und Unfälle sind passiert.

Ich arbeite schon lange hier, Mr. Boone, und ich bin weder blind noch taub. Ich habe schreckliche Geräusche in den Wänden gehört, Sir, schreckliche Geräusche – dumpfe Schläge und Poltern, und einmal ein sonderbares Heulen, das halb wie Gelächter klang. Das Blut ist mir regelrecht in den Adern erstarrt. Es ist ein böses Haus, Sir.« Hier brach sie ab, vielleicht aus Angst, dass sie zu viel gesagt hatte.

Was mich selbst betraf, so wusste ich kaum zu sagen, ob ich beleidigt oder amüsiert, neugierig oder einfach ganz sachlich sein sollte. Ich glaube, dass ich an diesem Tag wohl in erster Linie amüsiert war. »Und was vermuten Sie, Mrs. Cloris? Geister, die mit ihren Ketten rasseln?«

Doch sie sah mich nur merkwürdig an. »Es mag schon sein, dass es hier Geister gibt. Aber das in den Wänden sind keine Geister. Es sind keine Geister, die wie die Verdammten heulen und klagen und die in der Dunkelheit poltern und herumtappen. Es sind ...«

»Kommen Sie, Mrs. Cloris«, half ich nach. »Sie haben schon so viel gesagt, nun bringen Sie endlich zu Ende, was Sie begonnen haben.«

Ein sonderbarer Ausdruck aus Entsetzen, Gekränktheit und – ich könnte darauf schwören – religiöser Ehrfurcht huschte über ihr Gesicht. »Manche sterben nicht«, flüsterte sie. »Manche leben im Zwielicht dazwischen, um – Ihm zu dienen!«

Und das war das Ende. Ich versuchte noch ein paar Minuten lang, mehr aus ihr herauszuholen, doch sie wurde nur immer verstockter und wollte nichts mehr sagen. Schließlich gab ich es auf, da ich fürchtete, sie möge sich sonst aufraffen und das Haus verlassen

Dies ist das Ende der einen Episode, doch es sollte eine weitere am nächsten Abend folgen. Calvin hatte unten ein Feuer angefacht, während ich im Wohnzimmer saß, eine Ausgabe des

Intelligencer vor mir, und dem Geräusch des windgepeitschten Regens lauschte, der gegen das große Erkerfenster prasselte. Es war so gemütlich, wie es nur sein kann an einem solchen Abend, wenn draußen alles trostlos und drinnen alles warm und behaglich ist, doch dann erschien einen Augenblick später Cal in der Tür. Er sah aufgeregt und ein bisschen nervös aus,

»Sind Sie wach, Sir?«, fragte er.

»Kaum noch. Was gibt's?«

»Ich habe oben etwas gefunden, das Sie sehen sollten, wie ich meine«, antwortete er mit dem gleichen Ausdruck unterdrückter Erregung

Ich erhob mich und folgte ihm. Als wir die breite Treppe hinaufstiegen, meinte Calvin: »Ich war im oberen Studierzimmer und las gerade in einem Buch – ein recht merkwürdiges Buch –, als ich ein Geräusch in der Wand hörte.«

»Ratten«, gab ich zurück. »Und das ist alles?«

Calvin blieb am Ende der Treppe stehen und sah mich ernst an. Die Lampe, die er in der Hand hielt, warf unheimliche, bedrohliche Schatten auf die dunklen Vorhänge und die schattenhaften Porträts, die jetzt nicht mehr zu lächeln, sondern eher boshaft zu grinsen schienen. Draußen erhob sich der Wind zu einem flüchtigen Schrei und verstummte dann widerwillig.

»Keine Ratten«, widersprach Cal. »Es war ein dumpfes Poltern und Tappen, das von irgendwo hinter den Bücherregalen kam, und dann folgte ein grässliches Gurgeln – wirklich grässlich, Sir. Und ein Kratzen, als ob irgendetwas versuchte, herauszukommen und ... und sich auf mich zu stürzen!«

Du kannst dir mein Erstaunen vorstellen, Bones, denn Calvin ist ganz sicher nicht der Typ, der zu hysterischen Phantastereien neigt. Langsam gewann ich den Eindruck, dass es hier doch irgendein Geheimnis gab – ein Geheimnis, das vielleicht tatsächlich garstig war.

»Und dann?«, wollte ich wissen. Wir gingen den Gang hinunter, und ich konnte sehen, dass aus dem Studierzimmer

Licht auf den Boden der Galerie fiel. Ich registrierte es mit einem Gefühl der Beklemmung; der Abend schien keineswegs mehr gemütlich.

»Das Kratzen hörte auf. Einen Augenblick später fingen wieder diese dumpfen, schlurfenden Geräusche an, doch diesmal bewegten sie sich von mir weg. Einmal brach es ab, und ich kann beschwören, dass ich ein seltsames, fast unhörbares Lachen vernahm! Ich ging zum Bücherregal und fing an zu drücken und zu ziehen, weil ich dachte, dass es dort vielleicht ein Geheimfach oder eine Geheimtür geben könnte.«

»Und – hast du eine gefunden?«

Cal blieb vor der Tür zum Studierzimmer stehen. »Nein – aber ich habe dies hier gefunden!«

Als wir eintraten, sah ich ein quadratisches schwarzes Loch im linken Regal. Die Bücher an dieser Stelle waren nichts weiter als Attrappen, und was Cal entdeckt hatte, war ein kleines Versteck. Ich leuchtete mit meiner Lampe hinein, sah aber nichts außer einer dicken Staubschicht, Staub, der Jahrzehnte alt sein musste.

»Da drinnen war nur das«, erklärte Cal ruhig und reichte mir ein verblichenes Stück Papier. Es handelte sich um eine Karte, die in hauchdünnen schwarzen Tintenstrichen gezeichnet war – die Karte einer Stadt oder eines Dorfes. Es umfasste etwa sieben Gebäude, und unter einem, das deutlich mit einem Turm gekennzeichnet war, standen die Worte: *Der Wurm Der Verderben Bringt.*

In der oberen linken Ecke war ein Pfeil, der in die Richtung zeigte, die der Nordwesten dieses kleinen Dorfes gewesen sein muss, und unter ihm stand: *Chapelwaite.*

»Im Ort, Sir«, fuhr Calvin fort, »erwähnte jemand abergläubisch ein verlassenes Dorf namens Jerusalem's Lot, von dem sich alle fern halten.«

»Aber was soll das hier?«, fragte ich und deutete auf die sonderbaren Worte unter dem Turm.

»Ich weiß es nicht.«

Plötzlich musste ich an das denken, was Mrs. Cloris gesagt hatte. »Der Wurm ...«, murmelte ich.

»Wissen Sie irgendetwas, Mr. Boone?«

»Vielleicht ... es könnte ganz interessant sein, wenn wir uns dieses Dorf morgen einmal ansehen, was meinst du, Cal?«

Er nickte, und seine Augen strahlten. Anschließend verbrachten wir noch fast eine Stunde damit, nach irgendeiner Spalte in der Wand hinter dem kleinen Versteck zu suchen, das Cal gefunden hatte, aber ohne Erfolg. Auch die Geräusche, die Cal beschrieben hatte, traten nicht wieder auf.

Schließlich begaben wir uns zur Ruhe, ohne dass an jenem Abend noch etwas passiert wäre.

Am folgenden Morgen machten sich Calvin und ich auf unseren Marsch durch den Wald. Es regnete nicht mehr, aber der Himmel war düster und von tief hängenden Wolken überzogen. Ich konnte sehen, dass Cal mich zweifelnd betrachtete, und ich beeilte mich, ihm zu versichern, dass ich nicht zögern würde, das Unternehmen abzubrechen, wenn ich müde werden oder der Weg sich als zu lang herausstellen sollte. Wir hatten uns mit einem Lunchpaket, einem guten Kompass und natürlich der seltsamen alten Karte von Jerusalem's Lot ausgerüstet.

Es war ein eigenartiger, brütender Tag; kein Vogel sang, und wir hörten auch keine anderen Tiere, als wir uns durch den großen, finsteren Kiefernbestand in südöstlicher Richtung vorwärts bewegten. Das einzige Geräusch war das unserer Schritte und das monotone Donnern des Atlantiks, der gegen die Küste schlug. Der Geruch der See, der fast unnatürlich schwer war, war unser ständiger Begleiter.

Wir hatten höchstens zwei Meilen zurückgelegt, als wir auf eine überwachsene Straße jener Bauart stießen, die man, so glaube ich, früher als Knüppeldamm bezeichnete. Da sie in unserer ungefähren Richtung lief, gingen wir auf ihr weiter und kamen gut voran. Wir sprachen nur wenig, denn der Tag mit seiner stillen und unheilvollen Atmosphäre lastete schwer auf unseren Gemütern.

Gegen elf Uhr vernahmen wir das Geräusch von fließendem Wasser. Die ehemalige Straße beschrieb eine scharfe Linkskurve, und dann tauchte auf der anderen Seite eines schäumenden, schmutzigen kleinen Flusses wie eine Erscheinung Jerusalem's Lot auf!

Der Fluss war vielleicht acht Fuß breit, und über ihn führte ein moosbewachsener Steg. Auf der anderen Seite, Bones, stand das perfekteste kleine Dorf, das du dir vorstellen kannst, verständlicherweise verwittert, aber im Übrigen erstaunlich gut erhalten. Dicht bei dem schroff abfallenden Ufer befand sich eine Ansammlung von mehreren Häusern, die in jener schmucklosen, aber eindrucksvollen Form gebaut waren, für die die Puritaner zu Recht bekannt waren. Ein Stück dahinter, entlang einer verwilderten Straße, standen drei oder vier Gebäude, die primitive Geschäfte gewesen sein könnten, und dahinter erhob sich der Turm der Kirche, der auf der Karte eingezeichnet war, in den grauen Himmel. Mit seiner abgeblätterten Farbe und dem angelaufenen, schiefen Kreuz sah er unbeschreiblich finster und unheilvoll aus.

»Jerusalem's Lot – Jerusalems Los ... die Stadt trägt ihren Namen zu Recht«, bemerkte Cal neben mir leise.

Wir überquerten den Fluss und begannen, das Dorf zu erforschen – und von hier ab wird meine Geschichte etwas unglaublich, also sei gerüstet!

Die Luft schien bleischwer, als wir zwischen den Häusern dahergingen; unheilschwanger, wenn du so willst. Die Gebäude befanden sich in einem Zustand des Verfalls – abgerissene Läden, Dächer, die unter dem Gewicht schwerer Schneemassen im Winter eingestürzt waren, trübe, starrende Fenster. Schatten von unheimlichen Ecken und krummen Winkeln schienen in finsteren Tümpeln zu lauern.

Wir betraten zuerst ein altes, verfallenes Wirtshaus – irgendwie schien es unrecht, in diese Häuser einzudringen, in die sich Menschen zurückgezogen hatten, wenn sie ungestört sein wollten. Ein altes, verwittertes Schild über der gesplitterten Tür verkündete, dass dies das *Wirts- und Gasthaus zum Eberkopf* gewesen war. Die Tür kreischte ohrenbetäubend in der einzigen noch verbliebenen Angel, und dann traten wir in das dämmrige Innere. Der Geruch nach Fäulnis und Moder, der in der Luft lag, war fast überwältigend. Doch dazwischen schien ein noch intensiverer Geruch zu liegen, ein Ekel erregender, abscheulicher Geruch, ein Geruch von Jahrhunderten und der jahrhundertealten Verwesung. Ein Geruch, wie er vielleicht von vermoderten Särgen oder geschändeten Gräbern ausgeht. Ich hielt mir mein Taschentuch vor die Nase. Cal folgte meinem Beispiel, und dann nahmen wir den Ort in Augenschein.

»Mein Gott, Sir ...«, sagte Calvin leise.

»Es ist nie angerührt worden«, beendete ich den Satz für ihn.

Und so war es tatsächlich. Tische und Stühle standen da wie geisterhafte Wächter, verstaubt und verzogen von den extremen Temperaturunterschieden, für die das Klima Neuenglands bekannt ist, aber im Übrigen unversehrt – als ob sie durch schweigende, widerhallende Jahrzehnte hindurch darauf gewartet hätten, dass jene schon lange Verstorbenen wieder hereinkommen, nach einem Krug Bier rufen, Karten austeilen und ihre Tonpfeifen anzünden. Neben den Wirtshausvorschriften hing ein kleiner viereckiger Spiegel, der *nicht* zerbrochen war. Begreifst du, was das bedeutet, Bones? Kinder sind für ihre Neugier und ihre Zerstörungswut bekannt; es gibt nicht ein »Geisterhaus«, dessen Fenster noch heil wären, ganz gleich, welche Schauermärchen man sich über seine unheimlichen Bewohner erzählt; nicht einen verlassenen Friedhof, auf dem nicht wenigstens ein Grabstein von jugendlichen Unruhestiftern umgestürzt worden ist. Sicher gibt es in Preacher's Corners, das keine zwei Meilen von Jerusalem's Lot entfernt liegt, eine ganze Reihe solcher Jugendlicher. Und doch war der Spiegel des Gastwirts (der ihn eine hübsche Summe gekostet haben muss) unversehrt – genau wie die übrigen zerbrechlichen Gegenstände, die wir bei unserem Stöbern fanden. Der einzige Schaden in Jerusalem's Lot ist durch die unpersönlichen Kräfte der Natur angerichtet worden. Die Implikation ist offenkundig: Jerusalem's Lot ist ein gemiedener Ort. Aber warum? Ich habe da eine Ahnung, aber bevor ich auch nur wage, eine Andeutung in dieser Beziehung zu machen, muss ich vom beunruhigenden Ende unseres Besuchs berichten.

Wir begaben uns nach oben in die Schlafquartiere, wo wir gemachte Betten fanden, neben denen zinnerne Wasserkrüge standen. Die Küche war ebenfalls unberührt, abgesehen vom Staub der Jahre und jenem entsetzlichen, intensiven Geruch nach Verwesung. Das Wirtshaus wäre ein Paradies für jeden Antiquar gewesen; allein der ungewöhnliche Küchenofen hätte auf einer Bostoner Auktion einen hübschen Preis erzielt.

»Was meinst du, Cal?«, fragte ich, als wir wieder hinaus in das diffuse Tageslicht getreten waren.

»Ich glaube, dass es mit etwas Bösem zu tun hat, Mr. Boone«, erwiderte er in seiner düsteren Art, »und dass wir mehr sehen müssen, um mehr zu erfahren.«

Wir untersuchten die übrigen Geschäfte nur flüchtig – unter ihnen ein Krämerladen, ein Lagerhaus, in dem Eichen- und Kiefernholz gestapelt war, sowie eine Schmiede.

Auf unserem Weg zur Kirche, die im Zentrum des Ortes lag, gingen wir in zwei Häuser hinein. Beide waren sie ganz nach puritanischer Mode eingerichtet und voll von Gegenständen, für die ein Sammler seinen Arm gegeben hätte, beide waren verlassen und erfüllt von dem gleichen fauligen Geruch.

Außer uns schien hier nichts zu leben oder sich zu bewegen. Wir sahen weder Insekten noch Vögel oder auch nur Spinnweben in irgendeiner Fensterecke. Nur Staub.

Endlich erreichten wir die Kirche. Sie ragte hoch über uns in den Himmel, düster, kalt und wenig einladend. Hinter den Fenstern gähnten schwarze Schatten aus dem Innern, und jede Gottheit oder Heiligkeit hatte diesen Ort schon vor langer Zeit verlassen, dessen bin ich gewiss. Wir stiegen die Stufen hinauf, und ich legte die Hand auf den großen eisernen Türgriff. Ich warf einen finsteren, entschlossenen Blick auf Calvin und sah dann wieder vor mich. Wann mochte diese Tür wohl zum letzten Mal geöffnet worden sein? Ich bin sicher, dass meine Hand die erste seit bestimmt fünfzig Jahren – wenn nicht länger – war, die sie berührte. Rostige Angeln kreischten, als ich sie aufzog. Der Geruch nach Fäulnis und Verwesung, der uns entgegenschlug, war fast greifbar. Cal stieß einen würgenden Laut aus und drehte sich unwillkürlich nach frischer Luft herum.

»Sir«, fragte er, »sind Sie wirklich ...?«

»Ich bin schon in Ordnung«, erwiderte ich ruhig, doch so ruhig fühlte ich mich ganz und gar nicht, Bones, genauso wenig wie jetzt. Ich glaube mit Moses, mit Jerobeam und mit unserem guten Hanson (wenn er in Philosophierlaune ist), dass es geistig ungesunde Orte oder Gebäude gibt, wo die Milch des Kosmos sauer und ranzig geworden ist. Diese Kirche ist ein solcher Ort, darauf könnte ich schwören.

Wir traten in ein langes Vestibül, das mit einem staubigen Kleiderständer und Regalen mit Gesangbüchern ausgestattet war. Es war fensterlos; hier und da standen Öllampen in Nischen. Ein ganz gewöhnlicher Raum, dachte ich, bis ich hörte, wie Cal scharf die Luft einsog, und ich sah, was er bereits entdeckt hatte.

Es war eine Obszönität.

Ich wage das kunstvoll gerahmte Bild nicht näher zu beschreiben als wie folgt: dass es im fleischigen Stil von Rubens gemalt war; dass es eine groteske Karikatur einer Madonna mit dem Kind darstellte und dass im Hintergrund seltsame, schemenhafte Kreaturen krochen und krabbelten.

»Mein Gott«, flüsterte ich.

»Hier gibt es keinen Gott«, sagte Calvin, und seine Worte schienen in der Luft zu hängen. Als ich die Tür öffnete, die in die eigentliche Kirche führte, wurde der Geruch zum Miasma nahezu überwältigend.

Im schwachen Dämmerlicht des Nachmittags erstreckten sich die Kirchenstühle geisterhaft bis hin zum Altar. Über ihnen befand sich eine hohe Kanzel aus Eichenholz und ein Narthex, aus dem Gold schimmerte.

Mit einem Laut, der fast wie ein Schluchzen klang, bekreuzigte sich der fromme Protestant Calvin, und ich folgte seinem Beispiel. Das, was da so golden schimmerte, war nämlich ein großes, prachtvoll geschmiedetes Kreuz – aber es war verkehrt herum aufgehängt, das Symbol der Satansmesse.

»Wir müssen ruhig bleiben«, hörte ich mich sagen. »Wir müssen ruhig bleiben, Calvin. Ganz ruhig.«

Aber ein Schatten hatte mein Herz getroffen, und ich fürchtete mich so sehr, wie ich mich noch nie in meinem Leben gefürchtet hatte.

Ich bin unter dem Schirm des Todes gegangen und habe gedacht, dass es nichts Dunkleres gibt. Aber ich habe mich geirrt. Es gibt etwas, das noch dunkler ist.

Wir gingen den Gang hinunter, und unsere Schritte hallten über uns und um uns herum. Wir hinterließen Spuren im Staub. Am Altar entdeckten wir andere kleinere Kunstgegenstände, aber ich will – und kann – meine Gedanken nicht auf ihnen verweilen lassen.

Ich machte mich daran, die Kanzel hinaufzusteigen.

»Tun Sie es nicht, Mr. Boone!«, rief Cal plötzlich. »Ich habe Angst ...«

Aber ich war bereits oben. Auf dem Pult lag ein großes Buch, das in Latein und in unleserlichen Runen geschrieben war, die für mein laienhaftes Auge druidisch oder vorkeltisch aussahen. Ich lege dem Brief eine Karte mit ein paar der Symbole bei, die ich aus dem Gedächtnis nachgezeichnet habe.

Ich schloss das Buch und betrachtete die Worte, die in das Leder geprägt waren: *De Vermis Mysteriis.* Meine Lateinkenntnisse sind zwar schon etwas angestaubt, reichten aber immer noch zur Übersetzung aus: *Die Geheimnisse des Wurmes.*

Als ich es berührte, schienen sich diese verfluchte Kirche und Calvins weißes, zu mir aufblickendes Gesicht vor mir zu drehen. Ich glaubte, leise, singende Stimmen zu hören, Stimmen, erfüllt von grässlicher und heftiger Furcht. Ich zweifle nicht daran, dass es sich um eine Halluzination gehandelt hat – aber im selben Augenblick erfüllte ein sehr reales Geräusch die Kirche, das ich nicht anders als ein gewaltiges und grausiges *Winden* unter meinen Füßen beschreiben kann. Das Lesepult erzitterte unter meinen Fingern, und das entweihte Kreuz bebte an der Wand.

Wir gingen gemeinsam hinaus, Cal und ich, und überließen den Ort seiner eigenen Finsternis, und keiner von uns wagte zurückzuschauen, bis wir die groben Planken überquert hatten, die über den Fluss führten. Ich will nicht sagen, dass wir die neunzehnhundert Jahre, die der Mensch gebraucht hat, um sich von einem gebückt gehenden und abergläubischen Wilden fortzuentwickeln, mit Füßen getreten haben, indem wir gerannt sind; aber ich wäre ein Lügner, wenn ich behaupten wollte, wir seien gemächlich davongeschlendert.

Dies ist meine Geschichte. Es ist überflüssig, dass deine Genesung von der Angst überschattet wird, das Fieber habe mich wieder befallen; Cal kann all das, was ich dir hier auf diesen Seiten berichtet habe, bestätigen, einschließlich des grässlichen *Geräusches.*

Ich schließe nun und möchte nur noch sagen, dass ich mir wünsche, mit dir sprechen zu können (weil ich weiß, dass ein Großteil meiner Verwirrung sofort von mir abfallen würde), und verbleibe als dein Freund und Bewunderer

CHARLES.

17. Oktober 1850

Sehr geehrte Herren,
in der jüngsten Ausgabe Ihres Katalogs für Haushaltartikel (d. i. Sommer 1850) habe ich einen Artikel mit der Bezeichnung Rattengift gefunden. Ich möchte eine (1) 5-Pfund-Dose dieses Präparats zu dem angegebenen Preis von dreißig Cent ($ 0,30) erwerben. Rückporto füge ich bei. Bitte schicken Sie das Gewünschte an: Calvin McCann, Chapelwaite, Preacher's Corners, Cumberland County, Maine.

Ich bedanke mich im Voraus und verbleibe hochachtungsvoll

Ihr Calvin McCann.

19. Oktober 1850

Lieber Bones,
Entwicklungen von beunruhigender Natur!

Die Geräusche im Haus sind lauter geworden, und ich komme immer mehr zu dem Schluss, dass es keine Ratten sind, die innerhalb unserer Mauern hin und her huschen. Calvin und ich haben uns erneut auf die Suche nach verborgenen Schlupfwinkeln oder Gängen gemacht, aber nichts gefunden. Welch jämmerliche Figuren wir in einem von Mrs. Radcliffs Abenteuerromanen abgeben würden! Cal ist der Meinung, dass die Geräusche zum großen Teil aus dem Keller kommen, den wir aus diesem Grund morgen erforschen wollen. Das Wissen um die Tatsache, dass Cousin Stephens Schwester dort ihr unglückliches Ende fand, macht das Unternehmen nicht angenehmer.

Ihr Porträt hängt übrigens in der oberen Galerie. Marcella Boone war nicht gerade eine Schönheit, wenn der Künstler sie richtig getroffen hat, und mir ist bekannt, dass sie nie geheiratet hat. Manchmal glaube ich, dass Mrs. Cloris Recht hatte und dies *wirklich* ein schlechtes Haus ist. Gewiss hat es seinen früheren Einwohnern nichts Gutes gebracht.

Aber ich habe dir noch mehr von unserer Mrs. Cloris zu berichten, denn ich habe heute ein zweites Mal mit ihr gesprochen. Da sie die vernünftigste Person ist, der ich bisher in Preacher's Corners begegnet bin, habe ich sie heute Nachmittag, nach einer unerfreulichen Begegnung, auf die ich gleich kommen werde, aufgesucht.

Das Holz sollte heute Morgen geliefert werden, und als der Mittag kam und ging und es immer noch nicht da war, beschloss ich, meinen täglichen Spaziergang diesmal in den Ort zu machen. Mein Ziel war Thompson, der Mann, mit dem Cal das Geschäft abgeschlossen hatte.

Der heutige Tag war sonnig, die Luft erfüllt von der Frische eines strahlenden Herbsttages, und als ich Thompsons Gehöft erreichte (Cal, der zu Hause geblieben war, um weiter in Cousin Stephens Bibliothek herumzustöbern, hatte mir erklärt, wie ich dorthin kam), befand ich mich in der besten Laune, die die letzten Tage erlebt haben, und war durchaus gewillt, Thompsons Unpünktlichkeit mit der Lieferung des Holzes zu verzeihen.

Das Gehöft war ein wildes Durcheinander aus Unkraut und halb verfallenen Gebäuden, die dringend eines neuen Anstrichs bedurft hätten: Links von der Scheune grunzte ein enormes Schwein, das auf das Novemberschlachten wartete, und wälzte sich in einem schlammigen Pfuhl, und in dem schmutzigen Hof zwischen dem Wohnhaus und den Außengebäuden fütterte eine Frau in einem zerlumpten Gingankleid aus ihrer Schürze die Hühner. Als ich sie grüßte, drehte sie ihr blasses und ausdrucksloses Gesicht zu mir herum.

Die plötzliche Veränderung, die in ihrem Gesicht vorging, war erstaunlich; ihr Ausdruck wechselte von völliger, dummer Leere zu wildem Entsetzen. Ich kann mir nur vorstellen, dass sie mich für Stephen gehalten hat, denn sie hob die Hand, die

Finger im Zeichen des bösen Blicks gespreizt, und stieß einen Schrei aus. Das Hühnerfutter fiel zu Boden, und die Hennen suchten gackernd das Weite.

Bevor ich auch nur einen Ton von mir geben konnte, kam ein Bär von einem Mann, der nichts weiter als Unterkleider am Leibe trug, mit einem Kleinkalibergewehr in der einen und einem Krug in der anderen Hand aus dem Haus gepoltert. Dem roten Licht in seinen Augen und seinem schwankenden Gang nach zu urteilen, hatte ich hier Thompson, den Holzfäller, in eigener Person vor mir.

»Ein Boone«, brüllte er. »Gott verfluche deine Augen!« Er ließ den Krug fallen, der davonrollte, und machte das Zeichen.

»Ich bin gekommen«, begann ich mit so viel Gleichmut, wie ich unter den gegebenen Umständen aufbringen konnte, »weil das Holz ausgeblieben ist. Laut der Abmachung, die Sie mit meinem Mann getroffen haben ...«

»Gott verfluche auch deinen Mann, sage ich!« Erst jetzt bemerkte ich, dass er sich unter seinem lauten, polternden Gehabe zu Tode fürchtete. Ich begann mich ernsthaft zu fragen, ob er in seiner Aufregung nicht vielleicht tatsächlich auf mich schießen würde.

»Könnten Sie nicht, als Geste der Höflichkeit ...«, fing ich vorsichtig an.

»Gott verfluche deine Höflichkeit!«

»Nun gut«, antwortete ich mit so viel Artigkeit, wie ich aufbringen konnte. »Dann möchte ich mich verabschieden, bis Sie sich wieder etwas mehr in der Gewalt haben.« Mit diesen Worten wandte ich mich ab und machte mich auf den Weg, der zum Dorf führte.

»Komm ja nicht zurück!«, kreischte er hinter mir her. »Bleib oben bei deinem Bösen! Verflucht! Verflucht! Verflucht!« Er warf mir einen Stein nach, der mich an der Schulter traf, weil ich ihm nicht die Genugtuung geben wollte, zur Seite zu springen.

Anschließend suchte ich Mrs. Cloris auf, fest entschlossen, wenigstens das Geheimnis um Thompsons feindselige Haltung zu lösen. Sie ist Witwe (deine verflixten Kuppeleiversuche kannst du dir in diesem Fall sparen; die Dame ist leicht fünfzehn Jahre älter als ich, und ich habe die vierzig bereits hinter mir) und lebt allein in einem reizenden kleinen Haus direkt an der Schwelle des Ozeans. Sie war gerade dabei, ihre Wäsche aufzuhängen, als ich eintraf, und schien sich wirklich zu freuen, mich zu sehen, was ich mit großer Erleichterung zur Kenntnis nahm, denn es ist unglaublich quälend, ohne verständlichen Grund als Paria behandelt zu werden.

»Mr. Boone«, begann sie nicht unfreundlich, »wenn Sie gekommen sind, um mich zu fragen, ob ich für Sie waschen kann, muss ich Ihnen sagen, dass ich nach September nichts annehme. Mein Rheumatismus plagt mich so schlimm, dass ich schon Mühe genug habe, meine eigene Wäsche zu erledigen.«

»Ich wünschte, *Wäsche* wäre der Grund meines Besuchs. Ich bin hier, weil ich Ihre Hilfe brauche, Mrs. Cloris. Ich muss alles wissen, was Sie mir über Chapelwaite und Jerusalem's Lot sagen können, und warum mir die Menschen hier mit solcher Angst und solchem Misstrauen begegnen!«

»Jerusalem's Lot! Sie wissen also davon.«

»Ja, und ich habe dem Ort zusammen mit meinem Begleiter vor einer Woche einen Besuch abgestattet.«

»Gütiger Gott!« Sie wurde kreidebleich und begann zu schwanken, und ich streckte die Hand aus, um sie zu stützen. Ihre Augen rollten wild, und einen Augenblick lang war ich überzeugt, sie würde in Ohnmacht fallen.

»Es tut mir Leid, Mrs. Cloris, wenn ich irgendetwas gesagt haben sollte ...«

»Kommen Sie mit ins Haus«, unterbrach sie mich. »Sie müssen es erfahren. Herr im Himmel, die Tage des Bösen sind wieder angebrochen!«

Danach sagte sie nichts mehr, bis sie in ihrer sonnigen Küche einen starken Tee aufgebrüht hatte. Als er vor uns stand, blickte sie eine Weile nachdenklich auf den Ozean hinaus. Unwillkürlich wurde ihr Blick und der meine von der ins Meer vorragenden Landzunge von Chapelwaite Head angezogen, auf dem das Haus über dem Wasser aufragte. Das große Erkerfenster glitzerte in den Strahlen der im Westen stehenden Sonne wie ein Diamant. Der Anblick war herrlich, aber seltsam beunruhigend. Plötzlich drehte sie sich zu mir herum und verkündete heftig:

»Mr. Boone, Sie müssen Chapelwaite sofort verlassen!«

Ich war sprachlos vor Erstaunen.

»Es liegt ein böser Hauch in der Luft, seit Sie in Chapelwaite eingezogen sind. In der letzten Woche – seit Sie den verfluchten Ort betreten haben – hat es Omen und böse Vorzeichen gegeben. Eine Glückshaube über dem Gesicht des Mondes, Ziegenmelker, die auf den Friedhöfen schlafen, ein missgeborenes Kind. Sie *müssen* abreisen!«

Als ich endlich die Sprache wiedergefunden hatte, erwiderte ich so behutsam wie möglich: »Solche Dinge sind nur Phantasie, Mrs. Cloris. Das müssen Sie doch wissen.«

»Ist es etwa Phantasie, dass Barbara Brown ein Kind ohne Augen zur Welt gebracht hat? Oder dass Clifton Brockett im Wald hinter Chapelwaite, wo alles verdorrt und welk geworden ist, eine flache, eingedrückte Spur von fünf Fuß Breite entdeckt hat? Und können Sie, der Sie Jerusalem's Lot besucht haben, mit Sicherheit sagen, dass dort nichts mehr lebt?«

Ich war nicht fähig, ihr zu antworten; vor meinen Augen tauchte wieder die Szene in jener grässlichen Kirche auf.

Sie verschränkte fest ihre knorrigen Finger, bemüht, sich zu beruhigen. »Ich weiß von diesen Dingen nur durch meine Mutter und deren Mutter. Kennen Sie die Geschichte Ihrer Familie, soweit sie sich auf Chapelwaite bezieht?«

»Vage. Das Haus ist seit den Achtzigerjahren des letzten

Jahrhunderts das Zuhause von Philip Boones Linie; sein Bruder Robert, mein Großvater, ließ sich nach einem Streit, bei dem es um gestohlene Papiere ging, in Massachusetts nieder. Über Philips Seite weiß ich nur wenig, außer dass der Schatten des Unglücks auf diesen Zweig der Familie gefallen ist, der sich vom Vater auf den Sohn und die Enkel erstreckt – Marcella starb in einem tragischen Unfall, und Stephen stürzte zu Tode. Es war sein Wunsch, dass Chapelwaite das Zuhause von mir und den meinen und der Riss in der Familie auf diese Weise wieder zusammengefügt werden sollte.«

»Er lässt sich nicht zusammenfügen«, flüsterte sie. »Sie wissen nichts über die ursprüngliche Auseinandersetzung?«

»Robert Boone wurde dabei überrascht, wie er etwas aus dem Schreibtisch seines Bruders stehlen wollte.«

»Philip Boone war verrückt«, erklärte sie. »Ein Mann, der mit dem Bösen Geschäfte machte. Das, was Robert Boone *versuchte* wegzunehmen, war eine gottlose Bibel, die in den alten Sprachen geschrieben war – Latein, Druidisch und anderen. Ein Höllenbuch.«

»De Vermis Mysteriis.«

Sie zuckte zusammen, als ob sie einen Schlag ins Gesicht bekommen hätte. »Sie kennen es?«

»Ich habe es gesehen ... es berührt.« Wieder sah es so aus, als ob sie in Ohnmacht fallen würde. Sie hob eine Hand an den Mund, als wolle sie einen Aufschrei unterdrücken. »Ja, in Jerusalem's Lot. Auf der Kanzel einer verderbten und entweihten Kirche.«

»Es ist also noch da; es ist immer noch da.« Sie schaukelte in ihrem Stuhl. »Ich hatte gehofft, Gott hätte es in Seiner Weisheit in den dunkelsten Schlund der Hölle geschleudert.«

»Welche Verbindung hatte Philip Boone zu Jerusalem's Lot?«

»Eine der Blutsverwandtschaft«, antwortete sie düster.

»Das Mal des Tieres lag schon auf ihm, auch wenn er noch in den Kleidern des Lammes umherging. Und in der Nacht des 31. Oktober 1789 verschwand Philip Boone dann ... und die gesamte Bevölkerung jenes verfluchten kleinen Dorfs mit ihm.«

Sie wollte nicht viel mehr sagen, und ich hatte den Eindruck, dass sie auch nicht viel mehr wusste. Mrs. Cloris wiederholte nur ihre inständige Bitte, ich möge abreisen, und gab als Grund irgendetwas von »Blut, das Blut ruft« an und murmelte etwas über »jene, die *wachen*, und jene, die *hüten*«. Je weiter die Dämmerung fortschritt, desto erregter schien sie zu werden, und um sie zu beruhigen, versprach ich ihr, dass ich mir ihren Wunsch gründlich durch den Kopf gehen lassen würde.

Ich ging nach Hause durch länger werdende, düstere Schatten. Meine heitere Laune war gänzlich verflogen, und mein Kopf schwirrte vor Fragen, die mich auch jetzt noch quälen. Cal begrüßte mich mit der Neuigkeit, dass unsere Geräusche in den Wänden noch schlimmer geworden seien – wie ich selbst in diesem Moment bestätigen kann. Ich versuche, mir einzureden, dass ich nur Ratten höre, aber dann taucht vor meinen Augen das verängstigte, ernste Gesicht von Mrs. Cloris auf.

Der Mond ist über dem Meer aufgegangen, prall und aufgebläht, die Farbe wie Blut, besudelt er den Ozean mit einem verderblichen Schatten. Meine Gedanken kehren wieder zu jener Kirche zurück, und

(hier ist eine Zeile durchgestrichen) Nein, das sollst du nicht lesen, Bones. Es ist zu verrückt. Ich glaube, es ist Zeit, dass ich zu Bett gehe. Meine Gedanken gehen hinaus zu dir.

Es grüßt dich
dein CHARLES.

(Das Folgende stammt aus dem Tagebuch von Calvin McCann.)

20. Oktober ’50

Nahm mir heute Morgen die Freiheit, den Verschluss, der das Buch zusammenhält, aufzubrechen; habe es getan, bevor Mr. Boone aufstand. Keinen Sinn; es ist alles verschlüsselt. Ich glaube, es ist ein einfacher Code. Vielleicht kann ich ihn genauso leicht brechen wie den Verschluss. Ich bin überzeugt, dass es ein Tagebuch ist; die Handschrift ist der von Mr. Boone merkwürdig ähnlich. Von wem mag dieses Buch sein, das in der hintersten Ecke dieser Bibliothek versteckt stand und verschlossen war? Es sieht alt aus, aber wie kann man das genau sagen? Die zersetzende Luft ist größtenteils von den Seiten fern gehalten worden. Mehr später, wenn ich Zeit habe; Mr. Boone drängt darauf, den Keller zu untersuchen. Habe Angst, dass diese schrecklichen Vorgänge zu viel für seine noch labile Gesundheit sind. Ich muss versuchen, ihn zu überzeugen –

Aber er kommt.

20. Oktober 1850

Bones,
ich kann nicht schreiben ich kann [*sic*] noch nicht darüber
schreiben ich ich ich

(Aus dem Tagebuch von Calvin McCann)

20. Oktober ’50

Wie ich befürchtet habe, hat sich sein Gesundheitszustand wieder stark verschlechtert –

Gütiger Gott, unser Vater, der du bist im Himmel!

Kann einfach nicht darüber nachdenken; und doch hat es

sich unauslöschlich in mein Gehirn eingebrannt; jenes Grauen im Keller ...!

Bin jetzt allein; halb neun; das Haus ist still, aber ...

Fand ihn ohnmächtig über seinem Schreibtisch; er schläft noch immer; und doch, wie vortrefflich hat er sich während jener wenigen Augenblicke gehalten, als ich selbst wie gelähmt und betäubt dastand!

Seine Haut ist wächsern und kalt. Gott sei Dank, dass es nicht wieder das Fieber ist. Ich wage nicht, ihn zu bewegen oder ihn allein zu lassen, um ins Dorf zu gehen. Und wenn ich ginge, wer würde schon mit mir zurückkommen, um ihm zu helfen? Wer würde dieses verfluchte Haus betreten?

Der Keller, mein Gott! Diese Kreaturen im Keller, die dieses Haus beherbergt!

22. Oktober 1850

Lieber Bones,
wenn auch schwach, so bin ich endlich, nach sechsunddreißig Stunden Bewusstlosigkeit, wieder ich selbst. Wieder ich selbst ... welch ein grausamer und bitterer Scherz! Ich werde nie wieder ich selbst sein, nie wieder. Ich bin dem Wahnsinn und dem Grauen begegnet, wie es sich kein Mensch vorstellen kann. Und es ist noch nicht zu Ende.

Ich glaube, wenn Cal nicht wäre, würde ich meinem Leben in dieser Minute ein Ende machen. Er ist die einzige Insel der geistigen Normalität inmitten all dieses Wahnsinns.

Du sollst alles wissen.

Wir hatten uns für unsere Erkundung des Kellers mit Kerzen versorgt, die einen starken Schein warfen, der hell genug war – und wie hell genug! Cal versuchte, mir das Unternehmen auszureden, indem er meine kürzliche Krankheit anführte und meinte, dass wir wahrscheinlich allerhöchstens ein paar fette Ratten finden würden, für die wir Gift auslegen könnten.

Ich blieb jedoch bei meinem Entschluss, worauf Calvin seufzte und antwortete: »Dann tun Sie, was Sie nicht lassen können, Mr. Boone.«

Man erreicht den Keller mittels einer Falltür in der Küche (die Calvin seitdem, wie er mir versichert, fest verbarrikadiert hat), und es gelang uns nur unter großer Mühe und Anstrengung, sie hochzuheben.

Ein überwältigender Gestank stieg aus der Dunkelheit zu uns herauf, nicht unähnlich dem, der das verlassene Dorf jenseits des Royal River durchzogen hatte. Die Kerze in meiner Hand warf ihr Licht auf eine steile Treppe, die hinunter in tiefe Schwärze führte. Die Stufen befanden sich in einem entsetzlichen Zustand – an einer Stelle fehlte eine ganz, und dort gähnte ein schwarzes Loch. Es war unschwer zu erkennen, wie die unglückliche Marcella hier möglicherweise ihr Ende gefunden hatte.

»Seien Sie vorsichtig, Mr. Boone!«, warnte mich Cal, und ich versicherte ihm, dass ich seinen Rat ganz bestimmt beherzigen würde, worauf wir uns an den Abstieg machten.

Der Boden bestand aus Erde, die Wände waren aus hartem Granit. Es war kaum feucht hier unten, und der Keller sah ganz und gar nicht nach einem Paradies für Ratten aus, denn es gab nichts von der Art von Dingen, in denen Ratten gern ihre Nester bauen, wie alte Schachteln, ausrangierte Möbelstücke, Stapel von Papier und derlei. Wir hoben unsere Kerzen höher und gewannen so einen kleinen Lichtkreis, konnten aber immer noch recht wenig sehen. Der Boden fiel allmählich ab und schien unter dem großen Wohnzimmer und dem Esszimmer herzulaufen – das heißt, nach Westen. Dies war die Richtung, in die wir gingen. Alles war totenstill. Der Gestank in der Luft wurde zusehends intensiver, und die Dunkelheit um uns herum schien dicht wie Watte, als sei sie neidisch auf das Licht, das ihr nun nach so vielen Jahren unbestrittener Herrschaft vorübergehend die Macht nahm.

Auf der anderen Seite wurden die Granitwände von poliertem Holz abgelöst, das absolut schwarz und ohne jede reflektierende Eigenschaft zu sein schien. Hier endete der Keller in einer Art Alkoven, der sich an den Hauptraum anschloss. Er war in einem Winkel angelegt, der es einem unmöglich machte, in ihn hineinzusehen, ohne um die Ecke zu treten.

Das taten Calvin und ich nun.

Es war, als ob sich ein böses Gespenst dieser bedrückenden und finsteren Vergangenheit vor uns erhoben hätte. In diesem Alkoven stand ein einzelner Stuhl, und über ihm hing von einer Öse in einem der starken Deckenbalken eine vermoderte Schlinge herab.

»Hier also hat er sich erhängt«, murmelte Cal. »Mein Gott!«

»Ja ... und die Leiche seiner Tochter lag hinter ihm, am Fuß der Treppe.«

Cal setzte zu einer Bemerkung an; dann sah ich, wie sein Blick auf einen Punkt hinter mir herumfuhr, und seine Worte verwandelten sich in einen Schrei.

Wie kann ich den Anblick beschreiben, Bones, der sich unseren Augen bot? Wie kann ich dir die grässlichen Bewohner schildern, die unsere Mauern beherbergen?

Die andere Wand schwang zurück, und aus der Dunkelheit dahinter tauchte ein Gesicht auf – ein Gesicht mit Augen, die so schwarz waren wie der Styx. Der Mund war zu einem zahnlosen, qualvollen Grinsen aufgerissen, und eine gelbe, verweste Hand streckte sich uns entgegen. Es stieß einen grässlichen, quäkenden Laut aus und machte einen schlurfenden Schritt in unsere Richtung. Das Licht meiner Kerze fiel auf –

Und jetzt sah ich den bläulichen Abdruck eines Stricks um seinen Hals!

Dahinter rührte sich plötzlich noch etwas, eine Kreatur,

von der ich bis zu jenem Tag träumen werde, an dem alle Träume aufhören: ein Mädchen mit einem bleichen, vermoderten Gesicht, das zu einem Totengrinsen verzogen war und dessen Kopf in einem wahnwitzigen Winkel auf ihren Schultern saß.

Sie wollten uns; ich weiß es. Und ich weiß, dass sie uns in die Dunkelheit gezerrt und zu den ihren gemacht hätten, wenn ich nicht meine Kerze genau auf das Wesen in der Öffnung geschleudert hätte, und den Stuhl unter der Schlinge hinterher.

Was dann folgte, ist ein dunkles Wirrwarr. Mein Geist hat sich davor verschlossen. Ich erwachte, wie ich schon sagte, in meinem Zimmer, mit Cal an meiner Seite.

Wenn ich könnte, würde ich im Nachthemd, mit fliegenden Schößen, aus diesem Haus des Schreckens fliehen. Aber ich kann nicht. Ich bin eine Figur in einem tieferen, noch finsteren Drama geworden. Frage mich nicht, woher ich es weiß; ich weiß es einfach. Mrs. Cloris hatte Recht, als sie davon sprach, dass Blut Blut ruft; und wie furchtbar Recht hatte sie auch, als sie von jenen sprach, die *wachen,* und jenen, die *hüten.* Ich fürchte, dass ich eine Macht geweckt habe, die ein halbes Jahrhundert in dem finsteren Dorf Salem's Lot geschlafen hat, eine Macht, die meine Vorfahren getötet und sie wie *Nosferatu,* der Untote, zu ihren unseligen Sklaven gemacht hat. Aber ich hege noch viel schlimmere Befürchtungen, Bones, doch noch kenne ich erst einen Teil. Wenn ich nur wüsste ... wenn ich nur alles wüsste.

CHARLES.

Postskriptum – Ich schreibe dies nur für mich auf, denn wir sind von Preacher's Corners isoliert. Ich wage mit einem Mal nicht, dorthin zu gehen, und Calvin will mich nicht allein lassen. Vielleicht, wenn Gott gnädig ist, erreicht dich dieser Brief irgendwie.

C.

(Aus dem Tagebuch von Calvin McCann)

23. Oktober '50

Er ist heute kräftiger; wir haben kurz über die *Erscheinungen* im Keller gesprochen und sind beide einer Meinung, dass sie weder Halluzinationen noch *übersinnliche* Erscheinungen, sondern *real* gewesen sind. Ob Mr. Boone, wie ich, glaubt, dass sie verschwunden sind? Vielleicht; die Geräusche sind jedenfalls verstummt. Doch noch ist alles finster und bedrohlich, in einen dunklen Mantel gehüllt. Es scheint, als warteten wir in der trügerischen Ruhe vor dem Sturm ...

Habe in einem der oberen Schlafzimmer einen Stapel Papiere gefunden, die in der untersten Schublade eines alten Rollpults lagen. Einige Briefe und quittierte Rechnungen bringen mich zu dem Schluss, dass dies das Zimmer von Robert Boone gewesen sein muss. Der interessanteste Fund aber sind ein paar Notizen auf der Rückseite einer Anzeige für Biberpelzmützen für Herren. Zuoberst steht:

Selig die Demütigen.

Darunter steht Folgendes, das augenscheinlich keinen Sinn ergibt:

s k l d g h i e d m m h t s g a n
e e m i o d r e r e s ü a i d e d

Ich glaube, dass dies der Schlüssel für das verschlossene und chiffrierte Buch in der Bibliothek ist. Der Code ist tatsächlich einfach und wurde im Unabhängigkeitskrieg benutzt. Wenn man die »Nullen« aus der zweiten Notiz streicht, erhält man dies hier:

s l g i d m t g n
e i d e e ü i e

Liest man die beiden Zeilen nach unten und oben statt waagerecht, kommt man auf das ursprüngliche Zitat aus den Seligpreisungen.

Bevor ich dies Mr. Boone zeigen kann, muss ich erst wissen, was in dem Buch steht ...

24. Oktober 1850

Lieber Bones,
etwas Überraschendes ist passiert: Cal, der ja immer so lange schweigt, bis er seiner absolut sicher ist (ein seltener und bewundernswerter Charakterzug!), hat das Tagebuch meines Großvaters Robert gefunden. Die Aufzeichnungen waren in einem Code geschrieben, den Cal selbst entschlüsselt hat. Er behauptet in seiner Bescheidenheit, dass er die Entdeckung nur einem Zufall zu verdanken habe, aber ich vermute eher, dass die Lösung mehr auf Ausdauer und harte Arbeit zurückzuführen ist.

Wie auch immer, welch ein düsteres Licht wirft es auf unsere Geheimnisse hier!

Der erste Eintrag stammt vom 1. Juni 1789, der letzte vom 27. Oktober 1789 – vier Tage vor der Katastrophe in Jerusalem's Lot, von der Mrs. Cloris gesprochen hat. Das Buch erzählt die Geschichte einer wachsenden Besessenheit – nein, Wahnsinn – und macht in schrecklicher Weise die Verbindung zwischen Großonkel Philip, Jerusalem's Lot und dem Buch deutlich, das in jener entweihten Kirche ruht.

Das Dorf ist laut Robert Boone älter als Chapelwaite (das 1782 erbaut wurde) und Preacher's Corners (das damals den Namen Preacher's Rest trug und 1741 gegründet wurde); es wurde 1710 von einer Splittergruppe des puritanischen Glaubens gegründet, eine Sekte, deren Oberhaupt ein streng religiöser Fanatiker namens James Boon war. Wie überrascht ich war, als ich diesen Namen las! Ich glaube, es gibt kaum einen Zweifel daran, dass dieser Boon mit meiner Familie verwandt ist. Mrs. Cloris hatte absolut Recht mit ihrer abergläubischen Behauptung, dass die familiäre Blutlinie in diesem Fall von entscheidender Bedeutung ist, und ich denke mit Entsetzen an ihre Antwort auf meine Frage nach Philip und *seiner* Verbindung zu Salem's Lot zurück. »Eine der Blutsverwandtschaft«, hatte sie gesagt, und ich fürchte, dass es tatsächlich so ist.

Es entstand eine feste Niederlassung um die Kirche herum, in der Boon predigte – oder Hof hielt. Mein Großvater deutet an, dass er auch mit einer Reihe von Damen der Gemeinde Verkehr hatte und ihnen versicherte, dass dies Gottes Weg und Wille sei. Als Folge davon entwickelte sich die Gemeinde zu einer Anomalie, wie es sie nur in jenen isolierten und merkwürdigen Tagen gegeben haben konnte, als der Glaube an Hexen und die Jungfrauengeburt Hand in Hand existierten: ein durch Inzucht weit gehend degeneriertes Dorf, das von einem halb verrückten Prediger beherrscht wurde, dessen beide Evangelien die Bibel und de Goudges unseliges Buch *Wohnsitz der Dämonen* waren; eine Gemeinde, in der regelmäßig die Riten des Exorzismus abgehalten wurden; eine Gemeinde des Inzests, des Wahnsinns und der Missgeburten, die jene Sünde so häufig begleiten. Ich vermute (was wohl auch Robert Boone vermutet hat), dass einer von Boons unehelichen Nachkommen Jerusalem's Lot verlassen hat (oder heimlich fortgeschafft worden ist), um sein Glück im Süden zu suchen – und so unsere jetzige Linie begründet hat. Nach dem, was mir von meiner Familie bekannt ist, soll unsere Sippe aus jenem Teil von Massachusetts stammen, der jüngst der souveräne Staat Maine geworden ist.

Mein Urgroßvater, Kenneth Boone, wurde infolge des damals florierenden Pelzhandels zum reichen Mann. Mit seinem Geld, das im Laufe der Zeit und durch kluge Investitionen weiter vermehrt wurde, wurde dieser Familiensitz 1763, lange nach seinem Tod, gebaut. Es waren seine Söhne, Philip und Robert, die Chapelwaite bauten. *Blut ruft Blut,* hat Mrs. Cloris gesagt. Könnte es sein, dass Kenneth der Sohn von James Boon war, der vor dem Wahnsinn seines Vaters und des Dorfes floh, nur damit dann seine Söhne, die von all dem nichts wussten, *keine zwei Meilen vom Ursprung der Boones entfernt* den Familiensitz der Boones bauten? Wenn dies so ist, scheint es dann nicht so, dass uns eine mächtige und unsichtbare Hand geleitet hat?

Laut Roberts Tagebuch war James Boon 1789 bereits uralt – und das muss er tatsächlich gewesen sein. Angenommen, er war fünfundzwanzig, als das Dorf gegründet wurde, dann müsste er damals einhundertvier gewesen sein, ein ungewöhnliches Alter. Das Folgende ist wörtlich aus Robert Boones Tagebuch zitiert:

4. August 1789

Heute bin ich zum ersten Mal diesem Mann begegnet, von dem mein Bruder so gefährlich gefesselt ist; ich muss zugeben, dass von diesem Boon eine starke Anziehungskraft ausgeht, die mich in höchstem Maße beunruhigt. Er ist wahrhaft ein Alter, mit weißem Bart und bekleidet mit einer schwarzen Soutane, die mir irgendwie obszön vorkam. Noch beunruhigender aber war die Tatsache, dass er von Frauen umgeben war, so wie ein Sultan von seinem Harem; P. hat mir versichert, dass er noch aktiv sei, obwohl er mindestens achtzig sein muss ...

Das Dorf selbst hatte ich erst ein einziges Mal zuvor besucht, und ich werde es auch nicht wieder besuchen; seine Straßen sind still und erfüllt von der Angst, die der alte Mann von seiner Kanzel verbreitet. Ich fürchte auch, dass sich Gleiches mit Gleichem fortgepflanzt hat, da sich so viele der Gesichter ähnlich sind. Wohin ich mich auch wandte, immer glaubte ich, mich dem Gesicht des alten Mannes gegenüberzusehen ... sie sind alle so blass, so stumpfsinnig, als seien sie aller Lebenskraft beraubt. Ich bin Kindern ohne Augen und ohne Nase begegnet, Frauen, die weinten und lallten und ohne Grund zum Himmel hinaufzeigten und die wirres Zeug aus der Bibel und über Dämonen redeten ...

P. wollte, dass ich zum Gottesdienst blieb, aber der Gedanke an jenen finsteren Alten auf der Kanzel vor der von Inzucht gezeichneten Bevölkerung dieses Dorfes stieß mich ab, und ich entschuldigte mich unter einem Vorwand ...

Die Einträge vor und nach diesem Zitat berichten von Philips wachsender Faszination von James Boon. Am 1. September 1789 wurde Philip getauft und als Mitglied in James Boons Kirche aufgenommen. Sein Bruder schreibt: »Ich bin sprachlos vor Erstaunen und Entsetzen – mein Bruder hat sich vor meinen eigenen Augen verändert –, es scheint sogar, dass er allmählich dem abscheulichen Mann ähnlich wird.«

Das Buch wird erstmalig am 23. Juli erwähnt. Robert bezieht sich im Eintrag von diesem Tag nur kurz darauf: »P. kam heute Abend mit, wie ich fand, einem ziemlich verstörten Ausdruck aus dem kleineren Dorf zurück. Wollte nicht sprechen, bis es Schlafenszeit war. Dann erklärte er, dass sich Boon nach einem Buch mit dem Titel *Die Geheimnisse des Wurms* erkundigt habe. Um P. einen Gefallen zu tun, habe ich ihm versprochen, eine Anfrage wegen des Buchs an Johns & Goodfellow zu schicken; P. ist fast hündisch dankbar.«

Am 12. August diese Notiz: »Bekam heute zwei Briefe mit der Post ... einen von Johns & Goodfellow. Das Buch, für das sich P. interessiert, ist ihnen bekannt. Es existieren nur fünf Exemplare von ihm in diesem Land. Der Brief ist relativ kühl. Wirklich merkwürdig, wo ich Henry Goodfellow schon seit so vielen Jahren kenne.«

13. August

P. wahnsinnig aufgeregt über Goodfellows Brief; will nicht sagen, warum. Meinte nur, dass Boon *außerordentlich viel* daran läge, ein Exemplar zu bekommen. Kann mir nicht vorstellen, warum, da es sich dem Titel nach anscheinend nur um eine harmlose Abhandlung über Gartenbau handelt ...

Mache mir Sorgen wegen Philip; er wird mir mit jedem Tag fremder. Ich wünsche, wir wären nicht nach Chapelwaite zurückgekehrt. Der Sommer ist heiß, drückend und erfüllt von düsteren Vorzeichen ...

Robert erwähnt das infame Buch nur noch zwei Mal in seinem Tagebuch (offensichtlich hat er bis zuletzt dessen wirkliche Bedeutung nicht erkannt). Aus dem Eintrag vom 4. September:

Ich habe Goodfellow gebeten, als P.s Vermittler in der Kaufsache zu fungieren, obwohl mich mein gesunder Verstand laut davor warnt. Was nützen alle Bedenken? Hat er nicht eigenes Geld, wenn ich mich weigern würde? Außerdem habe ich Philip das Versprechen abringen können, als Gegenleistung diese unselige Taufe zu widerrufen ... aber er ist so hektisch, fast fieberhaft; ich traue ihm nicht. Ich bin völlig ratlos ...

Und schließlich, am 16. September:

Das Buch ist heute eingetroffen, mit einem Brief von Goodfellow, in dem er mir mitteilt, dass er keine Geschäfte mehr mit mir machen wolle ... P. war über alle Maßen erregt; riss mir das Buch einfach aus den Händen. Es ist in einem Mischmasch aus Latein und einer Runenschrift geschrieben, die ich nicht lesen kann. Es kam mir fast warm vor, als ich es anfasste, und schien in meinen Händen zu vibrieren, als ob es eine gewaltige Macht enthielte ... Ich erinnerte P. an sein Versprechen, die Taufe zu widerrufen, doch er stieß nur ein hässliches, irres Lachen aus, schwenkte das Buch vor meinem Gesicht herum und schrie immer wieder: »Wir haben es! Wir haben es! Der Wurm! Das Geheimnis des Wurms!«

Er ist jetzt fort, ich nehme an, zu seinem verrückten Meister, und ich habe ihn heute noch nicht wiedergesehen ...

Das Buch wird danach nicht mehr erwähnt, aber ich habe gewisse Schlussfolgerungen gezogen, die zumindest wahrscheinlich scheinen. Erstens, dass dieses Buch, wie Mrs. Cloris gesagt hat, der Grund für den Streit zwischen Robert und Philip war; zweitens, dass es eine Quelle böser Zauberei ist und möglicherweise druidischen Ursprungs (viele der druidischen Blutrituale wurden von den Römern, die Britannien eroberten, im Namen der Wissenschaft schriftlich festgehalten); und drittens, dass Boon und Philip die Absicht hatten, das Buch für ihre Zwecke zu benutzen. Vielleicht hatten sie auf irgendeine verdrehte Weise Gutes im Sinn, aber ich bezweifle es. Ich glaube, dass sie sich schon lange zuvor irgendwelchen anonymen Mächten, die hinter dem Rand des Universums existieren, verschrieben hatten; Mächte, die vielleicht außerhalb der Zeitstruktur existieren. Die letzten Einträge in Robert Boones Tagebuch verleihen diesen Mutmaßungen einen düsteren Schein der Bestätigung, und ich möchte sie für sich sprechen lassen:

Ein entsetzliches Geschwätz heute in Preacher's Corners; Frawley, der Schmied, ergriff mich am Arm und wollte wissen, »was Ihr Bruder und dieser verrückte Antichrist da oben vorhaben«. Frömmler Randall redet von *Zeichen* am Himmel, die ein *großes, nahe bevorstehendes Unglück* ankündigen. Es ist ein Kalb mit zwei Köpfen geboren worden.

Was mich betrifft, so weiß ich nicht, was bevorsteht; vielleicht, dass mein Bruder wahnsinnig wird. Sein Haar ist praktisch über Nacht grau geworden, und seine Augen sind große, blutunterlaufene Kreise, aus denen das wohltuende Licht eines gesunden Geistes gewichen zu sein scheint. Er grinst und flüstert vor sich hin und hat, aus einem Grund, der nur ihm bekannt ist, angefangen, in unseren Keller hinunterzusteigen, wenn er nicht in Jerusalem's Lot ist.

Die Ziegenmelker sammeln sich um das Haus und auf dem Rasen; ihre vereinten Rufe aus dem Nebel vermischen sich mit dem Donnern des Meeres zu einem schauerlichen Kreischen, das jeden Gedanken an Schlaf ausschließt.

27. Oktober 1789

Bin heute Abend P. gefolgt, als er sich auf den Weg nach Jerusalem's Lot machte, wobei ich genügend Abstand hielt, um nicht entdeckt zu werden. Die verfluchten Ziegenmelker flogen in Schwärmen durch den Wald und erfüllten die Luft mit einem tödlichen, unheilvollen Gesang. Ich wagte nicht, die Brücke zu überschreiten; der Ort lag völlig im Dunkeln, mit Ausnahme der Kirche, die von einem geisterhaften, rötlichen Leuchten erhellt wurde, das die hohen, spitzen Fenster in die Augen der Hölle verwandelte. Stimmen hoben und senkten sich in einer Satanslitanei, manchmal erklang Lachen, manchmal Schluchzen. Der Boden unter meinen Füßen schien zu ächzen und sich zu heben, als trüge er ein schreckliches Gewicht, und ich floh, verwirrt und voller Entsetzen; die höllischen, kreischenden Schreie der Ziegenmelker klangen schrill in meinen Ohren, als ich durch den von Schatten erfüllten Wald rannte.

Alles strebt dem Höhepunkt zu, den ich noch nicht kenne. Ich wage nicht zu schlafen, aus Angst vor den Träumen, die kommen, aber ich will auch nicht wach bleiben, aus Angst vor dem Schrecklichen, das vielleicht kommt. Die Nacht ist voll gräulicher Geräusche, und ich fürchte –

Und doch drängt es mich, wieder hinauszugehen, zu beobachten und zu *erfahren.* Es scheint, als ob Philip – und der alte Mann – mich rufen.

Die Vögel
verflucht verflucht verflucht

Hier endet das Tagebuch von Robert Boone.

Hast du bemerkt, Bones, dass er am Schluss davon spricht, dass Philip selbst ihn zu rufen schien? Meine Schlussfolgerung basiert auf diesen Zeilen, auf dem, was Mrs. Cloris und die anderen gesagt haben, aber in erster Linie auf den Horrorwesen im Keller, die tot sind und dennoch leben. Unsere Linie ist eine unselige, Bones. Ein Fluch liegt auf uns, der sich nicht begraben lassen will; er lebt ein schreckliches Schattenleben in diesem Haus und jenem Dorf. Und wieder hat der Zyklus seinen Höhepunkt fast erreicht. Ich bin der Letzte vom Blute der Boones. Ich fürchte, dass etwas dies weiß und dass ich mich inmitten eines bösen Bestrebens befinde, das sich mit dem gesunden Verstand nicht fassen lässt. Der Tag der Wiederkehr ist der Abend von Allerheiligen, das ist heute in einer Woche.

Wie soll ich weiter verfahren? Wärst du nur hier bei mir, um mir Rat zu geben und mir zur Seite zu stehen! Wärst du doch nur hier!

Ich muss alles wissen; ich muss zu dem verlassenen Dorf zurückgehen. Möge Gott mir beistehen!
CHARLES.

(Aus dem Tagebuch von Calvin McCann)

25. Oktober '50
Mr. Boone hat fast den ganzen Tag geschlafen. Sein Gesicht ist blass und schmal. Ich fürchte, dass ein Wiederauftreten des Fiebers unvermeidlich ist.

Als ich seine Wasserkaraffe mit frischem Wasser auffüllte, entdeckte ich zwei Briefe an Mr. Granson in Florida. Er hat vor, nach Jerusalem's Lot zurückzugehen; es wird sein Tod sein, wenn ich es zulasse. Ob ich es wagen kann, heimlich nach Preacher's Corners zu gehen und einen Wagen zu mieten? Ich muss, was aber, wenn er erwacht? Wenn ich bei meiner Rückkehr entdecken müsste, dass er fort ist?

Die Geräusche in unseren Wänden haben wieder angefangen. Gott sei Dank schläft er noch! Mein Geist schreckt zurück vor dem Gedanken daran, was sie bedeuten.

Später
Ich habe ihm auf einem Tablett sein Abendessen gebracht. Er hat vor, später aufzustehen, und ich weiß, was er plant, trotz seiner vielen Ausflüchte. Dennoch werde ich nach Preacher's Corners gehen. Ich habe bei meinen Sachen noch ein paar der Schlafmittel, die er während seiner jüngsten Krankheit verschrieben bekommen hat; er hat eins davon ahnungslos mit dem Tee zu sich genommen. Jetzt schläft er wieder.

Der Gedanke, ihn mit den Wesen allein zu lassen, die hinter unseren Wänden rumoren, beängstigt mich, doch der Gedanke, ihn noch einen Tag länger innerhalb dieser Wände zu lassen, beängstigt mich noch viel mehr. Ich habe ihn eingeschlossen.

Gott gebe, dass er dort immer noch liegt und schläft, wenn ich mit dem Wagen zurückkehre!

Noch später

Gesteinigt! Sie haben mich gesteinigt wie einen wilden, tollwütigen Hund! Diese Monster, diese Teufel, die sich *Menschen* nennen. Wir sind Gefangene hier –

Die Vögel, die Ziegenmelker, haben angefangen, sich zu sammeln.

26. Oktober 1850

Lieber Bones,
der Abend bricht bald herein, und ich bin soeben aufgewacht, nachdem ich die letzten vierundzwanzig Stunden fast ganz verschlafen habe. Obwohl Cal nichts gesagt hat, vermute ich, dass er mir ein Schlafpulver in den Tee gegeben hat, weil er wusste, was ich vorhatte. Er ist ein guter und treuer Freund, der nur das Beste für mich will, und deshalb werde ich nichts sagen.

Mein Entschluss steht jedoch fest. Morgen ist der Tag. Ich bin ruhig und entschlossen, aber ich meine auch, wieder den tückischen Beginn des Fiebers zu spüren. Wenn es so ist, dann muss es *morgen* geschehen. Vielleicht wäre es heute Abend noch besser, doch nicht einmal das Feuer der Hölle selbst könnte mich dazu bewegen, nach Anbruch der Abenddämmerung noch einen Fuß in jenes Dorf zu setzen.

Sollte ich nicht mehr schreiben, möge Gott dich segnen und beschützen.

CHARLES.

Postskriptum – Die Vögel haben ihr Geschrei begonnen,

und auch die fürchterlichen schlurfenden Geräusche haben wieder angefangen. Cal glaubt, ich würde es nicht hören, aber ich höre es doch.

C.

(Aus dem Tagebuch von Calvin McCann)

27. Oktober '50, *5 Uhr morgens*

Er will sich nicht von seinem Entschluss abbringen lassen. Also gut. Ich werde mit ihm gehen.

4. November 1850

Lieber Bones,

bin schwach, doch geistig klar. Ich bin mir nicht sicher, welches Datum wir heute haben, aber nach dem Stand der Gezeiten und dem Sonnenuntergang in meinem Kalender müsste es stimmen. Ich sitze an meinem Schreibtisch, von wo aus ich dir zum ersten Mal aus Chapelwaite geschrieben habe, und schaue auf die dunkle See hinaus, über der die letzten Lichtstrahlen rasch schwächer werden. Ich werde nie wieder die Sonne sehen. Heute ist meine Nacht; ich werde sie den Schatten überlassen, die da sind.

Wie das Meer gegen die Felsen schlägt! Es schleudert Wolkenfetzen aus Wasserschaum hoch in den dunkler werdenden Himmel und lässt den Boden unter meinen Füßen erzittern. Im Fensterglas sehe ich mein Spiegelbild, das Gesicht blass wie das eines Vampirs. Seit dem siebenundzwanzigsten Oktober bin ich ohne Nahrung und wäre auch ohne Wasser gewesen, hätte Cal nicht an jenem Tag die Karaffe neben mein Bett gestellt.

Oh, Cal! Er ist nicht mehr, Bones. Er ist an meiner Stelle gestorben, an der Stelle dieses armen Teufels mit zündholzdürren Armen und einem Totenschädel, dessen Spiegelbild das dunkle Glas zurückwirft. Und doch ist er vielleicht der Glücklichere von uns beiden, denn ihn quälen keine Albträume, wie sie mich in den letzten Tagen gepeinigt haben – merkwürdige, verzerrte Formen und Gestalten, die in den Traumkorridoren des Deliriums lauern. Auch jetzt zittert meine Hand; ich habe die Seite mit Tintenflecken beschmiert.

Calvin stellte mich an jenem Morgen, gerade als ich mich davonschleichen wollte, zur Rede – und ich hatte gedacht, ich wäre so schlau gewesen. Ich hatte ihm erklärt, ich sei zu dem Schluss gelangt, dass wir abreisen müssten, und ihn gebeten, nach Tandrell zu gehen, das ungefähr zehn Meilen entfernt liegt und wo wir nicht so bekannt waren, um einen Einspänner zu mieten. Er war einverstanden, und ich sah ihm nach, wie er über die Küstenstraße davonging. Als er außer Sicht war, machte ich mich rasch fertig, zog Mantel und Schal über (denn das Wetter war frostig geworden; in der scharfen Brise jenes Morgens lag der erste Hauch des bevorstehenden Winters). Für einen kurzen Augenblick wünschte ich mir, jetzt ein Gewehr zu haben, doch dann musste ich über meinen Wunsch lachen. Was nützt schon ein Gewehr in einer solchen Sache?

Ich verließ das Haus durch die Vorratskammer. Draußen blieb ich noch einmal stehen, um einen letzten Blick auf das Meer und den Himmel zu werfen; um noch einmal frische Luft einzuatmen, denn schon sehr bald würde sie von jenem grässlichen Gestank abgelöst werden; um eine Möwe zu betrachten, die suchend unter den Wolken kreiste.

Ich drehte mich um – und sah mich Calvin McCann gegenüber.

»Sie gehen nicht allein«, sagte er, und ich habe sein Gesicht noch nie so entschlossen gesehen wie in diesem Moment.

»Aber Calvin –«, begann ich.

»Nein, kein Wort mehr! Wir gehen zusammen und tun zusammen, was getan werden muss, oder ich bringe Sie mit Gewalt ins Haus zurück. Sie sind nicht gesund, und Sie dürfen nicht allein gehen.«

Ich kann unmöglich den Widerstreit der Gefühle beschreiben, die sich meiner bemächtigten: Verwirrung, Verstimmung, Dankbarkeit – doch das stärkste von allen war Liebe.

Schweigend machten wir uns auf den Weg, vorbei an dem Gartenhaus und der Sonnenuhr und über die überwucherte Grenze des Besitzes in den Wald hinein. Alles war totenstill – kein einziger Vogel sang, und nicht einmal eine Waldgrille zirpte. Die Welt schien in einen Mantel des Schweigens gehüllt zu sein. Da war nur der allgegenwärtige Geruch nach Salz und ein ferner, schwacher Geruch nach Holzrauch. Der Wald war eine Schwelgerei in leuchtenden Farben, doch für mich schien Scharlachrot alles andere zu überdecken.

Bald war der Geruch nach Salz verschwunden, und seine Stelle nahm ein anderer, bedrohlicherer Geruch ein; jener Geruch der Fäulnis, den ich schon erwähnte. Als wir den Steg erreichten, der über den Royal führt, wartete ich darauf, dass Cal erneut versuchen würde, mir mein Vorhaben auszureden, doch er sagte nichts. Er blieb stehen, blickte auf jenen düsteren Kirchturm, der dem blauen Himmel über ihm zu spotten schien, und dann auf mich. Wir setzten unseren Weg fort.

Mit raschen, aber angsterfüllten Schritten näherten wir uns James Boons Kirche. Die Tür stand von unserem letzten Besuch noch ein Stück offen, und dahinter gähnte tiefe Finsternis. Als wir die Stufen hinaufstiegen, hatte ich das Gefühl, als würde mein Herz schwer wie Blei; meine Hand zitterte, als ich die Hand nach dem Griff ausstreckte und die Tür aufzog. Der Geruch, der uns aus dem Innern entgegenströmte, war intensiver und übler als je zuvor.

Wir betraten den dämmrigen Vorraum und begaben uns ohne zu zögern in den Hauptraum.

Ein Bild der Verwüstung bot sich uns.

Irgendetwas Gewaltiges war hier an der Arbeit gewesen und

hatte wild gewütet. Kirchenstühle waren umgestürzt und wie Mikadostäbchen übereinander geworfen worden. Das unselige Kreuz lag an der Ostwand, und ein gezacktes Loch im Putz zeugte von der Gewalt, mit der es durch die Luft geschleudert worden war. Die Öllampen waren heruntergerissen worden, und der Geruch nach Walöl vermischte sich mit jenem schrecklichen Gestank, der über dem Dorf lag. Und den Mittelgang hinunter lief, wie ein gespenstischer Hochzeitsteppich, eine schwarze Schleimspur, die von dunklen Blutfäden durchzogen war. Unsere Augen folgten ihr bis zur Kanzel – soweit wir sehen konnten, war sie allein von der Zerstörung ausgenommen worden. Auf ihr lag der Körper eines geschlachteten Lamms, das uns über jenes gotteslästerliche Buch hinweg aus glasigen Augen anstarrte.

»Mein Gott«, flüsterte Calvin.

Wir traten näher, wobei wir vermieden, mit dem Schleim auf dem Boden in Berührung zu kommen. Die Wände warfen das Geräusch unserer Schritte zurück und schienen sie in ein gigantisches Gelächter zu verwandeln.

Gemeinsam stiegen wir die Kanzel hinauf. Das Lamm war nicht aufgerissen und auch nicht angefressen; es sah eher so aus, als sei es so lange *gedrückt* worden, bis seine Adern gewaltsam geplatzt waren. Blut lag in dicken und ekelhaften Pfützen auf dem Pult selbst und an seinem Fuß ... *doch wo es auf dem Buch lag, war es durchsichtig, und man konnte die unleserlichen Runen erkennen, als sehe man durch farbiges Glas!*

»Müssen wir es anfassen?«, fragte Cal entschlossen.

»Ja. Ich muss es haben.«

»Was wollen Sie tun?«

»Was schon vor sechzig Jahren hätte getan werden sollen. Ich werde es vernichten.«

Wir rollten das tote Lamm von dem Buch herunter, und es schlug mit einem grässlichen, dumpfen Laut auf dem Boden auf. Die blutbesudelten Seiten schienen jetzt von einem eigenen roten Leuchten erfüllt.

In meinen Ohren begann es zu klingen und zu dröhnen; es schien, als ginge ein leiser Gesang von den Wänden aus. Der verwirrte Ausdruck in Cals Gesicht sagte mir, dass er das Gleiche hörte wie ich. Unter uns bebte der Boden, als wenn das, was in dieser Kirche wohnte, uns jetzt angreifen wollte, um das seine zu beschützen. Die Struktur des normalen Raums und der normalen Zeit schien sich zu verziehen und Risse zu bekommen; die Kirche schien von Geistern zu wimmeln und erfüllt vom ewigen, kalten Feuer der Hölle. Ich glaubte, James Boon zu sehen, ungestalt und abstoßend, wie er um den Körper einer auf dem Rücken liegenden Frau herumstolzierte, und dahinter meinen Großonkel Philip als Akoluth. Er trug eine schwarze Kapuze mit Soutane und hielt ein Messer und eine Schale in den Händen.

»Deum vobiscum magna vermis ...«

Die Worte zitterten und verzerrten sich auf der Seite vor mir, die mit dem Blut des Opfertieres getränkt war, das Loblied auf eine Kreatur, die irgendwo hinter den Sternen existiert ...

Eine blinde, durch Inzucht entstandene Gemeinde, die sich in einem dämonischen Lobgesang wiegt; entstellte Gesichter, die von einer gierigen, namenlosen Erwartung erfüllt sind ...

Und das Lateinische wurde von einer älteren Sprache abgelöst, einer Sprache, die schon uralt war, als Ägypten jung war und es die Pyramiden noch nicht gab, als diese Erde noch in einem formlosen, siedenden Firmament leeren Gases hing:

»Gyyagin vardar Yogsoggoth! Verminis! Gyyagin! Cyyagin! Gyyagin!«

Die Kanzel begann, sich zu bewegen, zu bersten, hob sich hoch ...

Calvin stieß einen Schrei aus und nahm den Arm hoch, um sein Gesicht zu schützen. Ein gewaltiges, unheilvolles Zittern durchlief den Narthex, als ob ein Schiff in einem Sturm unterging. Ich ergriff das Buch und hielt es von mir weg; es schien erfüllt von der Hitze der Sonne, und ich dachte, dass ich verglühen und geblendet werden müsste.

»Laufen Sie!«, schrie Calvin. »Laufen Sie weg!«

Doch ich stand da wie erstarrt, und die Gegenwart des Fremden erfüllte mich wie ein biblisches Werkzeug, das Jahre – ja Generationen – gewartet hatte.

»Gyyagin vardar!«, schrie ich. »Diener von Yogsoggoth, dem Namenlosen! Der Wurm von jenseits des Raums! Sternenesser! Blender der Zeit! Verminis! Die Stunde deines Erscheinens ist da, die Zeit ist gekommen! Verminis! Alyah! Gyyagin!«

Calvin versetzte mir einen Stoß, und ich stolperte. Die Kirche schien sich um mich zu drehen, und ich stürzte zu Boden, wobei ich mit dem Kopf gegen eine umgeworfene Kirchenbank schlug. Rotes Feuer erfüllte meinen Kopf – und schien mich gleichzeitig in die Wirklichkeit zurückzuholen.

Ich tastete nach den Schwefelhölzern, die ich mitgebracht hatte.

Ein unterirdisches Donnern erfüllte die Kirche. Putz fiel herunter. Die rostige Glocke im Turm schlug in Sympathieschwingung ein ersticktes Teufelscarillon an.

Mein Zündholz flammte auf. Genau in dem Augenblick, als ich es an das Buch hielt, barst die Kanzel auseinander und wurde in die Luft katapultiert. Darunter tauchte ein riesiges, schwarzes Maul auf, an dessen Rand Cal wankend stand, die Hände ausgestreckt, das Gesicht in einem wortlosen Schrei verzerrt, den ich auf ewig hören werde.

Und dann erhob sich eine gewaltige Woge von grauem, zitterndem Fleisch. Der Gestank wurde zum Albtraum. Aus der Öffnung unter der Kanzel quoll eine klebrige, geleeartige Masse, eine riesengroße und gräuliche Form, die direkt aus den Tiefen der Erde aufzusteigen schien. Und in einer plötzlichen, furchtbaren Erkenntnis begriff ich, was kein Mensch gewusst haben konnte: *nämlich dass es nur ein Ring, ein Segment eines Riesenwurms war, der Jahre in finsteren Kammern unter jener verfluchten Kirche sein Dasein geführt hatte!*

Das Buch in meinen Händen ging in Flammen auf, und das Wesen schien über mir einen lautlosen Schrei auszustoßen. Calvin wurde flüchtig getroffen und mit gebrochenem Genick wie eine Puppe durch die Kirche geschleudert.

Es verschwand – das Wesen zog sich zurück und hinterließ nur ein riesiges, zersplittertes Loch, das von schwarzem Schleim umgeben war. Noch einmal erklang ein lauter, quäkender Schrei, der in unvorstellbaren Fernen zu verhallen schien, und dann war es verschwunden.

Ich sah zu Boden. Das Buch war zu Asche verbrannt.

Ich fing an zu lachen und dann zu heulen wie ein geprügelter Hund.

Mein Verstand verließ mich; mit blutender Schläfe setzte ich mich auf den Boden und schrie und lallte in jene gottlosen Schatten, während Calvin, Arme und Beine von sich gestreckt, in der gegenüberliegenden Ecke lag und mich aus glasigen Augen, in denen noch sein Entsetzen zu sehen war, anstarrte.

Ich kann nicht sagen, wie lange ich in diesem Zustand da saß. Doch als ich wieder zur Besinnung kam, waren die Schatten um mich herum länger geworden, und ich fand mich im Dämmerlicht dort sitzen. Eine Bewegung hatte meine Aufmerksamkeit erregt, eine Bewegung in jenem Loch, das im Boden des Narthex war.

Eine Hand tastete über die geborstenen Holzplanken.

Mein irres Lachen erstickte mir in der Kehle. Alle Hysterie schmolz in betäubte Gefühllosigkeit.

Ganz langsam, entsetzlich langsam, zog sich eine verweste Gestalt aus der Dunkelheit empor, und ein Kopf, der teilweise nur noch aus nackten Knochen bestand, starrte mich an. Käfer krabbelten über die fleischlose Stirn. Eine vermoderte Soutane schlotterte um die halb verfaulten Schlüsselbeine. Nur die Augen lebten – rote Höhlen, aus denen mehr als bloßer Wahnsinn leuchtete, als sie mich anstarrten; in ihnen funkelte das eitle Leben der weglosen Öde hinter dem Rand des Universums.

Sie kam, um mich in die Dunkelheit hinunterzuzerren.

Ich floh schreiend und ließ den Leichnam meines lebenslangen Freundes unbeachtet an diesem Ort des Grauens zurück. Ich rannte, bis die Luft wie glühendes Magma in meinen Lungen und meinem Gehirn brannte. Ich rannte, bis ich dieses besessene und verfluchte Haus und mein Zimmer erreicht hatte, wo ich zusammenbrach und bis heute wie ein Toter gelegen habe. Ich rannte davon, weil ich sogar in meinem irren Zustand und obwohl jene tote und doch belebte Gestalt halb verwest war, *dennoch die Familienähnlichkeit bemerkt hatte.* Aber nicht mit Philip oder Robert, deren Porträts in der oberen Galerie hängen. *Jenes vermoderte Gesicht gehörte James Boon, dem Hüter des Wurms!*

Er lebt noch immer in den gewundenen, finsteren Gängen unter Jerusalem's Lot und Chapelwaite – und auch *Es lebt immer noch.* Die Zerstörung des Buches hat *Ihm* zwar eine Niederlage beigebracht, aber es existieren noch andere Exemplare.

Doch ich bin das Tor, und ich bin der Letzte vom Blute der Boones. Zum Wohl der ganzen Menschheit muss ich sterben ... und die Fesseln für immer brechen.

Ich gehe jetzt hinunter zum Meer, Bones. Meine Reise, wie meine Geschichte, ist hier zu Ende. Möge Gott euch beschützen und euch Seinen Frieden geben.

CHARLES.

Die merkwürdigen Briefe erreichten schließlich Mr. Everett Granson, an den sie adressiert waren. Es wird vermutet, dass Charles Boone infolge eines neuerlichen Anfalls jenes unseligen Gehirnfiebers, an dem er schon einmal, nach dem Tod seiner Frau 1848, gelitten hatte, den Verstand verloren und seinen Begleiter und langjährigen Freund, Mr. Calvin McCann, ermordet hat.

Die Einträge in Mr. McCanns Tagebuch sind faszinierende Fälschungen, die Charles Boone zweifellos selbst begangen hat in dem Bestreben, seine eigenen paranoiden Selbsttäuschungen zu untermauern.

In zumindest zwei Punkten aber lassen sich Charles Boones Ausführungen widerlegen. Erstens, als der Ort Jerusalem's Lot »wiederentdeckt« wurde (ich benutze den Ausdruck natürlich in historischem Sinn), war der Boden des Narthex zwar sehr wohl verrottet, wies aber keine Spuren einer Zerstörung oder größerer Beschädigungen auf.

Die alten Kirchenstühle waren *tatsächlich* umgestürzt und mehrere Fenster zerbrochen, doch dies ist aller Wahrscheinlichkeit nach das Werk von Vandalen aus den umliegenden Orten gewesen, die im Laufe der Jahre hier gewütet haben. Unter den älteren Bewohnern von Preacher's Corners und Tandrell kursieren immer noch haltlose Gerüchte über Jerusalem's Lot (vielleicht ist es eine solche harmlose Überlieferung gewesen, die Charles Boones Geist auf jenen fatalen Weg gebracht hat), aber sie sind offensichtlich kaum von irgendeiner Bedeutung.

Zum zweiten war Charles Boone nicht der Letzte seiner Linie. Sein Großvater, Robert Boone, hat wenigstens zwei uneheliche Söhne gezeugt.

Der eine starb bereits im frühen Kindesalter. Der zweite nahm den Namen Boone an und ließ sich in Central Fall, Rhode Island, nieder. Ich bin der letzte Nachkomme dieses Zweigs der Boone'schen Linie, ein Cousin dritten Grades von

Charles Boone. Diese Briefe befinden sich seit zehn Jahren in meinem Besitz.

Ich biete sie zur Veröffentlichung anlässlich meines Einzugs in den Familiensitz der Boones, Chapelwaite, an, in der Hoffnung, dass der Leser Verständnis für Charles Boones arme, irregeleitete Seele findet. Soweit ich es sagen kann, hatte er nur in einer Sache Recht: Dieses Haus benötigt dringend die Dienste eines Kammerjägers.

Den Geräuschen nach zu urteilen, müssen ein paar große Ratten in den Wänden ihr Unwesen treiben.

Unterzeichnet
James Robert Boone
2. Oktober 1971

Originaltitel: *Jerusalem's Lot*
Erstveröffentlichung: *Night Shift, 1978*
Aus dem Amerikanischen von *Barbara Heidkamp*

Entdeckung der Ghoorischen Zone

VON RICHARD A. LUPOFF

Sie – Gomati, Njord und Shoten – hatten Sex, als der Warngong ertönte. Der klingende, nachhallende Laut verkündete die erste Langstreckenerfassung ihres fernen Ziels, des zehnten solaren Planeten, dessen Existenz seit langem vermutet worden war, ohne dass man ihn bisher besucht hätte. Weit jenseits der exzentrischen Bahn des Pluto, fast sechzehn Milliarden Kilometer von der beinah unsichtbaren Sonne entfernt, umlief er sein Gestirn mit aberwitziger Geschwindigkeit, die gewaltige Masse in ewige Finsternis und unvorstellbare Kälte gehüllt.

Gomati war das weibliche Besatzungsmitglied. Hoch gewachsen wie sie war, maß sie fast zwei Meter vom seidenglatten Scheitel bis zu den Spitzen ihrer glänzenden Zehennägel, die aus einer Zinnlegierung bestanden. Als der Gong ertönte, brach sie in ein leises, hohes, perlendes Gelächter aus, so sehr erheiterte sie diese Absurdität, diese Kollision zwischen einer kosmischen und einer fleischlichen Begegnung.

Die Reise des Schiffes hatte auf dem Pluto begonnen, obwohl der neunte Planet zu jenem Zeitpunkt durch die Exzentrizität seiner Bahn in größerer Sonnennähe gewesen war als der Neptun. Nach seinem Bau in der nahezu vollkommenen Schwerelosigkeit von Neptuns winzigem Mond Nereide hatte man das Schiff Segment für Segment zum Pluto transportiert, wo es montiert, mit Dutzenden winziger biotischer Gehirne gecyborgt, mit seiner dreiköpfigen Crew bemannt und von der kraterübersäten Felsoberfläche gestartet worden war.

Njord, das männliche Besatzungsmitglied, fluchte; vom Radargong abgelenkt, ärgerte er sich über Gomatis Unaufmerksamkeit und fühlte sich durch ihre Belustigung und ihren Rückzug von Shoten und ihm gedemütigt. Er spürte, wie sein Organ erschlaffte, und einen Augenblick lang bedauerte er, seinen organischen Phallus und seine Gouaden beibehalten zu haben – eine Entscheidung, die den Cyborging-Operationen seines späten Jugendalters vorausgegangen war. Eine gecyborgte Ausstattung hätte sich unter den gegebenen Umständen als potenter, als beständiger erwiesen, doch im Stolz des Pubertierenden hatte er auch die entfernte Möglichkeit bestritten, er könne jemals einer ungewollten Abschwellung unterliegen.

Durch den Impuls, den der felsige Pluto dem Schiff mitgeteilt hatte, während er in einem Winkel von fast achtzehn Grad zur Ekliptik aufstieg, war es geradezu von der Sonne wegkatapultiert worden; es umschwang den Neptun, sandte dem Trabanten seiner Geburt im Vorbeiflug einen Abschiedsgruß in Form von Kurskorrektur-Emissionen, dann stürzte es sich, durch Gravitation und Bewegung des Gasriesen pfeilschnell geworden, ins schwarze Unbekannte.

Jetzt erteilte Shoten, von allen Besatzungsmitgliedern am ausgiebigsten gecyborgt, einen mentalen Befehl. Das Bewusstsein der biotischen Navigationsgehirne beschäftigte sich daraufhin mit den Messwerten der Langstreckenortung, die die Position des fernen Objekts darlegten. Die Werte bestätigten die vermutete Natur des erfassten Himmelskörpers: seine große Masse, seinen gewaltigen Abstand selbst zum Aphelium der Plutobahn, das fast acht Milliarden Kilometer von der Sonne entfernt liegt. Er umlief die Sonne in einem Abstand, der doppelt so groß war wie Plutos höchste Entfernung vom Masseschwerpunkt des Sonnensystems.

Das Schiff – das zu Ehren einer alten Himmelsgottheit auf den Namen *Khons* getauft war – verfügte über genügend Vorräte zur Lebenserhaltung der drei Besatzungsmitglieder sowie über genug Treibstoff und Energiereserven für die komplette Reise systemauswärts, die geplante Landung auf dem fernen Planeten, für Neustart, Rückreise und Landung – diesmal nicht auf dem Pluto, der bei der Rückkehr *Khons'* weit oberhalb der solaren Ekliptik und jenseits der Neptunbahn stehen würde, sondern auf dem großen Neptunmond Triton, wo eine Empfangsbasis errichtet worden war, noch bevor *Khons* die Entdeckungsreise begonnen hatte.

Was Njord betraf, so grummelte er unhörbar vor sich hin und wünschte, er wüsste, welches Geschlecht Shoten Binayakya vor dem Cyborging gehabt hatte – obwohl das völlig belanglos war. Njord Freyr, auf der Erde im Laddino-Imperium gebürtig, war ein Mann geblieben, auch wenn er sich den allseits üblichen Implantationen, Ausschneidungen und Modifikationen unterzogen hatte, die mit dem Cyborging gegen Ende der Pubertät einhergingen.

Sri Gomati, die aus dem Khmerischen Gondwanaland stammte, besaß in Anordnung und Funktion noch immer weibliche primäre Geschlechtsmerkmale, obwohl sie sich für eine Substitution durch metallene Schamlippen und Klitoris entschieden hatte, welche Njord Freyr zuweilen als irritierend empfand.

Doch Shoten, Shoten Binayakya, war mit multiplen, konfigurierbaren Geschlechtsteilen ausgestattet und blieb den beiden anderen ein Rätsel; niemals äußerte er oder sie sich zu seiner oder ihrer Herkunft: Zwar behauptete er oder sie, auf der Erde geboren zu sein, bekannte sich jedoch weder wie Njord Freyr zum Laddino-Imperium, das von Yamm Kerit ben Chibcha regiert wurde, noch zum Khmerischen Gondwanaland unter der Herrschaft von Nrishima, des Kleinen Löwen, dem Sri Gomatis Loyalität gehörte.

»Endlich«, krächzte Njord. »Also verkündet der große Planet endlich seine Existenz.« Er schnitt ein Gesicht, als vollautomatische Materie-Rückgewinnungs-Servos umherzuhuschen begannen, und vergeblich nach wiederverwertbaren Proteiden suchten, die womöglich vom abgebrochenen Geschlechtsverkehr übrig geblieben waren.

Mit rätselhaft glitzernden, versilberten Cyberaugen wandte sich Sri Gomati dem verärgerten Njord und dem oder der undeutbaren Shoten zu. »Kannst du es schon sehen?«, fragte sie. »Erhältst du eine optische Erfassung?«

Shoten Binayakya streckte eine Cyberklaue vor und drückte den Schalter eines visuellen Bindeglieds. Biotische Gehirne, programmiert, allen Besatzungsmitgliedern zu gehorchen, aktivierten das Glied und lenkten es zu einem glänzenden Schnittstellenareal. Das schimmernde Abschirmfeld kroch beiseite; Eingabebuchsen öffneten sich, bereit für die Aufnahme fiberoptischer Lichtleiter.

Ein Klicken, dann Stille.

T68/A37/S22/FLASH

Die Krönung von Yamm Kerit ben Chibcha war an Glanz nicht zu übertreffen. Nie zuvor hatte Südpol-Jerusalem solche Herrlichkeit erlebt, eine solche Zurschaustellung von Prunk und Macht. Tausende nackter, vergoldeter, mit Juwelen und Federn geschmückter Sklaven paradierten auf der breiten Prachtstraße vor dem Kaiserlichen Palast. Mit Seilen, aus Goldfäden und Weizmannium-Fasern geflochten, zogen sie funkelnde Ungetüme hinter sich her. Springbrunnen versprühten parfümierten Wein. Die Schatzmeister warfen aus vollen Händen Xanthit-Schekel in die jubelnde Menge.

Den Höhepunkt des Spektakels bildete der Marsch der Anthrocyberfanten – prächtige mutierte Elefanten, deren Kleinhirn man bei der Geburt entfernte und durch menschliches, aus Klonzellen kultiviertes Hirngewebe ersetzte; die größten Wissenschaftler, Gelehrten und Intellektuellen in Yamm Kerit ben Chibchas Reich hatten die Zellen (manchmal unfreiwillig) gespendet. Waren die Anthrocyberfanten zur Geschlechtsreife herangewachsen, entfernte man ihnen chirurgisch die Keimdrüsen und ersetzte sie durch eine Vielzahl elektronischer Implantate, darunter Trägheitsnavigationscomputer, Magnetkreiselkompasse und neurale Sende-Empfangsgeräte.

Die Anthrocyberfanten tänzelten und taumelten die Prachtstraße vor dem Kaiserlichen Palast entlang, trompeteten Melodien von Wagner, Mendelssohn, Bach, Mozart, eitle Selbstporträts von Richard Strauss, erotische Phantasien von Skrjabin, ausgedehnte Figuren von Britten, dissonante Schlagzeugensembles von Edgard Varèse, alle in makelloser orchestraler Harmonie, alle unterstrichen durch die Klänge von Tympana, Timbales, Kesselpauken und Zimbeln in den sich windenden, biegsamen Tentakeln, die den Marschierenden aus den Schulterknoten wuchsen.

Auf dem seidengeschmückten, mit Juwelen besetzten Balkon des Kaiserlichen Palasts winkte lächelnd der Höchste Monarch des Laddino-Imperiums, verbeugte sich, applaudierte, wandte sich den turbantragenden Schatzmeistern zu und warf aus vollen Händen großzügige Gedenkgeschenke zwischen die Marschierenden und in die jubelnde Menge, die gekommen war, um das große Ereignis zu feiern.

Das Laddino-Imperium erstreckte sich über das gesamte weitläufige antarktische Gebiet des früheren Israel-im-Exil und über das weite Territorium des Größeren Hai-Brasil, das zusehends expandiert war und am Ende – von der Hudsonbai bis Patagonien – alle Amerikas beherrscht hatte, bevor es unter das Zepter der Südpolnation geriet. Der Höchste Monarch, Yamm Kerit ben Chibcha, verbeugte sich, winkte und warf Geschenke in die Menge. Tief in den Eingeweiden der Erde, unter einst gefrorenen Ebenen und Bergen, aktivierten sich mit dumpfem Wummern gewaltige Schwungräder und setzten sich in Bewegung.

Während eines lang gezogenen, sorgfältig berechneten Zeitraums veränderte sich die Neigung der Erdachse. Von den Dienern und Beratern des Höchsten Monarchen war niemand nach seiner Meinung gefragt worden; nichts wurde in Betracht gezogen außer dem Willen Yamm Kerit ben Chibchas, des Höchsten Monarchen. Yamm Kerit ben Chibcha setzte seinen Ehrgeiz darein, jeder Bürgerin, jedem Bürger des Planeten Erde, jedem Quadratmeter Landmasse den gleichen Anteil am Reichtum, an der Schönheit, am Entzücken, am Licht, an der Wärme der Sonne zu schenken.

Und während die riesigen Kreisel die massigen Schwungräder herumwirbelten, verschob sich die seit Urzeiten unveränderte Neigungsachse der Erde.

Aus der Stadt Medina in der Wüste Arabiens strömten in Wellen die fanatischen Horden Nrishimas, des Kleinen Löwen, und eroberten im heiligen Namen des Kleinen Löwen Gottes alles, was ihnen in den Weg kam. Die Streitkräfte von Novum Romanum, des neurömischen Imperiums, das Fortuna Pales errichtet hatte, und das Neukhmerische Reich, ein Jahrhundert zuvor von Vidya Devi gegründet, töteten zu Hunderttausenden, dann zu Millionen die Anhänger des Kleinen Löwen Nrishima.

Wie gelang es Nrishima nur, die Verluste seiner dezimierten Armeen zu ersetzen? Wie viele Soldaten konnte diese eine Stadt Medina hervorbringen? Was war das Geheimnis seiner fanatischen Horden?

Niemand wusste es.

Doch sie quollen weiter hervor, furchtlos, unaufhaltsam, nicht zu bremsen, nicht in die Flucht zu schlagen. Von den Widerstand leistenden Truppen der beiden Gegner wurden sie zu Millionen abgeschlachtet, und sie fielen, sie fielen, aber ihre Kameraden marschierten über ihre Leichen hinweg, diese eigenartigen Leichen, die nicht verwesten wie die Leichname gewöhnlicher Soldaten. Stattdessen verwandelten sie sich in ein amorphes Gel, das in der Erde versickerte; sie hinterließen keine Spur ihrer Existenz, nicht einmal Uniformen, Waffen oder Gerät, aber dort, wo sie gefallen waren, entstanden Beete unbekannter Blumen und Früchte, die wunderschön zu aufragenden Säulen, Knospen und Beeren in Melonengröße anwuchsen, süße narkotische Dünste freisetzten und allen, die sie ernteten und aßen, Träume bescherten, die bezaubernd schön und zugleich unvergleichlich unheimlich waren.

Über den Sand der Wüsten von Afrika und Asien eilten fremdartige Boten; sie verbreiteten das Wort, der Kleine Löwe Nrishima sei gekommen, um einem neuen Reich Frieden, Ruhm und Glanz zu bringen, dem Khmerischen Gondwanaland, einer absoluten Diktatur nie gekannter Milde, die sich von Sibirien bis Irland erstrecken würde, vom Nördlichen Polarkreis bis an das Kap der Guten Hoffnung.

Nach erstaunlich wenigen Jahren hatten die Anhänger des Kleinen Löwen ihre Eroberungen abgeschlossen, und nur wenige Jahre später war eine leistungsfähige Infrastruktur errichtet. Regionale Satrapen wurden ernannt, die dem absoluten Befehl von Nrishima unterstanden.

Das Khmerische Gondwanaland war ein durchschlagender Erfolg.

Es begab sich weniger als ein Jahrhundert nach den grenzenlosen Erfolgen Yamm Kerit ben Chibchas im Laddino-Imperium und Nrishimas des Kleinen Löwen im Khmerischen Gondwanaland, dass die beiden großen Reiche sich zu einem Bündnis gezwungen sahen, weil Horden froschartiger Wesen vom Grund der Meere des Planeten an die Ufer brachen. Wie lang diese fremdartigen Batrachier in ihren düsteren Metropolen gelebt hatten, Hunderte von Metern tief unter den Ozeanen der Erde, wird wohl für immer ein Geheimnis bleiben.

Auch was sie dazu bewegte, sich zu erheben und die Landbewohner der Erde anzugreifen, ist unbekannt, doch aller Wahrscheinlichkeit nach ist der Grund für ihre Attacken in der allmählichen Verschiebung der Erdachse durch die gigantische unterirdische Kreiselmaschinerie Yamm Kerit ben Chibchas zu suchen.

Die Wesen aus der Tiefe stürmten in allen Ländereien gleichzeitig an die Küsten. Sie trugen nichts außer eigenartig geformten Armreifen und Schmuck aus blankem Metall. Die Waffen, die sie führten, erinnerten an den spitzen Dreizack der Seemärchen. Hinter sich schleppten sie entsetzliche Steinstatuen unbeschreiblicher, außerweltlicher Monstrositäten her, vor denen sie hemmungslos blasphemische Riten unaussprechlicher Perversion ausführten.

Das Laddino-Imperium und das Khmerische Gondwanaland vereinten ihre Kräfte, um der Bedrohung zu begegnen und die fremdartigen Wesen aus der Tiefe in die düsteren Gefilde zurückzudrängen, aus denen sie gekommen waren. Im Jahre 2337 lag eine vereinte Erde wieder ruhig und wohlhabend unter der leuchtenden, wohlwollenden Sonne.

Die Gefahr durch die Tiefenwesen war, zumindest einstweilen, abgewendet.

Und Milliarden Kilometer von der Erde entfernt setzte die Menschheit aufs Neue zu einem heldenhaften Vorstoß in die äußersten Regionen des Sonnensystems an.

15. MÄRZ 2337

»Noch nicht«, rasselte Shoten Binayakya.

»Bald«, entgegnete Gomati. Sie verband sich mit *Khons'* Radarempfängern und ließ die eingehenden Impulse von gecyborgten Bioten in Pseudobilder umsetzen. »Sieh nur!«, rief sie aus. »Das ist ein ganzes System!«

Njord Freyr regte sich, entschlossen, seine Frustration zu beenden und sich einem relevanten Thema zu widmen. »Da, da«, hörte er Gomatis Stimme und war sich nicht sicher, ob sie natürlich oder künstlich war, »schalte deinen Input um auf Ultra-V!«

Njord verband sich mit *Khons'* Außensensoren und gehorchte.

»Erstaunlich!«

»Stimmt.«

»Aber nicht ohne Beispiel«, entgegnete Shoten Binayakya. »Im Gegenteil: Alle Gasriesen besitzen komplexe Mondsysteme. Jupiter. Saturn. Uranus. Durchsucht eure Gedächtnisspeicher, wenn ihr euch nicht erinnert.«

Verdrießlich beeilte sich Njord mit einer unnötigen Anfrage an einen implantierten Cyberbioten. »Hm«, machte er. »Soso. Fast dreißig Prozent nennenswerte Trabanten darunter. Plus viel Müll. Soso.« Er nickte.

»Und dieser neue Riese ...?«

»Neu ist er nicht«, verbesserte Njord. »Er ist schon immer hier gewesen, genauso lange wie die anderen. Du weißt doch, dass das alte Laplace'sche Konzept von älteren und jüngeren Planeten zusammen mit dem unspaltbaren Atom und der flachen Erde aufgegeben wurde.«

»Gute Arbeit, Freyr«, schoss Shoten sarkastisch zurück.

»Nun, und?«

Sri Gomati sagte: »Ganz eindeutig meinte Shoten ›neu entdeckt‹, Njord.« Sie unterbrach sich für einen Sekundenbruchteil. »Und bald zum ersten Mal besucht.«

Njord seufzte gereizt. »Meinetwegen. Und dieser alte Europäer – wie hieß er gleich – Galapagos entdeckte die großen Monde des Jupiter schon vor siebenhundert Jahren. Die anderen fand man, nachdem das Fernrohr entwickelt worden war. Man brauchte nicht einmal Radioastronomie dazu, und auch keine Raumsonden. Vor siebenhundert Jahren schon.«

»Siebenhundertsiebenundzwanzig, Njord.« Sri Gomati tätschelte ihm die Geschlechtsteile.

»Dass du auch so besessen bist von Frühgeschichte! Ich weiß nicht, wie du dich für diese Mission qualifiziert hast, Gomati, du interessierst dich schließlich nur für obskure Theoretiker und Schriftsteller!«

»Von Besessenheit kann wohl keine Rede sein. Galilei gehört zu den Schlüsselfiguren in der Geschichte der Naturwissenschaft, und er fand die vier großen Jupitermonde im Jahre 1610. Subtrahiert man diese Zahl ganz simpel von 2337, so erhält man sieben-zwo-sieben, und ich brauche keinen Cyberbioten, um das zu berechnen, mein lieber Njord.«

»Ach was!« Die verbliebene natürliche Haut in Njords Gesicht lief feuerrot an.

Shoten Binayakya unterbrach das Streitgespräch. »Jetzt kommt das Objekt auf visuelle Entfernung!«, rief er (oder sie). »Nach Hunderten von Jahren ist der Grund für die Bahnstörungen von Uranus und Neptun endlich offenbar. Der Planet X!«

Njord lachte verächtlich. »Du hast wirklich eine große Vorliebe für das Melodramatische, Shoten! Ausgerechnet Planet X!«

»Warum nicht«, lachte Shoten – ein voll synthetischer Laut. »Ein glücklicher Zufall, liebster Njord. Lowell belegte *seinen* geheimnisvollen Planeten mit dieser Bezeichnung, wobei X für das Unbekannte steht. Bis Tombaugh ihn fand und Pluto nannte. Hier aber ist X nicht nur das Unbekannte, sondern auch X, der zehnte Planet. Das passt doch wunderbar!«

Njord setzte zu einer Entgegnung an, schwieg jedoch, als *Khons'* Sensoren den fernen Planeten sichtbar machten. Er besaß in der Tat ein Trabantensystem wie die inneren Gasriesen. Radareindrücke, die durch die Außenmessgeräte *Khons'* einströmten und von den cyberbiotischen Gehirnen erst gefiltert, dann ausgewertet wurden, überschwemmten sein Bewusstsein.

Ein großer dunkler Körper trieb durch die Schwärze. Er reflektierte so gut wie gar kein Licht der fernen Sonne, leuchtete aber aus sich heraus düster, bedrohlich, langsam, herzschlagähnlich pulsierend in einem trüben Karmesinrot, das Njord unterschwellig schmerzte, trotz der Filterung durch die Schiffsmechanismen und die Verarbeitung der Cyberbioten. Fasziniert und doch abgestoßen, starrte er die flackernde Welt an.

Um die obszön anmutende, an den Polen abgeplattete Kugel kreiste eine Schar kleinerer Himmelskörper, offenbar lichtlos und unbelebt, doch vom sinistren Leuchten ihres Planeten beschienen.

»Yuggoth.« Sri Gomatis leises Flüstern riss Njord aus seinen Gedanken. »Yuggoth«, und wieder: »Yuggoth!«

Njord fauchte sie an: »Was faselst du da?«

»Yuggoth«, wiederholte Sri Gomati.

Der Mann fauchte verärgert und betrachtete erst die große pulsierende Masse, die auf *Khons'* Außensensoren immer größer wurde, dann die Familie von Monden, die wie Spielzeugplaneten anmuteten auf ihren Kreisbahnen um die Miniatursonne des leuchtenden Körpers.

»Die große Welt muss Yuggoth sein«, sagte Sri Gomati melodisch. »Und die kleineren sind Nothon und Zaman, das wirbelnde Paar – sieh doch, sieh! –, Thog und sein Zwilling Thok mit dem fauligen See, in dem aufgedunsene Schoggothen plätschern.«

»Verstehst du, was sie da faselt?«, wandte Njord sich an Shoten Binayakya, doch Shoten schüttelte nur den uneindeutigen, seidigen Kopf; die beiden silbrigen Augen glänzten, zurückgezogene organische Lippen entblößten die oberen und unteren Einzähne aus rostfreiem Stahl.

Khons' Fernortung hatte genügend Daten angesammelt, und des Schiffes Cyberbioten begannen, das Material zu verfeinern und zu reduzieren, um daraus eine Reihe von Werten zu erstellen, mit denen die Charakteristiken der neu entdeckten planetarischen Gruppe ausgedrückt werden konnten. Shoten hob ein teleskopisches Cyberimplant und wies auf einen Leuchtschirm, worauf langsam Daten von oben nach unten krochen.

»Seht nur«, murmelte die nicht einzuordnende, künstliche Stimme, »die Masse des Planeten ist gewaltig. Doppelt so groß wie die des Jupiter. Sechshundert Erdmassen! Und er ist an den Polen noch stärker abgeflacht als Jupiter – wie schnell dreht er sich denn?« Shoten schwieg, als weitere Informationszeilen auf den Schirm traten. »Seine Rotationsperiode ist noch kürzer als die des Jupiter. Seine Oberflächengeschwindigkeit muss ...« Er oder sie unterbrach sich und sandte einen Befehl durch das Neurocyber-Netzwerk des Schiffes und grinste, als die Antwort auf dem Bildschirm erschien.

»Stellt euch vor, wenn ihr auf der Oberfläche dieses Planeten steht, werdet ihr mit achtzigtausend Stundenkilometern umhergewirbelt!«

Njord erhob sich von der Ruhecouch. Er war von allen dreien am wenigsten gecyborgt und besaß noch drei seiner natürlichen Gliedmaßen. Er zog sich herum, suchte an den Handgriffen für den freien Fall Halt, indem er seinen stark servomechanisierten Arm durch die zwei Bügel hakte, und wies wütend von Shoten auf Sri Gomati.

»Wir können die Bildschirme selber ablesen. Ich habe gefragt, was dieses eurasische Miststück da vor sich hin faselt!«

»Also, mein Lieber«, schnurrte Shoten Binayakya mehrdeutig.

Plötzlich wirkten Sri Gomatis schimmernde Silberaugen nicht mehr völlig verschleiert, sondern wie auf einen fernen Anblick gerichtet. Mit den Händen – die eine mit einer Anzahl Werkzeuge und wissenschaftlicher Instrumente ausgestattet, während in die andere eine Vielzahl von flexiblen, knorpeligen Organen implantiert war, welche sich gleichermaßen für technische Kunstgriffe wie für erotische Exzesse eigneten – wedelte sie aufgeregt vor ihrem Gesicht hin und her. Sie sprach ebenso sehr mit sich selbst wie mit jemand Abwesendem, Unsichtbarem und mit Njord Freyr, mit Shoten Binayakya. Es war, als wolle sie die cyberbiotischen Gehirne belehren, die das elektronische Netzwerk des Schiffes bevölkerten.

»15. März 2337 Erdstandardzeit«, sang sie. »Das würde ihm gefallen. Es würde ihm gefallen, dass man sich an ihn erinnert. Dass er damals, in seinen Tagen, Recht gehabt hat. Aber wie, frage ich mich, kann er davon gewusst haben? Hat er es einfach erraten? Stand er in Kontakt mit Wesen von draußen? Wesen von dieser fremdartigen, grauen Welt jenseits der Sternenleere, diesem blassen Land der Schatten?

Auf den Tag seit vierhundert Jahren tot, Howard. Liegt dein Staub noch immer in alter Erde? Oder hat ein späterer Curwen dich aus deinen essenziellen Salzen erweckt?«

»Irrsinn!«, unterbrach sie Njord Freyr. Mit der organischen Hand schlug er Gomati ins Gesicht, und seine Handfläche prallte von den harten Knochen und dem noch härteren Metall ab, das ihr unter die Haut implantiert war.

Ihre Augen blitzten, als sie den Kopf zur Seite riss und sich ihm gleichzeitig zuwandte, um ihn mit ihrem wütenden Blick zu fixieren. Spannung zuckte zwischen ihnen hin und her; sie verzogen die Lippen, die Gesichter in stummem Zank verzerrt. Davon abgesehen standen sie reglos.

Erst Shoten Binayakyas befehlende Stimme zerbrach die erstarrte Anspannung. »Während ihr euch gekabbelt habt, meine Liebsten, habe ich die Cyberbioten unseren Kurs durch das neue System errechnen lassen.«

»Das System von Yuggoth«, wiederholte Gomati.

»Wie du wünschst.«

Der Datenschirm zeigte Sekundenbruchteile lang nur abstrakte Flecke, dann erschien ein leuchtendes Diagramm des neu entdeckten Systems: der abgeplattete pulsierende Planet, dessen schuppige Oberfläche sich im Zentrum des Schirmes drehte; die kleineren, felsigen Monde kreisten rasch um ihren Herrn.

»Wir können nur eine Landung durchführen«, schnurrte

Shoten, »und müssen unseren Aufsetzpunkt sorgfältig wählen. Spätere Expeditionen können weitere Erkundungen vornehmen. Aber wenn wir eine schlechte Wahl treffen, werden die Welten diesen *Yuggoth*« – höhnisch betonte er oder sie Gomatis Namen für den großen Planeten – »vielleicht für immer aufgeben.« Shoten wiegte zur Bekräftigung, den gecyborgten Kopf und wiederholte die synthetischen Worte: »Ja, für immer.«

15032137 – AUSGABE

Die Asiatisch-Pazifische Koprosperitäts-Sphäre entwickelte sich weiter. Ohne Frage war sie die stärkste Weltmacht, das Herz des wirtschaftlichen Fortschritts, das leuchtende Beispiel für politische Führung. Ein gigantisches Reich war sie, das sich über ganze Kontinente und Ozeane erstreckte, Aberdutzende Großstädte umschloss, Milliarden von Bürgern besaß.

Ihre erste Stadt war Peking gewesen. Untergeordnete behördliche Zentren wurden errichtet in Lhasa, Bombay, Mandalay, Quezon City, Adelaide, Christchurch und Santa Ana.

Ein Jahrhundert nach seinem Tod war der erste große Führer der Sphäre, Vo Tran Quoc, zu einer Legendengestalt geworden. Verschiedene Schulen disputierten seine wahre Identität. Seinem Namen zum Trotz war er kein Vietnamese gewesen; so viel wusste man. Eine Gruppe Gelehrter hielt daran fest, er sei ein Maori gewesen. Für eine andere Gruppe stammte er von den Ainu. Eine dritte behauptete, es habe sich bei ihm um eine Bengalin gehandelt, die während des bangladeschisch-pakistanischen Unabhängigkeitskrieges bei einer Vergewaltigung gezeugt worden war – eine Bengalin, die sich als Mann ausgab (oder möglicherweise auch eine Geschlechtsumwandlung hinter sich hatte, bei der ihr ein Spenderpenis samt Hoden transplantiert wurden.)

Wie auch immer, Vo Tran Quoc starb.

In den Nachwehen seines Todes kam es zu einem Machtkampf. Einige beanspruchten die Autorität des toten Anführers allein deswegen für sich, um ihren Ehrgeiz zu befriedigen. Andere handelten aus ideologischer Überzeugung. Der große ideologische Disput des Jahres 2137 drehte sich um die richtige Deutung eines alten politischen Diktums: Da es auf der Welt nichts gibt, das keine Doppelnatur hätte, besitzen auch Imperialismus und alle Reaktionäre zwei Gesichter – sie sind zugleich Raubtier und Papiertiger.

Während die politologischen Theoretiker in Peking über die Bedeutung dieses Sinnspruchs stritten, erhob sich eine neue Machtgruppe, die ihr Zentrum in der Ruinenstadt Angkor Vat tief im Dschungel des alten Kambodscha hatte. Diese neue politische Bewegung brachte eine feministische Weltherrschaft hervor. Ihre Führerin folgte dem Beispiel Vo Tran Quocs und nahm den Namen einer mystischen Persönlichkeit an, die einer anderen Kultur entstammte als sie selbst.

Sie rief das Neukhmerische Reich aus, welches sich vom Ural bis zu den Rocky Mountains erstreckte.

Sie nannte sich Vidya Devi, das bedeutet Göttin der Weisheit.

Das ehemals panslawische Herrschaftsgebiet und die Maghreb-Union rivalisierten miteinander, was nach einem Jahrhundert zur Annäherung und schließlich Verschmelzung führte. Das alte Römische Imperium wurde wiedergeboren. Es umfasste ganz Europa, den Nahen Osten, Afrika und Nordamerika vom Atlantik bis zum Pazifik. (Die Niagarafälle ergossen ihr Wasser nun direkt ins Meer; das ehemalige Westufer des Hudson war begehrter Grundbesitz gleich an der Küste. Die Rocky Mountains überragten donnernde Wellen, die sich bis zur asiatischen Küste erstreckten.)

Das Imperium wurde unter der Oberhoheit der feministischen Weltordnung von einer absoluten Monarchin beherrscht. Sie war als Imperatrix Fortuna Pales I. bekannt.

Von Feuerland bis ans Südufer des Rio Grande (aber ohne Niederkalifornien) war Lateinamerika zum Kaiserreich Hai-Brasil geworden. Die Kaiserin führte ihre Abstammung auf eine reine bourbonische Linie zurück. Sie hieß Astrud do Muiscos.

In der Antarktis war ein gewaltiges Landgewinnungsprojekt durchgeführt worden. Mit Hilfe geothermischer Energie war das Eis im Umkreis um den Südpol geschmolzen worden. Die befreite Fläche belief sich auf 1,5 Millionen Quadratkilometer. Der Boden erwies sich als überaus reich an Mineralien und war außerordentlich fruchtbar, die Landschaft unvergleichlich schön. Es gab Berge, Seen und Gletscher, vor denen Neuseeland, die Schweiz und Tibet vor Neid erblassen mussten. Wälder wurden angelegt und wuchsen rasch und üppig. Eingeführte wild lebende Tiere gediehen. Die wenigen einheimischen Arten – Pinguine, amphibische Säugetiere und ein sehr eigenartiger, neu entdeckter Vogel, den man den Tekeli-li *genannt hatte – wurden unter Naturschutz gestellt.*

Das neue Land erhielt den Namen Yisroel Diaspora.

Seine Führerin unter der feministischen Weltordnung war Tanit Shadrapha. Dieser Name bedeutet Ischtar die Heilerin.

Die feministische Weltregierung förderte die Wissenschaft, hauptsächlich auf Forschungsstationen in Yisroel Diaspora. Die Erkundung des Weltalls, außer im Rahmen der Entwicklung orbitalgestützter Waffensysteme längst aufgegeben, wurde wieder aufgenommen. Auf dem Mars und zahlreichen Asteroiden wurden Basen errichtet. Ein bemanntes Schiff umkreiste die Venus, stellte Naherkundungen an und sandte Robotsonden und Probensammler zur Planetenoberfläche. Die Venus erwies sich als unwirtlich und wertlos.

Auf dem Merkur wurde ein einziger Landeversuch unternommen; ein ehrgeiziges Unterfangen. Das Landefahrzeug sollte an einem Punkt aufsetzen, wo gerade die Nacht hereingebrochen war, und sich weiter in die Dunkelheit tragen lassen. Während der Merkurnacht sollte es sich unter der Oberfläche eingraben, sodass es geschützt den Merkurtag überstehen konnte, wenn der Terminator den Aufsetzpunkt wieder erreichte und das Schiff auf die Tagseite geriet.

Etwas ging schief. Das Schiff landete, und die Grabarbeiten begannen. Dann, fast als fresse der Planet das Schiff und die Crew, verschwand alles unter der Oberfläche. Man hörte nie wieder von ihnen.

Die dominierende Kunstform auf der Erde wurde Cheomnorie *genannt. Sie erforderte die Vermischung und Transformation von Sinneseindrücken. Die bevorzugten Sinneskombinationen waren Geräusch, Geruch und Geschmack. Die größte* Cheomnoristin *der Welt war eine Zwergin aus Ecuador, die bis in die Hauptstadt von Hai Brasil gelangte und eine persönliche Audienz bei Astrud do Muiscos erhielt.*

Die Kleinwüchsige begann ihre Präsentation mit dem Tosen, das die Brandung an den Felsen der Pazifikküste verursacht, wo die granitenen Anden über Hunderte von Metern in eisigen Schaum abfallen. Hierein mischte sie den warmen, köstlichen Duft von Kastanien, die über glühenden Holzkohlen geröstet werden, und fügte den subtilen Geschmack von gemahlenem Koriander hinzu.

Astrud do Muiscos war zufrieden.

Die Kleinwüchsige aus Ecuador mischte nun eine künstliche Stimme, die aus einem aktiven Vulkan hätte kommen können, mit einem Geruch nach Natron und Oliven, der außerhalb der geheimen Einbalsamierungskammern sechstausend Jahre alter ägyptischer Tempel unbekannt war, und dann fügte sie den Geschmack von Spithrus locusta *hinzu.* Spithrus locusta *ist ein marines Arachnoid, dessen Fleisch um so viel köstlicher schmeckt als das eines gewöhnlichen Hummers, wie Letzterer einen gewöhnlichen Taschenkrebs im Geschmack übertrifft.*

Astrud do Muiscos war sehr zufrieden.

Das Meisterstück der Zwergin aber war eine Kombination von weißem Rauschen im hörbaren Bereich mit subtil eingeflochtenem Infra- und Ultraschall, gemischt mit dem Geruch eines typischen Coca-Extraktes und dem Geschmack konzentrierter Ameisensäure, die amazonischen Treiberameisen entzogen worden war.

Astrud do Muiscos ernannte die Zwergin zu ihrer Thronfolgerin.

Die Religion dieser Zeit bestand, wie es dem Klima der politischen Realitäten angemessen war, aus einer mutierten Form des uralten Ischtar-Kultes. Es gab lokale Abwandlungen wie Ashtoroth, Astarte und Aphrodite. Sogar ein universeller Mutterkult existierte, dessen Sitz sich im alten, aber restaurierten Babylon befand.

15. MÄRZ 2337

»Ich begreife gar nicht, weshalb es so lange gedauert hat, bis wir hierher kamen«, fauchte Njord Freyr.

»Du meinst, vom Pluto aus?«, entgegnete Shoten. »Aber wir sind auf Kurs, wir sind im freien Fall. Sieh doch.« Die Cyberbioten legten einen kleinen Rahmen mit Kursdaten neben das wirbelnde Diagramm des Yuggoth-Systems.

»Nicht vom Pluto aus!«, brüllte Njord. »Von der Erde! Warum haben wir bis 2337 gebraucht, um ... Yuggoth zu erreichen? Die Anfänge des Weltraumflugs liegen fast so lange zurück wie die Zeit, von der Sri Gomati faselt. Die erste Landung auf einem fremden Himmelskörper war 1969. Mars dreißig Jahre später. Erinnert ihr euch an den zündenden politischen Slogan, den wir als Kinder auswendig wissen mussten, als wir die Geschichte unseres Zeitalters lernten? *Bevor das Jahrhundert endet, wird die Menschheit den Fuß auf einen fremden Planeten gesetzt haben!* Das war das zwanzigste Jahrhundert, wisst ihr noch?«

»Jedes Schulkind weiß das«, bestätigte Shoten ihm müde.

Gomati, die sich von dem Schock über Njords Hieb erholt hatte, ergriff das Wort. »Wir hätten schon vor zweihundert Jahren hier sein können, Njord Freyr. Aber die Narren auf der Erde haben damals den Mut verloren. Sie fingen es an, und dann verloren sie den Mut. Sie begannen erneut – und verloren ihn wieder. Und wieder. Viermal setzten sie an, die Planeten zu erforschen. Jedes Zeitalter verlor den Mut, verlor das Interesse. Kriege lenkten uns ab. Oder die Ressourcen sollten für edlere Zwecke genutzt werden.

Die Menschheit erreichte den Mars wie versprochen. Und verlor den Mut. Unter Shahar Shalim von der alten Neuen Maghreb-Union begann sie wieder, erreichte Venus und Merkur. Und verlor den Mut. Erreichte unter Tanit Shadrapha von Ugarit den Asteroidengürtel und die Gasriesen. Und verlor den Mut.

Aber jetzt, endlich, sind wir hier.« Sie wies mit ihren fließenden, wedelnden Tentakeln auf das Diagramm, das vor den stumpfen Armaturen des Schiffes leuchtete.

»Welcher Kurs, Shoten Binayakya?«, fragte sie brüsk.

Die wirbelnden Himmelskörper auf dem Schirm waren rot markiert, im pulsierenden Rot von Yuggoths inneren Flammen, dem anstürmenden, reflektierten Rot der wahnwitzig dahinzuckenden Monde. Auf dem Bildschirm erschien ein kontrastierendes Objekt, der abgeflachte Kegel des Schiffes *Khons,* der eine Linie hinter sich herzog, um den Verlauf seiner Reise zwischen den Monden hindurch zu veranschaulichen. Kurz darauf war die Linie an allen Himmelskörpern im Diagramm vorbeigezogen, hatte sie umrundet und umschlungen. Zurück blieb die stilisierte Repräsentation *Khons'* auf einer gestörten Kreisbahn um das gesamte System.

»So«, schnurrte Shoten Binayakya. Und Sri Gomati und Njord Freyr wiederholten es: »So.« – »So.«

Shoten Binayakya legte mit einem Glied – einem Werkzeug – einen Schalter um. *Khons* bockte und schlitterte, während das Schiff eine komplizierte Kursänderung durchführte. Shoten drückte auf eine andere Taste, und die Außenoptiken *Khons'* wurden aktiviert; für die drei Besatzungsmitglieder, die mit dem cyberbiotischen System des Schiffes verbunden waren, sah es nun so aus, als glitten sie antriebslos durch die weite, sternengesprenkelte Nacht. Als fielen sie, fielen dem rot pulsierenden Yuggoth und seinem Hofstaat aus grauen, tanzenden Dienern entgegen.

Khons trat in die neue Flugbahn und schoss am äußersten Yuggoth-Mond vorbei: eine Welt von beachtlicher Größe. Die Sensoren und Cyberbioten des Schiffes meldeten, der Himmelskörper unterscheide sich in Masse und Durchmesser nicht wesentlich von den Dimensionen der vertrauten Fels-und-Wasser-Satelliten anderer äußerer Planeten: Er durchmaß nahezu fünftausend Kilometer und war ebenso sehr mit Kratern übersät wie nahezu jede feste Welt zwischen Merkur und Pluto.

Die Zwillinge, die Gomati auf Thog und Thok getauft hatte, standen sich an den entferntesten Punkten ihrer ineinander verschlungenen Bahnen gegenüber, und so flitzte *Khons* am innersten der vier Monde vorbei, bei dem es sich anscheinend um eine weitere Replik des vertrauten Ganymed-Callisto-Titan-Triton-Musters handelte; anschließend trat das Schiff in einen äquatorialen Orbit um den stumpf leuchtenden, abgeflachten Yuggoth ein.

Njord, Gomati, Shoten Binayakya verfielen in Schweigen. Die Geräusche von *Khons'* Automatiksystemen, das verhaltene Zischen der umgewälzten Luft, das gelegentliche Summen oder Klicken eines Servos, das leise Atmen von Njord Freyr und Sri Gomati bildeten die einzigen Geräusche. (Shoten Binayakyas Lungen waren cybermechanisiert, surrten zuverlässig und kaum vernehmlich unter dem metallenen Brustkorb.)

Erneut zuckte ein Glied zu einer Taste, diesmal allein nach Gefühl gelenkt, denn der Besatzung erschien das Schiff, das für einen hypothetischen Betrachter außerhalb des Rumpfes durchaus sichtbar gewesen wäre, als vollkommen transparent. Ein Schaltkreis erwachte augenblicklich zum Leben. Strahlungssensoren erfassten das elektrische Feld des Planeten, konvertierten es in Tonimpulse und ließen es in *Khons* erschallen: ein Heulen, ein Stöhnen. Jedes Mal, wenn das rötliche Licht des Planeten pulsierte, modulierte der Ton wie die obszöne Parodie eines Verzweiflungsseufzens.

»Wenn Holst das gewusst hätte!«, wisperte Shotens künstliche Stimme. »Wenn er das nur geahnt hätte!«

Yuggoths Oberfläche schoss unter dem Schiff hinweg, und seine schrecklich hohe Rotationsgeschwindigkeit ließ Merkmale verschwinden, während andere ins Blickfeld eilten, vorbeizuckten und ebenfalls hinter dem ausladenden Horizont in der Schwärze zwischen den Sternen versanken. Gewaltige viskose Platten aus düster glühendem, halb festem Fels, die Hunderte von Kilometern durchmaßen, wälzten sich über die Oberfläche und stießen majestätisch zusammen. Zwischen ihnen strahlte unheilvoll rot glühendes Magma; große Zungen aus flüssigem Gestein leckten empor. Die Hitze und Helligkeit des Magmas wuchs und verebbte in einem langsamen, beständigen Rhythmus, den *Khons'* Cyberbioten und Audioscanner in ein kontrabasshaftes *Bupp-bupp-bupp-bupp* wandelten.

»Dort kann kein Leben existieren«, verkündete Njord Freyr. »In dieser Umgebung kann nichts leben. Und nichts kann dort jemals gelebt haben.«

Nach kurzem Schweigen forderte Sri Gomati ihn heraus. »Der Planet selbst, Njord Freyr. Könnte er nicht ein einziger Organismus sein? Die Geräusche, die Bewegung, die Energie.« Sie hob ihre organische Hand zur Stirn und überzog den seidigen, kahlen Schädel von der Brauenlinie über den glitzernden Augen bis hin zum Nacken mit Dutzenden sich windender Ziffern.

»Es könnte eine werdende Sonne sein«, wisperte Shoten Binayakya. »Wäre der Jupiter größer und energiereicher ... ihr kennt beide die Diskussion darum, ob Jupiter ein gescheiterter Kandidat als Begleiter für Sol sei – dass unser Sonnensystem ein verhindertes Doppelsternsystem sein könnte.«

»Und Yuggoth?« Gomati legte sich die vom Tentakel herabbaumelnde Hand in den Schoß.

Njord Freyrs Stimme war nur ein Beigeschmack von Sarkasmus anzumerken. »Wurde von einem fernen, kleinen Gott geschickt, um den Versager Jupiter zu ersetzen, oder was? Wie können wir behaupten, dass er schon immer hier gewesen ist? Bisher wussten wir nur aufgrund von Störungen der Neptun- und Plutobahnen von seiner Existenz. Woher wissen wir aber, dass Yuggoth kein Neuankömmling im Sonnensystem ist? Vor ein paar Jahrhunderten hat noch niemand geahnt, dass Neptun und Pluto überhaupt existierten!«

»Oder vielleicht«, schnurrte Shoten, »hätte unser System sogar ein Dreifachstern werden sollen. Ach, überlegt doch nur, wie es wäre, wenn wir statt einer drei Sonnen hätten, die unseren Welten Licht schenken.«

Erneut betätigte Shoten Binayakya eine Taste. Wieder schüttelte sich *Khons* und änderte die Lage. Sie spürten die konstante Beschleunigung, und das Schiff trat aus der Umlaufbahn um den rötlich pulsierenden Planeten, entfernte sich von ihm und näherte sich den rotierenden Weltlein in der zentralen Umlaufbahn um Yuggoth.

»Sie müssen es sein«, sang Gomati leise, »sie müssen es sein. Thog und Thok, Thog und Thok. Wie konnte er es schon vor Jahrhunderten wissen? Wenn doch nur ein Curwen seine Salze finden und ihn zum Sprechen bringen würde!«

»Du faselst schon wieder!« Njord brüllte beinahe. »Ich

dachte, man hätte uns für diese Mission unter dem Gesichtspunkt der Stabilität zusammengestellt. Wie bist du eigentlich in die engere Wahl gekommen?«

Abgelenkt löste Sri Gomati ihren faszinierten Blick von den rotierenden Monden und richtete die silbernen Augen auf Njord Freyr. »Irgendwoher wusste er es«, murmelte sie. Sie verzog die Lippen zu einem zögernden Lächeln und offenbarte ihre Einzähne aus blitzendem Stahl. »Und irgendwo werden wir die Ghoorische Zone finden, wo die *Fungi* blühen!«

Wie in Trance wandte sie sich langsam ab, beugte sich vor. Ihre Augen glitzerten metallisch, während sie die Hände vorstreckte, die gecyborgte und die genetisch angepasste, als wolle sie die beiden rotgrauen Weltlein berühren.

»Er schrieb Horrorgeschichten«, sagte Gomati mit völlig unbewegter Stimme, als sei sie wirklich in einer Trance. »Er schrieb von einem unentdeckten äußeren Planeten, den er Yuggoth nannte, und von anderen – Nithon, Zaman, Thog und Thok –, und von schrecklichen, aufgequollenen Monstren, die man Schoggothen nennt und die obszön in den Teichen der Ghoorischen Zone plätschern.

Er starb auf den Tag genau vor vierhundert Jahren, dieser Howard. Er schrieb auch über einen gewissen Curwen, der die Toten erwecken konnte, wenn er nur über ihre essenziellen Salze verfügte. Über das, was er ihre essenziellen Salze *nannte*.« Sie hielt inne und kicherte. »Vielleicht hat er das Klonen vorhergeahnt!«

MAR 15, 2037 – EIN VIDEOBAND

Zu Beginn ein Zeichen einblenden, das als Symbol für Weltpolitik zu erkennen ist.

Das alte Jahrhundert endete mit einer deutlichen Machtverschiebung auf der Welt. Der Trend zweier Jahrtausende, dass die Macht nach Westen zieht, setzte sich fort. Mesopotamien, Hellas, Italia, das Frankenreich, England, USA. Nun verschob sich innerhalb Amerikas die Macht vom Atlantik an den Pazifik.

Die neuen Mächte, mit denen man sich zu befassen hatte, waren Japan, China und Sowjetasien.

Zivilisatorisch glitten Westeuropa und die östlichen Vereinigten Staaten in endgültige Dekadenz ab. Von der Donau bis zum Ural stürzte Europa nach Habsburger- und Romanow-Geflitter und dem vorübergehenden Aufglimmen von Demokratie erst in das düstere graue Sowjeteuropa und dann in die panslawische Nacht. Wie sein Vorgänger fünfzehnhundert Jahre zuvor zerbrach das Sowjetische Reich in zwei Hälften; wie die westliche Hälfte des Vorgängers wurde auch das Westsowjetische Reich von Barbaren überrannt. Aber es fiel nicht an die Barbaren, nein, eigentlich nicht. Es fiel innerem Zerfall zum Opfer. Und wie die östliche Hälfte des Vorgängers, blühte das Ostsowjetische Reich auf.

Zum hundertsten Jahrestag eines gewissen Todesfalles im Jane Brown Memorial Hospital lag die Landmasse östlich des Urals bis an die Rocky Mountains unter einer vereinten Regierung. Diese Regierung beherrschte Dutzende halb vergessener Länder. Tibet. Afghanistan. Indien. Laos. Australien. Tonga. Die Philippinen. Die Mandschurei. Die Mongolei. Kalifornien. Niederkalifornien.

Man nannte es die Asiatisch-Pazifische Koprosperitäts-Sphäre.

Vom Ural bis zum Ärmelkanal wurde Europa zu einer Halbinsel der Wälder und Gehöfte. Was an tatkräftigen Menschen noch verblieb, wurde in der Region zwischen Donau und Ural konzentriert. Slawischer Einfluss, der im Osten an der großen, knospenden asiatischen Renaissance abprallte, breitete sich nach Norden und Westen aus. Nach einer Ruhepause an den Grenzen einer Region, die sich von Skandinavien bis zur Ibe-

rischen Halbinsel erstreckte, setzte das Panslawische Imperium seine wilde Invasionsflotte in Marsch. Sie überquerte den Ärmelkanal und traf auf wenig Widerstand; die wenigen Verteidiger der britischen Souveränität, angeführt von einem gewissen Harald, unterlagen an einem Ort namens Runnymede.

Der nächste westwärtige Sprung brachte die Slawen nach Amerika. Sie benötigten einige Zeit, um sich darauf vorzubereiten, doch als sie schließlich losschlugen, begrüßte man sie Fahnen schwenkend mit Blumen. Sie brauchten nichts zu erobern, sie brauchten nur zu besetzen und zu verwalten.

Die dritte Weltmacht dieser Epoche bildete sich südlich vom panslawischen Herrschaftsgebiet. Arabische Führer, die nicht wussten, wohin mit ihren Petrodollars, kauften Waffen und heuerten Söldner an. Während sich die arabischen Regierungen auf nichts einigen konnten, wusste eine schattenhafte Gruppe, die unter dem geheimnisvollen Namen opec *bekannt war, ganz genau, was sie wollte. Die Regierungen als solche verkümmerten. Die schattenhafte* opec *gewann mehr und mehr Macht, die sie immer offener ausübte.*

Langsam breitete sich der Einfluss der opec *nach Westen und Süden aus, bis sie den gesamten ehemaligen Nahen Osten und Afrika in ihrer Gewalt hatte.*

Dann wurde die Neue Maghreb-Union ausgerufen.

Schnitt auf ein Zeichen, das für heldische Führerschaft steht.

Der mächtigste Mensch auf der ganzen Welt war der Anführer der Asiatisch-Pazifischen Koprosperitäts-Sphäre, Vo Tran Quoc.

Der Führer der zweitgrößten Macht, des Panslawischen Reiches, hieß Svarozits Perun. Sein Name bedeutet Donnerkeil Gottes.

Das Haupt der opec *und de facto Herrscher über die Neue*

Maghreb-Union hieß Shahar Shalim. Sein Name bedeutet Morgengrauen des Friedens.

Schnitt auf Zeichen, das Sex bedeutet.

Die hauptsächliche sexuelle Haltung jener Zeit war Androgynie, mit welcher der Kult der Pansexualität konkurrierte, ohne je die gleiche Bedeutung zu erlangen. Androgynie bedeutet die Erkenntnis des vollen sexuellen Potenzials jedes Individuums. Frühere Unterscheidungen wurden aufgegeben. Es galt nicht länger als unanständig, wenn ein Mann eine Beziehung mit einem Mann oder eine Frau mit einer Frau suchte; auch wurde nicht mehr verlangt, dass eine Beziehung aus zwei Partnern zu bestehen habe. Alle Praktiken zwischen Onanie und Massenspiel waren akzeptiert.

Die Pansexualisten vertraten die Ansicht, dass die Androgynie sinnlos den Horizont verenge. Wenn jemand eine Beziehung zu einem beliebigen Mann oder einer beliebigen Frau eingehen konnte – warum dann nicht auch mit einer Giraffe? Einem Kondor? Einem Kohlkopf? Einer Schüssel Sand?

Dem Meer?
Dem Himmel?
Mit dem Kosmos?
Mit Gott?

Schnitt auf Zeichen für Musik.

Die populärste musikalische Komposition am 15. März 2037 war ironischerweise ein hundert Jahre alter Schlager samt Text. Recherchen in fast vergessenen Archiven förderten die Namen des Komponisten und des Liedtexters zutage. In einem wasserdichten Safe unterhalb einer überfluteten Stadt wurde eine Schellackplatte mit der Aufnahme des Schlagers gefunden. Der Ton wurde konvertiert und zum zweiten Male in die Welt entlassen.

Der Originaltext war von einem gewissen Jacob Jacobs verfasst. Auf der Schellackplatte befand sich jedoch eine zweite, englische Version. Der Text dieser Aufnahme stammte von Sammy Cahn und Saul Chaplin. Die Musik schrieb Sholom Secunda. Die Sängerinnen hießen Patti, Maxene und LaVerne Andrews. Der Schlager hieß: »Bei mir bist du schön.«

Schnitt auf ein Symbol der Geodynamik.

Die letzten Jahre des zwanzigsten und die ersten Dekaden des einundzwanzigsten Jahrhunderts waren von globalen Wetteränderungen und Verschiebungen der Geodynamik gekennzeichnet. An den verlässlichen Zyklus von Winter und Sommer gewöhnt, an Regen- und Trockenzeit, an das Fließen der Flüsse und die Strömungen und Gezeiten der Ozeane, betrachtete der Mensch die Erde als stabile, zuverlässige Heimat.

Er war im Irrtum.

Eine unwesentliche Änderung der Luftströmungen, ein geringfügiges Erbeben der Erdkruste, ein winziger Abfall oder eine winzige Erhöhung der Sonneneinstrahlung, die der Planet empfing, und die stolzen Gebilde von Menschenhand zerfielen wie Sandburgen in der Brandung.

Ein Beispiel. In bestimmten Regionen betrachtete man Erdbeben als etwas, womit man mehr oder minder zu rechnen hatte: an der nordamerikanischen Pazifikküste, auf Japan, in Ostchina, längs eines Streifens Eurasiens, der vom ehemaligen Jugoslawien durch Griechenland und die Türkei bis in den Iran reicht. Tragödien wurden mit Heldenmut übertüncht, Furcht hinter Galgenhumor verborgen. »Wenn Kalifornien erst im Meer versinkt, haben wir auf unserem arizonischen Wüstenland plötzlich einen Eins-A-Seeblick.«

Niemand rechnete damit, dass Neuengland und die kanadi-

sche Küste im Meer versinken könnten, doch genau das geschah beim Großen Erdbeben – vom Sankt-Lorenz-Strom zum Hudson. Es begann mit leichten Vorbeben und Erderschütterungen, schwoll an zu Krach und Gebrüll und endete mit einem Gurgeln und dann dem sanften, gleichmäßigen Plätschern des Atlantik.

Zu dem wenigen Land, das unversehrt bis an den Meeresgrund gelangte – und viel war das nicht –, zählte auch der Brocken einer alten Ansiedlung aus Providence, die als Friedhof von Swan Point bekannt war. Nun schwammen tatsächlich Tiefenwesen über dem Familiengrabstein der Lovecrafts. Auf dem Stein stand: Winfield, Sarah, Howard. *Vom Teufelsriff und Innsmouth Harbor verbreitete sich die Nachricht bis zum fernen Ponape im Pazifik, und die Tiefenwesen besuchten Swan Point.*

Was Religion anging, so erlebten antike Meeresgötterkulte eine neue Blüte, besonders der des Dagon.

15. MÄRZ 2337

Nach einer weiteren Kurskorrektur glitt *Khons* zur Seite und trat in einen komplizierten Orbit ein, umkreiste einen Mond, lief den nächsten an, umrundete ihn in einer Schleife und kehrte an den Ausgangspunkt zurück; das Schiff beschrieb immer wieder das althergebrachte Zeichen für die Unendlichkeit.

Shoten drückte eine Taste, und der große Bildschirm in *Khons* leuchtete auf; vor dem Hintergrund der beiden Monde und der fernen, sternengesprenkelten Dunkelheit schien er ohne jeden Halt zu stehen. Hin und wieder brachte das Voranschreiten der beiden rotierenden Monde und *Khons'* Orbit den wirbelnden Yuggoth in das Blickfeld der drei Besatzungsmitglieder, sodass sich eine oder beide Weltlein und der Datenschirm des Schiffes undurchsichtig vor den düster pulsierenden, abgeflachten Planeten schoben.

Shoten erteilte einen Befehl, und Cyberbioten vergrößerten auf dem Datenschirm die Oberflächenmerkmale der Monde. Die allgegenwärtigen Krater sprangen hoch, doch dann, als die Vergrößerung weiter zunahm, wurde offensichtlich, dass ihre Umrisse nicht scharfkantig waren, wie es für einen Satelliten ohne Atmosphäre typisch ist, sondern abgerundete Konturen zeigten, wie sie durch Verwitterung entstehen. Shoten vollführte eine Gebärde, und die Oberfläche des näheren Mondes glitt auf dem Schirm dahin. Über dem Horizont wurden die fernen Sterne matter und blinkten.

»Luft!«, erklärte Shoten. Njord und Gomati stimmten ein: »Luft!« – »Luft!«

Shoten Binayakya brachte *Khons* in eine tiefere Umlaufbahn, sodass das Schiff nur noch um den Mond kreiste, den Gomati willkürlich auf den Namen Thog getauft hatte. Erneut stieg die Vergrößerung des Bildschirms. In der Mitte erschienen die Umrisse eines Kraters und Gebäude, die vor undenkbar langer Zeit mit zielstrebiger Intelligenz errichtet worden waren.

Bezaubert fragte Njord Freyr: »Könnte es dort Leben geben?«

Shoten wandte ihm das metallene Gesicht zu und schüttelte traurig den uneindeutigen Kopf. »Jetzt nicht mehr. Keine Bewegung, keine Radiation, kein Energiefluss. Aber früher ...« Schweigen herrschte. Atemgeräusche, Surren, das leise Klicken, das leise Summen *Khons'*. »Aber früher ...«, sagte Shoten Binayakya erneut mit kalter, künstlicher Stimme.

Sri Gomati deutete auf eine bestimmte Stelle. »Hier müssen wir landen. Nach all den Expeditionen zu den Planeten und ihren Monden, nach der vergeblichen Suche, die Astrud do Muiscos zwischen dem Weltraummüll des Asteroidengürtels anstellen ließ – endlich finden wir Spuren von Leben! Wir müssen hier landen!«

Shoten Binayakya nickte zustimmend und wartete nicht einmal ab, was Njord Freyr dazu sagte; eins ihrer Glieder zuckte vor und drückte eine Taste. *Khons* bockte und begann, in Kreisen zu den netzmusterartigen Anlagen auf der Oberfläche Thogs niederzugehen.

Mit einem Stoß und einem Erschauern setzte *Khons* innerhalb des verwitterten Kraterwalls auf, nur etwa einen Kilometer von den strukturierten Erhebungen entfernt. Shoten fuhr die Cyberbioten so weit herunter, dass sie sich nur noch um die Wartung *Khons'* kümmerten; allein die Empfangsantennen blieben in Betrieb. Dann bat Shoten die anderen, sich auf den Ausstieg vorzubereiten.

Njord Freyr und Sri Gomati zogen sich Atmer über Kopf und Schultern. Shoten ordnete im lebenserhaltenden Rezirkulationssystem eine Reihe von internen Filter-Modifikationen an. Die drei lasen die Daten ab, die *Khons'* Außenantennen lieferten, dann öffneten sie die Luken, entfernten sich vom Schiff und standen schließlich vor etwas, bei dem es sich, wie nun offensichtlich war, um Relikte unfasslichen Alters handeln musste.

Seite an Seite näherten sie sich den Ruinen: Njord auf einem motorisierten, kreiselstabilisierten, gecyborgten Radfahrzeug; Shoten Binayakya rumpelte auf stabilen, effizienten Gleisketten; Sri Gomati setzte einen Fuß vor den anderen – ihre organischen Beine steckten in einem Druckanzug mit Blasengelenken, die aussahen, als wären sie der anachronistischen Karikatur eines Raumfahrers aus der Bipolaren Technowettbewerbs-Ära entnommen.

Wenige Meter vor dem ersten Bauwerk blieben sie stehen. Wie die Kraterränder waren auch die Wände, Säulen und Bögen von der Erosion gerundet, eingestürzt, aufgeweicht. Aus der Nabe eines der Cyberräder Njords peitschte ein metallener Teleskop-Tentakel. Ein poröser Würfel aus einem nunmehr weichen, steinartigen Material verfiel zu Asche, zu Staub.

Njord richtete die düsteren Silberaugen auf die anderen. »Früher war es vielleicht ...«

»Kommt mit«, drängte Gomati, »wir wollen die Ruinen erkunden!« Aufregung färbte ihre Stimme. »Wer kann sagen, was sie uns über ihre Erbauer verraten werden? Eins müssen wir erfahren: Haben diese Welten und ihre Bewohner schon immer zu unserem Sonnensystem gehört oder kamen sie von – woanders?«

Bei dem letzten Wort hob sie das Gesicht zum Himmel, und die anderen taten es ihr nach. Auf dem Weltlein Thog war es Mittag – oder eben das Gegenstück zu Mittag. Die Sonne stand weit entfernt – sechzehn Milliarden Kilometer, doppelt so weit wie vom Pluto im Aphelium und einhundertundzwanzigmal so weit wie von der Erde –, daher verlor sie sich für die drei Menschen auf der Oberfläche Thogs völlig in der sternengesprenkelten Schwärze.

Doch Yuggoth hing gleich über ihren Köpfen; obszön angeschwollen und an den Polen abgeplattet, füllte er den Himmel aus und wirkte, als wolle er im nächsten Moment zermalmend auf *Khons* und die drei Entdecker niederstürzen. Unablässig pulsierte, pulsierte, pulsierte der Planet wie ein grässliches Herz, *Poch, Poch, Poch.* Nun zog Thogs Zwillingsbruder, den das weibliche Besatzungsmitglied Thok getauft hatte, als stygischer Schattenriss über Yuggoths tosendes Antlitz. Die Zackenkämme der Kraterränder unterbrachen die schwarze Rundung und warfen ihre tiefen Schatten auf die blassgrauen, rosa flackernden Felsen Thogs.

Die Schwärze umschloss zuerst *Khons,* huschte über die Oberfläche Thogs und legte sich auf die drei Entdecker; sie löschte das flackernde Dunkelrot Yuggoths aus und tauchte sie in tiefste Finsternis.

Die schnurrende Kunststimme Shoten Binayakyas riss Gomati aus dem Bann. »Eine interessante Bedeckung«, sagte Shoten, »aber kommt weiter, wir haben eine Mission zu erfüllen. *Khons* nimmt automatisch Messungen vor und überträgt sie zum Neptun. Und meine Rekorder und Sender«, die silbrigen Augen schienen in fernem Sternenlicht zu flackern, während der cybernetische Regelkreis Geräte auf dem mechanischen Rückenpanzer neu justierte, »schicken unsere Daten zum Schiff.«

15. MÄRZ 1937 – EIN SCHNAPPSCHUSS

Dr. Dustin stand neben dem Bett seines Patienten, der nicht bei vollem Bewusstsein war. Er bewegte zwar die Lippen, doch niemand konnte hören, was er sagte. Zwei alte Frauen saßen am Bett. Die eine war Annie, die Tante des Patienten, die andere Annies treue Freundin Edna, die sowohl gekommen war, um der trauernden Tante Trost zu spenden, als auch um den sterbenden Neffen ein letztes Mal zu sehen.

Dr. Dustin beugte sich vor und prüfte den Zustand des Patienten. Eine Weile lang versuchte er, dessen Worte zu verstehen, es gelang ihm aber nicht. Von Zeit zu Zeit bewegte der Patient schwach die Hand. Es sah aus, als wolle er jemanden ohrfeigen.

Die alte Dame namens Annie hatte Tränen im Gesicht. Sie zog ein Taschentuch aus ihrer abgenutzten alten Handtasche und wischte sich die Wangen so sauber, wie sie konnte. Mit beiden Händen ergriff sie Dr. Dustin bei der Hand. Sie fragte ihn: »Gibt es Hoffnung? Irgendeine Hoffnung?«

Der Arzt schüttelte den Kopf. »Es tut mir Leid, Mrs. Gamwell. Miss Lewis«, wandte er sich an die andere Frau, indem er eine Verbeugung andeutete.

»Es tut mir Leid«, sagte er wieder.

Die alte Dame namens Annie gab die Hand des Arztes frei. Die andere alte Dame, Edna, streckte die ihre nach Annie aus. Sie saßen einander gegenüber. Sie umarmten sich unbeholfen, denn anders kann man sich nicht umarmen, wenn man sich gegenübersitzt. Die eine alte Frau versuchte, die andere zu trösten.

Der Arzt seufzte und ging ans Fenster. Er blickte nach draußen. Es war früher Morgen. Die Sonne war schon aufgegangen, zeigte sich jedoch nur als blasser, wässriger Schimmer im Osten. Der Himmel war grau und wolkenverhangen. Schnee, Eis und Schneematsch bedeckten den Boden. Es schneite wieder.

Der Arzt fragte sich, weshalb er Patienten anscheinend immer nur im Winter, während eines Unwetters oder in der Nacht verlor, niemals aber an einem hellen Frühlings- oder Sommertag. Er wusste, dass sein Eindruck eigentlich nicht der Wahrheit entsprach. Patienten starben, wann sie starben; wann immer die tödliche Erkrankung – welche es auch war – den Endpunkt ihrer Entwicklung erreichte. Dennoch schien es ihm immer nur in finstrer Nacht zu geschehen oder in der dunklen Jahreszeit.

Jemand pfiff eine Melodie.

Als er sich umdrehte, sah er zwei junge Assistenzärzte an der Tür des Krankenzimmers vorübergehen. Einer von ihnen hatte die Lippen gespitzt und flötete. Er pfiff die Melodie eines populären Schlagers, den der Arzt aus dem Radio kannte, auch wenn er sich nicht mehr daran erinnern konnte, in welcher Sendung er ihn gehört hatte, vermutlich aber in »The Kate Smith Show« oder »Your Hit Parade«. Die Melodie war sehr eingängig, der Text hingegen in einer Sprache gewesen, die Dr. Dustin nicht erkannt hatte. Der Schlager hieß: »Bei mir bist du schön.«

Dreitausend Meilen weit entfernt führte Spanien einen undurchschaubaren Bürgerkrieg. Der alte König hatte Jahre zuvor abgedankt, und eine Republik war ausgerufen worden. Als jedoch die Absichten der neuen Regierung bekannt wurden, fiel ein Oberst der spanischen Kolonialtruppen mit seinen Männern – hauptsächlich Berbern und Rifkabylen – in die Heimat ein, um das Ruder herumzureißen.

Er wollte die Republik stürzen. Er wollte dem Unsinn von Demokratie, dem Atheismus und der Lüsternheit ein Ende setzen, die von der Republik toleriert wurden. Er wollte Disziplin, Frömmigkeit und Sittsamkeit wiederherstellen. Er wollte die Monarchie wiedererrichten.

Im Moment jedoch sah es aus, als würden die republikanischen Truppen gewinnen. Sie hatten soeben die Städte Trijuque und Guadalajara zurückerobert und Rebellen gefangen genommen, unter denen sich spanische Monarchisten und afrikanische Soldaten befanden. Eigenartigerweise sprachen einige der Gefangenen nur italienisch. Sie behaupteten, Freiwillige zu sein; ihnen sei befohlen worden, sich freiwillig zu melden. Sie sagten, sie befolgten ihre Befehle immer.

In China hatte das Kaiserlich-Japanische Heer es leicht. Der Widerstand, auf den es traf, war schwach, denn die Chinesen waren untereinander zerstritten. Sie hatten einen Bürgerkrieg geführt, der dem in Spanien jedoch nur wenig ähnelte. Er dauerte auch schon viel länger. 1925 hatte er mit dem Tod des Präsidenten Sun Yat-sen begonnen. Die Japaner waren längst nicht die einzige ausländische Macht, die in China intervenierte.

Deutschland hatte seine Handelskonzessionen in China durch den Versailler Vertrag verloren. Deutschland rührte sich wieder und trachtete, verlorene Vorrechte zurückzuerlangen.

Auch andere Länder sahen durch den Bürgerkrieg in China ihre Interessen bedroht. England hatte Truppen geschickt, Frankreich nutzte seinen Einfluss. Frankreich sorgte sich, dass es seine wertvollen Kolonien in Indochina verlieren könnte. Russland hatte versucht, die chinesische Innenpolitik zu beeinflussen. Zwischen China und Russland drohte Krieg, besonders, nachdem Chinesen die russische Botschaft in ihre Gewalt gebracht und sechs Angestellte enthauptet hatten.

Die Vereinigten Staaten hatten interveniert. Amerikanische Kanonenboote befuhren die chinesischen Wasserstraßen. Das Kanonenboot Panay *wurde durch Beschuss und Bombardement aus der Luft versenkt. Die* Panay *befand sich auf dem Jangtsekiang, als dies geschah. Der Jangtsekiang ist ein chinesischer Fluss. Doch die* Panay *wurde von japanischen Streitkräften versenkt. Darüber war China sehr erfreut. Japan entschuldigte sich und zahlte eine Entschädigung.*

Joe Louis und Joe DiMaggio, zwei junge Sportler, waren gut in Form. Für beide war 1937 ein sehr erfolgreiches Jahr.

Ein reicher draufgängerischer Pilot namens Howard Hughes durchflog in sieben Stunden, achtundzwanzig Minuten die Vereinigten Staaten und löste damit eine neue Welle der Flugbegeisterung aus. In Santa Monica, Kalifornien, stellte die Douglas Aircraft Company ihr neues Passagierflugzeug fertig, das vierzig Fluggäste befördern konnte. Es hatte vier Motoren und konnte mit einer Geschwindigkeit von bis zu 237 Meilen pro Stunde reisen.

Konservativere Denker waren der Meinung, dass der Zeppelin niemals dem Flugzeug das Feld räumen müsste. Das große Luftschiff Hindenburg *war auf der Reise über den Atlantischen Ozean. Es war riesig, es war wunderschön. Im Salon der* Hindenburg *stand ein Klavier. Der europäische Endpunkt seiner Flüge war der Flughafen Tempelhof in Berlin. Der amerikanische Endpunkt der Flüge lag bei Lakehurst, New Jersey.*

Am Morgen des 15. März fand Rabbi Louis I. Newman elf große, orange Hakenkreuze auf die Mauern des Temple Rodeph Sholom, 7 West 83rd Street, New York, geschmiert. Am Temple Rodeph Sholom war dies nun schon der dritte Zwischenfall dieser Art. Rabbi Newman vermutete, dass die Hakenkreuze eine Vergeltung für die Proteste darstellten, die Außenminister Hull gegen ausfallende Behauptungen in der deutschen Presse erhoben hatte.

In der Turn Hall Ecke Lexington Avenue und 85th Street entgegnete der Führer der New Yorker Silver Shirts, George L. Rafort, die Hakenkreuze müssten von jüdischen Unruhestiftern auf die Synagoge gemalt worden sein. Er wisse dies, sagte er, weil die Arme der elf Hakenkreuze nach links wiesen, und fügte hinzu: »Kein echter Nationalsozialist würde diesen Fehler begehen.«

In Providence, Rhode Island, schneite es noch immer. Auf den Hügeln der Stadt war es glatt. In den Krankenhäusern trafen Unfallopfer ein.

Im Jane Brown Memorial Hospital auf dem College Hill öffnete Howard Lovecraft die Augen. Niemand wusste, was er sah. Dr. Cecil Calvert Dustin wusste es ganz gewiss nicht. Howard schlug die Hand auf die Bettdecke. Er bewegte die Lippen. Ein Laut drang hervor. Vielleicht hatte er gesagt: »Feder.« Vielleicht hatte er nach einer verirrten Feder geschlagen. Vielleicht war das Wort auch: »Vater.« Vielleicht hatte er gesagt: »Vater, du siehst aus wie ein junger Mann.«

15. MÄRZ 2337

Sie rollten, rasselten, schritten einige Meter weiter und blieben genau am Rand der uralten Ruinen stehen. Shoten Binayakya sandte aus mechanisierten Instrumentenfächern zwei Probensammler herab, einer sollte Bodenproben entnehmen, der andere Material der Ruinen. Eine Radiokarbon-Altersbestimmung konnten Shotens gecyborgte Komponenten vollautomatisch durchführen.

Sri Gomati blickte auf die Ruinen. Im schwachen Licht der Sterne sahen sie aus wie Treppen und Terrassen mit Balustraden aus Marmor. Gomati stellte ihre optischen Sensoren auf maximale Restlichtverstärkung, um in der Dunkelheit während der Yuggoth-Bedeckung überhaupt etwas Bedeutungsvolles sehen zu können.

Und dann – es ist höchst zweifelhaft, dass die Entdeckung während der kurzen Expedition gemacht worden wäre, hätte sie im rötlichen Flackerlicht Yuggoths stattgefunden; gewiss war der Fund der Bedeckung des Planeten durch Thok zuzuschreiben –, dann keuchte Njord Freyr auf, und Gomati wandte sich ihm zu. Mit den Augen folgte sie seinem panzerbehandschuhten Finger, erblickte, worauf er deutete.

Aus einer Öffnung tief unter dem Geröll vor ihnen drang ein trübes, aber unheilvolles Licht, das obszön pulsierte. Anders als das hochrote Flackern Yuggoths war das Licht unter den Füßen der Entdecker von einem abstoßenden, Furcht einflößenden Grün.

Ohne ein Wort eilten die drei vor und suchten sich einen Weg durch die zerfallenen Ruinen der unbekannten uralten Stadt, die einst stolze Türme und kannelierte Säulen in den schwarzen Himmel über der winzigen Welt gereckt hatte. Den Ursprung des Leuchtens erreichten sie gerade rechtzeitig, denn ebenso schnell, wie die Mondscheibe am Antlitz Yuggoths vorbeizog, floh über den blassgrauen Boden von Thog der schwarze Schatten, der den Landeplatz des Schiffes *Khons* und die Ruinen bedeckte, worin die Crew stochernd suchte, und bald standen sie wieder im roten Flackerlicht des Riesenplaneten.

Im obszönen Halbdunkel des Tages verschwand das metallische, bronzegrüne Strahlen sofort, ging in der allgegenwärtigen, an- und abschwellenden Röte unter. Doch mittlerweile hatte Shoten Binayakya eine teleskopisch ausgefahrene Bohrsonde in die Öffnung gesteckt, aus der das grüne Licht drang, und mit mechanischen Hebelstangen zog Shoten eine marmorähnliche Steinplatte zurück, deren angestoßene, gesprungene Ecke dem Leuchten erst das Vordringen gestattet hatte.

Servos heulten auf, die Steinplatte fiel krachend zur Seite. In der freigelegten Öffnung führte eine Treppe ins Innere der kleinen Welt Thog. In der dunklen, schattigen Vertiefung rangen das rote pulsierende Licht des riesigen Yuggoth und das unheilvolle metallische Grün miteinander und changierten bestürzend.

»Die Ghoorische Zone«, flüsterte Sri Gomati vor sich hin, »die Ghoorische Zone.«

Sie stiegen die Stufen hinab, ließen das bedrückende Pulsieren Yuggoths hinter sich, senkten sich Meter um Meter in die bronzegrün erhellten Tiefen von Thog. Der Raupen-Cybermech von Shoten Binayakya rollte die eigenartig proportionierte Treppe mit schwerfälliger Anmut hinunter. Njord Freyr, dessen Radfahrwerk sich auf der ebenen Oberfläche Thogs ausgezeichnet bewährt hatte, musste sich nun verzweifelt am gerillten Rückenpanzer Shotens festhalten.

Sri Gomati ging unbeschwert zu Fuß und blickte auf die Welt unter der Oberfläche von Thog hinaus. Unter dem Einstieg erstreckte sich offenbar kilometerweit ein Labyrinth von Kuppel an Kuppel und Turm an Turm neben ... Sie schüttelte den Kopf, justierte die Metalloptik. In den Tiefen Thogs schien es einen sublunaren Ozean zu geben, einen Ozean, dessen dunkle, ölige Wasser obszön gurgelnd auf einen schwarzen Kiesstrand leckten.

Am Rand dieses Meeres, dessen Fläche nach irdischen Maßstäben nur ein See gewesen wäre, an jener schwarzen, körnigen Küste rollten und tummelten sich riesige, entsetzliche Geschöpfe.

»Schoggothen!« Sri Gomati eilte den anderen voraus; fast wäre sie von der geländerlosen Treppe gefallen. »Schoggothen! Genau wie er sagte, sie planschen an einem eklen See! Schoggothen!« Begeistert erreichte sie das Ende der Treppe und eilte zwischen aufragenden Säulen hindurch, kam an Mauern vorbei, die auf ausgedehnten Basreliefs zeigten, wie entsetzliche Gottheiten die Schänder ihrer Schreine vernichteten, während abstoßende Geweihte zu geheimnisvollen Fahrzeugen krochen, worin sie Wesen vermuteten, die sie ihren obszönen Göttern als Leckerbissen vorwerfen konnten.

Gomati hörte am Knirschen und Rasseln, dass Shoten Binayakya ihr folgte – und Njord Freyer ebenfalls, wie das fortwährende Surren seines Fahrwerks verriet. Sie wandte sich um und blickte sie an. »Wir schreiben das Jahr 2337!«, rief sie, »den vierhundertsten Jahrestag seines Todes! Woher hat er davon gewusst? Wie kann er es nur gewusst haben?«

Und sie folgte überwölbten Korridoren unter Mansarddächern, rannte an noch mehr Ornamenten und Gemälden vorbei, die fremdartige, runzlige Kegelwesen zeigten und grauenhafte Monstren mit tentakelbewehrten Gesichtern, die sich bedrohlich über ihre zusammengekauerte Beute beugten. Dann erreichte Gomati eine neue Eingangshalle, erhellt von dicken schwarzen Kerzen, die entsetzlich flackerten und qualmten.

Die Luft in diesem Raum jedoch stand still, und ernst fielen die Schatten kannelierter Säulen auf Wände, in die von oben bis unten Zeichen gemeißelt waren – Schriftzeichen, deren schreckliche Bedeutung schon längst vergessen gewesen war, bevor auf der Erde die Entwicklung der Arten begann. Und inmitten dieses Raumes erhob sich ein Katafalk, an dessen vier Ecken meterhohe Kerzen stygischer Schwärze standen; dort aufgebahrt lag mit geschlossenen Augen, die Haut so weiß wie Leichenmaden, die kantigen Züge in ernster Ruhe, die schwarz verhüllte Gestalt eines Mannes.

Sri Gomati eilte zum Fuß des Katafalks und blickte von dort in die flackernde Dunkelheit der Halle, dann trat sie vor und stellte sich neben den Körper ans Kopfende. Ihre silbrigen Augen schimmerten, und sie begann zu lachen, zu giggeln und obszön zu kichern und doch zugleich auch zu weinen, denn vor langer Zeit hatte es irgendein Cyberchirurg für sinnvoll erachtet, ihr die dazu erforderlichen Drüsen und Gänge zu lassen.

Kichernd und schniefend stand Sri Gomati neben dem Katafalk, bis Njord Freyr auf gecyborgten Rädern zu ihr rollte und Shoten Binayakya, uneindeutig wie immer, auf dem Raupenfahrwerk knirschend und klirrend neben ihr anhielt. Sie fassten Gomati, um sie zum Raumschiff *Khons* zurückzubringen.

Doch dies ist von allem am eigenartigsten. Die Treppe, auf der sie zur Oberfläche des Weltleins Thog zurückkehren wollten, war geschwächt vom Gewicht ungenannter Äonen und der Cybermechanismen des Erkundungstrupps, und als sie versuchten, diese zerfallenden Treppen zu benutzen, fanden sie sich Kilometer unterhalb der Oberfläche der kleinen Welt Thog in der Ghoorischen Zone gefangen.

Und dort, neben dem öligen, leckenden Meer, dem fauligen See, an dem aufgedunsene Schoggothen plätschern, blieben sie, diese drei, für immer.

Originaltitel: *Discovery of the Ghooric Zone*
Erstveröffentlichung: *Chrysalis,* 1977
Aus dem Amerikanischen von *Dietmar Schmidt*

Nachbemerkung des Übersetzers:

Obwohl Lupoffs Erzählung zu den neueren Beiträgen dieser Anthologie zählt, ist sie in einigen Punkten von der Wirklichkeit bereits »überholt«. Der Zerfall der Sowjetunion verlief wesentlich weniger spektakulär, die Dekadenz Europas lässt (hoffentlich) noch auf sich warten, und das Jahrhundert, ja das Jahrtausend ging zu Ende, ohne dass ein Mensch den Fuß auf einen anderen Planeten setzte. Andererseits besteht der Daseinszweck der Science-Fiction keineswegs darin, die Zukunft »vorherzusagen«; sie ist, wie Wolfgang Jeschke es formuliert, keine popularisierte Futurologie, sondern drückt Hoffnungen und Ängste der jeweiligen Gegenwart aus. In diesem Sinne funktioniert »Entdeckung der Ghoorischen Zone« als Erzählung, auch ohne dass es ein Westsowjetisches Imperium gegeben hätte. Vielmehr haben wir es hier mit einer äußerst phantasievollen, stilistisch ungewöhnlichen Erzählung zu tun, die zahlreiche Elemente des »Cyberpunk« der Achtzigerjahre vorwegnimmt.

Und der für den Lovecraft-Freund wichtigste Unterschied zwischen Erzählung und Wirklichkeit besteht wohl darin, dass für »HPL« mittlerweile ein eigener Grabstein errichtet wurde. Er trägt die Inschrift *»I am Providence«*.

Cthulhu noster qui es in maribus, sanctificetur nomen tuum; adveniat regnum tuum; fiat voluntas tua sicut in R'lyeh et in Y'ha-nthlei.

– Olaus Wormius

Copyrightvermerk

»The Call of Cthulhu«, copyright 1928 by The Popular Fiction Publishing Company, copyright 1939, 1945 by August Derleth and Donald Wandrei, copyright 1963 by August Derleth; »The Haunter of the Dark«, copyright 1936 by The Popular Fiction Publishing Company, copyright 1939, 1945 by August Derleth and Donald Wandrei, copyright 1963 by August Derleth.

»The Return of the Sorcerer«, copyright 1931 by The Clayton Magazines, copyright 1942 by Clark Ashton Smith; »Ubbo-Sathla«, copyright 1933 by The Popular Fiction Publishing Company, copyright 1942 by Clark Ashton Smith.

»The Black Stone«, copyright 1931 by The Popular Fiction Publishing Company, renewed 1959 by Steinberg Press, Inc., assigned to Mrs. P. M. Kuykendall.

»The Hounds of Tindalos«, copyright 1929 by The Popular Fiction Publishing Company, copyright 1946 by Frank Belknap Long; »The Space-Eaters«, copyright 1928 by The Popular Fiction Publishing Company, copyright 1946 by Frank Belknap Long.

»The Dweller in Darkness«, copyright 1944 by Weird Tales, copyright 1945, 1953 by August Derleth; »Beyond the Threshold«, copyright 1941 by Weird Tales, copyright 1945, 1953 by August Derleth.

»The Shambler from the Stars«, copyright 1935 by The Popular Fiction Publishing Company, copyright 1945 by Robert Bloch; »The Shadow from the Steeple«, copyright 1950 by Weird Tales; »Notebook Found in a Deserted House«, copyright 1951 by Weird Tales.

»The Salem Horror«, copyright 1937 by The Popular Fiction Publishing Company, renewed 1965 by Catherine Reggie.

»The Terror from the Depths«, copyright © 1976 by Edward P. Berglund.

»Rising with Surtsey«, copyright 1971 by August Derleth.

»Cold Print« and »The Return of the Lloigor«, copyright 1969 by August Derleth.

»My Boat«, copyright © 1975 by Joanna Russ.

»Sticks«, copyright © 1974 by Stuart David Schiff.

»The Freshman«, copyright © 1979 by Mercury Press, Inc., reprinted by permission of the author and the author's agents, Scott Meredith Literary Agency, Inc., 845 Third Avenue, New York 10022.

»Jerusalem's Lot«, copyright © 1978 Stephen King, reprinted by permission of Doubleday, a division of Bantam, Doubleday, Dell Publishing Group, Inc.

»Discovery of the Ghooric Zone – March 15, 2337«, copyright © 1977 by Richard A. Lupoff.

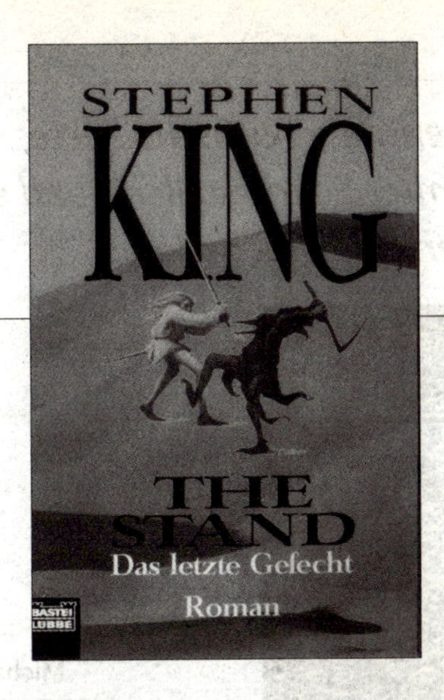

In einem entvölkerten Amerika versucht ein Handvoll Überlebender, die Zivilisation zu retten. Ihr Gegenspieler ist eine mythische Gestalt, die man den Dunklen Mann nennt, eine Verkörperung des absolut Bösen. In der Wüste Nevada kommt es zum Entscheidungskampf um das Schicksal der Menschheit.
THE STAND, Stephen Kings Vision vom letzten Gefecht zwischen Gut und Bös, war bislang nur in einer gekürzten Version zugänglich. Die hier veröffentlichte Urfassung macht die Größe seines apokalyptischen Entwurfs neuen wie alten Lesern bekannt. Viele nennen diesen Roman Stephen Kings Meisterwerk.

ISBN 3-404-13411-7

Eine mysteriöse schottische Sekte, ein berühmter Schriftsteller – und ein jahrhundertealtes Geheimnis

Michael Peinkofer
DIE BRUDERSCHAFT
DER RUNEN
Historischer Roman
672 Seiten
ISBN 3-404-15249-2

Als ein Mitarbeiter des Schriftstellers Sir Walter Scott unter mysteriösen Umständen stirbt, ist dies der Auftakt zu einer höchst beunruhigenden Reihe von Ereignissen. Sir Walter stellt Nachforschungen an und stößt auf eine Mauer des Schweigens. Was verheimlicht der königliche Inspector, der eigens aus London geschickt wurde? Was für ein jahrhundertealtes Geheimnis hüten die Mönche von Kelso? Und was hat es mit der ominösen Schwertrune auf sich, auf die Sir Walter und sein Neffe Quentin bei ihren Ermittlungen stoßen? Ein Schicksal, dessen Ursprung Jahrhunderte zurückreicht, nimmt seinen Lauf ...

Bastei Lübbe Taschenbuch

Ein Arzt im Fadenkreuz von Organmafia und Vatikan

Philipp Vandenberg
DIE AKTE GOLGATHA
Roman
448 Seiten
ISBN 3-404-15381-2

Als Professor Gropius vom Universitätsklinikum München eine Lebertransplantation an einem 46jährigen Patienten vornimmt, ahnt er nicht, dass diese Operation sein Leben schlagartig verändern wird. Denn der Patient stirbt – unerklärlicherweise. Was zunächst wie ein Kunstfehler aussieht, erweist sich bald schon als Mord, denn die Obduktion ergibt, dass das Spenderorgan vergiftet war. Steckt eine Organmafia dahinter?
Gropius wird freigestellt, seine Frau verlässt ihn, die Ermittlungen der Polizei ziehen sich in die Länge. Notgedrungen stellt Gropius eigene Nachforschungen an. Die Spur führt zum Patienten selbst, einem Altertumsforscher, der offenbar kurz davor stand, eine Akte zu veröffentliche, die der Kirche den Todesstoß versetzen könnte ...

Bastei Lübbe Taschenbuch

Eine große Liebe in Australien – bedroht von Entbehrungen und Intrigen

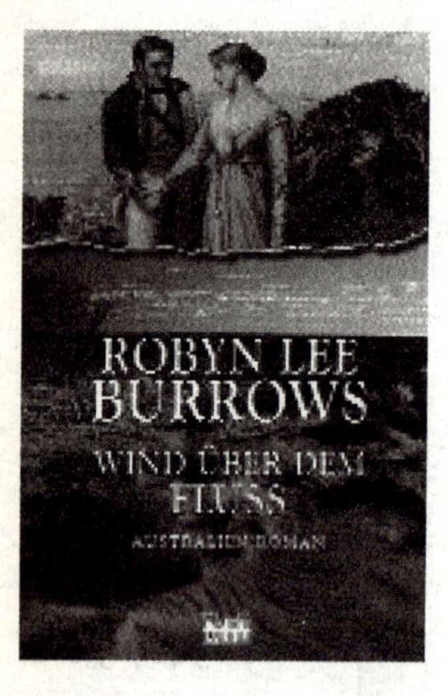

Robyn Lee Burrows
WIND ÜBER DEM FLUSS
Roman
592 Seiten
ISBN 3-404-15404-5

Australien im 19. Jahrhundert: Roxy Bellue ist eine junge, talentierte Schauspielerin mit einem Engagement in Sydney. Doch als sie Martin Dumas kennen lernt, den Besitzer einer Farm in New South Wales, gibt sie ihren großen Traum vom Theater auf, um ihn zu heiraten. Es scheint die große Liebe zu sein – dennoch hat nichts Roxy auf den Staub, die Isolation und die Kargheit ihres neuen Lebens vorbereitet. Und dann treibt auch noch Guy, Martins Bruder, einen Keil zwischen die Liebenden. Denn insgeheim quält ihn eine verbotene Leidenschaft für Roxy ...

Bastei Lübbe Taschenbuch